1

Jan Graf Potocki
Die Handschrift von Saragossa
oder
Die Abenteuer in der Sierra Morena

Herausgegeben und mit einem Nachwort von Leszek Kukulski
Aus dem Französischen übersetzt
und mit Anmerkungen von Werner Creutziger
Aus dem Polnischen von Kurt Harrer

Zweitausendeins

Titel der Originalausgabe: »Manuscrit trouvé à Saragosse«.
Die deutsche Erstausgabe der vorliegenden Textrekonstruktion von Leszek Kukulski erschien 1962 im Aufbau-Verlag. Für alle Länder außer Polen und Frankreich liegen die Rechte an dieser Fassung beim Aufbau Verlag.

1. Auflage als Zweitausendeins-Taschenbuchlizenzausgabe Nr. 1, Februar 2009.

Die Chronik, Bibliographie, Beigaben, Ausstattung und Neusatz sind Zugaben der Aufbau-Lizenzausgabe seit 1983 im Haffmans Verlag Zürich, seit 2003 im Haffmans Verlag bei Zweitausendeins, Postfach, D-60381 Frankfurt am Main.

Die Leitmotiv-Vignetten von Jerzy Jaworowsky erschienen zuerst 1965 in der polnischen Ausgabe »Rękopis znaleziony w Saragossie«.
Abdruck mit freundlicher Genehmigung von Piotr Jawarowsky, Warschau.
Die entsprechende deutsche Stelle des Faksimiles der Handschrift von Jan Potocki findet sich auf der Seite 364 dieser Ausgabe.
Das Jan-Potocki-Porträtgemälde von J. Ch. Lampi entstand um 1800.
Die Foto-Vorlage von M. Szewczuk stellte freundlicherweise das Museum Schloß Łańcut zur Verfügung. Die Chronik von Gerd Haffmans geht auf ein Gerüst von Traugott König zurück und wurde vollendet – mit besonderem Dank für vielfältige Hilfe und Hinweise – von Monika Bankowski, Zentralbibliothek Zürich.

Gestaltung und Produktion von Urs Jakob,
Werkstatt im Grünen Winkel, CH-8400 Winterthur.
Umschlaggestaltung: Herburg Weiland, München.
Umschlagbild unter Verwendung eines Gemäldes von Lawrence Alma-Tadema von 1885.
Satz: Fotosatz Reinhard Amann, Aichstetten.
Druck und Bindung: CPI books, Clausen & Bosse, Leck.
Printed in Germany.

Dieses Buch gibt es nur bei Zweitausendeins im Versand, Postfach, D-60381 Frankfurt am Main, Telefon 069-4208000, Fax 069-415003.
Internet www.Zweitausendeins.de. E-Mail Service@Zweitausendeins.de.
Oder in den Zweitausendeins-Läden 2 x in Berlin, Düsseldorf, Frankfurt am Main, Freiburg, 2 x in Hamburg, Hannover, Köln, Leipzig, Mannheim, München, Nürnberg und Stuttgart.
Oder in den Zweitausendeins-Shops in Aachen, Augsburg, Bamberg, Bochum, Bonn, Bremen, Darmstadt, Dortmund, Dresden, Düsseldorf, Duisburg, Erfurt, Essen, Göttingen, Gütersloh, Karlsruhe, Kiel, Konstanz, Ludwigsburg, Marburg, Münster, Neustadt an der Weinstraße, Oldenburg, Osnabrück, Speyer, Trier, Tübingen, Ulm und Würzburg.

In der Schweiz über buch 2000, Postfach 89, CH-8910 Affoltern a. A.

ISBN 978-3-86150-901-1

Inhalt

Vorrede ... 13

Erster Tag ... 15
Die Geschichte Eminas und ihrer Schwester Zibelda 27
Die Geschichte des Schlosses Kasr-Gomélez 32

Zweiter Tag ... 38
Die Geschichte des besessenen Pacheco 42

Dritter Tag ... 51
Die Geschichte des Alfons van Worden 52
Die Geschichte des Trivulzio aus Ravenna 62
Die Geschichte des Landolfo aus Ferrara 67

Vierter Tag ... 75

Fünfter Tag ... 80
Die Geschichte Zotos 82

Sechster Tag ... 93
Fortsetzung der Geschichte Zotos 93

Siebenter Tag ... 110
Fortsetzung der Geschichte Zotos 110

Achter Tag ... 124
Der Bericht Pachecos 127

Neunter Tag ... 132
Die Geschichte des Kabbalisten 135

Zehnter Tag ... 148
Die Geschichte des Thibaud de La Jacquière 151

Die Geschichte der lieblichen Dariolette
vom Schloß Sombre 155

Elfter Tag 164
Die Geschichte des Menippos aus Lycien 165
Die Geschichte des Philosophen Athenodorus 168

Zwölfter Tag 174
Die Geschichte Pandesownas,
des Zigeunerhauptmanns 176
Die Geschichte des Giulio Romati und
der Fürstin von Monte Salerno 188

Dreizehnter Tag 193
Fortsetzung der Geschichte des Zigeunerhauptmanns 194
Fortsetzung der Geschichte Giulio Romatis 194
Die Geschichte der Fürstin von Monte Salerno 201

Vierzehnter Tag 210
Die Geschichte Rebekkas 211

Fünfzehnter Tag 227
Fortsetzung der Geschichte des Zigeunerhauptmanns 228
Die Geschichte der Maria de Torres 231

Sechzehnter Tag 241
Fortsetzung der Geschichte des Zigeunerhauptmanns 242
Fortsetzung der Geschichte der Maria de Torres 242

Siebzehnter Tag 256
Fortsetzung der Geschichte des Zigeunerhauptmanns 256
Fortsetzung der Geschichte der Maria de Torres 256

Achtzehnter Tag 266
Fortsetzung der Geschichte des Zigeunerhauptmanns 269
Die Geschichte des Grafen von Peña Vélez 271

Neunzehnter Tag 287
Die Geschichte des Mathematikers 288

Zwanzigster Tag 307
Fortsetzung der Geschichte des Zigeunerhauptmanns 309

Einundzwanzigster Tag 318
Die Geschichte Ahasvers, des Ewigen Juden 319

Zweiundzwanzigster Tag 326
Fortsetzung der Geschichte des Ewigen Juden 326

Dreiundzwanzigster Tag 338
Fortsetzung der Geschichte Velásquez' 338

Vierundzwanzigster Tag 346
Fortsetzung der Geschichte Velásquez' 346

Fünfundzwanzigster Tag 358
Fortsetzung der Geschichte Velásquez' 359

Sechsundzwanzigster Tag 371
Fortsetzung der Geschichte des Zigeunerhauptmanns 372

Siebenundzwanzigster Tag 393
Fortsetzung der Geschichte des Zigeunerhauptmanns 393
Die Geschichte der Herzogin von Medina Sidonia 397

Achtundzwanzigster Tag 406
Fortsetzung der Geschichte des Zigeunerhauptmanns 406
Fortsetzung der Geschichte der
Herzogin von Medina Sidonia 407
Die Geschichte des Marqués von Val Florida 411

Neunundzwanzigster Tag 424
Fortsetzung der Geschichte des Zigeunerhauptmanns 424
Fortsetzung der Geschichte der
Herzogin von Medina Sidonia 425
Die Geschichte Hermositos 432

Dreißigster Tag 452

Einunddreißigster Tag 456
Fortsetzung der Geschichte des Ewigen Juden 457
Fortsetzung der Geschichte des Zigeunerhauptmanns 461

Zweiunddreißigster Tag 470
Fortsetzung der Geschichte des Ewigen Juden 470
Fortsetzung der Geschichte des Zigeunerhauptmanns 475
Die Geschichte des López Suárez 478
Die Geschichte des Hauses Suárez 480

Dreiunddreißigster Tag 485
Fortsetzung der Geschichte des Ewigen Juden 485
Fortsetzung der Geschichte des Zigeunerhauptmanns 489
Fortsetzung der Geschichte des López Suárez 489

Vierunddreißigster Tag 498
Fortsetzung der Geschichte des Ewigen Juden 498
Fortsetzung der Geschichte des Zigeunerhauptmanns 502
Fortsetzung der Geschichte des López Suárez 503

Fünfunddreißigster Tag 510
Fortsetzung der Geschichte des Ewigen Juden 510
Fortsetzung der Geschichte des Zigeunerhauptmanns 514
Fortsetzung der Geschichte des López Suárez 515
Die Geschichte des Don Roque Busqueros 519
Die Geschichte der Frasqueta Salero 525

Sechsunddreißigster Tag 538
Fortsetzung der Geschichte des Ewigen Juden 538
Fortsetzung der Geschichte des Zigeunerhauptmanns 541
Fortsetzung der Geschichte des López Suárez 542

Siebenunddreißigster Tag 547

Achtunddreißigster Tag 556
Fortsetzung der Geschichte des Ewigen Juden 556

Neununddreißigster Tag 564
Fortsetzung der Geschichte des Ewigen Juden 564

Vierzigster Tag 576

Einundvierzigster Tag 580
Die Geschichte des Marqués von Torres Rovellas 584

Zweiundvierzigster Tag 591
Fortsetzung der Geschichte des Marqués von Torres Rovellas 591
Die Geschichte des Monsignore Ricardi und der Laura Cerelli, genannt Marchesa Paduli 593

Dreiundvierzigster Tag 602
Fortsetzung der Geschichte des Marqués von Torres Rovellas 602

Vierundvierzigster Tag 616
Fortsetzung der Geschichte des Marqués von Torres Rovellas 616

Fünfundvierzigster Tag 623
Fortsetzung der Geschichte des Marqués von Torres Rovellas 623

Sechsundvierzigster Tag 630
Fortsetzung der Geschichte des Ewigen Juden 633

Siebenundvierzigster Tag 638
Fortsetzung der Geschichte des Zigeunerhauptmanns 638

Achtundvierzigster Tag 648
Fortsetzung der Geschichte des Zigeunerhauptmanns 648
Die Geschichte des Cornádez 650
Die Geschichte des Diego Hervás,
erzählt von seinem Sohn, dem verdammten Pilger 652

Neunundvierzigster Tag 658
Fortsetzung der Geschichte des Diego Hervás,
erzählt von seinem Sohn, dem verdammten Pilger 659

Fünfzigster Tag 668
Fortsetzung der Geschichte des Diego Hervás,
erzählt von seinem Sohn, dem verdammten Pilger 668

Einundfünfzigster Tag 679
Die Geschichte des Blas Hervás,
des verdammten Pilgers 680

Zweiundfünfzigster Tag 696
Fortsetzung der Geschichte des Zigeunerhauptmanns 696
Fortsetzung der Geschichte des verdammten Pilgers 696

Dreiundfünfzigster Tag 704
Fortsetzung der Geschichte des verdammten Pilgers 704
Die Geschichte des Komturs von Toralva 705

Vierundfünfzigster Tag 718
Fortsetzung der Geschichte des Zigeunerhauptmanns 718

Fünfundfünfzigster Tag 736
Fortsetzung der Geschichte des Zigeunerhauptmanns 736

Sechsundfünfzigster Tag 750
Fortsetzung der Geschichte des Zigeunerhauptmanns 750

Siebenundfünfzigster Tag 762
Fortsetzung der Geschichte des Zigeunerhauptmanns 762

Achtundfünfzigster Tag 771
Fortsetzung der Geschichte des Zigeunerhauptmanns 771

Neunundfünfzigster Tag 781
Fortsetzung der Geschichte des Zigeunerhauptmanns 781

Sechzigster Tag 788
Fortsetzung der Geschichte des Zigeunerhauptmanns 788

Einundsechzigster Tag 796
Fortsetzung der Geschichte des Zigeunerhauptmanns 796

Zweiundsechzigster Tag 803
Die Geschichte des Großscheichs der Gomélez 803

Dreiundsechzigster Tag 811
Fortsetzung der Geschichte des Scheichs der Gomélez 811

Vierundsechzigster Tag 818
Fortsetzung der Geschichte des Scheichs der Gomélez 818

Fünfundsechzigster Tag 826
Fortsetzung der Geschichte des Scheichs der Gomélez 826
Die Geschichte des Geschlechts der Uceda 827

Sechsundsechzigster Tag 833
Fortsetzung der Geschichte des Scheichs der Gomélez 833

Epilog 837

Anhang
Nachwort 845
Textvariante zum 47. Tag 871
Anmerkungen 897
Chronik 935
Faksimile 956
Porträt 957
Karte 958

Vorrede

Als Offizier der französischen Armee nahm ich an der Belagerung Saragossas teil. Wenige Tage nach der Einnahme der Stadt drang ich in eine abgelegene Gegend vor und erblickte dort ein recht gut gebautes kleines Haus, von dem ich zuerst annahm, daß noch kein Franzose es genauer besehen habe.

Neugierig geworden, beschloß ich hineinzugehen. Ich klopfte an die Tür; doch ich bemerkte, daß sie nicht verschlossen war. Ich stieß sie auf und trat ein. Ich rief, ich suchte – niemand fand sich. Es sah aus, als habe man schon alles einigermaßen Wertvolle weggeschleppt; auf den Tischen und in den Schränken lagen nur noch Gegenstände von geringem Wert. Indessen erblickte ich auf dem Fußboden, in einer Ecke, mehrere beschriebene Hefte. Ich sah nach, was sie enthielten. Es war ein spanisch geschriebenes Manuskript; ich hatte nur geringe Kenntnisse des Spanischen, dennoch wußte ich genug, um zu begreifen, daß dieses Buch unterhaltsam sein konnte: es handelte von Räubern, Gespenstern, Kabbalisten, und nichts war besser geeignet, mich nach den Strapazen des Feldzuges zu zerstreuen, als die Lektüre eines Romans, der von seltsamen, ungewöhnlichen Dingen berichtet. Überzeugt davon, daß dieses Buch nicht mehr in die Hände seines rechtmäßigen Besitzers gelangen werde, zögerte ich nicht, es mir anzueignen.

In der Folgezeit sahen wir uns gezwungen, Saragossa zu verlassen. Da ich mich unglücklicherweise in weiter Entfernung vom Gros der Armee befand, fiel ich mit meinem Detachement in die Hände der Feinde; ich glaubte, es sei aus mit mir. Als wir den Ort, zu dem uns die Spanier führten, erreicht hatten, begannen sie, uns unsere Sachen abzunehmen. Ich bat nur darum, daß man mir einen einzigen Gegenstand belasse, der für sie nutzlos sein mußte: das Buch, das ich gefunden hatte. Sie machten zuerst Schwierigkeiten. Schließlich fragten sie ihren Hauptmann um Rat; dieser trat, nachdem er einen Blick auf das Buch geworfen hatte, auf mich zu und dankte mir dafür, ein Werk unversehrt bewahrt zu haben, dem er großen Wert beimesse, da es die Geschichte eines seiner Vorfahren enthalte. Ich erzählte ihm, wie es in meine Hände geraten sei; er führte mich mit sich fort, und während des reichlich langen Aufenthalts, den ich in seinem Hause nahm – wo ich recht gut behandelt wurde –, bat ich ihn, mir dieses Werk ins Französische zu übersetzen. Er diktierte, und ich schrieb die Übersetzung nieder.

Erster Tag

Der Graf von Olavídez hatte noch keine Ansiedlungen in der Sierra Morena begründet; dieser hohe Gebirgszug, der Andalusien von der Mancha trennt, war damals nur von Schmugglern, Räubern und einigen Zigeunern bewohnt, denen man nachsagte, daß sie die Leiber der von ihnen ermordeten Reisenden aufäßen, und daher rührt das spanische Sprichwort: »*Las gitanas de Sierra Morena quieren carne de hombres*.«

Das war noch nicht alles. Der Reisende, der sich in diese wilde Gegend wagte, sah sich, wie man sagte, hier von tausend Schreckgestalten verfolgt, die selbst die Verwegensten erschauern ließen. Er vernahm klagende Stimmen, die sich mit dem Tosen der Wildbäche und dem Heulen des Sturms vereinten, Irrlichter täuschten ihn, und unsichtbare Hände stießen ihn in bodenlose Schluchten hinab.

Zwar befanden sich an dieser Unglücksstraße zerstreut einige *ventas* – einsame Herbergen –, doch Gespenster, teuflischer noch als die Schenkwirte, hatten die letzteren gezwungen, ihnen Platz zu machen und sich in Gegenden zu verziehen, in denen allein die eigenen Gewissensbisse ihre Ruhe störten, wobei freilich die Herbergswirte mit dieser Art von Phantomen erträglich zusammen lebten. Der Wirt von Andújar beschwor beim heiligen Jakob von Compostela, daß diese Wundergeschichten wirklich wahr seien. Er fügte noch hinzu, daß die Häscher der Heiligen Hermandad es abgelehnt hätten, irgendeinen Streifzug in die Sierra Morena zu unternehmen, und daß die Reisenden den Weg über Jaén oder Estremadura wählten.

Ich antwortete ihm, daß eine solche Entscheidung wohl einem gewöhnlichen Reisenden anstehe, daß aber mir, da der König Don Philipp V. die Gnade hatte, mich mit dem Rang eines Hauptmanns der Wallonischen Garde auszuzeichnen, die heiligen Gesetze der Ehre geböten, mich auf kürzestem Wege nach Madrid zu begeben, auch wenn das der gefährlichste sei.

»Mein junger Herr«, erwiderte der Wirt, »Euer Gnaden werden mir die Bemerkung erlauben, daß es ratsam wäre – da der König Sie mit dem Rang eines Gardehauptmanns auszeichnete, ehe noch die Lebensjahre das Kinn Euer Gnaden mit dem leichtesten Flaum auszeichneten –, vor allem Beweise von Einsicht zu liefern; wenn nun, sage ich, die bösen Geister sich einer Gegend bemächtigen ...«

Er hätte noch mehr geredet, aber ich gab meinem Pferd die Sporen und hielt erst an, als ich mich außerhalb der Reichweite seiner Ermahnungen glaubte; ich drehte mich um und sah ihn noch gestikulieren und den Weg über Estremadura weisen. Mein Diener López und mein Wegführer Mosquito betrachteten mich mit jammervollen Blicken, die wohl ungefähr dasselbe sagen wollten. Ich tat, als bemerkte ich es nicht, und ritt weiter durch die mit Gestrüpp bewachsene Fläche, auf der man später die Siedlung La Carlota gründete.

An der Stelle, wo heute das Postamt steht, befand sich damals eine Raststätte, die, den Maultiertreibern wohlvertraut, von ihnen »Los Alcornoques« – »Die Korkeichen« – genannt wurde, weil hier zwei schöne Bäume dieser Art über einer reichlich sprudelnden Quelle, deren Wasser in ein Marmorbecken floß, Schatten spendeten. Es war das einzige Wasser und der einzige Schatten, den man von Andújar bis zur Herberge »Venta Quemada« finden konnte. Die Herberge, obgleich mitten in der Wildnis errichtet, war groß und geräumig. Eigentlich handelte es sich um ein altes maurisches Schloß, das der Marqués von Peña Quemada hatte instand setzen lassen, und deshalb hieß es auch Venta Quemada. Der Marqués hatte es einem Bürger von Murcia verpachtet, der darin die vorzüglichste Herberge an dieser ganzen Landstraße einrichtete. Die Reisenden ritten also des Morgens von Andújar ab, verspeisten bei Los Alcornoques die Vorräte, die sie mit sich führten, und übernachteten dann in der Venta Quemada; häufig verbrachten sie dort auch den folgenden Tag, um sich auf die Überquerung der Berge vorzubereiten und sich mit neuen Vorräten zu versehen; und so wollte auch ich es auf meiner Reise halten.

Doch während wir uns schon den Korkeichen näherten und ich mit López über die kleine Mahlzeit sprach, die wir hier zu halten gedachten, bemerkte ich, daß Mosquito und das mit all unseren Vorräten beladene Maultier verschwunden waren. López meinte, der Bursche sei einige hundert Meter zurückgeblieben, um etwas am Packsattel in Ordnung zu bringen. Wir warteten auf ihn, ritten einige Schritte weiter, hielten wieder an, um auf ihn zu warten, wir riefen ihn, kehrten auf demselben Wege zurück, um ihn zu suchen – alles umsonst. Mosquito war verschwunden und hatte unsere höchsten Hoffnungen, das heißt unsere sämtlichen Mundvorräte, mitgenommen. Freilich verspürte nur ich Hunger, denn López hatte unaufhörlich an einem Tobosaner Käse geknabbert, den er für den Weg mitgenommen hatte; trotzdem war er keineswegs heiterer als ich und brummte vor sich hin, daß der Wirt von Andújar die Wahrheit gesprochen habe und daß der unglückliche Mosquito sicherlich von den bösen Geistern entführt worden sei.

Als wir Los Alcornoques erreicht hatten, fand ich auf dem Becken der Quelle einen mit Weinblättern gefüllten Korb; er schien voller Früchte gewesen und von einem Reisenden vergessen worden zu sein. Neugierig wühlte ich darin und entdeckte mit Vergnügen vier schöne Feigen und eine Orange. Zwei Feigen bot ich López an, doch er wies sie zurück und sagte, er könne bis zum Abend warten; so verzehrte ich alles selbst, und danach wollte ich an der Quelle meinen Durst stillen. López jedoch hielt mich zurück, er meinte, das Wasser werde mir nach den Früchten schaden und er wolle mir einen Rest Alicantewein anbieten. Ich nahm an, doch kaum hatte ich den Wein im Magen, so verspürte ich eine starke Herzbeklemmung. Ich sah die Erde schwanken, den Himmel über mir sich drehen und hätte zweifellos die Besinnung verloren, wäre mir nicht López zu Hilfe geeilt; er brachte mich wieder zu mir und sagte, ich solle mich nicht beunruhigen, dieser Anfall sei nur eine Folge der Müdigkeit und der Entkräftung. In der Tat, ich fühlte mich nicht nur wiederhergestellt, sondern sogar in einem ungewöhnlich angeregten Zustand. Die Landschaft schien in den lebhaftesten Farben zu schillern, die Gegenstände glänzten vor meinen Augen wie Sterne in den Sommernächten, und das Blut pochte frisch in den Adern, besonders an den Schläfen und am Hals.

Da López sah, daß meine Schwäche keinerlei Folgen hatte, konnte er sich nicht enthalten, wieder mit seinen Klagen zu beginnen.

»Ach!« sagte er. »Warum habe ich bloß nicht auf den Rat Fra Gerónimos de la Trinidad gehört, des Mönchs, Predigers, Beichtvaters und Orakels unserer Familie. Er ist der Schwager des Stiefsohnes der Schwägerin vom Stiefvater meiner Stiefmutter, und da er also der nächste Verwandte ist, den wir haben, geschieht nichts in unserem Hause ohne seinen Rat. Ich wollte nicht auf ihn hören, und nun bin ich gerecht bestraft. Er hat mir oft genug gesagt, daß die Offiziere der Wallonischen Garde ein gottloses Volk sind, was man ja auch leicht an ihrem hellen Haar, den blauen Augen und den roten Wangen erkennen kann, wo doch die richtigen Christen die Farbe der vom heiligen Lukas gemalten Madonna von Atocha haben.«

Ich gebot diesem Schwall von Dreistigkeiten Einhalt, indem ich López befahl, mir meine Doppelflinte zu reichen und bei den Pferden zu bleiben, während ich auf einen nahen Felsen klettern und versuchen würde, von dort Mosquito zu suchen. Bei diesem Vorschlag brach López in Tränen aus, er warf sich mir zu Füßen und beschwor mich im Namen aller Heiligen, ihn nicht allein an einem so gefahrvollen Ort zurückzulassen. Ich erbot mich, selbst bei den Pferden zu bleiben, während er auf die Suche gehen würde, doch dieser Gedanke erschien ihm noch viel schrecklicher. Indessen nannte ich ihm so viele gute Gründe für mein Vorhaben, Mosquito zu suchen, daß er mich schließlich ziehenließ. Er holte darauf einen Rosenkranz aus der Tasche und begann neben dem Quellbecken zu beten.

Die Felsspitzen, die ich erklimmen wollte, lagen weiter entfernt, als ich geglaubt hatte; ich brauchte fast eine Stunde, um hinaufzugelangen, und als ich oben stand, erblickte ich nichts als die öde und wilde Ebene: keine Spur von Menschen, Tieren oder Behausungen, keinen Weg außer der Landstraße, auf der ich gekommen war, und niemand zog dort vorüber – überall nur tiefstes Schweigen. Ich durchbrach es mit meinen Rufen, die das Echo von fernher zurücktrug. Schließlich machte ich mich auf den Rückweg zur Quelle, fand mein Pferd an einen Baum gebunden, doch López – López war verschwunden.

Ich konnte nun zwischen zwei Möglichkeiten wählen: nach Andújar zurückkehren oder die Reise fortsetzen. Die Verwirklichung der ersten Möglichkeit kam mir überhaupt nicht in den Sinn. Ich schwang mich auf mein Pferd, brachte es sogleich in raschesten Trab und erreichte nach zwei Stunden die Ufer des Guadalquivir, der hier durchaus nicht der ruhige und prächtige Fluß ist, dessen majestätischer Lauf die Mauern Sevillas umspült. Wo der Guadalquivir die Berge verläßt, tost er als reißendes Wildwasser ohne Grund und Ufer und braust immerzu gegen die Felsen, die seine Gewalt im Zaume halten.

Das Tal von Los Hermanos beginnt an der Stelle, wo der Guadalquivir sich in die Ebene ergießt; es hat seinen Namen von drei Brüdern, die, mehr noch durch ihre Neigung zu Räubereien als durch die Bande des Blutes verbunden, diesen Ort für lange Zeit zum Schauplatz ihrer Überfälle gemacht hatten. Von den drei Brüdern waren zwei gefaßt worden, und am Eingang zum Tal konnte man ihre Leiber am Galgen hängen sehen; der dritte hingegen, der sich Zoto nannte, war aus dem Gefängnis von Córdoba entflohen und hatte sich, wie es hieß, in die Berge der Alpujarras zurückgezogen.

Recht seltsame Dinge erzählte man sich über die beiden gehenkten Brüder. Man sagte zwar nicht, daß sie Gespenster seien, doch man behauptete, daß ihre Körper, durch irgendwelche Dämonen wiederbelebt, sich nachts vom Galgen lösten, um die Lebenden zu peinigen. Das galt als so gewiß, daß ein Theologe von Salamanca eine Abhandlung geschrieben hatte, in der er bewies, daß die beiden Gehenkten etwas Ähnliches wie Vampire seien und daß das eine nicht weniger glaubhaft sei als das andere – was selbst die Ungläubigsten ohne weiteres zugaben. Es lief auch ein Gerücht um, das besagte, die beiden Männer seien unschuldig und nähmen – als zu Unrecht Verurteilte – mit Erlaubnis des Himmels Rache an Reisenden und anderen Passanten. Ich hatte in Córdoba viel darüber gehört und näherte mich nun voller Neugier dem Galgen. Der Anblick war um so abstoßender, als die gräßlichen Leichen, vom Winde bewegt, seltsam schaukelten, während schreckliche Geier an ihnen zerrten, um Fleischfetzen abzureißen. Schaudernd wandte ich den Blick ab und ritt rasch weiter auf dem Weg, der tiefer ins Gebirge führte.

Man muß zugeben, daß das Tal von Los Hermanos sehr dafür geeignet schien, die Unternehmungen der Räuber zu begünstigen und ihnen als Unterschlupf zu dienen. Alle Augenblicke sah sich der Reisende aufgehalten von Felsbrocken, die von den hohen Bergen herabgerollt waren, und von Bäumen, die der Gewittersturm gefällt hatte. An vielen Stellen überquerte der Weg das Bett des Wildbaches, oder er führte an tiefen Höhlen vorüber, deren unheildrohendes Aussehen Argwohn weckte.

Nachdem ich dieses Tal passiert hatte, gelangte ich in ein zweites und erspähte die Venta, die mir Obdach gewähren sollte; doch schon aus der Ferne verhieß mir ihr Aussehen nichts Gutes. Ich unterschied leere Fensterhöhlen ohne Fensterläden, aus dem Schornstein stieg kein Rauch auf, ich sah keinerlei Bewegung in der Nähe des Hauses und hörte keinen Hund meine Ankunft verkünden. Daraus schloß ich, daß es sich um eine jener Herbergen handelte, die, wie mir der Wirt von Andújar gesagt hatte, verlassen worden waren.

Je mehr ich mich der Herberge näherte, desto tiefer erschien mir das Schweigen. Schließlich langte ich an und erblickte einen Opferstock, darauf die folgende Inschrift: »Ihr Herren Reisenden, betet aus Barmherzigkeit für die Seele des González aus Murcia, des einstigen Wirts der Venta Quemada. Vor allem meidet diesen Ort und verbringt hier nicht die Nacht, was immer euch dazu bewegen mag.«

Ich beschloß, den Gefahren, mit denen die Inschrift mir drohte, zu trotzen. Es geschah nicht deswegen, weil ich etwa überzeugt gewesen wäre, daß es überhaupt keine Gespenster gebe; vielmehr wird der weitere Verlauf dieser Geschichte zeigen, daß meine ganze Erziehung darauf gerichtet war, das Ehrgefühl auszubilden, und die Ehre bestand für mich darin, niemals auch nur die geringste Furcht zu zeigen.

Da die Sonne noch nicht ganz untergegangen war, wollte ich das letzte Tageslicht nutzen und alle Winkel dieser Behausung durchsuchen, weniger um mich gegen die höllischen Mächte zu sichern, die von dem Haus Besitz ergriffen hatten, als vielmehr in der Absicht, irgendwelche Nahrung zu finden; denn die wenigen Früchte, die ich bei Los Alcornoques gegessen hatte, konnten zwar den gebieterischen Hunger, den ich verspürte, für kurze Zeit betäuben, aber nicht stillen. Ich ging durch viele Kammern und Säle. Die Wände der meisten waren bis Mannshöhe mit Mosaik verkleidet, die Decken stellten schöne Holzarbeiten dar, wie sie die Mauren so prächtig zu machen verstanden. Ich musterte die Küchen, die Vorratskammern und die Keller; diese waren in den Fels gehauen und zum Teil mit unterirdischen Gängen verbunden, die tief in den Berg einzudringen schienen; doch nirgends fand ich etwas zu essen. Als schließlich das Tageslicht ganz erlosch, holte ich mein Pferd, das ich auf dem Hof angebunden hatte, führte es in einen Stall, wo ein bißchen Heu lag, und begab mich in einen Raum mit einem schlechten Bett, dem einzigen, das in der ganzen Herberge zurückgelassen worden war. Ich hätte mir wohl etwas Licht gewünscht, aber dafür hatte der Hunger, der mich quälte, das Gute, daß er mich wach hielt.

Je schwärzer die Nacht, desto düsterer wurden indessen meine Gedanken. Bald sann ich über das Verschwinden meiner beiden Bediensteten nach, bald über die Möglichkeit, mir etwas Nahrung zu beschaffen. Ich dachte mir, daß wohl Diebe, die unvermutet hinter einem Gebüsch oder aus einem unterirdischen Gang hervorgebrochen waren, nacheinander Mosquito und López überwältigt hatten, als diese allein waren, und daß ich einzig deswegen verschont geblieben sei, weil mein militärisches Aussehen keinen ebenso leichten Sieg verhieß. Mein Appetit beschäftigte mich mehr als alles andere; aber ich hatte Ziegen auf den Bergen gesehen – sie mußten wohl von einem Hirten gehütet werden, und dieser Mann hatte zweifellos einen kleinen Brotvorrat bei sich, um ihn mit seiner Milch zu verspeisen.

Überdies vertraute ich auch etwas auf meine Flinte. Doch umkehren und mich dem Spott des Wirtes von Andújar aussetzen – das jedenfalls sollte um keinen Preis geschehen. Im Gegenteil, ich war fest entschlossen, die Reise fortzusetzen.

Als sich alle diese Überlegungen erschöpft hatten, konnte ich mich nicht enthalten, mir die berühmte Geschichte von den Falschmünzern und einige andere Erzählungen der gleichen Art, die mir von Jugend an vertraut waren, wieder durch den Kopf gehen zu lassen. Auch an die Inschrift auf dem Opferstock dachte ich. Ich nahm nicht an, daß der Teufel dem früheren Wirt den Hals umgedreht hatte, vermochte mir aber sein tragisches Ende nicht zu erklären.

So vergingen die Stunden in tiefer Stille, bis mich der unerwartete Ton einer Glocke vor Überraschung zusammenfahren ließ. Sie schlug zwölfmal, und wie bekannt, haben die Gespenster nur von Mitternacht bis zum ersten Hahnenschrei Gewalt. Ich sagte, daß ich überrascht war, und ich hatte auch Grund dazu; denn die Glocke hatte die vorangegangenen Stunden keineswegs geschlagen. So schien mir ihr Klingen etwas Unheilverkündendes zu haben. Einen Augenblick darauf öffnete sich die Tür, und ich sah eine völlig schwarze, doch durchaus nicht schreckenerregende Gestalt eintreten. Es war eine schöne, halbnackte Negerin, und sie trug in jeder Hand eine Fackel.

Die Negerin kam auf mich zu, begrüßte mich mit tiefer Ehrerbietung und sagte in sehr gutem Spanisch: »Señor Caballero, zwei Ausländerinnen, welche die Nacht in dieser Herberge zubringen, bitten Sie, mit ihnen das Abendbrot zu teilen. Wollen Sie die Güte haben, mir zu folgen!«

Ich folgte der Negerin durch mehrere Korridore und gelangte schließlich in einen hell erleuchteten Saal, in dessen Mitte ein Tisch mit drei Gedecken, mit kostbarem japanischem Geschirr und Karaffen aus Bergkristall stand. Im Hintergrund des Saals befand sich ein prächtiges Bett. Viele Negerinnen schienen dienstbereit zu warten; doch dann traten sie achtungsvoll zur Seite, und ich sah zwei Damen eintreten, deren Antlitz wie Milch und Blut einen vollkommenen Gegensatz zur Ebenholzfarbe ihrer Dienerinnen bildete. Die beiden Damen hielten einander an der Hand. Sie waren nach einem seltsamen Geschmack gekleidet, oder wenigstens kam es mir so vor; in Wirklichkeit war es die übliche Tracht in verschiedenen Städten an der Küste der Berberei, wie ich später bemerkte, als ich dorthin reiste. Dieses Gewand nun sah so aus: Es bestand eigentlich nur aus Hemd und Miederjäckchen. Das Hemd war bis unterhalb der Gürtellinie aus Leinen, darunter aus Meknesgaze, einem Gewebe, das völlig durchsichtig gewesen wäre, hätten nicht eingesetzte breite Streifen aus Seide geholfen, Reize zu verhüllen, die besser nur geahnt werden. Das Miederjäckchen, reich mit Perlen bestickt und mit diamantenen Agraffen besetzt, umschloß ziemlich streng den Busen; es hatte keine Ärmel, während die des Hemdes, ebenfalls aus Gaze, hochgerafft und im Nacken festgebunden waren. Armreife schmückten ihre nackten Arme sowohl an den Handgelenken als auch über den Ellbogen. Die Füße der Damen, die, wenn sie Teufelinnen gehört hätten, Klauen oder Krallen hätten tragen müssen, zeigten nichts dergleichen; vielmehr steckten sie unbestrumpft in bestickten Pantöffelchen, und den Knöchel zierte ein Ring mit großen Brillanten.

Die beiden Unbekannten traten mit freundlicher, heiterer Miene auf mich zu. Sie waren zwei vollkommene Schönheiten, die eine groß, schlank, strahlend, die andere sanft und zurückhaltend, jene – die Stattliche – von bewunderungswürdigem Wuchs und mit vortrefflichen Zügen, diese – die jüngere – von üppigerer Gestalt, die Lippen ein wenig vorgewölbt, die Lider halb geschlossen und der schmale Spalt vom Augapfel, den sie sehen ließen, von ungewöhnlich langen Wimpern verdeckt. Die Ältere wandte sich an mich und sprach in kastilischem Dialekt: »Señor Caballero, wir danken Ihnen, daß Sie die Güte hatten, die Einladung zu diesem bescheidenen Mahl anzunehmen; ich glaube, daß Sie wohl seiner bedürfen.«

Sie sagte die letzten Worte mit einem so schalkhaften Ausdruck, daß ich sie fast im Verdacht hatte, sie habe das mit unseren Vorräten beladene Maultier entführen lassen. Doch sie entschädigte mich so gut für meinen Verlust, daß ich ihr darob nicht böse sein konnte.

Wir setzten uns zu Tisch, und dieselbe Dame sagte, indem sie mir eine japanische Schale zureichte: »Señor Caballero, Sie finden hier eine Olla podrida, bereitet aus allen Fleischarten, eine einzige ausgenommen; denn wir sind treu im Glauben, will sagen: Mohammedanerinnen.«

»Schöne Fremde«, entgegnete ich, »mir scheint, Sie haben wahr gesprochen. Zweifellos sind Sie treu – das ist die Religion der Liebe. Doch möchten Sie die Güte haben, meine Neugier noch vor meinem Appetit zu stillen und mir zu sagen, wer Sie sind.«

»Essen Sie indessen, Señor Caballero«, erwiderte die schöne Maurin, »gerade Ihnen gegenüber wollen wir unser Inkognito nicht wahren. Ich heiße Emina und meine Schwester Zibelda. Wir wohnen in Tunis, doch unsere Familie stammt aus Granada, und einige unserer Verwandten sind in Spanien geblieben, wo sie im geheimen den Glauben ihrer Väter bekennen. Vor acht Tagen haben wir Tunis verlassen, in der Nähe von Málaga sind wir an einem einsamen Strand gelandet, darauf zwischen Loja und Antequera über die Berge gezogen und schließlich an diesen einsamen Ort gelangt, um hier die Kleidung zu wechseln und alle nötigen Vorkehrungen zu unserer Sicherheit zu treffen. Sie sehen also,. Señor Caballero, daß unsere Reise ein bedeutsames Geheimnis ist, das wir Ihrer Ehrenhaftigkeit anvertrauen.«

Ich versicherte den beiden Schönen, daß sie von meiner Seite keine Indiskretion zu befürchten hätten, und machte mich ans Essen, ein wenig gierig zwar, doch immerhin mit einem gewissen gezwungenen Anstand, der sich bei einem jungen Mann von selbst einstellt, wenn er sich als einziger seines Geschlechts in Damengesellschaft befindet.

Als man bemerkte, daß mein erster Hunger gestillt war und ich zu dem überging, was man in Spanien *los dulces* nennt, befahl die schöne Emina den Negerinnen, mir zu zeigen, wie man in ihrer Heimat tanzt. Es schien, als könnte kein Befehl ihnen angenehmer sein. Sie kamen ihm mit einer Lebhaftigkeit nach, die etwas Übermütiges hatte. Ich glaube sogar, daß es schwierig gewesen wäre, ihrem Tanz ein Ende zu setzen; doch ich fragte die beiden Herrinnen, ob auch sie zuweilen tanzten. Statt aller Antwort erhoben sie sich und ließen sich Kastagnetten reichen. Ihre Bewegungen hatten manches mit dem Bolero von Murcia und mit der Fofa gemein, die man in Algarve tanzt; wer in diesen Provinzen war, wird sich ein Bild davon machen können. Freilich wird er niemals den ganzen Zauber begreifen, den die natürliche Anmut der beiden Afrikanerinnen, die noch erhöht wurde durch ihr weites, durchscheinendes Gewand, dem Tanz verlieh.

Ich betrachtete sie einige Zeit mit einer gewissen Kühle; doch ihre Bewegungen, die einem lebhafter werdenden Rhythmus folgten, dazu der betäubende Klang der maurischen Musik, meine Lebensgeister, angefeuert durch plötzliche Nahrung – das alles, in mir und außerhalb meiner, vereinigte sich, um meine Sinne zu verwirren. Ich wußte nicht mehr, ob ich mich in Gesellschaft von Frauen oder von tückischen Nachtgespenstern befand. Ich wagte nicht hinzublicken, wollte nichts sehen. Ich legte die Hand über die Augen und fühlte, wie mir das Bewußtsein schwand.

Die beiden Schwestern näherten sich mir, jede ergriff eine meiner Hände. Emina fragte, ob ich mich krank fühle. Ich beruhigte sie. Zibelda fragte mich, was das für ein Medaillon sei, das sie auf meiner Brust sehe, und ob es sich um das Bildnis einer Geliebten handle.

»Es ist ein Kleinod«, antwortete ich, »das meine Mutter mir gegeben hat; ich habe versprochen, es stets zu tragen. Es enthält einen Splitter vom wahren Kreuz.«

Bei diesen Worten sah ich Zibelda zurückweichen und erblassen.

»Sie sind verwirrt«, sagte ich, »aber das Kreuz kann doch nur den Geist der Finsternis erschrecken.«

Emina antwortete für ihre Schwester: »Señor Caballero, Sie wissen, daß wir Mohammedanerinnen sind, und Sie dürfen nicht erstaunt sein über den Kummer, den meine Schwester hat erkennen lassen. Ich teile ihn. Wir sind tief betrübt, in Ihnen, unserem nächsten Verwandten, einen Christen zu sehen. Diese Worte setzen Sie in Erstaunen, aber war Ihre Mutter nicht eine Gomélez? Wir gehören zu derselben Familie, die wiederum nur ein Zweig des Geschlechts der Abencerragen ist. Doch setzen wir uns auf dieses Sofa, und ich werde Ihnen mehr erzählen.«

Die Negerinnen entfernten sich. Emina hieß mich in der Ecke des Sofas Platz nehmen und setzte sich mit untergeschlagenen Beinen neben mich. Zibelda ließ sich auf der anderen Seite nieder, stützte sich auf mein Polster, und wir waren einander so nahe, daß ihre Atemzüge sich mit den meinen vermischten. Emina schien einen Augenblick nachzusinnen, dann nahm sie meine Hand und sprach, während sie mich mit dem lebhaftesten Anteil betrachtete: »Es ist unnütz, es Ihnen zu verheimlichen: nicht der Zufall führt uns hierher. Wir haben Sie hier erwartet. Hätte die Furcht Sie veranlaßt, einen anderen Weg zu wählen, so hätten Sie für immer unsere Achtung verloren.«

»Sie schmeicheln mir, Emina«, erwiderte ich, »und ich begreife nicht, welchen Anteil Sie an meiner Tapferkeit nehmen können.«

»Wir nehmen großen Anteil an Ihrem Geschick«, fuhr die schöne Maurin fort, »aber vielleicht fühlen Sie sich weniger geschmeichelt, wenn Sie erfahren, daß Sie beinahe der erste Mann sind, den wir gesehen haben. Sie wundern sich über meine Worte und scheinen daran zu zweifeln. Ich habe Ihnen versprochen, die Geschichte unserer Vorfahren zu erzählen; aber vielleicht ist es besser, wenn ich mit der unseren beginne.«

Die Geschichte Eminas und ihrer Schwester Zibelda

Unser Vater war Jasîr Gomélez, der Ohm des jetzt herrschenden Deys von Tunis; wir hatten keinen Bruder, haben unseren Vater überhaupt nicht gekannt, so daß wir, eingeschlossen in die Mauern des Serails, nicht die geringste Vorstellung von euerm Geschlecht hatten. Da wir jedoch beide mit einem außerordentlichen Hang für zärtliche Empfindungen geboren waren, liebten wir einander mit großer Leidenschaft. Diese Anhänglichkeit hatte mit den ersten Kinderjahren begonnen. Wir weinten, sobald man uns trennen wollte, sei es auch nur für Augenblicke. Wenn die eine gescholten wurde, brach die andere in Tränen aus. Wir verbrachten die Tage, indem wir am gleichen Tisch spielten, und wir schliefen nachts im gleichen Bett.

Dieses so lebhafte Gefühl schien mit uns zu wachsen, und es gewann neue Kraft durch einen Umstand, den ich erzählen werde. Ich war damals sechzehn Jahre alt und meine Schwester vierzehn. Seit langem hatten wir bemerkt, daß meine Mutter bestimmte Bücher sorgfältig vor uns verbarg. Anfangs hatten wir wenig darauf geachtet, weil uns die Bücher, aus denen wir das Lesen gelernt hatten, aufs äußerste langweilten; doch mit den Lebensjahren kam auch die Neugier. Wir nutzten einen Augenblick, als der verbotene Schrank offenstand, und nahmen rasch einen kleinen Band heraus, der sich als die *Liebesgeschichte Lailâs und Madschnûns* erwies, aus dem Persischen übersetzt von Ben-Omar. Dieses wundervolle Werk, das mit feurigen Farben alle Wonnen der Liebe schildert, entflammte unsere jungen Köpfe. Wir konnten es nicht recht verstehen, weil wir niemals Wesen eures Geschlechts gesehen hatten, aber wir machten uns die Ausdrücke zu eigen. Wir unterhielten uns in der Sprache der Liebenden; schließlich verlangte es uns danach, uns auf die gleiche Weise zu lieben. Ich übernahm die Rolle Madschnûns, meine Schwester die der Lailâ. Erst offenbarte ich ihr meine Leidenschaft dadurch, daß ich bestimmte Blumen zu einem Strauß wählte – eine Art Geheimsprache, die in ganz Asien weit verbreitet ist. Dann ließ ich meine Blicke sprechen, ich warf mich vor ihr nieder, ich küßte die Spur ihrer Füße, beschwor den Zephir, ihr meine Klagen zuzutragen, und mit meinen glühenden Seufzern wollte ich seinen Hauch zur Flamme werden lassen.

Zibelda, getreu den Lehren ihres Autors, gewährte mir ein Rendezvous. Ich warf mich vor ihr nieder, küßte ihre Hände, netzte ihre Füße mit meinen Tränen; meine Geliebte leistete anfangs sanften Widerstand, dann ließ sie sich einige Gunstbezeigungen rauben, und schließlich ergab sie sich meinem heißen Ungestüm. Wahrhaftig, unsere Seelen schienen sich zu vereinen, und ich wüßte nicht einmal, was uns glücklicher machen könnte, als wir es damals waren.

Ich habe vergessen, wie lange wir uns mit diesen leidenschaftlichen Szenen erfreuten, doch schließlich ließen wir sie von ruhigeren Empfindungen ablösen. Wir fanden Gefallen am Studium mancher Wissenschaften, besonders an der Wissenschaft von der Pflanzenwelt, die wir nach den Schriften des berühmten Averrhoes studierten.

Meine Mutter, überzeugt davon, daß man sich gar nicht genug gegen die Langeweile des Serails wappnen kann, sah mit Genugtuung, wie gern wir uns beschäftigten. Sie ließ aus Mekka eine heilige Person kommen, die man Hasrata nannte, das heißt die Heilige, Erhabene. Die Hasrata lehrte uns das Gesetz des Propheten; ihren Unterricht gab sie in jener so reinen und melodischen Sprache, die man im Stamm der Koreischiten spricht. Wir wurden nicht müde, sie zu hören, und kannten fast den ganzen Koran auswendig. Danach erzählte uns die Mutter selbst die Geschichte unseres Hauses und legte in unsere Hände viele Memoiren, von denen manche arabisch, manche spanisch geschrieben waren. Oh, lieber Alfons, wie verhaßt wurde uns da euer Glaube; wie haßten wir eure Priester, die unsere Mohammedaner so grausam verfolgten! Doch wieviel Anteil nahmen wir auf der anderen Seite an soviel vortrefflichen, vom Unheil geschlagenen Menschen, deren Blut in unseren Adern fließt.

Bald begeisterten wir uns für Said Gomélez, der das Martyrium in den Kerkern der Inquisition erlitt, bald für seinen Neffen Lais, der lange Zeit in den Bergen, fern von den Menschen, ein Leben führte, das sich wenig von dem der Raubtiere unterschied. Solche Züge flößten uns liebevolle

Bewunderung für die Männer ein; wir hätten gern welche gesehen, und oft stiegen wir auf unsere Terrasse, um aus der Ferne die Männer zu erspähen, die sich auf dem Golettasee einschifften, oder jene, die sich zu den Bädern von Hamâm-Nef begaben. Wenn wir auch die Lehren des verliebten Madschnûns nicht ganz vergessen hatten, so wiederholten wir sie doch nicht mehr gemeinsam. Ich glaubte sogar, daß die Zuneigung für meine Schwester nicht mehr den Charakter einer Leidenschaft hatte, doch ein neues Ereignis überzeugte mich vom Gegenteil.

Eines Tages führte meine Mutter eine Fürstin aus Tafilet, eine ältere Frau, zu uns; wir empfingen sie auf das freundlichste. Als sie abgereist war, sagte mir meine Mutter, die Fürstin habe mich für ihren Sohn als Frau erbeten, und meine Schwester werde einen Gomélez heiraten. Diese Nachricht traf uns wie ein Blitzschlag. Erst waren wir so davon betroffen, daß wir fast die Sprache verloren; dann stand uns das Unglück, ohne einander leben zu müssen, so deutlich vor Augen, daß wir uns der schrecklichsten Verzweiflung hingaben. Wir rauften uns die Haare, und das ganze Serail hallte von unserem Wehgeschrei wider. Schließlich grenzten die Bekundungen unseres Schmerzes an Raserei. Meine Mutter, von Schreck erfaßt, versprach, unseren Neigungen keinesfalls Zwang anzutun; sie versicherte uns, daß wir auch Jungfrauen bleiben oder denselben Mann heiraten dürften. Diese Beteuerungen beruhigten uns ein wenig.

Einige Zeit darauf verkündete uns die Mutter, sie habe mit dem Oberhaupt unserer Familie gesprochen, und er habe erlaubt, daß wir mit demselben Mann vermählt würden, vorausgesetzt, daß dieser dem Geschlecht der Gomélez entstamme.

Wir erwiderten anfangs gar nichts darauf, doch der Gedanke, zusammen einen Mann zu haben, gefiel uns von Tag zu Tag besser. Wir hatten niemals einen Mann gesehen, weder einen jungen noch einen alten, es sei denn aus der Ferne; aber da uns junge Frauen angenehmer erschienen als alte, wünschten wir, daß unser Gemahl jung sei. Wir hofften auch, daß er uns einige Abschnitte aus dem Buch von Ben-Omar erklären werde, deren Sinn wir nicht ganz verstanden hatten.

Hier unterbrach Zibelda ihre Schwester und sagte, indem sie mich umschlang: »Lieber Alfons, warum sind Sie nicht Mohammedaner! Wie glücklich wäre ich, könnte ich Sie in den Armen Eminas sehen, euren Wonnen neue hinzufügen, mich euren Umarmungen zugesellen; denn, lieber Alfons, in unserem Hause haben, ebenso wie im Hause des Propheten, die Söhne einer Tochter dieselben Rechte wie die männliche Linie. Es würde vielleicht bloß von Ihnen abhängen, das Oberhaupt unseres Hauses zu werden, das zu erlöschen droht. Nichts weiter gehörte dazu, als die Augen für die heiligen Wahrheiten unseres Glaubens zu öffnen.«

Das schien mir gar sehr einer Einflüsterung des Satans zu gleichen, und ich glaubte schon Hörner auf der hübschen Stirn Zibeldas zu sehen. Ich murmelte ein paar fromme Worte. Die beiden Schwestern wichen etwas zurück. Emina nahm eine ernsthafte Haltung an und fuhr also fort: »Señor Alfons, ich habe zuviel über meine Schwester und mich gesprochen. Das war nicht meine Absicht; ich habe mich hier nur niedergelassen, um Sie über die Geschichte der Gomélez zu unterrichten, von denen Sie mütterlicherseits abstammen. Nun also zu dem, was ich Ihnen erzählen wollte.«

Die Geschichte des Schlosses Kasr-Gomélez

Der Begründer unseres Geschlechts war Mas'ûd Ben-Tâher, der Bruder von Jûsuf Ben-Tâher, der an der Spitze der Araber in Spanien eindrang und seinen Namen dem Berg Dschebel al-Tâher lieh oder, wie ihr es aussprecht, Gibraltar. Mas'ûd, der sehr zum Erfolg der arabischen Waffen beigetragen hatte, erhielt vom Kalifen von Bagdad die Herrschaft über Granada, wo er bis zum Tode seines Bruders blieb. Er wäre länger dort geblieben, denn er wurde ebenso von den Mohammedanern geliebt wie von den Mozarabern, das heißt den Christen, die unter der Herrschaft der Araber geblieben sind; doch Mas'ûd hatte Feinde in Bagdad, die ihn beim Kalifen anschwärzten. Er erfuhr, daß sein Untergang beschlossen war, und gedachte daher, sich selber zu entfernen. Mas'ûd versammelte die Seinen und zog sich in die Berge der Alpujarras zurück, die, wie Sie wissen, die Gebirgskette der Sierra Morena fortsetzen und das Königreich Granada vom Königreich Valencia trennen.

Die Westgoten, gegen die wir kämpften, um Spanien zu erobern, waren niemals in die Alpujarras eingedrungen. In den meisten Tälern lebten keine Menschen. Nur drei waren von Nachfahren eines alten iberischen Volkes bewohnt. Man nannte sie Turduler; sie erkannten weder Mohammed noch euern nazarenischen Propheten an; ihre religiösen Ansichten und Gesetze waren in Liedern enthalten, welche die Väter ihren Kindern weitergaben; sie hatten auch Bücher gehabt, doch die gingen verloren.

Mas'ûd unterwarf die Turduler mehr durch Überzeugung als durch Gewalt: er lernte ihre Sprache und lehrte sie die Glaubenssätze des Islams. Die beiden Völker vermischten sich durch Eheschließungen, und dieser Mischung ebenso wie der Bergluft verdanken wir die lebhafte Gesichtsfarbe, die Sie an meiner Schwester und an mir wahrnehmen und die die Töchter der Gomélez auszeichnet. Man sieht bei den Mauren viele sehr hellhäutige Frauen, doch die sind immer blaß.

Mas'ûd nahm den Titel eines Scheichs an und ließ eine sehr feste Burg errichten, die er Kasr-Gomélez nannte. Eher Richter als Herrscher seines Stammes, war Mas'ûd stets für jeden zugänglich; er machte sich das zur Pflicht; doch am letzten Freitag eines jeden Monats nahm er Abschied von seiner Familie, schloß sich in einem unterirdischen Gewölbe seiner Burg ein und blieb dort bis zum nächsten Freitag. Dieses Verschwinden gab Anlaß zu mancherlei Vermutungen: die einen meinten, unser Scheich bespreche sich mit dem Zwölften Imâm, der am Weltenende auf der Erde erscheinen soll. Andere glaubten, daß der Antichrist gefangen in unseren Verliesen sitze. Wieder andere dachten, daß die Sieben Schlafenden Brüder mit ihrem Hund Kalb hier ruhten. Der Scheich kümmerte sich nicht um diese Gerüchte; er regierte weiterhin sein kleines Volk, soweit es seine Kräfte ihm erlaubten. Schließlich suchte er den klügsten Mann des Stammes aus, ernannte ihn zu seinem Nachfolger, übergab ihm den Schlüssel zu den Gewölben und zog sich in eine Einsiedelei zurück, wo er noch viele Jahre lebte.

Der neue Scheich regierte ganz so wie sein Vorgänger und verschwand gleich ihm am letzten Freitag eines jeden Monats. Dies währte unverändert bis zu der Zeit, da Córdoba seine eigenen Kalifen erhielt, die unabhängig von den Bagdader Kalifen waren. Darauf begannen die Bergbewohner der Alpujarras, die an dieser Umwälzung teilgenommen hatten, sich in den Ebenen niederzulassen, wo sie unter dem Namen »Abencerragen« bekannt wurden; die hingegen, die dem Scheich von Kasr-Gomélez treu blieben, behielten den Namen »Gomélez«.

Indessen kauften die Abencerragen die schönsten Ländereien im Königreich Granada und die schönsten Häuser der Stadt. Ihr Luxus erregte allgemeine Aufmerksamkeit, man vermutete, daß die unterirdischen Gewölbe des Scheichs unermeßliche Schätze enthielten, doch niemand vermochte Genaueres zu erfahren, weil die Abencerragen die Quelle ihres Reichtums selbst nicht kannten.

Schließlich wurden diese schönen Reiche, da sie die Rache des Himmels auf sich gelenkt hatten, den Händen der Ungläubigen überliefert. Granada fiel, und eine Woche später erschien der berühmte Gonzalo de Córdoba an der Spitze von dreitausend Mann in den Alpujarras. Damals war Hâtem Gomélez unser Scheich; er trat vor Gonzalo und übergab ihm die Schlüssel seiner Burg. Der Spanier verlangte die Schlüssel zu den Gewölben; der Scheich gab sie ihm gleichfalls ohne Schwierigkeiten. Gonzalo wollte selbst hinabsteigen. Er fand nur ein Grabmal und Bücher, spottete laut über alle die Geschichten, die man ihm erzählt hatte, und beeilte sich, nach Valladolid zurückzukehren, wohin ihn Liebe und Frauendienst zogen.

Danach herrschte Frieden in unseren Bergen, bis Karl den Thron bestieg. Unser Scheich war damals Sefî Gomélez. Dieser Mann ließ – aus Gründen, die man niemals recht erfahren hat – den neuen Kaiser wissen, daß er ihm ein wichtiges Geheimnis enthüllen werde, wenn der Kaiser einen vertrauenswürdigen Mann in die Alpujarras schicke. Es vergingen keine zwei Wochen, da stellte sich Don Ruiz von Toledo als Abgesandter Seiner Majestät bei den Gomélez ein, doch er mußte erfahren, daß der Scheich am Vortage ermordet worden war. Don Ruiz verfolgte etliche Personen, wurde der Verfolgungen aber bald müde und kehrte an den Hof zurück.

Indessen war das Geheimnis der Scheiche in den Besitz von Sefîs Mörder übergegangen. Dieser Mann, der sich

Billâh Gomélez nannte, rief die Ältesten des Stammes zusammen und bewies ihnen die Notwendigkeit, neue Vorsichtsmaßregeln zur Wahrung eines so wichtigen Geheimnisses zu treffen. Es wurde beschlossen, daß man mehrere Mitglieder der Familie Gomélez einweihen werde, doch so, daß jeder von ihnen nur einen Teil des Geheimnisses erfahre, und auch das erst dann, wenn er sichtbare Beweise von Mut, Klugheit und Treue erbracht habe.

Hier unterbrach Zibelda abermals ihre Schwester und sagte: »Liebe Emina, glaubst du nicht, daß Alfons allen Prüfungen standgehalten hätte? Oh, wer kann wohl daran zweifeln! Lieber Alfons, warum sind Sie nicht Mohammedaner! Über unermeßliche Schätze könnten Sie vielleicht gebieten.«

Das sah wieder ganz nach dem Geist der Finsternis aus, der, da er mich nicht mit Sinnenlust in Versuchung führen konnte, mich nun mit der Gier nach Gold zu Fall zu bringen trachtete. Doch die beiden Schönen schmiegten sich an mich, und ich meinte wohl, daß ich Körper und keine Geister berührte. Nach einem kurzen Schweigen nahm Emina den Faden ihrer Geschichte wieder auf:

Lieber Alfons, Ihnen sind die Verfolgungen, die wir unter Philipp, Karls Sohn, erlitten, wohlbekannt. Man nahm die Kinder weg und ließ sie im christlichen Glauben erziehen. Man gab ihnen alle Güter ihrer Eltern, die dem Glauben treu geblieben waren. Damals geschah es, daß ein Gomélez in den Derwischorden des heiligen Dominikus eintrat und das Amt des Großinquisitors bekleidete . . .

An dieser Stelle vernahmen wir einen Hahnenschrei, und Emina verstummte. Der Hahn krähte noch einmal. Ein abergläubischer Mensch hätte nun wohl erwartet, die beiden Schönen durch den Schornstein entschweben zu sehen. Sie taten das keineswegs, doch sie sahen jetzt nachdenklich aus.

Emina brach als erste das Schweigen.

»Liebster Alfons«, sagte sie, »es beginnt zu tagen. Die Stunden, die wir zusammen verbringen können, sind zu kostbar, um sie auf das Geschichtenerzählen zu verwenden. Wir dürfen nicht Ihre Gemahlinnen sein, es sei denn, Sie übernehmen unseren heiligen Glauben. Aber es ist Ihnen erlaubt, uns im Traum zu sehen. Sind Sie einverstanden?«

Ich war mit allem einverstanden.

»Damit nicht genug«, fuhr Emina mit dem Ausdruck höchster Würde fort, »damit nicht genug, lieber Alfons; Sie müssen sich noch bei den geheiligten Gesetzen der Ehre verpflichten, niemals unsere Namen, unsere Existenz und all das zu verraten, was Sie von uns wissen. Wagen Sie es, diese feierliche Verpflichtung auf sich zu nehmen?«

Ich versprach alles, was man wollte.

»Das genügt«, sagte Emina. »Schwester, bring nun den Kelch, den Mas'ûd, das erste Oberhaupt unseres Geschlechts, geweiht hat.«

Während Zibelda den Zauberkelch holte, kniete Emina nieder und sprach Gebete in arabischer Sprache. Zibelda kehrte zurück, ein Gefäß in der Hand, das, wie mir schien, aus einem einzigen Smaragd geschnitten war; sie befeuchtete an dem Kelch ihre Lippen, Emina tat das gleiche und hieß mich den Rest des Getränkes in einem Zuge trinken.

Ich gehorchte.

Emina dankte mir für meine Fügsamkeit und umarmte mich sehr zärtlich. Darauf preßte Zibelda ihre Lippen auf die meinen und schien sie nicht wieder lösen zu können. Schließlich verließen sie mich; sie sagten noch, ich würde sie wiedersehen, und rieten mir, so rasch wie möglich einzuschlafen.

Soviel seltsame Ereignisse, wundersame Erzählungen und unerwartete Empfindungen – es war zweifellos genug, mich die ganze Nacht darüber nachdenken zu lassen. Doch ich muß gestehen, daß mich die Träume, die man mir verheißen hatte, mehr beschäftigten als alles andere. Ich kleidete mich rasch aus und legte mich in das Bett, das man für mich bereitet hatte. Als ich mich ausgestreckt hatte, bemerkte ich mit Freude, daß mein Bett sehr breit war und daß Träume nicht soviel Platz brauchen. Aber ich hatte kaum Zeit, diese Überlegung anzustellen, denn der Schlaf senkte sich unwiderstehlich auf meine Lider, und alle Trugbilder der Nacht bemächtigten sich sogleich meiner Sinne. Ich fühlte, wie phantastische Zauberbilder sie verwirrten; meine Gedanken aber versetzten mich, getragen von den Flügeln des Verlangens und ohne mein Zutun, mitten in die Serails Afrikas und erschlossen mir die in ihren Mauern verborgenen Reize, um mir daraus trügerische Wonnen zu bereiten. Ich fühlte, daß ich träumte, und hatte dabei das Bewußtsein, durchaus keine Traumgestalten zu umarmen. Ich verlor mich in der Grenzenlosigkeit verrücktesten Blendwerks; doch ich fand mich stets wieder in Gesellschaft meiner schönen Cousinen. Ich schlief an ihrem Busen ein und erwachte in ihren Armen. Ich weiß nicht, wie oft ich diesen süßen Wechsel zu fühlen glaubte.

Zweiter Tag

Endlich erwachte ich in der Tat; die Sonne brannte auf meine Lider – nur mit Mühe öffnete ich sie. Ich erblickte den Himmel. Ich sah, daß ich mich im Freien befand. Doch der Schlummer drückte noch auf meine Augen. Ich schlief nicht mehr, war aber auch noch nicht wach. Bilder von Martern und Qualen lösten einander ab. Ich erschrak darüber. Ich fuhr mit einem Ruck hoch und richtete mich auf.

Woher soll ich Worte nehmen, um den Schrecken auszudrücken, der mich nun ergriff? Ich lag unter dem Galgen von Los Hermanos. Die Leichen der beiden Brüder Zotos hingen nicht oben, sondern lagen links und rechts neben mir. Ich hatte offenbar die Nacht mit ihnen verbracht. Ich lag auf Fetzen von Stricken, Resten von Folterwerkzeugen und menschlichen Gerippen und auf abscheulichen Lumpen, die die Fäulnis von ihnen abgerissen hatte.

Ich glaubte, ich wäre noch nicht erwacht und hätte einen schrecklichen Traum. Ich schloß wieder die Augen und suchte in meinem Gedächtnis, wo ich am Abend vorher gewesen war... Dann spürte ich, wie Krallen in meine Seite schlugen. Ich sah, daß ein Geier sich auf mir niedergelassen hatte und an einem meiner Nachtgefährten fraß. Der Schmerz, den mir seine Krallen bereiteten, machte mich vollends wach. Ich bemerkte, daß meine Kleidungsstücke in der Nähe lagen, und zog mich rasch an. Als ich angekleidet war, wollte ich aus der mit einer Mauer umgebenen Richtstätte hinaus, aber ich fand das Tor verschlossen und mühte mich vergeblich, es aufzubrechen. Es blieb mir nichts anderes übrig, als auf das traurige Gemäuer hinaufzuklettern. Das gelang mir, und oben begann ich, an einen Mast des Galgens gelehnt, die Umgebung zu betrachten. Leicht erkannte ich die Gegend wieder. Ich befand mich tatsächlich am Eingang zum Tal von Los Hermanos, nicht weit von den Ufern des Guadalquivir.

Als ich mich weiter umsah, entdeckte ich am Fluß zwei Reisende, von denen der eine ein Frühstück bereitete, während der andere zwei Pferde am Zaum hielt. Ich war so entzückt, Menschen zu sehen, daß ich, einer ersten Regung folgend, ihnen zurief: »*Agur, agur!*«, was im Spanischen soviel bedeutet wie »Guten Tag« oder »Ich grüße Sie«.

Als die beiden Reisenden die Artigkeiten bemerkten, die man ihnen vom Galgen herab erwies, schienen sie einen Augenblick unentschlossen, doch dann sprangen sie eilig auf ihre Pferde, brachten sie in schärfsten Galopp und jagten in Richtung Alcornoques davon. Ich rief ihnen zu, sie sollten doch anhalten, aber vergebens; je mehr ich schrie, desto mehr gaben sie ihren Pferden die Sporen. Als ich sie aus den Augen verloren hatte, gedachte ich meinen Standort zu verlassen. Ich sprang herunter und kam dabei ein bißchen zu Schaden.

Arg hinkend, erreichte ich das Ufer des Guadalquivir, und dort stieß ich auf das Frühstück, das die beiden Reisenden verlassen hatten; nichts konnte mir gelegener kommen, denn ich fühlte mich sehr erschöpft. Es fanden sich Schokolade, die noch kochte, Esponjado, in Alicantewein getaucht, Brot und Eier. Als erstes sorgte ich dafür, wieder zu Kräften zu kommen; darauf begann ich über das nachzudenken, was mir in der Nacht widerfahren war. Die Erinnerungen daran waren sehr verworren, doch auf eines besann ich mich gut: ich hatte mein Ehrenwort gegeben, das Geheimnis zu hüten, und ich war fest entschlossen, es zu halten. Als ich diesen Punkt entschieden hatte, blieb mir nur noch, zu überlegen, was ich für den Augenblick tun, das heißt, welchen Weg ich einschlagen mußte, und mir schien, daß mir die Gesetze der Ehre jetzt stärker denn je geböten, den Weg über die Sierra Morena zu wählen.

Man wird vielleicht erstaunt sein, mich so sehr mit meinem Ruhm und so wenig mit den Ereignissen der vergangenen Nacht beschäftigt zu sehen; doch diese Denkweise war noch ein Ergebnis der Erziehung, die ich genossen hatte. Der weitere Verlauf meiner Erzählung wird das zeigen. Jetzt aber kehre ich zum Bericht meiner Reise zurück.

Ich war sehr neugierig, zu erfahren, was die Teufel mit meinem Pferd angefangen haben mochten, das ich in der Venta Quemada zurückgelassen hatte; und da mein Weg ohnehin dort vorbeiführte, beschloß ich, in die Herberge hineinzublicken. Ich mußte zu Fuß das ganze Tal von Los Hermanos und das der Venta durchwandern, was mich sehr ermüdete und mich sehnlich hoffen ließ, mein Pferd wiederzufinden. Ich fand es in der Tat; es stand in demselben Stall, in dem ich es gelassen hatte, und schien munter, gut genährt und frisch gestriegelt zu sein. Ich wußte nicht, wer sich seiner angenommen haben konnte, aber ich hatte so viel außerordentliche Dinge gesehen, daß ich mich mit dieser neuen Erscheinung nicht lange aufhielt. Ich hätte mich sogleich auf den Weg begeben, wenn mich nicht die Neugier angewandelt hätte, noch einmal das Innere der Herberge zu besehen. Ich fand den Raum, in dem ich mich zuerst niedergelassen hatte, doch wie sehr ich auch suchte – jenen Saal, in dem mir die schönen Afrikanerinnen begegnet waren, vermochte ich nicht zu entdecken. Ich wurde es müde, länger zu suchen, stieg zu Pferd und setzte meine Reise fort.

Als ich unter dem Galgen von Los Hermanos aufgewacht war, hatte die Sonne bereits die Hälfte ihres Weges zurückgelegt. Mehr als zwei Stunden hatte ich gebraucht, um zur Venta zu gelangen. So mußte ich denn, als ich abermals ein paar Meilen zurückgelegt hatte, an ein Obdach für die Nacht denken; da ich aber keines sah, ritt ich weiter. Endlich erblickte ich in der Ferne eine gotische Kapelle mit einer Hütte, die die Klause eines Eremiten zu sein schien. Das alles lag von der Landstraße entfernt. Da ich jedoch Hunger zu verspüren begann, entschloß ich mich ohne Zögern zu diesem Umweg, um mir Nahrung zu beschaffen. Am Ziel angelangt, band ich mein Pferd an einen Baum. Dann klopfte ich an die Tür der Einsiedelei und sah gleich darauf einen Mönch mit überaus ehrwürdigem Antlitz heraustreten. Er umarmte mich voll väterlicher Liebe und sprach: »Tritt ein, mein Sohn, beeile dich. Verbring nicht die Nacht im Freien, hüte dich vor dem Versucher. Der Herr hat seine Hand von uns genommen.«

Ich dankte dem Einsiedler – für die Güte, die er mir erwies, und sagte ihm, daß ich das dringendste Bedürfnis fühlte, etwas zu essen.

Er antwortete: »Denk an deine Seele, mein Sohn! Tritt in die Kapelle. Wirf dich vor dem Kreuz nieder. Ich werde an die Bedürfnisse deines Leibes denken. Doch du wirst ein frugales Mahl haben, so wie man es von einem Einsiedler erwarten kann.«

Ich trat in die Kapelle und betete tatsächlich; denn ich war kein Freigeist, ja, ich wußte nicht einmal, daß es Freigeister gibt; all das war noch ein Ergebnis meiner Erziehung.

Nach einer Viertelstunde holte mich der Einsiedler und führte mich in die Hütte, wo ich ein recht anständiges Mahl vorfand. Es gab vorzügliche Oliven, wilde Artischocken in Essig, zarte Zwiebeln in einer Soße und Zwieback an Stelle von Brot. Es fand sich auch eine kleine Flasche Wein. Der Einsiedler sagte mir, er trinke niemals, er habe ihn nur als Meßwein da. Darauf trank auch ich nicht mehr Wein als er; das übrige Abendessen verzehrte ich jedoch mit Vergnügen. Während ich den Speisen Ehre antat, trat eine Gestalt in die Hütte, die schrecklicher aussah als alles, was ich bis dahin erblickt hatte. Es war ein dem Anschein nach junger Mann, aber von abstoßender Magerkeit. Sein Haar sträubte sich, das eine Auge war ausgeschlagen und blutete. Die Zunge hing weit aus dem Mund, und Geifer floß an ihr herab. Er trug ein ziemlich gutes schwarzes Gewand, hatte sonst aber nichts weiter am Körper, nicht einmal ein Hemd oder Strümpfe.

Die abscheuliche Erscheinung sagte kein Wort, begab sich in einen Winkel, kauerte sich dort nieder und blieb unbeweglich wie eine Statue, das einzige Auge auf ein Kruzifix geheftet, das sie in der Hand hielt. Als ich mit dem Abendessen fertig war, fragte ich den Eremiten, wer dieser Mann sei. Der Eremit antwortete. »Mein Sohn, dieser Mann ist ein Besessener, aus dem ich die höllischen Geister austreibe; seine schreckliche Geschichte beweist zur Genüge die verhängnisvolle Macht, die der Engel der Finsternis in dieser unglücklichen Gegend an sich reißt; wenn er sie erzählt, so mag das deinem Seelenheil dienlich sein, und so will ich ihm befehlen, es zu tun.«

Darauf wandte er sich zu dem Besessenen um und sagte: »Pacheco, Pacheco, im Namen deines Erlösers befehle ich dir, deine Geschichte zu erzählen.«

Pacheco stieß ein furchtbares Geheul aus und begann also zu sprechen:

Die Geschichte des besessenen Pacheco

Ich wurde in Córdoba geboren, mein Vater lebte dort in mehr als wohlhabenden Verhältnissen. Meine Mutter starb vor drei Jahren. Mein Vater schien ihr anfangs sehr nachzutrauern, aber als er einige Monate später Gelegenheit hatte, nach Sevilla zu reisen, verliebte er sich dort in eine junge Witwe namens Camila de Tormes. Diese Frau genoß keinen allzu guten Ruf, und mehrere Freunde meines Vaters bemühten sich, ihn aus dieser Bindung zu lösen; aber all ihren Bemühungen zum Trotz fand die Hochzeit statt, zwei Jahre nach dem Tode meiner Mutter. Die Trauung wurde in Sevilla vorgenommen, und einige Tage danach kehrte mein Vater mit Camila, seiner neuen Gemahlin, und Inesilla, einer Schwester Camilas, nach Córdoba zurück.

Meine neue Stiefmutter rechtfertigte völlig die schlechte Meinung, die man von ihr hatte, und ihr erstes Auftreten im Hause bestand darin, daß sie mich zu verführen suchte. Es gelang ihr nicht. Allerdings verliebte ich mich, aber in ihre Schwester Inesilla. Meine Leidenschaft wurde sogar bald so stark, daß ich mich meinem Vater zu Füßen warf und ihn um die Hand seiner Schwägerin bat.

Mein Vater hob mich gütig auf und sprach dann: »Mein Sohn, ich verbiete dir, an diese Heirat zu denken; ich verbiete es dir aus drei Gründen. Erstens ziemt es sich nicht, daß du gewissermaßen der Schwager deines Vaters wirst. Zweitens billigen die heiligen Vorschriften der Kirche solche Ehen keineswegs. Drittens will ich nicht, daß du Inesilla heiratest.«

Als mein Vater mir diese drei Gründe mitgeteilt hatte, wandte er mir den Rücken zu und ging davon.

Ich zog mich in mein Zimmer zurück und gab mich der Verzweiflung anheim. Die Stiefmutter, die mein Vater sogleich von dem Vorgefallenen unterrichtet hatte, suchte mich auf und sagte, daß ich unrecht täte, mich zu betrüben; wenn ich nicht Inesillas Gemahl werden dürfe, so könne ich doch ihr *cortejo* sein, das heißt ihr Liebhaber, und sie – meine Stiefmutter – nehme die Angelegenheit in ihre Hand. Zugleich erklärte sie mir, welche Liebe sie für mich empfinde, und hob hervor, welches Opfer sie bringe, indem sie mich ihrer Schwester überlasse. Ich öffnete diesen Worten, die meiner Leidenschaft schmeichelten, nur allzu willig mein Ohr; aber da ich wußte, wie zurückhaltend Inesilla war, schien es mir unmöglich, daß man sie je dazu bewegen könne, meine Liebe zu erwidern.

In jenen Tagen beschloß mein Vater, nach Madrid zu reisen; er hatte die Absicht, sich um die Stelle des Corregidors von Córdoba zu bemühen, und nahm seine Frau und seine Schwägerin mit. Die Reise sollte nicht länger als zwei Monate dauern, aber diese Zeit erschien mir sehr lang, weil ich von Inesilla getrennt war.

Kurz vor Ablauf der zwei Monate erhielt ich von meinem Vater einen Brief, in dem er mir befahl, ihm entgegenzureiten und in der Venta Quemada, am Eingang in die Sierra Morena, auf ihn zu warten. Ein paar Wochen früher hätte ich mich nicht so leicht entschlossen, in die Sierra Morena einzudringen, doch man hatte eben die beiden Brüder Zotos gehenkt. Die Bande war zerstreut, und die Wege galten jetzt als ziemlich sicher.

Ich verließ also Córdoba gegen zehn Uhr morgens und übernachtete in Andújar, bei einem der geschwätzigsten Herbergswirte von ganz Andalusien. Ich bestellte bei ihm ein reichliches Abendessen, verzehrte einen Teil und hob den Rest für die Weiterreise auf.

Am Tag darauf hielt ich bei Los Alcornoques von dem, was ich mitgebracht hatte, ein Mittagsmahl und erreichte noch am Abend die Venta Quemada. Ich fand dort zwar noch nicht meinen Vater, aber da er mir in seinem Brief befohlen hatte, ihn hier zu erwarten, entschloß ich mich zum Bleiben, was ich um so lieber tat, als ich mich hier in einer geräumigen und bequemen Herberge befand. Der Wirt, der sie damals unterhielt, war ein gewisser González aus Murcia, ein recht guter Mensch, wenn auch ein Aufschneider, der es nicht verfehlte, mir ein Abendessen zu versprechen, würdig eines Granden von Spanien. Während er es mit viel Sorgfalt herrichtete, ging ich an den Ufern des Guadalquivir spazieren, und als ich in die Herberge zurückkehrte, fand ich dort ein Abendessen, das in der Tat keineswegs schlecht war.

Nachdem ich gegessen hatte, sagte ich González, er möge mein Bett bereiten. Darauf sah ich, wie er in Unruhe geriet, er sprach Sätze, die keinen rechten Sinn hatten. Endlich gestand er mir, daß sich die Herberge in der Gewalt von Gespenstern befinde und daß er und seine Familie die Nächte stets in einem kleinen Pachtgut am Ufer des Flusses verbrächten; er fügte hinzu, daß er mir, wenn ich dort schlafen wollte, ein Bett neben dem seinen bereiten ließe.

Dieser Vorschlag erschien mir sehr unangebracht; ich sagte ihm, er solle nur schlafen gehen, wohin er wolle, und er solle mir meine Leute schicken. González gehorchte und zog sich kopfschüttelnd und achselzuckend zurück.

Meine Bediensteten erschienen einen Augenblick darauf; auch sie hatten von den Gespenstern gehört und wollten mich überreden, die Nacht auf dem Pachtgut zu verbringen. Ich nahm ihre Ratschläge recht grob auf und befahl ihnen, mein Bett in demselben Zimmer herzurichten, in dem ich zu Abend gegessen hatte. Sie gehorchten mir, wenn auch ungern, und als das Bett bereitet war, beschworen sie mich noch einmal mit Tränen in den Augen, daß ich im Pachtgut schlafen möge. Ich hatte über ihren Warnungen ernstlich die Geduld verloren und erlaubte mir einige praktische Exempel, die sie in die Flucht schlugen, und da ich nicht die Gewohnheit hatte, mich von meinen Leuten entkleiden zu lassen, konnte ich beim Schlafengehen gut auf sie verzichten; sie waren indessen aufmerksamer gewesen, als ich es durch mein Verhalten ihnen gegenüber verdient hatte. Sie hatten neben meinem Bett eine brennende Kerze, eine weitere zur Reserve, zwei Pistolen und einige Bücher zurückgelassen, mit deren Lektüre ich mich wach halten konnte. Aber die Müdigkeit war mir ohnehin vergangen.

Einige Stunden verbrachte ich, indem ich bald las, bald mich im Bett wälzte. Schließlich vernahm ich den Ton einer Glocke oder einer Turmuhr, die Mitternacht schlug. Ich wunderte mich darüber, da ich die vorhergehenden Stunden nicht hatte läuten hören. Bald darauf öffnete sich die Tür, und meine Stiefmutter trat ein; sie trug ein leichtes Nachtgewand und hielt eine Kerze in der Hand. Auf Zehenspitzen näherte sie sich meinem Lager, den Finger auf den Mund gelegt, als gebiete sie mir Schweigen. Dann stellte sie die Kerze auf mein Nachttischchen, setzte sich auf mein Bett, nahm meine Hand und sprach also: »Mein lieber Pacheco, dies ist der Augenblick, da ich dir die Freuden verschaffen kann, die ich dir versprochen habe. Vor einer Stunde sind wir in dieser Schenke angekommen. Dein Vater ist in das Pachtgut gegangen, um dort zu schlafen, aber da ich erfahren habe, daß du hier bist, erhielt ich die Erlaubnis, mit meiner Schwester Inesilla die Nacht hier zu verbringen. Sie erwartet dich und ist bereit, dir nichts zu verwehren; aber ich muß dir die Bedingungen nennen, die deinem Glücke gesetzt sind. Du liebst Inesilla, und ich liebe dich. Es sollen nicht von uns dreien zwei auf Kosten des Dritten glücklich sein. Ich verlange, daß uns das gleiche Bett diese Nacht aufnehme. Folge mir!«

Meine Stiefmutter ließ mir keine Zeit, ihr zu antworten; sie nahm mich an der Hand und führte mich durch viele Korridore, bis wir schließlich an einer Tür anlangten, wo sie durchs Schlüsselloch zu spähen begann.

Als sie genug beobachtet hatte, sprach sie zu mir: »Alles geht gut. Sieh selbst!«

Ich nahm ihren Platz am Schlüsselloch ein und erblickte tatsächlich die schöne Inesilla im Bett; doch wie fern war sie von jener Zurückhaltung, die ich immer an ihr beobachtet hatte. Der Ausdruck ihrer Augen, der erregte Atem, die geröteten Wangen, ihre ganze Haltung – alles an ihr deutete darauf hin, daß sie einen Liebhaber erwartete.

Camila ließ mich lange beobachten und sagte dann: »Lieber Pacheco, bleib an der Tür; wenn es Zeit ist, will ich dich holen.«

Sie ging hinein, ich aber legte abermals das Auge ans Schlüsselloch und erblickte tausend Dinge, die ich nur mit Überwindung zu erzählen vermag. Zuerst entkleidete sich Camila ziemlich sorgfältig, dann sprach sie, während sie sich zu ihrer Schwester ins Bett legte: »Meine liebe Inesilla, ist es wirklich wahr, daß du einen Liebhaber möchtest? Armes Kind, du weißt nicht, was er dir Böses antun wird. Er wird dich niederwerfen, pressen, dich zermalmen und zerreißen.«

Als Camila glaubte, daß sie ihre Schülerin genügend belehrt habe, öffnete sie mir die Tür, führte mich ans Bett ihrer Schwester und legte sich mit uns nieder.

Was soll ich Ihnen von jener unglückseligen Nacht berichten? Ich habe die Wonnen wie die Todsünden bis zum Grunde ausgeschöpft. Lange kämpfte ich gegen den Schlaf und gegen die Natur, um die höllischen Genüsse noch zu verlängern. Endlich schlief ich ein, und ich erwachte am nächsten Morgen unter dem Galgen der Brüder Zotos, zwischen den beiden abscheulichen Leichen liegend.

An dieser Stelle unterbrach der Einsiedler den Besessenen und sprach, zu mir gewandt: »Nun, mein Sohn, wie findest du das? Ich glaube, du wärest recht erschrocken, wenn du entdeckt hättest, daß du zwischen zwei Gehenkten liegst.«

Ich entgegnete: »Mein Vater, Sie verletzen mich. Ein Edelmann darf niemals Furcht haben, zumal dann nicht, wenn er die Ehre hat, Hauptmann der Wallonischen Garde zu sein.«

»Aber mein Sohn«, sagte wieder der Einsiedler, »hast du jemals gehört, daß ein solches Abenteuer jemandem begegnet sei?«

Ich zögerte einen Augenblick und erwiderte dann: »Mein Vater, wenn dieses Abenteuer Señor Pacheco begegnet ist, kann es auch anderen begegnet sein; ich werde besser darüber urteilen können, wenn Sie ihm befehlen wollten, in seiner Erzählung fortzufahren.«

Der Einsiedler wandte sich dem Besessenen zu und sagte: »Pacheco, Pacheco, im Namen deines Erlösers befehle ich dir, in deiner Erzählung fortzufahren.«

Pacheco stieß ein furchtbares Geheul aus und fuhr also fort:

Ich war halbtot, als ich die Richtstätte verließ. Ich schleppte mich fort – wohin, wußte ich nicht. Schließlich traf ich Reisende, die sich meiner erbarmten und mich in die Venta Quemada zurückbrachten. Dort fand ich den Wirt und meine Leute in großer Sorge um mich. Ich fragte sie, ob mein Vater die Nacht im Pachtgut verbracht habe. Sie antworteten, daß niemand angekommen sei.

Ich brachte es nicht fertig, länger in der Venta zu bleiben, und machte mich nach Andújar auf. Erst nach Sonnenuntergang langte ich dort an. Die Herberge war überfüllt, man bereitete mir ein Lager in der Küche, und ich legte mich nieder; doch ich konnte nicht schlafen, denn ich vermochte nicht, die Schrecken der vorangegangenen Nacht aus meinem Bewußtsein zu tilgen.

Ich hatte eine Kerze auf dem Küchenherd brennen lassen. Plötzlich erlosch sie, und ich fühlte sogleich etwas wie einen tödlichen Schauer, von dem mir das Blut in den Adern stockte.

Es zog an meiner Bettdecke, und dann hörte ich eine leise Stimme sagen. »Ich bin Camila, deine Stiefmutter; mir ist kalt, mein Herzchen, mach mir Platz unter deiner Decke.«

Darauf sprach eine andere Stimme: »Ich bin Inesilla. Laß mich in dein Bett. Mir ist kalt, mir ist kalt.«

Dann fühlte ich, wie eine eisige Hand mein Kinn streichelte. Ich raffte alle meine Kräfte zusammen und rief ganz laut: »Heb dich hinweg, Satan!«

Darauf sagten die leisen Stimmen: »Warum verjagst du uns? Bist du nicht unser lieber Ehegemahl? Uns ist kalt. Wir werden ein wenig Feuer machen.«

In der Tat erblickte ich alsbald einen leichten Flammenschein auf dem Küchenherd. Er wurde heller, und ich bemerkte nun nicht mehr Inesilla und Camila, sondern die beiden Brüder Zotos, die im Kamin hingen.

Dieser Anblick raubte mir fast die Sinne. Ich sprang aus dem Bett, stürzte mich aus dem Fenster und begann querfeldein zu laufen. Einen Augenblick konnte ich mir einbilden, all den Greueln glücklich entronnen zu sein; doch als ich mich umwandte, bemerkte ich, daß die beiden Gehenkten mir nachsetzten. Ich rannte weiter und sah, daß die beiden Gehenkten zurückgeblieben waren. Aber meine Freude währte nicht lange. Die abscheulichen Wesen begannen radzuschlagen und holten mich im Nu ein. Ich lief noch weiter; schließlich verließen mich meine Kräfte.

Dann fühlte ich, wie einer der Gehenkten mich am Knöchel des linken Beines packte. Ich wollte mich losreißen, aber der andere Gehenkte schnitt mir den Weg ab. Er stand vor mir, riß die Augen entsetzlich auf und streckte eine Zunge heraus, die rot war wie glühendes Eisen. Ich flehte um Gnade. Vergebens. Mit der einen Hand packte er mich an der Kehle, mit der anderen riß er mir das Auge aus, das mir jetzt fehlt. In die Augenhöhle bohrte er seine heiße Zunge. Er leckte mir am Gehirn, daß ich vor Schmerzen aufbrüllte.

Darauf wollte auch der andere Gehenkte, der mich am linken Bein gepackt hatte, von den Krallen Gebrauch machen. Er begann damit, daß er mich an der Sohle des festgehaltenen Fußes kitzelte. Dann riß mir das Ungeheuer die Haut vom Fuße, löste die Nerven heraus, legte sie bloß und wollte auf ihnen spielen wie auf einem Musikinstrument; da ich aber keine Töne von mir gab, die ihm Vergnügen bereiteten, schlug er seine Krallen in meine Kniekehle, faßte die Sehnen und begann sie so zusammenzudrehen, wie man eine Harfe stimmt. Schließlich ging er daran, auf meinem Bein, das er zu einem Psalter gemacht hatte, zu spielen. Ich vernahm sein satanisches Lachen. Während ich vor Schmerzen schrecklich brüllte, bildete das Geheul der Hölle den Chorus dazu. Als ich so weit war, daß ich das Zähneknirschen der Verdammten hörte, schien es mir, als ob sie alle meine Fibern mit ihren Zähnen zerrieben. Schließlich verlor ich das Bewußtsein.

Am nächsten Tag fanden mich Hirten auf dem Felde und trugen mich in diese Einsiedelei. Ich habe hier meine Sünden gebeichtet und in meinen Leiden vor dem Kreuz einige Erleichterung gefunden.

Hier stieß der Besessene ein furchtbares Geheul aus und verstummte.

Darauf ergriff der Einsiedler das Wort, indem er sagte:

»Junger Mann, du siehst die Macht des Satans – bete und weine! Doch es ist spät. Wir müssen uns trennen. Ich biete dir nicht meine Zelle für die Nacht an, denn Pacheco stößt nachts Schreie aus, die dich belästigen könnten. Geh in die Kapelle schlafen. Du wirst dort unter dem Schutz des Kreuzes stehen, das über die bösen Geister triumphiert.«

Ich antwortete dem Eremiten, ich würde dort schlafen, wo er es wünsche. Wir trugen ein kleines Gurtbett in die Kapelle. Ich legte mich darauf nieder, und der Einsiedler wünschte mir eine gute Nacht.

Als ich allein war, kam mir Pachecos Erzählung wieder in den Sinn. Ich fand in ihr viel Ähnlichkeit mit meinen eigenen Abenteuern, und während ich noch darüber nachdachte, hörte ich es Mitternacht schlagen. Ich wußte nicht, ob es der Einsiedler war, der läutete, oder ob ich es wieder mit Gespenstern zu tun hatte. Da vernahm ich, wie etwas an der Tür kratzte. Ich ging hin und fragte: »Wer ist da?«

Eine leise Stimme antwortete mir: »Uns ist kalt, öffne uns. Wir sind es, deine lieben Weibchen.«

»Jawohl, ihr verdammten Gehenkten«, erwiderte ich, »kehrt an euren Galgen zurück und laßt mich schlafen.«

Darauf sagte die leise Stimme: »Du spottest unser, weil du in einer Kapelle bist, aber komm mal ein bißchen heraus!«

»Sofort!« antwortete ich im gleichen Augenblick.

Ich holte meinen Degen und wollte hinaus, doch ich fand die Tür verschlossen. Das sagte ich den Gespenstern, die nicht darauf antworteten. Ich legte mich nieder und schlief bis zum Morgen.

Dritter Tag

Ich wurde von dem Einsiedler geweckt, der sehr zufrieden schien, mich gesund und heil zu sehen. Er umarmte mich, benetzte meine Wangen mit Tränen und sprach: »Mein Sohn, seltsame Dinge sind diese Nacht geschehen. Sag mir die Wahrheit: Hast du eine Nacht in der Venta Quemada verbracht? Haben die bösen Geister sich deiner bemächtigt? Noch gibt es Hilfe. Knie nieder an den Stufen des Altars. Bekenne deine Schuld. Tu Buße!«

Der Einsiedler erging sich lange in solcherlei Ermahnungen. Dann verstummte er und wartete, daß ich antwortete. Ich sagte: »Mein Vater, ich habe gebeichtet, bevor ich aus Cádiz abreiste. Ich glaube nicht, daß ich seitdem eine Todsünde begangen habe, es sei denn im Traum. Es ist wahr: ich habe in der Venta Quemada genächtigt. Aber wenn ich dort etwas gesehen habe, so gibt es gute Gründe, derentwegen ich darüber schweigen möchte.«

Diese Antwort schien den Einsiedler zu überraschen. Er warf mir vor, ich sei vom Teufel des Hochmuts besessen, und wollte mich von der Notwendigkeit einer Generalbeichte überzeugen; da er aber sah, daß ich hartnäckig bei meinem Entschluß blieb, ließ er seinen Apostelton ein bißchen fallen, nahm ein natürlicheres Gebaren an und sprach: »Mein Sohn, dein Mut macht mich erstaunen. Sage mir, wer du bist, welche Erziehung du genossen hast, ob du an Gespenster glaubst oder nicht! Versag es mir nicht, meine Neugier zu befriedigen!«

Ich antwortete: »Mein Vater, daß Sie den Wunsch bezeigen, mich näher kennenzulernen, kann mich nur ehren. Ich erweise Ihnen dafür die schuldige Dankbarkeit. Erlauben Sie mir, daß ich aufstehe; ich komme dann zu Ihnen in die Einsiedelei und werde Sie über alles unterrichten, was Sie über mich erfahren möchten.«

Der Einsiedler umarmte mich von neuem und verließ die Kapelle.

Als ich mich angekleidet hatte, ging ich zu ihm. Er war dabei, Ziegenmilch zu kochen, die er mir dann mit Zucker und Brot vorsetzte; er selber aß ein paar in Wasser gekochte Wurzeln.

Nach dem Frühstück wandte sich der Einsiedler dem Besessenen zu und sprach: »Pacheco, Pacheco, im Namen deines Erlösers befehle ich dir, meine Ziegen auf den Berg zu führen.«

Pacheco stieß ein furchtbares Geheul aus und entfernte sich. Darauf begann ich mit meiner Geschichte, die ich also erzählte:

Die Geschichte des Alfons van Worden

Ich entstamme einer sehr alten Familie, die freilich nur wenig berühmte Persönlichkeiten und noch weniger irdische Güter gehabt hat. Unser ganzes elterliches Erbe hat immer nur aus einem Ritterlehen, genannt Worden, bestanden; es war von Burgund abhängig und lag inmitten der Ardennen.

Da mein Vater einen älteren Bruder hatte, mußte er sich mit einem winzigen Erbteil bescheiden, das indessen genügte, ihm einen anständigen Unterhalt in der Armee zu sichern. Er nahm an dem ganzen Erbfolgekrieg teil, und nach dem Friedensschluß verlieh ihm König Philipp V. den Rang eines Oberstleutnants der Wallonischen Garde.

Damals herrschte in der spanischen Armee ein bestimmter Ehrenkodex, den man bis zur äußersten Verfeinerung getrieben hatte, und mein Vater überbot selbst noch dieses Übermaß; man kann ihn wahrhaftig darob nicht tadeln, da ja die Ehre die eigentliche Seele und das eigentliche Leben eines Soldaten ist. In Madrid wurde kein einziges Duell ausgetragen, ohne daß mein Vater die Förmlichkeiten dafür festgelegt hätte, und sobald er erklärte, daß hinlänglich Genugtuung erteilt worden sei, hielt jeder der Duellanten die Satisfaktion für ausreichend. Wenn gelegentlich einer sich nicht zufriedengestellt zeigte, bekam er es sogleich mit meinem Vater selbst zu tun, der es nicht verfehlte, den Wert jeder seiner Entscheidungen mit der Säbelspitze zu bekräftigen. Darüber hinaus führte mein Vater ein großes Buch, in das er die Geschichte eines jeden Duells mit allen Einzelheiten eintrug, was ihm wirklich den großen Vorteil verschaffte, in allen verworrenen Fällen gerecht urteilen zu können.

Fast einzig mit seinen blutigen Schiedsangelegenheiten beschäftigt, zeigte sich mein Vater den Reizen der Liebe wenig empfänglich; aber schließlich wurde sein Herz von dem liebenswürdigen Wesen eines noch recht jungen Fräuleins berührt, das Uraca de Gomélez hieß, Tochter des Auditors von Granada war und dem Geschlecht der einstigen Herrscher dieses Landes entstammte. Gemeinsame Freunde hatten bald beide interessierten Parteien einander genähert, und die Ehe wurde geschlossen.

Mein Vater hielt es für angebracht, zu seiner Hochzeitsfeier alle die einzuladen, mit denen er sich duelliert und die er – versteht sich – nicht getötet hatte. Es fanden sich an der Tafel einhundertzweiundzwanzig ein, dreizehn weilten nicht in Madrid, und dreiunddreißig, mit denen er sich in der Armee geschlagen hatte, konnte er nicht ausfindig machen. Meine Mutter hat mir oft erzählt, daß dieses Fest außerordentlich heiter und in größter Herzlichkeit verlief, was ich ohne weiteres glaube, denn mein Vater hatte im Grunde ein vortreffliches Herz, und er wurde von jedermann sehr geliebt.

Mein Vater fühlte sich seinerseits mit Spanien stark verbunden, und er hätte es wohl nie verlassen; doch zwei Monate nach seiner Eheschließung erhielt er einen vom Rat der Stadt Bouillon unterschriebenen Brief. Man teilte ihm mit, daß sein Bruder kinderlos gestorben sei und daß das Lehen ihm zufalle. Diese Nachricht versetzte meinen Vater in die größte Bestürzung, und er war damals, wie meine Mutter mir erzählt hat, so zerstreut, daß man kein Wort aus ihm herausbekam. Schließlich schlug er seine Duellchronik auf, suchte die zwölf Madrider Männer heraus, die sich am häufigsten duelliert hatten, lud sie zu sich ein und wandte sich mit diesen Worten an sie: »Teure Waffengefährten, Sie wissen selbst, wie oft ich in den Fällen, da die Ehre verletzt schien, Ihr Gewissen beruhigt habe. Heute sehe ich mich selbst gezwungen, mich auf Ihre Klugheit zu berufen, weil ich fürchte, daß mein eigenes Urteilsvermögen nicht ausreicht, oder, besser gesagt: ich fürchte, daß mein Urteil durch eine nicht ganz unparteiische Empfindung getrübt ist. Hier ist der Brief, den mir die Ratsherren von Bouillon geschrieben haben; ihre Aussage erscheint mir achtenswert, obwohl sie keine Edelleute sind. Sagen Sie mir, ob die Ehre mir gebietet, mich im Schloß meiner Ahnen niederzulassen, oder ob ich weiter dem König Don Philipp dienen soll, der mich mit Wohltaten überhäuft und mich eben erst in den Rang eines Brigadekommandeurs erhoben hat. Ich lasse den Brief auf dem Tisch liegen und ziehe mich zurück. In einer halben Stunde komme ich wieder, um zu erfahren, was Sie beschlossen haben.«

Nachdem mein Vater so gesprochen hatte, ging er tatsächlich hinaus. Eine halbe Stunde später kehrte er zurück und nahm die Abstimmung vor. Fünf stimmten dafür, daß er im

Dienst verbleibe, sieben stimmten dafür, daß er in die Ardennen ziehe. Ohne Widerrede fügte sich mein Vater der Ansicht der Mehrheit.

Meine Mutter wäre gern in Spanien geblieben, doch sie hing so an ihrem Gatten, daß er nicht einmal etwas von dem Bedauern spürte, mit dem sie ihre Heimat verließ. Schließlich beschäftigte man sich einzig noch mit den Reisevorbereitungen sowie damit, einige Personen auszuwählen, die mitreisen sollten, damit sie Spanien mitten in den Ardennen verträten. Obgleich ich noch nicht auf der Welt war, meinte mein Vater, der nicht im geringsten an meinem Kommen zweifelte, daß es an der Zeit sei, mir einen Fechtmeister zu geben. Zu diesem Zwecke lenkte er seine Blicke auf Garcías Hierro, den besten Fechtmeister, den es in Madrid gab. Der junge Mann war es müde, Tag für Tag Rippenstöße auf der Plaza de la Cebada einzustecken, und erklärte sich sehr gern bereit, mitzukommen. Meine Mutter wiederum, die keinesfalls ohne einen Almosenier abreisen wollte, wählte Iñigo Vélez, einen Theologen, der in Cuenca studiert hatte. Er sollte mich in der katholischen Religion und der kastilischen Sprache unterrichten. All diese Verfügungen über meine Erziehung wurden anderthalb Jahre vor meiner Geburt getroffen.

Als mein Vater fertig zur Abreise war, begab er sich zum König, um sich von ihm zu verabschieden. Nach dem am spanischen Hofe geübten Brauch ließ er sich auf ein Knie nieder, um dem König die Hand zu küssen, doch dabei krampfte sich ihm das Herz vor Kummer so zusammen, daß er bewußtlos hinsank und man ihn nach Hause tragen mußte. Am Tage darauf suchte er – gleichfalls zum Abschied – Don Fernando de Lara auf, der damals Erster Minister war. Dieser Herr empfing ihn mit einer ungewöhnlichen Auszeichnung und teilte ihm mit, daß ihm der König eine Pension von zwölftausend Reales aussetze und ihm den Rang eines *sargente general* verleihe, was einem Generalmajor gleichkommt. Mein Vater hätte die Hälfte seines Blutes gegeben, wenn ihm die Freude zuteil geworden wäre, sich noch einmal seinem Monarchen zu Füßen zu werfen; da er aber bereits Abschied genommen hatte, beschränkte er sich darauf, die Gefühle, die sein Herz erfüllten, wenigstens zum Teil in einem Brief auszudrücken. Endlich verließ er Madrid, reichlich Tränen vergießend.

Mein Vater wählte den Weg durch Katalonien, um noch einmal die Gegenden zu sehen, in denen er gekämpft hatte, und um sich von einigen seiner alten Kameraden zu verabschieden, die an dieser Grenze Truppenteile befehligten. Dann gelangte er über Perpignan nach Frankreich.

Bis Lyon wurde die Reise ohne Verdrießlichkeiten zurückgelegt, doch als er den Weg von Lyon aus mit Postpferden fortsetzte, überholte ihn ein Wagen, der, da er leichter war, zuerst die nächste Poststation erreichte. Mein Vater traf einen Augenblick später ein und sah, daß man an jenem Wagen schon die Pferde wechselte. Sogleich nahm er seinen Degen, trat auf den Reisenden zu und bat um die Erlaubnis, einen Augenblick unter vier Augen mit ihm zu sprechen. Da der Reisende, ein französischer Oberst, sah, daß mein Vater Generalsuniform trug, nahm er, um ihm Ehre zu bezeigen, ebenfalls seinen Degen. Sie betraten eine Herberge, die der Poststation gegenüberlag, und verlangten ein Zimmer. Als sie allein waren, sagte mein Vater zu dem Reisenden: »Señor Caballero, Ihr Wagen hat den meinen überholt, um früher die Poststation zu erreichen. Dieser Vorgang, der an sich keine Beleidigung darstellt, hat dennoch gewisse unfreundliche Züge, weshalb ich mich genötigt sehe, Sie um eine Erklärung zu ersuchen.«

Der Oberst, sehr erstaunt, legte alles den Kutschern zur Last und versicherte, daß von seiner Seite keinerlei Schuld vorliege.

»Señor Caballero«, nahm mein Vater wieder das Wort, »ich gedenke auch nicht, daraus eine ernsthafte Angelegenheit zu machen, und ich werde mich mit dem ersten Blut zufriedengeben.«

Bei diesen Worten zog er den Degen.

»Warten Sie noch einen Augenblick«, sagte der Franzose, »mir scheint, daß nicht meine Kutscher die Ihren überholt haben, sondern daß Ihre Kutscher, da sie langsamer fuhren, zurückgeblieben sind.«

Mein Vater sann ein wenig nach und erklärte dann dem Oberst: »Señor Caballero, ich glaube, daß Sie recht haben, und wenn Sie mich früher darauf aufmerksam gemacht hätten, jedenfalls bevor ich meinen Degen gezogen hatte, so hätten wir uns wohl, denke ich, nicht geschlagen; aber Sie fühlen sicherlich, daß jetzt, da die Dinge so weit gediehen sind, ein wenig Blut fließen muß.«

Der Oberst fand diesen Grund zweifellos recht einleuchtend und zog ebenfalls den Degen. Der Kampf dauerte nicht lange. Mein Vater senkte, da er verwundet worden war, sogleich die Spitze des Degens und entschuldigte sich vielmals bei dem Oberst, daß er ihn bemüht habe; der Oberst bot ihm als Antwort seine Dienste an, nannte ihm seine Pariser Adresse, bestieg den Wagen und fuhr ab.

Mein Vater hielt seine Verletzung anfangs für sehr leicht, aber sein Körper war so mit früheren Wunden bedeckt, daß ein neuer Streich beinahe notwendigerweise eine alte Wunde treffen mußte. Der Degenstoß des Obersts hatte in der Tat die Narbe eines Musketenschusses aufgerissen, von dem die Kugel noch im Körper steckte. Das Blei kam wieder in Bewegung, um sich Luft zu machen, gelangte schließlich nach zweimonatiger Wundbehandlung ans Licht, und man setzte die Reise fort.

Als mein Vater Paris erreicht hatte, war es sein erstes Anliegen, dem Oberst, der sich Marquis d'Urfé nannte, seine Aufwartung zu machen. Er war am Hofe einer der angesehensten Leute. Meinen Vater empfing er mit äußerster Zuvorkommenheit, er erbot sich, ihn dem Minister vorzustellen und in die besten Häuser einzuführen. Mein Vater dankte ihm und bat nur darum, daß er dem Herzog de Tavannes vorgestellt werde, der damals Doyen der Marschälle war; er wollte sich näher über alles unterrichten, was ihr Ehrentribunal betraf, von dem er immer die höchste Meinung gehabt und von dem er in Spanien oft als von einer sehr weisen Einrichtung gesprochen hatte – er hätte es gerne gesehen, wenn es auch im spanischen Königreich eingeführt worden wäre. Der Herzog empfing meinen Vater sehr höflich und empfahl ihn dem Chevalier de Bélièvre, dem ersten Sekretär der Herren Marschälle und Referenten an ihrem Tribunal.

Da der Chevalier oft meinen Vater besuchte, erfuhr er auch von seiner Duellchronik. Dieses Werk schien ihm einzig in seiner Art, und er bat um die Erlaubnis, es den Herren Marschällen zu zeigen. Sie urteilten darüber ebenso wie ihr erster Sekretär und ließen meinen Vater um die Gunst ersuchen, von dem Buch eine Abschrift anfertigen zu dürfen, die in der Kanzlei des Gerichtshofes aufbewahrt würde. Kein Vorschlag konnte meinem Vater mehr schmeicheln als dieser, und er empfand eine unaussprechliche Freude.

Solcherlei Beweise der Achtung machten meinem Vater den Aufenthalt in Paris sehr angenehm, doch meine Mutter dachte anders darüber. Sie hatte sich fest vorgenommen, keinesfalls Französisch zu lernen und nicht einmal zuzuhören, wenn man sich in dieser Sprache unterhielt. Iñigo Vélez machte immerzu bittere Scherze über die freien Sitten der gallikanischen Kirche, und Garcías Hierro beschloß jedes Gespräch mit der Feststellung, die Franzosen seien Lumpenkerle.

Schließlich verließ man Paris und kam nach vier Reisetagen in Bouillon an. Mein Vater ließ sich seine Rechte vom Rat der Stadt bestätigen und nahm sein Lehen in Besitz.

Das Haus unserer Väter war nicht nur der Gegenwart seiner Herren, sondern auch eines Teiles seiner Dachziegel beraubt gewesen, so daß es in den Zimmern ebenso regnete wie im Hof, mit dem Unterschied freilich, daß das Pflaster des Hofes sehr rasch trocknete, während das Wasser in den Zimmern Pfützen bildete, die niemals austrockneten. Diese häusliche Überschwemmung mißfiel meinem Vater keineswegs, da sie ihn an die Belagerung von Lérida erinnerte, bei der er drei Wochen mit den Beinen im Wasser stehend zugebracht hatte.

Dennoch war es seine erste Sorge, das Bett seiner Gattin im Trockenen unterzubringen. Im Gesellschaftszimmer stand ein flämischer Kamin, um den herum fünfzehn Personen sich bequem wärmen konnten, und das Gesims des Kamins bildete eine Art Dach, das von jeder Seite durch zwei Säulen gestützt wurde. Man dichtete nun den Rauchfang des Kamins ab, und unter diesem Schutzdach konnte man das Bett meiner Mutter mit dem Nachttisch und einem Stuhl unterbringen. Da die Feuerstelle um eine Stufe erhöht lag, bildete sie gleichsam eine unüberschwemmbare Insel.

Mein Vater schlug sein Lager am anderen Ende des Zimmers auf; es bestand aus zwei Tischen, die durch Bretter miteinander verbunden waren, und von seinem Bett zum Bett meiner Mutter wurde ein Gang gebaut, in der Mitte befestigt durch eine Art Damm aus Koffern und Kisten. Dieses Werk vollbrachte man noch am Tage der Ankunft im Schlosse, und ich bin neun Monate darauf zur Welt gekommen, auf den Tag genau.

Während man sehr geschäftig an den notwendigsten Reparaturen arbeitete, erhielt mein Vater einen Brief, der ihn überglücklich machte. Er war unterschrieben vom Marschall de Tavannes; der Marschall bat meinen Vater um seine Meinung in einer Ehrenangelegenheit, die damals das Tribunal beschäftigte. Dieser Beweis seines Ansehens schien meinem Vater so bedeutend, daß er beschloß, für die ganze Nachbarschaft ein Fest zu geben. Aber wir hatten keine Nachbarn, und so beschränkte sich das Fest auf einen Fandango, ausgeführt vom Fechtmeister und von Señora Frasca, der Ersten Kammerfrau meiner Mutter.

Mein Vater bat in seiner Antwort auf den Brief des Marschalls um die Gunst, daß man ihm künftighin Auszüge aus den Prozeßakten des Ehrengerichts zuschicken möge. Das wurde ihm gewährt, und er erhielt nun an jedem Monatsersten eine Sendung, die mehr als vier Wochen lang ausreichend Stoff für Unterhaltungen und Plaudereien bot, an den Winterabenden um den großen Kamin herum und im Sommer auf zwei Bänken, die vor dem Schloßtor standen.

Während der ganzen Schwangerschaft meiner Mutter sprach mein Vater mit ihr immerzu über den Sohn, den sie haben werde, und er beschäftigte sich damit, mir einen Taufpaten auszusuchen. Meine Mutter war für den Marschall de Tavannes oder den Marquis d'Urfé. Mein Vater räumte ein, daß das viel Ehre für uns bedeuten würde; doch er fürchtete, diese beiden Herren könnten meinen, daß sie ihm zuviel Ehre erweisen würden, und aus wohlangebrachter Zurückhaltung entschied er sich für den Chevalier de Bélièvre, der seinerseits mit Achtung und Dankbarkeit annahm.

Schließlich kam ich zur Welt. Mit drei Jahren führte ich bereits einen kleinen Degen, und mit sechs konnte ich einen Pistolenschuß abfeuern, ohne mit der Wimper zu zucken ... Ich zählte ungefähr sieben Jahre, als mein Taufpate uns besuchte. Der Chevalier hatte sich in Tournai verheiratet, und er bekleidete dort den Rang eines Vorsitzenden der Connétablie und Referenten in Ehrenangelegenheiten. Das sind Ämter, die in ihren Anfängen zurückreichen in die Zeit der Gottesgerichte, und später wurden sie dem Tribunal der Marschälle von Frankreich angeschlossen.

Madame de Bélièvre war von überaus zarter Gesundheit; ihr Mann brachte sie in die Bäder von Spa. Beide gewannen mich außerordentlich lieb, und da sie selbst keine Kinder hatten, beschworen sie meinen Vater, er möge ihnen meine Erziehung anvertrauen, die in einer so einsamen Gegend wie der um das Schloß Worden nicht ausreichend hätte sein können. Mein Vater gab seine Zustimmung, wobei vor allem das Amt des Referenten in Ehrenangelegenheiten den Ausschlag gab, da es ihm die Gewähr zu bieten schien, daß ich es im Hause Bélièvre nicht versäumen würde, schon frühzeitig alle die Grundsätze in mich aufzunehmen, die dereinst meine Lebensart bestimmen würden.

Anfangs war davon die Rede, daß Garcías Hierro mit mir gehen solle, weil mein Vater die Ansicht vertrat, die edelste Art, sich zu duellieren, sei die mit dem Degen in der rechten und dem Dolch in der linken Hand – eine Art des Fechtens, die in Frankreich ganz unbekannt war. Doch da mein Vater sich daran gewöhnt hatte, jeden Morgen an der Schloßmauer mit Hierro zu fechten, und da diese Übung für seine Gesundheit notwendig geworden war, glaubte er, auf seinen Fechtmeister nicht verzichten zu sollen.

Man erwog auch, den Theologen Iñigo Vélez mit mir zu schicken, doch da meine Mutter noch immer nur Spanisch sprach, war es ganz natürlich, daß sie nicht ohne einen Beichtvater auskommen konnte, der diese Sprache beherrschte. So geschah es, daß ich jene beiden Männer, die noch vor meiner Geburt dazu ausersehen worden waren, meine Erziehung zu bestreiten, nicht um mich hatte. Indessen gab man mir einen spanischen Kammerdiener, damit ich mich weiter im Gebrauch des Spanischen übte.

Ich fuhr mit meinem Taufpaten nach Spa, wo wir zwei Monate blieben; wir unternahmen eine Reise nach Holland und kamen gegen Ende des Herbstes in Tournai an. Der Chevalier de Bélièvre rechtfertigte vollkommen das Vertrauen, das mein Vater in ihn gesetzt hatte, und sechs Jahre lang versäumte er nichts, was dazu beitragen konnte, aus mir eines Tages einen vorzüglichen Offizier zu machen. Nach diesen sechs Jahren starb Madame de Bélièvre; ihr Mann verließ Flandern und siedelte nach Paris über, und ich wurde ins elterliche Haus zurückgerufen.

Nach einer wegen der fortgeschrittenen Jahreszeit ziemlich beschwerlichen Reise kam ich ungefähr zwei Stunden nach Sonnenuntergang im Schlosse an, wo ich alle Bewohner um den großen Kamin versammelt fand. Mein Vater, obgleich von meiner Ankunft beglückt, ließ sich nicht zu Freudenbezeigungen hinreißen, die das, was Sie hier in Spanien *la gravedad* nennen, hätten gefährden können. Meine Mutter empfing mich mit Tränen. Der Theologe Iñigo Vélez gab mir seinen Segen, und der aufs Fechten versessene Hierro reichte mir sogleich ein Florett. Wir probierten einen Gang, und ich hielt mich besser, als es meine Jugend hätte erwarten lassen. Mein Vater war zu sehr Kenner, als daß er es übersehen hätte, und seine würdevolle Zurückhaltung machte liebevollster Rührung Platz. Man ließ sich zum Abendessen nieder, das sehr heiter verlief.

Nach der Mahlzeit setzte man sich wieder um den Kamin, und mein Vater sagte zu dem Theologen: »Hochwürden Don Iñigo, Sie würden mir ein großes Vergnügen bereiten, wenn Sie Ihren dicken Band holten, in dem so viele wunderbare Geschichten stehen, und uns eine vorläsen.«

Der Theologe begab sich in sein Zimmer und kehrte mit einem Folianten zurück, der in vergilbtes weißes Pergament gebunden war. Er schlug den Band auf gut Glück auf und las folgendes:

Die Geschichte des Trivulzio aus Ravenna

In einer italienischen Stadt, die man Ravenna nennt, lebte einst ein Jüngling namens Trivulzio. Er war schön, reich und sehr von sich eingenommen. Die jungen Mädchen von Ravenna blickten aus den Fenstern, um ihn vorbeigehen zu sehen, aber keine machte Eindruck auf ihn. Oder wenn er doch gelegentlich an der einen oder der anderen ein wenig Gefallen fand, so zeigte er es nicht, weil er fürchtete, ihr zuviel Ehre zu erweisen; schließlich kam all sein Hochmut zu Fall vor den Reizen der jungen und schönen Nina dei Gieraci. Trivulzio verstand sich darauf, ihr seine Liebe zu erklären. Nina antwortete, der Herr Trivulzio erweise ihr große Ehre, sie liebe aber seit der Kindheit ihren Vetter Tebaldo dei Gieraci und werde sicherlich immer nur ihn lieben.

Nach dieser unerwarteten Antwort zog sich Trivulzio mit den Anzeichen rasender Wut zurück.

Eine Woche darauf, an einem Sonntag, als alle Bürger Ravennas der erzbischöflichen Kirche zu St. Peter zustrebten, entdeckte Trivulzio in der Menge Tebaldo, der seiner Cousine den Arm reichte. Trivulzio verdeckte das Gesicht mit dem Mantel und folgte ihnen. Als man die Kirche betreten hatte, wo es niemandem erlaubt ist, sein Gesicht im Mantel zu verbergen, hätten die beiden Liebenden leicht entdecken können, daß Trivulzio sie verfolgte; doch sie waren mit nichts als ihrer Liebe beschäftigt und dachten mehr an sie als an die Messe, was eine große Sünde ist.

Trivulzio hatte sich indessen auf einer Bank hinter ihnen niedergelassen. Er hörte alles, was sie sprachen, und das steigerte seine Wut. Dann stieg ein Priester auf die Kanzel und sagte: »Meine Brüder, ich stehe hier, um das Aufgebot von Tebaldo und Nina dei Gieraci zu verkünden. Hat jemand gegen ihre Ehe etwas einzuwenden?«

»Ich habe etwas einzuwenden!« schrie Trivulzio, und im gleichen Augenblick versetzte er den beiden Liebenden wohl zwanzig Dolchstöße. Man wollte ihn festhalten, doch er stieß weiter mit dem Dolch um sich, floh aus der Kirche und aus der Stadt und entkam in den Staat Venedig.

Trivulzio war hochmütig und vom Glück verwöhnt, aber er hatte eine empfindsame Seele. Die Qualen des Gewissens rächten seine Opfer, er schleppte, von Stadt zu Stadt irrend, sein jammervolles Dasein. Nach einigen Jahren hatten seine Angehörigen die Sache bereinigt, und er kehrte nach Ravenna zurück. Doch das war nicht mehr jener Trivulzio, der von Glück strahlte und stolz auf seine Vorzüge war. Er hatte sich so sehr verändert, daß selbst seine Amme ihn nicht wiedererkannte.

Gleich am Tage seiner Ankunft erkundigte sich Trivulzio, wo das Grab Ninas sei. Man sagte ihm, sie liege gemeinsam mit ihrem Vetter in der Kirche zu St. Peter begraben, ganz nahe an der Stelle, wo sie ermordet worden waren. Trivulzio ging zitternd zur Kirche, warf sich dort über das Grab und vergoß eine Flut von Tränen.

Wie groß auch der Schmerz war, den der unglückliche Mörder in diesem Augenblick empfand, so fühlte er sich doch durch die Tränen erleichtert. Daher gab er dem Mesner seine Börse und erhielt von ihm die Erlaubnis, die Kirche aufzusuchen, wann es ihm gefalle. So kam er schließlich jeden Abend, und der Mesner, der sich daran gewöhnt hatte, achtete nicht mehr auf ihn.

Eines Abends schlummerte Trivulzio, der in der Nacht vorher nicht geschlafen hatte, an dem Grabe ein, und als er aufwachte, fand er die Kirche bereits geschlossen. Er entschied sich leicht dafür, die Nacht hier zu verbringen, da er gern seiner Trauer nachhing und seine Schwermut nährte. Er hörte nacheinander die Stunden schlagen, und er hätte bei jeder gewünscht, daß es die seines Todes sei.

Endlich schlug es Mitternacht. Da öffnete sich die Tür zur Sakristei, und Trivulzio sah den Mesner eintreten, die Laterne in der einen und einen Besen in der anderen Hand. Doch dieser Mesner war nur ein Skelett. Er hatte ein wenig Haut im Gesicht und etwas, was sehr eingefallenen Augen glich, aber sein Chorhemd, das eng an den Knochen anlag, ließ gut genug erkennen, daß die Gestalt überhaupt kein Fleisch mehr hatte.

Der fürchterliche Mesner setzte die Laterne auf den Hauptaltar und entzündete die Kerzen wie zur Vesper. Dann ging er daran, die Kirche auszukehren und die Bänke abzustauben. Er kam sogar einige Male an Trivulzio vorüber, schien ihn aber nicht zu bemerken.

Schließlich ging er zur Tür der Sakristei und läutete das Glöckchen, das sich immer dort befindet. Da öffneten sich die Grabstätten, die Toten erschienen, eingehüllt in ihre Leichentücher, und stimmten in sehr schwermütigem Ton Litaneien an.

Nachdem sie einige Zeit so psalmodiert hatten, stieg ein Toter, bekleidet mit Chorhemd und Stola, auf die Kanzel und sprach: »Meine Brüder, ich stehe hier, um das Aufgebot von Tebaldo und Nina dei Gieraci zu verkünden. Verdammter Trivulzio, hast du etwas einzuwenden?«

Hier unterbrach mein Vater den Theologen, er wandte sich an mich und sagte: »Mein Sohn Alfons, hättest du an Trivulzios Stelle Angst gehabt?«

Ich antwortete: »Mein teurer Vater, mir scheint, ich hätte große Angst gehabt.«

Darauf erhob sich mein Vater voller Zorn, sprang zu seinem Degen und wollte ihn mir durch den Leib stoßen. Man warf sich vor ihn und beruhigte ihn schließlich ein wenig. Indessen schickte er mir, als er seinen Platz wieder eingenommen hatte, einen schrecklichen Blick zu und sagte: »Sohn, der du meiner unwürdig bist, deine Feigheit entehrt in gewisser Weise das Regiment der Wallonischen Garde, in das ich dich aufnehmen zu lassen beabsichtigt hatte.«

Nach diesen bitteren Vorwürfen, die mich fast vor Scham hatten sterben lassen, trat tiefe Stille ein. Garcías brach sie als erster; er sagte, zu meinem Vater gewandt: »Gnädiger Herr, wenn ich es wagen darf, Eurer Exzellenz meine Meinung kundzutun: ich würde Ihrem Herrn Sohn beweisen, daß es überhaupt keine Gespenster, keine Geister, keine Toten, die Litaneien singen, gibt und daß es sie nicht geben kann. Auf diese Weise würde er sich auch nicht vor ihnen fürchten.«

»Señor Hierro«, entgegnete mein Vater etwas erbittert, »Sie vergessen, daß ich gestern die Ehre hatte, Ihnen eine Gespenstergeschichte zu zeigen, die mein Urgroßvater mit eigener Hand aufgeschrieben hat.«

»Gnädiger Herr«, sprach Garcías wieder, »ich will dem Urgroßvater Eurer Exzellenz nicht widersprechen.«

»Wie soll man das verstehen: Ich will nicht widersprechen?« fragte mein Vater. »Wissen Sie, daß diese Wendung die Möglichkeit voraussetzt, daß Sie meinem Urgroßvater widersprächen?«

»Gnädiger Herr«, sagte wiederum Garcías, »ich weiß wohl, daß ich eine zu geringe Person bin, als daß Ihr gnädiger Herr Urgroßvater von mir irgendwie Satisfaktion verlangen würde.«

Da nahm mein Vater eine noch drohendere Haltung ein und rief: »Hierro, bewahre Sie der Himmel davor, sich zu entschuldigen; denn die Entschuldigungen würden eine Beleidigung voraussetzen.«

»So bleibt mir nichts anderes übrig«, antwortete Garcías, »als mich der Sühne zu unterwerfen, die mir Eure Exzellenz im Namen Ihres Urgroßvaters aufzuerlegen geruhen werden; ich wünschte nur, um der Ehre meines Berufes willen, daß mir die Strafe von unserem Almosenier zubemessen werde, damit ich sie als kirchliche Buße betrachten kann.«

»Diese Idee ist gar nicht schlecht«, meinte darauf mein Vater in einem etwas ruhigeren Ton. »Ich erinnere mich, früher eine kleine Abhandlung darüber geschrieben zu haben, welche Satisfaktionen zulässig sind, wenn ein Duell nicht stattfinden kann. Lassen Sie mich darüber nachdenken.«

Mein Vater schien sich anfangs mit diesem Gegenstand zu beschäftigen, doch er kam von einer Überlegung zur anderen und schlief endlich in seinem Lehnstuhl ein. Meine Mutter schlief bereits, ebenso der Theologe, und Garcías zögerte nicht, ihrem Beispiel zu folgen. Ich glaubte mich nun zurückziehen zu müssen, und auf diese Weise also endete der erste Tag nach meiner Rückkehr ins Elternhaus.

Am nächsten Morgen focht ich mit Garcías. Dann ging ich auf die Jagd. Man nahm das Abendessen ein, und als die Tafel aufgehoben war, bat mein Vater den Theologen abermals, seinen dicken Band zu holen. Der hochwürdige Herr brachte ihn, schlug ihn auf gut Glück auf und las, was ich nun erzählen werde.

Die Geschichte des Landolfo aus Ferrara

In einer italienischen Stadt, die man Ferrara nennt, lebte einst ein Jüngling namens Landolfo. Das war ein Wüstling ohne Religion, ein Greuel vor allen guten Seelen, die in diesem Lande lebten. Der Elende liebte leidenschaftlich den Umgang mit Kurtisanen, und er hatte schon alle, die es in der Stadt gab, besucht, doch keine gefiel ihm so wie Bianca de Rossi, weil sie alle anderen an Verderbtheit übertraf.

Bianca war nicht nur eine eigennützige, grundverdorbene Buhlerin, sondern sie verlangte auch, daß ihre Liebhaber für sie Taten begingen, bei denen sie sich selbst entehrten. Von Landolfo forderte sie, er solle sie alle Abende zu sich nach Hause führen, damit sie zusammen mit seiner Mutter und seiner Schwester zu Abend esse. Landolfo begab sich sogleich zu seiner Mutter und teilte ihr diese Absicht mit, so als handelte es sich um die anständigste Sache der Welt. Die gute Mutter brach in Tränen aus und beschwor ihren Sohn, Rücksicht auf den Ruf seiner Schwester zu nehmen. Landolfo blieb taub für ihre Bitten und versprach nur, die Sache so geheim wie möglich zu halten; darauf ging er zu Bianca und führte sie zu sich ins Haus.

Die Mutter und die Schwester Landolfos nahmen die Kurtisane besser auf, als sie es verdient hatte. Doch da Bianca die Güte der beiden Frauen bemerkte, verdoppelte sie ihre Frechheit; sie führte beim Essen sehr lose Reden und erteilte der Schwester ihres Liebhabers Lehren, auf die das Mädchen gut hätte verzichten können. Schließlich bedeutete sie den beiden, daß sie gut daran täten, sich nun zurückzuziehen, weil sie mit Landolfo allein bleiben wolle.

Am nächsten Morgen verbreitete die Kurtisane diese Geschichte in der ganzen Stadt, und einige Tage lang wurde über nichts anderes mehr gesprochen. Durch das allgemeine Geschwätz erfuhr auch Odoardo Zampi, der Bruder von Landolfos Mutter, bald von der Sache. Odoardo war ein Mann, den man nicht ungestraft beleidigen konnte. Er sah in der Beleidigung seiner Schwester eine Beleidigung seiner selbst und ließ noch am gleichen Tage das nichtswürdige Weib ermorden. Als Landolfo seine Geliebte besuchen wollte, fand er sie erdolcht und in ihrem Blute schwimmend. Er erfuhr bald darauf, daß es das Werk seines Onkels war. Er eilte zu ihm, um sich an ihm zu rächen, doch er sah ihn umgeben von den wackersten Männern der Stadt, die seines ohnmächtigen Zornes spotteten.

Landolfo, der nicht wußte, an wem er seine Wut auslassen sollte, lief zu seiner Mutter, um sie mit Schmähungen zu überschütten. Die arme Frau befand sich allein mit ihrer Tochter und wollte sich gerade zum Abendessen setzen. Als sie ihren Sohn eintreten sah, fragte sie ihn, ob Bianca zum Abendessen kommen werde.

»Könnte sie doch kommen«, rief Landolfo, »und dich zur Hölle mitnehmen, zusammen mit deinem Bruder und der ganzen Familie Zampi!«

Die unglückliche Mutter fiel auf die Knie und sprach: »O mein Gott, verzeih ihm seine Lästerungen!«

In diesem Augenblick sprang polternd die Tür auf, und es erschien ein hageres, von Dolchstößen entstelltes Gespenst, das dennoch eine entsetzliche Ähnlichkeit mit Bianca bewahrte.

Die Mutter und die Schwester Landolfos begannen inständig zu beten, und Gott erwies ihnen die Gnade, das ganze Schauspiel ertragen zu können, ohne vor Schaudern zu sterben.

Das Gespenst trat mit langsamen Schritten näher und ließ

sich am Tische nieder, als wollte es zu Abend essen. Mit einem Mut, den einzig der böse Geist ihm eingeben konnte, wagte es Landolfo, ihm eine Schüssel zu reichen. Das Gespenst öffnete einen Mund, der so groß war, daß der Kopf sich zu teilen schien, und daraus schoß eine rote Flamme hervor. Dann streckte es eine ganz feurige Hand aus, nahm ein Stück, verschlang es, und man hörte es unter den Tisch fallen. Auf diese Weise schluckte es den ganzen Inhalt der Schüssel hinunter, und alle Stücke fielen unter den Tisch. Als die Schüssel leer war, heftete die Erscheinung die entsetzlichen Augen auf Landolfo und sprach: »Landolfo, wenn ich hier zu Abend esse, werde ich hier auch schlafen. Auf, leg dich ins Bett!«

Hier unterbrach mein Vater den Almosenier, er wandte sich an mich und sagte: »Mein Sohn Alfons, hättest du an Landolfos Stelle Angst gehabt?«

Ich antwortete: »Mein teurer Vater, ich versichere Ihnen, daß ich nicht die leiseste Furcht verspürt hätte.«

Meinen Vater schien diese Antwort sehr zu befriedigen, und er war während des ganzen Abends sehr heiter.

So vergingen bei uns die Tage, und nichts störte ihr Gleichmaß. Nur daß man in der schönen Jahreszeit, statt sich um den Kamin zu versammeln, auf Bänken vor dem Schloßtor saß. Sechs volle Jahre verflossen in der süßen Stille, und jetzt will mir scheinen, als wären es nur sechs Wochen gewesen.

Nachdem ich mein siebzehntes Lebensjahr vollendet hatte, gedachte mein Vater, mich in das Regiment der Wallonischen Garde aufnehmen zu lassen, und er schrieb darüber an diejenigen seiner alten Kameraden, auf die er am meisten rechnete. Diese würdigen und ehrenhaften Soldaten machten zu meinen Gunsten die Summe dessen geltend, was jeder von ihnen an Ansehen genoß, und erwirkten für mich ein Hauptmannspatent. Als mein Vater diese Nachricht erhielt, war er von ihr so bewegt, daß man um sein Leben fürchtete.

Aber er genas rasch und dachte nun an nichts anderes mehr als an die Vorbereitungen zu meiner Abreise. Er wollte, daß ich den Seeweg benutzte, damit ich Spanien über Cádiz erreiche und mich zuerst dem Statthalter der Provinz vorstellen könne, Don Enrique de Sa, der am meisten dazu beigetragen hatte, daß ich den Hauptmannsrang erhielt.

Als die Postkutsche im Schloßhof schon zur Abfahrt bereitstand, führte mich mein Vater in sein Zimmer, verschloß die Tür hinter sich und sprach: »Mein lieber Alfons, ich werde dir ein Geheimnis anvertrauen, das ich von meinem Vater habe und das du nur deinem Sohn weitergeben wirst, wenn du ihn dessen für würdig hältst.«

Da ich nicht zweifelte, daß es sich um einen verborgenen Schatz handle, antwortete ich, daß ich das Gold stets nur als ein Mittel betrachtet hätte, den Unglücklichen zu helfen.

Doch mein Vater entgegnete: »Nein, mein lieber Alfons, es handelt sich hier weder um Gold noch um Silber. Ich möchte dich einen geheimen Stoß lehren, mit dem du, wenn du parierst und die gewundene Quart andeutest, sicher sein kannst, deinen Gegner zu entwaffnen.«

Er nahm zwei Florette, zeigte mir den geheimen Stoß, gab mir seinen Segen und führte mich zum Wagen. Ich küßte noch meiner Mutter die Hand und fuhr ab.

Ich gelangte äußerst schnell nach Vlissingen, wo ich ein Schiff fand, das mich nach Cádiz brachte. Don Enrique de Sa empfing mich, als wäre ich sein eigener Sohn; er besorgte mir Pferde für die Weiterreise und empfahl mir zwei Diener, von denen der eine López und der andere Mosquito hieß. Von Cádiz gelangte ich nach Sevilla, von Sevilla nach Córdoba, dann kam ich nach Andújar, wo ich den Weg über die Sierra Morena einschlug. Ich hatte das Unglück, nahe der Quelle von Los Alcornoques von meinen Dienern getrennt zu werden. Dennoch erreichte ich noch am gleichen Tag die Venta Quemada, und gestern abend kam ich in Ihre Einsiedelei.

»Mein lieber Sohn«, sprach der Eremit, »deine Geschichte hat mich lebhaft interessiert, und ich bin dir sehr dankbar dafür, daß du so freundlich warst, sie mir zu erzählen. Ich sehe jetzt wohl, daß, da man dich auf solche Art erzogen hat, die Angst ein dir völlig unbekanntes Gefühl sein muß. Doch da du in der Venta Quemada eine Nacht verbracht hast, fürchte ich sehr, daß dir die beiden Gehenkten zugesetzt haben könnten und daß dir vielleicht das traurige Schicksal des Besessenen zuteil werde.«

»Mein Vater«, entgegnete ich dem Einsiedler, »ich habe diese Nacht viel über die Geschichte des Señor Pacheco nachgedacht. Wenn er auch den Teufel im Leibe hat, so ist er dennoch Edelmann, und daher halte ich ihn nicht für fähig, von dem abzuweichen, was man der Wahrheit schuldet. Andererseits jedoch hat mir Iñigo Vélez, Almosenier unseres Schlosses, gesagt, daß es zwar in den ersten christlichen Jahrhunderten Besessene gegeben habe, jetzt aber nicht mehr; und sein Zeugnis erscheint mir um so gewichtiger, als mein Vater mir befohlen hat, in allen Dingen, die unseren Glauben betreffen, Iñigo zu vertrauen.«

»Aber«, sagte der Einsiedler, »hast du denn nicht das entsetzliche Aussehen des Besessenen bemerkt und wie die bösen Geister ihm ein Auge ausgerissen haben?«

Ich antwortete: »Señor Pacheco kann das Auge auf eine andere Art verloren haben. Im übrigen verlasse ich mich in all diesen Dingen auf diejenigen, die mehr davon verstehen als ich. Mir genügt, daß ich mich weder vor Gespenstern noch vor Vampiren fürchte. Wenn Sie mir aber eine heilige Reliquie geben wollten, die mich vor ihren Anschlägen schützt, so verspreche ich, sie mit Glauben und Achtung zu tragen.«

Der Eremit schien ein wenig über diese Einfalt zu lächeln, dann sprach er: »Ich sehe, mein Sohn, daß du noch gläubig bist, doch mich erfüllt Sorge, ob du auch weiterhin am Glauben festhalten wirst. Diese Gomélez, von denen du mütterlicherseits abstammst, sind alle Neuchristen. Einige von ihnen sind sogar, wie es heißt, im Grunde des Herzens Mohammedaner. Wenn sie dir unermeßliche Reichtümer dafür anböten, daß du den Glauben wechselst – würdest du sie annehmen?«

»Nein, sicherlich nicht«, erwiderte ich. »Ich meine, daß seinem Glauben entsagen oder Fahnenflucht begehen zwei gleichermaßen schimpfliche Dinge sind.«

Hier schien der Einsiedler abermals zu lächeln, und er sprach: »Ich sehe mit Kummer, daß deine Tugenden auf einem allzu übersteigerten Ehrgefühl beruhen, und ich sage dir zur Warnung, daß du Madrid nicht mehr so duellversessen finden wirst, wie es zur Zeit deines Vaters war. Überdies haben die Tugenden andere, sicherere Grundlagen. Doch ich will dich nicht länger aufhalten; du hast eine weite Tagesreise vor dir, ehe du die Venta de Peñón, die ›Herberge unterm Fels‹, erreichst. Der Wirt ist ungeachtet der Räuber dort geblieben, weil er auf den Schutz einer Zigeunerbande rechnet, die in der Nähe lagert. Übermorgen wirst du zur Venta de Cardenas gelangen, und dann wirst du die Sierra Morena bereits hinter dir haben. Ich habe einigen Mundvorrat in deine Satteltaschen gepackt.«

Nach diesen Worten umarmte mich der Einsiedler liebevoll, doch er gab mir keine Reliquie zum Schutz vor bösen Geistern. Ich wollte ihn nicht daran erinnern und stieg zu Pferde.

Unterwegs begann ich über die Maximen nachzudenken, die ich eben gehört hatte; ich konnte nicht begreifen, daß es für die Tugenden eine festere Grundlage als das Ehrgefühl geben könne, das ja, wie ich meinte, alle Tugenden in sich einschließt. Ich sann noch darüber nach, als plötzlich ein Reiter hinter einem Felsen hervorsprengte, mir den Weg abschnitt und fragte: »Heißen Sie Alfons?«

Ich bejahte.

»Dann arretiere ich Sie im Namen des Königs und der Allerheiligsten Inquisition. Übergeben Sie mir Ihren Degen.«

Ich gehorchte ohne Widerrede. Darauf pfiff er, und ich

sah, wie sich von allen Seiten Bewaffnete auf mich stürzten. Sie banden mir die Hände auf dem Rücken, und wir schlugen in den Bergen einen Querweg ein, der uns nach einer Stunde zu einer stark befestigten Burg führte. Die Zugbrücke wurde heruntergelassen, und wir ritten hinein. Als wir uns noch unter dem großen Hauptturm befanden, öffnete man dort eine kleine Seitentür, und man stieß mich in ein finsteres Loch, ohne daß man sich auch nur die Mühe gemacht hätte, die Stricke zu lösen, die mich fesselten.

Das Verlies war vollkommen finster, und da ich meine Hände nicht frei hatte, um mit ihnen zu tasten, wäre es für mich schwierig gewesen, umherzugehen, ohne mit dem Kopf an die Mauern zu stoßen. Deshalb ließ ich mich auf der Stelle, wo ich mich befand, nieder und begann, wie man sich leicht vorstellen wird, über das nachzudenken, was wohl zu meiner Gefangennahme hatte führen können. Mein erster und einziger Gedanke war, daß die Inquisition sich meiner schönen Cousinen bemächtigt hatte und daß die Negerinnen verraten haben mochten, was in der Venta Quemada geschehen war. Angenommen, man würde mich über die schönen Afrikanerinnen verhören, so hatte ich nur die Wahl, sie zu verraten und mein Ehrenwort zu brechen oder zu leugnen, daß ich sie kannte, und das hätte mich in eine Folge schimpflicher Lügen hineingezogen. Nachdem ich eine Weile mit mir zu Rate gegangen war, was ich tun sollte, entschied ich mich für das tiefste Schweigen, und ich nahm mir fest vor, auf alle Fragen nichts zu antworten.

Nachdem ich diese Bedenken in meinem Kopfe geklärt hatte, stellte ich mir die Ereignisse der beiden vorangegangenen Tage noch einmal vor Augen. Ich zweifelte nicht daran, daß meine Cousinen Frauen aus Fleisch und Blut seien. Das sagte mir ein Gefühl, das stärker war als alles, was man mir über die Macht der Dämonen erzählt hatte. Was freilich den Streich betraf, den man mir gespielt hatte, indem man mich unter den Galgen brachte, so war ich darüber höchst entrüstet.

Indessen verstrichen die Stunden. Ich begann Hunger zu verspüren, und da ich gehört hatte, daß die Verliese zuweilen mit Brot und einem Wasserkrug versehen seien, ging ich daran, mit den Beinen und den Füßen zu suchen, ob sich dergleichen fände. Tatsächlich ertastete ich bald ein seltsames Gebilde, das sich als ein halbes Brot erwies. Die Schwierigkeit bestand darin, es zum Munde zu führen. Ich legte mich neben das Brot und wollte es mit den Zähnen fassen, aber es rutschte weg und entglitt mir, weil es keinen Halt hatte. Ich stieß es so weit, daß ich es gegen die Wand drücken konnte; nun konnte ich essen, weil das Brot in der Mitte durchgeschnitten war. Wäre es ganz gewesen, so hätte ich nicht hineinbeißen können. Ich fand auch einen Krug, doch es gelang mir nicht, daraus zu trinken. Kaum hatte ich mir die Kehle angefeuchtet, da ergoß sich alles Wasser über den Boden. Ich suchte weiter. In der Ecke fand ich etwas Stroh, und darauf ließ ich mich nieder. Meine Hände waren kunstvoll gefesselt, das heißt sehr fest, doch so, daß sie nicht schmerzten. So hatte ich keine Mühe, einzuschlafen.

Vierter Tag

Ich glaube, ich hatte einige Stunden geschlafen, als man kam und mich weckte. Ich sah einen Mönch vom Orden des heiligen Dominikus eintreten, gefolgt von mehreren Männern sehr üblen Aussehens. Manche trugen Fackeln, manche auch Instrumente, die mir völlig unbekannt waren und von denen ich annahm, daß sie wohl zur Folterung dienten. Ich erinnerte mich an meinen Entschluß und beharrte auf ihm. Ich dachte an meinen Vater. Man hatte ihn freilich niemals der Folter ausgesetzt, aber hatte er nicht unter den Händen der Chirurgen zahllose schmerzhafte Operationen erdulden müssen? Ich wußte, daß er sie ohne einen einzigen Klagelaut ertragen hatte. Ich nahm mir vor, seinem Vorbild zu folgen, kein Wort zu sagen und, wenn möglich, mir keinen Seufzer entreißen zu lassen. Der Inquisitor ließ sich einen Stuhl bringen, nahm neben mir Platz, setzte eine sanfte und süßliche Miene auf und sprach etwa so zu mir: »Mein teurer, geliebter Sohn, danke dem Himmel dafür, daß er dich in dieses Verlies geführt hat. Doch sage mir, warum bist du hier? Welche Sünden hast du begangen? Bekenne, weine dich an meiner Brust aus! Du antwortest mir nicht? Nun, mein Sohn, das ist nicht recht von dir. Wir verhören nicht – das gehört nicht zu unserer Methode. Wir überlassen es dem Schuldigen, sich selbst anzuklagen. Ein solches eigenes Bekenntnis hat, obgleich ein wenig erzwungen, doch seine guten Seiten, besonders wenn der Schuldige seine Komplizen nennt. Du antwortest nicht? Um so schlimmer für dich. Nun, so müssen wir dir auf die Sprünge helfen. Kennst du zwei Prinzessinnen aus Tunis? Oder, besser gesagt: zwei nichtswürdige Hexen, abscheuliche Vampire, Ausgeburten der Hölle? Du sagst nichts! Man führe die beiden Infantinnen vom Hofe Luzifers herein!«

Hier brachte man meine beiden Cousinen, deren Hände wie bei mir auf dem Rücken gefesselt waren. Darauf fuhr der Inquisitor also fort: »Nun, mein lieber Sohn, erkennst du sie? Du sagst noch immer nichts. Mein lieber Sohn, erschrick nicht über das, was ich dir sagen werde. Man wird dir ein wenig Schmerz bereiten. Du siehst diese beiden Bohlen. Man wird deine Beine zwischen die Bohlen legen und diese mit Stricken zusammenbinden. Dann wird man die Keile, die du hier siehst, zwischen deine Beine setzen und sie mit Hammerschlägen hineintreiben. Zuerst werden deine Füße anschwellen. Dann wird dir das Blut aus den großen Zehen spritzen, und die Nägel werden alle ausfallen. Dann werden die Fußsohlen aufplatzen, und ein blutiger Brei von zerquetschtem Fleisch wird herausfließen. Das wird dir sehr weh tun. Du antwortest nichts – so ist es denn erst die allgemeine Einleitung. Indessen wirst du ohnmächtig werden. Hier sind Fläschchen mit verschiedenen Riechwässern, die dich wieder zu Bewußtsein bringen werden. Wenn du deiner Sinne von neuem mächtig bist, wird man diese Keile herausnehmen und jene dort ansetzen, die viel breiter sind. Beim ersten Hammerschlag werden dir die Knie und die Knöchel brechen. Beim zweiten Schlag werden deine Beine der Länge nach aufreißen. Das Mark wird heraustreten und sich, vermischt mit deinem Blut, auf dieses Stroh ergießen. Du willst nicht sprechen? … Auf denn, preßt ihm die Zehen!«

Die Folterknechte packten meine Beine, legten sie zwischen die Bohlen und banden diese zusammen.

»Du willst nicht sprechen? … Setzt die Keile an … Du willst nicht sprechen? … Hebt die Hämmer!«

In diesem Augenblick hörte man eine Gewehrsalve.

Emina schrie auf: »O Mohammed! Wir sind gerettet! Zoto ist uns zu Hilfe gekommen.«

Zoto stürmte mit seiner Schar herein, warf die Folterknechte hinaus und fesselte den Inquisitor an einen Eisenring in der Mauer des Verlieses. Dann befreite er uns – die beiden Maurinnen und mich – von den Stricken. Das erste, was die beiden Mädchen mit ihren frei gewordenen Armen taten, war, mich zu umhalsen. Man trennte uns. Zoto hieß mich zu Pferde steigen und vorausreiten; er versicherte mir, daß er bald mit den beiden Damen folgen werde.

Die Vorhut, mit der ich mich aufmachte, bestand aus vier Reitern. Bei Tagesanbruch erreichten wir einen sehr öden Ort, wo wir die Pferde wechseln konnten. Dann ritten wir weiter über hohe Gipfel und kahle Bergrücken.

Gegen vier Uhr des Nachmittags kamen wir an Felshöhlen, wo wir die Nacht zu verbringen gedachten. Ich fühlte mich recht glücklich darüber, daß wir noch bei Tageslicht angelangt waren, denn es bot sich hier eine wundervolle Aussicht – sie mußte mich um so mehr begeistern, als ich bis dahin nur die Ardennen und Zeeland gesehen hatte. Zu meinen Füßen lag die schöne Vega de Granada, welche die Bewohner dieses Landes scherzhaft verkleinernd *la Nuestra Vegilla* nennen. Ich konnte sie ganz überschauen mit ihren sechs Städten, ihren vierzig Dörfern: den gewundenen Lauf des Genil, die Wildbäche, die sich von den Alpujarras herabstürzen, freundliche Wäldchen, frisches, schattenspendendes Laub, Gebäude, Gärten und unendlich viele *quintas,* kleine Sommersitze. Voller Entzücken darüber, daß mein Auge mit einem Male soviel schöne Dinge schauen konnte, überließ ich mich der Betrachtung. Ich fühlte, daß ich zum Naturliebhaber wurde. Meine Cousinen vergaß ich; sie kamen indessen bald darauf in Sänften an, die von Pferden getragen wurden. Sie ließen sich in der Höhle auf Kissen nieder, und als sie sich ein wenig ausgeruht hatten, sagte ich zu ihnen: »Meine Damen, ich beklage mich keineswegs über die Nacht, die ich in der Venta Quemada verbracht habe, aber ich gestehe Ihnen, daß die Art, in der sie endete, mir unendlich mißfallen hat.«

Emina antwortete: »Mein Alfons, beschuldigen Sie uns nur des schönen Teiles Ihrer Träume. Doch worüber beklagen Sie sich? Gab Ihnen das nicht Gelegenheit, einen übermenschlichen Mut zu beweisen?«

»Wie«, erwiderte ich, »sollte jemand an meinem Mut zweifeln? Wenn ich ihn fände, würde ich mich mit ihm über einen Mantel oder mit dem Taschentuch im Munde schlagen.«

Emina sprach darauf: »Ich weiß nicht, was Sie mit Ihrem Taschentuch und Ihrem Mantel sagen wollen. Es gibt Dinge, über die ich Ihnen gegenüber schweigen muß. Es gibt welche, von denen ich selbst nichts weiß. Ich handle nur nach den Anweisungen des Oberhaupts unserer Familie, der Nachfolger des Scheichs Mas'ûd ist – er kennt das ganze Geheimnis von Kasr-Gomélez. Als einziges kann ich Ihnen sagen, daß Sie unser sehr naher Verwandter sind. Der Auditor von Granada, Vater Ihrer Mutter, hatte einen Sohn, den man für würdig befand, eingeweiht zu werden. Er nahm den mohammedanischen Glauben an und heiratete die vier Töchter des damals herrschenden Deys von Tunis. Nur die jüngste hatte Kinder, und sie ist unsere Mutter. Kurz nach Zibeldas Geburt starben mein Vater und seine drei anderen Frauen an einer Seuche, die zu jener Zeit die Küste der Berberei verheerte … Doch lassen wir all diese Dinge, die Sie vielleicht eines Tages erfahren werden. Sprechen wir von Ihnen, von der Dankbarkeit, die wir Ihnen schulden, oder besser: von unserer Bewunderung für Ihre Tugenden. Mit welchem Gleichmut haben Sie den Vorbereitungen zur Tortur zugeschaut! Welch heiliger Respekt vor dem gegebenen Wort! Ja, Alfons, Sie überragen alle Helden unseres Blutes, und wir geben uns Ihnen ganz zu eigen.«

Zibelda, die ihre Schwester gern hatte sprechen lassen, solange es sich um ernsthafte Dinge handelte, nahm ihre Rechte wieder wahr, als das Gespräch sich ins Gefühlvolle wendete. Ich wurde schließlich mit Schmeicheleien und Zärtlichkeiten bedacht und war zufrieden mit mir und den anderen. Später trafen auch die Negerinnen ein; man reichte das Abendessen, und Zoto selber bediente uns mit den Zeichen tiefster Ehrerbietung. Dann bereiteten die Negerinnen für meine Cousinen in einer Art Grotte ein recht gutes Bett. Ich ging in eine andere Höhle schlafen, und wir genossen die Ruhe, deren wir sehr bedurften.

Fünfter Tag

Am nächsten Tag zog die Karawane schon frühzeitig weiter. Wir stiegen von den Bergen hinab und gelangten in tiefe Täler oder vielmehr in Abgründe, die bis zum Erdinnern zu reichen schienen. Sie durchfurchten die Bergkette in so verschiedenen Richtungen, daß es unmöglich war, sich zurechtzufinden oder herauszubekommen, nach welcher Seite wir uns bewegten.

Nach einem Ritt von sechs Stunden erreichten wir die Trümmer einer verlassenen und verödeten Stadt. Hier hieß uns Zoto absitzen; er führte mich an einen Brunnen und sagte: »Señor Alfons, seien Sie so gütig, in diesen Brunnen zu blicken und mir zu sagen, was Sie von ihm halten.«

Ich antwortete, ich sähe Wasser und meinte, es sei ein Brunnen.

»Nun«, erwiderte Zoto, »Sie irren sich: es ist der Eingang zu meinem Palast.«

Nach diesen Worten steckte er den Kopf in den Brunnen und stieß eigenartige Rufe aus. Darauf sah ich, wie sich Bretter von einer Brunnenwand vorschoben und sich einige Fuß hoch über dem Wasser quer durch den Schacht legten. Dann trat durch die gleiche Öffnung ein bewaffneter Mann und nach ihm ein zweiter. Sie kletterten aus dem Brunnenschacht, und als sie oben angelangt waren, sprach Zoto zu mir: »Señor Alfons, ich habe die Ehre, Ihnen meine beiden Brüder Cicio und Momo vorzustellen. Sie haben vielleicht ihre Körper an einem gewissen Galgen hängen sehen; es geht ihnen nichtsdestoweniger recht gut, und sie werden Ihnen immer ergeben sein, da sie, ebenso wie ich, in Dienst und Sold des Großscheichs der Gomélez stehen.«

Ich erwiderte, daß ich erfreut sei, die Brüder eines Mannes kennenzulernen, der mir offenbar einen bedeutenden Dienst erwiesen habe.

Wohl oder übel mußten wir in den Brunnen hinabsteigen. Man brachte eine Strickleiter, mit der die beiden Schwestern gewandter umgingen, als ich es vermutet hätte. Ich folgte ihnen. Als wir auf den Brettern angelangt waren, erspähten wir eine kleine Seitentür, durch die man nur sehr gebückt eintreten konnte. Doch gleich darauf befanden wir uns auf einer schönen Treppe, die in den Fels gehauen war und durch Lampen erhellt wurde. Wir stiegen mehr als zweihundert Stufen hinab. Schließlich traten wir in eine unterirdische Wohnstatt ein, die aus vielen Sälen und Zimmern bestand. Alle Gemächer, die bewohnt wurden, waren mit Kork verkleidet, was sie vor Feuchtigkeit schützte. Ich habe später in Cintra bei Lissabon ein in den Fels gehauenes Kloster gesehen, dessen Zellen ebenso verkleidet waren und das man deswegen das Korkkloster nannte. Zudem gaben schöne, wohl angeordnete Feuerstätten dem unterirdischen Reiche Zotos eine angenehme Wärme. Die Pferde seiner Reiterei waren verstreut in der Umgebung untergebracht. Indessen konnte man sie im Notfalle durch eine Öffnung, die in ein Nachbartal führte, in den Schoß der Erde holen, und es gab sogar eine Maschine, die eigens zum Hinablassen und Heraufziehen der Pferde gebaut worden war, doch man benutzte sie selten.

»Alle diese Wunder«, sagte Emina, zu mir gewandt, »sind das Werk der Gomélez. Sie haben den Fels gehöhlt, als sie Herren des Landes waren, das heißt, sie haben diese Arbeit vollendet, denn die Heiden, die die Alpujarras bei der Ankunft der Gomélez bewohnten, hatten die Höhlen schon recht tief gegraben. Die Gelehrten behaupten, daß sich hier einst die Minen von Bätica befunden hätten, in denen man gediegenes Gold gewann, und in alten Weissagungen heißt es, daß die ganze Gegend einmal wieder in den Besitz der Gomélez zurückkehren werde. Was sagen Sie dazu, Alfons? Das wäre ein schönes Erbe.«

Diese Worte Eminas schienen mir sehr deplaziert. Ich ließ es sie auch wissen; dann fragte ich sie, um dem Gespräch eine andere Wendung zu geben, nach ihren Plänen für die Zukunft.

Emina erwiderte, daß sie nach dem, was vorgefallen war, nicht länger in Spanien bleiben könnten, daß sie sich jedoch ein wenig ausruhen wollten, bis man ihre Überfahrt nach Afrika vorbereitet habe.

Man trug uns ein sehr reichliches Mahl auf, das besonders aus Wildbret und vielen getrockneten Früchten bestand. Die drei Brüder bedienten uns mit größtem Eifer. Ich machte meinen Cousinen gegenüber die Bemerkung, daß es wohl unmöglich sei, höflichere Gehenkte zu finden. Emina pflichtete mir bei und sagte, zu Zoto gewandt: »Sie und Ihre Brüder müssen recht seltsame Abenteuer erlebt haben; Sie würden uns viel Vergnügen bereiten, wenn Sie uns von ihnen erzählen wollten.«

Zoto ließ sich erst ein wenig bitten, dann setzte er sich zu uns und begann also zu sprechen:

Die Geschichte Zotos

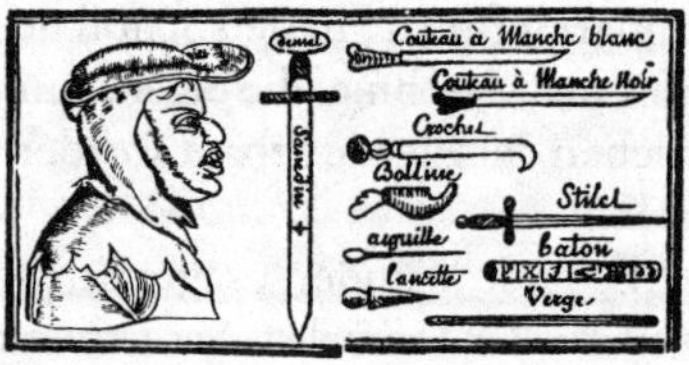

Ich bin in der Stadt Benevento geboren, dem Hauptort des Herzogtums, das den gleichen Namen trägt. Mein Vater, ebenso wie ich Zoto geheißen, war ein in seinem Handwerk geschickter Waffenschmied. Da es aber in der Stadt zwei weitere gab, die einen noch besseren Ruf genossen, reichte sein Verdienst kaum aus, seine Frau und seine drei Kinder – das heißt meine beiden Brüder und mich – zu ernähren.

Drei Jahre nach der Hochzeit meines Vaters heiratete eine jüngere Schwester meiner Mutter einen Olivenhändler namens Lunardo, der ihr zur Hochzeit ein Paar goldener Ohrringe und eine Halskette aus dem gleichen Metall schenkte. Als meine Mutter von der Hochzeitsfeier zurückkam, schien sie in finstere Schwermut versunken. Ihr Mann begehrte den Grund zu erfahren; sie sträubte sich lange, es ihm zu sagen, und gestand ihm endlich, daß sie fürs Leben gern solche Ohrringe und ein solches Halsband hätte wie ihre Schwester. Mein Vater erwiderte nichts darauf. Er hatte in seiner Werkstatt noch ein wundervoll gearbeitetes Jagdgewehr mit Pistolen der gleichen Art und einem ebensolchen Hirschfänger. Mit dem Gewehr konnte man vier Schüsse abgeben, ohne es zwischendurch laden zu müssen. Mein Vater hatte vier Jahre an den Stücken gearbeitet. Ihren Wert schätzte er auf dreihundert neapolitanische Goldunzen. Er ging zu einem Waffenliebhaber und verkaufte die ganze Garnitur für achtzig Unzen. Dann kaufte er den Schmuck, wie seine Frau ihn sich gewünscht hatte, und brachte ihn zu ihr. Meine Mutter begab sich noch am gleichen Tage zu Lunardos Frau, um ihr den Schmuck zu zeigen, und ihre Ohrringe wurden sogar für etwas kostbarer befunden als die ihrer Schwester, was ihr außerordentliches Vergnügen bereitete.

Doch eine Woche darauf besuchte Lunardos Frau meine Mutter. Sie trug das Haar zu einem Zopf geflochten, schnekkenförmig aufgerollt und von einer goldenen Nadel gehalten, deren Kopf von einer Filigranrose mit einem kleinen Rubin gebildet wurde. Diese goldene Rose senkte schmerzende Dornen in das Herz meiner Mutter. Sie verfiel abermals in ihre Schwermut und wurde erst wieder heiterer, als ihr mein Vater eine Nadel versprochen hatte, die der ihrer Schwester gleichen sollte. Da mein Vater indessen weder

Geld besaß noch Mittel, es sich zu beschaffen, und da eine solche Nadel fünfundvierzig Unzen kostete, wurde er bald ebenso schwermütig, wie es meine Mutter einige Tage vorher gewesen war.

Mittlerweile suchte ein einheimischer Bravo namens Grillo Monaldi meinen Vater auf; er kam, um sich seine Pistolen reinigen zu lassen. Als Monaldi die Niedergeschlagenheit meines Vaters bemerkte, fragte er ihn nach dem Grund, und mein Vater verhehlte ihn keineswegs. Monaldi dachte erst einen Augenblick nach und sprach dann also: »Herr Zoto, ich schulde Ihnen mehr, als Sie glauben. Kürzlich hat man durch Zufall meinen Dolch im Körper eines auf der Straße nach Neapel ermordeten Mannes gefunden. Die Gerichtsbehörden haben den Dolch zu allen Waffenschmieden bringen lassen, und Sie haben großmütig erklärt, ihn nicht im mindesten zu kennen. Dabei war es eine Waffe, die Sie gefertigt und an mich selbst verkauft haben. Hätten Sie die Wahrheit gesagt, so hätten Sie mir damit Unannehmlichkeiten bereiten können. Hier sind also die fünfundvierzig Unzen, die Sie benötigen, und im übrigen wird Ihnen meine Börse immer zur Verfügung stehen.«

Mein Vater nahm dankbar das Geld an, kaufte eine goldene Nadel mit einem Rubin und brachte sie meiner Mutter, die es nicht unterließ, sich noch am gleichen Tage vor den Augen ihrer hochmütigen Schwester damit zu schmücken.

Als meine Mutter nach Hause zurückgekehrt war, zweifelte sie nicht im geringsten daran, Frau Lunardo mit einem neuen Schmuckstück geziert wiederzusehen. Doch diese verfolgte nun ganz andere Pläne. Sie wollte sich beim Kirchgang von einem Lohnlakaien in Livree begleiten lassen und vertraute diesen Wunsch ihrem Manne an. Lunardo, an sich sehr geizig, hatte sich leicht zum Kauf von Schmuckstücken aus Gold bewegen lassen, weil er meinte, daß es im Grunde auf dem Kopfe seiner Frau ebenso sicher sei wie in seiner eigenen Schatulle. Doch er verhielt sich ganz anders, als von ihm verlangt wurde, eine Goldunze an irgendeinen Schlingel zu zahlen, bloß dafür, daß dieser eine halbe Stunde lang hinter der Kirchenbank seiner Frau stehe. Indessen setzte ihm seine Frau so heftig und unablässig zu, daß er sich am Ende entschloß, selbst die Lakaienlivree anzulegen und ihr zu folgen. Frau Lunardo fand, daß ihr Mann zu dieser Beschäftigung ebensogut wie ein anderer tauge, und vom kommenden Sonntag an wollte sie so, gefolgt von diesem neuartigen Lakaien, vor der Kirchengemeinde erscheinen. Die Nachbarn lachten ein bißchen über den Mummenschanz, doch meine Tante schrieb ihren Spott einzig dem Neid zu, der jene verzehrte.

Als sie sich der Kirche näherte, erhoben die Bettler ein großes Gelächter und schrien in ihrem Dialekt: »*Mira Lunardu che fa lu criadu de sua mugiera.*«

Da indessen das Bettelvolk seine Dreistigkeit nur bis zu einem gewissen Punkt treibt, konnte Frau Lunardo ungehindert in die Kirche eintreten, wo man ihr alle möglichen Ehren erwies. Man reichte ihr Weihwasser und geleitete sie zu einer Bank, während meine Mutter mitten unter den Frauen der untersten Schicht des Volkes stehen mußte.

Als meine Mutter nach Hause zurückgekehrt war, nahm sie sogleich einen blauen Anzug meines Vaters und begann die Ärmel mit einem Rest gelber Borte zu besetzen, die von den Patronentaschen eines Freischärlers stammte. Mein Vater fragte verwundert, was sie da tue. Die Mutter erzählte ihm die ganze Geschichte von ihrer Schwester und wie ihr Mann so gefällig war, ihr in Lakaienlivree in die Kirche zu folgen. Mein Vater versicherte ihr, daß er niemals so gefällig sein werde. Doch am folgenden Sonntag gab er einem Lohnlakaien eine Goldunze, damit er meiner Mutter in die Kirche folge, wo sie eine noch bessere Rolle spielte als Frau Lunardo am vorangegangenen Sonntag.

Am selben Tag, gleich nach der Messe, erschien Monaldi bei meinem Vater und sprach diese Worte zu ihm: »Mein lieber Zoto, ich bin über den Wettbewerb in Absonderlichkeiten unterrichtet, der zwischen Ihrer Frau und deren Schwester ausgetragen wird. Wenn Sie nicht vorbeugen, werden Sie Ihr Leben lang unglücklich sein. Es stehen Ihnen also nur zwei Wege offen: entweder Ihre Frau zurechtzuweisen oder ein Gewerbe zu ergreifen, das Sie in den Stand setzt, ihre Neigung für große Ausgaben zu befriedigen. Wenn Sie sich für das erste entscheiden, so biete ich Ihnen einen Haselnußstock an, dessen ich mich oft bei meiner seligen Frau zu ihren Lebzeiten bedient habe. Es gibt andere Haselnußstöcke, die man an beiden Enden anfaßt und die sich in der Hand drehen und Wasserquellen oder selbst Schätze zu finden helfen. Dieser Stock hier hat nicht solche Eigenschaften. Aber wenn Sie ihn an dem einen Ende anfassen und das andere Ende an den Schultern Ihrer Gattin applizieren, so versichere ich Ihnen, daß Sie sie leicht von all ihren Launen kurieren.

Wenn Sie sich hingegen entschließen sollten, alle Wunschträume Ihrer Frau zu befriedigen, so biete ich Ihnen die Freundschaft der bravsten Männer von ganz Italien. Sie sammeln sich gern in Benevento, weil es eine Grenzstadt ist. Ich glaube, Sie verstehen mich, also denken Sie darüber nach!«

Nach diesen Worten legte Monaldi seinen Stock auf die Werkbank meines Vaters und ging.

Unterdessen war meine Mutter nach der Messe auf den Korso und zu einigen ihrer Freundinnen gegangen, um ihren Lohnlakaien überall zu zeigen. Schließlich kehrte sie voller Triumph nach Hause zurück; doch mein Vater empfing sie ganz anders, als sie erwartet hatte. Mit der linken Hand packte er ihren linken Arm, mit der rechten nahm er den Haselnußstock, und so begann er, die Ratschläge Monaldis in die Tat umzusetzen. Seine Frau wurde ohnmächtig. Mein Vater verfluchte den Stock, bat um Verzeihung, erhielt sie, und der Frieden war wiederhergestellt.

Wenige Tage später begab sich mein Vater zu Monaldi, um ihm zu sagen, daß das Haselnußholz keineswegs günstige Folgen gezeitigt habe und daß er die Bekanntschaft jener Braven machen wolle, von denen Monaldi gesprochen habe.

Monaldi erwiderte: »Herr Zoto, es ist erstaunlich, daß Sie, der Sie nicht das Herz haben, Ihrer Frau auch nur die geringste Strafe aufzuerlegen, beherzt genug sein sollten, Reisenden am Waldrand aufzulauern. Indessen ist wohl all das möglich, und das Menschenherz schließt noch ganz andere Widersprüche ein. Ich will Sie gerne meinen Freunden vorstellen, doch müssen Sie vorher wenigstens einen Mord begangen haben. Nehmen Sie alle Abende, nach vollbrachtem Tagwerk, einen langen Degen, stecken Sie einen Dolch in den Gürtel, und spazieren Sie mit recht stolzer Miene vor dem Madonnenportal umher; vielleicht kommt einer, der Ihre Hilfe braucht. Der Himmel segne Ihre Unternehmungen!«

Mein Vater tat, was ihm Monaldi geraten hatte, und bald bemerkte er, wie ihn verschiedene Kavaliere des gleichen Schlages und ebenso die Sbirren mit bedeutsamen Blicken grüßten. Nach zwei Wochen solcher Übungen wurde mein Vater von einem gutgekleideten Mann angesprochen. »Herr Zoto«, sagte dieser, »ich gebe Ihnen hier hundert Unzen. In einer halben Stunde werden Sie zwei junge Leute vorübergehen sehen, die weiße Federn auf den Hüten tragen. Sie treten an sie heran, als wollten Sie ihnen etwas anvertrauen, und fragen leise: ›Wer von Ihnen ist der Marchese Feltri?‹ Einer wird sagen: ›Ich bin es.‹ Sie versetzen ihm einen Dolchstoß ins Herz. Der andere junge Mann, ein Feigling, wird fliehen. Dann erledigen Sie Feltri endgültig. Wenn es vollbracht ist, suchen Sie nicht Zuflucht in einer Kirche. Kehren Sie vielmehr ruhig nach Hause zurück; ich werde Ihnen unmittelbar folgen.«

Mein Vater kam den Instruktionen, die man ihm gegeben hatte, genauestens nach, und als er nach Hause zurückgekehrt war, trat auch der Unbekannte ein, für dessen Haß er den Arm geführt hatte. Der Unbekannte sprach: »Herr Zoto, ich bin Ihnen sehr verbunden für den Dienst, den Sie mir geleistet haben. Hier ist noch eine Börse mit hundert Unzen, die Sie bitte annehmen wollen, und hier eine weitere mit gleichem Inhalt, die Sie der ersten Justizperson zustecken werden, die sich bei Ihnen zeigt.«

Nach diesen Worten verschwand der Unbekannte.

Bald danach erschien der Oberste der Sbirren bei meinem Vater; mein Vater gab ihm sogleich die für die Behörden bestimmten hundert Goldunzen, und der Oberste der Sbirren lud ihn zu einem freundschaftlichen Abendessen ein. Sie begaben sich in seine Wohnung, die unmittelbar am Stadtgefängnis lag, und fanden hier bereits als Tischgenossen den Hauptmann der Stadtwache und den Beichtvater der Gefangenen. Mein Vater war ein bißchen aufgeregt, so wie man es eben gewöhnlich nach dem ersten Mord ist. Der Geistliche bemerkte seine Verwirrung und sagte: »Herr Zoto, seien Sie nicht traurig. Man zahlt in der Kathedrale zwölf Tari für die Messe. Es heißt, der Marchese Feltri sei ermordet worden. Lassen Sie zwei Dutzend Messen für den Frieden seiner Seele lesen, und man wird Ihnen obendrein Generalablaß gewähren.«

Danach wurde das Vorgefallene nicht mehr erwähnt, und das Abendessen verlief recht heiter.

Am nächsten Morgen erschien Monaldi bei meinem Vater und äußerte sich anerkennend über sein Verhalten. Mein Vater wollte ihm die fünfundvierzig Unzen zurückgeben, die er früher von Monaldi erhalten hatte, doch Monaldi sagte: »Zoto, Sie kränken mich. Wenn Sie mir noch einmal von diesem Gelde sprechen, muß ich glauben, Sie würfen mir vor, nicht genug getan zu haben. Meine Börse steht Ihnen zu Diensten, und meiner Freundschaft dürfen Sie nun versichert sein. Ich will Ihnen nicht länger verhehlen, daß ich selber der Anführer der Truppe bin, von der ich Ihnen gegenüber gesprochen habe. Sie besteht aus ehrenwerten und höchst rechtschaffenen Leuten. Wenn Sie zu ihnen gehören wollen, so verbreiten Sie, daß Sie nach Brescia reisen, um dort Gewehrläufe zu kaufen, und stoßen Sie in Capua zu uns. Quartieren Sie sich im Goldenen Kreuz ein, und sorgen Sie sich nicht um alles übrige.«

Drei Tage später reiste mein Vater ab; er machte einen ebenso ehrenvollen wie gewinnbringenden Zug.

Obgleich das Klima von Benevento sehr mild ist, wollte mein Vater, noch nicht an das Gewerbe gewöhnt, in der schlechten Jahreszeit nicht arbeiten. Er schlug das Winterquartier im Schoße seiner Familie auf, und seine Frau hatte sonntags einen Lakaien, sie trug goldene Spangen an ihrem schwarzen Mieder und einen goldenen Ring, an dem ihre Schlüssel hingen.

Als der Frühling nahte, geschah es einmal, daß mein Vater von einem unbekannten Diener auf die Straße gerufen wurde. Der Diener bat ihn, mit ihm zum Stadttor zu kommen. Dort fand er einen bejahrten, vornehmen Herrn und vier Berittene. Der Herr sagte zu ihm: »Herr Zoto, hier ist eine Börse mit fünfzig Zechinen. Wollen Sie bitte so freundlich sein, mir in ein Schloß zu folgen, das ganz in der Nähe liegt, und zu erlauben, daß man Ihnen die Augen verbindet.«

Mein Vater war mit allem einverstanden, und nach einem ziemlich langen Ritt und etlichen Umwegen erreichten sie das Schloß des alten Herrn. Man hieß ihn eintreten und nahm ihm die Binde von den Augen. Darauf erblickte er eine maskierte Frau, die an einen Lehnstuhl gefesselt war und einen Knebel im Mund hatte. Der alte Herr sprach: »Herr Zoto, hier haben Sie noch einmal hundert Zechinen. Haben Sie die Gefälligkeit, meine Frau zu erdolchen!«

Doch mein Vater erwiderte: »Mein Herr, Sie verkennen mich. Ich lauere den Leuten an einer Straßenecke auf, oder ich überfalle sie im Wald, so wie es sich für einen Ehrenmann geziemt; doch ich übernehme niemals das Amt eines Henkers.«

Mit diesen Worten warf er die beiden Börsen dem rachsüchtigen Ehemann vor die Füße. Der bestand nicht länger auf seiner Forderung, er ließ meinem Vater wieder die Augen verbinden und befahl seinen Leuten, ihn zu den Toren der Stadt zu bringen. Diese großzügige und edle Tat trug meinem Vater große Ehre ein, doch bald vollbrachte er eine weitere, die noch allgemeinere Billigung fand.

Es gab in Benevento zwei angesehene Männer, von denen der eine Graf Montalto hieß, der andere Marchese Serra. Der Graf Montalto ließ meinen Vater zu sich rufen und versprach ihm fünfhundert Zechinen, wenn er Serra ermorde. Mein Vater übernahm den Auftrag, doch er bat darum, ihm für die Ausführung Zeit zu lassen, weil er wußte, daß Serra sehr auf der Hut war.

Zwei Tage später ließ der Marchese Serra meinen Vater an einen abgelegenen Ort holen und sagte zu ihm: »Zoto, hier ist eine Börse mit fünfhundert Zechinen. Sie gehört Ihnen; geben Sie mir Ihr Ehrenwort, daß Sie Montalto erdolchen!«

Mein Vater nahm die Börse und erwiderte: »Herr Marchese, ich gebe Ihnen mein Ehrenwort, daß ich Montalto töten werde. Doch ich muß Ihnen gestehen, daß ich ihm ebenfalls versprochen habe, Sie umzubringen.«

Der Marchese sprach lachend: »Ich hoffe sehr, daß Sie es nicht tun werden.«

Mein Vater entgegnete sehr ernst: »Verzeihen Sie, Herr Marchese, ich habe es versprochen, und ich werde es tun.«

Der Marchese sprang ein paar Schritte zurück und riß den Degen aus der Scheide, aber mein Vater zog eine Pistole aus dem Gürtel und zerschmetterte dem Marchese den Schädel. Dann begab er sich zu Montalto und verkündete ihm, daß sein Feind nicht mehr lebe. Der Graf umarmte ihn und händigte ihm die fünfhundert Zechinen aus. Darauf gestand mein Vater mit ein wenig verlegener Miene, daß der Marchese ihm, bevor er starb, fünfhundert Zechinen gegeben habe mit dem Auftrag, ihn, den Grafen Montalto, zu ermorden. Der Graf bekundete seine Freude darüber, daß er seinem Feinde zuvorgekommen sei.

»Herr Graf«, entgegnete ihm mein Vater, »das nützt Ihnen nichts, denn ich habe mein Wort gegeben.«

Zugleich versetzte er ihm einen Stoß mit dem Dolch. Dem Grafen entrang sich im Fallen ein Schrei, worauf seine Dienerschaft herbeieilte. Mein Vater bahnte sich mit dem Dolch einen Weg, floh in die Berge und stieß dort zu der

Truppe Monaldis. Alle Bravi, die sie bildeten, priesen um die Wette eine solche geradezu religiöse Treue zum einmal gegebenen Wort. Ich versichere Ihnen, daß diese Tat noch immer sozusagen in aller Munde ist und daß man in Benevento noch lange darüber reden wird.

Als Zoto in der Geschichte seines Vaters an dieser Stelle angelangt war, erschien einer seiner Brüder und meldete ihm, daß man auf Anweisungen hinsichtlich der Einschiffung warte. So verließ uns Zoto, nachdem er um die Erlaubnis gebeten hatte, den Faden seiner Erzählung am nächsten Tage wieder aufzunehmen. Immerhin gab mir schon das, was er gesagt hatte, viel Anlaß zum Nachdenken. Er hatte fortwährend die Ehrenhaftigkeit, das Feingefühl und die makellose Rechtschaffenheit von Leuten gepriesen, für die es noch eine Gnade gewesen wäre, wenn man sie aufgehängt hätte. Der Mißbrauch dieser Worte, deren er sich mit solchem Selbstvertrauen bediente, brachte alle meine Gedanken durcheinander.

Emina, die meine Nachdenklichkeit bemerkte, fragte mich nach dem Grund. Ich antwortete ihr, daß die Geschichte von Zotos Vater mich an das erinnere, was ich zwei Tage vorher aus dem Munde eines Einsiedlers vernommen hätte: daß es nämlich für die Tugenden sicherere Grundlagen gebe als das Ehrgefühl. Emina entgegnete: »Mein lieber Alfons, achten Sie diesen Einsiedler, und glauben Sie dem, was er Ihnen sagt. Sie werden ihm mehr als einmal im Laufe Ihres Lebens begegnen.«

Dann erhoben sich die beiden Schwestern und zogen sich mit den Negerinnen in ihre Gemächer zurück, das heißt in den Teil des unterirdischen Palastes, der für sie bestimmt war. Sie erschienen wieder zum Abendessen, und dann gingen alle schlafen.

Doch als es in der Höhle still geworden war, sah ich Emina eintreten; sie hielt, gleich Psyche, in der einen Hand eine Lampe, und mit der anderen führte sie ihre kleine Schwester, die schöner war als Amor. Mein Lager war so bereitet, daß sich beide auf ihm niederlassen konnten. Dann sprach Emina: »Lieber Alfons, ich habe dir gesagt, daß wir uns dir ganz zu eigen geben. Der Großscheich möge es uns verzeihen, wenn wir ein wenig seiner Erlaubnis vorgreifen.«

Ich erwiderte: »Schöne Emina, möget auch ihr mir verzeihen. Wenn das wieder eine Gelegenheit ist, meine Tugend zu erproben, so fürchte ich, daß sie nicht allzu gut bestehen wird.«

»Man hat vorgebeugt«, sagte darauf die schöne Afrikanerin; sie führte meine Hand zu ihrer Hüfte und ließ mich einen Gürtel fühlen, der keineswegs jener der Venus war, obgleich er an die Kunst und den Geist des Gatten dieser Göttin erinnerte. Der Gürtel war durch ein Schloß gesichert, dessen Schlüssel sich nicht im Besitz meiner Cousinen befand – wenigstens versicherten sie es mir.

Da nun also das Zentrum aller Schamhaftigkeit besonders behütet blieb, dachte man doch nicht daran, mir den Umkreis streitig zu machen. Zibelda erinnerte sich an ihre Rolle als Liebende, die sie einst mit ihrer Schwester studiert hatte. Diese wiederum erblickte in meinen Armen den Gegenstand ihrer damals gespielten Liebe und nahm mit allen Sinnen das süße Bild auf. Die jüngere, schmiegsam, lebhaft, glutvoll, durchdrang und verzehrte mich gleichsam mit ihren Liebkosungen, mit ihrer Berührung. Unser Beisammensein wurde noch von etwas Unbestimmtem erfüllt – von Plänen, die man bloß andeutete, von jenem freudigen Geplauder junger Menschen, die sich zwischen gegenwärtiger Erinnerung und der Hoffnung auf ein künftiges Glück befinden.

Schließlich senkte sich der Schlummer auf die schönen Lider meiner Cousinen, und sie zogen sich in ihre Gemächer zurück. Allein geblieben, dachte ich daran, daß es mir höchst unangenehm wäre, abermals unter dem Galgen zu erwachen. Ich lachte nur über diesen Gedanken; dennoch beschäftigte er mich bis zu dem Augenblick, da ich einschlief.

Sechster Tag

Ich wurde von Zoto geweckt, der mir sagte, daß ich sehr lange geschlafen hätte und daß das Mittagessen bereitstehe. Ich kleidete mich rasch an und begab mich zu meinen Cousinen, die im Speisesaal auf mich warteten. Ihre Augen liebkosten mich von neuem, und sie schienen mehr mit dem vergangenen Abend als mit dem Mahl beschäftigt, das man ihnen vorsetzte. Nachdem man die Tafel aufgehoben hatte, ließ sich Zoto neben uns nieder und fuhr in seiner Geschichte fort, indem er also sprach:

Fortsetzung der Geschichte Zotos

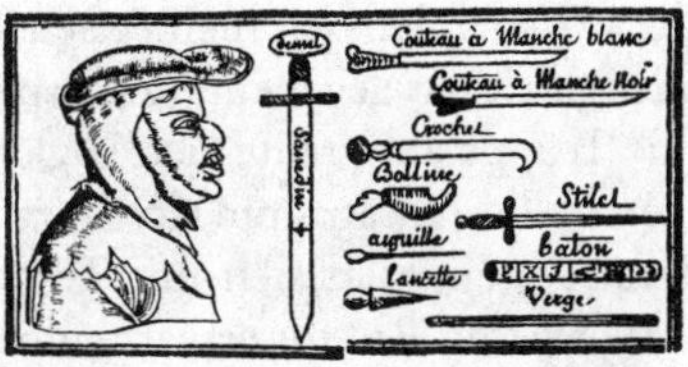

Als mein Vater sich der Truppe Monaldis zugesellte, mochte ich etwa sieben Jahre gezählt haben, und ich besinne mich, daß man uns ins Gefängnis führte, meine Mutter, meine beiden Brüder und mich. Doch das geschah nur der Form halber; da mein Vater nicht vergessen hatte, den Männern der Justiz ihr Teil zukommen zu lassen, waren sie leicht davon zu überzeugen, daß wir keinerlei Verbindung mit ihm hatten.

Der Oberste der Sbirren nahm sich unser während der

Haft ganz besonders an und verkürzte uns sogar die Zeit der Unfreiheit. Als meine Mutter das Gefängnis verlassen hatte, wurde sie von den Nachbarinnen und vom ganzen Stadtviertel sehr freundlich aufgenommen; denn im Süden Italiens sind die Räuber ebenso Volkshelden wie die Schmuggler in Spanien. Ein Teil der allgemeinen Achtung fiel auch auf uns, zumal auf mich, und ich galt als Fürst der Gassenjungen unserer Straße.

Um diese Zeit nun wurde Monaldi bei einem Überfall getötet; mein Vater übernahm die Führung der Truppe und wollte sich mit einer glänzenden Tat einen guten Auftritt verschaffen. Er postierte sich an der Straße nach Salerno, um einen Geldtransport abzufangen, den der Vizekönig von Sizilien schickte. Das Unternehmen glückte, doch mein Vater wurde dabei durch einen Musketenschuß ins Kreuz verwundet, so daß er nicht imstande war, länger bei der Truppe zu dienen. Der Augenblick des Abschieds von seinen Kameraden war außerordentlich rührend. Man versicherte sogar, daß einige Räuber geweint hätten, was ich kaum glauben würde, wenn ich nicht selber einmal im Leben geweint hätte, und zwar nachdem ich meine Geliebte erdolcht hatte – wovon ich noch zur gegebenen Zeit sprechen werde.

Die Truppe zerstreute sich sogleich; einige unserer Bravi gingen in die Toscana, um sich dort aufhängen zu lassen, die anderen vereinigten sich mit Testa-Lunga, der in Sizilien einen gewissen Ruf zu erwerben begann. Mein Vater selbst begab sich über die Meerenge nach Messina und erbat im Augustinerkloster »Del Monte« Asyl. Er vertraute seine kleine Barschaft den Händen der frommen Väter an, tat öffentlich Buße und ließ sich unter der Hut ihrer Kirche nieder; er führte dort ein äußerst ruhiges Leben und hatte die Erlaubnis, in den Gärten und Höfen des Klosters spazierenzugehen. Die Mönche gaben ihm Suppe, und er ließ sich ein paar Gerichte aus einem nahen Wirtshaus holen. Der Klosterfeldscher verband obendrein seine Wunden.

Ich vermute, daß mein Vater uns damals reichlich Mittel

zum Unterhalt zukommen ließ, denn in unserem Hause herrschte Überfluß. Meine Mutter nahm an den Vergnügungen des Karnevals teil, in der Fastenzeit stellte sie eine Krippe, einen *presepio,* auf, dargestellt durch kleine Puppen, Zuckerhäuschen und anderes Spielzeug dieser Art – solche Krippen sind im ganzen Königreich sehr beliebt und stellen einen Luxusgegenstand für den Bürger dar. Meine Tante Lunardo hatte auch einen *presepio,* aber er reichte nicht an unseren heran.

Meine Mutter war, soweit ich mich besinnen kann, sehr gutherzig, und oft haben wir sie über die Gefahren, denen sich ihr Gatte aussetzte, weinen sehen; doch wenn sie mit irgend etwas über ihre Schwester oder über die Nachbarinnen triumphieren konnte, so trocknete das äußerst rasch ihre Tränen. Die Genugtuung, die ihr die schöne Krippe bereitete, war das letzte derartige Vergnügen, das sie genießen konnte. Sie zog sich, ich weiß nicht, wodurch, eine Lungenentzündung zu, an der sie nach wenigen Tagen starb.

Nach ihrem Tode hätten wir nicht gewußt, was wir anfangen sollten, wenn uns nicht der Hauptmann der Stadtwache bei sich aufgenommen hätte. Wir verbrachten dort einige Tage, dann übergab man uns der Obhut eines Maultiertreibers, der uns ganz Kalabrien durchqueren ließ, und am vierzehnten Tag nach dem Aufbruch gelangten wir nach Messina. Mein Vater war bereits über den Tod seiner Frau unterrichtet. Er nahm uns sehr liebevoll auf, ließ für uns eine Matte neben die seine legen und stellte uns den Mönchen vor, die uns in die Schar der Chorknaben aufnahmen. Wir ministrierten, säuberten die Kerzenhalter, zündeten die Lampen an, und neben alledem blieben wir die gleichen abgefeimten Gassenjungen, die wir in Benevento gewesen waren. Wenn wir die Suppe der Mönche gegessen hatten, gab mein Vater jedem von uns einen Taro, für den wir Kastanien und Brezeln kauften, und dann gingen wir zum Hafen spielen und kehrten erst zur Nacht zurück. Mit einem Wort – wir waren glückliche Gassenjungen; doch da entschied ein Ereignis, an das ich mich noch heute nicht ohne heftigen Groll erinnern kann, über den Verlauf meines ganzen weiteren Lebens.

Eines Sonntags, als die Vesper beginnen sollte, kehrte ich zum Kirchenportal zurück, beladen mit Kastanien, die ich für meine Brüder und mich gekauft hatte, und teilte sie unter uns auf. Da sah ich eine prächtige Kutsche vorfahren, bespannt mit sechs Pferden; vor der Kutsche liefen noch zwei nicht angespannte Pferde – ein Luxus, den ich nur in Sizilien beobachtet habe. Der Wagenschlag wurde geöffnet, und zuerst stieg ein *bracciero* aus, ein adliger Kavalier, der einer schönen Dame den Arm reichte, dann ein Abbé und schließlich ein Knabe meines Alters, mit wunderschönem Gesicht und in prächtiger ungarischer Tracht, so wie man damals fast allgemein die Kinder kleidete. Der kleine Husarenrock war aus blauem Samt, mit Gold bestickt und mit Zobel besetzt; er reichte dem Knaben bis unter die Knie und bedeckte selbst den oberen Rand seiner gelben Saffianstiefel. Seine Mütze war gleichfalls aus blauem Samt und mit Zobel besetzt; auf ihr saß eine Perlenquaste, die auf die eine Schulter herabfiel. An dem Gürtel aus goldenen Schnüren und Troddeln hing ein kleiner, mit Edelsteinen verzierter Säbel. Schließlich hielt der Knabe in der Hand ein Gebetbuch mit goldenem Einband.

Ich war derart verzückt, einen Knaben meines Alters so schön gekleidet zu sehen, daß ich, ohne recht zu wissen, was ich tat, auf ihn zutrat und ihm zwei Kastanien anbot, die ich in der Hand hielt; doch der nichtsnutzige Bengel hieb mir, statt meine kleine Freundlichkeit zu erwidern, mit seinem Gebetbuch ins Gesicht, und das mit aller Kraft seines Armes. Er hätte mir beinahe das linke Auge ausgeschlagen, und da einer der metallenen Riegel des Gebetbuches in meine Nase eindrang, riß er sie so auf, daß ich im Augenblick blutüberströmt war. Mir kam es vor, als hörte ich den kleinen Junker auch durchdringende Schreie ausstoßen, doch ich hatte sozusagen die Besinnung verloren. Als ich wieder zu mir kam, befand ich mich im Garten, neben dem Brunnen, umgeben von meinem Vater und meinen Brüdern, die mir das Gesicht wuschen und das Blut aufzuhalten suchten.

Indessen sahen wir, während ich noch blutverschmiert dalag, den Junker zurückkehren, gefolgt von seinem Abbé, dem Kavalier (dem *bracciero*) und zwei Lakaien, von denen der eine ein Rutenbündel trug. Der Kavalier erklärte uns mit wenig Worten, die Fürstin von Rocca Fiorita verlange, daß man mich zur Strafe für den Schrecken, den ich ihr ebenso wie ihrem Principino bereitet hätte, bis aufs Blut peitsche, und sogleich gingen die Lakaien daran, das Urteil zu vollstrecken. Mein Vater wagte anfangs nichts zu sagen, da er fürchtete, sein Asyl zu verlieren; doch da er sah, wie man mich zusammenschlug, konnte er nicht länger an sich halten und sprach, zu dem Kavalier gewandt, mit der ganzen Betonung erstickten Zornes: »Sagen Sie, daß die da aufhören sollen, oder Sie müssen daran denken, daß ich welche umgebracht habe, die soviel wert waren wie zehn von eurer Art!«

Der Kavalier, der wohl erwog, daß diese Worte ihren tiefen Sinn hatten, befahl, die Tortur zu beenden, aber als ich noch auf der Erde lag, trat der Principino an mich heran, stieß mir den Fuß ins Gesicht und sagte: »*Managia la tua facia de banditu*.«

Diese letzte Beleidigung machte das Maß meiner Wut voll. Ich kann sagen, daß ich von diesem Augenblick an kein Kind mehr war oder daß ich zumindest die süßen Freuden des Kindesalters nicht mehr genoß; noch lange danach konnte ich keinen reich gekleideten Menschen sehen, ohne daß mein Blut in Wallung geraten wäre.

Die Rachsucht muß wohl die Erbsünde unseres Landes sein; denn obgleich ich damals erst acht Jahre zählte, dachte ich Tag und Nacht nur noch daran, es dem Principino heimzuzahlen. Mitunter fuhr ich aus dem Schlaf auf, weil ich träumte, daß ich ihn an den Haaren hielte und ihn verprügelte, und tagsüber sann ich darüber nach, wie ich ihm aus der Ferne etwas antun könnte; denn ich ahnte sehr wohl, daß man mich nicht in seine Nähe lassen würde. Zudem gedachte ich, nach dem Rachestreich zu fliehen. Schließlich entschied ich mich dafür, ihm einen Stein ins Gesicht zu schleudern – eine Kunst, die ich schon recht gut beherrschte; um mich jedoch weiter zu vervollkommnen, wählte ich ein Ziel, auf das ich zur Übung beinahe den ganzen Tag Steine schoß.

Einmal fragte mich mein Vater, was ich da tue. Ich antwortete ihm, es sei meine Absicht, dem Principino das Gesicht zu zerschlagen, dann zu fliehen und Räuber zu werden. Der Vater schien meinen Worten nicht zu glauben, doch er lächelte mir in einer Weise zu, die mich in meinem Vorhaben bestärkte.

Endlich kam der Sonntag, der der Tag der Rache sein sollte. Der prächtige Wagen rollte heran, man stieg aus. Ich war sehr aufgeregt, doch ich faßte mich wieder. Mein kleiner Feind entdeckte mich in der Menge und streckte mir die Zunge heraus. Ich hielt meinen Stein in der Hand, nun warf ich ihn, und der Principino fiel auf den Rücken.

Sofort rannte ich weg und hielt erst am anderen Ende der Stadt inne. Dort stieß ich auf einen kleinen Schornsteinfeger, den ich kannte. Er fragte mich, wohin ich wolle. Ich erzählte ihm meine Geschichte, und er führte mich gleich zu seinem Meister. Diesem fehlten gerade junge Burschen; er wußte nicht, wo er sie für ein so hartes Handwerk finden sollte, und er nahm mich mit Freuden auf. Er sagte mir, niemand würde mich wiedererkennen, wenn mein Gesicht rußverschmiert sein werde, und es erweise sich oft als sehr nützlich, wenn man in Kaminen zu klettern verstehe. Darin hat er mich nicht getäuscht. Die Geschicklichkeit, die ich damals erwarb, rettete mir mehrmals das Leben.

Der Staub der Kamine und der Rußgeruch waren mir am Anfang sehr lästig; doch ich gewöhnte mich daran, denn ich befand mich in dem Alter, da man mit allem fertig wird. Ich hatte etwa sechs Monate meinen Beruf ausgeübt, als mir das Abenteuer widerfuhr, von dem ich nun berichten werde.

Ich stand auf einem Dach und spitzte die Ohren, um herauszufinden, durch welchen Schornstein die Stimme des

Meisters komme. Ich glaubte ihn aus der Öffnung gleich neben mir rufen zu hören. Daher stieg ich dort hinein, doch ich bemerkte, daß sich der Schornstein unter dem Dach teilte. Ich hätte hier noch einmal rufen müssen, aber ich entschied mich unbesonnen für den einen der beiden Wege. Ich ließ mich hinabgleiten und gelangte in ein schönes Gemach; das erste jedoch, was ich bemerkte, war mein Principino, im Hemd und ballspielend.

Obwohl der kleine Dummkopf schon mehrmals Schornsteinfeger gesehen hatte, verfiel er darauf, mich für den Teufel zu halten. Er kniete nieder, bat mich, ihn nicht mitzunehmen, und versprach, sehr artig zu sein. Diese Versicherungen hätten mich womöglich erweicht, doch ich hielt meinen kleinen Schornsteinfegerbesen in der Hand, und die Versuchung, von ihm Gebrauch zu machen, wurde übermächtig; überdies hatte ich mich zwar für den Schlag gerächt, den mir der Principino mit seinem Gebetbuch versetzt hatte, und zum Teil für die Hiebe mit den Ruten, aber mir lag noch auf der Seele, wie er mich ins Gesicht getreten und dazu gesagt hatte: »*Managia la tua facia de banditu.*«

Schließlich rächt sich ein Neapolitaner lieber ein bißchen zuviel als ein bißchen zuwenig.

Ich löste also ein handliches Bündel Ruten aus meinem Besen. Dann zerfetzte ich dem Principino das Hemd, und als sein Rücken nackt war, zerfetzte ich auch ihn, oder zumindest behandelte ich ihn recht übel; das erstaunlichste war jedoch, daß die Angst ihn hinderte zu schreien.

Als ich meinte, daß es genug sei, wischte ich mir den Ruß aus dem Gesicht und sagte: »*Ciucio maledetto, io no zuno lu diavolu, io zuno lu piciolu banditu delli Augustini.*«

Darauf fand der Principino die Sprache wieder und begann um Hilfe zu rufen; ich wartete jedoch nicht, bis jemand käme, und kletterte dort wieder hinauf, wo ich herabgestiegen war.

Als ich mich auf dem Dach befand, hörte ich noch die Stimme des Meisters nach mir rufen, aber ich hielt es nicht für ratsam, zu antworten. Ich begann von einem Dach zum andern zu laufen und gelangte dabei auf das eines Stalles, vor dem ein Heuwagen stand. Ich sprang vom Dach auf den Wagen und vom Wagen auf die Erde. Ohne einen Augenblick innezuhalten, rannte ich zum Tor des Augustinerklosters, wo ich meinem Vater alles erzählte, was mir widerfahren war. Mein Vater hörte mir mit großem Interesse zu und sagte dann: »*Zoto, Zoto, gia vegio che tu sarai banditu!*«

Dann wandte er sich einem Manne zu, der neben ihm stand, und sprach: »*Padron Lettereo, prendete lo chiutosto vui.*«

Lettereo ist ein für Messina typischer Taufname. Er rührt von einem Briefe her, den die Heilige Jungfrau den Bewohnern dieser Stadt geschrieben haben soll und auf den sie angeblich das Datum gesetzt hat: »Im Jahre 1452 nach der Geburt meines Sohnes.« Die Leute von Messina verehren diesen Brief ebenso wie die Neapolitaner das Blut des heiligen Januarius. Ich erwähne diese Einzelheit, weil ich anderthalb Jahre später ein Gebet an die Madonna della Lettera richtete, von dem ich damals meinte, es sei das letzte meines Lebens.

Padron Lettereo also war Kapitän eines bewaffneten Dreimasters mit lateinischen Segeln; angeblich befaßte er sich mit Korallenfischerei, in Wahrheit aber mit Schmuggel oder gar mit Seeräuberei, je nachdem, wozu sich Gelegenheit bot. Zu letzterem bot sie sich selten, weil er keine Kanonen besaß und sich darauf beschränken mußte, Schiffe an einsamen Gestaden zu überrumpeln.

Man wußte das alles in Messina, doch Lettereo betrieb den Schmuggel im Auftrage der größten Kaufleute der Stadt. Die Zollbeamten bekamen ihren Anteil, und im übrigen wußte man, daß bei dem Kapitän das Messer sehr locker saß, was denen Ehrfurcht einflößte, die ihm hätten Schwierigkeiten bereiten wollen. Zudem bot er einen wahrhaft imposanten Anblick; seine Gestalt mit den breiten Schultern hätte schon genügt, um Eindruck zu machen, doch alles, was sonst noch zu seinem Äußeren gehörte, entsprach so gut seiner Gestalt, daß die Menschen von zaghaftem Gemüt ihn nicht ohne eine Regung von Furcht anzublicken vermochten. Das Braun seines Gesichtes war schon sehr dunkel, aber eine Pulverladung, die viele Spuren hinterlassen hatte, machte seine Züge noch schwärzer, und seine dunkelgegerbte Haut war noch mit allerlei sehr eigenartigen Zeichnungen geschmückt. Die Matrosen des Mittelmeers haben fast alle die Gewohnheit, sich auf die Arme und auf die Brust Zahlen, Darstellungen von Schiffen, Kreuze und ähnliche Verzierungen tätowieren zu lassen. Lettereo trieb diesen Brauch auf die Spitze. Auf die eine Wange hatte er sich ein Kruzifix, auf die anderen eine Madonna gravieren lassen; von beiden Bildern sah man freilich nur den oberen Teil, denn der untere war in einem dichten Bart versteckt, den niemals ein Rasiermesser berührte und den allein die Schere in gewissen Grenzen hielt. Man füge noch goldene Ohrringe hinzu, eine rote Mütze, einen Gürtel von der gleichen Farbe, eine Weste, kurze Seemannshosen, Arme und Füße nackt und die Taschen voll Gold: von solcher Art war der Kapitän.

Man behauptete, er habe in jungen Jahren die Gunst sehr hochgestellter Frauen genossen. Auch zu jener Zeit war er noch der Liebling der Frauen seines Standes und der Schrecken ihrer Männer.

Um schließlich das Bild Lettereos abzurunden, will ich noch sagen, daß er der vertraute Freund eines wahrhaft verdienstvollen Mannes gewesen war, der später unter dem Namen des Kapitäns Pepo von sich reden machte. Sie hatten gemeinsam bei den Malteser Korsaren gedient. Dann war Pepo in den Dienst seines Königs getreten, während Lettereo, der die Ehre weniger achtete als das Geld, beschloß, auf vielerlei Wegen zu Reichtum zu gelangen, und damit zum unversöhnlichen Feind seines einstigen Kameraden wurde.

Mein Vater, der in seinem Asyl nichts weiter zu tun hatte, als seine Wunde zu verbinden – ohne Hoffnung, daß sie völlig heilen werde –, unterhielt sich gern mit den Helden unter den Männern seines Schlages. Das war es auch, was ihn mit Lettereo verband, und als er mich ihm empfahl, durfte er annehmen, daß man mich nicht zurückweisen werde. Er irrte sich keineswegs. Lettereo zeigte sich sogar gerührt über diesen Vertrauensbeweis. Er versprach meinem Vater, daß meine Lehrzeit nicht so hart sein werde wie die anderer Schiffsjungen, und er versicherte ihm, daß ich, da ich Schornsteinfeger gewesen war, keine zwei Tage brauchen würde, um ins Takelwerk klettern zu lernen.

Was mich betraf, so war ich begeistert, denn mein neuer Stand dünkte mich vornehmer als das Handwerk eines Kaminfegers. Ich umarmte meinen Vater und meine Brüder und begab mich frohen Mutes mit Lettereo zu seinem Schiff. Als wir uns an Bord befanden, versammelte der Kapitän seine Mannschaft; sie bestand aus zwanzig Männern, deren Erscheinungen recht gut der des Kapitäns entsprachen. Er stellte mich den Herren vor und sprach zu ihnen diese Worte: »*Anime managie, quista criadura e lu filiu de Zotu, se uno de vui a outri li mette la mano sopra, io li mangio l'anima.*«

Diese Empfehlung hatte ganz den Erfolg, den sie haben sollte. Die Matrosen wollten sogar, daß ich mit ihnen gemeinsam speise; aber da ich zwei Schiffsjungen meines Alters sah, die die Matrosen bedienten und die aßen, was übrigblieb, tat ich es ihnen nach. Man ließ mich gewähren, und ich gewann damit noch mehr ihre Liebe. Doch als man später sah, wie ich auf die Gaffel kletterte, beeilten sich alle, mich mit Achtungsbeweisen zu überhäufen. Bei lateinischen Segeln hat man statt der Rahe eine Gaffel; doch es ist viel weniger gefährlich, sich auf Rahen zu halten, denn sie befinden sich immer in waagerechter Lage.

Wir setzten Segel und erreichten am dritten Tag darauf die Straße von Bonifacio, die Sardinien von Korsika trennt. Wir fanden dort mehr als sechzig Barken vor, alle mit dem Korallenfischen beschäftigt. Wir begannen ebenfalls zu fischen, genauer gesagt: wir täuschten es vor. Was mich betrifft, so habe ich dabei viel gelernt, denn nach vier Tagen schwamm und tauchte ich wie der verwegenste meiner Kameraden.

Als acht Tage vergangen waren, wurde unsere kleine Flotte von einer Gregalade zerstreut – so nennt man im Mittelmeer einen böigen Wind aus Nordosten. Jeder rettete sich, wie er konnte. So auch wir: wir gelangten an einen Ankerplatz, der unter dem Namen »Reede von Sankt Peter« bekannt ist. Es ist ein öder Uferstrich an der Küste von Sardinien. Wir stießen dort auf einen venezianischen Polacker, der vom Sturm stark mitgenommen schien. Unser Kapitän entwarf sogleich Pläne hinsichtlich dieses Schiffes und ließ ganz in der Nähe Anker werfen. Dann befahl er einem Teil seiner Mannschaft, sich unter Deck verborgen zu halten, damit es so aussähe, als habe er wenig Leute. Das war beinahe eine überflüssige Vorsichtsmaßregel, denn Dreimaster mit lateinischen Segeln haben immer eine stärkere Besatzung als andere Schiffe.

Lettereo, der unablässig die venezianische Schiffsmannschaft beobachtete, stellte fest, daß sie nur aus dem Kapitän, dem Bootsmann, sechs Matrosen und einem Schiffsjungen bestand. Außerdem bemerkte er, daß das Marssegel zerrissen war und daß man es herunterließ, um es auszubessern, denn die Handelsschiffe führen keine Segel zum Auswechseln mit. Nach diesen Beobachtungen brachte er acht Flinten und ebensoviele Säbel in der Schaluppe unter, deckte alles mit einem geteerten Segeltuch zu und beschloß, den günstigsten Augenblick abzuwarten.

Als das Wetter sich aufheiterte, stiegen die Matrosen, wie erwartet, auf die Marsrahe, um das Segel loszumachen, doch da sie nicht zurechtkamen, kletterte auch der Bootsmann hinauf und nach ihm der Kapitän. Darauf ließ Lettereo die Schaluppe aussetzen, glitt mit sieben Matrosen heimlich hinein und enterte den Polacker am Heck. Der Kapitän, auf der Rahe stehend, schrie ihnen zu: »*A larga ladron, a larga!*«

Aber Lettereo legte auf ihn an und drohte, den ersten zu erschießen, dem es einfiele, herunterzuklettern. Der Kapitän, offenbar ein mutiger Mann, warf sich ins Tauwerk, um herunterzugelangen. Lettereo erschoß ihn im Fluge. Der Kapitän fiel ins Meer und wurde nicht mehr gesehen. Die Matrosen baten um Gnade. Lettereo ließ sie von vier Mann bewachen und begann mit den drei übrigen das Innere des Schiffes zu durchsuchen. In der Kajüte des Kapitäns entdeckte er ein kleines Faß ähnlich jenen, die man für Oliven benutzt, aber da es ziemlich schwer und sorgfältig mit Reifen beschlagen war, meinte er, es würde vielleicht andere Dinge enthalten; er öffnete es und wurde angenehm überrascht, da er mehrere Säcke mit Gold darin fand. Es verlangte ihn nicht nach mehr, und er gab das Signal zum Rückzug. Das Detachement kehrte an Bord zurück, und wir setzten Segel. Als wir das Heck des Venezianers passierten, riefen wir ihm zum Spott zu: »*Viva San Marco!*«

Fünf Tage darauf erreichten wir Livorno. Der Kapitän begab sich sogleich mit zwei seiner Leute zum neapolitanischen Konsul und gab dort eine Erklärung ab: Zwischen seiner Mannschaft und der eines venezianischen Polackers sei es zu einem Streit gekommen, der venezianische Kapitän sei von einem Matrosen unglücklicherweise angestoßen worden und ins Meer gefallen. Ein Teil vom Inhalt des Olivenfasses wurde darauf verwendet, diesem Bericht den Anschein größter Wahrhaftigkeit zu geben.

Lettereo, der einen ausgeprägten Hang zur Seeräuberei besaß, hätte zweifellos noch mehr Unternehmungen dieser Art versucht, aber man schlug ihm in Livorno einen neuen Handel vor, dem er den Vorrang gab. Ein dort ansässiger Wechsler wollte, da er sah, wie der Papst und der König von Neapel sich am Prägen von Kupfermünzen bereicherten, gleichfalls Gewinn daraus schlagen. Deshalb ließ er ganz ähnliche Münzen in einer englischen Stadt herstellen, die Birmingham heißt. Als eine gewisse Menge fertig war, beauftragte der Wechsler einen seiner Gehilfen, sich in Flariola niederzulassen, einem Fischerdorf, das an der Grenze zwischen dem Kirchenstaat und dem Königreich Neapel lag, und Lettereo übernahm es, die Ware dorthin zu befördern und zu landen.

Der Gewinn war beträchtlich, und über ein Jahr lang segelten wir immerzu zwischen England und Italien, stets beladen mit unseren römischen und neapolitanischen Münzen. Vielleicht hätten wir unsere Reisen noch weiter fortsetzen können, doch Lettereo, der Anlagen zum Geschäftemachen hatte, schlug dem Wechsler vor, auch Gold- und Silbermünzen prägen zu lassen. Dieser befolgte seinen Rat und richtete an Ort und Stelle, in Livorno, eine kleine Fabrik für Zechinen und Scudi ein. Unser Gewinn erweckte den Neid der Herrscher. Eines Tages, als Lettereo sich in Livorno aufhielt, schon bereit zur Ausfahrt, hinterbrachte man ihm die Nachricht, daß der Kapitän Pepo vom neapolitanischen König die Anweisung erhalten habe, ihn – Lettereo – zu ergreifen, daß er aber erst zum Ende des Monats in See stechen könne. Dieser falsche Hinweis war nur eine List Pepos, der schon seit vier Tagen auf dem Meer lauerte. Lettereo fiel darauf herein. Der Wind stand günstig, er glaubte noch eine Fahrt machen zu können und setzte Segel.

Am frühen Morgen des nächsten Tages befanden wir uns inmitten von Pepos kleinem Geschwader, das aus zwei Galioten und zwei *scampavie* bestand. Wir waren eingekreist, und es gab keine Möglichkeit, zu entfliehen. Lettereo sah den Tod vor Augen. Er setzte alle Segel und hielt auf das Hauptschiff zu. Pepo stand auf der Brücke und gab Anweisungen zum Entern. Lettereo ergriff eine Flinte, legte an und zerschmetterte ihm den Arm. All das geschah innerhalb weniger Sekunden.

Gleich darauf wendeten die vier Schiffe auf uns zu, und wir hörten von allen Seiten rufen: »*Maina ladro! Maina can senza fede.*« Lettereo wendete nach Luv, so daß auf unserer Seite der Bord unmittelbar an der Wasseroberfläche entlangglitt. Dann wandte er sich an uns und sprach: »*Anime managie, io in galera non ci vado. Pregate per me la santissima Madonna della Lettera.*«

Wir knieten alle nieder. Lettereo steckte sich Kanonenkugeln in die Tasche. Wir glaubten, er wolle sich ins Meer stürzen. Doch der hinterlistige Pirat tat etwas anderes. Auf der Windseite des Schiffes war eine große Tonne voll Kupfer mit einem Tau befestigt. Lettereo ergriff eine Axt und kappte das Tau. Sogleich rollte die Tonne auf die andere Seite, und da wir schon sehr schräg lagen, bewirkte die Tonne, daß das Schiff nun vollends umschlug. Wir, die wir knieten, fielen zuerst auf die Segel, und als das Schiff versank, schleuderten uns die Segel durch ihre Elastizität glücklicherweise etliche Klafter weit fort.

Pepo fischte uns alle heraus, mit Ausnahme des Kapitäns, eines Matrosen und eines Schiffsjungen. So wie man uns aus dem Wasser zog, fesselte man uns und warf uns in einen Raum tief unter Deck. Vier Tage später legten wir in Messina an. Pepo ließ die Behörden davon unterrichten, daß er ihnen einige Gestalten zu übergeben habe, die ihrer Aufmerksamkeit wert seien. Unsere Landung entbehrte nicht einer gewissen Feierlichkeit. Es war gerade die Stunde des Korsos, da die ganze vornehme Welt auf der Strandstraße promenierte. Wir schritten würdevoll dahin, vor uns und hinter uns Sbirren.

Unter den Zuschauern befand sich auch der Principino. Sobald er mich erblickt hatte, erkannte er mich auch und rief: »*Ecco lu piciolu banditu delli Augustini.*«

Im gleichen Augenblick sprang er mich an, packte mich bei den Haaren und zerkratzte mir das Gesicht. Da meine Hände auf dem Rücken geknebelt waren, hatte ich Mühe, mich seiner zu erwehren.

Indessen fiel mir ein Kunstgriff ein, den ich in Livorno englischen Matrosen abgeguckt hatte: ich befreite meinen Kopf und stieß ihn dem Principino kräftig in die Magengegend. Er fiel auf den Rücken. Dann sprang er wütend auf, zog ein kleines Messer aus der Tasche und wollte nach mir stechen. Ich verhinderte es, stellte ihm ein Bein und brachte ihn damit selber sehr hart zu Fall; im Fallen verletzte er sich sogar mit dem Messer, das er in der Hand hielt. Die Fürstin, die über diesen Vorfällen herbeieilte, wollte mich abermals von ihren Leuten peitschen lassen. Doch die Sbirren ließen es nicht zu und führten uns ins Gefängnis.

Mit unserer Mannschaft machte man kurzen Prozeß: die Männer wurden dazu verurteilt, zuerst am Wippgalgen zu hängen und dann den Rest ihrer Tage auf den Galeeren zu verbringen. Was den Schiffsjungen, der davongekommen war, und mich betraf, so ließ man uns als Minderjährige laufen. Sobald wir die Freiheit wiedererlangt hatten, eilte ich zum Augustinerkloster. Aber ich fand meinen Vater dort nicht mehr. Der Bruder Türhüter sagte mir, daß er gestorben sei und daß meine Brüder als Schiffsjungen auf einem spanischen Schiff dienten. Ich bat, mit dem Vater Prior sprechen zu dürfen. Man führte mich zu ihm, und ich erzählte meine kleine Geschichte, wobei ich auch nicht verschwieg, wie ich dem Principino mit dem Kopf einen Stoß versetzt und ihm ein Bein gestellt hatte. Seine Hochwürden nahm meine Worte sehr gütig auf und sprach dann zu mir: »Mein Kind, dein Vater hat nach seinem Tode dem Kloster eine beträchtliche Summe Geldes hinterlassen. Es war ein unrecht erworbenes Vermögen, auf das du keinerlei Anrecht hast. Es liegt in den Händen Gottes und soll zum Unterhalt seiner Diener verwendet werden. Wir wagten es indessen, einige Taler abzuzweigen und dem spanischen Kapitän zu übergeben, der sich deiner Brüder angenommen hat. Was dich betrifft, so kann man dir mit Rücksicht auf die Frau Fürstin von Rocca Fiorita, unsere erlauchte Wohltäterin, in diesem Kloster kein Asyl mehr gewähren. Doch du wirst, mein Kind, auf das Landgut gehen, das wir am Fuße des Ätna bewirtschaften, und dort in Frieden die Jahre deiner Kindheit verbringen.«

Nach diesen Worten rief der Prior einen Laienbruder und gab ihm Anweisungen hinsichtlich meines weiteren Schicksals.

Am nächsten Tage machte ich mich mit dem Laienbruder

auf den Weg. Wir gelangten auf das Landgut, und ich wurde dort untergebracht. Von Zeit zu Zeit schickte man mich zu Besorgungen für die Gutswirtschaft in die Stadt. Auf diesen kleinen Reisen tat ich mein möglichstes, um dem Principino nicht zu begegnen. Indessen ging er einmal vorbei, als ich auf der Straße Kastanien kaufte; er erkannte mich und ließ mich von seinen Lakaien grausam auspeitschen. Einige Zeit später verschaffte ich mir, durch Verkleidung begünstigt, Zugang zu seinem Zimmer, und es wäre mir zweifellos ein leichtes gewesen, ihn umzubringen; ich bereue es alle Tage, daß ich es nicht getan habe. Aber damals war ich mit Handlungen dieser Art noch gar nicht vertraut, und ich begnügte mich damit, ihn kräftig zu verprügeln. In meiner frühen Jugendzeit vergingen keine sechs Monate, ja nicht einmal vier, ohne daß ich nicht irgendwie diesem verdammten Principino begegnet wäre, der oft die Übermacht auf seiner Seite hatte. Schließlich erreichte ich das fünfzehnte Lebensjahr. Dem Alter und dem Verstand nach war ich damals ein Kind, aber an Kraft und Mut war ich fast ein Mann, was nicht verwundern kann, wenn man bedenkt, daß die Luft des Meeres und dann die der Berge meinen Körper gekräftigt hatte.

Ich zählte also fünfzehn Jahre, als ich das erstemal den tapferen und würdigen Testa-Lunga sah, den ehrenwertesten und tugendhaftesten Räuber, den es je in Sizilien gab. Wenn Sie erlauben, werde ich Sie morgen näher mit diesem Manne bekannt machen, dessen Andenken ewig in meinem Herzen leben wird. Doch jetzt muß ich Sie verlassen: die Angelegenheiten meiner Höhle fordern von mir, als ihrem Herrn, daß ich mich ihnen aufmerksam widme – ich darf mich ihnen nicht entziehen.

Zoto ging, und jeder von uns stellte zu seinem Bericht Betrachtungen an, wie sie seinem eigenen Charakter entsprachen. Ich gestand, daß ich so mutigen Menschen, wie sie Zoto beschrieb, eine gewisse Achtung nicht versagen könne.

Emina versicherte, daß der Mut nur in dem Maße unsere Achtung verdiene, als er zur Erreichung tugendhafter Ziele eingesetzt werde. Zibelda meinte, daß ein kleiner Räuber von sechzehn Jahren sehr wohl Liebe wecken könne.

Wir nahmen das Abendessen ein, und dann gingen alle schlafen. Die beiden Schwestern überraschten mich abermals mit ihrem Erscheinen. Emina sprach: »Mein Alfons, wärest du fähig, uns ein Opfer zu bringen? Es liegt eher in deinem Interesse als in unserem.«

»Meine schöne Cousine«, antwortete ich, »all diese Vorreden sind ganz überflüssig. Sag mir einfach, was du wünschst.«

»Lieber Alfons«, sprach Emina weiter, »das Kleinod, das du am Halse trägst und einen Splitter vom wahren Kreuz nennst, bereitet uns Pein und macht uns erschauern.«

»Oh, was dieses Kleinod anbelangt«, entgegnete ich sogleich, »verlangt es nicht von mir. Ich habe meiner Mutter versprochen, es nie abzulegen, und ich halte meine Versprechen. Es ist nicht an euch, daran zu zweifeln.«

Meine Cousinen erwiderten darauf gar nichts, sie schmollten ein wenig, wurden dann wieder freundlich, und die Nacht verging etwa so wie die vorangegangene. Das heißt, die Gürtel blieben an ihrem Platz.

Siebenter Tag

Am nächsten Morgen erwachte ich früher als am Vortage. Ich suchte meine Cousinen auf. Emina las im Koran, Zibelda probierte Perlenketten und Schals. Ich unterbrach diese ernsten Tätigkeiten mit sanften Liebkosungen, die beinahe gleichermaßen Freundschaft wie Liebe ausdrückten. Dann aßen wir zu Mittag. Nach der Mahlzeit gesellte sich Zoto zu uns, um den Faden seiner Geschichte wieder aufzunehmen, was er also tat:

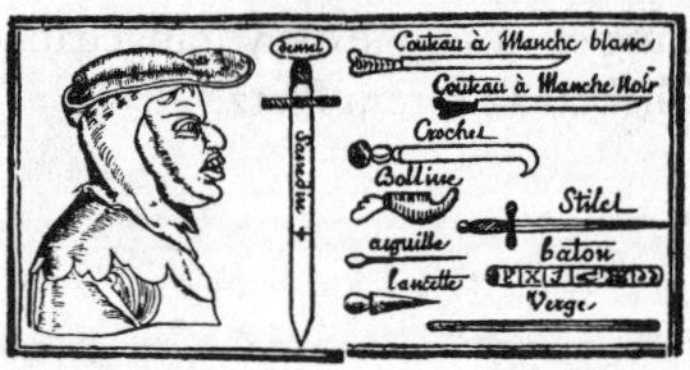

Fortsetzung der Geschichte Zotos

Ich habe Ihnen versprochen, von Testa-Lunga zu erzählen, und ich will mein Wort halten. Mein Freund war ein friedlicher Einwohner von Val Castera, einem kleinen Flecken am Fuße des Ätna. Er hatte eine bezaubernde Frau. Als der junge Fürst von Val Castera eines Tages seine Güter besichtigte, erblickte er diese Frau, die zusammen mit den anderen Frauen angesehener Bürger gekommen war, um ihn zu begrüßen. Statt daß der dünkelhafte junge Mann dankbar gewesen wäre für die Huldigung, die ihm seine Untertanen durch die Hand der Schönheit darbrachten, zeigte er sich nur empfänglich für die Reize der Frau Testa-Lungas. Er erklärte ihr unumwunden, welchen Eindruck sie auf seine Sinne mache, und steckte ihr die Hand ins Mieder. Der Ehemann befand sich in diesem Augenblick hinter seiner Frau. Er zog ein Messer aus der Tasche und stieß es dem jungen Fürsten ins Herz. Ich glaube, jeder Mann von Ehre hätte an seiner Stelle ebenso gehandelt.

Nach dieser Tat flüchtete sich Testa-Lunga in eine Kirche, wo er bis in die Nacht blieb. Da er aber erwog, daß er wohl für die Zukunft andere Maßregeln ergreifen müsse, beschloß er, sich einigen Räubern zuzugesellen, die seit einiger Zeit ihr Versteck auf den Gipfeln des Ätna hatten. Er ging zu ihnen, und die Räuber machten ihn zu ihrem Anführer.

Der Ätna hatte damals eine ungeheure Menge Lava ausgestoßen, und inmitten dieser feurigen Ströme, in Verstecken, zu denen er allein die Wege kannte, verschanzte sich Testa-Lunga mit seiner Truppe. Als sich dieser tapfere Anführer solchermaßen gesichert hatte, wandte er sich an den Vizekönig und bat ihn für sich und seine Gesellen um Gnade. Die Obrigkeit lehnte ab, weil sie, wie ich mir vorstelle, Angst hatte, ihre Autorität zu schädigen. Darauf verhandelte Testa-Lunga mit den Pächtern der größten Güter in der Nachbarschaft. Er sagte zu ihnen: »Stehlen wir gemeinsam. Ich werde kommen, werde verlangen, und ihr werdet mir geben, was ihr wollt; ihr werdet deswegen gegenüber euren Herren völlig gedeckt sein.«

Das war freilich auch Diebstahl, aber Testa-Lunga teilte alles unter seinen Gesellen auf und behielt für sich nur das Allernotwendigste. Ja, er ließ sogar, wenn sie durch ein Dorf kamen, alles doppelt bezahlen, so daß er in kurzer Zeit der Abgott des Volkes im Königreich beider Sizilien wurde.

Ich sagte bereits, daß mehrere Räuber von der Truppe meines Vaters zu Testa-Lunga gestoßen waren, der sein Lager einige Jahre lang am Südabhang des Ätna hatte, um von dort aus Streifzüge in das Val di Noto und das Val di Mazara zu unternehmen. Zu der Zeit aber, von der ich jetzt spreche – das heißt, als ich das fünfzehnte Lebensjahr erreicht hatte –, kam die Truppe zurück nach Val Demoni, und eines schönen Tages sahen wir sie auf dem Gut der Mönche einziehen.

Alles, was Sie sich an Glanz und Schneid vorstellen können, würde den Männern Testa-Lungas nicht gerecht werden. Die Kleider gleich den Uniformen der Miqueletes, die Haare in einem seidenen Netz, dazu ein Gürtel mit Pistolen und Dolchen. Ein langer Säbel und eine lange Flinte – dies etwa bildete ihre Kriegsausrüstung. Drei Tage verbrachten sie damit, unsere Hühner zu essen und unseren Wein zu trinken. Am vierten meldete man ihnen, daß ein Dragoner-Detachement aus Syrakus ausgerückt sei, um sie einzufangen. Über diese Nachricht lachten sie aus vollem Halse. Sie legten sich an einem Kreuzweg in den Hinterhalt, griffen das Detachement an und schlugen es in die Flucht. Sie standen einer gegen zehn, aber jeder der Räuber hatte mehr als zehn Stück Munition bei sich, und alle von bester Qualität.

Nach dem Sieg kehrten die Räuber auf das Gut zurück, und ich, der ich sie von ferne hatte kämpfen sehen, war so begeistert, daß ich mich dem Anführer zu Füßen warf und ihn beschwor, mich in seine Truppe aufzunehmen. Testa-Lunga fragte, wer ich sei. »Der Sohn des Räubers Zoto«, antwortete ich. Bei diesem teuren Namen stießen alle, die unter meinem Vater gedient hatten, einen Freudenschrei aus. Dann umfaßte mich einer von ihnen, stellte mich auf den Tisch und sprach: »Kameraden, Testa-Lungas Leutnant ist im Kampf gefallen; die Frage, wer an seine Stelle tritt, setzt uns in Verlegenheit. Soll der kleine Zoto unser Leutnant sein. Habt ihr nicht schon gesehen, daß man den Söhnen von Herzögen und Fürsten Regimenter anvertraut? Tun wir für den Sohn des tapferen Zoto dasselbe, was man für jene tut! Ich stehe dafür ein, daß er sich dieser Ehre würdig erweisen wird.«

Diese Rede brachte dem Sprecher großen Beifall ein, und ich wurde einmütig gewählt.

Mein Rang war anfangs nur ein Scherz, und jeder Räuber brach in Lachen aus, wenn er mich so anredete: *Signor tenente.* Doch sie mußten bald den Ton ändern. Nicht bloß, daß ich stets beim Angriff der erste und bei der Deckung des Rückzugs der letzte war – keiner von ihnen verstand auch so gut wie ich, die Bewegungen des Feindes auszukundschaften oder die Ruhe der Truppe zu sichern. Bald erklomm ich die Gipfel der Felsen, um ein größeres Gelände überschauen zu können und die vereinbarten Signale zu geben, bald verbrachte ich ganze Tage inmitten des Feindes, auf einem Baume hockend, den ich nur verließ, um mich auf einen anderen zu schwingen. Manchmal geschah es sogar, daß ich nächtelang auf den höchsten Kastanienbäumen des Ätna hockte. Und wenn ich mich des Schlafes nicht länger erwehren konnte, band ich mich mit einem Riemen an den Ästen fest. All das fiel mir nicht sehr schwer, da ich ja Schiffsjunge und Schornsteinfeger gewesen war.

Ich brachte es darin so weit, daß mir die Sicherheit der ganzen Truppe vollkommen anvertraut wurde. Testa-Lunga liebte mich wie den eigenen Sohn, aber ich erwarb, wenn ich so sagen darf, ein Ansehen, das das seine fast übertraf, und die Taten des kleinen Zoto bildeten in Sizilien bald den Gegenstand aller Gespräche. Ein solcher Ruhm machte mich nicht unempfindlich gegenüber den holden Vergnügungen, zu denen mich meine Jugend drängte. Ich sagte Ihnen bereits, daß bei uns die Räuber als Volkshelden gelten, und Sie können sich wohl vorstellen, daß mir die Hirtinnen vom Ätna nicht ihr Herz verweigert hätten; doch dem meinen war es bestimmt, sich zarteren Reizen zu ergeben, und die Liebe hielt für mich eine schmeichelhaftere Eroberung bereit.

Ich war seit zwei Jahren Leutnant und hatte das siebzehnte Lebensjahr vollendet, als sich unsere Truppe gezwungen sah, nach dem Süden auszuweichen, weil ein neuer

Ausbruch des Vulkans unsere alten Schlupfwinkel zerstört hatte. Nach vier Tagen gelangten wir an ein Schloß, das Rocca Fiorita hieß; es war ein Lehngut und Hauptsitz des Principino, meines Feindes.

Ich dachte kaum noch an die Kränkungen, die ich durch ihn erlitten hatte, doch der Name des Ortes weckte wieder die ganze Rachsucht in mir. Das darf Sie nicht in Erstaunen setzen: unter unserer Sonne sind die Herzen unerbittlich. Wenn sich der Principino in seinem Schloß aufgehalten hätte, ich glaube, ich hätte es mit Feuer und Schwert verheert. So begnügte ich mich damit, soviel wie möglich zu verwüsten, und meine Gesellen, die meine Beweggründe kannten, unterstützten mich darin nach besten Kräften. Die Dienerschaft des Schlosses, die anfangs hatte Widerstand leisten wollen, widerstand keineswegs dem guten Wein ihres Herrn, den wir reichlich strömen ließen. Sie gingen auf unsere Seite über. Kurzum: wir machten aus Rocca Fiorita ein wahres Schlaraffenland.

Dieses Leben währte fünf Tage. Am sechsten benachrichtigten mich unsere Kundschafter, daß wir in Kürze vom ganzen Syrakuser Regiment angegriffen würden und daß danach der Principino mit seiner Mutter und mehreren Damen aus Messina einträfe. Ich hieß meine Truppe sich zurückziehen, blieb aber selber aus Neugier da; ich richtete mich im Wipfel einer dicht belaubten Eiche ein, die am Ende des Gartens stand. Vorsichtshalber machte ich jedoch ein Loch in die Gartenmauer, um mir den Rückzug zu erleichtern.

Endlich sah ich das Regiment heranrücken; es lagerte vor dem Schloßtor, nachdem man rundherum Posten aufgestellt hatte. Dann nahte eine Reihe von Sänften, in denen die Damen saßen, und in der letzten befand sich der Principino selbst, auf einem Berg von Kissen ruhend. Er stieg, von zwei Junkern gestützt, mit Mühe aus, schickte eine Kompanie Soldaten vor, und als man ihm meldete, daß niemand von uns im Schloß zurückgeblieben sei, trat er mit den Damen und einigen Edelleuten aus seinem Gefolge ein.

Zu Füßen meines Baumes befanden sich eine Quelle frischen Wassers, ein marmorner Tisch und Bänke. Es war der am schönsten angelegte Teil des Gartens. Ich vermutete, daß es nicht lange dauern würde, bis sich die Gesellschaft hierher begäbe, und beschloß, auf sie zu warten, damit ich sie von nahem betrachten könne. Tatsächlich sah ich nach einer halben Stunde ein junges Mädchen ungefähr meines Alters kommen. Die Engel können nicht schöner sein, und der Eindruck, den sie auf mich machte, war so stark und es durchfuhr mich so jäh, daß ich vielleicht von meinem Baum heruntergefallen wäre, hätte ich mich nicht mit meinem Gürtel vorher festgebunden, was ich zuweilen tat, um mich mit weniger Gefahr auszuruhen.

Das junge Mädchen hielt die Augen gesenkt, und ihr Gesicht drückte tiefste Schwermut aus. Sie setzte sich auf eine Bank, stützte sich auf den Marmortisch und vergoß viele Tränen. Ohne recht zu wissen, was ich tat, glitt ich von meinem Baum herab und plazierte mich so, daß ich sie beobachten konnte, während ich selbst unbemerkt blieb. Dann sah ich, wie der Principino, einen Blumenstrauß in der Hand, sich näherte. Seit ungefähr drei Jahren hatte ich ihn nicht mehr gesehen. Er war stattlicher geworden und hatte ein schönes, doch ziemlich ausdrucksloses Gesicht.

Als das junge Mädchen ihn erblickte, malte sich so sehr Verachtung in ihren Zügen, daß ich ihr im stillen dafür dankte. Indessen trat der Principino mit selbstzufriedener Miene auf sie zu und sprach: »Meine teure Braut, hier ist ein Strauß, den ich Ihnen geben werde, wenn Sie mir versprechen, mir gegenüber nicht mehr jenen kleinen Lumpen Zoto zu erwähnen.«

Das Fräulein antwortete: »Mein Fürst, mir scheint, Sie tun unrecht daran, für Ihre Gunst Bedingungen zu setzen, und überdies: auch wenn ich nicht mehr von dem reizenden Zoto spräche, so würde Ihnen doch das ganze Haus von ihm erzählen. Hat nicht Ihre Amme selbst gesagt, daß sie niemals einen so hübschen Burschen gesehen habe, und dies in Ihrer Gegenwart?«

Der Principino, sehr gereizt, entgegnete ihr: »Fräulein Sylvia, vergessen Sie nicht, daß Sie meine Braut sind.«

Sylvia blieb stumm und brach in Tränen aus.

Darauf sprach der Principino wütend: »Verachtenswertes Geschöpf, da du in einen Räuber verliebt bist, hast du nichts anderes verdient als dies.«

Und im gleichen Augenblick ohrfeigte er sie.

Das Fräulein rief aus: »Zoto, warum bist du nicht hier, um diesen Feigling zu strafen!«

Sie hatte die Worte noch nicht zu Ende gesprochen, als ich hervortrat und zu dem Fürsten sagte: »Du erkennst mich wohl. Ich bin Räuber und könnte dich töten. Aber ich respektiere die Gegenwart des gnädigen Fräuleins, das geruhte, mich zu Hilfe zu rufen, und ich bin bereit, so zu kämpfen, wie es bei euch Adligen üblich ist.«

Ich hatte zwei Dolche und vier Pistolen bei mir. Ich teilte sie, legte sie in zwei Häufchen zehn Schritt weit auseinander und ließ dem Principino die Wahl. Doch der Unglückselige war ohnmächtig auf eine Bank gesunken.

Darauf begann Sylvia zu sprechen.

»Tapferer Zoto«, sagte sie, »ich bin von adliger Geburt und arm. Ich soll morgen den Fürsten heiraten oder ins Kloster gesteckt werden. Ich werde weder das eine tun, noch wird das andere geschehen. Ich will dir gehören fürs ganze Leben.«

Und sie warf sich in meine Arme.

Sie werden sich wohl denken, daß ich mich nicht bitten ließ. Indessen galt es, zu verhindern, daß der Fürst unseren Rückzug störte. Ich nahm einen Dolch und einen Stein, der mir statt eines Hammers diente, und nagelte dem Fürsten die Hand an die Bank, auf der er saß. Er stieß einen Schrei aus und wurde abermals ohnmächtig. Wir schlüpften durch das Loch, das ich in der Gartenmauer gemacht hatte, hinaus und gelangten wohlbehalten in die Berge.

Meine Kameraden hatten alle eine Geliebte; sie waren begeistert, daß ich nun auch eine gewonnen hatte, und ihre Schönen gelobten, der meinen in allem zu gehorchen.

Ich hatte vier Monate mit Sylvia verbracht, als ich sie verlassen mußte, um die Veränderungen zu erkunden, die der letzte Ausbruch des Vulkans im Norden bewirkt hatte. Auf dem Wege dorthin fand ich in der Natur Schönheiten, die mir vorher entgangen waren. Ich bemerkte Rasenflächen, Höhlen, schattige Haine, wo ich einstens nur geeignete Plätze für Hinterhalte und Verteidigungsposten gesehen hatte. So hatte denn Sylvia mein Räuberherz besänftigt. Aber bald sollte es wieder in seine ganze Wildheit verfallen.

Ich komme auf meiner Reise zur Nordseite des Berges zurück. Ich drücke mich so aus, weil die Sizilianer, wenn sie vom Ätna sprechen, ihn immer »*il monte*« nennen – den Berg schlechthin. Ich wandte mich zuerst einem Punkte zu, den wir den Philosophenturm nannten, aber ich konnte nicht hingelangen. An der Flanke des Vulkans hatte sich ein Abgrund aufgetan, und dieser hatte einen Lavastrom ausgespien, der sich ein wenig oberhalb des Turmes teilte und eine Meile unterhalb sich wieder vereinigte, so daß er eine völlig unzugängliche Insel schuf.

Ich erkannte sogleich die Wichtigkeit dieser Position, und zudem hatten wir in dem Turm selbst ein Lager von Kastanien, das ich nicht verlieren wollte. Nach langem Suchen fand ich einen schmalen unterirdischen Gang, den ich früher mitunter benutzt hatte und der mich zum Fuße des Turmes oder, genauer gesagt, in den Turm selbst führte. Auf der Stelle beschloß ich, auf dieser Insel unser ganzes Frauenvolk unterzubringen. Ich ließ Laubhütten errichten. Eine von ihnen schmückte ich, so gut ich es nur konnte. Dann kehrte ich nach dem Süden zurück und holte die ganze Kolonie, die von ihrem neuen Zufluchtsort entzückt war.

Wenn ich heute an die Zeit zurückdenke, die ich an jenem glücklichen Ort verbrachte, so erscheint sie mir wie eine stille Insel inmitten der grausamen Stürme, die mein Leben durchtobten. Feurige Ströme trennten uns von den Menschen. Das Feuer der Liebe entflammte unsere Sinne. Alle gehorchten dort meinen Befehlen, und alles war meiner lieben Sylvia untertan. Schließlich stießen, um das Maß des Glücks voll zu machen, meine beiden Brüder zu mir. Beide hatten interessante Abenteuer hinter sich, und ich kann Ihnen versichern: wenn Sie sich einmal ihre Erlebnisse erzählen lassen wollen, so werden Sie dabei mehr Befriedigung finden als bei meiner Geschichte.

Es gibt wenig Menschen, die nicht glückliche Tage erleben; aber ich weiß nicht, ob es welche gibt, die ihr Glück nach Jahren zählen können. Das meine dauerte nicht einmal ein volles Jahr. Die tapferen Räuber meiner Truppe benahmen sich untereinander sehr anständig. Keiner hätte es gewagt, ein Auge auf die Geliebte seines Kameraden zu werfen, um so weniger auf die meine. Die Eifersucht blieb also von unserer Insel verbannt, oder, genauer gesagt: sie war nur für eine gewisse Zeit vertrieben, denn dieser böse Geist findet nur zu leicht den Weg zu den Orten, wo die Liebe wohnt.

Ein junger Räuber namens Antonino verliebte sich in Sylvia, und da seine Leidenschaft sehr stark war, konnte er sie nicht verbergen. Ich bemerkte es selbst; aber ich sah ihn stets ganz niedergeschlagen, schloß daraus, daß meine Geliebte seine Gefühle nicht erwiderte, und blieb ruhig. Nur hätte ich gerne Antonino geheilt, da ich ihn seiner Tapferkeit wegen schätzte. Es gab in der Truppe einen anderen Banditen, der Moro hieß und den ich wegen seiner Feigheit verabscheute; hätte Testa-Lunga auf meine Worte gehört, so hätte er Moro längst fortgejagt.

Moro verstand es, das Vertrauen des jungen Antonino zu gewinnen, und er versprach, ihn in seinem Liebeswerben zu unterstützen. Es gelang ihm auch, sich bei Sylvia Gehör zu verschaffen, und er machte sie glauben, daß ich in einem benachbarten Dorf eine Geliebte hätte. Sylvia scheute sich, mit mir darüber zu sprechen. Ihr Gebaren wurde unnatürlich, was ich so deutete, als hätten sich die Gefühle, die sie mir entgegenbrachte, geändert. Zur gleichen Zeit verdoppelte Antonino seine Bemühungen um Sylvia, und seine Mienen drückten nun Genugtuung aus, woraus ich schloß, daß sie ihn glücklich mache.

Ich hatte keine Übung darin, die Fäden solcher Ränke zu entwirren. Ich erdolchte Sylvia und Antonino. Antonino war nicht sofort tot und enthüllte mir den Verrat Moros. Ich machte mich mit dem blutigen Dolch in der Hand auf die Suche nach Moro. Er erstarrte vor Schreck, fiel auf die Knie und gestand mir, der Fürst von Rocca Fiorita habe ihn dafür bezahlt, daß er mein Verderben wie auch das Sylvias bereite, und er habe sich unserer Truppe überhaupt nur mit der Absicht angeschlossen, dieses Vorhaben auszuführen. Ich erdolchte ihn. Dann ging ich nach Messina, verschaffte mir, da ich mich verkleidet hatte, Zutritt zu den Gemächern des Fürsten und schickte ihn seinem Vertrauten und meinen beiden anderen Opfern ins Jenseits nach. So endete mein Glück und auch mein Ruhm. An die Stelle des Mutes trat nun völlige Gleichgültigkeit gegenüber dem Leben, und da mir die Sicherheit meiner Kameraden genauso gleichgültig wurde, verlor ich bald ihr Vertrauen. Kurzum, ich kann Ihnen versichern, daß ich von da an nur noch ein ganz gewöhnlicher Räuber war.

Kurze Zeit später starb Testa-Lunga an einer Brustfellentzündung, und seine ganze Truppe zerstreute sich. Meine Brüder, die Spanien gut kannten, überredeten mich, dorthin zu gehen. Ich stellte mich an die Spitze von zwölf Mann, begab mich in die Bucht von Taormina und hielt mich dort drei Tage lang versteckt. Am vierten Tage bemächtigten wir uns einer Schnau, auf der wir die Küste Andalusiens erreichten.

Obgleich es in Spanien mehrere Gebirgsketten gibt, die uns vorteilhafte Schlupfwinkel bieten konnten, gab ich der Sierra Morena den Vorzug, und ich habe keinen Anlaß, es zu bereuen. Ich überwältigte zwei Geleitzüge mit Geld, und es gelangen mir andere bedeutende Unternehmungen.

Schließlich erregten meine Erfolge die Mißgunst des Hofes. Der Gouverneur von Cádiz erhielt den Auftrag, uns tot oder lebendig zu fassen, und setzte mehrere Regimenter gegen uns in Marsch. Auf der anderen Seite bot mir der Großscheich der Gomélez an, in seine Dienste zu treten, und gewährte mir eine Zufluchtsstätte in dieser Höhle. Ich ging ohne Zögern darauf ein.

Die Audiencia von Granada wollte sich nicht lächerlich machen. Da die Behörden sahen, daß man uns nicht finden konnte, ließen sie zwei Hirten aus dem Tal ergreifen und unter dem Namen der beiden Brüder Zotos aufhängen. Ich kannte diese Hirten, und ich weiß, daß sie etliche Morde begangen haben. Dennoch heißt es, sie seien erzürnt darüber, statt unser gehenkt worden zu sein, und lösten sich nachts vom Galgen, um allerlei Verwirrung zu stiften. Ich habe es nie mit eigenen Augen gesehen und weiß nicht, was ich Ihnen dazu sagen soll. Allerdings führte mich mehrmals mein Weg in mondhellen Nächten dicht am Galgen vorüber; ich sah dann genau, daß die beiden Gehenkten nicht dort hingen, und am Morgen waren sie wieder an ihrem Platz.

Dies, meine teuren Herrinnen und verehrter Herr, ist die Geschichte, die Sie zu hören verlangten. Ich glaube, daß meine beiden Brüder, deren Leben nicht so stürmisch verlief, Ihnen interessantere Dinge zu erzählen hätten; doch sie werden keine Zeit dazu finden, denn unser Schiff liegt zur Überfahrt bereit, und ich habe ausdrücklich Anweisung, morgen früh aufbrechen zu lassen.

Zoto zog sich zurück, und die schöne Emina sprach mit schmerzlichem Ausdruck: »Dieser Mann hat wohl recht: die Zeit des Glücks nimmt sehr wenig Raum im menschlichen Leben ein. Wir haben hier drei Tage verbracht, die wir vielleicht niemals wiederfinden werden.«

Das Abendessen verlief gar nicht heiter, und ich beeilte mich, meinen Cousinen gute Nacht zu wünschen. Ich hoffte, sie in meinem Schlafzimmer wiederzusehen, und glaubte, daß es mir dort besser gelingen werde, ihre düsteren Gedanken zu verscheuchen.

Sie kamen in der Tat früher als sonst, und zu meiner größten Freude trugen sie ihre Gürtel in der Hand. Dieses Zeichen war nicht schwer zu deuten. Indessen hatte Emina die Freundlichkeit, es mir zu erklären. Sie sagte: »Lieber Alfons, du hast deiner Aufopferung für uns keine Grenzen gesetzt, so wollen wir unserer Dankbarkeit keine setzen. Vielleicht werden wir bald für immer geschieden. Für andere Frauen wäre das ein Grund, streng zu sein, wir aber wollen in deiner Erinnerung leben, und wenn die Frauen, die du in Madrid sehen wirst, uns auch an Reizen des Geistes und der Erscheinung überlegen sein mögen, so werden sie doch mindestens nicht den Vorzug haben, daß du sie zärtlicher oder leidenschaftlicher findest. Es ist indessen nötig, mein Alfons, daß du noch einmal den Schwur wiederholst, den du schon getan hast: uns niemals zu verraten; und schwöre auch, niemandem zu glauben, der dir Schlechtes über uns erzählt.«

Ich mußte über die letztere Bedingung ein wenig lachen, aber ich versprach alles, was man wollte, und erhielt meinen Lohn in den zärtlichsten Liebkosungen. Dann sprach Emina weiter: »Mein lieber Alfons, die Reliquie an deinem Hals bereitet uns Pein. Kannst du sie nicht einen Augenblick ablegen?«

Ich verweigerte es, doch Zibelda hielt eine Schere in der Hand, sie führte sie hinter meinen Rücken und zerschnitt das Band. Emina ergriff die Reliquie und warf sie in eine Felsspalte.

»Du wirst sie morgen wieder aufheben«, sagte sie. »Leg inzwischen dieses Geflecht aus meinen Haaren und denen meiner Schwester um den Hals, und der Talisman, der daran hängt, möge dich vor Unbeständigkeit bewahren, sofern überhaupt etwas imstande ist, Liebende davor zu schützen.«

Dann zog Emina eine goldene Nadel aus ihrem Haar und verschloß mit ihr sehr sorgfältig die Vorhänge meines Bettes.

Ich werde es halten wie sie und einen Schleier über den Rest dieser Szene breiten. Es genügt, zu wissen, daß meine liebenswürdigen Freundinnen nun meine Ehegemahlinnen wurden. Es gibt zweifellos Fälle, in denen die Gewalt zum Verbrechen wird, wenn sie unschuldiges Blut vergießt. Aber es gibt auch andere, wo eine solche Grausamkeit der Unschuld selber dient, indem sie bewirkt, daß diese sich voll offenbart. Das nämliche geschah mit uns, und ich schloß daraus, daß meine Cousinen keinen sehr realen Anteil an meinen Träumen in der Venta Quemada genommen hatten.

Indessen besänftigten sich unsere Sinne, und wir blieben ziemlich ruhig; da schlug plötzlich eine Uhr mit düsterem Klang Mitternacht. Ich konnte mich eines Schauers nicht erwehren und sagte zu meinen Cousinen, daß ich fürchtete, es werde ein Unheil über uns hereinbrechen.

»Ich fürchte es ebenso wie du«, ließ sich Emina vernehmen, »und die Gefahr ist nahe, doch höre wohl, was ich dir sage: Glaube niemandem, der dir Böses über uns sagt. Traue nicht einmal dem, was du selber siehst.«

In diesem Augenblick wurden die Vorhänge meines Bettes heftig auseinandergerissen, und ich erblickte einen Mann von majestätischer Gestalt und in maurischer Kleidung. Er hielt in der einen Hand den Koran, in der anderen einen Säbel. Meine Cousinen warfen sich ihm zu Füßen und riefen: »Mächtiger Scheich der Gomélez, verzeih uns!«

Der Scheich antwortete mit schrecklicher Stimme: »*Adonde estan las fajas?*«

Dann wandte er sich zu mir und sprach: »Unglücklicher Nazarener, du hast das Blut der Gomélez entehrt. Du mußt Mohammedaner werden oder sterben.«

Ich vernahm ein furchtbares Geheul und bemerkte im Hintergrund des Gemachs den besessenen Pacheco, der mir Zeichen machte. Meine Cousinen erblickten ihn gleichfalls. Sie sprangen zornig auf, packten Pacheco und zerrten ihn hinaus.

»Unglücklicher Nazarener«, sprach der Scheich der Gomélez weiter, »leere mit einem Zuge das Getränk, das diese Schale enthält, oder du wirst eines schändlichen Todes sterben, und dein Körper, aufgehängt zwischen den Leichnamen der Brüder Zotos, wird dort Beute für die Geier und ein Spielball für die Geister der Finsternis sein, die sich seiner zu ihren höllischen Gestaltwandlungen bedienen werden.«

Ich glaubte, daß mir unter solchen Umständen die Ehre gebiete, mich selbst zu töten. Ich rief schmerzlich aus: »O mein Vater! An meiner Stelle hätten Sie ebenso gehandelt!«

Dann nahm ich die Schale und leerte sie in einem Zuge. Ich verspürte eine schreckliche Müdigkeit und fiel besinnungslos zu Boden.

Achter Tag

Da ich die Ehre habe, Ihnen meine Geschichte zu erzählen, ermessen Sie wohl, daß ich an dem Gift, das ich zu trinken geglaubt hatte, keineswegs gestorben bin. Ich fiel nur in Ohnmacht, und ich kann nicht sagen, wie lange ich in diesem Zustand blieb. Ich weiß nur, daß ich unter dem Galgen von Los Hermanos die Augen wieder aufschlug, und diesmal erwachte ich mit einem gewissen Vergnügen, denn ich hatte wenigstens die Genugtuung, zu sehen, daß ich keineswegs tot war. Ich befand mich beim Erwachen auch nicht zwischen den beiden Gehenkten, vielmehr lag ich ihnen zur Linken, und ihnen zur Rechten erblickte ich noch einen Menschen, den ich ebenfalls für einen Gehenkten hielt, weil er ohne Leben zu sein schien und einen Strick um den Hals hatte. Indessen erkannte ich, daß er schlief, und so weckte ich ihn auf. Da der Unbekannte sah, wo er sich befand, begann er zu lachen und sprach: »Man muß zugeben, daß man im Studium der Kabbala mitunter ärgerlichen Irrtümern unterworfen ist. Die bösen Genien verstehen es, so vielerlei Gestalt anzunehmen, daß man nicht weiß, mit wem man es zu tun hat. Aber«, fügte er hinzu, »warum habe ich einen Strick um den Hals? Ich glaubte, da ein Geflecht von Haaren zu tragen.«

Dann nahm er von mir Notiz und sagte: »Ah! Sie – Sie sind recht jung für einen Kabbalisten. Doch Sie haben auch einen Strick um den Hals.«

Tatsächlich, es war so. Ich erinnerte mich, daß Emina mir ein Geflecht aus ihren Haaren und denen ihrer Schwester um den Hals gelegt hatte, und wußte nicht, was ich davon halten sollte.

Der Kabbalist musterte mich einige Augenblicke und meinte dann: »Nein, Sie sind keiner der Unseren. Sie heißen Alfons, Ihre Mutter war eine Gomélez, Sie sind Hauptmann der Wallonischen Garde, tapfer, aber noch ziemlich unerfahren. Wie dem auch sei, wir müssen von hier fort, und später werden wir sehen, was zu tun ist.«

Das Tor der Richtstätte stand offen. Wir traten hinaus, und ich hatte abermals das verdammte Tal von Los Hermanos vor Augen. Der Kabbalist fragte mich, wohin ich gehen wolle. Ich erwiderte, ich sei fest entschlossen, den Weg nach Madrid fortzusetzen.

»Gut«, sagte er, »ich gehe auch in diese Richtung. Aber nehmen wir doch erst eine kleine Stärkung zu uns.«

Er holte aus seiner Tasche eine feuervergoldete Tasse, ein Gefäß mit einer Art Opiat und ein kristallenes Fläschchen, das eine gelbliche Flüssigkeit enthielt. Er tat einen Löffel Opiat in die Tasse, goß ein paar Tropfen von der Flüssigkeit hinein und hieß mich das alles trinken. Ich ließ mir das nicht zweimal sagen, denn ich war fast ohnmächtig vor Hunger. Das Elixier wirkte Wunder. Ich fühlte mich so gestärkt, daß ich keinen Augenblick zögerte, mich zu Fuß auf den Weg zu machen, was mir ohne das Getränk schwergefallen wäre.

Die Sonne stand schon ziemlich hoch, als wir die unselige Venta Quemada erblickten. Der Kabbalist blieb stehen und sagte: »Hier ist ein Gasthaus, in dem man mir diese Nacht einen sehr üblen Streich gespielt hat. Wir müssen dennoch hineingehen. Ich habe hier einige Mundvorräte zurückgelassen, die uns guttun werden.«

Wir betraten tatsächlich die unter einem Unstern stehende Venta und fanden im Speisesaal auf einer gedeckten Tafel eine Rebhuhnpastete und zwei Flaschen Wein. Der Kabbalist schien einen guten Appetit zu haben, und sein

Beispiel gab mir Mut; ich weiß nicht, ob ich es sonst über mich gebracht hätte, zu essen, denn alles, was ich seit einigen Tagen gesehen hatte, brachte meine Gedanken derart durcheinander, daß ich nicht mehr wußte, was ich tat, und wenn es jemand unternommen hätte, mich an meiner eigenen Existenz zweifeln zu machen, so wäre es ihm gelungen.

Als wir das Mahl beendet hatten, gingen wir von Zimmer zu Zimmer und kamen auch in jenes, in dem ich mich nach meiner Abreise aus Andújar zuerst niedergelassen hatte. Ich erkannte das unglückselige Lager wieder, setzte mich darauf und begann über all das, was mir widerfahren war, nachzudenken, besonders über die Geschehnisse in der Höhle. Ich erinnerte mich, daß mir Emina warnend gesagt hatte, ich solle niemandem glauben, der Böses über sie spreche.

Mich beschäftigten diese Überlegungen, als der Kabbalist mich auf etwas Glänzendes zwischen den schlecht zusammengefügten Dielenbrettern aufmerksam machte. Ich blickte genauer hin und erkannte die Reliquie, die mir die beiden Schwestern vom Halse genommen hatten. Ich hatte gesehen, daß sie von ihnen in eine Felsspalte der Höhle geworfen worden war, und nun fand ich sie in einer Dielenritze wieder. Allmählich begann ich zu glauben, daß ich dieses unglückselige Gasthaus in Wirklichkeit gar nicht verlassen hätte und daß der Eremit, der Inquisitor und die Brüder Zotos nichts als Wahngebilde gewesen seien, hervorgerufen durch Zauberei. Indessen holte ich mit Hilfe meines Degens die Reliquie heraus und hängte sie mir wieder um den Hals.

Der Kabbalist fing an zu lachen und sagte: »Sie gehört Ihnen also, Señor Caballero. Wenn Sie hier genächtigt haben, wundere ich mich keineswegs, daß Sie unter dem Galgen erwacht sind. Gleichviel, wir müssen weiterziehen, wir werden wohl diesen Abend die Einsiedelei erreichen.«

Wir machten uns wieder auf, und wir hatten noch nicht den halben Weg zurückgelegt, als wir dem Einsiedler begegneten, der sich nur sehr mühsam dahinzuschleppen schien. Sobald er uns erspäht hatte, rief er: »Ah, mein junger

Freund, ich habe dich gesucht; kehre ein in meine Klause. Entreiße deine Seele den Krallen Satans, doch stütze mich. Ich habe alle meine Kräfte für dich erschöpft.«

Wir ruhten aus, und dann zogen wir weiter; der Greis vermochte mit uns Schritt zu halten, indem er sich bald auf den einen, bald auf den anderen stützte. Endlich erreichten wir die Einsiedelei.

Das erste, was ich sah, war Pacheco, ausgestreckt in der Mitte des Gemachs. Er schien im Sterben zu liegen, zumindest entrang sich seiner gequälten Brust jenes furchtbare Röcheln, das deutliche Zeichen des nahen Todes. Ich wollte ihn ansprechen, doch er erkannte mich nicht. Der Eremit nahm Weihwasser, besprengte damit den Besessenen und sagte dazu: »Pacheco, Pacheco, im Namen deines Erlösers befehle ich dir, uns zu erzählen, was dir vergangene Nacht widerfahren ist.«

Ein Schauer durchfuhr Pacheco, er stieß ein langes Geheul aus und begann also zu sprechen:

Der Bericht Pachecos

Mein Vater, Sie weilten in der Kapelle und sangen Litaneien, als ich hörte, wie etwas an diese Tür klopfte und ganz genauso blökte wie unsere weiße Ziege. Deshalb glaubte ich, daß sie es sei, und da ich vergessen hatte, sie zu melken, dachte ich mir, das arme Tier sei wohl gekommen, mich daran zu erinnern. Ich war um so mehr davon überzeugt, als das gleiche einige Tage vorher wirklich geschehen war. Ich trat also aus Ihrer Hütte und erblickte tatsächlich Ihre weiße Ziege, die mir den Rücken zuwandte und mir ihr pralles

Euter zeigte. Ich wollte zufassen, um ihr den gewünschten Dienst zu erweisen, doch sie entwischte meinen Händen, und so, immer stehenbleibend und immer wieder entwischend, führte sie mich zum Rande jenes Abgrundes, der sich nahe bei Ihrer Einsiedelei befindet.

Als wir dort angelangt waren, verwandelte sich die weiße Ziege in einen schwarzen Bock. Über diese Veränderung erschrak ich sehr, und ich wollte zu unserer Behausung hin fliehen, doch der schwarze Bock schnitt mir den Weg ab, dann richtete er sich auf den Hinterbeinen auf, blickte mich mit glühenden Augen an und jagte mir einen solchen Schrecken ein, daß alle meine Sinne erstarrten.

Darauf fing der verwünschte Bock an, mich mit den Hörnern zu stoßen, und trieb mich so auf den Abgrund zu. Als ich am Rande stand, blieb er stehen, um sich an meiner Todesangst zu weiden. Schließlich stieß er mich hinab. Ich glaubte, ich würde in tausend Stücke zerschmettern, aber der Bock war vor mir in der Tiefe des Abgrundes angelangt und fing mich auf seinem Rücken auf, ohne daß ich mich verletzte.

Sogleich brachen neue Schrecken über mich herein, denn kaum fühlte mich der verwünschte Bock auf seinem Rükken, so begann er auf eigenartige Weise zu galoppieren. Er flog mit einem einzigen Satz von einem Berg zum anderen und übersprang die tiefsten Klüfte, als wären es bloß Gräben. Schließlich schüttelte er sich, und ich fiel – ich weiß nicht, wie – in die Tiefe einer Höhle. Dort erblickte ich den jungen Caballero, der kürzlich einmal in unserer Einsiedelei genächtigt hat. Er ruhte auf seinem Bett und hatte zwei sehr schöne Mädchen bei sich, die maurische Kleidung trugen. Die beiden jungen Wesen bedachten ihn erst mit Liebkosungen und lösten dann von seinem Halse eine Reliquie, die dort gehangen hatte; von diesem Augenblick an verloren sie in meinen Augen ihre Schönheit, und ich erkannte in ihnen die beiden Gehenkten aus dem Tale von Los Hermanos. Der junge Caballero hingegen hielt sie immer noch für liebenswürdige Wesen und gab ihnen unausgesetzt die zärtlichsten Namen. Dann nahm einer der Gehenkten den Strick, den er an seinem Halse hatte, und legte ihn um den Hals des Caballeros, der sich mit neuen Liebkosungen dafür bedankte. Schließlich schlossen sie die Bettvorhänge, und ich weiß nicht, was sie nun noch taten, aber ich denke, es wird wohl eine furchtbare Sünde gewesen sein.

Ich wollte schreien, doch ich konnte keinen Laut hervorbringen. Das dauerte einige Zeit. Schließlich schlug eine Uhr Mitternacht, und bald darauf sah ich einen Dämon eintreten; er hatte feurige Hörner und einen flammenden Schwanz, den einige kleine Teufel wie eine Schleppe trugen.

Dieser Dämon hielt in der einen Hand ein Buch und in der anderen eine große Gabel. Er drohte dem Caballero, daß er ihn töten werde, wenn er nicht den mohammedanischen Glauben annehme. Da ich nun sah, in welcher Gefahr sich eine Christenseele befand, nahm ich alle Kraft zusammen, und ich glaube, es gelang mir, so zu schreien, daß er mich hörte. Doch im gleichen Augenblick stürzten sich die beiden Gehenkten auf mich und zerrten mich aus der Höhle, wo ich den schwarzen Bock vorfand. Der eine der Gehenkten setzte sich zum Reiten auf den Bock, der andere auf meine Schulter, und dann zwangen sie uns, über Berge und Klüfte zu galoppieren.

Der Gehenkte, den ich auf meiner Schulter trug, stieß mir die Hacken in die Flanken. Aber da er fand, daß ich noch immer nicht nach seinem Wunsche lief, hob er während des Reitens zwei Skorpione auf, heftete sie als Sporen an seine Füße und begann mir auf unerhört barbarische Weise die Seiten zu zerfetzen. Endlich gelangten wir an die Pforte der Einsiedelei, wo sie mich verließen. Heute morgen, mein Vater, fanden Sie mich ohne Besinnung. Ich glaubte mich gerettet, als ich mich in Ihren Armen sah, aber das Gift der Skorpione ist in mein Blut gedrungen; es zerwühlt mir die Eingeweide; ich werde es gewiß nicht überleben.

Hier stieß der Besessene ein furchtbares Geheul aus und verstummte.

Darauf nahm der Einsiedler das Wort und sagte, zu mir gewandt: »Mein Sohn, du hast es vernommen. Ist es möglich, daß du dich in fleischliche Verbindung mit zwei Dämonen eingelassen hättest? Komm, beichte, bekenne deine Schuld. Die göttliche Milde kennt keine Grenzen. Du antwortest nicht? Solltest du in Verstocktheit verfallen sein?«

Ich ließ mir einige Augenblicke Zeit, um nachzudenken, und antwortete dann: »Mein Vater, dieser besessene Edelmann hat etwas anderes erblickt als ich. Einer von uns hatte verblendete Augen, und vielleicht haben wir beide schlecht gesehen. Doch hier ist ein Edelmann, ein Kabbalist, der gleichfalls in der Venta Quemada genächtigt hat. Wenn er uns sein Abenteuer erzählen will, finden wir vielleicht eine neue Erklärung für die wahre Natur der Begebenheiten, die uns seit einigen Tagen beschäftigen.«

»Señor Alfons«, erwiderte der Kabbalist, »die Menschen, die sich – gleich mir – mit den okkulten Wissenschaften befassen, können nicht alles sagen. Ich werde indessen versuchen, Ihre Wißbegier zu befriedigen, soweit das in meiner Macht steht, doch das wird nicht heute abend geschehen. Wenn es Ihnen recht ist, werden wir jetzt zu Abend essen und schlafen gehen. Morgen werden sich unsere Sinne beruhigt haben.«

Der Einsiedler tischte uns ein frugales Mahl auf, nach dem jeder nur noch ans Schlafen dachte. Der Kabbalist behauptete, er habe Gründe, die Nacht bei dem Besessenen zu verbringen, und ich wurde, wie damals, in die Kapelle geschickt. Mein Gurtbett stand noch dort. Ich legte mich nieder. Der Einsiedler wünschte mir eine gute Nacht und ließ mich wissen, daß er sicherheitshalber beim Hinausgehen die Tür verschließen werde.

Als ich allein geblieben war, dachte ich über alles nach, was Pacheco erzählt hatte. Es war gewiß, daß ich ihn in der Höhle gesehen hatte. Ebenso gewiß hatte ich gesehen, wie sich meine Cousinen auf ihn stürzten und aus dem Gemach hinauszerrten; doch Emina hatte mir warnend gesagt, ich solle von ihr oder ihrer Schwester keinesfalls schlecht denken. Schließlich konnten die Dämonen, die sich Pachecos bemächtigt hatten, ja auch seine Sinne verwirren und ihm allerlei Trugbilder vorgaukeln. Kurzum, ich suchte noch immer Gründe, meine Cousinen zu rechtfertigen und zu lieben; doch da hörte ich es Mitternacht schlagen.

Gleich darauf klopfte etwas an die Tür, und es klang, als blöke eine Ziege. Ich nahm meinen Degen, ging zur Tür und rief mit starker Stimme: »Wenn du der Teufel bist, versuche, diese Tür zu öffnen, denn der Einsiedler hat sie verschlossen.«

Die Ziege verstummte.

Ich legte mich abermals nieder und schlief bis zum Morgen.

Neunter Tag

Der Einsiedler kam, mich zu wecken; er setzte sich auf mein Bett und sprach: »Mein Sohn, die bösen Geister haben in dieser Nacht abermals meine unglückliche Behausung heimgesucht. Die Einsiedler von Theben waren der Bosheit des Satans nicht stärker ausgesetzt. Ich weiß auch nicht, was ich von dem Manne denken soll, der mit dir gekommen ist und sich Kabbalist nennt. Er hat es unternommen, Pacheco zu heilen, und ihm tatsächlich große Linderung verschafft, doch er hat sich keineswegs der Beschwörungsformeln bedient, die das Ritual unserer heiligen Kirche vorschreibt. Komm in meine Hütte, wir werden frühstücken und ihn dann um seine Geschichte bitten, die er uns gestern abend versprochen hat.«

Ich erhob mich und folgte dem Eremiten. In der Tat bemerkte ich, daß Pachecos Zustand erträglicher und sein Aussehen weniger abstoßend geworden war. Er blieb noch immer blind auf einem Auge, doch seine Zunge hing nicht mehr aus dem Mund. Er geiferte nicht mehr, und sein einziges Auge blickte weniger verstört. Ich sprach dem Kabbalisten meine Anerkennung aus; er erwiderte, dies hier sei nur ein sehr schwaches Probestück seiner Kunst. Dann brachte der Eremit das Frühstück, das aus ganz warmer Milch und Kastanien bestand.

Während wir frühstückten, sahen wir einen blassen, mageren Mann eintreten, dessen ganze Erscheinung etwas Erschreckendes hatte, ohne daß man hätte genau sagen können, was eigentlich den Schrecken auslöste ... Der Unbekannte ließ sich vor mir auf die Knie nieder und nahm seinen Hut ab. Ich sah, daß er eine Binde um die Stirn trug. Er hielt mir seinen Hut so hin, wie man um Almosen bittet. Ich warf ein Goldstück hinein. Der ungewöhnliche Bettler dankte mir und fügte hinzu: »Señor Alfons, Ihre gute Tat wird nicht umsonst gewesen sein. Ich tue Ihnen kund, daß in Puerto-Lápiche ein wichtiger Brief auf Sie wartet. Reiten Sie nicht nach Kastilien hinein, bevor Sie ihn gelesen haben.«

Nachdem mich der Unbekannte dies hatte wissen lassen, kniete er vor dem Einsiedler nieder, der ihm den Hut mit Kastanien füllte. Darauf beugte er sein Knie vor dem Kabbalisten, doch er erhob sich sogleich wieder und sprach: »Von dir will ich nichts. Wenn du hier sagst, wer ich bin, wirst du es bereuen.«

Dann verließ er die Hütte.

Als der Bettler gegangen war, begann der Kabbalist zu lachen und sagte zu uns: »Um Ihnen zu zeigen, wie wenig ich mir aus den Drohungen dieses Mannes mache, werde ich Ihnen gleich verraten, wer er ist: er ist der Ewige Jude, von dem Sie vielleicht schon gehört haben. Seit ungefähr eintausendsiebenhundert Jahren hat er sich nicht gesetzt, sich nicht ausgestreckt, nicht gerastet und nicht geschlafen. Im Gehen wird er Ihre Kastanien essen, und bis morgen früh wird er sechzig Meilen zurückgelegt haben. Für gewöhnlich durchquert er in allen Richtungen die unermeßlichen Wüsteneien Afrikas. Er nährt sich dort von wilden Früchten, und die Raubtiere können ihm nichts zuleide tun, weil ihm das heilige Zeichen des Thau in die Stirn geprägt ist – er verhüllt es, wie Sie gesehen haben, mit einer Binde. In unseren Gegenden zeigt er sich kaum, es sei denn, daß er durch die Übungen irgendeines Kabbalisten dazu gezwungen wird. Im übrigen versichere ich Ihnen, daß nicht ich ihn kommen ließ, denn ich kann ihn nicht ausstehen. Indessen räume ich ein, daß er über viele Dinge Bescheid weiß, und ich empfehle

Ihnen keineswegs, Señor Alfons, den Rat, den er Ihnen gegeben hat, zu mißachten.«

»Señor Kabbalist«, erwiderte ich, »der Jude hat mir gesagt, daß in Puerto-Lápiche ein Brief für mich liege. Ich hoffe, übermorgen dort zu sein, und werde nicht versäumen, danach zu fragen.«

»Sie brauchen nicht so lange zu warten«, meinte der Kabbalist, »und um mein Ansehen in der Welt der Genien müßte es sehr schlecht bestellt sein, wenn ich Ihnen den Brief nicht früher beschaffen könnte.«

Darauf wandte er den Kopf und sprach über seine rechte Schulter hinweg ein paar Worte in befehlendem Ton. Fünf Minuten später sahen wir einen großen, an mich adressierten Brief auf den Tisch fallen. Ich öffnete ihn und las das folgende:

Señor Alfons!

Auf Weisung unseres Königs, Don Philipp V., schicke ich Ihnen den Befehl, einstweilen auf keinen Fall Kastilien zu betreten. Schreiben Sie diese Strenge allein dem Umstand zu, daß Sie unglücklicherweise das Mißfallen des heiligen Tribunals erregten, das berufen ist, über die Reinheit des Glaubens in Spanien zu wachen. Lassen Sie nicht nach in Ihrem Eifer, dem König zu dienen. Sie finden anbei den Bescheid über einen Urlaub von drei Monaten. Verbringen Sie diese Zeit an den Grenzen Kastiliens und Andalusiens, ohne sich in einer der beiden Provinzen zu häufig sehen zu lassen. Man hat Sorge getragen, Ihren ehrenwerten Vater zu beruhigen und ihm die Angelegenheit so darzustellen, daß sie ihm wenig Anlaß zu Kümmernis bietet.

Ihr Ihnen wohlgeneigter

Don Sancho de Tor de Peñas
Kriegsminister

Diesem Schreiben war der in aller Form ausgestellte und mit allen üblichen Siegeln und Unterschriften versehene Bescheid über einen dreimonatigen Urlaub beigefügt.

Wir sprachen dem Kabbalisten unsere Anerkennung für die Hurtigkeit seiner Boten aus. Dann baten wir ihn, sein Versprechen einzulösen und uns zu erzählen, was ihm in der vorangegangenen Nacht in der Venta Quemada widerfahren war. Er entgegnete uns, ebenso wie am Vorabend, daß es in seinem Bericht mancherlei Dinge geben werde, die wir nicht begreifen könnten. Nachdem er jedoch einen Augenblick nachgedacht hatte, begann er also zu sprechen:

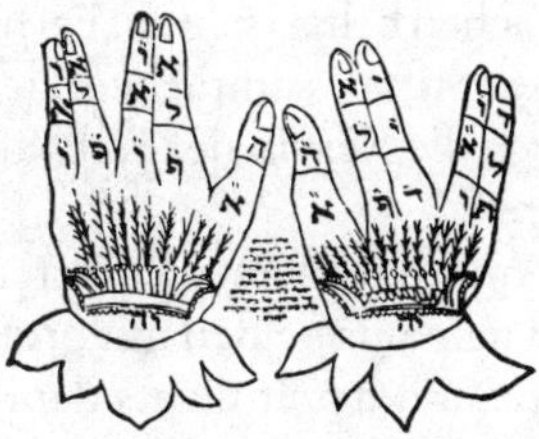

Die Geschichte des Kabbalisten

In Spanien nennt man mich Don Pedro de Uceda, und unter diesem Namen besitze ich ein hübsches Schloß, das eine Tagesreise von hier entfernt liegt. Aber mein richtiger Name ist Rabbi Sadok Ben Mamun, und ich bin Jude. Ein solches Eingeständnis zu machen ist in Spanien ein bißchen gefährlich, doch ich vertraue auf Ihre Ehrenhaftigkeit, und überdies sage ich Ihnen, daß es nicht gerade leicht wäre, mir zu schaden. Der Einfluß der Sterne auf mein Geschick begann sich schon im Augenblick meiner Geburt zu offenbaren; der Vater stellte mein Horoskop, und es machte ihn überglücklich, als er sah, daß ich genau in dem Augenblick auf die Welt gekommen war, da die Sonne ins Zeichen der Jungfrau trat. Er hatte freilich all seine Kunst darauf verwandt, daß es so einträfe, doch er hatte nicht eine solche Genauigkeit im Erfolg erwartet. Ich brauche Ihnen nicht zu sagen, daß mein Vater, Mamun, der bedeutendste Astrologe seiner Zeit war. Die

Kenntnis der Konstellationen bildete dabei noch eine der geringsten Wissenschaften, die er beherrschte, denn in die der Kabbala war er so tief eingedrungen wie kein Rabbiner vor ihm.

Vier Jahre nach dem Zeitpunkt, da ich zur Welt gekommen war, wurde meinem Vater eine Tochter im Zeichen der Zwillinge geboren. Ungeachtet dieses Altersunterschiedes erzog man uns gemeinsam. Ich hatte noch nicht das zwölfte und meine Schwester noch nicht das achte Lebensjahr vollendet, als wir schon das Hebräische, Chaldäische, das Syro-Chaldäische, das Samaritanische, das Koptische, das Abessinische und mehrere andere tote oder aussterbende Sprachen beherrschten. Ferner verstanden wir es, ohne Hilfe eines Stiftes sämtliche Buchstaben eines Wortes auf alle durch die Regeln der Kabbala bestimmten Arten zu kombinieren.

Am Ende meines zwölften Lebensjahres geschah es auch, daß man uns beiden mit großer Sorgfalt das Haar in Locken legte, und damit nichts dem Zeichen der Keuschheit, unter dem ich geboren wurde, widerspreche, gab man uns nur das Fleisch jungfräulich-reiner Tiere zu essen, wobei man darauf achtete, daß ich stets das von männlichen, meine Schwester hingegen das von weiblichen Tieren bekam.

Als ich sechzehn Jahre alt wurde, begann mein Vater, uns in die Geheimnisse der Kabbala Sefiroth einzuweihen. Zuerst gab er uns das Sefer Sohar, das Buch des Glanzes, in die Hand, das so genannt wird, weil man gar nichts daraus begreift, sosehr blendet der Glanz, der von ihm ausgeht, die Augen des Begriffsvermögens. Darauf studierten wir die Sifra Dizniutha, das Buch des Geheimnisses; in ihm kann der klarste Abschnitt noch als Rätsel gelten. Schließlich kamen wir an die Idra rabba und die Idra suta, das heißt an den großen und den kleinen Sanhedrin. Das sind Dialoge, in denen Rabbi Simon Ben Jochai, Verfasser der beiden anderen Werke, sich zum Stil des Gesprächs herabläßt, scheinbar seine Freunde die einfachsten Dinge lehrt, ihnen in Wahrheit aber die erstaunlichsten Geheimnisse offenbart, oder, richtiger: alle diese Offenbarungen kommen auf uns unmittelbar vom Propheten Elias, der heimlich den Himmel verlassen hatte und unter dem angenommenen Namen des Rabbi Abba an der Gesprächsrunde teilnahm. Vielleicht meinen Sie, Sie hätten eine gewisse Vorstellung von all diesen göttlichen Schriften aus der lateinischen Übersetzung gewonnen, die mit dem chaldäischen Original im Jahre 1684 in einer kleinen deutschen Stadt mit Namen Frankfurt gedruckt wurde? Doch wir lachen bloß über die Anmaßung derer, die da glauben, es bedürfe nur des materiellen Gesichtssinnes, um zu lesen. Das mag in der Tat für gewisse neuere Sprachen ausreichen, im Hebräischen jedoch bedeutet jeder Buchstabe eine Zahl, jedes Wort eine kunstvolle Kombination, jeder Satz eine schreckliche Formel, die, wenn sie gut ausgesprochen wird – in der richtigen Stimmführung und der passenden Betonung –, die Berge hinwegfegen und die Flüsse versiegen lassen könnte. Sie wissen sehr wohl, daß Adonai die Welt durch das Wort schuf; darauf verwandelte er sich selber in das Wort. Das Wort berührt die Luft und den Geist, es wirkt auf die Sinne und auf die Seele. Obgleich Sie nicht eingeweiht sind, können Sie leicht daraus schließen, daß das Wort der wahre Mittler zwischen der Materie und den geistigen Wesen aller Arten sein muß. Alles, was ich Ihnen darüber sagen kann, ist dies: Tag für Tag erwarben wir nicht nur neue Kenntnisse, sondern auch neue Macht, und wenn wir es auch nicht wagten, sie anzuwenden, so hatten wir wenigstens die Freude, unsere Kräfte zu fühlen und im Innern von ihnen überzeugt zu sein. Unsere kabbalistische Glückseligkeit wurde jedoch bald durch das traurigste aller Ereignisse unterbrochen.

Mit jedem Tag bemerkten wir, meine Schwester und ich, deutlicher, daß die Kräfte unseres Vaters Mamun nachließen. Er schien ein reiner Geist zu sein, der nur deshalb Menschengestalt angenommen hatte, um von den groben Sinnen der Erdenwesen wahrgenommen zu werden. Eines Tages nun ließ er uns in sein Arbeitszimmer rufen. Sein Antlitz wirkte so ehrwürdig und göttlich, daß wir beide unwillkürlich niederknieten. Er ließ uns in dieser Lage, wies auf ein Stundenglas und sprach: »Ehe noch dieser Sand verrinnt, werde ich nicht mehr sein. Achtet auf jedes meiner Worte. Mein Sohn, ich wende mich zuerst an dich; ich habe dir himmlische Gattinnen bestimmt, die Töchter Salomos und der Königin von Saba. Ihrer Abkunft nach war es ihnen nur vergönnt, einfache Sterbliche zu sein. Doch Salomo hatte der Königin den großen Namen dessen, der da ist, enthüllt. Die Königin sprach ihn genau im Augenblick ihrer Niederkunft aus. Die Genien des Großen Orients eilten herbei und empfingen die Zwillinge, ehe sie die unreine Wohnstatt, die man die Erde nennt, berührt hatten. Sie trugen sie in die Sphäre der Töchter Elohims, wo sie die Gabe der Unsterblichkeit erhielten sowie die Macht, die Unsterblichkeit dem mitzuteilen, den sie zu ihrem gemeinsamen Gatten erwählen würden. Es sind jene beiden unnennbaren Gattinnen, die ihr Vater in seinem Schir haschirim, dem Lied der Lieder, meint. Studiere dieses göttliche Epithalamium von neun zu neun Versen. Dir, meine Tochter, bestimme ich einen noch schöneren Bund. Die beiden Thoamim, jene, die bei den Griechen unter dem Namen der Dioskuren, bei den Phöniziern unter dem der Kabiren bekannt waren, mit einem Wort: die Himmelszwillinge. Sie werden deine Gatten sein. Was sage ich?... Dein empfindsames Herz – ich fürchte, daß ein Sterblicher... Der Sand verrinnt. Ich sterbe.«

Nach diesen Worten entschwand mein Vater, und wir fanden an dem Ort, wo er gewesen war, nur etwas leuchtende, leichte Asche. Ich hob diese teuren Reste auf, verschloß sie in einer Urne und stellte diese in unser Haustabernakel, unter die Schwingen der Cherubim.

Sie können sich leicht denken, daß die Hoffnung, die Unsterblichkeit zu genießen und zwei himmlische Gattinnen zu besitzen, mir neuen Eifer für die kabbalistischen Wissenschaften eingab; dennoch sollte es noch Jahre dauern, ehe ich es wagte, mich zu einer solchen Höhe zu erheben, und vorerst begnügte ich mich damit, einige Genien des achtzehnten Grades meinen Beschwörungen zu unterwerfen. Indessen wurde ich allmählich kühner, und im vergangenen Jahr versuchte ich eine Arbeit über die ersten Verse des Schir haschirim. Kaum hatte ich eine Zeile zusammengestellt, so brach ein furchtbares Getöse aus, und mein Schloß schien in seinen Grundfesten erschüttert zu werden. All dies schreckte mich keineswegs; im Gegenteil, ich schloß daraus, daß meine Übung gut verlief. Ich machte mich an die zweite Zeile; als sie fertiggestellt war, glitt eine Lampe, die ich auf dem Tisch stehen hatte, auf den Fußboden, machte einige Sprünge und stellte sich dann vor einen großen Spiegel, der sich im Hintergrund meines Zimmers befand. Ich sah in den Spiegel und erblickte die Spitzen von zwei sehr hübschen Frauenfüßen. Dann zwei weitere Füßchen. Ich schmeichelte mir, daß diese reizenden Füße den himmlischen Töchtern Salomos gehörten, doch ich glaubte, meine Übungen nicht weiter treiben zu dürfen.

Ich nahm sie in der folgenden Nacht wieder auf und erblickte die vier Füßchen bis zum Knöchel. Dann, in der folgenden Nacht, sah ich die Beine bis zu den Knien, doch die Sonne verließ das Zeichen der Jungfrau, und ich mußte aufhören.

Als die Sonne ins Zeichen der Zwillinge trat, unternahm meine Schwester ähnliche Übungen wie ich und erreichte eine nicht weniger erstaunliche Vision, über die ich nicht weiter sprechen werde, weil sie nichts mit meiner Geschichte zu tun hat.

Dieses Jahr nun bereitete ich mich darauf vor, mit den Übungen wieder zu beginnen, als ich erfuhr, daß ein berühmter Adept durch Córdoba kommen sollte. Eine Auseinandersetzung, die ich mit meiner Schwester über ihn hatte, veranlaßte mich, ihn bei seiner Durchreise aufzusuchen. Ich machte mich ziemlich spät auf den Weg und kam am gleichen Tage nur bis zur Venta Quemada. Ich fand dieses Wirtshaus aus Furcht vor Gespenstern verlassen, da ich sie jedoch nicht fürchte, ließ ich mich im Speiseraum nieder und befahl dem kleinen Nemrael, mir ein Abendessen zu bringen. Dieser Nemrael ist ein Genius von sehr niederer Art, den ich zu derlei Besorgungen benutze, und er war es auch, der Ihren Brief aus Puerto-Lápiche holte. Er begab sich nach Andújar, wo ein Benediktinerprior zur Nacht eingekehrt war, nahm ihm ohne Umstände das Abendessen weg und brachte es mir. Es bestand aus jener Rebhuhnpastete, die Sie am Morgen darauf fanden. Was mich betraf, so war ich müde, und ich rührte sie kaum an. Ich schickte Nemrael zu meiner Schwester und legte mich schlafen.

Mitten in der Nacht wurde ich von einer Glocke geweckt, die zwölfmal schlug. Nach diesem Vorspiel erwartete ich, irgendein Gespenst zu erblicken, und ich bereitete mich darauf vor, es zu vertreiben, denn im allgemeinen sind sie lästig und ärgerlich. Ich traf also solche Vorbereitungen, als ich plötzlich helles Licht auf einem Tisch erblickte, der in der Mitte des Zimmers stand, und dann zeigte sich dort ein kleiner himmelblauer Rabbiner, der sich vor einem Pult lebhaft bewegte, so wie es die Rabbiner beim Gebet tun. Er war kaum einen Fuß groß, und nicht nur sein Gewand sah blau aus, sondern auch sein Gesicht, sein Bart, sein Pult und sein Buch. Ich erkannte sogleich, daß es sich nicht um ein Gespenst handelte, sondern um einen Genius des siebenundzwanzigsten Grades. Ich wußte nicht seinen Namen, und ich kannte ihn überhaupt nicht. Indessen bediente ich mich einer Formel, die allgemein über sämtliche Geister eine gewisse Macht hat. Darauf wandte sich der kleine himmelblaue Rabbiner zu mir um und sprach: »Du hast deine Übungen verkehrt herum angefangen, und deshalb haben sich dir die Töchter Salomos zuerst mit den Füßen gezeigt. Beginne mit den letzten Versen, und suche zuerst den Namen der beiden himmlischen Schönheiten.«

Nachdem der Rabbiner also gesprochen hatte, verschwand er. Was er mir gesagt hatte, widersprach allen Regeln der Kabbala. Indessen hatte ich die Schwäche, seinem Rat zu folgen. Ich machte mich an den letzten Vers des Schir haschirim, und da ich die Namen der beiden Unsterblichen suchte, fand ich »Emina« und »Zibelda«. Ich war darüber sehr erstaunt, indessen begann ich die Beschwörung. Da erbebte die Erde unter meinen Füßen in erschreckender Weise; ich glaubte, der Himmel stürze über meinem Haupte zusammen, und fiel bewußtlos zu Boden.

Als ich wieder zu mir kam, befand ich mich an einem Ort von strahlender Helle und in den Armen einiger Jünglinge, die schöner waren als Engel. Einer von ihnen sprach zu mir: »Sohn Adams, komm zu dir! Du bist hier an der Wohnstatt derer, die nicht sterben. Über uns gebietet der Patriarch Henoch, der vor Elohim wandelte und von der Erde hinweggenommen worden ist. Der Prophet Elias ist unser Hoherpriester, und sein Wagen steht dir stets zu Diensten, wenn du dich auf irgendeinen Planeten begeben möchtest. Wir selber sind Egregoren, hervorgegangen aus der Verbindung der Söhne Elohims mit den Töchtern der Menschen. Du wirst unter uns auch einige Nefilim sehen, aber nur wenige. Komm, wir werden dich vor unseren Herrn führen.«

Ich folgte ihnen und befand mich schließlich zu Füßen des Thrones, auf dem Henoch saß. Nimmermehr vermochte ich den feurigen Glanz zu ertragen, der seinen Augen entströmte, und ich wagte die meinen nur bis zur Höhe seines Bartes zu erheben, der ganz jenem bleichen Lichte glich, das wir in nebligen Nächten um den Mond erblicken. Ich fürchtete, mein Ohr würde nicht imstande sein, den Klang seiner Stimme zu ertragen, doch seine Stimme war sanfter als der Schall der himmlischen Orgeln. Indessen dämpfte er sie noch, um mir zu sagen: »Sohn Adams, man wird dir deine Gattinnen zuführen.«

Gleich darauf sah ich den Propheten Elias eintreten; er führte zwei Schönheiten an der Hand, deren Zauber von den Sterblichen nicht erfaßt werden könnte. Es waren so feine, zarte Reize, daß ihre Seelen hindurchschimmerten, und man konnte deutlich das Feuer der Leidenschaften wahrnehmen, wenn es sich durch ihre Adern ergoß und sich mit ihrem Blute mischte. Hinter ihnen trugen zwei Nefilim einen Dreifuß aus einem Metall, das den Wert des Goldes um soviel übertraf wie Gold den Wert des Bleis. Man vereinigte meine Hände mit denen der Töchter Salomos, und man legte um meinen Hals ein Geflecht aus ihren Haaren. Eine starke und reine Flamme, die sodann aus dem Dreifuß schlug, verzehrte im Augenblick alles, was ich Sterbliches an mir hatte. Wir wurden zu einem prunkvoll strahlenden und Liebesglut atmenden Lager geführt. Man öffnete ein großes Fenster, das zum dritten Himmel hinausführte, und das Musizieren der Engel versetzte mich vollends in ein Übermaß der Verzückung ... Doch was soll ich Ihnen sagen? Am Morgen darauf erwachte ich unter dem Galgen von Los Hermanos, ausgestreckt neben den beiden abscheulichen Leichen, ebenso wie dieser Caballero hier. Ich schloß daraus, daß ich es mit sehr boshaften Geistern zu tun hatte, mit Geistern, deren Wesen mir nicht recht bekannt ist. Ich fürchte sogar sehr, daß dieses ganze Abenteuer mir bei den echten Töchtern Salomos, von denen ich nur die Fußspitzen gesehen habe, schaden könnte.

»Unseliger Verblendeter«, sagte der Einsiedler, »was bedauerst du? Alles ist bloßer Trug in deiner verderblichen Kunst. Die verdammten Nachtgespenster, die dich genarrt haben, bereiteten dem unglücklichen Pacheco die entsetzlichsten Qualen, und ein gleiches Schicksal steht ohne Zweifel diesem jungen Caballero bevor, der in unheilvoller Verstocktheit uns durchaus nicht seine Schuld bekennen will. Alfons, mein Sohn Alfons, tue Buße, noch ist es Zeit!«

Die Beharrlichkeit des Einsiedlers, von mir Geständnisse zu verlangen, die ich ihm nicht machen wollte, mißfiel mir außerordentlich. Ziemlich kalt entgegnete ich ihm, daß ich seine frommen Ermahnungen achtete, daß ich mich jedoch einzig von den Gesetzen der Ehre leiten ließe. Darauf unterhielt man sich über andere Dinge.

Der Kabbalist sagte: »Señor Alfons, da Sie von der Inquisition verfolgt werden und da der König Ihnen befiehlt, drei Monate in dieser Einöde zu verbringen, lade ich Sie auf mein Schloß ein; Sie werden dort meine Schwester Rebekka sehen, die fast ebenso schön wie klug ist. Ja, kommen Sie, Sie stammen von den Gomélez ab, und dieses Geschlecht hat ein Anrecht auf unser Interesse.«

Ich blickte auf den Einsiedler, um in seinen Augen zu lesen, was er von diesem Vorschlag hielt. Der Kabbalist erriet anscheinend meine Gedanken, er wandte sich an den Einsiedler und sagte: »Mein Vater, ich kenne Sie besser, als Sie ahnen. Sie vermögen viel durch den Glauben. Meine Wege sind nicht so heilig, doch sie sind nicht teuflisch. Kommen auch Sie zu mir – mit Pacheco, den ich vollends heilen werde.«

Ehe der Einsiedler antwortete, vertiefte er sich ins Gebet; dann, nach einem Augenblick des Nachdenkens, trat er mit heiterer Miene auf uns zu und sagte, er sei bereit, uns zu folgen. Der Kabbalist wandte den Kopf und befahl über die rechte Schulter hinweg, daß man ihm Pferde vorführe. Einen Augenblick später erblickten wir deren zwei an der Tür der Einsiedelei, zusammen mit zwei Maultieren, die vom Einsiedler und von dem Besessenen bestiegen wurden. Obgleich das Schloß nach den Worten Ben Mamuns eine Tagesreise entfernt lag, waren wir in weniger als einer Stunde dort.

Unterwegs hatte mir Ben Mamun viel von seiner klugen Schwester erzählt, so daß ich mich darauf gefaßt machte, eine Medea mit schwarzem Haar zu erblicken, die, einen Stab in der Hand, Zaubersprüche murmelt; doch diese Vorstellung erwies sich als völlig falsch. Die liebenswürdige Rebekka, die uns am Schloßtor empfing, war die bezauberndste und reizendste Blondine, die man sich nur vorstellen kann. Das schöne goldene Haar fiel schlicht auf ihre Schultern. Ein weißes Gewand verhüllte lässig ihre Gestalt, doch es wurde durch Spangen von unschätzbarem Wert gehalten. Nach ihrem Äußeren zu schließen, beschäftigte sie sich niemals damit, sich zu putzen und zu schmücken, doch schwerlich hätte sie es durch solches Zutun besser treffen können.

Rebekka warf sich ihrem Bruder an die Brust und rief: »Wie habe ich mich um dich gesorgt! Ich hatte immer Kunde von dir, außer in der ersten Nacht. Was war dir geschehen?«

»Ich werde dir alles erzählen«, erwiderte Ben Mamun. »Jetzt aber sei nur darum bemüht, die Gäste freundlich zu empfangen, die ich dir mitgebracht habe: Dies ist der Einsiedler aus dem Tal, und jener junge Mann ist ein Gomélez.«

Rebekka betrachtete den Einsiedler ziemlich gleichgültig, doch als sie ihre Augen auf mich gelenkt hatte, schien sie zu erröten und sprach mit recht trauriger Miene: »Ich hoffe zu Ihrem Glück, daß Sie nicht einer der Unseren sind.«

Wir traten ein, und die Zugbrücke wurde sogleich hinter uns hochgezogen. Das Schloß war ziemlich ausgedehnt, und alles schien dort in größtem Maßstab angelegt zu sein. Dennoch bekamen wir nur zwei Bediente zu Gesicht, und zwar einen jungen Mulatten und eine Mulattin gleichen Alters. Ben Mamun führte uns zuerst in seine Bibliothek; es war ein kleiner runder Saal, der zugleich als Eßzimmer diente. Der Mulatte legte das Tischtuch auf, brachte eine Olla podrida und vier Gedecke, denn die schöne Rebekka setzte sich nicht mit uns zu Tisch. Der Einsiedler aß mehr als gewöhnlich und wurde anscheinend auch umgänglicher. Pacheco blieb zwar einäugig, schien aber im übrigen nichts von seiner Besessenheit zu verspüren. Nur daß er ernst und schweigsam dasaß. Ben Mamun aß mit ziemlich gutem Appetit, doch er sah geistesabwesend aus und gestand uns, daß das Abenteuer in der vorvorigen Nacht seine Gedanken stark beschäftige. Kaum daß wir uns von der Tafel erhoben hatten, sagte er: »Meine teuren Gäste, hier finden Sie Bücher, mit denen Sie sich unterhalten können, und mein Neger wird Ihnen in allen Dingen diensteifrig zur Verfügung stehen, mir aber erlauben Sie, mich mit meiner Schwester zu einer wichtigen Arbeit zurückzuziehen. Sie werden uns erst morgen zur Mittagszeit wiedersehen.«

Ben Mamun ging tatsächlich und ließ uns sozusagen als Herren des Hauses zurück.

Der Einsiedler nahm aus der Bibliothek eine Legende der »Väter in der Wüste« und ließ sich von Pacheco einige Kapitel daraus vorlesen. Ich hingegen trat auf die Terrasse; von ihr aus blickte man in einen Abgrund, in dessen Tiefe ein Wildbach floß, den man nicht sah, den man aber tosen hörte. Wie traurig auch der Anblick dieser Landschaft sein mochte, so gab ich mich dennoch mit äußerstem Vergnügen der Betrachtung hin, oder vielmehr: ich gab mich den Empfindungen hin, die der Anblick in mir weckte. Es war keine Schwermut, sondern eher ein Erschlaffen aller meiner Kräfte, hervorgerufen durch die grausamen Erschütterungen, denen ich in den letzten Tagen ausgesetzt gewesen war. Da ich bei allem Nachsinnen über das, was ich erlebt hatte, nichts davon begriff, wagte ich schließlich überhaupt nicht mehr, daran zu denken, aus Furcht, ich könnte den Verstand verlieren. Die Hoffnung, einige Tage ruhig im Schlosse Ucedas zu verbringen, war das, was mir im Augenblick am meisten wohltat. Von der Terrasse trat ich wieder in die Bibliothek. Später servierte uns der junge Mulatte einen kleinen Imbiß aus getrockneten Früchten und kaltem Fleisch; es befand sich jedoch kein Fleisch unreiner Tiere darunter. Dann trennten wir uns. Der Einsiedler und Pacheco wurden in ein Zimmer geführt, ich in ein anderes.

Ich legte mich nieder und schlief ein, doch bald danach wurde ich von der schönen Rebekka geweckt. Sie sagte: »Señor Alfons, verzeihen Sie, daß ich es wage, Ihren Schlaf zu stören. Ich komme von meinem Bruder. Wir haben die schrecklichsten Beschwörungen vorgenommen, um das Wesen der beiden Geister zu ergründen, mit denen er in der Venta zu tun hatte, doch es ist uns nicht gelungen. Wir glauben, daß er von irgendwelchen Baalim genarrt wurde, über die wir keine Gewalt haben. Indessen ist die Wohnstatt Henochs tatsächlich so beschaffen, wie er sie gesehen hat. All das hat schwerwiegende Folgen für uns, und ich beschwöre Sie, uns zu sagen, was Sie davon wissen.«

Nachdem sie also gesprochen hatte, setzte sich Rebekka auf mein Bett, doch sie setzte sich dorthin, um zu sitzen, und schien einzig mit den Erklärungen beschäftigt, die sie von mir erbat. Sie erhielt sie indessen keineswegs, und ich begnügte mich damit, ihr zu sagen, daß ich mein Ehrenwort gegeben hätte, niemals davon zu sprechen.

»Aber Señor Alfons«, wandte Rebekka ein, »wie können Sie annehmen, daß ein Ehrenwort, das Sie zwei Dämonen gegeben haben, für Sie bindend wäre? Wir wissen nämlich, daß es sich um zwei weibliche Dämonen handelt, die Emina und Zibelda heißen. Doch wir kennen nicht recht das Wesen dieser Dämonen, weil man in unserer Wissenschaft – wie in jeder anderen – nicht alles wissen kann.«

Ich blieb bei meiner Weigerung und bat die Schöne, nicht mehr davon zu sprechen. Darauf blickte sie mich mit einem gewissen Wohlwollen an und sagte: »Wie glücklich sind Sie, Prinzipien der Tugend zu haben, von denen Sie sich bei allen Handlungen leiten lassen; bleiben Sie unangefochten auf dem Wege Ihres Gewissens! Wie sehr unterscheidet sich unser Geschick von dem Ihren! Wir haben das sehen wollen, was für Menschenaugen nicht sichtbar, und das wissen wollen, was für den Menschenverstand unbegreiflich ist. Ich bin für solche hohen Erkenntnisse nicht geschaffen. Was bedeutet mir die eitle Herrschaft über die Dämonen! Ich würde mich wohl damit begnügen, im Herzen eines Gatten zu herrschen. Mein Vater hat es so gewollt, und ich muß mich meiner Bestimmung fügen.«

Während sie diese Worte sprach, zog Rebekka ihr Taschentuch und schien ein paar Tränen zu verdecken, dann fügte sie hinzu: »Señor Alfons, erlauben Sie mir, daß ich morgen zur gleichen Stunde wiederkomme und mich abermals bemühe, Ihre Beharrlichkeit oder, wie Sie es nennen, Ihr unerschütterliches Einstehen für Ihr Wort zu überwinden. Bald wird die

Sonne ins Zeichen der Jungfrau treten, und dann ist keine Zeit mehr, dann wird geschehen, was da wolle.«

Zum Abschied drückte mir Rebekka mit dem Ausdruck der Freundschaft die Hand, und es fiel ihr anscheinend schwer, zu ihren kabbalistischen Übungen zurückzukehren.

Zehnter Tag

Ich erwachte früher als gewöhnlich und begab mich auf die Terrasse, um mit Wohlbehagen die frische Luft zu atmen, bevor die Sonne sie versengte. Es regte sich kein Hauch. Selbst der Wildbach schien weniger heftig zu tosen und hinderte mich nicht, das Gezwitscher der Vögel zu vernehmen. Der Friede der Elemente drang in meine Seele, und ich vermochte nun einigermaßen ruhig über das nachzudenken, was mir seit meiner Abreise aus Cádiz widerfahren war. Einige Worte, die Don Enrique de Sa, dem Statthalter der Provinz, entschlüpft waren und an die ich mich erst jetzt erinnerte, ließen mich vermuten, daß auch er mit der geheimnisvollen Existenz der Gomélez zu tun hatte und daß er ebenfalls einen Teil ihres Geheimnisses kannte. Er war es, der mir die beiden Diener, López und Mosquito, beschafft hatte, und ich vermutete nun, daß sie mich auf seine Anweisung am Eingang zum unseligen Tal von Los Hermanos verlassen hatten. Meine Cousinen hatten mir oft zu verstehen gegeben, daß man mich auf die Probe stellen wolle. Ich kam auf den Gedanken, daß man mir in der Venta einen Schlaftrunk gegeben und daß man mich dann, während ich schlief, unter den Galgen befördert hatte. Daß Pacheco auf dem einen Auge erblindet war, konnte bei einer ganz anderen Gelegenheit geschehen sein als durch die Liebschaft mit den beiden Gehenkten, und seine furchtbare Geschichte mochte erfunden sein. Der Einsiedler, der mir immerzu mein Geheimnis in

Form einer Beichte zu entreißen suchte, kam mir wie ein Beauftragter der Gomélez vor, der meine Schweigsamkeit erproben wollte. Endlich hatte ich das Gefühl, als begänne ich in meiner Geschichte klarer zu sehen und als könnte ich sie deuten, ohne zu übernatürlichen Wesen meine Zuflucht zu nehmen; doch da vernahm ich in der Ferne ausgelassen heitere Musik, die hinter dem Berg hervorzudringen schien. Die Töne wurden bald deutlicher, und ich erspähte eine fröhliche Zigeunertruppe, die, tanzend, singend und sich mit ihren Trommeln und Schellen begleitend, näher kam. Sie schlugen ihr kleines flüchtiges Lager nahe der Terrasse auf, so daß ich leicht den Schimmer von Anmut wahrnehmen konnte, der auf ihren Gewändern und ihrem ganzen Zug lag. Ich vermutete, daß dies eben jene diebischen Zigeuner seien, unter deren Schutz sich nach den Worten des Einsiedlers der Wirt der Venta de Cardenas begeben hatte, doch sie kamen mir zu gesittet vor, um Räuber zu sein. Während ich sie musterte, errichteten sie ihre Zelte, setzten ihre Töpfe aufs Feuer und hängten die Schaukelkörbe mit den Kindern an die benachbarten Bäume. Und als alle diese Vorbereitungen abgeschlossen waren, gaben sie sich von neuem den Vergnügungen hin, die ihrem unsteten Leben eigen sind und deren größte in ihren Augen das Nichtstun ist.

Das Zelt des Hauptmanns zeichnete sich gegenüber den anderen nicht nur dadurch aus, daß am Eingang der Stab mit dem dicken silbernen Knauf in die Erde gepflanzt war, sondern auch durch seine bessere Beschaffenheit und die reichverzierten Säume, die man gewöhnlich nicht an Zigeunerzelten sieht. Doch wie groß war mein Erstaunen, als das Zelt sich öffnete und ich meine beiden Cousinen heraustreten sah, in jener anmutigen Kleidung, die man in Spanien *a la gitana maja* nennt. Sie näherten sich dem Fuß der Terrasse, schienen mich aber nicht zu bemerken. Dann riefen sie ihre Gefährtinnen und begannen den Polo zu tanzen, wozu die bekannten Verse gesungen wurden:

Quando me Paco me azze
Las palmas para vaylar
Me se puene el corpecito
Como hecho de mazzapan ... und so weiter.

Wenn die sanfte Emina und die liebliche Zibelda mir in ihrer maurischen Tracht den Kopf verdreht hatten, so entzückten sie mich in diesem neuen Gewand nicht minder. Nur bemerkte ich diesmal an ihnen einen boshaften und spöttischen Zug, der zwar Wahrsagerinnen nicht schlecht angestanden hätte, der mir aber verhieß, daß sie mir abermals einen Streich zu spielen gedachten, indem sie sich mir in dieser neuen und unerwarteten Gestalt präsentierten.

Das Schloß des Kabbalisten war sorgfältig verriegelt, er allein bewahrte die Schlüssel, und ich konnte nicht zu den Zigeunerinnen gelangen. Wenn ich aber einen unterirdischen Gang benutzte, der zu dem Wildbach führte und durch ein eisernes Gitter verschlossen war, konnte ich sie aus der Nähe betrachten und sogar mit ihnen sprechen, ohne von den Schloßbewohnern bemerkt zu werden. Ich begab mich also zu dieser geheimen Tür, wo mich von den Tänzerinnen nur das Bett des Wildbaches trennte. Aber das waren keineswegs meine Cousinen. Ihr Äußeres kam mir sogar ziemlich gewöhnlich und ihrem Stand entsprechend vor. Beschämt über meinen Irrtum, ging ich langsamen Schrittes wieder auf die Terrasse. Als ich oben stand, blickte ich wieder hinab und erkannte meine Cousinen. Sie schienen mich gleichfalls zu erkennen, brachen in lautes Gelächter aus und zogen sich in ihre Zelte zurück.

Ich war entrüstet.

»O Himmel«, sprach ich zu mir selbst, »wäre es möglich, daß diese beiden so liebenswürdigen und so zärtlichen Wesen nichts als neckende Geister sind, darauf bedacht, Sterbliche zu narren, indem sie allerlei Gestalt annehmen, Hexen vielleicht oder – das Greulichste, was es gibt – Vampire, denen der Himmel erlaubt hat, die häßlichen Leichname der

Gehenkten vom Tale Los Hermanos zu beleben? Ich habe geglaubt, daß sich all dies auf natürliche Weise erklären könnte, doch jetzt weiß ich nicht, was ich davon halten soll.«

Mit solchen Überlegungen beschäftigt, kehrte ich in die Bibliothek zurück, wo ich auf dem Tisch ein dickes, in gotischen Lettern gedrucktes Buch vorfand, dessen Titel »Die merkwürdigen Geschichten des Happelius« lautete. Der Band war aufgeschlagen, und die Seite war anscheinend mit Absicht am Beginn eines Kapitels eingeknickt, in dem ich folgendes las:

Die Geschichte des Thibaud de La Jacquière

Einst lebte zu Lyon, einer französischen Stadt ob der Rhône, ein sehr reicher Kaufmann, der sich Jacques de La Jacquière nannte – den Namen La Jacquière nahm er freilich erst an, als er den Handel aufgegeben hatte und Stadtvorsteher geworden war, womit er einen Rang bekleidete, der in Lyon nur Männern von großem Vermögen und tadellosem Ruf zuteil wird. Und ein solcher war der gute Vorsteher La Jacquière: mildherzig gegenüber den Armen und ein Wohltäter der Mönche und anderer geistlicher Personen, die nach den Worten des Herrn in Wahrheit die Armen sind.

Keineswegs in seine Art aber schlug der einzige Sohn des Vorstehers, der Messire Thibaud de La Jacquière, Fähnrich der königlichen Wache. Tüchtiger Raufbold und Händelsucher, großer Schürzenjäger, Würfelspielversessener, Scheiben- und Laternenzertrümmerer, Lästerer und Flucher. Vertrat gar manches Mal einem Bürger den Weg, um seinen alten Mantel gegen einen ganz neuen und seinen abgenutzten Hut gegen einen besseren einzutauschen. Dergestalt, daß alle Leute nur noch von Messire Thibaud sprachen, in Paris wie in Blois, Fontainebleau und den anderen Orten, an denen der König weilte. Nun geschah es, daß unseren guten Herrn seligen Gedenkens, den König Franz I., die üblen Streiche des jungen Raufbolds zu sehr betrübten und daß er ihn nach Lyon zurückschickte, damit er dort Buße tue, im Hause seines Vaters, des guten Vorstehers La Jacquière, der damals am Bellecour-Platz wohnte, an der Ecke der Rue Saint-Ramond.

Der junge Thibaud wurde im väterlichen Hause mit der gleichen Freude aufgenommen, als wenn er vollständigen Ablaß von Rom mitgebracht hätte. Nicht nur, daß man das fette Kalb schlachtete: der gute Vorsteher gab zudem seinen Freunden ein Festmahl, das mehr Goldtaler kostete, als sich Gäste versammelten. Man tat noch mehr. Man trank auf die Gesundheit des jungen Burschen, und jeder wünschte ihm Einsicht und Wandlung zum Guten. Doch diese gutgemeinten Wünsche mißfielen ihm. Er nahm einen goldenen Becher vom Tisch, füllte ihn mit Wein und rief: »Tod und Teufel! Ich will der Hölle mit diesem Wein mein Blut und meine Seele verschreiben, sollt' ich jemals mehr Biedermann werden, als ich's heute bin!« Bei diesen entsetzlichen Worten sträubte sich den Gästen das Haar. Sie bekreuzigten sich, und einige verließen die Tafel.

Messire Thibaud erhob sich gleichfalls, um auf dem Bellecour-Platz frische Luft zu schöpfen; dort fand er zwei seiner früheren Gesellen, Galgenvögel gleich ihm. Er umarmte sie, führte sie in sein Zimmer und ließ ihnen gar manche Flasche Wein bringen, ohne sich noch um seinen Vater und alle übrigen Gäste zu kümmern.

Was Thibaud am Tage seiner Ankunft tat, wiederholte er am nächsten und an allen folgenden Tagen. Dergestalt, daß es dem guten Vorsteher schier das Herz zerriß. Er gedachte, sich seinem Schutzpatron, dem heiligen Jakob, zu empfehlen, und stellte vor sein Bild eine zehnpfündige Kerze, geschmückt mit zwei goldenen Ringen, von denen jeder fünf Mark wert war; doch als der Vorsteher die Kerze auf dem Altar unterbringen wollte, ließ er sie fallen und stieß dabei eine silberne Lampe um, die vor dem Heiligenbild brannte. Der Vorsteher hatte die Kerze für eine andere Gelegenheit gießen lassen, aber da ihm nichts so sehr am Herzen lag wie die Bekehrung seines Sohnes, brachte er sie freudig zum Opfer. Als er indessen die fallen gelassene Kerze und die umgestürzte Lampe sah, nahm er dies als böses Omen und kehrte traurig nach Hause zurück.

Am gleichen Tage bewirtete Messire Thibaud abermals seine Freunde. Sie gossen manche Flasche Wein hinunter, und dann, als die Nacht schon fortgeschritten und recht dunkel war, traten sie hinaus, um auf dem Bellecour-Platz frische Luft zu schöpfen. Draußen hakten sich alle drei unter und spazierten so einher, stutzerhaft und nach Art dreister junger Burschen, die sich einbilden, damit die Blicke der jungen Mädchen auf sich zu lenken. Diesmal freilich erreichten sie nichts, denn es zeigte sich kein Mädchen und keine Frau, und man konnte sie auch nicht an den Fenstern gewahren, weil die Nacht dunkel war, wie ich schon sagte. So kam es denn, daß der junge Thibaud seine Stimme erhob, seine gewohnten Flüche tat und sagte: »Tod und Teufel! Ich verschreib der Hölle mein Blut und meine Seele dafür: wenn der Teufel selber seine Tochter vorbeischickte, ich würd sie um Liebe angehn, so sehr hat mich der Wein erhitzt.«

Diese Worte mißfielen den beiden Freunden Thibauds, die nicht so große Sünder waren wie er. Und der eine von ihnen sprach zu ihm: »Messire, unser Freund, denkt daran, daß der Teufel der ewige Feind der Menschen ist und daß er ihnen schon genug Böses antut, auch ohne daß man ihn einlädt und beim Namen ruft.«

Darauf erwiderte Thibaud: »Wie ich's gesagt, so werde ich's tun.«

Unterdessen sahen die drei Hurenböcke aus einer Nebenstraße ein verschleiertes junges Weib hervortreten, das sich gar anmutig gab und deren Gestalt zarteste Jugend verriet. Ein kleiner Neger lief ihr nach. Er stolperte, fiel auf die Nase und zerschlug seine Laterne. Das junge Geschöpf schien höchst erschrocken und blieb ratlos stehen. Da trat Messire Thibaud in der artigsten Weise, deren er fähig war, auf sie zu und bot ihr seinen Arm, um sie nach Hause zu führen. Die arme Dariolette zierte sich erst ein wenig und nahm schließlich an; Messire Thibaud wandte sich zu seinen Freunden um und sagte halblaut: »Ihr seht also, daß der, den ich angerufen habe, mich nicht warten ließ. Und damit wünsche ich euch einen guten Abend.«

Die beiden Freunde begriffen, was er wollte; sie verabschiedeten sich lachend von ihm und wünschten ihm viel Freude und Ergötzen.

Thibaud reichte also der Schönen den Arm, und der kleine Neger, dessen Laterne erloschen war, lief vor ihnen her. Die junge Dame schien am Anfang so verwirrt, daß sie sich kaum auf den Beinen hielt, doch mit der Zeit faßte sie sich und stützte sich nun freimütiger auf den Arm des Kavaliers. Zuweilen stolperte sie sogar und preßte seine Hand, um nicht zu fallen; dann drückte der Kavalier, sie fester haltend, ihre Hand auf sein Herz, was er freilich mit ziemlicher Vorsicht tat, damit er das Wild nicht verscheuche.

Auf solche Weise wanderten sie und wanderten so lange, daß Thibaud am Ende meinte, sie hätten sich in den Straßen von Lyon verirrt. Doch es war ihm wohl recht, denn er meinte, daß er dann bei der schönen Verirrten um so leichter sein Ziel erreichen werde. Indessen wollte er zuvor erfahren, mit wem er es zu tun habe, und so bat er sie, sie möge sich auf einer Steinbank niederlassen, die man neben einer Haustür erblickte. Die Unbekannte war einverstanden, und er setzte sich neben sie. Darauf nahm er artig ihre Hand und sprach gar geistvoll zu ihr: »Schöner irrender Stern, da mein Stern mich so führte, daß ich in nächtlicher Stunde Ihnen begegnete, erweisen Sie mir die Gunst, zu sagen, wer Sie sind und wo Sie wohnen.«

Das junge Mädchen schien zuerst sehr verschüchtert, doch sie faßte sich allmählich und antwortete, indem sie also sprach:

Die Geschichte der lieblichen Dariolette vom Schloß Sombre

Ich heiße Orlandine, wenigstens nannten mich so die wenigen Personen, die mit mir das Schloß Sombre in den Pyrenäen bewohnten. Dort sah ich kein menschliches Wesen außer meiner Gouvernante, die schwerhörig war, einer Dienerin, die so sehr stotterte, daß man sie stumm nennen könnte, und einem alten Torhüter, der blind war.

Dieser Torhüter hatte nicht viel zu tun, denn er öffnete das Tor nur einmal im Jahr, und zwar einem Herrn, der einzig deshalb zu uns kam, um mich am Kinn zu fassen und in vizcayischer Mundart, die ich nicht verstehe, auf meine Dueña einzureden. Glücklicherweise konnte ich bereits sprechen, als man mich im Schlosse Sombre einsperrte, denn von den beiden Gefährtinnen meiner Gefangenschaft hätte ich es sicherlich nicht gelernt. Was den blinden Torhüter betrifft, so sah ich ihn nur in dem Augenblick, da er kam, um unser Essen durch die Gitterstäbe des Fensters zu schieben – des einzigen, das wir hatten. Zwar schrie mir meine schwerhörige Gouvernante oft irgendwelche Morallehren ins Ohr, doch ich verstand sie genausowenig, wie wenn ich gleich ihr schwerhörig gewesen wäre, denn sie sprach von den Pflichten der Ehe, ohne mir zu sagen, was die Ehe eigentlich sei. Desgleichen redete sie über viele andere Dinge, die sie mir nicht erklären wollte. Recht häufig bemühte sich auch meine stotternde Dienerin, mir eine Geschichte zu erzählen, von der sie versicherte, sie sei höchst lustig; doch da sie niemals bis zum zweiten Satz kommen konnte, mußte sie es schließlich aufgeben, und sie ging davon, indem sie Entschuldigungen stotterte, die ihr ebenso schlecht gelangen wie ihre Geschichte.

Ich sagte Ihnen, daß wir ein einziges Fenster hatten, das heißt, es gab nur eines, das auf den Hof des Schlosses führte. Die übrigen öffneten den Blick auf einen anderen Hof, der, da einige Bäume darin standen, als Garten gelten konnte und keinen anderen Ausgang hatte als die Tür zu meinem Zimmer. Ich zog dort ein paar Blumen, und das war mein einziges Vergnügen. Es stimmt nicht ganz, ich hatte noch ein anderes, ebenso unschuldiges: es war ein großer Spiegel, in dem ich mich betrachtete, wenn ich aufgestanden, ja, sobald ich aus dem Bett gestiegen war. Meine Gouvernante kam, ausgezogen wie ich, ebenfalls, um sich zu spiegeln, und ich hatte große Freude daran, meine Gestalt mit der ihren zu vergleichen. Ich gab mich diesem Vergnügen auch vor dem Schlafengehen hin und wenn meine Gouvernante bereits eingeschlummert war. Zuweilen stellte ich mir vor, ich sähe in meinem Spiegel eine Altersgefährtin, die meine Bewegungen erwiderte und meine Gefühle teilte. Je mehr ich mich dieser Illusion hingab, desto besser gefiel mir das Spiel.

Ich sagte Ihnen bereits, daß einmal im Jahr ein Herr kam, um mich am Kinn zu fassen und in baskischer Mundart auf meine Gouvernante einzureden. Eines Tages faßte mich dieser Herr nicht am Kinn, sondern er nahm mich an der Hand und führte mich zu einer Hängeriemen-Kutsche, in der er mich mit meiner Gouvernante einschloß. Ja, man kann es wohl so nennen: einschloß, denn die Kutsche erhielt nur von oben Licht. Wir verließen sie erst am dritten Tag, besser gesagt, in der dritten Nacht, wenigstens war der Abend schon fortgeschritten. Ein Mann öffnete den Schlag und sagte: »Sie befinden sich auf dem Bellecour-Platz, am Eingang zur Rue Saint-Ramond, und dies ist das Haus des

Stadtvorstehers La Jacquière. Wo möchten Sie hingeführt werden?«

»Fahren Sie in den ersten Torweg nach dem des Vorstehers«, antwortete meine Gouvernante.

Hier spitzte der junge Thibaud die Ohren, denn er war tatsächlich der Nachbar eines Edelmanns, der sich Sire de Sombre nannte und als sehr eifersüchtig galt. Dieser Sire de Sombre hatte sich auch gar oft vor Thibaud gerühmt, er werde ihm eines Tages beweisen, daß man eine treue Gattin haben könne; er lasse in seinem Schlosse eine Dariolette aufziehen, die er zu heiraten gedenke und die seine Behauptung beweisen werde. Aber der junge Thibaud hatte nicht gewußt, daß sie sich in Lyon befand, und freute sich nun sehr, sie fest in seiner Hand zu haben.

Indessen sprach Orlandine also weiter:

Wir fuhren durch den Torweg, man geleitete mich in große und schöne Zimmer und von da über eine Wendeltreppe auf einen kleinen Turm. Von dem Turm aus hätte ich, wie ich meinte, die ganze Stadt Lyon überblicken können, wenn es hell gewesen wäre; in Wirklichkeit aber hätte man selbst am Tage nichts gesehen, denn die Fenster waren mit sehr dichtem grünem Stoff verhängt. Dafür brannte in dem Gemach ein schöner, in Email gefaßter Kristalleuchter. Die Dueña wies mir einen Sessel, in den ich mich setzen sollte, gab mir zur Unterhaltung ihren Rosenkranz, verließ das Zimmer und drehte den Schlüssel doppelt und dreifach im Schloß.

Sobald ich mich allein wußte, warf ich den Rosenkranz zur Seite, nahm eine Schere, die ich an meinem Gürtel trug, und schnitt eine Öffnung in den grünen Stoff, der das Fenster verhüllte. Da erblickte ich ein anderes Fenster, ganz dicht vor dem meinen, und dahinter ein hell erleuchtetes Zimmer, in dem drei junge Kavaliere und drei junge Mädchen zu Abend speisten; sie waren schöner und heiterer als alles, was man sich vorstellen kann. Sie sangen, tranken, lachten, umarmten sich. Zuweilen faßten sie sich sogar am Kinn. Doch sie taten das ganz anders als der Herr vom Schlosse Sombre, obgleich er nur deswegen hinkam. Überdies legten die Kavaliere und die jungen Mädchen ein Kleidungsstück nach dem anderen ab, so wie ich es abends vor meinem großen Spiegel tat, und es stand ihnen wahrhaftig ebensogut an wie mir und viel besser als meiner alten Dueña.

Hier merkte Messire Thibaud recht gut, daß es sich um ein Gelage handelte, das er am Tage vorher mit seinen beiden Freunden gehalten hatte. Er legte seinen Arm um die geschmeidige und weiche Gestalt Orlandines und preßte sie an sein Herz.

»Ja«, sagte sie, »gerade so machten es auch die jungen Kavaliere.« Und sie fuhr fort:

Wahrhaftig, ich hatte den Eindruck, daß sie sich sehr liebten. Indessen geschah es, daß einer der jungen Burschen behauptete, er verstehe besser zu lieben als die anderen. »Nein, ich verstehe es besser«, rief jeder der beiden Freunde. »Dieser versteht es besser – nein jener«, stritten auch die Mädchen. Darauf begann jener, der sich gerühmt hatte, daß er besser zu lieben verstehe als die anderen, einen höchst seltsamen Einfall zu verwirklichen.

Hier wollte Thibaud, der sich an das Geschehene gut erinnerte, schier ersticken vor Lachen.

»Nun denn« sagte er, »schöne Orlandine, worin bestand jener Einfall, den der junge Mann zu verwirklichen begann?«

Orlandine antwortete, indem sie weitersprach:

Lachen Sie nicht, mein Herr, ich versichere Ihnen, es war ein sehr schöner Einfall, und ich sah sehr aufmerksam zu, doch da hörte ich, wie die Tür aufgeschlossen wurde. Ich setzte mich rasch wieder zu dem Rosenkranz, und meine Dueña trat ein.

Die Dueña nahm mich von neuem an der Hand, ohne mir ein Wort zu sagen, und hieß mich eine Kutsche besteigen, die nicht, wie jene andere, geschlossen war; jetzt hätte ich wohl von der Kutsche aus die ganze Stadt sehen können, aber es war finstere Nacht, und ich merkte nur, daß wir weit, sehr weit fuhren, so daß wir schließlich dorthin gelangten, wo die Stadt aufhörte und die Felder anfingen. Wir betraten das letzte Haus der Vorstadt. Von außen konnte man es für eine armselige Hütte halten, es war sogar mit Stroh gedeckt, doch innen sah es recht hübsch aus, wovon Sie sich selber überzeugen können, wenn der kleine Neger den Weg noch weiß; ich sehe nämlich, daß er sich Licht beschafft hat und seine Laterne wieder anzündet.

Damit beschloß Orlandine ihre Geschichte. Messire Thibaud küßte ihr die Hand und sprach: »Schöne Verirrte, seien Sie so freundlich, mir zu sagen, ob Sie ganz allein in jenem schönen Hause wohnen!«

»Ja, ganz allein«, erwiderte die Schöne, »mit diesem kleinen Neger und meiner Gouvernante. Doch ich glaube nicht, daß sie heute abend dorthin zurückkehren wird. Der Herr, der mich am Kinn faßte, ließ mir bestellen, ich solle ihn mit meiner Gouvernante bei einer seiner Schwestern aufsuchen, er könne aber nicht seinen Wagen schicken, weil mit diesem ein Priester geholt werde. So brachen wir denn zu Fuß auf. Unterwegs trat ein Mann auf mich zu und sagte, daß er mich hübsch finde. Meine schwerhörige Dueña glaubte, er habe mich beleidigt, und antwortete ihm entsprechend. Andere Leute liefen herbei und mischten sich in den Streit. Ich bekam es mit der Angst und rannte davon. Der kleine Neger lief mir nach. Er fiel hin. Seine Laterne zerbrach, und in diesem Augenblick traf ich zu meinem Glücke auf Sie, schöner Herr.«

Messire Thibaud, entzückt von der Unbefangenheit ihres Berichts, wollte gerade mit einer Liebenswürdigkeit antworten, als der kleine Neger die aufs neue entzündete Laterne brachte. Da ihr Licht auf Thibauds Gesicht fiel, rief Orlandine aus: »Was seh ich! Das ist der gleiche Kavalier, der den schönen Einfall hatte.«

»Jawohl, ich bin es«, sagte Thibaud, »und ich versichere Ihnen, daß jenes, was ich gestern tat, nichts war im Vergleich zu dem, was ein ehrbares und züchtiges Fräulein von mir erwarten könnte. Denn die Mädchen von gestern abend waren alles andere als das.«

»Aber es sah ganz danach aus, als ob Sie alle drei liebten«, meinte Orlandine.

»Das beweist nur, daß ich keine liebte«, sagte Thibaud.

So wechselten sie Rede und Gegenrede, und munter ausschreitend und vertraulich plaudernd, gelangten sie am Ende der Vorstadt zu einer für sich stehenden Hütte, deren Tür von dem Neger mit einem Schlüssel geöffnet wurde, den er am Gürtel trug.

Freilich, das Innere des Hauses hatte nichts mit einer Hütte gemein. Man sah dort schöne flandrische Wandbehänge, auf denen Menschenantlitze so vollkommen dargestellt waren, daß sie zu leben schienen. Daneben Armleuchter aus feinem und massivem Silber. Kostbare Schränke aus Elfenbein und Ebenholz. Sessel aus Genueser Samt, mit goldenen Fransen geziert, und ein Bett von venezianischem Mohair. Doch all das beschäftigte Messire Thibaud nur wenig. Er hatte nur Augen für Orlandine und wollte gerne rasch zu seinem Ziel gelangen.

Unterdessen deckte der kleine Neger den Tisch, und Thibaud bemerkte, daß es sich nicht um ein Kind handelte, wie er anfangs geglaubt hatte, sondern anscheinend um einen alten, ganz schwarzen und abstoßend häßlichen Zwerg. Aber der kleine Mann brachte etwas, was durchaus nicht häßlich war – in einer Schüssel aus feuervergoldetem Silber dampften einladend vier Rebhühner, vorzüglich zubereitet, und unter dem Arm trug der Zwerg eine Flasche Würzwein. Kaum hatte Thibaud gegessen und getrunken, so schien es ihm, als rinne durch seine Adern flüssiges Feuer. Orlandine hingegen aß wenig und betrachtete aufmerksam ihren Tischgesellen, bald mit einem zärtlichen, unbefangenen Blick, bald mit Augen so voller Bosheit, daß sie den jungen Mann beinahe verlegen machten.

Schließlich räumte der kleine Neger den Tisch ab. Orlandine nahm Thibaud an der Hand und sprach: »Schöner Kavalier, womit wollen wir diesen Abend verbringen?«

Thibaud wußte nicht, was er antworten sollte.

»Mir kommt eine Idee«, sprach Orlandine weiter. »Hier steht ein großer Spiegel. Beschauen wir uns darin, so wie ich es im Schlosse Sombre tat. Es bereitete mir Vergnügen, zu sehen, daß meine Gouvernante ganz anders beschaffen war als ich. Jetzt möchte ich gerne wissen, ob ich nicht anders beschaffen bin als Sie.«

Orlandine stellte zwei Stühle vor den Spiegel, darauf löste sie Thibauds Halskrause und sprach: »Ihr Hals ist fast ebenso beschaffen wie der meine. Auch die Schultern gleichen sich, aber wie ganz anders ist die Brust! Die meine war bis zum vorigen Jahre so wie die Ihre, aber ich bin so viel voller geworden, daß ich mich nicht wiedererkenne. So lösen Sie doch Ihren Gürtel. Öffnen Sie das Wams. Wozu all diese Schnüre ...?«

Thibaud konnte sich nicht länger beherrschen. Er trug Orlandine auf das Bett von venezianischem Mohair und hielt sich für den glücklichsten aller Menschen ...

Doch bald änderte er seine Meinung, denn er fühlte, wie sich etwas gleich Krallen in seinen Rücken bohrte.

»Orlandine, Orlandine«, rief er, »was soll das bedeuten?«

Orlandine war verschwunden. Thibaud erblickte an ihrer Stelle nur eine Ballung widerlicher und nie geschauter Formen.

»Ich bin nicht Orlandine«, sagte das Ungeheuer mit schrecklicher Stimme, »ich bin der Beelzebub, und morgen wirst du sehen, welchen Körper ich belebt habe, um dich zu verführen.«

Thibaud wollte den Namen Jesu anrufen, doch der Satan erriet seine Absicht, verschloß ihm mit den Zähnen die Kehle und hinderte ihn damit, den heiligen Namen auszusprechen.

Am nächsten Morgen hörten einige Bauern, die in die Stadt zogen, um auf dem Markt von Lyon ihr Gemüse zu verkaufen, wie in einem verlassenen Gemäuer, das neben dem Weg lag und als Aasgrube diente, jemand stöhnte. Sie traten näher und fanden Thibaud auf einem Stück halb verwesten Aases ausgestreckt. Sie hoben ihn auf, legten ihn quer über ihre Körbe und brachten ihn so zum Stadtvorsteher von Lyon ... Der unglückliche La Jacquière erkannte seinen Sohn.

Man legte den jungen Mann ins Bett. Bald darauf schien er ein wenig zur Besinnung zu kommen, und er sprach mit schwacher, beinahe unhörbarer Stimme: »Öffnet dem frommen Einsiedler, öffnet dem frommen Einsiedler!«

Zuerst verstand man ihn nicht. Schließlich öffnete man die Tür, und man sah einen ehrwürdigen Mönch eintreten, der darum bat, daß man ihn mit Thibaud allein lasse. Man folgte seinem Wunsche und schloß hinter ihm die Tür. Lange hörte man die Ermahnungen des Einsiedlers, auf die Thibaud mit fester Stimme antwortete: »Ja, mein Vater, ich bereue, und ich hoffe auf die göttliche Barmherzigkeit.«

Als man schließlich nichts mehr vernahm, hielt man es für angebracht, wieder ins Zimmer zu treten. Der Einsiedler war verschwunden, und man fand Thibaud tot mit einem Kruzifix in den Händen.

Kaum war ich am Ende der Geschichte angelangt, so trat der Kabbalist ein und versuchte offensichtlich, in meinen Augen zu lesen, welchen Eindruck die Lektüre auf mich gemacht hatte. In Wahrheit hatte sie mich stark beeindruckt, doch ich wollte mir nichts anmerken lassen und zog mich in mein Zimmer zurück. Dort sann ich über alles nach, was ich erlebt hatte, und ich war nun fast bereit, zu glauben, daß irgendwelche Dämonen, um mich zu täuschen, die Leichname der Gehenkten belebt hätten und daß ich ein zweiter La Jacquière sei. Man läutete zum Mittagessen; der Kabbalist fand sich nicht dazu ein. Jedermann schien mir geistesabwesend, weil ich selbst es war.

Nach dem Essen kehrte ich auf die Terrasse zurück. Die Zigeuner hatten ihr Lager etwas von der Terrasse abgerückt. Die rätselhaften Zigeunerinnen zeigten sich nicht. Die Nacht brach herein, ich begab mich in mein Zimmer. Lange wartete ich auf Rebekka. Sie kam nicht, und ich schlief ein.

Elfter Tag

Ich wurde von Rebekka geweckt. Als ich die Augen öffnete, hatte sich die freundliche Israelitin bereits auf meinem Bett niedergelassen und hielt eine meiner Hände.

»Tapferer Alfons«, sagte sie, »Sie wollten gestern die beiden Zigeunerinnen überraschen, doch das Gitter zum Wildbach war geschlossen. Hier bringe ich Ihnen den Schlüssel. Wenn sie sich heute dem Schlosse nähern, so bitte ich Sie, ihnen zu folgen, selbst bis in ihr Lager. Ich versichere Ihnen, daß Sie meinem Bruder eine große Freude bereiten, wenn Sie ihm Nachricht von dort bringen. Was mich betrifft«, fügte sie in schwermütigem Ton hinzu, »ich muß mich entfernen. Mein Schicksal will es so, mein wunderliches Schicksal. O mein Vater! Warum hast du mir nicht das Los gewöhnlicher Menschen bestimmt! Ich hätte in Wirklichkeit lieben können, nicht in einem Spiegel.«

»Was meinen Sie mit dem Spiegel?«

»Nichts, nichts«, erwiderte Rebekka, »Sie werden es eines Tages erfahren. Auf Wiedersehen, auf Wiedersehen.«

Die Jüdin entfernte sich, und in ihren Zügen malte sich starke Erregung; unwillkürlich dachte ich, daß es ihr schwerfallen werde, sich für die himmlischen Zwillinge, deren Gattin sie nach den Worten ihres Bruders dereinst sein sollte, rein zu erhalten.

Ich trat auf die Terrasse. Die Zigeuner hatten sich noch weiter zurückgezogen als am Vortage. Ich nahm ein Buch aus der Bibliothek, las aber wenig. Ich war zerstreut und abwesend. Endlich setzte man sich zu Tisch. Die Unterhaltung drehte sich wie gewöhnlich um Geister, Gespenster und Vampire. Unser Gastgeber meinte, daß das Altertum von ihnen, die man Empusen, Larven und Lamien nannte, verworrene Vorstellungen hatte, daß aber die Kabbalisten des Altertums denen der Neuzeit völlig gleichkämen, obwohl jene nur unter dem Namen »Philosophen« bekannt seien, den sie mit vielen Leuten gemeinsam trügen, die keine Ahnung von den hermetischen Wissenschaften hätten. Der Einsiedler sprach von Simon dem Magier, doch Uceda behauptete, daß man in Apollonius von Tyana den größten Kabbalisten jener Zeit sehen müsse, da er eine außerordentliche Gewalt über alle Wesen der pandämonischen Welt erlangt habe. Darauf holte er einen Philostratus in der Ausgabe von Morel, aus dem Jahre 1608, er warf einen Blick auf den griechischen Text und las, offenbar ohne daß ihm das Verständnis der Vorlage auch nur die geringsten Schwierigkeiten bereitet hätte, auf spanisch das folgende:

Die Geschichte des Menippos aus Lycien

Zu der Zeit lebte in Korinth ein Lycier namens Menippos, ein Jüngling von fünfundzwanzig Jahren, der einen guten Kopf und einen wohlgeübten Körper hatte. Man erzählte von ihm, daß ihn ein fremdes Frauenzimmer liebe, das er zufällig kennengelernt habe und das sehr schön und sehr reich sei. Er war ihr auf dem Wege begegnet, der nach Kenchrea führt; sie hatte ihn freundlich an der Hand gefaßt und gesagt: »O Menippos, schon lange liebe ich dich. Ich bin Phönizierin und wohne in einer Vorstadt Korinths.« Und sie nannte ihm die Vorstadt. »Wenn du mich auf den Abend besuchen willst, so werde ich dir ein Lied singen und einen Wein vorsetzen, desgleichen du gewiß noch nicht getrunken hast. Einen Nebenbuhler hast du nicht zu befürchten, und du wirst mich stets so treu finden, wie ich glaube, daß du redlich bist.«

Der Jüngling nahm die Einladung an – denn in der Philosophie war er sonst stark, nur schwach gegen die Versuchungen der Liebe – und ging diesen und noch viele folgende Abende hin zu ihr wie zu einer Geliebten.

Als Apollonius den Menippos zum ersten Male sah, maß er ihn mit den Augen und betrachtete ihn so aufmerksam wie ein Bildhauer. Dann sagte er zu ihm: »Schöner Jüngling, du hegst eine Schlange, und eine Schlange hegt dich.« Da Menippos sich über seine Rede verwunderte, fuhr Apollonius fort: »Du hast ein Weib, das du nicht heiraten kannst. Glaubst du, von ihr geliebt zu werden?«

»O ja, recht herzlich«, erwiderte der Jüngling.

»Und du willst sie heiraten?«

»Sollte man nicht wünschen, diejenige zu heiraten, die man liebt?« entgegnete Menippos.

»Wann wird die Hochzeit sein?«

»Sehr bald, vielleicht morgen.«

Apollonius merkte sich die Zeit ihres Mahles, und da die Gäste sich versammelt hatten, um zu schmausen, trat er unter sie und sprach: »Wo ist die schöne Wirtin, die euch diesen Wein vorsetzt?«

»Hier«, antwortete Menippos und stand errötend auf.

Apollonius fuhr also fort: »Wessen ist denn dieses Silber und Gold und alles, was das Zimmer ziert?«

»Es gehört der Frau«, antwortete Menippos. »Ich habe nichts als meinen Philosophenmantel.«

Darauf sprach Apollonius: »Habt ihr jemals die Gärten des Tantalus gesehen, die zu sein scheinen und doch nicht wirklich sind?«

»Ja«, erwiderten die Gäste. »Wir haben es im Homer gelesen, denn in den Orkus sind wir nicht hinabgestiegen.«

Und Apollonius fuhr fort: »Ebenso verhält es sich mit all diesem, was ihr für Reichtum haltet. Es scheint etwas zu sein und ist doch nichts. Damit ihr mich versteht, will ich euch sagen, daß diese gute Braut eine von den Empusen ist, die man Lamien oder Larven nennt. Die Wollust lieben sie nicht, sondern nur das Fleisch, besonders Menschenfleisch, und sie reizen diejenigen zur Wollust, die sie verzehren wollen.«

»Rede klüger«, entgegnete hierauf die vermeintliche Phönizierin und stellte sich, als ob sie vor solchen Absichten den größten Abscheu hätte, und spottete der Philosophen, daß sie immer so sonderbare Einfälle haben. Da aber nach den Worten, die Apollonius sprach, die goldenen Becher und das anscheinende Silber vom Winde davongeführt wurden und alles vor ihren Augen verschwand, Mundschenke, Köche und alle Bedienten: so schien das Gespenst zu heulen, bat, es nicht weiter zu quälen und nicht zum Bekenntnis dessen, was es sei, zu zwingen. Allein Apollonius ließ nicht nach, und endlich gestand sie, daß sie eine Empuse sei, die den Menippos gemästet habe, um ihn zu verzehren. Denn sie liebe, sagte sie, besonders schöne und jugendliche Körper, weil ihr Blut am reinsten sei.

»Ich denke«, sagte der Einsiedler, »daß sie wohl eher die Seele als den Körper des Menippos verschlingen wollte und daß diese Empuse nichts anderes war als der Dämon der Begierde. Doch ich begreife nicht, was das für Worte waren, die dem Apollonius solch große Macht verliehen. Schließlich war er kein Christ und konnte nicht die schrecklichen Waffen gebrauchen, welche die Kirche in unsere Hände legt, und ferner: vor der Geburt Christi konnten die Philosophen eine gewisse Macht über die Dämonen erlangen, doch das Kreuz, das die Orakel verstummen ließ, muß mit um so mehr Grund auch jede andere Gewalt der Götzendiener gebrochen haben. Und ich glaube, daß Apollonius, weit entfernt, den geringsten Dämon vertreiben zu können, nicht einmal dem unbedeutendsten Gespenst zu gebieten vermocht hätte, da diese Arten von Geistern mit göttlicher Erlaubnis auf die Erde zurückkehren, und zwar immer, um Messen zu verlangen, was beweist, daß es sie in heidnischen Zeiten nicht gab.«

Uceda war anderer Ansicht. Er behauptete, daß die Heiden ebenso von Gespenstern heimgesucht wurden wie die Christen, wenn dies sicherlich auch aus anderen Gründen geschah. Um es zu beweisen, nahm er einen Band der Briefe des Plinius und las, was nun folgt:

Die Geschichte des Philosophen Athenodorus

Zu Athen stand ein großes und geräumiges, aber verrufenes und unheilbringendes Haus. In der Stille der Nacht hörte man Eisen klirren und, wenn man genauer horchte, Ketten rasseln, zuerst in der Ferne, dann in der Nähe. Bald erschien ein Gespenst in Gestalt eines abgehärmten und häßlich abgezehrten Greises mit langem Bart und struppigen Haaren; an Händen und Füßen trug es Fesseln und Ketten, mit denen es lärmte. Die Bewohner durchwachten daher traurige und schreckliche Nächte; auf das Wachen folgte Krankheit und bei zunehmender Angst der Tod. Denn auch bei Tage, wenn das Gespenst verschwunden war, schwebte die Gestalt in der Einbildungskraft vor den Augen, und die Furcht dauerte länger als ihre Ursache.

Das Haus blieb schließlich leer und verödet und ganz jener schrecklichen Gestalt überlassen. Doch man gab bekannt, daß es zu verkaufen oder zu vermieten sei; man hoffte, jemand, der von diesem großen Übelstand nichts wußte, würde sich täuschen lassen.

Der Philosoph Athenodorus kommt nach Athen, liest den Anschlag, und da er von dem Preise hört, der ihm durch seine Wohlfeilheit verdächtig wird, erkundigt er sich, erfährt alles und mietet sich nichtsdestoweniger, ja um so lieber ein.

Als es anfängt, Abend zu werden, läßt er sich in dem vordersten Zimmer des Hauses sein Lager bereiten, fordert Schreibtafel, Griffel, Licht, entläßt alle seine Leute in die inneren Gemächer; er selber richtet Geist, Augen und Hand aufs Schreiben, damit nicht die Seele unbeschäftigt sei und sich die bekannte Gestalt und ein leeres Schattenbild schaffe. Anfangs herrscht, wie überall, Stille der Nacht. Bald aber klingt es wie Eisen, Ketten rasseln. Athenodorus schlägt die Augen nicht auf, legt den Griffel nicht nieder, sondern ermutigt seinen Geist und verwahrt sich gegen die Eindrücke des Gehörs.

Nun aber wird das Lärmen stärker, es nähert sich, es scheint sich auf der Schwelle, jetzt im Zimmer zu befinden. Er blickt auf, sieht hin und erkennt die beschriebene Gestalt. Sie steht und bedeutet ihm mit dem Finger, er solle ihr folgen. Auch er gibt ein Zeichen mit der Hand, sie möge ein wenig warten, und er fährt fort zu schreiben. Da schüttelt sie die Ketten über seinem Haupt, während er schreibt.

Er blickt auf, und sie bedeutet ihm abermals, er solle ihr folgen. Nun zögert er nicht länger, nimmt die Lampe und geht ihr nach. Jene schreitet langsam, wie von den Fesseln belastet. Nachdem sie den Vorhof des Hauses erreicht haben, verschwindet sie plötzlich und läßt den Begleiter zurück. Dieser, allein geblieben, bricht Gras und Blätter ab und bezeichnet damit die Stelle. Den folgenden Tag geht er zu den Behörden und verlangt, sie sollen den Ort aufgraben lassen. Man findet Gebeine, in Ketten geschlagen und von ihnen umwunden. Die Zeit und die Feuchtigkeit haben von dem Körper nur die nackten, kahlen Knochen in den Fesseln übriggelassen. Man sammelt die Reste und bestattet sie auf Kosten der Stadt. Sowie man dem Toten die letzten Ehren erwiesen hatte, war das Haus wieder rein.

Als der Kabbalist die Geschichte zu Ende gelesen hatte, fügte er hinzu: »Gespenster sind zu allen Zeiten erschienen, wie wir, ehrwürdiger Vater, aus der Geschichte der Hexe von Endor ersehen, und es stand immer in der Macht der Kabbalisten, sie zu beschwören. Doch ich gestehe, daß es im übrigen große Veränderungen in jener Welt gegeben hat, in der die Dämonen ihr Wesen treiben. Und die Vampire sind, neben anderem, eine neue Erfindung, wenn ich mich so ausdrücken darf. Ich unterscheide bei ihnen zwei Arten: die Vampire von Ungarn und Polen – das sind Leichen, die nachts ihre Gräber verlassen und Menschenblut saugen – und die Vampire von Spanien – das sind unreine Geister, die den ersten Leichnam beleben, den sie finden, die ihm allerlei Gestalt verleihen und ...«

Da ich merkte, worauf der Kabbalist hinauswollte, stand ich, vielleicht ein bißchen zu heftig, vom Tische auf und trat auf die Terrasse. Ich hielt mich dort noch nicht einmal eine halbe Stunde auf, da erspähte ich die beiden Zigeunerinnen; sie bewegten sich anscheinend auf das Schloß zu und glichen in dieser Entfernung vollständig Emina und Zibelda. Ich nahm mir sogleich vor, von meinem Schlüssel Gebrauch zu machen. Ich ging in mein Zimmer, um Hut und Degen zu holen, und stieg in Blitzesschnelle zum Gittertor hinab. Doch als ich es geöffnet hatte, stand mir das Schwierigste noch bevor, denn ich hatte nun den Wildbach zu überqueren. Zu diesem Zwecke mußte ich mich an der Terrassenmauer vorwärts schieben, indem ich mich an eisernen Haken festhielt, die man wohl zu diesem Zwecke dort angebracht hatte. Endlich erreichte ich eine Ansammlung von Geröll im Bachbett, ich sprang von Stein zu Stein und befand mich am anderen Ufer des Wildbaches, unmittelbar vor meinen Zigeunerinnen. Doch das waren keineswegs meine

Cousinen. Sie benahmen sich auch ganz anders, wenngleich sie wiederum nicht die gewöhnlichen und derben Manieren der Frauen ihres Volkes hatten. Es sah eher so aus, als spielten sie nur eine Rolle, als wollten sie den Anschein erwekken, Zigeunerinnen zu sein. Sie äußerten zuerst den Wunsch, mir wahrzusagen. Die eine öffnete meine Hand, die andere tat, als läse sie in ihr meine ganze Zukunft, und sagte zu mir in ihrer Mundart: »*Ah, Caballero, che vejo en vuestra bast! Dirvanos kamela, ma por quen? Por demonios.*«

Das heißt: »Ah, Caballero, was sehe ich in Ihrer Hand? Viel Liebe, doch für wen? Für Dämonen!«

Wie man sich wohl vorstellen kann, hätte ich niemals erraten, daß »*dirvanos kamela*« in der Mundart der Zigeuner »viel Liebe« bedeutet. Doch sie erklärten es mir freundlicherweise, dann nahm mich jede an einem Arm, und sie führten mich in ihr Lager, vor einen noch gesund und rüstig aussehenden Greis, von dem sie sagten, er sei ihr Vater. Der Greis wandte sich mit einer etwas spöttischen Miene an mich und sagte: »Wissen Sie wohl, Señor Caballero, daß Sie sich hier inmitten einer Bande befinden, der man einiges Schlimmes im Lande nachsagt? Fürchten Sie sich nicht ein bißchen vor uns?«

Bei dem Wort »fürchten« legte ich die Hand an das Stichblatt meines Degens. Doch der alte Hauptmann streckte mir herzlich die Hand entgegen und sagte: »Verzeihen Sie, Señor Caballero, ich wollte Sie nicht kränken, und ich bin davon so weit entfernt, daß ich Sie sogar bitte, einige Tage bei uns zu verbringen. Wenn eine Reise durch dieses Gebirge Sie zu interessieren vermag, so versprechen wir, Ihnen die schönsten wie die grausigsten Täler zu zeigen, die lieblichsten Landschaften neben denen, die man schaurig-schön nennt, und wenn Sie die Jagd lieben, werden Sie Muße haben, Ihrer Neigung nachzugehen.«

Ich nahm dieses Angebot mit um so größerem Vergnügen an, als mich die Abhandlungen des Kabbalisten und die Einsamkeit seines Schlosses ein wenig zu langweilen begannen.

Dann führte mich der alte Zigeuner zu seinem Zelt und sagte: »Señor Caballero, dieses Zelt wird Ihre Wohnung für die ganze Zeit sein, die Sie bei uns verbringen möchten, und ich werde gleich daneben eine kleine Schanze errichten lassen und selbst darin liegen, um besser über Ihre Sicherheit wachen zu können.«

Ich erwiderte dem Greis, daß ich, da ich die Ehre hätte, Hauptmann der Wallonischen Garde zu sein, keinen anderen Schutz suchen dürfe als den, den mein eigener Degen mir gewähre.

Über diese Antwort lachte er, und er sprach: »Señor Caballero, die Musketen unserer Räuber würden einen Hauptmann der Wallonischen Garde genauso töten wie jeden anderen; freilich, wenn sie einmal gewarnt sind, könnten Sie sich sogar von unserer Truppe entfernen. Einstweilen wäre es jedoch unklug, sich dem auszusetzen.«

Der Alte hatte recht, und ich schämte mich ein bißchen meiner Prahlerei.

Wir verbrachten den Abend damit, im Lager umherzustreifen und mit den jungen Zigeunerinnen zu plaudern, die mir als die närrischsten, aber zugleich glücklichsten Frauen der Welt erschienen. Dann trug man uns das Abendessen auf. Die Mahlzeit wurde unter dem Dach eines Johannisbrotbaums eingenommen, nahe dem Zelt des Hauptmanns. Wir ließen uns auf Hirschhäuten nieder, und man servierte uns auf einem Büffelfell, das nach Art von Maroquin gegerbt war und uns als Tischtuch diente. Die Speisen waren gut, besonders das Wild. Der Wein wurde von den Töchtern des Hauptmanns eingeschenkt, doch ich hielt mich mehr an das Wasser einer Quelle, die zwei Schritt von uns entfernt aus dem Felsen sprang. Der Hauptmann selber sorgte für angenehme Unterhaltung. Er schien über meine Abenteuer unterrichtet zu sein und sagte mir neue voraus.

Endlich wurde es Zeit, schlafen zu gehen. Man bereitete mir ein Bett im Zelt des Hauptmanns und stellte eine Wache an den Eingang. Doch gegen Mitternacht ließ mich etwas aus dem Schlaf auffahren. Dann fühlte ich, daß man meine Bettdecke zugleich an beiden Seiten aufhob und daß zwei Körper sich an mich schmiegten. ›Lieber Gott‹, dachte ich bei mir, ›werde ich abermals zwischen den beiden Gehenkten erwachen müssen?‹ Indessen verweilte ich nicht bei diesem Gedanken. Ich stellte mir vor, daß solche Sitten zur Gastfreundschaft der Zigeuner gehören und daß es einem Soldaten meines Alters wenig anstehe, sich zu widersetzen. Schließlich schlummerte ich mit der festen Überzeugung ein, die Nacht nicht mit den beiden Gehenkten zu verbringen.

Zwölfter Tag

Tatsächlich erwachte ich nicht unter dem Galgen von Los Hermanos, sondern in meinem Bett, munter geworden durch den Lärm, den die Zigeuner beim Abbruch des Lagers machten.

»Stehen Sie auf, Señor Caballero«, sagte der Hauptmann, »wir haben einen weiten Weg vor uns. Doch Sie werden ein Maultier reiten, das in ganz Spanien nicht seinesgleichen hat, und Sie werden es unter sich kaum fühlen.«

Ich zog mich hastig an und bestieg mein Maultier. Ich ritt mit vier Zigeunern voraus – alle waren gut bewaffnet. Die übrige Truppe folgte in einigem Abstand, an ihrer Spitze die beiden Mädchen, mit denen ich, wie ich glaubte, die Nacht verbracht hatte. Da die Pfade in den Bergen oft im Zickzack verliefen, geschah es zuweilen, daß ich sie wenige hundert Fuß über oder unter mir sah. Dann hielt ich an, um sie zu betrachten, und ich vermeinte abermals, meine Cousinen zu erkennen. Den alten Hauptmann schien meine Verwirrung zu belustigen.

Nach vier Stunden eines ziemlich beschleunigten Marsches erreichten wir eine ebene Fläche auf dem Rücken eines Berges, und wir fanden dort eine große Zahl von Ballen, die der alte Hauptmann sogleich zählte und aufschrieb. Darauf wandte er sich zu mir und sagte: »Señor Caballero, hier liegen Waren aus England und Brasilien, mit denen man ausreichend die vier Königreiche Andalusien, Granada, Valencia und Katalonien beliefern könnte. Der König hat einen geringen Verlust bei unserem Handel, aber es fließt ihm auf der anderen Seite wieder zu, und ein bißchen Schmuggel tröstet und erheitert das Volk. In Spanien beteiligt sich fast jeder daran. Einige dieser Ballen wird man in den Kasernen der Soldaten unterbringen, andere in den Zellen der Mönche, wieder andere in den Grüften der Toten. Die rot markierten Ballen sind für die Zollbeamten bestimmt, die sich damit ihrer Behörde gegenüber verdient machen und um so fester ihre Interessen mit den unseren verbinden.«

Nachdem der Zigeunerhauptmann so gesprochen hatte, gab er Anweisung, die Ware in verschiedenen Felsspalten zu verstecken. Dann ließ er in einer Höhle die Vorbereitungen zur Mahlzeit treffen; von der Höhle hatte man einen Ausblick, den unsere Sinne nicht mehr ganz zu fassen vermochten, das heißt, der Horizont war so weit entfernt, daß er mit dem Himmel zu verschmelzen schien. Da ich von Tag zu Tag empfänglicher für die Schönheiten der Natur wurde, versetzte mich dieses Bild in eine wahre Verzückung, aus der mich die beiden Töchter des Hauptmanns rissen, als sie das Essen brachten. Von nahem glichen sie, wie ich schon bemerkte, gar nicht meinen Cousinen. Ihre verborgenen Blicke schienen mir zu sagen, daß sie mit mir zufrieden seien; doch etwas in mir ließ mich meinen, daß nicht sie in der Nacht zu mir gekommen waren.

Die Schönen brachten indessen eine sehr heiße Olla, die von vorausgeschickten Leuten den ganzen Vormittag über gekocht worden war. Wir sprachen ihr reichlich zu, der alte Hauptmann und ich, mit dem Unterschied freilich, daß er das Essen häufig unterbrach, indem er einen mit gutem Wein gefüllten Schlauch zum Munde führte, während ich mich mit dem Wasser einer in der Nähe sprudelnden Quelle begnügte.

Als wir unseren Hunger gestillt hatten, bekundete ich ihm mein Interesse, ihn näher kennenzulernen. Er sträubte sich, doch ich bat ihn sehr; schließlich willigte er ein, mir seine Geschichte zu erzählen, die er also begann:

Die Geschichte Pandesownas, des Zigeunerhauptmanns

Alle Zigeuner Spaniens kennen mich unter dem Namen Pandesowna. Das ist in ihrer Mundart die Übersetzung meines Familiennamens, der »Avadoro« lautet; denn ich bin keineswegs unter Zigeunern geboren. Mein Vater hieß Don Felipe de Avadoro; er galt als der ernsteste und systematisch-strengste Mann seiner Zeit. Er war es in solchem Maße, daß ich Ihnen nur zu schildern brauchte, wie er einen Tag verbrachte, und Sie wüßten sogleich, wie er sein ganzes Leben verbrachte – wenigstens all die Jahre zwischen seinen beiden Ehen, der ersten, der ich mein Dasein verdanke, und der zweiten, die wegen der Unregelmäßigkeit, die sie in seine Lebensweise brachte, seinen Tod verschuldete.

Mein Vater faßte, als der seine noch lebte, eine zärtliche, stete Zuneigung zu einer entfernten Verwandten, die er heiratete, sobald er Herr des väterlichen Hauses geworden war. Sie starb bei meiner Geburt, und mein Vater, untröstlich über den Verlust, schloß sich mehrere Monate lang ein und wollte nicht einmal die nahen Verwandten zu sich lassen. Die Zeit, die alle Qualen linderte, besänftigte auch seinen Schmerz, und endlich sah man ihn die Tür zu seinem Balkon öffnen, der auf die Toledoer Straße hinausführte. Eine Viertelstunde schöpfte er frische Luft, dann trat er ins Zimmer und öffnete ein Fenster nach einer Seitenstraße hin. Er erblickte einige Bekannte im gegenüberliegenden Haus und grüßte sie mit recht heiterer Miene. Man beobachtete, daß er das gleiche an den folgenden Tagen tat, und dieser Wandel in seinen Lebensgewohnheiten kam schließlich Fra Gerónimo

Sántez zu Ohren, einem Theatiner und Onkel meiner Mutter.

Dieser Mönch verfügte sich zu meinem Vater, gratulierte ihm zur Wiederherstellung seiner Gesundheit, sprach wenig von den Tröstungen, die unsere Religion gewährt, aber viel davon, daß er sich Zerstreuung verschaffen müsse. Er ging in seiner Nachsicht selbst so weit, daß er ihm empfahl, die Komödie zu besuchen. Mein Vater, der in Fra Gerónimo das größte Vertrauen setzte, begab sich schon am Abend des gleichen Tages in das Teatro de la Cruz. Man spielte dort ein neues Stück, das von der ganzen Partei der Pollacos unterstützt wurde, während die Partei der Sorices es zu Fall bringen wollte. Das Geplänkel dieser beiden Gruppen fesselte meinen Vater so sehr, daß er von da an niemals freiwillig eine Vorstellung versäumte. Er selber schloß sich im stillen der Partei der Pollacos an und ging nur dann ins Teatro del Principe, wenn das Teatro de la Cruz geschlossen war.

Nach der Vorstellung stellte er sich ans Ende des Spaliers, das die Männer bildeten, um die Frauen zu zwingen, einzeln zwischen ihnen zu defilieren, doch er tat es nicht – wie die anderen –, um sie leichter mustern zu können; im Gegenteil, er interessierte sich kaum dafür, und sobald die letzte Frau vorübergegangen war, schlug er den Weg zum »Malteserkreuz« ein, wo er ein leichtes Abendessen zu sich nahm, bevor er nach Hause zurückkehrte.

Morgens war es für meinen Vater das erste, daß er die Tür zum Balkon öffnete, der auf die Toledoer Straße hinausführte. Eine Viertelstunde schöpfte er dort frische Luft. Dann trat er ins Zimmer und öffnete das Fenster nach der Seitenstraße hin. Wenn sich jemand am Fenster gegenüber zeigte, so grüßte er ihn mit freundlicher Miene, indem er *»agur«* sagte, und schloß dann wieder das Fenster. Dieses Wort *»agur«* war mitunter das einzige, das er den ganzen Tag über sprach; denn obgleich er am Erfolg aller Stücke, die man im Teatro de la Cruz spielte, lebhaften Anteil nahm, bekundete er diesen Anteil doch nur dadurch, daß er in die

Hände klatschte, jedoch niemals durch Worte. Wenn sich am Fenster gegenüber niemand befand, wartete er geduldig, daß jemand erscheine und ihm Gelegenheit gebe, seinen freundlichen Gruß anzubringen.

Darauf besuchte mein Vater die Messe bei den Theatinern. Wenn er zurückkam, fand er das Zimmer von der Hausmagd gesäubert, und er ging mit besonderer Sorgfalt daran, jedes Möbelstück wieder an den Platz zu rücken, den es am Vortage eingenommen hatte. Er tat dies mit außergewöhnlicher Aufmerksamkeit und entdeckte augenblicklich das kleinste Strohhälmchen oder Staubkörnchen, das dem Besen der Magd entgangen war.

Wenn meinen Vater die Ordnung seines Zimmers befriedigte, nahm er einen Zirkel und eine Schere und schnitt vierundzwanzig Papierstückchen von gleicher Größe aus, füllte sie mit zusammengerolltem brasilianischem Tabak und machte daraus vierundzwanzig Zigarren, die so wohlgeformt und so ebenmäßig waren, daß man sie die vollkommensten Zigarren von ganz Spanien nennen konnte. Er rauchte sechs dieser Meisterwerke, während er die Dachziegel auf dem Palast des Herzogs von Alba zählte, und sechs, während er die Leute zählte, die durch das Toledoer Tor kamen. Dann blickte er nach der Tür seines Zimmers, bis man ihm sein Mittagessen brachte.

Nach der Mahlzeit rauchte er die zwölf restlichen Zigarren. Dann heftete er seinen Blick auf die Stubenuhr, bis diese die Stunde der Theatervorstellung schlug, und wenn alle Theater geschlossen blieben, begab er sich zum Buchhändler Moreno, wo er den Unterhaltungen von Literaten lauschte, die die Gewohnheit hatten, sich an jenen Tagen dort zusammenzufinden; doch niemals mischte er sich in ihre Gespräche. War er krank, so ließ er bei Moreno das Stück holen, das man im Teatro de la Cruz spielte, und wenn die Stunde der Vorstellung schlug, begann er das Stück zu lesen, wobei er nicht vergaß, an all den Stellen zu applaudieren, denen die Partei der Pollacos gewöhnlich besonderen Beifall spendete.

Dieses Leben war höchst unschuldig, indessen erbat mein Vater, da er die Pflichten seines Glaubens zu erfüllen gedachte, einen Beichtvater von den Theatinern. Man schickte ihm meinen Großonkel, Fra Gerónimo Sántez, der die Gelegenheit wahrnahm, ihn daran zu erinnern, daß ich auf der Welt sei, und zwar im Hause von Doña Felisa Dalanosa, der Schwester meiner verstorbenen Mutter. Vielleicht fürchtete mein Vater, mein Anblick werde ihn an die geliebte Frau erinnern, deren Tod ich schuldlos verursacht hatte, oder vielleicht wollte er nicht, daß mein Kindergeschrei die Stille seiner Gewohnheiten störe – jedenfalls bat er Fra Gerónimo, daß man mich niemals zu ihm bringen möge, doch zugleich sorgte er für meinen Unterhalt, indem er mir die Einkünfte aus einer *quinta* – einem Gut – bestimmte, die er in der Nähe von Madrid besaß, und er betraute den Prokurator des Theatinerklosters mit der Vormundschaft über mich.

Ach, es war, als hätte mein Vater, indem er mich von sich fernhielt, den ungeheuren Unterschied der Charaktere geahnt, den die Natur zwischen uns gesetzt hatte. Sie haben ja gesehen, wie systematisch und gleichförmig er in seiner Lebensweise blieb, ich hingegen darf Ihnen versichern, daß man schwerlich einen Menschen wird finden können, der noch unbeständiger ist, als ich es allezeit gewesen bin. Ich war selbst in meiner Unbeständigkeit unbeständig, denn die Vorstellung eines stillen Glücks und eines zurückgezogenen Lebens hat mich unablässig auf meinen ruhelosen Wanderungen verfolgt, und die Neigung zum Wechsel hat mich immer daran gehindert, jenes zurückgezogene Leben zu führen. Das brachte mich dazu, daß ich, da ich mich endlich selbst erkannt hatte, dem unruhigen Hin und Her ein Ende setzte, indem ich mich dieser Zigeunerbande anschloß. Es ist freilich auf besondere Weise ein zurückgezogenes und gleichförmiges Leben, aber ich habe wenigstens nicht das Unglück, immer die gleichen Bäume, die gleichen Felsen oder – was mir noch unerträglicher wäre – die gleichen Straßen, die gleichen Mauern und die gleichen Dächer vor mir zu sehen.

Hier nahm ich das Wort und sagte zu dem Erzähler: »Señor Avadoro – oder Pandesowna –, ich glaube, bei einem so ruhelosen Leben konnte es wohl nicht ausbleiben, daß Ihnen mancherlei ungewöhnliche Abenteuer widerfuhren.«

Der Zigeuner antwortete: »Señor Caballero, ich habe in der Tat recht seltsame Dinge gesehen, seitdem ich in dieser Einöde lebe. Was mein übriges Leben betrifft, so bietet es bloß ziemlich alltägliche Begebenheiten, an denen Sie nichts Bemerkenswertes finden werden außer der Begeisterung, die ich nacheinander für alle Berufe empfand, ohne daß ich einen länger als ein oder zwei Jahre ausgeübt hätte.«

Nachdem mir der Zigeuner also geantwortet hatte, fuhr er fort:

Ich sagte Ihnen, daß ich bei meiner Tante Dalanosa aufwuchs. Sie hatte selbst keine Kinder und schien für mich die ganze Nachsicht der Tanten mit derjenigen der Mütter zu vereinen, mit einem Wort: ich wurde ein verwöhntes Kind. Ich wurde es sogar von Tag zu Tag mehr, denn in dem Maße, in dem meine Kraft und mein Verstand zunahmen, geriet ich auch mehr in Versuchung, die Guttaten, die man mir erwies, zu mißbrauchen. Andererseits setzte ich, da die Erfüllung meiner Wünsche fast nie verwehrt wurde, oft auch den Wünschen anderer nur wenig Widerstand entgegen, was mir beinahe den Anschein der Folgsamkeit gab; überdies war meiner Tante ein gewisses sanftes und zärtliches Lächeln eigen, mit dem sie ihre Anweisungen begleitete, und diesem Lächeln konnte ich niemals widerstehen. Wenn mich die gute Dalanosa nun so vor sich sah, gewann sie die Überzeugung, daß die Natur, unterstützt durch das, was sie als Tante für mich tat, in mir ein wahrhaftes Meisterwerk hervorgebracht habe. Aber etwas Wesentliches fehlte zu ihrem Glücke: sie konnte meinen Vater nicht zum Zeugen meiner vorgeblichen Fortschritte machen und ihn nicht von meiner Vollkommenheit überzeugen, denn er blieb hartnäckig dabei, daß er mich nicht sehen wolle.

Wo aber gäbe es Hartnäckigkeit, die eine Frau nicht überwände? Frau Dalanosa setzte ihrem Onkel Gerónimo so beharrlich und wirksam zu, daß dieser sich schließlich bereit fand, meinem Vater bei Gelegenheit seiner nächsten Beichte ins Gewissen zu reden und ihm die grausame Gleichgültigkeit gegenüber einem Kinde vorzuhalten, das ihm nichts Unrechtes getan haben konnte.

Pater Gerónimo führte aus, was er meiner Tante versprochen hatte. Doch schon der Gedanke, mich zwischen den Möbeln seines Zimmers zu sehen, bereitete meinem Vater das größte Entsetzen. Pater Gerónimo schlug ein Treffen im Park von Buen Retiro vor; aber dieser Spaziergang paßte gar nicht in den systematischen und gleichförmigen Plan, von dem mein Vater niemals abwich. Und um nicht von ihm abweichen zu müssen, willigte er lieber ein, mich in seiner Wohnung zu empfangen. Pater Gerónimo beeilte sich, diese gute Nachricht meiner Tante zu bringen, die vor Freude darüber fast gestorben wäre.

Ich muß Ihnen sagen, daß zehn Jahre der Schwermut den Sonderlichkeiten des menschenscheuen Lebens, das mein Vater führte, immer neue hinzugefügt hatten. Neben anderen Dingen, denen er sich leidenschaftlich ergab, beschäftigte er sich auch eifrig mit der Herstellung von Tinte, und diese Neigung war so in ihm erwacht: Eines Tages, als mein Vater sich in Gesellschaft einiger der bedeutendsten Schöngeister Spaniens sowie etlicher Rechtsgelehrter bei dem Buchhändler Moreno aufhielt, kam man darauf zu sprechen, wie schwierig es sei, gute Tinte zu bekommen. Jeder sagte, daß er keine besitze und daß er vergebens versucht habe, welche herzustellen. Moreno warf ein, daß er in seinem Bücherlager eine Sammlung von Rezepten habe, aus der man sicherlich auch Belehrung über dieses Gebiet schöpfen könne. Er ging, dieses Buch zu holen, fand es aber nicht gleich, und als er zurückkehrte, hatte sich die Unterhaltung anderen Gegenständen zugewandt; man befaßte sich lebhaft mit dem Erfolg eines neuen Stückes, und niemand wollte mehr von Tinte sprechen noch sich Rezepte für ihre Herstellung vorlesen lassen. Ganz anders verhielt sich mein Vater. Er nahm das Buch in die Hand, fand sogleich die Vorschrift für die Bereitung von Tinte und wunderte sich sehr darüber, daß er eine Sache, die von den bedeutendsten Schöngeistern Spaniens für äußerst schwierig gehalten wurde, so leicht begriff. Es handelte sich in der Tat nur darum, daß man Gallapfeltinktur mit Vitriollösung mischen und etwas Gummiarabikum hinzufügen mußte. Der Autor wies indessen darauf hin, daß man nur dann gute Tinte erhalten werde, wenn man mit einem Male eine große Menge bereite, wenn man die Mischung heiß halte und wenn man oft rühre, weil das Gummiarabikum keine Affinität gegenüber den metallischen Substanzen zeige und danach strebe, sich von ihnen zu trennen, und weil es zudem die Neigung habe, sich faulig zu zersetzen, was man nur dadurch verhindern könne, daß man eine kleine Dosis Alkohol hinzugebe.

Mein Vater kaufte das Buch und beschaffte sich gleich am nächsten Tag die nötigen Geräte: eine Waage zum Abwiegen der Zutaten und vor allem den größten Glasballon, den er in Madrid finden konnte; denn sein Autor empfahl ja, eine große Menge Tinte mit einem Male herzustellen. Das Werk gelang vollkommen. Mein Vater brachte eine Flasche von seiner Tinte den Schöngeistern, die sich bei Moreno versammelten. Alle fanden sie vorzüglich, alle wollten davon haben.

Mein Vater hatte in seinem zurückgezogenen und stillen Leben niemals Gelegenheit gehabt, irgend jemandem eine Gefälligkeit zu erweisen, und schon gar nicht, Lob zu ernten. Er fand, daß es wohltuend sei, Gefälligkeiten erweisen zu können, wohltuender noch, gelobt zu werden, und gab sich mit einzigartigem Eifer dem Werke hin, das ihm so angenehme und freudige Empfindungen verschaffte. Da mein Vater sah, daß die Madrider Schöngeister im Nu den größten Glasballon leerten, den er in der ganzen Stadt hatte finden können, ließ er aus Barcelona eine große Korbflasche kommen, von der Art, wie sie – gefüllt mit Wein – von den

Matrosen des Mittelmeeres auf den Schiffen mitgeführt werden. So konnte er auf einmal zwanzig Flaschen Tinte herstellen, die ebenso wie die früher hergestellte – von den Schöngeistern sogleich aufgebraucht wurde, wobei sie meinen Vater mit Lobreden und Danksagungen überhäuften.

Doch je größer die Ballons wurden, desto mehr Nachteile hatten sie. Man konnte in ihnen das Gemisch nicht heiß halten, noch weniger gelang das Umrühren, und als besonders schwierig erwies sich das Umgießen. So entschloß sich denn mein Vater, aus Toboso einen jener großen irdenen Tröge zu besorgen, deren man sich bei der Salpeterherstellung bedient. Als er eingetroffen war, ließ ihn mein Vater auf einem kleinen Herd einmauern, unter dem er ständig mit einigen Kohlen ein kleines Feuer unterhielt. Ein Hahn, der unten an dem Trog angebracht war, diente dazu, die Flüssigkeit abzulassen, und wenn man auf den Herd stieg, konnte man die Tinte ziemlich bequem mit einem hölzernen Stampfer umrühren. Solche Tröge sind mehr als mannshoch, und so können Sie sich vorstellen, welche Menge von Tinte mein Vater darin mit einem Male bereitete, und zudem achtete er darauf, daß nach dem Ablassen ebensoviel Flüssigkeit aufgefüllt wurde. Es bedeutete einen wahren Genuß für ihn, wenn die Magd oder der Diener eines berühmten Literaten zu ihm kam und ihn um Tinte bat; und wenn dieser Mann irgendein Werk veröffentlichte, das in literarischen Kreisen Beachtung fand, und wenn man bei Moreno davon sprach, so lächelte mein Vater geschmeichelt, so, als hätte er etwas dazu beigetragen. Schließlich – um nichts zu verschweigen – war mein Vater in der Stadt nur noch unter dem Namen »Don Felipe del Tintero Largo« bekannt, was soviel heißt wie »Don Felipe vom Großen Tintenfaß«, und seinen Namen Avadoro kannten nur wenige Leute.

Ich wußte all das, ich hatte von dem sonderbaren Charakter meines Vaters, von der Ordnung seines Zimmers, von seinem großen Tintentrog gehört, und ich brannte darauf, es mit eigenen Augen zu betrachten. Was meine Tante betrifft, so zweifelte sie nicht daran, daß mein Vater, sobald er das Glück haben würde, mich zu sehen, auf der Stelle all seinen Leidenschaften entsagen und sich fortan einzig damit beschäftigen werde, vom Morgen bis zum Abend mich zu bewundern. Endlich wurde der Tag festgesetzt, an dem ich ihm vorgeführt werden sollte. Mein Vater begab sich jeden letzten Sonntag im Monat zu Fra Gerónimo, um zu beichten. Der Beichtvater sollte ihn in dem Beschluß, mich zu sehen, bestärken, ihm schließlich ankündigen, daß ich bei ihm zu Hause warte, und ihn bis zu seiner Wohnung begleiten. Als uns Pater Gerónimo diesen Plan mitteilte, empfahl er mir, im Zimmer meines Vaters nichts anzurühren. Ich gelobte alles, was er wollte, und meine Tante versprach, auf mich aufzupassen.

Endlich brach der sehnlich erwartete Sonntag an. Meine Tante ließ mich in einen rosafarbenen Majo-Anzug mit silbernen Troddeln und mit Knöpfen aus brasilianischem Topas kleiden. Sie versicherte mir, ich sähe aus wie Amor selbst, und mein Vater würde zweifellos vor Freude außer sich geraten, wenn er mich erblicke. Voller Hoffnung und schmeichelhafter Vorstellungen machten wir uns auf den Weg, der uns über die Straße der Ursulinerinnen und durch den Prado führte, wo mehrere Frauen stehenblieben, um mich zu liebkosen. Endlich gelangten wir in die Toledoer Straße und in das Haus meines Vaters. Man öffnete uns sein Zimmer, und meine Tante, die meine Lebhaftigkeit fürchtete, setzte mich in einen Lehnstuhl, ließ sich mir gegenüber nieder, hielt die Troddeln meiner Schärpe fest und hinderte mich auf diese Weise daran, aufzustehen und irgend etwas anzufassen.

Anfangs entschädigte ich mich für diesen Zwang dadurch, daß ich meine Blicke in allen Winkeln des Zimmers, dessen Ordnung und Sauberkeit ich bewunderte, umherschweifen ließ. Der Winkel, den man für die Bereitung von Tinte hergerichtet hatte, war ebenso sauber und aufgeräumt wie das übrige Zimmer: der große Trog aus Toboso bildete gleichsam ein Schmuckstück, und unmittelbar daneben befand sich ein großer Glasschrank, in dem die Zutaten und die nötigen Instrumente aufgereiht nebeneinander standen.

Der Anblick des hohen und schmalen Schrankes dicht neben dem Herd mit dem Trog weckte in mir den ebenso plötzlichen wie unwiderstehlichen Wunsch, dort hinaufzuklettern, und nichts Angenehmeres konnte ich mir vorstellen, als zu sehen, wie mein Vater mich vergeblich im ganzen Zimmer sucht und mich schließlich in diesem Versteck über seinem Haupt entdeckt. Mit einer Bewegung, die ebenso rasch war wie der Gedanke, machte ich mich von der Schärpe frei, die meine Tante festhielt, sprang auf den Herd und von da auf den Schrank.

Zuerst konnte meine Tante nicht umhin, meiner Gewandtheit Beifall zu zollen. Dann beschwor sie mich, herunterzusteigen. In diesem Augenblick meldete man uns, daß mein Vater die Treppe heraufkomme. Meine Tante flehte mich auf den Knien an, meine Stellung zu verlassen. Ich konnte ihren rührenden Bitten nicht widerstehen. Als ich jedoch auf den Herd herunterklettern wollte, fühlte ich, daß ich mit einem Fuß auf dem Rand des Troges stand. Ich versuchte, ihn zurückzunehmen, und merkte dabei, daß ich nahe daran war, den Schrank mitzureißen. Ich ließ los und fiel in den Tintentrog. Sicherlich wäre ich darin ertrunken, doch meine Tante ergriff den Stampfer, der zum Umrühren diente, versetzte dem Trog einen kräftigen Schlag und zerschmetterte ihn in tausend Stücke. Im gleichen Augenblick trat mein Vater ein, er sah einen Strom von Tinte, der sein Zimmer überschwemmte, und eine schwarze Gestalt, die so entsetzlich heulte, daß die Wände widerhallten. Er stürzte zurück ins Treppenhaus, verrenkte sich einen Fuß und fiel bewußtlos zu Boden.

Was mich betraf, so heulte ich nicht lange. Mir wurde von der Tinte, die ich geschluckt hatte, schrecklich übel. Ich verlor das Bewußtsein, und erst nach einer langen Krankheit, der eine ziemlich lange Zeit allmählicher Genesung folgte, erlangte ich es völlig zurück. Am meisten wurde meine Heilung dadurch gefördert, daß meine Tante mir ankündigte, wir würden Madrid verlassen und nach Burgos ziehen. Der Gedanke an eine Reise begeisterte mich derart, daß man fürchtete, ich könnte ganz den Kopf verlieren. Das grenzenlose Vergnügen, das ich darüber empfand, wurde freilich getrübt, als meine Tante mich fragte, ob ich mit in ihrer Chaise reisen oder lieber in einer Maultiersänfte getragen werden wollte.

»Ganz bestimmt weder das eine noch das andere«, rief ich, mich schrecklich ereifernd, »ich bin keine Frau. Ich will nur zu Pferde reisen oder wenigstens auf einem Maultier, mit einer guten Segoviaer Flinte am Sattel, zwei Pistolen im Gürtel und einem langen Degen. Ich werde Madrid nur unter der Bedingung verlassen, daß Sie mir alle diese Dinge geben, und es liegt in Ihrem Interesse, sie mir zu geben, da es ja meine Sache ist, Sie zu verteidigen.«

Ich hörte nicht auf, derlei Narrheiten zu reden, die mir höchst vernünftig vorkamen und die sich wahrhaftig im Munde eines elfjährigen Knaben gar hübsch ausnahmen.

Die Reisevorbereitungen gaben mir Gelegenheit, eine außerordentliche Regsamkeit zu entfalten. Ich ging, ich kam, ich ritt, ich schleppte, ich gab Anweisungen, war überall und nirgends und hatte viel zu tun, denn meine Tante wollte sich für immer in Burgos niederlassen und nahm ihr ganzes Mobiliar mit. Endlich kam der glückliche Tag der Abreise. Wir schickten die großen Gepäckstücke über Aranda und schlugen selber den Weg über Valladolid ein.

Meine Tante hatte zwar eigentlich in einer Chaise reisen wollen; da sie aber sah, daß ich fest dabei blieb, auf einem Maultier zu reiten, entschied sie sich für das gleiche. An Stelle des Reitsattels befestigte man an ihrem Maultier einen kleinen, sehr bequemen Sessel, der auf einem Packsattel ruhte und von einem Sonnenschirm überdacht wurde. Ein *zagal* marschierte voraus, um selbst jeden Anschein von Gefahr zu bannen. Der ganze Rest unseres Zuges, der zwölf Maultiere umfaßte, nahm sich sehr stattlich aus. Und ich, der ich mich für das Haupt dieser vornehmen Karawane hielt – ich befand mich bald an der Spitze des Zuges, bald bildete ich die Nachhut, und immer hielt ich eine meiner Waffen in der Hand, besonders an allen Wegbiegungen und anderen verdächtigen Stellen.

Man wird sich denken können, daß sich keine Gelegenheit bot, meinen Mut zu beweisen, und wir gelangten glücklich nach Alabajos, wo wir auf zwei Karawanen stießen, die ebenso umfangreich waren wie die unsere. Die Tiere standen an der Raufe, und die Reisenden hielten sich in der Küche auf, die am anderen Ende des Stalles lag und von diesem nur durch zwei steinerne Stufen abgeteilt war. Damals sah es in fast allen Herbergen Spaniens so aus. Das ganze Haus bildete einen einzigen, sehr langen Raum, in dem die Maultiere den größeren, die Menschen den kleineren Teil belegten. Doch es ging darum bloß um so heiterer zu. Der *zagal* striegelte die Reittiere und schoß dabei ein Feuerwerk witziger Bemerkungen gegen die Wirtin ab, die ihm mit der Lebhaftigkeit ihres Geschlechtes und ihres Standes antwortete, bis der Wirt mit seiner ganzen Würde dazwischentrat und dieses geistreiche Geplänkel beendete; es wurde jedoch nur unterbrochen, um einen Augenblick später von neuem zu beginnen. Die Mägde füllten das Haus mit dem Klappern ihrer Kastagnetten und tanzten zu den rauhen Liedern des Ziegenhirten. Die Reisenden schlossen Bekanntschaft miteinander, luden sich gegenseitig zum Abendessen ein. Dann versammelte man sich um das Kohlenbecken. Jeder sagte, wer er sei, woher er komme, und manchmal erzählte einer seine ganze Geschichte. Das war eine schöne Zeit. Heute hat man bessere Herbergen, doch das gesellige, lärmende Leben, das man damals auf Reisen führte, hatte Reize, die ich Ihnen nicht zu beschreiben vermag. So viel kann ich Ihnen freilich sagen: ich war an jenem Tage so empfänglich dafür, daß ich in meinem kleinen Hirn beschloß, mein Leben lang zu reisen, was ich bisher getreulich gehalten habe.

Indessen bestärkte mich ein besonderer Umstand noch in

meinem Beschluß. Als sich nach dem Abendessen alle Reisenden um das Kohlenbecken versammelt und die meisten etwas über die Länder erzählt hatten, durch die sie gekommen waren, sagte einer von ihnen, der bis dahin den Mund noch nicht geöffnet hatte: »Alles, was Sie auf Ihren Reisen erlebt haben, ist höchst interessant und verdient, daß man es hört und im Gedächtnis behält. Was mich betrifft, so wünschte ich wohl, daß mir nicht etwas Schlimmeres widerfahren wäre; doch als ich durch Kalabrien reiste, hatte ich ein so ungewöhnliches, so seltsames, so schreckliches Abenteuer, daß ich die Erinnerung daran nicht los werde. Sie verfolgt mich, bedrückt mich, vergiftet mir alle Freuden, die mir zuteil werden könnten, und es ist nur erstaunlich, daß die Schwermut, in die mich die Erinnerung versetzt, mir nicht den Verstand raubt.«

Eine solche Einleitung reizte lebhaft die Neugier der Zuhörer. Man redete ihm inständig zu, er möge sein Herz erleichtern, indem er eine so wunderbare Geschichte erzähle. Er ließ sich lange bitten, schließlich begann er also zu erzählen:

Die Geschichte des Giulio Romati und der Fürstin von Monte Salerno

Mein Name ist Giulio Romati, und mein Vater, Pietro Romati geheißen, ist der berühmteste Rechtsgelehrte Palermos, ja ganz Siziliens. Er findet, wie Sie mir glauben dürfen, große Befriedigung in seinem Beruf, der ihm ein anständiges Auskommen sichert. Aber noch lieber widmet er sich der Philosophie, er schenkt ihr jede Minute, die er seinen Geschäften entziehen kann.

Ohne mich zu rühmen, kann ich sagen, daß ich auf beiden Bahnen seinem Beispiel gefolgt bin: Ich war mit zweiundzwanzig Jahren Doktor der Rechte. Und als ich mich hernach der Mathematik und der Astronomie widmete, kam ich darin gut genug voran, um Kopernikus und Galilei kommentieren zu können. Ich erzähle Ihnen diese Dinge keineswegs, um mich damit zu brüsten, sondern weil ich, wenn ich Sie nun mit einem sehr seltsamen Abenteuer unterhalte, nicht für einen leichtgläubigen oder abergläubischen Menschen gehalten werden möchte. So fern liegt mir solch ein Fehler, daß die Theologie vielleicht die einzige Wissenschaft ist, die ich ständig unbeachtet ließ. Den anderen Wissenschaften hingegen ergab ich mich mit dem unermüdlichsten Eifer, und die einzige Erholung bestand im Wechseln der Fächer.

Das Übermaß von Beschäftigung griff meine Gesundheit an, und da mein Vater keine Art Zerstreuung wußte, die mir hätte zusagen können, schlug er mir vor, ich solle reisen, und verlangte sogar, ich solle ganz Europa durchqueren und erst nach vier Jahren wieder in Sizilien eintreffen.

Es fiel mir anfangs sehr schwer, mich von meinen Büchern, von meinem Arbeitszimmer und von meinem Observatorium zu trennen. Doch mein Vater verlangte es, und ich mußte gehorchen. Kaum war ich unterwegs, so vollzog sich in mir ein sehr günstiger Wandel. Ich verspürte wieder Appetit, kam zu Kräften, mit einem Wort: meine Gesundheit wurde wiederhergestellt. Anfangs war ich in einer Sänfte gereist, doch schon am dritten Tag nahm ich ein Maultier, und ich befand mich wohl dabei.

Viele Menschen kennen die ganze Welt, ausgenommen ihre Heimat. Ich wollte nicht, daß man mir in meinem Lande eine gleiche Verkehrtheit würde vorhalten können, und ich begann meine Reise damit, daß ich die Wunder betrachtete, die die Natur so verschwenderisch über unsere Insel verstreut hat. Statt die Küste entlang von Palermo nach Messina zu reisen, wählte ich den Weg über Castro Nuovo und Caltanisetta und gelangte in ein am Fuße des Ätna liegendes Dorf, dessen Namen ich vergessen habe. Dort bereitete ich mich auf eine Bergtour vor, der ich einen Monat zu widmen gedachte. Ich verbrachte wirklich diese ganze Zeit am Ätna, hauptsächlich damit beschäftigt, gewisse Experimente nachzuprüfen, die man vor einiger Zeit über das Barometer angestellt hat. Nachts beobachtete ich die Gestirne, und ich hatte die Freude, zwei Sterne zu entdecken, die vom Observatorium in Palermo aus nicht sichtbar waren, weil sie dort unter dem Horizont blieben.

Mit wahrem Bedauern verließ ich diese Stätten, an denen ich fast glaubte, teilzuhaben an dem ätherischen Licht wie an der edlen Harmonie der Himmelskörper, deren Gesetze ich so eifrig studiert hatte. Übrigens darf es als gewiß gelten, daß die verdünnte Luft der hohen Berge ganz eigenartig auf unseren Körper wirkt: sie beschleunigt unseren Puls und die Atembewegungen der Lungen. Endlich verließ ich den Berg und hielt mich beim Abstieg in Richtung Catania.

Der Adel, der in dieser Stadt wohnt, ist ebenso vornehm wie der von Palermo, aber aufgeklärter. Nicht, daß die exakten Wissenschaften in Catania viele Liebhaber hätten – es sind ihrer nicht mehr als auf der übrigen Insel. Aber man beschäftigte sich dort sehr mit den Künsten, mit Werken der Antike, mit alter und neuer Geschichte, mit allen Völkern, die Sizilien bewohnten. Besonders die Ausgrabungen und die schönen Dinge, die man dabei fand, bildeten dort den Gegenstand aller Unterhaltungen.

Gerade zu jener Zeit hatte man aus dem Schoß der Erde eine sehr schöne Marmorplatte geborgen, die mit unenträtselten Schriftzeichen bedeckt war. Ich betrachtete sie aufmerksam und sah, daß es sich um eine Inschrift in punischer Sprache handelte, und mit Hilfe des Hebräischen, das ich recht gut beherrsche, gelang es mir, sie in einer Weise zu deuten, die jedermann zufriedenstellte. Dieser Erfolg bewirkte, daß ich sehr schmeichelhaft aufgenommen wurde, und die angesehensten Leute der Stadt machten mir recht verführerische Geldangebote, um mich zu halten. Da ich aber meine Familie mit anderen Absichten verlassen hatte, lehnte ich ab und reiste weiter nach Messina. Dieser Ort, berühmt durch seinen Handel, hielt mich eine ganze Woche fest. Danach passierte ich die Meerenge und landete in Reggio.

Bis dahin war meine Reise geradezu eine Vergnügungsfahrt gewesen, doch in Reggio bekam das Unternehmen ein ernsteres Aussehen. Ein Räuber namens Zoto versetzte Kalabrien in Schrecken, und das Meer wurde von tripolitanischen Seeräubern beherrscht. Ich wußte einfach nicht, was ich tun sollte, um nach Neapel zu gelangen, und hätte mich nicht irgendein dummes Gefühl der Scham abgehalten, so wäre ich nach Palermo zurückgekehrt.

Schon acht Tage saß ich, von solcher Ungewißheit gemartert, in Reggio fest, als ich mich eines Tages, nachdem ich ziemlich lange am Hafen spazierengegangen war, an einer einsamen Stelle des Strandes auf den Steinen niederließ. Dort trat ein Mann von guter Erscheinung, bekleidet mit einem scharlachroten Mantel, auf mich zu. Er setzte sich ohne ein Wort der Höflichkeit neben mich; dann sprach er zu mir: »Ist Signor Romati mit einem algebraischen oder astronomischen Problem beschäftigt?«

»Keineswegs«, erwiderte ich, »Signor Romati möchte nur von Reggio nach Neapel gelangen, und das Problem, das ihm in diesem Augenblick Sorgen bereitet, ist, herauszubekommen, wie er der Bande des Signor Zoto entgehen kann.«

Darauf nahm der Unbekannte eine ganz ernste Miene an und sagte: »Signor Romati, Ihre Talente machen schon jetzt Ihrem Lande Ehre, Sie werden ihm noch mehr einbringen, wenn die Reisen, die Sie unternehmen, den Kreis Ihrer Kenntnisse erweitert haben werden. Zoto ist zu sehr Ehrenmann, als daß er Sie in einem so edlen Unterfangen behinderte. Nehmen Sie diese roten Federbüsche, stecken Sie einen davon an Ihren Hut, geben Sie die anderen Ihren Leuten, und reisen Sie unbesorgt ab. Jener Zoto, den Sie so sehr fürchten, bin ich, und damit Sie nicht daran zweifeln, zeige ich Ihnen die Werkzeuge meines Berufes.«

Bei diesen Worten schlug er seinen Mantel auf und ließ mich einen mit Pistolen und Dolchen gespickten Gürtel sehen. Dann drückte er mir herzlich die Hand und verschwand.

Hier unterbrach ich den Zigeunerhauptmann, um ihm zu sagen, daß ich von diesem Zoto gehört hätte und daß ich seine drei Söhne kennte.

»Auch ich kenne sie«, erwiderte Pandesowna. »Sie stehen wie ich im Dienste des Großscheichs der Gomélez.«

»Wie? Auch Sie in seinem Dienst!« rief ich, aufs höchste erstaunt.

Im gleichen Augenblick kam ein Zigeuner und flüsterte dem Hauptmann etwas ins Ohr, worauf dieser sich sogleich erhob und mir durch seinen Weggang Zeit ließ, über das, was er mich eben hatte wissen lassen, nachzudenken. ›Was ist dies doch für eine mächtige Verbindung‹, fragte ich mich, ›die kein anderes Ziel zu haben scheint, als irgendein Geheimnis zu wahren oder mir die Augen durch Blendwerk zu verzaubern, von dem ich zuweilen einen Teil durchschaue, während andere Einzelheiten mich unverzüglich wieder in Zweifel stürzen. Es ist offensichtlich, daß ich selber ein Glied in dieser unsichtbaren Kette bilde. Es ist offensichtlich, daß man mich noch enger in sie einbeziehen möchte.‹ Meine Betrachtungen wurden dadurch unterbrochen, daß die beiden Töchter des Zigeunerhauptmanns kamen und mich zu einem Spaziergang einluden. Ich nahm an und folgte ihnen; das Gespräch wurde in gutem Spanisch geführt, ohne Beimischung von Jerigonza, dem Zigeunerdialekt; sie zeigten einen kultivierten Geist und einen heiteren, offenen Charakter. Nach dem Spaziergang aß man zu Abend und legte sich schlafen. Doch in der Nacht – keine Cousinen.

Dreizehnter Tag

Der Zigeunerhauptmann ließ mir ein üppiges Frühstück bringen und sagte: »Señor Caballero, die Feinde rücken heran, das heißt die Zollbeamten. Es ist angebracht, ihnen das Schlachtfeld zu überlassen. Sie werden dort die für sie bestimmten Ballen finden, der Rest ist in Sicherheit gebracht. Frühstücken Sie nach Belieben, und dann brechen wir auf.«

Da man auf der anderen Seite des Tales bereits die Zollbeamten sehen konnte, nahm ich mein Frühstück eilig zu mir, während der Hauptteil der Truppe vorausritt. Wir zogen im Gebirge umher, von einem Gipfel zum anderen, und drangen dabei immer tiefer in die Einöde der Sierra Morena vor. Endlich machten wir in einem tief eingeschnittenen Tale halt; man erwartete uns dort schon und hatte unser Mahl bereitet. Als wir gegessen hatten, bat ich den Zigeunerhauptmann, weiter aus seinem Leben zu erzählen, was er auch tat, indem er also sprach:

Fortsetzung
der Geschichte
des Zigeunerhauptmanns

Wir waren an der Stelle stehengeblieben, wo ich, meine Ohren spitzend, der wunderbaren Erzählung Giulio Romatis lauschte. Ungefähr so berichtete er weiter:

Fortsetzung
der Geschichte
Giulio Romatis

Das, was man von Zotos Charakter allgemein wußte, ließ mich den Versicherungen, die er gegeben hatte, vollkommen vertrauen. Ich kehrte sehr befriedigt in meine Herberge zurück und ließ Maultiertreiber für mich suchen. Es boten sich ihrer mehrere an, denn die Räuber taten ihnen ebenso wie ihren Tieren nichts zuleide. Ich wählte den Mann, der unter ihnen den besten Ruf genoß. Ein Maultier nahm ich für mich, eines für meinen Diener und zwei für das Gepäck. Der Hauptmaultiertreiber hatte ebenfalls ein Maultier für sich sowie zwei Knechte, die zu Fuß folgten.

Ich brach am nächsten Tag in aller Frühe auf. Kaum hatte ich die Stadt hinter mir, da erspähte ich schon Abteilungen von Zotos Bande, die mir in größerem Abstand zu folgen schienen und sich von Zeit zu Zeit ablösten. Sie können sich wohl vorstellen, daß mir auf solche Weise nichts Schlimmes widerfahren konnte.

Die Reise verlief sehr angenehm, und meine Gesundheit besserte sich von Tag zu Tag. Ich war nur noch zwei Tagesreisen von Neapel entfernt, als mir der Gedanke kam, von meinem Wege abzubiegen, um Salerno zu berühren. Dieser Wunsch war ganz natürlich. Ich hatte in meinen Studien viel Aufmerksamkeit auf die Geschichte der Wiedererweckung der Künste verwendet, deren Wiege auf italienischem Boden die Salerner Schule gewesen war. Noch dazu trieb mich wohl irgendeine schicksalhafte Macht zu dieser unheilvollen Reise.

Ich verließ die Landstraße in Monte Brugio, nahm mir aus diesem Dorf einen Führer und drang in den wildesten Landstrich ein, den man sich überhaupt vorstellen kann. Um Mittag gelangten wir an ein völlig verfallenes Gemäuer, von dem mein Führer behauptete, es sei eine Herberge, doch der Empfang, den mir der Wirt bereitete, bestätigte dies keineswegs. Denn weit davon entfernt, mir von seinen Vorräten anzubieten, flehte er mich an, ich möge ihm von denen, die ich wohl mit mir führe, einiges abgeben. Ich hatte tatsächlich etwas kalten Braten bei mir, den ich nun mit ihm, meinem Führer und meinem Diener teilte – die Maultiertreiber waren in Monte Brugio geblieben.

Ich verließ diesen elenden Unterschlupf in der zweiten Stunde des Nachmittags, und wenig später entdeckte ich ein sehr groß angelegtes Schloß, das auf dem Gipfel eines Berges stand. Ich fragte meinen Führer, wie dieser Ort heiße und ob er bewohnt sei. Er antwortete, daß die Leute aus der Umgebung den Ort einfach *lo monte* oder auch *lo castello* nennen, daß das Schloß völlig verödet und verfallen sei, daß man aber zwischen den alten Gebäuden eine Kapelle errichtet habe, wo sich gewöhnlich fünf oder sechs Mönche, von den Franziskanern in Salerno dorthin geschickt, aufhielten, und höchst einfältig fügte er hinzu: »Es gehen allerlei Geschichten um über dieses Schloß, aber ich kann Ihnen keine erzählen; denn sobald man anfängt, davon zu sprechen, mache ich mich aus der Küche davon und gehe zu meiner Schwägerin, der Pepa, und dort finde ich immer irgendeinen Franziskanermönch, der mir sein Skapulier zum Küssen reicht.«

Ich fragte den Jungen, ob unser Weg nahe an dem Schloß vorbeiführe. Er antwortete, wir würden den Berg, auf dem es stehe, in halber Höhe passieren.

Inzwischen zogen am Himmel dunkle Wolken auf, und gegen Abend begann sich ein schreckliches Gewitter über unseren Häuptern zu entladen. Wir befanden uns gerade auf einem Bergrücken, der keinerlei Zuflucht bot. Der Führer sagte, er wisse eine Höhle, in der wir uns in Sicherheit bringen könnten, der Weg dahin sei freilich beschwerlich. Ich ging trotz der Gefahr darauf ein, doch kaum waren wir in die Felsenwildnis hineingeritten, da schlug dicht neben uns ein Blitz ein. Mein Maultier stürzte, und ich fiel etliche Klafter tief hinab. Ich blieb an einem Baum hängen, und als ich fühlte, daß ich gerettet war, rief ich nach meinen Reisegefährten, doch keiner antwortete mir.

Die Blitze folgten so dicht aufeinander, daß ich bei ihrem Licht die Dinge, die mich umgaben, unterscheiden und mit einiger Sicherheit meinen Platz wechseln konnte. Ich bewegte mich vorwärts, indem ich mich an Bäume anklammerte, und erreichte auf diese Weise eine kleine Höhle, die, da sie abseits von jedem gebahnten Wege lag, nur diejenige sein konnte, zu der mich der Führer hatte bringen wollen.

Die Regengüsse, die Windstöße, die Donnerschläge folgten einander ohne Unterbrechung. Ich zitterte vor Kälte in meinen durchnäßten Kleidern und mußte mehrere Stunden in dieser unangenehmen Lage ausharren. Plötzlich glaubte ich in der Tiefe der Schlucht schwankende Fackeln wahrzunehmen und hörte Stimmen. Ich dachte, es seien meine Leute. Ich rief, und man antwortete mir.

Bald darauf trat ein junger Mann von gutem Aussehen vor mich, mit ihm mehrere Diener, von denen die einen Fackeln, die anderen Bündel mit Kleidern trugen. Der junge Mann grüßte mich sehr ehrerbietig und sagte: »Signor Romati, wir stehen im Dienst der Frau Fürstin von Monte Salerno. Der

Führer, den Sie in Monte Brugio nahmen, hat uns berichtet, daß Sie sich in diesen Bergen verirrt hätten, und wir suchen Sie auf Befehl der Fürstin. Nehmen Sie diese Kleider und folgen Sie uns ins Schloß.«

»Wie?« entgegnete ich. »Sie wollen mich in jenes unbewohnte Schloß auf dem Gipfel des Berges führen?«

»Keineswegs«, sagte der junge Mann, »Sie werden einen prächtigen Palast erblicken, und wir sind nur zweihundert Schritt von ihm entfernt.«

Ich dachte mir, daß in der Tat irgendeine Fürstin dieses Landes einen Wohnsitz in der Umgebung haben könne. Ich zog mich um und folgte dem jungen Mann. Bald befand ich mich vor einem Portal aus schwarzem Marmor, und da die Fackeln das übrige Gebäude im Dunkeln ließen, konnte ich mir keine Vorstellung davon machen. Wir traten ein. Der junge Mann verließ mich am Fuße der Schloßtreppe, ich stieg hinauf, und als ich den ersten Absatz erreicht hatte, erblickte ich dort eine Dame von erlesener Schönheit. Sie sagte: »Herr Romati, die Frau Fürstin von Monte Salerno hat mich beauftragt, Ihnen die Schönheiten dieses Hauses zu zeigen.«

Ich erwiderte, daß, wenn man von den Hofdamen auf die Fürstin selbst schließen wolle, man von ihr schon eine sehr hohe Vorstellung bekäme.

Die Dame, die mich führen sollte, war wirklich – wie ich schon sagte – von vollkommener Schönheit, und sie hatte so edle Züge, daß ich sie am Anfang für die Fürstin selber gehalten hatte. Außerdem bemerkte ich, daß ihre Kleidung an unsere Familienporträts erinnerte, die im vergangenen Jahrhundert gemalt worden waren. Doch ich dachte mir, daß das wohl die Kleidung der neapolitanischen Damen sei und daß sie frühere Moden wiederbelebt hätten.

Wir betraten zuerst einen Saal, in dem alles aus massivem Silber war. Der Fußboden bestand aus silbernen Platten, die einen matt, die anderen poliert. Die Wandverkleidung, ebenfalls aus massivem Silber, zeigte ein Muster nach Art von Damast: der Hintergrund aus poliertem und das Rankenmuster aus mattem Silber. Die Decke wurde von ziselierten Ornamenten geschmückt, die den Holzarbeiten in alten Schlössern glichen. Dazu die Täfelung, die Rahmen der Wandverkleidung, die Leuchter, die Einfassungen der Türen – alles stellte die bewundernswerteste Goldschmiedearbeit dar.

»Herr Romati«, sagte die vermeintliche Hofdame, »Sie verweilen recht lange bei diesen gewöhnlichen Dingen. Das hier ist nur das Vorzimmer, in dem sich die Lakaien der Frau Fürstin aufhalten.«

Ich antwortete nichts, und wir betraten ein Zimmer, das dem vorigen ziemlich glich, wäre hier nicht alles aus feuervergoldetem Silber gewesen, mit Ornamenten aus jenem schattierten Gold, das vor reichlich fünfzig Jahren als sehr modern galt.

»Dieses Zimmer«, erklärte die Dame, »ist das Vorzimmer, wo sich die Hofjunker, der Majordomus und die anderen Beamten des Hauses aufhalten. In den Gemächern der Fürstin werden Sie weder Gold noch Silber sehen. Allein das Einfache hat Anspruch darauf, ihr zu gefallen. Sie können es nach diesem Speisesaal beurteilen.«

Darauf öffnete sie eine Seitentür. Wir traten in einen Saal, dessen Wände mit farbigem Marmor verkleidet waren; als Fries lief ein prachtvolles Basrelief aus weißem Marmor rundherum. Man sah hier auch herrliche Geschirrschränke mit Gefäßen aus Bergkristall und Schalen aus schönstem indischem Porzellan.

Dann kehrten wir in das Beamtenvorzimmer zurück, und von da gelangten wir in das Gesellschaftszimmer.

»Dieses Zimmer zum Beispiel«, sagte die Dame, »erlaube ich Ihnen zu bewundern.«

Ich bewunderte es in der Tat. Mein erstes Erstaunen galt dem Fußboden. Er bestand aus Lapislazuli, in den Mosaiksteine nach Florentiner Art eingelassen waren; eine solche Mosaiktafel kostet mehrere Jahre Arbeit. Die Muster bildeten ein äußerst harmonisches Ganzes und hatten ein gemeinsames Grundmotiv. Doch wenn man die verschiedenen

Teile näher betrachtete, erkannte man die größte Vielfalt in den Einzelheiten, die indessen die Wirkung der Symmetrie keineswegs minderte. In der Tat, obgleich es sich immer um das gleiche Muster handelte, bot es doch hier hingestreute Blumen in den schönsten, aufeinander abgestimmten Farben dar, dort Muschelarbeiten im besten Email, an anderer Stelle Schmetterlinge und wiederum woanders Kolibris. Kurzum, die schönsten Steine der Welt hatte man verwendet, um die größten Schönheiten der Natur nachzuahmen. Die Mitte dieses prachtvollen Fußbodens bildete ein Schmuckstück, das aus Steinen aller Farben bestand und von Ketten großer Perlen umschlossen wurde. Das alles schien wie ein Relief hervorzutreten und erweckte gleich den Florentiner Tafeln den Eindruck der Wirklichkeit.

»Herr Romati«, wandte sich die Dame an mich, »wenn Sie bei allem stehenbleiben, werden wir niemals fertig.«

So hob ich denn die Augen, und mein Blick fiel zunächst auf ein Bild von Raffael, das der erste Entwurf zu seiner »Schule von Athen« sein mochte und das im Kolorit noch schöner wirkte, zumal da es in Öl gemalt war.

Darauf erblickte ich einen Herakles zu Füßen der Omphale. Die Gestalt des Herakles stammte von Michelangelo, und in der Frauenerscheinung erkannte man den Pinsel Guidos. Mit einem Wort: jedes Bild dieses Raumes war vollkommener als alles, was ich bis dahin gesehen hatte. Die Wandverkleidung bestand nur aus glattem grünem Samt, dessen Farbe die Gemälde hervortreten ließ.

Zu beiden Seiten jeder Tür standen Statuen, nicht ganz von Lebensgröße. Ich sah ihrer vier. Die eine war der berühmte Eros des Phidias, jenes Werk, das Phryne in einem Erostempel aufstellen ließ, die zweite war der Satyr des gleichen Künstlers, die dritte die echte Aphrodite des Praxiteles, der die Mediceische nur nachgeahmt ist, die vierte schließlich ein Antinoos von erlesener Schönheit. Es gab auch noch Gruppen in jeder Fensternische.

Rings um den Raum standen Truhen mit Schubkästen,

deren Schmuck nicht – wie gewöhnlich – aus Bronze bestand, sondern aus schönster Juwelierarbeit – kostbare Fassungen umschlossen Kameen, wie man sie sonst nur in den Gemächern der Könige findet. Die Schubkästen enthielten eine Sammlung goldener Münzen von größtem Durchmesser.

»Hier verbringt die Fürstin die Zeit nach dem Mittagessen«, erklärte mir die Dame. »Die Durchsicht dieser Sammlung gibt Gelegenheit zu ebenso lehrreichen wie fesselnden Gesprächen. Doch Sie haben noch vieles zu beschauen. So folgen Sie mir denn!«

Darauf betraten wir das Schlafzimmer. Dieses Gemach war achteckig. Es hatte vier Alkoven und ebensoviel Betten von ungewöhnlicher Breite. Man sah weder Täfelung noch Wandverkleidung noch Decke. Alles wurde von indischem Musselin verdeckt, der mit erlesenem Geschmack gerafft, mit erstaunlicher Kunst bestickt und so fein gewoben war, daß man ihn für einen Nebel hätte halten können, den Arachne selber in ein leichtes Gewebe zu bannen vermochte.

»Warum vier Betten?« fragte ich die Dame.

»Um das Bett wechseln zu können«, antwortete sie, »wenn es einem heiß wird und man nicht einschlafen kann.«

»Doch warum«, fragte ich weiter, »sind die Betten so breit?«

»Weil die Fürstin zuweilen ihren Frauen gebietet, sich neben ihr niederzulassen, wenn sie vor dem Einschlafen plaudern will. Doch gehen wir hinüber ins Bad.«

Das war ein runder Raum, mit Perlmutt verkleidet und mit Kanten aus großen Muschelschalen. Hier sah ich keinen gerafften Stoff, dafür schmückte den oberen Rand der Trennwände ein breites Perlenband mit einem Saum aus Perlen gleicher Größe und gleichen Wassers. Die Decke bestand aus einer einzigen Glasplatte, durch die man chinesische Goldfische schwimmen sah. Statt der Badewanne gab es hier ein kreisförmiges Bassin, das ein Ring aus künstlichem Moos umgab, und in das Moos hatte man die schönsten Muscheln des Indischen Ozeans gesteckt.

Hier konnte ich meine Bewunderung nicht länger verschweigen, und ich gab ihr Ausdruck, indem ich sagte: »O Signora, im Paradies kann es nicht schöner sein als hier.«

»Das Paradies«, rief die Dame, und ihr Gesicht spiegelte Verwirrung und Verzweiflung, »das Paradies! Sprach er nicht vom Paradies? Herr Romati, ich bitte Sie darum: drücken Sie sich nicht mehr auf solche Art aus. Ich bitte Sie ernsthaft darum. Folgen Sie mir!«

Wir gelangten nun in eine Voliere, voll von allen Vögeln der Tropen und von all den freundlichen Sängern unserer Landstriche. Dort fanden wir eine Tafel, die für mich allein gedeckt war.

»O Signora«, sagte ich zu meiner schönen Begleiterin, »wie sollte man an einem so göttlichen Ort ans Essen denken? Ich sehe, daß Sie die Mahlzeit nicht mit mir teilen wollen, und ich kann mich nicht recht entschließen, mich allein an den Tisch zu setzen, es sei denn, Sie hätten die Güte, mir von der Fürstin zu erzählen, die soviel wunderbare Dinge besitzt.«

Die Dame lächelte freundlich, reichte mir die Speisen, ließ sich nieder und begann also zu sprechen: »Ich bin die Tochter des letzten Fürsten von Monte Salerno.«

»Wer? Sie, Signora?«

»Ich wollte sagen, die Fürstin von Monte Salerno. Doch unterbrechen Sie mich nicht mehr.«

Die Geschichte
der Fürstin von Monte Salerno

Der Fürst von Monte Salerno, der von den einstigen Salerner Herzögen abstammte, war spanischer Grande, Konnetabel, Großadmiral, Oberster Stallmeister, Oberster Hofmarschall, Oberster Jagdmeister, mit einem Wort, er vereinigte in seiner Person alle hohen Ränge des Königreiches von Neapel. Doch obgleich er im Dienste seines Königs stand, hatte er auch seine eigene Hofhaltung mit Edelleuten, unter denen sich mehrere von hohem Adel befanden. Zu den letzteren gehörte der Marchese von Spinaverde, Erster Kavalier des Fürsten; er besaß dessen ganzes Vertrauen, das er freilich mit seiner Frau teilte, der Marchesa von Spinaverde, der Ersten Kammerdame der Fürstin.

Ich war zehn Jahre alt... Ich wollte sagen: die einzige Tochter des Fürsten von Monte Salerno war zehn Jahre alt, als ihre Mutter starb. Um jene Zeit verließen die Spinaverdes das Haus des Fürsten – der Marchese, um die Leitung seiner Güter zu übernehmen, seine Frau, um für meine Erziehung zu sorgen. Sie ließen in Neapel ihre ältere Tochter, Laura mit Namen, zurück, die in der Nähe des Fürsten eine etwas zweideutige Existenz führte. Die Mutter und die junge Prinzessin ließen sich in Monte Salerno nieder.

Man beschäftigte sich wenig mit der Erziehung Elfridas, dagegen viel mit der Erziehung ihrer Dienerinnen. Man lehrte sie, meinen geringsten Wünschen zuvorzukommen.

»Ihren geringsten Wünschen...« sagte ich zu der Dame.

»Ich habe Sie gebeten, mich nicht zu unterbrechen«, entgegnete sie etwas ärgerlich.

Dann fuhr sie also fort:

Ich machte mir ein Vergnügen daraus, die Ergebenheit meiner Frauen auf allerlei Proben zu stellen. Ich gab ihnen widersprüchliche Befehle, die sie immer bloß zur Hälfte ausführen konnten, und ich bestrafte sie dafür, indem ich sie zwickte oder indem ich sie mit Nadeln in die Arme oder in die Schenkel stach. Sie liefen von mir weg. Die Spinaverde verschaffte mir andere, die mich ebenfalls verließen.

Unterdessen wurde mein Vater krank, und wir begaben uns nach Neapel. Ich sah ihn selten, aber die Spinaverdes wichen keinen Augenblick von ihm. Schließlich starb er, nachdem er ein Testament gemacht hatte, in dem er Spinaverde zum alleinigen Vormund seiner Tochter und zum Verwalter seiner Güter und seines übrigen Vermögens bestimmte.

Die Trauerfeierlichkeiten nahmen mehrere Wochen in Anspruch, und danach kehrten wir nach Monte Salerno zurück, wo ich wieder meine Kammerfrauen zu zwicken begann. Vier Jahre verstrichen über solch unschuldigen Beschäftigungen, die mir um so angenehmer waren, als mir die Spinaverde jeden Tag von neuem versicherte, daß ich recht hätte, daß jedermann dazu da sei, mir zu gehorchen, und daß diejenigen, die meine Befehle nicht rasch oder nicht gut genug ausführten, alle möglichen Strafen verdienten.

Eines Tages jedoch verließen mich alle meine Kammerfrauen, eine nach der anderen, und ich sah, daß ich gezwungen sein würde, mich am Abend selber auszukleiden. Ich weinte vor Zorn und lief zu der Spinaverde, doch sie sagte mir: »Teure und liebe Fürstin, trocknen Sie Ihre schönen Augen. Ich werde Sie heute abend auskleiden, und morgen werde ich Ihnen sechs Kammerfrauen zuführen, mit denen Sie sicherlich zufrieden sein werden.«

Als ich am nächsten Morgen erwachte, stellte mir die Spinaverde sechs sehr hübsche junge Mädchen vor, bei deren erstem Anblick ich eine Art Erregung fühlte. Sie selber schienen gleichfalls aufgeregt zu sein. Ich löste mich als erste aus meiner Verwirrung. Ich sprang, noch im Hemd, aus dem Bett, ich umarmte sie der Reihe nach und versicherte ihnen, daß sie niemals gezwickt noch gescholten würden. In der Tat, mochten sie sich ungeschickt anstellen, wenn sie mich ankleideten, oder mochten sie es wagen, mir zu widersprechen, niemals geriet ich in Zorn.

»Aber Signora«, sagte ich zu der Fürstin, »vielleicht waren diese jungen Mädchen verkleidete Burschen?«

Die Fürstin blickte mich streng und stolz an und sprach:

»Herr Romati, ich habe Sie gebeten, mich nicht zu unterbrechen.«

Dann nahm sie den Faden ihrer Geschichte wieder auf:

An dem Tag, da ich mein sechzehntes Lebensjahr vollendete, kündigte man mir vornehmen Besuch an. Es waren ein Staatssekretär, der Gesandte Spaniens und der Herzog von Guadarrama. Der letztere kam, weil er um meine Hand anhalten wollte. Die beiden anderen begleiteten ihn nur, um seine Werbung zu unterstützen. Der junge Herzog sah so gut aus, wie man es sich nur immer vorstellen kann, und ich will nicht leugnen, daß er einen gewissen Eindruck auf mich gemacht hat.

Am Abend schlug man einen Spaziergang im Park vor. Kaum hatten wir einige Schritte getan, da brach aus einer Baumgruppe ein wütender Stier hervor und stürmte auf uns zu. Der Herzog lief ihm entgegen, den Mantel in der einen Hand und den Degen in der anderen. Der Stier stand einen Augenblick still, stürzte sich dann auf den Herzog, rannte in dessen Degen und fiel zu seinen Füßen nieder. Ich glaubte, mein Leben der Tapferkeit und Gewandtheit des Herzogs zu verdanken. Am nächsten Morgen erfuhr ich jedoch, daß der Stier vom Stallmeister des Herzogs eigens hingebracht worden war und daß sein Herr die Gelegenheit herbeigeführt hatte, mir nach der in seiner Heimat üblichen Weise eine Artigkeit zu erweisen. Weit entfernt, ihm dafür dankbar zu sein, konnte ich ihm nicht verzeihen, daß er mir Furcht eingejagt hatte, und ich wies ihn ab.

Die Spinaverde freute sich über die Abweisung des Werbers. Sie benutzte die Gelegenheit, um mir all meine Vorzüge vor Augen zu führen und mir begreiflich zu machen, wieviel ich verlöre, wenn ich meine Lage änderte und mich einem Herrn und Meister unterordnete. Einige Zeit später kam der gleiche Staatssekretär abermals zu Besuch, begleitet von einem anderen Gesandten sowie vom regierenden Fürsten von Nudel-Hansberg. Das war ein großer, breiter, dicker, blonder, hellhäutiger, blasser Edelmann, und er wollte sich mit mir über die Majorate unterhalten, die er in den Erblanden besaß; aber wenn er italienisch sprach, tat er es mit Tiroler Akzent. Ich begann es ihm nachzutun, und in dieser nachahmenden Sprechweise versicherte ich ihm, daß seine Gegenwart in den Majoraten der Erblande sehr notwendig sei. Etwas beleidigt reiste er ab. Die Spinaverde überschüttete mich mit Liebkosungen, und um mich sicherer an Monte Salerno zu binden, ließ sie all die schönen Dinge errichten, die Sie sehen.

»Ah«, rief ich aus, »es ist ihr vollkommen gelungen! Dieser schöne Ort kann ein Paradies auf Erden genannt werden.«

Bei diesen Worten erhob sich die Fürstin entrüstet und sagte: »Romati, ich habe Sie gebeten, sich nicht mehr dieses Ausdrucks zu bedienen.«

Dann begann sie mit verkrampftem und verzerrtem Gesicht zu lachen und wiederholte immerzu: »Ja, das Paradies, das Paradies. Er liebt es, vom Paradies zu sprechen.«

Die Szene wurde peinlich. Die Fürstin nahm schließlich wieder ihre ernste Miene an, betrachtete mich mit strengem Blick und befahl mir, ihr zu folgen.

Darauf öffnete sie eine Tür, und wir befanden uns in unterirdischen Gewölben; ich bemerkte in einiger Entfernung einen See, der aus Silber zu sein schien und in Wahrheit aus Quecksilber war. Die Fürstin klatschte in die Hände; es erschien ein Boot, geführt von einem gelben Zwerg. Wir bestiegen es, und ich wurde gewahr, daß der Zwerg ein Gesicht aus Gold, Augen aus Diamanten und einen Mund aus Korallen hatte. Kurzum, es war ein Automat, der mittels kleiner Ruder das Quecksilber mit viel Fertigkeit zerteilte und so das Boot vorwärts bewegte. Dieser neuartige Fährmann ließ uns am Fuß eines Felsens aussteigen, der sich öffnete, und wir betraten ein anderes Gewölbe, wo eine große Zahl anderer Automaten uns das einzigartigste Schauspiel bot. Pfauen schlugen ein Rad und zeigten dabei Schwanzfedern aus

Email, übersät mit Juwelen. Papageien, deren Gefieder aus Smaragden bestand, flogen über unseren Köpfen. Neger aus Ebenholz boten uns goldene Schalen, gefüllt mit Kirschen aus Rubin und Trauben aus Saphir. Tausend andere erstaunliche Dinge gab es in diesen Wundergewölben, deren Ende das Auge nicht erfaßte.

Darauf kam mir – ich weiß nicht, woher – abermals der Wunsch, jenes Wort vom Paradies zu wiederholen, damit ich sähe, wie es auf die Fürstin wirke. Ich gab der verhängnisvollen Neugier nach und sagte: »Wahrhaftig, Signora, man kann sagen, daß Sie das Paradies auf Erden haben.«

Die Fürstin lächelte mir auf die freundlichste Weise zu und sprach: »Damit Sie von den Annehmlichkeiten dieses Schlosses einen noch besseren Eindruck erhalten, werde ich Ihnen meine sechs Kammerfrauen vorstellen.«

Sie nahm einen goldenen Schlüssel, der an ihrem Gürtel hing, trat zu einer großen, mit schwarzem Samt bedeckten und mit massivem Silber beschlagenen Truhe und öffnete sie.

Als sie es getan hatte, sah ich ein Gerippe aus der Truhe steigen und mit drohender Gebärde auf mich zukommen. Ich zog meinen Degen. Das Skelett riß sich selbst den linken Arm aus, benutzte ihn als Waffe und drang wütend auf mich ein. Ich verteidigte mich recht gut, doch ein zweites Gerippe sprang aus der Truhe, riß aus dem ersten eine Rippe heraus und versetzte mir damit einen Schlag auf den Kopf. Ich packte es am Halse, das Skelett umschlang mich mit seinen Knochenarmen und wollte mich zu Boden werfen. Ich entledigte mich seiner, aber ein drittes Gerippe verließ die Truhe und gesellte sich zu den beiden ersten. Die drei restlichen erschienen gleichfalls. Da ich nicht hoffen konnte, einen so ungleichen Kampf zu bestehen, warf ich mich auf die Knie und bat die Fürstin um Gnade.

Die Fürstin befahl den Gerippen, in die Truhe zurückzukehren, dann sprach sie zu mir: »Romati, erinnern Sie sich Ihr Leben lang an das, was Sie hier gesehen haben.«

Zugleich ergriff sie meinen Arm, ich fühlte eine versengende Glut bis auf den Knochen und wurde ohnmächtig.

Ich weiß nicht, wie lange ich in diesem Zustand blieb. Schließlich erwachte ich und vernahm in meiner Nähe frommen Gesang. Ich sah, daß ich mich mitten in einem weiten Trümmerfeld befand. Ich versuchte hinauszukommen und gelangte in einen ummauerten Hof, wo ich eine Kapelle erblickte und Mönche, die den Morgengottesdienst hielten. Nachdem sie ihn beendet hatten, lud mich der Prior in seine Zelle ein. Ich folgte ihm, und mühsam meine Gedanken sammelnd, erzählte ich ihm, was mir widerfahren war. Als ich meinen Bericht beendet hatte, sagte der Prior: »Mein Sohn, trägst du nicht ein Mal an dem Arm, den die Fürstin ergriffen hat?«

Ich schob meinen Ärmel zurück und sah in der Tat, daß mein Arm ganz verbrannt war und Spuren von den fünf Fingern der Fürstin trug.

Darauf öffnete der Prior eine Truhe, die neben seinem Bett stand, und holte ein altes Pergament hervor.

»Hier«, sagte er, »ist unsere Stiftungsbulle, sie wird Sie über das, was Sie gesehen haben, aufklären.«

Ich entrollte das Pergament und las darin das folgende:

Im Jahre des Herrn 1503, dem neunten Jahre der Herrschaft Friedrichs, Königs von Neapel und Sizilien, trieb Elfrida von Monte Salerno die Gottlosigkeit bis zum Äußersten und rühmte sich laut, das wahre Paradies zu besitzen und freiwillig auf jenes zu verzichten, das uns im ewigen Leben erwartet. Doch in der Nacht von Gründonnerstag zu Karfreitag verschlang ein Erdbeben ihren Palast, dessen Ruinen eine Stätte des Satans wurden, wo sich gar viele Dämonen, vom Feind des Menschgeschlechts geschickt, niederließen und lange Zeit durch mancherlei Gaukelspiel jene Menschen beunruhigten und noch beunruhigen, die es wagen, sich Monte Salerno zu nähern; selbst die guten Christen, die in der Umgebung wohnen, wählen sie als Opfer. Daher billigen Wir,

Pius III., Knecht der Knechte Gottes etc., die Stiftung einer Kapelle zwischen den Ruinen selbst etc.

Ich erinnere mich nicht mehr an den Rest der Bulle. Ich besinne mich nur noch darauf, daß der Prior mir versicherte, die Beunruhigungen durch die Dämonen seien viel seltener geworden, kämen freilich immer noch zuweilen vor, besonders in der Nacht von Gründonnerstag zu Karfreitag. Zugleich riet er mir, einige Messen für das Seelenheil der Fürstin lesen zu lassen und ihnen selbst beizuwohnen. Ich befolgte seinen Rat, und dann brach ich auf, um meine Reise fortzusetzen. Aber was ich in jener verhängnisvollen Nacht gesehen habe, ließ ein Gefühl der Schwermut in mir zurück, das durch nichts ausgelöscht werden kann, und zudem bereitet mir mein Arm arge Schmerzen.

Bei diesen Worten schob Romati seinen Ärmel zurück und ließ uns seinen Arm sehen, wo man den Abdruck von den Fingern der Fürstin und etwas wie Brandmale erkennen konnte.

Hier unterbrach ich den Zigeunerhauptmann, um ihm zu sagen, daß ich bei dem Kabbalisten in den vermischten Erzählungen von Happelius geblättert und dort eine recht ähnliche Geschichte gefunden hätte.

»Das kann wohl sein«, erwiderte der Hauptmann, »vielleicht hat Romati seine Geschichte diesem Buch entnommen. Vielleicht hat er sie auch erfunden. Gewiß ist jedenfalls, daß seine Erzählung viel dazu beigetragen hat, in mir die Reiselust zu wecken und sogar eine unbestimmte Hoffnung auf wunderbare Abenteuer, die ich freilich niemals erlebte. Doch so stark sind die Eindrücke, die wir in unserer Kindheit empfangen, daß diese närrische Hoffnung mir lange den Kopf verwirrte und daß ich noch heute nicht recht von ihr geheilt bin.«

»Herr Pandesowna«, sagte ich dann zu dem Zigeunerhauptmann, »haben Sie nicht angedeutet, daß Sie, seitdem Sie in diesen Bergen wohnen, hier Dinge gesehen haben, die man wohl wunderbar nennen kann?«

»Das ist wahr«, antwortete er, »ich habe Dinge gesehen, die mich an die Geschichte Romatis erinnerten ...«

In diesem Augenblick kam ein Zigeuner und unterbrach unser Gespräch. Es stellte sich heraus, daß der Hauptmann noch zu tun hatte; so nahm ich denn meine Flinte und ging auf die Jagd. Ich kletterte auf einige Gipfel, und als ich in das Tal hinabblickte, das sich zu meinen Füßen ausbreitete, meinte ich in der Ferne den unglückseligen Galgen der Brüder Zotos zu erkennen. Dieses Bild erregte meine Neugier. Ich beschleunigte meine Schritte und befand mich tatsächlich bald am Eingang zu der Richtstätte, wo immer noch die beiden Leichen am Galgen hingen. Voller Entsetzen wandte ich den Blick, und traurig kehrte ich in unser Lager zurück. Der Hauptmann fragte mich, wo ich gewesen sei. Ich antwortete, ich sei bis zum Galgen der Brüder Zotos gewandert.

»Haben Sie die beiden hängen sehen?« fragte er.

»Wie?« warf ich ein. »Haben sie denn die Gewohnheit, sich zuweilen vom Galgen zu lösen?«

»Sehr oft«, meinte der Zigeunerhauptmann, »und besonders nachts.«

Die wenigen Worte stürzten mich in Zweifel. So befand ich mich denn von neuem in der Nachbarschaft der beiden verdammten Gespenster; ich wußte nicht, ob es nun Vampire waren oder erfundene Schreckgestalten, die mich ängstigen sollten – jedenfalls mußte man vor ihnen auf der Hut sein. Ich blieb während der restlichen Stunden des Tages bedrückt, ging schlafen, ohne zu Abend gegessen zu haben, und träumte die ganze Nacht nur von Gespenstern, Vampiren, Geistern, verdammten Seelen und Gehenkten.

Vierzehnter Tag

Die Zigeunerinnen brachten mir Schokolade und waren so freundlich, mir Gesellschaft zu leisten. Dann nahm ich wieder die Flinte, und ich begreife nicht, welche unselige Zerstreutheit mich abermals zur Richtstätte der beiden Brüder Zotos führte. Ich fand den Galgen leer. Ich trat näher und sah die beiden Leichen ausgestreckt auf der Erde liegen, zwischen ihnen ein junges Mädchen, in dem ich Rebekka erkannte.

Ich weckte sie, so sanft ich nur konnte; indessen versetzte sie der unerwartete Anblick, vor dem ich sie nicht ganz zu bewahren vermochte, in einen schrecklichen Zustand. Sie bekam Krämpfe, weinte und wurde ohnmächtig. Ich nahm sie auf den Arm und trug sie zu einer nahen Quelle; dort besprengte ich ihr Gesicht mit Wasser und brachte sie allmählich wieder zur Besinnung. Ich hätte niemals gewagt, sie zu fragen, wie sie unter jenen Galgen gekommen war, doch sie begann selbst davon zu sprechen.

»Ich hatte es wohl vorhergesehen«, sagte sie, »daß Ihr Schweigen für mich verderblich sein würde. Sie wollten uns nicht Ihre Erlebnisse berichten, und so wurde ich, wie Sie, das Opfer dieser verdammten Vampire, deren abscheuliche Ränke in einem einzigen Augenblick all das zunichte machten, was mein Vater in langem Mühen erreicht hatte, um mir die Unsterblichkeit zu sichern. Es fällt mir schwer, mir die Schrecken dieser Nacht zu vergegenwärtigen; ich werde indessen versuchen, sie ins Gedächtnis zurückzurufen und

Ihnen zu berichten; aber damit Sie mich besser verstehen, werde ich Ihnen die Geschichte meines Lebens von Anfang an erzählen.«

Die Geschichte Rebekkas

Als mein Bruder Ihnen seine Geschichte erzählte, hat er auch einiges über mich berichtet. Man hatte ihm als Gattinnen die beiden Töchter der Königin von Saba bestimmt, und mich beabsichtigte man mit den beiden Genien von der Konstellation der Zwillinge zu vermählen. In der Hoffnung auf einen so glänzenden Bund verdoppelte mein Bruder seinen Eifer für die kabbalistischen Lehren. Bei mir trat das Gegenteil ein: mich schreckte der Gedanke, mit zwei Genien vermählt zu werden; ich brachte es nicht über mich, auch nur zwei Verse der Kabbala zusammenzufügen. Immer verschob ich die Arbeit auf den nächsten Tag, und es endete damit, daß ich diese ebenso schwierige wie gefährliche Kunst beinahe verlernte.

Mein Bruder bemerkte bald meine Nachlässigkeit und machte mir deswegen bittere Vorwürfe. Ich gelobte zwar, mich zu bessern, dachte aber nicht daran, mein Versprechen zu halten. Schließlich drohte er, mich vor meinem Vater anzuklagen. Ich beschwor ihn, es mir zu erlassen. Er sagte mir zu, bis zum darauffolgenden Sonnabend zu warten, da ich aber noch nichts getan hatte, trat er an jenem Tag um Mitternacht in mein Zimmer, weckte mich und sagte, daß er den schrecklichen Schatten Mamuns beschwören werde. Ich warf mich ihm zu Füßen, doch er blieb unerbittlich. Ich hörte ihn die Formel aussprechen, die einst die Hexe von Endor gefunden hatte. Sogleich erschien mein Vater, auf einem Thron von Elfenbein sitzend. Sein drohender Blick ließ mich erstarren; ich glaubte, ich würde das erste Wort aus seinem Munde nicht überleben. Doch ich vernahm ihn, er sprach – Gott Abrahams! –, er sprach die entsetzlichsten Verwünschungen aus. Ich werde Ihnen nicht wiederholen, was er sagte …

Hier bedeckte die junge Israelitin ihr Gesicht mit beiden Händen und schien beim bloßen Gedanken an jene furchtbare Szene zu erschauern. Doch sie faßte sich und fuhr also fort:

Ich vernahm nicht mehr die letzten Worte meines Vaters: ich sank in Ohnmacht, ehe er zu Ende gesprochen hatte. Als ich wieder zu mir kam, erblickte ich meinen Bruder: er reichte mir das Buch der Sefiroth. Ich dachte daran, von neuem die Besinnung zu verlieren; doch ich mußte mich dem Spruch beugen. Mein Bruder, der wohl ahnte, daß man mit mir wieder ganz von vorn beginnen müsse, rief mir geduldig die Anfangsgründe nach und nach wieder ins Gedächtnis. Ich begann mit der Zusammenstellung von Silben, dann ging ich dazu über, Wörter und Formeln zusammenzustellen. Schließlich ergab ich mich wieder ganz dieser erhabenen Kunst. Ich verbrachte die Nächte in dem Arbeitszimmer, das meinem Vater als Observatorium gedient hatte, und ging schlafen, wenn das Tageslicht meine Übungen zu stören begann. Dann sank ich fast um vor Müdigkeit. Meine Mulattin Sulaichâ kleidete mich aus, fast ohne daß ich etwas davon merkte; ich schlief einige Stunden, und dann kehrte ich an eine Arbeit zurück, für die ich, wie Sie sehen werden, keineswegs geschaffen war.

Sie kennen Sulaichâ, Sie hatten Gelegenheit, ihren Reizen einige Aufmerksamkeit zu schenken, und sie hat ihrer unendlich viele: ihre Augen strahlen Zärtlichkeit aus, ihren

Mund verschönt das Lächeln, die Formen ihres Körpers sind vollkommen. Eines Morgens kehrte ich aus dem Observatorium zurück. Ich rief sie, um mich auskleiden zu lassen – sie hörte mich nicht. So trat ich in ihr Zimmer, das neben dem meinen liegt. Dort sah ich sie am Fenster, hinausgebeugt, halbnackt, jemandem zuwinken, der sich jenseits des Tales befand, und ihm Kußhändchen zuwerfend, in die sie ihre ganze Seele hineinzulegen schien. Ich hatte keine Vorstellung von der Liebe: zum ersten Male zeigte sich vor meinen Augen eine Äußerung dieses Gefühles. Ich war so erregt und überrascht, daß ich wie eine Statue stehenblieb. Sulaichâ wandte sich um, ein jähes Rot durchdrang die nußbraune Farbe ihres Busens und breitete sich über ihren ganzen Körper aus. Auch ich errötete, dann wurde ich blaß. Ich glaubte niederzusinken. Sulaichâ fing mich in ihren Armen auf, und ihr Herz, das ich gegen das meine schlagen fühlte, übertrug den Aufruhr, der in ihren Adern tobte, auf mich.

Sulaichâ kleidete mich rasch aus. Als ich im Bett lag, schien sie sich freudig zurückzuziehen und mit noch größerer Freude ihre Tür zu schließen. Bald danach hörte ich, wie jemand in ihr Zimmer trat. Eine ebenso plötzliche wie unwillkürliche Regung riß mich aus dem Bett; ich lief zur Tür und legte mein Auge ans Schlüsselloch. Ich erblickte den jungen Mulatten Tanzai; er brachte einen Korb mit Blumen, die er draußen auf der Flur gepflückt hatte. Sulaichâ lief ihm entgegen, ergriff mit beiden Händen die Blumen und preßte sie an ihren Busen. Tanzai trat näher, um den Blütenduft zu atmen, der sich mit den Seufzern seiner Geliebten mischte. Ich sah deutlich, wie durch Sulaichâs Glieder ein Schauer lief, der sich auch ihm mitzuteilen schien; sie blickte Tanzai mit flackernden Augen an und fiel in seine Arme. Ich aber warf mich auf mein Bett, um meine Schwäche und meine Scham zu verbergen.

Ich netzte mein Lager mit Tränen, vor Schluchzen erstickte ich fast, und im Übermaß meines Schmerzes rief ich aus: »O meine hundertzwölfte Urahne, deren Namen ich trage, sanfte und liebevolle Gattin Isaaks, wenn du, in Abrahams – deines Schwiegervaters – Schoße ruhend, siehst, in welchem Zustand ich mich befinde, so besänftige den Schatten Mamuns und sag ihm, daß seine Tochter der Ehren, die er ihr bestimmte, unwürdig ist.«

Meine Klagelaute hatten den Bruder geweckt. Er trat in mein Zimmer, und da er mich krank glaubte, ließ er mich ein Beruhigungsmittel nehmen. Um Mittag erschien er noch einmal, er fand, daß mein Puls lebhaft schlug, und erbot sich, die kabbalistischen Übungen für mich weiterzuführen. Ich nahm an, denn ich hätte nicht arbeiten können. Gegen Abend schlief ich ein, und ich hatte Träume, ganz unähnlich jenen, die mir bis dahin erschienen waren. Am nächsten Tag träumte ich mit offenen Augen, oder wenigstens war ich derart zerstreut, daß man mich wohl träumend glauben mochte. Die Blicke, die mein Bruder mir zuwarf, machten mich erröten, ohne daß ich wußte, warum. So vergingen acht Tage.

Eines Nachts trat der Bruder in mein Zimmer. Unter dem Arm hielt er das Buch der Sefiroth und in der Hand ein Konstellationsband; auf ihm standen die zweiundsiebzig Namen geschrieben, die Zarathustra der Konstellation der Zwillinge gegeben hatte.

»Rebekka«, sagte er, »Rebekka, mache dich frei von einem Zustand, der dich entwürdigt. Es ist an der Zeit, daß du deine Macht über die Elementargeister erprobst. Und dieses Konstellationsband wird dich vor ihrem Ungestüm bewahren. Wähle unter den Bergen der Umgebung denjenigen, der dir für deine Übungen am geeignetsten erscheint. Denk daran, daß dein Schicksal davon abhängt.«

Nach diesen Worten schob mich mein Bruder zum Schloßtor hinaus und ließ das Gitter hinter mir herab.

Mir selbst überlassen, faßte ich wieder Mut. Die Nacht war dunkel. So stand ich da: im bloßen Hemd, barfuß, mit gelöstem Haar, mein Buch in der einen und mein Zauberband in der anderen Hand. Ich lenkte meine Schritte nach dem Berg, der mir am nächsten lag. Ein Hirt wollte mich packen, ich stieß ihn mit dem Buch, das ich hielt, zurück, und er fiel mir tot zu Füßen. Sie werden sich darüber nicht wundern, wenn Sie erfahren, daß der Einband des Buches aus Holz von der Arche gefertigt war; es hatte die Eigenschaft, alles zu vernichten, was es berührte.

Die Sonne stieg empor, als ich auf dem Gipfel angelangt war, den ich für meine Übungen gewählt hatte. Ich konnte erst in der nächsten Nacht damit beginnen. So zog ich mich in eine Höhle zurück. Dort fand ich eine Bärin mit ihren Jungen. Sie stürzte sich auf mich, doch der Einband verfehlte nicht seine Wirkung, und das wütende Tier sank vor mir nieder. Seine vollen Zitzen machten mir bewußt, daß ich vor Entkräftung beinahe starb, und mir stand noch kein Genius, ja nicht einmal der geringste Poltergeist zu Diensten. Ich faßte den Entschluß, mich neben die Bärin zu legen und ihre Milch zu saugen. Ein Rest von Wärme, den das Tier noch bewahrte, machte dieses Mahl weniger abstoßend, doch die kleinen Bären kamen und forderten ihr Teil. Stellen Sie sich ein sechzehnjähriges Mädchen vor, Alfons, das niemals die heimischen Stätten verlassen hatte und sich nun in einer solchen Lage befand. Mir standen schreckliche Waffen zu Gebote, doch ich hatte mich ihrer nie bedient, und die geringste Unaufmerksamkeit konnte sie gegen mich wenden.

Indessen verdorrte das Gras unter meinen Schritten, in der Luft loderte Flammenglut, und die Vögel fielen mitten im Flug tot auf die Erde. Ich schloß daraus, daß die Dämonen bereits wußten, was geschehen sollte, und sich zu sammeln begannen. Ein Baum entzündete sich von selbst; Rauchschwaden gingen von ihm aus, die, statt hochzusteigen, meine Höhle umgaben und mich in Dämmer hüllten. In die zu meinen Füßen liegende Bärin schien das Leben wiederzukehren; ihre Augen erglommen in einem Feuer, das für einen Augenblick die Dunkelheit verdrängte. Aus ihrem Maule sprang ein Schalksgeist in Form einer geflügelten Schlange. Es war Nemrael, ein Dämon des untersten Grades, den man dazu bestimmt hatte, mir zu dienen. Doch bald darauf vernahm ich Worte in der Sprache der Egregoren, der bedeutendsten unter den gefallenen Engeln. Ich verstand, daß sie mir die Ehre erwiesen, bei meinem Eintritt in die Welt der Zwischenwesen zugegen zu sein. Es ist die gleiche Sprache, die wir aus dem Buche Henoch kennen, einem Werk, das ich sorgfältig studiert habe.

Schließlich meldete sich Semjasa, Fürst der Egregoren, um mir mitzuteilen, daß ich nun beginnen solle. Ich trat aus der Höhle, breitete mein Konstellationsband kreisförmig aus und sprach mit lauter Stimme die schrecklichen Formeln, die ich bis dahin nur stumm zu lesen gewagt hatte ... Sie verstehen sicherlich, Señor Alfons, daß ich Ihnen nicht verraten kann, was damals geschah, und Sie könnten es auch nicht begreifen. Nur so viel will ich sagen, daß ich ziemlich große Macht über die Geister gewann und daß man mich die Mittel lehrte, wie ich mich den himmlischen Zwillingen zu erkennen gäbe. Um jene Zeit erblickte mein Bruder die Fußspitzen der Töchter Salomos. Ich wartete, bis die Sonne ins Zeichen der Zwillinge trat, und begann meinerseits mit den Übungen. Ich ließ nichts außer acht, um einen vollen Erfolg zu erreichen, und damit ich den Faden meiner Kombinationen nicht verlor, dehnte ich mein nächtliches Tun so lange aus, bis ich schließlich vom Schlaf überwältigt wurde und aufhören mußte.

Als ich in der kommenden Nacht vor meinem Spiegel saß, erblickte ich zwei menschliche Gestalten, die hinter mir zu stehen schienen. Ich wandte mich um, sah aber nichts. Ich schaute in den Spiegel und erblickte sie abermals. Übrigens hatte die Erscheinung nichts Erschreckendes. Ich sah zwei junge Männer, deren Gestalt das Menschenmaß etwas überschritt; ihre Schultern waren auch breiter, doch ihre Rundung erinnerte an Frauenschultern. Die Brust wölbte sich bei ihnen gleichfalls wie die der Frauen, aber der Schoß glich dem der Männer. Ihre gerundeten, wohlgeformten Arme stützten sich auf die Hüften, in der Haltung, die man an den ägyptischen Statuen sieht. Das sanft gewellte Haar, von einer Farbe, die sich aus Gold und Azurblau mischte, fiel ihnen auf die Schultern. Ich spreche nicht von ihren Gesichtszügen – Sie können sich denken, wie schön Halbgötter sein müssen; denn es waren freilich die himmlischen Zwillinge. Ich erkannte sie an den kleinen Flammen, die über ihren Häuptern glommen.

»Wie waren die Halbgötter gekleidet?« fragte ich Rebekka, die, darauf antwortend, in ihrem Bericht fortfuhr:

Sie waren völlig unbekleidet. Jeder hatte vier Flügel, von denen zwei auf den Schultern lagen, während sich die beiden anderen über ihren Lenden zusammenfügten. Die Flügel waren zwar ebenso durchsichtig wie die einer Mücke, doch Muster aus Purpur und Gold, welche die lichten Gebilde durchwirkten, verdeckten alles, was das Schamgefühl hätte verletzen können.

›Dies also‹, sagte ich im stillen, ›sind die himmlischen Gatten, denen ich bestimmt bin.‹ Ich konnte mich nicht enthalten, sie insgeheim mit dem jungen Mulatten zu vergleichen, der Sulaichâ liebte. Der Vergleich machte mich erröten. Ich sah in den Spiegel und glaubte zu bemerken, daß mir die Halbgötter einen zornigen Blick zuwarfen, so, als hätten sie in meiner Seele gelesen und als fühlten sie sich durch meine unwillkürliche Anwandlung beleidigt.

Mehrere Tage lang wagte ich nicht, meine Augen auf den Spiegel zu richten. Endlich faßte ich mir ein Herz. Die göttlichen Zwillinge hatten die Hände über der Brust gekreuzt; ihre Züge strahlten Sanftmut aus und zerstreuten meine Bangigkeit. Indessen wußte ich nicht, was ich ihnen sagen sollte. Um mir aus der Verlegenheit zu helfen, holte ich einen Band mit den Werken Edris', den ihr Atlas nennt; es ist das Schönste, was wir an Poesie besitzen. Die Harmonie der Verse Edris' hat manche Ähnlichkeit mit der Harmonie der Himmelskörper. Da mir die Sprache dieses Autors nicht sehr geläufig ist und ich fürchtete, schlecht gelesen zu haben, richtete ich meine Augen verstohlen auf den Spiegel, um zu sehen, welche Wirkung ich auf meine Zuhörer ausübte: ich hatte allen Grund, zufrieden zu sein. Die Thoamim sahen einander an und schienen mir zuzustimmen, und einige Male warfen sie mir im Spiegel Blicke zu, denen ich nicht ohne Erregung begegnete.

Mein Bruder trat ein, und die Vision verschwand. Er erzählte mir von den Töchtern Salomos, deren Fußspitzen er erblickt hatte. Er war heiter, und ich teilte seine Freude. Ich fühlte mich durchdrungen von einem Gefühl, das ich bis dahin nicht gekannt hatte. Die innere Erregung, die man bei den kabbalistischen Übungen verspürt, machte einer süßen Gelöstheit Platz, deren Reize mir bis dahin verborgen geblieben waren.

Mein Bruder ließ das Schloßtor öffnen; es war seit meinem Gang auf den Berg verschlossen geblieben. Wir genossen das Vergnügen eines Spaziergangs. Die Flur schien mir in den schönsten Farben zu schillern. Ich fand auch in den Augen meines Bruders eine Begeisterung, sehr ungleich jener, die man für die Wissenschaften empfindet. Wir traten in einen Orangenhain. Wir hingen unseren Träumen nach, er ging seinen Weg und ich den meinen, wir trafen wieder zusammen, noch immer erfüllt von unseren Träumereien.

Sulaichâ brachte mir zum Auskleiden einen Spiegel. Ich sah, daß ich nicht allein war, und ließ den Spiegel forttragen, indem ich mir, gleich dem Vogel Strauß, einredete, daß ich nicht gesehen würde, wenn ich selbst nicht sähe. Ich legte mich nieder und schlief ein, doch bald bemächtigten sich meiner Phantasie die seltsamsten Träume. Es kam mir vor, als erblickte ich in der unendlichen Ferne des Himmels zwei leuchtende Sterne, die sich majestätisch im Tierkreis bewegten. Sie entfernten sich plötzlich, darauf kehrten sie zurück, den kleinen Nebelfleck vom Fuße des Fuhrmanns mit sich führend.

Die drei Himmelskörper setzten gemeinsam ihren kosmischen Weg fort; dann hielten sie inne und nahmen die Gestalt eines feurigen Meteors an. Darauf erschienen sie mir in der Form dreier leuchtender Ringe, die sich, nachdem sie längere Zeit gekreist hatten, um einen gemeinsamen Mittelpunkt vereinigten. Nunmehr verwandelten sie sich in eine Art Glorienschein, der einen Thron aus Saphir umgab. Ich sah die Zwillinge, wie sie den Arm nach mir ausstreckten und mir den Platz wiesen, den ich zwischen ihnen einnehmen sollte. Ich wollte zu ihnen eilen, doch in diesem Augenblick glaubte ich den Mulatten Tanzai zu sehen, der mich festhielt, indem er mich an der Taille packte. Ich fühlte mich tatsächlich von etwas gepackt und fuhr aus dem Schlafe auf.

In meinem Zimmer war es dunkel, und ich sah durch die Türspalten, daß bei Sulaichâ Licht brannte. Ich hörte sie stöhnen und glaubte, sie sei krank; ich hätte sie rufen sollen, doch ich tat es nicht. Ich weiß nicht, welche Unbesonnenheit mich wiederum zum Schlüsselloch trieb. Ich erblickte den Mulatten Tanzai, wie er sich mit Sulaichâ Kühnheiten erlaubte, die mich vor Schreck erstarren ließen. Vor meinen Augen wurde es dunkel, und ich sank bewußtlos zu Boden.

Als ich wieder zu mir kam, sah ich meinen Bruder und Sulaichâ an meinem Bett stehen. Ich warf Sulaichâ einen vernichtenden Blick zu und verbot ihr, mir jemals wieder unter die Augen zu treten. Mein Bruder fragte mich nach dem Grund dieser Strenge. Errötend erzählte ich ihm, was mir in der Nacht widerfahren war. Er gab mir zur Antwort, daß er sie am Tage vorher verheiratet habe, daß er es aber jetzt bedaure – er habe nicht vorausgesehen, was nun geschehen sei. Freilich war nur mein Blick entweiht worden, doch er beunruhigte sich sehr, da er die außerordentliche Empfindlichkeit der Thoamim kannte. Was mich betraf, so hatte ich alle Gefühle, ausgenommen das der Scham, verloren, und ich wäre lieber gestorben, als daß ich in einen Spiegel geblickt hätte.

Mein Bruder kannte nicht die Art meiner Beziehungen zu den Thoamim; doch er wußte, daß ich ihnen nicht mehr unbekannt war, und da er sah, daß ich in eine Art Schwermut verfiel, fürchtete er, ich könnte die Übungen, die ich begonnen hatte, wieder aufgeben. Die Sonne schickte sich an, das Zeichen der Zwillinge zu verlassen, und er glaubte mich darauf hinweisen zu müssen. Ich erwachte wie aus einem Traum. Ich bebte bei dem Gedanken, daß ich die Thoamim vielleicht nicht wiedersähe und daß ich mich für elf Monate von ihnen trennte, ohne zu wissen, welchen Platz ich in ihrem Geiste einnahm, ja selbst fürchtend, daß ich ihrer Beachtung ganz unwürdig geworden sei.

Ich entschloß mich, in einen hohen Saal des Schlosses zu gehen, den ein zwölf Fuß hoher venezianischer Spiegel zierte. Doch um Fassung zu behalten, nahm ich den Band von Edris mit, in dem sein Gedicht über die Erschaffung der Welt stand. Ich setzte mich weit vom Spiegel entfernt nieder und begann laut zu lesen. Dann wagte ich es, das Lesen unterbrechend und die Stimme hebend, die Thoamim zu fragen, ob sie Zeugen dieser Wunder gewesen seien. Darauf löste sich der venezianische Spiegel von der Wand und stellte sich vor mich. Ich erblickte in ihm die Zwillinge; sie lächelten zustimmend und neigten beide das Haupt zum Zeichen, daß sie bei der Schaffung der Welt wirklich zugegen gewesen seien und daß alles sich so zugetragen habe, wie es Edris schildert. Ich wurde noch kühner; ich schloß mein Buch und erwiderte die Blicke meiner göttlichen Geliebten. Dieser Augenblick des Vergessens wäre mir beinahe teuer zu stehen gekommen. Zuviel Menschliches hatte ich noch an mir, um einen so vertraulichen Austausch ertragen zu können. Die Flamme, die in ihren Augen brannte, drohte mich zu verzehren; ich senkte den Blick, und als ich mich ein wenig beruhigt hatte, las ich weiter. Ich stieß gerade auf den ersten Gesang Edris', in dem dieser König unter den Dichtern die Liebesverhältnisse der Söhne Elohims zu den Töchtern der Menschen schildert. Man kann sich heute kein Bild mehr davon machen, auf welche Weise man in jenem ältesten Zeitalter liebte. Die Übersteigerungen, die ich selbst nicht recht verstand, ließen mich oft stocken. In diesen Augenblicken richtete ich meine Augen unwillkürlich auf den Spiegel, und ich glaubte zu bemerken, daß die Thoamim mir mit immer lebhafter werdender Freude lauschten. Sie streckten die Arme nach mir aus, näherten sich meinem Stuhl. Ich sah sie die glänzenden Flügel entfalten, die sie an den Schultern trugen; ich nahm auch ein leichtes Zucken in den Flügeln wahr, die ihnen um die Lenden lagen. Da ich fürchtete, daß sie auch diese entfalten wollten, legte ich eine Hand über meine Augen. Im gleichen Augenblick verspürte ich auf ihr wie auf jener, mit der ich das Buch hielt, einen Kuß. Und da hörte ich auch, wie der Spiegel in tausend Stücke zersprang. Ich begriff, daß die Sonne das Zeichen der Zwillinge verlassen hatte und daß sie auf diese Weise von mir Abschied nahmen.

Am nächsten Tag bemerkte ich in einem anderen Spiegel etwas wie zwei Schatten oder eher etwas wie einen leichten Umriß der beiden Himmelsgestalten. Abermals einen Tag später sah ich gar nichts mehr. Dann verbrachte ich, um die Trauer des Alleinseins zu bannen, die Nächte im Observatorium, wo ich, das Auge am Fernrohr, meine Geliebten bis zu ihrem Verschwinden mit dem Blick begleitete. Sie befanden sich schon unter dem Horizont, und noch immer glaubte ich, sie zu sehen. Wenn schließlich der Schwanz des Krebses unsichtbar wurde, zog ich mich zurück, und oft benetzte ich mein Kissen mit Tränen, die unaufhaltsam flossen und deren Ursache ich selbst nicht wußte.

Indessen widmete sich mein Bruder, von Liebe und Hoffnung erfüllt, mehr denn je dem Studium der geheimen Wissenschaften. Eines Tages kam er zu mir und sagte, er schließe aus gewissen Zeichen, die er am Himmel bemerkt habe, daß ein berühmter Adept am Dreiundzwanzigsten unseres Monates Tybi, um sieben Uhr zweiundvierzig, durch Córdoba kommen werde. Dieser große Kabbalist wohnte seit zweihundert Jahren in der Pyramide des Suphis und hatte die Absicht, sich nach Amerika einzuschiffen. Ich ging am Abend ins Observatorium. Dort fand ich, daß mein Bruder recht hatte, aber meine Berechnung wich ein wenig von der seinen ab. Mein Bruder behauptete, daß die seine richtig sei, und da er stets auf seiner Meinung beharrt, beschloß er, sich selber nach Córdoba zu begeben, damit er mir beweise, daß er recht habe. Er hätte seine Reise in derselben kurzen Zeit vollbringen können, die ich brauche, um Ihnen darüber zu erzählen, doch er wollte das Vergnügen des Wanderns genießen und dem Gebirgszug folgen, wobei er den Weg wählte, auf dem ihm landschaftliche Schönheiten am meisten Freude und Zerstreuung versprachen. So kam er zur Venta Quemada. Er ließ sich von dem kleinen Nemrael begleiten, jenem Schalksgeist, der mir in der Höhle erschienen war. Er befahl ihm, ein Abendessen zu bringen; Nemrael entführte einem Benediktinerprior das Mahl und brachte es in die Venta. Dann wurde Nemrael von meinem Bruder, der ihn nicht mehr brauchte, zu mir zurückgeschickt. Ich befand mich in diesem Augenblick im Observatorium und sah am Himmel Dinge, die mich für meinen Bruder zittern machten. Ich befahl Nemrael, in die Venta zurückzukehren und seinen Herrn nicht mehr zu verlassen. Er machte sich davon und kehrte einen Augenblick später zurück, um mir zu sagen, daß eine Macht, die stärker sei als die seine, ihn daran hindere, ins Gasthaus zu gelangen. Meine Unruhe wuchs immer mehr. Endlich sah ich Sie mit meinem Bruder ankommen. Ich las in Ihren Zügen eine Unbefangenheit und Heiterkeit, die mir bewiesen, daß Sie kein Kabbalist sind. Mein Vater hatte mir vorhergesagt, daß mir von einem Sterblichen viel Schlimmes widerfahren werde, und ich fürchtete, daß Sie dieser Sterbliche seien. Bald bedrückten mich andere Sorgen. Mein Bruder erzählte mir die Geschichte Pachecos und das, was er selbst erlebt hatte, doch er fügte zu meinem großen Erstaunen hinzu, er wisse nicht, mit welcher Art Dämonen er zu tun hatte. Mit der äußersten Ungeduld erwarteten wir die Nacht, und dann sprachen wir die furchtbarsten Beschwörungen aus. Alles blieb vergebens: wir konnten nichts über die Natur der beiden Wesen erfahren, und wir wissen nicht, ob mein Bruder durch das Erlebnis mit ihnen tatsächlich seine Rechte auf die Unsterblichkeit verwirkt hat. Ich glaubte, ich könnte von Ihnen eine gewisse Aufklärung erhalten. Doch Sie wollten uns nichts sagen, um irgendeinem Ehrenwort getreu zu bleiben.

Um meinem Bruder zu helfen und ihn zu beruhigen, beschloß ich darauf, selbst eine Nacht in der Venta Quemada zu verbringen. Gestern machte ich mich auf den Weg, und die Nacht war schon vorgeschritten, als ich am Taleingang anlangte. Ich tat ein paar Dunstschwaden zusammen, machte daraus ein Irrlicht und befahl ihm, mich zur Venta zu führen. Es handelt sich um ein Geheimnis, das in unserer Familie von Geschlecht zu Geschlecht weitergegeben wurde, und auf ähnliche Weise schuf Moses, der leibliche Bruder meines dreiundsechzigsten Ahnen, die Feuersäule, die den Israeliten in der Wüste leuchtete.

Mein Irrlicht entzündete sich sehr schön und begann mir vorauszufliegen, aber es nahm nicht den kürzesten Weg. Ich bemerkte wohl seinen Ungehorsam, doch ich achtete nicht sonderlich darauf.

Es war Mitternacht, als ich ankam. Während ich in den Hof der Venta trat, sah ich, daß im mittleren Zimmer Licht brannte, und ich vernahm eine überaus wohlklingende Musik. Ich setzte mich auf eine Steinbank und unternahm einige kabbalistische Übungen, die keinerlei Wirkung hervorbrachten. Die Musik freilich bezauberte mich derart und lenkte mich so sehr ab, daß ich Ihnen jetzt nicht sagen kann, ob meine Übungen gut ausgeführt waren, und ich vermute, daß ich in einem wesentlichen Punkte Fehler begangen habe. In jenem Augenblick glaubte ich jedoch, richtig gehandelt zu haben, und da ich nun meinte, daß es in der Herberge weder Dämonen noch Geister gebe, schloß ich daraus, daß es sich nur um Menschen handeln könne, und ich gab mich dem Vergnügen hin, ihrem Gesang zu lauschen. Es waren zwei Stimmen, begleitet von einem Saiteninstrument, und sie sangen so melodisch und stimmten so gut zusammen, daß keine Musik der Welt sich damit vergleichen läßt.

Die Lieder, welche die beiden Stimmen hören ließen, weckten in mir so wonnigliche, zärtliche Empfindungen, daß ich es Ihnen nicht beschreiben kann. Auf meiner Bank sitzend, hörte ich ihnen lange zu. Endlich entschloß ich mich, hineinzugehen, denn einzig deswegen war ich ja hierhergekommen. Ich trat ein und erblickte am Tisch in der Mitte des Zimmers zwei große, wohlgestalte Jünglinge, die aßen, tranken und aus vollem Herzen sangen. Sie waren orientalisch gekleidet, Brust und Arme nackt, auf dem Kopf trugen sie einen Turban und im Gürtel kostbare Waffen.

Die beiden Unbekannten, die ich für Türken hielt, standen auf, rückten mir einen Stuhl heran, füllten mir Teller und Glas und begannen wieder zur Begleitung einer Theorbe, die sie abwechselnd spielten, zu singen.

Ihr ungezwungenes Benehmen steckte gleichsam an. Sie machten keinerlei Umstände, und ich tat es ihnen gleich. Ich hatte Hunger, also aß ich. Es gab kein Wasser, also trank ich Wein. Ich bekam Lust, mit den jungen Türken zu singen, und sie schienen mir mit Vergnügen zu lauschen. Ich sang eine spanische Seguidilla, und sie antworteten im Wechselgesang mit der gleichen Art von Versen. Ich fragte sie, wo sie Spanisch gelernt hätten.

Einer von ihnen antwortete: »Wir stammen aus Morea, und da wir von Beruf Seeleute sind, haben wir leicht die Sprachen der Häfen gelernt, in denen wir anlegten. Doch lassen wir die Seguidillas, lauschen Sie jetzt den Liedern unseres Landes.«

Was soll ich Ihnen noch erzählen, Alfons? In ihrem melodischen Gesang lag etwas, was die Seele durch alle Stufen des Empfindens führte, und als die Ergriffenheit den höchsten Grad erreicht hatte, wurde man durch eine unerwartete Wendung der Melodie zur ausgelassensten Heiterkeit geführt.

Ich ließ mich von allem, was sich hier abspielte, nicht beirren. Ich musterte aufmerksam die angeblichen Seeleute, und es kam mir vor, als hätten sie beide eine außergewöhnliche Ähnlichkeit mit meinen göttlichen Zwillingen.

»Sie sind Türken«, fragte ich sie, »und stammen aus Morea?«

»Keineswegs«, antwortete der, der bis jetzt noch nicht gesprochen hatte. »Wir sind Griechen, stammen aus Sparta und sind aus dem gleichen Ei geboren.«

»Aus dem gleichen Ei?«

»Ach, göttliche Rebekka«, sprach der andere, »erkennst du uns denn nicht? Ich bin Pollux, und dies ist mein Bruder!«

Der Schreck lähmte mir die Zunge. Die vermeintlichen Zwillinge nahmen die Gestalt aus dem Spiegel an, sie entfalteten ihre Flügel, und ich fühlte, wie sie mich in die Luft trugen. Einer glücklichen Eingebung folgend, sprach ich einen geheiligten Namen aus, über den allein mein Bruder und ich verfügen. Im gleichen Augenblick wurde ich auf die Erde geschleudert und vom Sturz völlig betäubt. Sie, Alfons, haben mich aus meiner Ohnmacht geweckt. Tief im Innern sagt mir ein Gefühl, daß ich nichts von dem verloren habe, was zu bewahren für mich wichtig ist; aber ich bin all der Wunder müde. Göttliche Zwillinge, ich bin eurer Liebe nicht würdig. Ich fühle, daß ich geboren bin, eine gewöhnliche Sterbliche zu bleiben.

Damit schloß Rebekka ihren Bericht, und mein erster Eindruck war, daß sie mich von Anfang bis Ende zum besten hatte und einzig meine Gutgläubigkeit mißbrauchen wollte. Ich verließ sie ziemlich brüsk und begann über das Gehörte nachzudenken, wobei ich vor mich hin sprach: »Entweder macht diese Frau mit den Gomélez gemeinsame Sache und will mich auf die Probe stellen und zwingen, zum mohammedanischen Glauben überzutreten, oder sie will mir aus irgendeinem anderen Grunde das Geheimnis meiner Cousinen entreißen. Was nun diese beiden betrifft, so stehen sie, wenn sie keine Teufelinnen sind, zweifellos im Dienste der Gomélez.«

Während ich mich diesen Gedanken hingab, bemerkte ich, daß Rebekka in der Luft Kreise beschrieb und andere Zaubereien ausführte. Nach einer Weile trat sie wieder zu mir und sagte: »Ich habe meinem Bruder den Ort meines Aufenthalts mitgeteilt und bin überzeugt, daß er am Abend hier ist. Lassen Sie uns inzwischen zum Zigeunerlager gehen.«

Sie stützte sich vertraulich auf meinen Arm, und wir machten uns auf den Weg. Der alte Zigeunerhauptmann begrüßte die Jüdin mit den Zeichen größter Achtung. Den ganzen Tag benahm sich Rebekka sehr natürlich und schien ihre Geheimlehren vergessen zu haben. Als gegen Abend ihr Bruder ankam, gingen sie zusammen fort. Ich begab mich zur Ruhe. Während ich in meinem Bett lag, dachte ich über die Erzählung Rebekkas noch einmal nach, und da ich früher nie von der Kabbala, von Adepten und Himmelszeichen gehört hatte, konnte ich keine rechten Einwände gegen die Glaubwürdigkeit all dieser Dinge finden. Den Kopf voll ungelöster Fragen, schlief ich ein.

Fünfzehnter Tag

Ich erwachte ziemlich früh und vertrieb mir die Zeit bis zum Frühstück mit einem Spaziergang. In einiger Entfernung erblickte ich den Kabbalisten, der mit seiner Schwester lebhaft ins Gespräch vertieft war. Ich wandte mich ab, um sie nicht zu stören, bald aber sah ich, daß der Kabbalist dem Lager zustrebte, während Rebekka sich mir näherte. Ich ging ihr ein paar Schritte entgegen, und dann wandelten wir gemeinsam, ohne ein Wort zu sprechen. Schließlich brach die schöne Israelitin das Schweigen und sagte: »Señor Alfons, ich möchte Ihnen etwas anvertrauen, was Ihnen nicht gleichgültig sein wird, wenn Sie an meinem Schicksal auch nur ein wenig Anteil nehmen. Ich gebe die kabbalistischen Lehren ein für allemal auf. In dieser Nacht habe ich tief über diese Entscheidung nachgedacht. Was nützt mir denn diese sinnlose Unsterblichkeit, mit der mich mein Vater beschenken wollte? Sind wir nicht alle auch ohne sie unsterblich? Werden wir uns denn nicht an jenem Ort vereinen, der den Gerechten bestimmt ist? Ich sehne mich danach, dieses kurze Leben zu genießen, es mit einem wirklichen Gatten zu verbringen, nicht mit Himmelskörpern. Ich möchte Mutter sein, die Kinder meiner Kinder sehen und dann, müde und vom Leben gesättigt, in ihren Armen einschlafen und zu Abrahams Schoß entschweben. Was sagen Sie zu meinem Vorsatz?«

»Ich billige ihn von ganzem Herzen«, antwortete ich, »doch was meint Ihr Bruder dazu?«

»Zuerst«, erwiderte sie, »packte ihn ein furchtbarer Zorn, doch dann versprach er mir, dasselbe zu tun, falls er auf die Töchter Salomos würde verzichten müssen. So wird er denn warten, bis die Sonne ins Zeichen der Jungfrau tritt, und dann einen endgültigen Beschluß fassen. Inzwischen möchte er herausbekommen, was es für Geister gewesen sind, die ihn in der Venta Quemada narrten und die sich Emina und Zibelda nannten. Er wollte Sie nicht selber befragen, weil er annimmt, daß Sie nicht mehr wissen als er. Heute abend jedoch will er den Ewigen Juden herbeirufen, denselben, den Sie bei dem Einsiedler gesehen haben. Er hofft, von ihm eine gewisse Aufklärung zu erhalten.«

Während Rebekka so sprach, bedeutete man uns, daß das Frühstück bereitet sei. Man reichte es uns in einer geräumigen Höhle, wo man auch die Zelte untergebracht hatte, weil am Himmel dunkle Wolken aufzogen. Bald brach ein furchtbares Unwetter los. Da wir verurteilt waren, den ganzen Tag in der Höhle zuzubringen, bat ich den alten Zigeunerhauptmann, in seiner Geschichte fortzufahren, was er auch tat, indem er also sprach:

Fortsetzung der Geschichte des Zigeunerhauptmanns

Sie erinnern sich wohl, Señor Alfons, an die Geschichte der Fürstin von Monte Salerno, die uns Giulio Romati erzählt hatte. Ich sagte Ihnen, daß mich diese Geschichte stark beeindruckte. Als wir uns schlafen legten, wurde der Raum nur noch von einem Lämpchen erhellt, das ein sehr schwaches Licht verbreitete. Ich traute mich nicht, in die dunkelsten Winkel zu blicken, besonders auf eine bestimmte Truhe, in der der

Wirt seinen Gerstenvorrat aufzubewahren pflegte. Mir kam es immer vor, als sollte ich sogleich die sechs Gerippe der Fürstin daraus hervortreten sehen. Ich verkroch mich in den Decken, um nichts zu sehen, und bald schlummerte ich ein.

Die Schellen der Maultiere weckten mich am nächsten Morgen, und ich war als einer der ersten auf den Beinen; ich vergaß Giulio Romati und dachte nur noch an das Vergnügen, die Reise fortzusetzen.

Sie verlief überaus angenehm; die Sonne, ein wenig von Wolken verhüllt, brannte nicht allzusehr auf uns herab, und die Maultiertreiber entschlossen sich, die Tagesreise in einem Zuge zu bewältigen und lediglich an dem Brunnen Dos Leones haltzumachen, wo die Straße von Segovia auf die Madrider Straße stößt. Dieser Ort bietet angenehmen Schatten, und zwei steinerne Löwen, die Wasser in ein Marmorbecken gießen, tragen dazu bei, ihn noch zu verschönern.

Es war Mittag, als wir dort anlangten. Kaum hatten wir uns niedergelassen, so erblickten wir eine Gruppe von Reisenden, die sich auf der Straße von Segovia näherten. Auf dem Maultier, das den Zug eröffnete, saß ein junges Mädchen, dem Anschein nach in meinem Alter, in Wirklichkeit war sie jedoch ein paar Jahre älter. Der Bursche, der ihr Maultier führte, mochte siebzehn Jahre zählen; er war hübsch und auch gut gekleidet, freilich in der üblichen Tracht der *zagales* oder Stallburschen. Danach kam eine Dame in gesetztem Alter, die man für meine Tante hätte halten können – nicht, daß sie ihr ähnlich gewesen wäre, aber sie hatte ganz den gleichen Gesichtsausdruck, das gleiche Wesen, und vor allem spiegelte sich in ihren Zügen dieselbe Güte. Und schließlich folgten noch einige Dienstboten.

Da wir als erste angekommen waren, luden wir die Reisenden ein, unser Mahl, das man unter den Bäumen hergerichtet hatte, zu teilen. Sie nahmen an, aber ihre Mienen, besonders die des jungen Mädchens, drückten tiefen Kummer aus. Von Zeit zu Zeit warf sie dem jungen Maultiertreiber einen recht zärtlichen Blick zu, und dieser bediente sie mit ganz besonderem Eifer. Die ältere Dame betrachtete sie voller Mitleid. Ich bemerkte ihre Bekümmernis und hätte sie gern getröstet, aber da ich nicht wußte, wie ich es anfangen sollte, aß ich erst einmal nach Herzenslust.

Man machte sich wieder auf den Weg. Meine gute Tante ließ ihr Maultier neben dem der anderen Dame laufen, während ich mich dem jungen Mädchen näherte. Ich sah, wie der junge *zagal* unter dem Vorwand, ihren Sattel anzuziehen, zuweilen ihren Fuß oder ihre Hand berührte, und einmal bemerkte ich sogar, daß er ihre Hand küßte.

Nach zwei Stunden kamen wir in Olmedo an, wo wir zu nächtigen gedachten. Meine Tante ließ Stühle vor das Tor der Herberge bringen und setzte sich dort mit der anderen Dame nieder. Einen Augenblick später sagte sie mir, ich solle Schokolade bereiten lassen. Ich ging ins Haus, um unsere Leute zu suchen, und geriet in ein Zimmer, wo ich den Burschen und das junge Mädchen erblickte: sie hielten sich fest umschlungen und vergossen Ströme von Tränen.

Bei diesem Anblick wollte mir schier das Herz zerspringen; ich warf mich dem jungen Burschen an die Brust und weinte und schluchzte krampfhaft.

Unterdessen traten die beiden würdigen Damen ein. Meine Tante zog mich ganz aufgeregt und voller Mitleid aus dem Zimmer und fragte mich nach dem Grund meiner Tränen. Ich wußte überhaupt nicht, weshalb wir geweint hatten, und konnte es ihr nicht sagen. Als sie hörte, daß es ganz ohne Ursache geschehen war, vermochte sie sich eines Lächelns nicht zu erwehren. Zur gleichen Zeit hatte sich die andere Dame mit dem jungen Mädchen und dem Burschen eingeschlossen; wir hörten sie schluchzen, und sie zeigten sich erst wieder zum Abendessen.

Diese Mahlzeit verlief nicht eben heiter und dauerte auch nicht lang. Als der Tisch abgeräumt war, wandte sich meine Tante an die ältere Dame und sprach: »Señora, der Himmel behüte mich davor, Schlechtes über meine Mitmenschen zu denken, zumal über Sie, die Sie sehr gütig und eine wahre

Christin zu sein scheinen; schließlich hatte ich das Vergnügen, mit Ihnen gemeinsam das Abendessen einzunehmen, und es wird mir bei allen Gelegenheiten eine Ehre sein. Nun hat aber mein Neffe gesehen, wie diese junge Dame einen Stallknecht umarmte, einen recht hübschen freilich – in dieser Hinsicht hat man ihm nichts vorzuwerfen. Und es hat den Anschein, daß Sie, Señora, darin nichts Tadelnswertes finden. Sicherlich habe ich keinerlei Recht ... Da ich indessen die Ehre hatte, das Abendessen mit Ihnen gemeinsam einzunehmen und da die Reise nach Burgos uns noch ziemlich lange ...«

Hier verwirrte sich meine gute Tante so sehr, daß sie sich niemals wieder herausgefunden hätte; doch die andere Dame unterbrach sie im rechten Augenblick und sagte: »Doch, Señora, Sie haben durchaus das Recht, sich über die Gründe meiner Nachsicht zu unterrichten. Ich habe mancherlei Anlaß, sie zu verheimlichen, doch ich sehe jetzt, daß es notwendig ist, vor Ihnen nichts von meinen Angelegenheiten zu verbergen.«

Dann zog die Dame ihr Taschentuch, trocknete die Tränen und begann also zu sprechen:

Die Geschichte der Maria de Torres

Ich bin die älteste Tochter des Don Emanuel de Noruña, Auditor am Gerichtshof von Segovia. Mit achtzehn Jahren wurde ich dem Oberst außer Dienst Don Enrique de Torres angetraut. Meine Mutter war schon viele Jahre vorher gestorben; meinen Vater verloren wir zwei Monate nach unserer Hochzeit, und wir nahmen meine jüngere Schwester, Elvira de Noruña, in unser Haus. Sie zählte damals noch nicht ganz vierzehn Jahre, doch ihre Schönheit machte schon von sich reden. Mein Vater hinterließ so gut wie nichts. Was meinen Mann betraf, so hatte er einen recht ansehnlichen Besitz, aber gewisse familiäre Regelungen verpflichteten ihn, den Unterhalt von fünf Malteser Rittern zu sichern und für die geldlichen Verpflichtungen von sechs mit uns verwandten Nonnen aufzukommen, so daß unsere Einkünfte kaum zum Leben reichten; doch eine Pension, die meinem Mann in Anerkennung seiner Verdienste vom Hofe bewilligt worden war, verbesserte unsere Lage ein wenig.

Es gab damals in Segovia eine ganze Anzahl von sehr vornehmen Familien, die nicht besser gestellt waren als wir; durch ein gemeinsames Interesse miteinander verbunden, hatten sie die Sitte eingeführt, wenig Geld auszugeben. Man besuchte sich nur selten. Die Damen saßen an den Fenstern, die Herren spazierten durch die Straßen. Man spielte viel auf der Gitarre, man seufzte noch mehr, weil das alles nichts kostete. Die Tuch- und Vigognefabrikanten lebten im Luxus, aber da wir es ihnen nicht nachtun konnten, rächten wir uns, indem wir sie verachteten und verspotteten.

Je mehr meine Schwester heranwuchs, desto mehr wurde unsere Straße vom Klang der Gitarren erfüllt. Einige Klimperer seufzten, während andere klimperten, oder richtiger: sie klimperten und seufzten alle zusammen. Die Schönen der Stadt kamen vor Eifersucht schier um. Jene aber, der alle diese Huldigungen galten, schenkte ihnen keinerlei Aufmerksamkeit. Meine Schwester zeigte sich selten; ich dagegen blieb, um nicht unhöflich zu erscheinen, am Fenster und sagte jedem ein paar verbindliche Worte. Es war ein Gebot des Anstands, dem ich mich nicht entziehen konnte, bis der letzte Klimperer die Straße verließ. Doch dann schloß ich das Fenster mit dem größten Vergnügen. Mein Mann und meine Schwester warteten im Speisezimmer auf mich; wir nahmen ein frugales Mahl ein und würzten es mit tausend Scherzen auf Kosten derer, die vor dem Fenster seufzten. Jeder bekam sein Teil, und ich glaube, wenn sie an der Tür gelauscht hätten, so wäre nicht einer wiedergekommen. Diese Gespräche waren nicht sehr wohlwollend, doch wir vergnügten uns mit ihnen so sehr, daß wir sie bis in die Nacht hinein fortsetzten.

Als wir wieder einmal beim Abendessen unser Lieblingsthema behandelten, wurde Elvira etwas ernster und sagte: »Meine Schwester, hast du es nicht auch bemerkt: wenn alle Gitarrenspieler gegangen sind und in deinen Zimmern, die nach der Straße zu liegen, kein Licht mehr brennt, vernimmt man alle Abende eine oder zwei Seguidillas, die so gut gesungen und begleitet werden, daß sie eher einen Meister als einen Dilettanten verraten.«

Mein Mann sagte, es sei wahr und er habe die gleiche Beobachtung gemacht; ich äußerte mich ungefähr auf die gleiche Weise, und wir zogen meine Schwester mit ihrem neuen Liebhaber auf. Aber wir glaubten zu bemerken, daß sie unsere Scherze nun nicht mit so heiterer Miene aufnahm wie sonst.

Am nächsten Abend löschte ich, nachdem ich die Gitarrensänger verabschiedet und das Fenster geschlossen hatte, das Licht und blieb im Zimmer. Bald vernahm ich die Stimme, von der meine Schwester gesprochen hatte. Der Sänger begann mit einem unendlich kunstvollen Vorspiel, dann sang er ein Lied von den Wonnen des Geheimnisses, darauf eines über heimliche Liebe, und danach hörte ich nichts mehr. Als ich das Zimmer verließ, bemerkte ich, daß meine Schwester an der Tür gelauscht hatte. Ich tat, als hätte ich nichts gesehen, doch mir fiel auf, daß sie beim Abendessen einen träumerischen, gedankenverlorenen Gesichtsausdruck bewahrte.

Der geheimnisvolle Sänger brachte jeden Abend sein Ständchen. Wir gewöhnten uns so sehr daran, daß wir immer erst zum Abendessen gingen, wenn wir ihn gehört hatten. Diese Beharrlichkeit und das Geheimnisvolle machten Elvira neugierig und beeindruckten sie. Unterdessen war in Segovia eine neue Persönlichkeit eingetroffen, die allgemeine Aufmerksamkeit erregte und das Leben in der Stadt ganz durcheinanderbrachte. Es war der Graf von Rovellas; man hatte ihn vom Hofe verbannt, und das machte ihn in den Augen der Provinzbewohner interessant.

Rovellas war in Veracruz geboren; seine Mutter, eine Mexikanerin, hatte unermeßliche Reichtümer in die Familie gebracht, und da die Amerikaner damals bei Hofe gern gesehen waren, hatte er den Ozean überquert in der Hoffnung, hier in Spanien die Würde eines Granden zu erhalten. Sie können sich vorstellen, daß er, in einer anderen Welt aufgewachsen, sich in der unsrigen nicht sehr gewandt bewegte. Aber ihn umgab ein blendender Luxus, und die Äußerungen seiner Unbefangenheit entzückten den König. Da die Unbefangenheit indessen ihren Grund vor allem in dem übersteigerten Selbstbewußtsein des Mexikaners hatte, kam es schließlich dazu, daß man über ihn spöttelte.

Die jungen Herren hatten damals die ritterliche Gewohnheit, eine Dame ihres Herzens zu erwählen: sie trugen dann ihre Farben und bei manchen Gelegenheiten, wie zum Beispiel bei den *parejas,* einem Kampfspiel, auch ihre Initialen.

Der unerhört stolze Rovellas steckte die Initialen der Prinzessin von Asturien auf. Der König amüsierte sich darüber, aber da die Prinzessin sich beleidigt fühlte, erschien ein Hof-Alguacil bei dem Grafen, verhaftete ihn und brachte ihn in den Turm von Segovia. Dort verbrachte er acht Tage, und dann wurde ihm die Stadt zum Gefängnis bestimmt. Die Ursache dieser Verbannung war, wie Sie sehen, nicht gerade rühmenswert; doch es gehörte zum Wesen des Grafen, sich auf alles etwas einzubilden, und daher sprach er gern von der Ungnade, die er sich zugezogen hatte, und ließ durchblicken, daß die Prinzessin in geheimem Einvernehmen mit ihm gestanden habe.

Rovellas wies in der Tat alle Spielarten der Eigenliebe auf; er glaubte, er wisse alles und könne alles erfolgreich vollbringen. Sein größter Ehrgeiz aber galt dem Stierkampf, dem Gesang und dem Tanz. Niemand war so unhöflich, sein Talent beim Gesang und im Tanz anzuzweifeln, doch die Stiere zeigten sich weniger gefällig; der Graf indessen, umgeben von seinen Piqueurs, hielt sich stets für unbesiegbar.

Ich sagte Ihnen, daß man sich bei uns nicht gegenseitig besuchte. Davon muß man die Vorstellungsvisiten ausnehmen, die wir allerdings empfingen. Da mein Mann sich sowohl durch seine Geburt als auch durch seine militärischen Verdienste auszeichnete, hielt es Rovellas für angebracht, seine Visiten mit unserem Hause zu beginnen. Ich saß bei dem Empfang auf meiner Estrade, während er unterhalb ihrer blieb – die Sitten unserer Provinz verlangten noch, daß ein größerer Abstand zwischen uns und den Männern blieb, die uns besuchten.

Rovellas sprach viel und unbefangen. Mitten in der Unterhaltung trat meine Schwester ein und setzte sich neben mich. Der Graf erstarrte gleichsam zu Stein. Er murmelte einige sinnlose Worte, dann fragte er meine Schwester, welches ihre Lieblingsfarbe sei. Elvira erwiderte, sie gebe keiner Farbe den Vorzug.

»Gnädige Frau«, sprach wieder der Graf, »da Sie soviel Gleichgültigkeit bekunden, steht mir nichts anderes an, als Trauer zu bekunden, und von Stund an wird das Braun meine Farbe sein.«

Meine Schwester, an solcherlei Komplimente nicht gewöhnt, wußte nicht, was sie ihm entgegnen sollte. Rovellas stand auf und verabschiedete sich. Am Abend des gleichen Tages schon erfuhren wir, daß er bei allen Besuchen, die er noch abstattete, einzig von der Schönheit Elviras gesprochen hatte, und am nächsten Tag wurde uns berichtet, er habe vierzig braune, mit Gold und Schwarz besetzte Livreen bestellt. Von nun an ließ sich die einschmeichelnde Stimme am Abend nicht mehr vernehmen.

Rovellas hatte erfahren, daß es bei den adligen Familien in Segovia nicht üblich war, häufig Besuche zu machen; so begnügte er sich damit, die Abende unter unseren Fenstern zu verbringen, zusammen mit den anderen Edelleuten der Stadt, die uns diese Ehre erwiesen. Da er die Grandenwürde nicht besaß und da die meisten unserer jungen Männer *titulados de Castilla* waren, betrachteten sie sich als ihm gleichgestellt und verhielten sich ihm gegenüber auch dementsprechend. Doch allmählich taten seine Reichtümer ihre unfehlbare Wirkung. Alle Gitarren verstummten vor der Rovellas', und er gab in der Unterhaltung wie auch in unseren Konzerten den Ton an.

Diese Vorrangstellung befriedigte aber den hochmütigen Mexikaner noch keineswegs; er brannte darauf, vor unseren Augen einen Stierkampf zu bestehen und mit meiner Schwester zu tanzen. So erklärte er uns denn in recht schwungvollem, gehobenem Ton, er habe hundert Guadarrama-Stiere beschafft und lasse einen Platz, hundert Schritt vom Amphitheater entfernt, mit Brettern belegen, damit man in den Nächten nach den Stierkämpfen dort tanzen könne. Die wenigen Worte hatten in Segovia eine gewaltige Wirkung; Rovellas' Ankündigung machte die Menschen vor Aufregung kopflos, und wenn sie nicht ihre Vermögen ruinierte, so trug sie doch dazu bei, sie zu dezimieren.

Kaum hatte sich das Gerücht von dem bevorstehenden Stierkampf verbreitet, da sah man alle jungen Männer wie von Sinnen umherlaufen, die im Stierkampf üblichen Stellungen einnehmen und goldbestickte Röcke und scharlachrote Mäntel bestellen. Was die Frauen taten, können Sie sich wohl selber vorstellen. Sie probierten alles an, was sie an Kleidungsstücken und Kopfbedeckungen besaßen, und damit noch lange nicht genug: man ließ auch Schneider und Putzmacherinnen kommen, und wo das Geld nicht reichte, trat Kredit an seine Stelle.

Alle Welt war so beschäftigt, daß unsere Straße sich zu leeren begann. Rovellas erschien dennoch zur gewohnten Stunde. Er berichtete uns, daß er aus Madrid fünfundzwanzig Zuckerbäcker habe kommen lassen, und bat uns, wir möchten uns ein Urteil über ihre Kunst bilden. Im gleichen Augenblick erschienen Leute in brauner, goldverzierter Livree und brachten Leckereien auf großen Platten aus feuervergoldetem Silber.

Am nächsten Tag geschah das gleiche, und mein Mann wurde darüber gerechterweise unwillig. Er hielt es nicht für schicklich, daß die Tür unseres Hauses zu einem öffentlichen Treffpunkt wurde. Er war so gütig, sich mit mir über diesen Punkt zu beraten. Ich teilte – wie immer – seine Ansicht. Wir beschlossen, uns in das Städtchen Villaca zurückzuziehen, wo wir ein Haus und ein Gut besaßen; dabei fanden wir übrigens noch einen anderen Vorteil, nämlich den der Sparsamkeit. Diese Reise wäre ein Mittel – so meinten wir –, etlichen Stierkämpfen und etlichen Bällen fernzubleiben, und das bedeutete ebensoviel eingesparte Ausgaben für die Kleidung. Da indessen das Haus in Villaca gewisser Ausbesserungsarbeiten bedurfte, sahen wir uns gezwungen, unsere Abreise um drei Wochen zu verschieben. Als wir unsere Absicht mitteilten, verhehlte Rovellas keineswegs, wie sehr sie ihn betrübte, und er bekannte auch, welch tiefe Empfindungen meine Schwester in ihm geweckt habe. Was nun Elvira angeht, so hatte sie, wie ich glaube, die einschmeichelnde abendliche Stimme vergessen, die Werbungen Rovellas' jedoch nahm sie mit betontester Gleichgültigkeit entgegen.

Ich hätte Ihnen noch sagen sollen, daß damals mein Sohn zwei Jahre alt war, und dieser Sohn ist kein anderer als der kleine Maultiertreiber, den Sie bei uns gesehen haben. Wir nannten ihn Lonzeto, und er war unsere ganze Freude. Elvira liebte ihn beinahe ebenso wie ich, und ich kann Ihnen versichern, daß er unseren einzigen Trost bildete, wenn wir all der Albernheiten, die man vor unseren Fenstern darbot, recht müde waren.

In dem Augenblick, da wir nach Villaca aufbrechen wollten, bekam unser Lonzeto die Pocken. Sie können sich unsere Verzweiflung vorstellen; die Tage und die Nächte verbrachten wir an seinem Bett, und da ließ sich auch wieder die einschmeichelnde Stimme am Abend vernehmen. Elvira errötete, doch im Grunde beschäftigte sie sich allein mit Lonzeto. Endlich genas das liebe Kind; unser Fenster öffnete sich wieder den Schmachtenden, und der geheimnisvolle Sänger verstummte.

Sobald unser Fenster wieder offenstand, verfehlte Rovellas nicht, auf der Straße zu erscheinen. Er berichtete uns, daß der Stierkampf einzig unseretwegen verschoben worden war, und er bat uns, den Zeitpunkt zu bestimmen. Wir antworteten auf diese Artigkeit, wie es sich gehörte. Schließlich wurde das Ereignis, das so viel von sich reden machte, auf den folgenden Sonntag festgesetzt – einen Tag, der für den armen Rovellas nur allzufrüh anbrach.

Ich werde über die Einzelheiten dieses Schauspiels hinweggehen. Wenn man ein einziges Mal zugeschaut hat, ist es so gut, als hätte man tausendmal zugeschaut. Jedenfalls werden Sie wissen, daß die Edelleute dabei auf andere Art kämpfen als die Bürgerlichen. Sie sitzen anfangs zu Pferd und greifen den Stier mit dem *rejón,* dem Wurfspieß, an. Wenn sie ihm den ersten Stoß versetzt haben, müssen sie einen Stoß des Stiers entgegennehmen; aber da die Pferde darauf dressiert sind, ritzt er ihnen nur ein wenig das Fell. Darauf sitzt der adlige Kämpfer ab und ergreift den Degen. Damit alles so abläuft, wie es vorgesehen ist, muß man *toros francos* haben, das heißt, der Stier muß gutmütig und frei von Tücken sein; die Piqueurs des Grafen ließen jedoch aus Versehen einen *toro marrajo* in die Arena, der für andere Gelegenheiten bestimmt war.

Die Kenner bemerkten sogleich, daß ein Fehler unterlaufen war, doch Rovellas befand sich bereits auf dem Kampfplatz, und es gab für ihn keine Möglichkeit, sich zurückzuziehen. Er tat so, als sähe er nicht, welcher Gefahr er sich aussetzte. Er ließ sein Pferd um den Stier herum tänzeln und versetzte diesem mit dem *rejón* einen Stoß in die rechte Schulter; er selber streckte dabei den Arm weit nach vorn und beugte sich mit dem Oberkörper über die Hörner seines Gegners. All das entsprach den Regeln der Kunst.

Der Stier tat so, als wollte er nach der Tür hin entweichen, aber plötzlich wandte er sich um, rannte auf Rovellas zu und hob ihn mit solcher Kraft auf die Hörner, daß das Pferd über die Schranken hinweggeschleudert wurde, während der Graf innerhalb der Arena zu Boden fiel. Darauf stürmte der Stier an ihn heran, faßte mit den Hörnern den Kragen seines

Gewandes, wirbelte den Grafen durch die Luft und schleuderte ihn nach der anderen Seite des Amphitheaters. Da das Tier wohl fürchtete, daß sein Opfer ihm entgehen werde, suchte es den Menschen mit blutdurstigen Augen überall. Es erspähte ihn, belauerte ihn mit immer noch wachsendem wildem Zorn, wühlte mit den Hufen die Erde auf und peitschte sich mit dem Schwanz die Flanken ... In diesem Augenblick sprang ein junger Mann über die Barriere, ergriff den Degen und den scharlachroten Mantel Rovellas' und stellte sich dem Stier entgegen. Das tückische Tier machte etliche Finten, die aber den Unbekannten keineswegs verwirrten. Schließlich stürzte es sich auf ihn, die Hörner bis zum Boden gesenkt, rannte in seinen Degen und fiel tot zu seinen Füßen nieder. Darauf warf der Unbekannte Degen und Mantel über den Stier, blickte zu unserer Loge herüber, grüßte, sprang über die Barriere und verlor sich in der Menge. Elvira preßte meine Hand und sagte: »Ich bin sicher, daß dies unser geheimnisvoller Sänger ist.«

Als der Zigeunerhauptmann bis hierher erzählt hatte, kam einer seiner Vertrauten, um über den Tagesablauf zu berichten. Deshalb bat Pandesowna, wir möchten ihm erlauben, die Fortsetzung auf den nächsten Tag zu verschieben, und er ging fort, um sich den Geschäften seines kleinen Staates zu widmen.

»Wirklich«, sagte Rebekka, »es tut mir leid, daß die Erzählung des Zigeunerhauptmanns unterbrochen wurde. Wir haben den Grafen in der Arena liegen lassen, und wenn ihn bis morgen niemand aufhebt, so fürchte ich, daß es zu spät sein könnte.«

»Ängstigen Sie sich nicht«, warf ich ein, »und seien Sie überzeugt, daß man einen Reichen nicht so leicht im Stich läßt; Sie können sich auf seine Dienerschaft verlassen.«

»Sie haben recht«, meinte die Jüdin, »übrigens beunruhigt mich nicht das, sondern ich möchte den Namen des Retters wissen und erfahren, ob er der geheimnisvolle Sänger ist.«

»Ich dachte doch«, rief ich, »Sie wüßten alles.«

»Alfons«, erwiderte sie, »erinnern Sie mich nicht mehr an die kabbalistischen Lehren; ich will nur das wahrhaben, was ich selbst vernehme, und ich will keine andere Weisheit kennen als die, den Mann, den ich lieben werde, glücklich zu machen.«

»Wie, Sie haben Ihre Wahl also bereits getroffen?«

»Keineswegs, ich habe noch an keinen bestimmten gedacht. Ich weiß nicht, wie es kommt, aber ich bilde mir ein, daß mir ein Mann meines Glaubens schwerlich gefallen könnte, und da ich mich nie einem Menschen eures Glaubens vermählen würde, so bleibt mir nur ein Mohammedaner. Es heißt, die Bewohner von Tunis und Fes seien sehr schön und sympathisch. Wenn ich nur einen Menschen mit fühlendem Herzen fände – mehr wünschte ich nicht.«

»Woher kommt denn dieser Widerwille gegen die Christen?« fragte ich weiter.

»Fragen Sie nicht danach. Nur so viel sollen Sie wissen, daß ich meinen Glauben nicht wechseln darf, es sei denn mit dem mohammedanischen.«

So stritten wir uns einige Zeit; als jedoch die Unterhaltung zu erlahmen begann, verabschiedete ich mich von der jungen Israelitin und verbrachte den Rest des Tages auf Jagd. Erst zum Abendessen kehrte ich zurück. Ich fand alle in überaus heiterer Stimmung vor. Der Kabbalist erzählte vom Ewigen Juden; er behauptete, daß dieser bereits auf dem Wege nach Spanien sei und in Kürze aus dem inneren Afrika eintreffen werde. Rebekka sagte: »Señor Alfons, Sie werden jenen kennenlernen, der den, den Sie verehren, von Angesicht kannte.«

Die Worte der Jüdin drohten mich in eine mir unangenehme Unterhaltung zu verwickeln, daher brachte ich das Gespräch auf ein anderes Thema. Wir hätten an diesem Abend sehr gern die Fortsetzung der Geschichte des Zigeunerhauptmanns gehört, doch dieser bat, wir möchten uns bis zum nächsten Tag gedulden. Wir begaben uns zur Ruhe, und ich sank in einen Schlaf, der durch nichts gestört wurde.

Sechzehnter Tag

Das in Andalusien so lebhafte und andauernde Zirpen der Grillen riß mich früh aus dem Schlummer. Die Schönheit der Natur wirkte mit jedem Tag stärker auf meine Seele. Ich trat aus dem Zelt, um den Glanz der ersten Sonnenstrahlen zu sehen, die sich über den unermeßlichen Horizont ergossen. Ich dachte an Rebekka. ›Sie hat recht‹, sprach ich zu mir selbst, ›wenn sie die Wonnen menschlichen und materiellen Lebens den leeren Träumen von einer idealen Welt vorzieht, in die wir ohnehin früher oder später gelangen. Schenkt uns denn die Erde nicht genug der vielfältigsten Empfindungen, der freudigen Eindrücke, auf daß wir sie während unseres kurzen Daseins genießen?‹ Dergleichen Betrachtungen nahmen mich eine Weile gefangen; dann, als ich sah, daß sich alle zum Frühstück in die Höhle begaben, lenkte ich meine Schritte gleichfalls dorthin. Wir stärkten uns so, wie es bei Menschen, die Bergluft atmen, üblich ist. Nachdem wir unseren Hunger gestillt hatten, baten wir den Zigeunerhauptmann, er möge so freundlich sein, in seiner Erzählung fortzufahren, was er auch tat, indem er also sprach:

Fortsetzung der Geschichte des Zigeunerhauptmanns

Ich sagte Ihnen schon, daß wir auf dem Wege nach Burgos unser zweites Nachtlager aufschlugen. Wir befanden uns in der Herberge zusammen mit dem jungen Mädchen, das in den jungen, als Maultiertreiber verkleideten Burschen, den Sohn der Maria de Torres, verliebt war. Die letztere hatte uns geschildert, wie der Graf von Rovellas reglos an dem einen Ende der Arena lag, während der junge Unbekannte am anderen Ende dem Stier den tödlichen Stoß versetzte, als das Tier gerade ansetzte, sich wieder auf sein Opfer zu stürzen und ihm den Garaus zu machen.

Maria de Torres erzählte weiter:

Fortsetzung der Geschichte der Maria de Torres

Sobald der gefürchtete Stier sich in seinem Blute wälzte, eilten die Stallknechte des Grafen von Rovellas in das Amphitheater, um ihm Hilfe zu bringen. Er gab kein Lebenszeichen, man legte ihn auf eine Trage und brachte ihn in seine Wohnung. Die weitere Vorstellung fand nicht statt, und alle kehrten nach Hause zurück. Doch noch am gleichen Abend erfuhren wir, daß für Rovellas keine Lebensgefahr mehr bestand. Am nächsten Tag schickte mein Mann einen Pagen zu ihm, damit wir erführen, wie es ihm gehe. Unser Page blieb lange aus, schließlich brachte er uns einen Brief, der also lautete:

Herr Oberst, Señor Don Enrique de Torres!

Euer Liebden werden schon an diesen Zeilen erkennen, daß die göttliche Barmherzigkeit mir gnädig noch einige Kräfte beließ. Indessen verspüre ich in der Brust einen so heftigen Schmerz, daß ich an meiner endgültigen Genesung zweifle. Sie wissen, Señor Don Enrique, daß die Vorsehung mich mit irdischen Gütern überhäuft hat. Ich bestimme einen Teil davon dem Unbekannten, der sein Leben gewagt hat, um das meine zu retten. Das übrige könnte in keine besseren Hände gelangen als in die Elvira von Noruñas, Ihrer unvergleichlichen Schwägerin. Wollen Sie die Güte haben, sie wissen zu lassen, welche Gefühle tiefer Ehrerbietung sie in einem Menschen geweckt hat, der vielleicht in kurzem nur noch Asche sein wird, dem der Himmel aber noch erlaubt zu unterzeichnen als

Graf von Rovellas
Marqués von Vera Lonza und Cruz Velada
Erbkommandeur von Talla Verde und Rio Floro
Herr von Tolásquez und Riga Fuera und Mendez und Lonzos und anderen und anderen.

Sie wundern sich wahrscheinlich darüber, daß ich so viele Titel im Gedächtnis behalten habe, aber wir verliehen sie damals alle nacheinander zum Scherz meiner Schwester, und schließlich wußten wir sie auswendig.

Sobald mein Mann den Brief erhalten hatte, teilte er uns seinen Inhalt mit und fragte meine Schwester, was er antworten solle. Elvira erwiderte, daß sie in allem dem Rat meines Mannes folgen wolle; doch sie gestand, daß die guten

Eigenschaften Rovellas' sie weniger beeindruckt hätten als die maßlose Eitelkeit, die in allen seinen Worten wie auch in allen seinen Handlungen zutage trete.

Mein Mann verstand sie aufs halbe Wort; er schrieb an Rovellas, daß Elvira de Noruña noch zu jung sei, um die Gefühle des Herrn Grafen voll zu würdigen, daß sie aber deswegen nicht minder aufrichtig ihre Wünsche mit denen vereine, die man ihm für die Wiederherstellung seiner Gesundheit darbringe. Rovellas faßte das keineswegs als Absage auf. Er sprach sogar von seiner Ehe mit Elvira als von einer beschlossenen Sache. Wir reisten indessen nach Villaca ab.

Unser Haus stand am Rande des Städtchens, in beinahe ländlicher, bezaubernder Umgebung; man hatte es recht gut instand gesetzt. Doch dem unseren genau gegenüber befand sich ein Bauernhaus, das ganz besonders geschmackvoll hergerichtet war. Es hatte schöne große Fenster, man sah ein Vogelhaus, links und rechts der Außentreppe standen Blumentöpfe, kurzum, es machte ganz den Eindruck einer angenehmen und gepflegten Wohnstätte. Man berichtete uns, das Haus sei eben erst von einem *labrador* aus Murcia gekauft worden – jene Landleute, die man in unserer Provinz *labradores* nennt, bilden eine Mittelklasse zwischen dem kleinen Adel und der Bauernschaft.

Es war spät, als wir in Villaca ankamen. Zuerst besichtigten wir das Haus vom Keller bis zum Boden, und dann ließen wir Stühle vor die Tür setzen und tranken unsere Schokolade. Mein Mann neckte Elvira wegen der Ärmlichkeit des Hauses, das einer künftigen Gräfin von Rovellas kaum würdig sei. Sie nahm seine Scherze ziemlich heiter auf. Wenig später sahen wir draußen auf der Flur ein Gespann von vier mächtigen Ochsen, die einen Pflug zogen und von einem Knecht geführt wurden, von der Arbeit zurückkehren. Hinter dem Gespann ging ein junger Mann, der einer jungen Frau den Arm reichte. Der junge Mann fiel durch seine Gestalt auf, und als er an uns vorbeikam, erkannten Elvira und ich den Retter Rovellas'. Mein Mann achtete nicht auf ihn, aber meine Schwester warf mir einen Blick zu, den ich sehr wohl verstand. Der junge Landmann grüßte uns mit der Miene eines Menschen, der keine Bekanntschaften schließen möchte, und trat in sein Haus; die junge Frau musterte uns aufmerksam.

»Ein schönes Paar«, sagte Doña Manuela, unsere Wirtschafterin.

»Wieso ein schönes Paar«, fragte Elvira, »sind sie denn verheiratet?«

»Zweifellos sind sie es«, erwiderte Manuela. »Um Ihnen die Wahrheit zu sagen: es ist eine Ehe, die gegen den Willen der Eltern geschlossen wurde – ein entführtes Mädchen. Hier läßt sich niemand vom Schein trügen; wir sehen sehr gut, daß sie keine Bauern sind.«

Mein Mann fragte Elvira, warum sie geseufzt habe, und er fügte hinzu: »Man könnte meinen, es sei der geheimnisvolle Sänger.«

Zugleich hörten wir im Hause gegenüber ein Vorspiel auf der Gitarre und eine Stimme, die den Verdacht meines Mannes bestätigte.

»Es ist seltsam«, sagte er, »aber da er verheiratet ist, galten diese Ständchen anscheinend irgendeiner Nachbarin.«

»Und ich hatte wirklich geglaubt«, bekannte Elvira, »sie seien für mich bestimmt gewesen.«

Wir lachten ein wenig über ihre Offenherzigkeit, und dann sprachen wir nicht mehr darüber. Sechs Wochen verbrachten wir in Villaca, und in dieser ganzen Zeit blieben die Fensterläden des gegenüberliegenden Hauses geschlossen; wir bekamen unsere Nachbarn nicht zu Gesicht, und ich glaube, daß sie Villaca vor uns verließen.

Bald erfuhren wir, daß der Graf von Rovellas genesen war und daß die Stierkämpfe von neuem beginnen sollten, jedoch ohne persönliche Teilnahme des Grafen. Wir kehrten nach Segovia zurück. Es gab dort nichts als Feste und höfliche Einladungen. Die Bemühungen des Grafen rührten schließlich Elviras Herz, und die Hochzeit wurde mit größtem Prunk gefeiert.

Der Graf war seit drei Wochen verheiratet, als er erfuhr, daß seine Verbannung ein Ende hatte und daß man ihm erlaubte, bei Hof zu erscheinen. Er kündigte mit großer Freude an, daß er Elvira dort einführen werde. Doch er wollte, bevor er Segovia verließ, den Namen dessen erfahren, der ihm das Leben gerettet hatte. So ließ er denn bekanntmachen, daß jeder, der ihm sichere Nachricht brächte, eine Belohnung von hundert Achter-Goldstücken, das heißt von achthundert Pistolen erhalten werde.

Am Tage darauf erhielt er den folgenden Brief:

Herr Graf Rovellas!

Euer Liebden bemühen sich vergeblich. Geben Sie es auf, den Namen des Mannes zu erfahren, der Ihnen das Leben gerettet hat. Es sei Ihnen genug, zu wissen, daß Sie das seine zugrunde gerichtet haben.

Rovellas zeigte diesen Brief meinem Mann und erklärte hochmütig, das Schreiben könne nur von einem Nebenbuhler kommen; er habe nicht gewußt, daß Elvira vorher Liebesangelegenheiten hatte, und wenn er es gewußt hätte, so hätte er sie nicht geheiratet. Mein Mann bat den Grafen, vorsichtiger in der Wahl seiner Worte zu sein, und betrat sein Haus nicht mehr.

Man sprach nicht mehr davon, an den Hof zu gehen. Rovellas wurde mürrisch und jähzornig, seine ganze Eitelkeit hatte sich in Eifersucht verwandelt und die Eifersucht wiederum in verhaltene Wut. Mein Mann teilte mir den Inhalt des anonymen Briefes mit, und wir schlossen daraus, daß der Bauer in Villaca ein verkleideter unglücklicher Liebhaber gewesen sein mußte. Wir ließen nachforschen, doch der Unbekannte war verschwunden und hatte das Haus verkauft.

Elvira war guter Hoffnung; wir verheimlichten vor ihr

sorgfältig alles, was wir über die Gefühle ihres Mannes wußten. Sie bemerkte, daß er sich verändert hatte, doch sie wußte nicht, worauf sie es zurückführen sollte. Der Graf erklärte uns eines Tages, er habe beschlossen, in eine andere Wohnung zu ziehen, damit seine Frau mehr Ruhe habe. Er sah sie nur noch zu den Mahlzeiten, und dann kam es bloß zu quälenden Unterhaltungen, zumeist in spöttischem Ton.

Als meine Schwester in den neunten Monat ihrer Schwangerschaft trat, gab Rovellas an, irgendwelche Angelegenheiten riefen ihn nach Cádiz. Acht Tage darauf erschien bei uns ein Amtsbote, der Elvira einen Brief aushändigte, mit der Bestimmung, daß er in Gegenwart von Zeugen gelesen werde. So versammelten wir uns denn und vernahmen den folgenden Inhalt des Schreibens:

Señora!

Ich habe Ihr geheimes Einvernehmen mit Don Sancho de Peña Sombre entdeckt. Ich ahnte es seit langem. Doch sein Aufenthalt in Villaca beweist zur Genüge Ihre Falschheit, die nur ungeschickt durch die Schwester Don Sanchos verhüllt wurde, indem er diese für seine Frau ausgab. Mein Vermögen bewirkte wohl, daß Sie mir den Vorzug gaben. Sie werden es nicht teilen. Wir werden nicht mehr zusammen leben. Für Ihren Unterhalt werde ich zwar sorgen, aber das Kind, das Sie erwarten, erkenne ich keineswegs an.

Elvira vernahm das Ende des Briefes nicht mehr, sie war schon bei den ersten Zeilen in Ohnmacht gefallen. Mein Mann machte sich noch am Abend des gleichen Tages auf den Weg, um die Beleidigung meiner Schwester zu rächen. Rovellas war kurz zuvor mit einem Schiff nach Amerika abgereist. Mein Mann bestieg ein anderes Schiff, doch in einem Orkan kamen beide ums Leben. Elvira schenkte dem Mädchen das Leben, das jetzt mit uns reist, und starb zwei Tage darauf. Ich weiß wahrhaftig nicht, wie ich es zu überleben vermochte. Ich glaube, daß die Stärke meines Kummers mich auch so stark machte, ihn zu ertragen. Das kleine Mädchen wurde auf den Namen Elvira getauft. In dem Kind sah ich meine Schwester wieder; es hatte nur mich auf der Welt, und ich beschloß, ihm mein Leben zu widmen.

Zuerst versuchte ich, die Rechte der kleinen Elvira auf das Erbe ihres Vaters geltend zu machen. Man erklärte mir, ich müsse mich an den Gerichtshof von Mexiko wenden. Ich schrieb nach Amerika. Die Antwort lautete, das Erbe sei unter zwanzig entfernten Verwandten aufgeteilt worden, und man wisse sehr wohl, daß Rovellas die Tochter meiner Schwester nicht anerkannt habe. Mein ganzes Einkommen hätte nicht ausgereicht, um zwanzig Seiten Gerichtsakten zu bezahlen. So beschränkte ich mich darauf, in Segovia die Geburt und den Stand Elviras anzuzeigen. Ich verkaufte das Haus, das ich in der Stadt besaß, und zog mich mit meinem kleinen Lonzeto, der fast drei Jahre zählte, und meiner kleinen Elvira, die ebensoviele Monate alt war, nach Villaca zurück. Mein größter Kummer bestand darin, daß ich immerzu das Haus vor mir sah, in dem der verwünschte Unbekannte mit seiner geheimnisvollen Liebe sich eingenistet hatte. Schließlich gewöhnte ich mich daran, und meine Kinder trösteten mich über alles hinweg.

Ich wohnte noch nicht ganz ein Jahr in Villaca, als ich aus Amerika einen Brief erhielt, der also lautete:

Frau von Torres!

Diese Zeilen schickt Ihnen der Unglückliche, dessen ehrerbietige Liebe das Unglück verschuldete, das Ihr Haus betroffen hat. Meine Ehrerbietung für die unvergleichliche Elvira war – sofern dieses möglich ist – noch größer als die Liebe, die sie schon bei ihrem ersten Anblick in mir weckte. So wagte ich denn meine klagende Stimme und meine Gitarre erst dann hören zu lassen, wenn die Straße leer war und ich keine Zeugen meiner Kühnheit hatte.

Als der Graf von Rovellas sich zum Sklaven jener Schönheit erklärte, die auch mich gefangenhielt, fühlte ich mich veranlaßt, selbst die kleinsten Fünkchen einer Flamme, die Unheil hätte anrichten können, tief in meinem Busen zu verbergen. Da ich indessen erfuhr, daß Sie einige Zeit in Villaca zu verbringen gedachten, kaufte ich dort ein Haus. Hinter den Fensterläden versteckt, betrachtete ich dann zuweilen die, die anzusprechen oder gar meiner tiefen Zuneigung zu versichern ich niemals gewagt hätte. Ich hatte meine Schwester bei mir, die ich für meine Frau ausgab, um alles auszuschließen, was den Verdacht hätte wecken können, daß ich ein Liebhaber sei.

Die gefährliche Erkrankung unserer geliebten Mutter veranlaßte uns, in ihre Arme zu eilen. Als ich zurückkehrte, trug Elvira den Namen Rovellas'. Ich weinte darum, einen Schatz verloren zu haben, den ich niemals wirklich zu erstreben gewagt hatte, und ich machte mich auf, meinen Schmerz in der Einöde eines anderen Erdteils zu verbergen. Dort hörte ich dann von den Schändlichkeiten, deren Ursache ich ohne Willen und Absicht geworden war, und davon, welch schrecklicher Vergehen man meine ehrfürchtige Liebe beschuldigte.

So erklärte ich denn, daß der verstorbene Graf von Rovellas die Unwahrheit sprach, wenn er behauptete, meine Verehrung für die göttliche Elvira hätte mich zum Vater des Kindes machen können, das sie im Schoße trug.

Ich erkläre, daß dies nicht wahr ist, und ich schwöre bei meinem Glauben und meinem Seelenheil, niemals eine andere Frau zu ehelichen als die Tochter Elviras. Das wird hinlänglich beweisen, daß sie nicht auch meine Tochter ist, und dafür, daß dies wahr ist, rufe ich die Heilige Jungfrau zum Zeugen und das teuere Blut ihres Sohnes, der mir in meiner letzten Stunde beistehen möge.

Don Sancho de Peña Sombre

PS Ich habe diesen Brief vom Corregidor in Acapulco gegenzeichnen lassen; lassen Sie ihn bitte vom Gerichtshof in Segovia gleichfalls beglaubigen und bestätigen.

Kaum hatte ich den Brief zu Ende gelesen, so bedachte ich diesen Peña Sombre mitsamt seiner geheimnisvollen Liebe mit einer Flut von Verwünschungen.

»Oh«, rief ich, »du Unseliger, du Narr, du Ausbund, Satan, Luzifer! Warum hat dir der Stier, den du vor unseren Augen getötet hast, nicht lieber den Bauch aufgeschlitzt! Deine verwünschte Ehrerbietung hatte den Tod meines Mannes und meiner Schwester zur Folge, du hast dieses arme Kind um das Erbe gebracht, du hast mich dazu verurteilt, mein Leben im Elend zu verbringen, und jetzt begehrst du gar ein zehn Monate altes Kind zur Frau. Straf dich der Himmel!«

Kurzum, ich sagte alles, was der Verdruß mir eingab, und dann fuhr ich nach Segovia, wo ich den Brief Don Sanchos bestätigen ließ. In der Stadt angekommen, fand ich, daß unsere Angelegenheiten schlecht standen: die Zahlungen für das Haus, das ich verkauft hatte, waren als Beitrag zu den Unterhaltsverpflichtungen für die fünf Malteser Ritter gepfändet worden; hingegen hatte man die Pension, die mein Mann erhielt, gestrichen. Schließlich traf ich mit den fünf Rittern und den sechs Nonnen eine Übereinkunft, nach der mir von dem ganzen Vermögen nur noch das Haus in Villaca mit dem dazugehörigen Grund und Boden verblieb. Dieser Zufluchtsort wurde mir nun um so teurer, und ich kehrte um so freudiger dorthin zurück. Meine Kinder fand ich gesund und munter vor. Ich behielt die Frau, die sie versorgte, und zusammen mit einem Lakaien und einem Knecht für die Feldarbeiten bildeten sie meine ganze Dienerschaft. So lebte ich ohne Luxus, doch auch ohne Not. Meine Herkunft und der Rang, den mein Mann bekleidet hatte, verschafften mir Achtung in der Kleinstadt, und jeder erwies mir die Dienste, die in seiner Macht standen. Auf diese Weise verflossen sechs Jahre, und ich wollte, ich hätte nie weniger glückliche erlebt.

Eines Tages kam der Alkalde unseres Städtchens zu mir; er wußte von der ungewöhnlichen Erklärung Don Sanchos und sagte, indem er mir die Zeitung aus Madrid reichte: »Señora, erlauben Sie, daß ich Ihnen zu der glänzenden Ehe gratuliere, die Ihr Fräulein Nichte eingehen wird. Lesen Sie diesen Artikel.«

Don Sancho de Peña Sombre hat dem König höchst bedeutsame Dienste geleistet, sowohl durch die Eroberung zweier Provinzen, die im Norden Neumexikos liegen und äußerst reiche Silbervorkommen aufweisen, als auch durch die Umsicht, mit der er den Aufstand von Cuzco beendete. Seine Majestät hat ihm deshalb die Würde eines Granden und den Titel eines Grafen von Peña Vélez verliehen. Der Graf ist soeben als Generalkapitän nach den Philippinen abgereist.

»Gelobt sei Gott«, sagte ich zu dem Alkalden, »Elvira wird wenn schon nicht einen Mann, so doch wenigstens einen Beschützer haben. Möge er glücklich von den Philippinen zurückkehren, Vizekönig von Mexiko werden und uns helfen, unser Vermögen wiederzubekommen!«

Was ich so sehr wünschte, traf vier Jahre später ein. Der Graf von Peña Vélez wurde zum Vizekönig ernannt, und ich schrieb ihm einen Brief, in dem ich mich für meine Nichte einsetzte. Er antwortete mir, daß ich ihm schrecklich unrecht täte, wenn ich annähme, er könne die Tochter der unvergleichlichen Elvira vergessen haben; weit davon entfernt, sich einer solchen Vergeßlichkeit schuldig zu machen, habe er vielmehr bereits beim mexikanischen Gerichtshof die nötigen Schritte unternommen; das Verfahren würde lange dauern, und er wage nicht, auf einer schnelleren Abwicklung zu bestehen, denn da er keine andere Frau ehelichen wolle als meine Nichte, gehe es nicht an, daß er die Gerichtsbehörden veranlasse, zu seinen Gunsten eine Ausnahme zu machen. Ich ersah daraus, daß der Mann fest bei seinem Vorhaben blieb.

Einige Zeit darauf ließ mir ein Bankier aus Cádiz tausend Achter-Goldstücke zustellen, ohne mir sagen zu wollen, wer ihn beauftragt hatte. Ich dachte mir wohl, daß sie vom Vizekönig kämen, doch aus Feingefühl wollte ich die Summe nicht annehmen oder auch nur anrühren, und so bat ich den gleichen Bankier, sie in der Asiento-Bank anzulegen.

Ich hielt all diese Dinge so geheim, wie ich nur irgend konnte; aber da alles schließlich ans Licht kommt, erfuhr man auch in Villaca von den Absichten des Vizekönigs hinsichtlich meiner Nichte und nannte sie nur noch die »kleine Vizekönigin«. Meine kleine Elvira zählte damals elf Jahre, und ich glaube, jedem anderen Mädchen hätten solche Aussichten den Kopf verdreht; doch im Denken und Fühlen der Kleinen war eine Wendung eingetreten, die der Eitelkeit den Weg zu ihrem Herzen verwehrte – eine Wendung, die ich freilich zu spät bemerkte. Schon in früher Kindheit hatte sie Worte der Liebe und der Zärtlichkeit geplappert, und ihr kleiner Vetter Lonzeto war der Gegenstand ihrer allzu frühen Empfindungen. Oft kam mir der Gedanke, daß ich sie trennen müsse, doch ich wußte nicht, was ich mit meinem Sohn anfangen sollte. Ich schalt meine Nichte und erreichte damit nur, daß sie sich vor mir verschloß. Sie wissen, daß bei uns in der Provinz der übliche Lesestoff aus Romanen oder *novelas* besteht sowie aus Romanzen, die man zur Gitarre vorträgt, nach Art von Melodramen. Wir hatten in Villaca etwa zwanzig Bände dieser schönen Literatur und liehen sie einander aus. Ich verbot Elvira, sie zu lesen; doch als ich an dieses Verbot dachte, kannte sie seit langem alle auswendig.

Seltsamerweise offenbarte mein kleiner Lonzeto genau den gleichen Sinn für das Romanhafte, Wunderbare. Die beiden verstanden sich vortrefflich, vor allem wenn es galt, vor mir etwas zu verheimlichen, was ihnen nicht sehr schwer fiel – man weiß ja, daß Mütter und Tanten in diesen Dingen ebenso kurzsichtig sind wie Ehemänner. Ihr Treiben kam mir indessen etwas verdächtig vor, und ich wollte Elvira in einem Kloster unterbringen; doch mein Geld reichte nicht, ihren Unterhalt zu bezahlen. Wahrscheinlich tat ich nicht das, was ich hätte tun sollen, und so geschah es, daß die Kleine, statt vom Titel einer Vizekönigin entzückt zu sein, sich in die Vorstellung verrannte, sie sei eine unglückliche Liebende, ein Opfer des Schicksals, berühmt durch ihre Leiden. Sie vertraute diese schönen Gedanken auch ihrem Vetter an, und beide beschlossen, die geheiligten Rechte der Liebe gegen die tyrannischen Forderungen ihrer Umwelt zu verteidigen. Das alles dauerte drei Jahre, ohne daß ich auch nur das geringste ahnte.

Eines schönen Tages überraschte ich sie im Hühnerstall in der tragischsten Pose: Elvira lag auf einem Hühnerkäfig, sie hielt ein Taschentuch in der Hand und zerfloß in Tränen, Lonzeto kniete vor ihr und heulte ebenfalls, sosehr er konnte. Ich fragte sie, was sie da täten, und erhielt zur Antwort, sie stellten eine Szene aus dem Roman »*Fuen de Rozas y Linda Mora*« dar.

Diesmal ließ ich mich nicht täuschen; ich sah gut, daß sich hier im Spiel die Liebe regte. Ich tat so, als bemerkte ich nichts, doch ich begab mich zu unserem Priester und bat ihn, mir zu raten, was ich nun tun solle. Der Priester dachte ein wenig nach und sagte dann, er wolle an einen mit ihm befreundeten Geistlichen schreiben, der Lonzeto bei sich aufnehmen könnte. Inzwischen solle ich eine neuntägige Andacht für die Heilige Jungfrau verrichten und die Tür zu Elviras Schlafzimmer gut verschließen.

Ich dankte dem Priester, ich verrichtete die neuntägige Andacht, ich verschloß Elviras Tür, aber unglücklicherweise dachte ich nicht daran, das Fenster zu verriegeln. Einmal in der Nacht hörte ich ein Geräusch bei ihr, ich öffnete die Tür und sah Lonzeto neben ihr liegen. Sie sprangen im bloßen Hemd aus dem Bett, warfen sich mir zu Füßen und sagten, daß sie sich vermählt hätten.

»Wer hat euch vermählt?« fragte ich. »Welcher Priester konnte eine solche Schändlichkeit begehen?«

»Nein«, erwiderte Lonzeto ganz ernst, »kein Priester hat

sich darein gemischt. Wir haben uns unter dem großen Kastanienbaum vermählt; der Gott der Natur hat unsere Schwüre im Dämmerlicht der Morgenröte entgegengenommen. Unsere Zeugen waren die Vögel, die beim Anblick unseres Glücks vor Wonne sangen. So wurde auch die reizende Linda Mora Gattin des glücklichen Fuen de Rozas, und so steht es in ihrer Geschichte gedruckt.«

»Ach, ihr Unglückskinder«, rief ich, »ihr seid ja gar nicht verheiratet und dürft es nicht sein; ihr seid doch blutsverwandt, Geschwisterkinder.«

Der Kummer hatte mich so niedergedrückt, daß ich nicht einmal den Mut hatte, sie zu schelten. Ich schickte Lonzeto hinaus, warf mich auf Elviras Bett und vergoß bittere Tränen.

Als der Zigeunerhauptmann an dieser Stelle angelangt war, fiel ihm ein, daß er noch wichtige Dinge zu erledigen hatte, und er bat uns, sich entfernen zu dürfen. Nach seinem Weggang meinte Rebekka, zu mir gewandt: »Diese Kinder interessieren mich außerordentlich. Die Liebe erschien mir verzaubernd, als sie sich in den Zügen des Mulatten Tanzai und Sulaichâs malte; doch weit anziehender mußte sie sein, als sie den schönen Lonzeto und die liebliche Elvira erfüllte. Es war die Gruppe Amor und Psyche.«

»Das ist ein glücklicher Vergleich«, erwiderte ich, »und er verspricht, daß Sie in der Wissenschaft, die Ovid lehrte, ebenso große Fortschritte machen wie bei Ihren Forschungen in den Büchern Henoch und Atlas.«

»Ich glaube«, fuhr Rebekka fort, »daß die Wissenschaft, von der Sie sprechen, vielleicht gefährlicher ist als die, der ich mich bis jetzt gewidmet habe, und daß die Liebe ebenso Wunder birgt wie die Kabbala.«

»Was die Kabbala anbelangt«, sagte hier Ben Mamun, »so möchte ich ankündigen, daß der Ewige Jude in dieser Nacht die Armenischen Berge durchwandert und sich eilenden Schrittes nähert.«

Die ganze Magie langweilte mich bereits derart, daß ich

nicht mehr hinhörte, wenn von ihr gesprochen wurde. Deshalb entfernte ich mich und ging auf die Jagd. Erst zum Abendessen kehrte ich zurück. Der Hauptmann war irgendwohin gegangen, und so ließ ich mich denn mit seinen Töchtern zum Mahle nieder. Der Kabbalist und seine Schwester zeigten sich nicht. Das Tête-à-tête mit den beiden jungen Mädchen machte mich ein wenig verlegen. Doch es schien mir, als wären nicht sie es gewesen, sondern meine Cousinen, die mich im Zelt besucht hatten. Wer aber diese Cousinen gewesen waren: Teufelinnen oder wirkliche Erdenbürger, das konnte ich auf keine Weise herausbekommen.

Siebzehnter Tag

Ich sah, daß sich alle in der Höhle versammelten, und schloß mich der Gesellschaft an. Man beeilte sich mit dem Frühstück, und Rebekka war die erste, die den Zigeunerhauptmann fragte, wie es der Maria de Torres weiter ergangen sei. Pandesowna ließ sich nicht lange bitten und fuhr in seinem Bericht fort, indem er also sprach:

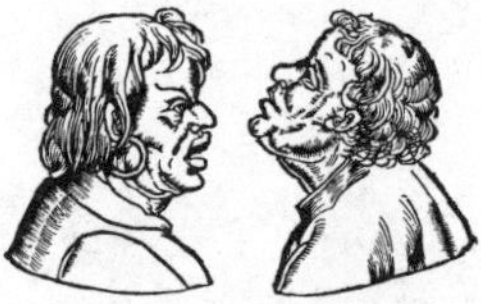

Fortsetzung der Geschichte des Zigeunerhauptmanns

Fortsetzung der Geschichte der Maria de Torres

Als ich mich auf Elviras Bett ausgeweint hatte, begab ich mich in mein Zimmer. Ich hätte vielleicht nicht so sehr gelitten, wenn ich jemand um Rat hätte bitten dürfen; aber ich wagte nicht, die Schande meiner Kinder zu offenbaren, und selber starb ich fast vor Scham und Schande, weil ich mich für die einzig Schuldige hielt. Zwei Tage lang weinte ich ununterbrochen. Am dritten sah ich, wie vor meinem Haus eine lange Reihe von Pferden und Maultieren haltmachte. Man meldete mir den Corregidor von Segovia. Diese Amtsperson teilte mir nach einigen höflichen Begrüßungsworten mit, daß der Graf von Peña Vélez, spanischer Grande und Vizekönig von Mexiko, vor einigen Tagen in Europa angekommen sei und ihm die Besorgung eines an mich gerichteten Briefes aufgetragen habe; die Achtung, die er für diesen Herrn empfinde, habe ihn veranlaßt, mir den Brief selbst auszuhändigen. Ich dankte ihm für seine Aufmerksamkeit und nahm den Brief, der also lautete:

Frau Marquesa de Torres!

Heute ist es zwölf Jahre und zehn Monate her, seit ich die Ehre hatte, Ihnen zu erklären, daß ich niemals eine andere Frau ehelichen würde als Elvira de Rovellas, die an dem Tage, da mein Brief in Amerika geschrieben wurde, acht Monate alt war. Die Ehrerbietung, die ich schon damals für ihre Person empfand, ist mit ihrer Anmut noch gewachsen. Ich nahm mir vor, nach Villaca zu eilen, um mich ihr zu Füßen zu werfen, doch höchste Befehle Seiner Majestät Don Carlos II. gebieten mir, mich der Stadt Madrid keinesfalls mehr als auf fünfzig Meilen Entfernung zu nähern. Daher hoffe ich Euer Gnaden auf dem Wege erwarten zu dürfen, der von Segovia nach Vizcaya führt.

Voller Ehrerbietung verbleibe ich als
Euer Gnaden getreuer Diener
Don Sancho, Graf von Peña Vélez.

So lautete der Brief des ehrerbietigen Vizekönigs; ungeachtet meines Kummers konnte ich nicht umhin, ein wenig darüber zu lächeln. Der Corregidor händigte mir noch den Beutel aus, in dem sich die Summe befand, die ich im Asiento angelegt hatte; dann verabschiedete er sich von mir, begab sich zum Alkalden, um dort das Mittagessen einzunehmen, und kehrte nach Segovia zurück.

Ich aber blieb starr wie eine Statue stehen, den Brief in der einen, den Beutel in der anderen Hand. Ich hatte mich von meiner Überraschung noch nicht ganz erholt, als der Alkalde erschien und mir sagte, er habe den Corregidor bis zur Grenze seines Amtsbereichs begleitet, und nun stehe er mir zur Verfügung, um Maultiere, Diener, Führer, Sättel, Mundvorräte – kurzum, all das zu beschaffen, was ich zur Reise brauchte.

Ich ließ den guten Alkalden für mich handeln; dank seinen eifrigen Bemühungen konnten wir uns bereits am nächsten Tag auf den Weg machen. Wir haben in Villa Verde übernachtet, und jetzt sind wir hier. Morgen werden wir Villa Real erreichen, wo der ehrerbietige Vizekönig uns erwartet; aber was werde ich ihm sagen, und was wird er selber sagen, wenn er die Tränen dieses Mädchens sieht? Meinen Sohn zu Hause zu lassen, habe ich nicht gewagt, weil ich fürchtete, der Alkalde und der Priester könnten Verdacht schöpfen, und ich tat es vielleicht noch mehr aus Nachgiebigkeit und weil ich dem armen Jungen kein Leid zufügen wollte. So verkleidete ich ihn denn als Maultiertreiber. Gott allein weiß, was aus alledem noch werden wird; ich fürchte und wünsche, daß alles ans Licht kommt. Auf jeden Fall muß ich den Vizekönig sehen, ich muß von ihm erfahren, was er getan hat, um Elviras Erbe den unrechtmäßigen Besitzern zu entreißen; wenn sie schon nicht mehr würdig ist, seine Frau zu werden, so wünschte ich doch, er möchte so viel Anteil an ihrem Geschick nehmen, daß er sie zu seinem Mündel macht. Aber ich, in meinem Alter, wie werde ich ihm gegenübertreten, um zu gestehen, wie nachlässig ich gehandelt habe? Wahrhaftig, wenn ich nicht Christin wäre, ich würde den Tod einem solchen Augenblick vorziehen.

Hier schloß die gute Maria ihren Bericht, und in ihrem Schmerz vergoß sie einen Strom von Tränen. Auch meine gute Tante zog ihr Taschentuch und begann zu weinen; ich weinte gleichfalls. Elvira schluchzte so sehr, daß man ihr das Mieder aufschnüren und sie ins Bett bringen mußte. Dieser Zwischenfall bewirkte, daß auch alle anderen sich schlafen legten.

Ich streckte mich aus und schlief ein. Die Sonne war noch nicht aufgegangen, da fühlte ich, daß jemand mich am Arm ergriff. Ich wachte auf und sagte: »Wer da?«

»Sprich leise«, wurde mir geantwortet, »ich bin Lonzeto. Elvira und ich, wir haben ein Mittel gefunden, das uns wenigstens für einige Tage aus der Verlegenheit helfen wird. Hier habe ich ihre Kleider gebracht; zieh sie an – Elvira wird deine nehmen. Meine Mutter ist gut, sie wird uns verzeihen. Was die Maultiertreiber und die anderen Diener aus Villaca betrifft, die werden uns nicht mehr verraten können, denn sie sind eben durch andere, die der Vizekönig geschickt hat, abgelöst worden. Die Kammerfrau steht zu uns. Zieh dich rasch an und leg dich in Elviras Bett, sie wird sich dann in deines legen.«

Ich hatte gegen Lonzetos Vorschlag nichts einzuwenden und zog mich an, so rasch ich konnte. Ich zählte zwölf Jahre und war für mein Alter ziemlich groß; so paßte mir das Kleid der vierzehnjährigen Kastilianerin vortrefflich – Sie müssen nämlich wissen, daß die Frauen in Kastilien nicht so kräftig sind wie die Andalusierinnen.

Sowie ich das Kleid angezogen hatte, legte ich mich auf Elviras Bett, und bald darauf hörte ich, wie jemand ihrer Tante sagte, daß der Majordomus des Vizekönigs sie in der Küche erwarte, die zugleich als allgemeiner Aufenthaltsraum diente. Einen Augenblick später rief man Elvira, und ich ging an ihrer Stelle hinunter. Ihre Tante schlug die Hände über dem Kopf zusammen und sank in einen Stuhl, der hinter ihr stand; doch der Majordomus hatte nichts gesehen. Er ließ sich auf ein Knie nieder, versicherte mich der Ehrerbietung seines Herrn und überreichte mir ein Schmuckstück. Ich nahm es gar anmutig entgegen und hieß ihn aufstehen. Viele Leute des Vizekönigs traten ein, um mir ihren Gruß darzubringen, und sie riefen dreimal: »*Viva la nuestra vireyna!*«

Darauf erschien meine Tante, gefolgt von Elvira, die Knabenkleider trug. Sie machte Maria de Torres geheime Zeichen, die besagen sollten, daß nichts anderes zu tun sei, als uns gewähren zu lassen.

Der Majordomus fragte, wer diese Dame sei. Ich erwiderte, sie komme aus Madrid und reise nach Burgos, um ihren Neffen im Kollegium der Theatiner unterzubringen. Er bat sie, die Freundlichkeit zu haben und sich der Sänften des Vizekönigs zu bedienen. Meine Tante erbat eine für ihren Neffen, der, wie sie sagte, kränklich und von der Reise ermüdet sei. Der Majordomus gab die entsprechenden Anweisungen. Darauf reichte er mir seine behandschuhte Rechte und half mir in die Sänfte. Wenig später eröffnete ich den Zug, und nach mir setzte sich die ganze Truppe in Bewegung.

Da war ich also zur künftigen Vizekönigin geworden, ich trug einen Brillantschmuck, wurde von zwei weißen Maultieren in einer vergoldeten Sänfte getragen und von zwei Reitern eskortiert, die ihre Pferde neben meiner Sänfte tänzeln ließen. Diese Situation war für einen Knaben meines Alters recht eigenartig, und zum erstenmal im Leben begann ich über die Ehe nachzudenken, eine Art Bund, dessen Wesen ich nicht völlig begriff. Indessen wußte ich genug davon, um sicher zu sein, daß der Vizekönig mich niemals heiraten würde und daß ich demnach nichts riskierte, wenn ich ihn in seinem Irrtum beließ und meinem Freund Lonzeto Aufschub verschaffte, damit er sich ein Mittel ausdenke, mit dem man sich aus der Schlinge ziehen könnte. Und einem Freund zu helfen, betrachtete ich als eine edle Tat. Kurzum, ich beschloß, ein junges Mädchen zu spielen. Um mich darin zu üben, kuschelte ich mich in die Polster der Sänfte, zierte mich und tat schön. Mir fiel auch ein, daß ich beim Gehen keine großen Schritte machen dürfe und überhaupt alle heftigen Bewegungen vermeiden müsse.

Ich war beim Nachdenken gerade an diesem Punkte angelangt, da verkündete eine große Staubwolke das Nahen des Vizekönigs. Der Majordomus hieß mich aussteigen und sagte mir, ich solle mich auf seinen Arm stützen. Der Vizekönig sprang vom Pferd, ließ sich auf ein Knie nieder und sprach: »Herrin, geruhen Sie, die Versicherungen einer Liebe entgegenzunehmen, die mit Ihrer Geburt begann und die erst mit meinem Tode enden wird.«

Dann küßte er mir die Hand, und ohne auf eine Erwiderung von meiner Seite zu warten, half er mir zurück in die Sänfte. Er bestieg sein Pferd, und der Zug setzte sich wieder in Bewegung. Da er neben meiner Sänfte einherritt und seine Augen nicht oft auf mich richtete, hatte ich Muße, ihn nach Belieben zu betrachten. Das war nicht mehr jener junge Mann, der Maria de Torres so stattlich erschienen war, als er Rovellas befreite oder als er in Villaca mit seinem Pflug vom Felde heimkehrte. Der Vizekönig konnte noch als ein schöner Mann gelten, aber sein Gesicht, von der Sonne des Äquators verbrannt, sah eher schwarz als weiß aus, und die dichten Brauen, die ihm über die Augen fielen, verliehen seinem Antlitz, dem er trotz aller Bemühungen keinen sanfteren Ausdruck zu geben vermochte, einen Zug, der ihn keineswegs als leutselig erscheinen ließ. Sprach er zu den Männern, so hatte er eine Donnerstimme, sprach er zu Frauen, so war es ein geflötetes Falsett, bei dessen Klang man unwillkürlich lächeln mußte. Wenn er sich an seine Leute wandte, schien er eine Armee zu befehligen, und wenn er das Wort an mich richtete, sah es aus, als erbäte er Befehle für einen Feldzug.

Je länger ich den Vizekönig beobachtete, um so weniger wohl fühlte ich mich in meiner Haut. Ich dachte über seinen Charakter nach, und ich hielt es für unzweifelhaft, daß der Augenblick, in dem er herausfände, daß ich ein Knabe war, den Beginn eines Strafgerichts bezeichnen würde, dessen Vorstellung allein mir Schauer über den Rücken jagte. So hatte ich es nicht nötig, die Schüchterne zu spielen, denn ich zitterte wirklich am ganzen Leib und wagte niemanden mehr anzublicken.

Wir kamen nach Valladolid; der Majordomus reichte mir die Hand und führte mich in die mir bestimmten Gemächer; die beiden Tanten folgten mir dorthin. Elvira wollte gleichfalls eintreten, aber man verscheuchte sie wie einen Gassenjungen; Lonzeto wiederum blieb bei den Stallknechten.

Sobald ich mit den Tanten allein geblieben war, warf ich mich ihnen zu Füßen und beschwor sie, mich nicht zu verraten, wobei ich ihnen ein schreckliches Bild von den Foltern entwarf, denen sie mich aussetzen würden, wenn sie auch nur die geringste Indiskretion begingen. Der Gedanke, daß man mich womöglich auspeitschen würde, brachte meine Tante der Verzweiflung nahe. Sie schloß sich meinem Flehen an, doch es bedurfte dessen nicht: Maria de Torres, ebenso in Schrecken geraten, dachte nur daran, wie man die Enthüllung so lange wie möglich hinausschieben könnte.

Schließlich bat man zum Mittagessen. Der Vizekönig empfing mich an der Tür des Speisezimmers, führte mich an meinen Platz, ließ sich zu meiner Rechten nieder und sagte: »Herrin, das bisherige Inkognito verheimlicht meine Würde als Vizekönig, hebt sie jedoch nicht auf. Verzeihen Sie mir also, wenn ich es wage, mich zur rechten Seite zu setzen. Doch der gnädigste Monarch, den zu vertreten ich die Ehre habe, verhält sich ebenso gegenüber der erlauchtesten Königin.«

Danach wies der Marschall den anderen Personen nach ihrem Rang die Plätze an, wobei er den ersten Platz für Frau von Torres frei hielt. Lange speisten alle in tiefstem Schweigen, bis es der Vizekönig plötzlich brach, indem er, zu Frau von Torres gewandt, sagte: »Señora, wie ich aus einem Brief, den Sie mir nach Amerika schickten, zu meinem Bedauern ersehen mußte, schienen Sie daran zu zweifeln, daß ich mein vor zwölf Jahren und etlichen Monaten gegebenes Versprechen einlösen würde.«

»Erlauchter Herr«, sagte Maria, »meine Nichte würde heute Eurer Hoheit in höherem Maße würdig erscheinen und wäre Ihrer wahrhaftig auch würdiger, wenn ich gewußt hätte, daß Sie es ernst meinten.«

»Man sieht, daß Sie in Europa wohnen«, erwiderte der Vizekönig, »denn in der Neuen Welt weiß man, daß ich niemals etwas bloß zum Scherz sage.«

Darauf stockte das Gespräch wieder und kam nicht mehr in Gang. Nach dem Mahle geleitete mich der Vizekönig bis zu der Tür, die in meine Gemächer führte. Die beiden Tanten begaben sich auf die Suche nach der echten Elvira, die man am Tische des Majordomus untergebracht hatte. Ich blieb mit ihrer Kammerfrau, die nun die meine geworden war, zurück. Sie wußte, daß ich ein Knabe war, bediente mich aber deswegen nicht weniger eifrig; freilich hatte auch sie eine entsetzliche Angst vor dem Vizekönig. Wir machten uns gegenseitig Mut, und am Ende fanden wir die Sache recht lustig.

Meine Tanten kehrten zurück, und da eine nochmalige Begegnung mit dem Vizekönig an diesem Tage nicht mehr zu erwarten war, brachten sie heimlich auch Elvira und Lonzeto mit. Nun war die Freude vollkommen, und wir gerieten vor Heiterkeit ganz aus dem Häuschen; die beiden Tanten, erfreut darüber, daß sie einen Tag gewonnen hatten, teilten beinahe unseren Frohsinn.

Als es schon auf die Nacht zuging, vernahmen wir den Klang einer Gitarre, und wir erspähten den Vizekönig, eingehüllt in einen Mantel und halb versteckt hinter einem Nachbarhaus. Seine Stimme war nicht mehr die eines jungen Mannes, doch er sang ohne Fehler, und man konnte daraus schließen, daß er sich viel mit Musik beschäftigt hatte.

Die kleine Elvira, im Gebrauch der verschiedenen Artigkeiten gut bewandert, nahm einen meiner Handschuhe und warf ihn auf die Straße. Der Vizekönig hob ihn auf, küßte ihn und steckte ihn in seinen Busen. Aber kaum hatte ich diese Gunst gewährt, da war mir, als bedeutete sie hundert Rutenhiebe mehr, die mich treffen würden, wenn der Vizekönig erführe, was für eine Elvira er in mir habe. Dieser Gedanke stimmte mich so traurig, daß ich nur noch daran dachte, mich schlafen zu legen. Als Elvira und Lonzeto sich von mir verabschiedeten, vergossen sie einige Tränen.

»Auf morgen«, sagte ich.

»Vielleicht«, erwiderte Lonzeto.

Dann begab ich mich in demselben Zimmer zur Ruhe wie meine neue Tante. Ich entkleidete mich so sparsam wie möglich, was sie ihrerseits auch tat.

Am nächsten Morgen wurden wir von meiner Tante Dalanosa geweckt, die uns die Nachricht brachte, daß Elvira und Lonzeto in der Nacht geflohen waren und daß niemand wußte, was aus ihnen geworden sei. Diese Kunde traf Frau von Torres wie ein Blitzschlag. Was mich anbelangte, so dachte ich im stillen, daß mir nun nichts anderes übrigblieb, als an Elviras Stelle Vizekönigin zu werden.

Als der Zigeunerhauptmann seine Abenteuer bis hierher erzählt hatte, erschien einer seiner Leute, um ihm über den Tagesablauf zu berichten. Der Hauptmann erhob sich und bat uns, die Fortsetzung auf den folgenden Tag verschieben zu dürfen.

Rebekka bemerkte ungeduldig, jedesmal an der interessantesten Stelle müsse uns jemand unterbrechen. Dann unterhielten wir uns über recht belanglose Dinge; der Kabbalist tat uns kund, er besitze Nachrichten vom Ewigen Juden:

dieser habe bereits den Balkan durchwandert und werde bald in Spanien eintreffen. Ich weiß nicht, was alle sonst noch an jenem Tage taten, und so komme ich denn zum nächsten, der weit reicher an Ereignissen war.

Achtzehnter Tag

Als ich im Morgengrauen erwachte, wandelte mich die Lust an, den unseligen Galgen von Los Hermanos aufzusuchen, in der Erwartung, dort wiederum ein Opfer zu finden. Ich unternahm meinen Spaziergang nicht vergebens, denn tatsächlich sah ich zwischen den beiden Gehenkten einen Menschen liegen. Der Unglückliche schien bereits gar nichts mehr zu fühlen, er war erstarrt, doch als ich seine Hand berührte, merkte ich, daß sich noch schwach das Leben in ihm regte. Ich holte Wasser und benetzte ihm das Gesicht. Da ich indessen sah, daß er nicht zur Besinnung kam, hob ich ihn auf meine Schultern und trug ihn aus der Umzäunung der Richtstätte hinaus. Allmählich kam er zu sich, er heftete den irren Blick auf mich, dann riß er sich plötzlich von mir los und floh. Eine Zeitlang beobachtete ich ihn; weil ich ihn aber ins Gebüsch laufen sah und er sich leicht in dieser Einöde verirren konnte, hielt ich es für meine Pflicht, ihm nachzueilen und ihn zurückzuhalten. Der Unbekannte drehte sich um, und da er wohl meinte, ich verfolgte ihn, rannte er noch schneller; schließlich taumelte er, stürzte und verletzte sich am Kopf. Ich säuberte seine Wunde mit meinem Tuch, riß ein Stück von meinem Hemd ab und verband ihm damit den Schädel. Der Unbekannte sprach kein Wort. Ermutigt durch seine Folgsamkeit, faßte ich ihn dann am Arm und führte ihn in das Zigeunerlager. In dieser ganzen Zeit brachte ich keinen Laut aus ihm heraus.

Als ich die Höhle erreichte, fand ich bereits alle zum Frühstück versammelt; für mich hatte man einen Platz frei gelassen, und um den Unbekannten noch in die Runde aufzunehmen, rückte man ein wenig zusammen, doch man fragte nicht, wer er sei und wo er herkomme. So gebieten es die Bräuche der spanischen Gastfreundschaft, und niemand würde es jemals wagen, sie zu verletzen.

Der Unbekannte trank seine Schokolade wie ein Mensch, der dringend der Stärkung bedarf. Der Zigeunerhauptmann fragte, ob er von Dieben so übel zugerichtet worden sei.

»Keineswegs«, antwortete ich, »ich fand diesen Mann ohnmächtig unter dem Galgen von Los Hermanos. Als er zur Besinnung kam, rannte er, so schnell ihn die Füße trugen, davon. Ich fürchtete, er könnte sich im Gestrüpp verirren, und eilte ihm nach. Gerade als ich ihn fassen wollte, stürzte er. Verletzt hat er sich bloß, weil er so rasch davonlief.«

Bei diesen Worten legte der Unbekannte den Löffel beiseite und sagte mit ernster Miene: »Sie haben sich unrichtig ausgedrückt; es liegt sicherlich an den irreführenden Lehren, die man Ihnen in Ihrer Jugend erteilt hat.«

Man wird sich leicht vorstellen können, mit welchen Gefühlen ich diese Worte anhörte. Ich hielt jedoch an mich und entgegnete: »Verehrter Herr, ich darf Ihnen versichern, daß man mir von frühester Kindheit an die besten Lehren vermittelt hat, und sie waren für mich um so wichtiger, als ich die Ehre habe, Hauptmann der Wallonischen Garde zu sein.«

»Ich meinte«, unterbrach mich der Unbekannte, »die Lehren, die Sie hinsichtlich der beschleunigten Bewegung von Körpern auf schiefen Ebenen erhielten. Wenn Sie nämlich von meinem Sturz sprechen und dessen Ursachen erklären wollen, so hätten Sie in Erwägung ziehen sollen, daß ich mich auf einer schiefen Ebene bewegte, da ja der Galgen auf einem erhöhten Ort stand. Man hätte daher die Linie meines Laufes als Hypotenuse eines rechtwinkligen Dreiecks betrachten müssen, dessen eine Kathete als Basis in der gleichen Ebene liegt wie der Horizont und dessen rechter Winkel durch ebendiese Basis und die Senkrechte gebildet wird, die von ihr zur Spitze des Dreiecks beziehungsweise zum Fuße des Galgens hinaufführt. Dann hätten Sie sagen können, daß meine beschleunigte Bewegung auf der schiefen Ebene sich zur Erdbeschleunigung verhält wie jene Senkrechte zur Hypotenuse. So betrachtet, bewirkte dann diese beschleunigte Bewegung, daß ich stürzte, und es geschah keineswegs deshalb, weil ich zu rasch hatte davonlaufen wollen. Das hindert mich indessen nicht daran, Ihnen als einem Hauptmann der Wallonischen Garde alle Ehre zu erweisen.«

Darauf griff der Unbekannte von neuem nach seiner Tasse und ließ mich im unklaren darüber, wie ich seine Beweisführung aufzufassen hätte. Ich wußte wahrhaftig nicht, ob er aufrichtig sprach oder ob er mich verspotten wollte.

Da der Zigeunerhauptmann sah, daß mich die Ausführungen des Unbekannten verstimmt hatten, bemühte er sich, dem Gespräch eine andere Wendung zu geben, und sagte: »Dieser vornehme Reisende, der die Geometrie vorzüglich zu beherrschen scheint, bedarf gewiß der Ruhe. So ziemt es sich wohl nicht, ihn heute bewegen zu wollen, daß er von sich berichte. Und wenn die Versammlung es gestattet, will ich für ihn einspringen und die Geschichte von gestern fortführen.«

Rebekka antwortete, daß nichts ihr angenehmer sein könne, und der Hauptmann begann also:

Fortsetzung der Geschichte des Zigeunerhauptmanns

Als wir gestern unterbrochen wurden, erzählte ich gerade, wie Tante Dalanosa uns mit der Nachricht weckte, daß Lonzeto und die als Knabe verkleidete Elvira geflohen seien, und ich berichtete, welchen Schrecken uns diese Kunde einjagte. Frau von Torres, die zugleich die Nichte und den Sohn verlor, gab sich heftiger Verzweiflung hin. Und ich, der ich mich von Elvira verlassen sah, glaubte, daß mir nun nichts übrigbliebe, als an ihrer Stelle Vizekönigin zu werden oder aber eine Züchtigung hinzunehmen, die ich mehr fürchtete als den Tod. Ich dachte noch über diese grausame Alternative nach, als mir der Majordomus meldete, daß es Zeit zum Aufbruch sei, und mir den Arm bot, damit ich die Treppe hinabsteige. Noch ganz betroffen von der Notwendigkeit, Vizekönigin zu werden, nahm ich unwillkürlich eine so stolze Haltung und einen so würdevollen Gesichtsausdruck an, daß meine Tanten ungeachtet ihres Kummers darüber lächeln mußten.

Diesmal ritt der Vizekönig nicht neben meiner Sänfte her. Er wartete in Torquemada auf uns, an der Tür der Herberge. Die Gunst, die ich ihm am Abend vorher gewährt hatte, machte ihn kühn. Er zeigte mir den Handschuh, den er an seiner Brust verbarg; dann reichte er mir die Hand, um mir beim Aussteigen zu helfen, er drückte sie ein wenig und küßte sie. Ich konnte mich eines gewissen freudigen Gefühls nicht erwehren, da ich mich von einem Vizekönig auf solche Weise behandelt sah; aber stets beunruhigte mich der Gedanke an die Peitschenhiebe, die solchen Beweisen der Ehrerbietung wahrscheinlich folgen würden.

Wir blieben eine Weile in den für die Frauen bestimmten Gemächern, und dann bat man uns zu Tisch. Die Plätze verteilte man ungefähr in der gleichen Weise wie am Vortage. Der erste Gang wurde in vollkommenem Schweigen eingenommen. Als man den zweiten Gang aufzutragen begann, wandte sich der Vizekönig an meine Tante Dalanosa und sprach: »Señora, ich habe gehört, welchen Streich Ihnen Ihr Neffe und sein kleiner Stallknecht gespielt haben. Wären wir in Mexiko, so hätte ich sie bald in meinem Gewahrsam; auf jeden Fall habe ich Befehl erteilt, sie zu suchen. Wenn man sie findet, wird man Ihren Neffen im Hofe des Theatinerklosters feierlich durchpeitschen, und der kleine Stallknecht wird ein wenig auf den Galeeren reisen.«

Bei der Erwähnung des Wortes »Galeeren« im Zusammenhang mit ihrem Sohn fiel Frau von Torres sogleich in Ohnmacht, und der Gedanke an die Rutenstreiche im Hofe der Theatiner bewirkte, daß ich von meinem Stuhl rutschte.

Diensteifrig und galant half mir der Vizekönig beim Aufstehen. Ich faßte mich wieder ein bißchen und bewahrte bis zum Ende der Mahlzeit recht gute Haltung. Als man sich von der Tafel erhoben hatte, geleitete mich der Vizekönig nicht, wie sonst, zu meinen Gemächern, sondern er führte mich mit den beiden Tanten zu einer Baumgruppe gegenüber der Herberge; er ließ uns dort niedersitzen und sprach dann: »Meine Damen, ich habe bemerkt, daß Sie etwas bedenklich gestimmt wurden durch die offensichtliche Härte, die man in meinen Handlungen wahrnehmen mag und die ich vielleicht in Ausübung meiner verschiedenen Ämter erworben habe, denn sie ist meinem Herzen an sich ganz fremd. Ich glaube auch, daß Sie ein unrichtiges Bild von mir erhalten, wenn Sie nur einige äußere Merkmale meines Lebens betrachten und nicht ihre Ursachen und deren Verkettung kennen. Sie haben sicherlich den Wunsch, die Geschichte meines Lebens zu erfahren, und es scheint mir angebracht, sie Ihnen zu erzählen. Wenigstens hoffe ich, daß Sie, sobald Sie mich besser kennen, nicht mehr solche Furcht vor mir empfinden werden, wie ich sie heute an Ihnen bemerkte.«

Nach diesen Worten schwieg der Vizekönig, um unsere Antwort abzuwarten. Wir bekundeten den lebhaften Wunsch, ihn näher kennenzulernen. Er dankte uns für diese Bekundung unserer Anteilnahme und begann also:

Die Geschichte des Grafen von Peña Vélez

Ich wurde in der schönen Umgebung von Granada geboren, in einem Landhaus, das mein Vater an den Ufern des romantischen Genil besaß. Wie Sie wissen, lassen die spanischen Dichter alle Szenen voller Hirtenromantik in unserer Gegend spielen. Sie haben uns davon überzeugt, daß die Sonne Granadas in den Herzen Liebe weckt, und es gibt dort kaum einen Mann, der nicht seine Jugend und manchmal auch sein ganzes Leben mit der Liebe als seiner einzigen Beschäftigung verbringt.

Wenn bei uns ein junger Mann ins eigentliche Leben tritt, so ist es seine erste Sorge, eine Dame zu erwählen, der all seine Gedanken gelten; nimmt sie seine Huldigung an, so erklärt er sich zu ihrem *embebecido,* das heißt zu einem Menschen, den der Zauber jener Dame von Sinnen gebracht hat. Wenn die Dame ihn als solchen anerkennt, verpflichtet sie sich stillschweigend, nur ihm ihre Handschuhe und ihren Fächer anzuvertrauen und ihn zu bevorzugen, wenn es darum geht, ihr ein Glas Wasser zu holen, das ihr der *embebecido* dann kniend darbringt; außerdem hat er das Recht, neben ihrer Sänfte zu reiten und ihr in der Kirche Weihwasser zu reichen sowie einige weitere Privilegien von ähnlicher

Wichtigkeit. Die Ehemänner sind auf Beziehungen dieser Art keineswegs eifersüchtig, und sie haben auch keinen Grund dazu, denn erstens empfangen die Frauen niemals Gäste in ihrem Hause, wo sie übrigens auch den ganzen Tag von Dueñas und Kammerfrauen umgeben sind, und zweitens – um die Wahrheit zu sagen – geben diejenigen unter ihnen, die ihrem Manne untreu werden wollen, niemals dem *embebecido* den Vorzug; sie halten sich vielmehr an irgendeinen jungen Verwandten, der Zutritt zu ihrem Hause hat, und die Verderbtesten wählen ihre Liebhaber aus den untersten Schichten der Gesellschaft.

Ein solcher Ton der Galanterie herrschte in Granada, als ich die ersten Schritte in der Gesellschaft tat; doch ich verfiel nicht dieser Mode. Nicht, daß ich gefühllos gewesen wäre: im Gegenteil, ich empfand wohl stärker als mancher andere im Herzen den schmeichelnden Einfluß unseres Landstriches, und die Sehnsucht nach Liebe war das erste Gefühl, das meine Jugend beseelte. Aber ich überzeugte mich sehr bald davon, daß die Liebe etwas ganz anderes war als jener Austausch von Albernheiten, den unsere Damen mit ihren *embebecidos* pflegten – ein Austausch, der zwar völlig unschuldig blieb, jedoch darauf hinauslief, im Herzen einer Frau Anteil für einen Mann zu wecken, dem sie niemals gehören würde, und ihre Gefühle für jenen, dem sie mit Leib und Seele angehörte, zu mindern. Diese Teilung empörte mich: Liebe und Ehe sollten, so meinte ich, ein und dasselbe sein; und die Ehe, geschmückt mit allen Merkmalen der Liebe, wurde mein geheimster wie auch mein teuerster Gedanke, das höchste Wunschbild meiner Phantasie. Da ich diesem Lieblingsgedanken mit solcher Inbrunst nachhing, bemächtigte er sich schließlich – wenn ich es Ihnen denn gestehen muß – aller meiner Sinne, so daß auch das, was ich sagte und tat, davon beeinflußt wurde und man mich zuweilen für einen *embebecido* in wörtlichem Sinne hätte halten können.

Betrat ich ein Haus, so vergaß ich ganz, daß ich mich an

der Unterhaltung beteiligen mußte, und stellte mir statt dessen vor, daß das Haus mir gehöre und daß ich es für den Einzug meiner Frau herrichte. Ich zierte ihr Gemach mit den schönsten indischen Stoffen, mit chinesischen Flechtmatten und persischen Teppichen, auf denen ich schon den Abdruck ihrer Füße sah; ich glaubte auch die Polster zu erblicken, auf denen sie sich am liebsten niederließ. Wollte sie frische Luft schöpfen, so fände sie einen Balkon, geschmückt mit den schönsten Blumen und mit einer Voliere, in der die seltensten Vögel flatterten. Ihr Schlafzimmer aber war ein Heiligtum, das meine Phantasie nicht zu entweihen wagte. Während ich mich diesen Träumen hingab, nahm das Gespräch seinen Fortgang. Ich beteiligte mich nicht an ihm, es sei denn, daß man das Wort an mich richtete; dann antwortete ich unbesonnen irgend etwas, und ich tat es immer mit einem gewissen Widerwillen, weil ich mich nicht gern in meiner Beschäftigung stören ließ.

So eigenartig benahm ich mich auf Besuchen. Wenn ich durch die Umgebung wanderte, erfaßte mich die gleiche Tollheit. Hatte ich einen Bach zu überqueren, stieg ich bis zu den Knien ins Wasser, damit die Steine für meine Frau blieben. Sie stützte sich dann auf meinen Arm und vergalt meine Mühe mit einem himmlischen Lächeln. Kinder versetzten mich in Entzücken: ich begegnete keinem einzigen, das ich nicht mit Liebkosungen überschüttet hätte, und eine Frau, die das ihre nährte, schien mir das Meisterwerk der Schöpfung zu sein.

Hier wandte sich der Vizekönig zu mir und sprach mit sanfter und ehrerbietiger Miene: »Ich habe meine Ansichten darüber keineswegs geändert, und ich hoffe zuversichtlich, daß die reizende Elvira das Blut ihrer Kinder nicht durch die häufig unreine Milch einer Amme verderben lassen wird.«

Diese Äußerung verwirrte mich mehr, als Sie sich vorstellen können; ich faltete die Hände und sagte: »Erlauchter Herr, um des Himmels willen, sprechen Sie nicht von solchen Dingen, denn ich verstehe davon gar nichts.«

»Mein Fräulein«, erwiderte der Vizekönig, »ich bin ganz untröstlich darüber, Sie in Ihrer Unschuld erschreckt zu haben, und ich werde in meiner Geschichte fortfahren, ohne wieder in einen solchen Fehler zu verfallen.«

In der Tat fuhr er also fort:

Da ich so oft geistesabwesend war, glaubte man schließlich in Granada, daß ich den Verstand verloren hätte, und sie hatten wohl auch Grund zu dieser Annahme. Richtiger gesagt: ich schien deshalb von Sinnen zu sein, weil meine Tollheit von anderer Art war als die meiner Mitbürger. Ich hätte als vernünftig gegolten, wenn ich der erklärte *embebecido* – also seiner Sinne Beraubte – einer bestimmten Dame von Granada gewesen wäre. Da indessen dieser Ruf nichts Schmeichelhaftes hat, beschloß ich, meine Heimat für einige Zeit zu verlassen. Es gab noch einen anderen Grund, der mich dazu veranlaßte. Ich wollte mit meiner Frau und durch sie glücklich sein. Hätte ich eine Dame aus Granada geheiratet, so hätte sie sich wohl berechtigt gefühlt, die Huldigungen eines *embebecido* anzunehmen, und das entsprach, wie ich sagte, nicht meiner Vorstellung. So entschloß ich mich denn abzureisen und begab mich zum Hofe. Ich fand dort die gleichen Abgeschmacktheiten unter anderen Bezeichnungen. Die Unsitte des *embebecido,* die heute von Granada bis nach Madrid gedrungen ist, kannte man dort zu jener Zeit noch nicht. Die Hofdamen nannten ihren bevorzugten, wenn auch nicht erhörten Liebhaber *cortejo,* und die Verliebten, die sie noch strenger behandelten und höchstens ein- oder zweimal im Monat mit einem Lächeln belohnten, hießen sie einfach *galanes.* Aber alle ohne Unterschied trugen die Farben ihrer Dame und ritten neben ihrem Wagen einher, was im Prado Tag für Tag eine riesige Staubwolke aufwirbelte, welche die Straßen, die in der Nähe dieses schönen Parks verlaufen, unbewohnbar machte.

Ich trug keinen Namen, der berühmt genug, und hatte kein Vermögen, das groß genug gewesen wäre, um am Hofe besonders aufzufallen; aber ich machte dort durch meine Gewandtheit im Stierkampf von mir reden. Der König richtete mehrere Male das Wort an mich, und die Granden erwiesen mir die Ehre, meine Freundschaft zu suchen. Neben anderen war ich auch mit dem Grafen von Rovellas gut bekannt. Doch als ich seinen Stier tötete, lag er bewußtlos da und konnte mich nicht erkennen. Zwei seiner Piqueurs kannten mich recht gut; aber offensichtlich waren sie gerade woanders beschäftigt, denn sonst hätten sie sich wohl nicht die achthundert Pistolen entgehen lassen, die der Graf demjenigen venprochen hatte, der ihm Mitteilung über seinen Retter machen könne.

Als ich einmal beim Minister der *hacienda* – dem Finanzminister – speiste, kam ich neben Don Enrique de Torres, dem ehrenwerten Gatten der gnädigen Frau, zu sitzen; er befand sich in Madrid, um einige Angelegenheiten zu erledigen. Es war freilich das erstemal, daß ich die Ehre hatte, das Wort an ihn zu richten; doch seine Gesichtszüge weckten Vertrauen, und ich zögerte nicht, das Gespräch auf mein Lieblingsthema zu bringen, das heißt auf die Ehe und die Galanterie. Ich fragte Don Enrique, ob die Damen von Segovia auch *embebecidos, cortejos* oder *galanes* hätten.

»Nein«, erwiderte er, »unsere Sitten haben so etwas noch nicht erlaubt. Wenn unsere Damen auf die Promenade gehen, die wir Zocodover nennen, sind sie halb verschleiert, und es ist nicht gebräuchlich, daß sie jemand anspricht, gleichviel, ob sie zu Fuß gehen oder im Wagen sitzen. Wir empfangen auch in unseren Häusern, abgesehen von den Vorstellungsvisiten, keinen Besuch, weder den eines Mannes noch den einer Frau; doch es herrscht der Brauch, daß unsere Frauen die Abende auf ihren Balkons verbringen, die nur wenig höher liegen als die Straße. Die Männer bleiben dann stehen, um sich mit Bekannten zu unterhalten, die jungen Leute streifen erst von einem Balkon zum andern und beschließen den Abend vor einem Haus, in dem ein heiratsfähiges Mädchen wohnt. Aber«, fügte Don Enrique hinzu, »von allen Balkons Segovias empfängt der meine die beharrlichsten Huldigungen, und zwar wegen meiner Schwägerin Elvira de Noruña; denn in ihr vereinigen sich all die vortrefflichen Eigenschaften meiner Frau mit einer Schönheit, die in ganz Spanien nicht ihresgleichen hat.«

Diese Worte des Marqués de Torres beeindruckten mich stark; ein so schönes Mädchen mit so vortrefflichen Eigenschaften und in einer Gegend, wo es keine *embebecidos* gab – all das war mir, so meinte ich, vom Himmel bestimmt, um mein Glück zu machen. Einige Segovianer, die ich anregte, sich über das gleiche Thema zu äußern, bestätigten, daß die Schönheit Elviras unvergleichlich sei. So beschloß ich denn, mich mit eigenen Augen davon zu überzeugen.

Noch ehe ich Madrid verließ, gewann meine Leidenschaft für Elvira eine gewisse Stärke. Doch meine Schüchternheit steigerte sich in gleichem Maße, und als ich in Segovia angekommen war, konnte ich mich nicht entschließen, Herrn von Torres oder einen der anderen Herren, die ich in Madrid kennengelernt hatte, aufzusuchen. Ich wäre froh gewesen, wenn jemand in Elviras Gegenwart von mir gesprochen und sie für mich eingenommen hätte, so wie ich selber für sie eingenommen war. Ich beneidete jene, deren berühmter Name oder glänzende Eigenschaften schon von sich reden machen, bevor sie selber erscheinen, und ich glaubte, daß es mir, wenn ich bei der ersten Begegnung keinen Eindruck auf Elvira machte, späterhin unmöglich sein würde, eine gewisse Zuneigung in ihr zu wecken.

Ich blieb mehrere Tage in meiner Herberge und sprach mit keinem Menschen. Endlich ließ ich mir die Straße zeigen, in der Don Enrique wohnte. An dem Hause gegenüber erblickte ich ein Schild; ich fragte, ob dort ein Zimmer zu vermieten sei. Man wies mir ein Dachkämmerchen, das ich für zwölf Reales nahm. Ich nannte mich Alonzo und gab vor, in Geschäften nach Segovia gekommen zu sein.

Indessen beschränkten sich alle meine Geschäfte darauf, durch meine Fensterläden zu blicken. Gegen Abend sah ich dann Sie mit der unvergleichlichen Elvira auf den Balkon treten. Was soll ich Ihnen sagen: im ersten Augenblick glaubte ich eine durchschnittliche Schönheit zu erblicken. Nachdem ich einige Augenblicke genauer hingeschaut hatte, erkannte ich, daß die vollkommene Harmonie ihrer Züge die Schönheit weniger auffällig machte, daß aber all ihre Vorzüge sogleich deutlich wurden, wenn man sie mit einer anderen Frau verglich. Sie selber, Frau von Torres, waren schön, dennoch erkühne ich mich, zu sagen, daß Sie einem Vergleich nicht standhielten.

Aus der Höhe meiner Bodenkammer stellte ich mit unaussprechlicher Freude fest, daß Elvira all diese Huldigungen gleichgültig, ja anscheinend gelangweilt aufnahm. Doch bei dieser Beobachtung verging mir auch völlig der Wunsch, die Zahl ihrer Verehrer zu vergrößern, das heißt die Zahl jener Leute, die sie langweilten. Ich beschloß, sie von meinem Fenster aus zu betrachten und darauf zu warten, daß sie bei einer günstigen Gelegenheit von mir erführe. Um die Wahrheit zu sagen: ich versprach mir einiges von den Stierkämpfen.

Sie werden sich erinnern, gnädige Frau, daß ich damals recht gut sang; ich konnte dem Verlangen nicht widerstehen, meine Stimme hören zu lassen. Wenn alle Verliebten nach Hause gegangen waren, stieg ich mit meiner Gitarre hinab und sang, so gut ich es nur konnte, eine *tirana*. Das tat ich einige Abende nacheinander; schließlich bemerkte ich, daß man sich bei Ihnen erst dann vom Balkon zurückzog, wenn man mich angehört hatte. Diese Beobachtung erfüllte mein Herz mit den süßesten Empfindungen, die indessen noch weit, weit von der Hoffnung entfernt waren.

In jenen Tagen erfuhr ich, daß man Rovellas nach Segovia verbannt hatte. Ich geriet darüber in Verzweiflung, und es war für mich keinen Augenblick fraglich, daß er sich in Elvira verlieben würde. So geschah es denn auch; Rovellas, sich immer noch in Madrid wähnend, erklärte sich öffentlich zum *cortejo* Ihrer Schwester. Er nahm ihre Farben an oder das, was er für ihre Farben hielt, und seine Dienerschaft mußte entsprechend farbene Livreen tragen. Von der Höhe meiner Bodenkammer wurde ich oft Zeuge seiner aufdringlichen, eitlen Geschäftigkeit, und mit großer Freude sah ich, daß Elvira ihn mehr nach seinen menschlichen Eigenschaften als nach dem Pomp beurteilte, der ihn umgab. Doch er war reich und sollte bald die Würde eines Granden erhalten; was konnte ich im Vergleich zu solchen Vorzügen bieten? Zweifellos gar nichts – davon war ich überzeugt. Und ich liebte Elvira so voller Entsagung, daß ich geradezu wünschte, sie möchte Rovellas heiraten. Ich dachte nicht mehr daran, daß sie mich kennenlernen solle, und ich hörte auf, unter Ihren Fenstern zu singen.

Indessen drückte Rovellas seine Empfindungen nur durch Artigkeiten aus und unternahm keinen ernsthaften Versuch, Elviras Hand zu gewinnen. Ich erfuhr sogar, daß Herr von Torres sich nach Villaca zurückziehen wolle. Ich hatte mich daran gewöhnt und es tat mir wohl, gegenüber seinem Hause zu wohnen, und so wollte ich mir denselben Vorzug auch auf dem Lande verschaffen. Ich ging nach Villaca und gab mich als *labrador* aus Murcia aus. Ich kaufte ein Haus, das dem Ihren gegenüberlag, und richtete es nach meinem Geschmack ein. Da aber verkleidete Liebhaber immer etwas an sich haben, was sie verrät, kam ich auf den Gedanken, meine Schwester aus Granada zu holen und sie für meine Frau auszugeben, was – wie ich meinte – jeden Verdacht ausschließen mußte.

Nachdem ich alle diese Vorkehrungen getroffen hatte, kehrte ich nach Segovia zurück, wo ich erfuhr, daß Rovellas einen großartigen Stierkampf zu veranstalten gedachte. Aber, Frau von Torres, Sie hatten damals ein Kind von zwei Jahren; wären Sie so freundlich, mir zu sagen, was aus ihm geworden ist?

Tante Torres dachte daran, daß dieses zweijährige Kind derselbe Maultiertreiber war, den der Vizekönig auf die Galeeren schicken wollte. Sie wußte nicht, was sie antworten sollte, nahm ihr Taschentuch und brach in Tränen aus.

»Verzeihen Sie«, sagte der Vizekönig, »ich sehe, daß ich an eine schmerzliche Erinnerung gerührt habe. Doch der Fortgang meiner Geschichte verlangt, daß ich auch von diesem unglücklichen Kind spreche. Sie werden sich erinnern, daß er damals die Pocken bekam; Sie umgaben ihn mit der zärtlichen Pflege einer Mutter, und ich erfuhr, daß auch Elvira Tage und Nächte am Bett des Kindes verbrachte. Ich konnte dem süßen Verlangen nicht widerstehen, Sie wissen zu lassen, daß es noch einen Sterblichen gebe, der Ihren Schmerz teilte, und Nacht für Nacht trat ich unter Ihre Fenster, um einige schwermütige Romanzen zu singen. Ich weiß nicht, Frau von Torres, ob Sie sich erinnern.«

»Ich erinnere mich sehr genau«, antwortete Tante Torres, »und noch gestern habe ich alles meiner Reisegefährtin erzählt.«

Darauf fuhr der Vizekönig also fort:

Die Krankheit Ihres Kindes beschäftigte die ganze Stadt, denn ihretwegen hatte man die Stierkämpfe aufgeschoben. Die Genesung des Knaben löste allgemeine Freude aus. Die Veranstaltung begann, doch sie fand ein rasches Ende. Rovellas wurde von dem ersten Stier grausam zugerichtet und hätte unfehlbar den Tod gefunden, wenn ich nicht dazwischengetreten wäre. Ich bohrte dem wütenden Tier den Degen ins Genick. Dann warf ich einen Blick auf Ihre Loge und sah, daß Elvira sich zu Ihnen neigte und von mir sprach – mit einem Gesichtsausdruck, der in mir tiefe Freude weckte.

Am nächsten Tage schrieb Rovellas, nachdem er sich ein bißchen erholt hatte, an den Herrn Marqués, Ihren Gatten, einen Brief, in dem er um die Hand Elviras anhielt. Die Leute erzählten, man habe ihn abgewiesen; er selber sagte, man habe ihn nicht abgewiesen. Da ich aber erfuhr, daß Sie sich auf die Reise nach Villaca vorbereiteten, schloß ich daraus, daß man ihn abgewiesen hatte. Ich begab mich selber nach Villaca, wo ich das Gebaren eines Landmannes annahm und selber den Pflug führte oder doch wenigstens so tat, denn in Wirklichkeit ließ ich alles von meinem Ackerknecht machen.

Als ich einige Tage darauf, hinter meinen Ochsen hergehend und meiner Schwester, die als meine Frau galt, den Arm reichend, vom Felde zurückkehrte, erblickte ich Sie mit Elvira und Ihrem Gatten. Sie saßen vor der Tür Ihres Hauses und tranken Schokolade. Ihre Schwester erkannte mich, doch ich verriet mich durch nichts. Indessen kam mir der listige Gedanke, Ihre Neugier zu vergrößern, indem ich in meinem Hause einige der Lieder spielte und sang, die ich während Lonzetos Krankheit hatte hören lassen. Ehe ich mich offen erklärte, wollte ich ganz sicher wissen, daß Rovellas abgewiesen sei.

»Oh, erlauchter Herr«, sagte Tante Torres, »es ist ganz sicher, daß Sie Elvira nicht gleichgültig blieben, und es ist auch gewiß, daß sie Rovellas abgewiesen hat. Wenn sie ihn später heiratete, so vielleicht deswegen, weil sie meinte, daß Sie verheiratet seien.«

»Gnädige Frau«, erwiderte der Vizekönig, »murren wir nicht gegen die Vorsehung, die wohl mit meiner unwürdigen Person besondere Absichten hatte. In der Tat, hätte ich Elviras Hand gewonnen, so wären die Assiniboins, die Appalachen und die Chiriguanos nicht zum christlichen Glauben bekehrt worden, und man hätte das Kreuz, das heilige Zeichen unserer Erlösung, nicht drei Grad nördlich des Golfs von Kalifornien aufgepflanzt.«

»Das mag sein«, sagte Tante Torres, »aber meine Schwester und mein Mann könnten noch leben. Doch wollen Sie, erlauchter Herr, freundlicherweise in Ihrer Geschichte fortfahren.«

Der Vizekönig fuhr fort, indem er also sprach:

Einige Tage nach Ihrer Ankunft in Villaca brachte mir ein Bote aus Granada die Nachricht, daß meine Mutter gefährlich erkrankt sei. Die Liebe machte der Anhänglichkeit des Sohnes Platz, und ich reiste mit meiner Schwester ab. Die Krankheit meiner Mutter dauerte zwei Monate; schließlich hauchte sie das Leben in unseren Armen aus. Vielleicht beweinte ich sie nicht lang genug – ich eilte wieder nach Segovia, wo ich erfuhr, daß Elvira Gräfin von Rovellas geworden war. Zugleich vernahm ich, daß der Graf demjenigen, der ihm seinen Retter nenne, eine Belohnung versprochen habe. Ich schrieb ihm einen anonymen Brief und machte mich auf nach Madrid, wo ich um eine Beschäftigung in Amerika nachsuchte. Ich erhielt sie ohne Mühe und schiffte mich so schnell wie möglich nach Amerika ein. Mein Aufenthalt in Villaca war ein Geheimnis gewesen, das nur meine Schwester und ich kannten – so glaubte ich wenigstens. Aber unsere Dienstboten sind geborene Spione, denen nichts entgeht. Ein Diener, den ich vor meiner Abreise nach der Neuen Welt entlassen hatte, trat in den Dienst des Grafen von Rovellas; er schenkte einer Zofe der Ersten Kammerfrau sein Vertrauen und sein Herz und erzählte ihr die ganze Geschichte von Villaca und meiner Verkleidung. Die Zofe erzählte es der Ersten Kammerfrau, die es diensteifrig an den Grafen weitertrug. Der Graf wiederum brachte diese Tatsachen mit dem anonymen Brief und meiner Gewandtheit in Stierkämpfen in Zusammenhang und schloß daraus, daß ich der glückliche Liebhaber seiner Gattin gewesen sei. Ich habe alles erst danach erfahren. Doch bei meiner Ankunft in Amerika fand ich zu meinem Erstaunen einen an mich gerichteten Brief folgenden Inhalts vor:

Señor Don Sancho de Peña Sombre!

Ich bin über die Beziehungen unterrichtet, die Sie mit der Nichtswürdigen unterhielten, der ich den Namen einer Gräfin von Rovellas abspreche. Sie können, wenn Sie es für angebracht halten, das Kind holen lassen, das sie zur Welt bringen wird. Ich meinerseits werde Ihnen in Kürze nach Amerika folgen, wo ich Sie zum letzten Male in meinem Leben zu sehen hoffe.

Dieser Brief stürzte mich in tiefe Verzweiflung, und mein Schmerz steigerte sich ins Unermeßliche, als ich vom Tod Elviras, Ihres Gatten und Rovellas' erfuhr, den ich davon überzeugen wollte, daß er unrecht hatte. Indessen tat ich alles, was in meiner Macht stand, um der Verleumdung entgegenzutreten und die legitime Geburt seiner Tochter zu bekräftigen. So nahm ich denn die feierliche Verpflichtung auf mich, sie zu ehelichen, sobald sie im heiratsfähigen Alter sei, oder doch wenigstens keine andere Frau als sie zu nehmen. Nachdem ich diese Pflicht erfüllt hatte, glaubte ich, es sei mir erlaubt, den Tod zu suchen, da mir meine Religion verbot, mich selbst zu töten.

Ein mit Spanien verbündetes Eingeborenenvolk führte damals Krieg gegen seine Nachbarn; ich ließ mich in ihren Verband aufnehmen. Um von ihnen anerkannt zu werden, mußte ich mich am ganzen Körper so tätowieren lassen, daß die Nadelstiche die Gestalten einer Schlange und einer Schildkröte bildeten; der Kopf der Schlange zeichnet sich auf meiner rechten Schulter ab, ihr Körper umwindet sechzehnmal den meinen und endet an meiner linken großen Zehe. Während der Operation sticht der Eingeborene, der sie vornimmt, absichtlich auf die Beinknochen und andere empfindliche Stellen, und dabei ist es dem, der aufgenommen werden möchte, verboten, sich in irgendeiner Weise den Schmerz anmerken zu lassen. Ich bestand diese Probe. Während man mich noch tätowierte, hörte ich aus der Ferne das wilde Gebrüll unserer Feinde und ein Lied, das unsere Leute für ihre Gefallenen sangen. Ich entwand mich den Händen der Priester, packte eine Streitaxt und stürzte mich in den Kampf. Der Sieg neigte sich unserer Seite zu. Wir brachten zweihundertzwanzig Skalpe heim, und man wählte mich auf dem Schlachtfeld zum Kaziken. Zwei Jahre später wurden die Völker Neumexikos der spanischen Krone unterworfen und zum christlichen Glauben bekehrt.

Den Rest meiner Geschichte werden Sie im allgemeinen kennen: ich gelangte zu der höchsten Würde, mit der ein Untertan des spanischen Königs bekleidet werden kann. Aber, reizende Elvira, ich muß Sie davon unterrichten, daß Sie niemals Vizekönigin sein werden. Die Politik des Madrider Staatsrates erlaubt es nicht, daß verheiratete Männer in der Neuen Welt eine so große Macht ausüben. Von dem Augenblick an, da Sie mir die Ehre erweisen, meine Frau zu werden, bin ich nicht mehr Vizekönig. Ich kann Ihnen nur den Titel eines Granden zu Füßen legen sowie ein großes Vermögen, über dessen Herkunft ich Ihnen noch ein paar Worte sagen muß, da es uns in Zukunft gemeinsam gehören wird. Für die Unterwerfung zweier Provinzen in Nordmexiko erhielt ich vom König die Erlaubnis, eine der reichsten Silbergruben auszubeuten. Ich tat mich deshalb mit einem Geschäftsmann aus Veracruz zusammen, und im ersten Jahr erzielten wir einen Gewinn in Höhe von drei Millionen Piaster. Weil das Privileg jedoch mir gehörte, erhielt ich sechshunderttausend Piaster mehr als mein Teilhaber.

»Erlauben Sie«, unterbrach hier der Unbekannte den Zigeunerhauptmann, »die Summe, die dem Vizekönig zufiel, betrug eine Million achthunderttausend Piaster, die des Teilhabers eine Million zweihunderttausend.«

»So ist es«, sagte der Zigeunerhauptmann.

»Oder, genauer gesagt«, fuhr der Unbekannte fort, »die Hälfte des Betrages zuzüglich der halben Differenz.«

»Das stimmt«, erwiderte der Zigeunerhauptmann und fuhr in seiner Geschichte fort:

Der Vizekönig, der mich genau über den Stand seines Vermögens unterrichten wollte, sagte: »Im zweiten Jahr drangen wir tiefer ins Erdinnere ein und mußten Schächte, Stollen und Wasserlöcher neu anlegen. Die Kosten, die bis dahin ein Viertel der Einnahmen ausgemacht hatten, vergrößerten sich um ein Achtel, die Menge des geförderten Erzes sank um ein Sechstel.«

Bei diesen Worten holte der Mathematiker ein Täfelchen und einen Stift aus der Tasche, doch da er meinte, eine Feder zu halten, tauchte er den Stift in die Schokolade. Als er merkte, daß die Schokolade nicht schrieb, wollte er den Stift an seinem schwarzen Wams abwischen und säuberte ihn schließlich an Rebekkas Kleid. Dann begann er auf seinem Täfelchen zu kritzeln. Wir lachten über seine Zerstreutheit, und der Zigeunerhauptmann sprach weiter, indem er die Worte des Vizekönigs wiedergab:

»Im dritten Jahr wurden die Hindernisse noch größer. Wir mußten Bergleute aus Peru herbeiholen und gaben ihnen den fünfzehnten Teil der Einnahmen, ohne sie an den Kosten zu beteiligen, die in diesem Jahre um zwei Fünfzehntel stiegen. Die Menge des geförderten Erzes vergrößerte sich hingegen um das Sechseinviertelfache im Vergleich zum Vorjahr.«

Hier dachte ich mir gleich, daß der Zigeunerhauptmann die Berechnungen des Mathematikers verwirren wollte. In der Tat gab er seinem Bericht die Form eines mathematischen Problems, indem er mit den Worten des Vizekönigs also weitersprach:

»Von da an verringerten sich unsere Gewinne ständig um zwei Siebzehntel. Da ich jedoch das an den Gruben gewonnene Geld mit Zins und Zinseszins auslieh, beträgt mein Vermögen heute fünfzig Millionen Piaster, die ich Ihnen zusammen mit meinen Titeln und meinem Herzen zu Füßen lege.«

Als der Zigeunerhauptmann hier angelangt war, erhob sich der Unbekannte und ging, immer weiter auf seine Tafel schreibend, den Weg zurück, auf dem ich ihn vorher zum Zigeunerlager geführt hatte. Doch er wich auf einen anderen Pfad ab und näherte sich nun dem Wildbach, aus dem die Zigeuner ihr Wasser schöpften, und gleich darauf hörten wir den Aufschlag eines ins Wasser fallenden Körpers.

Ich eilte ihm zu Hilfe, stürzte mich ins Wasser, rang mit der Strömung und konnte schließlich unseren Zerstreuten ans Ufer ziehen. Das Wasser, das er geschluckt hatte, wurde aus ihm herausgeschüttelt, und man entfachte ein großes Feuer. Als der Mathematiker nach langen Bemühungen wieder zu sich kam, starrte er uns aus irren Augen an und sagte mit schwacher Stimme: »Ich versichere Ihnen, meine Herren: das Vermögen des Vizekönigs betrug sechzig Millionen fünfundzwanzigtausendeinhunderteinundsechzig Piaster, vorausgesetzt, daß sein Anteil zu dem des Teilhabers stets im Verhältnis tausendachthundert zu tausendzweihundert oder drei zu zwei stand.«

Nach diesen Worten verfiel er in eine Art Lethargie, aus der wir ihn nicht wecken wollten, weil er wohl der Ruhe bedurfte. Er schlief bis sechs Uhr abends und erwachte dann nur, um tausend Unsinnigkeiten zu begehen.

Zunächst fragte er, wer ins Wasser gefallen sei. Als man ihm antwortete, er selber sei es gewesen und ich hätte ihn gerettet, trat er in der höflichsten Weise auf mich zu und sprach: »Ich habe wirklich nie geglaubt, daß ich so gut schwimmen kann; es freut mich sehr, dem König einen seiner bravsten Offiziere gerettet zu haben – denn Sie sind doch Hauptmann der Wallonischen Garde, wie Sie mir erzählten. Ich habe ein ausgezeichnetes Gedächtnis.«

Die anderen konnten nicht an sich halten und lachten laut auf, doch der Mathematiker zeigte sich nicht im geringsten verwirrt und erheiterte uns ständig durch seine Zerstreutheit.

Auch der Kabbalist war geistesabwesend und sprach unausgesetzt vom Ewigen Juden, der ihm Aufklärung über die beiden Teufelinnen verschaffen sollte, die sich Emina und Zibelda nannten. Rebekka nahm mich am Arm, führte mich etwas zur Seite, so daß uns die Gesellschaft nicht hören konnte, und sagte: »Lieber Señor Alfons, ich beschwöre Sie: sagen Sie mir, was Sie von alldem halten, was Sie gesehen und gehört haben, seitdem Sie in diese Berge gekommen sind, und lassen Sie mich Ihre Meinung über die beiden Gehenkten wissen, die uns so oft narren.«

»Ich weiß selber nicht, was ich darauf antworten soll«, erwiderte ich. »Das Geheimnis, das Ihr Bruder ergründen möchte, kenne ich nicht. Was mich betrifft, so bin ich überzeugt, daß man mich mit einem Getränk eingeschläfert und unter den Galgen getragen hat. Übrigens sprachen Sie selber von der Macht, die die Gomélez insgeheim in dieser Gegend ausüben.«

»Wirklich«, unterbrach mich Rebekka, »mir scheint, sie möchten Sie zum Glauben des Propheten bekehren, und nach meiner Ansicht sollten Sie übertreten.«

»Wie?« rief ich. »Machen Sie mit ihnen gemeinsame Sache?«

»Keineswegs«, antwortete sie, »ich habe meine eigenen Absichten. Ich erzählte Ihnen doch schon, daß ich weder einen meiner Glaubensgenossen noch einen Christen lieben werde. Doch kehren wir zu den anderen zurück, gelegentlich werden wir ausführlicher darüber sprechen.«

Rebekka trat zu ihrem Bruder, ich begab mich in die entgegengesetzte Richtung und dachte über all das nach, was ich gesehen und gehört hatte. Je mehr ich aber grübelte, um so weniger vermochte ich den Zusammenhang zu erkennen.

Neunzehnter Tag

Die ganze Gesellschaft versammelte sich früh in der Höhle, nur der Zigeunerhauptmann erschien nicht. Der Mathematiker war bereits vollkommen wiederhergestellt und immer noch davon überzeugt, daß er mich aus dem Wasser gezogen hatte. Er musterte mich mit dem teilnehmenden Blick jener Menschen, die anderen einen wichtigen Dienst erwiesen haben. Rebekka fiel sein seltsamer Zustand auf, und er erheiterte sie sehr. Nach dem Frühstück sagte sie: »Es ist schade, daß der Hauptmann nicht gekommen ist: ich sterbe vor Neugier, ich möchte wissen, wie er sich verhielt, nachdem ihm der Vizekönig Hand und Vermögen geboten hatte. Doch wird wohl hier unser Unbekannter den Verlust wettmachen können, indem er seine eigenen Abenteuer erzählt, die außerordentlich interessant sein müssen. Ich glaube, er hat sich Wissenschaften gewidmet, die mir nicht ganz fremd sind, und zweifellos verdient alles, was einen solchen Menschen betrifft, meine größte Aufmerksamkeit.«

»Es ist unwahrscheinlich, daß Sie sich den gleichen Wissenschaften widmen wie ich«, erwiderte der Unbekannte. »Frauen verstehen davon gewöhnlich nicht einmal die ersten Grundbegriffe. Da Sie mich jedoch so gastfreundlich aufgenommen haben, werde ich Ihnen gern von mir erzählen. Es ist wohl meine oberste Pflicht. So beginne ich denn mit der Nennung meines Namens. Mein Name ist ... ich heiße ...«

Zugleich schien er in seinen Taschen nach einem seiner Täfelchen zu suchen.

»Mein Herr«, sagte Rebekka, »ich hatte wohl den Eindruck, daß Sie etwas zur Zerstreutheit neigen; dennoch möchte ich nicht annehmen, daß Sie so zerstreut sind, Ihren Namen zu vergessen.«

»Sie haben recht, Señora«, erwiderte der Mathematiker, »ich bin durchaus nicht zerstreut, aber für meinen Vater hatte einmal im Leben seine Zerstreutheit sehr traurige Folgen: er unterschrieb mit dem Namen seines Bruders statt mit dem eigenen und verlor dadurch die Braut, das Vermögen und den Rang. Aus diesem Grunde habe ich meinen Namen auf einem meiner Täfelchen notiert, und wenn ich etwas unterschreiben muß, tue ich es genau nach dem notierten Muster.«

»Man bittet aber doch gar nicht darum, daß Sie Ihren Namen schreiben, sondern daß Sie ihn nennen«, sagte Rebekka.

»In der Tat, Sie haben recht«, erwiderte der Unbekannte, schob die Täfelchen in die Tasche und begann also zu sprechen.

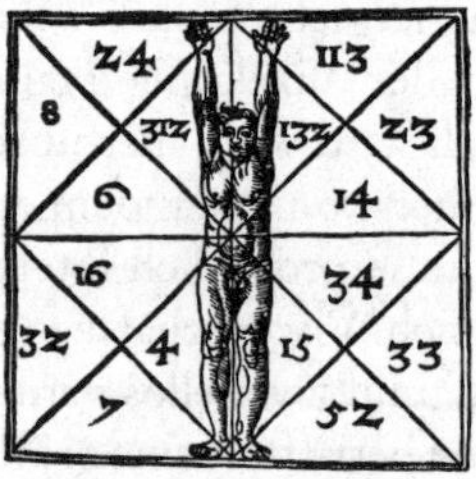

Die Geschichte des Mathematikers

Ich heiße Don Pedro Velásquez und entstamme dem berühmten Geschlecht der Marqueses von Velásquez, die seit der Erfindung des Schießpulvers alle in der Artillerie gedient und Spanien die besten Offiziere gegeben haben, die es in dieser Waffengattung besaß. Don Ramiro Velásquez, Großmeister der Artillerie unter Philipp IV., erlangte unter dessen Nachfolger die Würde eines Granden. Er hatte zwei

Söhne, die beide heirateten. Die ältere Linie blieb im Besitz des Vermögens und der Grandenwürde, doch die Häupter unserer Familie dachten nicht daran, sich der Bequemlichkeit höfischer Ämter hinzugeben, sondern sie blieben ihrem ruhmreichen Beruf treu, dem sie auch ihr Ansehen verdankten. Zudem hielten sie es für ihre Pflicht, die Vettern von der jüngeren Linie zu unterstützen und zu fördern.

So blieb es bis zu Don Sancho, dem fünften Herzog von Velásquez und Don Ramiros Urenkel in der älteren Linie. Diesen würdigen Herrn bekleidete man – wie mehrere seiner Vorfahren – mit dem Amt und der Würde eines Großmeisters der Artillerie; außerdem war er Gouverneur von Galicien und residierte in dieser Provinz. Er hatte eine Tochter des Herzogs von Alba geheiratet. Und die Ehe war für ihn ebenso glücklich, wie die Verbindung mit dem Hause Alba für unsere Familie ehrenvoll war. Aber die Fruchtbarkeit der Herzogin entsprach nicht recht den Hoffnungen ihres Gatten. Sie schenkte ihm nur eine Tochter, die man Blanca nannte. Der Herzog bestimmte, daß sie mit einem Velásquez der jüngeren Linie vermählt werden solle, damit sie zugleich die Grandenwürde und das Vermögen der älteren Linie auf die jüngere übertrage.

Mein Vater, der sich Don Enrique nannte, und sein Bruder Don Carlos hatten ihren Vater verloren, der von Don Ramiro im gleichen Grade abstammte wie der Herzog. Darauf ließ der Herzog beide in sein Haus kommen. Mein Vater zählte damals zwölf Jahre, sein Bruder elf. Ihre Charaktere unterschieden sich ganz und gar. Mein Vater war ernst, äußerst feinfühlig, und er studierte beharrlich die Wissenschaften, sein Bruder Carlos war unbesonnen, flatterhaft und unfähig zu beharrlichem Studium.

Der Herzog erkannte diese gegensätzlichen Anlagen und entschied, daß mein Vater sein Schwiegersohn werden solle, und damit das Herz Blancas keine entgegengesetzte Wahl treffe, schickte er Don Carlos nach Paris, um ihn dort unter den Augen des Grafen de la Hereira erziehen zu lassen. Der

Graf war ein Verwandter von ihm und damals Botschafter in Frankreich.

Mein Vater gewann wegen seiner glänzenden Tugenden, seiner Herzensgüte und seiner außerordentlichen Beharrlichkeit im Studium von Tag zu Tag mehr die Gunst des Herzogs, während die junge Blanca sich von Tag zu Tag mehr der von ihrem Vater getroffenen Wahl anschloß. Sie teilte sogar die Interessen ihres jungen Liebhabers und folgte ihm in einigem Abstand auf seinem Weg in den Wissenschaften.

Stellen Sie sich einen Jüngling vor, dessen frühreifes Genie die Gesamtheit des menschlichen Wissens in einem Lebensalter erfaßt, da andere kaum die ersten Anfänge davon begreifen; stellen Sie sich nun vor, daß dieser junge Mann verliebt ist und daß jene, die er liebt, einen überragenden Verstand besitzt, daß sie eifrig danach strebt, ihn zu begreifen, daß seine Erfolge, die sie zu teilen glaubt, sie glücklich machen – dann erhalten Sie eine gewisse Vorstellung vom Glücke meines Vaters in jenem kurzen Abschnitt seines Lebens. Und weshalb hätte ihn auch Blanca nicht lieben sollen? Er war der Stolz des alten Herzogs, ihm galt die Liebe der ganzen Provinz, und er zählte noch nicht zwanzig Jahre, als sein Ruf sich bereits über die Grenzen Spaniens hinaus zu verbreiten begann.

Blanca war ihrem zukünftigen Gatten sowohl aus wahrer Liebe als auch aus Eigenliebe zugetan. Doch Enrique, der ganz Herz und ganz Seele war, liebte sie einzig aus inniger, zärtlicher Zuneigung. Er liebte den Herzog fast ebenso wie dessen Tochter, und oft dachte er an seinen Bruder Don Carlos.

»Meine liebe Blanca«, sagte er zu seiner Geliebten, »findest du nicht, daß Carlos zu unserem Glück fehlt? Wir haben hier so viele liebenswürdige junge Damen, die ihn zu fesseln vermöchten; er ist recht flatterhaft, er schreibt mir sehr selten, doch einer liebevollen, zärtlichen Frau wird es gelingen, sein Herz zu besänftigen und zu bilden. Liebe Blanca, ich bete dich an, ich verehre deinen Vater, aber da mir die Natur einen Bruder gegeben hat, warum muß ich dann immer von ihm getrennt leben?«

Eines Tages ließ der Herzog meinen Vater zu sich kommen und sagte ihm:

»Don Enrique, ich habe soeben von unserem Herrn dem König einen Brief erhalten, dessen Inhalt ich dir mitteilen will:

Mein Vetter,

Wir haben in Unserem Rat beschlossen, die Orte, die der Verteidigung Unseres Königreiches dienen, nach neuen Plänen zu befestigen.

Wir sehen in Europa die Meinungen geteilt zwischen dem System Don Vaubans und dem System Don Coehoorns. Lassen Sie die fähigsten Personen Denkschriften über dieses Gebiet verfassen, und schicken Sie Uns diese Denkschriften. Wenn Wir unter ihnen eine finden, die Uns zufriedenstellt, wird ihr Verfasser selbst mit der Ausführung der Pläne beauftragt, die er entworfen hat. Und Unsere Königliche Majestät wird ihn entsprechend belohnen. Damit empfehlen Wir Sie der heiligen Hut Gottes.

Ich, der König.

Nun wohl«, sprach der Herzog weiter, »mein lieber Enrique, hättest du den Mut, in die Schranken zu treten? Ich sage dir im voraus, daß ich dir die fähigsten Ingenieure nicht nur Spaniens, sondern ganz Europas zu Mitbewerbern geben werde.«

Mein Vater dachte einen Augenblick über die Worte des Herzogs nach und antwortete dann mit fester Stimme: »Jawohl, erlauchter Herr, ich widme mich diesem Berufe und werde Ihnen keine Schande machen.«

»Gut«, erwiderte der Herzog, »arbeite nach besten Kräften, und wenn du dein Werk vollendet haben wirst, wird nichts mehr dein Glück und das meiner Tochter verzögern.«

Sie können sich wohl vorstellen, mit welchem Eifer sich mein Vater an die Arbeit machte. Er beschäftigte sich nächtelang mit ihr, und wenn sein erschöpfter Geist ihn zum Ausruhen zwang, verbrachte er diese Stunden der Erholung zusammen mit Blanca, wobei sie von ihrem künftigen Glück sprachen und oft auch von der Freude, die sie empfänden, wenn sie Don Carlos wiedersähen. So verging ein Jahr.

Indessen trafen mancherlei Denkschriften aus allen Winkeln Spaniens und aus allen Ländern Europas ein. Mein Vater sah, daß es Zeit sei, letzte Hand an sein Werk zu legen, und er führte es bis zu einem Grade der Vollkommenheit, von dem ich Ihnen nur eine schwache Vorstellung geben kann.

Er begann mit der Darlegung der wichtigsten Grundsätze des Angriffs und der Verteidigung; er wies nach, wo Coehoorn sich in Einklang mit diesen Grundsätzen befindet, und zeigte, daß es immer da, wo er von ihnen abweicht, zu Fehlern kommt. Er stellte Vauban weit über Coehoorn, doch er sagte voraus, daß jener ein zweites Mal sein System wechseln werde – die Wirklichkeit hat die Voraussage meines Vaters bestätigt. All diese Argumente wurden nicht nur durch eine gelehrte Theorie, sondern auch durch Einzelheiten der Konstruktion und der Lokalität, durch Kostenvoranschläge und vor allem durch Berechnungen gestützt, denen selbst die Fachleute kaum zu folgen vermochten.

Als mein Vater die letzte Zeile seiner Arbeit niedergeschrieben hatte, vermeinte er in ihr noch eine Unzahl von Fehlern zu finden, die er übersehen hatte. So überreichte er sie mit geheimem Zagen dem Herzog, der sie ihm am Tage darauf mit den Worten zurückgab: »Mein lieber Neffe, der Preis gehört dir. Ich übernehme es, die Denkschrift weiterzureichen; du solltest jetzt nur an deine Hochzeit denken, die in Kürze stattfinden wird.«

Mein Vater, außer sich vor Freude, warf sich dem Herzog zu Füßen und sprach: »Erlauchter Herr, haben Sie die Güte, meinen Bruder kommen zu lassen. Mein Glück wird nicht vollkommen sein, wenn mir nicht die Freude zuteil wird, ihn nach so langer Trennung zu umarmen.«

Der Herzog runzelte die Brauen und sagte: »Ich ahne, daß Carlos uns die Ohren vollschwatzen wird von der Größe Ludwigs XIV. und dem Glanz seines Hofes. Aber da du es wünschst, soll er kommen.«

Mein Vater küßte dem Herzog die Hand und begab sich sogleich zu seiner Braut. Von nun an wurde nicht mehr von der Geometrie gesprochen. Die Liebe erfüllte seine Tage und beschäftigte alle Kräfte seiner Seele.

Der König, dem das Befestigungsvorhaben sehr am Herzen lag, befahl indessen, daß man alle Denkschriften lese und prüfe. Die meines Vaters wurde einstimmig zur besten erklärt. Er erhielt vom Minister einen Brief, der ihn davon unterrichtete, daß der König sehr befriedigt sei und daß er wünsche, mein Vater solle selber sagen, wie er belohnt werden möchte. In einem an den Herzog gerichteten Brief ließ derselbe Minister durchblicken, daß, wenn der junge Mann um den Rang eines Ersten Obersten der Artillerie bäte, er ihn vielleicht bekommen würde.

Mein Vater brachte seinen Brief dem Herzog, der ihm wiederum den Inhalt des seinigen mitteilte. Mein Vater erklärte, daß er es niemals wagen würde, um einen Rang zu bitten, den er nicht verdient habe, und er beschwor den Herzog, in seinem Namen dem Minister zu antworten. Der Herzog lehnte das ab.

»An dich hat der Minister geschrieben«, sagte er, »also ist es deine Sache, ihm zu antworten. Sicherlich hat der Minister seine Gründe. In dem Brief, den er mir schrieb, spricht er von dir als dem ›jungen Mann‹. Man kann annehmen, daß deine Jugend den König interessiert und daß man Seiner Majestät einen Brief dieses ›jungen Mannes‹ vorlegen will. Nun, wir werden unsere Worte so zu wählen wissen, daß wir nicht allzu anspruchsvoll erscheinen.«

Nachdem der Herzog also gesprochen hatte, setzte er sich an seinen Schreibtisch und verfaßte den folgenden Brief:

Erlauchter Herr:

Die Befriedigung des Königs, von der mich der Brief Eurer Exzellenz unterrichtet, ist für jeden edlen Kastilianer Belohnung genug.

Ermutigt durch Ihre Güte, wage ich es indessen, die Zustimmung Seiner Majestät zu meiner Ehe mit Blanca von Velásquez, der Erbin des Vermögens und der Titel unseres Hauses, zu erbitten. Diese Veränderung wird meinen Eifer, der Heimat und dem Monarchen zu dienen, nicht mindern, und ich werde mich glücklich schätzen, wenn ich dereinst durch meine Arbeit das Amt und die Würde eines Ersten Obersten der Artillerie verdienen könnte – einen Rang, den mehrere meiner Vorfahren in Ehren getragen haben.

Euer Exzellenz ... und so weiter.

Mein Vater dankte dem Herzog für die Mühe, die er auf sich genommen hatte, trug den Brief in sein Zimmer und schrieb ihn Wort für Wort ab. Doch in dem Augenblick, da er seinen Namen daruntersetzen wollte, hörte er, wie jemand im Hofe rief: »Don Carlos ist angekommen, Don Carlos ist da!«

»Wer, mein Bruder? Wo ist er? Daß ich ihn umarme!«

»So unterschreiben Sie doch bitte«, mahnte der Kurier, der den Brief zum Minister bringen sollte.

Mein Vater, ganz von Freude erfüllt und vom Kurier gedrängt, unterschrieb mit »Don Carlos Velásquez« statt mit »Don Enrique«, versiegelte den Brief und lief hinaus, seinen Bruder zu umarmen.

Die beiden Brüder umarmten sich in der Tat. Doch Don Carlos trat gleich darauf ein paar Schritte zurück, begann aus vollem Halse zu lachen und rief: »Mein lieber Enrique, du gleichst aufs Haar dem Scaramouche in der italienischen Komödie, und dein Kragen umfaßt das Kinn wie eine Waschschüssel. Aber ich habe dich so gerade gern. Komm, gehen wir zu dem guten Alten.«

Sie begaben sich zum alten Herzog hinauf, und Don Carlos erstickte ihn beinahe in seiner Umarmung, was damals am französischen Hofe gerade als sehr schicklich galt. Dann sagte er: »Mein lieber Onkel, der Botschafter, der gute Alte, hatte mir einen Brief für Sie mitgegeben, aber da ist es mir doch wirklich gelungen, ihn beim Bademeister zu verlieren. Übrigens macht das nichts. Gramont, Roquelaure und alle die anderen Alten lassen Sie herzlich grüßen.«

»Mein lieber Carlos«, sagte der Herzog, »ich kenne keinen dieser Herren.«

»Um so schlimmer für Sie«, sprach Carlos weiter, »es sind sehr nette Menschen. Aber wo ist denn meine zukünftige Schwägerin? Sie muß ja inzwischen viel schöner geworden sein!«

In diesem Augenblick kam Blanca herein. Carlos trat unbefangen auf sie zu und sagte: »Meine göttliche Schwägerin, bei uns in Paris ist es üblich, die Frauen zu umarmen.«

Und er umarmte sie tatsächlich – zum großen Erstaunen Enriques, der Blanca immer nur umgeben von ihren Dueñas gesehen und niemals gewagt hatte, auch nur den Saum ihres Kleides zu küssen.

Don Carlos sagte und tat noch tausenderlei Dinge, die sich nicht schickten, worüber sich Enrique ernstlich grämte, während der Herzog die Stirn runzelte. Endlich sprach dieser würdige Herr in sehr strengem Ton: »Geh in dein Zimmer und lege die Reisekleider ab. Wir werden heute abend einen Ball haben. Denk daran, daß manches, was jenseits der Pyrenäen als höflich gilt, hier als Dreistigkeit betrachtet wird.«

Don Carlos antwortete ohne jede Verlegenheit: »Mein lieber Onkel, ich werde die neue Uniform anlegen, die Ludwig XIV. seinen Höflingen gegeben hat, und Sie werden sehen, daß dieser Fürst in allem, was er unternimmt, groß ist. Ich engagiere meine schöne Cousine für eine Sarabande; das ist zwar ein spanischer Tanz, aber Sie werden sehen, was die Franzosen daraus gemacht haben.«

Nach diesen Worten zog sich Don Carlos zurück, indem

er eine Arie von Lully trällerte. Enrique, sehr bekümmert über das Benehmen seines Bruders, versuchte, ihn beim Herzog und bei Blanca zu entschuldigen, doch er bemühte sich vergebens, denn der Herzog war schon zu sehr gegen ihn eingenommen, und Blanca war es nicht im mindesten.

Schließlich begann der Ball. Blanca erschien nicht nach spanischer, sondern nach französischer Art gekleidet, was alle Gäste in Erstaunen setzte. Sie sagte, das Kleid habe ihr Großonkel, der Botschafter, geschickt. Man kam indessen aus dem Staunen nicht heraus.

Don Carlos ließ lange auf sich warten. Endlich trat er ein, zurechtgemacht nach der Mode, wie sie am Hofe Ludwigs XIV. herrschte. Er trug einen Rock aus blauem, mit Silber besticktem Samt, eine weiße, ebenfalls mit Silber bestickte Schärpe, weiße Nesteln, einen Kragen aus Alençonner Spitze und eine blonde Perücke von gewaltigen Ausmaßen. Dieser an sich schon prachtvolle Anzug wirkte um so prächtiger, als unsere letzten Könige aus dem Hause Habsburg in Spanien eine sehr schmucklose Tracht eingeführt hatten. Man schaffte sogar die Halskrausen, die noch etwas geschmückt hätten, ab und ersetzte sie durch einfache Kragen, so wie sie heute von *alguaciles* und Rechtsgelehrten getragen werden; das gab ihrer Kleidung eine gewisse Ähnlichkeit mit der Tracht des Scaramouche, wie Don Carlos ganz richtig beobachtet hatte.

Unser Leichtfuß, der sich schon durch sein Gewand sehr von den spanischen *caballeros* abhob, unterschied sich von ihnen noch mehr durch die Art, in der er den Saal betrat. Als erstes begrüßte er niemanden, machte ausnahmslos keinem eine Verbeugung, sondern rief schon aus größter Entfernung den Musikern zu: »Haltet ein, ihr Halunken! Wenn ihr etwas anderes spielt als meine Sarabande, schlage ich euch die Geigen um die Ohren.«

Dann verteilte er an sie die Noten, die er mitgebracht hatte, holte Blanca und führte sie in die Saalmitte, um mit ihr zu tanzen.

Mein Vater gab zu, daß Carlos vorzüglich tanzte, und Blanca, die unendlich viel natürliche Anmut hatte, übertraf sich bei dieser Gelegenheit selber. Als die Sarabande zu Ende war, erhoben sich alle Frauen auf einmal und machten Blanca Komplimente über die Art, wie sie getanzt hatte. Aber während sie Blanca mit reichlichem Lob bedachten, richteten sie ihre Augen auf Carlos, um ihm zu verstehen zu geben, daß er der eigentliche Gegenstand ihrer Bewunderung sei. Blanca erkannte das sehr wohl, und der geheime Beifall der Frauen erhöhte in ihren Augen das Ansehen des Jünglings.

Während des ganzen Balles wich Carlos nicht von Blancas Seite, und als sein Bruder sich ihr einmal nähern wollte, sagte Carlos: »Mein lieber Enrique, geh ein bißchen auf dein Zimmer und berechne irgendeine Kurve; wenn Blanca erst deine Frau ist, wirst du noch genug Zeit haben, sie zu langweilen.«

Durch ihr ungehemmtes Lachen ermunterte ihn Blanca noch in seinen kränkenden Äußerungen, und der arme Enrique trat verwirrt zurück.

Als das Abendessen serviert wurde, reichte Don Carlos Blanca die Hand und ließ sich mit ihr zuoberst an der Tafel nieder. Der Herzog runzelte die Stirn, doch Enrique bat ihn, seinen Bruder zu schonen.

Während des Mahles erzählte Don Carlos der Gesellschaft von den Festen, die Ludwig XIV. gab, und besonders von dem Ballett »Der galante Olymp«, wo der König selber die Sonne dargestellt habe. Don Carlos sagte, er habe diese Tanzfiguren noch vollkommen im Gedächtnis und Blanca könne die Rolle der Diana spielen. Er verteilte ebenso die anderen Rollen, und noch bevor man sich von der Tafel erhob, hatte man sich über die Aufführung des Balletts von Ludwig XIV. verständigt. Enrique verließ den Ball, und Blanca bemerkte nicht einmal seine Abwesenheit.

Am nächsten Morgen ging Enrique zur gewohnten Stunde Blanca besuchen; er traf sie an, als sie mit Carlos eine Tanzfigur übte.

So vergingen drei Wochen. Der Herzog wurde düster und vergrämt, Enrique unterdrückte seinen Schmerz, Carlos redete und unternahm tausend Dreistigkeiten, die von den Damen der Stadt sämtlich als Offenbarungen aufgenommen wurden. Blanca beschäftigte sich nur noch mit den Pariser Moden und dem Ballett Ludwigs XIV., und sie hatte keine Ahnung von dem, was um sie herum geschah.

Eines Tages, als man gerade bei Tische saß, erhielt der Herzog eine Depesche vom Hofe. Es war ein Schreiben des Ministers. Er las es laut vor, und es hatte folgenden Inhalt:

Erlauchter Herr!

Seine Majestät der König, unser Herr, gibt sein Einverständnis zur Ehe Ihrer Tochter mit Don Carlos Velásquez. Darüber hinaus bestätigt er ihm den Titel eines Granden und ernennt ihn zum Ersten Obersten der Artillerie.

Ihr Ihnen geneigter… und so weiter.

»Was ist das?« rief der Herzog wütend. »Was hat der Name Carlos' hier zu suchen? Enrique soll Blanca heiraten!«

Mein Vater bat den Herzog, ihn geduldig anzuhören, und sagte dann zu ihm: »Erlauchter Herr, ich weiß nicht, wie der Name meines Bruders an die Stelle meines Namens gelangt ist, doch ich bin sicher, daß er daran keine Schuld trägt, oder richtiger: daß niemand daran Schuld trägt, sondern daß dieser Namenstausch ein Akt der göttlichen Vorsehung ist. Und in der Tat, Sie werden wohl bemerkt haben, daß Blanca gar keine Zuneigung zu mir empfindet, dagegen sehr viel für Don Carlos. Ihre Hand, ihr Vermögen und ihre Titel kommen also ihm zu, und ich habe darauf keinerlei Anspruch.«

Der Herzog wandte sich an seine Tochter und fragte sie. »Blanca, Blanca, was soll ich von alledem halten?«

Blanca verlor die Besinnung, weinte und gestand schließlich, daß sie Carlos liebe.

Der Herzog sprach in seiner Verzweiflung zu meinem Vater: »Lieber Enrique, wenn er dir auch die Braut entreißt, so sollst du doch nicht den Rang des Ersten Obersten an ihn verlieren. Du hast ihn verdient, und ich gebe dir auch einen Teil meines Vermögens dazu.«

»Nein, erlauchter Herr«, entgegnete Enrique. »Ihr ganzes Vermögen kommt Ihrer Tochter zu. Was den Rang des Ersten Obersten betrifft, so hat ihn der König meinem Bruder verliehen, und sicherlich hat er wohl daran getan, denn mein gegenwärtiger Seelenzustand erlaubt mir nicht, das damit verbundene Amt oder irgendein anderes Amt auszuüben. Erlauben Sie mir, daß ich mich zurückziehe; ich begebe mich an eine fromme Zufluchtsstätte, wo ich zu Füßen des Altars Linderung meiner Schmerzen suchen und mein Leid jenem darbringen werde, der für uns gelitten hat.«

Mein Vater verließ das Haus des Herzogs und trat als Novize in ein Kamaldulenserkloster ein. Don Carlos vermählte sich mit Blanca, die Hochzeit fand ohne alles Aufheben statt. Der Herzog nahm an ihr nicht teil. Blanca, die ihren Vater in Verzweiflung gestürzt sah, bekümmerte sich über das Unglück, das sie verschuldet hatte, und Carlos zeigte sich trotz seiner gewohnten Dreistigkeit doch ein wenig betroffen ob der allgemeinen Betrübnis.

Bald darauf hatte der Herzog einen heftigen Anfall von Gicht, und er fühlte, daß er nicht mehr lange zu leben habe. Er schickte zu den Kamaldulensern und ließ darum bitten, daß er noch einmal Enrique sehe. Alvarez, der Majordomus des Herzogs, begab sich ins Kloster und richtete aus, was man ihm aufgetragen hatte. Die Kamaldulenser antworteten ihm gar nichts, denn die Ordensregel verbietet ihnen zu sprechen, sie führten ihn vielmehr in die Zelle meines Vaters. Dort sah ihn Alvarez auf Stroh liegen, mit Lumpen bedeckt und um die Mitte des Leibes mit Ketten gefesselt.

Mein Vater erkannte Alvarez und sagte zu ihm: »Freund Alvarez, wie findest du die Sarabande, die ich gestern getanzt habe? Ludwig XIV. war zufrieden mit ihr. Diese Halunken von Musikern haben schlecht gespielt. Und Blanca, was sagt sie dazu? Blanca, Blanca! Unglückseliger, antworte mir!«

Darauf rüttelte mein Vater an den Ketten, biß sich in die Arme und verfiel in einen Tobsuchtsanfall. Alvarez brach in Tränen aus, er kehrte zurück und erstattete dem Herzog einen betrüblichen Bericht von dem, was er gesehen hatte.

Am Tage darauf packte den Herzog die Gicht im Magen, und bald mußte man ihn verloren geben. Auf dem Totenbette wandte er sich an seine Tochter und sprach zu ihr: »Blanca, Blanca! Enrique wird mir bald folgen. Wir verzeihen dir, werde glücklich!«

Das waren die letzten Worte des Herzogs. Sie drangen in Blancas Seele, so wie sich ein Gift in den Adern ausbreitet, und sie versank in trostlose Schwermut.

Der neue Herzog tat alles, was er konnte, um seine junge Gattin zu zerstreuen. Da es ihm nicht gelang, überließ er sie ihrer Trauer und holte sich aus Paris eine berühmte Kurtisane, die man die Jardin nannte. Blanca zog sich in ein Kloster zurück.

Der Rang eines Ersten Obersten der Artillerie konnte dem Herzog nicht zusagen. Indessen versuchte er, den damit verbundenen Pflichten nachzukommen, doch da er es nicht zu seinem Ruhm zu tun vermochte, reichte er dem König seine Demission ein und bat ihn um ein Hofamt. Der König machte ihn zum Großkämmerer, und Carlos ließ sich mit der Jardin in Madrid nieder.

Mein Vater verbrachte drei Jahre bei den Kamaldulensern. Durch beharrliches Bemühen und wahre Engelsgeduld gelang es den braven Vätern, ihm den Verstand wiederzugeben. Darauf reiste er nach Madrid und ließ sich beim Minister melden.

Dieser Würdenträger empfing ihn und sagte: »Señor Don Enrique, Ihre Angelegenheit ist dem König zu Ohren gekommen, der mir ebenso wie meinen Beamten wegen dieses Mißverständnisses sehr zürnte. Doch ich zeigte ihm Ihren Brief, der mit ›Don Carlos Velásquez‹ unterschrieben ist.

Und sehen Sie, hier ist er noch. Sagen Sie mir bitte: warum haben Sie nicht Ihren Namen daruntergesetzt?«

Mein Vater nahm den Brief in die Hand, erkannte seine Schrift und sagte zu dem Minister: »Erlauchter Herr, ich erinnere mich, daß man mir in dem Augenblick, da ich diesen Brief unterschrieb, die Ankunft meines Bruders meldete. Die Freude, die ich darüber empfand, mag mich veranlaßt haben, seinen Namen an die Stelle des meinen zu setzen. Aber nicht dieses Mißverständnis hat mein Unglück verschuldet. Selbst wenn man das Patent eines Ersten Obersten auf meinen Namen ausgestellt hätte, wäre ich nicht imstande gewesen, das Amt auszuüben. Jetzt habe ich meine Geisteskraft wiedergewonnen, und ich fühle mich fähig, die Vorhaben auszuführen, die dem König damals am Herzen lagen.«

»Mein lieber Enrique«, entgegnete der Minister, »der ganze Plan für den Festungsbau ist ins Wasser gefallen, und wir haben bei Hofe nicht die Gewohnheit, an vergessene Dinge zu erinnern. Als einziges kann ich Ihnen den Posten des Kommandanten von Ceuta bieten. Es ist alles, was im Augenblick frei ist. Außerdem müßten Sie dorthin abreisen, ohne den König gesehen zu haben. Ich gebe zu, daß dieser Posten zu gering ist für Ihre Fähigkeiten. Es wäre hart, sich in Ihrem Alter auf einen Felsen in Afrika zurückzuziehen.«

»Gerade deswegen«, erwiderte mein Vater, »möchte ich das Amt übernehmen. Wenn ich Europa verlasse, werde ich das Gefühl haben, als entginge ich den Verfolgungen meines Geschicks und als würde ich, indem ich einen anderen Erdteil betrete, auch ein anderer Mensch. Und schließlich möchte ich glauben, daß ich unter dem Einfluß günstigerer Sterne auch Glück und Frieden werde finden können.«

Mein Vater beeilte sich, seine Ernennungsurkunde in Empfang zu nehmen, begab sich nach Algeciras, bestieg dort ein Schiff und landete glücklich in Ceuta. Als er den Boden Afrikas betrat, empfand er tiefe Befriedigung; ihm war, als hätte er nach einem wütenden Sturm den rettenden Hafen erreicht.

Als erstes bemühte sich der neue Kommandant darum,

seine Pflichten genau kennenzulernen, nicht bloß um sie zu erfüllen, sondern um nach Möglichkeit mehr und Besseres zu tun. Wie sehr auch seine Vorliebe den Befestigungsanlagen galt, so beschäftigte er sich doch wenig mit ihnen, weil die Feinde, die den Ort umgaben, primitive Eingeborene waren, denen man auch mit den vorhandenen Anlagen zu widerstehen vermochte. Dagegen verwandte er alle Fähigkeiten seines Geistes darauf, die Lebensbedingungen der Garnison und der Einwohner zu verbessern und ihnen alle Annehmlichkeiten zu bieten, die in ihrer Lage überhaupt noch geschaffen werden konnten. Um das zu erreichen, verzichtete er selber auf mancherlei Nutzen und Vorteile, wie sie die Kommandanten vor ihm genossen hatten. Dieses Verhalten machte ihn zum Abgott der kleinen Kolonie. Mein Vater nahm sich auch mit größter Sorgfalt der Staatsgefangenen an, die unter seiner Obhut standen, und zuweilen wich er zu ihren Gunsten von den strengen Vorschriften ab, die er ihnen gegenüber hätte befolgen müssen; so erleichterte er ihnen etwa den Briefwechsel mit ihren Angehörigen, oder er erwies ihnen andere Freundlichkeiten.

Als mein Vater in Ceuta alles in den bestmöglichen Zustand gebracht hatte, widmete er sich wieder dem Studium der exakten Wissenschaften. Zu jener Zeit fochten gerade die Brüder Bernoulli, aufmerksam beachtet von der ganzen Gelehrtenwelt, ihren wissenschaftlichen Streit aus. Mein Vater nannte sie zum Scherz Eteokles und Polyneikes, aber im Grunde verfolgte er ihre Auseinandersetzung mit größtem Interesse, und oft griff er selber in den Kampf ein, indem er anonyme Briefe schrieb, die bald dem einen, bald dem anderen unerwartete Hilfe brachten. Als das isoperimetrische Problem den vier bedeutendsten europäischen Mathematikern zur Entscheidung vorgelegt wurde, ließ ihnen mein Vater Methoden der Analyse zukommen, die man als Meisterwerke der Erfindung betrachten kann; aber man rechnete keineswegs damit, daß ihr Schöpfer es über sich brächte, sein Inkognito zu wahren, und so blieb es nicht aus, daß man sie bald dem einen, bald dem anderen der beiden Brüder zuschrieb. Man irrte sich; mein Vater liebte die Wissenschaften, nicht aber den Ruhm, den sie einbringen. Sein Unglück hatte ihn scheu und schüchtern gemacht.

Jakob Bernoulli starb in dem Augenblick, da er den völligen Sieg hätte erringen können; sein Bruder behauptete das Schlachtfeld. Mein Vater sah wohl, daß dieser sich im Irrtum befand, da er nur zwei Elemente der Kurve in Betracht zog, aber er wollte nicht einen Streit verlängern, der die Gelehrtenwelt arg bekümmerte. Nikolaus Bernoulli jedoch, der Neffe der Brüder, konnte nicht in Frieden leben. Er sagte dem Marquis de L'Hospital den Kampf an und erhob Anspruch auf alle mathematischen Entdeckungen, die jener gemacht hatte. Einige Jahre später zog er sogar gegen Newton zu Felde. Gegenstand der Auseinandersetzung mit Newton war die Infinitesimalrechnung, die Leibniz gleichzeitig mit Newton erfunden hatte, woraus die Engländer eine Sache des nationalen Ruhmes gemacht hatten.

So verbrachte mein Vater die schönsten Jahre seines Lebens damit, aus der Ferne die großen Schlachten zu verfolgen, in denen die größten Genies der Welt mit den schärfsten Waffen kämpften, die der Menschengeist sich jemals geschmiedet hat.

Die Leidenschaft meines Vaters für die exakten Wissenschaften hinderte ihn indessen nicht daran, auch andere zu pflegen. Der Felsenstrand von Ceuta ist die Heimat einer Unzahl von Meerestieren, die in vielem den Pflanzen sehr nahestehen und gewissermaßen den Übergang zwischen den beiden großen Reichen bilden. Mein Vater hob immer einige Exemplare in Gläsern auf und beobachtete mit Vergnügen die Wunder ihres Baues und ihrer Lebensvorgänge. Mein Vater besaß auch eine vollständige Bibliothek jener Werke des Altertums, die man als historische Quellen betrachten kann. Er hatte diese Bücher mit der Absicht gesammelt, die Prinzipien der Wahrscheinlichkeit, wie sie Bernoulli in seinem Werk »Ars conjectandi« dargestellt hatte, mit Beweisen zu stützen, die er aus Tatsachen, aus der Wirklichkeit gewann.

Nur in seinen Gedanken lebend, immer wieder von der Beobachtung zur Überlegung und von dieser zu jener wechselnd, so verbrachte mein Vater fast die ganze Zeit in seinem Hause. Die ständige geistige Anspannung ließ ihn jenen furchtbaren Lebensabschnitt vergessen, da sein Verstand der erdrückenden Macht des Unglücks unterlegen war. Oft forderte aber auch das Herz seine Rechte, was besonders gegen Abend geschah, wenn sein Geist sich durch die Tagesarbeit erschöpft hatte. Da er nicht gewöhnt war, Zerstreuungen außerhalb des Hauses zu suchen, trat er dann auf die Terrasse und schaute aufs Meer hinaus, bis hin zum Horizont, der in der Ferne über der Küste Spaniens verlief. Dieser Anblick erinnerte ihn an die glanzvollen Tage, da er, geliebt von seiner Familie, vergöttert von seiner Geliebten, bewundert von bedeutenden Männern, an allem Erdenglück teilzuhaben glaubte – an die strahlende Zeit, da seine Seele, flammend im Feuer der Jugend und erleuchtet von der Klarheit des reiferen Alters, sich allen Empfindungen erschloß, welche die Freuden des Lebens bilden, und zugleich allen Schöpfungen des forschenden Verstandes, die dem Geiste des Menschen Ehre machen. Darauf stellte er sich den Bruder vor, wie er ihm die Braut, den Besitz und seinen Rang und Namen raubte, und er sah wieder sich selber im Wahnsinn auf einem Strohlager ausgestreckt. Zuweilen griff er nach der Geige und spielte die unselige Sarabande, mit der Carlos Blancas Herz gewonnen hatte. Die Musik entlockte ihm Tränen, und wenn er geweint hatte, fühlte er sich erleichtert. So vergingen fünfzehn Jahre.

Eines Tages kam der königliche Statthalter von Ceuta in dienstlichen Angelegenheiten zu meinem Vater; er fand ihn in einer seiner Anwandlungen von Schwermut. Der Statthalter dachte ein wenig nach und sprach dann: »Unser lieber Kommandant, ich bitte Sie, mir ein wenig Aufmerksamkeit zu schenken. Sie sind unglücklich, Sie leiden. Das ist kein

Geheimnis – wir wissen es alle, und meine Tochter weiß es ebenfalls. Sie war fünf Jahre alt, als Sie nach Ceuta kamen, und seitdem ist kein einziger Tag vergangen, an dem sie nicht von Ihnen mit Verehrung hätte sprechen hören, denn Sie sind der Schutzgott unserer kleinen Kolonie. Oft sagte sie zu mir: ›Wenn unser lieber Kommandant so sehr leidet, so deswegen, weil niemand seinen Schmerz teilt.‹ Kommen Sie, besuchen Sie uns, das ist besser, als die Wogen des Meeres zu zählen!«

Mein Vater ließ sich zu Inés de Cadanza führen, heiratete sie ein halbes Jahr später, und zehn Monate nach der Trauung wurde ich geboren.

Als meine schwache Person das Licht der Welt erblickt hatte, nahm mich mein Vater auf den Arm, hob die Augen zum Himmel und sprach: »O unermeßliche Potenz, die du die Unendlichkeit zum Exponenten hast! Letztes Glied aller aufsteigenden Progressionen! O mein Gott! Hier ist wieder ein fühlendes Wesen, das du in den Raum geschleudert hast. Wenn es ebenso unglücklich sein soll, wie es sein Vater gewesen ist, so mögest du es in deiner Güte lieber mit dem Subtraktionszeichen markieren.«

Als mein Vater dieses Gebet gesprochen hatte, drückte er mich leidenschaftlich ans Herz und sagte: »Nein, mein liebes Kind, du wirst nicht so unglücklich sein, wie ich es gewesen bin. Ich schwöre es beim heiligen Namen Gottes, daß ich dich niemals die Mathematik lehren werde; du wirst dafür die Sarabande lernen, das Ballett Ludwigs XIV. und alle Dreistigkeiten, von denen ich noch erfahren werde.«

Darauf netzte mich mein Vater reichlich mit Tränen und gab mich der Hebamme zurück.

Bedenken Sie nun bitte, wie seltsam sich mein Schicksal gestaltete. Mein Vater gelobt, mich niemals die Mathematik zu lehren und statt dessen dafür zu sorgen, daß ich die Sarabande lerne, und gerade das Umgekehrte geschieht; denn es zeigt sich, daß ich große Kenntnisse in den exakten Wissenschaften habe, aber niemals tanzen zu lernen vermochte – weder die Sarabande, die ohnehin nicht mehr in Mode ist, noch irgendeinen anderen Tanz. In der Tat, ich verstehe nicht, wie man sich die Figuren eines Kontertanzes merken kann. Keine von ihnen entsteht aus einem Mittelpunkt oder nach anderen festen Regeln, keine läßt sich durch eine Formel ausdrücken, und ich begreife nicht, daß es Menschen gibt, die alle Figuren auswendig können.

Als Velásquez bis hierher erzählt hatte, trat der Zigeunerhauptmann in die Höhle und verkündete, daß es im Interesse der Bande notwendig sei, schleunigst aufzubrechen und in den Berggürtel der Alpujarras einzudringen.

»Dank sei dem Höchsten!« rief darauf der Kabbalist. »Auf diese Weise bekommen wir den Ewigen Juden noch früher zu Gesicht. Da er nicht rasten darf, wird er mit uns ziehen, und wir profitieren um so mehr von seiner Erzählung. Er hat viel gesehen, und keiner kann mehr erlebt haben als er.«

Dann wandte sich der Zigeunerhauptmann an Velásquez und sprach: »Und Sie, Señor, wollen Sie mit uns ziehen, oder möchten Sie vielleicht, daß man Ihnen ein paar Männer beigibt, die Sie zur nächsten Stadt geleiten?«

Velásquez überlegte eine Weile und erwiderte dann: »Ich habe einige wichtige Papiere neben dem Bett liegenlassen, auf dem ich in der vorletzten Nacht schlief, bevor ich unter dem Galgen erwachte, wo mich der Señor fand, der Hauptmann der Wallonischen Garde ist. Seien Sie bitte so gütig, jemand in die Venta Quemada zu schicken; wenn ich meine Papiere nicht wiederbekomme, hat es für mich keinen Zweck, weiterzureisen – ich muß dann nach Ceuta zurückkehren. Inzwischen kann ich, wenn Sie es erlauben, mit Ihnen reisen.«

»Meine Leute stehen Ihnen zu Diensten«, sagte der Zigeunerhauptmann. »Ich schicke sogleich ein paar Mann in die Venta. Sie werden an unserem ersten Nachtlager wieder zu uns stoßen.«

Die Zelte wurden verstaut, und wir brachen auf. Als wir vier Meilen zurückgelegt hatten, errichteten wir auf einem öden Bergrücken unser Nachtlager.

Zwanzigster Tag

Der nächste Morgen verging darüber, daß wir auf die Leute warteten, die der Hauptmann nach den Papieren Velásquez' zur Venta geschickt hatte. Von unwillkürlicher Neugier erfaßt, starrten wir auf den Weg, auf dem sie zurückkehren mußten. Nur Velásquez beschäftigte sich damit, ein vom Regen geglättetes Stück Schiefer, das er an einem Felsabhang gefunden hatte, mit Zahlen, X- und Ypsilonen zu bedecken.

Nachdem er eine Menge Ziffern niedergeschrieben hatte, wandte er sich an uns und fragte, weshalb wir so ungeduldig seien. Wir antworteten ihm, es handle sich um seine Papiere, auf die wir noch warteten. Er sagte hierauf, unsere Sorge um seine Papiere beweise die Güte unserer Herzen, und sobald er seine Berechnungen abgeschlossen habe, wolle er zu uns kommen, um unsere Sorge zu teilen. Dann führte er seine Gleichungen zu Ende und fragte, weshalb wir mit der Weiterreise zögerten.

»Aber verehrter Herr Mathematiker, Don Pedro Velásquez«, sagte der Kabbalist, »wenn Sie selber niemals ungeduldig gewesen sind, so müßten Sie diesen Zustand doch zuweilen an anderen bemerkt haben.«

»In der Tat«, erwiderte Velásquez, »ich habe Ungeduld oft bei anderen beobachtet, und ich dachte mir stets, daß es ein unangenehmes Gefühl sein müsse, das sich jeden Augenblick steigert, während sich freilich in dieser Steigerung keine exakte Gesetzmäßigkeit wahrnehmen läßt. Man kann jedoch im allgemeinen feststellen, daß es sich umgekehrt proportional zum Beharrungsvermögen verhält. Und da ich doppelt so schwer zu erschüttern bin wie Sie, werde ich erst in einer Stunde einen bestimmten Grad von Ungeduld erreicht haben, während Ihre Ungeduld dann bereits das Doppelte betragen wird. Diese Überlegung läßt sich auf alle Leidenschaften anwenden, die man als bewegende Kräfte betrachten darf.«

»Mir scheint«, meinte Rebekka, »daß Sie die Triebfeder des Menschenherzens genau kennen und daß die Mathematik der sicherste Weg zum Glück ist!«

»Dieses Suchen nach dem Glück«, entgegnete Velásquez, »kann man mit dem Lösen einer Gleichung sehr hohen Grades vergleichen. Sie wissen, daß das Ergebnis aus der Gesamtheit ihrer Wurzeln besteht, und Sie kommen beim Aufsuchen dieser Wurzeln auf imaginäre Zahlen. Darüber vergeht dann der Tag, erfüllt von der steten Freude des Rechnens und Überlegens. Ebenso verhält es sich mit dem Leben: man kommt auf imaginäre Größen, die man für wirkliche gehalten hat, und indessen hat man gelebt, ja, man ist tätig gewesen. Denn Tätigsein ist ein allgemeines Naturgesetz. In der Natur bleibt nichts untätig. Ihnen scheint es, als ruhte dieser Fels hier, weil die Erde, auf der er liegt, einen größeren Widerstand leistet, als sein Druck ausmacht; doch wenn Sie den Fuß unter den Felsen legen könnten, würden Sie sich sofort vom Tätigsein des Felsens überzeugen!«

»Und das Gefühl, das man Liebe nennt«, fragte Rebekka, »kann man auch das rechnerisch erfassen und bewerten? So wird zum Beispiel behauptet, daß die Intimität des Zusammenlebens die Liebe beim Manne mindere, während sie sie bei den Frauen erhöhe. Können Sie mir das erklären?«

»Aus der Frage, die Sie aufwerfen«, antwortete Velásquez, »geht hervor, daß eine dieser beiden Lieben in zunehmender, die andere in abnehmender Progression verläuft. So muß ein Augenblick eintreten, da die beiden Liebenden sich in genau dem gleichen Grade lieben. Das Problem kann bildlich in einer Kurve dargestellt werden. Ich habe eine sehr hübsche Lösung für alle Fragen dieser Art herausbekommen. Nehmen wir zum Beispiel an, daß x …«

Als Velásquez in seinen Ausführungen an dieser Stelle angelangt war, wurden die aus der Venta zurückkehrenden Boten gesichtet, die kurz darauf mit den Papieren eintrafen. Velásquez nahm sie an sich, prüfte sie aufmerksam und sprach dann: »Ich habe alle meine Papiere wiederbekommen mit Ausnahme eines einzigen, das mir zwar nicht allzu wertvoll ist, das mich jedoch während jener Nacht, die ich unterm Galgen beschloß, sehr beschäftigt hatte. Doch das ist nicht so wichtig, und ich möchte Sie auf keinen Fall länger zurückhalten.«

Wir brachen auf und waren fast den ganzen Tag unterwegs. Als wir dann unser Lager aufgeschlagen hatten, versammelte sich die ganze Gesellschaft im Zelt des Hauptmanns, und nach dem Abendessen bat man ihn, die Erzählung seiner Abenteuer fortzusetzen, was er auch tat, indem er also sprach:

Fortsetzung der Geschichte des Zigeunerhauptmanns

Sie haben mich mit dem schrecklichen Vizekönig zurückgelassen, wie er mir gerade über den Stand seines Vermögens berichtete.

»Ich kann mich sehr wohl erinnern«, sagte Velásquez, »das Vermögen betrug sechzig Millionen fünfundzwanzigtausendeinhunderteinundsechzig Piaster.«

»So ist es«, antwortete der Zigeuner und fuhr fort:

Wenn mich der Vizekönig schon bei der ersten Begegnung erschreckt hatte, so erschrak ich noch mehr, als er mich wissen ließ, daß man ihm mit einer Nadel eine Schlange tätowiert hatte, die seinen Körper sechzehnmal umwand und am großen Zeh des linken Fußes endete.

Ich achtete also nicht sehr auf das, was er mir von seinem Vermögen berichtete; doch die Tante Torres nahm ihren ganzen Mut zusammen und sagte: »Ihr Besitz, erlauchter Herr, ist gewiß groß, doch auch das Vermögen dieses jungen Geschöpfs muß beträchtlich sein.«

»Señora«, erwiderte der Vizekönig, »Rovellas hatte durch seine Verschwendungssucht das Vermögen ziemlich dezimiert. Ich habe alle Kosten des Gerichtsverfahrens übernommen; dennoch konnte ich von seinem Besitz nur sechzehn Plantagen in Habana herausholen, ferner zweiundzwanzig Aktien einer Silbergrube in Sanlúcar, zwölf der Philippinengesellschaft, sechsundfünfzig Asiento-Aktien und einige andere Kleinigkeiten, deren Wert sich lediglich auf etwa siebenundzwanzig Millionen Piaster beläuft.«

Darauf rief der Vizekönig seinen Sekretär und hieß ihn ein Kästchen bringen, das aus kostbarem indischem Holze geschnitzt war. Der Vizekönig ließ sich auf ein Knie nieder und sprach: »Bezaubernde Tochter einer Mutter, für die ich im Herzen heute wie einst tiefe Verehrung fühle – geruhen Sie, die Früchte dreizehnjähriger Mühen entgegenzunehmen; denn soviel Zeit habe ich gebraucht, um Ihr Eigentum den Händen Ihrer habgierigen Verwandten zu entreißen.«

Zuerst wollte ich das Kästchen mit graziösem Lächeln in Empfang nehmen; doch der Gedanke, daß mir ein Mann zu Füßen lag, der so viele Indianerschädel zerschmettert hatte, die Scham, eine meinem Geschlecht entgegengesetzte Rolle zu spielen, und andere Empfindungen, die ich nicht hätte beschreiben können – all das verwirrte mich so sehr, daß ich fast die Besinnung verlor. Aber Tante Torres, deren Mut sich nach Erwähnung der siebenundzwanzig Millionen Piaster seltsam steigerte, umschlang mich, ergriff das Kästchen mit einer Bewegung, die ein wenig ihre Gier verriet, und sprach zum Vizekönig: »Erlauchter Herr, dieses junge Geschöpf hat noch niemals einen Mann vor sich knien sehen; erlauben Sie, daß sie sich in ihre Gemächer zurückzieht.«

Der Vizekönig küßte mir die Hand und reichte mir dann den Arm, um mich zu meinem Zimmer zu führen. Als wir dort angelangt waren, drehten wir zweimal den Schlüssel in der Tür, und Tante Torres gab sich nun ungehemmt ihrer lebhaften Freude hin; sie küßte unaufhörlich das Kästchen und dankte dem Himmel für den glänzenden Lebensweg, den er vor Elvira geöffnet hatte.

Einen Augenblick später klopfte jemand an die Tür; wir öffneten, und es traten der Sekretär des Vizekönigs und ein Gerichtsbeamter ein, der alle Papiere, die in dem Kästchen enthalten waren, aufschrieb und dafür um eine Quittung bat. Er begnügte sich mit der Unterschrift der Tante Torres. Die meine schien ihm in Anbetracht meiner Minderjährigkeit überflüssig.

Dann schlossen wir uns abermals ein, die beiden Tanten und ich.

»Señoras«, sagte ich, »das Schicksal des Fräuleins von Rovellas ist nun also gesichert; aber wie bringen wir das falsche Fräulein Rovellas zu den Theatinern, und wo finden wir das echte mitsamt Lonzeto?«

Kaum hatte ich diese Worte ausgesprochen, so begannen die Tanten zu seufzen; die meine seufzte, weil sie mich schon im Geiste unter den Händen der Folterknechte sah, Frau von Torres wehklagte, weil sie sich die Gefahren aller Art vorstellte, denen die unglücklichen Kinder, jeder Führung und aller Unterstützung entbehrend, ausgesetzt waren. Wir legten uns alle sehr traurig schlafen; ich dachte lange darüber nach, wie wir wohl aus den Nöten herauskommen könnten, doch ich schlummerte ein, ohne etwas gefunden zu haben, und dabei waren wir nur noch eine halbe Tagesreise von Burgos entfernt.

Am nächsten Tage fand ich wiederum nichts. Ich stieg in die Sänfte, und der Vizekönig ritt neben mir her, wobei die übliche Strenge seiner Züge zuweilen mit einem gewissen Anflug von Sanftheit wechselte, und gerade dies bereitete mir große Pein. So gelangten wir zu einem schattigen Brunnen, wo man uns mit einem leichten Mahl bewirtete, das die Leute von Burgos für uns bereitet hatten.

Der Vizekönig reichte mir die Hand, um mir aus der Sänfte zu helfen, doch er geleitete mich nicht zur Tafel, sondern führte mich ein wenig abseits, ließ mich im Schatten niedersitzen, setzte sich zu mir und sprach: »Bezaubernde Dame, je öfter ich das Glück genieße, in Ihrer Nähe zu sein, desto mehr gewinne ich die Überzeugung, daß der Himmel Sie dazu bestimmt hat, den Abend eines stürmischen Lebens zu verschönern, eines Lebens, das dem Wohle meines Landes und dem Ruhme meines Königs gewidmet war. Ich habe Spanien den Besitz des Philippinischen Archipels gesichert, ich habe halb Neumexiko entdeckt, ich habe die aufrührerischen Inkas wieder zum Gehorsam gezwungen. Ich mußte mein Leben ständig im Kampfe behaupten – gegen die Wogen des Ozeans, gegen das Klima des Äquators, gegen die tödlichen Dämpfe der Minen, die ich anlegen ließ; wer wird mir die schönsten Jahre meines Lebens vergelten? Ich hätte sie den Vergnügungen, der Freundschaft oder selbst noch süßeren Empfindungen widmen können. Ja, ohne Zweifel: wie mächtig der König von Spanien und Indien auch sein mag – er ist doch nicht mächtig genug, mir jene Jahre zu vergelten. In Ihrer Macht aber, bezaubernde Elvira, liegt es, mir den Lohn dafür zu gewähren; wenn Ihr Geschick mit dem meinen verbunden ist, wird mir nichts mehr zu wünschen bleiben; ich werde meine Tage einzig damit verbringen, die Regungen Ihrer schönen Seele zu verfolgen, ein Lächeln von Ihnen wird mich dann beglücken, und beim geringsten Beweis von Zuneigung, den Sie mir gönnen werden, wird heiße Freude mein Herz erfüllen. Das Bild dieser friedlichen Zukunft, die den Stürmen meines verflossenen Lebens folgen soll, entzückt mich so sehr, daß ich in der vergangenen Nacht den Entschluß gefaßt habe, den Augenblick, da Sie die Meine sein werden, schneller herbeizuführen. So verlasse ich Sie denn, schöne Elvira, doch nur, um mich nach Burgos zu begeben, wo Sie den Erfolg meiner Bemühungen selber sehen werden.«

Nachdem er also gesprochen hatte, ließ sich der Vizekönig auf ein Knie nieder, küßte mir die Hand, stieg zu Pferde und galoppierte davon. Ich brauche Ihnen wohl meine Seelenqualen nicht zu schildern: ich machte mich auf die unangenehmsten Szenen gefaßt, und diese Ausblicke endeten immer mit dem Gedanken an die Auspeitschung, die ich unweigerlich im Hofe des Theatinerklosters empfangen würde.

Ich ging zu den beiden Tanten zurück, die ich beim Frühstücken fand. Ich wollte sie von der neuen Erklärung des Vizekönigs unterrichten, doch es fand sich keine Gelegenheit: der unermüdliche Majordomus drängte mich, wieder die Sänfte zu besteigen, und ich mußte gehorchen.

Am Stadttor von Burgos kam uns ein Page meines künftigen Gatten entgegen. Er teilte uns mit, daß wir im Palast des Erzbischofs erwartet würden. Der kalte Schweiß, den ich über die Stirn rinnen fühlte, sagte mir, daß ich noch lebte; denn im übrigen hatte die Furcht mich in eine Art tödlicher Starre versetzt, aus der ich erst erwachte, als ich mich vor dem Erzbischof befand. Dieser Würdenträger saß in einem Lehnstuhl, dem Vizekönig gegenüber; die ihm untergebenen Geistlichen hatten zu seinen beiden Seiten niedrigere Sitze eingenommen, und die angesehensten Männer von Burgos saßen neben dem Vizekönig. Am anderen Ende des Saales sah ich einen für die Feierlichkeit geschmückten Altar. Der Erzbischof erhob sich, segnete mich und küßte mich auf die Stirn.

Überwältigt von den Empfindungen, die meine Seele quälten, fiel ich dem Erzbischof zu Füßen; und da war es, als hätte mir ein guter Geist plötzlich den richtigen Gedanken eingegeben – ich rief: »Ehrwürdiger Vater, haben Sie

Mitleid mit mir: ich will Nonne werden, ja, ich will Nonne werden.«

Nachdem ich diese Erklärung laut vor den Ohren aller Versammelten getan hatte, schien es mir angebracht, in Ohnmacht zu fallen. Ich stand also auf, um gleich von neuem niederzusinken, diesmal in die Arme der beiden Tanten, die Mühe hatten, sich selber auf den Beinen zu halten. Ich hielt die Augen einen Spalt geöffnet und sah, daß der Erzbischof voller Ehrerbietung vor dem Vizekönig stand und dessen Entscheidung abzuwarten schien.

Der Vizekönig bat den Erzbischof, seinen Platz wieder einzunehmen und ihm Zeit zum Nachdenken zu lassen. Der Erzbischof setzte sich, und ich konnte nun das Antlitz meines erlauchten Verehrers betrachten – es zeigte einen noch strengeren Ausdruck als gewöhnlich, einen Ausdruck, der selbst den Mutigsten Furcht einflößen konnte. Er schien einige Zeit in Gedanken vertieft zu sein. Dann setzte er stolz seinen Hut auf und sprach: »Mein Inkognito ist beendet – ich bin der Vizekönig von Mexiko. Dem Erzbischof sei gestattet, Platz zu behalten.«

Alle übrigen erhoben sich voller Achtung.

»Meine Herren«, sprach darauf der Vizekönig, »es ist jetzt vierzehn Jahre her, daß ruchlose Verleumder das Gerücht verbreiteten, ich sei der Vater dieses jungen Geschöpfs. Ich fand kein anderes Mittel, ihnen den Mund zu schließen, als daß ich den feierlichen Schwur tat, sie zu ehelichen, sobald sie das entsprechende Alter erreicht habe. Während sie nun heranwuchs, an Tugenden und Anmut immer reicher werdend, erhöhte mich der König – in freundlicher Ansehung meiner Dienste – von Stufe zu Stufe und bekleidete mich schließlich mit dem bedeutenden Amte, das mich dem Throne nahe rückt. Indessen war die Zeit gekommen, mein Versprechen einzulösen, und so ersuchte ich den König um die Erlaubnis, nach Spanien zu reisen und mich hier zu vermählen. Der Madrider Staatsrat antwortete mir im Namen Seiner Majestät, daß ich nach Spanien kommen dürfe, daß mir aber die Ehren des Vizekönigs nur dann zuteil würden, wenn ich auf die Eheschließung verzichtete. Zugleich wurde verfügt, daß ich mich der Hauptstadt keinesfalls mehr als auf fünfzig Meilen Entfernung nähern dürfe. Ich begriff sogleich, daß ich entweder auf die Eheschließung oder auf die Gunst meines Herrn würde verzichten müssen; doch ich hatte ein feierliches Versprechen gegeben, und so gab es kein Schwanken. Als ich die bezaubernde Elvira erblickte, glaubte ich zu begreifen, daß der Himmel mich vom Wege der Ehren hinwegführen und mir ein glückliches Dasein in den sanften Freuden einer stillen Häuslichkeit bereiten wolle. Aber da der Himmel eifersüchtig eine Seele zu sich ruft, deren die Menschenwelt unwürdig ist, gebe ich sie in Ihre Hut, ehrwürdiger Herr Erzbischof. Lassen Sie das Mädchen in das Annunziatenkloster bringen, wo sie ihr Noviziat antreten möge. Ich habe geschworen, niemals eine andere Frau zu ehelichen, und meinen Schwur werde ich halten. Ich werde an den König schreiben und ihn um die Erlaubnis bitten, nach Madrid zu kommen.«

Nachdem der schreckliche Vizekönig also gesprochen hatte, nahm er den Hut ab, grüßte alle Anwesenden, setzte den Hut wieder auf, drückte ihn – furchtbare Strenge in seinen Zügen – tief in die Stirn und begab sich zu seinem Wagen. Der Erzbischof, die Geistlichkeit und die Vertreter der Stadt gaben ihm das Geleit. Wir blieben mit einigen Kirchendienern, die den Altar abräumten, allein im Saal zurück. Ich verzog mich mit den beiden Tanten rasch in ein Nachbarzimmer und lief zum Fenster, um Ausschau zu halten, ob ich nicht irgendwie fliehen und dem Kloster entgehen könne.

Das Fenster führte auf einen Innenhof, den ein Brunnen schmückte. Dort erblickte ich zwei zerlumpte Burschen, die wie Verdurstende das Wasser des Brunnens tranken. Ich erkannte die Kleider, die ich mit Elvira gewechselt hatte, und ich erkannte sie selber. Der andere zerlumpte Bursche war Lonzeto. Ich stieß einen Freudenschrei aus. Das Zimmer, in dem wir uns befanden, hatte vier Türen. Die erste, die ich öffnete, ging auf eine kleine Treppe, die wiederum in den Hof führte, wo sich meine Herumtreiber befanden. Ich lief ihnen entgegen, und die gute Tante Torres wäre vor Freude fast gestorben, als sie bald darauf ihren Sohn und ihre Nichte umarmte.

Im gleichen Augenblick hörten wir den Erzbischof, der den Vizekönig zum Wagen geleitet hatte und mich nun holen wollte, um mich ins Annunziatenkloster zu bringen. Ich hatte gerade noch Zeit, an die Tür zu stürzen und sie zu schließen. Meine Tante rief, das junge Geschöpf sei abermals in Ohnmacht gefallen und nicht imstande, jemanden zu empfangen. In aller Eile wechselten wir zum zweiten Male die Kleider. Elviras Kopf wurde verbunden, so als hätte sie sich beim Hinfallen verletzt, und man achtete darauf, daß auch ein Teil des Gesichts vom Verband bedeckt wurde, damit man nicht so leicht den Wechsel bemerke.

Als alles erledigt war, entschlüpfte ich mit Lonzeto, und man öffnete die Tür. Der Erzbischof stand nicht mehr draußen, doch er hatte seinen Großvikar zurückgelassen, der nun Elvira und Frau von Torres in das Kloster führte. Meine Tante Dalanosa begab sich in die Herberge von »Las Rosas«, wohin sie auch mich bestellt hatte. Wir mieteten eine kleine Wohnung, und eine Woche lang taten wir nichts anderes, als daß wir uns über den glücklichen Ausgang freuten. Lonzeto – nun nicht mehr Maultiertreiber – wohnte unter seinem richtigen Namen, als Sohn der Frau von Torres, bei uns.

Meine Tante stattete dem Annunziatenkloster mehrere Besuche ab. Es wurde dort vereinbart, daß Elvira anfangs das heftige Verlangen bekunden sollte, den Schleier zu nehmen; diese Begeisterung sollte allmählich nachlassen, und schließlich würde man sie aus dem Kloster herausnehmen und versuchen, aus Rom den Dispens zur Eheschließung mit ihrem leiblichen Vetter zu erhalten.

Bald darauf erfuhren wir, daß der Vizekönig in Madrid

gewesen war, wo ihn der König sehr huldvoll aufgenommen hatte. Er erhielt sogar von Seiner Majestät die Genehmigung, daß sein Vermögen und seine Titel auf seinen Neffen übergehen sollten, den Sohn ebenjener Schwester, die mit ihm nach Villaca gekommen war. Wenig später reiste der Vizekönig für immer nach Amerika.

Was mich anbelangt, so hatten die lebhaften Eindrücke einer so einzigartigen Reise wie der unseren meinen Hang zum Leichtsinn und zum Vagabundieren noch verstärkt, und nur mit Widerwillen dachte ich an den Augenblick, da ich mich bei den Theatinern würde einsperren lassen müssen. Doch mein Großonkel hatte es so beschlossen, und ich mußte mich – nach allen Verzögerungen, die ich mir ausdenken mochte – schließlich darein fügen.

Als der Zigeunerhauptmann bis hierher erzählt hatte, kam einer seiner Untergebenen, um ihm über den Tagesablauf Bericht zu erstatten. Unterdessen stellte jeder von uns seine eigenen Betrachtungen über das seltsame Abenteuer an; doch der Kabbalist versicherte uns, daß wir von dem Ewigen Juden viel interessantere Dinge vernehmen würden, und er bürgte uns dafür, daß wir diese außerordentliche Person zweifellos am folgenden Tag zu sehen bekämen.

Einundzwanzigster Tag

Wir zogen weiter. Der Kabbalist freilich, der uns für diesen Tag den Ewigen Juden angekündigt hatte, konnte seine Ungeduld nicht bezähmen. Schließlich erspähten wir auf einer entfernten Höhe einen Menschen, der in ungewöhnlicher Eile ausschritt, ohne im geringsten auf den Weg zu achten.

»Da ist er ja!« rief Uceda. »Ach, der Faulenzer, der nichtswürdige Halunke! Acht volle Tage hat er von Afrika bis hierher gebraucht.«

Als der Jude einige Augenblicke später noch ein paar Dutzend Schritte von uns entfernt war, rief ihn der Kabbalist schon, so laut er konnte, an: »Wie ist es nun ...? Habe ich noch ein Anrecht auf die Töchter Salomos?«

»Nichts dergleichen«, antwortete der Jude, »du hast nicht nur jedes Anrecht auf sie verwirkt, sondern ebenso alle deine Macht, die du über die Geister vom zweiundzwanzigsten Grade an aufwärts besaßest. Ich hoffe, daß du in Kürze auch die Macht über mich verlieren wirst, die du durch Hinterlist gewonnen hast.«

Der Kabbalist grübelte eine Weile und sagte dann: »Desto besser, so werde ich dem Beispiel meiner Schwester folgen. Ein andermal sprechen wir ausführlicher darüber. Einstweilen befehle ich dir, verehrter Wanderer, zwischen dem Maultier dieses jungen Mannes und dem seines Weggenossen zu gehen, von dem die Geschichte der Mathematik einst Rühmendes berichten wird. Erzähle ihnen die Geschichte deines Lebens – aber wahrheitsgetreu und offen, sage ich dir.«

Der Ewige Jude wollte sich zuerst sträuben, doch da richtete der Kabbalist einige uns unverständliche Worte an ihn, und der unglückliche Wanderer begann also zu sprechen:

Die Geschichte Ahasvers, des Ewigen Juden

Meine Familie gehört zu denen, die dem Hohenpriester Onias dienten und mit Erlaubnis des großen Ptolemäos Philometor den Tempel in Unterägypten erbauten. Mein Großvater nannte sich Hiskia. Als sich die berühmte Kleopatra mit ihrem Bruder Ptolemäos Dionysos vermählte, trat Hiskia in ihren Dienst. Er bekleidete das Amt eines Hofjuweliers, und zu seinen Obliegenheiten gehörte auch der Einkauf von kostbaren Stoffen und Gewändern. Zudem führte er die Oberaufsicht bei den Feierlichkeiten. Kurzum, Sie sehen: mein Großvater spielte am Hof von Alexandria eine bedeutende Rolle. Ich sage dies keineswegs in der Absicht, mich zu rühmen – wozu hätte ich das nötig? Siebzehn Jahrhunderte, ja sogar noch mehr, sind bereits verstrichen, seit ich ihn verlor, denn er starb im einundvierzigsten Jahre der Herrschaft des Augustus. Ich war damals noch sehr jung und kann mich kaum mehr auf ihn besinnen, doch ein gewisser Dellius hat mir häufig von jenen Ereignissen erzählt.

Hier unterbrach Velásquez den Juden mit der Frage, ob das derselbe Dellius gewesen sei, der Musiker bei Kleopatra war, jener Dellius, den Flavius und Plutarch mehrmals erwähnten.

Der Ewige Jude bejahte dies und fuhr also fort:

Ptolemäos, dem die Schwester keine Kinder gebar, bezichtigte sie der Unfruchtbarkeit und verstieß sie nach drei Jahren der Ehe. Kleopatra reiste in eine der Hafenstädte am Roten Meer. Mein Großvater begleitete sie in die Verbannung und erwarb dort jene zwei berühmten Perlen, von denen Kleopatra bei einem Festmahl des Antonius eine auflöste und verschluckte.

Indessen brach in allen Teilen des Römischen Reiches der Bürgerkrieg aus. Pompeius suchte Unterschlupf bei Ptolemäos Dionysos, doch der ließ ihm das Haupt abschlagen. Dieser Verrat, der ihm die Gunst Cäsars sichern sollte, bewirkte das Gegenteil. Cäsar wollte nur Kleopatra die Herrschaft zurückgeben. Die Bewohner Alexandrias verteidigten ihren König mit einem Eifer, der in der Geschichte fast ohne Beispiel ist. Als jedoch der Monarch durch einen unglücklichen Zufall ertrank, stand der Befriedigung der Machtgelüste Kleopatras nichts mehr im Wege, und sie zeigte gegenüber Cäsar grenzenlose Dankbarkeit.

Ehe Cäsar Ägypten verließ, hieß er Kleopatra, sich mit dem jungen Ptolemäos zu vermählen, der als jüngerer Bruder des Ptolemäos Dionysos, ihres ersten Gemahls, ihr Bruder und Schwager zugleich war. Der Fürst zählte damals erst elf Jahre. Kleopatra war guter Hoffnung, und als das Kind geboren war, nannte man es, um jeden Zweifel an seiner Herkunft zu beseitigen, Cäsarion.

Mein Großvater, damals fünfundzwanzig Jahre alt, beschloß, in den Stand der Ehe zu treten. Vielleicht war dies für einen Juden etwas spät, doch er empfand eine unüberwindliche Abneigung dagegen, eine Frau aus Alexandria zu nehmen, und zwar nicht deswegen, weil uns die Jerusalemer Juden für Abtrünnige hielten, sondern weil es nach unserer Vorstellung nur einen Tempel auf Erden geben durfte. Unsere Partei meinte, der bei uns in Ägypten bestehende, von Onias begründete Tempel könne, da er einstmals ein samaritanischer Tempel gewesen sei, zur Ursache der Abtrünnigkeit werden, vor der sich die Juden genauso fürchteten wie vor dem unausbleiblichen Unglück des allgemeinen Unterganges. Solcherlei fromme Beweggründe und ebenso die Mißhelligkeiten, die alle höfischen Ämter mit sich bringen, brachten meinen Großvater zu dem Entschluß, sich in die Heilige Stadt zu begeben und dort um eine Frau zu freien. Indessen war jedoch ein Jerusalemer Jude namens Hillel mit seiner ganzen Familie nach Alexandria gekommen. Seine Tochter Melea gefiel meinem Großvater, die Hochzeit fand mit unerhörtem Prunk statt. Kleopatra und ihr junger Gemahl beehrten sie mit ihrer Anwesenheit.

Wenige Tage später ließ die Königin meinen Großvater zu sich kommen und verkündete ihm: »Soeben erfahre ich, mein Freund, daß Cäsar zum lebenslänglichen Diktator ernannt wurde. Das Schicksal hat diesen Mächtigsten unter den Mächtigen der Welt auf eine Stufe erhoben, auf die es bisher noch keinen stellte. Weder Belos noch Sesostris noch Cyrus noch auch Alexander können sich mit ihm vergleichen. Ich bin stolz, daß er der Vater meines kleinen Cäsarion ist. Dieses Kind wird bald sein viertes Lebensjahr vollendet haben, deshalb sehne ich mich danach, daß Cäsar es sieht und ans Herz drückt. Ich habe beschlossen, in zwei Monaten nach Rom zu reisen. Du begreifst, daß ich einen Einzug halten will, wie er der Königin Ägyptens würdig ist. Der letzte meiner Sklaven muß glänzende Gewänder tragen, all mein Gerät muß aus edelstem Metall gefertigt und mit Edelsteinen verziert sein. Für mich laß ein Gewand aus feinsten indischen Geweben nähen, als Schmuck aber will ich keine anderen Kleinodien als Perlen. Nimm alle Juwelen und alles Gold, das sich in meinen Palästen befindet; außerdem wird dir mein Schatzmeister hunderttausend Talente in Gold aushändigen. Es ist der Preis für zwei Provinzen, die ich dem König der Araber verkauft habe. Wenn ich aus Rom zurückkehre, werde ich sie ihm wieder abnehmen können. Jetzt geh und denke daran, daß in zwei Monaten alles bereit sein muß.«

Kleopatra war damals fünfundzwanzig Jahre alt. Ihr fünfzehnjähriger Bruder, mit dem sie sich vier Jahre vorher vermählt hatte, liebte sie mit unaussprechlicher Leidenschaft. Als er erfuhr, daß sie fortfahren wolle, gab er sich der heftigsten Verzweiflung hin, und als er dann von der Königin Abschied nahm und das sich entfernende Schiff sah, versank er in solche Trauer, daß man um sein Leben bangte.

Drei Wochen später landete Kleopatra im Hafen von Ostia. Dort warteten bereits prächtige Boote, die sie den Tiber hinaufgeleiteten, und man kann wohl sagen, daß sie im Triumph in die Stadt einzog, während andere Könige vor die Wagen römischer Heerführer gespannt die Stadt betraten. Cäsar, der durch seine vorzüglichen Umgangsformen ebenso wie durch seine Geistesgröße über seine Mitmenschen hinausragte, empfing Kleopatra mit vollendeter Höflichkeit, jedoch weniger zärtlich, als es die Königin erhofft hatte. Da Kleopatra mehr Stolz als Zuneigung empfand, setzte sie sich über Cäsars Kühle hinweg und beschloß, Rom genau kennenzulernen. Mit seltenem Scharfsinn begabt, erkannte sie alsbald die Gefahren, die dem Diktator drohten. Sie erzählte ihm von ihren Ahnungen, doch der Held vermochte es nicht, dem Gefühl der Furcht sein Herz zu öffnen. Da Kleopatra sah, daß Cäsar ihre Warnungen in den Wind schlug, beschloß sie, den größtmöglichen Nutzen für sich daraus zu ziehen. Sie war überzeugt, daß Cäsar einer Verschwörung zum Opfer fallen und daß sich dann die römische Welt in zwei Parteien spalten werde. Die erste, die Freunde der Freiheit, schoben als ihren Wortführer den alten Cicero vor, einen aufgeblasenen Alleswisser, der glaubte, er habe Großes vollbracht, weil er tönende Reden hielt, und der sich nach einem ruhigen Leben in seiner Villa, dem Tusculanum, sehnte, allerdings ohne seinen Einfluß als führende Persönlichkeit der Partei aufgeben zu wollen. All diese Leute strebten nach einem großen Ziel, doch sie wußten nicht, wie sie dorthin gelangen sollten, denn sie besaßen keinerlei Weltkenntnis. Die andere Partei bestand aus Cäsars Freunden – tapferen Kriegern –, die des Lebens Freuden in vollen Zügen genossen; sie befriedigten ihre eigenen Leidenschaften und nutzten die der anderen. Kleopatra blieb nicht lange unschlüssig in ihrer Wahl: sie legte alle Schlingen der weiblichen Verführungskunst um Antonius, den Cicero dagegen verachtete sie, was ihr dieser niemals verziehen hat, wie Sie aus den Briefen, die er damals an seinen Freund Atticus schrieb, ersehen können.

Da die Königin die verborgenen Triebkräfte sehr wohl erkannt hatte, war sie auf die Lösung nicht mehr begierig und eilte auf dem raschesten Wege nach Alexandria zurück, wo ihr junger Gemahl sie mit der ganzen Begeisterung seines entflammten Herzens empfing. Die Bewohner Alexandrias teilten seine Freude. Kleopatra schien von der Woge des Glückes mitgerissen, die ihre Ankunft auslöste, und gewann die Herzen aller. Doch wer sie näher kannte, sah wohl, daß vor allem politische Absichten hinter ihren Beteuerungen steckten, die mehr Vorspiegelung als Wahrheit enthielten. In der Tat, kaum hatte sie sich der Bewohner Alexandrias versichert, da eilte sie auch schon nach Memphis, wo sie sich im Gewande der Isis mit Kuhhörnern auf dem Kopfe zeigte. Die Ägypter waren toll vor Begeisterung. Danach verstand sie es, auf ähnliche Weise die Gunst der Äthiopier, Nabatäer, Libyer und der anderen an Ägypten anliegenden Völkerschaften zu gewinnen.

Endlich kehrte die Königin nach Alexandria zurück. Inzwischen aber war Cäsar ermordet worden, und der Bürgerkrieg brach in allen Provinzen des Reiches aus. Von nun an wurde Kleopatra immer finsterer und versank häufig in Nachdenken. In ihrer nächsten Umgebung erkannte man jedoch, daß sie den Plan gefaßt hatte, Antonius als Gatten zu gewinnen und über Rom zu herrschen.

Eines Morgens begab sich mein Großvater zu der Königin und zeigte ihr eine Sendung Kleinodien, die soeben aus Indien eingetroffen war. Sie freute sich über alle Maßen, rühmte den Geschmack meines Großvaters, seinen Eifer in der Erfüllung seiner Pflichten und fügte hinzu: »Teurer Hiskia, siehe, hier sind Bananen. Die gleichen Serendiber Kaufleute, von denen du die Kleinodien erhieltest, haben die Bananen aus Indien mitgebracht. Überbringe die Früchte sogleich meinem jungen Gemahl und bitte ihn, er möge sie, wenn er mich liebhat, auf der Stelle verspeisen.«

Mein Großvater führte diesen Auftrag aus, und der junge König sagte: »Da die Königin meine Liebe zu ihr anruft und mich dringend bittet, die Früchte sogleich zu verspeisen, sollst du Zeuge dessen sein, daß ich keine einzige übriglasse.«

Aber er hatte kaum drei Bananen gegessen, da verzog er plötzlich das Gesicht, die Augen traten hervor, er schrie fürchterlich auf und sank leblos auf den Estrich. Mein Großvater erkannte, daß er als Werkzeug eines grausigen Verbrechens gedient hatte. Er kehrte heim, zerriß seine Gewänder, hüllte sich in einen Sack und streute Asche auf sein Haupt.

Sechs Wochen später ließ ihn die Königin holen und sagte zu ihm: »Du weißt sicherlich, daß Octavian, Antonius und Lepidus das Römische Reich untereinander aufgeteilt haben. Mein teurer Antonius erhielt den Osten als seinen Anteil, und ich möchte dem neuen Herrscher nach Kilikien entgegenreisen. Zu diesem Zweck sei dir aufgetragen, ein Schiff in der Form einer Muschel bauen und es innen wie außen mit Perlmutt auslegen zu lassen. Das Deck soll von einem feinen goldenen Gitter umgeben sein, durch das ich gesehen werden kann, wenn ich in Gestalt der Venus, von Grazien und Liebesgöttern umgeben, auftrete. Nun geh und bemühe dich, daß du meinen Befehlen mit dem dir eigenen Geschick nachkommst.«

Mein Großvater fiel der Königin zu Füßen und sprach: »Herrin, geruhe zu bedenken, daß ich Hebräer bin und daß alles, was mit griechischen Gottheiten zu tun hat, für mich Gotteslästerung bedeutet, der ich mich auf keine Weise schuldig machen darf.«

»Ich verstehe«, erwiderte die Königin, »es tut dir um meinen jungen Gemahl leid. Dein Schmerz ist gerecht, und ich selber empfinde ihn stärker, als ich es vermutet hätte. Hiskia, ich sehe, daß du zum höfischen Leben nicht geschaffen bist, und entbinde dich von deinen bisherigen Pflichten.«

Der Großvater ließ sich dies nicht zweimal sagen; er kehrte heim, packte seinen Hausrat und begab sich in das kleine Häuschen, das er an den Ufem des Mareotissees besaß. Dort ordnete er eifrig seine Geschäfte, immer mit der Absicht, nach Jerusalem überzusiedeln. Übrigens lebte er in der strengsten Abgeschiedenheit und empfing keinen seiner früheren höfischen Bekannten mehr, ausgenommen den Musiker Dellius, mit dem ihn stets eine wahre Freundschaft verband.

Mittlerweile hatte sich Kleopatra ein Schiff bauen lassen, das genau jenen Plänen entsprach, die sie gegenüber Hiskia geäußert hatte; sie landete auf ihm in Kilikien, dessen Bewohner sie in der Tat für eine Venus hielten. Und Marcus Antonius, der fand, daß sie gar nicht so unrecht hätten, fuhr mit ihr nach Ägypten, wo ihre Hochzeit mit unbeschreiblicher Pracht gefeiert wurde.

Als der Ewige Jude an dieser Stelle angelangt war, unterbrach ihn der Kabbalist: »Genug für heute, mein Freund, wir sind gerade bei unserem Nachtlager angelangt. Du wirst die kommende Nacht in der Nähe dieser Berge kreisen, morgen jedoch wieder zu uns stoßen. Und was ich dir noch zu sagen hatte, verschiebe ich auf später.«

Der Jude sah den Kabbalisten mit einem furchtbaren Blick an und verschwand in einem nahen Hohlweg.

Zweiundzwanzigster Tag

Wir machten uns ziemlich früh auf den Weg, und als wir nahezu zwei Meilen zurückgelegt hatten, erblickten wir den Juden, der sich unaufgefordert zwischen mein Pferd und den Maulesel von Velásquez schob und also zu erzählen begann:

Fortsetzung der Geschichte des Ewigen Juden

Nachdem Kleopatra die Gemahlin des Antonius geworden war, begriff sie bald, daß sie besser daran tat, die Rolle der Phryne als die der Artemisia zu spielen, wenn sie sein Herz bewahren wollte. Deutlicher gesagt: diese Frau verstand es mit erstaunlicher Leichtigkeit, die Rollen einer Kokette und einer zärtlichen, ja sogar treuen Gattin zu vertauschen. Sie wußte aber, daß sich Antonius leidenschaftlich gern der Sinneslust hingab, und so versuchte sie, ihn mit unerschöpflichen Verführungskünsten an sich zu fesseln.

Bald begann der Hof das königliche Paar nachzuahmen, die Stadt ahmte den Hof nach, schließlich folgte das ganze

Land dem Beispiel der Stadt, so daß Ägypten bald zu einem einzigen Schauplatz der Unzucht wurde. Die Schamlosigkeit griff sogar auf einige jüdische Siedlungen über.

Mein Großvater wäre schon seit langem gern nach Jerusalem gezogen, doch die Parther hatten gerade die Stadt erobert und des Antipas Enkel Herodes, den später Marcus Antonius zum König über Judäa machte, vertrieben. Mein Großvater, auf solche Weise genötigt, in Ägypten zu bleiben, wußte nicht, wo er Zuflucht suchen sollte, denn der Mareotissee bot, von Gondeln bedeckt, Tag und Nacht das ärgerlichste Schauspiel. Als er mit seiner Geduld am Ende war, befahl er, die zum See hinausführenden Fenster zu vermauern, und schloß sich mit seinem Weibe Melea und dem Sohn, den er Mardochai nannte, zu Hause ein. Seine Tür öffnete sich nur dem treuen Freund Dellius. So verflossen einige Jahre; in dieser Zeit wurde Herodes zum König von Judäa ernannt, und mein Großvater gedachte von neuem, sich in Jerusalem niederzulassen.

Eines Tages kam Dellius zu meinem Großvater und sprach: »Lieber Freund, Antonius und Kleopatra schicken mich nach Jerusalem, und so möchte ich dich denn fragen, ob du mir nicht Aufträge mitgeben willst. Außerdem bitte ich dich um ein Schreiben an deinen Schwiegervater Hillel, bei dem ich gern wohnen möchte, obwohl ich sicher bin, daß man versuchen wird, mich am Hofe festzuhalten, und mir nicht erlauben wird, bei einem Privatmanne Wohnung zu nehmen.«

Als mein Großvater hörte, daß Dellius nach Jerusalem reise, vergoß er bittere Tränen. Er gab ihm einen Brief an seinen Schwiegervater und vertraute ihm zwanzigtausend Dareiken an, die er zum Kauf des prächtigsten Hauses in der Stadt bestimmte.

Drei Wochen darauf kehrte Dellius zurück, gab meinem Großvater sofort Nachricht und ließ ihn wissen, daß er ihn erst nach fünf Tagen besuchen könne, da ihn wichtige Angelegenheiten am Hofe zurückhielten. Nach Ablauf dieser Zeit erschien er und berichtete:

»Vor allem übergebe ich dir den Kaufvertrag für das prächtige Haus, das ich von deinem Schwiegervater erworben habe. Das Schriftstück wurde von den Richtern mit ihren Siegeln versehen, und du kannst in dieser Hinsicht vollkommen beruhigt sein. Dies hier ist ein Brief von Hillel, der bis zu deiner Ankunft in dem Hause wohnen und dir für diese Zeit Miete zahlen wird. Was nun meine Reise anbelangt, so darf ich sagen, daß sie überaus glücklich verlaufen ist. Herodes weilte nicht in Jerusalem, ich traf nur seine Schwiegermutter Alexandra an, die mich zum Abendessen mit ihren Kindern einlud, mit Mariamne, der Gemahlin Herodes', und dem jungen Aristobulos, der zum Hohenpriester bestimmt worden war, aber einem Manne aus der untersten Schicht des Volkes hatte Platz machen müssen. Ich kann dir gar nicht sagen, wie sehr ich von der Schönheit dieser beiden jungen Menschen entzückt war. Besonders Aristobulos gleicht einem auf die Erde herabgestiegenen Halbgott. Stelle dir vor: der Kopf der schönsten Frau auf den Schultern des wohlgeformtesten Mannes. Da ich seit meiner Rückkehr nur noch von ihnen spreche, faßte Antonius den Plan, die beiden an seinen Hof zu holen.

Kleopatra meinte dazu: ›Freilich, tu es nur; hole das Weib des Königs von Judäa hierher, und morgen werden sich die Parther mitten in den römischen Provinzen breitmachen.‹

Worauf Antonius erwiderte: ›Nun wohl, so laß uns wenigstens nach ihrem Bruder schicken. Sofern es der Wahrheit entspricht, daß dieser Jüngling so reizend ist, ernenne ich ihn zu unserem Mundschenk. Du weißt, daß ich in meiner unmittelbaren Umgebung keine Sklaven dulden mag, und wenn es an Söhnen von Barbarenkönigen mangelt, würde ich gern Sprößlinge der besten römischen Familien zu Pagen nehmen.‹

›Ich habe nichts dagegen‹, antwortete Kleopatra, ›laß also den Aristobulos holen.‹«

»Gott Israels«, rief hier mein Großvater, »darf ich denn meinen Ohren trauen? Ein Hasmonäer, ein reinblütiger

Makkabäer, ein Nachfolger Aarons – Page bei Antonius, einem Unbeschnittenen, einem Mann, der aller Art Ausschweifung huldigt! O Dellius, zu lange weile ich schon auf der Welt, ich will meine Gewänder zerreißen, mich in einen Sack hüllen und Asche auf mein Haupt streuen.«

Mein Großvater tat, wie er gesagt hatte. Er schloß sich ein, beweinte das Unglück Zions und nährte sich nur von seinen Tränen. Er wäre wohl unter der Last dieser Schläge zusammengebrochen, aber da klopfte nach einigen Wochen Dellius an seine Tür und rief: »Aristobulos wird nicht Page des Antonius werden – Herodes hat ihn zum Hohenpriester geweiht.«

Daraufhin öffnete mein Großvater die Tür, tröstete sich mit dieser Neuigkeit und kehrte wieder zu seinem altgewohnten Familienleben zurück.

Kurz danach fuhr Antonius mit Kleopatra nach Armenien. Kleopatra unternahm diese Reise, um das peträische Arabien und Judäa an sich zu reißen. Dellius nahm ebenfalls an der Fahrt teil, und als er zurückkam, berichtete er meinem Großvater alle Einzelheiten. Herodes hatte Alexandra in deren Palast gefangensetzen lassen, weil sie mit ihrem Sohn zu Kleopatra fliehen wollte, die sehr neugierig war, den bezaubernden Hohenpriester kennenzulernen. Ein gewisser Kubion hatte den Plan entdeckt, woraufhin Herodes den Aristobulos im Bad ertränken ließ. Kleopatra begehrte Rache, Antonius jedoch entgegnete, jeder König sei in seinem Lande selbst der Herr. Um aber Kleopatra zu beruhigen, schenkte er ihr ein paar Städte, die Herodes gehörten.

»Später«, fuhr Dellius fort, »traten neue Ereignisse ein. Herodes nahm einige ihm von Kleopatra entrissene Ländereien in Pacht. Um diese Angelegenheit zu erledigen, begaben wir uns nach Jerusalem. Unsere Königin wollte die Versöhnung ein wenig beschleunigen. Aber zu ihrem Unglück zählte Kleopatra bereits fünfunddreißig Jahre, während Herodes maßlos in seine zwanzigjährige Mariamne verliebt war. Statt dankbar auf ihr Girren einzugehen, versammelte Herodes den Rat und schlug vor, Kleopatra zu erwürgen. Er versicherte, Antonius sei ihrer bereits überdrüssig und werde darüber keineswegs zürnen. Aber der Rat machte ihm klar, daß Antonius, selbst wenn er im Herzen damit zufrieden wäre, doch nicht die Gelegenheit versäumen würde, Rache zu nehmen. Und der Rat hatte wirklich recht.

Zu Hause angekommen, fanden wir erneut unverhoffte Nachrichten vor. Kleopatra ist in Rom angeklagt worden, Antonius behext zu haben. Der Prozeß wurde zwar noch nicht eingeleitet, doch er wird bald beginnen. Was sagst du zu alldem, teurer Freund? Bestehst du immer noch auf deinem Plan, nach Jerusalem überzusiedeln?«

»Jetzt freilich nicht«, erwiderte mein Großvater, »ich könnte meine Liebe zum Geschlecht der Makkabäer nicht verhehlen. Und ich bin überzeugt, daß Herodes nichts unversucht läßt, um alle Hasmonäer, einen nach dem anderen, auszurotten.«

»Da du hierbleiben willst«, sagte Dellius, »so gewähre mir Zuflucht in deinem Hause. Ich habe gestern den Hof verlassen. Wir werden uns zusammen abschließen und uns erst dann wieder in der Welt zeigen, wenn das ganze Land eine römische Provinz geworden ist, was wohl bald eintreten wird. Mein Vermögen, das dreißigtausend Dareiken beträgt, habe ich deinem Schwiegervater anvertraut, der mir auftrug, dir die Miete von deinem Hause zu übergeben.«

Mein Großvater freute sich sehr über die Absicht seines Freundes Dellius und schloß sich noch mehr als zuvor von der Welt ab. Dellius ging zuweilen aus und brachte Neuigkeiten aus der Stadt; während der übrigen Zeit unterrichtete er den jungen Mardochai, meinen späteren Vater, in der griechischen Literatur. Häufig wurde auch die Heilige Schrift gelesen, da mein Großvater sich sehr bemühte, Dellius zu bekehren.

Wie Kleopatra und Antonius endeten, wissen Sie wohl. Ägypten wurde, wie Dellius prophezeit hatte, in eine römische Provinz verwandelt; in unserem Hause jedoch hatte man sich so an die Abgeschlossenheit gewöhnt, daß die politischen Ereignisse keinerlei Wandel in unsere bisherige Lebensweise brachten.

Indessen fehlte es nicht an ständigen Neuigkeiten aus Palästina: Herodes, von dem man annahm, daß er zusammen mit Antonius, seinem Beschützer, stürzen würde, erlangte die Gunst des Augustus. Er erhielt die verlorenen Länder zurück, eroberte viele neue, schuf sich ein Heer, erwarb Schätze und legte unermeßliche Getreidevorräte an, so daß man ihn bereits den Großen zu nennen begann. Tatsächlich hätte man ihn, wenn schon nicht groß, so doch wenigstens glücklich nennen können, wären da nicht die Familienzwistigkeiten gewesen, die den Glanz einer so prächtigen Lebensbahn verdunkelten.

Sobald in Palästina die Ruhe wiederhergestellt war, kam mein Großvater auf seinen alten Plan zurück, sich mit seinem teuren Mardochai, der damals im dreizehnten Lebensjahr stand, dort niederzulassen. Dellius hatte seinen Schüler ebenfalls herzlich liebgewonnen und wollte ihn durchaus nicht verlassen. Da erschien eines Tages ein Jude aus Jerusalem mit einem Schreiben folgenden Inhalts:

Rabbi Zedekia, Sohn Hillels, nichtswürdiger Sünder und Letzter vom heiligen Sanhedrin der Pharisäer, entbietet Hiskia, dem Gemahl seiner Schwester Melea, Grüße.

Die Seuche, die von den Sünden Israels über Jerusalem heraufbeschworen wurde, hat meinen Vater und meine älteren Brüder dahingerafft. Sie befinden sich jetzt in Abrahams Schoß und haben teil an seinem unsterblichen Glanz. O möge doch der Himmel die Sadduzäer ausrotten samt all denen, die nicht an die Auferstehung glauben. Ich wäre unwürdig, mich Pharisäer zu nennen, wenn ich es wagte, meine Hände dadurch zu beschmutzen, daß ich mir fremdes Gut aneigne. Darum habe ich sorgfältig geprüft, ob mein Vater niemandem etwas schuldig geblieben, und da mir zu Ohren kam, daß das Haus, welches wir in Jerusalem bewohnten, eine Zeitlang dir gehört habe, ging ich zu den Richtern, doch fand ich nichts, was meine Mutmaßung bestätigt hätte. Das Haus ist zweifellos mein Eigentum. Oh, möge doch der Himmel die Bösen vernichten! Ich bin kein Sadduzäer.

Ich habe ebenfalls entdeckt, daß ein Unbeschnittener namens Dellius einstmals bei meinem Vater dreißigtausend Dareiken hinterlegt hat. Zum Glück fand ich ein etwas verwischtes Papier, von dem ich vermute, daß es die Quittung des besagten Dellius ist. Übrigens war dieser Mann ein Anhänger Mariamnes und ihres Bruders Aristobulos und somit ein Feind unseres großen Königs. Oh, möge der Himmel ihn mitsamt allen Bösen und Sadduzäern verdammen!

Gehabe dich wohl, geliebter Bruder, umarme für mich meine teure Schwester Melea. Wenn ich auch noch sehr jung war, als du dich mit ihr vermähltest, so habe ich das Andenken an sie doch stets in meinem Herzen bewahrt. Es scheint mir, daß die Mitgift, die sie in dein Haus brachte, den auf sie entfallenden Anteil ein wenig übersteigt, doch wollen wir ein andermal darüber sprechen. Gehabe dich wohl, lieber Bruder. Oh, möge der Himmel aus dir einen wahren Pharisäer machen!

Mein Großvater und Dellius sahen einander lange verwundert an, schließlich brach Dellius das Schweigen und sagte: »Das also sind die Folgen der Weltabgeschlossenheit. Wir erhoffen Frieden, und das Schicksal bestimmt es anders. Die Menschen halten dich für einen abgestorbenen Baum, von dem sie nach Belieben die Zweige abbrechen oder den sie entwurzeln können; sie halten dich für einen Wurm, den sie zertreten dürfen, mit einem Wort, für eine nutzlose Last auf Erden. In dieser Welt muß man Hammer oder Amboß sein, zuschlagen oder sich biegen lassen. Ich habe Freundschaft gepflegt mit einigen römischen Präfekten, die auf die Seite Octavians übergegangen sind; hätte ich diese Leute nicht vernachlässigt, so dürfte man mir heute nicht solches Unrecht antun. Aber ich war der Welt überdrüssig und habe sie verlassen, um mit einem tugendhaften Freunde zu leben, und nun taucht plötzlich ein Pharisäer aus Jerusalem auf, entreißt mir mein Gut und behauptet, er habe ein verwischtes Papier, das er für meine Quittung halte. Für dich ist der Verlust nicht so erheblich – dein Haus macht kaum ein Viertel deines Vermögens aus; ich aber habe mit einem Male alles verloren und werde, was auch geschehen mag, nach Palästina reisen.«

Über diesen Worten trat Melea hinzu. Man setzte sie vom Tode des Vaters und der beiden älteren Brüder in Kenntnis und erzählte ihr auch von der nichtswürdigen Tat ihres Bruders Zedekia. Die in der Einsamkeit empfangenen Eindrücke sind in der Regel sehr stark. Zu dem Kummer, der die Arme nun ergriff, kam eine unbekannte Krankheit, und beides brachte sie im Verlaufe von sechs Monaten ins Grab.

Dellius traf schon Vorbereitungen für die Reise nach Judäa, da bekam er eines Abends, als er zu Fuß durch die Vorstadt Rakom heimkehrte, einen Messerstich in die Brust. Er sah auf und erkannte denselben Juden, der Zedekias Brief überreicht hatte. Lange dauerte es, bis seine Wunde heilte, und als er wieder genesen war, empfand er keine Lust mehr, nach Palästina zu reisen. Für den Fall, daß er es dennoch unternähme, wollte er sich wenigstens vorher des Schutzes des Mächtigen versichern, und er sann deshalb darüber nach, wie er sich seinen früheren Beschützern wieder in Erinnerung bringen könnte. Doch auch Augustus vertrat den Grundsatz, die Könige in ihren Reichen selbständig regieren zu lassen; man mußte also herausbekommen, wie Herodes zu Zedekia stand, und man beschloß, zu diesem Zwecke einen treuen und gewandten Mann auf Kundschaft nach Jerusalem zu schicken.

Zwei Monate später kehrte der Bote zurück. Er berichtete, daß der Stern des Herodes mit jedem Tage höher steige, daß der geschickte Monarch es verstehe, sowohl die Römer als auch die Juden für sich zu gewinnen, und daß er, während er für Augustus Denkmäler errichte, zugleich die Absicht kundtue, den Jerusalemer Tempel nach einem weit prächtigeren Plane als vorher wieder aufzubauen, wovon das Volk so sehr entzückt sei, daß einige Schmeichler Herodes bereits vorzeitig als den von den Propheten verheißenen Messias rühmten.

»Dieser Ruhm«, sagte der Bote, »hat bei Hofe großen Anklang gefunden, und es hat sich bereits eine Sekte gebildet. Ihre Mitglieder nennt man Herodianer, und an ihrer Spitze steht Zedekia.«

Sie werden verstehen, daß diese Botschaft meinen Großvater und Dellius veranlaßte, auf weitere Unternehmungen zu verzichten. Doch ehe ich fortfahre, muß ich Ihnen berichten, was unsere Propheten über den Messias verkündet haben.

Plötzlich verstummte Ahasver, der Ewige Jude, sah den Kabbalisten mit einem Blick voller Verachtung an und sagte: »Unreiner Sohn Mamuns, ein mächtigerer Adept als du ruft mich auf den Gipfeln des Atlas. Leb wohl!«

»Du lügst«, unterbrach ihn der Kabbalist, »ich besitze hundertmal mehr Macht als der Scheich von Tarudant.«

»Du hast deine Macht in der Venta Quemada verwirkt«, erwiderte der Jude und entfernte sich, so daß wir ihn bald aus den Augen verloren.

Der Kabbalist wurde ein wenig verlegen, dachte einen Augenblick nach und sagte dann: »Ich versichere Ihnen, daß der Vermessene die Formeln, die mir Macht verleihen, nicht einmal zur Hälfte kennt und daß er sie noch zu seinem Schaden kennenlernen wird. Doch sprechen wir von etwas anderem. Herr Velásquez, sind Sie dem Verlauf seiner Erzählung gut gefolgt?«

»Ich habe seiner Erzählung wirklich mit Aufmerksamkeit gelauscht«, erwiderte der Mathematiker, »und ich glaube, daß alles, was er gesagt hat, vollkommen mit der Geschichte übereinstimmt. Tertullian erwähnt die Sekte der Herodianer.«

»Sollten Sie denn in der Geschichte ebenso bewandert sein wie in der Mathematik?« unterbrach ihn der Kabbalist.

»Nicht ganz«, sprach Velásquez, »doch glaubte mein Vater, der, wie ich schon sagte, alles rechnerisch erfaßte, daß man die Mathematik auch auf die Geschichte anwenden könne, und zwar zur Lösung der Frage, in welchem Verhältnis eingetretene Ereignisse zu denen stehen, die möglich gewesen wären. Er ging in seiner Theorie noch weiter: er glaubte nämlich, daß man die menschlichen Handlungen und Leidenschaften mit Hilfe von geometrischen Figuren darstellen könne. Zum besseren Verständnis gebe ich Ihnen ein Beispiel. So sagte mein Vater:

Nehmen wir Antonius in Ägypten. Er ist dort zwei Leidenschaften preisgegeben: dem Ehrgeiz, der ihn zur Herrschaft drängt, und der Liebe, die ihn von diesem Wege abbringt. Ich stelle diese beiden Richtungen durch zwei Linien dar, AB und AC, die in einem beliebigen Winkel zueinander stehen. Die Linie AB soll des Antonius Liebe zu Kleopatra bedeuten und ist kürzer als die Linie AC, weil Antonius im Grunde weniger Liebe als Ehrgeiz besaß. Setzen wir den Fall, der Ehrgeiz sei dreimal stärker. Ich nehme also die Strecke AB, übertrage sie dreimal auf die Linie AC, ergänze die beiden Strecken zu einem Parallelogramm und ziehe die Diagonale, die als Resultante sehr genau die neue Aktionsrichtung darstellt, wie sie sich aus den in Richtung B und C wirkenden Kräften ergibt. Diese Diagonale wird sich immer mehr der Linie AB nähern, je mehr Liebe man voraussetzt und je länger man demnach die Linie AB zeichnet. Dagegen wird sich die Diagonale immer mehr der Linie AC nähern, je mehr Ehrgeiz man annimmt. (Augustus zum Beispiel, der die Liebe gar nicht kannte, ließ sich von der auf Punkt C gerichteten Linie überhaupt nicht abbringen und gelangte, obgleich er mit weniger Energie begabt war, viel schneller dorthin.)

Da aber die Leidenschaften sich allmählich steigern oder vermindern, muß sich auch die Form des Parallelogramms ändern: der Endpunkt der Resultante, also der Diagonale, beschreibt in allen Fällen eine Kurve, und mein Vater wandte darauf die Differentialrechnung an, die man damals Fluxionsrechnung nannte.

Übrigens hielt mein weiser Erzeuger all diese historischen Probleme lediglich für kurzweilige Spielereien, über denen er sich von der Nüchternheit seiner eigentlichen Studien erholte. Da jedoch die Genauigkeit der Lösung vom Grad der Verbürgtheit der bekannten Größen abhing, sammelte mein Vater, wie ich bereits erwähnte, mit äußerster Sorgfalt alle historischen Quellen. Dieser Schatz blieb mir lange verschlossen, ebenso wie die mathematischen Bücher, denn mein Vater wünschte, daß ich mir nur Sarabande, Menuett und ähnliche Unsinnigkeiten aneigne. Zum Glück verschaffte ich mir Zugang zu dem Schrank, und erst danach konnte ich mich der Geschichte widmen.«

»Erlauben Sie, Señor Velásquez«, sagte der Kabbalist, »daß ich noch einmal meiner Bewunderung Ausdruck verleihe, da ich Sie in der Geschichte ebenso bewandert sehe wie in der Mathematik; die eine dieser Wissenschaften ist ja mehr von der Überlegung abhängig, die andere dagegen vom Gedächtnis, und diese beiden Geistesfähigkeiten sind doch einander völlig entgegengesetzt!«

»Ich erlaube mir, Ihre Meinung nicht zu teilen«, erwiderte der Mathematiker. »Die Überlegung hilft dem Gedächtnis, indem sie das von diesem gesammelte Material ordnet, so daß in einem systematisierten Gedächtnis jeder Begriff gewöhnlich alle möglichen Folgerungen nach sich zieht. Allerdings leugne ich nicht, daß sowohl das Gedächtnis wie auch die Überlegung nur für eine bestimmte Zahl von Begriffen wirksam angewandt werden können. Ich zum Beispiel habe glänzend alles behalten, was ich von den exakten Wissenschaften der Menschheits- und Naturgeschichte gelernt habe, während ich andererseits das augenblickliche Verhältnis zu den mich umgebenden Gegenständen oft vergesse, deutlicher gesagt: ich sehe Dinge nicht, die vor meinen Augen liegen, und höre Worte nicht, die man mir oftmals ins Ohr schreit. Daher kommt es, daß mich einige für zerstreut halten.«

»Jetzt begreife ich«, sagte der Kabbalist, »wie es geschah, daß Sie damals ins Wasser gefallen sind.«

»Es steht fest«, sprach Velásquez weiter, »daß ich selbst nicht weiß, wie ich mich zu einem Zeitpunkt im Wasser befand, da ich dies am wenigsten erwartet hatte. Der Vorfall freut mich dennoch sehr, da er mir Gelegenheit gab, diesem edlen Jüngling, der Hauptmann der Wallonischen Garde ist, das Leben zu retten. Trotzdem wäre ich froh, ähnliche Dienste höchst selten leisten zu müssen, weil ich kein Gefühl kenne, das unangenehmer wäre, als sich auf nüchternen Magen voll Wasser laufen zu lassen.«

Nach ein paar Sätzen ähnlicher Art waren wir am Ort unseres Nachtlagers angelangt, wo wir unser Abendessen vorbereitet fanden. Zwar wurde mit Appetit gegessen, aber die Unterhaltung schleppte sich träge hin, denn der Kabbalist schien bekümmert zu sein. Nach dem Abendbrot sprachen Bruder und Schwester noch lange miteinander. Ich wollte sie nicht stören und ging in die kleine Höhle, in der mein Lager aufgeschlagen war.

Dreiundzwanzigster Tag

Es herrschte ein bezauberndes Wetter. Wir erhoben uns bei Sonnenaufgang, nahmen ein leichtes Frühstück ein und zogen weiter. Gegen Mittag machten wir halt und setzten uns zu Tisch oder, besser gesagt: an das auf die Erde gebreitete lederne Tischtuch. Der Kabbalist begann gewisse Redewendungen zu gebrauchen, die darauf hindeuteten, daß er mit seiner überirdischen Welt nicht sehr zufrieden war. Nach dem Mahl tat er das gleiche, bis schließlich seine Schwester, die wohl glaubte, diese Monologe müßten die Gesellschaft langweilen, Velásquez bat, in seiner Erzählung fortzufahren, was er auch tat, indem er also sprach:

Fortsetzung der Geschichte Velásquez'

Ich hatte die Ehre, Ihnen zu berichten, wie ich geboren wurde, wie mein Vater mich ans Herz preßte und für mich ein mathematisches Gebet sprach und wie er schließlich schwor, mich niemals in der Mathematik zu unterrichten.

Ungefähr sechs Wochen nach meiner Geburt sah mein Vater, wie eine kleine Schebecke in den Hafen einlief, Anker warf und ein Boot aussetzte. Diesem Boot entstieg ein vom Alter gebeugter Mann; er war gekleidet wie die Beamten des verstorbenen Herzogs von Velásquez, das heißt, er trug einen grünen Rock, daran goldene und scharlachrote Posamenten, weite Ärmel, einen galicischen Gürtel und den Degen am Gehänge. Mein Vater blickte durchs Fernrohr und glaubte den alten Alvarez zu erkennen. Er war es in der Tat. Dem alten Manne fiel das Gehen schwer. Mein Vater lief ihm bis zum Hafen entgegen, und die Rührung, die beide in diesem Augenblick empfanden, raubte ihnen fast die Sprache. Schließlich erklärte Alvarez meinem Vater, daß die Herzogin Blanca ihn schicke, die zurückgezogen in einem Kloster der Ursulinerinnen lebe, und zugleich händigte Alvarez einen Brief aus, der also lautete:

Señor Don Enrique,

eine Unglückliche, die den Tod ihres Vaters verursachte und das Leben dessen, dem der Himmel sie bestimmt hatte, zerstörte, wagt es, sich Ihnen in Erinnerung zu bringen.

Gepeinigt von Gewissensqualen, hatte ich mich Bußübungen unterworfen, deren Strenge mein Ende beschleunigen sollte. Alvarez freilich gab mir zu bedenken, daß mein Tod dem Herzog volle Freiheit gewähren würde: er könnte eine neue Ehe eingehen und Erben haben; wenn ich dagegen weiterlebte, könnte ich sein Erbe Ihnen bewahren. Diese Überlegung veranlaßte mich, nicht mehr den Tod zu suchen. Ich verzichtete auf die strengen Fasten, legte das Büßergewand ab und beschränkte mich auf Abgeschiedenheit und Gebet.

Der Herzog, der sich auch weiterhin den weltlichsten Zerstreuungen hingab, litt von Jahr zu Jahr mehr an einer gefährlichen Krankheit, und einige Male glaubte ich, daß Titel und Vermögen unseres Hauses auf Sie übergehen würden. Doch der Himmel will Sie offensichtlich in einem Dunkel belassen, das Ihren Fähigkeiten so wenig entspricht.

Nun habe ich erfahren, daß Ihnen ein Sohn geboren wurde; vielleicht kann ich für ihn die Güter bewahren, die Sie durch meine Schuld verloren. Ich habe unterdessen hier in seinem und Ihrem Interesse gehandelt. Die Freilehen unseres Hauses gehörten stets der jüngeren Linie, da sie von Ihnen nie beansprucht worden waren, schlug man sie zu jenen, die zu meinem Unterhalt bestimmt waren. Dennoch gehören sie von Rechts wegen Ihnen. Alvarez wird Ihnen die Summe überreichen, die an Einkünften in den letzten fünfzehn Jahren aus ihnen erzielt wurde, und Sie werden mit ihm die Verfügungen treffen, die Sie hinsichtlich der weiteren Verwaltung der Lehen für angebracht halten. Aus Gründen, die mit den Charaktereigenschaften des Herzogs von Velásquez zusammenhängen, konnte ich Ihnen nicht früher von diesen Angelegenheiten Mitteilung machen.

Leben Sie wohl, Señor Don Enrique. Es vergeht kein Tag, an dem ich nicht meine Büßerstimme erhebe und die Segnungen des Himmels auf Sie und Ihre glückliche Gattin herabflehe. Beten auch Sie für mich, und antworten Sie nicht auf diesen Brief.

Ich sprach bereits von der Macht, welche die Erinnerungen zuweilen über die Seele Don Enriques gewannen, und Sie werden mir glauben, daß dieser Brief sie aufs neue wachrufen mußte. Länger als ein Jahr war mein Vater nicht imstande, zu seiner Lieblingsbeschäftigung zurückzukehren; doch die treue Pflege seiner Gattin, die Liebe, die er für mich hegte, und mehr als dies die Frage der allgemeinen Gleichungslehre, mit der sich die Mathematiker damals zu beschäftigen begannen – alle diese Gründe im Verein bewirkten, daß wieder Kraft und Ruhe in die Seele meines Vaters einzogen. Die nun vergrößerten Einkünfte erlaubten ihm auch, seine Bibliothek und sein physikalisches Kabinett zu erweitern. Es gelang ihm sogar, ein kleines Observatorium einzurichten und sehr gut mit Instrumenten zu versehen. Ich brauche Ihnen nicht erst zu sagen, daß er nicht minder seiner Neigung zur Wohltätigkeit nachgab. Sie dürfen dessen gewiß sein, daß es in Ceuta, als ich von dort abreiste, keinen wahrhaft bedauernswerten Menschen gab; denn mein Vater verwendete alle seine Geistesgaben darauf, jedem ein anständiges Auskommen zu ermöglichen. Die Einzelheiten, die ich Ihnen darüber mitteilen könnte, würden Sie sicherlich interessieren, aber ich vergesse nicht, daß ich Ihnen versprochen habe, Ihnen die Geschichte meines Lebens zu erzählen, und von dem, was ich einmal gesagt habe, darf ich nicht abweichen.

Soweit ich mich besinnen kann, war die Neugier meine erste Leidenschaft. Man findet in den Straßen Ceutas weder Pferd noch Wagen, und die Kinder laufen dort keinerlei Gefahr; so ließ man mich denn umhertollen, soviel ich wollte. Ich stillte meine Neugier, indem ich wohl hundertmal am Tage zum Hafen hinunterlief und wieder in die Stadt hinaufrannte; ich trat auch in alle Häuser, in die Arsenale, die Speicher, die Werkstätten, sah den Arbeitern zu, folgte den Lastträgern, wandte mich mit Fragen an die Passanten – kurzum, ich mischte mich in alles. Überall erheiterte man sich über meine Neugier, überall machte man sich ein Vergnügen daraus, sie zu befriedigen; doch in meinem Vaterhaus verhielt es sich ganz anders.

Mein Vater hatte in einem Hof, der zu seinem Hause gehörte, einen gesonderten Pavillon bauen lassen, in dem sich seine Bibliothek, sein Kabinett und sein Observatorium befanden. Der Zutritt zu dem Pavillon war mir verboten. Am Anfang störte mich das nicht sehr, aber später reizte es meine Neugier, und so wurde es, wie ich glaube, zu einem mächtigen Ansporn, der meine Schritte auf der Bahn der Wissenschaften beschleunigte. Das erste Gebiet, dem ich mich zuwandte, war jener Teil der Naturgeschichte, den man Konchyliologie nennt. Mein Vater begab sich oft ans Ufer des Meeres, zu einer Stelle nahe bei einem Felsen, wo das Meer an ruhigen Tagen durchsichtig war wie Glas. Er studierte dort das Verhalten der Meerestiere, und wenn er eine gut erhaltene Muschelschale oder ein Schneckengehäuse fand, nahm er es mit. Kinder ahmen gerne nach, und so wurde ich Konchyliologe. Doch da geschah es, daß mich Krebse bissen, daß mich Nesselquallen brannten und Seeigel stachen; derlei Unannehmlichkeiten verleideten mir die Naturgeschichte, und ich machte mich an die Physik.

Mein Vater brauchte einen Arbeiter, der ihm die Instrumente, die man ihm aus England schickte, auswechseln, instand setzen und nachbauen konnte. Er brachte diese Kunst einem Kanoniermeister bei, dem die Natur einige Fähigkeiten dazu verliehen hatte. Ich verbrachte fast meine ganze Zeit bei diesem laienhaften Mechaniker und half ihm in seiner Arbeit. Ich erwarb praktische Fähigkeiten, aber es fehlte eine sehr wesentliche Kenntnis: ich konnte nicht lesen und schreiben.

Ich hatte schon mein achtes Lebensjahr vollendet, doch mein Vater sagte immer wieder, daß ich mir, sofern ich nur meinen Namen schreiben und die Sarabande tanzen könne, nichts Besseres zu wünschen brauchte. Nun gab es in Ceuta einen alten Priester, den man wegen irgendeiner Klosterintrige hierher verbannt hatte. Er genoß bei allen Leuten großes Ansehen und besuchte uns oft. Da dieser brave Kirchenmann sah, wie sehr man meine Erziehung vernachlässigte, gab er meinem Vater zu bedenken, daß man mich noch nicht in Religion unterrichtet habe, und er erbot sich, mein Lehrer auf diesem Gebiete zu sein. Mein Vater stimmte zu. Unter diesem Vorwand lehrte mich Pater Anselm lesen, schreiben und rechnen. Ich machte gewaltige Fortschritte, besonders in der Arithmetik, wo ich bald meinen Lehrer übertraf.

So erreichte ich mein zwölftes Lebensjahr und hatte für mein Alter beträchtliche Kenntnisse; doch ich hütete mich wohl, mich vor meinem Vater mit ihnen zu brüsten, und wenn es doch einmal geschah, verfehlte er nicht, mir einen strengen Blick zuzuwerfen und zu sagen: »Lern die Sarabande, mein Lieber, lern die Sarabande, und laß solche Dinge, die zu nichts weiter dienen, als dich unglücklich zu machen.«

Dann gab mir meine Mutter ein Zeichen, daß ich schweigen solle, und lenkte das Gespräch auf einen anderen Gegenstand.

Als wir eines Tages bei Tische saßen und mein Vater mir wiederum empfahl, mich den Musen zu widmen, trat ein auf französische Art gekleideter, ungefähr dreißigjähriger Mann ins Zimmer. Er machte wohl zehn Verbeugungen nacheinander, worauf er irgendeine Pirouette drehen wollte und dabei einen Diener anstieß, der gerade die Suppenterrine brachte; die Terrine fiel zu Boden und zerbrach. Ein Spanier wäre fast vergangen vor Entschuldigungen – nicht so der Fremde. Er lachte laut und ebenso lange, wie er sich beim Eintreten verbeugt hatte, und darauf sagte er in sehr schlechtem Spanisch, er heiße Marquis von Folencour, sei gezwungen gewesen, Frankreich zu verlassen, weil er einen Mann im Duell getötet habe, und bitte uns nun, ihm Asyl zu gewähren, bis seine Angelegenheit bereinigt sei.

Folencour hatte seine höflichen Worte kaum zu Ende gesprochen, da sprang mein Vater ungewöhnlich lebhaft auf und sagte: »Herr Marquis, Sie sind der Mann, auf den ich schon so lange warte. Betrachten Sie mein Haus als das Ihre, und haben Sie nur die Güte, sich ein wenig um die Erziehung meines Sohnes zu kümmern. Wenn er eines Tages Ihnen gliche, würde ich mich als glücklichster aller Väter fühlen.«

Hätte Folencour gewußt, welche Gedanken sich in Wirklichkeit hinter den Worten meines Vaters verbargen, so hätte er sich vielleicht nicht sehr geschmeichelt gefühlt; so aber nahm er das Kompliment ganz wörtlich und zeigte sich darüber höchst befriedigt. Er verdoppelte sogar seine Dreistigkeiten, indem er fortwährend auf die Schönheit meiner Mutter und das Alter meines Vaters anspielte, der indessen nicht nachließ, ihm Beifall zu zollen und mir Bewunderung für ihn einzuflößen.

Am Ende der Mahlzeit fragte mein Vater den Marquis, ob er mich die Sarabande lehren könne. Statt aller Antwort begann mein Hauslehrer noch lauter zu lachen, als er es bisher getan hatte, und nachdem er von den heftigsten Heiterkeitsausbrüchen wieder zu sich gekommen war, versicherte er uns, daß man seit zwanzig Jahren nicht mehr die Sarabande tanze, sondern nur noch den Passepied und die Bourrée. Zugleich holte er aus der Tasche eines jener Instrumente hervor, die man Tanzmeistergeigen nennt, und spielte die Melodien dieser beiden Tänze. Als er geendet hatte, sagte mein Vater mit sehr ernster Miene: »Herr Marquis, Sie spielen hier auf einem Instrument, mit dem Leute von Stand kaum umzugehen wissen, und man könnte fast glauben, daß Sie Tanzmeister gewesen seien. Im übrigen hat das keine Bedeutung, und Sie wären dadurch nur um so eher imstande, meine Wünsche zu erfüllen. Ich bitte Sie, beginnen Sie gleich morgen mit der Unterrichtung meines Sohnes, und bilden Sie ihn ganz nach dem Muster eines Edelmannes am französischen Hofe.«

Folencour gestand, mancherlei Mißgeschick habe ihn gezwungen, vorübergehend den Beruf eines Tanzmeisters auszuüben, aber da er nichtsdestoweniger vornehmer Herkunft sei, halte er sich um so mehr für befähigt, einen jungen Edelmann zu unterrichten. So wurde denn beschlossen, daß ich schon am nächsten Tage den ersten Unterricht in Tanz und vornehmen Umgangsformen erhalten sollte. Doch bevor ich Ihnen von diesem unheilvollen Tag berichte, muß ich noch ein Gespräch erwähnen, das mein Vater am Abend des gleichen Tages mit Herrn von Cadanza, seinem Schwiegervater, führte. Seit damals habe ich fast nie daran gedacht, doch in diesem Augenblick fällt es mir wieder ein, und vielleicht wird es Sie interessieren.

Die Neugier hatte mich an jenem Tage veranlaßt, in der Nähe meines neuen Mentors zu verweilen; ich dachte nicht daran, durch die Straßen zu laufen, und blieb zu Hause. Als ich so am Kabinett meines Vaters vorbeikam, vernahm ich, wie er mit erhobener Stimme zu Cadanza sagte: »Mein lieber Schwiegervater, ich warne Sie zum letzten Male: wenn Sie nicht aufhören, Boten ins Innere Afrikas zu schicken, werde ich Sie beim Minister anzeigen.«

»Mein lieber Schwiegersohn«, entgegnete hierauf Cadanza, »wenn Sie an unseren Geheimnissen teilhaben wollen – nichts läßt sich einfacher machen als dies. Meine Mutter war eine Gomélez, und mein Blut rollt in den Adern Ihres Sohnes.«

»Herr Cadanza«, sprach wieder mein Vater, »ich walte hier meines Amtes im Namen des Königs, und ich habe mit den Gomélez und ihren Geheimnissen nichts zu schaffen. Seien Sie gewiß, daß ich schon morgen dem Minister über unser Gespräch Bericht erstatten werde.«

»Und Sie, seien Sie gewiß«, erwiderte Cadanza, »daß der Minister Ihnen verbieten wird, künftig Berichte über unsere Angelegenheiten zu erstatten.«

Hier endete ihr Gespräch. Das Geheimnis der Gomélez beschäftigte mich den ganzen Rest des Tages und bis in die Nacht hinein. Aber am nächsten Morgen gab mir der verdammte Folencour die erste Tanzstunde, die ganz anders verlief, als er es wohl erhofft hatte, und die zum Ergebnis hatte, daß meine Gedanken sich der Mathematik zuwandten.

Als Velásquez bis hierher erzählt hatte, wurde er von dem Kabbalisten unterbrochen, der bemerkte, daß er mit seiner Schwester noch einige wichtige Dinge zu besprechen habe. So gingen wir auseinander, jeder in seiner Richtung.

Vierundzwanzigster Tag

Wir zogen weiter kreuz und quer durch die Alpujarras. Endlich schlugen wir unsere Zelte auf, und nachdem wir uns am Mahle gestärkt hatten, baten wir Velásquez, uns weiter die Abenteuer seines Lebens zu erzählen, was er auch tat, indem er also sprach:

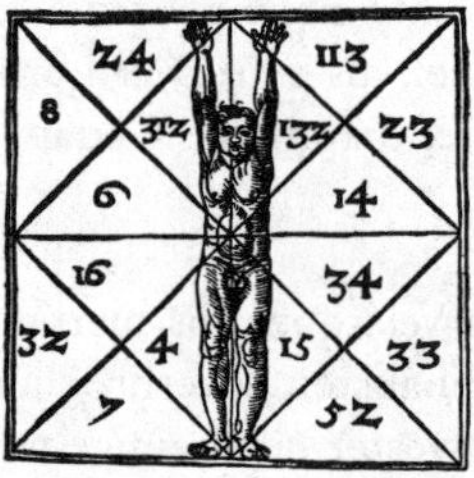

Fortsetzung
der Geschichte Velásquez'

Mein Vater wollte der ersten Tanzstunde beiwohnen, und er wünschte auch, daß meine Mutter gegenwärtig sei. Folencour, durch solche Aufmerksamkeiten ermuntert, vergaß völlig, daß er sich als Mann von Stand bezeichnet hatte, und hielt eine ziemlich lange Lobrede auf den Tanz, den er seine Kunst nannte. Darauf warf er mir vor, ich setzte die Füße zu sehr nach innen, und wollte mir begreiflich machen, daß dies eine beschämende Angewohnheit und mit der Würde eines Ehrenmannes unvereinbar sei. Ich setzte also die Fußspitzen nach außen und versuchte, so zu gehen, obgleich diese Methode den Gesetzen des Gleichgewichts widerspricht. Folencour zeigte sich keineswegs befriedigt; er verlangte, daß ich außerdem die Fußspitzen zuerst aufsetzte. Schließlich packte er mich voller Ungeduld und Bosheit an der Hand, und indem er mich zu sich heranziehen wollte, riß er so heftig, daß ich das Gleichgewicht verlor, aufs Gesicht fiel und mich übel zurichtete. Ich glaubte, Folencour müsse sich bei mir entschuldigen, doch er tat nichts dergleichen, im Gegenteil: er erhitzte sich gegen mich und sagte höchst ärgerliche Dinge, wobei er Ausdrücke gebrauchte, deren Unziemlichkeit er begriffen hätte, wenn ihm das Spanische geläufiger gewesen wäre. Ich war es gewohnt, von allen Bürgern Ceutas freundlich behandelt zu werden. So nahm ich die Worte Folencours als Beleidigungen auf, die ich nicht glaubte hinnehmen zu müssen. Ich trat stolz auf ihn zu, packte seine Tanzmeistergeige, zerschlug sie auf dem Boden und schwor, niemals bei einem so groben Menschen tanzen zu lernen. Mein Vater sagte mir kein Wort des Tadels. Er erhob sich würdevoll, nahm mich an der Hand, führte mich in ein niedriges Gemach ganz am Ende des Hofes, schloß die Tür hinter mir und sagte: »Mein Herr, du wirst erst wieder herausgelassen, wenn du bereit bist, tanzen zu lernen.«

Da ich gewohnt war, größte Freiheit zu genießen, erschien mir die Gefangenschaft anfangs unerträglich. Ich weinte viel und lange. Noch während ich weinte, wandte ich meine Augen einem großen quadratischen Fenster zu, dem einzigen, das es in diesem niedrigen Gemach gab, und ich begann die kleinen quadratischen Scheiben zu zählen. Es waren sechsundzwanzig in der Höhe und ebensoviele in der Breite. Ich erinnerte mich an den Unterricht des Paters Anselm, dessen Wissenschaft nicht über die Multiplikation hinausreichte.

Ich multiplizierte die Scheiben der Höhe mit denen der Grundlinie und erkannte mit Staunen, daß ich genau die Gesamtzahl meiner Scheiben erhielt. Mein Schluchzen wurde leiser, mein Schmerz erträglicher. Ich wiederholte meine Rechnung, wobei ich erst eine, dann zwei Reihen Scheiben abzog, einmal von der Höhe, einmal von der Grundlinie. Da begriff ich, daß die Multiplikation nur eine wiederholte Addition ist und daß man Flächen ebenso messen kann wie Linien.

Ich wiederholte das Experiment mit den Steinfliesen, mit denen der Fußboden meines Gemachs belegt war; es gelang mir nicht minder gut. Ich weinte nicht mehr, mein Herz klopfte freudig – noch heute kann ich nicht ohne Rührung davon sprechen.

Gegen Mittag brachte mir meine Mutter Schwarzbrot und einen Krug Wasser. Sie beschwor mich mit Tränen in den Augen, ich solle mich den Wünschen meines Vaters fügen und Tanzstunden bei Folencour nehmen. Als sie ihre Ermahnung beendet hatte, küßte ich ihr sehr liebevoll die Hand, und dann bat ich sie, mir einen Bleistift und Papier zu schicken und sich nicht weiter um mich zu sorgen, weil ich mich in dem niedrigen Gemach recht wohl befände. Meine Mutter verließ mich, sichtlich verwundert, und schickte mir die gewünschten Gegenstände. Nun widmete ich mich mit unaussprechlichem Eifer meinen Berechnungen, überzeugt, daß ich jeden Augenblick die größten Entdeckungen mache. In der Tat, die Eigenschaften der Zahlen bedeuteten für mich, der ich davon keine Vorstellung hatte, wahre Entdeckungen.

Indessen begann ich Hunger zu fühlen. Ich brach mein Schwarzbrot und bemerkte, daß meine Mutter ein gebratenes Hühnchen und ein Stück Schinken darin versteckt hatte. Dieser Beweis ihrer Güte stimmte mich noch heiterer, und ich führte mit gesteigertem Vergnügen meine Berechnungen fort. Am Abend brachte man mir Licht, und ich beschäftigte mich bis tief in die Nacht hinein.

Am nächsten Tag halbierte ich die Seiten eines Quadrats. Ich sah, daß ich, wenn ich die Hälfte mit der Hälfte multiplizierte, als Produkt ein Viertel erhielt. Dann teilte ich die Seiten des Quadrats durch Drei und erhielt als Produkt ein Neuntel – darüber ging mir das Wesen der Brüche auf. Ich wurde darin noch sicherer, als ich Zweieinhalb mit Zweieinhalb multiplizierte und neben dem Quadrat von Zwei einen winkligen Streifen erhielt, der Zweieinviertel ausmachte.

Nun trieb ich meine Versuche mit den Zahlen immer weiter. Ich erkannte: wenn ich eine Zahl mit sich selber multiplizierte und dann das Produkt ins Quadrat erhob, so erhielt ich das gleiche Ergebnis, wie wenn ich die Zahl mit sich selber multiplizierte und die Multiplikation noch zweimal mit dem gleichen Faktor wiederholte. Alle meine schönen Entdeckungen fanden ihren Ausdruck freilich nicht in der Sprache der Algebra, weil ich sie nicht verstand; ich hatte mir vielmehr ein eigenes System von Zeichen erdacht, das sich auf die Scheiben meines Fensters bezog und keineswegs der Klarheit und Schönheit entbehrte.

Am sechzehnten Tage meiner Gefangenschaft schließlich verkündete mir meine Mutter, als sie mir das Essen brachte: »Mein liebes Kind, ich bringe dir gute Nachricht. Man hat herausbekommen, daß Folencour ein Deserteur ist. Dein Vater, der die Desertion haßt, hat ihn auf ein Schiff bringen und wegbefördern lassen. Deshalb glaube ich, daß du bald dein Gefängnis verlassen wirst.«

Ich nahm die Nachricht von meiner Befreiung mit einem Gleichmut auf, der meine Mutter verwunderte. Bald darauf erschien mein Vater. Er bestätigte ihre Worte und fügte hinzu, er habe an seine Freunde Cassini und Huygens geschrieben und sie um die Noten und Figuren der Tänze gebeten, die in London und Paris am meisten in Mode seien. Überdies erinnerte er sich sehr gut an die Art, in der sein Bruder Carlos beim Betreten eines Zimmers seine Pirouetten drehte, und das vor allem wollte er mir beibringen.

Während mein Vater noch sprach, bemerkte er ein Heft, das aus meiner Tasche hervorblickte, und er griff danach. Zuerst war er sehr erstaunt, da er es mit Ziffern und gewissen ihm unbekannten Zeichen vollgeschrieben sah. Ich erklärte die Zeichen und zugleich alle meine Rechenoperationen. Sein Erstaunen wuchs, und in seiner Miene deutete sich auch Befriedigung an – ein Zug, der mir keineswegs entging. Mein Vater folgte aufmerksam der Darlegung meiner Entdeckungen. Darauf sagte er: »Wenn ich bei diesem Fenster, dessen Seiten jeweils sechsundzwanzig Scheiben lang sind, an der Grundlinie zwei Scheiben hinzufüge und dabei die quadratische Form des Fensters erhalten haben möchte – wieviele Scheiben würden dann auf der ganzen Fläche hinzukommen?«

Ich antwortete ohne Zögern: »Sie erhielten an der betreffenden Seite und oben jeweils einen Streifen von zweiundfünfzig Scheiben und außerdem ein kleines Quadrat von vier Scheiben in der Ecke, wo die beiden Streifen zusammenstoßen.«

Über diese Antwort empfand mein Vater die lebhafteste Freude, die er dennoch, so gut er konnte, verbarg, und darauf sprach er weiter: »Wenn ich aber die Grundlinie des Fensters um ein unendlich kleines Maß verlängere – welches Quadrat würde sich dann ergeben?«

Ich überlegte einen Augenblick und sagte: »Sie erhielten zwei Streifen, die ebenso lang sind wie die Seiten des Fensters, aber unendlich schmal, und was das Quadrat in der Ecke betrifft, so wäre es so unendlich klein, daß ich es mir überhaupt nicht vorstellen kann.«

Als ich dies gesagt hatte, sank mein Vater in den Stuhl zurück, er verschränkte die Hände, hob die Augen zum Himmel und rief: »O mein Gott, du siehst es: er hat den binomischen Lehrsatz gefunden, und wenn ich ihn gewähren lasse, wird er die Differentialrechnung entdecken.«

Der Zustand, in den ich meinen Vater versetzt sah, erschreckte mich. Ich öffnete ihm die Krawatte und rief um Hilfe. Er kam wieder zu sich, schloß mich in seine Arme und sprach: »Mein Kind, mein liebes Kind, laß diese Rechnerei, lern die Sarabande, mein Lieber, lern die Sarabande!«

Von Haft war nicht mehr die Rede. Noch am Abend des gleichen Tages machte ich meinen Rundgang auf den Wällen von Ceuta, und im Gehen flüsterte ich vor mich hin: »›Er hat den binomischen Lehrsatz gefunden. Er hat den binomischen Lehrsatz gefunden.‹«

Ich kann sagen, daß von nun an jeder Tag meines Lebens einen gewissen Fortschritt in der Mathematik brachte. Mein

Vater hatte geschworen, niemals zu erlauben, daß ich sie studiere, doch eines Tages sah ich die »Allgemeine Arithmetik« des Caballero Don Isaak Newton vor mir liegen, und ich kann mich des Gedankens nicht erwehren, daß mein Vater sie geradezu absichtlich hier vergessen hatte. Zuweilen fand ich auch die Bibliothek geöffnet, und ich verfehlte nicht, die Gelegenheit zu nutzen. An anderen Tagen wiederum machte mein Vater Anstalten, mich weltmännisch zu bilden. Er ließ mich eine Pirouette drehen, wenn ich das Zimmer betrat, trällerte eine Arie vor sich hin, tat, als sei er kurzsichtig, und dann brach er in Tränen aus und sagte: »Mein Kind, du bist nicht für das ungehörige, dreiste Wesen geschaffen; dein Leben wird nicht glücklicher sein als meines.«

Fünf Jahre nach meiner Gefangenschaft war meine Mutter guter Hoffnung. Sie gebar ein Mädchen, das zu Ehren der schönen und allzu leichtfertigen Herzogin von Velásquez den Namen Blanca erhielt. Obgleich jene Dame meinem Vater nicht erlaubt hatte, ihr zu schreiben, hielt er es für seine Pflicht, ihr die Geburt dieses Kindes mitzuteilen, und er erhielt einen Antwortbrief, der seinen alten Schmerz aufs neue wachrief; doch mein Vater alterte, und seine Gefühlsbewegungen waren nicht mehr ganz so heftig.

Dann vergingen zehn Jahre, ohne daß irgend etwas die Einförmigkeit unseres Lebens gestört hätte. Für meinen Vater und mich brachten freilich die neuen Kenntnisse, mit denen wir uns von Tag zu Tag bereicherten, manche Abwechslung. Mein Vater hatte sogar seine alte Zurückhaltung mir gegenüber aufgegeben. Er hatte mich ja wahrhaftig nicht in Mathematik unterrichtet. Er hatte im Gegenteil alles, was in seinen Kräften stand, getan, damit ich die Sarabande erlerne; er brauchte sich also keine Vorwürfe zu machen und konnte sich ohne Gewissensbisse mit mir über alles unterhalten, was mit exakten Wissenschaften zusammenhing. Diese Gespräche bewirkten immer, daß mein Eifer sich steigerte und mein Fleiß sich verdoppelte; doch da sie zugleich meine ganze Aufmerksamkeit in Anspruch nahmen, weckten sie in mir die Neigung zur Zerstreutheit, was ich schon erwähnte. Diesen Zustand mußte ich manchmal teuer bezahlen, wie Sie bald hören werden, denn eines Tages entfernte ich mich von Ceuta und befand mich plötzlich, ohne daß ich wußte, wie es geschah, mitten unter Arabern.

Meine Schwester wurde indessen immer schöner und anmutiger, und nichts hätte zu unserem Glück gefehlt, wäre die Mutter uns erhalten geblieben; aber vor einem Jahr hat eine heftige Krankheit sie uns hart entrissen. Mein Vater nahm danach eine Schwester seiner verstorbenen Frau ins Haus; sie hieß Doña Antonia de Poneras, war zwanzig Jahre alt und seit sechs Monaten Witwe. Sie entstammte einer anderen Ehe meines Großvaters, nicht der, aus der meine Mutter hervorging. Als Herr von Cadanza seine damals einzige Tochter – meine Mutter – verheiratet hatte, fühlte er sich allzu einsam und beschloß, sich gleichfalls zu vermählen. Seine zweite Frau starb sechs Jahre darauf, nachdem sie eine Tochter zur Welt gebracht hatte, die fünf Jahre jünger war als ich; die Tochter heiratete später einen Herrn von Poneras, der im ersten Jahre ihrer Ehe starb.

Diese junge und hübsche Tante bezog jetzt also die Gemächer meiner Mutter und begann im Hause zu wirtschaften, was sie recht gut verstand. Besonders viel Aufmerksamkeit verwandte sie auf mich. Sie trat wohl zwanzigmal am Tage in mein Zimmer und fragte mich, ob ich Schokolade, Limonade oder sonst etwas wünschte.

Ihre Besuche waren mir oft sehr lästig, weil sie mich aus meinen Berechnungen rissen. Wenn zufällig einmal Doña Antonia nicht selber erschien, wurde sie von ihrer Kammerfrau vertreten. Das war ein Mädchen, genauso alt und vom gleichen Temperament wie ihre Herrin. Sie hieß Marica. Ich bemerkte bald, daß meine Schwester weder die Herrin noch die Dienerin leiden mochte, und es dauerte nicht lange, so teilte ich ihre Abneigung, die meinerseits freilich nur darauf beruhte, daß ich über die häufigen Unterbrechungen verärgert war. Indessen ließ ich mich von ihnen nicht immer ablenken: ich gewöhnte mir nämlich an, vorläufige Werte einzusetzen, sobald eine der beiden Frauen das Zimmer betrat, und fuhr in meinen Berechnungen an der gleichen Stelle fort, sobald sie gegangen war.

Eines Tages, als ich gerade einen Logarithmus suchte, trat Antonia ins Zimmer und ließ sich in einem Lehnstuhl nieder, der an meinem Tische stand. Sie klagte über die Hitze, nahm das Tuch ab, das sie auf dem Busen trug, faltete es zusammen und legte es auf die Lehne ihres Sessels. Aus diesen Vorbereitungen schloß ich, daß es zu einer langen Sitzung kommen würde; so machte ich denn in meiner Berechnung bei der mittleren Proportionalen halt und stellte Betrachtungen über das Wesen der Logarithmen an sowie darüber, wie unerhört mühsam es für den berühmten Baron Napier wohl gewesen sein mußte, die Logarithmentafeln zu schaffen. Antonia aber wollte mich irremachen, sie stand auf, hielt mir mit beiden Händen die Augen zu und sagte: »Und nun rechnen Sie, Herr Mathematiker!«

Diese Worte meiner Tante schienen mir eine echte Herausforderung zu enthalten. Da ich in der letzten Zeit sehr oft die Logarithmentafel benutzt hatte, waren mir viele Logarithmen im Gedächtnis haftengeblieben, und ich wußte sie auswendig; so kam ich plötzlich auf den Gedanken, die Zahl, deren Logarithmus ich suchte, in drei Faktoren zu zerlegen. Ich fand drei, deren Logarithmen ich kannte. Ich addierte sie im Kopfe, dann befreite ich mich mit einem Ruck aus Antonias Händen und schrieb meinen ganzen Logarithmus nieder, ohne daß auch nur eine Dezimalstelle gefehlt hätte. Antonia war darüber erzürnt und verließ das Zimmer, indem sie mir ziemlich unhöflich zurief: »Wie dumm ist doch so ein Mathematiker!«

Vielleicht wollte sie mir damit vorhalten, daß meine Methode sich nicht auf die Primzahlen anwenden ließ, weil diese als Teiler nur sich selbst und die Eins haben – in dieser Beziehung war sie wohl im Recht; doch das, was ich getan hatte, bewies immerhin ein großes rechnerisches Geschick, und im Hinblick darauf verdiente ich es sicherlich nicht, dumm geheißen zu werden. Bald darauf erschien ihre Kammerfrau Marica, die mich gleichfalls necken und reizen wollte, doch ich war noch verärgert über die Worte ihrer Herrin und schickte sie ziemlich grob hinaus.

Jetzt führt mich meine Erzählung zu einem Lebensabschnitt, der insofern bemerkenswert ist, als ich nunmehr von meinen Ideen einen neuen Gebrauch zu machen begann, indem ich sie auf ein einziges Ziel richtete. Sie werden im Leben eines jeden Gelehrten beobachten, daß für ihn der Augenblick eintritt, da er, im Banne eines Prinzips stehend, dessen Konsequenzen und Anwendungen ausdehnt und, wie man sagt, in ein System bringt. Sein Mut und seine Kraft verdoppeln sich nun, er stützt sich auf das, was er weiß, und vervollkommnet seine Kenntnisse, rundet sie ab. Er betrachtet jedes einzelne Wissensmoment von allen Seiten, dann verbindet er es mit anderen und ordnet das Ganze. Selbst wenn es ihm nicht gelingt, sein System zu errichten oder sich auch nur von seiner Berechtigung zu überzeugen, geht er doch aus dieser Arbeit wissender hervor, bereichert um etliche Wahrheiten, die ihm vorher verborgen waren. So war denn der Augenblick, ein System zu begründen, auch für mich gekommen; die erste Anregung dazu erhielt ich bei folgender Gelegenheit:

Eines Abends, als ich nach dem Nachtmahl noch arbeitete und eben eine sehr verwickelte Differentiation zu Ende gebracht hatte, trat meine Tante Antonia, fast nur mit dem Hemd bekleidet, ins Zimmer. Sie sagte: »Mein lieber Neffe, ich kann nicht schlafen, solange ich in Ihrem Zimmer Licht sehe, und da Ihre Mathematik eine so schöne Sache ist, möchte ich gern, daß Sie mich darin unterrichten.«

Da ich gerade nichts Besseres zu tun hatte, ging ich auf den Wunsch meiner Tante ein. Ich nahm meine Schreibtafel und erklärte ihr die ersten beiden Axiome des Euklid. Als ich zum dritten übergehen wollte, riß mir meine Tante die Schreibtafel aus der Hand und rief: »Du kauziger Neffe, sollte dich die Mathematik nicht gelehrt haben, wie man die Kinder macht?«

Die Worte meiner Tante schienen mir zuerst unsinnig, doch da ich über sie nachdachte, glaubte ich zu verstehen, daß sie mich vielleicht nach einer allgemeinen Formel gefragt hatte, die allen in der Natur vorkommenden Fortpflanzungsarten entspräche, von der Zeder bis zur Flechte und vom Wal bis zu mikroskopisch kleinen Tierchen. Zugleich fiel mir ein, daß ich schon einmal Überlegungen über die unterschiedlichen Intelligenzgrade der einzelnen Tiere angestellt und ihre primäre Ursache gefunden hatte, indem ich auf die Zeugung, die Entwicklung vor der Geburt und die Bildung durch die Umwelt zurückging; und da diese Unterschiedlichkeit mir das Vorhandensein der Vergrößerung und der Verminderung bewies, führte sie mich wieder auf das Gebiet der Mathematik. Schließlich kam mir der Gedanke, einen besonderen Ausdruck zu finden, der für das gesamte Tierreich die Handlungen gleicher Art und verschiedenen Wertes bezeichnet hätte. Meine Phantasie war plötzlich entfacht, ich glaubte, ich sähe die Möglichkeit, den geometrischen Ort und die Grenze jedes unserer Gedanken sowie der Handlung, die sich aus ihm ergab, zu bestimmen, anders gesagt: ich sah im Geiste die Möglichkeit, das ganze System der Natur mit der Mathematik zu erfassen. Bedrängt von der Fülle der Ideen, fühlte ich das Bedürfnis, ein wenig frische Luft zu schöpfen. Ich rannte hinaus und lief, ohne zu wissen, was ich tat, dreimal die Festungswälle ab. Schließlich wurde es in meinem Kopfe etwas ruhiger, und der anbrechende Tag gab mir den Gedanken ein, einige meiner Grundsätze niederzuschreiben. So nahm ich denn meine Schreibtafeln zur Hand, und überm Schreiben machte ich mich auf den Heimweg, oder vielmehr: ich glaubte, auf dem Heimweg zu sein. Doch ich geriet, statt rechts am Kronwerk vorbeizugehen, irgendwie nach links und kam durch ein Ausfalltor in den Graben. Das Tageslicht war noch schwach, und ich konnte kaum erkennen, was ich schrieb. Ich wollte gern möglichst rasch zu Hause sein und beschleunigte meine Schritte, immer in dem Glauben, in Richtung unseres Hauses zu gehen; in Wirklichkeit jedoch lief ich eine Böschung hinab, die man angelegt hatte, um bei einem etwaigen Ausfall die Kanonen mitzuführen, und befand mich nun im Vorgelände der Festung.

Noch immer in meinem Irrtum befangen und ohne Unterlaß schreibend, schritt ich aus, so schnell ich nur konnte. Doch wie rasch ich auch laufen mochte, ich kam nicht nach Hause, da ich einen Weg eingeschlagen hatte, der gerade von der Stadt wegführte. So ließ ich mich denn nieder und widmete mich meinen Berechnungen.

Einige Zeit darauf hob ich die Augen und sah mich von Arabern umringt. Ich verstehe ihre Sprache, die in Ceuta allgemein gebräuchlich ist. So sagte ich, wer ich sei, und versicherte ihnen, sie würden ein reichliches Lösegeld bekommen, wenn sie mich zu meinem Vater zurückführten.

Das Wort »Lösegeld« klingt arabischen Ohren stets angenehm. Die Nomaden, die mich umringten, wandten sich mit schmeichelnden Blicken an ihren Anführer und schienen von ihm eine Antwort zu erwarten, die ihnen Gewinn verhieß. Der Scheich strich sich lange mit nachdenklicher und ernster Miene über den Bart und sagte dann: »Höre, junger Nazarener, wir kennen deinen Vater, der ein gottesfürchtiger Mann ist. Wir haben auch von dir schon gehört. Man sagt, du seist gut wie dein Vater, doch Gott habe dir einen Teil des Verstandes genommen. Laß es dich nicht verdrießen. Gott ist groß, er gibt Verstand und nimmt ihn, wie es ihm gefällt. Die Irren sind ein lebendiger Beweis für die Macht Gottes und für die Nichtigkeit des menschlichen Wissens. Die Irren verkörpern, da sie nicht Gut und Böse kennen, gleichsam den alten Zustand der Unschuld. Sie stehen gleichsam auf der Anfangsstufe der Heiligkeit. Wir geben den Irren wie den Heiligen den Namen Marabut. Das entspricht den Grundsätzen unseres Glaubens. Wir würden also sündigen, wenn wir für dich auch nur das geringste Lösegeld verlangten. Wir werden dich vielmehr mit aller Achtung und Ehrerbietung, wie sie Menschen deiner Art gebührt, zum ersten spanischen Vorposten geleiten.«

Ich gestehe Ihnen, daß die Worte des arabischen Scheichs mich in höchstem Grade verwirrten.

›Wie das‹, sagte ich mir, ›so wäre ich denn auf den Spuren Lockes und Newtons zu den äußersten Grenzen des menschlichen Begriffsvermögens gelangt, hätte, die Grundsätze des einen auf die Berechnungen des anderen stützend, ein paar sichere Schritte in die endlose Weite der Metaphysik getan! Und wozu das? Damit man mich zu den Verrückten zählt, damit ich als ein Wesen niederer Stufe gelte, das nicht zum Menschengeschlecht gehört. Mag doch die Differentialrechnung zuschanden werden und mit ihr alle Integrationen, denen mein ganzer Ehrgeiz galt.‹

Während ich dies bei mir dachte, packte ich meine Schreibtäfelchen und zerschlug sie in tausend Stücke. Dann fuhr ich in meiner Klage fort, indem ich rief: »O mein Vater, du hattest wohl recht, als du wolltest, daß ich die Sarabande und all die anderen Ungehörigkeiten lerne, die man seither erfunden hat!«

Darauf ahmte ich unwillkürlich einige Pas der Sarabande nach, wie es mein Vater tat, wenn er sich an seine unglückliche Vergangenheit erinnerte.

Die Araber, die gesehen hatten, wie ich zuerst mit größtem Eifer auf meine Täfelchen schrieb und sie dann zerbrach und zu tanzen begann, sprachen mit dem Ausdruck des Mitleids und der Frömmigkeit: »Gelobt sei Gott, Gott ist gnädig! *Hamdullâh. Allâh kerîm!*«

Dann faßten sie mich sanft am Arm und führten mich zum ersten spanischen Posten.

Als Velásquez an dieser Stelle seiner Geschichte angelangt war, schien er angegriffen oder zerstreut, und da wir sahen, daß es ihm schwerfallen würde, in seiner Erzählung fortzufahren, baten wir ihn, die Folge auf den nächsten Tag zu verschieben.

Fünfundzwanzigster Tag

Wir zogen weiter durch eine schöne, aber verlassene Gegend. Ich umging einen Berg und entfernte mich dabei etwas von der Karawane. Plötzlich schien es mir, als vernähme ich aus einem dicht bewachsenen Tal, über dem sich unser Weg hinzog, ein Stöhnen. Das Geräusch wurde stärker, ich stieg vom Pferd, band es fest, zog den Degen und drang in das Gebüsch ein. Je weiter ich ging, desto mehr schien sich das Stöhnen zu entfernen. Schließlich gelangte ich auf einen freien Platz und sah mich von acht oder zehn Männern umgeben, die mit Musketen auf mich zielten.

Einer verlangte, ich solle ihm meinen Degen aushändigen. Als Antwort sprang ich auf ihn zu und wollte ihn durchbohren, doch da legte er die Muskete auf die Erde, als wollte er sich mir auf Gnade oder Ungnade ergeben, und bot mir an, man werde mich schonen, wenn ich kapitulierte und bestimmte Versprechungen gäbe. Ich entgegnete, ich würde weder kapitulieren noch etwas versprechen.

In diesem Augenblick hörte man meine Reisegefährten nach mir rufen. Es war wohl der Häuptling der Bande, der zu mir sagte: »Señor Caballero, man sucht Sie, wir haben keine Zeit zu verlieren. Verlassen Sie bitte heute in vier Tagen das Lager, und gehen Sie in westlicher Richtung. Sie werden auf Personen stoßen, die Ihnen ein bedeutsames Geheimnis anzuvertrauen haben. Das Stöhnen, das Sie vernahmen, war bloß eine List, die wir gebrauchten, um Sie hierherzulocken. Vergessen Sie also nicht, sich rechtzeitig einzufinden.«

Nach diesen Worten verneigte er sich leicht, stieß einen Pfiff aus und verschwand mit seinen Gesellen. Ich fand zurück zur Karawane, hielt es aber nicht für erforderlich, über meine Begegnung zu berichten. Wir erreichten früh unser Nachtlager, und nach dem Abendessen baten wir Velásquez, in seiner Erzählung fortzufahren, was er auch tat, indem er also sprach:

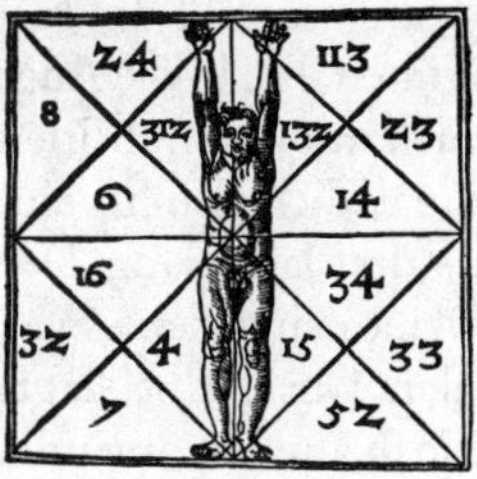

Fortsetzung der Geschichte Velásquez'

Ich berichtete Ihnen, wie ich über die Ordnung, die in diesem Universum herrscht, nachdachte und dabei für die Mathematik Anwendungsmöglichkeiten zu finden glaubte, auf die vor mir noch niemand gekommen war. Ich berichtete Ihnen ferner, wie meine Tante Antonia durch ihre zudringliche und unpassende Äußerung bewirkte, daß meine zerstreuten Gedanken sich wie in einem Brennpunkt sammelten und sich zu einem System ordneten. Und schließlich schilderte ich Ihnen, wie ich erfuhr, daß man mich für einen Verrückten hielt, und darüber aus der äußersten geistigen Hochstimmung in tiefste Verzweiflung stürzte. Ich will Ihnen offen legen, daß diese Niedergeschlagenheit lange dauerte und schmerzhaft war. Ich wagte niemandem in die Augen zu blicken, meine Mitmenschen kamen mir vor, als hätten sie sich verschworen, mich zurückzustoßen und zu erniedrigen. Die Bücher, die vorher meine ganze Wonne ausgemacht hatten, flößten mir nun tödlichen Widerwillen ein, ich sah in ihnen nichts als einen Wust nutzloser Worte. Ich nahm keine Schreibtafel mehr in die Hand, ich rechnete nicht mehr. Die Fibern meines Gehirns waren erschlafft, sie hatten ihre Spannung verloren. Ich dachte nicht mehr.

Mein Vater bemerkte meine Verzweiflung und drang in mich, ihm den Grund zu entdecken. Lange sträubte ich mich dagegen, doch schließlich wiederholte ich ihm die Worte des arabischen Scheichs und gestand ihm, welche Qualen ich darüber empfand, daß man mich für einen Irren hielt.

Mein Vater ließ das Haupt auf die Brust sinken, und Tränen traten ihm in die Augen. Lange schwieg er, dann schaute er mich mit tiefem Mitleid an und sagte: »O mein Sohn, so hält man dich also für einen Irren; ich aber, ich war es wirklich – drei Jahre lang. Deine Zerstreutheit und meine Liebe zu Blanca sind keineswegs die primären Ursachen unserer Qualen. Unser Übel hat tiefere Wurzeln.

Die Natur ist unendlich fruchtbar und vielgestaltig in ihren Mitteln. Man kann beobachten, wie sie ihre festesten Regeln durchbricht. Sie hat den Eigennutz zum Hebel aller Handlungen des Menschen gemacht. Doch in der Vielzahl menschlicher Wesen bringt sie auch seltsam gebildete hervor, an denen kaum etwas von Egoismus wahrzunehmen ist, weil ihre Liebe wie auch ihr Streben Gegenständen außerhalb ihrer selbst gilt.

Die einen widmen sich ganz den Wissenschaften, andere dem Gemeinwohl; sie empfinden Freude an den Entdekkungen anderer, als hätten sie selber sie vollbracht, und sie fördern das, was dem Gemeinwesen nützt, so als hätten sie einen Vorteil davon. Diese Gewohnheit, überhaupt nicht an sich selber zu denken, beeinflußt immer und überall ihr Geschick. Sie verstehen es gar nicht, die Menschen auszunutzen. Selbst wenn das Glück sich gleichsam anbietet, halten sie es nicht fest.

Bei fast allen Menschen macht sich das Ich stets bemerkbar. Du findest ihr Ich in dem Rat, den sie dir geben, in den Diensten, die sie dir erweisen, in den Verbindungen, die sie suchen, in den Freundschaften, die sie schließen; leidenschaftlich interessiert an Dingen, die sie auch nur ganz von ferne berühren, bleiben sie gegenüber allen anderen gleichgültig. Und wenn sie auf ihrem Wege einem Menschen begegnen, dem der Eigennutz fremd ist, so können sie ihn nicht begreifen. Sie vermuten bei ihm schlaue Berechnung, Verstellung oder Tollheit. Sie verstoßen ihn, erniedrigen ihn und verbannen ihn auf einen Felsen in Afrika.

O mein Sohn, wir gehören beide zu diesen Geächteten; doch auch wir haben unsere Freuden, und du sollst sie durch mich kennenlernen. Ich habe alles versucht, um aus dir einen dummen Gecken zu machen. Der Himmel hat meine Bemühungen nicht mit Erfolg gekrönt, und nun stehst du vor mir, begabt mit einer empfindsamen Seele und einem aufgeklärten Geist. Daher mußt du erfahren, daß auch wir unsere Wonnen haben. Nur wenige wissen von ihnen, sie sind unauffällig, aber süß und rein.

Wie groß war doch meine innere Genugtuung, als ich erfuhr, daß Don Isaak Newton eine meiner anonymen Schriften gelobt hatte und ihren Verfasser kennenzulernen wünschte. Ich nannte nicht meinen Namen, aber ich faßte Mut zu neuen Taten, ich bereicherte meinen Geist durch eine Fülle neuer Gedanken, sie bedrängten mich, ich konnte sie nicht für mich behalten, ich lief hinaus, um sie den Felsen von Ceuta zu enthüllen, ich vertraute sie der ganzen Natur an, ich bot sie meinem Schöpfer als Tribut. Die Vorstellung dessen, was ich durchlitten hatte, mischte in meine Hochstimmung Seufzer und Tränen, die mich gleichfalls eigentümlich beglückten. Sie erinnerten mich daran, daß es um mich herum viel Leid gab, das ich lindern konnte. Ich verband mich in Gedanken mit den Plänen der Vorsehung, den Werken der Schöpfung, den Fortschritten des Menschengeistes. Mein Geist, meine Person, mein Geschick – das stellte sich mir nicht in individueller Beschränkung dar, sondern als Teil eines großen Ganzen.

So verfloß die Zeit der Leidenschaften. Danach fand ich

mein Ich wieder. Die unermüdliche Fürsorge deiner Mutter bezeugte mir hundertmal am Tage, daß ich existierte, ich, dem alle ihre Gedanken und Gefühle galten. Meine in sich verschlossene Seele öffnete sich dem Gefühl der Dankbarkeit und dem Strome innigster Vertraulichkeit. Die kleinen Ereignisse deiner Kindheit und der Kindheit deiner Schwester hielten die süßesten Empfindungen in mir lebendig.

Heute lebt deine Mutter nur noch in meinem Herzen, und mein Geist, vom Alter ermattet, kann den Reichtümern des Menschengeistes nichts mehr hinzufügen. Doch ich sehe mit Freude, daß dieser Schatz anwächst, und es bereitet mir Genugtuung, das Anwachsen zu verfolgen. Der Anteil, den ich daran nehme, macht mich meine Schwäche vergessen, und die Langeweile hat noch nicht von mir Besitz ergreifen können.

Du siehst also, mein Sohn, daß auch wir unsere Freuden haben, und wenn du ein dummer Geck geworden wärst, wie ich es immer wünschte, so wärst du den Leiden des Lebens doch keineswegs entgangen. Als Alvarez hier weilte, sprach er von meinem Bruder in einer Weise, die in mir eher Mitleid als Neid erregte.

›Der Herzog‹, sagte er, ›kennt sich am Hofe sehr gut aus, und er durchschaut mit Leichtigkeit die Intrigen. Doch wenn er ein Ziel seines Ehrgeizes zu erreichen hofft, muß er immer sogleich reuig bemerken, daß er sich zu hoch aufgeschwungen hat. Er ist Botschafter gewesen, und es heißt, er habe seinen Herrn, den König, mit aller Würde vertreten, aber nach der ersten heiklen Angelegenheit sah man sich genötigt, ihn abzuberufen. Sie wissen auch, daß er zum Ministerialbeamten ernannt worden ist; er führte die Ämter, die man ihm anvertraute, nicht schlechter als andere, doch wie sehr sich seine Sekretäre auch bemühten, ihm die Arbeit abzunehmen, seine Nachlässigkeit war noch größer, und so veranlaßte man ihn, sein Amt niederzulegen.

Er genießt jetzt gar kein Ansehen mehr, doch er versteht es, unbedeutende Gelegenheiten herbeizuführen, die ihn dem Monarchen nähern und ihm den Anschein der königlichen

lichen Gunst verschaffen. Zudem zehrt die Langeweile, der Überdruß an ihm. Er hat alles getan, um ihr zu entgehen, aber er verfällt immer wieder der drückenden Gewalt des Ungeheuers, das ihn zugrunde richtet. Ein wenig entzieht er sich ihr, indem er sich unaufhörlich mit sich selber, mit seiner Person beschäftigt, doch dieser übersteigerte Egoismus hat ihn so empfindlich gegenüber den geringsten Unannehmlichkeiten gemacht, daß das Dasein für ihn zu einer einzigen Qual geworden ist. Indessen haben ihn häufige Krankheiten fühlen lassen, daß dieses sein Ich, der einzige Gegenstand seiner Besorgnis, ihm gleichfalls eines Tages entgleiten kann, und ein solcher Gedanke vergiftet ihm alle Freuden.‹

So ungefähr berichtete Alvarez, und ich schloß daraus, daß ich in meiner Verlassenheit vielleicht glücklicher gewesen bin als mein Bruder im Besitz des Ranges und der Güter, deren er mich beraubt hat.

Dich, mein lieber Sohn, halten die Bewohner von Ceuta für ein bißchen irre. Das ist eine Folge ihrer Unwissenheit. Es wird aber, wenn du in die Welt hinausgehst, nicht ausbleiben, daß du die Ungerechtigkeit kennenlernst, und gegen sie mußt du dich wappnen. Das beste Mittel wäre, Kränkung mit Kränkung, Verleumdung mit Verleumdung zu vergelten und die Ungerechtigkeit mit ihren eigenen Waffen zu bekämpfen; aber diese Kunst, unsaubere Mittel zu handhaben, ist für Leute unserer Art nicht erreichbar. Wenn du dich also einmal niedergedrückt fühlst, so ziehe dich auf dich selbst zurück, verschließe dich, nähre deine Seele aus ihrem eigenen Reichtum, und du wirst das Glück kennenlernen.«

Diese Worte meines Vaters beeindruckten mich sehr. Ich faßte wieder Mut und machte mich an mein System. Damals begann ich auch wirklich zerstreut zu werden. Selten vernahm ich das, was man mir sagte, ausgenommen die letzten Worte, die sich in mein Gedächtnis eingruben, und auf sie antwortete ich ein oder zwei Stunden später. Es geschah auch, daß ich von unserem Hause wegging, ohne zu wissen, wohin, und ich hätte eigentlich eines Führers bedurft, wie die Blinden. Die Zerstreutheit dauerte indessen nur so lange, wie ich brauchte, um mein System einigermaßen zu ordnen. In dem Maße, wie ich darauf weniger Aufmerksamkeit verwandte, ließ auch meine Zerstreutheit nach, und ich kann sagen, daß ich heute fast völlig geheilt bin.

»Ich glaubte«, sagte der Kabbalist, »zuweilen eine gewisse Zerstreutheit an Ihnen wahrzunehmen; aber da Sie versichern, daß Sie geheilt sind, gestatten Sie mir, daß ich Sie dazu beglückwünsche.«

»Ich danke Ihnen sehr«, sagte Velásquez und fuhr also fort:

Kaum war mein System abgeschlossen, da bewirkte ein unvorhergesehenes Ereignis einen solchen Wandel in meinem Leben, daß es mir jetzt schwerfallen wird, zehn, zwölf Stunden einer Berechnung zu widmen, und ich schon gar nicht daran denken kann, ein System zu schaffen. Kurzum, meine Herren, der Himmel will, daß ich Herzog von Velásquez, spanischer Grande und Herr über ein beträchtliches Vermögen sei.

»Wie, Herr Herzog«, rief Rebekka, »Sie erwähnen dies wie eine Nebensache in Ihrer Geschichte? Ich glaube, daß sehr viele Leute an Ihrer Stelle damit begonnen hätten.«

Velásquez erwiderte: »Ich gebe zu, daß ein solcher Koeffizient den persönlichen Wert vervielfacht, aber ich glaubte, ich dürfe ihn nicht eher angeben, als bis mich der Gang der Ereignisse dahin geführt hätte. Dies also habe ich Ihnen noch zu berichten:

Vor ungefähr vier Wochen kam Diego Alvarez, der Sohn des alten Alvarez, nach Ceuta, um meinem Vater einen Brief der Herzogin Blanca auszuhändigen. Der Brief lautete folgendermaßen:

Señor Don Enrique,

diese Zeilen sollen Ihnen mitteilen, daß Gott vielleicht bald Ihren Bruder, den Herzog von Velásquez, zu sich berufen wird.

Die Bestimmungen unseres Erbrechts erlauben es nicht, daß Sie einen jüngeren Bruder beerben; Vermögen und Titel müssen auf Ihren Sohn übergehen.

Ich fühle mich glücklich, daß ich nach vierzig Jahren der Buße ihm die Güter zurückerstatten kann, die mein Leichtsinn Ihnen geraubt hat. Nicht wiedergeben kann ich Ihnen den Ruhm, zu dem Ihr Talent Sie geführt haben würde. Doch wir stehen beide bereits vor dem Tor himmlischer Ehren, und die irdischen können uns kaum noch berühren. Vergeben Sie ein letztes Mal der schuldigen Blanca, und schicken Sie uns den Sohn, den der Himmel Ihnen geschenkt hat. Der Herzog, den ich seit zwei Monaten pflege, wünscht seinen Erben kennenzulernen.

Blanca von Velásquez

Ich kann sagen, daß dieser Brief in ganz Ceuta Freude verbreitete, so sehr wünschte man mir Gutes. Ich war jedoch weit davon entfernt, den allgemeinen Jubel zu teilen. Ceuta war eine Welt für mich, ich verließ sie nur im Geiste, um mich in Abstraktionen zu verlieren, und wenn ich über die Festungswälle hinweg auf das weite, von den Mauren bewohnte Land blickte, so war es, als betrachtete ich ein Landschaftsgemälde. Da ich dort nicht spazierengehen konnte, schien mir die Umgebung nur für das Vergnügen der Augen dazusein. Und was sollte ich außerhalb Ceutas tun! In dieser Stadt gab es keine Mauer, auf die ich nicht irgendeine Gleichung gekritzelt, keinen Ruheplatz, der mich nicht an eine Überlegung erinnert hätte, deren Ergebnis meinen Geist befriedigte. Ich ärgerte mich zwar zuweilen über meine Tante Antonia und deren Kammerfrau Marica; doch was bedeuteten die kleinen Störungen, die sie verursachten, im Vergleich zu den Zerstreuungen, denen ich in Zukunft ausgesetzt war. Keine langen Meditationen – keine Berechnungen mehr; keine Berechnungen – kein Glück mehr für mich. Solche Gedanken gingen mir durch den Kopf. Indessen mußte ich auf die Reise gehen.

Mein Vater begleitete mich bis zum Hafen. Er faltete die Hände über meinem Kopf, um mich zu segnen, und sprach: »O mein Sohn, du wirst Blanca sehen. Sie ist nicht mehr jene berückende Schönheit, die den Stolz und das Glück deines Vaters bedeuten sollte. Du wirst vom Alter gefurchte und von der Reue gezeichnete Züge erblicken; doch warum hat sie so lange für einen Irrtum gebüßt, den ihr der Vater verziehen hatte? Was mich angeht, ich habe ihr nie gegrollt. Wenn ich auch nicht dem König auf ruhmvollen Posten gedient habe, so habe ich doch vierzig Jahre lang auf diesen Felsen zum Glücke einiger guter Menschen beigetragen. Ihre Dankbarkeit gebührt Blanca; sie haben alle von ihren Tugenden sprechen hören, und alle segnen sie.«

Mein Vater vermochte nicht weiterzusprechen, weil Tränen seine Stimme erstickten. Alle Einwohner von Ceuta gaben mir das Geleit; man konnte in ihren Augen die Trauer über den Abschied lesen, doch auch die Freude über die große Veränderung in meinem Leben.

Wir hißten die Segel, und am Tage darauf landete ich im Hafen von Algeciras, von wo ich mich nach Córdoba und zum nächsten Nachtlager nach Andújar begab. Der Herbergswirt von Andújar erzählte mir irgendwelche Geschichten von Gespenstern, doch ich hörte gar nicht hin. Ich schlief bei ihm und brach am nächsten Morgen ziemlich früh auf. Ich hatte zwei Diener bei mir, der eine ritt voraus, und der andere folgte mir. Da mir plötzlich der Gedanke kam, daß ich in Madrid keine Zeit zur Arbeit haben würde, zog ich meine Schreibtafeln aus der Tasche und ging daran, einige Berechnungen auszuführen, die nur als Belege in meinem System dienen sollten. Ich ritt auf einem Maultier, dessen gleichmäßiger und langsamer Schritt diese Art Beschäftigung begünstigte. Wieviel Zeit ich darauf verwandte, weiß ich nicht, doch plötzlich blieb mein Maultier stehen. Ich bemerkte, daß ich mich zu Füßen eines Galgens befand, an dem zwei Gehenkte schaukelten; sie sahen aus, als schnitten sie Gesichter, was mir einen gewissen Schrecken einflößte. Ich schaute mich um und erblickte keinen meiner Diener. Ich rief laut nach ihnen – sie zeigten sich nicht. So beschloß ich, weiter dem Wege zu folgen, der vor mir lag. Als es dunkelte, erreichte ich eine geräumige und gut gebaute Herberge, die jedoch leer und verlassen war.

Ich brachte mein Maultier in den Stall und trat dann in einen Raum, wo ich die Reste eines Abendessens fand, und zwar eine Rebhuhnpastete, Brot und eine Flasche Alicantewein. Seit Andújar hatte ich nichts gegessen, und ich glaubte, daß die Not mir ein Recht auf die Pastete gebe, die ohnehin keinen Herrn hatte. Außerdem war ich sehr durstig, und vielleicht löschte ich meinen Durst allzu gierig, denn der Alicantewein stieg mir zu Kopf, was ich erst merkte, als es zu spät war.

In dem Zimmer stand ein recht ordentliches Bett. Ich zog mich aus, legte mich nieder und schlief ein, doch dann riß mich irgend etwas aus dem Schlummer. Ich hörte eine Uhr Mitternacht schlagen. Ich dachte mir, daß sich in der Nähe wohl ein Kloster befinde, und nahm mir vor, es am nächsten Tage aufzusuchen.

Bald darauf vernahm ich Lärm im Hof. Ich glaubte, meine Leute seien angekommen; wie groß aber war mein Erstaunen, als ich meine Tante Antonia mit ihrer Kammerfrau Marica eintreten sah. Marica trug einen Leuchter mit zwei Kerzen, und meine Tante hielt ein Heft in der Hand.

»Mein lieber Neffe«, sagte sie, »Ihr Vater schickt uns; wir sollen Ihnen diese Papiere aushändigen, von denen er sagt, daß sie sehr wichtig seien.«

Ich nahm das Heft entgegen und las auf dem Einbanddeckel: »Beweisführung für die Quadratur des Kreises«. Ich wußte, daß mein Vater sich niemals mit dieser nutzlosen

Frage beschäftigt hatte. Verwundert schlug ich das Heft auf, doch bald bemerkte ich mit Empörung, daß die vermeintliche Quadratur des Kreises die bekannte Theorie des Dinostrates war, von einer Beweisführung untermauert, in der ich wohl die Hand meines Vaters, nicht aber seinen Kopf erkannte. Ich sah, daß die angeführten Beweise lediglich elende Fehlschlüsse waren.

Meine Tante bemerkte indessen, ich hätte das einzige Bett belegt, das es in der Herberge gebe, und müsse ihr daher die Hälfte abtreten. Der Gedanke, daß meinem Vater ein solcher Irrtum unterlaufen konnte, betrübte mich so sehr, daß ich gar nicht hinhörte, was sie sagte. Unwillkürlich machte ich ihr Platz, während Marica sich zu meinen Füßen niederließ und ihren Kopf auf meine Knie legte.

Ich vertiefte mich wieder in die Beweisführung, und – lag es an dem Alicantewein, der mir zu Kopf gestiegen war, oder war vielleicht mein Blick verhext gewesen – ich begreife nicht, wie es geschah, jedenfalls verlor ich den Fehler, den ich am Anfang zu bemerken geglaubt hatte, aus den Augen, und nachdem ich die Beweisführung zum dritten Male gelesen hatte, war ich von ihrer Richtigkeit vollkommen überzeugt.

Ich wendete den dritten Bogen und fand dort eine Reihe höchst einfallsreicher Ableitungen, die dazu dienen sollten, alle Kurven zu quadrieren und zu begradigen, und schließlich wurde das Problem der Isochronen mit den Regeln der Elementargeometrie gelöst. Verwundert, begeistert und berauscht – wohl vom Alicantewein – rief ich aus: »Jawohl, mein Vater hat die größte aller Entdeckungen gemacht!«

»Nun«, sagte meine Tante, »so umarmen Sie mich für die Mühe, die ich auf mich nahm, indem ich übers Meer fuhr, um Ihnen diese Schreiberei zu bringen.«

Ich umarmte sie.

»Und ich«, meinte Marica, »bin ich nicht auch übers Meer gefahren?«

Ich mußte auch sie umarmen.

Ich wollte mich abermals dem Problem zuwenden, aber

die beiden Gefährtinnen meines Lagers preßten mich so heftig an sich, daß ich mich nicht aus ihren Armen zu lösen vermochte. Ich wünschte es auch nicht mehr. Mich überkamen unbestimmbare Empfindungen. Ein neuer Sinn regte sich auf der ganzen Oberfläche meines Körpers, besonders an den Stellen, wo er sich mit den beiden Frauen berührte, was mich an gewisse Eigentümlichkeiten der Oskulationskurven erinnerte. Ich wollte das, was mir widerfuhr, mit dem Verstande fassen, doch mein Kopf konnte keinen Gedanken klar verfolgen. Dann entwickelten sich meine Empfindungen in einer zunehmenden Reihe zum Unendlichen, darauf folgte Schlummer und schließlich ein sehr unangenehmes Erwachen unter dem Galgen, wo ich die beiden Gehenkten hatte Gesichter schneiden sehen.

Das ist die ganze Geschichte meines Lebens, in der nur die Theorie meines Systems fehlt oder die Anwendung der Mathematik auf die allgemeine Ordnung des Universums. Ich hoffe indessen, daß ich Sie noch damit werde bekannt machen können, besonders diese schöne Dame, die, wie mir scheint, zu den exakten Wissenschaften eine Neigung hat, die man bei ihrem Geschlecht selten findet.

Rebekka antwortete höflich auf diese Artigkeit, dann fragte sie Velásquez, was aus dem Heft geworden sei, das ihm die Tante gebracht hatte.

»Ich weiß nicht, wo es geblieben ist«, erwiderte der Mathematiker, »unter den Papieren, die mir die Zigeuner holten, habe ich es nicht gefunden, und das bedaure ich sehr, denn ich zweifle nicht daran, daß ich bei einer nochmaligen Prüfung der angeblichen Beweisführung sofort den Fehler entdeckt hätte. Wie ich Ihnen schon sagte, befand sich mein Blut allzusehr in Wallung; der Alicante, die beiden Frauen und die unüberwindliche Müdigkeit – all das hat sicherlich meinen Irrtum verschuldet. Unerklärlich bleibt mir jedoch der Umstand, daß das Heft die Handschrift meines Vaters verriet – diese Art, Formeln niederzuschreiben, ist nur ihm eigen.«

Velásquez' Worte hatten mich stutzig gemacht, besonders seine Bemerkung, daß er dem Schlafe nicht habe widerstehen können. Ich vermutete, daß man ihm einen Wein vorgesetzt hatte, ähnlich jenem, den meine Cousinen mir während unserer ersten Begegnung in der Venta gereicht hatten, oder ähnlich jenem Gift, das man mir in der Höhle zu trinken befohlen hatte und das in Wirklichkeit nur ein Schlaftrunk gewesen war.

Die Gesellschaft ging auseinander. Während ich mich zur Ruhe begab, kamen mir mancherlei Gedanken, mit denen ich meine Abenteuer auf natürliche Weise erklären zu können glaubte. Mit solchen Überlegungen beschäftigt, schlief ich ein.

Sechsundzwanzigster Tag

Wir hielten einen Tag Rast. Die Lebensweise unserer Zigeuner und der Schmuggel, der ihren hauptsächlichen Erwerb bildete, verlangten einen ständigen und ermüdenden Ortswechsel; so verbrachte ich mit Freuden einen ganzen Tag an der Stelle, wo wir das Nachtlager aufgeschlagen hatten. Jeder beschäftigte sich ein wenig mit sich selber. Rebekka legte sogar einige Schmuckstücke an, und man kann sagen, daß sie sich Mühe gab, die Aufmerksamkeit des jungen Herzogs zu fesseln – diesen Titel hatten wir nämlich Velásquez verliehen.

Wir lagerten uns alle auf einer von schönen Kastanien beschatteten Rasenfläche, und nachdem wir ein erleseneres Mahl als sonst zu uns genommen hatten, meinte Rebekka, da der Zigeunerhauptmann heute weniger beschäftigt sei, könnten wir wohl ruhig den Wunsch äußern, von ihm die Fortsetzung seiner Geschichte zu erfahren. Pandesowna ließ sich nicht lange bitten und begann also zu sprechen:

Fortsetzung der Geschichte des Zigeunerhauptmanns

Wie ich Ihnen schon sagte, ging ich erst dann in die Schule, als alle Mittel und Vorwände der Verzögerung, die ich nur erfinden konnte, erschöpft waren. Am Anfang freute ich mich darüber, mich unter so vielen Altersgefährten zu befinden, doch der ständige Zwang, in dem uns die Lehrer hielten, wurde mir unerträglich. Die Liebkosungen meiner Tante und ihre sanfte Nachsicht hatte ich als süße Gewohnheit hingenommen; es hatte mir auch sehr geschmeichelt, wenn sie hundertmal am Tage wiederholte, daß ich das beste Herz besäße. Hier half das gute Herz zu gar nichts: man mußte ständig aufmerksam bleiben, oder man bekam die Rute zu fühlen. Beides war mir fast gleichermaßen verhaßt. Daraus ergab sich für mich eine unüberwindliche Abneigung gegen alles, was den schwarzen Rock trug, und ich bekundete meine Abneigung, indem ich ihnen die unvorstellbarsten Streiche spielte.

Es gab Schüler, deren Merkvermögen besser war als ihr Herz und die mit Vergnügen alles weitertrugen, was sie über ihre Gefährten wußten. Ich begründete einen Bund gegen sie, und wir trieben unseren Unfug so, daß der Verdacht stets auf die Zuträger zurückfiel. Am Ende konnten uns die Schwarzröcke allesamt nicht leiden, die Beschuldigten ebensowenig wie die Zuträger.

Ich will Sie nicht mit den unbedeutenden Einzelheiten unserer Knabenstreiche langweilen, nur so viel sei gesagt, daß meine Scherze während der vier Jahre, in denen ich meine Phantasie übte, eine immer ernstere Färbung annahmen. Schließlich ließ ich mich zu einer Tat hinreißen, die an sich gewiß recht harmlos, jedoch hinsichtlich der Mittel, deren ich mich bediente, niederträchtig war. Es fehlte nicht viel, und ich hätte diese Geschichte mit einer mehrjährigen Gefängnisstrafe oder gar mit dem lebenslänglichen Verlust meiner Freiheit bezahlt. Es geschah folgendes:

Unter den Theatinern, die uns mit größter Unnachsichtigkeit behandelten, bewies keiner eine so unbeugsame Strenge wie der Pater Sanudo, der Lehrer der ersten Klasse. Soviel Strenge lag indessen nicht in seinem Herzen, vielmehr war dieser Geistliche von Natur aus nur allzu empfindsam. Seine geheimen Neigungen standen fortwährend in Widerspruch zu seinen Pflichten. Sanudo hatte das dreißigste Lebensjahr erreicht, ohne je in seinem inneren Kampfe nachzulassen.

Mitleidlos gegenüber sich selbst, war Sanudo auch unerbittlich gegenüber allen anderen geworden. Die unaufhörlichen Opfer, die er der Sitte brachte, waren um so rühmlicher, als bei ihm wie bei kaum einem anderen das Gebot der Natur den Geboten der Religion widersprach; denn er war der schönste Mann, den man sich nur vorzustellen vermag, und nur wenige Frauen konnten ihm begegnen, ohne ihm eine gewisse Bewunderung zu zollen; Sanudo jedoch senkte die Augen, runzelte die Brauen und ging vorüber, als hätte er nichts bemerkt. So stand es mit Pater Sanudo, oder vielmehr, so hatte es lange mit ihm gestanden.

Die vielen Siege über sich selbst ließen jedoch seine Seele ermüden; ihre Kraft ließ nach. Da er sich gezwungen sah, die Frauen zu fürchten, kam es dahin, daß er ständig an sie dachte; der Feind, den er so lange bekämpft hatte, stand immerzu vor seinem geistigen Auge. Schließlich packte ihn eine schwere Krankheit, von der er nur mühsam genas, und sie hinterließ eine übermäßige Empfindlichkeit, die sich in ständiger Ungeduld äußerte. Unsere geringsten Vergehen reizten ihn. Unsere Entschuldigungen vermochten ihm Tränen zu entlocken. Er wurde zum Träumer. Wenn er geistesabwesend war, erschien in seinen Augen, die sich starr auf irgendeinen Gegenstand richteten, der Ausdruck der Zärtlichkeit, und wenn ihn jemand unvermittelt aus solcher Entrücktheit herausriß, lag in seinem Blick Schmerz, aber keine Strenge. Wir hatten zu sehr die Gewohnheit, unseren Mentor scharf zu beobachten, als daß uns eine so große Veränderung hätte entgehen können; doch wir hatten noch nicht die Ursache herausgefunden. Da konnten wir zufällig eine Beobachtung machen, die uns auf die Spur half. Indessen muß ich um des besseren Verständnisses willen etwas weiter ausholen. Die beiden vornehmsten Familien von Burgos waren die der Grafen von Liria und der Marqueses von Fuen Castilla. Die ersteren gehörten sogar zu jenen, die man in Spanien *agraviados* nennt, womit ausgedrückt werden soll, daß ihnen eigentlich der Grandentitel gebühre und daß er ihnen zu Unrecht vorenthalten werde. Von den anderen Granden werden sie auch wie ihresgleichen behandelt und damit gewissermaßen in ihren Kreis aufgenommen.

Das Haupt der Familie Liria war ein Greis von siebzig Jahren, ein höchst edler und liebenswürdiger Mann; er hatte zwei Söhne gehabt, die gestorben waren, und sein ganzes Vermögen fiel der jungen Gräfin von Liria zu, der einzigen Tochter seines älteren Sohnes.

Der alte Graf, dem also ein Erbe seines Namens versagt blieb, hatte die Hand seiner Enkelin dem Erben der Fuen Castilla versprochen, der dadurch den Titel eines Grafen von Fuen de Liria y Castilla erwerben sollte. Es war nicht nur wegen des Erbes ein wohlerwogener Bund, sondern die künftigen Gatten paßten auch hinsichtlich des Alters, des Aussehens und des Charakters zueinander; so empfanden denn beide die innigste Zuneigung, und der alte Liria freute sich am Anblick ihrer unschuldigen Liebe, die in ihm Erinnerungen an die glücklichste Zeit seines Lebens weckte.

Die künftige Gräfin von Fuen de Liria wohnte im Annunziatenkloster. Aber sie besuchte täglich ihren Großvater; sie kam zum Mittagessen und blieb bis zum Abend in Gesellschaft ihres Verlobten. Dabei wurde sie von Doña Clara

Mendoza begleitet, ihrer Oberdueña, einer ungefähr dreißigjährigen Frau, die zwar sehr ehrbar, aber keineswegs grämlich war; denn der alte Graf mochte keine grämlichen Leute in seiner Umgebung.

Alle Tage kamen das junge Fräulein von Liria und ihre Dueña an unserem Kolleg vorüber, weil der Weg zum alten Grafen hier vorbeiführte; und da dies gerade während unserer Pause geschah, standen viele von uns an den Fenstern, oder wir liefen vielmehr dorthin, sobald wir das Geräusch ihres Wagens vernahmen.

Die Schüler, die zuerst am Fenster waren, hatten schon oft die Mendoza zu ihrer jungen Schutzbefohlenen sagen hören: »Wollen wir sehen, ob der schöne Theatiner da ist!«

Mit diesem Namen bedachten die Frauen der Stadt den Pater Sanudo. Die Dueña hatte in der Tat nur Augen für ihn. Das junge Fräulein hingegen umfaßte mit ihren Blicken uns alle, da unser Alter sie wohl an ihren Verlobten erinnerte, oder vielleicht versuchte sie auch, die beiden Vettern zu erspähen, die sie im Kolleg hatte.

Sanudo seinerseits lief mit den anderen ans Fenster, aber sobald er meinte, daß die Frauen ihn erblickt hätten, umwölkte sich wieder seine Miene, und er trat verächtlich zurück. Dieser Widerspruch verblüffte uns.

»Wenn er die Frauen verabscheut«, sagten wir, »warum läuft er dann zum Fenster? Und wenn er begierig ist, sie zu sehen, warum wendet er sich dann ab?«

Ein junger Schüler namens Veyras sagte mir zu dieser Frage, daß Sanudo nicht mehr, wie vordem, ein Feind der Frauen sei und daß er, Veyras, noch nach Wegen suche, sich davon endgültig zu überzeugen. Dieser Veyras war der beste Freund, den ich im Kolleg hatte, das heißt, er half mir bei allen Streichen, die oft auf seine Erfindung zurückgingen.

Zu jener Zeit war ein neuer Roman erschienen, der den Titel »Der verliebte Fernando« trug. Der Autor hatte die Liebe in Farben gemalt, die das Buch zu einer sehr gefährlichen Lektüre machten, und unsere Erzieher hatten uns streng untersagt, es zu lesen. Veyras verstand es, ein Exemplar des »Fernando« zu beschaffen, er steckte es in die Tasche und achtete darauf, daß ein Stück vom Umschlag hervorschaute. Sanudo bemerkte es und nahm es ihm weg. Er drohte Veyras mit strengsten Strafen, wenn es jemals wieder zu einer ähnlichen Verfehlung komme; dann schützte er irgendeine Krankheit vor und erschien nicht zum abendlichen Unterricht. Wir unsererseits schützten große Besorgnis um die Gesundheit unseres Lehrers vor und traten unvermutet in sein Zimmer. Dort fanden wir ihn mit dem gefährlichen Fernando beschäftigt, die Augen voller Tränen, was davon zeugte, wie sehr ihn diese Lektüre bewegte. Sanudo schien verlegen; wir taten, als hätten wir überhaupt nichts bemerkt. Bald darauf erhielten wir einen neuen Beweis für die große Veränderung, die im Herzen des unglückseligen Geistlichen vor sich gegangen war.

Die spanischen Frauen kommen den Pflichten ihrer Religion eifrig nach und verlangen jedesmal den gleichen Beichtvater. Man nennt das *buscar el su padre.* Manche Witzbolde, die den Spaß übertreiben, nutzen den Doppelsinn des Wortes aus und fragen, wenn sie ein Kind in die Kirche gehen sehen, ob es komme, *buscar el su padre.*

Die Damen von Burgos hätten wohl gerne dem Pater Sanudo gebeichtet, doch der scheue Mönch hatte erklärt, er nehme es nicht auf sich, das Gewissen von Personen weiblichen Geschlechtes zu lenken. Indessen geschah es, daß am Tage nach der unseligen Lektüre eine der schönsten Frauen der Stadt dem Pater Sanudo beichten wollte, und sogleich begab er sich in den Beichtstuhl. Man machte ihm darüber zweideutige Komplimente. Er antwortete jedoch ganz ernsthaft, einen Feind, den er so sehr bekämpft habe, brauche er nicht mehr zu fürchten. Die Patres glaubten ihm vielleicht; wir Schüler aber wußten besser Bescheid.

Sanudo schien sich von Tag zu Tag mehr für die Geheimnisse zu interessieren, die das schöne Geschlecht vor das Tribunal der Buße brachte. Er nahm seine Pflichten sehr genau wahr. Ältere Damen fertigte er rasch ab, jüngere hielt er länger zurück, und stets lief er zum Fenster, um das schöne Fräulein von Liria und die liebenswürdige Mendoza zu sehen, wenn sie sich zum alten Grafen begaben; war dann der Wagen vorbeigefahren, so wandte er voll Verachtung die Augen ab.

Eines Tages, als wir im Unterricht sehr unaufmerksam gewesen waren und die ganze Strenge Sanudos zu spüren bekommen hatten, nahm mich Veyras mit geheimnisvoller Miene zur Seite und sagte: »Es ist an der Zeit, daß wir uns an dem verwünschten Pedanten rächen, der unsere schönsten Tage mit Bußübungen markiert und dem es zu gefallen scheint, uns zu strafen. Ich habe einen ausgezeichneten Streich ersonnen; aber wir müßten noch ein junges Mädchen finden, deren Gestalt an die der Liria erinnert. Juanita, die Tochter des Gärtners, macht zwar sonst immer mit, aber für diesmal hat sie nicht genug Geist.«

»Mein lieber Veyras«, entgegnete ich, »wenn wir selbst eine Person fänden, die der Gestalt nach der jungen Liria ähnelt, wie sollen wir ihr aber die bezaubernden Züge der Gräfin verleihen?«

»In dieser Hinsicht bin ich ganz beruhigt«, meinte Veyras, »unsere Frauen haben eben begonnen, die in der Fastenzeit üblichen Schleier zu tragen, die sie *catafalcos* nennen. Das sind eine Art Volants aus Krepp, die übereinanderfallen und das Gesicht so gut verhüllen, daß sie selbst auf einem Maskenball nicht besser maskiert sein könnten. Juanita kann uns trotzdem helfen: wenn sie schon nicht zum Mitspielen taugt, so doch wenigstens dazu, die falsche Liria und ihre Dueña zu verkleiden.«

Veyras sagte an jenem Tage nichts mehr darüber, doch als Pater Sanudo an einem Sonntag im Beichtstuhl saß, sah er zwei in Mantel und Schleier gehüllte Frauen eintreten. Die eine setzte sich auf eine Matte, wie es die Frauen in den spanischen Kirchen tun, die andere kniete als Büßerin vor ihm nieder. Die Büßerin, die anscheinend sehr jung war, brach nur in Tränen aus und wurde von Schluchzen geschüttelt. Sanudo tat, was er konnte, um sie zu beruhigen, doch sie wiederholte immerfort: »Mein Vater, auf mir liegt eine Todsünde.«

Schließlich bemerkte Sanudo, daß sie außerstande sei, ihm ihre Seele zu erschließen, und daß sie am nächsten Tage wiederkommen solle. Die junge Sünderin trat zurück, warf sich vor den Altären nieder, betete lange und inbrünstig und verließ dann die Kirche mit ihrer Begleiterin.

»Ich erzähle Ihnen diese Geschichte«, sprach der Zigeuner, sich selbst unterbrechend, »nicht ohne Gewissensbisse ob der nichtswürdigen Streiche, die sich nicht einmal durch unsere Jugend entschuldigen lassen. Und wenn ich nicht auf Ihre Nachsicht hoffen dürfte, wagte ich es nicht, weiterzusprechen.«

Ein jeder versuchte nach besten Kräften, den Zigeunerhauptmann zu beruhigen, und dieser fuhr in seiner Erzählung also fort:

Die beiden Büßerinnen kamen am nächsten Tage zur gleichen Stunde; Sanudo wartete schon lange auf sie. Die jüngere begab sich wieder in den Beichtstuhl; sie schien sich diesmal ein wenig besser zu beherrschen. Indessen gab es noch genug Tränen und Seufzer. Schließlich ließ sie mit Silberstimme diese Worte vernehmen: »Mein Vater, noch vor kurzem schien es mir, daß mein Herz – im Einklang mit meinen Pflichten – für immer auf dem Pfade der Tugend verbleiben würde. Man bestimmte mir einen liebenswürdigen jungen Mann zum Gatten, und ich glaubte ihn zu lieben.«

Hier schluchzte sie von neuem; doch Sanudo tröstete die junge Person mit salbungsvollen Worten, worauf sie also fortfuhr: »Eine leichtfertige Dueña machte mich allzu empfänglich für die Vorzüge eines Mannes, dem ich nicht gehören, an den ich nicht einmal denken darf. Indessen vermag ich meine ketzerische Leidenschaft nicht zu besiegen.«

Aus dem Wort »ketzerisch« glaubte Sanudo wohl schließen zu können, daß es sich um einen Geistlichen, vielleicht um ihn selber handelte.

»Mein Fräulein«, sagte er mit bebender Stimme, »Ihre ganze Liebe gehört dem Gemahl, den die Eltern Ihnen bestimmt haben!«

»O mein Vater«, sprach die junge Person weiter, »warum gleicht er so wenig dem Manne, den ich liebe, warum hat er nicht seinen zärtlichen und zugleich strengen Blick, seine so edlen und schönen Züge, seine hohe Gestalt ...!«

»Mein Fräulein«, unterbrach sie Sanudo, »so spricht man nicht zur Beichte.«

»Es ist keine Beichte«, sagte das junge Mädchen, »sondern ein Geständnis.«

Und wie von Scham übermannt, erhob sie sich, trat zu ihrer Begleiterin, und beide verließen die Kirche. Sanudo verfolgte sie mit den Augen; bis zum Abend blieb er nachdenklich. Den nächsten Tag verbrachte er fast ganz im Beichtstuhl, doch niemand erschien, und auch am darauffolgenden Tage zeigte sich niemand.

Am dritten Tage kam das junge Mädchen mit der Dueña, kniete im Beichtstuhl nieder und sagte zu Sanudo: »Mein Vater, ich glaube, ich habe heute nacht einen großen Wandel erlebt. Ich fühlte mich überwältigt von Scham und Verzweiflung; mein böser Geist gab mir den Gedanken ein, eines meiner Strumpfbänder um den Hals zu schnüren; ich atmete nicht mehr. Plötzlich war es, als hielte jemand meine Hand zurück; helles Licht fiel auf meine Augen, und ich sah die heilige Therese, meine Schutzherrin, vor meinem Bette stehen. Sie sprach zu mir: ›Meine Tochter, beichte morgen dem Pater Sanudo und bitte ihn, er möge dir eine Locke von seinem Haupt geben, trage dann die Locke auf deinem Herzen, und dir wird wieder Gnade zuteil werden‹.«

»Gehen Sie, Fräulein«, sagte Sanudo, »werfen Sie sich vor dem Altar nieder und beweinen Sie Ihren Wahn. Auch ich will die Barmherzigkeit des Himmels auf Sie herabflehen.«

Sanudo erhob sich, verließ den Beichtstuhl und zog sich in

eine Kapelle zurück. Dort blieb er bis zum Abend und betete mit größter Inbrunst.

Am Tage darauf erschien die Dueña allein; sie ließ sich im Beichtstuhl nieder und sagte: »O mein Vater, ich komme, Sie um Nachsicht anzuflehen für eine Sünderin, über deren Seele die Gefahr ewiger Verderbnis schwebt. Sie haben sie gestern mit einer Strenge behandelt, die sie zur Verzweiflung treibt. Sie hätten sich, sagt sie, geweigert, ihr eine heilige Reliquie zu geben, die Sie besitzen. Ihr Geist verwirrt sich: sie versucht, Hand an sich zu legen. Gehen Sie in Ihre Zelle, mein Vater, bringen Sie die Reliquie, um die sie bittet – versagen Sie mir nicht diese Gnade!«

Sanudo verhüllte das Gesicht mit seinem Tuch, verließ die Kirche und kehrte bald darauf zurück. Er brachte ein kleines Reliquienkästchen und reichte es der Dueña mit den Worten: »Señora, was ich Ihnen hier gebe, ist ein Stück vom Schädel unseres heiligen Ordensstifters. Eine päpstliche Bulle verbindet mit dieser Reliquie vielfältigen Ablaß; wir haben hier keine wertvollere. Möge Ihre Schutzbefohlene diese geheiligten Reste auf ihrem Herzen tragen, und der Himmel stehe ihr bei.«

Als sich die Reliquie in unseren Händen befand, öffneten wir das Kästchen, da wir hofften, ein Büschel Haare darin zu finden; doch es enthielt nichts. Sanudo war nur empfindsam und leichtgläubig, vielleicht ein bißchen eitel, im übrigen aber tugendhaft und seinen Grundsätzen treu.

Veyras fragte ihn nach dem abendlichen Unterricht: »Mein Vater, warum dürfen Geistliche nicht heiraten?«

»Um ihr Unglück in dieser Welt und vielleicht ihre Verdammnis in jener zu vermeiden«, antwortete Sanudo. Dann fügte er mit strengerer Miene hinzu: »Veyras, ich verbiete dir, derartige Fragen zu stellen.«

Am nächsten Tag erschien Sanudo nicht im Beichtstuhl; die Dueña fragte nach ihm, doch an seiner Stelle kam ein anderer Geistlicher. Wir waren nahe daran, an dem Erfolg unserer abscheulichen Bosheiten zu verzweifeln, als der Zufall uns über alles Erwarten half.

Gerade als die junge Gräfin von Liria den Marqués von Fuen Castilla heiraten sollte, wurde sie von einer schweren Krankheit gepackt. Sie hatte ein hitziges Fieber, phantasierte und litt an Wahnvorstellungen. Ganz Burgos nahm Anteil am Geschick der beiden vornehmen Familien, und die Krankheit des Fräuleins von Liria versetzte die Stadt in wahre Bestürzung. Die Theatiner-Patres waren nicht die letzten, die davon erfuhren, und Sanudo erhielt am Abend einen Brief, der also lautete:

Mein Vater,

die heilige Therese ist erzürnt; sie sagt, Sie hätten mich betrogen. Sie macht auch der Mendoza Vorwürfe. Warum hat sie mich auch jeden Tag bei den Theatinern vorbeifahren lassen! Sie liebt mich, die heilige Therese, im Gegensatz zu Ihnen... Ich habe schlimme Kopfschmerzen... Ich sterbe.

Der Brief war mit zitternder Hand geschrieben und kaum leserlich. Und weiter unten hatte eine andere Hand hinzugefügt:

Mein Vater, sie schreibt zwanzig solcher Briefe an einem Tag. Jetzt ist sie nicht mehr imstande, die Feder zu halten. Beten Sie für uns, mein Vater; das ist alles, was ich Ihnen im Augenblick mitteilen kann.

Der Kopf des armen Sanudo konnte nicht damit fertig werden; seine Verwirrung war grenzenlos. Er ging, kam, lief hinaus, stellte Fragen, und was uns am meisten freute: er gab keinen Unterricht mehr, oder, richtiger: die Unterrichtsstunden waren so kurz, daß wir sie ohne Pein ertragen konnten. Schließlich retteten eine glücklich überstandene Krise und irgendwelche Arzneien der schönen Gräfin von Liria das Leben. Man sprach von ihrer Genesung, und Sanudo erhielt einen Brief folgenden Inhalts:

Mein Vater,

endlich ist die Gefahr vorüber, doch der Geist vermochte noch nicht zu gesunden. Das junge Geschöpf ist jeden Augenblick drauf und dran, mir zu entwischen und sein Geheimnis zu verraten. Bedenken Sie, mein Vater, ob es Ihnen nicht möglich wäre, uns in Ihrer Zelle zu empfangen. Das Tor wird bei Ihnen erst um elf Uhr geschlossen, und wir könnten nach Einbruch der Dämmerung kommen. Vielleicht können Ihre Ermahnungen mehr bewirken als Ihre Reliquie. Wenn dies so andauert, werde ich wahrscheinlich selber noch irre. Mein Vater, in des Himmels Namen, retten Sie die Ehre zweier vornehmer Häuser.

Dieser Brief erregte Sanudo so sehr, daß er Mühe hatte, den Weg zu seiner Zelle zu finden. Dort schloß er sich ein, und wir lauschten an der Tür, um herauszubekommen, was drinnen vor sich gehe. Zuerst vernahmen wir ein Schluchzen und Weinen, dann hörten wir ihn inbrünstig beten. Später rief er den Türschließer zu sich und sagte ihm: »Mein Bruder, wenn zwei Frauen nach mir fragen, laß sie unter keinen Umständen herein.«

Sanudo erschien nicht zum Abendessen; er verbrachte den Abend im Gebet. Gegen elf Uhr klopfte es an seiner Tür. Er öffnete. Ein junges Mädchen stürzte ins Zimmer und warf die Lampe um, die sogleich erlosch. In diesem Augenblick hörte man den Vorsteher nach Sanudo rufen.

Als der Zigeunerhauptmann hier angelangt war, kam einer seiner Leute, um Bericht zu erstatten, doch Rebekka rief aus: »Bitte, unterbrechen Sie nicht Ihre Erzählung gerade an dieser Stelle. Ich muß noch heute erfahren, wie Sanudo aus dieser heiklen Situation herauskam.«

»Gestatten Sie«, erwiderte der Zigeunerhauptmann, »daß ich diesem Manne ein paar Augenblicke widme, dann will ich sogleich weitererzählen.«

Einhellig billigten wir Rebekkas Ungeduld; der Zigeuner aber fuhr, nachdem er mit dem Manne gesprochen hatte, also fort:

Ich sagte, daß man die Stimme des Vorstehers vernahm, der Sanudo rief. Dieser schloß rasch die Tür seiner Zelle, indem er den Schlüssel zweimal umdrehte, und eilte zu seinem Vorgesetzten. Es hieße Ihrem Scharfsinn unrecht tun, wenn ich annähme, Sie hätten nicht längst erraten, daß die falsche Mendoza kein anderer als Veyras war und daß die schöne Liria von der gleichen Person dargestellt wurde, die der Vizekönig von Mexiko heiraten wollte, das heißt von mir. Ich sah mich also in Sanudos Zelle eingeschlossen, ohne Licht und ohne recht zu wissen, womit ich die Komödie, die nicht ganz nach unseren Vorstellungen verlief, enden lassen sollte. Denn wir hatten Sanudo zwar leichtgläubig, doch niemals schwach oder heuchlerisch gefunden. Zweifellos hätten wir am besten daran getan, die Komödie stillschweigend und ohne Effekt abzuschließen. Die Vermählung des Fräuleins von Liria, die wenige Tage später stattfand, und das Glück der beiden Gatten wären für Sanudo unerklärliche Rätsel gewesen, die ihn sein Leben lang gequält hätten; wir aber wollten uns an der Verwirrung unseres Mentors weiden, und ich zermarterte mein Hirn mit der Frage, ob es wohl besser sei, diesen letzten Akt mit einem großen Gelächter oder mit zweideutigen ironischen Anspielungen abzuschließen. Mich beschäftigten noch solche boshaften Pläne, als ich hörte, daß die Tür geöffnet wurde.

Sanudo erschien, und sein Anblick flößte mir mehr Ehrfurcht ein, als ich erwartet hatte. Er trug Stola und Chorhemd, in der einen Hand hielt er einen Leuchter, in der anderen ein Kruzifix aus Ebenholz. Er setzte den Leuchter auf den Tisch, nahm das Kruzifix in beide Hände und sprach: »Mein Fräulein, Sie sehen mich im geheiligten Priestergewand; es soll Sie daran erinnern, daß das Siegel des geistlichen Amtes auf meiner ganzen Person liegt. Als Priester unseres

Gottes und Erlösers kann ich meine heilige Pflicht nicht besser erfüllen als dadurch, daß ich Sie am Rande eines Abgrunds zurückhalte. Der Geist des Bösen hat Ihre Sinne verwirrt und Sie verderblichen Lockungen ausgesetzt. Wenden Sie sich ab, Fräulein, kehren Sie zurück auf den Pfad der Tugend. Für Sie sind nur Blumen gesät. Ein junger Gatte reicht Ihnen die Hand. Er wird Ihnen zugeführt von dem tugendhaften Greis, dessen Blut in Ihren Adern fließt. Ihr Vater war sein Sohn; dieser Vater ist Ihnen beiden vorausgegangen in die Gefilde der reinen Seelen und weist Ihnen den Weg, der dorthin führt. Blicken Sie empor zum himmlischen Licht. Fürchten Sie den Geist der Lüge, der Ihre Blicke entführte und sie auf die Diener des gleichen Gottes lenkte, dessen Erzfeind er ist ...«

Sanudo sprach noch manche schönen Worte, die geeignet gewesen wären, mich zu bekehren, wenn ich Fräulein von Liria gewesen wäre und mich in meinen Beichtvater verliebt hätte. Doch ich war nur ein nichtsnutziger Junge, mit Rock und Mantel ausstaffiert und sehr in Verlegenheit darüber, wie all das enden würde.

Sanudo schöpfte Atem und sprach dann weiter: »Kommen Sie, Fräulein, alles ist vorbereitet, um Sie aus dem Kloster hinauszubringen. Ich werde Sie zur Frau unseres Gärtners führen, und man wird die Mendoza benachrichtigen, damit Sie von ihr abgeholt werden.«

Mit diesen Worten öffnete mir Sanudo die Tür; ich sprang schnell hin, mit der Absicht, zu fliehen, so schnell mich die Beine trügen. Und ich hätte es auch tun sollen; doch gerade in diesem Augenblick gab mir ein böser Geist den Gedanken ein, meinen Schleier zu lüften, mich meinem Lehrer an die Brust zu werfen und auszurufen: »Grausamer, wollen Sie eine Liebende in den Tod treiben?«

Sanudo erkannte mich. Zuerst war er starr vor Bestürzung. Dann strömten Tränen aus seinen Augen, und mit den Anzeichen tiefsten Schmerzes wiederholte er immerzu: »Mein Gott, o mein Gott! Erbarme dich meiner, erleuchte mich, löse meine Zweifel. O mein Gott! Was soll ich tun?«

Der arme Lehrer weckte Mitleid in mir. Ich umklammerte seine Knie; ich bat ihn, mir zu verzeihen, und schwor, Veyras und ich würden das Geheimnis hüten.

Sanudo hob mich auf, netzte meine Wangen mit seinen Tränen und sprach: »Unglückliches Kind, glaubst du wirklich, daß die Furcht, mich lächerlich zu machen, mich in einen solchen Zustand versetzen könnte? Unglückseliger! Dich beweine ich. Du hast dich nicht gescheut, das Heiligste zu entweihen, das unserer Religion eigen ist; du hast das heilige Tribunal der Buße verhöhnt. Meine Pflicht ist es, dich der Inquisition anzuzeigen. Gefängnis und Martern harren deiner.«

Dann umarmte er mich mit dem Ausdruck tiefen Schmerzes und sagte: »Nein, mein Kind, gib deine Seele noch nicht der Verzweiflung preis. Ich werde vielleicht erreichen, daß man deine Bestrafung uns überläßt. Sie wird grausam sein, doch sie wird keine Folgen für dein weiteres Leben haben.«

Nach diesen Worten verließ Sanudo die Zelle. Er verschloß sie, indem er den Schlüssel zweimal umdrehte, und ließ mich in einer Bestürzung zurück, die Sie sich wohl selber ausmalen können; ich unternehme es nicht, sie Ihnen zu schildern. Der Gedanke an ein Verbrechen war mir bis dahin noch niemals gekommen, und unsere frevelhaften Einfälle hatten wir für höchst unschuldigen Schabernack gehalten. Die Züchtigung, die mir drohte, lähmte mich so sehr, daß ich nicht einmal zu weinen vermochte. Ich weiß nicht, wie lange ich in diesem Zustand blieb. Schließlich öffnete sich die Tür. Herein trat der Vorsteher, gefolgt vom Bußpriester und von zwei Laienbrüdern, die mich unter den Armen ergriffen und mich durch alle Gänge des Gebäudes zu einem entfernten Gelaß führten. Sie stießen mich hinein, ohne selber einzutreten, und ich hörte, wie von draußen mehrere Riegel vorgelegt wurden.

Ich kam wieder zu mir und betrachtete prüfend mein Gefängnis. Das Mondlicht fiel in breitem Streifen durch die Gitter des Fensters. Ich sah nur Mauern, geschwärzt von Inschriften, und in einer Ecke etwas Stroh.

Mein Fenster führte auf einen Friedhof. Unter einer Vorhalle hatte man auf drei Bahren drei in ihre Tücher gehüllte Leichen abgesetzt. Der Anblick flößte mir Schrecken ein; ich wagte mich nicht weiter umzusehen, weder in meinem Gelaß noch draußen.

Bald vernahm ich auf dem Friedhof Lärm. Ich sah, wie ein Kapuziner mit vier Totengräbern hereinkam. Sie gingen auf die Vorhalle zu, und der Kapuziner sagte: »Hier ist der Leichnam des Marqués von Valórnez – bringt ihn in den Raum zum Einbalsamieren. Und was diese beiden Christen anbelangt, so werft sie in die gestern frisch aufgeworfene Grube.«

Kaum hatte der Kapuziner den Satz vollendet, so vernahm ich ein anhaltendes Wimmern, und drei gräßliche Gespenster zeigten sich auf der Friedhofsmauer.

Als der Zigeuner an dieser Stelle angelangt war, erschien wieder der Mann, der uns bereits einmal gestört hatte. Er hatte dem Hauptmann abermals etwas zu berichten; doch Rebekka, durch ihren vorhergehenden Erfolg ermutigt, sagte mit allem Ernst: »Verehrter Hauptmann, ich muß unbedingt heute noch erfahren, was die drei Gespenster zu bedeuten hatten, sonst kann ich die ganze Nacht nicht einschlafen.«

Der Zigeuner versprach, ihren Wunsch zu erfüllen. Und es dauerte wirklich nicht lange, bis er zurückkam und in seiner Erzählung also fortfuhr:

Ich erwähnte, daß drei gräßliche Gespenster auf der Friedhofsmauer auftauchten. Diese Erscheinung sowie das Wimmern, von dem sie begleitet wurde, jagte den vier Totengräbern und ihrem Anführer, dem Kapuziner, einen heillosen Schrecken ein. Sie flohen mit lautem Geschrei. Ich hatte zwar auch Angst, doch sie wirkte sich bei mir gegenteilig aus; ich blieb nämlich wie angewurzelt und in einem Zustand völliger Lähmung an meinem Fenster stehen.

Nun sah ich, wie zwei Gespenster von der Mauer herab in den Friedhof sprangen und dem dritten, das nur mit Mühe herunterkletterte, die Hand reichten. Darauf zeigten sich noch weitere Gespenster, die sich gleichfalls in den Friedhof herabließen, so daß wohl ihrer zehn oder zwölf zusammenkamen. Jenes Gespenst, dem die anderen zum Herabklettern die Hände gereicht hatten, trat unter die Vorhalle, um die drei Leichen aufmerksam zu betrachten; dann wandte es sich den anderen zu und sagte: »Meine Freunde, dies ist der Leichnam des Marqués von Valórnez. Sie haben es erlebt, wie meine Kollegen, diese Esel, mit mir umgegangen sind; indessen irrten sie sich alle, indem sie die Krankheit des Marqués für eine Wassersucht in der Brust hielten. Ich allein, der Doktor Sangre Moreno, habe es genau getroffen: ich erkannte in ihr eine Angina polyposa, wie sie von den Meistern der ärztlichen Kunst so gut beschrieben wird.

Aber ich hatte kaum das Wort ›Angina polyposa‹ ausgesprochen, da zuckten diese Packesel, meine Kollegen, mit den Schultern und wandten mir den Rücken zu, als wäre ich ihrer Gesellschaft unwürdig. Ja, in der Tat, der Doktor Sangre Moreno paßt nicht zu ihnen. Die Eseltreiber von Galicien und die Maultiertreiber von Estremadura – das sind die Leute, die man brauchte, um sie zu regieren und zur Vernunft zu bringen. Doch der Himmel ist gerecht. Wir hatten im vergangenen Jahr ein großes Sterben unter dem Vieh. Wenn die Viehseuche auch dieses Jahr noch auftritt, so wird – davon seien Sie überzeugt – keiner meiner Kollegen ihr entgehen können; dann wird der Doktor Sangre Moreno das Schlachtfeld behaupten. Und Sie, meine lieben Schüler, werden dort die Fahne der chemischen Medizin aufpflanzen. Sie haben gesehen, wie ich die junge Liria einzig mit Hilfe einer glücklichen Mischung von Phosphor und Antimon gerettet habe. Die Halbmetalle und ihre weisen Kombinationen – das sind die heldenhaften Arzneien, fähig, alle Übel zu bekämpfen und zu besiegen, und es sind nicht die Wurzeln und Kräuter, die zu nichts taugen, als von den Packeseln, meinen ehrenwerten Kollegen, abgeweidet zu werden.

Meine lieben Schüler, Sie sind Zeugen gewesen, wie ich die Marquesa von Valórnez dringend gebeten habe, sie möge mir wenigstens erlauben, die Spitze meines Skalpells in die Luftröhre des erlauchten Marqués zu senken. Aber den Einflüsterungen meiner Feinde folgend, wollte die Marquesa keineswegs zustimmen. Jetzt bin ich endlich in der Lage, Beweise für meine Behauptung zu liefern. Oh, wenn es zu den menschenmöglichen Dingen gehörte, daß der erlauchte Marqués selber der Öffnung seines Körpers beiwohnte! Mit welchem Vergnügen würde ich ihm die hydatische und polypöse Materie zeigen, die ihre Wurzeln in den Bronchien hat und sich bis in den Larynx verzweigt.

Doch was sag ich? Der habsüchtige Kastilianer, den der Fortschritt der Wissenschaften gleichgültig läßt, versagt uns das, woraus er selber keinen Nutzen ziehen kann. Wenn dem Marqués auch nur das geringste Interesse an der Medizin eigen gewesen wäre, hätte er uns seine Lungen, seine Leber und alle Eingeweide vermacht, da sie ihm ohnehin zu nichts mehr taugen. Aber nein, wir müssen unter Gefahr für unser Leben die Stätten des Todes heimsuchen und den Frieden der Gräber stören.

Doch gleichviel, meine lieben Schüler! Je mehr Widerstände sich vor uns auftürmen, mit desto größerem Ruhm werden wir sie überwinden. Mut denn! Vollenden wir unser Unternehmen! Wenn Sie dreimal pfeifen, werden Ihre Gefährten, die auf der anderen Seite der Mauer geblieben sind, die Leiter herüberreichen, und sogleich werden wir den erlauchten Marqués entführen. Man müßte sich dazu beglückwünschen, daß man an einer so seltenen Krankheit gestorben ist, mehr aber noch dazu, daß man an kundige Menschen geriet, welche die Krankheit erkannt und mit ihrem richtigen Namen belegt haben.

In drei Tagen werden wir in der Lage sein, hier eine vornehme Persönlichkeit abzuholen, die gestorben ist an… an… Doch still, man muß nicht alles aussprechen.«

Nachdem der Doktor so seine Rede beendet hatte, pfiff einer der Schüler dreimal, und ich sah, wie man eine Leiter über die Mauer herüberreichte. Darauf wurde der Leichnam des Marqués mit Stricken umwunden und auf die andere Seite gezogen. Die Gespenster stiegen hinterher, und die Leiter verschwand.

Als ich niemanden mehr sah, begann ich über die Furcht, die ich empfunden hatte, herzhaft zu lachen.

Doch nun ist es an der Zeit, über eine Art der Bestattung zu berichten, die in einigen Klöstern Spaniens und Siziliens gepflegt wird. Man baut dort kleine dunkle Kellernischen, in denen es einen sehr starken Luftzug gibt, was man durch kunstvoll angelegte Öffnungen und Kanäle erreicht. In diese Nischen bringt man Leichen, die erhalten bleiben sollen. Die Dunkelheit schützt sie vor Insekten, und die Luft trocknet sie aus. Nach sechs Monaten öffnet man die Nische. Wenn die Operation gelungen ist, erscheinen die Mönche in feierlichem Aufzug bei der Familie, um ihr zu gratulieren; dann kleiden sie den Toten in ein Kapuzinerhabit und setzen ihn in einer Gruft bei, die für mutmaßliche Heilige bestimmt ist oder doch für solche, die wenigstens bis zu einer gewissen Stufe der Seligkeit gelangt sind. In diesen Klöstern begleitet der Trauerzug den Leichnam nur bis zum Friedhofstor, wo die Bahre von Laienbrüdern aufgenommen wird, die dann weiter nach den Anweisungen ihrer Oberen verfahren. Gewöhnlich bringt man die Toten am Abend. Die Oberen halten dann Rat, und in der Nacht werden die Leichen an den Ort ihrer Bestimmung getragen. Viele von ihnen eignen sich nicht für die Austrocknung.

Die Kapuziner wollten den Leichnam des Marqués von Valórnez in eine solche Kellernische bringen. Sie waren gerade dabei, ihn abzuholen, als die Gespenster die Totengräber verscheuchten. Im Morgengrauen zeigten sich diese von neuem; sie schlichen auf Zehenspitzen herbei und drückten sich aneinander. Ein gewaltiger Schreck befiel sie, da sie sahen, daß der Leichnam des Marqués verschwunden war; sie meinten wohl, der Teufel habe ihn geholt. Bald darauf liefen alle Mönche herbei, bewaffnet mit Weihwedeln, und sie wedelten, exorzierten und schrien mit allen Kräften. Mich hingegen übermannte der Schlaf, ich warf mich auf das Stroh und schlummerte sogleich ein.

Am nächsten Tag galt mein erster Gedanke der Züchtigung, die mir drohte. Der zweite Gedanke kreiste um die Möglichkeit, mich ihr zu entziehen. Veyras und ich, wir hatten schon so oft die Speisekammern geplündert, daß uns das Erklettern von Mauern völlig vertraut war; wir verstanden es auch ausgezeichnet, Fenstergitter herauszulösen und so wieder einzusetzen, daß niemand etwas davon bemerkte. Ich löste mit einem Messer, das ich in der Tasche hatte, einen Nagel aus der hölzernen Füllung meines Fensters. Mit diesem Nagel kratzte ich das untere Ende eines Gitterstabes frei. Ich arbeitete ohne Unterbrechung bis zum Mittag. Da öffnete sich das Schiebefenster in meiner Tür, und ich erkannte das Gesicht eines Laienbruders, der in unserem Schlafsaal Dienst tat. Er schob mir Brot und einen Krug Wasser durch und fragte mich, ob er mir irgendwie nützlich sein könne. Ich bat ihn, er möge für mich zum Pater Sanudo gehen und ihn beschwören, mir Bettzeug zu schicken, da es wohl recht und billig sei, daß ich bestraft würde, nicht aber, daß ich unter Unsauberkeit leiden müsse. Meine Begründung wurde anerkannt; man schickte mir, worum ich gebeten hatte; man gab auch noch etwas Fleisch dazu, damit ich nicht von Kräften käme. Ich erkundigte mich scheinbar beiläufig nach Veyras und erfuhr, daß man ihn in Ruhe gelassen habe; daraus ersah ich zu meiner Freude, daß man nicht weiter nach Schuldigen suchte. Ich fragte, wann man mit meiner Bestrafung beginnen werde. Der Laienbruder erwiderte, daß er davon nichts wisse; gewöhnlich lasse man jedoch drei Tage Zeit zur Überlegung. Mehr brauchte ich nicht zu wissen; ich war vollkommen beruhigt.

Das Wasser, das man mir gebracht hatte, benutzte ich dazu, das Mauerwerk an den Stellen, wo die Gitterstäbe eingelassen waren, anzufeuchten, damit ich es besser herauskratzen konnte. Die Arbeit ging rasch voran, und schon am Morgen des übernächsten Tages lag das Gitter völlig frei. Darauf zerschnitt ich die Bettdecke und das Laken in Streifen und band sie so zusammen, daß sie recht gut als Strickleiter dienen konnten. Ich wartete auf die Nacht, um mein Vorhaben auszuführen. Es war auch Zeit, daran zu denken; denn mein Wärter hatte mich wissen lassen, daß ich am nächsten Tag durch eine Junta, die aus Theatinern bestand und in der ein Mitglied des Heiligen Offiziums den Vorsitz führte, abgeurteilt werden sollte.

Gegen Abend brachte man eine Leiche, die in ein kostbares schwarzes Tuch mit silbernen Fransen gehüllt war. Ich vermutete, daß es sich um den vornehmen Herrn handelte, von dem Sangre Moreno gesprochen hatte.

Als es völlig dunkel geworden war und die nächtliche Stille durch nichts mehr gestört wurde, löste ich das Gitter heraus, befestigte die Strickleiter, und gerade wollte ich hinuntersteigen, da zeigten sich wieder die Gespenster auf der Mauer. Es waren, wie Sie sich wohl denken, die Schüler des Doktors. Sie gingen ohne Zögern auf den verblichenen Herrn zu und trugen ihn fort, ließen aber das schwarze Fransentuch liegen.

Sobald sie sich davongemacht hatten, öffnete ich mein Fenster und kam aufs glücklichste hinunter. Ich hatte nun die Absicht, eine der Bahren an die Friedhofsmauer zu lehnen und sie als Leiter zu benutzen.

Während ich daranging, meine Absicht auszuführen, hörte ich, wie das Friedhofstor geöffnet wurde. Ich lief unter die Vorhalle, um mich zu verstecken; ich legte mich auf die frei gewordene Bahre und deckte mich mit dem Fransentuch zu, schlug aber eine Ecke um, damit ich sähe, wer da wohl käme.

Zuerst zeigte sich ein schwarzgekleideter Stallmeister, der

in der einen Hand eine Fackel hielt und in der anderen seinen Degen; dann kamen Lakaien in Trauerkleidung und schließlich eine Dame von vollkommener Schönheit, vom Scheitel bis zur Sohle in schwarzen Krepp gehüllt. Die trauernde Schöne trat an meine Bahre heran, warf sich auf die Knie und begann bitterlich zu klagen: »O du teure Hülle des edelsten Gatten! Warum kann ich nicht, wie einst Artemisia, deine Asche mit meinem täglichen Getränk mischen, damit sie mit dem Blut durch meinen Körper fließe und dieses Herz, das stets nur für dich geschlagen hat, von neuem belebe. Doch da mir mein Glauben nicht erlaubt, dein lebendes Grabmal zu sein, so möchte ich dich wenigstens dem Staub der Toten entführen; ich will Tag für Tag mit meinen Tränen die Blumen begießen, die auf deinem Grabe wachsen werden, wo mein letzter Seufzer uns bald wieder vereinen wird.«

Nach diesen Worten wandte sich die Dame zu ihrem Stallmeister um und sprach: »Don Diego, lassen Sie den Leichnam Ihres Herrn aufnehmen; wir werden ihn in unserer Gartenkapelle beisetzen.«

Sogleich hoben vier stämmige Lakaien die Bahre hoch, und wenn sie glaubten, einen Toten zu tragen, so irrten sie sich kaum, denn ich war halbtot vor Angst.

Als der Zigeuner an dieser Stelle seiner Erzählung angelangt war, wurde ihm mitgeteilt, daß die Angelegenheiten der Bande seine Gegenwart erforderten. Er verließ uns, und wir bekamen ihn an diesem Tage nicht mehr zu sehen.

Siebenundzwanzigster Tag

Am nächsten Tage blieben wir noch an dem gleichen Ort. Der Zigeunerhauptmann hatte Zeit, und Rebekka benutzte die Gelegenheit, ihn an die Fortsetzung seiner abenteuerlichen Geschichte zu erinnern. Der Zigeuner kam ihrem Wunsche gern nach und begann also zu erzählen:

Fortsetzung der Geschichte des Zigeunerhauptmanns

Ich hatte, während man mich auf meiner Bahre trug, in dem schwarzen Tuch, mit dem ich bedeckt war, eine Naht aufgetrennt. So konnte ich sehen, daß die Dame eine schwarz ausgeschlagene Sänfte bestiegen hatte, daß der Stallmeister nebenher ritt und daß meine Träger sich ablösten, um schneller voranzukommen. Wir hatten Burgos – ich weiß nicht, durch welches Tor – verlassen und waren noch ungefähr eine Stunde unterwegs. Dann machte man vor einem Garten halt, man trat ein, und ich wurde schließlich in einem Pavillon abgesetzt, mitten in einem schwarz verkleideten und von wenigen Leuchtern schwach erhellten Raum.

»Don Diego«, sagte die Dame zu ihrem Stallmeister, »verlassen Sie mich. Ich möchte noch an der teuren Hülle meines Gatten weinen, mit dem mein Schmerz mich bald wieder vereinen wird.«

Allein geblieben, ließ sich die Dame vor mir nieder und rief: »Du Unmensch, soweit also hat dich deine unerbittliche Raserei gebracht. Du hast uns verdammt, ohne uns anzuhören. Wie wirst du nun vor dem schrecklichen Tribunal der Ewigkeit bestehen?«

In diesem Augenblick stürmte eine andere Frau herein. Sie hielt einen Dolch in der Hand und gebärdete sich wie eine Furie.

»Wo sind die schändlichen Gebeine des Ungeheuers in Menschengestalt?« rief sie. »Ich will wissen, ob er Eingeweide hatte; ich will sie zerfetzen; ich will sein erbarmungsloses Herz herausreißen und es in meinen Händen zermalmen; ich will meinen Zorn an ihm stillen!«

Hier schien es mir angebracht, daß ich mich zu erkennen gäbe. Ich warf das Tuch ab, fiel der Frau mit dem Dolch zu Füßen, umklammerte ihre Knie und sagte: »Señora, haben Sie Mitleid mit einem armen Schüler, der sich unter diesem Leichentuch verborgen hat, um der Auspeitschung zu entgehen.«

»Unglücklicher Knabe«, rief die Frau, »wo ist denn der Leichnam des Herzogs von Sidonia?«

»Er befindet sich unter den Händen des Doktors Sangre Moreno«, erwiderte ich. »Seine Schüler haben ihn heute nacht entführt.«

»Gerechter Himmel!« sagte die Frau. »Er allein hat erkannt, daß der Herzog an Gift gestorben ist. Ich bin verloren.«

»Fürchten Sie nichts«, ließ ich mich vernehmen, »der Doktor wird es niemals wagen, einzugestehen, daß er vom Friedhof der Kapuziner Leichen stiehlt, und die Kapuziner wiederum, die glauben, daß die verschwundenen Leichen vom Teufel geholt worden sind, werden sich wohl hüten, zuzugeben, daß der Satan im Bereich ihres Klosters soviel Macht gewonnen habe.«

Darauf sah mich die Frau mit dem Dolch streng an und sagte: »Und du, unglücklicher Knabe, wer bürgt uns dafür, daß du nichts verrätst?«

»Señora«, antwortete ich, »ich soll heute von einer Junta abgeurteilt werden, die aus Theatinern besteht und in der ein Mitglied der Inquisition den Vorsitz führt; zweifellos werden sie mich zu tausend Peitschenhieben verurteilen. Ich flehe Sie an: versichern Sie sich meiner Verschwiegenheit, indem Sie mich vor aller Welt verborgen halten!«

Statt aller Antwort hob die Dame eine verborgene Falltür auf, die in der einen Ecke des Raumes angelegt war, und bedeutete mir, dort hinabzusteigen. Ich gehorchte, und die Falltür schloß sich über mir.

Ich tastete mich eine völlig dunkle Treppe hinunter, die mich in ein ebenso finsteres Kellergewölbe führte. Ich stieß gegen einen Pfosten, unter meinen Händen fühlte ich Ketten; dann trafen meine Füße auf eine Grabplatte, über der ein metallenes Kreuz aufragte. Diese traurigen Gegenstände luden nicht zum Schlummer ein, aber ich stand in jenem glücklichen Alter, da man trotz allem schläft. So streckte ich mich auf dem Marmor der Grabplatte aus, und wenige Augenblicke später war ich ganz fest eingeschlafen.

Am nächsten Tage sah ich mein Gefängnis durch eine Lampe erhellt; sie brannte in einem anderen Kellergewölbe, das von dem meinen durch Eisenstäbe abgeteilt war. Nach einiger Zeit erschien die Dame, die den Dolch geschwungen hatte, am Gitter, um dort einen mit einem Tuch bedeckten Korb niederzusetzen. Sie wollte sprechen, doch ihre Tränen hinderten sie daran. Sie gab mir durch Zeichen zu verstehen, daß dieser Ort in ihr grausige Erinnerungen wecke. Ich fand in ihrem Korb reichlich Nahrung und einige Bücher. Vor der Auspeitschung war ich gerettet; ich konnte auch sicher sein, daß ich keinen Theatiner zu Gesicht bekäme; alle Erwägungen dieser Art bewirkten, daß ich den Tag höchst angenehm verbrachte.

Am nächsten Tag wurden die Vorräte von der jungen

Witwe gebracht. Sie wollte gleichfalls sprechen, doch sie fand nicht die Kraft dazu und zog sich zurück, ohne daß sie ein einziges Wort zu sagen vermocht hätte.

Am folgenden Tag kam sie abermals. Sie trug ihr Körbchen unter dem Arm und schob es dann durch die Stäbe des Gitters. In dem Teil des Kellers, wo sie sich befand, stand ein großes Kruzifix. Sie warf sich vor diesem Bild unseres Erlösers auf die Knie und betete mit folgenden Worten: »O mein Gott! Unter diesem Marmor ruhen die gequälten Gebeine eines sanften und liebevollen Wesens. Er weilt jetzt sicherlich unter den Engeln, deren Abbild er auf Erden gewesen ist. Und gewiß fleht er um dein Erbarmen für seinen unmenschlichen Mörder, für die, die seinen Tod rächte, und für die Unglückselige, die unfreiwillig zur Mitschuldigen wurde und zum Opfer so vieler Schrecknisse.«

Dann setzte die Dame ihr Gebet etwas leiser, aber mit größter Inbrunst fort. Schließlich erhob sie sich, trat an das Gitter und sagte nun mit ruhigerer Stimme: »Sage mir, ob dir etwas fehlt und ob wir etwas für dich tun können.«

»Señora«, erwiderte ich, »ich habe eine Tante namens Dalanosa. Sie wohnt in der Theatinerstraße. Es wäre mir lieb, wenn sie erführe, daß ich lebe und mich in Sicherheit befinde.«

»Ein solcher Auftrag«, sagte die Dame, »könnte uns Gefahr bringen. Dennoch verspreche ich dir, nach Mitteln zu suchen, wie wir deine Tante beruhigen können.«

»Señora«, sprach ich darauf, »Sie sind die Güte selbst, und der Gatte, der Ihr Unglück verschuldete, muß zweifellos ein Ungeheuer gewesen sein.«

»Ach«, sagte die Dame, »wie sehr bist du im Irrtum; er war der beste und zartfühlendste aller Männer.«

Am folgenden Tag brachte wieder die Frau, die den Dolch geschwungen hatte, mein Essen. Sie kam mir diesmal weniger erregt vor, oder wenigstens beherrschte sie sich besser.

»Mein Kind«, sagte sie, »ich bin selber bei deiner Tante gewesen; sie scheint für dich die zärtlichen Gefühle einer Mutter zu hegen, und sicherlich hast du keine Eltern mehr.«

Ich antwortete ihr, ich hätte tatsächlich meine Mutter verloren, und da mir das Unglück widerfahren sei, in das Tintenfaß meines Vaters zu fallen, habe er mich für immer aus seiner Nähe verbannt.

Die Dame wollte, daß ich ihr meine Worte näher erkläre. Ich erzählte ihr meine Geschichte, die ihr ein Lächeln zu entlocken schien. Sie sagte: »Mein Kind, ich glaube, ich habe gelächelt; seit langem ist das nicht mit mir geschehen. Ich hatte einen Sohn; er ruht unter dem Marmor, auf dem du sitzest. Gern möchte ich ihn in dir wiederfinden. Ich war die Amme der Herzogin von Sidonia. Ich bin nur eine Frau aus dem Volke, aber ich habe ein Herz, das zu lieben und zu hassen weiß. Und Menschen von solcher Art sind niemals zu verachten.«

Ich dankte der Dame und versicherte ihr, daß ich für sie stets die Gefühle eines Sohnes hegen wolle.

Mehrere Wochen vergingen auf ähnliche Weise. Die beiden Damen gewöhnten sich von Tag zu Tag mehr an mich. Die Amme behandelte mich wie einen Sohn, und die Herzogin schenkte mir das größte Wohlwollen; sie verbrachte oft mehrere Stunden im Kellergewölbe.

Eines Tages, da die Trauer sie weniger niederzudrücken schien als sonst, wagte ich es, sie zu bitten, daß sie mir die Geschichte ihrer Leiden erzähle. Sie sträubte sich lange. Endlich gab sie meinem Drängen nach und begann also:

Die Geschichte der Herzogin von Medina Sidonia

Ich bin die einzige Tochter des Don Emanuel de Val Florida, der Erster Staatssekretär gewesen und vor kurzem gestorben ist, geehrt durch die Trauer seines Herrn und – wie man mir sagte – beklagt selbst an den Höfen Europas, die mit unserem mächtigen Monarchen verbündet sind. Ich habe diesen achtenswerten Mann erst in den letzten Jahren seines Lebens kennengelernt.

Meine Jugend verbrachte ich in Asturien, bei meiner Mutter, die, seit den ersten Jahren ihrer Ehe von dem Gatten getrennt, bei ihrem Vater wohnte, dem Marqués von Astorgas, dessen einzige Erbin sie war.

Ich weiß nicht, inwieweit meine Mutter daran schuld war, daß sie die Zuneigung ihres Gatten verloren hatte; aber ich weiß, daß die endlosen Qualen ihres Lebens genügt haben müßten, um selbst schwerste Schuld zu sühnen. Sie wurde ganz von Schwermut verzehrt. In ihrem Blick standen immer Tränen, und in ihrem Lächeln lag stets ein schmerzlicher Zug. Selbst ihr Schlummer blieb von der Betrübnis nicht verschont: Seufzer und Stöhnen störten die Ruhe des Schlafes.

Nicht, daß die Trennung vollkommen gewesen wäre; meine Mutter erhielt vielmehr regelmäßig Briefe von ihrem Gatten und antwortete ihm auf die gleiche Weise. Sie hatte ihn zweimal in Madrid besucht, doch das Herz des Gatten blieb ihr für immer verschlossen. Die Marquesa hatte eine liebevolle und zarte Seele. Alle Zuneigung schenkte sie ihrem Vater, und dieses Gefühl, das sie bis ins Maßlose steigerte, linderte ein wenig die Bitternis ihrer langen Trübsal.

Die Empfindungen, die meine Mutter mir entgegenbrachte, vermag ich nur schwer zu beschreiben. Zweifellos liebte sie mich; aber man könnte beinahe sagen, daß sie sich fürchtete, sich in mein Leben einzudrängen. Weit entfernt, mir Lehren zu erteilen, wagte sie es kaum, mir einen Rat zu geben. Mit einem Wort, wenn es schon gesagt werden soll: da sie selber gegen die Gebote der Tugend verstoßen hatte, hielt sie sich nicht mehr für würdig, ihre Tochter Tugend zu lehren. Man überließ mich also in meiner Jugend fast gänzlich mir selbst, was mich der Vorzüge einer guten Erziehung beraubt haben würde, hätte ich nicht die Girona gehabt, zuerst meine Amme und später meine Gouvernante. Du kennst sie; du weißt, sie hat eine stolze Seele und einen hochgebildeten Geist. Sie hat nichts unterlassen, um aus mir die glücklichste der Frauen zu machen. Doch ein unwiderstehliches Geschick machte alle ihre Bemühungen zunichte. Pedro Girón, der Mann meiner Amme, war als ein Mann von kühnem, aber zweideutigem Charakter bekannt. Da er sich gezwungen sah, Spanien zu verlassen, segelte er nach Amerika und ließ nichts von sich hören. Die Girona hatte von ihm nur einen Sohn, meinen Milchbruder. Dieses Kind war von wundervoller Schönheit, was ihm den Beinamen *Hermosito* einbrachte, den er während seines ganzen kurzen Lebens behielt. Die gleiche Milch hatte uns genährt. Oft hatten wir in der gleichen Wiege gelegen. Unsere Vertrautheit nahm bis zum siebenten Lebensjahr nur noch zu. Dann glaubte die Girona, daß es Zeit sei, ihren Sohn über den Standesunterschied und den großen Abstand aufzuklären, den das Schicksal zwischen ihn und seine junge Freundin gesetzt hatte.

Eines Tages, als wir einen kindlichen Streit ausfochten, rief die Girona ihren Sohn herbei und sprach in sehr ernstem Ton zu ihm: »Merke dir und vergiß niemals, daß Fräulein von Val Florida deine und meine Herrin ist und daß wir nur die Ersten Diener des Hauses sind.«

Hermosito ließ es sich gesagt sein; er hatte von nun an keine anderen Wünsche als die meinen. Er richtete sogar sein ganzes Trachten darauf, sie zu erraten und ihnen zuvorzukommen. Diese völlige Ergebenheit schien für ihn einen unaussprechlichen Reiz zu haben, und mir bereitete es großes Vergnügen, wenn ich sah, wie er mir in allem gehorchte.

Die Girona erkannte bald die Gefahren, die das neue zwischen uns herrschende Verhältnis mit sich brachte, und sie nahm sich vor, uns voneinander zu trennen, sobald wir das dreizehnte Lebensjahr vollendet haben würden. Dann dachte sie nicht weiter daran und wandte ihre Aufmerksamkeit anderen Dingen zu.

Die Girona ist, wie ich dir schon sagte, von gebildetem

Geist. Schon beizeiten gab sie uns einige gute spanische Autoren in die Hand und vermittelte uns eine allgemeine Vorstellung von der Geschichte. Da sie auch unser Urteil bilden wollte, ließ sie uns über das Gelesene sprechen und zeigte uns, wie man es zum Gegenstand nützlicher Betrachtungen machen könne. Es ist eine bei Kindern weitverbreitete Erscheinung, daß sie sich, sobald sie die Geschichte zu studieren beginnen, für die Persönlichkeiten begeistern, die eine glänzende Rolle gespielt haben. In diesen Fällen wurde mein Held auch sogleich der meines jungen Freundes. Und wenn ich mir einen anderen zum Helden erwählte, teilte er augenblicklich meine neue Schwärmerei.

Ich hatte mich an die Unterordnung Hermositos so vollständig gewöhnt, daß der geringste Widerstand von seiner Seite mich in höchstes Erstaunen gesetzt haben würde. Doch das war keinesfalls zu befürchten; ich sah mich sogar veranlaßt, meine Autorität nur in Grenzen auszunutzen oder sie doch wenigstens vorsichtig zu gebrauchen. Eines Tages äußerte ich den Wunsch, eine glänzende Muschel zu besitzen, die ich auf dem Grunde eines klaren, tiefen Gewässers liegen sah; Hermosito stürzte sich im gleichen Augenblick hinein und wäre fast ertrunken. Ein andermal wollte er ein Vogelnest erreichen, nach dem mir der Sinn stand, aber der Ast brach unter ihm ab, und er verletzte sich sehr. Von da an hielt ich mich mit der Bekundung meiner Wünsche zurück; doch ich fand, daß es schön sei, eine so große Macht zu besitzen und sie nicht zu gebrauchen. Das war, wenn ich mich recht erinnere, meine erste Regung von Hochmut. Ich glaube, sie blieb seitdem nicht die einzige.

So verging auch unser dreizehntes Lebensjahr. An dem Tage, da Hermosito es vollendete, sagte seine Mutter zu ihm: »Mein Sohn, heute haben wir deinen dreizehnten Geburtstag gefeiert. Du bist nun kein Kind mehr, und du darfst nun nicht mehr so vertraut mit dem Fräulein umgehen, wie du es bisher getan hast. Morgen wirst du aufbrechen und nach Navarra zu deinem Großvater reisen.«

Kaum daß die Girona den Satz zu Ende gesprochen hatte, gab sich Hermosito der heftigsten Verzweiflung anheim. Er weinte, verlor die Besinnung, kam wieder zu sich, um von neuem zu weinen. Was mich betraf, ich bedauerte ihn mehr, als daß ich seinen Schmerz geteilt hätte. Ich sah in ihm ein ganz und gar von mir abhängiges Wesen, das sozusagen nur mit meiner Erlaubnis atmete. Seine Verzweiflung nahm ich als höchst natürliche Sache hin, doch ich glaubte ihm nicht im mindesten schuldig zu sein, sie zu erwidern. Ich war auch viel zu jung, und sein Anblick war mir viel zu vertraut, als daß seine wundervolle Schönheit auf mich irgendeinen Eindruck hätte machen können.

Die Girona gehörte nicht zu denen, die sich durch Tränen rühren lassen. Die Tränen Hermositos blieben nutzlos. Er mußte abreisen. Doch nach zwei Tagen kehrte sein Maultiertreiber zurück und berichtete uns mit bekümmerter Miene, er habe, als sie einen Wald durchquerten, für einen Augenblick seine Maultiere verlassen, und als er zurückkam, sei Hermosito verschwunden gewesen; er habe umsonst nach ihm gerufen, habe ihn im Wald gesucht, aber offenbar hätten ihn die Wölfe gefressen. Die Girona schien weniger bekümmert als erstaunt.

»Sie werden sehen«, sagte sie, »daß der kleine Trotzkopf bald wieder dasein wird.«

Sie irrte sich keineswegs. Bald kehrte der junge Flüchtling zurück. Er umklammerte die Knie seiner Mutter und sprach: »Ich bin geboren, um Fräulein von Val Florida zu dienen, und ich sterbe, wenn man mich von ihrem Haus entfernen will.«

Wenige Tage später erhielt die Girona einen Brief von ihrem Mann, der seit langem kein Lebenszeichen gegeben hatte. Er teilte seiner Frau mit, daß er in Veracruz Herr eines gewissen Vermögens geworden sei, und äußerte den Wunsch, seinen Sohn bei sich zu haben. Die Girona, die Hermosito um jeden Preis entfernen wollte, zögerte nicht, den Vorschlag anzunehmen.

Hermosito wohnte seit seiner Rückkehr nicht mehr im Schloß. Man hatte ihn in einem Gut untergebracht, das wir an der Küste des Meeres besaßen. Eines Morgens suchte ihn seine Mutter dort auf und zwang ihn, das Boot eines Fischers zu besteigen, der es übernommen hatte, ihn an Bord eines amerikanischen Schiffes zu bringen. In der Nacht jedoch sprang Hermosito ins Wasser und schwamm zum Ufer. Die Girona zwang ihn abermals, an Bord zu gehen. Es war für sie jedesmal ein Opfer, das sie ihren Pflichten brachte. Man konnte ihr leicht ansehen, wie schwer ihr dabei ums Herz war.

Alle Ereignisse, von denen ich eben berichtete, hatten sich sehr rasch nacheinander abgespielt; nun folgten höchst traurige. Mein Großvater wurde leidend. Meine Mutter, an der seit langem eine schleichende Krankheit zehrte, tat ihren letzten Seufzer fast zugleich mit dem Marqués von Astorgas.

Man hatte meinen Vater jeden Tag in Asturien erwartet. Doch der König konnte sich nicht entschließen, ihn fortzulassen, da die Staatsangelegenheiten seine Abwesenheit nicht erlaubten. Der Marqués von Val Florida schrieb in den ergreifendsten Worten an die Girona und trug ihr auf, mich so rasch wie möglich nach Madrid zu bringen. Mein Vater nahm das ganze Hausgesinde des Marqués von Astorgas, dessen einzige Erbin ich war, in seinen Dienst. Sie brachen mit mir auf und bildeten für mich ein glänzendes Geleit. Die Tochter eines Staatssekretärs darf ohnehin ziemlich sicher sein, von einem Ende Spaniens bis zum anderen gute Aufnahme zu finden. Die Ehre, die man mir unterwegs erwies, trug, wie ich glaube, dazu bei, daß in mir Gefühle des Ehrgeizes wach wurden, die in der Folgezeit mein Geschick entschieden. Während wir uns Madrid näherten, empfand ich eine andere Art von Hochmut. Ich hatte erlebt, wie die Marquésa von Val Florida ihren Vater liebte, ja vergötterte, wie sie nur für ihn atmete und existierte, mich dagegen mit einer gewissen Kälte behandelte. Nun sollte auch ich einen Vater haben. Ich nahm mir vor, ihn von ganzem Herzen zu lieben.

Ich wollte selbst zu seinem Glück beitragen. Diese Aussicht machte mich stolz, ich hielt mich für eine bedeutende Persönlichkeit; dabei hatte ich noch nicht einmal das vierzehnte Lebensjahr vollendet.

Solche schmeichelhaften Gedanken beschäftigten mich noch, als mein Wagen an unserem Hause vorfuhr. Mein Vater empfing mich auf der untersten Stufe der Treppe und bedachte mich mit tausend Liebkosungen. Kurz darauf berief ihn ein Befehl des Königs an den Hof; ich zog mich in meine Gemächer zurück, doch ich war sehr erregt und konnte die ganze Nacht nicht einschlafen.

Am nächsten Morgen ließ mich mein Vater zu sich rufen. Er nahm seine Schokolade und frühstückte mit mir zusammen, darauf sagte er: »Meine liebe Eleonora, mein Herz ist voll Trauer, und meine Stimmung ist ein bißchen düster geworden; aber da du nun bei mir weilst, hoffe ich, von nun an heiterere Tage zu sehen. Mein Arbeitszimmer steht dir stets offen; komm mit irgendeiner Handarbeit hierher. Ich habe noch ein abgeschlosseneres Kabinett für Beratungen und geheime Dinge. Ich werde versuchen, in meiner Beschäftigung Pausen einzulegen, um mit dir zu plaudern, und ich hoffe, in diesen wohltuenden Gesprächen ein wenig die Vorstellung häuslichen Glücks zu finden, das ich so lange entbehrt habe.«

Nachdem der Marqués so gesprochen hatte, läutete er; sein Sekretär trat mit zwei Körben ein: der eine enthielt die Briefe, die an diesem Tage eingetroffen waren, der andere zurückgelegte Schriftstücke, die noch erledigt werden mußten.

Ich verbrachte einige Zeit im Arbeitszimmer und erschien dann wieder zur Mittagszeit. Ich fand dort einige vertraute Freunde meines Vaters, die gleich ihm mit allerwichtigsten Angelegenheiten beschäftigt waren. Sie sprachen über sie in meiner Gegenwart, ohne sich großen Zwang aufzuerlegen. Ich warf in ihr Gespräch einfältige Bemerkungen ein, die sie belustigten, während sie, wie ich zu beobachten glaubte, meinen Vater interessierten, und das erhöhte meinen Mut.

Am nächsten Tag begab ich mich in sein Arbeitszimmer, sobald man mir gemeldet hatte, daß er dort sei. Er nahm seine Schokolade und sagte mit dem Ausdruck der Genugtuung: »Heute ist Freitag, wir werden also Post aus Lissabon bekommen.«

Dann läutete er. Der Sekretär brachte die beiden Körbe. Mein Vater wühlte eilig in dem einen und zog einen Brief heraus, der zwei Bogen enthielt, einen chiffrierten, den mein Vater seinem Sekretär gab, und einen in gewöhnlicher Schrift, den er selber zu lesen begann, wobei seine Züge Befriedigung und herzliches Wohlwollen ausdrückten.

Während er las, nahm ich den Umschlag des Briefes und betrachtete das Siegel. Es war mit einem Vlies geziert, über dem sich ein Herzogshut befand. Ach! Dieses prunkvolle Wappen sollte eines Tages das meine werden. Am Tage darauf traf die Post aus Frankreich ein und an den folgenden Tagen aus den anderen Ländern. Doch keine interessierte meinen Vater so wie die aus Portugal.

So sagte ich denn, als eine Woche verflossen war, am Frühstückstisch zu meinem Vater: »Heute ist Freitag; wir werden Post aus Lissabon bekommen.«

Der Sekretär trat ein, ich lief hin, um in dem Korb zu wühlen, zog den Lieblingsbrief heraus und reichte ihn meinem Vater, der mich zum Dank zärtlich umarmte.

Das wiederholte ich mehrere Wochen lang an jedem Freitag. Eines Tages erkühnte ich mich dann, meinen Vater zu fragen, was es denn mit jenem Briefe auf sich habe, den er so vor allen anderen auszeichne.

»Dieser Brief«, erwiderte er, »kommt von unserem Gesandten in Lissabon, dem Herzog von Medina Sidonia, meinem Freund, meinem Wohltäter – ja, er ist mehr als dies, denn ich bin überzeugt, daß mein Dasein mit dem seinen fest verbunden ist.«

»In diesem Falle«, sagte ich, »hat der liebenswerte Herzog ein Anrecht darauf, auch mich zu interessieren, und ich sollte danach trachten, ihn kennenzulernen. Ich frage Sie nicht nach dem, was in dem chiffrierten Brief steht, aber ich bitte Sie, mir den vorzulesen, der in gewöhnlicher Schrift geschrieben ist.«

Diese Bitte versetzte meinen Vater in wahre Raserei. Er nannte mich ein verwöhntes, eigenwilliges Kind, das den Kopf voller Phantastereien habe. Und er sagte mir noch andere sehr harte Worte; schließlich besänftigte er sich, und er las mir nicht nur den Brief des Herzogs vor, sondern er gab ihn mir sogar, damit ich ihn aufbewahre. Er liegt noch jetzt oben bei mir, und ich werde ihn dir mitbringen, wenn ich das nächste Mal herunterkomme.

Als der Zigeuner hier angelangt war, meldete man ihm, daß die Angelegenheiten der Bande seine Gegenwart erforderten; daher entfernte er sich, und an diesem Tage bekamen wir ihn nicht mehr zu sehen.

Achtundzwanzigster Tag

Schon beizeiten versammelten wir uns alle zum Frühstück. Da Rebekka sah, daß der Zigeunerhauptmann nicht übermäßig beschäftigt war, bat sie ihn, in seiner Geschichte fortzufahren, was er auch tat, indem er also sprach:

Fortsetzung der Geschichte des Zigeunerhauptmanns

Die Herzogin brachte mir in der Tat am nächsten Tage den erwähnten Brief mit.

Fortsetzung der Geschichte der Herzogin von Medina Sidonia

Der Brief lautete so:

Der Herzog von Medina Sidonia an den Marqués von Val Florida.

Sie werden, lieber Freund, in dem chiffrierten Brief die Fortgetzung des Berichts über unsere Verhandlungen finden. Hier möchte ich noch von der scheinheiligen und verbuhlten Hofgesellschaft sprechen, unter der ich zu leben verurteilt bin. Einer meiner Leute wird den Brief zur Grenze bringen; daher kann ich mich über dieses Thema ein bißchen offener verbreiten.

Der König, Dom Pedro de Bragança, macht auch weiterhin aus den Klöstern einen Schauplatz seiner Buhlereien. Er hat die Äbtissin der Ursulinerinnen verlassen, um der Priorin der Visitandinnen seine Gunst zu schenken. Seine Majestät wünscht, daß ich ihn auf seinen verliebten Pilgerfahrten begleite, und um der guten Beziehungen willen muß ich mich fügen. Der König unterhält sich mit der Priorin, getrennt von ihr durch ein mächtiges Gitter, das, wie es heißt, dank einem geheimen Mechanismus von der allmächtigen Hand des Monarchen gesenkt werden kann.

Wir, die ihn begleiten, zerstreuen uns in andere Parlatorien, wo uns die jungen Nonnen empfangen. Die Portugiesen finden das höchste Vergnügen darin, sich mit den Nonnen zu unterhalten, deren Äußerungen freilich kaum mehr Sinn haben als das Gezwitscher der Vögel im Käfig, denen sie auch darin gleichen, daß sie eingesperrt leben. Doch die rührende Blässe dieser geweihten Jungfrauen, ihre andächtigen Seufzer, die sanfte Weise, in der sie die Sprache der Frömmigkeit gebrauchen, ihre Halbnaivitäten und ihr unbestimmtes Sehnen – das ist es zweifellos, was die portugiesischen Herren bezaubert und was sie bei den Lissabonner Damen nicht finden würden.

Alles an diesen Zufluchtsstätten hat etwas Berauschendes für die Seele und die Sinne. Die Luft, die man dort atmet, ist voller Wohlgeruch; die Blumen bilden einen dichten Teppich zu Füßen der Heiligenbilder. Der Blick umfängt jenseits der Parlatorien abgetrennte Schlafgemächer, von denen der gleiche Hauch und Duft herüberwehten. Die Klänge der weltlichen Gitarre mischen sich mit den Harmonien der geheiligten Orgel und übertönen das sanfte Geflüster der jungen Liebenden, die sich von beiden Seiten an das Gitter pressen. – Solche Sitten herrschen in den portugiesischen Klöstern.

Was mich angeht, ich kann wohl einige Augenblicke an diesen zärtlichen Tollheiten teilhaben, dann aber rufen die schmeichelnden Worte von Liebe und Leidenschaft sogleich Vorstellungen von Verbrechen und Mord in mir wach. Gleichwohl habe ich in meinem Leben nur einen einzigen begangen; ich habe einen Freund getötet, der Ihnen und mir das Leben gerettet hatte. Die in der großen Welt herrschenden Sitten führten diese traurigen Ereignisse herbei, die einen düsteren Schatten auf mein ganzes Leben werfen. Ich befand mich damals in jenem Alter, da man sich der Welt erschließt und da die Seele sich dem Glücke wie der Tugend öffnet. Zweifellos hätte die meine der Liebe Zugang gewährt; doch dieses Gefühl konnte nicht inmitten so grausamer Erlebnisse aufblühen. Ich hörte nie von Liebe sprechen, ohne daß ich an meinen Händen Blut gesehen hätte.

Indessen verspürte ich den Drang, zu lieben; die Empfindungen meines Herzens, die der Liebe zu einer Frau bestimmt gewesen wären, wandelten sich in das allgemeine Bestreben, den Menschen wohlzutun, und ich bemühte mich, danach zu handeln. Ich liebte mein Land. Ich liebte vor allem das brave spanische Volk, das seinen Königen, seinem Glauben und seinem gegebenen Wort so treu bleibt. Die Spanier vergalten mir Liebe mit Liebe, und der Hof fand, daß man mich zu sehr liebe. Von da an konnte ich in einem ehrenvollen Exil meinem Lande dienen; ich konnte, wenn auch von ferne, einiges zum Wohle meiner Untergebenen beitragen. Die Liebe zu meinem Vaterland und zur Menschheit hat mein Dasein mit süßen Empfindungen erfüllt.

Was jene andere Liebe betrifft, die den Frühling meines Lebens hätte verschönen sollen – was könnte ich heute von ihr erhoffen? Ich habe es beschlossen: ich werde der letzte der Sidonia sein. Ich weiß, daß die Töchter der Granden sich gerne mit mir vermählen möchten. Doch sie ahnen nicht, daß sie mit meiner Hand ein gefährliches Geschenk erhielten. Meine Denkart kann sich nicht den heutigen Sitten anpassen. Unsere Väter sahen in den Gattinnen den Hort ihres Glücks und ihrer Ehre. Mit Dolch und Gift wurde im alten Kastilien die Untreue gerächt. Ich denke nicht daran, meine Vorfahren zu tadeln; doch ich möchte nicht in die Lage kommen, es ihnen gleichzutun. So wird es, wie ich schon sagte, besser sein, wenn mein Geschlecht mit mir erlischt.

Als mein Vater bis zu dieser Stelle des Briefes gelangt war, schien er zu zögern und nicht weiterlesen zu wollen; doch ich bat ihn so sehr, daß er ihn wieder aufnahm und fortfuhr:

Ich freue mich mit Ihnen über das Glück, das Sie in der Gesellschaft der liebenswürdigen Eleonora empfinden. Die Vernunft muß sich in diesem Alter in bezaubernden Formen äußern. Was Sie mir darüber schreiben, beweist mir, daß Sie glücklich sind, und das macht auch mich glücklich …

Ich konnte nicht länger zuhören: ich sank vor meinem Vater nieder und umfaßte seine Knie. Ich bedeutete sein Glück – dessen war ich sicher, und das erfüllte mich mit grenzenloser Freude.

Als diese freudige Erregung sich etwas gelegt hatte, fragte ich ihn, wie alt der Herzog von Sidonia sei.

»Er ist fünf Jahre jünger als ich«, antwortete mein Vater, »das heißt fünfunddreißig; aber«, fügte er hinzu, »er gehört zu den Menschen, die lange jung bleiben.«

Ich befand mich in dem Alter, da die jungen Mädchen ihre Gedanken noch nicht dem Alter der Männer zugewandt haben: ein Knabe, der gleich mir nur vierzehn Jahre gezählt hätte, wäre mir als Kind erschienen und völlig unwürdig meiner Aufmerksamkeit. Mein Vater kam mir nicht alt vor, und in dem Herzog sah ich, da er jünger war als mein Vater, einen jungen Mann. Diese Vorstellung machte ich mir damals, und in der Folge trug sie dazu bei, mein Schicksal zu bestimmen.

Ich fragte auch, was es mit jenen Morden auf sich habe, von denen der Herzog schrieb. Hier wurde mein Vater sehr ernst; er überlegte ein wenig und sagte dann: »Meine liebe Eleonora, jene Ereignisse stehen in engem Zusammenhang mit der Trennung, die, wie du gesehen hast, zwischen mir und deiner Mutter bestand. Ich sollte vielleicht dir gegenüber nicht davon sprechen, doch früher oder später wird deine Wißbegierde dich selber dahin führen; statt daß du also bloße Vermutungen über eine ebenso heikle wie traurige Sache anstellst, will ich dich lieber selbst darüber aufklären.«

Nach dieser Einleitung erzählte mir mein Vater die Geschichte seines Lebens und begann also:

Die Geschichte des Marqués von Val Florida

Du weißt, daß das Geschlecht der Astorgas mit deiner Mutter erloschen ist. Diese Familie und die der Val Florida waren die ältesten in Asturien. Der allgemeine Wunsch der Provinz ging dahin, daß ich Fräulein von Astorgas zur Frau nähme. Schon früh an diesen Gedanken gewöhnt, brachten wir uns Gefühle entgegen, die eine Ehe glücklich machen können. Verschiedene Umstände verzögerten indessen unsere Vereinigung, und die Hochzeit fand erst statt, als ich mein fünfundzwanzigstes Lebensjahr vollendet hatte.

Sechs Wochen nach der Vermählung erklärte ich meiner Frau, daß alle meine Vorfahren dem König mit der Waffe gedient hätten und daß mir, wie ich glaubte, die Ehre gebiete, ihrem Beispiel zu folgen; überdies gebe es in Spanien genug Garnisonen, wo man das Leben angenehmer verbringe als in Asturien. Frau von Val Florida erwiderte mir, sie teile stets meine Meinung in den Fragen, welche die Ehre unseres Hauses beträfen. So wurde denn beschlossen, daß ich in die Armee einträte. Ich schrieb an den Hof und erhielt eine Kavalleriekompanie im Regiment von Medina Sidonia. Es hatte seinen Standort in Barcelona, und dort wurdest du auch geboren.

Der Krieg brach aus, man schickte uns nach Portugal, damit wir dort zur Armee des Don Sancho de Saavedra stießen. Dieser Feldherr begann den Krieg mit dem berühmten Scharmützel bei Vila Marga. Unser Regiment, damals das stärkste in der ganzen Armee, erhielt den Befehl, die englischen Truppenteile zu vernichten, die den linken Flügel des

Feindes bildeten. Zweimal griffen wir erfolglos an und bereiteten uns schon auf den dritten Sturm vor, als plötzlich ein unbekannter Offizier, in der Blüte der Jugend stehend und mit prächtiger Rüstung angetan, unter uns auftauchte.

»Mir nach«, rief er, »ich bin euer Oberst, der Herzog von Medina Sidonia!«

Er tat gewiß gut daran, seinen Namen zu nennen, denn vielleicht hätten wir ihn für den Engel der Schlachten oder für einen anderen Fürsten der himmlischen Heerscharen gehalten. Seine Erscheinung hatte wirklich etwas Göttliches.

Diesmal rieben wir den englischen Truppenteil auf, und der Ruhm des Tages gehörte unserem Regiment. Ich habe Veranlassung, zu glauben, daß ich mich nächst dem Herzog am besten schlug. Wenigstens wurde es mir auf sehr schmeichelhafte Weise bezeigt, nämlich durch die Ehre, die mir mein berühmter Oberst erwies, indem er mich um meine Freundschaft bat. Es war von seiner Seite durchaus kein leeres Kompliment. Wir wurden in der Tat Freunde, ohne daß sich in dieses Gefühl bei ihm etwas Gönnerhaftes gemischt hätte und ohne daß bei mir die Stellung als Untergebener spürbar geworden wäre. Man wirft den Spaniern eine gewisse Steifheit in ihren Umgangsformen vor. Aber nur indem wir zu große Vertraulichkeit meiden, können wir ohne Hochmut stolz sein und auf edle Art Achtung bezeigen.

Nach dem Sieg bei Vila Marga gab es viele Beförderungen. Der Herzog wurde General, und ich avancierte zum Oberstleutnant und Ersten Adjutanten des Generals.

Wir erhielten den gefährlichen Auftrag, dem Feind den Übergang über den Douro zu verwehren. Der Herzog schuf sich eine günstige Stellung und hielt sich dort ziemlich lange. Schließlich aber stürmte das ganze englische Heer gegen uns vor. Auch die große Übermacht konnte uns indessen nicht zum Rückzug bewegen; es kam zu einem furchtbaren Gemetzel, das mit unserer Vernichtung geendet hätte, wenn uns nicht unerwartet ein gewisser van Berg, Kommandeur der Wallonischen Kompanien, mit dreitausend Mann zu Hilfe gekommen wäre. Er vollbrachte Wunder an Tapferkeit und bannte nicht nur die Gefahr, sondern wir konnten auch das Schlachtfeld behaupten. Trotzdem zogen wir danach ab, um zum Gros der Armee zu stoßen.

Als wir zusammen mit den Wallonen aufbrachen, ritt der Herzog zu mir heran und sagte: »Mein lieber Val Florida, zur Freundschaft paßt, wie ich wohl weiß, am besten die Zahl Zwei – man kann sie nicht überschreiten, ohne die heiligen Gesetze der Freundschaft zu verletzen. Doch ich glaube, daß der gewaltige Dienst, den van Berg uns erwiesen hat, eine Ausnahme rechtfertigt. Wir sollten uns, meine ich, verpflichtet fühlen, ihm Ihre wie meine Freundschaft anzutragen und ihn als dritten in den Bund aufzunehmen, der uns vereint.«

Ich teilte die Ansicht des Herzogs, der sich nun zu van Berg begab und ihm das Freundschaftsangebot mit einer Feierlichkeit übermittelte, wie sie der Bedeutung entsprach, die er dem Worte »Freund« beimaß. Van Berg schien überrascht.

»Herr Herzog«, sagte er, »Eure Exzellenz erweist mir große Ehre; aber ich habe die Angewohnheit, mich beinahe jeden Tag zu betrinken. Und wenn ich zufällig einmal nicht betrunken bin, spiele ich mit höchstmöglichem Einsatz. Wenn Eure Exzellenz nicht die gleichen Gewohnheiten hat, glaube ich nicht, daß unser Bund von Dauer sein kann.«

Diese Antwort brachte den Herzog zuerst etwas aus der Fassung, dann lachte er darüber. Er versicherte van Berg seiner vollen Achtung und versprach ihm, er werde sich bei Hofe dafür verwenden, daß er auf die glanzvollste Art belohnt werde. Doch van Berg zog eine einträgliche Belohnung einer glanzvollen vor. Der König beschenkte ihn mit der Baronie Deulen, die in der Umgebung von Mechelen liegt; van Berg verkaufte sie noch am gleichen Tag an Walter van Dyck, einen Antwerpener Bürger und Heereslieferanten.

Unser Winterlager bezogen wir in Coimbra, einer größeren portugiesischen Stadt. Frau von Val Florida reiste zu mir. Sie liebte Gesellschaft, und ich machte mir ein Vergnügen daraus, mein Haus den höheren Offizieren der Armee offenzuhalten. Doch der Herzog und ich, wir nahmen wenig Anteil an dem lärmenden Getriebe. Ernstere Beschäftigungen füllten unsere Tage. Die Tugend war der Abgott des jungen Sidonia, das Gemeinwohl sein Traum. Wir vertieften uns besonders in Studien über die Verfassung Spaniens und in viele Pläne für den künftigen Wohlstand des Landes. Um die Spanier glücklich zu machen, wollten wir in ihnen zuerst die Liebe zur Tugend wecken und sie dann von ihrem Eigennutz abbringen, was uns überaus leicht schien. Wir wollten auch den alten Geist des Rittertums aufs neue beleben. Ein Spanier sollte seiner Gattin ebenso treu sein wie seinem König, und jeder sollte einen Waffenbruder haben. Ich fühlte mich bereits als der des Herzogs. Schließlich waren wir nahe daran, zu glauben, daß die Welt sich eines Tages an unserer Freundschaft aufrichten werde, daß nach unserem Beispiel edle Herzen ähnliche Freundschaftsbünde schließen und künftig der Tugend leichtere und sicherere Wege bahnen würden.

Meine liebe Eleonora, ich würde mich schämen, dir von diesen Torheiten zu berichten; doch seit langem hat man beobachtet, daß junge Leute, die der Begeisterung vollen Tribut entrichtet haben, später nützliche und bedeutende Männer werden können. Dagegen vermögen strenge, nüchterne Jünglinge sich später, wenn das Alter sie noch abgekühlt hat, nicht über die Stufe bloßer egoistischer Berechnung zu erheben. Ihre Seele beengt den Geist, und die Anschauungen, die den Staatsmann oder überhaupt den der Menschheit nützenden Mann ausmachen, bleiben ihnen völlig unerreichbar. Von dieser Regel gibt es nur wenige Ausnahmen.

Indem wir so unsere Phantasie in mancherlei Verirrungen der Tugend sich ergehen ließen, hofften wir, der Herzog und ich, in Spanien das Zeitalter Saturns und Rheas wieder zu verwirklichen. Gerade in jenen Wochen aber führte van

Berg das Goldene Zeitalter tatsächlich herbei. Er hatte seine Baronie Deulen verkauft und dafür achthunderttausend Livres bekommen. Dann hatte er erklärt und sein Ehrenwort dafür verpfändet, daß er nicht nur dieses ganze Geld während der zwei Monate unseres Winterlagers durchbringen, sondern dazu noch hunderttausend Franken Schulden machen werde. Unser verschwenderischer Flame rechnete sich aus, daß er, um sein Wort zu halten, täglich eintausendvierhundert Pistolen werde ausgeben müssen, was in einer Stadt wie Coimbra nicht gerade leichtfiel. Ihm kamen Bedenken, daß er zu unbedacht sein Wort verpfändet habe. Man stellte ihm vor Augen, daß er einen Teil seines Geldes auch darauf verwenden könne, den Armen zu helfen und Menschen glücklich zu machen; doch van Berg verwarf diesen Gedanken. Er sagte, er habe sich vorgenommen, es durchzubringen, nicht zu verschenken, und sein Feingefühl verbiete es ihm, für Wohltaten auch nur den geringsten Betrag von dieser Summe abzuzweigen. Selbst seine Spielleidenschaft kam nicht in Betracht, denn dabei hätte er gewinnen können, und zudem war verspieltes Geld kein durchgebrachtes Geld.

Diese schreckliche Verlegenheit schien van Berg zu quälen. Mehrere Tage lang ging er mit sorgenvoller Miene umher. Endlich fand er einen Ausweg, von dem er meinte, daß er seine Ehre retten werde: er holte alles zusammen, was er an Köchen, Musikern, Schauspielern und anderen Leuten von lustiger Profession finden konnte. Am Tage gab er nun große Eßgelage, abends Bälle und Theatervorstellungen, und vor der Tür seines Hauses veranstaltete er Wettspiele. Konnte er trotz aller Bemühungen die tausendvierhundert Pistolen nicht durchbringen, so ließ er das, was übriggeblieben war, zum Fenster hinauswerfen und meinte dazu, daß eine solche Handlungsweise der Verschwendung nicht zuwiderlaufe.

Als van Berg sein Gewissen somit wieder beruhigt hatte, gewann er auch seine ganze Heiterkeit zurück. Er hatte viel natürlichen Witz und versprühte ihn reichlich, um seine

Wunderlichkeiten und Verschrobenheiten zu verteidigen, derentwegen man ihn allenthalben angriff. Solche Verteidigungsreden, in denen er sehr geübt war, verliehen seiner Unterhaltung etwas Brillantes und zeichneten ihn besonders vor uns Spaniern aus, die wir viel zurückhaltender und ernsthafter sind.

Van Berg besuchte mich oft, ebenso wie alle anderen höheren Offiziere, doch er kam auch, wenn ich nicht zu Hause war. Ich wußte es, aber ich beunruhigte mich nicht darüber; ich stellte mir vielmehr vor, daß ein solches grenzenloses Vertrauen ihn davon überzeugen sollte, daß er überall und jederzeit willkommen sei. Die Öffentlichkeit hatte einen klareren Blick, und es dauerte nicht lange, so liefen Gerüchte um, die meiner Ehre abträglich waren. Mir kamen sie nicht zu Ohren, doch der Herzog kannte sie. Er wußte, wie sehr ich meine Frau liebte, und die Freundschaft, die er mir widmete, ließ ihn um meinetwillen leiden.

Eines Vormittags begab sich der Herzog zu Frau von Val Florida, warf sich ihr zu Füßen und beschwor sie, nicht ihre Pflichten zu vergessen und van Berg nicht mehr zu empfangen, wenn sie allein sei. Ich weiß nicht recht, was sie ihm antwortete, doch van Berg erschien nachher bei ihr und erhielt zweifellos Kenntnis von den tugendhaften Ermahnungen, die der Herzog an Frau von Val Florida gerichtet hatte.

Darauf begab sich der Herzog zu van Berg. Er wollte mit ihm in gleichem Ton sprechen und ihn zu einem Verhalten bewegen, das sich besser mit den Geboten der Tugend vertrüge. Doch er traf ihn nicht zu Hause an. Nach dem Mittagessen suchte er ihn von neuem auf. Das Zimmer war voller Menschen. Van Berg aber saß allein, er war mürrisch, sicherlich ein wenig betrunken und ließ die Würfel im Becher klappern.

Sidonia sprach van Berg freundlich an und fragte ihn lachend, wie es mit seinen Geldausgaben stehe. Van Berg warf ihm einen zornigen Blick zu und sagte: »Ich verschwende das Geld, um meine Freunde zu empfangen, nicht aber unredliche Leute, die sich in das mischen, was sie nichts angeht.«

Einige der Anwesenden hörten diese Worte mit.

»Gehöre ich zu diesen unredlichen Leuten?« fragte der Herzog. »Van Berg, nehmen Sie diese Äußerung zurück!«

»Ich nehme nichts zurück«, sagte van Berg.

Der Herzog ließ sich auf ein Knie nieder und sagte: »Van Berg, Sie haben mir einen hervorragenden Dienst geleistet – warum wollen Sie mir jetzt die Ehre nehmen? Ich beschwöre Sie, erkennen Sie mich als Mann von Ehre an!«

Van Berg nannte den Herzog einen Feigling.

Der Herzog erhob sich ruhig, zog den Dolch aus dem Gürtel, legte ihn auf den Tisch und sprach: »Durch einen gewöhnlichen Zweikampf läßt sich diese Sache nicht bereinigen. Einer von uns beiden muß sterben, und je schneller, desto besser. Wir wollen nacheinander würfeln; wer mehr würfelt, nimmt den Dolch und stößt ihn dem anderen ins Herz.«

»Ausgezeichnet!« rief van Berg. »Das nenne ich einen großen Einsatz wagen. Doch ich schwöre: sollte ich gewinnen, so werde ich Eure Exzellenz nicht verschonen.«

Die erschrockenen Zuschauer standen wie erstarrt.

Van Berg nahm den Becher und würfelte zweimal zwei.

»Zum Teufel«, rief er, »mir scheint es nicht zu glücken!«

Dann schüttelte der Herzog den Becher und würfelte eine Fünf und eine Sechs. Er ergriff den Dolch, bohrte ihn in die Brust van Bergs, wandte sich an die Zeugen der Szene und sagte kaltblütig: »Meine Herren, wollen Sie bitte diesem Jüngling, dessen heldische Tapferkeit ein besseres Schicksal verdient hätte, den letzten Dienst erweisen. Ich werde mich sogleich zum Generalauditor der Armee begeben und mich der königlichen Gerechtigkeit stellen.«

Du kannst dir vorstellen, welches Aufsehen dieser Vorfall erregte. Nicht nur die Spanier, sondern selbst unsere Gegner, die Portugiesen, schätzten den Herzog. Als die Kunde nach Lissabon gelangte, wies der Erzbischof dieser Stadt, der zugleich der Patriarch Indiens ist, nach, daß das Haus, in dem der Herzog in Coimbra festgehalten wurde, zum Domkapitel gehörte und seit je als unantastbarer Zufluchtsort galt, so daß der Herzog ruhig darin verweilen könne, ohne die Gewalt der weltlichen Gerechtigkeit fürchten zu müssen. Der Herzog war von der ihm bewiesenen Zuneigung tief gerührt, erklärte aber, daß er von dem Privileg keinen Gebrauch machen wolle.

Der Generalauditor erhob Anklage gegen den Herzog, doch der Rat von Kastilien beschloß, auf jeden Fall zu intervenieren. Außerdem behauptete der Großmarschall von Aragonien, dessen Amt gerade aufgehoben worden war, daß der Urteilsspruch über den Herzog ihm gebühre, weil dieser in seiner Provinz geboren sei und zu den einstigen *ricos hombres* gehöre. Kurzum, viele stritten sich um den Vorrang, denn jeder wollte ihn retten.

In diesem Wirrwarr zerbrach ich mir den Kopf, was wohl die Ursache des Zweikampfes gewesen sein konnte. Ein mitleidiger Mensch erbarmte sich schließlich meiner und unterrichtete mich von alldem, was ich besser nie erfahren hätte. Ich weiß nicht, worauf sich meine Überzeugung stützte – jedenfalls glaubte ich fest daran, daß meine Frau nur mich lieben könne. Ich brauchte mehrere Tage, bevor ich mich vom Gegenteil zu überzeugen vermochte. Als mir schließlich gewisse Umstände neue Aufklärung brachten, ging ich zu Frau von Val Florida und sagte: »Señora, man hat mir mitgeteilt, Ihr Vater sei erkrankt. Ich glaube, es geziemt sich, daß Sie bei ihm weilen. Überdies hat Ihre Tochter Anspruch darauf, daß Sie sich ihr widmen. Daher sollten Sie, scheint mir, von nun an in Asturien leben.«

Frau von Val Florida schlug die Augen nieder und nahm das Urteil mit Ergebenheit hin. Du weißt, wie wir seitdem gelebt haben. Deine Mutter hat tausend schätzenswerte Eigenschaften und selbst Tugenden, denen ich stets Gerechtigkeit widerfahren ließ.

Indessen nahm der Prozeß gegen den Herzog eine seltsame Wendung. Die wallonischen Offiziere machten ihn zu einer Sache von nationaler Bedeutung. Sie behaupteten, sie fühlten sich veranlaßt, den spanischen Dienst zu verlassen, da die spanischen Granden sich erlaubt hätten, die Flamen zu morden. Die Spanier hielten dagegen, daß es sich um einen Zweikampf gehandelt habe, nicht um einen Mord. Es ging so weit, daß der König eine Junta einberufen ließ, die aus zwölf Spaniern und zwölf Flamen bestand; sie sollte nicht etwa dem Herzog den Prozeß machen, sondern entscheiden, ob van Berg in einem Zweikampf gefallen oder ermordet worden sei.

Die spanischen Offiziere gaben ihre Stimmen zuerst ab und entschieden sich – wie man sich denken kann – für die Annahme eines Zweikampfes. Elf der Flamen waren gegenteiliger Meinung; sie begründeten ihre Auffassung nicht, schrien aber statt dessen sehr laut.

Der zwölfte, der als der Jüngste seine Stimme zuletzt abgab, hatte sich bereits in einigen Ehrensachen rühmlich hervorgetan. Er hieß Don Juan van Worden.

Hier unterbrach ich den Zigeuner und sagte: »Ich habe die Ehre, der Sohn desselben van Worden zu sein, und ich hoffe, daß in Ihrer Erzählung nichts vorkommt, was seiner Ehre abträglich sein könnte.«

»Ich versichere Ihnen«, erwiderte der Zigeuner, »daß ich die Worte des Marqués de Val Florida getreu wiedergeben werde.«

Als Don Juan van Worden an der Reihe war, seine Stimme abzugeben, nahm er das Wort und sprach: »Meine Herren, ich meine, es sind zwei Dinge, die das Wesen eines Duells ausmachen: zum ersten die Forderung oder statt ihrer die Begegnung selbst, zum anderen die Gleichheit der Waffen oder statt ihrer die gleichen Chancen, einander zu töten. So könnte zum Beispiel ein mit einer Muskete bewaffneter Mann gegen einen anderen antreten, dem nur eine Pistole zur Verfügung steht, vorausgesetzt, daß der erste auf hundert Schritt Distanz schießt, der andere hingegen auf vier, allerdings nur, wenn vorher vereinbart wurde, wer den ersten

Schuß hat. Im vorliegenden Falle diente beiden die gleiche Waffe – man kann also keine größere Gleichheit verlangen. Die Würfel waren nicht falsch, also hatten beide die gleichen Chancen, einander zu töten – auch dagegen läßt sich nichts einwenden. Schließlich war die Forderung deutlich ausgesprochen und von beiden Seiten angenommen worden.

Ich gestehe, daß ich mit Bedauern das Duell, diesen edelsten Kampf, zum Hasard herabgewürdigt sehe, einer Art Spiel, die ein Edelmann nur mit äußerster Zurückhaltung pflegen sollte. Dennoch scheint es mir nach den Grundsätzen, die ich anfangs erwähnte, unbestreitbar, daß die Angelegenheit, die uns gegenwärtig beschäftigt, ein Duell, nicht aber ein Mord war.

So zu sprechen, befiehlt mir meine Überzeugung, obgleich ich bedaure, daß dies der Betrachtungsweise meiner elf Kameraden widerspricht. Da ich nun fast sicher bin, daß ich des Glücks, ihre Zuneigung zu besitzen, verlustig gehen werde, und da ich den Bekundungen ihrer Unzufriedenheit mit den mildesten Mitteln zuvorkommen möchte, bitte ich darum, daß mir alle elf die Ehre erweisen, gegen mich zum Zweikampf anzutreten, und zwar sechs am Morgen und fünf am Nachmittag.«

Das Ergebnis dieser Beweisführung rief ein allgemeines Gemurmel hervor, doch es ziemte sich, der Aufforderung nachzukommen. Herr van Worden verwundete die ersten sechs, die sich ihm am Morgen stellten; danach setzte er sich mit den fünf übrigen zu Tisch.

Nach dem Essen griff man abermals zu den Waffen. Die ersten drei wurden durch van Worden verwundet, der zehnte jedoch verletzte ihn an der Schulter, und der elfte durchbohrte ihn mit dem Degen und ließ ihn auf dem Platze.

Ein geschickter Chirurg rettete Herrn van Worden das Leben. Aber nun dachte man weder an eine Junta noch an einen Prozeß, und der König begnadigte den Herzog von Sidonia.

Ein weiterer Feldzug begann; wir nahmen an ihm als

Ehrenmänner, aber ohne das Hochgefühl von einst teil. Wir waren von den ersten Schlägen des Schicksals getroffen worden. Der Herzog hatte den Mut und die militärischen Qualitäten van Bergs hochgeschätzt. Er warf sich vor, daß er sich um meines Seelenfriedens willen zu sehr ereifert und ihn gerade dadurch so schmerzlich getrübt habe. Er erfuhr an sich selbst, daß es nicht genügt, Gutes zu tun, sondern daß man es auch zu tun verstehen muß. Und ich, ich verbarg den Gram in meinem Herzen und litt darum noch mehr. Wir hörten auf, Pläne für das Glück Spaniens zu schmieden.

Schließlich wurde Frieden geschlossen. Der Herzog ging auf Reisen. Wir sahen zusammen Italien, Frankreich, England. Nach unserer Rückkehr trat mein edler Freund in den Rat Kastiliens ein, und ich wurde Referent an der gleichen Institution.

Die Reisen und die darauffolgenden Jahre hatten den Geist des Herzogs reif und nüchtern werden lassen. Nicht nur, daß er die tugendhaften Verirrungen seiner Jugend überwunden hatte: er erwarb auch unendlich viel Umsicht und Klugheit. Das Gemeinwohl war nicht mehr sein Wunschtraum, aber ihm galt noch sein leidenschaftliches Streben. Er wußte, daß man es nicht mit einem Male und vollkommen erreichen kann, wußte, daß man die Geister darauf vorbereiten und daß man seine Mittel und sein Ziel sorgfältig verbergen muß. Er ging in seiner Umsicht so weit, daß er im Rat den Anschein weckte, als habe er keine eigene Meinung und als folge er den Ansichten der anderen. Indessen war er selber ihr eigentlicher Urheber. Die Sorgfalt, mit welcher der Herzog seine Fähigkeiten im Schatten hielt und vor den Blicken der Öffentlichkeit verbarg, bewirkte nur, daß sie um so stärker hervortraten. Die Spanier erkannten seine Qualitäten und gewannen ihn lieb, und am Hofe wurde man auf ihn eifersüchtig. Man bot dem Herzog das Amt des Botschafters in Lissabon an. Er sah wohl, daß man ihm nicht erlauben würde, es abzulehnen; so nahm er an, doch unter der Bedingung, daß ich Staatssekretär würde.

Seitdem habe ich ihn nicht mehr gesehen, aber unsere Herzen sind vereint geblieben.

Als der Zigeunerhauptmann bis hierher erzählt hatte, wurde ihm mitgeteilt, daß die Angelegenheiten der Bande seine Anwesenheit erforderten. Sobald er sich entfernt hatte, nahm Velásquez das Wort und sagte: »Wie sehr ich auch meine ganze Aufmerksamkeit auf die Worte unseres Hauptmanns lenke, so kann ich in ihnen doch nicht den geringsten Zusammenhang finden. Ich weiß wirklich nicht, wer spricht und wer zuhört. Hier erzählt der Marqués von Val Florida der Tochter seine Erlebnisse, und diese berichtet sie dem Hauptmann, der sie wiederum an uns weitergibt. Es ist ein wahres Labyrinth. Ich fand schon immer, daß Romane und Werke ähnlicher Art in mehreren Spalten, ähnlich wie Zeittafeln, geschrieben werden müßten.«

»Sie haben recht«, ließ sich Rebekka vernehmen. »Man würde zum Beispiel in der einen Spalte lesen, daß Frau von Val Florida ihren Mann betrügt, in der anderen würde man erkennen, wie sich dieses Ereignis auf ihren Mann auswirkt. Das brächte zweifellos eine größere Klarheit in die Erzählung.«

»Das meinte ich nicht«, sagte Velásquez. »Aber da ist zum Beispiel der Herzog von Sidonia, dessen Charakter ich erforschen soll, während ich ihn doch schon tot gesehen habe. Wäre es denn nicht besser, mit dem portugiesischen Kriege zu beginnen? Dann würde ich in der zweiten Spalte den Doktor Sangre Moreno finden, wie er über die ärztliche Kunst nachgrübelt. Und so würde ich mich nicht wundern, wenn ich sehe, daß der eine den anderen tranchiert.«

»Gewiß«, unterbrach Rebekka, »die fortwährenden Überraschungen mindern die Spannung der Erzählung; nie kann man voraussehen, was in der Folge geschehen wird.«

Nun ergriff ich das Wort und sagte, mein Vater sei während des portugiesischen Krieges noch sehr jung gewesen, man müsse doch den Scharfsinn bewundern, den er in der

Angelegenheit des Herzogs von Medina Sidonia bewiesen habe.

»Das läßt sich nicht bestreiten«, meinte Rebekka. »Wenn sich Ihr Vater mit den elf Offizieren nicht duelliert hätte, wäre es womöglich zu einem Streit gekommen. Er hat also recht gehandelt, wenn er dem vorbeugte.«

Ich hatte das Gefühl, als ob Rebekka uns alle zum besten halte. In ihrem Charakter entdeckte ich etwas Spöttisches und Skeptisches. Mir kam in den Sinn: Wer weiß, ob sie uns nicht noch ganz andere Abenteuer erzählen könnte als die Geschichte von den Himmlischen Zwillingen. Und ich beschloß, sie später einmal danach zu fragen. Inzwischen war die Stunde der Trennung herangerückt, und jeder ging in seiner Richtung davon.

Neunundzwanzigster Tag

Wir versammelten uns wieder ziemlich früh, und da der Zigeuner nichts zu tun hatte, erzählte er seine Geschichte weiter, indem er also sprach:

Fortsetzung der Geschichte des Zigeunerhauptmanns

Nachdem die Herzogin von Sidonia mir die Geschichte ihres Vaters wiedergegeben hatte, blieb sie einige Tage aus, und den Korb brachte die Girona. Sie ließ mich auch wissen, daß meine Angelegenheit dank meinem Großonkel bereinigt sei. Im Grunde freute man sich darüber, daß ich entwischt war. Das Dekret des Heiligen Offiziums sprach bloß von Unvernunft und einer zweijährigen Buße. Man hatte meinen Namen sogar nur mit den Anfangsbuchstaben genannt. Die Girona bestellte mir von meiner Tante Dalanosa, daß ich mich während dieser zwei Jahre versteckt halten solle und daß sie, meine Tante, sich nach Madrid begeben werde, um die Erträge aus der *quinta* beizutreiben, das heißt aus dem Gut, das zu meinem Unterhalt bestimmt war.

Ich fragte die Girona, ob sie meine, daß ich die zwei Jahre in dem Keller verbringen solle, in dem ich mich augenblicklich befände. Sie erwiderte, das sei für mich das sicherste, und außerdem verlange auch ihre Sicherheit gewisse Vorsichtsmaßregeln.

Am Tage darauf erschien wieder die Herzogin. Ich war darüber entzückt, denn ich liebte sie mehr als ihre stolze Amme. Ich wollte auch gern die Fortsetzung ihrer Geschichte vernehmen. So bat ich sie darum, und sie erzählte weiter, indem sie also sprach:

Fortsetzung der Geschichte der Herzogin von Medina Sidonia

Ich dankte meinem Vater für das Vertrauen, das er mir bezeigt hatte, indem er mir die bemerkenswertesten Ereignisse seines Lebens mitteilte. Und am nächsten Freitag reichte ich ihm wieder den Brief des Herzogs von Sidonia. Er las mir weder diesen noch die späteren vor, die er noch erhielt, doch er sprach mit mir oft über seinen Freund, und ich sah, daß kein anderes Gespräch ihn so zu interessieren vermochte.

Einige Zeit darauf besuchte mich eine Dame, eine Offizierswitwe. Ihr Vater war als Vasall des Herzogs geboren, und sie erhob Anspruch auf ein Lehen, das vom Herzogtum Sidonia abhängig war. Noch nie zuvor hatte mich jemand um Fürsprache gebeten; die Gelegenheit, die sich nun dazu bot, schmeichelte meiner Eigenliebe. Ich verfaßte eine Denkschrift, in der ich die Ansprüche der Witwe mit größter Genauigkeit und Klarheit darlegte. Diese Arbeit brachte ich zu meinem Vater, der sich darüber zufrieden zeigte und sie, wie ich vorausgesehen hatte, dem Herzog zuschickte. Der Herzog erkannte die Forderung der Witwe an und schrieb mir einen Brief voller Komplimente über meinen Verstand, der meinen Jahren weit voraus sei.

Später fand ich abermals Gelegenheit, an ihn zu schreiben, und erhielt wiederum einen Brief, in dem er sein Entzücken über meinen Witz äußerte. Ich unterließ in der Tat nichts, um meinen Geist und meinen Verstand zu bilden, und wurde darin von der an Kenntnissen unendlich reichen Girona unterstützt. Als ich diesen zweiten Brief schrieb, vollendete ich gerade mein fünfzehntes Lebensjahr.

Eines Tages vernahm ich, als ich mich gerade bei meinem Vater befand, auf der Straße Lärm und etwas wie Beifallsrufe einer Menschenmenge. Ich lief zum Fenster und erblickte viel Volk, das gestikulierte, schrie und im Triumph eine vergoldete Karosse geleitete. Auf dem Wagen erkannte ich das Wappen des Herzogs von Sidonia.

Eine Schar von *hidalgos* und Edelknaben stürzte sich auf den Wagenschlag, und ich sah einen Mann von höchst vorteilhaftem Aussehen der Karosse entsteigen. Er trug kastilische Tracht, die unser Hof gerade abgelegt hatte, das heißt Halskrause, kurzen Mantel und Federbusch; die Schönheit seiner Kleidung wurde noch erhöht durch das mit Diamanten besetzte Vlies, das auf seiner Brust glänzte.

»Ah, er ist es!« rief mein Vater. »Wußt ich's doch, daß er kommen würde!«

Ich zog mich in meine Gemächer zurück und bekam den Herzog erst am nächsten Tag zu Gesicht. Doch dann sah ich ihn alle Tage, denn er verließ nicht das Haus meines Vaters.

Man hatte den Herzog wegen höchst wichtiger Angelegenheiten nach Madrid gerufen. Es handelte sich darum, daß neue Steuerlasten in Aragonien eine heftige Gärung hervorgerufen hatten, die nun besänftigt werden sollte. In diesem Königreich galten besondere Rechte, unter anderem das der *ricos hombres* – ihr Rang entsprach ungefähr dem jener Edelleute, die man in Kastilien die Granden nannte. Die Sidonia gehörten zu den ältesten Familien unter den *ricos hombres,* was schon genügt hätte, um dem Herzog großes Ansehen zu verschaffen; doch er wurde zudem wegen seiner persönlichen Qualitäten geliebt. Der Herzog begab sich daher auf Veranlassung des Königs nach Saragossa und verstand es, die Wünsche des Hofes mit dem Willen der Aragonier in Einklang zu bringen. Man fragte ihn, welche Belohnung er haben möchte, und er bat darum, ihm zu erlauben, daß er eine Zeitlang die Luft seines Vaterlandes atme.

Da der Herzog von sehr freimütigem, offenem Charakter war, verhehlte er keineswegs, welches Vergnügen ihm die Unterhaltung mit mir bereitete, und so waren wir fast die ganze Zeit zusammen, während die anderen Freunde meines Vaters die Staatsangelegenheiten entschieden. Sidonia gestand mir, daß er zur Eifersucht neige und zuweilen sogar zur Gewalttätigkeit. Überhaupt sprach er beinahe immer nur von sich selbst und von mir. Und wenn es zwischen einem Mann und einer Frau einmal zu dieser Art der Unterhaltung gekommen ist, dauert es gewöhnlich nicht lange, bis die Beziehungen vertrauter werden. So überraschte es mich denn kaum, als mein Vater mich eines Tages in sein Arbeitszimmer rufen ließ und mir eröffnete, daß der Herzog um meine Hand angehalten habe.

Ich antwortete, daß ich ihn nicht um Bedenkzeit bäte; ich hätte vorausgesehen, daß der Herzog an der Tochter seines Freundes lebhaftes Interesse nehmen könnte, und bereits über seinen Charakter und den Altersunterschied nachgedacht.

»Aber«, fügte ich hinzu, »die spanischen Granden heiraten unter sich. Mit welchen Augen werden sie unseren Bund betrachten? Sie könnten so weit gehen, daß sie aufhören, den Herzog zu duzen, was das erste Zeichen ihrer Mißgunst wäre!«

»Diesen Einwand«, sagte mein Vater, »habe ich bereits gegenüber dem Herzog geäußert. Er hat mir darauf erwidert, daß er nur deine Zustimmung wolle – für alles andere werde er selber sorgen.«

Sidonia befand sich ganz in der Nähe. Er trat ein, und in seinen Mienen stand eine Bänglichkeit geschrieben, die seinem angeborenen Stolz seltsam widersprach. Der Anblick rührte mich, und meine Zustimmung ließ nicht lange auf sich warten. So machte ich zwei Menschen zugleich glücklich, denn auch mein Vater war es so sehr, daß ich es mit Worten nicht zu schildern vermag. Die Girona geriet schier außer sich vor Freude.

Am Tage darauf lud der Herzog alle Granden, die sich in Madrid befanden, zum Essen ein. Als sie sich versammelt hatten, ließ er sie Platz nehmen und richtete diese Worte an sie:

»Alba, ich wende mich an dich, da ich dich als den Ersten in unserem Kreise betrachte – nicht, weil dein Haus etwa vornehmer wäre als das meine, sondern aus Achtung vor dem Helden, dessen Namen du trägst.

Ein Vorurteil, das uns Ehre macht, verlangt, daß wir unsere Gattinnen unter den Töchtern der Granden wählen, und zweifellos würde ich den unter uns verachten, der um des Reichtums oder um einer leichtfertigen Neigung willen eine Mesalliance einginge.

Der Fall, den ich euch vortrage, ist von ganz anderer Art. Ihr wißt, daß die Asturier von sich sagen, sie seien ›edel wie der König und noch ein bißchen mehr‹. Wie übertrieben diese Meinung auch sein mag, so haben sie doch, da ihre Titel in der Mehrzahl auf die Zeit vor den Mauren zurückgehen, einiges Recht, sich für die besten Edelleute Europas zu halten.

Das reinste Blut der Asturier aber fließt in den Adern Eleonoras von Val Florida. Sie vereinigt in sich die seltensten Tugenden. Ich behaupte, daß eine Verbindung mit ihr das Haus eines spanischen Granden nur ehren kann. Wenn einer von euch anderer Meinung ist, so hebe er diesen Handschuh auf, den ich jetzt in eure Mitte werfe.«

»Ich hebe ihn auf«, sagte der Herzog von Alba, »aber nur,

um ihn dir zurückzugeben und dich zu einem so schönen Bunde zu beglückwünschen.«

Darauf umarmte er ihn, und alle Granden taten es ihm nach. Als mein Vater mir diese Begebenheit schilderte, setzte er mit recht betrübter Miene hinzu: »Das ist ganz der alte Sidonia mit seiner Rittergesinnung. Meine liebe Eleonora, hüte dich davor, ihn zu kränken!«

Ich habe dir schon gestanden, daß ich in mir eine gewisse Veranlagung zum Hochmut wahrnahm; aber dieses stolze Streben nach Größe verschwand sofort, als es befriedigt war. Ich wurde Herzogin von Sidonia, und in mein Herz zogen die süßesten Empfindungen ein. Der Herzog war tief im Innern der freundlichste Mensch, weil er am stärksten zu lieben verstand. Er zeigte sich stets gütig, von unerschöpflicher Sanftmut und nie nachlassender Zärtlichkeit, und die engelsgleiche Seele spiegelte sich in seinen Zügen wider. Nur manchmal veränderte ein düsterer Gedanke sein Antlitz; dann sah es erschreckend aus, es machte mich zittern, und unwillkürlich erblickte ich in ihm den Mörder van Bergs. Freilich gab es nur wenige Dinge, die Sidonia in Zorn bringen konnten, und alles an mir vermochte ihn zu beglücken. Er liebte es, mich tätig zu sehen und mich sprechen zu hören. Er erriet meine leisesten Gedanken. Ich glaubte, es sei unmöglich, daß er mich noch mehr liebe; doch die Geburt einer Tochter steigerte noch seine Liebe und machte unser Glück vollkommen.

An dem Tage, da ich mich vom Wochenbett erhob, sagte die Girona: »Meine liebe Eleonora, Sie sind Ehefrau und glückliche Mutter; Sie bedürfen meiner nicht mehr, und mich ruft die Pflicht nach Amerika.«

Ich wollte sie zurückhalten.

»Nein«, erwiderte sie, »ich werde dort gebraucht.«

Die Girona reiste ab und nahm alles mit, was ich bis dahin an Glück erfahren hatte. Ich habe dir diese kurze Zeitspanne himmlischer Seligkeit beschrieben – sie konnte nicht dauern, weil solch hohe Güter offenbar nicht für diese Welt bestimmt sind. Ich habe heute nicht die Kraft, dir von meinem Unglück zu berichten. Leb wohl, junger Freund, du wirst mich morgen wiedersehen.

Die Geschichte der jungen Herzogin hatte mich sehr gefesselt; ich brannte darauf, die Fortsetzung kennenzulernen und zu erfahren, wie sich solche Seligkeit zu furchtbarem Unglück wandeln konnte. Während ich mich in meiner Phantasie noch damit beschäftigte, dachte ich doch auch an die Äußerung der Girona, nach der ich zwei Jahre lang in dem Kellergewölbe bleiben sollte. Das wollte mir gar nicht gefallen, und so suchte ich nach Mitteln, zu entfliehen.

Die Herzogin brachte mir meine Nahrung. Sie hatte rote Augen und schien viel geweint zu haben. Dennoch erklärte sie mir, sie fühle sich stark genug, die Geschichte ihres Unglücks zu erzählen, und sie fuhr also fort:

Ich sagte dir bereits, daß die Girona bei mir die Pflichten einer Oberdueña wahrgenommen hatte; an ihrer Stelle erhielt ich nun eine gewisse Doña Mencia, eine dreißigjährige Frau, die noch recht schön und nicht ganz ungebildet war, was ihr den Vorzug verschaffte, sich zuweilen in unserer Gesellschaft aufzuhalten. Bei diesen Gelegenheiten benahm sie sich so, als sei sie in meinen Mann verliebt. Ich lachte nur darüber und verwandte darauf nicht die mindeste Aufmerksamkeit. Im übrigen bemühte sich die Mencia, mir zu gefallen, vor allem aber, mich kennenzulernen. Sehr oft lenkte sie das Gespräch auf recht heitere Dinge, oder sie unterhielt mich mit dem Stadtklatsch, und mehr als einmal fühlte ich mich veranlaßt, sie zum Schweigen zu bringen.

Ich hatte meine Tochter selbst genährt, aber glücklicherweise vor den Ereignissen, die ich dir noch zu berichten habe, bereits entwöhnt. Das erste Unglück, das mich traf, war der Tod meines Vaters. Von einer heftigen, schweren Krankheit gepackt, hauchte er sein Leben in meinen Armen aus. Er hatte mich noch gesegnet, doch schwerlich konnte er vorhersehen, was unser noch harrte.

In Vizcaya brachen Unruhen aus. Der Herzog wurde dorthin geschickt, und ich begleitete ihn bis nach Burgos. Wir besitzen Ländereien in allen spanischen Provinzen und Häuser in fast allen Städten; doch in Burgos haben die Sidonia nur ein Lusthaus, eine Stunde von der Stadt entfernt. Es ist das, in dem du dich jetzt befindest. Der Herzog ließ mich hier mit meiner ganzen Dienerschaft zurück und fuhr weiter nach Vizcaya. Als ich eines Tages in dieses Haus zurückkehrte, vernahm ich im Hofe Lärm. Man meldete mir, daß man einen Dieb entdeckt, ihm einen Stein an den Kopf geschleudert und damit niedergestreckt habe; es sei aber ein so schöner junger Mann, daß man nie dergleichen gesehen habe. Ein paar Lakaien trugen ihn herbei und legten ihn vor mir nieder. Ich erkannte in ihm Hermosito.

»O Himmel«, rief ich, »das ist gewiß kein Dieb, das ist ein junger Mann aus Astorgas, der bei meinem Großvater aufwuchs!«

Dann wandte ich mich an den Majordomus und hieß ihn, den Verletzten bei sich aufzunehmen und mit größter Sorgfalt zu pflegen. Ich glaube sogar erwähnt zu haben, daß er der Sohn der Girona sei, aber ich erinnere mich nicht ganz genau.

Am Tage darauf berichtete mir die Mencia, daß der junge Mann Fieber habe und in seinem Dämmerwahn viel und in den leidenschaftlichsten Worten von mir spreche. Ich erwiderte der Mencia, wenn sie weiter solche Reden vor mir führe, würde ich sie davonjagen.

»Das werden wir sehen«, gab sie zur Antwort.

Ich befahl ihr, mir nicht mehr unter die Augen zu treten. Am nächsten Tage ließ sie mich um Vergebung bitten; sie kam, warf sich mir zu Füßen, und ich verzieh ihr.

Als ich mich acht Tage später einmal allein im Zimmer befand, trat die Mencia ein, den anscheinend äußerst geschwächten Hermosito stützend.

»Sie haben mich rufen lassen«, sagte er mit matter Stimme.

Ich warf der Mencia einen erstaunten Blick zu, aber ich wollte dem Sohn der Girona keine Qualen bereiten und ließ für ihn einen Stuhl auf mehrere Schritte Entfernung heranrücken.

»Mein lieber Hermosito«, sagte ich, »Ihre Mutter hat Ihren Namen nie mehr in meiner Gegenwart ausgesprochen; ich möchte gerne erfahren, was Ihnen seit unserer Trennung begegnet ist!«

Das Sprechen fiel Hermosito schwer, doch er nahm alle Kraft zusammen und begann also zu berichten:

Die Geschichte Hermositos

Da ich unser Schiff unter vollen Segeln sah, verlor ich alle Hoffnung, das Ufer meines Vaterlandes wieder zu erreichen, und ich beklagte mich im stillen bitterlich über die Strenge, mit der mich meine Mutter verbannt hatte, ohne daß ich freilich ihre Gründe begreifen konnte. Man hatte mir gesagt, ich sei Ihr Diener, und so hatte ich Ihnen mit allem Eifer gedient, dessen ich fähig war; niemals hatte ich Ihnen den Gehorsam verweigert. Warum also – so sagte ich mir – verjagte man mich nun, als ob ich die schlimmsten Fehler begangen hätte? Je mehr ich darüber nachdachte, desto weniger konnte ich es verstehen.

Am fünften Tage unserer Überfahrt befanden wir uns mitten im Geschwader von Don Fernando Arúdez. Man schrie uns zu, wir sollten achtern am Admiralsschiff vorbeisegeln. Auf der vergoldeten und unendlich bunt bewimpelten Brücke sah ich Don Fernando, reich geschmückt mit den Zeichen mehrerer Orden. Respektvoll umgaben ihn die

Offiziere. Er hielt ein Sprachrohr an den Mund und stellte einige Fragen nach unseren Begegnungen auf dem Meer; dann hieß er uns weitersegeln. Als wir das Schiff passiert hatten, sagte der Kapitän zu mir: »Da, der Admiral – heute ist er Marqués, und angefangen hat er wie der Schiffsjunge dort, der das Deck kehrt.«

Als Hermosito bis hierher erzählt hatte, richtete er mehrmals den Blick voller Verlegenheit auf die Mencia. Ich glaubte zu verstehen, daß er Hemmungen hatte, in ihrer Gegenwart weiterzusprechen, und schickte sie hinaus; dabei ließ ich mich einzig von meiner Freundschaft zur Girona leiten, und der Gedanke, daß ich mich verdächtig machen könnte, kam mir gar nicht in den Sinn. Als die Mencia gegangen war, fuhr Hermosito also fort:

Da ich meine erste Nahrung aus der gleichen Quelle empfing wie Sie, Señora, hat sich, wie ich glaube, in mir eine gleichgestimmte Seele gebildet, die nur an Sie und durch Sie zu denken vermag und die alles, wovon sie berührt wird, mit Ihnen verbindet. Der Kapitän sagte mir, Don Fernando habe als Schiffsjunge begonnen und sei Marqués geworden. Ich erinnerte mich, daß Sie Marquesa waren, und mir schien, es könne nichts Schöneres geben, als Marqués zu werden. Ich fragte, wie es Don Fernando angefangen habe. Der Kapitän erklärte mir, jener sei von Stufe zu Stufe höher gestiegen, indem er sich durch glänzende Taten ausgezeichnet habe. Im gleichen Augenblick beschloß ich, Seemann zu werden, und übte mich darin, ins Takelwerk zu klettern. Der Kapitän, dem ich anvertraut war, widersetzte sich diesen Übungen, sosehr er nur konnte; doch ich folgte ihm nicht und war schon ein recht guter Seemann, als wir in Veracruz anlangten.

Das Haus meines Vaters stand am Ufer des Meeres. Wir fuhren in einem Boot dorthin. Mein Vater empfing mich, umgeben von einer Schar junger Mulattinnen, die ich auf sein Geheiß der Reihe nach umarmen sollte. Sie tanzten, reizten und lockten mich auf jede Weise, und der Abend verging mit tausenderlei Tollheiten.

Am nächsten Tage ließ der Corregidor von Veracruz meinem Vater bestellen, daß man seinen Sohn nicht bei sich behalte, wenn man ein Haus führe, das so beschaffen sei wie das seine; vielmehr solle er mich ins Kolleg der Theatiner schicken. Mein Vater gehorchte, wenn auch widerwillig.

Im Kolleg hatte ich als Lehrer einen Pater, der, um uns beim Lernen anzuspornen, oft erzählte, daß der Marqués von Campo Sález, damals Zweiter Staatssekretär, auch nur als armer Student angefangen habe und daß er seinen Aufstieg einzig seinem Fleiß verdanke. Da ich sah, daß man auch auf diesem Wege Marqués werden konnte, lernte ich zwei Jahre lang mit großem Eifer.

Der Corregidor von Veracruz wurde abgelöst; sein Nachfolger hatte weniger strenge Grundsätze. Mein Vater glaubte, er könne es wagen, mich wieder bei sich aufzunehmen. Ich sah mich aufs neue der Leichtfertigkeit der jungen Mulattinnen ausgesetzt, die von meinem Vater noch auf alle erdenklichen Arten ermuntert wurden. Diese Tollheiten gefielen mir keineswegs. Indessen lehrten sie mich viele Dinge, von denen ich bis dahin nichts gewußt hatte, und ich begriff endlich auch, warum man mich aus Astorgas entfernt hatte.

Damals durchlebte ich auch den schwersten inneren Wandel. Neue Empfindungen regten sich in meiner Seele und weckten die Erinnerung an die Spiele meiner Kindheit, die Vorstellung jenes Glückes, das ich verloren hatte, das Bild der Gärten von Astorgas, in denen ich mit Ihnen umherlief, die verworrenen Gedanken an tausend Beweise Ihrer Güte. Dies alles stürmte feindlich auf mich ein; es war zuviel, mein wehrloser Geist und meine Gesundheit vermochten nicht standzuhalten. Die Ärzte sagten, ich hätte das zehrende Fieber. Ich selber hielt mich keineswegs für krank, doch die Verwirrung meiner Sinne ging so weit, daß ich oft Dinge zu sehen meinte, die sich mitnichten vor mir befanden und die überhaupt nicht wirklich waren. Ihr Bild, Señora, wurde am häufigsten von meiner irrenden Phantasie beschworen; ich sah Sie nicht so, wie Sie heute sind, sondern ungefähr so, wie ich Sie verlassen hatte. Nachts fuhr ich aus dem Schlafe auf, und Ihre Gestalt, licht und strahlend, schien das Dunkel zu durchdringen. Wenn ich die Stadt verließ, glaubte ich in den Geräuschen der Dörfer und der Fluren Ihren Namen zu vernehmen. Zuweilen kam es mir vor, als wären Sie vor meinen Augen durch die Ebene geschritten. Und wenn ich den Blick zum Himmel hob, um ihn anzuflehen, daß er meinen Qualen ein Ende setze, sah ich in den Lüften abermals Ihr Bild schweben.

Ich hatte beobachtet, daß ich in einer Kirche weniger litt und daß mir besonders das Gebet Linderung verschaffte. Schließlich verbrachte ich ganze Tage an diesen Stätten andächtiger Frömmigkeit. Ein Mönch, der in Bußübungen ergraut war, trat eines Tages auf mich zu und sagte: »Mein Sohn, deine Seele ist von einer grenzenlosen Liebe erfüllt, die nicht für diese Welt bestimmt ist. Komm in meine Zelle, ich werde dir die Wege zum Paradies weisen.«

Ich folgte ihm; in seinem Gemach erblickte ich härene Hemden, Bußgewänder und andere Mittel der Kasteiung, doch sie erschreckten mich kaum. Ich litt an anderen Schmerzen. Der Mönch las mir einige Stellen aus dem Leben der Heiligen vor. Ich bat ihn um die Erlaubnis, das Buch mit nach Hause zu nehmen, und las dann bis zum Morgengrauen darin. Ganz neue Gedanken erfüllten mich; ich sah im Traum den Himmel offen und erblickte Engel, die in Wahrheit alle ein wenig Ihnen glichen.

Damals erfuhr man in Veracruz von Ihrer Vermählung mit dem Herzog von Sidonia. Seit langem schon hegte ich den Gedanken, mich ganz dem geistlichen Leben zu widmen. Ich fand meine Seligkeit darin, Tag und Nacht für Ihr Glück in dieser und Ihr Heil in jener Welt zu beten. Mein geistlicher Lehrer sagte mir, daß sich in den amerikanischen Klöstern die Sitten allzusehr gelockert hätten und daß er mir rate, mein Noviziat in einem Madrider Kloster anzutreten.

Ich berichtete meinem Vater von meinem Entschluß. Er hatte meine Frömmigkeit immer mit Mißvergnügen bemerkt; aber da er nicht wagte, offen dagegen zu sprechen, bat er mich nur, ich möge wenigstens auf meine Mutter warten, die binnen kurzem eintreffen sollte. Ich entgegnete, ich hätte keine Eltern mehr auf Erden, meine Familie sei der Himmel. Er hatte mir darauf nichts zu antworten. Dann begab ich mich zum Corregidor, der meine Absicht billigte und mich auf dem ersten abgehenden Schiff unterbringen ließ. Als ich in Bilbao ankam, erfuhr ich, daß meine Mutter nach Amerika abgereist war. Meine Geleitbriefe wiesen mich nach Madrid, und so machte ich mich dorthin auf den Weg. Ich kam durch Burgos und erfuhr hier, daß Sie in der Umgebung der Stadt wohnen. Ich wollte Sie noch einmal sehen, bevor ich das weltliche Leben verließ. Mir schien, ich könnte inbrünstiger für Ihr Heil beten, nachdem ich Sie gesehen hätte.

So wanderte ich denn zu Ihrem Lusthaus. Ich betrat den ersten Hof und nahm mir vor, dort zu suchen, bis ich einen Bediensteten fände, den ich noch von früher, von Astorgas her, kannte; ich wußte ja, daß die ganze Dienerschaft Ihnen gefolgt war. Dem ersten, der vorüberkäme, wollte ich mich zu erkennen geben und ihn bitten, mir einen Platz zu zeigen, von dem aus ich Sie erblicken könnte, wenn Sie den Wagen bestiegen; denn ich wollte Sie sehen, mich selber aber nicht zeigen.

Ich traf jedoch nur Unbekannte an und geriet allmählich in arge Verlegenheit. Ich trat in ein völlig leeres Zimmer. Endlich glaubte ich draußen einen Bekannten erspäht zu haben. Ich eilte hinaus, da traf mich ein Stein am Kopfe und warf mich nieder. Doch ich sehe, Señora, daß mein Bericht Sie sehr erregt hat ...«

»Ich kann dir versichern«, fügte hier die Herzogin ein, »daß der fromme Wahn Hermositos in mir nichts als Mitleid hervorgerufen hatte.«

Und sie fuhr also fort:

Doch als Hermosito von den Gärten in Astorgas sprach, von den Spielen meiner Kindheit, von der Erinnerung an das Vergangene – da bedrängte etwas mein Herz – der Gedanke an mein gegenwärtiges Glück, eine plötzliche Furcht vor der Zukunft, ich weiß nicht, was noch; es war eine süße und zugleich schwermütige Empfindung, und ich fühlte, wie Tränen meine Wangen netzten.

Hermosito stand auf. Ich glaube, er wollte den Saum meines Kleides küssen; die Beine versagten ihm den Dienst, sein Kopf fiel auf meine Knie, und seine Arme umschlangen mich ganz fest. In diesem Augenblick hob ich die Augen und sah in einem Spiegel die Mencia mit dem Herzog; doch die Züge des Herzogs waren von wildem Zorn so furchtbar entstellt, daß man sie kaum erkennen konnte.

Ich erstarrte vor Schrecken. Darauf warf ich abermals einen Blick in den Spiegel und sah dort nichts mehr. Ich löste mich aus den Armen Hermositos; ich rief, und die Mencia erschien. Ich befahl ihr, sich um den jungen Mann zu kümmern, der plötzlich ohnmächtig geworden war, und ging in ein anderes Zimmer. Die Vision, die ich gehabt hatte, beunruhigte mich sehr, doch man versicherte mir, der Herzog sei nicht hier.

Am Tage darauf erkundigte ich mich nach Hermosito, und man berichtete mir, er befinde sich nicht mehr in meinem Hause.

Drei Tage später übergab mir die Mencia, als ich gerade schlafen gehen wollte, einen Brief des Herzogs. Er enthielt nur diese Worte:

Tun Sie alles, was Doña Mencia Ihnen aufträgt; ich befehle es Ihnen, ich, Ihr Gatte und Richter.

Die Mencia band mir ein Tuch um die Augen. Ich fühlte mich an den Armen ergriffen und wurde in dieses Kellergewölbe geführt. Ich hörte Ketten rasseln. Man nahm mir das Tuch ab, und ich erblickte Hermosito; er war mit dem Hals an den Pfosten gefesselt, an dem du jetzt lehnst. Seine Augen schienen erloschen, und er sah furchtbar blaß aus.

»Sie sind es?« fragte er mit sterbender Stimme. »Das Sprechen fällt mir schwer; man gibt mir nichts zu trinken, die Zunge klebt mir am Gaumen. Meine Qualen werden nicht lange dauern; wenn ich in den Himmel komme, werde ich dort von Ihnen sprechen.«

Kaum hatte Hermosito diese Worte gesagt, so krachte aus der Spalte, die du in dieser Mauer siehst, ein Schuß und zerschmetterte ihm den Arm. Er rief aus: »O Gott! Verzeih meinen Henkern!«

Ein zweiter Schuß kam von derselben Stelle. Doch ich sah nicht seine Folgen, denn ich verlor das Bewußtsein.

Als ich es wiedererlangte, befand ich mich inmitten meiner Frauen, die von nichts zu wissen schienen. Sie berichteten mir nur, daß die Mencia das Haus verlassen habe. Am Morgen kam ein Reiter an, den mein Mann geschickt hatte. Er meldete mir, daß der Herzog in geheimem Auftrag nach Frankreich abgereist sei und erst in einigen Monaten zurückkehren werde. Da ich nun mir selbst überlassen war, nahm ich meinen ganzen Mut zusammen; ich empfahl meine Sache dem höchsten Richter und widmete mich ganz der Erziehung meiner Tochter.

Drei Monate darauf traf die Girona ein. Sie war aus Amerika zurückgekehrt und hatte ihren Sohn bereits in Madrid gesucht, in dem Kloster, wo er sein Noviziat antreten sollte. Da sie ihn dort nicht fand, war sie nach Bilbao gereist und hatte von dort Hermositos Spuren bis nach Burgos verfolgt. Ich fürchtete mich vor ihren Schmerzensausbrüchen und sagte ihr nur die halbe Wahrheit. Sie wußte mir indessen die ganze zu entreißen. Du kennst den harten und heftigen Charakter dieser Frau. Zorn, Wut und all die schrecklichen

Empfindungen, die ein Herz zu peinigen vermögen, bemächtigten sich des ihren. Ich war selber zu unglücklich, um ihren Schmerz zu lindern.

Als die Girona eines Tages die Möbel in ihrem Zimmer umstellte, entdeckte sie eine unter den Tapeten verborgene Tür, durch die sie in diesen Keller gelangte. Sie erkannte dort den Pfosten, von dem ich zu ihr gesprochen hatte. Er war noch von Blut gefärbt. Sie kam in einem Zustand zurück, der dem Irrsinn nahe war. Von da an schloß sie sich oft in ihrem Zimmer ein; ich glaube aber eher, daß sie in das düstere Kellergewölbe hinunterstieg und auf Rache sann.

Abermals einen Monat später meldete man mir die Ankunft des Herzogs. Er trat mit ruhiger und beherrschter Miene ein, liebkoste ein wenig meine Tochter, hieß mich dann Platz nehmen und setzte sich neben mich.

»Señora«, sagte er, »ich habe lange darüber nachgedacht, wie ich mich nun Ihnen gegenüber zu verhalten habe. Unsere Beziehungen werden sich äußerlich nicht ändern. Man wird Ihnen im Hause mit der gleichen Ehrerbietung begegnen wie bisher, und Sie werden dem Anschein nach die gleichen Beweise meiner Achtung empfangen. Das wird so bleiben, bis Ihre Tochter das sechzehnte Lebensjahr vollendet haben wird ...«

»Und wenn sie es vollendet hat, was wird dann mit mir geschehen?« fragte ich den Herzog.

In diesem Augenblick brachte die Girona Schokolade. Mir kam der Gedanke, daß sie vergiftet sei. Doch der Herzog sprach sogleich weiter: »An dem Tag, da Ihre Tochter das sechzehnte Lebensjahr vollendet, werde ich zu ihr sagen: Meine Tochter, deine Züge erinnern mich an die einer Frau, deren Geschichte ich dir erzählen will. Sie war schön, und man konnte glauben, sie habe eine noch schönere Seele; doch ihre Tugenden waren erheuchelt. Da sie es verstand, den Anschein der Tugendhaftigkeit zu wecken, machte sie die glänzendste Partie von ganz Spanien. Eines Tages mußte ihr Gatte für mehrere Wochen verreisen. Sofort ließ sie aus ihrer

Heimat einen kleinen Nichtsnutz kommen. Sie erinnerten sich an ihre alte Liebe und fielen einander in die Arme. Meine Tochter! Diese erbärmliche Heuchlerin steht hier, es ist deine Mutter. – Dann werde ich Sie aus meiner Nähe verbannen, Sie werden fortgehen, um auf dem Grabe einer Mutter zu weinen, die nicht mehr taugte als Sie.«

Die Ungerechtigkeit hatte meine Seele so verhärtet, daß diese schrecklichen Worte mich nicht sehr beeindruckten. Ich nahm meine Tochter auf den Arm und ging in ein anderes Zimmer.

Unglücklicherweise vergaß ich die Schokolade. Der Herzog hatte, wie ich später erfuhr, seit zwei Tagen nichts gegessen. Die Tasse stand vor ihm; er leerte sie bis zum letzten Tropfen. Dann ging er in seine Gemächer. Eine halbe Stunde später befahl er, daß man den Doktor Sangre Moreno hole und außer ihm niemand hereinlasse.

Man lief zu dem Doktor. Er hatte sich jedoch zu einem Landhaus begeben, wo er seine Leichenzergliederungen vornahm. Man eilte ihm nach, traf ihn aber dort nicht mehr an. Man suchte ihn bei allen seinen Patienten. Er erschien erst nach drei Stunden und fand den Herzog bereits tot.

Sangre Moreno untersuchte den Leichnam mit größter Aufmerksamkeit; er betrachtete die Fingernägel, die Augen, die Zunge, er ließ sich aus seiner Wohnung mehrere Fläschchen holen und nahm damit irgendwelche Prüfungen vor. Schließlich kam er zu mir und sagte: »Señora, seien Sie gewiß, daß der Herzog an der Wirkung eines abscheulichen und ausgeklügelten Gemischs von betäubendem Harz und einem ätzenden Metall gestorben ist. Mir liegt es fern, das Amt des Rächers auszuüben, und ich überlasse es dem großen Richter im Himmel, die Verbrechen aufzudecken. Ich werde erklären, der Herzog sei an Schlagfluß verschieden.«

Später kamen noch andere Ärzte, die sich der Meinung Sangre Morenos anschlossen.

Ich rief die Girona zu mir und wiederholte ihr die Worte des Doktors. Ihre Verwirrung verriet sie.

»Sie haben meinen Mann vergiftet«, sagte ich. »Wie kann eine Christin sich eines solchen Vergehens schuldig machen.«

»Ich bin Christin«, entgegnete sie, »aber ich bin auch Mutter. Wenn man Ihr Kind mordete, würden Sie vielleicht grausamer werden als eine wütende Löwin.«

Ich hatte ihr nichts zu erwidern. Gleichwohl gab ich ihr zu bedenken, daß sie statt des Herzogs auch mich hätte vergiften können.

»Nein«, sagte sie. »Ich hatte das Auge am Schlüsselloch, und wenn Sie die Tasse berührt hätten, wäre ich sofort eingetreten.«

Dann kamen die Kapuziner und verlangten den Leichnam des Herzogs. Da sie einen Auftrag des Erzbischofs vorzeigten, konnte man sie nicht abweisen.

Die Girona, die bis dahin ganz unerschütterlich geblieben war, schien auf einmal unruhig und furchtsam; sie hatte Angst, daß man beim Einbalsamieren des Körpers die Spuren des Giftes entdeckten könnte. Diese Vorstellung verfolgte sie so sehr, daß man befürchten mußte, sie könnte den Verstand verlieren. Ihre Bitten veranlaßten mich zu der Entführung, die uns die Ehre verschaffte, dich in unserem Hause zu beherbergen. Die schwülstige Rede, die ich auf dem Friedhof hielt, verfolgte den Zweck, meine Leute zu täuschen. Als wir sahen, daß wir statt des Herzogs dich hierhergebracht hatten, mußten wir mit der Täuschung noch weitergehen und eine ausgestopfte Puppe in der Gartenkapelle beisetzen.

Trotz dieser Vorsichtsmaßregeln ist die Girona keineswegs beruhigt: sie spricht davon, daß sie nach Amerika zurückgehen will, und möchte dich hierbehalten, bis sie sich endgültig entschieden hat. Ich hingegen bin frei von Furcht. Wenn ich je befragt werden sollte, werde ich die ganze Wahrheit sagen. Das habe ich die Girona auch von vornherein wissen lassen. Die Ungerechtigkeit des Herzogs und seine Grausamkeit haben die zärtliche Zuneigung getötet, die ich für ihn empfand, und ich hätte mich nie entschließen können, weiter mit ihm zusammen zu leben. Mein ganzes Glück finde ich jetzt in meiner Tochter, und um ihr Schicksal bin ich nicht im mindesten besorgt: zwanzig Grandenwürden sammeln sich auf ihrem Haupt – das bietet ihr Gewähr genug, in einer vornehmen Familie gut aufgenommen zu werden.

Das ist es also, mein junger Freund, was du erfahren wolltest. Die Girona weiß, daß ich dir unsere ganze Geschichte erzähle; sie findet, es sei nicht gut, dich im unklaren zu lassen. Doch die Luft dieses Kellers ist erstickend; ich will hinaufgehen, um freier zu atmen.

So beschloß die Herzogin ihre jammervolle Geschichte, und während sie den Keller verließ, sagte sie, wie wir vernommen haben, daß sie darin zu ersticken glaube. Als sie gegangen war, schaute ich mich um, und ich fand in der Tat, daß dieser Ort etwas Erstickendes hatte. Das Grab des jungen Märtyrers und den Pfosten, an den man ihn gefesselt hatte, empfand ich nun als gar zu traurige Möblierung. Mir hatte es in diesem Gefängnis gefallen, solange ich mich vor der Junta der Theatiner fürchtete; aber da meine Angelegenheit bereinigt war, fühlte ich mich hier gar nicht mehr wohl. Ich lachte über das Selbstvertrauen der Girona, die sich vorgenommen hatte, mich zwei Jahre festzuhalten. Die beiden Damen verstanden ihr Wächterhandwerk sehr schlecht. Sie ließen die Tür zu dem Teil des Kellers, in dem sie sich aufhielten, wenn sie mir mein Essen brachten, offenstehen, weil sie wohl glaubten, daß die Gitterstäbe, die meinen Teil abschlossen, ein unüberwindliches Hindernis seien. Indessen war nicht nur der Plan für meine Flucht bereits fertiggestellt, sondern ich hatte auch schon sehr bestimmte Vorstellungen darüber, was ich in den beiden Jahren, die man mir zur Buße bestimmt hatte, tun würde. Ich will diese Vorstellungen sogleich erläutern.

Während meines ganzen Aufenthalts im Kolleg der Theatiner hatte ich oft über das Glück nachgedacht, das, wie mir schien, einige kleine Bettler genossen, die sich an der Tür unserer Kirche aufhielten. Ihr Schicksal schien mir weit angenehmer als das meine. In der Tat: während ich mich über den Büchern verzehrte und doch nie meine Lehrer völlig zufriedenstellen konnte, rannten diese glücklichen Kinder des Elends durch die Straßen, spielten Karten auf den Stufen der Freitreppe und bezahlten mit Kastanien. Sie balgten sich, und niemand trennte sie; sie machten sich schmutzig, und niemand zwang sie, sich zu waschen; sie zogen sich auf der Straße aus und wuschen ihre Hemden im Rinnstein: konnte man die Zeit auf angenehmere Art verbringen?

Während meiner Gefangenschaft dachte ich nun wieder an das glückliche Leben jener armen Gassenjungen, und da ich entscheiden mußte, was ich in Zukunft unternehmen solle, schien es mir am besten, für die zwei Jahre meiner Buße den Stand des Bettlers zu wählen. Ich hatte freilich eine bessere Erziehung genossen, und ich hätte mich durch meine Sprache verraten können, die gebildeter war als die meiner Kollegen; aber ich hoffte, daß ich mir ihren Ton und ihre Sitten leicht aneignen und später doch wieder zu meiner eigenen Lebensart zurückkehren würde. Dieser Entschluß war freilich seltsam, aber im Grunde der beste, den ich unter den obwaltenden Bedingungen fassen konnte.

Da ich diese Frage geklärt hatte, brach ich die Klinge eines Messers ab und machte mich an einen der Stäbe des Gitters. Es dauerte fünf Tage, bis ich ihn herausgelöst hatte. Ich sammelte sorgfältig die herausgekratzten Steinreste und schüttete sie wieder um den Gitterstab herum, so daß man nichts entdecken konnte.

An dem Tage, da mein Werk vollendet war, brachte die Girona meinen Korb. Ich fragte sie, ob sie keine Angst habe; man könne doch schließlich herausbekommen, daß sie einen jungen Mann im Keller des Hauses mit Nahrung versorge.

»Nein«, antwortete sie, »die Falltür, durch die du heruntergekommen bist, führt zu einem abgesonderten Pavillon, dessen Tür ich unter dem Vorwand zumauern ließ, daß er in der Herzogin traurige Erinnerungen wecke. Der Gang hingegen, durch den wir kommen, endet in meinem Schlafzimmer; der Eingang zu ihm ist durch eine Tapete verdeckt.«

»Ich hoffe«, sagte ich, »man hat dort wenigstens eine feste Eisentür angebracht.«

»Nein«, erwiderte sie, »die Tür ist ziemlich leicht, aber gut versteckt. Übrigens verschließe ich stets die Tür meines Schlafzimmers. Es gibt hier auch noch andere, ähnliche Kellergewölbe, und ich glaube, vor uns hat wohl so mancher Eifersüchtige hier gehaust und so manches Verbrechen begangen.«

Mit diesen Worten schien sich die Girona entfernen zu wollen.

»Warum gehen Sie schon?« fragte ich sie.

»Weil die Herzogin sich in die Stadt begibt. Sie hat heute die sechste Trauerwoche beendet und möchte spazierengehen.«

Ich hatte alles erfahren, was ich wissen wollte, und hielt die Girona nicht länger zurück; sie verließ mich, ohne auch nur die Kellertür zu schließen. Ich schrieb der Herzogin rasch einen Brief, in dem ich mich entschuldigte und ihr dankte, und legte ihn auf das Gitter. Dann löste ich den Stab heraus, trat in den Keller der beiden Damen und von da in einen dunklen Gang. Er endete an einer Tür, die ich verschlossen fand. Ich vernahm den Lärm eines davonfahrenden Wagens und mehrerer Pferde. Daraus schloß ich, daß die Herzogin das Haus verlassen hatte und daß die Amme sich nicht in ihren Gemächern befand.

Nun schickte ich mich an, die Tür aufzubrechen. Sie war ganz morsch und gab sogleich nach. Darauf befand ich mich im Zimmer der Amme, und da ich wußte, daß sie ihre Tür sorgfältig zu verschließen pflegte, glaubte ich, daß ich hier ohne Gefahr ein wenig rasten könne.

Ich betrachtete mich in einem Spiegel und fand, daß mein Äußeres nicht ganz dem Berufe entsprach, den ich zu ergreifen gedachte. So nahm ich ein Stück Kohle aus der Glut und veränderte damit meine helle Gesichtsfarbe. Dann riß ich ein paar Löcher in mein Hemd und meinen Anzug, und darauf trat ich ans Fenster. Es führte auf einen kleinen Garten, der einst wohl mit der Gegenwart seiner Herren beehrt worden war, jetzt aber völlig vernachlässigt aussah. Ich öffnete das Fenster und bemerkte, daß kein anderes Fenster nach dieser Seite zu lag. Es war auch nicht sehr hoch, und ich hätte in den Garten springen können, doch ich zog es vor, mich des Bettzeugs der Girona zu bedienen. Dann gab mir das Gebälk eines früheren Laubenganges die Möglichkeit, über die Gartenmauer zu setzen, und von dort rannte ich über die Fluren, voller Freude und Entzücken darüber, daß ich freie Luft atmete, und mehr noch darüber, daß ich den Theatinern, Inquisitoren, Herzoginnen und ihren Ammen entkommen war.

Von ferne erblickte ich die Stadt Burgos, doch ich schlug die entgegengesetzte Richtung ein. So gelangte ich zu einer finsteren Schenke. Ich zeigte der Wirtin eine Zwanzigrealesmünze, die ich sorgsam in Papier eingewickelt hatte, und sagte ihr, daß ich das alles bei ihr auszugeben gedächte. Sie lachte und gab mir Brot und Zwiebeln für das Doppelte dieser Summe. Ich besaß noch einiges Geld, doch ich hütete mich, es zu zeigen. Ich ging in den Stall und schlief dort, so wie man nur mit sechzehn Jahren schläft.

Ohne daß mir etwas Nennenswertes widerfahren wäre, erreichte ich Madrid. Ich kam dort an, als der Tag sich neigte; ich suchte und fand das Haus meiner Tante und überlasse es Ihnen, sich die Freude vorzustellen, die sie bei meinem Anblick empfand. Doch ich blieb nur einen Augenblick, weil ich fürchtete, ich könnte entdeckt werden. Ich durchquerte ganz Madrid, gelangte zum Prado, legte mich dort auf die Erde und schlief ein.

Sobald es tagte, begann ich die Straßen und Plätze abzulaufen, um einen geeigneten Ort für die Ausübung meines Berufs zu finden. Als ich die Toledoer Straße berührte, traf ich eine Dienstmagd, die eine Tintenflasche trug. Ich fragte sie, ob sie nicht von Señor Avadoro komme.

»Nein«, erwiderte sie, »ich komme von Don Felipe del Tintero Largo.«

Da wußte ich, daß mein Vater noch unter dem gleichen Beinamen bekannt war und sich mit den gleichen Dingen beschäftigte.

Indessen mußte ich einen Platz suchen, wo ich mich fest niederlassen würde. Unter dem Portal der Kirche von St. Rochus erblickte ich einige Betteljungen meines Alters, deren Aussehen mich gleich für sie einnahm. Ich trat auf sie zu und sagte ihnen, daß ich aus der Provinz stamme; ich sei nach Madrid gekommen, um mich den barmherzigen Seelen zu empfehlen; immerhin sei mir noch eine Handvoll Reales verblieben, und wenn sie eine gemeinsame Kasse besäßen, würde ich gerne diesen Schatz dort deponieren.

Dieses Auftreten sicherte mir ihre Gunst. Sie sagten, sie besäßen in der Tat eine gemeinsame Kasse; sie befinde sich in der Obhut einer Kastanienverkäuferin, die ihren Stand am Ende der Straße hatte. Sie führten mich dorthin, und dann kehrten wir zum Kirchenportal zurück, wo wir Tarock zu spielen begannen. Während wir uns mit diesem Spiel beschäftigten, das ziemlich viel Aufmerksamkeit verlangt, schien uns ein gut gekleideter Mann prüfend zu betrachten, indem er bald den einen, bald den anderen von uns ansah. Wir wollten ihm schon ein freches Wort an den Kopf werfen, doch er kam uns zuvor, indem er mich zu sich rief und mir befahl, ihm zu folgen. Er führte mich in ein abgelegenes Gäßchen und sagte: »Mein Junge, ich habe dich unter deinen Gefährten bevorzugt, weil dein Gesicht mehr Geist verrät und weil es für den Auftrag, den ich dir erteilen will, dessen bedarf. Es handelt sich um dies: Hier werden bald sehr viele Frauen vorüberkommen; sie werden sämtlich schwarze Samtröcke und schwarze Spitzenmantillas tragen, die ihre Gesichter so gut verdecken, daß man sie nicht erkennen kann. Da aber glücklicherweise die Muster des Samts und der Spitzen nicht bei allen die gleichen sind, hat man doch die Möglichkeit, die Spuren einer schönen Unbekannten zu verfolgen. Ich bin der glückliche Liebhaber einer jungen Dame, von der ich annehme, daß sie etwas zur Unbeständigkeit neigt. Ich habe beschlossen, mich zu vergewissern. Hier sind zwei Proben vom Samt und zwei von den Spitzen. Wenn zwei Frauen vorübergehen, deren Kleidung diesen Proben entspricht, so wirst du beobachten, ob sie in die Kirche treten oder in das gegenüberliegende Haus, das dem Ritter von Toledo gehört. Und dann wirst du zu dem Getränkeverkäufer an der Straßenecke kommen und mir berichten. Hier ist ein Goldstück; du wirst noch eines bekommen, wenn du dich deines Auftrags gut entledigst.«

Während der Mann sprach, hatte ich ihn mit großer Aufmerksamkeit beobachtet. Mir schien, er habe keineswegs das Aussehen eines Liebhabers, sondern eher das eines Ehemanns. Die Raserei des Herzogs von Sidonia kam mir wieder in den Sinn; mein Gewissen erhob sich dagegen, die Belange Amors den finsteren Verdächtigungen des Hymenäos zu opfern. So entschloß ich mich, meinen Auftrag nur zur Hälfte auszuführen, das heißt, ich nahm mir vor, dem Eifersüchtigen Bescheid zu geben, wenn die beiden Damen die Kirche betreten sollten; gingen sie jedoch anderswohin, so würde ich statt dessen die Frauen vor der Gefahr warnen, die ihnen drohte. Ich kehrte zu meinen Gefährten zurück und sagte ihnen, sie sollten weiterspielen, ohne sich um mich zu kümmern. Dann legte ich mich hinter ihnen nieder und heftete die Augen auf die Stoffproben.

Bald erschienen paarweise viele Frauen, und endlich zeigten sich auch zwei, die tatsächlich den Samt und die Spitzenmantillas trugen, wie sie meinen Proben entsprachen. Die beiden Frauen taten so, als wollten sie in die Kirche treten, doch sie hielten unter dem Portal inne, sahen sich um, ob ihnen jemand folge, überquerten dann, so schnell sie konnten, die Straße und verschwanden in dem gegenüberliegenden Haus.

Als der Zigeuner bis hierher erzählt hatte, rief man ihn zu seiner Truppe. Darauf ergriff Velásquez das Wort und sprach: »Wahrhaftig, mir ist bange vor dieser Geschichte: alle Abenteuer des Zigeuners beginnen einfach, und der Zuhörer glaubt das Ende bereits abzusehen, indessen kommt es ganz anders. Aus der ersten Geschichte erwächst die zweite, aus der sich eine dritte entwickelt, etwa gleich jenen bei der Division sich ergebenden Resten, die man mitunter immer weiter teilen kann, ohne daß sie je aufgehen. In der Mathematik gibt es wohl Mittel, allerlei Progressionen aufzuhalten; hier dagegen erhalte ich als Summe von alldem, was uns der Zigeuner erzählt hat, nur ein undurchschaubares Gewirr.«

»Trotzdem«, sagte Rebekka, »hören Sie ihm mit großem Vergnügen zu. Mir schien doch, Sie hatten die Absicht, sich geradewegs nach Madrid zu begeben, nun aber können Sie sich nicht von uns trennen.«

»Zwei Gründe sind es, die mich an diesem Ort festhalten«, erwiderte Velásquez. »Einmal habe ich wichtige Berechnungen begonnen, die ich hier abschließen möchte, zum anderen muß ich Ihnen bekennen, daß ich noch nie in der Gesellschaft einer Frau ein solches Vergnügen empfunden habe wie in Ihrer, oder, deutlicher gesagt: Sie sind die einzige Frau, deren Unterhaltung mir Vergnügen bereitet.«

»Verehrter Herzog«, antwortete die Jüdin, »ich wäre froh, wenn der zweite Grund einmal zum ersten würde.«

»Es sollte Sie nicht sehr bekümmern«, sprach Velásquez, »ob ich vor oder nach meiner Geometrie an Sie denke. Mich aber bekümmert etwas anderes: ich kenne bis jetzt noch nicht Ihren Namen und muß ihn mit der Ziffer x oder z bezeichnen, die wir in der Algebra gewöhnlich unbekannten Größen geben.«

»Mein Name«, sagte die Jüdin, »ist ein Geheimnis, das ich gern Ihrer Verschwiegenheit anvertrauen würde, wenn ich nicht die Folgen Ihrer Zerstreutheit fürchtete.«

»Fürchten Sie nichts«, unterbrach Velásquez. »Durch den

häufigen Gebrauch der Substitution in den Berechnungen habe ich mich daran gewöhnt, die gleichen Werte stets auf dieselbe Weise zu bezeichnen. Wenn ich Ihnen also einmal einen Namen gegeben habe, werden Sie ihn später, selbst wenn Sie es noch so sehr wünschten, nicht mehr wechseln können.«

»Nun denn«, meinte Rebekka, »nennen Sie mich Laura Uceda.«

»Mit dem größten Vergnügen«, erwiderte Velásquez. »Oder auch die schöne Laura, die gelehrte Laura, die bezaubernde Laura, da das alles Exponenten Ihres Grundwertes sind.«

Während sie miteinander plauderten, erinnerte ich mich an das Versprechen, das ich dem Räuber gegeben hatte, ihn vierhundert Schritte westlich vom Lager aufzusuchen. Ich nahm meinen Degen und ging davon. Als ich mich weit genug entfernt hatte, hörte ich einen Pistolenschuß. Ich lenkte meine Schritte zu dem Wald, aus dem der Schuß kam, und stieß auf die Leute, mit denen ich schon zu tun gehabt hatte. Ihr Anführer wandte sich an mich. »Seien Sie gegrüßt, Señor Caballero, ich sehe, daß Sie Ihr Wort zu halten verstehen, und zweifle nicht, daß Sie ebenso mutig sind. Sehen Sie die Öffnung in dem Fels? Sie führt in unterirdische Gewölbe, wo man Sie mit größter Ungeduld erwartet. Ich hoffe, daß Sie das Vertrauen, das man in Sie setzt, nicht enttäuschen.«

Ich betrat den Stollen, während der Unbekannte draußen blieb. Nachdem ich etliche Schritte getan hatte, hörte ich es hinter mir poltern und bemerkte, wie gewaltige Felsbrokken, von einem verborgenen Mechanismus bewegt, den Eingang versperrten. Der schwache Lichtstrahl, der durch einen Felsspalt eindrang, verlor sich in dem dunklen Stollen. Trotz der Finsternis schritt ich munter aus, denn der Weg war glatt und das Gefälle nicht allzu groß. Ich brauchte mich also keineswegs anzustrengen, glaube aber, daß manch einer, wenn er so ohne Ziel vor Augen ins Erdinnere hätte eindringen müssen, ängstlich geworden wäre. Gute zwei Stunden wanderte ich mit dem Degen in der Rechten, die andere Hand vorgestreckt, um nicht anzustoßen. Plötzlich spürte ich einen Luftzug neben mir und vernahm eine leise, melodische Stimme, die mir ins Ohr raunte: »Mit welchem Recht wagt es ein Sterblicher, in das Reich der Gnomen einzudringen?«

Eine zweite Stimme, ebenso sanft wie die erste, antwortete: »Vielleicht ist er gekommen, unsere Schätze zu rauben.«

Die erste Stimme sprach weiter: »Wenn er den Degen fortschleudern wollte, würden wir uns ihm nähern.«

Da sagte ich: »Bezaubernde Gnominnen, die ich euch, wenn mich nicht alles trügt, an der Stimme erkenne, ich darf meinen Degen nicht wegwerfen, aber ich habe die Spitze in die Erde gebohrt, und ihr könnt ruhig näher kommen.«

Die Berggeister schlangen ihre Arme um mich, doch ein geheimes Gefühl sagte mir, daß es meine Cousinen seien. In der gleißenden Helligkeit, die plötzlich zu allen Seiten aufflammte, sah ich, daß ich mich nicht geirrt hatte. Sie führten mich in eine mit Polstern ausgelegte und mit prächtigen Erzen geschmückte Höhle, die in tausend Färbungen opalen glänzte.

»Nun«, sagte Emina, »freust du dich über unsere Begegnung? Du lebst jetzt in Gesellschaft einer jungen Israelitin, die ebenso schön wie verständig ist.«

»Ich kann dir versichern«, antwortete ich, »daß Rebekka gar keinen Eindruck auf mich gemacht hat, doch sooft ich euch erblicke, denke ich stets mit Unruhe daran, daß es vielleicht das letzte Mal sei. Man wollte mir einreden, ihr wäret böse Geister, aber ich habe nie daran geglaubt. Eine innere Stimme sagt mir, daß ihr Wesen meiner Art und zur Liebe geschaffen seid. Man behauptet immer, daß man nur eine einzige Frau wahrhaft lieben könne – das ist zweifellos ein Irrtum, denn ich liebe euch beide gleich stark. Mein Herz macht nicht den kleinsten Unterschied zwischen euch; ihr herrscht beide gemeinsam in ihm.«

»Ach!« rief Emina. »Das ist das Blut der Abencerragen, das aus dir spricht, da du zwei Frauen zugleich lieben kannst. So nimm doch den heiligen Glauben an, der dir mehrere Frauen gestattet.«

»Es könnte sein«, warf Zibelda ein, »daß du dann den Thron in Tunis bestiegest. Wenn du dieses wundersame Land, die Serails von Bardo und Manuba, die Gärten, Fontänen, die herrlichen Bäder und die tausend jungen Sklavinnen sähest, die weit schöner sind als wir …«

»Laßt uns nicht von Königreichen reden«, entgegnete ich, »die die Sonne bestrahlt; wir befinden uns in gewaltiger Tiefe, doch wie nahe wir auch der Hölle sein mögen, so können wir doch hier jene Wonnen finden, von denen es heißt, daß der Prophet sie seinen Auserwählten verspricht.«

Emina lächelte sehnsüchtig und blickte mich zärtlich an. Zibelda schlang ihre Arme um meinen Nacken.

Dreißigster Tag

Als ich erwachte, waren meine Cousinen nicht mehr bei mir. Unruhig sah ich mich um und bemerkte vor mir einen langen, erleuchteten Gang; ich konnte mir denken, daß es der Weg war, den ich zu gehen hatte. Ich zog mich so rasch wie möglich an, begann auszuschreiten und gelangte nach einem halbstündigen Marsch an eine Wendeltreppe, über die ich, nach meinem Wunsch, entweder ans Tageslicht hinauf- oder weiter in die Tiefe hinabsteigen konnte. Ich wählte den zweiten Weg und kam in ein Gewölbe, wo ich an einem von vier Lämpchen erhellten Grabstein aus weißem Marmor einen alten Derwisch erblickte, der Gebete murmelte.

Der Greis wandte sich zu mir und sprach mit sanfter Stimme: »Seien Sie uns gegrüßt, Señor Alfons, wir warten schon lange auf Sie.«

Ich fragte ihn, ob das vielleicht die Gruft von Kasr-Goméz sei.

»Sie ist es, edler Nazarener«, erwiderte der Derwisch. »Das Grab hier birgt das berühmte Geheimnis der Gomélez. Doch bevor ich Ihnen über diese bedeutende Sache berichte, möchte ich Ihnen eine kleine Stärkung anbieten. Sie werden heute alle Kräfte des Geistes und des Körpers nötig haben, und es kann sein«, fuhr er ein wenig spöttisch fort, »daß der letztere nach Ruhe verlangt.«

Darauf führte mich der Greis in eine Höhle nebenan, wo ich eine sauber gedeckte Frühstückstafel vorfand. Als ich mich gestärkt hatte, bat mich mein Wirt, ihm aufmerksam zuzuhören, und er sprach also: »Señor Alfons, ich weiß wohl, daß Ihre schönen Cousinen Ihnen die Geschichte Ihrer Vorfahren erzählt und Sie darüber aufgeklärt haben, welche Bedeutung das Geheimnis von Kasr-Gomélez für sie besaß. Es kann in der Tat auf der Welt nichts Bedeutsameres geben. Der Mann, der über unser Geheimnis verfügt, vermöchte mit Leichtigkeit ganze Völker zum Gehorsam zu zwingen und vielleicht sogar eine weltumfassende Monarchie zu begründen. Andererseits jedoch könnten diese mächtigen Mittel in unvernünftigen Händen höchst gefährlich werden und eine auf Gehorsam begründete Ordnung für lange Zeit zerstören. Die Gesetze, von denen wir uns seit vielen Jahrhunderten leiten lassen, bestimmen, daß das Geheimnis nur Menschen vom Blute der Gomélez entdeckt werden darf, und zwar erst dann, wenn zahlreiche Proben ihre Unbeugsamkeit und Rechtschaffenheit bestätigt haben. Desgleichen muß ein feierlicher Schwur abgelegt werden, erhärtet von der ganzen Kraft religiöser Formeln. Doch da wir Ihren Charakter kennen, wollen wir es mit Ihrem Ehrenwort genug sein lassen. So möchte ich Sie denn bitten, mir auf Ehrenwort zu versprechen, daß Sie niemals und niemandem das preisgeben, was Sie hier sehen oder hören werden.«

Da ich im Dienste des spanischen Königs stand, glaubte ich im ersten Augenblick, daß ich mein Wort nicht geben dürfe, ohne vorher erfahren zu haben, ob ich in der Höhle nicht Dinge zu sehen bekäme, die mit seiner Würde unvereinbar wären. Das sagte ich auch dem Derwisch.

»Ihre Vorsicht ist verständlich, Señor«, antwortete der Derwisch. »Ihr Arm gehört dem König, dem Sie dienen, doch hier befinden Sie sich in unterirdischen Gefilden, wohin seine Macht niemals vorgedrungen ist. Das Geschlecht, dem Sie entstammen, legt Ihnen gleichfalls Pflichten auf, und schließlich erweitert das Ehrenwort, das ich von Ihnen verlange, nur jenes, das Sie Ihren Cousinen gegeben haben.«

Ich ging auf diese etwas seltsame Argumentation ein und gab das Wort, das man von mir wünschte.

Darauf schob der Derwisch die eine Wand des Grabsteins beiseite und wies auf eine Treppe, die in noch tiefere Räume hinabführte.

»Steigen Sie hier hinab«, sagte er, »ich brauche Sie nicht zu begleiten, doch ich werde Sie am Abend abholen.«

So stieg ich denn hinab und erblickte dort Dinge, über die ich sehr gerne berichten würde, wenn mein Ehrenwort dem nicht als unüberwindliches Hindernis entgegenstünde.

Der Derwisch kam, wie er versprochen hatte, am Abend, um mich abzuholen. Wir machten uns zusammen auf den Weg und gelangten in eine weitere Höhle, wo für uns das Abendessen bereitet war. Der Tisch stand unter einem goldenen Baum, der den Stammbaum der Gomélez darstellte. Der Stamm teilte sich in zwei Hauptäste, von denen der eine, der Ast der mohammedanischen Gomélez, in seiner ganzen Pracht zu blühen schien, während der andere, der die Linie der christlichen Gomélez veranschaulichte, offensichtlich dahinwelkte und von langen spitzen Dornen starrte. Nach dem Abendessen sagte der Derwisch: »Wundern Sie sich nicht über das verschiedenartige Aussehen der beiden Äste. Die Gomélez, die den Gesetzen des Propheten treu geblieben sind, wurden mit der Krone belohnt, während die anderen unbekannt dahinlebten und mancherlei wenig bedeutende Ämter innehatten. Keiner der anderen durfte je von unserem Geheimnis etwas erfahren, und wenn man mit Ihnen eine Ausnahme macht, so verdanken Sie dies dem besonderen Umstand, daß Sie die Gunst der beiden Prinzessinnen aus Tunis zu gewinnen vermochten. Dennoch haben Sie vorerst nur einen schwachen Begriff von unserer Politik; wenn Sie zu dem zweiten Ast übergingen, zu dem, der blüht und mit jedem Tage üppiger blühen wird, könnten Sie Ihre Eigenliebe befriedigen und gewaltige Pläne verfolgen.«

Ich wollte antworten, doch der Derwisch ließ mich nicht sprechen, sondern fuhr fort: »Auf jeden Fall gebührt Ihnen ein gewisser Teil vom Reichtum Ihres Geschlechts und ein Lohn für die Mühen, die Sie auf sich nahmen, indem Sie sich in diese Gruft begaben. Hier ist ein Wechsel, auf Esteban Moro ausgestellt, den reichsten Bankier von Madrid. Die Summe scheint nur tausend Reales zu betragen, doch ein einziger geheimer Federzug macht sie unbegrenzt, und man wird Ihnen auf Ihre Unterschrift geben, soviel Sie verlangen. Jetzt werden Sie dieser Wendeltreppe folgen, und wenn Sie dreitausendfünfhundert Stufen gezählt haben, gelangen Sie in ein sehr niedriges Gewölbe, in das Sie fünfzig Schritt hineinkriechen müssen. Dann befinden Sie sich mitten im Schlosse Al-Kasr oder Kasr-Gomélez. Sie werden gut daran tun, dort zu übernachten. Am nächsten Tage können Sie zu Füßen des Berges das Lager der Zigeuner erblicken. Leben Sie wohl, teurer Alfons, möge unser heiliger Prophet Sie erleuchten und Ihnen den Weg der Wahrheit weisen.«

Der Derwisch umarmte mich, nahm Abschied und schloß die Tür hinter mir. Ich folgte genau seinem Geheiß. Beim Aufstieg hielt ich oft inne, um Atem zu schöpfen; endlich erkannte ich den bestirnten Himmel über mir. Ich legte mich in dem zerstörten Gewölbe nieder und schlief ein.

Einunddreißigster Tag

Ich wachte auf und erblickte im Tal das Zigeunerlager. An dem Treiben, das dort herrschte, erkannte ich, daß man dabei war, diesen Ort zu verlassen und die unsteten Wanderungen wieder aufzunehmen. So beeilte ich mich denn, zu ihnen zu gelangen. Ich machte mich darauf gefaßt, über meine Abwesenheit während zweier Nächte befragt zu werden. Aber derlei Fragen blieben aus, und jedermann schien einzig mit den Vorbereitungen zur Weiterreise beschäftigt.

Als wir zu Pferde saßen, sagte der Kabbalist: »Diesmal kann ich Ihnen fest versprechen, daß wir heute das Vergnügen haben werden, dem Ewigen Juden zu lauschen. Meine Macht ist noch nicht geschwunden, wie der Kauz es sich vorstellt. Er war schon fast in Tarudant, als ich ihn zur Umkehr zwang. Er sträubt sich und wandert so langsam, wie er nur kann, doch ich habe Mittel, seine Schritte zu beschleunigen.«

Darauf zog er aus der Tasche ein Buch hervor, nach dem er irgendwelche barbarischen Formeln sprach, und bald darauf erspähten wir auf einem Bergesgipfel einen Mann.

»Sehen Sie ihn?« rief Uceda. »Der Faulpelz! Der Spitzbube! Sie werden Zeuge sein, wie ich ihn empfange.«

Rebekka bat um Gnade für den Schuldigen, und ihr Bruder schien sich zu besänftigen. Doch als der Ewige Jude bei uns angelangt war, mußte er sich einige recht heftige Vorwürfe anhören, die der Kabbalist in einer mir unbekannten Sprache an ihn richtete. Dann erhielt er die Anweisung, neben meinem Pferd zu gehen und seine Geschichte an der Stelle fortzusetzen, wo er sie das letztemal unterbrochen hatte. Der unglückliche Wanderer erwiderte darauf nichts, sondern begann also zu sprechen:

Fortsetzung
der Geschichte
des Ewigen Juden

Ich erzählte Ihnen, daß sich in Jerusalem unter dem Namen »Herodianer« eine Sekte gebildet hatte, die behauptete, daß Herodes der Messias sei, und ich versprach, Ihnen zu erläutern, welchen Sinn die Juden mit diesem Wort verbanden. So sollen Sie denn wissen, daß »Messias« auf hebräisch »der mit Öl Gesalbte« bedeutet, und »Christos« ist die Übersetzung dieses Namens ins Griechische. Als Jakob nach seiner berühmten Vision erwacht war, goß er Öl auf den Stein, auf dem sein Haupt geruht hatte, und nannte diesen Ort »Bethel« oder »Haus Gottes«. Im Sanchuniathon können Sie lesen, daß Uranos die Bätylien erfand, die »belebten Steine«. Man glaubte damals, der Geist Gottes erfülle sogleich alles, was durch die Salbung geheiligt ist. Man salbte die Könige, und »Messias« wurde zum Synonym für »König«. Wenn David vom Messias spricht, so meint er sich selber, was schon aus seinem zweiten Psalm überzeugend hervorgeht.

Doch als das Reich der Juden, geteilt und dann von fremden Heeren heimgesucht, zum Spielball der mächtigen Nachbarn wurde, und besonders, als man das Volk in die Gefangenschaft führte, da traten die Propheten als seine Tröster auf; sie verkündeten ihm, daß es eines Tages einen König aus dem Geschlecht Davids haben werde, und dieser werde den Hochmut der Babylonier zu Fall bringen und die Juden als Triumphierende zurückführen.

Es fiel den Propheten leicht, in Gedanken die schönsten Gebäude zu errichten, und so versäumten sie es auch nicht, ein künftiges Jerusalem zu bauen: es sollte groß und prachtvoll genug sein, einem ebenso großen König als Residenz zu dienen, und einen Tempel haben, in dem es an nichts fehlen durfte, was die Menschen mit Ehrfurcht vor ihrer Religion erfüllen konnte. Die Juden lauschten sehr gern ihren Propheten, doch sie maßen ihren Worten keine große Bedeutung bei. Wie sollten sie sich auch begeistern für Ereignisse, die erst zu Lebzeiten der Urenkel ihrer Urenkel eintreten würden.

Anscheinend sind die Prophezeiungen unter der Herrschaft der Mazedonier ziemlich in Vergessenheit geraten; daher hat man auch keinen der Makkabäer, die immerhin ihr Land von der Fremdherrschaft befreiten, als Messias betrachtet. Und von ihren Nachfahren, die den Königstitel annahmen, hieß es gleichfalls nicht, daß sie von den Propheten vorhergesagt worden seien.

Anders wurde es jedoch unter dem alten Herodes. Als die Höflinge dieses Fürsten im Laufe von vierzig Jahren alle Schmeicheleien, die ihm gefallen konnten, erschöpft hatten, redeten sie ihm schließlich ein, daß er der von den Propheten verheißene Messias sei. Herodes, der aller Dinge müde geworden war außer der vollkommensten Macht, nach ihr aber von Tag zu Tag gieriger strebte, glaubte, daß sich ihm mit dieser These ein Mittel biete, diejenigen herauszufinden, die ihm wirklich ergeben waren. So bildeten denn seine Freunde eine Sekte, die »Herodianer«, deren Führer der Betrüger Zedekia wurde, der jüngere Bruder meiner Großmutter. Sie können sich wohl denken, daß mein Großvater und sein Freund Dellius nun nicht mehr daran dachten, sich in Jerusalem niederzulassen. Sie ließen einen kleinen Kasten aus Bronze bauen und verschlossen darin den Kaufvertrag über Hillels Haus, seinen Schuldschein über die dreißigtausend Dareiken sowie eine Zession, die Dellius zugunsten meines

Vaters Mardochai vornahm. Dann drückten sie ihr Siegel auf den Kasten und nahmen sich vor, so lange nicht mehr daran zu denken, wie die Umstände nicht günstiger seien.

Herodes starb, und Judäa wurde das Opfer höchst beklagenswerter Zwistigkeiten. Dreißig Parteiführer ließen sich salben, und so gab es dreißigmal den Messias. Einige Jahre später heiratete Mardochai die Tochter eines seiner Nachbarn, und im letzten Jahre der Herrschaft des Augustus kam ich, die einzige Frucht ihres Bundes, zur Welt. Mein Großvater wollte es sich nicht nehmen lassen, mich selber zu beschneiden, und ließ ein ziemlich prächtiges Fest vorbereiten; doch zu sehr war er an die Einsamkeit gewöhnt: die Unruhe, die das Ereignis mit sich brachte, und zweifellos auch sein hohes Alter riefen eine Krankheit hervor, die ihn nach wenigen Wochen ins Grab führte. Er tat seinen letzten Seufzer in Dellius' Armen und trug ihm noch auf, den Bronzekasten gut zu bewahren und nicht zuzulassen, daß der schlechte Mensch die Früchte seiner Ruchlosigkeit ernte. Meine Mutter, deren Niederkunft nicht glücklich verlaufen war, überlebte ihren Schwiegervater nur um wenige Monate.

Zu jener Zeit hatten die Juden die Gewohnheit, griechische oder persische Namen anzunehmen. Mich nannte man Ahasver. Unter diesem Namen habe ich mich im Jahre 1603 dem Anton Colterus in Lübeck zu erkennen gegeben, wie man aus den Schriften des Duduläus ersehen kann, und ich bezeichnete mich mit dem gleichen Namen auch 1710 in Cambridge, wie aus den Werken des gelehrten Tenzelius hervorgeht.

»Herr Ahasver«, bemerkte hier Velásquez, »Sie werden auch im *Theatrum Europaeum* genannt.«

»Das kann wohl sein«, erwiderte der Jude, »ich bin nur allzu bekannt, seitdem die Kabbalisten es darauf abgesehen haben, mich aus dem innersten Afrika herbeizuholen.«

Darauf nahm ich das Wort und fragte den Juden, welchen Reiz denn jene öden Gegenden für ihn hätten.

»Es geht mir darum«, antwortete er, »daß ich dort überhaupt keine Menschen sehe. Und wenn ich einmal einem verirrten Wanderer oder einer Kaffernfamilie begegne, so weiß ich das Lager der Löwin, die ihre Jungen nährt. Ich führe sie zu ihrer Beute und sehe mit Vergnügen zu, wie sie die Menschen zerfleischt.«

»Herr Ahasver, Sie scheinen einen ziemlich schlechten Charakter zu haben«, bemerkte Velásquez.

»Ich habe es Ihnen im voraus gesagt«, meinte der Kabbalist. »Er ist der größte Halunke der Welt.«

»Wenn du achtzehn Jahrhunderte gelebt hättest«, erwiderte der Unstete, »so wärest du nicht besser als ich.«

»Ich hoffe wohl, länger zu leben und besser zu sein als du«, sagte der Kabbalist. »Doch laß diese unhöflichen Bemerkungen und fahre in deiner Geschichte fort.«

Der Jude erwiderte nichts, sondern nahm den Faden seiner Erzählung wieder auf, indem er also sprach:

Der alte Dellius blieb bei meinem Vater, den so viele Verluste ganz niedergedrückt hatten. Sie lebten weiter in der Einsamkeit, doch Zedekia war nicht untätig. Der Tod Herodes' hatte ihn einer sicheren Stütze beraubt; nun verfolgte ihn unablässig die Furcht, uns in Jerusalem auftauchen zu sehen. So beschloß er, uns seiner Ruhe zu opfern. Alles schien sein Vorhaben zu begünstigen; Dellius verlor das Augenlicht, und mein Vater, der ihn sehr liebte, schloß sich mehr denn je von der Welt ab. Auf diese Weise vergingen sechs Jahre.

Eines Tages berichtete man uns, daß das Haus, das an unseres stieß, eben von Jerusalemer Juden gekauft worden sei und daß sich dort Leute von üblem Aussehen, wahre Mördergestalten, aufhielten. Mein Vater, der seiner Veranlagung nach die Einsamkeit liebte, fand in diesem Umstand abermals einen Grund, das Haus nicht zu verlassen.

Irgendein Lärm im Zug der Zigeuner unterbrach den Ewigen Juden an dieser Stelle seiner Geschichte. Er nutzte die Gelegenheit und machte sich davon, während wir bald darauf das Nachtlager erreichten. Unser Mahl war bereitet und sogar schon aufgetragen, wir aßen mit dem Appetit, der Reisenden eigen ist. Nachdem man das Geschirr abgeräumt hatte, wandte sich Rebekka an den Zigeunerhauptmann und sagte: »Man hatte Sie, glaube ich, unterbrochen, als Sie uns gerade erzählten, wie die beiden Damen sich umsahen, ob sie von niemandem beobachtet würden, und dann die Straße überquerten, um das Haus des Ritters von Toledo zu betreten.«

Der Zigeunerhauptmann merkte, daß man die Fortsetzung seiner Geschichte zu hören wünschte, und erzählte sie weiter, indem er also sprach:

Fortsetzung der Geschichte des Zigeunerhauptmanns

Ich holte die beiden Damen noch auf der Treppe ein, ließ sie die Stoffproben sehen, berichtete ihnen von dem Auftrag, den mir der Eifersüchtige erteilt hatte, und sagte dann: »Gehen Sie jetzt, meine Damen, wirklich in die Kirche. Ich werde den angeblichen Liebhaber herbeiholen, von dem ich annehme, daß er mit einer von Ihnen verheiratet ist. Er wird Sie sehen, wird aber nicht zu erkennen geben wollen, daß er Sie verfolgt hat, und sich daher wohl gleich wieder davonmachen. Dann können Sie gehen, wohin Sie immer wollen.«

Die beiden Damen befolgten meinen Rat. Ich lief also zu dem Getränkeverkäufer und meldete meinem Auftraggeber, daß die beiden Damen tatsächlich die Kirche betreten hätten. Wir gingen zusammen hin, und ich zeigte ihm die beiden Samtröcke, die ebenso wie die Spitzenmantillas mit den Proben übereinstimmten. Er schien noch zu zweifeln, doch da wandte sich eine der Damen um und hob, scheinbar unabsichtlich, den Schleier; sogleich malte sich die Genugtuung des Ehemannes in den Zügen des Eifersüchtigen. Kurz darauf mischte er sich unter die Menge und verließ die Kirche. Ich erreichte ihn auf der Straße; er dankte mir und gab mir noch ein Goldstück. Ich hatte einige Hemmungen, es anzunehmen, doch ich fürchtete, ich würde mich verraten, wenn ich es ablehnte. Ich verfolgte ihn mit den Augen, dann holte ich die beiden Damen aus der Kirche und geleitete sie bis zum Hause des Ritters. Die hübschere wollte mir ein Goldstück geben.

»Nein, Señora«, entgegnete ich, »ich habe Ihren angeblichen Liebhaber hintergangen, weil ich in ihm wohl den Ehemann erkannte, und mein Gewissen gebot mir, so zu handeln; doch ich bin zu ehrlich, als daß ich von zwei Seiten Bezahlung annähme.«

Ich kehrte zum Portal von St. Rochus zurück und zeigte die beiden Goldstücke. Meine Gefährten waren verblüfft. Man hatte ihnen oft ähnliche Aufträge erteilt, doch niemals so reichliche Belohnung geboten. Ich brachte das Geld zu der gemeinsamen Kasse. Meine Gefährten folgten mir, um sich an dem Erstaunen der Händlerin zu ergötzen, die in der Tat beim Anblick des Goldes vor Verwunderung erstarrte. Sie erklärte, daß sie uns nicht nur Kastanien geben werde, soviel wir nur wollten, sondern daß sie auch Würstchen besorgen werde und alles, was zum Braten notwendig sei. Die Hoffnung auf so köstliche Genüsse erfüllte unsere Truppe mit Freude; doch ich teilte sie keineswegs, vielmehr nahm ich mir vor, einen besseren Küchen-Meister zu suchen. Einstweilen versorgten wir uns mit Kastanien. Wir kehrten zum Portal von St. Rochus zurück, aßen zu Abend, jeder wickelte sich in seinen Mantel, und bald schliefen wir ein.

Am nächsten Morgen trat eine der beiden Damen vom

Vortage auf mich zu, händigte mir ein Briefchen aus und bat mich, es zu dem Ritter zu tragen. Ich ging hin und übergab das Briefchen seinem Kammerdiener. Kurz darauf wurde ich selber hineingerufen. Das Äußere des Ritters von Toledo nahm mich sehr für ihn ein, und ich konnte nun wohl verstehen, daß sein Anblick die Damen nicht gleichgültig ließ. Er war ein junger Mann von höchst vorteilhaftem Aussehen. Er hatte es nicht nötig, zu lächeln, damit sich Heiterkeit über seine Züge breite: sie war seinen Zügen gleichsam von Natur aus eigen. Dazu hatten alle seine Bewegungen etwas Leichtes, Gewinnendes. Allerdings konnte man in seinem Benehmen etwas allzu Freies und Leichtfertiges beobachten, was ihm bei den Frauen hätte schaden können, wäre nicht zu allen Zeiten jede von ihnen überzeugt, daß sie geschaffen sei, selbst den flatterhaftesten Mann zu zähmen.

»Mein Freund«, sagte der Ritter zu mir, »ich weiß schon von deinem Verstand und deinem Feingefühl. Möchtest du in meinen Dienst treten?«

»Das ist mir unmöglich«, erwiderte ich, »ich bin als Adliger geboren und darf nicht Diener sein. Ich habe den Bettlerstand gewählt, weil er nichts Entwürdigendes hat.«

»Bravo!« rief der Ritter. »Diese Denkweise ist eines Kastilianers würdig. Aber, mein Freund, was kann ich für dich tun?«

»Herr Ritter«, sagte ich, »ich liebe meinen Beruf, weil er ehrenhaft ist und weil ich von ihm lebe, aber man führt dort eine ziemlich schlechte Küche. Sie würden mich daher sehr zu Dank verpflichten, wenn Sie mir gestatteten, hierherzukommen, mit Ihren Leuten zu essen und an dem teilzuhaben, was von Ihrer Tafel übrigbleibt.«

»Sehr gern«, sagte der Ritter. »An den Tagen, da ich die Frauen erwarte, schicke ich gewöhnlich meine Dienstboten fort, und wenn deine adlige Abstammung es erlaubte, sähe ich es gerne, wenn du bei diesen Gelegenheiten kämest und uns bedientest.«

»Mein Herr«, erwiderte ich, »wenn Ihre Geliebte bei

Ihnen sein wird, werde ich Sie gerne bedienen, weil die Art, auf die ich mich Ihnen nützlich erweisen kann, diese Tätigkeit in meinen eigenen Augen adeln wird.«

Darauf verabschiedete ich mich von dem Ritter und begab mich in die Toledoer Straße.

Ich fragte nach dem Hause des Señor Avadoro. Niemand konnte es mir zeigen. Darauf fragte ich nach Don Felipe Tintero. Man wies mir einen Balkon, und dort erblickte ich einen Mann von höchst würdevollem Aussehen; er rauchte eine Zigarre und schien die Ziegel auf dem Palast des Herzogs von Alba zu zählen. Obgleich die Stimme der Natur sich sehr zu seinen Gunsten in mir regte, konnte ich doch nicht umhin, mich darüber zu verwundern, daß sie dem Vater soviel Würde gegeben hatte und dem Sohn sowenig. Mir schien, sie hätte besser daran getan, jedem ein bißchen zu geben. Doch dann überlegte ich mir, daß man, wie es heißt, Gott für alles loben müsse, und ich kehrte zu meinen Gefährten zurück. Wir zogen zu der Händlerin, um ihre Würstchen zu versuchen, und ich fand so viel Geschmack daran, daß ich die Tafel des Ritters vergaß.

Gegen Abend sah ich die beiden Damen wieder sein Haus betreten. Sie blieben ziemlich lange dort. Ich lief hin, um mich zu erkundigen, ob man mich brauche. Doch da kamen die Damen gerade heraus. Ich machte der hübscheren ein etwas zweideutiges Kompliment, das sie mit einem Fächerschlag auf meine Wange quittierte.

Wenig später trat ein junger Mann auf mich zu. Sein Äußeres flößte Achtung ein, und es erschien noch würdiger durch das Malteserkreuz, das auf seinen Mantel gestickt war; seine übrige Kleidung verriet leicht den Reisenden. Er fragte mich, wo der Ritter von Toledo wohne. Ich erbot mich, ihn hinzuführen. Im Vorzimmer fanden wir keinen Bedienten; so öffnete ich die Tür und trat mit ihm ein.

Der Ritter von Toledo war aufs höchste überrascht.

»Wen seh ich!« rief er aus. »Du bist's, mein lieber Aguilar! In Madrid? Wie glücklich ich bin! Was macht man in Malta?

Wie geht es dem Großprior, dem Großbailli, dem Noviziatsmeister? So laß dich umarmen!«

Der Ritter von Aguilar erwiderte diese Freundschaftsbeweise mit der gleichen Herzlichkeit, aber viel ernsthafter.

Ich vermutete, daß die beiden Freunde gemeinsam zu Abend essen würden. Im Vorzimmer fand ich alles, was ich brauchte, um den Tisch zu decken, und dann ging ich nach den Speisen. Als das Essen aufgetragen war, hieß mich der Ritter von Toledo von seinem Kellermeister zwei Flaschen moussierenden französischen Weines holen. Ich brachte ihn und ließ die Pfropfen knallen.

Während ich all das besorgte, hatten sich die beiden Freunde schon viel erzählt, schon manche Erinnerung wachgerufen, und dann nahm Toledo wieder das Wort und sagte: »Ich begreife nicht, wie es kommt, daß wir, die wir verschieden von Charakter sind, uns so zugetan sein können. Du besitzest alle Tugenden, und doch: ich liebe dich, als wärest du der schlimmste Bursche der Welt. Es ist wahr, und den Beweis kannst du darin finden, daß ich mich in Madrid mit noch niemandem befreundet habe. Du bist noch immer mein einziger Freund. Aber, die Wahrheit zu sagen: in der Liebe bin ich nicht ganz so beständig.«

»Hast du noch immer dieselben Grundsätze in bezug auf die Frauen?« fragte Aguilar.

»Die gleichen Grundsätze? Nein, nicht ganz«, antwortete Toledo. »Früher ließ ich meine Geliebten so schnell wie möglich aufeinander folgen, doch ich habe herausgefunden, daß man auf diese Art viel Zeit verliert. Jetzt gehe ich schon eine neue Bindung ein, bevor die andere abgeschlossen ist, und eine dritte habe ich bereits in Aussicht.«

»So gedenkst du denn niemals deine Leichtfertigkeit abzulegen?« fragte Aguilar.

»Meiner Treu, nein«, erwiderte Toledo. »Ich fürchte nur, sie könnte von selber verschwinden. Die Damen von Madrid haben in ihrem Wesen etwas so Beharrliches, daß man oft moralischer wird, als man möchte.«

»Ich verstehe deine Worte nicht«, meinte Aguilar, »schließlich ist daran nichts Verwunderliches: wir gehören einem soldatischen Orden an, aber es ist zugleich auch ein geistlicher, und wir tun Gelübde gleich den Mönchen und den Priestern.«

»Zweifellos«, sagte Toledo, »und gleich den Frauen, die geloben, ihren Gatten treu zu bleiben.«

»Wer weiß denn«, erwiderte Aguilar, »ob sie nicht im Jenseits dafür bestraft werden!«

»Mein Freund«, sprach Toledo, »ich habe den Glauben eines wahren Christen, aber hier liegt ganz sicherlich ein Mißverständnis vor. Warum, zum Teufel, willst du, daß die Frau des Auditors Uscariz, die eben eine Stunde bei mir verbracht hat, dafür eine Ewigkeit lang im Höllenfeuer schmoren soll?«

»Der Glaube lehrt uns«, sagte Aguilar, »daß es noch andere Orte der Sühne gibt.«

»Du sprichst vom Fegefeuer?« fragte Toledo. »Was das betrifft, so glaube ich, daß ich schon hindurchgegangen bin, und zwar als ich jenes Teufelsweib aus Navarra liebte, das phantastischste, anspruchsvollste, eifersüchtigste Geschöpf. Von da an habe ich auch auf die Schauspielerinnen verzichtet. Aber, mein Freund, du läßt ja Speise und Trank unberührt. Ich habe meine Flasche geleert, und dein Glas ist noch immer voll. Woran denkst du? Woran denkst du denn?«

»Ich dachte daran«, antwortete Aguilar, »daß ich heute die Sonne geschaut habe.«

»Ah, so, das glaube ich wohl«, sagte Toledo, »denn ich, der ich zu dir spreche, ich habe sie gleichfalls geschaut.«

»Und dann dachte ich«, fuhr Aguilar fort, »daß ich sie auch morgen gern schauen möchte.«

»Du wirst sie ja schauen«, sagte Toledo, »vorausgesetzt, daß der Himmel nicht bedeckt ist.«

»Das ist nicht ganz sicher«, meinte Aguilar, »denn ich könnte heute nacht sterben.«

»Ich muß schon sagen«, bemerkte Toledo, »daß du uns sehr heitere Tischgespräche aus Malta mitgebracht hast.«

»Freilich!« rief Aguilar. »Der Tod ist gewiß, nur nicht die Stunde.«

»Höre«, sagte Toledo, »von wem hast du diese angenehmen Neuigkeiten? Das muß ein Sterblicher von höchst vergnüglichem Gewerbe sein. Wird er von euch oft zum Abendessen eingeladen?«

»Keineswegs«, erwiderte Aguilar, »es ist mein Beichtvater, der mir all dies heute morgen gesagt hat.«

»Wie?« rief Toledo aus. »Du kommst in Madrid an und gehst noch am gleichen Tage zur Beichte! Du bist also gekommen, dich hier zu schlagen?«

»So ist es«, bestätigte Aguilar.

»Wohlan«, sagte Toledo. »Ich habe ohnehin seit langem nicht den Degen geführt – ich werde dein Sekundant sein.«

»Gerade das kann nicht geschehen«, sprach Aguilar. »Du bist der einzige Mensch auf der Welt, den ich nicht dafür nehmen kann.«

»Gerechter Himmel!« rief Toledo. »So hast du den unseligen Streit mit meinem Bruder wieder aufgenommen!«

»Ja«, erwiderte Aguilar. »Der Herzog von Lerma hat mir die Genugtuung verweigert, die ich von ihm forderte, und so werden wir heute nacht am Ufer des Manzanares, unter der großen Brücke, bei Fackelschein zum Zweikampf antreten.«

»Großer Gott!« sprach Toledo schmerzlich. »Soll ich denn diese Nacht einen Bruder oder einen Freund verlieren?«

»Vielleicht den einen wie den anderen«, sagte Aguilar. »Es wird ein Kampf auf Leben und Tod sein: statt des Degens den Langdolch in der rechten und den Dolch in der linken Hand. Du weißt, daß es tödliche Waffen sind.«

Toledo, dessen empfindsame Seele allen Eindrücken nachgab, stürzte in einem einzigen Augenblick von der ausgelassensten Heiterkeit in die tiefste Verzweiflung.

»Ich habe deinen Schmerz vorausgesehen«, sagte Aguilar,

»und wollte dir nicht mehr begegnen, doch vom Himmel ließ sich eine Stimme vernehmen, die mir befahl, dich an die Strafen im Jenseits zu erinnern.«

»Ach«, rief Toledo, »denk nicht an meine Bekehrung!«

»Ich bin nur ein Soldat«, sprach Aguilar weiter, »ich verstehe nicht zu predigen, aber ich gehorche der Stimme vom Himmel.«

In diesem Augenblick hörten wir es elf Uhr schlagen. Aguilar umarmte seinen Freund und sagte: »Höre, Toledo, eine geheime Ahnung sagt mir, daß ich sterben werde, doch ich wünsche, daß mein Tod zu deinem Heile beitrage. Ich will den Kampf bis Mitternacht hinhalten. Gib dann gut acht! Wenn es den Toten möglich ist, sich durch Zeichen den Lebenden vernehmbar zu machen, so sei gewiß, daß dein Freund dir Nachricht aus dem Jenseits geben wird. Nur gib um die Mitternachtsstunde genau acht!«

Dann umarmte Aguilar noch einmal seinen Freund und ging.

Toledo warf sich auf sein Bett und vergoß viele Tränen, ich hingegen zog mich ins Vorzimmer zurück und wartete gespannt darauf, wie all das enden würde.

Toledo erhob sich, blickte auf die Uhr, kehrte dann zu seinem Bett zurück und weinte abermals. Die Nacht war dunkel, der Widerschein ferner Blitze flackerte durch die Spalten der Fensterläden. Das Gewitter kam näher; sein drohendes Grollen steigerte noch die Düsternis unserer Lage. Es schlug Mitternacht, und wir hörten es dreimal an unsere Fensterläden klopfen.

Toledo öffnete sie und rief: »Bist du tot?«

»Ja, ich bin tot«, antwortete eine Grabesstimme.

»Gibt es ein Fegefeuer?« fragte Toledo.

»Es gibt eines, und ich bin schon drin«, antwortete die gleiche Stimme. Darauf vernahmen wir etwas wie ein schmerzliches Stöhnen.

Toledo warf sich nieder, das Angesicht zur Erde geneigt. Dann stand er auf, nahm seinen Mantel und lief hinaus. Ich folgte ihm. Wir schlugen den Weg zum Manzanares ein, doch bevor wir die große Brücke erreichten, erblickten wir eine Gruppe Menschen; einige von ihnen trugen Fackeln. Toledo erkannte seinen Bruder.

»Geh nicht weiter«, sagte der Herzog von Lerma, »du fändest dort den Leichnam deines Freundes.«

Toledo fiel bewußtlos nieder. Da ich ihn in den Händen der Seinen sah, kehrte ich zum Kirchenportal zurück. Dort begann ich über das, was wir vernommen hatten, nachzudenken. Pater Sanudo hatte uns immer erzählt, daß es ein Fegefeuer gebe; daher wunderte ich mich nicht, daß ich nun wiederum davon hatte sprechen hören, und all das machte keinen großen Eindruck auf mich. Ich schlief ebensogut wie sonst.

Der erste Mensch, der am nächsten Morgen die Kirche von St. Rochus betrat, war Toledo, aber er sah so blaß und mitgenommen aus, daß man Mühe hatte, ihn zu erkennen. Er verrichtete sein Gebet und verlangte einen Beichtvater.

Als der Zigeuner in seiner Geschichte hier angelangt war, kam einer von seinen Leuten und unterbrach ihn. Er mußte uns verlassen, und wir gingen auseinander.

Zweiunddreißigster Tag

Man brach ziemlich früh wieder auf und schlug einen Weg ein, der uns in die innersten Täler des Gebirgszuges führte. Nach einer Stunde erblickten wir Ahasver, den Ewigen Juden. Er kam heran, nahm seinen Platz zwischen Velásquez und mir ein und fuhr in seiner Geschichte fort, indem er also sprach:

Fortsetzung der Geschichte des Ewigen Juden

Eines Tages wurde uns ein römischer Gerichtsschreiber gemeldet. Man ließ ihn herein, und wir erfuhren, daß mein Vater des Hochverrats angeklagt war; er habe, so hieß es, Ägypten den Arabern ausliefern wollen. Als der Römer gegangen war, sagte Dellius zu meinem Vater: »Mein lieber Mardochai, es ist nutzlos, dich zu rechtfertigen, denn jedermann ist von deiner Unschuld völlig überzeugt. Doch es wird dich die Hälfte deines Vermögens kosten, und du wirst es freiwillig geben müssen.«

Dellius hatte recht. Die Angelegenheit kostete die Hälfte unseres Vermögens.

Im folgenden Jahr fand mein Vater einmal, als er des Morgens aus dem Hause trat, vor seiner Tür einen Menschen, der noch zu atmen schien. Mein Vater ließ ihn in sein Haus tragen und bemühte sich, ihn am Leben zu erhalten. Doch sogleich traten Gerichtsbeamte bei ihm ein und mit ihnen alle Bewohner des Nachbarhauses, acht an der Zahl, und alle schworen sie, sie hätten gesehen, wie mein Vater diesen Mann ermordete. Mein Vater verbrachte sechs Monate im Gefängnis und kam erst wieder heraus, als er die andere Hälfte seines Vermögens geopfert hatte, das heißt alles, was ihm von damals noch verblieben war.

Einzig das Haus gehörte ihm noch. Doch kaum war er zurückgekehrt, da brach bei seinen bösen Nachbarn Feuer aus. Das geschah in der Nacht, die Nachbarn drangen bei ihm ein, raubten alles, was sie erreichen konnten, und legten überall dort, wo es noch nicht brannte, Feuer.

Bei Sonnenaufgang war unser Haus nur noch ein Haufen Asche, über den man den blinden Dellius mit meinem Vater steigen sah. Mein Vater hielt mich in seinen Armen und beweinte sein Unglück.

Als die Läden geöffnet wurden, nahm mich mein Vater an der Hand und führte mich zu dem Bäcker, der uns bis dahin das Brot verkauft hatte. Dieser Mann schien von Mitleid bewegt zu sein und gab uns drei Brote. Wir kehrten zu Dellius zurück, der uns berichtete, in unserer Abwesenheit habe ein Mann, den er nicht sehen konnte, zu ihm gesagt: »O Dellius, möge euer Unglück auf das Haupt des Zedekia zurückfallen! Verzeih denen, die ihm als Werkzeug dienten. Wir wurden dafür bezahlt, daß wir euch umbrächten, doch wir haben euch am Leben gelassen. Nehmt dies – davon könnt ihr euch eine Zeitlang ernähren.«

Dann hatte ihm jener Mann eine Börse mit fünfzig Goldstücken ausgehändigt.

Diese unerwartete Hilfe erfreute meinen Vater. Heiter breitete er auf der Asche einen halb verbrannten Teppich aus, legte die drei Brote darauf und ging fort, um in einem halb zerbrochenen Tongefäß Wasser zu holen. Ich war damals sieben Jahre alt, und ich erinnere mich, daß ich mit meinem Vater diesen Augenblick der Heiterkeit geteilt hatte und mit ihm zur Zisterne gegangen war. Ich bekam auch meinen Teil zum Frühstück.

Kaum hatten wir zu essen begonnen, so sahen wir einen Knaben etwa meines Alters auf uns zukommen. Er weinte und bat um Brot.

»Ich bin der Sohn eines römischen Soldaten und einer syrischen Frau, die gestorben ist, als sie mich zur Welt brachte«, erzählte er. »Die Soldatenfrauen unserer Kohorte und die Marketenderinnen gaben mir der Reihe nach die Brust. Offenbar haben sie mir auch andere Nahrung gegeben, denn ich blieb am Leben. Doch mein Vater wurde gegen aufständische Hirten geschickt und ist nicht zurückgekehrt; auch alle seine Kameraden sind dort gefallen. Das Brot, das man mir gelassen hatte, ist gestern zu Ende gegangen; ich wollte in der Stadt welches erbetteln, doch ich fand alle Türen verschlossen. Da Sie aber keine Tür und kein Haus mehr haben, hoffe ich, daß Sie mich nicht zurückweisen werden.«

Der alte Dellius, der keine Gelegenheit verpaßte, moralische Lehren zu erteilen, sprach: »So gibt es denn keinen Menschen, der so elend wäre, daß er nicht noch einem anderen Gutes erweisen könnte, desgleichen es auch keinen gibt, der so mächtig wäre, daß er nicht doch die anderen brauchte. Ja, mein Kind, sei willkommen, teile mit uns das Brot des Elends. Wie heißt du?«

»Ich heiße Germanus«, sagte der Knabe.

»Mögest du lange leben«, sprach Dellius weiter, und diese Art der Segnung wurde zu einer Prophetie, denn das Kind von damals lebte sehr lange, ja, es lebt noch heute, und zwar in Venedig, unter dem Namen eines Chevaliers von Saint-Germain.

»Ich kenne ihn«, warf Uceda ein. »Er hat einige kabbalistische Kenntnisse.«

Darauf fuhr der Jude also fort:

Nach dem Frühstück fragte Dellius meinen Vater, ob man die Kellertür aufgebrochen habe.

Mein Vater antwortete, die Tür sei noch ebenso geschlossen wie vor dem Brand und die Flammen hätten nicht einmal die Decke über dem Keller zu beschädigen vermocht.

»Nun wohl«, sagte Dellius, »nimm zwei Goldstücke aus dem Beutel, den man mir gegeben hat, dinge Arbeiter und laß über dem Kellergewölbe eine Hütte errichten. Man wird sicherlich Reste des alten Hauses verwenden können.«

In der Tat fand man noch einige unbeschädigte Balken und Bretter. Man fügte sie, so gut es ging, zusammen, füllte die Zwischenräume mit Palmenzweigen aus, verkleidete alles mit Matten, und so erhielten wir eine bequeme Unterkunft. Die Natur verlangt nicht mehr in unseren glücklichen Landstrichen; die leichteste Spur eines Daches genügt unter einem so klaren Himmel, und die einfachste Nahrung ist dort zugleich die gesündeste. So kann man mit Recht sagen, daß man bei uns das Elend nicht so zu fürchten braucht wie in euren Breiten, die ihr gemäßigt nennt.

Während man an unserer Behausung arbeitete, trug Dellius eine Matte auf die Straße, ließ sich darauf nieder und spielte auf der phönizischen Zither; dann sang er ein großes Lied, das er einstens für Kleopatra komponiert hatte. Seine Stimme, obgleich die eines Siebzigjährigen, hatte dennoch die Macht, eine große Menschenmenge herbeizulocken, die ihr mit Vergnügen lauschte. Als er das Lied beendet hatte, sagte er: »O Bürger von Alexandria, gebt Almosen für den armen Dellius, den eure Väter als den Ersten Musiker der Kleopatra und als Günstling des Antonius kannten.«

Dann machte der kleine Germanus mit einem tönernen Schälchen die Runde, und jedermann warf seine Gabe hinein.

Dellius hielt sich streng an seinen Vorsatz, nur einmal in der Woche zu singen und zu betteln. An diesen Tagen versammelte sich um ihn das ganze Stadtviertel, und die Leute gingen erst nach Hause, wenn sie uns reichlich mit Almosen bedacht hatten. Wir verdankten sie nicht allein der Stimme Dellius', sondern in hohem Maße auch seinen Plaudereien, die heiter und lehrreich und mit Anekdoten gewürzt waren. Unser Schicksal war also recht erträglich. Indessen wurde mein Vater, den jene Kette von Unglücksfällen zu sehr angegriffen hatte, von einer zehrenden Krankheit befallen, die ihn in weniger als einem Jahr ins Grab brachte. Danach blieben wir einzig auf Dellius' Fürsorge angewiesen und mußten von dem leben, was seine schon so alte und brüchige Stimme ihm einbrachte. Ein heftiger Husten, dem völlige Heiserkeit folgte, beraubte uns bereits im folgenden Winter auch dieser Hilfe. Doch ich machte damals eine kleine Erbschaft von einem Verwandten, der in Pelusion gestorben war. Die Summe belief sich auf fünfhundert Goldstücke; das war nicht einmal der dritte Teil dessen, was ich hätte bekommen müssen. Aber Dellius sagte, daß es dem Armen nicht zustehe, Gerechtigkeit zu fordern, und daß er sich mit dem bescheiden müsse, was man ihm gutwillig gibt. So erklärte er sich in meinem Namen für zufriedengestellt, doch er verwaltete das Geld so gut, daß es während meiner ganzen Kindheit zu meinem Unterhalt ausreichte.

Zudem vernachlässigte Dellius keineswegs meine Erziehung wie auch die des jungen Germanus. Wir blieben abwechselnd bei ihm. Die Tage, an denen ich keinen Dienst zu tun brauchte, besuchte ich eine kleine jüdische Schule in der Nachbarschaft, und wenn Germanus frei war, nahm er Unterricht beim Isispriester Chäremon. Später machte man ihn zum Fackelträger bei den Mysterien der Göttin, ich lauschte ihm gebannt, wenn er diese Feierlichkeiten beschrieb.

Als der Ewige Jude an dieser Stelle seiner Geschichte angelangt war, erreichten wir unser Nachtlager, und er verschwand in den Bergen. Gegen Abend versammelten wir uns alle, und da der Zigeunerhauptmann Muße zu haben schien, bat ihn Rebekka um die Fortsetzung seiner Geschichte. Er nahm sie wieder auf, indem er also sprach:

Fortsetzung der Geschichte des Zigeunerhauptmanns

Der Ritter von Toledo hatte offenbar viele Sünden zusammenkommen lassen, die sein Gewissen belasteten, denn er beschäftigte den Beichtvater sehr lange. Tränenüberströmt kam er aus dem Beichtstuhl und verließ die Kirche mit den Anzeichen tiefster Zerknirschung. Als er das Portal durchschritt, bemerkte er mich und gab mir ein Zeichen, daß ich ihm folgen möge.

Es graute erst der Morgen, und die Straßen waren noch leer. Der Ritter mietete die ersten Maultiere, die uns begegneten, und wir zogen aus der Stadt hinaus. Ich gab ihm zu bedenken, daß seine Leute sich beunruhigen würden, wenn er zu lange ausbliebe.

»Nein«, erwiderte er, »sie sind unterrichtet und werden nicht auf mich warten.«

»Herr Ritter«, sagte ich darauf, »erlauben Sie mir eine Bemerkung. Die Stimme, die wir gestern hörten, hat Ihnen etwas mitgeteilt, was Sie ebensogut in Ihrem Katechismus hätten finden können. Sie haben gebeichtet, und sicherlich hat man Ihnen die Absolution nicht verweigert. Ändern Sie, wenn Sie wollen, ein wenig Ihre Lebensführung, aber grämen Sie sich nicht so, wie Sie es jetzt tun.«

»Ach, mein Freund«, sagte der Ritter, »wenn man einmal die Stimme der Toten vernommen hat, ist es einem nicht beschieden, noch lange unter den Lebenden zu verweilen.«

Da begriff ich, daß mein junger Herr glaubte, bald sterben zu müssen, und daß ihn dieser Gedanke niederdrückte. Ich beschloß deshalb, ihn nicht zu verlassen.

Wir ritten auf einem wenig begangenen Weg, der eine ziemlich öde Gegend durchquerte und zur Tür eines Kamaldulenserklosters führte. Der Ritter entlohnte die Maultiertreiber, dann läutete er. Ein Mönch erschien, der Ritter nannte seinen Namen und bat um die Erlaubnis, sich hier einige Wochen von der Welt zurückzuziehen. Man führte uns in ein Häuschen am Ende des Gartens und gab uns durch Gesten zu verstehen, daß eine Glocke uns die Stunde des Refektoriums anzeigen werde. Unsere Zelle war mit frommen Büchern ausgestattet, deren Lektüre zur einzigen Beschäftigung des Ritters wurde. Ich hingegen machte die Bekanntschaft eines Kamaldulensers, der oft angeln ging; ich schloß mich ihm an, und das war meine einzige Zerstreuung.

Das Schweigen, das zu den Ordensregeln der Kamaldulenser gehörte, mißfiel mir am ersten Tag nicht allzusehr, aber vom dritten Tage an fand ich es unerträglich. Was den Ritter betrifft, so wurde seine Schwermut von Tag zu Tag größer, und bald hörte er sogar völlig auf zu sprechen.

Wir befanden uns seit einer Woche in dem Kloster, als einer meiner Gefährten vom Portal der St.-Rochuskirche mich aufsuchte. Er berichtete mir, er habe gesehen, wie wir unsere gemieteten Maultiere bestiegen hätten, und später habe er denselben Maultiertreiber getroffen und von ihm unseren Aufenthaltsort erfahren. Ferner ließ er mich wissen, daß die kleine Truppe vor Kummer darüber, mich verloren zu haben, zur Hälfte auseinandergelaufen sei; er selber sei in die Dienste eines Kaufmanns getreten, der aus Cádiz stamme, in Madrid krank geworden sei und jemand zur Bedienung brauchte, da er sich bei einem bedauerlichen Unglücksfall die Arme und die Beine gebrochen habe.

Ich sagte ihm, ich hielte es bei den Kamaldulensern nicht länger aus und bäte ihn, wenigstens für einige Tage meinen Platz bei dem Ritter einzunehmen.

Er erwiderte mir, er wolle es gern tun, doch er fürchte, er werde dem Kaufmann aus Cádiz fehlen, in dessen Dienste er getreten sei, und da man ihn unter dem Portal von St. Rochus angeworben habe, könne ein solches Vorgehen der ganzen Gesellschaft schaden, die sich dort versammelte.

Darauf sagte ich, daß ich ja seinen Platz bei dem Kaufmann einnehmen könne. Ich hatte es ohnehin verstanden, unter meinen Gefährten eine gewisse Autorität zu erwerben, und so glaubte auch dieser, meine Bitte nicht abschlagen zu können. Ich führte ihn zu dem Ritter, dem ich mitteilte, daß wichtige Angelegenheiten mich zwängen, für einige Tage nach Madrid zurückzukehren, daß ich ihm aber für diese Zeit einen Gefährten hierließe, für den ich mich ebenso verbürgte wie für mich selbst. Der Ritter, der nicht mehr sprach, gab mir durch Zeichen zu verstehen, daß er mit dem Wechsel einverstanden sei.

So eilte ich denn nach Madrid und suchte gleich die Herberge auf, die mir mein Gefährte genannt hatte; doch dort erfuhr ich, daß man den Kranken zu einem berühmten Arzt gebracht habe, der in der Straße von St. Rochus wohnte. Es machte mir keine Mühe, ihn zu finden; ich sagte, ich sei anstelle meines Kameraden Chiquito gekommen, hieße Avarito und sei bereit, mit der gleichen Treue die gleichen Dienste zu tun.

Man antwortete mir, meine Dienste würden angenommen, aber ich müsse sofort schlafen gehen, weil ich mehrere Nächte nacheinander bei dem Kranken zu wachen haben würde. So schlief ich denn, und am Abend erschien ich, um meinen Dienst anzutreten. Man führte mich zu dem Kranken, den ich in einer höchst unangenehmen Lage auf seinem Bette ausgestreckt fand: er konnte außer der linken Hand keines seiner Glieder gebrauchen. Er war übrigens ein junger Mann von interessantem Aussehen. Man konnte ihn nicht eigentlich krank nennen, aber da seine Glieder gebrochen waren, hatte er große Schmerzen. Ich versuchte, ihn seine Qualen vergessen zu machen, indem ich ihn, so gut ich es vermochte, unterhielt und zerstreute. Schließlich konnte ich ihn bewegen, mir seine Geschichte zu erzählen; er begann sie, indem er also sprach:

Die Geschichte des López Suárez

Ich bin der einzige Sohn Gaspar Suárez', des reichsten Kaufmanns von Cádiz. Mein Vater, ein gestrenger und unnachgiebiger Mann, verlangte, daß ich mich einzig den geschäftlichen Angelegenheiten widme. Nach seinem Wunsche sollte ich mich den Vergnügungen, die sich die Söhne der vornehmsten Familien von Cádiz erlaubten, fernhalten. Da ich mich bemühte, ihm in allem zu willfahren, besuchte ich nur selten das Theater und nahm auch nie an den großen Lustbarkeiten teil, die in den Handelsstädten an den meisten Sonntagen stattfinden.

Da indessen der Geist der Erholung bedarf, fand ich sie in der Lektüre jener angenehmen, aber gefährlichen Bücher, die man unter dem Namen »Romane« kennt. Der Geschmack, den ich daran fand, weckte in mir die starke Neigung zur Zärtlichkeit; weil ich jedoch nur selten aus dem Hause ging und keine Frauen zu uns kamen, hatte ich keine Gelegenheit, mein Herz zu verschenken.

Es ergab sich, daß mein Vater einige Geschäfte bei Hofe zu erledigen hatte; er glaubte, damit biete sich für mich eine gute Gelegenheit, Madrid kennenzulernen. So eröffnete er mir denn, daß er beschlossen habe, mich dorthin zu schicken. Ich hatte keinen Grund, mich zu widersetzen, vielmehr war ich entzückt darüber, daß ich freiere Luft würde atmen können, außerhalb der Gitter unseres Kontors und fern vom Staub unserer Lager.

Als man alle Reisevorbereitungen getroffen hatte, rief mich mein Vater in sein Arbeitszimmer und richtete die folgenden Worte an mich: »Mein Sohn, du begibst dich in eine Gegend, wo die Kaufleute nicht, wie bei uns in Cádiz, die führende Rolle spielen. Sie sind also gezwungen, mit allem Anstand und aller Würde aufzutreten, damit sie nicht in den Augen jener anderen einen Stand erniedrigen, der sie ehrt, da er kräftig zum Wohle ihres Vaterlandes beiträgt wie auch zur wirklichen Macht des Monarchen. Ich nenne dir nun drei Gebote, die du stets beherzigen mußt, wenn du dir nicht meinen Zorn zuziehen willst.

Erstens befehle ich dir, die Unterhaltung mit den Adligen zu meiden. Sie glauben uns zu ehren, wenn sie uns ansprechen und uns mit ein paar Worten bedenken; doch das ist ein Irrtum, in dem man sie nicht lassen sollte, da unser Ansehen für sich besteht und nicht im mindesten von dem abhängt, was sie uns sagen können.

Zweitens befehle ich dir, dich ganz schlicht ›Suárez‹ nennen zu lassen, nicht aber ›Don López Suárez‹. Die Titel verleihen dem Kaufmann kein größeres Ansehen; sein Ansehen beruht einzig und völlig auf seinen ausgedehnten Verbindungen und der Klugheit seiner Unternehmungen.

Drittens verbiete ich dir, jemals den Degen zu ziehen. Da die Sitte es so will, erlaube ich dir, einen zu tragen; aber du darfst nie vergessen, daß die Ehre eines Kaufmanns allein darin besteht, daß er seine Abmachungen gewissenhaft einhält. Deshalb habe ich nie gewollt, daß du auch nur eine Unterrichtsstunde in der Kunst des Fechtens nähmest.

Wenn du einer dieser drei Regeln zuwiderhandelst, beschwörst du damit meinen Zorn herauf. Doch es gibt noch eine vierte, die du beachten mußt; solltest du diese je verletzen, so setzt du dich nicht bloß meinem Zorne aus, sondern es droht dir dann mein Fluch, dazu der Fluch meines Vaters und der meines Großvaters, der dein Urgroßvater und der Begründer unseres Reichtums ist. Diese wichtige Regel bestimmt, daß du niemals unmittelbare oder mittelbare Beziehungen zum Hause der Gebrüder Moro, der Hofbankiers, unterhalten sollst.

Die Gebrüder Moro genießen zu Recht den Ruf, die ehrlichsten Leute der Welt zu sein, und mein Verbot wird dich begreiflicherweise überraschen; doch deine Überraschung wird schwinden, wenn du erfährst, welche Vorwürfe unser Haus gegen sie erhebt. Deshalb will ich dir in wenigen Worten unsere Geschichte erzählen.«

Die Geschichte des Hauses Suárez

Der Schöpfer unseres Reichtums war Iñigo Suárez; er hatte in seiner Jugend die Meere überquert, sich dann stark an der Pacht der Minen von Potosí beteiligt und schließlich ein Handelshaus in Cádiz begründet.

Als der Zigeuner in seiner Geschichte hier angelangt war, zog Velásquez seine Schreibtäfelchen hervor und notierte sich etwas. Darauf wandte sich der Erzähler an ihn und sprach. »Der Herr Herzog hat vielleicht die Absicht, eine interessante Berechnung anzustellen, und meine Geschichte könnte ihn womöglich ablenken.«

»Ganz im Gegenteil«, erwiderte Velásquez, »gerade Ihre Geschichte beschäftigt mich. Der Herr Iñigo Suárez könnte in Amerika jemandem begegnet sein, der ihm die Geschichte eines anderen erzählt, der seinerseits wiederum eine Geschichte zu erzählen hat. Um mich zurechtzufinden, habe ich mir ein Schema ausgedacht, wie man es bei rekurrenten Folgen anwendet, die deshalb so heißen, weil man mit Hilfe eines solchen Schemas auf die ersten Glieder der Folge zurückkommen kann. – Fahren Sie also ruhig fort.«

Das tat der Zigeuner denn auch, indem er also sprach:

Da Iñigo Suárez ein Geschäftshaus zu gründen gedachte, suchte er die Freundschaft der angesehensten Kaufleute Spaniens. Die Moro spielten bereits damals eine große Rolle; er unterrichtete sie von seiner Absicht, mit ihnen in ständige Beziehungen zu treten. Sie erklärten sich einverstanden. Für den Anfang machte er einige Abschlüsse in Antwerpen und zog auf die Moro einen Wechsel in Madrid. Wie groß aber war seine Empörung, als er seinen Wechsel protestiert zurückbekam. Mit der nächsten Post erhielt er einen Brief voller Entschuldigungen: Rodriguez Moro teilte ihm mit, er habe sich in San Ildefonso beim Minister befunden, der Begleitbrief aus Antwerpen sei verspätet eingetroffen, und sein Kontorleiter habe geglaubt, sich an die in seinem Hause geltende Regel halten zu müssen; indessen sei er zu jeder Art Wiedergutmachung bereit. Doch die Beleidigung war geschehen, Iñigo Suárez brach alle Geschäfte mit den Moro ab, und als er starb, legte er seinem Sohn ans Herz, niemals Beziehungen mit ihnen zu unterhalten.

Ruiz Suárez, mein Vater, blieb lange diesem Vermächtnis getreu, aber große Bankrotte, die unverhofft die Zahl der Handelshäuser verringerten, zwangen ihn, sozusagen seine Zuflucht zu den Moro zu nehmen. Er hatte alle Veranlassung, das zu bereuen. Ich habe dir schon gesagt, daß wir in beträchtlichem Maße an der Pacht der Minen von Potosí beteiligt waren. Da auf diese Weise viele Barren durch unsere Hände gingen, war es üblich geworden, daß wir mit ihnen unsere Verbindlichkeiten beglichen. Wir benutzten dafür Kassetten, die hundert Pfund Silber enthielten, das heißt einen Wert von zweitausendsiebenhundertfünfzig Piastern. Diese Kassetten, von denen du noch einige zu Gesicht bekamst, waren mit Eisen beschlagen und mit Bleiplomben versehen, die das Signum unseres Hauses trugen. Jede Kassette hatte ihre Nummer. Sie gingen nach Indien, kehrten nach Europa zurück, gelangten nach Amerika, ohne daß jemand daran dachte, sie zu öffnen, und jeder nahm sie mit dem größten Vergnügen als Bezahlung an. Man kannte sie auch in Madrid sehr gut. Indessen brachte jemand, der gegenüber dem Hause Moro eine Schuld zu begleichen hatte, vier dieser Kassetten dorthin, und der Kontorleiter ließ sie nicht nur öffnen, sondern er ließ auch das Silber prüfen. Als die Nachricht von dieser neuerlichen Beleidigung nach Cádiz gelangte, geriet mein Vater in den heftigsten Zorn. Allerdings traf mit der nächsten Post ein Brief von Antonio Moro, dem Sohn Rodriguez', ein. Er enthielt viele Entschuldigungen: Antonio schrieb, er sei nach Valladolid beordert gewesen, wo sich der Hof aufhielt; die Handlungsweise seines Gehilfen, von der er nach seiner Rückkehr erfuhr, habe ihn aufs äußerste verdrossen; der Gehilfe sei jedoch ein Ausländer und mit den Gepflogenheiten in Spanien nicht vertraut.

Mein Vater gab sich mit dieser Entschuldigung nicht zufrieden; er brach allen Verkehr mit den Moro ab, und als er starb, legte er mir ans Herz, niemals Beziehungen mit ihnen zu unterhalten.

Lange befolgte ich die Anweisungen meines Vaters, und es erging mir wohl dabei. Schließlich brachten mich besondere Umstände wieder mit den Moro zusammen. Ich vergaß die letzten Ratschläge meines Vaters, oder vielmehr: sie blieben mir nicht immer gegenwärtig, und du wirst sehen, welche Folgen das für mich hatte.

Geschäfte mit dem Hof zwangen mich, nach Madrid zu reisen. Ich machte dort die Bekanntschaft eines gewissen Livárdez, eines Kaufmanns, der sich zurückgezogen hatte und von den Zinsen eines beträchtlichen, an verschiedenen Stellen angelegten Kapitals lebte. Dieser Mann hatte in seinem Charakter etwas, was mit dem meinen harmonierte. Wir standen schon in vertrautem, freundschaftlichem Verhältnis zueinander, als ich erfuhr, daß Livárdez der Onkel mütterlicherseits von Sancho Moro, dem damaligen Haupt des Hauses, war.

Ich hätte sogleich mit Livárdez brechen sollen. Ich tat es nicht; unsere Beziehungen wurden im Gegenteil noch enger. Eines Tages sagte mir Livárdez, er wisse, wie geschickt ich den Handel mit den Philippinen betriebe, daher wolle er sich als Kommanditist mit einer Million beteiligen. Ich gab ihm zu bedenken, daß er als Onkel Moros sein Kapital lieber diesem Hause anvertrauen solle.

»Nein«, erwiderte er, »ich lasse mich nicht gerne mit meinen Verwandten in Geldgeschäfte ein.«

Es gelang ihm schließlich, mich zu überreden, und es kostete ihn um so weniger Mühe, als ich ja damit im Grunde keinerlei Beziehungen zu den Moro aufnahm. Ich kehrte nach Cádiz zurück, rüstete zu den beiden Schiffen, die ich alljährlich nach den Philippinen schickte, noch ein drittes aus und dachte dann nicht mehr daran.

Im nächsten Jahre starb der arme Livárdez, und Sancho Moro bat mich in einem Brief, ihm die Million zu schicken, die sein Onkel bei mir deponiert habe. Vielleicht hätte ich ihn von unseren Abmachungen und von der Teilhaberschaft unterrichten sollen; doch ich wollte mit diesem verwünschten Hause keinerlei Beziehung aufnehmen und schickte einfach die Million.

Nach zwei Jahren kehrten meine Schiffe zurück, und das hineingesteckte Kapital hatte sich verdreifacht. Dem verstorbenen Livárdez kamen also noch zwei Millionen zu. So mußte ich abermals mit den Moro in Briefwechsel treten; ich schrieb ihnen, daß ich ihnen zwei Millionen zu übergeben hätte.

Sie antworteten mir, das Kapital sei zwei Jahre zuvor von ihnen vereinnahmt worden und damit sei die Sache für sie erledigt. Du kannst dir vorstellen, mein Sohn, daß ein solch bitterer Schimpf mich empfindlich treffen mußte; denn das bedeutete, daß man mir durchaus zwei Millionen schenken wollte. Ich sprach mit einigen Kaufleuten von Cádiz darüber. Sie meinten, die Moro hätten recht: da sie das Kapital vereinnahmt hätten, seien sie des Anspruchs auf die von mir erzielten Gewinne verlustig gegangen. Ich hingegen erbot mich, durch authentische Unterlagen zu beweisen, daß sich das Kapital des Livárdez tatsächlich auf den Schiffen befunden habe und daß ich, wenn sie untergegangen wären, das Recht gehabt hätte, mir die Million, die ich ihnen geschickt hatte, zurückgeben zu lassen; aber ich sah wohl, daß allein der Name Moro Ehrfurcht einflößte und daß, wenn ich ein Schiedsgericht von Kaufleuten verlangt hätte, ihr Urteil nicht in meinem Sinne ausgefallen wäre.

Ich zog einen Advokaten zu Rate, der mir erklärte, daß, da die Moro jenes Kapital ohne die Erlaubnis ihres Onkels, der gestorben war, zurückverlangt hätten und da ich es entsprechend der Absicht des besagten Onkels angelegt hätte, das besagte Kapital sich real noch bei mir befinde, ergo die Million, welche die Moro vereinnahmt hatten, eine andere Million sei, die mit jener überhaupt nichts zu tun habe. Mein Advokat riet mir, beim Gericht von Sevilla gegen die Moro Klage zu erheben. Ich tat es, ich prozessierte sechs Jahre, und es kostete mich hunderttausend Piaster. Trotz alledem verlor ich den Prozeß und mußte die zwei Millionen behalten.

Anfangs hatte ich Lust, die Summe für eine fromme Stiftung zu verwenden, doch ich fürchtete, das Verdienst werde dann womöglich zum Teil den verwünschten Moro zufallen. Ich weiß jetzt noch nicht, was ich mit dem Geld anfangen werde; einstweilen setze ich, wenn ich meine Bilanz von Soll und Haben aufstelle, auf der Habenseite zwei Millionen weniger ein.

Du siehst also, mein Sohn, daß ich gewichtige Gründe habe, dir jeden Umgang mit den Moro zu untersagen.

Als der Zigeunerhauptmann an dieser Stelle seiner Geschichte angelangt war, wurde er zu seiner Truppe gerufen, und wir gingen alle auseinander.

Dreiunddreißigster Tag

Wir machten uns wieder auf den Weg, und bald stieß auch der Ewige Jude zu uns, der seine Geschichte weitererzählte, indem er also sprach:

Fortsetzung der Geschichte des Ewigen Juden

So wuchsen wir denn auf, zwar nicht unter den Augen des alten Dellius – denn er konnte sie nicht mehr gebrauchen –, doch behütet von seiner Klugheit und geleitet von seinem guten Rat. Achtzehn Jahrhunderte sind seitdem verflossen, und die Kindheit ist die einzige Zeit meines langen Lebens, an die ich mich mit einiger Freude erinnere. Ich liebte Dellius wie meinen Vater und hing sehr an meinem Freunde Germanus. Indessen führte ich mit diesem häufig Streitgespräche, die stets das gleiche Thema betrafen, nämlich die Religion. Durchdrungen von den strengen Grundsätzen der Synagoge, hielt ich ihm immer wieder vor: »Eure Götterbilder haben Augen, doch sie sehen nicht, sie haben Ohren, doch sie hören nicht. Ein Goldschmied hat sie gemacht, und die Mäuse nisten in ihnen.«

Germanus entgegnete mir stets, die Götterbilder würden nicht als die Götter selbst angesehen und ich hätte keine Ahnung von der Religion der Ägypter.

Diese Erwiderung erregte, da sie oft genug wiederholt wurde, meine Neugier. Ich bat Germanus, er möge den Priester Chäremon dafür gewinnen, mich in seiner Religion zu unterrichten, was freilich nur im geheimen geschehen konnte; denn wenn man in der Synagoge davon erfahren hätte, so hätte man mir den Schimpf angetan, mich zu verstoßen. Chäremon liebte Germanus sehr und ging bereitwillig auf meine Bitte ein. Schon in der folgenden Nacht begab ich mich in ein Wäldchen, das sich an den Isistempel anschloß. Germanus stellte mich Chäremon vor, dieser ließ mich an seiner Seite Platz nehmen, faltete die Hände, versank in Gedanken und sprach dann in der Volkssprache Unterägyptens, die ich vollkommen beherrschte, das folgende Gebet:

Ägyptisches Gebet

O mein Gott, Vater aller Kreatur,
Heiliger Gott, du offenbarst dich den Deinen,
Du bist der Heilige, der alles aus dem Worte geschaffen hat,
Du bist der Heilige, der in der Natur sein Abbild hat,
Du bist der Heilige, den die Natur nicht geschaffen hat,
Du bist der Heilige, stärker als alle Macht.
Du bist der Heilige, größer als alles Erhabene,
Du bist der Heilige, besser als alles Lob.
Empfange das Dankopfer meines Herzens und meiner Worte.
Du bist unnennbar, und das Schweigen ist deine Stimme,
Getilgt hast du allen Irrtum wider das wahre Wissen.
Stütze mich, gib mir Kraft und laß an dieser Gnade alle teilhaben, so in Unwissenheit leben, wie auch die, so dich kennen und also meine Brüder und deine Kinder sind.

Ich glaube an dich, und ich bekenne es mit lauter Stimme,
Ich erhebe mich zum Leben wie zum Licht.
Ich möchte teilhaben an deiner Heiligkeit, und du bist es, der das Verlangen danach in mir weckt.

Nachdem Chäremon sein Gebet gesprochen hatte, wandte er sich an mich und sprach:

»Mein Kind, du siehst, daß wir gleich euch einen Gott kennen, der die Welt aus dem Worte schuf. Das Gebet, das du eben gehört hast, ist dem Poimander entnommen, einem Buch, das wir dem dreifach großen Thot zuschreiben – seine Werke werden bei all unseren Festen in feierlichem Aufzug umhergetragen. Wir besitzen sechsundzwanzigtausend Schriftrollen, die diesem Philosophen, der vor zweitausend Jahren gelebt hat, zugeschrieben werden. Da jedoch allein unsere Priester befugt sind, Abschriften anzufertigen, kann es wohl sein, daß sie vieles von sich aus hinzugetan haben. Überdies enthalten die Schriften des Thot eine Metaphysik von dunklem, schwer faßbarem Sinn, so daß sie Anlaß zu sehr unterschiedlichen Deutungen geben. Ich werde mich darauf beschränken, dir die Dogmen zu erläutern, die am allgemeinsten anerkannt wurden; sie gleichen in vielem denen der Chaldäer. Wie alle Dinge dieser Welt, so sind auch die Religionen einer langsam und beständig wirkenden Kraft ausgesetzt, die unaufhörlich ihre Formen und ihr Wesen zu ändern trachtet, so daß nach einigen Jahrhunderten eine Religion, von der man glaubt, daß sie immer dieselbe geblieben sei, sich ganz anders zeigt: sie bietet den gläubigen Menschen andere Auffassungen, bietet Allegorien, deren Sinn man nicht mehr begreift, oder Lehrsätze, an die man nur zur Hälfte glaubt.

Ich kann dir also nicht versprechen, daß ich dich in der alten Religion unterrichten werde, deren feierliche Gebräuche du auf dem Basrelief des Osymandias in Theben dargestellt findest. Vielmehr werde ich dir die Lehren meiner Meister so vermitteln, wie ich sie meinen Schülern gebe.

Vor allem sei dir gesagt, daß du dich nicht an Bilder oder Zeichen klammern darfst, sondern daß du dich stets bemühen sollst, den Geist all dieser Dinge zu fassen. So symbolisiert der Schlamm alles Materielle. Ein Gott, auf einer geöffneten Lotosblüte sitzend und auf dem Schlamm schwimmend, verkörpert das Denken, das auf der Materie ruht, ohne sie zu berühren. Es ist das gleiche Sinnbild, dessen sich euer Gesetzgeber bediente, als er sagte, daß der Geist Gottes über den Wassern schwebte. Man nimmt an, daß Moses von den Priestern der Stadt On oder Heliopolis erzogen worden ist, und eure Riten haben in der Tat große Ähnlichkeit mit den unseren. Wie ihr, so haben auch wir die Priesterfamilien, die Propheten, die Sitte der Beschneidung, den Abscheu vor Schweinefleisch, und es gibt noch andere Entsprechungen.«

Als Chäremon in seiner Belehrung bis hierher gelangt war, schlug ein Diener des Isiskultes die Mitternachtsstunde. Unser Meister sagte, daß fromme Pflichten ihn in den Tempel riefen und daß wir uns zu Beginn der kommenden Nacht wieder einstellen könnten.

»Sie selber«, fügte der Ewige Jude seiner Erzählung hinzu, »werden bald Ihr Nachtlager erreichen; erlauben Sie daher, daß ich die Fortsetzung meiner Geschichte auf morgen verschiebe.«

Als der Unstete sich entfernt hatte, machte ich mir Gedanken über das, was er uns erzählt hatte, und ich fand darin, wie ich meinte, die ziemlich deutliche Absicht, die Grundsätze unseres Glaubens zu erschüttern und damit die Bestrebungen jener zu unterstützen, die mich zum Glaubenswechsel überreden wollten. Doch ich wußte wohl, was die Ehre mir in dieser Hinsicht gebot, und wie sie es auch beginnen mochten, so konnten sie bei mir doch keinen Erfolg haben.

Unterdessen erreichte man das Nachtlager, das Essen wurde in der gewohnten Weise eingenommen, und da der Zigeunerhauptmann gerade Muße hatte, fuhr er in seiner Geschichte fort, indem er also sprach:

Fortsetzung der Geschichte des Zigeunerhauptmanns

Als der junge Suárez mir die Geschichte seines Hauses erzählt hatte, schien es, als möchte er gerne schlafen, und da ich wußte, daß der Schlaf zu seiner Genesung sehr notwendig war, bat ich ihn, die Fortsetzung seiner Geschichte auf die folgende Nacht zu verschieben. In der Tat schlief er recht gut. Zu Beginn der nächsten Nacht machte er einen gesünderen Eindruck; ich sah jedoch, daß er nicht schlafen konnte, und bewog ihn deshalb, seine Geschichte weiterzuerzählen, was er auch tat, indem er also sprach:

Die Geschichte des López Suárez

Ich hatte dir erzählt, daß mir mein Vater verbot, den Titel »Don« zu tragen, den Degen zu ziehen und mit dem Adel Umgang zu pflegen, daß er mir vor allem aber untersagt hatte, irgendwelche Beziehungen zum Hause der Moro zu unterhalten. Ferner hatte ich berichtet, daß ich keine größere Freude kannte, als Romane zu lesen. Ich prägte mir also die Vorschriften meines Vaters sehr sorgfältig ein, und dann begab ich mich zu allen Buchhändlern von Cádiz, um mich reichlich mit dieser Art von Literatur zu versehen, von deren Lektüre ich mir, besonders während der Reise, unendlich viel Vergnügen erhoffte.

Endlich bestieg ich eine Pinke, und ich verließ nicht ohne Genugtuung unser trockenes, staubiges und verbranntes Eiland. Dagegen entzückten mich die blühenden Ufer Andalusiens. Ich segelte den Guadalquivir hinauf und landete in Sevilla. In dieser Stadt blieb ich nur gerade so lange, wie ich brauchte, um Maultiertreiber zu finden. Es bot sich mir einer an, der statt des gewöhnlichen Tragesessels eine ziemlich bequeme Kutsche hatte. Ich gab ihm den Vorzug, und nachdem ich die in Cádiz gekauften Romane in der Kutsche untergebracht hatte, brach ich nach Madrid auf.

Dic bezaubernde Landschaft zwischen Sevilla und Córdoba, die malerischen Berge und Täler der Sierra Morena, das schlichte Hirtenleben in der Mancha – alles, was ich sah, verstärkte noch den Eindruck, den ich aus meiner geliebten Lektüre empfing. Mich überkam Rührung, ich nährte meine Seele mit hohen, köstlichen Empfindungen. Kurzum, ich kann dir versichern, daß ich, als ich in Madrid ankam, glühende Liebe empfand, ohne daß sie bereits einer bestimmten Person gegolten hätte.

In der Hauptstadt nahm ich im »Malteserkreuz« Quartier. Es war Mittag, und man deckte sogleich für mich die Tafel. Dann ging ich daran, meine Sachen auszupacken, wie es Reisende gewöhnlich tun, wenn sie sich in einem Herbergszimmer einrichten. Während ich mich damit beschäftigte, nahm ich an meiner Tür eine gewisse Bewegung wahr. Ich trat auf sie zu und öffnete sie ziemlich heftig. Aus dem Widerstand, den ich verspürte, schloß ich, daß ich jemand angestoßen hatte. In der Tat erblickte ich hinter der Tür einen recht gut gekleideten Mann, der sich über die verletzte Nase wischte.

»Señor Don López«, sagte der Unbekannte. »Ich habe in der Herberge gehört, daß der ehrenwerte Sohn des berühmten Gaspar Suárez angekommen sei, und so bin ich herbeigeeilt, Ihnen meine Aufwartung zu machen.«

»Mein Herr«, sagte ich, »wenn Sie einfach die Absicht gehabt hätten, bei mir einzutreten, so hätte ich Ihnen wohl beim Öffnen der Tür eine Beule auf der Stirn geschlagen; doch ich sehe, daß Ihre Nase verletzt ist, und so denke ich, daß Sie vielleicht das Auge am Schlüsselloch hatten.«

»Bravo«, rief der Unbekannte. »Ihr Scharfsinn ist bewundernswert. Es ist wahr: da ich Ihre Bekanntschaft zu machen wünschte, wollte ich im voraus einen gewissen Eindruck von Ihrem Auftreten gewinnen, und ich war entzückt von der vornehmen Haltung, mit der Sie sich im Zimmer bewegten und Ihre Sachen ordneten.«

Nach diesen Worten trat der Unbekannte bei mir ein, ohne daß ich ihn darum gebeten hätte, und sprach ungehemmt weiter: »Señor Don López, Sie sehen in mir den berühmten Nachkommen der Busqueros de Castilla Vieja, die man nicht mit den anderen Busqueros – den aus León stammenden – verwechseln darf. Ich selber bin bekannt unter dem Namen Don Roque Busqueros, doch von nun an will ich mich durch nichts weiter hervortun als durch die Ergebenheit, mit der ich Eurer Herrlichkeit diene.«

Hier erinnerte ich mich an die Anweisungen meines Vaters und sagte: »Señor Don Roque, ich muß Ihnen dies sagen: Als ich mich von Gaspar Suárez, dessen Sohn ich bin, verabschiedete, hat er mir verboten, mich jemals mit dem Titel ›Don‹ ansprechen zu lassen. Diesem Verbot hat er ein weiteres hinzugefügt, nach dem ich niemals Umgang mit irgendeinem Edelmann pflegen soll, woraus Eure Herrlichkeit schließen können, daß es mir nicht möglich sein wird, von Ihrem freundlichen Anerbieten Gebrauch zu machen.«

Darauf setzte Busqueros eine sehr ernste Miene auf und sagte: »Señor Don López, die Worte Eurer Herrlichkeit bringen mich in eine höchst unangenehme Lage, denn mein Vater hat mir auf dem Totenbett befohlen, den berühmten Kaufleuten stets den Titel ›Don‹ zu geben und allerorts ihre Gesellschaft zu suchen. Eure Herrlichkeit sehen also, daß Sie nicht Ihrem Vater gehorsam sein können, ohne daß ich dem Willen des meinen zuwiderhandle, und daß ich in dem gleichen Maße, in dem Sie mich zu meiden trachten, bemüht sein muß, so oft wie möglich in Ihrer Gesellschaft zu weilen.«

Die Beweisführung Busqueros' verwirrte mich. Zudem machte er ein sehr ernstes Gesicht, und da mein Vater mir verboten hatte, den Degen zu ziehen, mußte ich mein möglichstes tun, um einen Streit zu vermeiden.

Don Roque hatte unterdessen auf meinem Tisch Achterstücke entdeckt, das heißt Geldstücke im Werte von acht holländischen Dukaten.

»Señor Don López«, erklärte er, »ich sammle solche Münzen, und gerade aus den Jahren, deren Zahl ich hier aufgeprägt finde, fehlen mir noch welche. Sie wissen, was Sammlerleidenschaft bedeutet, und ich glaube Ihnen Vergnügen zu bereiten, wenn ich Ihnen eine Gelegenheit biete, mich zu Dank zu verpflichten, oder vielmehr ist es der Zufall, der die Gelegenheit bietet; ich besitze nämlich Münzen dieser Art von der Zeit an, da man sie zu prägen begann, und der Zufall wollte, daß mir gerade diese beiden noch fehlten.«

Ich bot Don Roque die beiden Goldstücke mit um so größerem Eifer an, als ich hoffte, daß er danach seines Weges gehen würde. Doch das lag keineswegs in seiner Absicht. Busqueros nahm wieder seine ernste Miene an und sprach: »Señor Don López, ich glaube, es wäre ganz ungehörig, wenn wir beide vom gleichen Teller äßen oder wenn wir uns gezwungen sähen, uns abwechselnd den Löffel oder die Gabel zu überlassen; ich werde also ein zweites Gedeck bringen lassen.«

Busqueros gab dementsprechende Anweisungen, dann brachte man uns das Essen, und ich muß gestehen, daß mich die Äußerungen meines zudringlichen Gastes recht erheiterten, und wäre nicht der Kummer gewesen, den mir der Gedanke an meinen Ungehorsam gegenüber den väterlichen Befehlen bereitete, so hätte ich Busqueros wohl mit Vergnügen an meiner Tafel gesehen.

Sofort nach dem Essen ging Busqueros. Ich hingegen wartete, bis die große Hitze des Tages gewichen war, und ließ mich dann in den Prado führen. Ich bewunderte seine Schönheit, doch ich war begierig darauf, den Park von Buen Retiro kennenzulernen. Dieser Ort, abseits vom Getriebe der Stadt, spielt in unseren Romanen eine große Rolle, und irgendein Vorgefühl sagte mir, daß ich selber hier die Gelegenheit finden würde, zarte Bande zu knüpfen.

Der Anblick des schönen Gartens entzückte mich mehr, als ich es auszudrücken vermag, und ich hätte mich wohl ganz meiner Bewunderung hingegeben, wäre ich nicht durch einen glänzenden Gegenstand, den ich zwei Schritt vor mir mitten im Gras erspähte, aus meiner Verzückung herausgerissen worden. Ich hob ihn auf und sah, daß es sich um ein kleines Bildnis handelte, das an einer abgerissenen Kette hing. Das Bildnis stellte einen sehr schönen jungen Mann dar; auf der Rückseite des Medaillons befand sich eine Locke, und quer über sie hinweg lief ein goldenes Band, auf dem die Worte zu lesen standen: »Ganz der Deine, meine liebe Inés.« Ich steckte das Kleinod in meine Tasche und spazierte weiter.

Als ich später zu demselben Ort zurückkehrte, traf ich dort auf zwei Frauen, von denen die eine, ein sehr junges und sehr schönes Geschöpf, den Rasen absuchte; sie zeigte dabei die bekümmerte Miene eines Menschen, der etwas verloren hat. Ich konnte leicht erraten, daß sie das kleine Bildnis suchte. So trat ich voller Ehrerbietung auf sie zu und sagte: »Meine Dame, ich glaube, ich habe den Gegenstand gefunden, den Sie suchen, doch die Vorsicht erlaubt mir nicht, ihn sogleich auszuhändigen; vielmehr möchte ich Sie zuvor um die Freundlichkeit bitten, eine Art Beschreibung zu geben, die Ihr Eigentumsrecht bestätigen wird.«

»Mein Herr«, erwiderte die schöne Unbekannte, »ich suche ein Bildnis, das an einer abgerissenen goldenen Kette hängt, deren anderes Ende Sie hier sehen.«

»Aber«, sprach ich weiter, »stand auf der Rückseite des Bildnisses nicht etwas geschrieben?«

»So ist es«, sagte die Unbekannte, ein wenig errötend. »Sie werden aus der Inschrift erfahren haben, daß ich Inés heiße und daß der, den das Bild darstellt, ganz der Meine sei. Nun, was hindert Sie noch, es mir zurückzugeben?«

»Meine Dame«, fuhr ich fort, »Sie haben mich nicht wissen lassen, in welcher Eigenschaft jener Glückliche der Ihre ist.«

»Mein Herr«, antwortete die Unbekannte, »ich hielt es für notwendig, Ihre Zweifel zu zerstreuen, nicht aber, Ihre Neugier zu befriedigen, und ich weiß nicht, woher Sie das Recht nehmen, mir solche Fragen zu stellen.«

»Meine Neugier«, erwiderte ich, »sollte man richtiger Anteilnahme nennen. Bezüglich des Rechts, Ihnen solche Fragen zu stellen, gestatten Sie mir die Bemerkung, daß diejenigen, die einen verlorenen Gegenstand zurückgeben, gewöhnlich eine angemessene Belohnung erhalten. Die Belohnung, um die ich Sie bitte, bestünde darin, mir das zu sagen, was mich vielleicht zum unglücklichsten aller Menschen machen wird.«

Die schöne Unbekannte nahm eine ziemlich ernste Miene an und sagte: »Sie gehen recht weit für eine erste Begegnung – das ist nicht immer ein sicheres Mittel, eine zweite gewährt zu bekommen. Dennoch will ich Ihnen in diesem Punkte Genugtuung widerfahren lassen. Die abgebildete Person ist ...«

Im gleichen Augenblick tauchte aus einem Seitenpfade unvermutet Busqueros auf. Er trat ohne jede Verlegenheit auf uns zu und sagte: »Meine Dame, ich beglückwünsche Sie dazu, mit dem berühmten Sohn des reichsten Kaufmanns von Cádiz Bekanntschaft geschlossen zu haben.«

In den Zügen der Unbekannten malte sich höchste Entrüstung.

»Ich glaubte nicht«, sagte sie, »dazu Veranlassung zu bieten, daß man das Wort an mich richtet, ohne mich zu kennen.«

Sie wandte sich zu mir und sprach: »Mein Herr, wollen Sie

mir bitte das Medaillon zurückgeben, das Sie gefunden haben.«

Dann stieg sie in ihren Wagen und entschwand unseren Augen.

Da inzwischen ein Zigeuner gekommen war, um den Hauptmann zu seiner Truppe zu rufen, bat dieser um die Erlaubnis, die Fortsetzung seiner Geschichte auf den nächsten Tag zu verschieben. Als er uns verlassen hatte, wandte sich die schöne Jüdin, die wir nur noch Laura nannten, an Velásquez und sagte: »Was halten Sie, Herr Herzog, von den übersteigerten Empfindungen des jungen Suárez? Haben Sie sich schon einmal die Mühe gemacht, Ihre Ideen auf das anzuwenden, was man gemeinhin Liebe nennt?«

»Señora«, antwortete Velásquez, »mein System umfaßt die ganze Natur, und daher müssen auch alle Gefühle inbegriffen sein, die sie dem menschlichen Herzen eingegeben hat. Ich war gezwungen, sie alle zu ergründen und zu definieren, und das gelang mir besonders hinsichtlich der Liebe, denn ich habe herausgefunden, daß es möglich ist, sie mit den Begriffen der Algebra zu bezeichnen – Sie wissen, daß für Fragen, die mit der Algebra zu fassen sind, Lösungen gefunden werden können, die nichts zu wünschen übriglassen.

Nun wohl, setzen wir die Liebe als positiven Wert, als Wert mit dem Pluszeichen; Haß ist das Gegenteil von Liebe und erhält das Minuszeichen; Gleichgültigkeit ist eine Nicht-Empfindung und wäre gleich Null zu setzen.

Wenn ich die Liebe mit sich selbst multipliziere, sei es, daß ich die Liebe liebe, oder sei es, daß ich es liebe, die Liebe zu lieben – stets erhalte ich positive Werte, nämlich – plus mal plus ergibt stets plus.

Wenn ich aber den Haß hasse, kehre ich zurück zum Gefühl der Liebe oder zu den positiven Größen; entsprechend ergibt minus mal minus stets plus.

Im Gegensatz dazu kehre ich, wenn ich den Haß des Hasses hasse, zu Gefühlen zurück, die der Liebe entgegengesetzt sind, das heißt zu den negativen Werten; dementsprechend lautet die Regel, daß die dritte Potenz von minus stets minus ist.

Wiederum sind die Produkte von Liebe und Haß oder Haß mal Liebe immer negativ, ganz gleich den Produkten von plus mal minus oder minus mal plus. In der Tat, ob ich nun die Liebe hasse oder den Haß liebe – stets handelt es sich um Empfindungen, die der Liebe entgegengesetzt sind. Haben Sie, schöne Laura, etwas gegen meine Beweisführung einzuwenden?«

»Nicht im mindesten«, antwortete die Jüdin. »Ich bin vielmehr überzeugt, daß es keine Frau gibt, die sich solchen Argumenten nicht ergäbe.«

»Das läge freilich nicht in meiner Absicht«, meinte Velásquez, »denn wenn sie sich so rasch ergäbe, brächte sie sich um die Fortsetzung meiner Korollarien oder Folgerungen aus meinen Grundsätzen. Ich fahre also in meiner Beweisführung fort. Daraus, daß Liebe und Haß sich absolut wie positive und negative Werte verhalten, ergibt sich, daß ich statt ›Haß‹ auch minus ›Liebe‹ schreiben kann, was man nicht mit Gleichgültigkeit verwechseln darf, deren Wesen es ist, gleich Null zu sein.

Beachten Sie nun das Verhalten der Liebenden. Sie lieben sich, sie hassen sich, dann verwünschen sie den Haß, den sie empfunden haben, sie lieben sich mehr als zuvor, darauf verwandelt ein negativer Faktor alle diese Gefühle in Haß. So ist hier nicht zu verkennen, wie die Potenzen abwechselnd plus und minus als Vorzeichen erhalten. Schließlich hören Sie, daß der Liebende seine Geliebte erdolcht habe; Sie sind in großer Verlegenheit, wenn Sie entscheiden sollen, ob das ein Ergebnis der Liebe oder des Hasses ist. Genauso in der Algebra: der Wert einer Wurzel aus x kann positiv oder negativ sein, wenn der Wurzelexponent eine gerade Zahl ist.

Die Richtigkeit des Gesagten zeigt sich auch darin, daß, wie Sie beobachten können, die Liebe oft mit einer Art gegenseitiger Scheu beginnt, die man beinahe für Abneigung halten könnte, also mit einem kleinen negativen Wert, den wir mit minus b bezeichnen wollen. Die Abneigung führt zu einem Zwist, für den wir minus c setzen; das Produkt aus beiden ist dann plus bc, das heißt ein positiver Wert, ein Gefühl der Liebe.«

Hier unterbrach die angebliche Laura Uceda die Ausführungen Velásquez', indem sie sagte: »Herr Herzog, wenn ich Sie recht verstanden habe, könnte die Liebe nicht besser bezeichnet werden als mit der Entwicklung der Potenzen von x minus a, wobei man annimmt, daß a ein viel kleinerer Wert ist als x.«

»Liebenswerte Laura«, erwiderte Velásquez, »Sie haben in meinen Gedanken gelesen. Ja, Sie bezauberndes Geschöpf, die Formel des Binoms, die der Caballero Don Newton gefunden hat, muß uns – wie in allen anderen Berechnungen – auch beim Studium des menschlichen Herzens den Weg weisen.«

Darauf gingen alle auseinander, doch von jetzt an konnte man leicht beobachten, daß die schöne Israelitin den Geist und das Herz Velásquez' aufs stärkste beeindruckt hatte. Da er ebenso wie ich von den Gomélez abstammte, zweifelte ich nicht daran, daß man, den Einfluß nutzend, den das liebenswürdige Geschöpf auf ihn gewonnen hatte, versuchen würde, ihn zum Islam zu bekehren. Das weitere Geschehen wird zeigen, daß ich mich in meinen Vermutungen keineswegs täuschte.

Vierunddreißigster Tag

Schon am frühesten Morgen saßen wir zu Pferde. Der Ewige Jude hatte wohl nicht geglaubt, daß wir so zeitig aufbrechen würden, und sich weit entfernt. Wir mußten lange auf ihn warten; endlich erschien er, nahm seinen Platz in meiner Nähe ein und begann also zu sprechen:

Fortsetzung der Geschichte des Ewigen Juden

»Die Symbole haben uns nie gehindert, an einen Gott zu glauben, der über allen anderen steht«, erläuterte uns Chäremon in der nächsten Nacht. »Thots Schriften bestätigen das. Er drückt sich so aus: ›Dieser einzige Gott verharrt unbewegt im Alleinsein seiner Einheit. Weder das Intelligible noch sonst etwas ist ihm beigemengt. Er ist sein eigener Vater, er ist sein eigener Sohn und der alleinige Vater Gottes. Er ist das Gute, er ist die Quelle des Alls und die Wurzel der intelligiblen Ideen der ersten Wesenheiten.

Dieser alleinige Gott erklärt sich aus sich selbst, weil er sich selbst genügt. Er ist das Prinzip, der Gott der Götter, der Einfache aus dem Einen, der vor der Wesenheit existiert und das Prinzip der Wesenheit bildet. Denn erst aus ihm stammt die Wesenheit des Seins und das Sein, weshalb er auch Vater des Seins genannt wird.‹

Ihr seht also, meine Freunde«, fuhr Chäremon fort, »daß man über die Göttlichkeit keine erhabeneren Vorstellungen haben kann als die unseren; doch wir hielten uns für berechtigt, auch einen Teil der Attribute Gottes und seiner Beziehungen zu uns zu vergöttlichen und daraus besondere Gottheiten oder, besser gesagt, göttliche Kräfte zu machen.

So nennen wir die Vernunft Gottes ›Emeph‹, und wenn sie sich in Worten äußert, heißt sie ›Thot‹ (Beredung) oder ›Ermeth‹ (Deutung).

Wenn die Vernunft Gottes, die die Wahrheit behütet, sich der Erde zuwendet und die Fruchtbarkeit wirken läßt, wird sie ›Amun‹ genannt.

Wenn die Vernunft Gottes sich auch mit Hilfe der Kunst äußert, heißen wir sie ›Ptah‹ oder ›Vulkan‹. Äußert sich die Vernunft in höherem Maße in Gestalt der Güte, so wird sie ›Osiris‹ genannt.

Wir betrachten Gott als ein einziges Wesen, doch da er geruht, eine unendliche Fülle gütiger Beziehungen mit uns zu unterhalten, glaubten wir, wir dürften ihn, ohne unfromm zu werden, als eine Vielheit betrachten. Denn er ist in der Tat vielfach und unendlich vielgestaltig in den Eigenschaften, die wir an ihm wahrnehmen können.

Was die Geister betrifft, so glauben wir, daß jeder von uns deren zwei hat, einen guten und einen bösen. Die Seelen der Helden haben manches mit den Geistern gemein, besonders jene Seelen, die im Rang am höchsten stehen.

Die Götter können sich ihrem Wesen nach mit dem Äther vergleichen, die Helden und die Geister mit der Luft, und die einfachen Seelen scheinen uns der Erde ähnlich. Die göttliche Vorsehung vergleichen wir mit dem Licht, das alle Räume der Welten erfüllt.

Alte Überlieferungen sprechen auch von verkündenden

Mächten, von Engeln, deren Pflicht es ist, die Befehle Gottes zu überbringen, und es ist von anderen Mächten die Rede, von Mächten höheren Ranges, die von den hellenisierenden Juden Archonten oder Erzengel genannt werden.

Diejenigen unter uns, die die Priesterweihe empfangen haben, glauben sich im Besitze der Macht, die Götter, Geister, Engel, Helden und Seelen herbeizurufen; doch sie können diese Beschwörungen nicht vornehmen, ohne ein wenig die Ordnung des Alls zu stören.

Wenn die Götter sich auf die Erde herablassen, verbirgt sich die Sonne oder der Mond für einige Zeit vor den Blicken der Sterblichen.

Dic Erzengel sind von strahlenderem Licht umgeben als die Engel; die Seelen der Helden haben weniger Glanz als die der Engel, aber mehr als die Seelen der gewöhnlichen Sterblichen, die sehr vom Schatten verdunkelt bleiben.

Die Fürsten des Zodiakus bieten sich in überaus prächtiger Gestalt dar. Es gibt zudem unendlich viele besondere Umstände, die das Erscheinen dieser verschiedenen Wesen begleiten und die dazu dienen, sie voneinander zu unterscheiden. Die bösen Geister zum Beispiel sind an den schlechten Einflüssen zu erkennen, die ihnen stets folgen.

Über die Götterbilder glauben wir, daß man, wenn sie bei einem bestimmten Stand der Gestirne sowie unter gewissen theurgischen Zeremonien hergestellt werden, manche Teile des göttlichen Wesens auf sie herabziehen kann. Doch diese Kunst ist so trügerisch und der wahren Gotteserkenntnis unwürdig, daß wir sie Priestern überlassen, deren Rang weit unter dem liegt, dem anzugehören ich die Ehre habe.

Wenn einer unserer Priester die Götter anruft, macht er sich in gewisser Weise an ihrem Wesen teilhabend. Er hört deswegen nicht auf, Mensch zu sein, doch das göttliche Wesen dringt in einem bestimmten Maße in ihn ein. Er vereint sich in gewisser Weise mit seinem Gott. Befindet er sich in diesem Zustand, so fällt es ihm leicht, den dunklen und irdischen Geistern zu gebieten und sie aus den Körpern auszutreiben, in die sie Eingang gefunden haben.

Zuweilen bereiten unsere Priester aus Steinen, Kräutern und tierischen Stoffen eine Mischung, die geeignet ist, die Gottheit zu empfangen; doch das wahre Band, das den Priester mit seinem Gott verbindet, ist das Gebet.

All die Riten und Lehrsätze, die ich euch erklärt habe, schreiben wir nicht Thot oder dem dritten Merkur zu, der unter Osymandias lebte. Vielmehr ist nach unserer Meinung der Prophet Bitys ihr wirklicher Schöpfer; seine Zeit lag zweitausend Jahre zurück, und er hat die Ansichten des ersten Merkur erläutert. Doch ich sagte euch bereits, daß die Zeit manches daran verändert und manches hinzugefügt hat, und ich glaube nicht, daß diese alte Religion ohne spätere Zutat auf uns gekommen ist.

Wenn alles gesagt werden soll, mögt ihr schließlich auch dies erfahren: Unsere Priester wagen es zuweilen, Drohungen gegen die Götter zu gebrauchen. Sie drücken sich dann während des Opfers etwa so aus: ›Wenn du mir nicht das gewährst, worum ich dich bitte, werde ich das Verborgenste an Isis enthüllen, ich werde die Geheimnisse der Tiefe den Menschen entdecken, ich werde den Schrein des Osiris zerbrechen und seine Teile zerstreuen.‹ Ich muß euch sagen, daß ich solche Gebete keineswegs gutheiße, und die Chaldäer enthalten sich ihrer vollkommen.«

Als Chäremon in seiner Unterweisung hier angelangt war, schlug der Tempeldiener Mitternacht. Und da Sie sich Ihrem Nachtlager nähern, bitte ich Sie um die Erlaubnis, die Fortsetzung meiner Geschichte auf morgen zu verschieben.

Der Ewige Jude entfernte sich, und Velásquez versicherte uns, daß er von ihm nichts Neues erfahren habe und daß man all das in dem Buche des Jamblichos nachlesen könne.

»Das ist ein Werk«, fügte er hinzu, »das ich mit großer Aufmerksamkeit gelesen habe, und ich konnte nie begreifen, warum die Kritiker, die den Brief des Porphyrios an den Ägypter Anebo als echt anerkannten, die von dem Ägypter Abammon verfaßte Antwort für eine Erfindung des Porphyrios hielten. Mir schien im Gegenteil, daß Porphyrios nichts weiter getan hat, als daß er in seinem Werk die Antwort des Abammon erweiterte, indem er einige Betrachtungen über die griechischen Philosophen und über die Chaldäer hinzufügte.«

»Wie dem auch sei«, sagte Uceda, »ob nun Anebo oder Abammon, ich versichere Ihnen jedenfalls, daß uns der Ewige Jude nichts als die reine Wahrheit erzählt hat.«

Wir erreichten das Nachtlager, nahmen eine leichte Mahlzeit ein, und da der Zigeuner Muße hatte, setzte er seine Geschichte fort, indem er also sprach:

Fortsetzung der Geschichte des Zigeunerhauptmanns

Nachdem mir der junge Suárez berichtet hatte, wie die Begegnung im Park endete, schien er das Bedürfnis nach Schlaf zu empfinden; er brauchte ihn zur Wiederherstellung seiner Gesundheit, und so ließ ich ihn denn schlummern. Doch in der nächsten Nacht erzählte er also weiter:

Die Geschichte des López Suárez

Ich verließ den Park von Buen Retiro, das Herz voller Liebe zu der schönen Unbekannten und voller Entrüstung gegenüber Busqueros. Am nächsten Morgen – es war ein Sonntag – hoffte ich, daß ich die Dame meines Herzens vielleicht träfe, wenn ich die Kirchen abliefe. In drei Kirchen suchte ich völlig nutzlos, doch in der vierten fand ich sie. Sie erkannte mich. Als sie nach der Messe die Kirche verließ, richtete sie es so ein, daß sie dicht an mir vorüberkam, und dabei sagte sie halblaut: »Es war das Bild meines Bruders.«

Sie ging sogleich weiter, doch ich stand noch immer wie angewurzelt, entzückt von den wenigen Worten, die ich vernommen hatte. In der Tat, ihre Besorgnis, mich zu beruhigen, konnte nur der Ausdruck einer beginnenden Zuneigung sein.

In meine Herberge zurückgekehrt, bestellte ich mir mein Mittagessen, und ich hoffte, daß mein Busqueros sich diesmal nicht blicken ließe; aber er kam mit der Suppe und sprach: »Señor Don López, zwanzig Einladungen habe ich ausgeschlagen, doch ich hatte Ihnen ja erklärt, daß ich Eurer Herrlichkeit völlig ergeben dienen wolle.«

Ich hatte größte Lust, dem Señor Don Roque ein unhöfliches Kompliment zu machen, aber ich dachte daran, daß mir mein Vater verboten hatte, den Degen zu ziehen, und nahm mir deswegen vor, Streitigkeiten zu vermeiden.

Busqueros ließ sich ein Gedeck bringen, nahm Platz, dann wandte er sich mit zufriedener, selbstgefälliger Miene an mich und sagte: »Geben Sie zu, Señor Don López, daß ich

Ihnen gestern einen gewaltigen Dienst erwiesen habe: so ganz nebenbei ließ ich die Dame wissen, daß Sie der Sohn eines reichen Kaufmanns seien. Sie tat so, als sei sie schrecklich empört, aber sie wollte Ihnen dadurch nur zu erkennen geben, daß ihr Herz gegen die Verlockung des Reichtums unempfindlich sei. Glauben Sie ihr nicht, Señor Don López; Sie sind jung, Sie haben Geist, sehen gut aus, doch wenn eine Frau Sie liebgewinnt, wird auch das Geld dabei eine gewisse Rolle spielen. Bei mir zum Beispiel ist das nicht zu befürchten. Wenn man mich liebt, so einzig um meinetwillen, und noch nie habe ich eine Leidenschaft geweckt, in der andere Interessen sich bemerkbar gemacht hätten.«

Busqueros hielt noch lange solche Reden, und als er gegessen hatte, ging er seines Weges. Am Abend begab ich mich nach Buen Retiro, doch eine geheime Ahnung sagte mir, daß ich die schöne Unbekannte nicht erblicken würde. Sie zeigte sich in der Tat nicht – nur Busqueros tauchte auf und wich den ganzen Abend nicht von mir.

Am nächsten Tag stellte er sich zum Mittagessen ein, und als er ging, kündigte er mir an, daß er mich in Buen Retiro erwarten werde. Ich sagte ihm, daß ich nicht hingehen wolle, und da ich fest überzeugt war, daß er mir nicht aufs Wort glauben werde, verbarg ich mich, als es Abend wurde, in einem Laden auf dem Wege nach Buen Retiro. Es dauerte nicht lange, so sah ich Busqueros vorbeigehen; er begab sich in den Park von Buen Retiro, fand mich dort nicht, und so sah ich ihn bald zurückkehren. Darauf eilte ich selber hin. Ich wandelte einige Male die Wege auf und ab und sah schließlich, daß die schöne Unbekannte den Park betrat. Ich näherte mich ihr voller Ehrerbietung, was ihr nicht zu mißfallen schien. Freilich wußte ich nicht, ob ich ihr für das, was sie mir in der Kirche gesagt hatte, danken solle. Sie selber wollte mir wohl aus der Verlegenheit helfen. Sie lächelte und sagte: »Sie behaupten, man habe ein Recht auf Belohnung, wenn man etwas Verlorenes findet, und da Sie dieses Medaillon fanden, wollten Sie wissen, in welchen Beziehungen ich zu dem stünde, den es darstellt. Sie haben es erfahren, also fragen Sie mich nicht weiter, es sei denn, Sie fänden abermals etwas, was mir gehört; dann allerdings hätten Sie zweifellos ein Anrecht auf neue Belohnungen. Es wäre indessen nicht gut, wenn man uns oft zusammen lustwandeln sähe. Leben Sie wohl, ich verbiete Ihnen keineswegs, sich mir zu nähern, wenn Sie mir etwas zu sagen haben.«

Die Unbekannte bedachte mich mit einem anmutigen Gruß, den ich mit einer tiefen Verbeugung erwiderte, dann lenkte ich meine Schritte in die nächste Allee, die in der gleichen Richtung verlief. Doch ich behielt weiter den Weg im Auge, den ich eben verlassen hatte. Die Unbekannte ging noch ein paarmal auf und ab, dann verließ sie den Park, und während sie den Wagen bestieg, warf sie mir einen letzten Blick zu, in dem ich Wohlwollen zu lesen glaubte.

Stets mit meinen Empfindungen beschäftigt und über ihr Fortschreiten nachdenkend, glaubte ich am nächsten Morgen, daß vielleicht der Augenblick nicht mehr fern sei, da mir die schöne Inés gestatten würde, ihr zu schreiben, und da ich noch nie Liebesbriefe verfaßt hatte, hielt ich es für ratsam, mich in ihrem Stil zu üben. So nahm ich denn die Feder zur Hand und schrieb einen Brief, der also lautete:

*López Suárez an Inés****

Ein scheues Empfinden macht meine Hand beben; sie möchte mir den Dienst versagen, da sie diese Zeilen niederschreiben soll. In der Tat, was vermöchten sie auch auszudrücken? Welcher Sterbliche könnte schreiben, da die Liebe diktiert? Die Feder ist nicht imstande, dem Gefühl zu folgen.

Ich will meine Gedanken auf diesen Bogen bannen, doch sie entgleiten mir; sie eilen zu den Bäumen und Hecken von Buen Retiro, sie verweilen auf dem Sand, der die Spuren Ihrer Füße bewahrt, sie können sich von dort nicht lösen.

Ist dieser Park unserer Könige wirklich so schön, wie es mir scheint? Zweifellos nicht. Der Zauber liegt in meinen

Augen, und Sie haben ihn geweckt. Wären diese Wege so verlassen, wenn andere Menschen die Schönheit sähen, die ich dort entdeckte?

In diesem Park leuchtet der Rasen frischer, der Jasmin strömt voller seinen Duft aus, und die Hecken, neben denen Sie wandelten, ihren sanften Schatten suchend, widersetzen sich mit größerer Kraft den sengenden Strahlen der Sonne. Dort sind Sie nur vorübergegangen; was aber werden Sie bewirken in diesem Herzen, in dem Sie für immer wohnen?

Als ich die Epistel vollendet hatte, las ich sie noch einmal. Ich merkte, daß sie voller Übertreibungen war, und hatte deshalb keine Lust, sie zu überreichen oder zuzuschicken. Doch gleichsam um mir eine angenehme Illusion zu schaffen, versiegelte ich sie und schrieb darauf – *Der schönen Inés****. Dann warf ich meinen Brief in eine Schublade.

Später wandelte mich die Lust an, ein wenig auszugehen. Ich lief durch die Straßen von Madrid, und als ich an der Herberge zum Weißen Löwen vorüberkam, dachte ich, daß es wohl gut wäre, hier das Mittagessen einzunehmen und auf diese Weise dem verwünschten Busqueros zu entgehen. So tat ich es auch, und danach kehrte ich in meine Herberge zurück.

Ich öffnete den Schubkasten, in den ich den Liebesbrief gelegt hatte, und fand ihn nicht mehr. Ich fragte meine Diener danach; sie erklärten, niemand außer Busqueros habe mein Zimmer betreten. Ich zweifelte nicht daran, daß er ihn genommen hatte, und voller Unruhe wartete ich, was er mit ihm wohl beginnen werde.

Am Abend ging ich nicht gleich nach Buen Retiro, sondern ich legte mich erst in dem gleichen Laden auf die Lauer, in dem ich mich schon einmal verborgen hatte. Bald zeigte sich der Wagen der schönen Inés, und ich erblickte auch Busqueros, der hinter dem Wagen herlief und auf den Brief zeigte, den er in der Hand hielt. Mit seinem Armeschwenken und seinem Geschrei erreichte er es schließlich, daß man den Wagen anhielt, und er hatte das Glück, den Brief unmittelbar seinem Empfänger überreichen zu können. Darauf rollte der Wagen weiter in der Richtung von Buen Retiro, und Busqueros schlug einen anderen Weg ein.

Ich wußte nicht recht, womit die Angelegenheit enden würde, und machte mich langsam auf den Weg zum Park. Dort sah ich die schöne Inés mit ihrer Begleiterin auf einer Bank sitzen, die sich an einen Laubengang lehnte. Sie winkte mir, näher zu treten, hieß mich neben ihr Platz nehmen und sprach: »Mein Herr, ich muß Ihnen ein paar klärende Worte sagen. Vor allem bitte ich Sie, mich wissen zu lassen, warum Sie mir all diese Torheiten geschrieben haben. Und dann: warum schicken Sie jenen Menschen, dessen Dreistigkeit mir, wie Sie sehen konnten, sehr mißfallen hat?«

»Señora«, erwiderte ich, »es ist wohl wahr, daß ich Ihnen diesen Brief geschrieben habe, doch es lag nicht in meiner Absicht, daß er Ihnen überbracht werde. Ich habe ihn geschrieben, weil mir das Schreiben Freude bereitete, und dann habe ich ihn in einen Schubkasten gelegt; dort holte ihn dieser abscheuliche Busqueros heraus, der mich, seitdem ich in Madrid weile, wie ein böser Geist verfolgt.«

Inés begann zu lachen und las von neuem meinen Brief mit dem Ausdruck des Wohlgefallens. Darauf sagte sie: »Sie heißen Don López Suárez. Sind Sie verwandt mit dem großen und reichen Kaufmann in Cádiz?«

Ich erwiderte, ich sei sein leiblicher Sohn. Dann sprach Inés von belanglosen Dingen und ging schließlich zu ihrem Wagen zurück. Bevor sie einstieg, sagte sie: »Es schickt sich nicht, daß ich diese Torheiten behalte. Ich gebe Ihnen den Brief zurück. Aber verlieren Sie ihn nicht. Vielleicht frage ich eines Tages wieder nach ihm.«

Und als Inés mir den Brief reichte, drückte sie mir die Hand.

Bis dahin hatte noch keine Frau meine Hand gedrückt. Ich kannte es nur aus den Romanen; doch beim Lesen konnte ich mir keine rechte Vorstellung davon machen, welche

Wonne das bereitet. Ich fand diese Art, das Empfinden zu bekunden, ganz und gar bezaubernd und kehrte als der glücklichste Mensch in meine Herberge zurück.

Am nächsten Tag erwies mir Busqueros wiederum die Ehre, mit mir das Mittagessen einzunehmen.

»Nun«, sagte er, »der Brief hat wohl seinen Empfänger erreicht. Ich lese in Ihrem Gesicht, daß er eine gute Wirkung hatte.«

Ich mußte eingestehen, daß ich ihm einigen Dank schuldete.

Gegen Abend begab ich mich in den Park von Buen Retiro. Schon als ich ihn betrat, erblickte ich Inés ungefähr fünfzig Schritt vor mir. Sie hatte ihre Begleiterin nicht bei sich, nur von ferne folgte ihr ein Lakai. Sie wandte sich um, ging dann weiter und ließ ihren Fächer fallen. Ich hob ihn auf und eilte ihr nach; sie nahm ihn mit einer anmutigen Gebärde entgegen und sprach: »Ich habe versprochen, Sie angemessen zu belohnen, sooft Sie mir einen verlorenen Gegenstand bringen. Setzen wir uns auf diese Bank, und besprechen wir diese wichtige Angelegenheit.«

Sie führte mich zu derselben Bank, auf der wir am Vortage gesessen hatten. Sie sagte: »Als Sie mir das Medaillon brachten, erfuhren Sie, daß es meinen Bruder darstellte. Was möchten Sie heute wissen?«

»O Señora«, erwiderte ich, »ich möchte erfahren, wer Sie sind, wie Sie heißen und zu welcher Familie Sie gehören.«

»Hören Sie«, sagte Inés, »Sie könnten glauben, daß Ihr Reichtum mich zu blenden vermöchte. Doch Sie werden diese Vorstellung aufgeben, wenn Sie nun hören, daß ich die Tochter eines Mannes bin, der ebenso reich ist wie Ihr Vater, nämlich des Bankiers Moro.«

»O Himmel«, rief ich, »habe ich recht verstanden? Señora, ich bin der unglücklichste Mensch unter der Sonne! Ich darf nicht mehr an Sie denken, wenn ich nicht den Fluch meines Vaters auf mich herabbeschwören will, dazu den Fluch meines Großvaters und meines Urgroßvaters Iñigo Suárez, der in seiner Jugend die Meere überquert und dann ein Handelshaus in Cádiz gegründet hatte. Mir bleibt nur noch der Tod!«

In diesem Augenblick schob sich Busqueros durch das Gerüst des Laubenganges, an den unsere Bank sich lehnte; er hielt den Kopf zwischen Inés und mir und sagte, zu ihr gewandt: »Glauben Sie nichts, Señora, das ist immer seine Zuflucht, wenn er sich eines Menschen entledigen will. Da ihm nichts daran lag, mit mir Bekanntschaft zu schließen, schützte er vor, sein Vater habe ihm verboten, mit den Adligen Umgang zu pflegen. Jetzt wieder fürchtet er, seinen Urgroßvater Iñigo Suárez zu erzürnen, der in seiner Jugend die Meere überquert und dann ein Handelshaus in Cádiz gegründet hatte. Lassen Sie den Mut nicht sinken, mein Fräulein, es ist immer so, daß diese kleinen Krösusse schwer anbeißen, doch er wird schon noch daran glauben müssen.«

Inés erhob sich mit dem Ausdruck größter Empörung und begab sich zu ihrem Wagen.

Als der Zigeuner in seiner Geschichte hier angelangt war, erschien jemand und holte ihn zu seiner Truppe; an diesem Abend bekamen wir ihn nicht mehr zu Gesicht.

Fünfunddreißigster Tag

Wir stiegen wieder zu Pferd, um von neuem in den Bergen umherzuirren, und als wir ungefähr eine Stunde unterwegs waren, tauchte der Ewige Jude auf. Er nahm seinen gewohnten Platz zwischen Velásquez und mir ein und fuhr in seiner Geschichte fort, indem er also sprach:

Fortsetzung der Geschichte des Ewigen Juden

In der folgenden Nacht empfing uns der ehrwürdige Chäremon mit der ihm eigenen Güte und sprach zu uns:

»Die Fülle des Stoffs, den wir gestern behandelten, erlaubte mir nicht, von einem Dogma zu sprechen, das unter uns allgemein anerkannt ist, dem aber bei den Griechen noch größere Berühmtheit zuteil wurde, und zwar durch die Bedeutung, die Platon ihm beimaß. Das heißt, ich will von dem Glauben an das göttliche Wort oder die göttliche Weisheit sprechen, die wir bald ›Mander‹, bald ›Meth‹ und zuweilen auch ›Thot‹ oder ›Beredung‹ nennen.

Es gibt ein weiteres Dogma, das ich erwähnen muß. Es

wurde von einem der drei Thot begründet, von dem, der Trismegistos – das heißt ›dreimal Größter‹ – genannt wird, weil er die Gottheit als in drei große Mächte geteilt auffaßte: in Gott selbst, dem er den Namen ›Vater‹ gab, dann in das Wort und in den Geist.

Dies über unsere Dogmen. Was die religiösen Gebote betrifft, so sind sie ebenso rein, besonders für uns Priester. Tugend üben, fasten, beten – darin besteht unser Leben.

Die pflanzliche Nahrung, auf die wir uns beschränken, sorgt dafür, daß sich unser Blut nicht so leicht erhitzt, und wir haben weniger Mühe, unsere Leidenschaften zu beherrschen. Die Apispriester erlauben sich keinerlei Umgang mit den Frauen.

So verhält es sich heute mit unserer Religion. Sie unterscheidet sich von der alten in mehreren wichtigen Punkten, unter anderem hinsichtlich der Seelenwanderung, an die heute nur wenige glauben, obgleich sie vor siebenhundert Jahren, als Pythagoras unser Land besuchte, in hohem Ansehen stand. Unsere alte Mythologie erwähnt auch häufig die Götter der Planeten, die man die Gebieter nannte; doch heute ist diese Lehre zu den Horoskopstellern herabgesunken – ich sagte es euch bereits: die Religionen verändern sich wie alles auf der Welt.

Es bleibt mir nur noch, über unsere heiligen Mysterien zu sprechen, und ich werde euch alles sagen, was euch davon zu wissen zukommt. Vor allem dürft ihr ganz überzeugt sein, daß ihr, auch wenn ihr eingeweiht wärt, deswegen vom Ursprung unserer Mythologie nicht mehr begriffet als jetzt. Schlagt die Werke des Historikers Herodot auf; er war eingeweiht und rühmt sich dessen auf jeder Seite; seine Untersuchungen über den Ursprung der Götter Griechenlands könnte jedoch auch jemand verfaßt haben, der davon nicht mehr zu sagen weiß als alle anderen Menschen.

Was er die heilige Sprache nennt, hatte gar nichts mit der historischen Wirklichkeit zu tun. Das gleiche heißt bei den Römern ›*turpiloquentia*‹ – ›Schandsprache‹. Man erzählte jedem Eingeweihten eine Geschichte, welche die allgemeinen Vorstellungen von Schicklichkeit verletzte: in Eleusis handelt es sich um Baubo, die die trauernde Ceres bei sich aufnahm, in Phrygien sind es die Liebesabenteuer des Bacchus. Wir in Ägypten glauben, daß dieses Schandbare ein Symbol dafür ist, wie sehr das Wesen der Materie im Grunde niedrig und gemein ist, und mehr wissen wir nicht darüber.

Ein berühmter Konsular, Cicero geheißen, hat kürzlich ein Buch über die Natur der Götter geschrieben. Er gesteht, daß er keineswegs weiß, woher Italien seinen religiösen Kult empfangen hat; dabei gehörte er zu den Auguren und war folglich in alle Mysterien der toskanischen Religion eingeweiht. Die Unwissenheit, die in allen Werken der Eingeweihten zutage tritt, beweist euch, daß die Einweihung uns über den Ursprung der Religion keine weiteren Kenntnisse verschaffen würde. All das reicht jedenfalls in sehr alte Zeiten zurück. Ihr könnt auf dem Basrelief des Osymandias eine Osiris-Prozession betrachten. Der Kult des Apis und des Mnevis wurde vor mehr als dreitausend Jahren von Bacchus in Ägypten eingeführt.

Die Einweihung gibt uns also nicht die geringste Aufklärung über den Ursprung des Glaubens, die Geschichte der Götter noch über den Sinn unserer Symbole; doch es war nichtsdestoweniger für die Menschheit sehr nützlich, daß man die Mysterien einführte. Der Mensch, der sich große Schuld vorzuwerfen hat oder dessen Hände durch einen Mord befleckt sind, erscheint vor den Priestern der Mysterien, gesteht seine Sünden und wird dann durch die Taufe geläutert. Als es diese segensreiche Einrichtung noch nicht gab, wurden viele Menschen, die nicht mehr vor den Altar treten konnten, von der Gesellschaft verstoßen und gingen unter die Räuber.

Bei den Mysterien des Mithra reicht man dem Eingeweihten Brot und Wein, und man nennt das die Eucharistie: der Sünder wird mit Gott versöhnt und beginnt ein neues Leben, das von Schuld freier ist als jenes, das er zuvor geführt hat.«

Hier unterbrach ich den Ewigen Juden, um zu bemerken, daß es die Eucharistie, soviel ich wisse, einzig in der christlichen Religion gebe.

Darauf nahm Velásquez das Wort.

»Verzeihen Sie«, sagte er, »was er in dieser Hinsicht gesagt hat, stimmt völlig mit den Darstellungen überein, die ich in den Schriften Justins des Märtyrers gefunden habe. Justin fügt sogar hinzu, darin erkenne man die Bosheit der Dämonen, daß sie das vorwegnahmen, was erst den Christen zu tun bestimmt war. Fahren Sie ruhig fort, Señor Ewiger Jude.«

Der Jude sprach also weiter:

»In den Mysterien«, sagte Chäremon, »gibt es noch eine Zeremonie, die allen gemein ist: ein Gott stirbt, man begräbt ihn, man beweint ihn mehrere Tage, dann ersteht der Gott vom Tode und tritt wieder unter seine Getreuen. Manche behaupten, dieses Symbol stelle die Sonne dar, aber im allgemeinen sieht man darin ein Gleichnis für das der Erde anvertraute Samenkorn.

Dies, mein junger Israelit«, fügte der Priester hinzu »dies ist ungefähr alles, was ich dir über unsere Dogmen und Riten sagen kann. Du siehst, daß wir keine Götzenanbeter sind, wie eure Propheten es uns so oft vorgeworfen haben; doch – um es zu gestehen – ich glaube, daß eure Religion wie auch die meine den Völkern bald nicht mehr genügen wird. Überall nehmen wir Unruhe wahr und das Streben nach Neuerung.

In Palästina läuft man in Scharen in die Wüste, um jenen neuen Propheten zu hören, der die Menschen mit dem Wasser des Jordans tauft; hier siehst du die Therapeuten, die ›Heiler‹ – das sind Magier, die den persischen Kult mit dem unseren vermengen; du siehst ferner den jungen Apollonius, der seine blonde Haartracht von Stadt zu Stadt trägt und als Pythagoras gelten möchte; Gaukler geben sich als Isispriester aus, und man verehrt die Göttin nicht mehr wie früher; ihre Tempel stehen verlassen, und aus den Weihrauchbecken der Altäre steigt kein Rauch mehr auf.«

Als der Ewige Jude in seiner Geschichte hier angelangt war, bemerkte er, daß wir uns dem Nachtlager näherten; er verließ uns und entschwand im Tale.

Ich nahm den Herzog von Velásquez beiseite und sagte zu ihm: »Gestatten Sie mir die Frage: Was halten Sie von den Dingen, die uns der Ewige Jude erzählt? Es liegt etwas darin, was wir besser nicht hören sollten – mir scheint, es widerspricht dem Glauben, den wir bekennen.«

»Señor Alfons«, entgegnete Velásquez, »diese Frömmigkeit muß Ihnen in den Augen eines jeden denkenden Menschen zur Ehre gereichen. Mein Glaube ist, wenn ich so sagen darf, aufgeklärter als der Ihre, aber er ist nicht weniger heiß und nicht weniger rein. Den Beweis dafür finden Sie in meinem System, von dem ich schon mehrmals gesprochen habe und das nichts als eine Folge von Überlegungen über die göttliche Vorsehung und die unendliche Weisheit ist. Daher denke ich, Señor Alfons, daß Sie das, was ich mir ruhig anhöre, gleichfalls ohne Gewissensbisse vernehmen dürfen.«

Diese Antwort Velásquez' beruhigte mich völlig. Am Abend hatte dann der Zigeunerhauptmann Muße, und so erzählte er seine Geschichte weiter, indem er also sprach:

Fortsetzung der Geschichte des Zigeunerhauptmanns

Nachdem mir der junge Suárez über sein Mißgeschick im Park von Buen Retiro berichtet hatte, schien er das Bedürfnis nach Schlaf zu empfinden. Ich ließ ihn also ruhen, da ich wußte, wie notwendig dies für seine Genesung war. Und als ich in der folgenden Nacht kam, um an seinem Bette zu wachen, bat ich ihn, er möge meine Neugier befriedigen und in seiner Erzählung fortfahren, was er auch tat, indem er also sprach:

Die Geschichte des López Suárez

In meinem Herzen wogte es unaufhörlich vor Liebe zu Inés und, wie du mir glauben kannst, vor Entrüstung über Busqueros, was diesen lästigen, aufdringlichen Menschen jedoch nicht hinderte, am nächsten Tage bei mir zu erscheinen, gerade in dem Augenblick, da man die Suppe servierte. Nachdem er seinen ersten Appetit gestillt hatte, sagte er: »Señor Don López, ich begreife, daß Sie in Ihrem Alter keine Lust zum Heiraten haben – das ist eine Dummheit, die man immer noch früh genug begeht. Doch einem Mädchen gegenüber anzugeben, daß man den Zorn seines Urgroßvaters Iñigo Suárez fürchtet, der in seiner Jugend die Meere überquert und dann ein Handelshaus in Cádiz gegründet hatte – das ist wahrhaftig ein höchst seltsamer Einfall. Sie können noch von Glück reden, daß ich die Angelegenheit einigermaßen in Ordnung gebracht habe.«

»Señor Don Roque«, erwiderte ich, »hätten Sie wohl die Güte, all den Diensten, die Sie mir bereits erwiesen haben, einen weiteren hinzuzufügen: nämlich heute abend nicht in den Park von Buen Retiro zu gehen. Ich glaube freilich, daß die schöne Inés nicht hinkommen wird, und selbst wenn sie erscheint, wird sie mir nicht erlauben, mit ihr zu sprechen. Doch ich möchte auf der Bank sitzen, auf der ich sie gestern gesehen habe, dort mein Unglück beweinen und mich ganz meiner Trauer hingeben.«

Don Roque setzte eine ernste Miene auf und sprach: »Señor Don López, die Worte, die Eure Herrlichkeit soeben an mich richteten, haben etwas höchst Beleidigendes, und man könnte sie so deuten, als ob meine Ergebenheit nicht das Glück hätte, von Ihnen wohlwollend aufgenommen zu werden. Allerdings könnte ich Sie ungehindert über Ihr Unglück weinen und klagen lassen; aber vielleicht kommt die schöne Inés dennoch, und wenn ich nicht in Ihrer Nähe bin, wer wird es dann auf sich nehmen, Ihre Fehler wiedergutzumachen? Nein, Señor Don López, ich bin Ihnen zu sehr ergeben, als daß ich Ihnen in diesem Falle gehorchen dürfte.«

Don Roque verabschiedete sich gleich nach dem Mittagessen. Ich ließ die Hitze des Tages vorübergehen, und dann machte ich mich auf den Weg nach Buen Retiro. Ich unterließ es freilich nicht, mich in dem schon bekannten Laden zu verstecken. Bald sah ich Busqueros vorübergehen. Er strebte dem Park von Buen Retiro zu; da er mich dort nicht fand, kehrte er um und schlug, wie mir schien, die Richtung zum Prado ein. Darauf verließ ich meinen Hinterhalt und eilte an jenen Ort, wo mir schon soviel Freude und soviel Leid zuteil geworden war. Ich ließ mich auf die Bank nieder, auf der ich am Vortage gesessen hatte, und vergoß Ströme von Tränen.

Plötzlich verspürte ich einen leichten Schlag auf der Schulter. Ich glaubte, es sei Busqueros, und wandte mich zornig um; doch ich erblickte Inés, die mir mit himmlischer Anmut zulächelte. Sie setzte sich neben mich, befahl ihrer Dienerin, sich ein wenig zu entfernen, und sprach zu mir diese Worte: »Mein lieber Suárez, ich war gestern sehr aufgebracht über Sie, weil ich nicht begriff, weshalb Sie mir von Ihrem Großvater und Ihrem Urgroßvater erzählten. Doch inzwischen habe ich Erkundigungen eingeholt; ich erfuhr, daß seit einem Jahrhundert Ihr Haus mit dem unseren nichts mehr zu schaffen haben will, und das wegen irgendwelcher Vorwürfe, die, wie man mir sagte, an sich ziemlich unbegründet sind. Aber nicht nur auf Ihrer Seite gibt es Schwierigkeiten, sondern auch auf der meinen. Mein Vater hat nämlich schon seit langem über mich verfügt, und nun fürchtet er, ich könnte auf Gedanken kommen, die seinen Verheiratungsplänen widersprechen. Er will, daß ich nur selten das Haus verlasse, und verbietet mir streng, den Prado aufzusuchen oder ins Theater zu gehen. Nur die Einsicht, daß ich unbedingt zuweilen frische Luft schöpfen muß, zwingt ihn, mir Spaziergänge mit meiner Dueña hier in Buen Retiro zu gestatten. Dieser Park ist so menschenleer, daß er meint, ich könne mich hier ohne Gefahr zeigen. Mein künftiger Gatte ist ein Neapolitaner, er heißt Herzog von Santa Maura. Ich glaube, er heiratet mich nur, um mein Vermögen zu bekommen und damit das seine aufzufrischen. Ich hatte immer eine große Abneigung gegen diesen Bund, und sie ist noch gewachsen, seit ich Sie kenne. Mein Vater ist ein unbeugsamer Mann. Indessen hat Frau von Avalos, seine jüngere Schwester, großen Einfluß auf ihn. Diese liebe Tante hängt sehr an mir, und der neapolitanische Herzog ist ihr höchst zuwider. Ich habe mit ihr über Sie gesprochen, sie möchte Sie gerne kennenlernen. Kommen Sie mit mir zu meinem Wagen; am Eingang des Parks finden Sie dann einen Diener der Frau von Avalos, der Sie zu ihr führen wird.«

Die Worte der bezaubernden Inés erfüllten mein Herz mit Freude, und in mir erwachten tausend süße Hoffnungen. Ich begleitete sie bis zu ihrem Wagen und begab mich dann zu ihrer Tante. Ich hatte das Glück, Frau von Avalos zu gefallen. An den nächsten Tagen suchte ich sie zur gleichen Stunde auf, und stets fand ich dort auch ihre Nichte.

Mein Glück währte sechs Tage; am siebenten unterrichtete man mich von der Ankunft des Herzogs von Santa Maura. Frau von Avalos hieß mich nicht den Mut verlieren, und eine Hausmagd übergab mir insgeheim einen Brief, der also lautete:

Inés Moro an López Suárez.

Der hassenswerte Mann, dem ich versprochen bin, befindet sich in Madrid, und seine Leute füllen unser ganzes Haus. Ich habe die Erlaubnis erhalten, mich in ein Seitengebäude zurückzuziehen, von dem ein Fenster auf die Augustinergasse führt. Das Fenster ist nicht sehr hoch, und wir könnten uns ein paar Augenblicke unterhalten. Ich habe Ihnen Dinge mitzuteilen, die für unser Glück von Bedeutung sind. Kommen Sie, sobald die Nacht hereinbricht.

Es war am Nachmittag um fünf Uhr, als ich das Briefchen erhielt, und da die Sonne zu dieser Jahreszeit um neun Uhr unterging, blieben mir vier Stunden, mit denen ich nichts anzufangen wußte. So entschloß ich mich, nach Buen Retiro zu gehen. Der Anblick des Parks verfehlte nicht seine Wirkung: ich versank in süße Träumereien, über denen mir unbemerkt die langen Stunden vergingen. Ich hatte schon mehrere Male die Wege durchwandert, da sah ich, wie Busqueros den Park betrat. Einer ersten Regung folgend, versuchte ich, auf eine knorrige Eiche zu klettern, die neben mir stand; doch ich war nicht gewandt genug und mußte es aufgeben. Ich ließ mich wieder herunter und ging auf eine Bank zu, wo ich dann dem Feind gefaßt entgegenblickte.

Don Roque trat mit seiner dreisten und selbstgefälligen Miene auf mich zu und sprach: »Nun, Señor Don López, ich glaube, daß die schöne Moro doch noch Ihren Urgroßvater Iñigo Suárez erweichen wird, der in seiner Jugend die Meere überquert und dann ein Handelshaus in Cádiz gegründet hatte. Sie antworten mir nicht, Señor Don López? Gut, da Sie nicht sprechen wollen, werde ich mich auf dieser Bank niederlassen und Ihnen meine Geschichte erzählen. Sie werden recht erstaunliche Dinge vernehmen.«

Ich war entschlossen, bis zum Sonnenuntergang alles zu erdulden, und so ließ ich denn Busqueros gewähren, der also zu sprechen begann:

Die Geschichte des Don Roque Busqueros

Ich bin der einzige Sohn des Don Blas Busqueros. Er wiederum war der jüngere Sohn des jüngeren Bruders eines anderen Busqueros, der seinerseits einer jüngeren Linie angehörte.

Mein Vater hatte die Ehre, dreißig Jahre lang dem König zu dienen, und zwar als *alférez,* das heißt als Fähnrich, in einem Infanterieregiment. Da er sah, daß all seine Beharrlichkeit ihn nicht zum Range eines Unterleutnants bringen konnte, quittierte er den Dienst und ließ sich in dem Flecken Allazuelos nieder, wo er ein adliges Fräulein ehelichte, dem ein Onkel – ein Kanonikus – eine lebenslängliche Rente von sechshundert Piastern vermacht hatte. Ich war die einzige Frucht ihres Bundes, der nicht sehr lange dauerte, denn mein Vater starb, als ich noch nicht einmal acht Jahre zählte.

So blieb ich auf die Obhut meiner Mutter angewiesen, die es damit freilich nicht so streng nahm. Da sie zweifellos glaubte, daß Bewegung den Kindern nur nütze, ließ sie mich vom Morgen bis zum Abend in den Straßen umherlaufen, ohne sich darum zu kümmem, was ich tat. Die anderen Kinder meines Alters genossen nicht die Freiheit, wegzugehen, wann sie wollten, und so fiel es mir zu, sie aufzusuchen. Ihre Eltern hatten sich an meine Besuche gewöhnt und verwandten keine Aufmerksamkeit mehr darauf. Das gab mir die Möglichkeit, zu jeder Stunde alle Häuser des Fleckens zu betreten.

Von Natur aus mit einem besonderen Sinn für Beobachtung begabt, erfaßte ich neugierig alles, was innerhalb der

Familien geschah, und ich berichtete es meiner Mutter, der ich damit ein großes Vergnügen bereitete. Ich muß sogar gestehen, daß ich gerade ihrer klugen Anleitung das glückliche Talent verdanke, mich in die Angelegenheiten anderer Menschen einzumischen – mehr zu ihrem als zu meinem Vorteil.

Eine Zeitlang stellte ich mir auch vor, daß ich meiner Mutter ein großes Vergnügen bereiten würde, wenn ich die ganze Nachbarschaft von den Dingen unterrichtete, die sich bei uns begaben. Von jedem Besuch, den sie empfing, von jedem noch so belanglosen Gespräch, das sie führte, wurde sogleich der ganze Flecken unterrichtet. Doch diese Art der Publikation vermochte keineswegs ihre Billigung zu finden, und ein ziemlich hartes Strafgericht belehrte mich, daß es Neuigkeiten von außen zu bringen galt, nicht aber das Geschehen der eigenen Familie nach draußen zu tragen.

Nach einiger Zeit bemerkte ich, daß man sich in allen Häusern vor mir versteckte. Das kränkte mich. Der Widerstand, den man meiner Neugier entgegensetzte, mußte sie nur um so mehr reizen. Ich erfand tausenderlei Mittel, mit meinen Blicken ins Innerste der Wohnungen einzudringen, und die leichte Bauweise, die in dem Flecken üblich war, begünstigte meine Unternehmungen. Die Decken bestanden nur aus locker zusammengefügten Brettern; ich schlich mich nachts auf die Böden, bohrte Löcher in die Bretter und war bald mit allen Geheimnissen einer Familie auf dem laufenden. Ich teilte sie meiner Mutter mit, die sie allen Einwohnern von Allazuelos anvertraute – oder vielmehr nicht allen, sondern jedem einzeln.

Man ahnte bald, daß meine Mutter alle Nachrichten mir verdankte, und man haßte mich von Tag zu Tag mehr. Alle Häuser blieben mir verschlossen. Aber die Dachfenster standen mir offen, und auf den Böden kauernd, befand ich mich dann doch unter meinen Mitbürgern, ohne daß sie davon wußten; sie beherbergten mich, ohne es zu wollen, und ich wohnte in ihren Häusern, ihnen zum Trotz, ein wenig den Ratten gleichend. Auch das hatte ich mit diesen Tieren gemein, daß ich mich, wenn ich konnte, in die Speisekammern stahl und von den Vorräten naschte.

Als ich das achtzehnte Lebensjahr erreicht hatte, sagte mir meine Mutter, es sei nun Zeit für mich, einen Beruf zu wählen. Doch mein Entschluß stand schon lange fest: ich wollte Rechtsgelehrter werden, damit ich tausenderlei Gelegenheiten hätte, die Geheimnisse der Familien kennenzulernen und mich in ihre Angelegenheiten einzumischen. So wurde denn beschlossen, daß ich die Rechte studieren sollte, und ich reiste nach Salamanca.

Welch ein Unterschied zwischen einer großen Stadt und dem Flecken, in dem ich das Licht der Welt erblickt hatte! Welch weites Feld für meine Neugier, aber auch wieviel neue Hindernisse! Die Häuser hatten mehrere Stockwerke, sie waren nachts fest verschlossen, und so, als wollten sie mich noch mehr reizen, ließen die Bewohner der zweiten und dritten Stockwerke der frischen Luft wegen nachts die Fenster offen. Auf den ersten Blick schon erkannte ich, daß ich allein nichts würde ausrichten können: ich mußte mich mit Freunden zusammentun, die würdig waren, mir bei meinen Unternehmungen zu helfen.

Ich begann also die Vorlesungen über Rechtswissenschaft zu besuchen, und dabei studierte ich den Charakter meiner Kameraden, um nicht leichtfertig mein Vertrauen zu verschenken. Schließlich fand ich vier, die mir die gewünschten Eigenschaften zu besitzen schienen, und ich begann nachts mit ihnen umherzustreichen, wobei wir nur ein bißchen auf den Straßen lärmten. Endlich, als ich sie für genügend vorbereitet hielt, sprach ich zu ihnen: »Meine lieben Freunde, bewundert ihr nicht die Vermessenheit, mit der die Bewohner dieser Stadt ganze Nächte lang ihre Fenster offenlassen? Wie, weil sie sich zwanzig Fuß hoch über unseren Köpfen befinden, halten sie sich für berechtigt, den Studenten zu trotzen? Ihr Schlummer beleidigt uns, ihre Ruhe quält mich. Ich habe beschlossen, zuerst herauszubekommen, was bei ihnen vorgeht, und ihnen dann zu zeigen, wozu wir fähig sind.«

Diese Worte erhielten ihren Beifall, doch man wußte noch gar nicht, worauf ich hinauswollte. Ich erklärte mich nun deutlicher. »Meine lieben Freunde«, sagte ich, »zuerst brauchen wir eine Leiter von nur fünfzehn Fuß Höhe. Wenn drei von euch ihre Mäntel umnehmen, können sie die Leiter bequem tragen; sie werden bloß wie Menschen aussehen, die im Gänsemarsch gehen, besonders wenn sie darauf achten, daß sie auf der dunkleren Straßenseite bleiben und die Leiter nach der Häuserfront zu halten. Wenn wir von ihr Gebrauch machen wollen, werden wir sie an ein Fenster lehnen, und während einer von uns auf diese Weise zu der Wohnung hinaufsteigt, die wir beobachten wollen, halten sich die anderen in einer gewissen Entfernung, um über die gemeinsame Sicherheit zu wachen. Wenn wir herausbekommen haben, was sich über dem Erdgeschoß begibt, werden wir sehen, was weiter zu tun ist.«

Mein Vorschlag wurde gebilligt, ich ließ eine leichte und dennoch feste Leiter herstellen, und sobald sie fertig war, machten wir uns bereit, sie zu besteigen. Ich wählte ein Haus, das recht gut aussah und dessen Fenster nicht allzu hoch lagen. Ich legte meine Leiter an und stieg so hinauf, daß einzig mein Kopf von drinnen zu sehen war.

Das Mondlicht fiel in breitem Streifen ins Zimmer, und dennoch konnte ich im ersten Augenblick nichts erkennen. Dann aber erblickte ich einen Mann, der in seinem Bett saß und mich verstört anstarrte. Der Schreck hatte ihm anscheinend die Sprache verschlagen; indessen faßte er sich und sprach: »Grausiges, blutiges Haupt, hör auf, mich zu verfolgen und mir ein Verbrechen vorzuhalten, das wider meinen Willen geschah!«

Als Don Roque in seiner Geschichte hier angelangt war, hatte ich den Eindruck, daß die Sonne sich schon sehr dem Horizonte zuneige, und da ich keine Uhr mitgenommen hatte, fragte ich ihn, wie spät es sei.

Diese recht schlichte Frage schien ihn schwer zu beleidigen.

»Señor Don López Suárez«, sagte er ein wenig gereizt, »ich meine, wenn ein anständiger Mensch die Ehre hat, Ihnen seine Geschichte zu erzählen, und Sie unterbrechen ihn an der spannendsten Stelle, um ihn zu fragen, wie spät es sei, so bedeutet das beinahe, daß man ihm zu verstehen gebe wolle, er sei das, was wir Spanier *pesado* – also lästig – nennen. Ich glaube nicht, daß mich ein solcher Vorwurf treffen kann, und in dieser Überzeugung wende ich mich wieder meiner Geschichte zu.«

Da ich sah, daß man mich für ein grausiges, blutiges Haupt hielt, verzog ich mein Gesicht zu der schrecklichsten Grimasse, deren ich fähig war. Der Mann im Zimmer ertrug es nicht länger: er sprang auf und stürzte hinaus. Doch er hatte sich nicht allein im Bett befunden: eine junge Frau erwachte, schob zwei sehr wohlgeformte Arme unter der Decke hervor, und als sie mich bemerkt hatte, stand sie auf und verriegelte die Tür, durch die ihr Ehemann entflohen war. Dann gab sie mir ein Zeichen, daß ich hineinkommen möge. Meine Leiter war ein wenig kurz; ich half mir damit, daß ich den einen Fuß auf Verzierungen der Hausfassade setzte, und schwang mich in die Wohnung. Da die Dame mich mehr aus der Nähe betrachtete, schien sie zu bemerken, daß sie sich geirrt hatte, und auch ich erkannte wohl, daß ich nicht der Mann war, den sie erwartete. Indessen hieß sie mich Platz nehmen und streifte sich einen Rock über.

Dann trat sie wieder näher, setzte sich einige Schritte von mir entfernt in einen Sessel und sprach: »Mein Herr, ich erwarte einen Verwandten, der mir über gewisse Familienangelegenheiten berichten sollte, und wenn ihn sein Weg durchs Fenster führt, so hat er dafür, wie Sie sich wohl denken können, gewichtige Gründe. Was Sie betrifft, mein Herr, so habe ich nicht die Ehre, Sie zu kennen, und ich weiß nicht, warum Sie bei mir zu dieser Stunde erscheinen, die für Besuche recht ungewöhnlich ist.«

Ich erwiderte ihr: »Señora, es lag keineswegs in meiner

Absicht, Ihr Zimmer zu betreten; ich wollte nur so hoch klettern, daß ich hereinschauen und sehen konnte, was hier geschieht.«

Darauf ergriff ich die Gelegenheit, die junge Dame über meine Neigungen, meine Beschäftigungen und mein jugendliches Alter zu unterrichten, und ich erwähnte auch, daß ich einen Bund mit vier Jünglingen geschlossen hätte, die mir in meinen Unternehmungen behilflich sein sollten.

Die Dame schien meinen Worten mit großer Aufmerksamkeit zu lauschen. Dann sprach sie: »Mein Herr, für das, was Sie mir eben mitgeteilt haben, gewinnen Sie meine volle Achtung zurück. Sie haben ganz recht: nichts in der Welt ist angenehmer, als zu wissen, was bei den anderen vorgeht, und ich habe darüber stets genauso gedacht wie Sie. Es ist mir nicht möglich, Sie länger hierzubehalten, aber wir werden uns wiedersehen.«

»Señora«, sagte ich, »bevor Sie aufwachten, erwies mir Ihr Gatte die Ehre, mein Gesicht für ein grausiges, blutiges Haupt zu halten, das gekommen sei, ihm einen wider Willen begangenen Mord vorzuwerfen. Hätten Sie wohl die Güte, mich über die näheren Umstände aufzuklären?«

»Ich billige Ihre Wißbegier«, sagte die Dame. »Kommen Sie morgen nachmittag fünf Uhr in den Stadtpark; Sie werden mich dort mit einer meiner Freundinnen antreffen. Für heute leben Sie wohl.«

Die Dame geleitete mich mit größter Höflichkeit zum Fenster. Ich stieg die Leiter hinab und gesellte mich zu meinen Gefährten, denen ich alles erzählte, was mir widerfahren war.

Am Tage darauf begab ich mich pünktlich um fünf Uhr in den Stadtpark.

Als Busqueros in seiner Erzählung hier angelangt war, fand ich, daß die Sonne schon sehr tief stand, und sagte ungeduldig: »Señor Don Roque, ich kann Ihnen versichern, daß eine äußerst wichtige Angelegenheit mich zwingt, Sie zu verlassen. Es wird Ihnen ein leichtes sein, mir Ihre Geschichte weiterzuerzählen, wenn Sie mir das nächste Mal die Ehre erweisen, mich zum Mittagessen aufzusuchen.«

»Señor Don López Suárez, es wird offensichtlich, daß Sie die Absicht haben, mich zu beleidigen. Wenn es sich so verhält, täten Sie besser daran, mir ohne Umschweife zu sagen, daß Sie mich für einen unverschämten Schwätzer und einen langweiligen Menschen halten. Aber nein, Señor Don López, ich kann mir nicht vorstellen, daß Sie so über mich denken, und ich fahre deshalb in meiner Geschichte fort.«

Im Stadtpark fand ich die besagte Dame mit einer ihrer Freundinnen, einer großen und wohlgestalten Frau ungefähr des gleichen Alters. Wir setzten uns auf eine Bank, und da die Dame wünschte, daß ich mit ihr näher bekannt würde, begann sie mir die Geschichte ihres Lebens zu erzählen, indem sie also sprach:

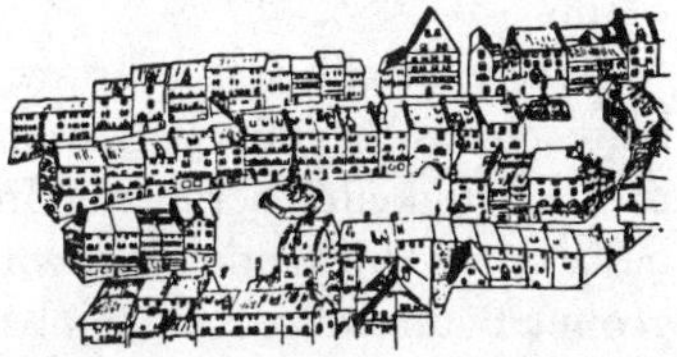

Die Geschichte der Frasqueta Salero

Ich bin die jüngere Tochter eines braven Offiziers, der sich so verdient gemacht hatte, daß nach seinem Tode sein ganzer Sold der Witwe als Pension zuerkannt wurde. Meine Mutter war in Salamanca geboren und zog sich nun wieder hierher zurück, zusammen mit meiner Schwester, die Dorotea heißt, und mir, die man damals Frasqueta nannte. Sie besaß ein Haus in einem sehr einsamen Stadtviertel; das ließ sie instand setzen, wir richteten uns darin ein und lebten ganz so sparsam, wie es dem bescheidenen Äußeren unseres Heimes entsprach.

Meine Mutter ließ uns nicht ins Theater, nicht zum Stierkampf und nicht auf die Promenaden der Stadt gehen. Sie machte keine Besuche und empfing keine. Mangels anderer Unterhaltung verbrachte ich fast den ganzen Tag am Fenster.

Da ich die natürliche Veranlagung habe, Artigkeiten zu erweisen, verfolgte ich alle gutgekleideten Männer, die durch unsere Straße kamen, mit den Augen und schickte ihnen Blicke zu, die sie davon überzeugen mußten, daß sie einen gewissen Eindruck auf mich gemacht hätten. Die Passanten zeigten sich für die Aufmerksamkeit, die ich ihnen schenkte, durchaus nicht unempfänglich. Einige grüßten mich, andere erwiderten freundlich meine Blicke, und manch einer von ihnen kam mehrere Male nacheinander durch unsere Straße, einzig, um mich zu sehen. Als meine Mutter mein Treiben entdeckte, sagte sie: »Frasqueta, Frasqueta! Was tust du da? Sei bescheiden und ernsthaft wie deine Schwester, sonst wirst du nie einen Mann bekommen.«

Meine Mutter irrte sich: meine Schwester ist noch unverheiratet, ich aber habe seit mehr als einem Jahr einen Mann.

Unsere Straße war sehr menschenleer, und nur selten hatte ich das Vergnügen, Passanten zu sehen, deren Äußeres meine Artigkeiten hervorrief. Indessen begünstigte mich ein besonderer Umstand: Dicht vor unseren Fenstern stand ein großer Baum mit einer Steinbank darunter, und wer mich nach Herzenslust anschauen wollte, konnte sich dort niederlassen, ohne daß er damit Verdacht erregte oder auffiel.

Eines Tages ging ein junger Mann, der weit besser gekleidet war als alle, die ich bis dahin gesehen hatte, auf die Bank zu, setzte sich, zog ein Buch aus der Tasche und begann zu lesen; doch sobald er mich bemerkt hatte, beschäftigte ihn die Lektüre nicht mehr, und seine Augen hingen unverwandt an den meinen. Der junge Mann kam auch an den folgenden Tagen. Einmal näherte er sich meinem Fenster, tat so, als suchte er etwas, und sagte dann: »Mein Fräulein, haben Sie nicht etwas fallen lassen?«

Ich verneinte.

»Um so schlimmer«, meinte er. »Denn wenn Sie beispielsweise das kleine Kreuz, das Sie am Halse tragen, hätten fallen lassen, so hätte ich es aufgehoben und mitgenommen. Besäße ich etwas, was zuvor Ihnen gehörte, so könnte ich mir einbilden, ich sei Ihnen nicht so gleichgültig wie andere, die sich zuweilen auf diese Bank setzen. Das Gefühl, das Sie in meinem Herzen hervorgerufen haben, verdient vielleicht ein wenig, daß Sie mich vor den anderen auszeichnen.«

In diesem Augenblick trat meine Mutter ein, so daß ich dem jungen Mann nicht antworten konnte. Doch ich löste geschickt mein Kreuz von der Kette und ließ es hinunterfallen.

Am Abend zeigten sich zwei Damen, gefolgt von einem Lakaien in schöner Livree. Sie ließen sich auf der Bank nieder und legten ihre Mantillas ab. Dann zog eine von ihnen ein Stück Papier aus der Tasche, entfaltete es und entnahm ihm ein kleines goldenes Kreuz, worauf sie mir einen etwas schalkhaften Blick zuwarf. Überzeugt davon, daß der junge Mann das erste Zeichen meines Wohlwollens dieser Dame zum Opfer gebracht hatte, geriet ich in schrecklichen Zorn und schlief deshalb die ganze Nacht nicht. Am nächsten Tag ließ sich mein Treuloser wiederum auf der Bank nieder, und ich war sehr überrascht, als ich sah, wie er ein Stück Papier aus der Tasche zog, es entfaltete, ein kleines Kreuz herausnahm und es küßte.

Am Abend kamen zwei Lakaien mit der Livree vom Vortage. Sie trugen einen Tisch herbei und deckten ihn; dann gingen sie und kehrten bald zurück mit Naschwerk, Schokolade, Orangeade, Gebäck und ähnlichen Dingen. Darauf erschienen wieder die beiden Damen. Sie setzten sich auf die Bank und ließen sich mit dem, was man herbeigebracht hatte, bedienen.

Meine Mutter und meine Schwester, die sich sonst nie ans Fenster setzten, vermochten beim Geräusch der Teller und Flaschen nicht gleichgültig zu bleiben. Man bemerkte sie von unten, und da man sie wohl vertrauenerweckend fand, lud die eine der beiden Damen sie ein, den Imbiß mit ihnen zu teilen. Sie bat meine Mutter lediglich, einige Stühle heraustragen zu lassen.

Meine Mutter zierte sich nicht lange: sie ließ Stühle auf die Straße tragen, wir putzten uns ein bißchen heraus und begaben uns zu der Dame, die uns soviel Freundlichkeit erwiesen hatte. Von nahem konnte ich beobachten, daß sie große Ähnlichkeit mit meinem jungen Mann besaß. Ich vermutete, daß sie seine Schwester sei, und schloß daraus, daß er mit ihr über mich gesprochen und ihr mein Kreuz gegeben hatte und daß sie am vergangenen Abend hierhergekommen war, einzig, um mich zu sehen.

Bald stellte man fest, daß es an Löffeln fehlte, und meine Schwester ging ins Haus, um welche zu holen. Gleich darauf bemerkte man, daß man keine Servietten hatte, und meine Mutter hieß mich, nach ihnen zu gehen; doch die Dame machte mir ein Zeichen, und ich antwortete, ich würde sie gewiß nicht finden. So ging meine Mutter hinein. Sobald sie verschwunden war, sagte ich zu der Dame: »Mir scheint, Señora, Sie haben einen Bruder, der Ihnen sehr gleicht?«

»Nein, Señora«, erwiderte sie, »der Bruder, von dem Sie sprechen, bin ich selber – doch hören Sie gut zu. Ich habe einen anderen Bruder, der sich Herzog von San Lugar nennt, ich selber soll bald Herzog von Arcos sein, weil ich die Erbin dieses Namens heiraten werde. Ich kann meine künftige Gattin nicht ausstehen, aber wenn ich mich dieser Ehe widersetzte, käme es in meiner Familie zu unheilvollen Szenen, die gar nicht nach meinem Geschmack sind. Da ich über meine Hand nicht nach meiner Neigung verfügen kann, habe ich beschlossen, mein Herz für ein liebenswürdigeres Geschöpf zu bewahren, als es die junge Arcos ist. Ich bin weit davon entfernt, mein Fräulein, von Dingen sprechen zu wollen, die mit der Ehre unverträglich wären; aber Sie bleiben in Spanien, und auch ich werde es nicht verlassen, der

Zufall könnte uns vereinen, und wenn er ausbliebe, würde ich es wohl selber verstehen, Gelegenheiten herbeizuführen, die uns ein Wiedersehen ermöglichen. Ihre Mutter kommt zurück. Hier ist ein Ring mit einem kostbaren Solitär. Ich habe einen von beträchtlichem Wert gewählt, um Sie zu überzeugen, daß ich Sie über meine Herkunft nicht getäuscht habe. Ich beschwöre Sie, den Ring nicht zurückzuweisen. Er soll Ihnen sagen, daß ich an Sie denke, und auch Sie an mich erinnern.«

Ich war von einer Mutter erzogen worden, die sich an Grundsätze von größter Strenge hielt, und ich wußte wohl, daß der Anstand mir vorschrieb, das Geschenk zurückzuweisen; aber gewisse Überlegungen, die ich damals anstellte und auf die ich mich im Augenblick nicht mehr besinne, bestimmten mich, es anzunehmen. Meine Mutter kehrte mit Servietten zurück, meine Schwester mit Löffeln. Die unbekannte Dame zeigte sich während des ganzen Abends sehr zuvorkommend, und als man auseinanderging, war einer mit dem anderen höchst zufrieden. Doch der liebenswürdige junge Mann erschien nicht mehr unter meinen Fenstern – wahrscheinlich war er abgereist, um die Erbin der Arcos zu heiraten.

Am folgenden Sonntag überlegte ich mir, daß man den Ring früher oder später bei mir entdecken werde. Deshalb tat ich dann in der Kirche so, als hätte ich ihn zu meinen Füßen gefunden, und ich zeigte ihn meiner Mutter. Sie meinte, das sei sicherlich bloß ein Stück Glas, das man so gefaßt habe; immerhin solle ich den Ring in meine Tasche stecken. In der Nähe unseres Hauses wohnte ein Juwelier; man zeigte ihm den Ring, und er schätzte seinen Wert auf achttausend Pistolen. Dieser hohe Preis entzückte meine Mutter. Sie sagte, es sei wohl das passendste, ihn dem heiligen Antonius von Padua zu opfern, der der Schutzpatron unserer Familie war; aber wenn man ihn verkaufe, erhalte man daraus die Mittel für zwei gute Aussteuern, und dann könne man uns beide verheiraten.

»Verzeihen Sie, Mama«, erwiderte ich, »mir scheint, man müßte zuerst bekanntmachen, daß wir einen Ring gefunden haben, ohne daß wir dabei seinen Wert genauer angeben. Wenn der rechtmäßige Besitzer sich meldet, werden wir ihm den Ring zurückgeben, wenn nicht, so hat meine Schwester keinerlei Anrecht darauf, ebensowenig der heilige Antonius von Padua, und da ich ihn gefunden habe, gehört er unbestreitbar mir.«

Meine Mutter hatte darauf nichts zu erwidern. Man gab in Salamanca bekannt, daß ein Ring gefunden worden sei, doch man verschwieg seinen Wert. Wie Sie sich wohl vorstellen können, meldete sich niemand.

Der junge Mann, dem ich ein so wertvolles Geschenk verdankte, hatte in meinem Herzen einen tiefen Eindruck hinterlassen, und eine Woche lang sah man mich nicht mehr am Fenster. Aber schließlich bewirkte die Macht der Gewohnheit, daß ich wieder wie vordem hinausschaute und fast die ganze Zeit dort verbrachte.

Die Steinbank, wo der junge Mann gesessen hatte, um mich zu sehen, wurde nun von einem dicken Herrn eingenommen, in dessen Gemüt einzig Ruhe und Gleichmut zu herrschen schienen. Er entdeckte mich am Fenster, und es sah aus, als mißfiele ihm meine Gegenwart. Er wandte mir den Rücken zu, aber auch jetzt, da er mich nicht mehr sah, empfand er mich als störend, denn von Zeit zu Zeit wandte er sich mit dem Ausdruck der Beunruhigung nach mir um. Wenig später ging er davon, mit seinen Blicken bezeigend, daß er einen gewissen Unwillen fühle; doch am nächsten Tag zeigte er sich von neuem und wiederholte die Szene vom Vortage. Kurzum, er wandte sich so oft hin und her, daß er schließlich nach zwei Monaten um meine Hand anhielt.

Meine Mutter nahm die Werbung mit Freuden auf und befahl mir, eine zusagende Antwort zu geben. Ich gehorchte, tauschte meinen Namen Frasqueta Salero gegen den einer Doña Francisca Cornádez und zog in das Haus, in dem Sie mich gestern gesehen haben.

Als ich die Frau des Don Cornádez geworden war, trachtete ich nur noch danach, alles zu seinem Glücke zu tun. Es gelang mir allzu gut, und nach drei Monaten las ich in seinen Zügen mehr selige Zufriedenheit, als mir lieb war, und – was noch schlimmer ist – er glaubte mich völlig glücklich zu machen. Diese Zufriedenheit paßte sehr schlecht zu seiner Physiognomie, und überdies verdroß und langweilte er mich. Glücklicherweise dauerte der Zustand der Seligkeit nicht lange.

Eines Tages stieß Cornádez, als er seine Wohnung verließ, auf einen kleinen Jungen, der einen Zettel in der Hand hielt und hilflos etwas zu suchen schien. Er wollte ihm aus der Verlegenheit helfen und las die Anschrift: »An die bezaubernde Frasqueta«. Cornádez zog eine Grimasse, die den kleinen Boten in die Flucht trieb. Dann trug er das wertvolle Dokument ins Haus und las darin das folgende:

Ist es möglich, daß mein Reichtum, meine Tapferkeit, mein Name Ihnen unbekannt geblieben wären? Ich bin bereit, alles zu tun, alles zu geben, alles zu unternehmen, einzig, damit Sie mir einige Aufmerksamkeit zuwenden. Diejenigen, die sich erboten haben, mir zu helfen, haben mich zweifellos getäuscht, denn ich erhalte von Ihnen kein Zeichen des Einvernehmens. Aber ich bin von Natur aus kühn, und nichts wird mich aufhalten, wenn es sich um die Belange einer Leidenschaft handelt. Die meine kennt, einmal erwacht, kein Maß und keine Zügel mehr. Ich fürchte nur eines: Ihnen unbekannt zu bleiben.

Graf von Peña Flor

Die Lektüre dieses Briefchens machte augenblicklich die ganze Glückseligkeit, in der Cornádez schwamm, zunichte. Er wurde unruhig, mißtrauisch, verbot mir auszugehen, es sei denn mit einer Nachbarin, die wegen ihrer beispielhaften Frömmigkeit sein besonderes Wohlwollen gefunden hatte.

Indessen wagte Cornádez nicht, mir gegenüber von seinen Qualen zu sprechen, denn er wußte nicht, wie ich zu dem Grafen von Peña Flor stand, ja nicht einmal, ob ich überhaupt von seiner Liebe wußte. Mit der Zeit traten noch tausenderlei Umstände ein, die seine Unruhe verstärkten. Einmal fand er eine Leiter, die an der Gartenmauer lehnte. Ein andermal schien sich ein Unbekannter im Hause versteckt zu haben. Zudem erklangen viele Serenaden, und das ist eine Musik, die von Eifersüchtigen gehaßt wird. Schließlich setzte der Graf von Peña Flor seiner Verwegenheit keine Grenzen mehr. Eines Tages ging ich mit meiner frommen Nachbarin in den Prado. Wir hielten uns ziemlich lange am Ende des Hauptweges auf und waren fast allein. Da trat der Graf an uns heran, erklärte mir in aller Form seine Leidenschaft, erklärte mir ferner, daß er entschlossen sei, mich zu besitzen oder zu sterben, nahm dann mit Gewalt meine Hand, und ich weiß nicht, was der Rasende noch unternommen haben würde, wenn wir nicht laute Schreie ausgestoßen hätten.

Wir kehrten in einem entsetzlichen Zustand nach Hause zurück. Die fromme Nachbarin erklärte meinem Gatten, sie wolle nicht mehr mit mir spazierengehen; es sei recht ärgerlich, daß ich keinen Bruder hätte, der dem Grafen Einhalt zu bieten vermöchte, da mein Gatte so wenig tue, um meine Ehre zu sichern. Der Glaube verbiete uns zwar, an Rache zu denken, aber die Ehre einer sanften und treuen Gattin verdiene es wohl, daß man sich ein bißchen mehr um sie kümmere, und der Graf von Peña Flor nehme sich schließlich nur deshalb soviel heraus, weil er möglicherweise über den sanftmütigen Charakter Don Cornádez' genau unterrichtet sei.

Als mein Gatte in der folgenden Nacht durch eine enge Gasse gehen wollte, die er ziemlich oft auf dem Nachhauseweg benutzte, fand er sie durch zwei Männer versperrt, von denen der eine mit einem ungewöhnlich langen Säbel gewaltige Hiebe gegen die Mauer führte, während der andere zu ihm sagte: »Bravo, Señor Don Ramiro! Wenn Sie so mit dem berühmten Grafen von Peña Flor umgehen, wird er nicht länger der Schrecken der Brüder und Ehegatten sein.«

Der verhaßte Name des Grafen machte Cornádez aufmerksam, und er duckte sich in den Schatten einer Baumreihe.

»Mein lieber Freund«, erwiderte der Mann mit dem großen Säbel, »es wird mir nicht schwerfallen, den Abenteuern des Grafen von Peña Flor ein Ende zu setzen. Ich will ihn keineswegs töten, sondern nur ein wenig so zurichten, daß er sich nicht mehr blicken läßt. Nicht umsonst gilt Ramiro Caramanza als der größte Raufbold Spaniens. Ich habe nur Bedenken wegen der Folgen meines Kampfes. Wenn ich wenigstens hundert Dublonen hätte, so würde ich für einige Zeit nach den Inseln gehen.«

Die beiden Freunde unterhielten sich eine ganze Weile im gleichen Ton und wandten sich schon zum Gehen, als mein Mann aus seinem Versteck trat, auf sie zuging und zu ihnen sprach: »Meine Herren, ich bin einer der Ehemänner, deren häuslicher Frieden vom Grafen Peña Flor gestört wird. Wäre es Ihre Absicht gewesen, ihn zu töten, so hätte ich mich gewiß nicht in Ihr Gespräch gemischt; da Sie ihm aber lediglich eine Lehre erteilen wollen, ist es mir ein Vergnügen, Ihnen die hundert Dublonen anzubieten, die Sie brauchen, um nach den Inseln zu segeln. Bleiben Sie hier, ich werde das Geld holen.«

Er ging in der Tat nach Hause und kam mit den hundert Dublonen zurück, die er dem schrecklichen Caramanza aushändigte.

Am Abend des übernächsten Tages hörten wir es gebieterisch an die Tür klopfen. Man öffnete, und es trat ein Gerichtsbeamter ein, gefolgt von zwei *alguaciles*. Der Gerichtsbeamte sagte zu meinem Mann: »Mein Herr, wir haben für unseren Besuch die Nacht gewählt, um Sie zu schonen: unser Erscheinen soll nicht Ihr Ansehen verletzen und keinen Schrecken in der Nachbarschaft verbreiten. Es handelt sich um den Grafen von Peña Flor, der gestern ermordet wurde. Ein Brief, von dem man annimmt, daß er einem der Mörder aus der Tasche gefallen ist, kann die Vermutung aufkommen lassen, Sie hätten hundert Dublonen gegeben, um sie zu diesem Verbrechen zu ermuntern und ihre Flucht zu begünstigen.«

Mein Mann erwiderte mit einer Geistesgegenwart, deren ich ihn nicht fähig glaubte: »Ich habe den Grafen von Peña Flor nie gesehen. Zwei Männer, die ich nicht kannte, haben mir gestern einen Wechsel über hundert Dublonen vorgelegt, den ich im vergangenen Jahr in Madrid ausgestellt hatte, und ich habe die Summe dem Überbringer ausgezahlt. Wenn Sie wollen, werde ich den Wechsel holen.«

Der Gerichtsbeamte zog einen Brief aus der Tasche und sagte: »Hier steht geschrieben: ›Wir segeln mit den hundert Dublonen des guten Cornádez nach San Domingo.‹«

»Freilich«, sagte mein Mann, »das sind die hundert Dublonen für den Wechsel; es handelte sich um einen Sichtwechsel, und ich hatte kein Recht, die Zahlung hinauszuzögern oder mich nach dem Namen des Überbringers zu erkundigen.«

»Ich bin Beamter des Kriminalgerichts«, sagte der Beamte, »und geschäftliche Angelegenheiten gehören nicht in mein Fach. Auf Wiedersehen, Señor Cornádez, entschuldigen Sie die Störung.«

Ich sagte schon, die Geistesgegenwart, die mein Mann bei dieser Gelegenheit bewies, überraschte mich; aber ich hatte schon früher beobachtet, daß er Talent bewies, wenn es sich um seinen eigenen Nutzen oder um die Erhaltung seiner Person handelte. Als die ganze Aufregung vorüber war, fragte ich meinen lieben Cornádez, ob er tatsächlich den Grafen von Peña Flor habe ermorden lassen. Zuerst wollte er nichts zugeben; schließlich gestand er, daß er dem Raufbold Caramanza hundert Dublonen gegeben hatte, nicht, damit er den Grafen töte, sondern nur dafür, daß er ihm seine Leichtfertigkeit austreibe. Dennoch belaste der Gedanke, Mitschuld an einem Morde zu tragen, sein Gewissen, und er gedenke eine Pilgerfahrt zum heiligen Jakob von Compostela zu unternehmen, vielleicht auch noch weiter, damit er um so mehr Vergebung erlange.

Dieses Bekenntnis meines Mannes wurde sozusagen zum Signal für die außerordentlichsten und übernatürlichsten Ereignisse, denn beinahe jede Nacht war von nun an gekennzeichnet durch irgendeine entsetzliche Erscheinung, die ein ohnehin gequältes Gewissen noch mehr erschüttern mußte. Beinahe immer handelte es sich um die hundert Dublonen. Zuweilen ließ sich in der Dunkelheit eine Stimme vernehmen, die sprach: »Ich werde dir die hundert Dublonen zurückgeben.«

Ein andermal hörte man, wie Geld gezählt wurde.

Eines Abends erblickte eine Dienstmagd in der Ecke eine Schüssel voller Dublonen. Sie wollte das Geld in die Hand nehmen, fand aber nichts als dürre Blätter, die sie uns mitsamt der Schüssel brachte.

Am Abend darauf ging mein Mann durch ein Zimmer, das nur von den Strahlen des Mondes schwach erhellt wurde, und plötzlich glaubte er in der Ecke einen Menschenkopf in einer Schüssel zu erblicken. Er rannte voller Schrecken hinaus und nannte mir den Grund. Ich ging hinein und sah nur seinen Perückenkopf, den man zufällig in seine Rasierschüssel gesetzt hatte. Da ich ihm nicht widersprechen wollte und sogar darauf bedacht war, ihn in seinem Wahn zu bestärken, stieß ich schreckliche Schreie aus und versicherte ihm, daß ich denselben Kopf, blutig und drohend, gesehen hätte.

Von da an erschien das Haupt beinahe allen, die in unserem Hause wohnten, und mein Mann nahm sich das so sehr zu Herzen, daß wir fürchteten, er würde den Verstand verlieren. Indessen brauche ich Ihnen nicht erst zu sagen, daß all diese Erscheinungen von mir ins Werk gesetzt wurden. Der Graf von Peña Flor war ein erdachtes Wesen, erfunden einzig zu dem Zwecke, Cornádez zu beunruhigen und seiner Selbstzufriedenheit zu berauben. Die Gerichtsbeamten ebenso wie die Raufbolde gehörten zur Dienerschaft des

Herzogs von Arcos, der sich sofort nach seiner Hochzeit wieder in Salamanca eingefunden hatte.

In der vergangenen Nacht wollte ich meinem Mann einen großen Schrecken einjagen; ich zweifelte nicht daran, daß er darauf das Zimmer verlassen und in sein Kabinett eilen würde, wo sich ein Betstuhl befindet. Ich hatte mir vorgenommen, dann die Tür zu verriegeln, und der Herzog sollte durchs Fenster bei mir einsteigen. Ich fürchtete nicht im mindesten, daß mein Mann ihn sehen oder die Leiter finden könnte, denn das Haus ist in allen Nächten sorgfältig verschlossen, und ich habe den Schlüssel unter meinem Kopfkissen. Doch plötzlich erschien Ihr Kopf im Fenster, mein Mann nahm ihn für den des Grafen von Peña Flor, der ihm, wie er meinte, die hundert Dublonen vorhielt.

Es bleibt mir schließlich nur noch, von der frommen, beispielhaften Nachbarin zu sprechen, in die mein Mann so großes Vertrauen setzte. Je nun! Diese Nachbarin ist der Herzog selber, und ihn sehen Sie auch hier in Frauenkleidern vor sich – jawohl, derselbe Herzog, der mich mehr als sein eigenes Leben liebt, vielleicht deshalb, weil er bis heute noch nicht genau weiß, ob seine Liebe erwidert wird.

Damit beendete Frasqueta ihre Geschichte. Nach ihr ergriff der Herzog das Wort und sagte: »Señor Busqueros, nicht ohne Absicht haben wir Sie ins Vertrauen gezogen. Es geht darum, daß die Reise Cornádez' beschleunigt werden muß; wir wollen sogar, daß er sich nicht auf eine bloße Pilgerfahrt beschränkt, sondern daß er sich eine längere Buße an einem frommen Ort vornimmt. Dazu brauchen wir Sie und die vier Studenten, über die Sie gebieten. Ich werde Ihnen meinen Plan erläutern.«

Als Busqueros in seiner Erzählung hier angelangt war, stellte ich fest, daß die Sonne gerade untergehen wollte, und ich dachte mit Entsetzen daran, daß ich das Rendezvous verpassen könnte, das mir die bezaubernde Inés gewährt hatte. So unterbrach ich den Erzähler und beschwor ihn, er möge es bis zum nächsten Tag aufschieben, mich über die Pläne des Herzogs von Arcos zu unterrichten. Busqueros antwortete mit seiner gewohnten Unverschämtheit. Darauf fühlte ich mich von Zorn überwältigt und rief: »Abscheulicher Busqueros, so raube mir das Leben, das du mir vergiftest, oder wehre dich deiner eigenen Haut!«

Zugleich zog ich meinen Degen und zwang ihn, dasselbe zu tun.

Da mir mein Vater niemals erlaubt hatte, die Waffe zu berühren, brachte mich mein Degen in arge Verlegenheit. Ich ließ ihn zuerst wie einen Quirl kreisen, was meinen Gegner zu verblüffen schien; dann aber machte er irgendeinen Ausfall und durchbohrte mir den Arm, seine Degenspitze verletzte außerdem meine Schulter. Der Degen entfiel meinen Händen, und im nächsten Augenblick war ich blutüberströmt. Zur Verzweiflung aber brachte mich die Tatsache, daß ich nun gewiß mein Rendezvous verpassen und nicht mehr erfahren würde, was mir die liebenswürdige Inés anvertrauen wollte.

Als der Zigeunerhauptmann in seiner Geschichte hier angelangt war, rief man ihn zu seiner Truppe; er verließ uns, und dann sagte Velásquez: »Ich hatte wohl vorher gesehen, daß die Geschichten des Zigeuners immer neue nach sich ziehen würden. Frasqueta Salero hat ihre Geschichte dem Busqueros erzählt. Busqueros dem López Suárez und dieser dem Zigeuner. Ich hoffe, daß dieser uns berichten wird, was aus der schönen Inés geworden ist. Aber wenn er abermals eine Geschichte einschiebt, werde ich mit ihm Streit bekommen, so wie Suárez mit Busqueros Streit bekam. Ich glaube indessen, daß unser Erzähler sich heute abend nicht mehr zeigen wird.«

Der Zigeuner erschien in der Tat nicht mehr, und alle gingen schlafen.

Sechsunddreißigster Tag

Wir brachen auf; bald gesellte sich auch der Ewige Jude zu uns und erzählte seine Geschichte weiter, indem er also sprach:

Fortsetzung der Geschichte des Ewigen Juden

Die Lehren des weisen Chäremon waren viel umfassender als der Extrakt, den ich geboten habe. Sie liefen im allgemeinen darauf hinaus, daß ein Prophet namens Bitys in seinen Werken die Existenz Gottes und der Engel demonstriert und daß ein anderer Prophet namens Thot diese Gedanken mit einer Metaphysik umhüllt hatte, deren Sinn sehr schwer zu fassen war, die aber darum nur noch erhabener schien.

In dieser Theologie wird Gott, den man den Vater nennt, nur durch das Schweigen gepriesen. Wollte man indessen ausdrücken, in welchem Maße er sich selbst genüge, so sagte man: Er ist sein eigener Vater, er ist sein eigener Sohn. Und darum nannte man ihn auch den Geist Gottes oder Thot, was auf ägyptisch »Beredung« bedeutet.

Und da man schließlich in der Natur Geist und Materie zu

sehen vermeinte, betrachtete man den Geist als einen Ausfluß Gottes, und man stellte ihn auf dem Schlamm schwimmend dar, wie ich Ihnen schon gesagt habe. Der Schöpfer dieser Metaphysik wurde »dreimal Größter« genannt. Platon, der achtzehn Jahre in Ägypten verbracht hatte, brachte den Griechen die Doktrin vom Wort, was ihm von ihrer Seite den Beinamen des Göttlichen einbrachte.

Chäremon behauptete, daß dies nicht völlig im Geist der alten ägyptischen Religion gewesen sei, daß sie sich vielmehr gewandelt habe und daß jede Religion sich wandle. Seine Meinung über diesen Punkt wurde bald durch das bestätigt, was sich in der Synagoge von Alexandria ereignete.

Ich war nicht der einzige Jude, der die ägyptische Theologie studierte. Auch andere hatten Gefallen daran gefunden. Besonders fühlten sie sich angezogen vom Geist des Rätselhaften, der in der ganzen ägyptischen Literatur herrscht und der seinen Ursprung wahrscheinlich in der Hieroglyphenschrift und in dem ägyptischen Gebot hat, daß man sich nicht an das Symbol klammern solle, sondern an den geheimen Sinn, den es in sich schließe.

Unsere Rabbiner in Alexandria wollten auch etwas zum Enträtseln haben, sie verfielen darauf, die Meinung zu äußern, daß die Bücher Mosis, obgleich sie Tatsachen wiedergeben und wirkliche Geschichte darstellen, gleichwohl mit so göttlicher Kunst geschrieben seien, daß sie neben dem historischen Sinn auch einen allegorischen und geheimen in sich schlössen. Einige unserer Gelehrten enthüllten diesen geheimen Sinn mit einer Findigkeit, die ihnen in jener Zeit viel Ehre einbrachte. Aber von allen Rabbinern tat sich keiner so hervor wie Philon. Ein langes Studium der Philosophie Platons hatte ihn befähigt, im Dunkel der Metaphysik falsche Vorstellungen zu verbreiten. Daher nannte man ihn den Platon der Synagoge.

Das erste Werk Philons behandelte die Erschaffung der Welt, besonders aber die Eigenschaften der Zahl Sieben. In dieser Schrift wird Gott »der Vater« genannt, was ganz dem

Geist der ägyptischen Theologie entspricht, nicht aber dem Stil der Bibel. Man liest da auch, daß die Schlange eine Allegorie für die Wollust sei und daß die Geschichte von der Frau, die aus einer Rippe des Mannes geschaffen sei, ebenfalls allegorisch aufgefaßt werden müsse.

Der gleiche Philon verfaßte auch ein Werk über die Träume, wo er sagt, daß Gott zwei Tempel habe: der eine Tempel sei diese Welt, und als Hoherpriester walte in ihr das Wort Gottes, der andere Tempel sei die reine und vernünftige Seele, und in ihr walte als Hoherpriester der Mensch.

In seinem Buch über Abraham äußert sich Philon noch klarer im ägyptischen Sinne, denn er sagt: »Es ist aber – wie einer, der der Wahrheit sehr nahe kommt, sagen könnte – der Vater des Weltalls der Mittlere, der in den heiligen Schriften mit seinem eigentlichen Namen ›der Seiende‹ genannt wird, auf beiden Seiten aber sind die höchsten und nächsten Kräfte des Seienden, die schöpferische und die regierende; die schöpferische heißt ›Gott‹, denn mit dieser hat er das All (ins Dasein) gesetzt und eingerichtet, die regierende ›Herr‹, denn es ist billig, daß der Schöpfer über das Geschöpf herrscht und regiert. Begleitet also von diesen beiden Kräften, zeigt der Mittlere dem schauenden Geiste bald die Erscheinung eines Einzigen, bald die von dreien; die Vorstellung von dem Einen nämlich, wenn er (der schauende Menschengeist) im höchsten Grade geläutert ist und nicht nur an der Menge der Zahlen, sondern auch an der Nachbarin der Eins, an der Zwei, vorüberziehend, zu der ungemischten, nicht zusammengesetzten, für sich durchaus keines andern bedürftigen Idee sich emporschwingt, die Vorstellung von dreien dagegen, wenn er noch nicht in die großen Mysterien eingeweiht ist ...«

Dieser Philon, der so ins Unabsehbare und nicht mehr zu Verstehende hineinplatonisierte, ist der gleiche, der später von den Juden Alexandrias zum Kaiser Claudius geschickt wurde. Er genoß in Alexandria großes Ansehen; die Schönheit seines Stils und die Vorliebe aller Menschen für das

Neue bewirkten, daß fast alle hellenisierenden Juden sich seine Auffassungen zu eigen machten. Bald waren sie sozusagen nur noch dem Namen nach Juden. Die Bücher Mosis gaben für sie nur noch eine Art Untergrund ab, auf dem sie nach Belieben ihre Allegorien und ihre Mysterien, besonders das der dreifachen Gestalt, in Erscheinung treten ließen.

Zu jener Zeit hatten die Essäer bereits ihren seltsamen Bünd begründet: sie lebten ohne Frauen und hatten Gütergemeinschaft. Mit einem Wort: man sah zu allen Seiten nichts als neue Religionen, ein Gemisch aus Judentum und Magierglauben, ein Gemisch aus Sabäismus und Platonismus, vor allem aber viel Astrologie. Die alten Religionen verfielen allenthalben.

Als der Ewige Jude in seiner Geschichte hier angelangt war, befanden wir uns nicht mehr fern vom Nachtlager, und der unglückliche Wanderer verließ uns, um in den Bergen zu verschwinden. Gegen Abend erzählte der Zigeuner, da er Muße hatte, seine Geschichte weiter, indem er also sprach:

Fortsetzung der Geschichte des Zigeunerhauptmanns

Nachdem der junge Suárez mir die Geschichte seines Duells mit Busqueros erzählt hatte, schien er Lust zum Schlafen zu verspüren. Ich ließ ihn die Ruhe genießen. Am nächsten Tag bat ich ihn um die Fortsetzung seiner Geschichte, worauf er also zu sprechen begann:

Die Geschichte des López Suárez

Nachdem Busqueros mir den Arm durchbohrt hatte, sagte er, er sei entzückt, daß sich ihm abermals eine Gelegenheit biete, mir seine Ergebenheit zu beweisen. Er zerriß mein Hemd, verband mir den Arm, bedeckte mich mit einem Mantel und brachte mich zu einem Chirurgen. Dieser nahm die erste Behandlung meiner Wunde vor, und dann bestellte ich einen Wagen und fuhr nach Hause. Busqueros ließ sich in meinem Vorzimmer ein Bett bereiten. Mein Mißerfolg bei dem Versuch, ihn loszuwerden, hatte mich so entmutigt, daß ich mich seinen Handlungen nicht mehr widersetzte. Am nächsten Tag bekam ich Fieber, wie es oft mit Verletzten geschieht. Busqueros zeigte sich stets diensteifrig. Er verließ mich keinen Augenblick, auch nicht an den folgenden Tagen. Am vierten Tage konnte ich, den Arm in der Binde, aufstehen.

Am fünften Tage kam nach dem Mittagessen ein Diener der Frau von Avalos und brachte einen Brief, den Busqueros sogleich an sich nahm und mir vorlas:

Inés Moro an López Suárez.

Ich habe erfahren, mein lieber Suárez, daß Sie ein Duell hatten und am Arm verletzt worden sind. Sie können mir glauben, daß ich sehr gelitten habe. Indessen geht es jetzt darum, die äußersten Anstrengungen zu unternehmen. Ich möchte, daß mein Vater Sie bei mir findet. Das Vorhaben ist kühn, aber meine Tante, Frau von Avalos, steht zu mir und leitet mich. Vertrauen Sie dem Mann, der Ihnen diesen Brief überbringt. Morgen wird es zu spät sein.

»Señor Don López«, sagte der verhaßte Busqueros, »Sie sehen, Sie können hier nicht ohne mich auskommen; wenigstens werden Sie zugeben, daß ein solches Unternehmen in mein Fach fällt. Ich fand immer, daß Sie sich glücklich schätzen dürfen, mich zum Freund zu haben; aber gerade bei solchen Gelegenheiten sollte man Ihnen besonders dazu gratulieren. Ah, beim heiligen Rochus, meinem Schutzpatron! Wenn Sie mich meine Geschichte hätten zu Ende erzählen lassen, so hätten Sie erfahren, was ich für den Herzog von Arcos getan habe. Doch Sie unterbrachen mich auf recht grobe Weise. Übrigens beklage ich mich nicht darüber, da der Degenstoß, den ich Ihnen versetzte, mir erneut Gelegenheit bot, Ihnen meine Ergebenheit zu beweisen. Im Augenblick, Señor Don López, bitte ich Sie nur noch um eines – als Dank für das, was ich bis jetzt für Sie getan habe. Ich bitte Sie darum, Señor Don López, sich bis zum Augenblick der Ausführung in nichts einzumischen: nicht die kleinste Frage, nicht das geringste Wort. Haben Sie Vertrauen, Señor Don López, haben Sie Vertrauen!«

Nach diesen Worten verschwand Busqueros mit dem Vertrauensmann des Fräuleins Moro in einem anderen Zimmer. Sie brauchten lange zu ihrer Besprechung; danach kehrte Busqueros allein zurück, in der Hand eine Skizze haltend, die die Augustinergasse darstellen sollte.

»Hier ist das Ende der Straße«, sagte er, »sie führt zu den Dominikanern. An dieser Stelle wird uns der Mann erwarten, den Sie gesehen haben, zusammen mit zwei anderen, für die er sich verbürgt. Ich werde mich am anderen Ende postieren, mit der Elite meiner Freunde, die auch die Ihren sind, Señor Don López. Doch nein, ich habe mich geirrt, hier werden nur zwei stehen, die Elite wird die Hinterpforte besetzen, um die Leute des Herzogs von Santa Maura in Schach zu halten.«

Ich glaubte, daß all diese Erläuterungen auch mir das Recht gäben, ein paar Worte zu sagen und mich danach zu erkundigen, was ich selber dabei zu tun haben würde. Doch Busqueros unterbrach mich höchst gebieterisch und sagte: »Keine Fragen, Señor Don López, nicht das geringste Wort. Das ist unsere Bedingung: wenn Sie es vergessen – ich habe es sehr wohl behalten.«

Den ganzen Rest des Tages lief Busqueros fortwährend herein und hinaus. Am Abend geschah das gleiche. Bald war das Nachbarhaus zu sehr erleuchtet, bald entdeckte man auf der Straße verdächtig aussehende Personen, bald wieder hieß es, die vereinbarten Zeichen seien noch nicht gegeben worden. Zuweilen erschien Busqueros selbst; sonst übermittelte er mir seine Berichte durch einen Vertrauten. Schließlich kam er mich abholen, und ich schickte mich an, ihm zu folgen. Du kannst dir wohl vorstellen, wie mein Herz schlug. Der Gedanke, daß ich meinem Vater ungehorsam sei, vergrößerte noch meine Verwirrung, doch die Liebe war stärker als alle anderen Gefühle.

Als wir die Augustinergasse betraten, zeigte mir Busqueros den Posten, den seine Elitefreunde bildeten, und er gab die Losung.

»Wenn jemand vorübergehen wollte«, erklärte er mir, »so würden meine Freunde so tun, als gerieten sie miteinander in Streit, und der Passant wird sehr schnell einen anderen Weg einschlagen. Jetzt aber«, fuhr er fort, »sind wir an Ort und Stelle. Die Leiter, die Sie zu besteigen haben, sehen Sie unten durch Bausteine gesichert. Ich werde die Signale abpassen, und wenn ich in die Hand klatsche, steigen Sie hinauf.«

Doch wer wird glauben, daß Busqueros sich nach all diesen Plänen und Vorbereitungen in den Fenstern geirrt hatte? Gerade das aber war geschehen, und du wirst gleich von den Folgen hören.

Ich trug den Arm in der Binde; dennoch kam ich auf der Leiter recht gut voran, indem ich mich nur mit einem Arm festhielt. Als ich das obere Ende erreicht hatte, fand ich keineswegs den Fensterladen halb geöffnet, wie man mir versprochen hatte. Ich wagte es, mit dem einen mir verbliebenen Arm zu klopfen, wobei ich mich nur mit den Beinen anklammerte. Im nächsten Augenblick öffnete ein Mann heftig den Fensterladen, stieß ihn gegen mich, ich verlor das Gleichgewicht und fiel von meiner Höhe hinab auf die Bausteine, die zu Füßen der Leiter lagen. Ich brach mir an zwei Stellen den bereits verletzten Arm, ferner ein Bein, das sich in den Leitersprossen verfangen hatte; das andere Bein verrenkte ich mir, und vom Nacken bis zu den Hüften wurde die Haut abgeschürft. Der Mann, der den Laden geöffnet hatte und offenbar wollte, daß ich stürbe, rief mir zu: »Bist du tot?«

Ich fürchtete, er habe es darauf abgesehen, mir den Garaus zu machen, und erwiderte, ich sei tot.

Darauf rief der Mann: »Gibt es ein Fegefeuer?«

Ich litt entsetzliche Schmerzen und antwortete deshalb, es gebe zweifellos ein Fegefeuer und ich sei schon drin. Dann muß ich wohl ohnmächtig geworden sein.

Hier unterbrach ich Suárez und fragte ihn, ob es an jenem Abend ein Gewitter gegeben habe.

»Freilich«, erwiderte er, »Donner und Blitze, und vielleicht hatte sich Busqueros gerade deshalb im Haus geirrt.«

»Ah«, rief ich aus, »kein Zweifel mehr: das ist unsere Seele aus dem Fegefeuer! Das ist unser armer Aguilar!«

Und schon rannte ich auf die Straße. Da es bereits zu tagen begann, lieh ich mir Maultiere und begab mich in aller Eile zum Kamaldulenserkloster. Ich sah den Ritter von Toledo vor einem Heiligenbild knien. Ich warf mich neben ihm nieder, und da es bei den Kamaldulensern verboten ist, laut zu sprechen, flüsterte ich ihm die ganze Geschichte Suárez' ins Ohr. Zuerst machte das auf ihn gar keinen Eindruck; doch er wandte sich zu mir und flüsterte mir gleichfalls ins Ohr: »Mein lieber Avarito, glaubst du, daß die Frau des Auditors Uscariz mich noch liebt und mir treu geblieben ist?«

»Bravo«, antwortete ich, »doch still! Wir wollen die guten Mönche nicht verärgern. Verrichten Sie Ihr Gebet in der üblichen Weise; ich werde inzwischen erklären, daß wir unsere Buße abgeschlossen haben.«

Als der Klostervorsteher vernommen hatte, daß wir ins weltliche Leben zurückzukehren gedachten, lobte er darum nicht weniger den Glaubenseifer des Ritters.

Sobald wir uns außerhalb der Klostermauern befanden, gewann der Ritter seine ganze Heiterkeit zurück. Ich erzählte ihm von Busqueros. Er sagte, er kenne ihn, das sei ein dem Herzog von Arcos ergebener Edelmann, der in ganz Madrid als unausstehlicher Mensch gelte.

Als der Zigeunerhauptmann in seiner Geschichte hier angelangt war, rief man ihn zu seiner Truppe, und wir bekamen ihn den ganzen Abend nicht mehr zu Gesicht.

Siebenunddreißigster Tag

An diesem Tage ruhten wir uns aus. Das Frühstück war üppiger und besser bereitet. Alle fanden sich dazu ein. Die schöne Jüdin hatte sich ein wenig geputzt; doch wenn sie damit dem Herzog gefallen wollte, so war ihre Mühe vergebens; denn nicht ihre Erscheinung verführte ihn, sondern er sah in ihr eine Frau, die sich gegenüber den anderen durch tiefere Gedanken auszeichnete sowie durch einen Geist, den die exakten Wissenschaften vollendet gebildet hatten.

Rebekka verlangte es schon seit langem danach, die Gefühle des Herzogs hinsichtlich der Religion zu ergründen; denn sie hatte eine entschiedene Abneigung gegen das Christentum und steckte in dem Komplott, das unseren Übertritt zum Islam erstrebte. So wandte sie sich denn in halb ernstem, halb scherzendem Ton an den Herzog und fragte ihn, ob es in seiner Religion nicht eine Gleichung gebe, deren Lösung ihm schwerfalle.

Velásquez wurde bei dem Wort »Religion« sehr ernst; doch als er merkte, daß man ihm die Frage halb im Scherz gestellt hatte, malte sich Unzufriedenheit in seinen Zügen, er versank für eine Weile in Nachdenken und antwortete dann so:

»Ich weiß, worauf Sie hinauswollen. Sie berufen sich auf meine Mathematik, gut, so werde ich Ihnen mathematisch antworten. Wenn ich das unendlich Große bezeichnen will, so schreibe ich eine liegende Acht (∞) und unter den Bruchstrich die Eins; wenn ich das unendlich Kleine bezeichnen will, schreibe ich eine Eins und unter den Bruchstrich das Zeichen für das Unendliche. Aber diese Zeichen, deren ich mich zum Rechnen bediene, geben mir keinerlei Vorstellung von dem, was ich bezeichne. Das unendlich Große, das ist unendlich viele Male der Fixsternhimmel. Das unendlich Kleine ist eine ins Unendliche gehende Unterteilung des kleinsten der Atome. Ich bezeichne also das Unendliche, aber ich begreife es keineswegs.

Nun denn, wenn ich das unendlich Große und das unendlich Kleine nicht begreifen, nicht ausdrücken, sondern nur bezeichnen oder eigentlich nur von ferne darauf hindeuten kann, wie soll ich dann das ausdrücken, was zugleich unendlich groß, unendlich weise, unendlich gut und Schöpfer aller Unendlichkeiten ist? Hier kommt die Kirche meiner Mathematik zu Hilfe, sie bietet den Ausdruck der Dreiheit, die in dem Einen enthalten ist, ohne es zu zerstören. Was kann ich dem, was mein Begriffsvermögen übersteigt, entgegenhalten? Ich kann mich ihm nur unterwerfen.

Zum Unglauben führt nicht die Wissenschaft, sondern eher die Unwissenheit. Der Unwissende vermeint eine Sache zu begreifen, wenn er sie nur alle Tage sieht. Der Naturforscher hingegen bewegt sich immerzu unter Rätseln, ist stets bemüht, sie zu lösen, und begreift nie mehr als die Hälfte. Er lernt, an das zu glauben, was er nicht begreift, und das ist faktisch ein Schritt zum religiösen Glauben. Don Newton und Don Leibniz sind wahre Christen und sogar Theologen gewesen, und beide ließen sie das Zahlenmysterium gelten, das sie nicht mit dem Verstand erfassen konnten.

Wären sie in unserem Glauben aufgewachsen, so hätten sie gleichermaßen ein anderes, ebenso unbegreifliches Mysterium gelten lassen: die Möglichkeit einer innigen Vereinigung des Menschen mit seinem Schöpfer. Das Problem dieser Möglichkeit kann sich auf keine unmittelbare Gegebenheit stützen, da es sozusagen nur unbekannte Größen enthält; indessen gibt es dafür dennoch einen gewissen Anhalt insofern, als man auf eine völlige Trennung zwischen dem Menschen und den anderen in Materie gekleideten intelligenten Wesen verweisen kann. Denn wenn der Mensch auf dieser Erde tatsächlich einzig in seiner Art ist, wenn seine deutliche Scheidung vom ganzen Tierreich uns ganz unbestreitbar erscheint, so sind wir eher bereit, die Möglichkeit der Vereinigung mit seinem Gott zuzugeben. Nach solcher Vorbereitung wollen wir uns einen Augenblick mit der Intelligenz der Tiere befassen.

Das Tier hat einen Willen, es erinnert sich, kombiniert, wägt, entscheidet sich; das Tier denkt, aber sein Denken ist nicht zugleich Gegenstand seines Denkens – das wäre die Kraft der Intelligenz, in die zweite Potenz erhoben. Das Tier sagt niemals: Ich bin ein denkendes Wesen. Diese Abstraktion liegt nicht in seiner Macht, so wie man auch noch niemals ein Tier beobachten konnte, das eine Idee von den Zahlen hatte, und dabei sind die Zahlen die einfachste aller Abstraktionen.

Die Elster verläßt ihr Nest so lange nicht, wie sie den Verdacht hat, daß sich ein Mensch in der Nähe versteckt hält. Man wollte das Maß ihrer Intelligenz erforschen. Einige Jäger, fünf an der Zahl, bezogen ein Versteck. Sie gingen einer nach dem anderen wieder davon. Die Elster verließ das Nest erst, als sie den fünften hatte davongehen sehen. Als sich sechs oder sieben Jäger versteckten, verrechnete sich die Elster, oder aber sie verließ das Nest jedesmal nach dem fünften Jäger. Manche schlossen daraus, die Elster könne bis fünf zählen. Doch sie irrten sich: die Elster hatte das Bild der fünf Männer behalten, aber sie hatte sie nicht gezählt. Zählen heißt die Zahl von der Sache abstrahieren.

Wir können zuweilen Schwindler beobachten, die kleine Pferde vorführen: die Tiere geben die Zahl der Piks und Treffs in einem Kartenspiel an, indem sie entsprechend oft mit dem Bein aufschlagen; aber in Wahrheit geschieht es auf ein Zeichen ihres Herrn, daß sie schlagen oder zu schlagen aufhören. Sie haben nicht die geringste Idee von Zahlen, und diese Abstraktion, die einfachste von allen, kann als die Grenze der tierischen Intelligenz betrachtet werden.

Zweifellos kommt die Intelligenz der Tiere oft der unseren nahe. Der Hund hat bald den Herrn des Hauses erkannt, ebenso seine Freunde und die, die dem Herrn gleichgültig sind. Er liebt die einen, duldet zur Not die anderen. Er haßt Menschen von verdächtigem Aussehen, er wird unruhig, lebhaft, furchtsam. Er hofft, er schämt sich, wenn man ihn über einer verbotenen Handlung ertappt. Plinius berichtet, daß man Elefanten das Tanzen gelehrt hatte und daß man sie einmal dabei überraschte, wie sie das Gelernte im Mondenschein wiederholten.

Die Intelligenz der Tiere setzt uns in Erstaunen, soweit sie einzelne Handlungen betrifft. Sie tun, was man ihnen befiehlt. Sie vermeiden, was ihnen verboten ist – wie auch alles, was ihnen auf andere Weise schaden würde. Aber sie haben keineswegs die allgemeine Idee des Guten von der Einzelvorstellung dieser oder jener Handlung abgelöst. Sie können also ihre Handlungen nicht einordnen, sie können sie nicht in gute und schlechte einteilen. Diese Abstraktion ist schwieriger als die der Zahlen; sie sind ihrer nicht im mindesten fähig und werden sie auch nie lernen.

Das Gewissen ist zum Teil ein Werk des Menschen, da ja das, was in dem einen Lande als schlecht gilt, in einem anderen als gut aufgefaßt wird. Im allgemeinen aber zeigt uns das Gewissen das an, was von der Abstraktion die eine oder die andere Bestimmung erhalten hat, das heißt die Bestimmung des Guten oder des Bösen. Die Tiere sind dieser Abstraktion unfähig. Sie haben also kein Gewissen, sie können ihm nicht folgen, sie sind nicht empfänglich für Belohnung oder Bestrafung, abgesehen von der, die wir ihnen um unseretwillen zuteil werden lassen, nicht um ihretwillen.

So haben wir den Menschen allein in seiner Art auf einer Erde, auf der wir nichts sehen, was sich nicht in einen großen Plan fügt. Der Mensch allein vermag das Denken zum Gegenstand seines Denkens zu machen, er vermag eine Eigenschaft zu abstrahieren und zu generalisieren. Für ihn allein gibt es daher Verdienst und Schuld, weil die Abstraktion,

Generalisation und Unterscheidung von Gut und Böse in ihm ein Gewissen gebildet haben.

Doch warum soll der Mensch Eigenschaften haben, die ihn von allen anderen Lebewesen unterscheiden? Hier führt uns die Analogie dahin, zu sagen: Wenn alles in dieser Welt einen deutlich erkennbaren Zweck hat, kann das Gewissen dem Menschen nicht umsonst gegeben sein. Dahin also haben uns die Vernunftschlüsse geführt: zur natürlichen Religion. Und diese wiederum, wohin führt sie uns, wenn nicht zum gleichen Ziel wie die geoffenbarte Religion, das heißt zu künftiger Belohnung oder Vergeltung? Nun, wenn die Produkte die gleichen sind, dürften die Faktoren sich nicht sehr unterscheiden.

Doch die Vernunftschlüsse, auf die sich die natürliche Religion gründet, sind ein gefährliches Instrument, das leicht den, der sich seiner bedient, selbst verletzt. Welche Tugend hat man nicht mit Vernunftschlüssen angegriffen? Welches Verbrechen hat man nicht zu rechtfertigen versucht? Könnte die Ewige Vorsehung wollen, daß das Schicksal der Moral von der Willkür der Sophistik abhänge? Zweifellos nicht, und der Glaube, der sich stützt auf die Gewöhnungen der Kindheit, die Kindesliebe, die Bedürfnisse des Herzens, bietet dem Menschen eine sicherere Stütze als die Vernunft. Selbst die Existenz des Gewissens, das uns vom Tier unterscheidet, ist in Zweifel gezogen worden, und die Skeptiker wollten es zum Spielball ihres Witzes machen. Sie haben dem Menschen beharrlich einzureden versucht, daß er sich in nichts von tausend anderen in Materie gekleideten intelligenten Wesen, die diese Erde bevölkern, unterscheide. Doch ihnen zum Trotz fühlt der Mensch, daß er ein Gewissen hat, und wenn der Priester die Worte der Konsekration spricht: ›Ein Gott steigt hernieder auf seine Altäre und vereinigt sich mit dir‹, so fühlt der Mensch sehr wohl, daß er nicht zur tierischen Natur gehört; er blickt in sein Inneres und findet dort sein Gewissen.

›Aber‹, werden Sie mir sagen, ›es handelt sich doch gar

nicht darum, mir zu beweisen, daß die natürliche Religion zum gleichen Ziele führt wie die geoffenbarte. Wenn Sie Christ sind, müssen Sie an die geoffenbarte Religion glauben und ebenso an die Wunder, durch die sie begründet wurde.‹ – Einen Augenblick bitte, fassen wir zuerst den Unterschied zwischen der geoffenbarten und der natürlichen Religion schärfer ins Auge.

Nach dem Theologen ist Gott der Schöpfer der christlichen Religion; nach dem Philosophen ist er es gleichfalls, da ja nach seiner Auffassung nichts ohne göttliche Billigung geschieht. Aber der Theologe stützt sich auf Wunder, die Ausnahmen von den allgemeinen Naturgesetzen darstellen und dem Philosophen einige Schwierigkeiten bereiten. Dieser neigt, soweit er Naturforscher ist, eher zu der Annahme, daß Gott, der Schöpfer unserer heiligen Religion, sie nur mit menschlichen Mitteln begründen wollte und ohne Durchbrechung der allgemeinen Gesetze, die in der körperlichen und der geistigen Welt herrschen.

Hier ist der Unterschied ziemlich gering; doch der Naturforscher erstrebt eine noch feinere Unterscheidung. Er sagt zu dem Theologen: ›Denjenigen, die selber die Wunder gesehen haben, ist es nicht schwergefallen, an sie zu glauben. Für Sie hingegen, die Sie achtzehn Jahrhunderte später geboren wurden, ist der Glaube ein Verdienst; aber wenn der Glaube ein Verdienst ist, kann der Ihre gleichermaßen als bewährt gelten, ob nun die Wunder wirklich stattgefunden haben oder ob eine geheiligte Tradition Ihnen die Kunde davon überliefert hat. Und wenn die Bewährung in beiden Fällen die gleiche ist, muß auch das Verdienst das gleiche sein.‹

Hier geht der Theologe aus der Verteidigung heraus und sagt zu dem Naturforscher: ›Wer aber hat Ihnen selber die Naturgesetze offenbart? Woher wissen Sie, ob die Wunder, statt Ausnahmen zu sein, nicht vielmehr Bekundungen von Phänomenen sind, die Sie nicht kennen? Denn Sie kennen nicht die Naturgesetze, auf die Sie sich berufen, indem Sie die Dogmen der Religion verwerfen. Diese Lichtstrahlen, die

Sie mit den Gesetzen der Optik erfassen, sie sollen sich in allen Richtungen durchdringen, ohne je zusammenzustoßen, während sie sofort – gleich elastischen Körpern – zurückgeworfen werden, wenn sie auf einen Spiegel treffen? Die Töne kreuzen sich gleichfalls, und das Echo wiederholt ihr Bild. Sie befolgen ungefähr dieselben Gesetze wie die Lichtstrahlen; indessen scheinen sie nur ein Modus zu sein, während die Lichtstrahlen dem Anschein nach Körper sind. Doch das wissen Sie nicht, denn im Grunde wissen Sie gar nichts.‹

Der Naturforscher muß wohl zugeben, daß er nichts weiß, aber er sagt: ›Wenn ich schon nicht imstande bin, ein Wunder zu definieren – wobei es mir fernliegt, es zu leugnen –, so haben Sie, Herr Theologe, doch auch kein Recht, das Zeugnis der Kirchenväter zu verwerfen, die gestehen, daß unsere Dogmen und Mysterien bereits in vorherigen Religionen bestanden haben. Da Sie in die vorchristlichen Religionen nicht durch die Offenbarung eingedrungen sind, müssen Sie sich meiner Meinung nähern und zugeben, daß die gleichen Dogmen auch ohne die Beihilfe von Wundern aufgestellt werden konnten. Schließlich‹, fügt der Naturforscher hinzu, ›wenn Sie wollen, daß ich Ihnen offen meine Meinung über den Ursprung des Christentums sage – hier ist sie:

Die Tempel der Alten waren Schlachthäuser, ihre Götter schamlose Wüstlinge. Doch es taten sich fromme Männer zusammen, die reinere Grundsätze hatten und weniger ekelhafte Opfer brachten. Die Philosophen bezeichneten die Gottheit mit Theos, ohne zwischen Jupiter oder Saturn zu unterscheiden. Rom brachte damals die Welt in die Gewalt seiner Waffen und in die Sklaverei seiner Laster. In Palästina erschien ein göttlicher Lehrmeister, er predigte: Liebe deinen Nächsten, verachte den Reichtum, vergib dem, der dir unrecht tut, füge dich in den Willen eines Vaters, der im Himmel wohnt.

Einfache Menschen folgten ihm während seines Lebens. Sie schlossen sich nach seinem Tode zusammen. Andere, aufgeklärtere Menschen wählten unter den heidnischen Riten das aus, was sich am besten für den neuen Glauben eignete. Schließlich ließen die Kirchenväter auf der Kanzel eine Beredsamkeit vernehmen, die überzeugender war als alles, was bis dahin von den Tribünen herabgetönt hatte. So, mit anscheinend menschlichen Mitteln, bildete sich das Christentum aus dem, was in den Religionen der Heiden und der Juden am reinsten war. Doch immer wird auf diese Weise der Wille des Himmels erfüllt. Zweifellos könnte der Schöpfer der Weiten sein heiliges Gesetz mit Feuerzeichen an den Sternenhimmel schreiben, aber er tut es nicht. Er hat in den Mysterien der Alten schon die Übungen einer vollkommeneren Religion verborgen gehalten, so wie er in der Eichel schon den Wald beschlossen hält, der einst unseren Nachkommen Schatten spenden soll. Wir selber leben inmitten der Ursachen, deren Wirkungen die späteren Geschlechter überraschen werden, ohne daß wir diese Ursachen kennen. Daher nennen wir Gott auch »die Vorsehung«; wir würden ihn nur den Mächtigen heißen, wenn er anders handelte.‹

Dies ist die Vorstellung, die sich der Naturforscher vom Ursprung des Christentums gemacht hat. Sie sagt dem Theologen bei weitem nicht zu, aber er hat nicht den Mut, sie zu bekämpfen, denn er sieht in den Meinungen seines Widersachers große und richtige Gedanken, die ihn veranlassen, Nachsicht gegenüber verzeihlichen Irrtümern zu üben.

So können die Meinungen des Philosophen und des Theologen – ähnlich den Linien, die wir Asymptoten nennen – zwar nicht völlig zusammentreffen, aber sie können sich doch einander bis auf eine Entfernung nähern, die geringer ist als jede gegebene Entfernung, das heißt, daß ihr Meinungsunterschied geringer wird als jeder gegebene Unterschied, geringer als jede faßbare Größe. Kann nun aber ein Unterschied, den ich nicht mehr zu fassen vermag, mir das Recht geben, meine Überzeugung gegen die meiner Brüder und meiner Kirche zu stellen? Kann der Unterschied mir das Recht geben, meine Zweifel auszusäen inmitten der Gläubigkeit, die jene bekunden und die sie zur Grundlage ihrer Moral gemacht haben? Nein, sicherlich habe ich nicht das Recht. So unterwerfe ich mich denn mit Herz und Geist. Don Newton und Don Leibniz waren Christen und sogar Theologen; letzterer beschäftigte sich mit der Vereinigung der Kirchen. Und ich, der ich mich nicht nach diesen großen Männern nennen sollte, ich studiere die Theologie in den Werken der Schöpfung, damit ich in ihnen neuen Anlaß finde, den Schöpfer anzubeten.«

Nachdem Velásquez also gesprochen hatte, nahm er seinen Hut ab, wurde nachdenklich und verfiel in eine Träumerei, die man bei einem Asketen für fromme Ekstase hätte halten können.

Rebekka schien ein wenig verwirrt, und ich begriff, daß diejenigen, die unsere Glaubensgrundsätze erschüttern wollten, um uns dann zu Mohammedanern zu machen, mit dem Mathematiker kein leichteres Spiel haben würden als mit mir.

Achtunddreißigster Tag

Der Ruhetag hatte uns wohlgetan. Wir machten uns wieder mit größerem Mut auf den Weg. Der Ewige Jude hatte sich am vergangenen Tage nicht gezeigt – da er keinen Augenblick rasten durfte, konnte er uns nichts erzählen, solange wir nicht selber wanderten. Jetzt stieß er denn auch, kaum daß wir eine Viertelmeile zurückgelegt hatten, zu uns, nahm seinen gewohnten Platz zwischen Velàsquez und mir ein und begann also zu sprechen:

Fortsetzung der Geschichte des Ewigen Juden

Dellius alterte sehr, und da er das Ende nahen fühlte, ließ er uns, Germanus und mich, zu sich kommen und trug uns auf, im Keller dicht neben der Tür zu graben; wir würden dort ein bronzenes Kästchen finden, und das sollten wir ihm bringen. Wir taten, was er uns geheißen hatte, wir fanden das Kästchen und brachten es ihm. Dellius zog einen Schlüssel aus seinem Gewand, öffnete das Kästchen und sagte dann: »Hier sind zwei Pergamente, versehen mit Unterschrift und

Siegel. Das eine soll dir, mein lieber Sohn, den Besitz des schönsten Hauses von Jerusalem sichern. Das andere ist eine Zession über dreißigtausend Dareiken zuzüglich der Zinsen für viele Jahre.«

Dann erzählte er mir die ganze Geschichte meines Großvaters Hiskia und meines Großonkels Zedekia, und er fügte hinzu: »Dieser ungerechte und habgierige Mensch lebt noch, was beweist, daß Gewissensbisse nicht töten. Meine Kinder, sobald ich nicht mehr sein werde, geht ihr nach Jerusalem; aber gebt euch dort nicht zu erkennen, solange ihr keine Beschützer habt. Vielleicht wird es auch besser sein, zu warten, bis Zedekia stirbt, was bei seinem hohen Alter nicht mehr lange dauern wird. Inzwischen könnt ihr von euren fünfhundert Dareiken leben. Ihr findet sie eingenäht in dieses Kissen, von dem ich mich niemals getrennt habe. Nur einen Rat möchte ich euch noch geben: Führt ein ehrliches Leben, und ihr werdet an eurem Lebensabend die Heiterkeit genießen, die ein reines Gewissen schenkt. Ich aber, ich will sterben, wie ich gelebt habe, das heißt singend; es wird, wie man sagt, mein Schwanengesang sein. Homer, blind gleich mir, hat einen Hymnus an Apollon gedichtet, der dieselbe Sonne verkörpert, die er nicht sehen konnte und die auch ich nicht sehe. Ich habe einst diesen Hymnus in Musik gesetzt; ich will ihn anstimmen, doch ich ahne, daß ich ihn nicht zu Ende singen werde.«

So stimmte Dellius den Hymnus an, der mit den Worten beginnt: »Gruß dir, glückliche Leto«; doch als er zu der Stelle kam: »Delos, wenn du willst, daß dein Sohn an deinen Ufern wohne«, da wurde seine Stimme schwächer, er neigte sich auf meine Schulter und verschied.

Lange beweinten wir unseren alten Freund. Schließlich brachen wir nach Palästina auf, und am zwölften Tag nach unserer Abreise aus Alexandria erreichten wir Jerusalem. Der größeren Sicherheit halber wechselten wir den Namen. Ich nannte mich Antipas, und Germanus hieß von nun an Glaphyras. Wir stiegen zuerst in einer Schenke ab, die außerhalb der Stadt lag. Auf unsere Fragen, wo Zedekia wohne, erhielten wir sofort Bescheid, denn es war das schönste Haus von Jerusalem, ein wahrer Palast, würdig eines Königssohnes. Wir mieteten ein erbärmliches Zimmer bei einem Schuhmacher, der gegenüber von Zedekia wohnte. Ich ging wenig aus; Germanus hingegen lief durch die Stadt und holte Erkundigungen ein.

Nach einigen Tagen kam er und ließ mich wissen: »Mein Freund, ich habe eine gute Entdeckung gemacht. Der Wildbach Kidron bildet hinter dem Hause Zedekias einen prächtigen Wasserfall. Der alte Mann verbringt dort jeden Abend unter einer Laube von Jasmin. Er sitzt jetzt schon dort; ich werde dir deinen Widersacher vorführen.«

Ich folgte Germanus, und wir gelangten zum Ufer des Wildbaches, gegenüber einem schönen Garten, in dem ich einen schlafenden Greis erblickte. Ich ließ mich nieder und begann ihn zu beobachten. Wie sehr unterschied sich sein Schlummer von dem unseres Dellius! Böse Träume schienen ihn zu quälen und ließen ihn mitunter zusammenfahren.

»O Dellius«, rief ich aus, »wie sehr hattest du recht, da du mir empfahlst, ein ehrliches Leben zu führen!«

Germanus machte dieselben Bemerkungen wie ich.

Während wir uns noch auf solche Art beschäftigten, erspähten wir jemand, bei dessen Anblick wir alle Beobachtungen und Überlegungen vergaßen. Es war ein junges Mädchen von höchstens sechzehn Jahren und von wundervoller Schönheit, die noch durch reiche Kleidung hervorgehoben wurde. Perlen und mit Edelsteinen besetzte Ketten schmückten ihren Hals und ihre Fesseln; im übrigen war sie nur mit einer Tunika aus goldbesticktem Leinen bekleidet. Germanus rief: »Es ist Venus selber!«

Ich aber fiel, einer unwillkürlichen Regung folgend, vor ihr auf die Knie. Die junge Schönheit bemerkte uns und schien ein wenig verwirrt; doch dann faßte sie sich, nahm einen Fächer aus Pfauenfedern und bewegte ihn über dem

Haupt des Greises, um ihm Kühlung zu spenden und seinen Schlaf zu verlängern.

Germanus nahm ein Buch in die Hand, das er eigens dazu mitgebracht hatte, und tat, als läse er; ich hingegen benahm mich so, als hörte ich ihm zu. Doch wir beschäftigten uns einzig mit dem, was in dem Garten vor sich ging.

Der Greis erwachte. Die Art, wie er dem jungen Mädchen Fragen stellte, bewies uns, daß sein Augenlicht sehr geschwächt war und daß er uns an der Stelle, wo wir uns befanden, nicht bemerken konnte, was uns große Freude bereitete, denn wir nahmen uns vor, oft hierherzukommen.

Zedekia ging, auf die junge Schönheit gestützt, davon, und wir kehrten nach Hause zurück. Mangels anderer Beschäftigung brachten wir unseren Wirt, den Schuhmacher, zum Schwatzen, und dabei erfuhren wir, daß Zedekia keine lebenden Söhne mehr hatte und daß sein Vermögen der Tochter eines seiner Söhne zufallen werde. Dieses junge Geschöpf heiße Sara, und der Großvater liebe sie sehr.

Als wir wieder in unserem Zimmer waren, sagte Germanus zu mir: »Mein lieber Freund, mir fällt ein Mittel ein, wie du mit deinem Großonkel auf einen Schlag fertig werden könntest. Du müßtest nämlich seine Enkelin heiraten – doch zur Erreichung dieses Zieles bedarf es großer Umsicht.«

Der Gedanke gefiel mir außerordentlich, wir unterhielten uns lange darüber, und ich träumte in der Nacht davon.

Am nächsten und an den folgenden Tagen ging ich ebenfalls zum Bach. Fast immer bekam ich auch meine junge Cousine zu Gesicht, bald allein, bald mit ihrem Großvater, und ohne daß ich ein Wort sagte, kam sie doch bald dahinter, daß ich mich nur ihretwegen dort aufhielt.

Als der Ewige Jude in seiner Geschichte hier angelangt war, erreichten wir das Nachtlager, und der unglückselige Wandersmann verlor sich in den Bergen.

Rebekka hütete sich, in der Unterhaltung mit dem Herzog die Rede von neuem auf die Religion zu bringen; doch da sie gern das kennenlernen wollte, was er sein System nannte, ergriff sie die erste Gelegenheit, davon zu sprechen und ihn sogar mit Fragen zu bedrängen.

»Señora«, erwiderte Velásquez, »wir sind Blinde, die an einige Ecken anstoßen und das Ende mancher Straßen kennen, aber man darf uns nicht nach dem Gesamtplan der Stadt fragen. Da Sie es indessen wünschen, werde ich versuchen, Ihnen eine Vorstellung von dem zu geben, was Sie mein System genannt haben und was ich eher als meine Art, die Dinge zu sehen, bezeichnen würde.

Nun denn, man kann alles, was unser Auge faßt, diesen ganzen weiten Gesichtskreis, der sich bis zu Füßen des Gebirges erstreckt, ja die gesamte auf unsere Sinne wirkende Natur in tote und organisierte Materie einteilen, das heißt, die zweite Abteilung unterscheidet sich von der ersten durch ihre Organe, aber hinsichtlich ihrer Grundstoffe gehört sie völlig zur ersten. Die Grundstoffe also, aus denen Sie, Señora, zusammengesetzt sind, könnte man gleichermaßen in dem Felsen finden, auf dem wir sitzen, und in dem Gras, das ihn bedeckt. In der Tat, Sie haben Kalk in Ihren Knochen, Kieselerde in Ihrem Fleisch, Alkali in der Galle, Eisen im Blut, Salz in den Tränen. Ihre Fetteile sind eine Verbindung von brennbaren Stoffen mit gewissen Elementen der Atmosphäre. Schließlich: wenn man Sie in einen Flammenofen brächte, könnte man Sie so weit reduzieren, daß Sie nur noch eine Glasflasche wären; wollte man nunmehr etwas metallischen Kalk hinzufügen, so könnte man aus Ihnen ein sehr schönes Fernrohrobjektiv machen.«

»Herr Herzog«, sagte Rebekka, »Sie entwerfen mir hier ein bezauberndes Bild. Doch fahren Sie bitte fort.«

Der Herzog glaubte, er habe, ohne dessen gewahr zu werden, der schönen Jüdin irgendein Kompliment gemacht. Deshalb lüftete er mit anmutiger Gebärde seinen Hut und fuhr also fort:

»Wir beobachten in den Elementen der toten Materie eine spontane Neigung wenn schon nicht zur Organisation, so doch zur Kombination. Die Elemente verbinden sich, und sie trennen sich, um sich mit anderen zu verbinden. Sie nehmen gern bestimmte Formen an. Man meint, sie seien für den organischen Bau geschaffen, aber sie organisieren sich keineswegs von selbst. Ohne einen Keim vermögen sie nicht zu jener anderen Stufe der Kombination zu gelangen, deren Ergebnis das Leben ist.

Ähnlich dem Magnetstrom wird das Leben nur an seinen Wirkungen wahrgenommen. Die erste dieser Wirkungen besteht darin, daß in organisierten Körpern eine innere Gärung aufhört, die man Fäulnis nennt und die in den mit Organen begabten Körpern sofort beginnt, wenn das Leben aus ihnen entwichen ist. Daher hat sich ein Philosoph der Antike nicht gescheut zu sagen, das Leben bestehe überhaupt nur in dieser Wirkung.

Das Leben kann sich lange in einer Flüssigkeit – wie dem Ei – verborgen halten oder auch in einem festen Stoff, wie im Samenkorn, und es entwickelt sich, wenn die Umstände günstig sind.

Das Leben regt sich in allen Teilen des Körpers, selbst in den Flüssigkeiten, selbst im Blut, das sich zersetzt, sobald es sich außerhalb unserer Adern befindet.

Das Leben regt sich auch in der Magenwand; es sorgt dafür, daß sie nicht von dem Magensaft angegriffen wird, der alle leblosen Körper zersetzt, sobald sie in den Magen gelangen.

Das Leben hält sich mehr oder weniger lange in Gliedern, die vom Körper getrennt worden sind.

Schließlich hat das Leben die Eigenschaft, sich fortzupflanzen. Man spricht vom Geheimnis der Zeugung; sie ist geheimnisvoll wie alles in der Natur.

Die organisierten Wesen teilen sich in zwei große Gruppen. Die eine ergibt bei der Verbrennung fixes Alkali, die andere ist reich an flüchtigem Alkali. Die Pflanzen bilden die erste, die Tiere die zweite Gruppe.

Es gibt Tiere, die nach der Stufe ihrer Organisation weit unter manchen Pflanzen zu stehen scheinen. Zu ihnen gehören der tierische Schleim, den man auf dem Meer treiben sieht, und ferner die Blasenwürmer, die sich im Gehirn der Schafe festsetzen.

Es gibt Tiere von weit überlegener Organisation; doch auch bei ihnen kann man noch nicht deutlich das ausmachen, was wir Willen nennen. Wenn also beispielsweise das Korallentier seine Schale öffnet, um die Tierchen zu verschlingen, von denen es sich nährt, so dürfen wir annehmen, daß dies eine Wirkung seiner Organisation ist, so wie auch die Blumen, wie wir sehen, sich nachts schließen und sich am Tage dem Licht zuwenden.

Der Grad des Willens, den ein Polyp bekundet, wenn er seine Arme ausstreckt und seinen Körper schützt, kann mit gutem Recht etwa dem Willen des Kindes gleichgesetzt werden, das eben geboren ist: es hat noch nicht gedacht, aber es äußert Willen. Denn das Wollen geht bei den Kindern dem Denken voraus, und der Wille ist das unmittelbare Resultat des Bedürfnisses oder des Schmerzes.

In der Tat, wenn ein Glied lange eingeknickt war, will es sich strecken, und es bewirkt, daß wir es wollen. Der Magen widersetzt sich häufig der Ernährungsweise, die wir ihm vorschreiben. Die Speicheldrüsen schwellen an, wenn der Mensch eine begehrte Speise vor sich sieht, und der Gaumen bekundet ebenfalls seinen Willen. Oft fällt es der Vernunft schwer, sie zu beherrschen.

Wenn wir uns einen Menschen vorstellen, der lange nichts gegessen, lange nichts getrunken, lange wie im Zölibat gelebt hat und dessen Glieder lange in sehr unbequemer Lage gewesen sind, so werden wir erkennen, daß verschiedene Teile seines Körpers ihn veranlassen, zur gleichen Zeit verschiedene Dinge zu wollen.

Diese Willensäußerungen, die sich unmittelbar aus dem Bedürfnis ergeben, finden sich beim erwachsenen Polypen ebenso wie beim neugeborenen Kind. Es sind die ersten Elemente eines höheren Willens, der sich dann in dem Maße entwickelt, in dem die Organisation des Körpers sich vervollkommnet.

In einem neugeborenen Kind geht das Wollen offenbar dem Denken voraus, aber nur um ein geringes, und das Denken hat gleichfalls seine Elemente, von denen wir noch sprechen werden.«

Als Velásquez in der Darlegung seiner Gedanken hier angelangt war, wurden wir unterbrochen. Rebekka ließ erkennen, daß sie dem Herzog mit dem größten Vergnügen zugehört hatte, und man verschob die Fortsetzung des Vortrages, dem auch ich mit lebhafter Anteilnahme folgte, auf den nächsten Tag.

Neununddreißigster Tag

Wir machten uns wieder auf den Weg, und bald gesellte sich auch der Ewige Jude zu uns, der in seiner Erzählung fortfuhr, indem er also sprach:

Fortsetzung der Geschichte des Ewigen Juden

Während ich mich mit der schönen Sara beschäftigte, lauschte Germanus, den das junge Mädchen nicht im gleichen Maße fesselte, mehrere Tage lang den Lehren eines Meisters namens Josua, der später unter dem Namen Jesus so berühmt wurde; denn Jesus ist auf griechisch derselbe Name wie Jehoschua auf hebräisch, wie man aus der Septuaginta ersehen kann. Germanus wollte sogar seinem Meister nach Galiläa folgen, doch der Gedanke, daß ich ihn brauchen könnte, bewog ihn, in Jerusalem zu bleiben.

Eines Abends nahm Sara ihren Schleier ab und wollte ihn an den Zweigen eines Balsambaumes aufhängen. Aber der Wind bemächtigte sich des leichten Gewebes, ließ es ein wenig flattern und warf es dann in den Bach Kidron. Ich stürzte mich sogleich ins Wasser, ergriff den Schleier und hängte ihn an einen Strauch zu Füßen der Gartenterrasse. Sara warf mir eine goldene Kette zu, die sie von ihrem Hals gelöst hatte. Ich küßte die Kette und schwamm zurück zum anderen Ufer.

Der alte Zedekia war von den Geräuschen erwacht. Er wollte wissen, was geschehen sei; Sara erklärte es ihm. Er glaubte, an einem Geländer zu stehen, aber er befand sich auf einem Felsen, wo man kein Geländer angebracht hatte, weil es durch Gesträuch ersetzt wurde. Der alte Mann glitt aus, das Gesträuch gab nach, und er rollte bis in den brausenden Bach. Ich stürzte mich ins Wasser, schwamm zu ihm hin, ergriff ihn und führte ihn ans Ufer zurück. All das war das Werk eines Augenblicks.

Zedekia kam wieder zur Besinnung, und da er sich in meinen Armen sah, begriff er, daß er mir sein Leben verdankte. Er fragte mich, wer ich sei. Ich antwortete, ich sei ein Jude aus Alexandria, hieße Antipas, besäße nichts, hätte keine Eltern und sei nach Jerusalem gekommen, um hier mein Glück zu suchen.

»Ich werde Vaterstelle an dir vertreten«, sprach Zedekia, »und du wirst bei mir wohnen.«

Ich nahm die Einladung an, ohne Germanus zu erwähnen, der dies durchaus nicht schlecht fand und bei dem Schuhmacher wohnen blieb. So richtete ich mich denn im Hause meines Todfeindes ein, und ich gewann von Tag zu Tag mehr die Wertschätzung eines Mannes, der mich ermordet haben würde, wenn er erfahren hätte, daß ich der rechtmäßige Erbe des größten Teiles seines Vermögens war. Sara wiederum schien in meiner Gegenwart immer größere Freude zu empfinden.

Das Wechselgeschäft wurde damals in Jerusalem so betrieben, wie man es noch heute im ganzen Orient betreibt. Wenn Sie nach Kairo oder Bagdad kommen, sehen Sie vor den Türen der Moscheen Leute auf der Erde sitzen; sie halten auf den Knien kleine Tische, die an einer der Ecken eine Rinne haben, damit in ihr das bereits gezählte Geld herunterrollt. Neben ihnen stehen Säcke mit Gold und Silber, das sie denen verkaufen, welche die eine oder die andere Geldsorte brauchen. Heute nennt man diese Wechsler Sarrâfs. Bei euren Evangelisten heißen sie »Trapeziten« wegen der kleinen Tische, von denen ich schon sprach.

Fast alle Wechsler von Jerusalem arbeiteten ausschließlich auf Rechnung Zedekias, der sich mit den römischen Pächtern und den Zollbeamten verständigte, um nach seinem Belieben und zu seinem Vorteil den Kurs für dieses oder jenes Geld steigen oder fallen zu lassen. Ich begriff bald, daß ich dann am sichersten die Gunst meines Großonkels gewänne, wenn ich zu einem geschickten Wechsler würde und wenn ich aufmerksam das Steigen und Fallen der Geldkurse verfolgte. Es gelang mir so gut, daß man nach zwei Monaten keine Unternehmungen dieser Art mehr durchführte, ohne mich um Rat zu fragen.

Zu jener Zeit nun kam das Gerücht auf, Tiberius habe befohlen, daß sämtliches Geld in seinem Reiche umgeschmolzen würde; die Silbermünzen sollten danach außer Kurs gesetzt, zu Barren geschmolzen und der Schatzkammer des Kaisers zugeführt werden. Ich hatte diese Nachricht gewiß nicht erfunden, aber ich glaubte, es sei mir erlaubt, sie weiterzuverbreiten. Sie können sich vorstellen, welche Wirkung sie auf das ganze Wechslervolk hatte. Zedekia wußte selber nicht, was er davon halten sollte, und konnte keinen Entschluß fassen.

Ich sagte Ihnen schon, daß man im ganzen Orient Wechsler an den Türen der Moscheen erblickt. In Jerusalem hatten wir uns im Tempel selbst niedergelassen. Er war geräumig, und da wir unsere Geschäfte in einem Winkel tätigten, störten wir keineswegs den Gottesdienst. Seit einigen Tagen jedoch sah man keine Wechsler mehr, weil die Aufregung alle erfaßt hatte. Zedekia fragte mich nicht nach meiner Meinung, doch es sah aus, als wollte er sie in meinen Augen lesen. Endlich, als ich glaubte, daß das Silbergeld genügend in Mißkredit geraten sei, eröffnete ich dem Großonkel meinen

Plan. Er hörte mir aufmerksam zu und schien lange unentschlossen und nachdenklich. Schließlich sagte er: »Mein lieber Antipas, ich habe in meinem Keller zwei Millionen Goldsesterze; wenn du sie nach deinem Plan mit Erfolg verwendest, wirst du dich um die Hand Saras bewerben können.«

Die Hoffnung, die schöne Sara zu besitzen, und der Anblick des Goldes versetzten mich in Entzücken, aus dem ich nur erwachte, um durch die Stadt zu laufen und das Silbergeld noch mehr in Verruf zu bringen. Germanus unterstützte mich nach besten Kräften. Ich gewann einige Kaufleute, die sich weigerten, Waren für Silbergeld zu verkaufen. Schließlich gediehen die Dinge so weit, daß die Bewohner Jerusalems das Silbergeld nur mit einer Art Abscheu und Schrekken entgegennahmen. Als wir meinten, daß dieses Gefühl stark genug entwickelt sei, gingen wir daran, unser Vorhaben in die Tat umzusetzen.

An dem vorgesehenen Tage ließ ich mein ganzes Gold in verschlossenen Metallgefäßen in den Tempel tragen. Ich gab bekannt, daß Zedekia eine Zahlung in Silber leisten müsse und sich daher entschlossen habe, zweihunderttausend Silbersesterze zu kaufen, wobei eine Unze Gold für fünfundzwanzig Unzen Silber gezahlt würde, das heißt, er gewann hundert Prozent und mehr. Indessen drängten sich die Menschen so sehr, diese gute Gelegenheit zu nutzen, daß ich binnen kurzem die Hälfte meines Goldes eingewechselt hatte. Unsere Boten trugen das Silbergeld immer gleich fort, so daß es aussah, als hätte ich auf diese Weise noch nicht mehr als fünfundzwanzig- oder dreißigtausend Sesterze erworben. Alles lief demnach ausgezeichnet, und ich war ganz im Zuge, das Vermögen Zedekias zu verdoppeln, doch da erschien ein Pharisäer und meldete uns …

Als der Ewige Jude in seiner Erzählung hier angelangt war, wandte er sich zu Uceda und sprach: »Ein Kabbalist, der mächtiger ist als du, zwingt mich, diesen Ort zu verlassen.«

»Ja, freilich«, sagte der Kabbalist, »du willst uns nicht von dem Wirrwarr berichten, der im Tempel entstand, und von den Prügeln, die du bezogen hast.«

»Der Alte vom Berge Libanon ruft mich«, sagte der Jude und entschwand unseren Augen.

Ich gestehe, daß ich darob nicht sehr trauerte, und ich wünschte auch nicht seine Rückkehr, weil ich den Verdacht hatte, daß dieser Mann nur ein Betrüger war, der die Geschichte ausgezeichnet kannte und unter dem Vorwand, aus seinem Leben zu erzählen, Dinge vorbrachte, die wir nicht hören durften.

Darüber erreichten wir das Nachtlager, und Rebekka bat den Herzog, er möge so freundlich sein, uns weiter über sein System zu unterrichten. Er dachte ein paar Augenblicke nach und begann dann also zu sprechen: »Gestern habe ich versucht, Sie mit den Elementen des Willens vertraut zu machen. Ich sagte, daß das Wollen dem Denken vorausgehe, und wir nahmen uns vor, heute die Elemente des Denkens zu untersuchen.

Einer der tiefgründigsten Philosophen der Antike hat uns den wahren Weg gewiesen, den man bei metaphysischen Forschungen beschreiten muß, und diejenigen, die glaubten, seinen Entdeckungen etwas Neues hinzuzufügen, sind nach meiner Auffassung keinen Schritt weiter vorangekommen.

Lange vor Aristoteles bezeichnete das Wort ›Idee‹ bei den Griechen eigentlich ein Bild, und daher kommt auch das Wort ›Idol‹. Aristoteles prüfte jede seiner Ideen und erkannte, daß tatsächlich alle aus einem Bild hervorgingen, das heißt aus einem Sinneseindruck. Daraus ergibt sich, daß selbst das erfinderischste Genie nichts völlig Neues erfinden kann. Die Schöpfer der Mythologie verbanden Kopf und Brust eines Mannes mit dem Leib eines Pferdes, den Leib einer Frau mit dem Schwanz eines Fisches. Sie nahmen dem Zyklopen ein Auge, gaben dem Briareos zusätzliche Arme, doch sie erfanden nichts, denn das liegt nicht in der Macht des Menschen. Und seit Aristoteles steht fest, daß es nichts im Denken gibt, was nicht vorher in den Sinnen gewesen ist.

Aber in unseren Tagen sind Philosophen aufgestanden, die sich für tiefgründiger halten und die sagen: ›Wir geben zu, daß der Geist seine Fähigkeiten ohne die Vermittlung der Sinne nicht hätte entwickeln können. Doch wenn diese Fähigkeiten einmal entwickelt sind, begreift der Geist auch Dinge, die niemals in den Sinnen gewesen sind, so zum Beispiel den Raum, die Ewigkeit, die Lehrsätze der Mathematik.‹

Ich bekenne Ihnen, daß ich von dieser neuen Doktrin gar nichts halte. Die Abstraktion scheint mir nichts als eine Subtraktion zu sein. Um zu abstrahieren, muß man etwas abziehen. Wenn ich in Gedanken von meinem Zimmer alles abziehe, was es enthält, selbst die Luft, so erhalte ich den reinen Raum. Wenn ich von einem Zeitabschnitt Anfang und Ende abziehe, erhalte ich die Ewigkeit. Wenn ich von einem intelligenten Wesen den Körper abziehe, so erhalte ich die Vorstellung eines Engels. Wenn ich in Gedanken von den Linien ihre Breite abziehe, um einzig ihre Länge und die von ihnen umschlossenen ebenen Flächen zu betrachten, so erhalte ich die Elemente des Euklid. Wenn ich dem Menschen ein Auge nehme und seinen Körper vergrößere, erhalte ich die Gestalt eines Zyklopen. In allen Fällen handelt es sich um Bilder, die von unseren Sinnen aufgenommen worden sind. Wenn die neuen Lehrer mir eine einzige Abstraktion bieten, die ich nicht auf die Subtraktion zurückführen kann, erkläre ich mich zu ihrem Schüler. Bis dahin will ich mich an den alten Aristoteles halten.

Das Wort ›Idee‹ (›Bild‹) bezieht sich nicht allein auf das, was unseren Gesichtssinn anspricht. Der Laut berührt unser Ohr und vermittelt die Idee, die dem Gehörsinn eigen ist. Die Zitrone reizt unsere Zähne und vermittelt uns die Idee der Säure.

Aber beachten Sie, daß unsere Sinne die Fähigkeit haben, auch dann in den Zustand der Beeindruckung versetzt zu werden, wenn das den Eindruck hervorrufende Objekt nicht mehr gegenwärtig ist. Sagt man uns, wir sollten in eine

Zitrone beißen, so regt schon die bloße Idee die Speicheldrüsen an und reizt unsere Zähne. Eine lärmende Musik klingt noch lange, nachdem das Orchester zu spielen aufgehört hat, in unseren Ohren nach. Beim gegenwärtigen Stand der Physiologie vermögen wir den Schlaf und folglich auch den Traum noch nicht zu erklären; aber man kann sagen, daß unsere Organe durch Bewegungen, die von unserem Willen unabhängig sind, in den gleichen Zustand versetzt werden, in dem sie sich auch befanden, als die Sinne den betreffenden Eindruck aufnahmen oder – mit anderen Worten – als die Idee empfangen wurde.

Daraus ergibt sich gleichfalls, daß wir, solange wir in der Wissenschaft der Physiologie nicht weiter fortgeschritten sind, gut daran tun, die Ideen theoretisch als Eindrücke auf das Gehirn zu betrachten, und zwar als Eindrücke, in welche die Organe – willkürlich oder unwillkürlich – versetzt werden können, auch wenn das Objekt nicht gegenwärtig ist. Beachten Sie, daß der Eindruck weniger stark sein wird, wenn man an den Gegenstand nur denkt, daß er aber im Fieberzustand so stark sein kann, als wäre er unmittelbar empfangen worden.

Nach dieser Reihe von Definitionen und Folgerungen, die zu erfassen nicht ganz leicht war, werden wir einige Betrachtungen anstellen, die ein neues Licht auf unseren Gegenstand werfen.

Die Tiere, die ihrem organischen Bau nach dem Menschen nahekommen und die mehr oder weniger Intelligenz zeigen, besitzen alle, wie ich glaube, jenes Eingeweide des Kopfes, das man Gehirn nennt. Dagegen sucht man dieses Organ vergeblich bei den Tieren, die ihrem organischen Bau nach den Pflanzen nahestehen.

Die Pflanzen leben, und manche von ihnen bewegen sich, freilich ohne ihren Platz zu verlassen. Es gibt unter den Meerestieren Wesen, die gleich den Pflanzen keine ortsverändernden Bewegungen kennen. Ich habe andere Meerestiere gesehen, deren stets gleichförmige Bewegung – ähnlich wie die unserer Lungen – nicht von irgendeinem Willen herzurühren scheinen.

Die höher organisierten Tiere haben einen Willen und nehmen Ideen auf. Einzig der Mensch ist der Abstraktion fähig.

Aber nicht alle Menschen haben diese Fähigkeit. Eine Störung des Drüsensystems raubt sie dem kropfkranken Gebirgsbewohner, und wenn dem Menschen ein oder zwei Sinne fehlen, so macht dies die Abstraktion sehr schwierig. Die Taubstummen gleichen den Tieren insofern, als sie nicht die Gabe der Stimme haben, und so bereitet es ihnen große Mühe, die Abstraktion zu erfassen; aber man zeigt ihnen fünf oder zehn Finger, wenn es gar nicht um die Finger geht, und daran gewinnen sie eine Idee von Zahlen. Sie sehen, wie man betet, wie man niederkniet, und erhalten die Idee von einem unsichtbaren Wesen.

Bedeutend leichter hat man es mit den Blinden; denn da die Sprache das große Werkzeug der menschlichen Intelligenz ist, kann man ihnen mit Hilfe der Sprache gleichsam fertige Abstraktionen vermitteln. Übrigens besitzen die Blinden, da sie nicht abgelenkt werden, eine besonders große Kombinationsgabe.

Aber wenn Sie sich ein blind und taub geborenes Kind vorstellen, so können Sie wohl behaupten, daß es niemals einer Abstraktion fähig sein wird. Es wird Ideen haben, die vom Geschmackssinn, vom Geruchssinn und vom Tastsinn herrühren. Die gleichen Ideen können ihm im Traume kommen. Wenn es wegen einer Missetat gestraft wird, wird es sie vielleicht nicht wiederholen, weil es ihm nicht völlig am Gedächtnis mangelt. Aber ich glaube nicht, daß menschliches Geschick es je zuwege bringen wird, die abstrakte Idee des Bösen seinem Geiste zu vermitteln. Ein solches Wesen wird kein Gewissen haben, und es wird die Begriffe ›Verdienst‹ und ›Schuld‹ nicht kennen. Wenn es sich eines Mordes schuldig machte, hätte man kein Recht, es dafür zu bestrafen. Wir haben also, wenn wir dieses Wesen mit einem anderen Menschen vergleichen, zwei völlig verschiedene Seelen, zwei ganz unterschiedliche Anteile am göttlichen Hauch vor uns. Und warum? Nur weil zwei Sinne fehlen.

Ein viel geringerer, aber immer noch recht großer Abstand trennt den Eskimo oder den Hottentotten von dem Menschen mit kultiviertem Geist. Was bewirkt diesen Abstand? Es ist nicht mehr das Fehlen eines Sinnes, sondern die mehr oder weniger große Zahl von Ideen und Kombinationen. Der Mensch, der durch Reisebeschreibungen die ganze Erde und in den Geschichtsbüchern die Ereignisse der Vergangenheit kennengelernt hat, trägt tatsächlich unendlich viele Bilder im Kopfe, die dem Bauern gänzlich fehlen, und wenn jener Mensch seine Ideen kombiniert, einander annähert, vergleicht, so hat er Wissen und Geist.

Don Newton hatte die ständige Gewohnheit, Ideen zu kombinieren, und in der Fülle der Ideen, die er gesammelt hat, befand sich die Kombination des fallenden Apfels mit dem an seine Bahn gefesselten Mond.

Daraus schließe ich: der Unterschied der Geister liegt begründet in der Quantität der Bilder und im Grad der Fähigkeit, sie zu kombinieren. Oder, wenn ich mich so ausdrücken darf: er steht im direkten Verhältnis zu den Produkten aus der Zahl der Bilder und dem Grad der Kombinationsfähigkeit. Hier bitte ich Sie abermals um ein wenig Aufmerksamkeit.

Die Tiere, die keine zentralisierte Organisation aufweisen, haben vielleicht weder Willen noch Ideen. Ihre Bewegungen sind unwillkürlich wie die der Mimose. Aber man kann immerhin annehmen, daß der Süßwasserpolyp, wenn er seine Fangarme ausstreckt, um Würmer zu verschlingen, unter ihnen auch einige verzehrt, die ihm besser schmecken als die anderen und die ihm die Idee des Guten, des Besseren oder des Schlechten vermitteln. Und wenn er die Fähigkeit hat, die schlechten Würmer zu verschmähen, kann man glauben, daß er auch einen Willen hat. Sein erster Wille war das Bedürfnis, das ihn veranlaßte, seine Arme auszustrecken. Die verschlungenen Tierchen verschafften ihm zwei oder drei Ideen; ein Tierchen verschmähen, ein anderes verzehren – darin bekundet sich ein Wahlwillen, der von einer oder von mehreren Ideen herrührt.

Wenn wir die gleichen Überlegungen auf das Kind anwenden, sehen wir, daß seine erste Willensäußerung sich unmittelbar aus dem Bedürfnis ergibt: dieser Wille bewirkt, daß es den Mund an die Brust der Amme legt. Aber sobald es die Milch der Amme geschmeckt hat, besitzt es eine Idee, das heißt, seine Sinne haben von einem äußeren Objekt einen bestimmten Eindruck erhalten. Sie empfangen einen neuen Eindruck, und das Kind erwirbt abermals eine Idee, dann eine dritte, eine vierte. Die Ideen lassen sich also zählen. Wir haben aber bereits erfahren, daß sie sich auch kombinieren lassen; daher kann man auf sie wenigstens die Prinzipien der Kombinationsrechnung anwenden, wenn vielleicht auch nicht die Kombinationsrechnung selbst. ›Kombination‹ nenne ich die bloße Zusammenfassung, nicht auch die Umstellung, das heißt, AB ist dieselbe Kombination wie BA.

Zwei Buchstaben lassen sich also nur auf eine Art zusammenfassen.

Drei Buchstaben lassen sich, wenn man jeweils zwei nimmt, auf drei verschiedene Arten zusammenfassen oder kombinieren, und nimmt man alle drei, so ergibt sich eine weitere Möglichkeit; zusammen macht das vier Kombinationen.

Vier Buchstaben ergeben, jeweils zwei genommen, sechs Kombinationen, jeweils drei genommen, abermals vier, alle zusammen genommen, eine weitere, was zusammen elf Kombinationen ausmacht.

5	Buchstaben ergeben auf diese Weise	26	Kombinationen:
6	„	 57	„
7	„	 120	„
8	„	 247	„
9	„	 502	„
10	„	 1013	„
11	„	 2036	„

Wir sehen also, daß eine einzige weitere Idee die Zahl der Kombinationen schon verdoppelt und daß die Kombinationen von fünf Ideen sich zu den Kombinationen von zehn Ideen verhalten wie 26 zu 1013, das heißt wie 1:39.

Es liegt mir fern, mit dieser materiellen Berechnung den Geist zählbar machen zu wollen, ich möchte nur das Gesetz zeigen, dem alles, was sich kombinieren läßt, unterliegt.

Wir sagten, daß der Unterschied der Geister in direktem Verhältnis zu den Produkten aus der Zahl der Ideen und dem Grad der Kombinationsfähigkeit stehe.

So können wir uns denn eine Stufenleiter all dieser unterschiedlichen Geister vorstellen. Setzen wir an das obere Ende Don Isaak Newton, dessen Geist durch hundert Millionen, und an das untere Ende einen Bauern aus den Alpen, dessen Geist durch hunderttausend repräsentiert würde. Zwischen diesen beiden Werten können wir eine unendlich große Zahl von Werten unterbringen und mit ihnen Geister bezeichnen, die dem Bauern überlegen, Don Newton jedoch unterlegen sind. Und in dieser Stufenleiter werden sich auch Ihr Geist und der meine befinden.

Die Geister, die am oberen Ende der Stufenleiter stehen, werden sich zum Beispiel dadurch auszeichnen, daß sie den Entdeckungen Newtons neue hinzufügen, sie begreifen, sie zum Teil begreifen oder allgemein durch Kombinationen glänzen.

Aber ebenso kann man sich eine absteigende Folge denken, die vom Bauern, der durch hunderttausend repräsentiert wird, hinabführt zu Geistern mit sechzehn, elf, fünf Ideen, schließlich zu Intelligenzen, die nur vier Ideen und sechs Kombinationen, drei Ideen und vier Kombinationen haben.

Das Kind, das nur über vier Ideen und sechs Kombinationen verfügt, abstrahiert noch nicht; aber zwischen dieser Zahl und den hunderttausend Ideen des Bauern befände sich auch jenes Produkt aus der Zahl der Ideen und der ihrer Kombinationen, dessen Ergebnis die Abstraktion ist.

Diese Stufe nun bleibt für die Tiere wie auch für das taube und zugleich blinde Kind unerreichbar. Dem Kind fehlen die Bilder, und das Tier vermag nicht zu kombinieren.

Die einfachste Abstraktion ist vielleicht die der Zahlen. Sie besteht darin, daß man von den Objekten ihre numerische Quantität abhebt. Solange ein Kind dies nicht getan hat, hat es auch nicht abstrahiert. Es ist zur Subtraktion gelangt durch die Analyse der Eigenschaften, die gleichfalls eine Art Abstraktion darstellt. Es ist darin allmählich vorangekommen, und wenn es die erste Abstraktion bewältigt hat, wird es weitere vornehmen, indem es neue Ideen erwirbt und kombiniert.

Diese Stufenfolge von den geringsten Intelligenzen bis zu den höchsten setzt sich also stets aus Maßen oder Werten gleicher Art zusammen; sie richtet sich nach der Zahl der Bilder und verläuft nach dem Gesetz der Kombination. Dabei handelt es sich immer um die gleichen Elemente.

So können dann die Intelligenzen verschiedener Ordnungen tatsächlich als zu einer einzigen Art gehörig betrachtet werden, ganz so, wie auch die schwierigste Berechnung dennoch als zur Rechenart der Addition und Subtraktion gehörend angesehen werden kann. Auch jede mathematische Abhandlung stellt, wenn sie nicht lückenhaft ist, wirklich eine Stufenfolge von Abstraktionen dar, von der einfachsten bis zur höchsten und schwierigsten.«

Velásquez ergänzte diesen Vergleich durch weitere Erörterungen, deren hohen Wert Rebekka voll zu würdigen schien, und sie trennten sich, gegenseitig von ihrem Wert überzeugt.

Vierzigster Tag

Ich wachte früh auf und verließ mein Zelt, um die Frische des Morgens zu genießen. Velásquez und die angebliche Uceda traten in der gleichen Absicht heraus.

Wir lenkten unsere Schritte zur Landstraße, um zu sehen, ob sich nicht Reisende zeigten, und als wir einen von Felsen eingeengten Hohlweg erreicht hatten, beschlossen wir, uns hier ins Gras zu setzen.

Bald bemerkten wir eine Karawane, die den Engpaß betrat und auf etwa fünfzig Fuß Entfernung unter den Felsen vorbeizog, zwischen denen wir saßen. Je mehr sich dieser Zug uns näherte, desto mehr erregte er unsere Verwunderung. Die Karawane wurde eröffnet von vier Indianern. Ihre ganze Kleidung bestand aus einem langen, mit Spitzen besetzten Hemd. Auf dem Kopf trugen sie Strohhüte mit langen Federn, und bewaffnet waren sie mit großen Flinten. Dann kam eine Herde Lamas, und auf jedem von ihnen ritt ein Affe. Ihnen folgte eine Abteilung Neger, gut beritten und gut bewaffnet. Dann kamen zwei Herren auf schönen andalusischen Pferden, eingehüllt in blaue Samtmäntel, in die das Calatravakreuz eingestickt war. Dann kam ein chinesischer Palankin, getragen von acht Eingeborenen der Molukkeninseln. In der Sänfte sah man eine junge Dame in reicher spanischer Tracht, und neben ihr ließ ein junger Mann mit der Miene eines Verliebten das Pferd tänzeln. Dann kam ein junges Geschöpf, das hilflos und wohl gar ohnmächtig in einer Sänfte lag; ein Priester, der neben ihr auf einem Maultier ritt, besprengte ihr Gesicht mit Weihwasser und schien ihr die bösen Geister auszutreiben. Dann kam eine lange Reihe von Männern aller Farbschattierungen, vom Schwarz des Ebenholzes bis zum Olivbraun; denn Weißere als die Olivbraunen gab es nicht.

Während die Karawane vorbeizog, fiel es uns nicht ein, zu fragen, was das für Leute sein könnten. Doch als der letzte unseren Blicken entschwunden war, sagte Rebekka: »Wahrhaftig, wir hätten fragen sollen, wer das ist.«

Während Rebekka noch diese Bemerkung machte, erspähte ich einen zu dem Zuge gehörenden Mann, der zurückgeblieben war. Ich wagte es, gleich an den Felsen hinabzuklettern, und rannte hinter dem Nachzügler her. Dieser warf sich vor mir auf die Knie und sagte mit sehr erschrockener Miene: »Señor Dieb, möchten Euer Gnaden Mitleid haben mit einem Edelmann, der inmitten von Goldgruben geboren wurde und keinen roten Heller besitzt.«

Ich erwiderte ihm, ich sei kein Dieb und wolle lediglich von ihm die Namen der vornehmen Herren erfahren, die ich hatte vorüberziehen sehen.

»Wenn es nur darum geht«, sagte der Amerikaner und erhob sich voller Stolz, »so will ich Sie wohl zufriedenstellen. Ich bitte Sie: steigen wir auf diesen vorgeschobenen Felsen; wir werden von dort leichter den ganzen Weg überblicken können, dem die Karawane im Tal folgt. Zuerst sehen Eure Herrlichkeit die seltsam gekleideten Männer, die den Zug eröffnen. Es sind Gebirgsbewohner aus Cuzco und Quito; sie haben die schönen Lamas zu behüten, die ihr Herr Seiner Majestät dem König von Spanien und Indien zu schenken beabsichtigt.

Die Neger sind sämtlich Sklaven, oder vielmehr sind sie die Sklaven ihres Herrn gewesen; denn die spanische Erde duldet die Sklaverei ebensowenig wie die Ketzerei, und seit dem Augenblick, da sie dieses geheiligte Land betreten haben, sind die Schwarzen ebenso frei wie Sie und ich.

Der alte Herr, den Sie zur Rechten erblicken, ist der Graf von Peña Vélez, leiblicher Neffe des berühmten Vizekönigs, der diesen Namen trägt, und Grande erster Klasse.

Der andere alte Herr ist Don Alonzo Marqués von Torres Rovellas, Sohn eines Marqués von Torres und verheiratet mit der Erbin der Rovellas. Die beiden Herren haben immer in vertrautester Freundschaft gelebt, die noch enger werden wird durch die Ehe des jungen Peña Vélez mit der einzigen Tochter von Torres Rovellas. Sie sehen von hier das reizende Paar: der junge Bräutigam reitet auf einem edlen, feurigen Roß, und die junge Braut ruht in dem Palankin, den einst der König von Borneo dem verstorbenen Vizekönig von Peña Vélez geschenkt hat.

Das junge Mädchen schließlich, das in jener Sänfte getragen und von einem Priester mit Weihwasser besprengt wird, ist mir ebenso unbekannt wie Ihnen. Gestern abend ging ich in einer Anwandlung von Neugier zu einem Galgen, der nahe der Landstraße stand. Dort fand ich das junge Geschöpf: es lag zwischen zwei Gehenkten. Ich rief alle herbei, um ihnen diese Merkwürdigkeit zu zeigen. Da mein Herr, der Graf, sah, daß das Mädchen noch lebte, ließ er sie an den Ort bringen, wo wir nächtigten; er befahl sogar, dort noch den ganzen folgenden Tag zu verweilen, damit die Kranke gepflegt werden könne. Und wahrhaftig, sie verdient es, denn sie ist eine vollkommene Schönheit. Heute hat man es gewagt, sie in dieser Sänfte unterzubringen, doch sie fällt von einer Ohnmacht in die andere.

Der Edelmann, der unmittelbar der Sänfte folgt, ist Don Alvarez Massa Gordo, Küchenmeister, oder richtiger: Hofmarschall des Grafen.

Neben ihm sehen Sie Lemado, den Pastetenbäcker, Lecho, den Zuckerbäcker...«

»O Señor«, sagte ich, »das ist schon mehr, als ich wissen wollte.«

»Jener schließlich«, fügte er hinzu, »der den Zug beschließt und die Ehre hat, sich mit Ihnen zu unterhalten, ist

Don González de Hierro Sangre, peruanischer Edelmann, abstammend von den Pizarros und Almagros und Erbe ihrer Tapferkeit.«

Ich dankte dem vornehmen Peruaner und gesellte mich zu meinen Gefährten, denen ich mitteilte, was ich vernommen hatte. Wir kehrten zusammen ins Lager zurück und berichteten dem Zigeunerhauptmann, wir hätten seinen kleinen Lonzeto gesehen und auch die Tochter jener jungen Elvira, deren Stelle er beim Vizekönig vertreten hatte. Der Zigeuner erwiderte uns, sie hätten seit langem die Absicht gehabt, Amerika zu verlassen, im vergangenen Monat seien sie in Cádiz gelandet, in der vorigen Woche seien sie aufgebrochen, und dann hätten sie für zwei Nächte ihr Lager am Ufer des Guadalquivir aufgeschlagen, ziemlich nahe dem Galgen der Brüder Zotos, wo sie zwischen den beiden Gehenkten ein junges Mädchen gefunden hätten. Und er fügte hinzu: »Ich habe einigen Grund anzunehmen, daß dieses junge Geschöpf gar nichts mit den Gomélez zu tun hat, und ich kenne sie überhaupt nicht.«

»Wie?« rief ich überrascht. »Das junge Mädchen ist kein Werkzeug der Gomélez, und dennoch liegt sie unter dem Galgen? Sollten die Geschichten von den höllischen Streichen wahr sein?«

»Vielleicht«, meinte der Zigeuner.

»Man müßte die Reisenden ein paar Tage lang festhalten«, sagte Rebekka.

»Ich habe bereits daran gedacht«, erwiderte der Zigeuner, »und heute nacht lasse ich die Hälfte ihrer Lamas stehlen!«

Einundvierzigster Tag

Diese Art, die Fremden aufzuhalten, kam mir sonderbar vor; ich setzte schon an, meine Bedenken darzulegen, doch da entfernte sich der Zigeunerhauptmann und gab Anweisung, das Lager abzubrechen. An der Art, wie er die Befehle erteilte, merkte ich, daß meine Äußerungen zwecklos gewesen wären.

Diesmal verlegte man das Lager nur etwa auf Flintenschußweite, und zwar an einen Ort, wo der Fels infolge eines Erdbebens gespalten schien. Wir aßen dort zu Mittag, und dann zog sich jeder in sein Zelt zurück.

Gegen Abend trat ich in das Zelt des Hauptmanns und wurde Zeuge eines erhitzten Gesprächs. Der Nachfahre der Pizarros befand sich dort mit zwei fremden Dienern und forderte hochmütig die Rückgabe der Lamas. Der Zigeunerhauptmann hörte ihn recht geduldig an, was den Mut des Señors von Hierro Sangre weiter steigerte, so daß er noch lauter zu schreien begann und mit Bezeichnungen wie »Spitzbuben«, »Räuber« und ähnlichen nicht geizte. Darauf stieß der Hauptmann einen sehr durchdringenden Pfiff aus. Das Zelt füllte sich allmählich mit bewaffneten Zigeunern. Im gleichen Maße, in dem ihre Zahl zunahm, verlor sich der hochmütige Ton des Peruaners, und schließlich zitterte er so sehr, daß man seine Worte nicht mehr verstehen konnte. Als der Hauptmann sah, daß sich der Gast beruhigt hatte, streckte er ihm die Hand entgegen und sagte mit freundlicher Miene: »Verzeihen Sie, tapferer Peruaner. Der Schein ist gegen mich, und Sie haben einigen Grund, erzürnt zu sein. Doch gehen Sie zum Marqués von Torres Rovellas. Fragen Sie ihn, ob er sich an eine Frau Dalanosa erinnert, deren Neffe sich aus reiner Gefälligkeit bereit erklärte, an Stelle des Fräuleins von Rovellas Vizekönigin von Mexiko zu werden, und wenn er sich erinnert, bitten Sie ihn, uns hier aufzusuchen.«

Don González de Hierro Sangre schien entzückt darüber, daß eine Szene, deren mögliche Folgen schon Befürchtungen in ihm geweckt hatten, nun so glücklich endete. Er versprach, sich des Auftrags gewissenhaft zu entledigen.

Als er uns verlassen hatte, sagte der Hauptmann zu mir: »Dieser Marqués von Torres Rovellas hatte früher eine besondere Vorliebe für das Außergewöhnliche; man muß ihn an einem Ort empfangen, der ihm gefallen kann.«

Wir traten in den Felsspalt, der von dichtem Gebüsch beschattet wurde, und plötzlich blieb ich überrascht stehen, da ich eine Landschaft erblickte, die sich von allem unterschied, was ich bis dahin gesehen hatte. Spitze Felsen, unterbrochen und zugleich geschmückt von freundlichen Uferstreifen mit kunstvoll, wenn auch ohne Symmetrie gepflanzten blühenden Sträuchern, umgaben einen See von dunkelgrünem Wasser, das gleichwohl bis in den tiefsten Grund durchsichtig war. Überall dort, wo der Fels unmittelbar aus dem Wasser aufstieg, führte ein Pfad, den man in den Stein gehauen hatte, von dem einen blühenden Uferstreifen zum anderen. Grotten, geschmückt gleich denen der Kalypso, nahmen das Wasser des Sees auf; sie alle boten stille Zufluchtsorte, wo man zugleich die Kühle genießen und sogar baden konnte. Das tiefe Schweigen ließ darauf schließen, daß dieser Ort von Menschen nicht betreten wurde.

»Hier ist eine Provinz meines kleinen Reiches«, sagte der Zigeunerhauptmann, »wo ich einige Jahre meines Lebens verbracht habe, die glücklichsten vielleicht, auf jeden Fall aber die am wenigsten stürmischen. Doch die beiden Amerikaner werden bald hiersein; suchen wir ein freundliches Obdach, wo wir sie erwarten können.«

Wir traten in eine der schönsten Grotten, wo sich Rebekka, ihr Bruder und Velásquez zu uns gesellten, und bald sahen wir auch die beiden Greise nahen.

»Ist es möglich«, rief der eine von ihnen, »daß ich nach so vielen Jahren den Mann wiederfinde, der mir in seiner Kindheit einen so großen Dienst erwiesen hat? Ich habe oft nach Ihnen forschen lassen, Ihnen sogar Nachricht von mir gegeben, während Sie sich noch beim Ritter von Toledo befanden, doch von da an ...«

»So ist es, von da an«, unterbrach ihn der alte Hauptmann, »war es schwieriger, mich zu finden. Aber da wir einander nun endlich wieder begegnet sind, erweisen Sie mir bitte die Ehre, ein paar Tage an diesem ruhigen Ort zu verweilen. Sie werden hier eine Stille genießen, wie sie Ihnen nach so beschwerlicher Reise höchst willkommen sein muß.«

»Das ist ja eine zauberhafte Gegend«, rief der Marqués.

»Sie ist dafür berühmt«, erwiderte der Zigeunerhauptmann. »Unter der Herrschaft der Araber nannte man sie ›Ifrîthamâmî‹ oder ›Bad der Dämonen‹, heute trägt sie den Namen ›La Frita‹. Die Bewohner der Sierra Morena wagen sich nicht hierher und erzählen sich an den Abenden von den seltsamen Dingen, die hier geschehen. Ich will sie durchaus nicht von ihrem Irrtum befreien, und ich bitte Sie, den größeren Teil Ihres Gefolges außerhalb des Tales zu lassen, dort, wo meine Leute ihr Lager aufgeschlagen haben.«

»Mein alter Freund«, sagte der Marqués, »ich bitte Sie, zugunsten meiner Tochter und meines künftigen Schwiegersohnes eine Ausnahme zu bewilligen.«

Der Hauptmann antwortete darauf mit einer höflichen Verbeugung und befahl seinen Leuten, die Angehörigen und wenige Diener des Marqués zu holen.

Während der Zigeuner seine Gäste in dem Tale umherführte, hob Velásquez einen Stein auf, betrachtete ihn prüfend und sprach dann: »Dies ist im einfachen Feuer unserer

Glashütten und ohne Zusatz weiterer Stoffe schmelzbar. Wir befinden uns hier im Krater eines erloschenen Vulkans. Aus der inneren Böschung dieses umgekehrten Kegels können wir auf seine Tiefe schließen und folglich auch die expansive Kraft berechnen, die ihn aushöhlte. Der Gegenstand verdient es wohl, daß man über ihn nachdenkt.«

Velásquez sann eine Weile nach, holte seine Täfelchen aus der Tasche, schrieb etwas darauf und sprach dann weiter: »Mein Vater hatte über die Vulkane völlig richtige Vorstellungen. Nach seiner Meinung übertrifft die expansive Kraft, die sich im Herd eines Vulkans entwickelt, bei weitem all das, was wir etwa dem Wasserdampf oder dem Schießpulver zuschreiben können, und er schloß daraus, daß man eines Tages Flüssigkeiten kennenlernen werde, deren Wirkungen einen großen Teil der Naturerscheinungen erklären würden.«

»Sie glauben demnach«, fragte Rebekka, »daß dieser Kessel von einem Vulkan ausgehöhlt wurde?«

»Jawohl, Señora«, erwiderte Velásquez, »die Beschaffenheit des Steines beweist es, und die Form des Sees bietet dafür gleichfalls ausreichende Anhaltspunkte. Aus der Art, mit der ich die Gegenstände am anderen Ufer unterscheide, schließe ich, daß der Durchmesser ungefähr dreihundert Klafter betragen muß, und da der allgemeine Böschungswinkel des umgekehrten Kegels etwa siebzig Grad ausmacht, dürfen wir annehmen, daß der Herd bei 413 Klafter Tiefe lag, was bedeutet, daß neun Millionen siebenhundertvierunddreißigtausendvierhundertfünfundfünfzig Kubikklafter Gesteinsmasse bewegt wurden. Und ich sagte Ihnen bereits: die Kräfte, die dem Menschen zur Verfügung stehen, würden, wie immer man sie auch zusammenballen mag, niemals eine solche Wirkung hervorbringen.«

Rebekka wollte zu der Beweisführung noch etwas bemerken, doch in diesem Augenblick trat der Marqués mit seiner Familie hinzu. Da nun das Gespräch über die Vulkane nicht alle im gleichen Maße gefesselt hätte, wollte der Hauptmann den mathematischen Betrachtungen Velásquez' ein Ende setzen und wandte sich deshalb an seinen Gast, indem er sprach: »Señor, als ich Sie damals kannte, schien einzig zärtliche Empfindsamkeit Ihre Seele zu erfüllen, und Sie waren schön wie Amor. Ihr Bund mit Elvira muß eine Kette der köstlichsten Freuden gewesen sein. Sie haben den Wohlgeruch des Lebens geatmet, ohne die Dornen kennenzulernen.«

»Nicht ganz«, erwiderte der Marqués. »Wohl hat die Zärtlichkeit einen vielleicht allzu großen Teil meiner Zeit ausgefüllt, aber da ich im übrigen keine der Pflichten eines Ehrenmannes vernachlässigt habe, bekenne ich diese Schwäche, ohne mich ihrer zu schämen. Der Ort, an dem wir uns befinden, scheint mir für romantische Erzählungen höchst geeignet, und ich werde Ihnen deshalb, wenn Sie es wünschen, die Geschichte meines Lebens erzählen.«

Die ganze Gesellschaft bedachte diesen Vorschlag mit Beifall, und der Erzähler begann, indem er also sprach:

Die Geschichte des Marqués von Torres Rovellas

Als Sie in die Theatinerschule eingetreten waren, wohnten wir, wie Sie wissen, ganz in der Nähe Ihrer Tante Dalanosa. Meine Mutter besuchte zuweilen die junge Elvira, aber sie nahm mich niemals mit. Elvira verhielt sich nach ihrem Eintritt ins Kloster so, als wollte sie Nonne werden, und der Besuch eines jungen Burschen in meinem Alter wäre unziemlich erschienen. So sahen wir uns allen Kümmernissen der Trennung anheimgegeben, die wir nur durch viele Briefe versüßten. Meine Mutter hatte die Freundlichkeit, den Boten zu spielen, was sie freilich nur mit einem gewissen Widerstreben tat, denn sie meinte, der Dispens aus Rom sei nicht so leicht zu bekommen, und eigentlich dürften wir uns erst nach seiner Erlangung Briefe schreiben. Doch trotz dieser Bedenken trug sie meine Briefe hin und brachte mir Antwort. Das Vermögen Elviras wagte man nicht anzurühren; denn es wäre, wenn Elvira den Schleier genommen hätte, an die entfernten Verwandten Rovellas' zurückgefallen.

Ihre Tante erzählte meiner Mutter von ihrem Onkel, dem Theatiner, und schilderte ihn als einen geschickten und klugen Mann, der ihr sicherlich einen guten Rat hinsichtlich des Dispenses geben würde. Meine Mutter bekundete Ihrer Tante größte Dankbarkeit. Sie schrieb an den Pater Sántez, der die Angelegenheit so wichtig fand, daß er, statt brieflich zu antworten, selbst nach Burgos kam, zusammen mit einem Beamten der Nuntiatur, der einen erdachten Namen trug, weil man die Verhandlungen geheimhalten wollte.

Es wurde beschlossen, daß Elvira noch sechs Monate im Noviziat verbleiben und dann, nachdem sie die Neigung zum Nonnenberuf völlig verloren haben würde, als vornehme Pensionärin im Kloster wohnen sollte, und zwar mit einer Haushaltung innerhalb des Klosters, das heißt mit Nonnen oder Novizen, und einem Hause in der Stadt, das so eingerichtet sein sollte, als ob sie darin wohnte. Dort zogen meine Mutter ein und zugleich auch mehrere Rechtsgelehrte, die sich mit den Einzelheiten der Vormundschaft beschäftigten. Ich dagegen sollte mich mit einem Erzieher nach Rom begeben, und der Beamte der Nuntiatur würde uns folgen. Das geschah freilich nicht, denn man fand mich zu jung, um einen Dispens zu erwirken, und so vergingen noch zwei Jahre, bevor ich abreiste. In dieser Zeit sah ich Elvira jeden Tag im Parlatorium, und die übrigen Stunden des Tages verbrachte ich damit, ihr zu schreiben oder Romane zu lesen, denen ich wiederum viele Gedanken für meine Briefe entnahm. Elvira las dieselben Bücher und antwortete im gleichen Ton. In diesem Briefwechsel lag wenig von unseren eigenen Gedanken, die Worte waren entlehnt, aber unser zärtliches Empfinden war echt, oder wenigstens fühlten wir eine starke Neigung füreinander. Das unüberwindliche Hindernis, das in der Form eines Gitters stets zwischen uns stand, reizte unsere Wünsche, das Blut schäumte in den Adern mit der ganzen feurigen Glut unserer Jugend, und die Verwirrung unserer Sinne vergrößerte noch den Wirrwarr, der in unseren Köpfen herrschte.

Ich mußte abreisen. Der Augenblick des Abschieds war grausam. Unser Schmerz hatte nichts Erlerntes oder Künstliches, er grenzte an Wahnsinn. Man fürchtete für Elviras Leben. Mein Schmerz war nicht weniger heftig, doch ich hatte ihm mehr entgegenzusetzen, und die Zerstreuungen der Reise taten mir sehr wohl. Viel verdankte ich auch meinem Mentor, der in nichts jenen Pedanten glich, die man aus dem Staub der Schulen hervorholt; vielmehr war er ein ehemaliger Offizier, der sogar mehrere Jahre am Hofe verbracht hatte. Er hieß Don Diego Sántez und war ziemlich nahe verwandt mit dem Theatiner des gleichen Namens. Dieser Mann, der ebensoviel Scharfblick wie Weltkenntnis hatte, verwandte die ausgefallensten Mittel darauf, meinen Geist zur Wahrheit zurückzuführen, doch die Gewohnheit des Falschen, Unechten hatte zu tief in mir Wurzel geschlagen.

Wir gelangten nach Rom, und dort machten wir sogleich Monsignore Ricardi unsere Aufwartung. Er war Auditor an der Römischen Rota, besaß großen Einfluß und genoß besonders bei den Jesuitenpatres, die damals in Rom den Ton angaben, hohes Ansehen. Er war eine stolze, würdevolle Persönlichkeit, und ein Kreuz von riesigen Diamanten, das auf seiner Brust glänzte, machte seine Erscheinung noch bedeutender. Ricardi sagte, er sei über unsere Angelegenheit unterrichtet, sie verlange Geheimhaltung, und wir sollten uns wenig in der Gesellschaft bewegen.

»Indessen«, fügte er hinzu, »werden Sie gut daran tun, mich öfter aufzusuchen. Wenn man sieht, welches Interesse ich an Ihnen nehme, wird sich die allgemeine Aufmerksamkeit auf Sie richten, und da man Sie anderswo nur selten zu Gesicht bekommt, erwerben Sie den Ruf der Zurückhaltung und Bescheidenheit – einen Ruf, der sich als sehr nützlich erweisen wird. Ich will unterdessen die Meinung des Heiligen Kollegiums über Ihre Angelegenheit erforschen.«

Wir befolgten den Rat Ricardis. Morgens besichtigte ich die Altertümer Roms, und abends begab ich mich zu dem Auditor, der eine Villa nahe dem Palast der Barberini bewohnte. Die Marchesa Paduli trat dort als Dame des Hauses auf. Sie war Witwe und wohnte bei Ricardi, weil sie keine näheren Verwandten hatte. Wenigstens sagte man so, doch im Grunde wußte niemand etwas Genaues, denn Ricardi stammte aus Genua, und der angebliche Marchese Paduli war in ausländischen Diensten gestorben.

Die junge Witwe besaß alle Eigenschaften, die ein Haus angenehm machen: viel Liebenswürdigkeit und eine allgemeine Höflichkeit, gemischt mit Zurückhaltung und Würde. Indessen glaubte ich zu beobachten, daß sie mich mit besonderer Aufmerksamkeit oder sogar einer gewissen Zuneigung bedachte, die sich alle Augenblicke verriet, jedoch nur in Geringfügigkeiten, die von der ganzen übrigen Gesellschaft unbemerkt blieben. Ich erkannte darin jene geheimen Empfindungen, von denen alle Romane handeln, und ich bedauerte die Marchesa, weil sie ein solches Gefühl für einen Menschen hegte, der es nicht erwidern konnte.

Dennoch suchte ich ihre Unterhaltung, und ich brachte gerne das Gespräch auf meinen Lieblingsgegenstand, nämlich die Liebe und die unterschiedlichen Arten, zu lieben, sowie auf den Unterschied, der zwischen Zärtlichkeit und Leidenschaft zu machen sei und zwischen Treue und Beständigkeit. Aber während ich diese bedeutsamen Fragen mit der schönen Italienerin behandelte, kam mir nie der Gedanke, daß ich jemals Elvira untreu werden könnte, und in den Briefen, die ich nach Burgos schrieb, loderte noch dieselbe Glut wie einst.

Eines Tages begab ich mich ohne meinen Mentor nach der

Villa. Ricardi war nicht zu Hause. Ich ging im Garten spazieren und kam in eine Grotte, die von dichtem Jasmin- und Akaziengebüsch verdeckt war. Dort fand ich die Marchesa Paduli in tiefes Nachdenken versunken, aus dem ich sie durch das Geräusch meiner Schritte herausriß. Die lebhafte Überraschung, die sie bei meinem Erscheinen verriet, ließ mich beinahe vermuten, daß ich der Gegenstand ihres Sinnens gewesen sei. Sie hatte sogar die verschreckte Miene eines Menschen, der einer Gefahr entgehen will. Doch sie faßte sich, hieß mich Platz nehmen und wandte sich mit der in Italien üblichen Höflichkeitsfrage an mich: »*Lei a girato questa mattina?*«

Ich antwortete, ich sei auf dem Korso gewesen und hätte dort viele Frauen gesehen, von denen die Marchesa Lepari die schönste gewesen sei.

»Kennen Sie keine schönere Frau?« fragte die Paduli.

»Verzeihen Sie«, erwiderte ich, »ich kenne in Spanien ein Fräulein, das viel schöner ist.«

Diese Antwort schien Frau Paduli zu betrüben. Sie versank wieder in Nachdenken, schlug die schönen Wimpern nieder und starrte mit Blicken voller Wehmut zu Boden. Um sie abzulenken, begann ich abermals ein Gespräch, dessen Gegenstand die Liebe war. Da sah sie mich mit fiebrigen Augen an und sprach: »Haben Sie die Gefühle, die Sie so gut zu beschreiben verstehen, jemals selbst empfunden?«

»Oh, zweifellos«, erwiderte ich, »tausendmal stärker sogar, tausendmal inniger, und für dasselbe Fräulein, das so viel schöner ist als andere Frauen.«

Kaum hatte ich diese Worte ausgesprochen, so überzog eine tödliche Blässe das Gesicht der Frau Paduli. Sie fiel der Länge nach auf die Erde, aufs Haar so, als wäre sie tot. Ich hatte niemals eine Frau in diesem Zustand gesehen und stand völlig hilflos vor ihr. Glücklicherweise erspähte ich zwei Kammerfrauen, die im Garten spazierengingen. Ich lief zu ihnen hin und sagte ihnen, sie sollten ihrer Herrin beistehen.

Darauf verließ ich den Garten. Ich dachte über das Erlebte

nach und bewunderte vor allem die Macht der Liebe: ein Fünkchen, das sie in die Herzen senkt, richtet dort tödliche Verheerungen an. Ich bedauerte die Paduli, warf mir vor, ihr Unglück verschuldet zu haben, doch mir kam nicht der Gedanke, daß ich wegen der Paduli oder wegen irgendeiner anderen Frau auf der Welt Elvira hätte untreu werden können.

Am nächsten Tage ging ich wieder zur Villa Ricardi. Dort empfing man keine Gäste. Frau Paduli war krank. Abermals einen Tag später sprach Rom nur noch von ihrer Krankheit, und es hieß, ihr Zustand sei ernst. Ich empfand darüber Gewissensbisse, als hätte ich etwas Böses getan.

Am fünften Tage der Krankheit erschien bei mir ein junges Mädchen, in einen Schleier gehüllt, der ihr Gesicht verdeckte. Sie sagte: »*Signor forestiero*, eine sterbende Frau wünscht Sie zu sehen. Folgen Sie mir!«

Ich ahnte wohl, daß es sich um Frau Paduli handelte, aber ich glaubte, ich dürfe mich dem Verlangen einer Sterbenden nicht widersetzen. Am Ende der Straße erwartete mich ein Wagen, ich stieg mit dem verschleierten Mädchen ein. Wir betraten durch einen hinteren Eingang den zur Villa Ricardi gehörenden Garten, folgten einer sehr düsteren Allee, gelangten von da in einen Korridor, dann in einige völlig dunkle Zimmer und schließlich in das der Frau Paduli. Die Marchesa lag in ihrem Bett und reichte mir die Hand; ihre Finger waren heiß – vom Fieber, wie ich meinte. Ich hob die Augen und erblickte die Kranke mehr als zur Hälfte entblößt. Bis dahin hatte ich von den Frauen nur das Antlitz und die Hände zu sehen bekommen. Mein Blick verschleierte sich, die Knie wankten. Ich wurde Elvira untreu, ohne recht zu wissen, wie es geschah.

»Gott der Liebe«, rief die Italienerin, »dies sind deine Wunder. Der, den ich liebte, gibt mich dem Leben zurück!«

Aus völliger Unschuld erwachend, sah ich mich plötzlich in den Zustand versetzt, auf köstlichste Weise die Wonnen der Liebe zu ergründen. So verflossen vier Stunden, dann erschien das Kammermädchen und ließ uns wissen, daß es

Zeit sei, auseinanderzugehen. Der Weg zum Wagen kostete mich einige Mühe, und ich mußte mich auf den Arm des Mädchens stützen, das verstohlen lachte. Bevor sie mich verließ, schloß sie mich in ihre Arme und sagte: »Auch meine Stunde wird kommen.«

Kaum saß ich im Wagen, so machte der Gedanke an die genossenen Freuden den heftigsten Gewissensbissen Platz.

»Elvira«, rief ich aus, »Elvira, ich habe dich betrogen! Elvira, ich bin deiner nicht mehr würdig! Verflucht sei der Augenblick, da ich mich dazu überreden ließ, die Marchesa zu kurieren! Elvira, Elvira, Elvira!«

Kurzum, ich sagte alles, was man in solchen Fällen zu sagen pflegt, und kehrte mit dem festen Vorsatz zurück, die Marchesa nie wieder aufzusuchen.

Als der Marqués von Torres in seiner Erzählung hier angelangt war, kamen einige Zigeuner, um ihren Hauptmann zu holen, und da dieser sehr großen Anteil an der Geschichte seines alten Freundes nahm, bat er ihn, die Fortsetzung auf den nächsten Tag zu verschieben.

Zweiundvierzigster Tag

Man versammelte sich in derselben Grotte wie am Vortage, und der Marqués von Torres, der sah, daß wir mit Ungeduld auf die Fortsetzung seiner Geschichte warteten, erzählte sie weiter, indem er also sprach:

Fortsetzung der Geschichte des Marqués von Torres Rovellas

Ich schilderte Ihnen die Gewissensbisse, die mich quälten, nachdem ich mich einer Treulosigkeit schuldig gemacht hatte. Ich zweifelte nicht daran, daß die Dienerin der Frau Paduli schon am nächsten Tage wiederkommen werde, um mich ans Bett ihrer Herrin zu führen, und ich nahm mir fest vor, sie sehr übel zu empfangen. Doch Sylvia zeigte sich weder am nächsten noch an den folgenden Tagen, was mich ein wenig überraschte.

Sylvia kam erst nach einer Woche. Sie war sorgfältiger gekleidet, als sie es bei ihrer reizenden Gestalt nötig hatte, denn im Grunde war sie hübscher als ihre Herrin.

»Sylvia«, sagte ich, »Sylvia, gehen Sie aus diesem Hause,

Sie haben mich dahin gebracht, daß ich der wundervollsten aller Frauen untreu wurde. Sie haben mich getäuscht. Ich glaubte zu einer Sterbenden zu gehen, und Sie führten mich zu einer Frau, die nichts als Begierde atmete. Mein Herz ist freilich ohne Fehl geblieben, doch ich bin nicht mehr unschuldig.«

»Sie sind es, und sogar sehr unschuldig«, erwiderte Sylvia, »seien Sie darüber völlig beruhigt. Doch ich bin keineswegs gekommen, um Sie zur Marchesa zu führen, die in diesem Augenblick in Ricardis Armen liegt.«

»In den Armen ihres Onkels?«

»Durchaus nicht. Ricardi ist nicht ihr Onkel. Kommen Sie mit mir, ich werde Ihnen alles erklären.«

Ich folgte Sylvia aus reiner Neugier. Wir bestiegen den Wagen, gelangten zu der Villa, traten durch die Gartenpforte ein, und dann führte mich die schöne Botin in ihr Zimmer, ein rechtes Kammermädchengemach, geziert mit Pomadendosen, Kämmen und anderen Toilettengegenständen, ferner standen dort ein schneeweiß bezogenes Bett und unter dem Bett ein Paar auffallend eleganter Pantöffelchen. Sylvia zog die Handschuhe aus, legte den Mantel ab und entfernte dann das Tüchlein, das sie im Busen getragen hatte.

»Halten Sie ein«, sagte ich. »Nicht weiter! Auf die gleiche Art hat mich Ihre Herrin verführt.«

»Meine Herrin«, erwiderte Sylvia, »sucht Zuflucht bei den äußersten Mitteln, die ich bis jetzt noch nicht nötig habe.«

Gleichzeitig öffnete sie einen Schrank, holte Obst, Kuchen und eine Flasche Wein heraus, stellte das alles auf einen Tisch, den sie an das Bett heranrückte, und sprach: »Mein lieber Spanier, bei Dienstmädchen ist es um die Möbel schlecht bestellt. Hier stand ein Stuhl, doch man hat ihn heute morgen weggeholt. Setzen Sie sich auf das Bett, neben mich, und verschmähen Sie nicht den kleinen Imbiß, den ich Ihnen von Herzen gern biete.«

Ein so liebenswürdiges Angebot konnte man nicht ausschlagen. Ich setzte mich neben Sylvia, ich aß von ihrem Obst, ich trank von ihrem Wein, und ich bat sie, mir die Geschichte ihrer Herrin zu erzählen, was sie auch tat, indem sie also sprach:

Die Geschichte des Monsignore Ricardi und der Laura Cerelli, genannt Marchesa Paduli

Ricardi, jüngster Sohn einer vornehmen Genueser Familie, war frühzeitig in den Ordensdienst getreten, wobei ihn sein Onkel, der General der Jesuiten war, protegierte. Bald danach wurde Ricardi Prälat. Eine schöne Gestalt und lila Strümpfe galten damals als mächtige Empfehlungen beim schönen Geschlecht von Rom. Ricardi nutzte seine Vorzüge, ja, er mißbrauchte sie sogar, so wie es alle jungen Prälaten, seine Amtsbrüder, taten. Mit dreißig Jahren fühlte er sich von den Vergnügungen übersättigt, und er wollte nun eine Rolle in den öffentlichen Angelegenheiten spielen.

Er gedachte freilich nicht ganz auf die Frauen zu verzichten. Am liebsten wäre er ein Verhältnis eingegangen, in dem er eine sichere, stete Freude gefunden hätte, aber er wußte nicht, wie er es anfangen sollte. Er war der *cavaliere servente* der schönsten Damen des römischen Adels gewesen, doch die schönen Damen begannen jüngere Prälaten zu bevorzugen. Überdies war er des ständigen, beharrlichen Werbens müde, das den Mann in ganz unerträglicher Weise zwingt, immerzu auf der Hut zu sein. Ausgehaltene Frauen haben gleichfalls ihre Nachteile; sie sind nicht gesellschaftsfähig, und man weiß nicht, worüber man mit ihnen sprechen soll.

In all dieser Ungewißheit erdachte sich Ricardi einen Plan, der auch vor ihm und nach ihm vielen Männern einfiel, nämlich den, ein junges Mädchen ganz nach seinem Sinn zu bilden – ein Mädchen, das ihn demzufolge später auch völlig glücklich machen würde. In der Tat, welche Wonne mußte es sein, in einem Geschöpf voll natürlicher Anmut die Reize des Geistes zugleich mit denen des Körpers aufblühen zu sehen, ihm die Welt und die Gesellschaft zu zeigen, sein Staunen zu genießen, das erste Erwachen des Gefühls zu belauern, ihm die eigenen Überzeugungen einzugeben und aus ihm ein Wesen zu machen, das einem ganz gehört. Aber was sollte man später mit diesem reizenden Geschöpf beginnen? Viele Leute heiraten sie, um sich aus der Affäre zu ziehen. Ricardi durfte es nicht. Über all den ausschweifenden Plänen vernachlässigte er doch nicht die Bemühungen um seine Karriere. Einer seiner Verwandten war Auditor an der Römischen Rota und hatte den Kardinalshut in Aussicht, und ferner hatte man ihm versprochen, er würde dann das Amt des Auditors auf seinen Neffen übertragen dürfen. Doch all das sollte erst in vier oder fünf Jahren geschehen. Ricardi meinte, er könne in der Zwischenzeit nach seiner Heimat fahren oder sogar auf Reisen gehen.

Als Ricardi eines Tages in den Straßen von Genua spazierenging, trat ein etwa dreizehnjähriges Mädchen auf ihn zu, das einen Korb Orangen trug und ihm mit liebreizender Anmut die Früchte zum Kaufe bot. Ricardi strich mit der Gebärde eines Frauenverführers die schlecht gekämmten Haare aus dem Gesicht der Kleinen und entdeckte Züge, die für später eine vollkommene Schönheit verhießen. Er fragte die Orangenverkäuferin, wer ihre Eltern seien. Sie antwortete, sie habe nur ihre Mutter, eine Witwe, die Bastiana Cerelli heiße und sehr arm sei. Ricardi ließ sich zu ihr führen, nannte zuerst seinen Namen und sagte dann zu der Bastiana, er habe eine Verwandte, eine sehr wohltätige Dame, die Gefallen daran finde, arme junge Mädchen zu erziehen und ihnen dann eine Aussteuer zu verschaffen; er, Ricardi, nehme es auf sich, die kleine Laura dort unterzubringen.

Die Mutter lächelte und sagte: »Ich kenne nicht Ihre Verwandte, die sicherlich eine sehr achtenswerte Frau ist, doch Ihre Wohltätigkeit gegenüber den jungen Mädchen ist überall bekannt, und Sie können diese hier mitnehmen. Ich weiß nicht, ob Sie das Mädchen zur Tugend bilden werden, aber Sie werden sie von dem Elend befreien, das schlimmer ist als alle Laster.«

Ricardi bot der Frau an, sie möge für sich etwas ausbedingen.

»Nein«, erwiderte sie, »ich verkaufe meine Tochter nicht. Indessen werde ich die Geschenke annehmen, die Sie mir schicken werden. Leben ist das oberste Gesetz, und ich kann vor Entkräftung oft nicht arbeiten.«

Noch am gleichen Tage wurde die kleine Laura bei einem Schützling Ricardis untergebracht. Man rieb ihr die Hände mit Mandelcreme, drehte ihr Wickel ins Haar, bedeckte ihren Hals mit Perlen und die Brust mit Spitzen. Die Kleine betrachtete sich in allen Spiegeln und konnte sich nicht wiedererkennen, aber vom ersten Augenblick an begriff sie, was ihre Bestimmung war, und sie fand sich leicht in den Geist ihres Standes.

Indessen hatte die Kleine Altersgefährten, die nicht wußten, was aus ihr geworden war, und sich sehr um sie sorgten. Am eifrigsten suchte nach ihr Cecco Boscone, ein Junge von vierzehn Jahren, Sohn eines Lastträgers, selber schon sehr stark und schon verliebt in die kleine Orangenverkäuferin, die er oft sah, entweder auf der Straße oder auch bei uns, denn er war entfernt mit uns verwandt. Wenn ich sage »mit uns«, so deswegen, weil ich ebenfalls Cerelli heiße und die Ehre habe, die leibliche Cousine meiner Herrin zu sein.

Der Gedanke an unsere Cousine bereitete uns um so größere Qualen, als man nicht nur von ihr zu sprechen aufhörte, sondern uns sogar verbot, nach ihr zu fragen oder auch nur ihren Namen zu nennen. Meine Beschäftigung bestand gewöhnlich darin, grobe Wäsche zu nähen, und mein Cousin besorgte Botengänge im Hafen, solange er noch nicht die Ballen zu tragen vermochte. Wenn ich den ganzen

Tag über genug gearbeitet hatte, traf ich mich mit ihm in der Vorhalle einer Kirche, und wir vergossen bittere Tränen um das Schicksal unserer Cousine.

Eines Tages sagte Cecco zu mir: »Mir kommt ein Gedanke. All die Tage her hat es geregnet, was nur vom Himmel wollte. Frau Cerelli konnte nicht aus dem Hause, aber am ersten schönen Tag wird sie es nicht länger ertragen, und wenn sich ihre Tochter in Genua befindet, wird sie zu ihr hingehen. Wir brauchen ihr also nur zu folgen und werden so erfahren, wo man Laura versteckt hält.«

Ich lobte diesen Einfall. Am Tage darauf hatten wir schönes Wetter, ich ging zu Frau Cerelli und sah, wie sie aus einem alten Schrank einen noch älteren Mantel hervorholte, ich sprach ein paar Worte zu ihr und lief sogleich zu Cecco, um ihn zu benachrichtigen. Wir legten uns auf die Lauer, und bald beobachteten wir, wie Frau Cerelli das Haus verließ. Wir folgten ihr in ein entferntes Stadtviertel; dort trat sie in ein Haus, und wir versteckten uns abermals. Nach einer Weile verließ sie es wieder und entfernte sich. Wir liefen hinein und stiegen oder, richtiger: sprangen die Treppe hinauf; wir öffneten die Tür einer schönen Wohnung. Ich erkannte Laura und warf mich an ihre Brust. Cecco riß mich los und preßte seinen Mund auf den ihren ... Doch eine andere Tür öffnete sich, Ricardi erschien, verabreichte mir zwanzig Ohrfeigen und versetzte Cecco ebensoviel Fußtritte. Seine Leute kamen dazu, und im nächsten Augenblick fanden wir uns auf der Straße wieder, geohrfeigt, geschlagen und wohl überzeugt, daß es uns nicht zukam, weiterhin nach dem Schicksal unserer Cousine zu forschen.

Cecco verdingte sich als Schiffsjunge auf einem Malteser Kaperschiff, und seitdem habe ich nichts wieder von ihm gehört. Mir hingegen war der Wunsch, meine Cousine wiederzufinden, keineswegs vergangen, vielmehr wuchs er sozusagen mit mir. Ich diente in mehreren Häusern, schließlich in dem des Marchese Ricardi, des älteren Bruders unseres Prälaten. Man sprach dort viel von einer Frau Paduli, und man begriff nicht, wo der Prälat diese neue Verwandte hergeholt hatte. Einstweilen entging sie den Nachforschungen der Familie, doch nichts entgeht der Neugier der Dienerschaft. Wir nahmen unsererseits die Untersuchungen auf, und bald hatte man herausbekommen, daß die vorgebliche Marchesa niemand anderes war als Laura Cerelli. Der Marchese hieß uns Verschwiegenheit wahren und schickte mich zu seinem Bruder mit der Empfehlung, in Zukunft doppelt vorsichtig zu sein, wenn er sich nicht unendlichen Schaden zufügen wolle.

Doch ich will Ihnen ja nicht meine Geschichte erzählen, und ich sollte auch nicht von der Marchesa Paduli sprechen, da wir noch die kleine Laura bei dem Schützling des Prälaten zurückgelassen haben. Sie blieb nicht lange dort. Man brachte sie in ein Küstenstädtchen in der Nähe von Genua; Monsignore Ricardi besuchte sie dort von Zeit zu Zeit und kehrte immer zufriedener über das Werk seiner Hände zurück.

Zwei Jahre später reiste Ricardi nach London. Er trug einen falschen Namen und gab sich als italienischer Kaufmann aus. Laura begleitete ihn und galt als seine Frau. Er führte sie nach Paris und in andere große Städte, wo das Inkognito leichter gewahrt bleiben konnte. Sie wurde von Tag zu Tag liebenswerter, vergötterte ihren Wohltäter und machte ihn zum glücklichsten aller Menschen. So vergingen fünf Jahre wie im Fluge. Der Onkel sollte seinen Kardinalshut bekommen und drängte Ricardi, nach Rom zurückzukehren.

Ricardi brachte seine Geliebte in ein Gut, das er in der Nähe von Gorica besaß. Am Tage nach ihrer Ankunft sprach er zu ihr: »Signora, ich habe Ihnen eine Neuigkeit mitzuteilen, die Ihnen Freude bereiten wird. Sie sind die Witwe des Marchese Paduli, der eben im Dienste des Kaisers gestorben ist. Hier haben Sie alle Papiere, die es bestätigen. Paduli war ein Verwandter von uns, und Sie werden es gewiß nicht ausschlagen, nunmehr bei mir in Rom Wohnung zu nehmen.«

Wenige Tage später reiste Ricardi ab.

Die neue Marchesa, allein mit ihren Gedanken, sann sehr ernsthaft über den Charakter Ricardis und ihre Beziehungen zu ihm nach, und sie überlegte sich, wie sie sich nach alledem zu verhalten habe. Drei Monate später wurde sie zu ihrem vorgeblichen Onkel gerufen; sie fand ihn im vollen Glanze des Amtes, das er jetzt bekleidete. Ein Teil des Ruhmes fiel auch auf sie, und sie empfing viele Huldigungen. Ricardi unterrichtete seine Familie davon, daß er die Witwe des Marchese Paduli, eines Vetters mütterlicherseits, bei sich aufgenommen habe. Der Marchese Ricardi, der nie etwas davon gehört hatte, daß Paduli verheiratet und ein Marchese gewesen sei, stellte jene Nachforschungen an, von denen ich bereits sprach, und schickte mich zu der neuen Marchesa mit der Empfehlung, größte Vorsicht walten zu lassen.

Ich bestieg ein Schiff, landete in Civitavecchia und begab mich nach Rom. Ich trat vor die Marchesa. Sie schickte ihre Leute weg und warf sich in meine Arme. Wir sprachen von unserer Kindheit, von meiner Mutter, von der ihren, von den Maronen, die wir gemeinsam verzehrt hatten. Auch der kleine Cecco wurde nicht vergessen. Ich erzählte ihr, daß er auf ein Kaperschiff gegangen war und daß man seitdem nichts mehr von ihm gehört hatte. Laura, ohnehin von der Begegnung gerührt, brach in Tränen aus und vermochte sich kaum zu beruhigen. Sie bat mich, ich möge mich dem Prälaten nicht zu erkennen geben; ich sollte lediglich als ihre Kammerfrau gelten. Sie meinte noch, daß mein Genueser Akzent mich verraten könne; ich solle daher sagen, ich sei im Staate Genua geboren, jedoch nicht in der Hauptstadt.

Laura verfolgte bestimmte Pläne. Zwei Wochen lang blieb sie in gleichmäßig heiterer Stimmung, doch danach gab sie sich ernst, nachdenklich, launisch und mit allem unzufrieden. Ricardi bemühte sich vergebens, ihr zu gefallen, er konnte sie nicht dahin bringen, daß sie wieder so wurde wie einst.

»Meine liebe Laura«, sagte er eines Tages, »was fehlt

Ihnen? Vergleichen Sie Ihre jetzige Lage mit dem Zustand, aus dem ich Sie herausgeholt habe!«

»Und warum haben Sie mich herausgeholt?« erwiderte Laura mit größter Heftigkeit. »Gerade meinem Elend trauere ich nach. Was soll ich hier inmitten der Fürstinnen und Prinzessinnen? Jede ihrer zweideutigen Höflichkeiten ist im Grunde eine bittere Kränkung. O meine Lumpen, wie weine ich euch nach! Mein schwarzes Brot, meine Kastanien! Ich kann nicht ohne Weh im Herzen daran denken. Und du, mein kleiner Cecco, der du mich heiraten solltest, sobald du stark genug gewesen wärst, um Lastträger zu werden! Mit dir hätte ich das Elend gekannt, nicht aber diese Sorgen und diesen Kummer, und die Fürstinnen hätten mich um mein Geschick beneidet.«

»Laura, Laura«, rief Ricardi, »welch neue Sprache führst du da?«

»Es ist die Sprache der Natur«, antwortete Laura. »Sie hat die Mädchen geschaffen, damit sie in dem Stand, in dem sie geboren sind, Frauen und Mütter würden, aber keine Nichten ausschweifender Priester.«

Darauf lief Laura in ein anderes Zimmer und schloß die Tür hinter sich.

Ricardi blieb sehr verlegen stehen. Er hatte die Paduli als seine Nichte ausgegeben, und wenn sie unbesonnen die Wahrheit enthüllte, war er verloren und seine Karriere beendet. Zudem liebte er die Spitzbübin, er war eifersüchtig, und all das trug dazu bei, ihn unglücklich zu machen.

Am nächsten Tage fand sich Ricardi bebend an Lauras Tür ein und war angenehm überrascht, da ihm der zärtlichste Empfang zuteil wurde.

»Verzeihen Sie«, sagte sie, »lieber Onkel, lieber Wohltäter. Ich bin eine Undankbare, nicht würdig, die Sonne zu schauen. Ich bin das Werk Ihrer Hände, Sie haben meinen Geist gebildet – alles verdanke ich Ihnen. Verzeihen Sie mir eine Laune, an der das Herz nicht teilhatte.«

Der Frieden war bald geschlossen.

Ein paar Tage später sagte Laura zu Ricardi: »Ich kann mit Ihnen nicht glücklich sein. Sie sind zu sehr mein Herr. Alles hier gehört Ihnen, und ich befinde mich in völliger Abhängigkeit. Jener Lord, der uns oft besucht, hat der Bianca Capuzzi die schönste Länderei im Herzogtum Urbino geschenkt. Das heiße ich einen wahren Liebhaber. Wenn ich Sie aber um die Baronie bäte, auf der ich drei Monate verbracht habe, würden Sie es mir abschlagen. Sie ist ein Legat Ihres Onkels Cambiasi, und Sie können über sie verfügen.«

»Weil Sie mich verlassen wollen«, sagte Ricardi, »möchten Sie unabhängig werden.«

»Weil ich Sie mehr lieben will«, entgegnete Laura.

Ricardi wußte nicht, ob er die Baronie geben sollte oder nicht. Er war verliebt, eifersüchtig, er fürchtete, sein Ansehen könne leiden. Er fürchtete, selber von ihr abhängig zu werden.

Laura las in seiner Seele, und sie hätte die Sache gern zu Ende geführt. Aber Ricardi besaß in Rom eine ungeheure Macht: auf ein Wort von ihm konnte die Nichte von vier Sbirren gepackt und in irgendein Kloster geschleppt werden, wo ihr eine lange Bußzeit bevorgestanden hätte. Diese Erwägung hielt Laura zurück, und endlich beschloß sie, die Kranke zu spielen, damit sie auf diese Weise Ricardi dorthin brächte, wohin sie ihn haben wollte. Dieser Plan beschäftigte sie gerade, als Sie in die Grotte traten.

»Wie?« rief ich ganz erstaunt. »So dachte sie nicht an mich?«

»Nein, mein Kind«, sagte Sylvia, »sie dachte an eine schöne Baronie mit zweitausend Scudi Jahreseinkünften. Aber plötzlich kam ihr der Gedanke, sich krank oder gar tot zu stellen. Sie hatte sich darin schon geübt, indem sie die Schauspielerinnen nachahmte, die sie in London gesehen hatte; sie wollte nun wissen, ob es ihr gelänge, Sie zu täuschen. Sie sehen also, mein kleiner Spanier, daß Sie bis dahin ganz der Gefoppte waren. Doch Sie haben keinen Grund, sich über den Rest der Geschichte zu beklagen, ebensowenig wie sich meine Herrin über Sie beklagt. Ich aber fand Sie reizend, als Sie nach jenem Besuch bei der Marchesa in einem Anfall von Schwäche meinen Arm suchten, um sich auf ihn zu stützen. Damals schwor ich, daß auch meine Stunde kommen werde.«

So sprach die Zofe.

Was soll ich Ihnen noch berichten. Ich war bestürzt von dem, was ich gehört hatte; man raubte mir meine Illusionen. Ich wußte nicht, woran ich war. Sylvia nutzte meine Verlegenheit, um meine Sinne zu verwirren. Es gelang ihr ohne Mühe. Sie mißbrauchte sogar ihre Vorzüge. Als sie mich schließlich wieder zum Wagen brachte, wußte ich nicht, ob ich mir neue Gewissensbisse machen oder besser gar nicht daran denken sollte.

Als der Marqués von Torres in seiner Erzählung hier angelangt war, bat ihn der Zigeuner, der uns verlassen mußte, um die Freundlichkeit, die Fortsetzung auf den nächsten Tag zu verschieben.

Dreiundvierzigster Tag

Man versammelte sich, so wie man es auch an den vorangegangenen Tagen getan hatte, und verfehlte nicht, den Marqués von Torres Rovellas um die Fortsetzung seiner Geschichte zu bitten. Er führte sie weiter, indem er also sprach:

Fortsetzung der Geschichte des Marqués von Torres Rovellas

Ich erzählte Ihnen, wie ich der schönen Elvira zweimal untreu wurde und wie ich nach dem ersten Male schreckliche Gewissensqualen empfand, während ich nach dem zweiten Male gar nicht mehr wußte, ob ich mich abermals selber beschuldigen oder besser überhaupt nicht daran denken sollte. Sie dürfen übrigens versichert sein, daß die Liebe zu meiner Cousine immer die gleiche blieb und daß in meinen Briefen noch dieselbe Leidenschaft glühte. Mein Mentor, der mich um jeden Preis von meinen romantischen Vorstellungen heilen wollte, erlaubte sich zuweilen Dinge, die nicht recht zu seinem Berufe paßten. Mit einer Miene, als habe er gar nichts damit zu tun, setzte er mich Versuchungen aus, denen ich stets erlag. Desungeachtet blieb meine Leidenschaft für Elvira unverändert, und ich brannte vor Ungeduld, endlich den Dispens von der Apostolischen Kanzlei ausgefertigt zu sehen.

Eines Tages schließlich wurden wir, Sántez und ich, zu Ricardi gerufen. Seine Züge verrieten eine gewisse Feierlichkeit, die uns ankündigen sollte, daß er uns eine wichtige Mitteilung zu machen habe. Freilich milderte er die Strenge durch ein leutseliges Lächeln, und er sprach: »Ihre Angelegenheit ist erledigt, doch es ging nicht ohne Mühe. Wir bewilligen den Dispens ziemlich leicht für bestimmte katholische Länder, aber sehr viel schwerer für Spanien, weil der Glauben dort reiner ist und die Gebote der Religion strenger beachtet werden. Indessen hat Seine Heiligkeit in Ansehung der frommen Stiftungen, die in Amerika von der Familie Rovellas gemacht wurden, und ferner in Ansehung des Umstands, daß die läßliche Sünde der beiden Kinder eine Folge des unglücklichen Geschicks besagter Familie war – in Ansehung all dessen also hat Seine Heiligkeit auf Erden die Bande der Verwandtschaft gelöst, die zwischen euch bestanden. Sie werden gleichermaßen im Himmel gelöst. Damit freilich andere junge Leute sich durch dieses Beispiel nicht ermutigt fühlen, ähnliche Sünden zu begehen, wird Ihnen auferlegt, am Halse einen Rosenkranz von hundert Perlen zu tragen und ihn drei Jahre lang täglich zu beten, und ferner sollen Sie in Veracruz für die Theatiner eine Kirche bauen lassen. Damit habe ich die Ehre, mich Ihnen wie auch der künftigen Marquesa zu empfehlen.«

Sie werden sich meine Freude vorstellen können. Ich eilte, mir das Breve Seiner Heiligkeit aushändigen zu lassen, und zwei Tage danach verließen wir Rom.

Ich reiste Tag und Nacht. Ich kam nach Burgos, ich sah Elvira: sie war noch schöner geworden. Es blieb uns nur noch, die Ehe vom Hofe bestätigen zu lassen. Doch Elvira hatte bereits den Besitz ihrer Güter angetreten, und es fehlte uns nicht an Freunden. Unsere Vormunde erhielten die gewünschte Bestätigung, und der Hof fügte für mich noch den Titel eines Marqués von Torres Rovellas hinzu.

Von Stund an beschäftigte man sich nur noch mit Kleidern, Putz, Schmuck, mit dem ganzen köstlichen Aufwand für das junge Mädchen, das meine Gattin werden sollte. Die zärtliche Elvira zeigte sich dafür freilich kaum empfänglich, um so empfänglicher aber für die Aufmerksamkeiten ihres Geliebten.

Schließlich brach der Tag an, der uns vereinen sollte. Er kam mir unendlich lang vor, denn die Trauung sollte erst am Abend stattfinden, in der Kapelle eines Landhauses, das wir in der Nähe von Burgos besaßen.

Ich ging im Garten spazieren, um die Ungeduld zu bannen, die mich verzehrte. Dann setzte ich mich auf eine Bank und begann über mein Verhalten nachzudenken, das dieses Engels, mit dem ich bald vereint sein sollte, so ganz unwürdig war, und als ich die Fälle zählte, in denen ich die Treue gebrochen hatte, kam ich auf zwölf. Von neuem peinigten mich Gewissensbisse, und ich richtete die härtesten Vorwürfe gegen mich selbst. Ich sprach zu mir: ›Undankbarer, Unglückseliger, hast du an den Schatz gedacht, den man dir bestimmte? An dieses göttliche Wesen, das allein nach dir seufzt, allein für dich atmet und das niemals ein Wort an einen anderen Mann gerichtet hat?‹

Während ich diesen reuevollen, zerknirschten Monolog sprach, hörte ich, wie zwei Kammerfrauen Elviras sich auf eine Bank hinter dem Laubengang setzten, auf dessen anderer Seite die meine stand, und wie sie ein Gespräch begannen, das mich sehr aufmerksam machte.

»Nun, Manuela«, sagte die eine, »unsere Herrin wird heute sehr zufrieden sein, denn sie wird nun wirklich lieben und echte Beweise dafür geben können statt der kleinen Gunstbezeigungen, die sie so großzügig denen gewährte, die am Gitter nach ihr seufzten.«

»Du meinst sicherlich den Gitarrelehrer, der ihr verstohlen die Hand küßte und dabei so tat, als wolle er ihre Finger auf die richtigen Saiten legen.«

»Keineswegs«, erwiderte die Erste Kammerfrau, »ich spreche von einem Dutzend kleiner Liebeleien, die zwar recht unschuldig blieben, deren Spiel ihr aber doch gefiel und die sie auf ihre Weise wachhielt. Zuerst der kleine Bakkalaureus, der sie Geographie lehrte – der zum Beispiel war schrecklich verliebt, und sie schenkte ihm dafür ein ziemlich großes Büschel ihrer Haare, die mir sehr fehlten, als ich sie am nächsten Morgen frisieren wollte. Dann kam jener Schönsprecher, der sie über den Zustand ihrer Güter unterrichtete und ihr Rechenschaft über die Einkünfte erstattete. Er verfolgte seine Absichten: er überschüttete Elvira mit dem schmeichelhaftesten Lob und betäubte sie geradezu mit seinen Ruhmeserhebungen. Sie gab ihm ihr Bild als Schattenriß und überließ ihm durch die Gitterstäbe hundertmal die Hand zum Küssen – und was für Blumensträuße wurden ausgetauscht!«

Der Rest des Gesprächs ist mir aus dem Gedächtnis entschwunden, aber ich kann Ihnen versichern, daß vom Dutzend keiner fehlte. Ich war bestürzt. Zweifellos handelte es sich um höchst unschuldige Gunstbezeigungen, im Grunde um wahre Kindereien, aber die Elvira meiner Vorstellung durfte sich schließlich nicht einmal diesen leichten Schimmer von Untreue erlauben. Das war sicherlich von mir sehr unvernünftig gedacht. Elvira hatte schon in frühester Kindheit von Liebe erst gelallt und dann gesprochen. Ich hätte es einsehen müssen: da sie gar zu gern über dieses Thema sprach, würde sie es auch mit anderen als mir tun. Aber nie zuvor hätte ich es geglaubt, selbst wenn man es mir gesagt hätte. Jetzt freilich war ich davon überzeugt, ich fühlte mich enttäuscht und versank in meinem Kummer.

Dann rief man mich zur Trauung. Ich trat in die Kapelle mit einem völlig verstörten Gesicht, das meine Mutter überraschte und meine Braut mit Unruhe und Schmerz erfüllte. Sogar der Priester verlor die Fassung und wußte nicht, ob er uns trauen sollte oder nicht. Er vollzog dann freilich diese Handlung, aber ich kann Ihnen versichern, daß niemals ein heißersehnter Tag so wenig dem entsprach, was man von ihm erhofft hatte.

Anders verhielt es sich mit der Nacht. Der Gott der Ehe löschte seine Fackeln und bedeckte uns mit dem schützenden Schleier seiner ersten Wonnen. Hier waren all die Tändeleien am Klostergitter aus Elviras Gedächtnis hinweggewischt. Ein bis dahin unbekanntes Entzücken erfüllte ihr Herz mit Liebe und Dankbarkeit. Sie gehörte ganz ihrem Gatten.

Am nächsten Tage sahen wir sehr glücklich aus, und wie hätte ich auch auf meinem Kummer beharren können! Menschen, die das Leben durchschritten haben, wissen, daß unter all den Gütern, die es zu bieten vermag, nichts dem Glücke verglichen werden kann, das die junge Gattin gewährt, indem sie uns auf dem ehelichen Lager soviel Geheimnisse erraten, soviel Träume verwirklichen läßt und soviel schmeichelnde Gedanken entgegenbringt. Was bedeutet der Rest des Daseins gegen solche Tage, verbracht zwischen dem frischen Nachklang so süßer Empfindungen und den trügerischen Wunschbildern einer Zukunft, die von der Hoffnung mit den lieblichsten Farben verschönt wird.

Die Freunde unseres Hauses ließen uns einige Monate mit dem Rausche unseres Glücks allein, und als sie meinten, daß wir imstande seien, sie anzuhören, suchten sie in uns das Gefühl des Ehrgeizes zu wecken.

Der Graf von Rovellas hatte gewisse Hoffnungen gehegt, die Grandenwürde zu erlangen, und nach Meinung unserer Freunde sollten wir seine Pläne weiterverfolgen; wir seien es uns selbst ebenso wie den Kindern schuldig, die der Himmel uns schenken werde. Schließlich gab man uns zu bedenken, es sei zwar nicht gewiß, ob unsere Bemühungen zum Erfolg führen würden, doch später möchten wir es wohl bereuen, wenn wir sie nicht unternommen hätten, und es sei stets besser, sich Vorwürfe zu ersparen.

Wir standen in jenem Alter, da man keinen anderen Willen als den seiner Ratgeber hat, und so ließen wir uns nach

Madrid führen. Als der Vizekönig von unseren Absichten erfahren hatte, schrieb er für uns die eindringlichsten Empfehlungen. Es sah bald so aus, als stehe unsere Sache günstig, doch es war nur der Schein, und obgleich er alle Formen höfischer Betriebsamkeit annahm, wandelte er sich doch niemals zur Wirklichkeit.

Diese getäuschten Hoffnungen bereiteten meinen Freunden und unglücklicherweise auch meiner Mutter tiefen Kummer; sie hätte alles in der Welt hingegeben, um ihren kleinen Lonzeto als spanischen Granden zu sehen. Bald wurde die arme Frau von einer zehrenden Krankheit heimgesucht, und sie merkte, daß ihr nicht mehr lange zu leben blieb. Nachdem sie an ihr Seelenheil gedacht hatte, wünschte sie vor allem, sich den braven Bewohnern des Städtchens Villaca, die uns so geliebt hatten, als wir in Not waren, dankbar zu erweisen. Besonders gern hätte sie für den Alkalden und den Geistlichen etwas getan. Meine Mutter hatte selber keinen Besitz, doch Elvira war froh, ihr bei einem so edlen Vorhaben helfen zu können, und machte ihnen Schenkungen, die weit über die Wünsche meiner Mutter hinausgingen.

Sobald unsere alten Freunde vernommen hatten, welches Glück ihnen widerfahren war, kamen sie nach Madrid und drängten sich an das Bett ihrer Wohltäterin. Als unsere Mutter von uns ging, liebten wir uns noch, wir waren noch glücklich und wohlhabend. Friedlich schlummerte sie in das ewige Leben hinüber, nachdem sie schon auf Erden einen Teil des Lohnes empfangen hatte, der ihr für ihre Tugenden und besonders für ihre grenzenlose Güte zukam.

Bald danach brach das Unglück über uns herein. Die beiden Söhne, die mir Elvira geschenkt hatte, starben nach kurzer Krankheit. Damit verlor auch die Grandenwürde für uns allen Reiz. Wir beschlossen, unsere Bemühungen aufzugeben und nach Mexiko zu gehen, wo die geschäftlichen Angelegenheiten unsere Gegenwart erforderten. Die Gesundheit der Marquesa hatte sehr gelitten, und die Ärzte versicherten, eine Seereise könne sie wiederherstellen.

So schifften wir uns ein und landeten in Veracruz nach einer zehnwöchigen Fahrt, die sich auf Elviras Gesundheit ganz so vorteilhaft auswirkte, wie man es sich erhofft hatte. Sie betrat die Neue Welt nicht bloß völlig gesund, sondern auch schöner als je zuvor.

In Veracruz erwartete uns einer der höchsten Offiziere des Vizekönigs, den dieser geschickt hatte, damit er uns begrüße und zur Stadt Mexiko geleite. Dieser Mann erzählte uns viel von der Pracht, die im Hause des Grafen von Peña Veléz herrsche, und von dem galanten Ton, den er dort eingeführt habe. Wir kannten davon schon einiges, da wir stets Verbindungen mit Amerika unterhielten. So wußten wir auch, daß seine Neigung zu den Frauen erwacht war, als er seinen Ehrgeiz völlig befriedigt sah, und daß er nun, da ihm das Glück nicht mehr durch eine Ehe zuteil werden konnte, die Freuden in jenen höflichen und verfeinerten galanten Formen suchte, die einstmals die spanische Gesellschaft ausgezeichnet hatten.

Wir blieben nur kurze Zeit in Veracruz und legten dann den Weg nach Mexiko mit größter Bequemlichkeit zurück. Diese Hauptstadt liegt bekanntlich inmitten eines Sees. Wir erreichten seine Ufer bei Einbruch der Nacht, und bald bemerkten wir hundert mit Lampions erleuchtete Gondeln; die am reichsten geschmückte stieß nach vorn und legte als erste an. Ihr entstieg der Vizekönig, der sich an meine Frau wandte und sprach: »Unvergleichliche Tochter einer Frau, für die ich im Herzen heute wie einst tiefe Verehrung fühle. Ich glaubte, der Himmel habe Sie meinen ehrbaren Absichten entzogen, doch er wollte nicht die Erde ihrer schönsten Zierde berauben, und ich danke ihm dafür. So kommen Sie denn, unsere Hemisphäre zu verschönen; da Sie hier weilen, braucht die Neue Welt die Alte um nichts mehr zu beneiden.«

Der Vizekönig machte die Bemerkung, Elvira habe sich so sehr verändert, daß er sie nie im Leben wiedererkannt hätte.

»Freilich habe ich Sie viel jünger im Gedächtnis«, fuhr er

fort, »und Sie sollten sich nicht wundern, wenn ein kurzsichtiger Sterblicher in der Rose nicht mehr die Knospe erkennt.«

Dann erwies er mir die Ehre, mich zu umarmen, und geleitete uns beide in seine Gondel.

Nach einer halbstündigen Fahrt gelangten wir an eine schwimmende Insel, die dank ihrer kunstvollen Herrichtung ganz wie eine echte wirkte. Auf ihr wuchsen Orangen sowie andere Bäume und Sträucher, und dennoch schwamm sie auf dem Wasser. Man konnte sie zu allen Stellen des Sees führen und sich so an stets neuen Bildern erfreuen. In Mexiko sieht man dergleichen häufig; man nennt diese schwimmenden Gärten *chinampas.*

Inmitten der Insel, zu der uns die Gondel brachte, stand ein hell erleuchteter offener Rundbau, aus dem schon von ferne laute Musik herübertönte. Bald entzifferten wir in der Aufstellung der Lampions den Namen Elviras. Während wir uns dem Ufer näherten, erblickten wir zwei Gruppen von Männern und Frauen; sie trugen prächtige, jedoch seltsame Gewänder, bei denen die lebhaften Farben von mancherlei Federn mit den kostbarsten Kleinodien wetteiferten.

»Señora«, sagte der Vizekönig, »die eine Gruppe besteht aus Mexikanern. Die schöne Frau, die Sie an ihrer Spitze sehen, ist die Marquesa von Montezuma, die Letzte dieses großen Geschlechts, das einst dem Lande die Herrscher gab. Die Politik des Madrider Staatsrates erlaubt ihr nicht, Rechte auszuüben, von denen noch sehr viele Mexikaner meinen, daß sie ihr unbestreitbar zustünden. Wir trösten sie über diese Ungnade, indem wir sie zur Königin unserer Feste erheben. Die Männer und Frauen der anderen Gruppe nennen sich Inkas und kommen aus Peru; sie haben erfahren, daß eine Tochter der Sonne erscheinen werde, und sind herbeigeeilt, ihr zu huldigen.«

Während der Vizekönig meine Frau mit dieser Artigkeit bedachte, hielt ich die Augen forschend auf sie gerichtet, und ich erblickte in den ihren etwas wie Feuer, entfacht von einem Funken der Eigenliebe, die in den sieben Jahren unserer Ehe keine Zeit hatte, sich zu entfalten. In der Tat, trotz unseres Reichtums waren wir weit davon entfernt gewesen, in Madrid eine große Rolle zu spielen. Elvira, beschäftigt mit meiner Mutter, unseren Kindern und ihrer eigenen Gesundheit, hatte nur selten einen Anlaß gefunden, in der Gesellschaft zu glänzen; doch die Seefahrt hatte ihr die ganze Schönheit zurückgegeben und sie zugleich völlig gesund gemacht. Auf die obersten Stufen eines neuen Schauplatzes gestellt, schien sie sich nun höchst bereitwillig den übertriebensten Vorstellungen von sich selbst hinzugeben und strebte offenbar danach, die allgemeine Aufmerksamkeit auf ihre Person zu lenken.

Der Vizekönig erhob Elvira zur Königin der Peruaner, dann sagte er, zu mir gewandt: »Sie sind zweifellos der Erste Untertan dieser Sonnentochter; aber da wir uns alle verkleidet haben, wollen Sie bitte bis zum Ende des Balles die Weisungen einer anderen Herrin befolgen.«

Damit stellte er mich der Marquesa von Montezuma vor und legte ihre Hand in die meine. Wir begaben uns in den Mittelpunkt des Festes. Die beiden Gruppen von Amerikanern tanzten, bald jede für sich, bald alle gemeinsam. Ihr gegenseitiger Wetteifer belebte das Fest.

Man beschloß, die Maskerade bis zum Ende der Saison fortzusetzen. Ich blieb also der Untertan der mexikanischen Thronprätendentin, und meine Frau behandelte die ihren mit einer huldvollen Freundlichkeit, die mir keineswegs entging.

Aber ich muß Ihnen ein Bild von jener Tochter der Kaziken vermitteln oder Ihnen doch wenigstens ihre äußere Erscheinung beschreiben, denn ihre wilde Anmut und den rasch wechselnden Ausdruck, den eine leidenschaftliche Seele auf ihrem Antlitz hervorrief, vermag ich nicht mit Worten wiederzugeben.

Tlascala von Montezuma war im gebirgigen Teil Mexikos geboren und hatte nicht den schwärzlichbraunen Teint, wie er den Bewohnern der Ebene eigen ist. Ihr Gesicht wies zwar nicht die Farbe, aber doch die Feinheit hellhäutiger Menschen auf, und schwarze Augen ließen gleich Edelsteinen ihre Schönheit noch stärker hervortreten. Die Linien ihres Gesichts, weniger vorspringend als bei Europäern, waren dennoch nicht so flach, wie es sonst den amerikanischen Völkern eigen ist. An diese erinnerte Tlascala nur durch die ziemlich vollen Lippen, die bezaubernd wirkten, wenn das Lächeln ihnen seinen Hauch der Anmut lieh. Über ihre Gestalt habe ich Ihnen nichts zu sagen; sie vorzustellen, überlasse ich Ihrer Phantasie oder besser der Phantasie eines Künstlers, der Atalante oder Diana darstellen möchte. Die ganze Haltung ihres Körpers hatte gleichfalls etwas Besonderes. Man erkannte in ihren Bewegungen einen ursprünglichen, leidenschaftlichen Drang, gemäßigt durch Selbstbeherrschung. Die Ruhe hatte bei ihr nichts von Müdigkeit, sondern verriet innere Erregung.

Das Blut der Montezuma erinnerte Tlascala allzuoft daran, daß sie geboren war, um über ein großes Land der Welt zu herrschen. Wer sich ihr näherte, sah zuerst die stolze Haltung einer beleidigten Königin, doch kaum begann sie zu sprechen, so entzückte schon ein sanfter Blick den Menschen, den ihre Antwort vollends bezaubern sollte. Betrat sie den Salon des Vizekönigs, so glaubte man an ihr einen gewissen Unwillen zu bemerken, daß sie sich unter Gleichgestellten befand; aber bald hatte sie keine Gleichgestellten mehr. Die zur Liebe geschaffenen Herzen erkannten sogleich in ihr die Herrscherin und drängten sich in ihren Dienst. Tlascala war nicht mehr Königin – sie war Frau und genoß ihre Huldigungen.

Schon beim ersten Ball fiel mir diese erhabene Sinnesart auf. Ich glaubte ihr ein Kompliment machen zu müssen, das der Art ihrer Maskierung entsprach und zugleich meiner Rolle als ihr Erster Untertan, wie sie mir der Vizekönig zugewiesen hatte; aber Tlascala nahm es sehr übel auf.

»Mein Herr«, sagte sie, »die Krone eines Balles kann nur

denen schmeicheln, die nicht durch ihre Geburt auf den Thron berufen wurden.«

Und dabei blickte sie zu meiner Frau hinüber. Elvira war in diesem Augenblick von Peruanern umringt, die ihr auf den Knien huldigten. Ihre hochmütige Freude ging bis zur Verzückung, und ich schämte mich ein bißchen für sie. Noch am gleichen Abend sprach ich mit ihr darüber. Sie nahm meine Bemerkungen zerstreut und meine Liebesbekundungen mit Kälte auf – die Eigenliebe hatte von ihrem Herzen Besitz ergriffen und die Liebe daraus verbannt.

Der Rausch, den der Weihrauch der Schmeicheleien erzeugt, braucht lange, bis er schwindet; Elviras Rausch konnte sich nur noch steigern. Ganz Mexiko zerfiel in zwei Parteien; die eine bewunderte Elviras vollkommene Schönheit, die andere stand im Banne der unvergleichlichen Reize Tlascalas. Elvira verbrachte die Tage damit, daß sie den Erfolg des vorangegangenen Abends genoß und den des nächsten Abends vorbereitete. Ein unwiderstehlicher Hang zog sie zu Vergnügungen aller Art. Ich wollte sie zurückhalten – doch vergebens. Ich fühlte mich selbst fortgerissen, aber in ganz anderer Richtung, fern von den blumigen Pfaden, wo unter den Schritten meiner Frau alle Freuden hervorbrachen.

Ich zählte noch keine dreißig Jahre, ja noch nicht einmal neunundzwanzig. Ich stand in dem Alter, da die Empfindungen noch die Frische der Jugend haben und die Leidenschaften die ganze Kraft des Mannes. Meine Liebe, geboren an Elviras Wiege, hatte die Welt der Kindheit noch nie verlassen, und Elviras Geist, anfangs mit romantischen Tollheiten genährt, war noch nicht gereift. Auch der meine war ihr nicht weit voraus, dennoch hatte er genug Fortschritte gemacht, damit ich erkannte, wie Elviras Vorstellungen immer um unbedeutende Dinge, um kleine Rivalitäten und oft um nichtigen Klatsch kreisten, also in jenem engen Rahmen blieben, in dem die Frauen eher durch die Beschränktheiten des Charakters als durch die des Geistes zurückgehalten werden. Ausnahmen sind hier selten, und ich glaubte, daß es gar keine gebe. Doch wie sehr wurde ich überrascht, als ich Tlascala kennenlernte. Keine Spur von Neid und Eifersucht hatte den Weg zu ihrem Herzen gefunden. Ihr ganzes Geschlecht schien einen Anspruch auf ihr Wohlwollen zu haben, und alle, die ihm mit ihrer Schönheit, ihrer Anmut und ihren Empfindungen Ehre machten, weckten in ihr die lebhafteste Anteilnahme. Sie hätte diese Frauen gern um sich gehabt, sie mit ihrem Vertrauen ausgezeichnet und um ihre Freundschaft geworben. Mit den Männern hingegen sprach sie wenig, stets mit Zurückhaltung, wenn es nicht darum ging, edle und großzügige Handlungen zu loben; in diesen Fällen aber drückte sie ihre Bewunderung offen und sogar mit Wärme aus. Im übrigen verweilte sie im Gespräch vorwiegend bei allgemeinen Gedanken und wurde nur dann lebhaft, wenn es sich um den Wohlstand Mexikos und das Glück seiner Bewohner handelte – das war ihr Lieblingsthema, auf das sie immer zurückkam, wenn sie es schicklicherweise tun zu können glaubte.

Viele Männer scheinen durch den Einfluß ihres Sterns und natürlich ihres Charakters dazu bestimmt zu sein, ihr Leben nach den Gesetzen jenes Geschlechts zu verbringen, das über alle die herrscht, die es nicht selbst zu beherrschen vermögen. Ich gehöre unbestreitbar zu diesen Menschen. Ich war der bescheidene Verehrer Elviras gewesen und später ihr recht fügsamer Gatte; doch sie selber hatte die Kette gelockert, weil sie ihr keinen hohen Wert beizumessen schien.

Die Maskeraden folgten einander, und die Erfordernisse der Gesellschaft fesselten mich, wenn ich so sagen darf, auf Schritt und Tritt an die Marquesa; mein Herz fesselte mich noch stärker an sie. Die erste Wandlung, die ich an mir bemerkte, bestand darin, daß ich meine Gedanken sich freier erheben und meine Seele sich weiten fühlte. Mein Wesen wurde bestimmter, mein Wille stärker. Ich verspürte das Bedürfnis, meine Empfindungen in die Tat umzusetzen und

Einfluß auf meine Mitmenschen zu nehmen. Ich bat um ein Amt und erhielt es.

Der Rang, mit dem ich bekleidet wurde, gab mehrere Provinzen in meine Gewalt. Ich sah dort die Eingeborenen vom Volk der Eroberer unterdrückt und ergriff für sie Partei. Damit schaffte ich mir mächtige Feinde, ich zog mir die Ungnade des Ministeriums zu, und selbst der Hof schien mir zu drohen; aber ich widersetzte mich mutig. So erwarb ich die Liebe der Mexikaner und die Achtung der Spanier, und was in meinen Augen den höheren Wert hatte: ich weckte die lebhafte Anteilnahme jener Frau, die bereits meine ganze Zuneigung besaß. Zwar zeigte Tlascala mir gegenüber die gleiche oder sogar noch größere Zurückhaltung wie gegenüber anderen, doch ihr Blick suchte den meinen, ruhte mit Wohlgefallen in ihm und wandte sich dann voller Verwirrung ab. Sie sprach wenig mit mir, nicht einmal über das, was ich für die Amerikaner getan hatte, doch wenn sie das Wort an mich richtete, stockte ihr der Atem, ihre scheue und sanfte Stimme bebte und gab selbst dem belanglosesten Gespräch den Ton wachsender Vertraulichkeit. Tlascala glaubte in mir eine verwandte Seele gefunden zu haben. Sie täuschte sich: ihre Seele war in die meine übergeströmt, sie inspirierte mich und ließ mich handeln.

Ich gab mich selber einer gewissen Täuschung über die Stärke meines Charakters hin. Meine Träume wurden zu Überlegungen und meine Vorstellungen vom Glück Amerikas zu verwegenen Plänen. Meine Vergnügungen erwarben einen Anflug von Heroismus. Ich verfolgte in den Wäldern den Jaguar und den Puma, oder ich griff selber diese Raubtiere an. Am häufigsten aber drang ich in die wilden Täler ein, wo das einsame Echo hallte, der einzige Vertraute meiner Liebe, die ich der Frau, die sie geweckt hatte, nicht zu gestehen wagte.

Doch Tlascala las recht gut in meiner Seele, so wie auch ich ihre Empfindungen zu enträtseln begann, und wir hätten uns leicht vor den scharfen Blicken der Menge verraten können. Indessen entgingen wir ihrer Aufmerksamkeit: der Vizekönig hatte wichtige Aufgaben zu lösen, die ihn veranlaßten, die Reihe von glänzenden Festlichkeiten abzubrechen, an denen er so großes Gefallen gefunden hatte und an denen die ganze Gesellschaft Mexikos so leidenschaftlich teilnahm. Die Menschen führten nun ein stilleres Leben. Tlascala zog sich in ein Haus zurück, das sie nördlich des Sees von Tezcoco besaß. Ich begann sie dort oft aufzusuchen, und schließlich sah ich sie alle Tage. Ich kann Ihnen nicht recht erklären, wie wir die Zeit zusammen verbrachten. Von meiner Seite war es ein Kult, der an Fanatismus grenzte; von ihr aus war es gleichsam ein heiliges Feuer, dessen Flamme sie mit Inbrunst und Andacht nährte. Das Geständnis unserer Gefühle lag uns auf den Lippen, doch wir wagten nicht, es auszusprechen. Dieser Zustand war köstlich, wir genossen seine Süße und scheuten uns, etwas daran zu ändern.

Als der Marqués von Torres Rovellas in seiner Geschichte hier angelangt war, bat ihn der Zigeuner, der sich mit den Angelegenheiten seiner Truppe beschäftigen mußte, die Fortsetzung auf den nächsten Tag zu verschieben.

Vierundvierzigster Tag

Man versammelte sich wie an den Vortagen, bat den Marqués von Torres um die Fortsetzung seiner Geschichte, und dieser erzählte sie weiter, indem er also sprach:

Fortsetzung der Geschichte des Marqués von Torres Rovellas

Ich sprach von meiner Liebe zu der bezaubernden Tlascala und gab Ihnen ein Bild von ihrer Seele und ihrer Gestalt. Im weiteren Verlauf meiner Geschichte werden Sie die Mexikanerin besser kennenlernen.

Tlascala, von den Wahrheiten unserer heiligen Religion überzeugt, bewahrte doch zugleich eine heilige Achtung vor dem Andenken ihrer Väter, und in ihrem gemischten Glauben hatte sie ihnen ein Paradies für sich geschaffen, das sich nicht im Himmel, sondern in einer mittleren Region befand. Sie teilte bis zu einem gewissen Grade die abergläubischen Vorstellungen ihrer Landsleute. Sie glaubte, daß die großen Schatten der Könige ihres Volkes in dunklen Nächten herabstiegen und einen alten Friedhof in den Bergen aufsuchten.

Nichts auf der Welt hätte Tlascala bewegen können, sich in der Nacht dort aufzuhalten, aber wir gingen zuweilen am Tage hin und verbrachten dort viele Stunden. Sie erklärte mir die Hieroglyphen auf den Grabsteinen ihrer Vorfahren und erläuterte sie mit den Überlieferungen, die sie vollkommen beherrschte.

Wir kannten bereits die meisten Inschriften, und da wir immer weiterforschten, entdeckten wir neue und befreiten sie von dem Moos und Dorngestrüpp, das sie überwucherte. Eines Tages zeigte mir Tlascala ein dorniges Gebüsch und sagte, es befinde sich nicht ohne Grund an diesem Ort: derjenige, der es einst pflanzte, habe die Absicht gehabt, den Zorn des Himmels auf feindliche Manen herabzubeschwören. Sie meinte, ich täte gut daran, das traurige Gestrüpp zu roden. Ich nahm ein Beil aus der Hand eines Mexikaners und hackte das unheilverkündende Dornengeflecht ab. Darauf entdeckten wir einen Stein, der mehr Hieroglyphen trug als jene Gräber, die wir bis dahin gesehen hatten.

»Dies hier«, sagte Tlascala, »ist nach der spanischen Eroberung geschrieben; von da an mischten die Mexikaner unter ihre Hieroglyphen einige Buchstaben, die sie dem Alphabet der Spanier nachgebildet hatten. Die Inschriften aus jener Zeit sind am leichtesten zu lesen.«

Tlascala begann in der Tat zu lesen, doch je weiter sie kam, desto mehr malte sich tiefer Schmerz in ihren Zügen. Schließlich fiel sie besinnungslos auf den Stein, der zwei Jahrhunderte lang die Ursache ihres jähen Entsetzens verborgen hatte.

Man brachte Tlascala nach Hause, dort kam sie ein wenig zur Besinnung, doch nur, um Worte ohne Zusammenhang zu sprechen, Worte, die nichts als die Verwirrung ihres Geistes ausdrückten. Ich ging heim, abgrundtiefe Verzweiflung in der Brust, und am Tage darauf erhielt ich einen Brief, der also lautete:

Alonzo, ich habe alle Kraft und alle meine Gedanken zusammengenommen, um Ihnen ein paar Zeilen zu schreiben. Sie werden Ihnen vom alten Xoaz überbracht, der mein Lehrer in unserer alten Sprache war. Führen Sie ihn zu dem Stein, den wir entdeckt haben und dessen Inschrift er übersetzen wird. Mein Blick trübt sich, ein dunkler Schleier legt sich über meine Augen. Alonzo, entsetzliche Gespenster drängen sich zwischen uns. Alonzo, ich sehe Dich nicht mehr.

Xoaz stammte von den alten Priestern ab. Ich führte ihn auf den Friedhof und zeigte ihm den unseligen Stein. Er schrieb die Hieroglyphen ab und nahm die Abschrift mit. Ich begab mich zu Tlascala; sie redete irre und erkannte mich nicht. Am Abend schien das Fieber zurückzugehen, doch der Arzt bat mich, fernzubleiben.

Tags darauf kam Xoaz zu mir und brachte die Übersetzung der mexikanischen Inschrift. Sie lautete so:

Ich, Koatril, Sohn Montezumas, habe hier den ehrlosen Leib Marinas begraben, die ihr Herz und ihr Vaterland dem verabscheuungswürdigen Cortez, dem Anführer der Seeräuber, preisgab. Geister meiner Ahnen, die ihr in dunklen Nächten hier herabsteigt, haucht für einige Augenblicke diesem Leichnam wieder Leben ein und laßt ihn die Qualen des Todeskampfes fühlen. Geister meiner Ahnen, hört meine Stimme, hört die Verwünschungen, die sie im Namen der Menschenopfer ausspricht, von deren Blut meine Hände rauchen.

Ich, Koatril, Sohn Montezumas, bin Vater. Meine Töchter irren über die eisigen Gipfel der Berge, aber die Schönheit ist das Zeichen unseres vornehmen Geschlechts. Geister meiner Ahnen, wenn jemals eine Tochter Koatrils oder eine Tochter seiner Töchter und seiner Söhne, wenn jemals eine Tochter meines Geschlechts ihr Herz und ihre Reize an das falsche Volk der Seeräuber verschwendet, wenn sich jemals unter den Töchtem meines Blutes eine Marina findet – Geister meiner Ahnen, die ihr in dunklen Nächten hier herabsteigt, straft sie mit den grausigsten Qualen. Steigt herab in der dunklen Nacht als feurige Schlangen, zerfetzt ihren Leib, zerreißt ihren Schoß und verstreut die Teile über die Erde, und jedes einzelne möge Schmerzen, Todesqualen und den Tod selbst fühlen. Steigt herab in der dunklen Nacht in Gestalt von Geiern, deren Schnäbel von Feuersglut gerötet sind, zerfetzt ihren Leib, zerstreut die Teile in den Lüften, und jedes einzelne möge Schmerzen, Todesqualen und den Tod selbst fühlen. Geister meiner Ahnen, wenn ihr euch weigert, werde ich, mit dem Blut der Menschenopfer bespritzt, gegen euch die Götter der Rache anrufen. Mögen sie euch dieselben Qualen bereiten.

Ich habe den Fluch in diesen Stein gegraben, ich, Koatril, Sohn Montezumas, und auf das Grab den Mescusxaltra-Strauch gepflanzt.

Es fehlte nicht viel, und die Inschrift hätte bei mir die gleiche Wirkung gehabt wie bei Tlascala. Ich versuchte, Xoaz von der Unsinnigkeit des mexikanischen Aberglaubens zu überzeugen, aber ich erkannte bald, daß es sinnlos war, ihm auf diese Weise beikommen zu wollen. Er selber zeigte mir einen anderen Weg, dem Herzen Tlascalas Trost zu bringen.

»Herr«, sagte Xoaz, »es ist unbezweifelbar, daß die Geister auf den Friedhof in den Bergen herabsteigen und daß sie die Macht besitzen, die Toten und die Lebenden zu quälen, besonders wenn sie durch den Fluch, den Sie auf dem Stein gesehen haben, herbeigerufen werden. Aber viele Umstände vermögen die furchtbaren Folgen abzuschwächen. Zunächst haben Sie das unheilbringende Gesträuch abgehauen, das auf das düstere Grab gepflanzt war, und dann: welche Gemeinsamkeit besteht zwischen Ihnen und den wütenden Gesellen des Cortez? Bleiben Sie der Beschützer der Mexikaner, und glauben Sie, daß wir nicht unwissend sind in der Kunst, die Geister der Könige zu beschwichtigen oder selbst die schrecklichen Götter, die man einst in Mexiko anbetete und die von euren Priestern Dämonen genannt werden.«

Ich riet Xoaz, seine religiösen Überzeugungen nicht so offen zu bekunden, und versprach, daß ich alle Gelegenheiten wahrnehmen würde, um den Eingeborenen von Mexiko zu helfen. Die Gelegenheiten boten sich sehr bald. In den Provinzen, die der Vizekönig erobert hatte, empörte sich das Volk. Es handelte sich im Grunde nur um einen gerechten Widerstand gegen Unterdrückungsmaßnahmen, die den Absichten des Hofes gar nicht entsprachen; aber der strenge Vizekönig, der falsche Nachrichten erhalten hatte, machte keineswegs diesen Unterschied. Er stellte sich an die Spitze einer Armee, marschierte nach Neumexiko, zerstreute die Zusammenrottungen und nahm zwei Kaziken gefangen, die nach seinem Willen in der Hauptstadt der Neuen Welt auf dem Schafott sterben sollten. Man wollte ihnen gerade den Urteilsspruch verlesen, als ich im Gerichtssaal vortrat, meine Hände auf die beiden Angeklagten legte und die Worte sprach: »*Los toco por parte de el rey.*«

Diese alte Formel des spanischen Rechts hat noch eine solche Kraft, daß kein Gericht es wagen würde, sich gegen sie aufzulehnen. Durch sie wird die Vollstreckung eines jeden Urteils ausgesetzt, aber zugleich bürgt derjenige, der diese Worte spricht, mit seiner eigenen Person. Der Vizekönig hatte das Recht, mich ebenso zu behandeln wie die Rebellen, die er verurteilen wollte. Er machte mit aller Strenge davon Gebrauch, er ließ mich in ein Verlies werfen, und hier erlebte ich die süßesten Augenblicke meines Lebens.

Eines Nachts – und in meinem dämmrigen Verlies herrschte immer Nacht – bemerkte ich am Ende eines langen Ganges einen schwachen, blassen Schein, der mich, als er näher kam, die bezaubernden Züge Tlascalas erkennen ließ. Der Anblick allein hätte genügt, meinen Kerker zu einem Paradies zu machen. Doch nicht genug damit, daß sie ihn durch ihre Gegenwart verschönte: sie bereitete mir auch die freudigste Überraschung, indem sie mir eine Leidenschaft gestand, die der meinen gleich war.

»Alonzo«, sagte sie, »tugendhafter Alonzo, du hast gesiegt. Die Manen meiner Väter sind besänftigt. Dieses Herz, das kein Sterblicher besitzen sollte – es gehört nur dir. Es ist der Lohn dafür, daß du unablässig Opfer brachtest um des Glückes meiner armen Landsleute willen.«

Kaum hatte Tlascala diese Worte gesprochen, so fiel sie ohnmächtig und fast leblos in meine Arme. Ich schrieb ihre Schwäche der Erregung zu, die sie empfunden hatte; aber ach, die Ursache lag weiter zurück und war gefährlicher. Der Schrecken, der sie auf dem Friedhof überfallen hatte, und der Fieberwahn, der ihm folgte – beides hatte ihre Gesundheit untergraben.

Indessen öffneten sich Tlascalas Augen wieder dem Licht, und ein himmlisches Leuchten schien meinen dunklen Kerker in ein Strahlenmeer zu tauchen. Amor, Gott der Alten, die dich anbeteten, weil sie Menschen der Natur waren, göttlicher Amor, nicht in Knidos und nicht in Paphos hast du deine Macht so offenbart wie in unseren Verliesen der Neuen Welt. Mein Gefängnis war dein Tempel geworden, der Block, an den man mich geschmiedet hatte, dein Altar, und die Ketten waren deine Kränze. Bis heute ist dieser Zauber nicht von mir gewichen; er regt sich noch in meinem Herzen, das die Jahre erkalten ließen, und wenn meine Gedanken, von Erinnerungen bewegt, sich mitten in die Illusionen der Vergangenheit zurückversetzen wollen, so suchen sie nicht das Ehebett Elviras oder das leichtfertige Lager Lauras, sondern die feuchten Mauern eines Kerkers.

Ich erzählte Ihnen, daß der Vizekönig gegen mich sehr gereizt war. Sein ungestümer Charakter hatte den Grundsätzen des Rechts und der Freundschaft, die er für mich hegte, obsiegt. Er schickte ein leichtes Schiff nach Europa, und sein Bericht stempelte mich zu einem Menschen, der Aufstände unterstützt. Doch kaum hatte das Fahrzeug Segel gesetzt, so gewannen die Güte und der Gerechtigkeitssinn des Vizekönigs die Oberhand. Er sah nun die Angelegenheit in einem ganz anderen Licht. Wäre nicht die Furcht vor Unannehmlichkeiten gewesen, so hätte er einen zweiten, entgegengesetzt lautenden Bericht geschickt; indessen ließ er ein zweites Schiff mit Depeschen abgehen, die so abgefaßt waren, daß sie die Wirkung der ersten abschwächen mußten.

Der Madrider Staatsrat, ziemlich langsam in allen seinen Beschlüssen, erhielt den zweiten Bericht noch ganz zur rechten Zeit und ließ mit der Antwort lange auf sich warten. Sie fiel dann so aus, wie man es von vollkommenster Klugheit erwarten konnte. Das Urteil des Rates schien von äußerster Strenge diktiert und verhängte die härtesten Strafen über diejenigen, die den Aufstand hervorgerufen oder begünstigt hatten. Aber wenn man den Worten des Urteils genau folgte, war es schwierig, Schuldige zu finden, und der Vizekönig erhielt geheime Anweisungen, die ihm verboten, sie zu suchen.

Doch der für die Öffentlichkeit bestimmte Abschnitt des Urteils wurde zuerst bekannt und versetzte der angegriffenen Gesundheit Tlascalas einen tödlichen Stoß. Ein Bluthusten … ein Fieber, zuerst schwach und schleichend, dann heftiger werdend …

Der von Rührung übermannte Greis konnte nicht weitersprechen. Seufzer erstickten seine Stimme, und er entfernte sich, um seinen Tränen freien Lauf zu lassen.

Fünfundvierzigster Tag

Wir versammelten uns zur gewohnten Stunde und baten den Marqués, in seiner Geschichte fortzufahren, was er auch tat, indem er also sprach:

Fortsetzung der Geschichte des Marqués von Torres Rovellas

Ich sprach von der Ungnade, in die ich gefallen war, sagte Ihnen aber nicht, welchen Anteil Elvira daran nahm und wie sie ihrem Schmerz Ausdruck gab. Zuerst ließ sie sich mehrere dunkle Kleider machen; dann zog sie sich in ein Kloster zurück, dessen Parlatorium zu ihrem Empfangssalon wurde. Sie zeigte sich dort freilich nur mit einem Taschentuch in der Hand und mit aufgelöstem Haar. Diese Beweise ihrer Anteilnahme verfehlten nicht, mich zu rühren. Obgleich man mich von der Anklage freigesprochen hatte, mußte ich doch wegen der gerichtlichen Formalitäten und der Langsamkeit, die den Spaniern angeboren ist, noch vier Monate im Gefängnis bleiben. Sobald ich die Freiheit wiedererlangt hatte, begab ich mich in das Kloster der Marquesa und brachte sie in unsere Wohnung, wo ihre Rückkehr mit einem Fest gefeiert wurde.

Welch ein Fest – gerechter Himmel! Tlascala lebte nicht mehr. Selbst die Gleichgültigsten gedachten ihrer, und das Bedauern, das sie bekundeten, ehrte Tlascalas Andenken. Am Kummer jener Menschen können Sie meinen Schmerz ermessen. Er verzehrte mich ganz, und ich sah nichts um mich herum. Aus diesem Zustand riß mich ein neues, mir schmeichelndes Gefühl.

Ein junger Mann mit glücklicher Veranlagung hat den Wunsch, sich auszuzeichnen. Mit dreißig Jahren fühlt er das Bedürfnis, sich bei den Menschen beliebt zu machen, später strebt er nach ihrer Achtung. Ich war noch bei der Beliebtheit, und man hätte sie mir vielleicht nicht gewährt, wenn man gewußt hätte, einen wie großen Anteil die Liebe an allen meinen Handlungen hatte; so aber schrieb man sie seltenen Tugenden zu, die unterstützt würden durch einen edlen Charakter. Dazu kam ein wenig von jener Begeisterung, wie man sie gerne für Menschen empfindet, die durch ein gefährliches Wagnis eine Zeitlang die Aufmerksamkeit des Publikums fesseln. In Mexiko durfte ich die Beliebtheit fühlen, die ich genoß, und ihre schmeichelhaften Bekundungen rissen mich aus meiner tiefen Bekümmernis. Ich fühlte, daß ich diesen Grad der Beliebtheit noch nicht verdient hatte, doch ich hoffte mich ihrer würdig zu erweisen. Wenn uns der Kummer niederdrückt und wir vor uns nur noch einen düsteren Schatten sehen, entzündet so die gütige Vorsehung für uns ganz unerwartet ein Licht, das uns auf den Weg des Lebens zurückführt.

Ich nahm mir also vor, mich der Beliebtheit würdig zu erweisen. Ich bekleidete Ämter, die ich mit ebenso strenger wie tätiger Rechtschaffenheit ausfüllte. Doch ich war geboren, um zu lieben. Das Bild Tlascalas hatte, obgleich es noch immer in meinem Herzen lebte, dennoch eine große Leere hinterlassen, und ich suchte jede Gelegenheit, sie auszufüllen.

Wenn man das dreißigste Lebensjahr überschritten hat, kann man noch immer starke Zuneigung empfinden und sie sogar erwecken. Aber wehe dem Manne dieses Alters, der noch an den Spielen der jungen Liebe teilhaben möchte. Die Heiterkeit liegt nicht mehr auf seinen Lippen, die zärtliche Freude nicht mehr in seinen Augen, die liebliche Unvernunft nicht mehr auf seiner Zunge. Er sucht nach Mitteln, zu gefallen, und hat nicht mehr die leichte Gabe, die jene Mittel finden hilft. Die boshafte und ausgelassene Schar durchschaut ihn und flieht ihn mit Windeseile, um die Gesellschaft der Jugend zu suchen.

Kurz und ohne Poesie gesprochen: ich hatte manche Geliebte, von der mir Gegenliebe zuteil wurde. Doch in ihrer Zärtlichkeit spielten gewöhnlich noch andere Rücksichten mit, und so wurde ich oft jüngeren Liebhabern geopfert. Ich war darüber zuweilen verärgert, doch nie bekümmert. Ich tauschte die leichten Ketten gegen andere, die mich nicht schwerer drückten, und diese Bindungen brachten mir, im ganzen genommen, mehr Freude als Leid.

Meine Frau erreichte das vierzigste Lebensjahr und behielt noch manches von ihrer Schönheit. Huldigungen umgaben sie, doch sie waren schon Ausdruck der Ehrerbietung. Man unterhielt sich gern mit ihr, aber sie war nicht mehr Gegenstand der Gespräche. Noch immer bewegte sie sich viel in Gesellschaft, indessen hatte sie für meine Frau den einstigen Reiz verloren.

Der Vizekönig starb. Die Marquesa war gewohnter Gast in seinem Hause gewesen; nun wünschte sie, bei sich Gäste zu empfangen. Ich liebte noch die Gesellschaft der Frauen und empfand Freude bei dem Gedanken, sie zu finden, indem ich nur eine Treppe herabstiege. Die Marquesa hatte für mich beinahe den Reiz einer neuen Bekanntschaft. Sie schien mir liebenswert, und ich bemühte mich, es gleichfalls zu sein. Meine Tochter, die sich hier bei mir befindet, ist die Frucht dieses neuen Bundes.

Das späte Wochenbett der Marquesa untergrub ihre Gesundheit. Mancherlei Unpäßlichkeiten folgten einander, und schließlich wurde sie von einer zehrenden Krankheit gepackt, die sie ins Grab brachte. Ich weinte ihr aufrichtige Tränen nach. Sie war meine erste Liebe gewesen und meine letzte Freundin. Das Band des Blutes einte uns, ich dankte ihr mein Vermögen und meinen Rang – Ursache genug, sie zu betrauern. Als ich Tlascala verlor, umgaben mich noch alle Illusionen des Lebens. Die Marquesa ließ mich allein und ohne Trost zurück, in einer Niedergeschlagenheit, aus der mich nichts herauszulösen vermochte. Und dennoch fand ich mich heraus. Ich begab mich auf meine Ländereien, wohnte bei einem meiner Vasallen. Seine Tochter, noch zu jung, um auf das Alter zu achten, widmete mir ein Gefühl, das ein wenig der Liebe glich und mir im Spätherbst meines Lebens noch ein paar Blumen zu pflücken vergönnte.

Dann ließ das Alter meine Sinne erkalten, doch mein Herz blieb empfindsam, und ich hege für meine Tochter eine Zärtlichkeit, die stärker ist als alle meine früheren Leidenschaften. Sie glücklich zu sehen und in ihren Armen zu sterben – das ist es, was ich alle Tage wünsche. Ich darf mich nicht beklagen: mein teures Kind lohnt es mir mit der herzlichsten Gegenliebe. Um ihr Schicksal bin ich ohne Sorge, die Verhältnisse sind für sie günstig; ich glaube, ich habe ihr die Zukunft gesichert, sofern man sie auf Erden überhaupt jemandem sichern kann. In Frieden, wenn auch nicht ohne Bedauern, scheide ich von dieser Welt, in der ich, wie jeder Mensch, viel Trübsal, aber auch viel Glück erfahren habe.

Sie wollten die Geschichte meines Lebens erfahren – das war sie. Doch ich fürchte, sie hat Sie gelangweilt, zumal da ich sehe, daß dieser Señor es seit einiger Zeit vorzieht, Berechnungen anzustellen.

Velásquez hatte in der Tat seine Täfelchen hervorgeholt und sie mit Zahlen bekritzelt.

»Verzeihen Sie«, sagte er, »Ihre Geschichte hat mich lebhaft interessiert, und ich habe mir nichts entgehen lassen.

Während ich Ihrem Lebensweg folgte und sah, wie eine bewegende Leidenschaft Sie in dem Maße, in dem Sie vorwärtsschritten, auch höher hob, wie diese Leidenschaft Sie in der Mitte Ihrer Laufbahn auf der erreichten Höhe hielt und Sie auch beim Abstieg Ihres Daseins stützte – während ich dies sah, glaubte ich eine geschlossene Kurve zu erkennen, deren Ordinate mit vorwärtsschreitenden Werten auf der Abszissenachse nach einem bestimmten Gesetz zunimmt, in der Mitte der Achse fast gleichbleibt und schließlich im gleichen Verhältnis abnimmt, in dem sie zuerst zugenommen hat.«

»Wahrhaftig«, sagte der Marqués, »ich hatte wohl angenommen, daß man aus der Geschichte meines Lebens eine Lehre ziehen könne, aber ich hätte nie geglaubt, daß sie sich als Gleichung fassen ließe.«

»Nicht um Ihr Leben geht es hier«, erwiderte Velásquez, »sondern um das Menschenleben schlechthin, um die physische und moralische Tüchtigkeit, die mit den Lebensjahren zunimmt, für kurze Zeit stehenbleibt, dann abnimmt und darin anderen Kräften gleicht und auch denselben Gesetzen unterliegt, das heißt, es geht um das bestimmte Verhältnis zwischen der Zahl der Jahre und dem Maß der Tüchtigkeit, die durch den Seelenzustand bedingt ist. Ich möchte dies gern genauer erklären. Betrachten wir den Lauf Ihres Lebens als Hauptachse einer Ellipse. Diese Hauptachse teilen wir in neunzig gleiche Teile, die halbe Nebenachse in fünfzehn gleiche Teile. Beachten Sie aber, daß die Werte auf der kleinen Achse, welche den Grad der Tüchtigkeit bedeuten, von ganz anderer Art sind als die Teile der großen Achse, welche die Jahre bedeuten. Wie bei der Ellipse erhalten wir also eine Kurve, die zunächst steil ansteigt, kurze Zeit fast in der gleichen Höhe verweilt, um dann in dem gleichen Verhältnis abzusteigen, in dem sie angestiegen ist. Der Augenblick Ihrer Geburt ist der Koordinatenursprung, in dem x, das Lebensjahr, und y, die Tüchtigkeit, gleich Null sind. Sie werden geboren, Señor, und nach Ablauf eines Jahres beträgt die Ordinate 31/10. Die nächsten Ordinaten werden nicht abermals um 31/10 anwachsen. Denn der Schritt von Null bis zu jenem Wesen, das kaum die elementaren Begriffe lallt, ist weit größer als jeder andere.

Der Mensch von zwei, drei, vier, fünf, sechs und sieben Jahren hat als Ordinate seiner Tüchtigkeit 44/10, dann 54/10, 62/10, 69/10, 75/10, 80/10; die Differenzen betragen also 13/10, 10/10, 8/10, 7/10, 6/10, 5/10.

Die Ordinate von vierzehn Jahren beträgt 109/10, und als Summe der Differenzen erhalten wir in diesem zweiten Jahrsiebent nur 29/10. Mit vierzehn Jahren beginnt der Mensch erst, Jüngling zu sein, und er ist es auch noch im einundzwanzigsten Jahr; die Summe der Differenzen beträgt jedoch in diesem Jahrsiebent nur 18/10. Zwischen dem einundzwanzigsten und dem achtundzwanzigsten Jahr erhalten wir eine Differenz von 12/10. Ich möchte bemerken, daß meine Kurve lediglich das Leben derjenigen Menschen darstellt, deren Leidenschaften gemäßigt sind und deren Tüchtigkeit den höchsten Grad erreicht, wenn sie das vierzigste Lebensjahr überschritten haben und sich dem fünfundvierzigsten nähern. Da die bewegende Leidenschaft bei Ihnen, Señor, die Liebe war, muß Ihre größte Ordinate natürlich um zehn Jahre vorgerückt werden und zwischen dem dreißigsten und fünfunddreißigsten Lebensjahr liegen. Ihre Tüchtigkeit mußte verhältnismäßig rasch ansteigen. In der Tat fällt Ihre größte Ordinate auf das fünfunddreißigste Lebensjahr, und ich konstruiere Ihre Ellipse mit einer großen Achse von 70 Jahren. Deshalb hatte auch die Ordinate von vierzehn Jahren, die bei einem maßvollen Menschen 109/10 ausmachte, bei Ihnen den Wert von 120/10; die Ordinate von einundzwanzig Jahren betrug statt 127/10 bei Ihnen 137/10. Hingegen steigt bei einem maßvollen Menschen im zweiundvierzigsten Lebensjahr die Tüchtigkeit noch an, bei Ihnen, Señor, sinkt sie jedoch bereits ab.

Mit vierzehn Jahren lieben Sie ein junges Mädchen, mit reichlich einundzwanzig werden Sie der beste aller Gatten.

Mit achtundzwanzig werden Sie Ihrer Frau untreu, was sich auf Ihrem Lebensweg sehr deutlich ausprägt; doch jene, die Sie lieben, hat eine erhabene Seele, die auch die Ihre emporhebt, und mit fünfunddreißig spielen Sie in der Gesellschaft eine ruhmreiche Rolle. Bald gehen Sie wieder auf Liebesabenteuer aus, so wie Sie es bereits im achtundzwanzigsten Lebensjahr taten, dessen Ordinate der von zweiundvierzig Jahren entspricht.

Dann werden Sie von neuem ein guter Ehemann, wie Sie es mit einundzwanzig waren, und die Ordinate jenes Jahres ist gleich der von neunundvierzig. Schließlich ziehen Sie zu einem Ihrer Vasallen, und Sie lieben ein sehr junges Mädchen, so wie Sie eines im vierzehnten Lebensjahr liebten, dessen Ordinate den gleichen Wert hat wie die von sechsundfünfzig. Ich hoffe, Herr Marqués, daß die große Achse Ihres Daseins nicht mit siebzig enden, ja daß sie bis hundert gehen wird. Doch in diesem Falle wird sich Ihre Ellipse allmählich in eine andere Kurve umwandeln, die der Kettenlinie gleicht.«

Mit diesen Worten erhob sich Velásquez, ruderte furchtbar mit den Armen, ergriff den Degen und begann damit im Sande Striche zu ziehen. Gewiß hätte er uns noch die ganze Theorie der Kettenlinie vorgetragen, wenn nicht der Marqués und mit ihm die übrige Gesellschaft, wenig neugierig auf die weiteren Ausführungen unseres Mathematikers, um Erlaubnis gebeten hätten, sich zur Ruhe zu begeben. Einzig Rebekka blieb bei ihm. Velásquez achtete nicht im geringsten auf die Fortgehenden – ihm genügte die schöne Jüdin. So begann er denn, ihr weiter sein System zu erläutern. Ich hörte noch eine Weile zu, bis ich schließlich, von der Vielzahl wissenschaftlicher Ausdrücke und Zahlen ermüdet, an denen ich nie besonderes Gefallen gefunden hatte, nicht länger gegen den Schlummer ankämpfte und mich gleichfalls schlafen legte. Velásquez aber redete unentwegt weiter.

Sechsundvierzigster Tag

Die Mexikaner, die schon länger bei uns verweilten, als sie beabsichtigt hatten, beschlossen nun, uns zu verlassen. Der Marqués versuchte den Zigeunerhauptmann zu überreden, daß er mit ihm nach Madrid gehe und ein seiner Geburt entsprechendes Leben führe. Doch der Zigeuner wollte nichts davon wissen; er bat sogar, man solle seinen Namen nirgends nennen und das Geheimnis wahren, mit dem er sein Dasein umgab. Die Reisenden bezeigten dem künftigen Herzog Velásquez ihre Hochachtung und erwiesen mir die Ehre, um meine Freundschaft zu bitten.

Wir geleiteten sie bis an das Ende des Tales und folgten ihnen noch lange mit den Blicken. Als ich zurückkehrte, fiel mir ein, daß in der Karawane jemand gefehlt hatte. Da erinnerte ich mich wieder an das Mädchen, das man unter dem unglückseligen Galgen von Los Hermanos gefunden hatte. Ich fragte den Hauptmann, was aus ihr geworden sei und ob es sich nicht wieder um ein ungewöhnliches Abenteuer handle, irgendeinen Schabernack der verdammten Höllengeister, die uns so mitgespielt hatten. Der Zigeuner lächelte spöttisch und erwiderte: »Diesmal irren Sie, Señor Alfons, aber es liegt schon in der menschlichen Natur, daß sie, wenn sie erst einmal vom Übernatürlichen gekostet hat, selbst die gewöhnlichsten Vorfälle im Leben darunter einreiht.«

»Sie haben recht«, unterbrach Velásquez, »auf diese Dinge kann man auch die Theorie von der geometrischen Progression anwenden; ihr erstes Glied wäre der Vertreter eines finsteren Aberglaubens, ihr letztes der Alchimist oder Astrologe. Zwischen den beiden Gliedern ist noch Platz für viele Vorurteile, die auf der Menschheit lasten.«

»Gegen diese Beweisführung habe ich nichts einzuwenden«, sagte ich, »aber es erklärt mir noch nicht, wer das unbekannte Mädchen gewesen ist.«

»Ich hatte einen Mann ausgesandt«, antwortete der Zigeuner, »um Einzelheiten zu erfahren. Er teilte mir mit, es handle sich um eine arme Waise, die nach dem Tode ihres Geliebten den Verstand verloren hat, keine Zuflucht findet und von der Wohltätigkeit Reisender oder der Barmherzigkeit der Hirten lebt. Gewöhnlich irrt sie einsam in den Bergen und schläft dort, wo die Nacht sie gerade überrascht. Sicher war sie diesmal unter den Galgen von Los Hermanos geraten und, da sie die Grausigkeit des Ortes nicht begriff, friedlich eingeschlummert. Der Marqués, von Mitleid erfaßt, ließ sie pflegen, doch als die Wahnsinnige wieder zu Kräften kam, entwich sie der Obhut und verschwand irgendwo in den Bergen. Es wundert mich, daß Sie ihr bisher noch nirgends begegnet sind. Die Arme wird womöglich irgendwo vom Felsen abstürzen und jämmerlich umkommen; freilich gebe ich zu, daß dies für solch ein kümmerliches Leben nicht das Schlimmste wäre. Wenn die Hirten zur Nacht das Feuer anzünden, taucht sie manchmal unvermittelt auf. Dann setzt sich Dolorita – so heißt nämlich die Unglückliche – ruhig hin, starrt einen von ihnen an, wirft sich ihm um den Hals und ruft ihn mit dem Namen ihres toten Geliebten. Zuerst wurde sie gemieden, jetzt haben sich die Hirten an sie gewöhnt, sie lassen sie ungehindert umherirren und geben ihr sogar zu essen.«

Nach dem Bericht des Zigeuners begann Velásquez von dem Walten widersprüchlicher Kräfte zu sprechen, die einander verzehren, von der Leidenschaft, die nach langem Kampf mit dem Verstande ihn schließlich zerstört, das Zepter des Irrsinns ergreift und allein im Gehirn herrscht. Ich hingegen wunderte mich, als ich die Worte des Zigeuners vernahm, war ich doch überzeugt gewesen, daß er die Gelegenheit benutzen würde, um uns abermals mit einer langen Geschichte aufzuwarten. Vielleicht hatte er die Geschichte Doloritas auch nur deshalb abgekürzt, weil der Ewige Jude gerade aufgetaucht war. Er eilte mit raschen Schritten um den Berg herum, und der Kabbalist fing an, schreckliche Beschwörungen zu murmeln, aber es schien, als wäre es vergeblich, denn der Jude achtete überhaupt nicht darauf. Endlich aber kam er näher, ganz so, als geschähe es nur aus Höflichkeit gegenüber der Gesellschaft. Er sagte zu Uceda: »Deine Herrschaft ist zu Ende, die Macht, deren du dich unwürdig zeigtest, hast du verloren, eine grausige Zukunft steht dir bevor.«

Der Kabbalist lachte schallend, doch sein Lachen kam offenbar nicht von Herzen, denn er redete fast flehend in einer mir unbekannten Sprache auf den Juden ein.

»Gut«, erwiderte Ahasver, »heute noch, heute zum letzten Male – du wirst mich nie wiedersehen.«

»Gleichviel«, meinte Uceda, »was später kommt, wird sich noch zeigen, jetzt aber nütze unseren Spaziergang, alter Frechling, und fahre in deiner Erzählung fort. Wir werden ja sehen, ob der Scheich von Tarudant mehr Macht besitzt als ich. Im übrigen weiß *ich* genau, weshalb du uns meidest, und du kannst überzeugt sein, daß ich deine Gründe allen preisgeben werde.«

Der unglückliche Rastlose durchbohrte den Kabbalisten mit einem mörderischen Blick; da er jedoch merkte, daß er sich ihm nicht würde widersetzen können, trat er wie gewöhnlich zwischen mich und Velásquez, schwieg eine Weile und begann darauf also zu sprechen:

Fortsetzung der Geschichte des Ewigen Juden

Ich habe Ihnen berichtet, wie gerade zu dem Zeitpunkt, da ich das heißersehnte Ziel meiner Wünsche zu erreichen glaubte, im Tempel ein Wirrwarr entstand. Ein Pharisäer trat auf uns zu und nannte mich einen Betrüger. Wie man gewöhnlich in solchen Fällen handelt, antwortete ich, er sei ein Verleumder und ich würde ihn von meinen Leuten hinauswerfen lassen, wenn er sich nicht auf der Stelle davonmache.

»Genug!« rief der Pharisäer und wandte sich an die Anwesenden. »Dieser nichtswürdige Sadduzäer betrügt euch. Er hat ein falsches Gerücht aufgebracht, um sich auf eure Kosten zu bereichern; er nutzt eure Leichtgläubigkeit aus, und es ist höchste Zeit, ihm die Maske vom Gesicht zu reißen. Um euch die Wahrheit meiner Worte zu beweisen, biete ich für euer Silber doppelt soviel Gold wie er.«

Auf diese Weise gewann der Pharisäer noch fünfundzwanzig vom Hundert; doch das Volk, von der Gier nach Gold besessen, drängte sich in Scharen zu ihm und nannte ihn den Wohltäter der Stadt, während es mich auf das übelste beschimpfte. Nach und nach erhitzten sich die Gemüter, von Worten kam es zu Tätlichkeiten, und plötzlich entstand im Tempel ein solcher Lärm, daß einer des anderen Wort nicht verstehen konnte. Da ich sah, daß sich Schreckliches anbahnte, schickte ich schleunigst nach Hause, was ich an Silber und Gold zusammenzuraffen vermochte; aber noch ehe die Knechte alles fortschaffen konnten, stürzte sich das wutentbrannte Volk auf die Tische und fing an, das Geld an sich zu reißen. Ich verteidigte es, so gut ich konnte, doch mein

Mühen blieb vergeblich: die gegnerischen Kräfte waren bedeutend größer, in einem einzigen Augenblick verwandelte sich der Tempel in ein Schlachtfeld. Ich weiß nicht, wie das geendet hätte; vielleicht wäre ich nicht lebend herausgekommen, denn mein Kopf trug bereits blutende Wunden. Doch da trat der Prophet aus Nazareth mit seinen Jüngern in den Tempel. Nie werde ich die strenge und feierliche Stimme vergessen, die den Lärm im Augenblick verstummen ließ. Wir warteten ab, für wen er Partei ergreifen würde. Der Pharisäer war überzeugt, gewonnen zu haben, aber der Prophet wandte sich entrüstet gegen beide Gruppen und warf uns Tempelschändung vor, Entweihung des Gotteshauses und Verachtung des Schöpfers um teuflischer Güter willen. Seine Worte machten einen starken Eindruck auf die Versammelten, immer mehr Menschen strömten in den Tempel, darunter viele Anhänger der neuen Lehre. Beide Parteien merkten, daß diese Einmischung eines Dritten für sie übel ausgehen würde. Wir irrten nicht, denn bald erscholl wie aus einer einzigen Brust der Ruf: »Hinaus aus dem Tempel!« Das Volk achtete diesmal nicht auf seinen Nutzen, sondern begann, von fanatischer Leidenschaft erfaßt, die Tische hinauszuwerfen und uns auszutreiben. Als wir uns auf der Straße befanden, wurde das Gedränge immer größer, doch das Volk schenkte dem Propheten mehr Aufmerksamkeit als uns, und so erreichte ich, die allgemeine Verwirrung nutzend, verstohlen durch Seitengäßchen das Haus. An der Tür sah ich unsere Diener, die mit dem geretteten Gelde davongekommen waren. Mit einem Blick auf die Säcke erkannte ich, daß zwar meine Hoffnungen auf Gewinn nicht in Erfüllung gegangen waren, daß wir aber auch keinen Verlust erlitten hatten. Bei diesem Gedanken atmete ich auf.

Zedekia war bereits von allem unterrichtet. Sara hatte voller Unruhe auf meine Rückkehr gewartet. Als sie mich blutig sah, erblaßte sie und warf sich an meine Brust. Der Greis blickte mich lange stumm an, schüttelte den Kopf, als suche er nach einem Gedanken, und sagte schließlich: »Ich versprach, dir Sara zu geben, wenn du das dir anvertraute Geld verdoppelst. Was hast du damit angefangen?«

»Es ist nicht meine Schuld«, antwortete ich, »wenn ein unvorhergesehener Zwischenfall meine Pläne zunichte machte. Ich habe dein Gut verteidigt und dabei meines Lebens nicht geschont. Du kannst das Geld nachzählen – du hast nichts verloren, im Gegenteil, es bleibt sogar ein gewisser Gewinn. Er ist allerdings nicht der Rede wert im Vergleich zu dem, der uns erwartete.«

Da hatte ich plötzlich einen glücklichen Einfall; ich beschloß, mit einemmal alles in die Waagschale des Schicksals zu werfen, und sagte: »Wenn du jedoch möchtest, daß der heutige Tag gewinnbringend sei, so kann ich das auf andere Weise bewirken.«

»Und wie?« rief Zedekia. »Ich verstehe, gewiß wieder so ein Vorhaben, das ausgeht wie dieses hier.«

»Keineswegs«, antwortete ich, »du wirst dich selbst überzeugen, daß der Wert, den ich dir biete, sehr greifbar ist.«

Mit diesen Worten eilte ich rasch hinaus und kehrte bald wieder, mein bronzenes Kästchen unterm Arm. Zedekia betrachtete mich aufmerksam, ein Hoffnungslächeln spielte um die Lippen Saras. Ich öffnete das Kästchen, entnahm ihm die darin befindlichen Papiere, riß sie mittendurch und reichte sie dem Greis. Da erkannte Zedekia, worum es sich handelte, er knüllte die Papiere krampfhaft zusammen, und sein Gesicht verzerrte sich vor gewaltigem Zorn. Er erhob sich halb, wollte etwas sagen, aber die Worte blieben ihm in der Kehle stecken. Mein Schicksal sollte sich entscheiden, ich fiel dem Greis zu Füßen und netzte sie reichlich mit Tränen.

Bei diesem Anblick kniete Sara neben mir nieder und begann, in Tränen aufgelöst und ohne zu wissen, warum, die Hände ihres Großvaters zu küssen. Der Greis ließ den Kopf auf die Brust sinken, tausend Empfindungen stritten in seinem Herzen, schweigend riß er die Papiere in kleine Fetzen, dann sprang er auf und verließ rasch das Zimmer. Wir blieben in schmerzhafter Ungewißheit allein. Ich gestehe, daß ich jede Hoffnung verloren hatte. Ich erkannte, daß ich nach all dem, was vorgefallen war, im Hause Zedekias nicht länger verweilen durfte. Ein letztes Mal sah ich auf die verweinte Sara und ging hinaus, doch da bemerkte ich im Flur ein emsiges Treiben. Ich fragte, was denn geschehen sei, und man antwortete mir lächelnd, daß gerade ich eine solche Frage nicht stellen dürfe.

»Du bist es doch«, fuhr man fort, »dem Zedekia seine Enkelin vermählen will. Er hat angeordnet, daß man schleunigst die Vorbereitungen zur Hochzeit treffe.«

Sie können sich vorstellen, wie ich nun aus der tiefsten Verzweiflung in einen Zustand unbeschreiblichen Glücks geriet. Vierzehn Tage später nahm ich Sara zur Frau. Es fehlte mir nur, daß mein Freund an diesem herrlichen Wandel meines Geschicks teilgehabt hätte. Doch Germanus, von der Lehre des Propheten aus Nazareth ganz erfüllt, hatte zu denen gehört, die uns aus dem Tempel vertrieben. So mußte ich denn trotz der Freundschaft, die ich für ihn empfand, jede Verbindung mit ihm abbrechen und verlor ihn von da an völlig aus den Augen.

Nach all den vielen Widerwärtigkeiten, die ich erduldet hatte, glaubte ich nun, daß mir ein friedliches Leben bevorstehe, um so mehr, als ich das Wechselgeschäft, mit dem ich so gefährliche Erfahrungen gemacht hatte, aufgab. Ich wollte von meinem Vermögen leben. Um aber die Zeit nicht nutzlos zu verbringen, beschloß ich, Geld auszuleihen. In der Tat fehlte es nicht an Menschen, die es brauchten, und ich strich bedeutende Gewinne ein. Sara machte mir das Leben mit jedem Tage angenehmer, als unvermutet etwas eintrat, was die Verhältnisse von Grund auf änderte. Doch die Sonne geht bereits unter, für Sie naht die Stunde der Ruhe, und ich werde jetzt von einer mächtigen Beschwörung gerufen, der ich mich nicht zu widersetzen vermag. Eine seltsame Ahnung erfaßt meine Seele: sollte das Ende meiner Leiden nicht mehr fern sein? Lebt wohl.

Mit diesen Worten verschwand der Unstete in einer nahen Schlucht. Seine letzten Worte wunderten mich, ich fragte den Kabbalisten nach ihrer Bedeutung.

»Ich zweifle«, erwiderte Uceda, »daß wir die Fortsetzung der Geschichte des Juden jemals zu hören bekommen. Dieser Schuft verschwindet jedesmal, wenn er zu dem Zeitabschnitt kommt, in dem er für die Mißachtung des Propheten zum ewigen Wandern verurteilt worden ist, und keine Macht der Welt vermag ihn dann zurückzurufen. Seine letzten Worte wundern mich durchaus nicht. Seit einiger Zeit habe ich selbst bemerkt, daß er bedeutend gealtert ist, aber das wird doch wohl nicht zum Tode führen, denn was würde dann aus Ihrer Überlieferung werden?«

Da ich sah, daß die Worte des Kabbalisten auf Betrachtungen abzielten, die ein rechtgläubiger Katholik besser nicht hören sollte, brach ich das Gespräch ab, entfernte mich von der übrigen Gesellschaft und kehrte allein in mein Zelt zurück.

Bald erschienen auch die übrigen, aber sie begaben sich wohl noch nicht gleich zur Ruhe, denn ich hörte noch lange die Stimme Velásquez', der Rebekka irgendwelche mathematischen Formeln erläuterte.

Siebenundvierzigster Tag

Am nächsten Tag verkündete uns der Zigeuner, er erwarte einen neuen Warentransport und gedenke aus Gründen der Sicherheit einige Zeit an diesem Ort zu verweilen. Wir nahmen die Nachricht mit Freuden auf, denn man hätte im ganzen Gebirge der Sierra Morena schwerlich eine bezauberndere Lage finden können. Am Morgen ging ich mit einigen Zigeunern in den Bergen auf Jagd, am Abend, als ich zurückkam, begab ich mich zur übrigen Gesellschaft und lauschte der weiteren Erzählung des Hauptmanns, der also sprach:

Fortsetzung der Geschichte des Zigeunerhauptmanns

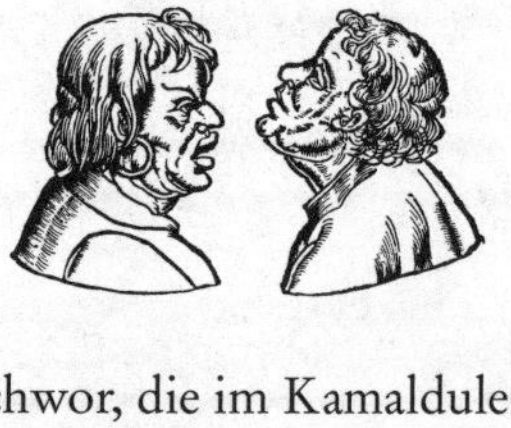

Ich kehrte mit Toledo, der sich schwor, die im Kamaldulenserkloster verlorene Zeit wettzumachen, nach Madrid zurück. Die Abenteuer des López Suárez interessierten ihn lebhaft, und ich erzählte ihm unterwegs die Einzelheiten. Der Ritter hörte mir aufmerksam zu und sagte schließlich: »Wenn man nach einer Buße gewissermaßen in einen neuen

Lebensabschnitt tritt, müßte man ihn damit beginnen, daß man jemandem eine Wohltat erweist. Mir tut dieser arme Jüngling leid, der ohne Freunde und Bekannte, krank, verlassen und dazu noch verliebt, daliegt und nicht weiß, wie er sich allein in der fremden Stadt helfen soll. Avarito, du wirst mich zu Suárez führen, vielleicht kann ich ihm nützlich sein.«

Toledos Absicht wunderte mich keineswegs, da ich mich schon seit langem von seiner edlen Denkart und seiner Bereitschaft, anderen zu helfen, überzeugt hatte.

Als der Ritter in Madrid ankam, begab er sich in der Tat sogleich zu Suárez. Ich folgte ihm. Beim Eintreten bot sich uns ein seltsamer Anblick. López Suárez lag im heftigsten Fieber. Seine Augen waren geöffnet, doch er sah nichts, nur manchmal spielte ein irres Lächeln um seine vertrockneten Lippen – offenbar träumte er von der geliebten Inés. Dicht neben ihm saß in einem Lehnstuhl Busqueros, aber er wandte sich nicht um, auch nicht, als wir hereinkamen. Ich näherte mich dem Stuhl und sah, daß Busqueros schlief. Toledo trat zu dem Manne, der das Unglück des armen Suárez verursacht hatte, und rüttelte ihn an der Schulter. Don Roque erwachte, rieb sich die Augen, riß sie weit auf und rief: »Was sehe ich: Señor Don Jose? Gestern hatte ich die Ehre, im Prado Seiner Hoheit dem Herzog von Lerma zu begegnen, der mich aufmerksam musterte; gewiß möchte er mich näher kennenlernen. Falls Seine Hoheit meine Dienste benötigen sollte, erklären Sie bitte, Señor, Ihrem Herrn Bruder, daß ich jeden Augenblick zu seiner Verfügung stehe.«

Toledo unterbrach Busqueros' Wortschwall, dessen Ende nicht abzusehen war, und sagte zu ihm: »Nicht darum handelt es sich jetzt; ich möchte vielmehr wissen, wie es dem Kranken geht und ob er etwas braucht.«

»Dem Kranken geht es schlecht«, antwortete Don Roque, »vor allem braucht er Gesundheit, Trost und die Hand der schönen Inés.«

»Was das erste betrifft«, unterbrach ihn Toledo, »so will

ich auf der Stelle den Arzt meines Bruders aufsuchen; er ist einer der geschicktesten Mediziner von Madrid.«

»Was das zweite anbelangt«, ergänzte Busqueros, »so werden Sie ihm kaum helfen können, denn Sie werden nicht imstande sein, ihm das Leben seines Vaters wiederzugeben, und zu Punkt drei darf ich Ihnen versichern, daß ich keine Mühe scheue, um diese Absicht zu verwirklichen.«

»Ist's möglich?« rief ich. »Der Vater des Don López ist gestorben?«

»So ist es«, antwortete Busqueros, »der Enkel desselben Iñigo Suárez, der in seiner Jugend die Meere überquert und dann in Cádiz ein Handelshaus gegründet hatte. Dem Kranken ginge es schon viel besser und er wäre sicher bald völlig genesen, wenn ihn nicht die Nachricht vom Tode seines Erzeugers von neuem auf das Krankenlager geworfen hätte. Da Sie, Señor«, fuhr Busqueros, an Toledo gewandt, fort, »sich für das Schicksal meines Freundes aufrichtig interessieren, so gestatten Sie, daß ich Sie bei der Aufsuchung des Arztes begleite und Ihnen zugleich meine Dienste anbiete.«

Nach diesen Worten brachen beide auf, und ich blieb mit dem Kranken allein. Lange starrte ich auf sein blasses Angesicht, das die Leiden in so kurzer Zeit zerfurcht hatten, und ich verwünschte im Geiste den Aufdringlichen, der all das Mißgeschick Suárez' verschuldet hatte. Der Kranke war eingeschlafen, ich hielt den Atem an, um nicht durch eine unwillkürliche Bewegung seine Ruhe zu stören, als plötzlich jemand anklopfte. Ärgerlich stand ich auf und schlich auf Zehenspitzen zur Tür, um zu öffnen. Ich erblickte eine Frau, nicht mehr jung, doch von höchst angenehmem Äußeren. Als sie sah, daß ich zum Zeichen des Schweigens den Finger an den Mund legte, bat sie mich, auf den Flur zu kommen.

»Mein junger Freund«, sprach sie zu mir, »könntest du mir nicht sagen, wie sich Señor Suárez heute fühlt?«

»Ich glaube, nicht gut«, antwortete ich, »aber er ist in diesem Augenblick eingeschlummert, und ich hoffe, daß ihn der Schlaf ein wenig stärken wird.«

»Man sagte mir, er sei sehr leidend«, fuhr die Unbekannte fort, »und eine Person, die sich aufrichtig für ihn interessiert, bat mich, ich möchte mich von seinem Zustand überzeugen. Sei so freundlich und übergib ihm, sobald er erwacht, dieses Briefchen. Ich will morgen wiederkommen und sehen, ob es ihm besser geht.«

Nach diesen Worten verschwand sie. Ich steckte das Briefchen in die Tasche und ging wieder zu dem Kranken.

Nach einer Weile kam Toledo mit dem Arzt zurück. Der brave Askulapjünger erinnerte mich in seinem Aussehen an den Doktor Sangre Moreno; er betrachtete den Kranken, schüttelte den Kopf, dann meinte er, er könne im Augenblick keine Gewähr übernehmen, doch er wolle die ganze Nacht bei Suárez bleiben, und am nächsten Tage werde er eine endgültige Diagnose stellen können. Toledo umarmte ihn freundschaftlich und bat ihn, keine Mühen zu scheuen. Dann brachen wir auf, den Schwur im Herzen, daß wir am nächsten Tage beim Morgengrauen wiederkommen würden. Unterwegs erzählte ich dem Ritter von dem Besuch der Unbekannten. Er nahm das Briefchen und sagte: »Ich bin überzeugt, es stammt von der schönen Inés. Wenn Suárez sich morgen besser fühlt, können wir es ihm aushändigen. Ich würde wahrhaftig die Hälfte meines Lebens darum geben, wenn ich damit das Glück des Mannes erkaufen könnte, dem ich soviel Leid zugefügt habe. Doch es ist schon spät, wir bedürfen nach unserer Reise gleichfalls der Ruhe. Komm, du kannst dich bei mir ausschlafen.«

Mit Freuden nahm ich die Einladung des Mannes an, für den ich immer mehr Zuneigung empfand. Nachdem ich mich gestärkt hatte, schlief ich fest ein.

Am nächsten Morgen gingen wir zu Suárez. Dem Gesicht des Arztes merkte man an, daß seine Kunst über die Krankheit gesiegt hatte. Der Kranke war noch sehr geschwächt, doch er erkannte mich schon und begrüßte mich herzlich. Toledo erzählte ihm, wie er seinen Sturz herbeigeführt habe; er versicherte, er werde alles tun, um ihm die erlittenen

Schmerzen zu vergelten, und bat Suárez, ihn von Stund an als seinen Freund zu betrachten. Suárez nahm dankbar an und reichte dem Ritter seine kraftlose Hand. Darauf ging Toledo mit dem Arzt ins Nebenzimmer. Ich nutzte die Gelegenheit und übergab dem Kranken das Briefchen. Die darin enthaltenen Worte waren sicher die beste Arznei, denn López Suárez richtete sich im Bette auf, Tränen rannen über seine Wangen, er drückte das Briefchen an sein Herz und rief schluchzend: »Großer Gott, so verläßt du mich nicht, so bin ich nicht allein auf dieser Welt. Inés, meine teure Inés, sie hat mich nicht vergessen, sie liebt mich! Die brave Frau von Avalos war selbst hier, um sich nach meiner Gesundheit zu erkundigen.«

»So ist es, Señor López«, antwortete ich, »doch um Gottes willen, beruhigen Sie sich, eine plötzliche Erschütterung könnte Ihnen schaden.«

Toledo hatte meine letzten Worte gehört, er kam mit dem Arzt herein, der dem Kranken vor allem Ruhe verordnete und kühlende Getränke empfahl; er versprach, am Abend wiederzukommen, und entfernte sich. Nach einer Weile öffnete sich die Tür, und Busqueros trat ein.

»Bravo!« rief er. »Ausgezeichnet, unser Kranker ist heute schon viel gesünder, wie ich sehe! Um so besser, bald werden wir nämlich unsere ganze Tätigkeit entfalten müssen. In der Stadt geht das Gerücht um, daß die Tochter des Bankiers in diesen Tagen den Herzog von Santa Maura heiraten wird. Sollen sie doch reden, was sie wollen – wir werden ja sehen, wer recht behält. Ich traf gerade in der Herberge ›Zum goldenen Hirsch‹ einen Mann aus dem Gefolge des Herzogs und gab ihm zu verstehen, daß es für sie zwecklos gewesen ist, hierherzukommen.«

»Jedenfalls glaube ich«, unterbrach ihn Toledo, »daß Señor López die Hoffnung nicht verlieren sollte. Allerdings wünschte ich in diesem Falle, mein Teuerster, daß Sie sich in nichts einmischen.«

Der Ritter hatte diese Worte mit Nachdruck gesprochen,

und Don Roque wagte es offensichtlich nicht, ihm zu widersprechen. Ich bemerkte nur, daß es ihn sehr erfreute, als Toledo sich im nächsten Augenblick von Suárez verabschiedete.

»Schöne Worte bringen uns nicht weiter«, meinte Don Roque, als wir allein geblieben waren, »hier muß gehandelt werden, und zwar so rasch wie möglich.«

Nachdem der Aufdringliche dies gesagt hatte, hörte ich, wie jemand anklopfte. Ich dachte mir, daß es Frau von Avalos sein werde; deshalb flüsterte ich Suárez ins Ohr, er solle Busqueros durch die Hintertür fortschicken. Doch dieser empörte sich über die Zumutung und sagte: »Hier muß gehandelt werden, wiederhole ich. Wenn es nun ein Besuch ist, der mit unserer Hauptangelegenheit in Verbindung steht, so muß ich dabeisein oder wenigstens aus dem Nachbarzimmer das ganze Gespräch anhören.«

Suárez warf Busqueros einen flehenden Blick zu. Da dieser merkte, daß seine Anwesenheit dem Kranken sehr unerwünscht war, ging er in den Nebenraum und stellte sich gleich hinter die Tür. Frau von Avalos blieb nicht lange. Sie freute sich, daß es dem Kranken besser ging, und versicherte ihm, daß Inés nicht aufgehört habe, an ihn zu denken und ihn zu lieben. Inés habe sie gebeten, ihn aufzusuchen, sie sei, nachdem sie von seinem neuen Unglück erfahren hatte, voller Sorge und habe beschlossen, an diesem Abend mit ihrer Tante zu ihm zu kommen und ihm durch Worte des Trostes und der Hoffnung Mut zu machen, damit er die Widrigkeiten seines Geschicks ertrage.

Nachdem Frau von Avalos gegangen war, stürzte Busqueros ins Zimmer und rief: »Was höre ich? Die schöne Inés will uns heute abend besuchen? Ha, das nenne ich einen Beweis echter Liebe. Das arme Mädchen bedenkt gar nicht, daß sie sich durch diese unvernünftige Handlung völlig zugrunde richten kann. Aber wir werden für sie denken. Señor Don López, ich will zu meinen Freunden eilen, sie als Wachposten aufstellen und ihnen befehlen, keinen Fremden ins

Haus zu lassen. Bleiben Sie ruhig, ich übernehme die Verantwortung.«

Suárez wollte etwas erwidern, aber Don Roque rannte schon davon, als brennte der Boden unter seinen Füßen. Da ich sah, daß eine neue Katastrophe bevorstand und daß Busqueros wieder dabei war, eine Dummheit zu begehen, lief ich, ohne dem Kranken ein Wort zu sagen, schleunigst zu Toledo und erzählte ihm alles, was vorgefallen war. Des Ritters Stirn umwölkte sich, er grübelte nach und befahl mir dann, zu Suárez zurückzulaufen und ihm zu versichern, daß er alles tun werde, womit er dem Unsinn des Aufdringlichen vorbeugen könne. Gegen Abend hörten wir das Rollen der vorfahrenden Equipage. Bald darauf trat Inés mit ihrer Tante ein. Da ich nicht auch zu den Aufdringlichen zählen wollte, schlich ich mich verstohlen aus dem Zimmer. Mit einem Male hörte ich von unten Lärm. Ich lief hinab und erblickte Toledo in erregtem Streit mit einem Unbekannten.

»Mein Herr«, sprach der Fremde, »ich versichere Ihnen, daß es mir gelingen wird, hier einzudringen. Meine Braut trifft sich in diesem Hause mit einem Bürger aus Cádiz, das weiß ich ganz genau. Der Freund dieses Nichtswürdigen hat im ›Goldenen Hirsch‹ in Anwesenheit meines Majordomus ein paar Galgenvögel geworben, die ihm helfen sollen, aufzupassen, daß keiner dieses Paar Täubchen aufscheucht.«

»Verzeihen Sie, Señor«, antwortete Toledo, »doch ich kann auf keinen Fall zulassen, daß Sie dieses Haus betreten. Ich leugne nicht, daß soeben erst eine junge Frau hineingegangen ist, aber es ist eine Verwandte von mir, die ich von niemand beleidigen lasse.«

»Lüge«, schrie der Unbekannte, »diese Frau heißt Inés Moro und ist meine Braut.«

»Señor, Sie haben mich einen Lügner genannt«, sagte Toledo. »Ich will nicht untersuchen, ob Sie recht haben oder nicht, jedenfalls haben Sie mich beleidigt, und ehe Sie sich auch nur einen Schritt von hier entfernen, werden Sie mir

Genugtuung geben. Ich bin der Ritter von Toledo, der Bruder des Herzogs von Lerma.«

Der Unbekannte lüftete den Hut und erwiderte: »Der Herzog von Santa Maura steht Ihnen zu Diensten, Señor.«

Mit diesen Worten warf er den Mantel beiseite und zog den Degen. Die Laterne, die über der Tür hing, warf ein blasses Licht auf die Kämpfenden. Ich preßte mich an die Wand und wartete auf das Ende des unseligen Abenteuers. Plötzlich ließ der Herzog den Degen fahren, griff sich an die Brust und sank zu Boden. In demselben Augenblick kam glücklicherweise der Arzt des Herzogs von Lerma, um Suárez zu besuchen. Toledo führte ihn zum Herzog von Santa Maura und fragte besorgt, ob die Wunde tödlich sei.

»Keineswegs«, erwiderte der Arzt, »lassen Sie ihn nur recht schnell nach Hause bringen und verbinden, in etwa vierzehn Tagen ist er gesund; der Degen hat die Lunge nicht einmal berührt.«

Bei diesen Worten reichte er dem Verwundeten Riechsalz, und Santa Maura öffnete die Augen. Der Ritter trat zu ihm und sagte: »Eure Hoheit, Sie haben sich nicht geirrt: die schöne Inés befindet sich hier bei einem jungen Mann, den sie mehr liebt als ihr eigenes Leben. Nach dem, was zwischen uns vorgefallen ist, glaube ich, daß Sie zu edel sind, als daß Sie das junge Mädchen zwängen, einen Bund einzugehen, der ihrem Herzen widerstrebt.«

»Señor Ritter«, erwiderte mit schwacher Stimme Santa Maura, »ich darf an der Wahrheit Ihrer Worte nicht zweifeln. Aber es wundert mich, nicht selber von der schönen Inés gehört zu haben, daß ihr Herz nicht mehr frei sei. Wenige Worte aus ihrem Munde oder ein paar Zeilen, von ihrer Hand geschrieben ...«

Der Herzog wollte weitersprechen, doch da verlor er von neuem die Besinnung. Man trug ihn nach Hause. Toledo eilte indessen hinauf, um Inés mitzuteilen, was ihr Bewerber verlangte, damit er sie in Frieden lasse und auf ihre Hand verzichte. Was soll ich Ihnen noch erzählen? Sie können sich das Ende des Abenteuers selbst ausmalen. Suárez, der Treue seiner Geliebten sicher, genas rasch. Er hatte den Vater verloren, doch dafür einen Freund und ein Weib gewonnen; der Vater Inés' nämlich, der nie den Haß teilte, in den der verstorbene Gaspar Suárez gegen ihn entbrannt war, gab ihnen gerne seinen Segen. Das junge Paar heiratete und reiste gleich darauf nach Cádiz. Busqueros begleitete sie noch bis etliche Meilen hinter Madrid und brachte es zuwege, von den Neuvermählten für die vermeintlichen Dienste einen Beutel Gold herauszulocken. Was mich anbelangt, so glaubte ich, daß mich das Schicksal mit dem unerträglichen, aufdringlichen Menschen, gegen den ich einen unaussprechlichen Ekel empfand, nie mehr zusammenführen würde; aber es kam anders.

Seit einiger Zeit hatte ich bemerkt, daß Don Roque zuweilen den Namen meines Vaters erwähnte. Ich sah voraus, daß diese Bekanntschaft für uns nicht von Nutzen sein konnte, und deshalb begann ich, Busqueros zu beobachten. Ich bekam heraus, daß er eine Verwandte namens Gita Cimiento hatte, die er unbedingt mit meinem Vater verheiraten wollte, weil er wußte, daß Don Avadoro ein vermögender Mensch war, ja vielleicht noch reicher, als man allgemein annahm.

Die schöne Gita hatte bereits eine Wohnung in dem schmalen Gäßchen gemietet, auf das der Balkon meines Vaters hinausführte, und zwar genau gegenüber seinem Hause.

Meine Tante wohnte damals schon in Madrid. Ich konnte mir nicht versagen, sie zu umarmen. Die brave Frau Dalanosa war zu Tränen gerührt, als sie mich sah, dennoch beschwor sie mich, daß ich mich nicht in der Öffentlichkeit zeigen möge, solange die Zeit meiner Buße nicht verflossen sei. Ich erzählte ihr von den Absichten Busqueros'. Sie hielt es für dringend geboten, sie zunichte zu machen, und wandte sich um Rat an ihren Onkel, den geachteten Theatiner Gerónimo Sántez. Doch dieser lehnte es ganz entschieden ab, sich in Dinge einzumischen, die allzusehr weltlichen

Intrigen glichen; er sagte, er befasse sich nur dann mit Familienangelegenheiten, wenn es sich darum handelt, Entzweite zu versöhnen oder einem Skandal vorzubeugen; in jedem anderen Falle vertrügen sich Interessen dieser Art nicht mit seinem Amte. Da ich mich also auf mich selbst gestellt sah, hätte ich gern den freundlichen Toledo für meine Sache gewonnen; doch ich hätte ihm sagen müssen, wer ich bin, was ich nicht tun durfte, wenn ich nicht die Gesetze der Ehre verletzen wollte. So begann ich denn, fleißig auf Busqueros zu achten, der sich nach der Abreise von Suárez an Toledos Fersen geheftet hatte, freilich mit weit geringerer Aufdringlichkeit. Immerhin erschien er jeden Morgen, um zu fragen, ob der Ritter nicht seiner Dienste bedürfe.

Als der Zigeuner in seiner Geschichte hier angelangt war, kam ein Mann seiner Truppe, um über den Tagesablauf Bericht zu erstatten, und wir bekamen ihn an diesem Tage nicht mehr zu Gesicht.

Achtundvierzigster Tag

Als wir uns am nächsten Tag versammelt hatten, baten wir den Zigeuner, seine Geschichte weiterzuerzählen, was er auch tat, indem er also sprach:

Fortsetzung der Geschichte des Zigeunerhauptmanns

López Suárez war schon seit zwei Wochen der glückliche Gemahl der bezaubernden Inés, und Busqueros, der – wie er meinte – zu diesem bedeutenden Werk den Hauptanteil beigetragen hatte, heftete sich nunmehr an die Fersen Toledos. Ich hatte den Ritter vor der Aufdringlichkeit seines Satelliten bereits gewarnt, doch Don Roque entbehrte zuweilen selber nicht eines gewissen Taktgefühls. Der Ritter hatte ihm erlaubt, zu ihm zu kommen und seine Dienste anzubieten, und Busqueros fühlte, daß er dieses Recht nicht mißbrauchen durfte, wenn er es behalten wollte.

Eines Tages fragte ihn der Ritter, was für eine Art Liebschaft den Herzog von Arcos so viele Jahre beschäftigt habe und ob jene Frau verführerisch genug gewesen sei, ihn so lange an sich zu fesseln. Busqueros setzte eine sehr ernste Miene auf und sagte zu dem Ritter: »Indem Eure Exzellenz mich nach den Geheimnissen meines Gönners fragen, bekunden Sie mir, daß Sie meine ganze Ergebenheit für Sie kennen. Andererseits habe auch ich den Vorzug, daß ich Eure Exzellenz gut genug kenne, um zu wissen, daß eine gewisse Leichtigkeit, die man in Ihrem Verhalten zu beobachten vermag, allenfalls von den Frauen für unschicklich gehalten werden könnte – die sie Ihnen freilich verziehen haben – und daß Eure Exzellenz niemals Ihren treuen Diener bloßstellen würden.«

»Herr Busqueros«, sagte der Ritter, »ich habe Sie nicht gebeten, ein Loblied auf mich zu singen.«

»Ich weiß«, erwiderte Busqueros, »doch das Lob Eurer Hochwürdigsten Exzellenz drängt sich ganz von selbst auf die Lippen derer, die die Ehre haben, Sie zu kennen. Die Geschichte, nach der Eure Exzellenz mich fragen, hatte ich – freilich mit erfundenen Namen – dem jungen Kaufmann zu erzählen begonnen, den wir eben mit der schönen Inés verheiratet haben ...«

»Doch sie wurde nicht zu Ende geführt«, sagte der Ritter. »López Suárez erzählte sie dem kleinen Avarito und dieser wiederum mir. Sie waren dabei stehengeblieben, daß Frasqueta Ihnen im Park ihre Geschichte erzählt hatte; darauf hatte sich Ihnen der Herzog von Arcos, als Frasquetas Freundin verkleidet, genähert und gesagt, die Abreise Cornádez' solle beschleunigt werden und er, der Herzog, wünsche, daß es Cornádez nicht bei einer Pilgerfahrt bewenden lasse, sondern eine gewisse Zeit an einem heiligen Ort Buße tue.«

»Eure Exzellenz«, unterbrach ihn Busqueros, »haben ein bewundernswertes Gedächtnis. Der erlauchte Herzog richtete tatsächlich diese Worte an mich. Da nun Eurer Exzellenz die Geschichte der Frau schon bekannt ist, muß ich Ihnen, um die zeitliche Reihenfolge zu wahren, auch ihren Mann vor Augen stellen und erzählen, wie er mit dem schrecklichen Pilger Hervás bekannt wurde.«

Der Ritter Toledo setzte sich und sagte, er beneide den

Herzog von Arcos um eine Geliebte wie Frasqueta. Er habe immer eine Schwäche für dreiste Frauen gehabt, und diese hier übertreffe alle anderen.

Busqueros lächelte zweideutig und begann seine Erzählung, indem er also sprach:

Die Geschichte des Cornádez

Frasquetas Ehemann, dessen Name im Spanischen als redendes Wappen hätte dienen können, war der Sohn eines Bürgers von Salamanca. Er hatte lange ein ziemlich untergeordnetes Amt in der Stadtkanzlei ausgeübt, dazu ein bißchen Großhandel betrieben und einige Krämer beliefert. Dann war ihm eine beträchtliche Erbschaft zugefallen, und er hatte, gleich vielen Spaniern, beschlossen, überhaupt nichts mehr zu tun, sofern es nicht darum ging, Kirchen und öffentliche Plätze zu besuchen und Zigarren zu rauchen.

Sie werden mir sagen, daß Cornádez mit seinem ausschließlichen Hang zur vollkommenen Ruhe nicht die erste beste Schelmin hätte heiraten sollen, die ihm vom Fenster aus schöne Augen machte. Aber es gehört zu den großen Rätseln des Menschenherzens, daß niemand das tut, was er tun sollte. Der eine sieht das ganze Glück in der Ehe, er verbringt sein Leben damit, die richtige Frau zu suchen, und stirbt unbeweibt. Der andere schwört, niemals eine Frau zu nehmen, und heiratet mehrere Male. Cornádez hatte also geheiratet. Zuerst fühlte er sich darüber sehr glücklich, und dann bereute er es. Als er merkte, daß ihm nicht nur der Graf von Peña Flor im Nacken saß, sondern auch noch dessen Schatten, der aus der Hölle geflohen war, um ihn zu quälen, da versank er in Kummer. Er verschloß sich vor den anderen, und bald ließ er sein Bett in dem Kabinett bereiten, in dem sich der Betstuhl und das Weihbecken befanden. Des Tags sah er seine Frau nur selten, und er blieb länger als gewöhnlich in der Kirche.

Einmal befand er sich dort neben einem Pilger, der ihn mit so beunruhigenden Blicken musterte, daß Cornádez sich gezwungen sah, die Kirche zu verlassen. Am Abend traf er den Pilger wieder auf der Promenade, und dann stieß er überall auf ihn, wohin er auch gehen mochte, und stets verursachte ihm der starre und durchdringende Blick des Pilgers eine unaussprechliche Beklemmung. Schließlich überwand Cornádez die ihm eigene Schüchternheit und sprach: »Mein Herr, ich werde mich beim Alkalden beschweren, wenn Sie mich weiterhin verfolgen.«

»Verfolgen, verfolgen!« sagte der Pilger mit dumpfer Grabesstimme. »Ja, Sie werden verfolgt, hart verfolgt: hundert Dublonen, ein Kopf, ein Ermordeter, ein Mensch, der ohne Letzte Ölung starb. Nun, habe ich es erraten?«

»Wer sind Sie?« fragte Cornádez, von Furcht gepackt.

»Ich bin ein Verdammter, aber ich vertraue auf die göttliche Barmherzigkeit. Haben Sie jemals von dem gelehrten Hervás gehört?«

»Ich kenne in großen Zügen seine Geschichte. Er hatte das Unglück, Atheist zu sein, und nahm ein schlimmes Ende.«

»So ist es. Ich bin sein Sohn, und ich wurde schon bei der Geburt mit dem Siegel der Verdammnis gezeichnet, doch ich erhielt die Fähigkeit, das gleiche Zeichen auf der Stirn anderer Sünder zu erkennen und sie auf den Weg des Heils zurückzuführen. Komm, unglückliches Spielzeug des Satans, du sollst mich näher kennenlernen.«

Der Pilger führte Cornádez in den Garten der Cölestinerpatres, zu einer der einsamsten Alleen. Er setzte sich mit ihm auf eine Bank und begann also zu sprechen:

Die Geschichte
des Diego Hervás,
erzählt von seinem Sohn,
dem verdammten Pilger

Ich heiße Blas Hervás. Mein Vater, Diego Hervás, wurde sehr jung auf die Universität von Salamanca geschickt und tat sich dort bald durch den außerordentlichsten Eifer hervor. Binnen kurzem hatte er alle Mitschüler überholt, und ein paar Jahre später wußte er mehr als die Lehrer. Wenn er sich damals in sein Kämmerlein zurückzog und die Werke der großen Meister in einer jeden Wissenschaft studierte, faßte er die schmeichelhafte Hoffnung, zu dem gleichen Ruhme zu gelangen und dereinst seinen Namen zusammen mit jenen genannt zu sehen.

Diesen – nicht gerade mäßigen – Ehrgeiz verband Diego mit einem weiteren: er wollte anonyme Werke veröffentlichen und dann, wenn man sie als verdienstvoll anerkannt hätte, seinen Namen nennen und das plötzliche Aufsehen, das er erregen würde, genießen. Mit diesem Plan beschäftigt, fand er, daß Salamanca nicht der Schauplatz sei, auf dem der Ruhmesstern seines Geschicks strahlend genug würde aufgehen können, und er lenkte seine Blicke auf die Hauptstadt. Dort fanden zweifellos die Männer, die sich durch ihr Genie auszeichneten, jene Achtung, die ihnen gebührte; ihnen wurden die Huldigungen der Öffentlichkeit, das Vertrauen der Minister, ja sogar die Gunst des Königs zuteil.

Diego stellte sich also vor, daß einzig in der Hauptstadt seinen Talenten Gerechtigkeit widerfahren würde. Unser junger Gelehrter hatte die Geometrie Descartes', die Analyse Harriots, die Werke Fermats und Robervals vor Augen. Er erkannte klar, daß die großen Geister, die der Wissenschaft den Weg gebahnt hatten, auf diesem Wege noch recht unsicher ausschritten. Er faßte alle ihre Entdeckungen zusammen, fügte Lösungen hinzu, die man bis dahin noch nicht erprobt hatte, und schlug Verbesserungen für die zu jener Zeit üblichen Logarithmen vor. Hervás brauchte mehr als ein Jahr, um sein Buch zu vollenden. Die Werke über Mathematik waren damals alle lateinisch geschrieben; Hervás verfaßte das seine in spanischer Sprache, damit es größere Verbreitung fände, und um die Neugier der Leser zu reizen, gab er ihm den Titel: »Die enthüllten Geheimnisse der Analyse mitsamt dem Wissen von den unendlichen Größen in allen Dimensionen.«

Als das Manuskript fertig war, wurde mein Vater gerade volljährig, und er erhielt darüber eine Mitteilung seiner Vormunde. Sie ließen ihn zugleich wissen, daß sein Vermögen, von dem man angenommen hatte, daß es achttausend Pistolen betrage, sich wegen verschiedener Umstände auf achthundert verringert habe und daß man ihm diese Summe aushändigen werde, sobald er die Vormunde in aller Form entlastet haben werde. Hervás überlegte sich, daß achthundert Pistolen genau das waren, was er brauchte, um sein Werk drucken zu lassen und nach Madrid zu bringen. So unterschrieb er denn rasch die Entlastungserklärung für die Vormunde, nahm die achthundert Pistolen in Empfang und reichte sein Manuskript der Zensurbehörde ein.

Die Zensoren der theologischen Abteilung machten einige Schwierigkeiten, weil die Analyse des unendlich Kleinen zu den Atomen Epikurs zurückzuführen schien, dessen Lehre von der Kirche mißbilligt wurde. Man wies sie aber darauf hin, daß es sich um abstrakte Größen handle, nicht um materielle Teilchen; danach widersetzten sie sich nicht länger.

Von der Zensurbehörde kam das Werk zum Drucker. Es sollte ein großes Buch in quarto werden, für das man fehlende algebraische Lettern gießen und sogar neue Patrizen herstellen mußte, so daß die Druckkosten für tausend Exemplare siebenhundert Pistolen betragen sollten. Hervás gab sie um so leichter, als er jedes Exemplar zu drei Pistolen zu verkaufen hoffte, was einen Reingewinn von zweitausenddreihundert Pistolen versprach. Hervás trachtete keineswegs nach Gewinn; doch die Erwartung, ein solches kleines Kapital zu besitzen, mußte ihm Freude bereiten.

Der Druck dauerte mehr als sechs Monate. Hervás führte die Korrektur selber aus, und diese langweilige Arbeit fiel ihm schwerer als die Abfassung des Werkes. Schließlich brachte der größte Wagen, den man in Salamanca auftreiben konnte, die schweren Packen, auf die sich sein gegenwärtiger Ruhm und seine künftige Unsterblichkeit gründeten, in sein Haus.

Schon am nächsten Tag lud Hervás, trunken vor Freude und berauscht von Hoffnung, sein Werk auf acht Maultiere, setzte sich selbst auf das neunte und schlug den Weg nach Madrid ein. In der Hauptstadt angekommen, begab er sich unmittelbar zu dem Buchhändler Moreno und sprach: »Mein Herr, diese acht Maultiere bringen neunhundertneunundneunzig Exemplare eines Werkes, von dem Sie hier das tausendste sehen. Hundert Exemplare, zu Ihrem eigenen Nutzen verkauft, werden Ihnen dreihundert Pistolen bringen, und Sie werden so freundlich sein, über die restlichen mit mir abzurechnen. Ich möchte glauben, daß die ganze Auflage in wenigen Wochen verkauft sein wird und daß ich eine neue herausbringen kann; in ihr werde ich dann noch einige Erläuterungen hinzufügen, die mir während des Drukkes eingefallen sind.«

Aus Morenos Miene konnte man schließen, daß er an einem so raschen Verkauf zweifelte, doch da er den Genehmigungsvermerk der Zensoren von Salamanca in dem Buche sah, hatte er nichts dagegen, daß die Packen in sein Lager gebracht wurden, und er stellte einige Exemplare im Laden zur Schau. Hervás bezog in einer Herberge Quartier und machte sich, ohne Zeit zu verlieren, an die Noten und Ergänzungen, die der zweiten Auflage seines Werkes beigegeben werden sollten.

So vergingen drei Wochen, und dann dachte unser Mathematiker, daß es Zeit sei, zu Moreno zu gehen und das Geld abzuholen, das der Verkauf erbracht hatte – es mußte sich wenigstens um tausend Pistolen handeln. Er begab sich zu dem Buchhändler und war zutiefst gekränkt, da er erfuhr, daß noch kein einziges Exemplar verkauft worden war. Bald darauf hatte er Grund, sich noch empfindlicher gekränkt zu fühlen; denn als er wieder seine Herberge betrat, fand er dort einen Alguacil vom Hofe vor, der ihn aufforderte, in einen geschlossenen Wagen zu steigen, und ihn in den Turm von Segovia brachte. Es scheint sonderbar, einen Mathematiker als Staatsgefangenen behandelt zu sehen, doch es hatte folgende Bewandtnis: Die zwei oder drei Exemplare, die Moreno zur Schau gestellt hatte, befanden sich bald in den Händen der Neugierigen, die oft die Buchhandlung aufsuchten. Einer von ihnen sagte, als er den Titel »Die enthüllten Geheimnisse der Analyse« gelesen hatte, daß dies wohl eine Schmähschrift gegen die Regierung sein könne. Ein anderer, der gleichfalls aufmerksam den Titel betrachtete, meinte mit einem boshaften Lächeln, daß sich die Satire wohl auf den Finanzminister, Don Pedro de Alanyes, beziehe, denn »Analyse« sei das Anagramm von »Alanyes«, und der zweite Teil des Titels »unendliche Größen in allen Dimensionen«, treffe gleichfalls auf den Minister zu, der äußerlich unendlich klein und unendlich dick und innerlich unendlich hochmütig und unendlich niedrig sei. Man kann aus diesen Spötteleien leicht schließen, daß die Stammgäste Morenos die Erlaubnis hatten, alles zu sagen, und daß die Regierung diese kleine satirische Junta duldete.

Wer Madrid kennt, der weiß auch, daß das Volk dort in gewisser Weise das Niveau höherer Klassen teilt; es beschäftigt sich mit den gleichen Ereignissen, teilt dieselben Meinungen, und die Spötteleien der großen Welt steigen alsbald herab und gehen auf den Straßen von Mund zu Mund. So wurden auch die Scherze von Morenos Stammgästen nicht lange danach in den Barbierläden und schließlich an allen Straßenecken wiederholt.

Bald nannte man den Minister Alanyes nur noch »Señor Analyse, unendlich in allen Dimensionen«. Dieser Mann der Finanzen war an die Abneigung des Volkes genügend gewöhnt und achtete nicht darauf. Da aber der gleiche Spitzname recht häufig sein Ohr berührte, verlangte er von seinem Sekretär eine Erklärung. Dieser erwiderte, daß der Scherz von einem mathematischen Buch herrühre, das bei Moreno zum Verkauf angeboten werde. Der Minister kümmerte sich nicht um weitere Einzelheiten, sondern ließ zuerst einmal den Autor verhaften und dann die ganze Auflage des Buches konfiszieren.

Hervás, im Turm von Segovia eingesperrt, hatte keine Ahnung von all diesen Dingen. Da man ihm keine Tinte und keine Federn gab und da er nicht wußte, wann seine Haft beendet sein würde, ging er, um die Langeweile zu bannen, daran, im Geiste alle seine Kenntnisse zu sichten, das heißt, sich ins Gedächtnis zu rufen, was er von jeder Wissenschaft wußte. Dabei bemerkte er zu seiner großen Genugtuung, daß er in der Tat die Gesamtheit des menschlichen Wissens erfaßt hatte und daß er, gleich Pico della Mirandola, einen Disput *de omni scibili* hätte bestehen können.

Hervás, von dem Ehrgeiz besessen, sich einen Namen in der Wissenschaft zu machen, faßte den Entschluß, ein Werk in hundert Bänden zu schreiben, das alles enthalten sollte, was die Menschen seiner Zeit wußten. Er wollte es anonym erscheinen lassen: das Publikum würde sich ganz gewiß irreführen lassen und glauben, das Werk könne nur von einer ganzen Gesellschaft von Gelehrten verfaßt worden sein. Dann wollte Hervás als Autor hervortreten und mit einem Schlage den Ruf und den Titel eines Menschen von universalem Wissen erwerben. Hervás besaß einen Geist, dessen Kräfte einem so umfangreichen Unternehmen durchaus gewachsen waren; er fühlte das selbst und gab sich ganz jenem Plane hin, der den beiden Leidenschaften seiner Seele schmeichelte: der Liebe zu den Wissenschaften und der Eigenliebe.

Sechs Wochen vergingen für Hervás äußerst schnell. Nach dieser Zeit wurde er zum Gouverneur des Schlosses gerufen; dort erwartete ihn der Erste Sekretär des Finanzministers. Dieser Mann begrüßte ihn mit einem gewissen Respekt und sagte dann: »Don Diego Hervás, Sie wollten in der großen Welt auftreten, ohne einen Beschützer zu haben – das heißt höchst unklug handeln. Denn als Sie angeklagt wurden, hat sich niemand gefunden, Sie zu verteidigen. Man wirft Ihnen vor, mit Ihrer Analyse der unendlichen Größen den Finanzminister gemeint zu haben. Don Pedro de Alanyes, mit Recht erzürnt, ließ die ganze Auflage Ihres Werkes verbrennen. Doch er hält diese Satisfaktion für ausreichend und ist bereit, Ihnen zu verzeihen; er bietet Ihnen in seiner Kanzlei den Posten eines Contadors. Man wird Ihnen dort einige Aufgaben anvertrauen, deren Verworrenheit uns zuweilen Kummer bereitet. Verlassen Sie dieses Gefängnis, um niemals hierher zurückzukehren.«

Hervás war zuerst sehr niedergeschlagen, weil man mit einem Male neunhundertneunundneunzig Exemplare eines Werkes verbrannt hatte, in dem sich für ihn soviel Mühe verkörperte; doch da er seinen Ruhm jetzt auf andere Pläne gründete, tröstete er sich ziemlich schnell und trat seinen Posten in der Kanzlei an. Dort legte man ihm Annuitätenregister, Diskontberechnungen mit Münzsortenrabatt und andere Aufgaben vor, die er mit solcher Leichtigkeit löste, daß er damit die Achtung seiner Vorgesetzten erwarb. Man zahlte ihm das Gehalt für ein Vierteljahr im voraus, und er bezog ein Haus, das zum Besitz des Minister gehörte.

Als der Zigeuner in seiner Geschichte hier angelangt war, wurde er zu seiner Truppe gerufen. So mußten wir uns mit unserer Neugier bis zum nächsten Tag gedulden.

Neunundvierzigster Tag

Wir versammelten uns zu früher Stunde in der Höhle. Rebekka machte die Bemerkung, Busqueros habe seine Erzählung mit großem Geschick angelegt.

»Ein gewöhnlicher Intrigant«, sagte sie, »hätte, um Cornádez zu erschrecken, in Leichentücher gehüllte Gespenster auftreten lassen, die auf ihn zwar einen gewissen Eindruck gemacht haben würden, einen Eindruck aber, der nach einigem Überlegen geschwunden wäre. Busqueros jedoch geht anders vor: er versucht allein durch Worte auf Cornádez einzuwirken. Alle kennen die Geschichte des Atheisten Hervás. Der Jesuit Granada hat sie in den Anmerkungen zu seinem Werke überliefert. Der verdammte Pilger gibt vor, sein Sohn zu sein, um der Seele Cornádez' noch mehr Grauen einzuflößen.«

»Sie urteilen allzu rasch«, meinte der alte Hauptmann. »Der Pilger konnte in der Tat der Sohn des Atheisten Hervás gewesen sein, und es besteht kein Zweifel, daß jene Dinge, die er erzählt, sich nicht in der Legende finden, die Sie erwähnten und wo wir überhaupt bloß ein paar Einzelheiten über seinen Tod erfahren. Doch seien Sie so freundlich, die Geschichte mit Geduld bis zum Ende anzuhören.«

Fortsetzung der Geschichte
des Diego Hervás,
erzählt von seinem Sohn,
dem verdammten Pilger

So erhielt denn Hervás die Freiheit wieder, und sein Lebensunterhalt war gesichert. Die Arbeit, die er zu leisten hatte, nahm ihn nur wenige Vormittagsstunden in Anspruch, und er hatte einen gewaltigen Plan gefaßt, der geeignet war, alle Kräfte seines Genies zu beanspruchen und ihm alle Freuden des Wissens zu gewähren. Unser ehrgeiziger Vielschreiber beschloß, jeweils einen Oktavband über jede Wissenschaft zu verfassen. Da er fand, daß das Wort gleichsam das bestimmende Merkmal des Menschen sei, widmete er den ersten Band der universalen Grammatik; hier legte er die unendlich mannigfaltige grammatische Kunst dar, mit deren Hilfe man in jeder Sprache die verschiedenen Redeteile ausdrückt und den wichtigsten Elementen des Denkens unterschiedliche Form verleiht.

Dann ging Hervás von der inneren gedanklichen Welt des Menschen zu den Vorstellungen über, die von den ihn umgebenden Gegenständen herrühren, und so widmete er den zweiten Band der Naturgeschichte im allgemeinen, den dritten der Zoologie, das heißt der Lehre von den Tieren, den vierten Band der Ornithologie, das heißt der Lehre von den Vögeln, den fünften der Ichthyologie, das heißt der Lehre von den Fischen, den sechsten der Entomologie, das heißt der Lehre von den Insekten, den siebenten der Skolekologie, das heißt der Lehre von den Würmern, den achten der Konchyliologie, das heißt der Lehre von den Muscheln, den neunten der Botanik, den zehnten der Geologie, das heißt der Lehre von der Struktur der Erde, den elften der Lithologie, das heißt der Lehre von den Steinen, den zwölften der Oryktologie, das heißt der Lehre von den Fossilien, den dreizehnten der Metallurgie, das heißt der Kunst, Metalle zu gewinnen und zu verarbeiten, den vierzehnten der Dokimastik, das heißt der Lehre von der Prüfung der Erze auf ihren Metallgehalt.

Der fünfzehnte Band, der den Menschen wieder zu sich selbst zurückführte, behandelte die Physiologie oder die Lehre vom menschlichen Körper. Der sechzehnte Band behandelte die Anatomie, der siebzehnte war der Myologie oder der Lehre von den Muskeln gewidmet, der achtzehnte der Osteologie, der neunzehnte der Neurologie, der zwanzigste der Phlebologie oder der Lehre vom Venensystem.

Den einundzwanzigsten Band widmete Hervás der Medizin, die dann weiter gegliedert wurde: in die Nosologie oder die Lehre von den Krankheiten, die er im zweiundzwanzigsten Band behandelte, dann die Ätiologie oder die Lehre von ihren Ursachen im dreiundzwanzigsten Band, die Pathologie oder die Lehre von den Übeln, die sie hervorrufen, im vierundzwanzigsten Band, die Semiotik oder die Lehre von den Krankheitsanzeichen im fünfundzwanzigsten Band, die Klinik oder die Lehre vom richtigen Verhalten am Krankenbett im sechsundzwanzigsten Band, die Therapeutik oder die Kunst des Heilens (die schwierigste von allen) im siebenundzwanzigsten Band. Der achtundzwanzigste Band handelte von der Diätetik oder der Lehre von der richtigen Lebensweise, der neunundzwanzigste von der Hygiene oder der Kunst, gesund zu bleiben, der dreißigste von der Chirurgie, der einunddreißigste von der Pharmazie, der zweiunddreißigste von der Veterinärmedizin.

Dann folgten im dreiunddreißigsten Band die allgemeine Physik, im vierunddreißigsten die spezielle Physik, im fünfunddreißigsten die Experimentalphysik, im sechsunddreißigsten die Meteorologie, im siebenunddreißigsten die Chemie, im achtunddreißigsten die Irrlehren, die man mit ihr verbindet, wie etwa die Alchimie, und im neununddreißigsten die hermetische Philosophie.

Nach diesen Wissenschaften von der Natur kamen jene, die mit dem Zustand des Krieges zusammenhängen, von dem man glaubt, daß er dem Menschen von Natur aus eigen sei. So behandelte der vierzigste Band die Strategie oder Kriegskunst, der einundvierzigste die Castrametation oder die Kunst, Lager abzustecken, der zweiundvierzigste die Fortifikation, der dreiundvierzigste den unterirdischen Krieg, das heißt die Kunst des Minierers, der vierundvierzigste die Pyrotechnik, das heißt die Kunst des Feuerwerkers, der fünfundvierzigste die Ballistik, das heißt die Kunst, schwere Körper abzuschießen – die Artillerie hat sie verlernt, aber Hervás verhalf ihr sozusagen zur Wiederbelebung, indem er gelehrte Forschungen über die im Altertum üblichen Schleudern anstellte.

Von hier ging er zu den Künsten des Friedens über. Hervás bestimmte den sechsundvierzigsten Band der zivilen Baukunst, den siebenundvierzigsten dem Bau von Hafenanlagen, den achtundvierzigsten dem Schiffsbau, den neunundvierzigsten der Navigationslehre.

Dann betrachtete Hervás wiederum den Menschen in der Gesellschaft und widmete den fünfzigsten Band der Gesetzgebung, den einundfünfzigsten dem Zivilrecht, den zweiundfünfzigsten dem Strafrecht, den dreiundfünfzigsten dem Staatsrecht, den vierundfünfzigsten der Geschichte, den fünfundfünfzigsten der Mythologie, den sechsundfünfzigsten der Chronologie, den siebenundfünfzigsten der Biographie, den achtundfünfzigsten der Archäologie, das heißt der Lehre vom Altertum, den neunundfünfzigsten der Numismatik, den sechzigsten der Heraldik, den einundsechzigsten der Diplomatik, das heißt der Lehre vom Lesen alter Urkunden, den zweiundsechzigsten der Diplomatie, das heißt der Wissenschaft vom Verkehr mit fremden Staaten oder der Kunst, Verhandlungen zu führen, den dreiundsechzigsten der Idiomatik, das heißt dem allgemeinen Wissen von allen Sprachen, den vierundsechzigsten der Bibliographie, das heißt der Wissenschaft von den Büchern.

Dann behandelte Hervás, auf die Kunst des Denkens zurückkommend, im fünfundsechzigsten Band die Logik, im sechsundsechzigsten die Rhetorik, im siebenundsechzigsten die Ethik, das heißt die Moral, im achtundsechzigsten die Ästhetik, das heißt die Analyse der Eindrücke, die wir durch unsere Sinne empfangen.

Der neunundsechzigste Band nun enthielt die Theosophie, das heißt die Untersuchung der Weisheit, insofern sie sich auf Religion bezieht, der siebzigste die Theologie im allgemeinen, die eingeteilt wird in die Dogmatik – im einundsiebzigsten Band –, die Topik der Polemik, das heißt die Lehre von den allgemeinen Gesichtspunkten im Disputieren – im zweiundsiebzigsten Band –, und die Asketik – im dreiundsiebzigsten Band. Die letztere lehrt die Frömmigkeitsübungen. Dann kamen im vierundsiebzigsten Band die Exegese, das heißt die Erklärung der Heiligen Schrift, im fünfundsiebzigsten die Hermeneutik, das heißt ihre Auslegung, im sechsundsiebzigsten die Scholastik, das heißt die Kunst der Beweisführung in völliger Unabhängigkeit vom gesunden Menschenverstand, und im siebenundsiebzigsten die Theologie der Mystik oder der Pantheismus des Spiritualismus.

Von der Theologie ging Hervás wohl allzu kühn zur Oneiromantie über, das heißt zur Traumdeutung, die im achtundsiebzigsten Band behandelt wird. Dieser Band gehörte keineswegs zu den uninteressanten. Hervás zeigte hier, wie es geschehen konnte, daß lügnerische und frevelhafte Irrtümer jahrhundertelang die Welt beherrschten, denn wir wissen aus der Geschichte, daß der Traum von den fetten und den mageren Kühen den ganzen Zustand Ägyptens veränderte, dessen Ländereien in jener Zeit ins Eigentum des Königs übergingen. Fünf Jahrhunderte später sehen wir, wie Agamemnon den versammelten Griechen seine Träume erzählt. Abermals sechshundert Jahre später deuteten die Chaldäer von Babylon und das Delphische Orakel die Träume.

Der neunundsiebzigste Band behandelte die Ornithomantie oder die Wissenschaft der Auguren, das heißt die Wahrsagung aus dem Vogelflug, die vor allem von den toskanischen Haruspices vorgenommen wurde; Seneca hat uns ihre Bräuche überliefert.

Der achtzigste Band, gelehrter als die anderen, wandte sich den Ursprüngen der Magie zu, der Zeit Zarathustras und Ostanes'. Man fand dort die Geschichte dieser unglückseligen Lehre, die zur Schande unseres Zeitalters seinen Anfang verpestet hat und noch nicht ganz überwunden ist.

Der einundachtzigste Band war der Kabbala gewidmet, ebenso verschiedenen Arten der Wahrsagung, wie etwa der Rhabdomanie oder der Wahrsagung aus geworfenen Stäbchen, der Chiromantie, der Hydromantie, der Geomantie und so weiter.

Von all diesen Irrlehren ging Hervás mit einem Schlage zu den unbestreitbarsten Wahrheiten über. So widmete er den zweiundachtzigsten Band der Geometrie, den dreiundachtzigsten der Arithmetik, den vierundachtzigsten der Algebra, den fünfundachtzigsten der Trigonometrie, den sechsundachtzigsten der Stereotomie, das heißt der Betrachtung der festen Körper im Hinblick auf den Steinschnitt, den siebenundachtzigsten der Geographie, den achtundachtzigsten der Astronomie samt ihrer falschen Abart, die unter dem Namen Astrologie bekannt ist.

Im neunundachtzigsten behandelte er die Mechanik, im neunzigsten die Dynamik, die Lehre von den tätigen Kräften, im einundneunzigsten die Statik, das heißt die Lehre von den im Gleichgewicht befindlichen Kräften, im zweiundneunzigsten die Hydraulik, im dreiundneunzigsten die Hydrostatik, im vierundneunzigsten die Hydrodynamik, im fünfundneunzigsten die Optik und die Perspektive, im sechsundneunzigsten die Dioptrik, im siebenundneunzigsten die Katoptrik, im achtundneunzigsten die analytische Geometrie, im neunundneunzigsten die ersten Begriffe von der Differentialrechnung. Den hundertsten Band schließlich widmete Hervás der Analyse, die nach seiner Meinung die Wissenschaft der Wissenschaften und der höchste Gipfel des menschlichen Geistes war.

Einigen mag es scheinen, als übersteige die eingehende Kenntnis von hundert verschiedenen Wissenschaften die Kräfte, die dem menschlichen Gehirn zugemessen sind; indessen ist es verbürgt, daß Hervás über jede Wissenschaft einen Band schrieb, der mit ihrer Geschichte begann und mit äußerst scharfsinnigen Bemerkungen schloß, in denen er zeigte, wie man sie bereichern und wie man sozusagen die Grenzen des Wissens in allen Richtungen weiterrücken könne.

Hervás vermochte die Aufgabe dadurch zu bewältigen, daß er sehr sparsam mit seiner Zeit umging und sie sorgfältig und genau einteilte. Er erhob sich vor Sonnenaufgang und bereitete sich auf die Arbeit in der Kanzlei vor, indem er Überlegungen anstellte, die den dort zu lösenden Aufgaben entsprachen. Er ging eine halbe Stunde vor den anderen zum Minister und wartete auf den Glockenschlag, die Feder in der Hand und den Kopf frei von allen Gedanken, die sich auf sein Werk bezogen. Wenn dann die Glocke schlug, begann er seine Berechnungen und führte sie mit erstaunlicher Schnelligkeit aus. Danach begab er sich zum Buchhändler Moreno, dessen Vertrauen er sich erworben hatte, nahm die Bücher mit, die er brauchte, und trug sie nach Hause. Er ging noch einmal aus, um eine leichte Mahlzeit einzunehmen, kehrte vor ein Uhr zurück und arbeitete bis acht Uhr abends. Danach spielte er mit den Knaben der Nachbarschaft *pelota*, kam wieder nach Hause, trank eine Tasse Schokolade und ging schlafen. Den ganzen Sonntag verbrachte er im Freien und dachte über die Arbeit der kommenden Woche nach. Auf solche Weise konnte Hervás etwa dreitausend Stunden jährlich der Abfassung seines universalen Werkes widmen, und als er nach fünfzehn Jahren fünfundvierzigtausend Stunden daran gearbeitet hatte, war es vollendet, ohne daß in Madrid jemand auch nur etwas davon geahnt hätte; denn Hervás war gar nicht mitteilsam und sprach mit niemandem über seine Arbeit – er wollte die Welt überraschen, indem er ihr mit einemmal diese gewaltige Ansammlung von Wissen vorwies. Das Werk Hervás' war abgeschlossen, als er selber das neununddreißigste Lebensjahr vollendet hatte, und er beglückwünschte sich dazu, daß er das vierzigste beginnen würde, da sein Ruhmesstern gerade hell erstrahlen sollte. Doch zugleich erfüllte eine gewisse Traurigkeit sein Herz; denn die gewohnte Arbeit, durch Hoffnung genährt, war für ihn gleichsam eine angenehme Gesellschaft gewesen und hatte alle Augenblicke seines Tageslaufes ausgefüllt. Nun hatte er diese Gesellschaft verloren, und die Langeweile, die ihm bis dahin unbekannt geblieben war, begann sich fühlbar zu machen. Dieser für Hervás so völlig neue Zustand brachte seine ganze Lebensweise durcheinander. Statt die Einsamkeit zu suchen, lief er auf den Straßen und Plätzen umher. Es sah aus, als wollte er alle ansprechen, doch da er niemand kannte und an Unterhaltung nicht gewöhnt war, ging er weiter, ohne ein Wort zu sprechen. Indessen sagte er sich, daß bald ganz Madrid ihn kennen und seine Bekanntschaft suchen und daß sein Name bald in aller Munde sein werde.

Gequält vom Bedürfnis nach Zerstreuung, hatte Hervás den Einfall, seinen Geburtsort zu besuchen, jenes traurige Städtchen, das er berühmt zu machen hoffte. Seit fünfzehn Jahren hatte er sich keine andere Zerstreuung erlaubt, als mit den Knaben der Nachbarschaft *pelota* zu spielen, und nun versprach er sich ein köstliches Vergnügen davon, es dort zu spielen, wo er seine frühe Kindheit verbracht hatte.

Hervás wollte, bevor er abreiste, den Anblick genießen, den seine hundert Bände, nebeneinander auf einen einzigen Tisch gestellt, boten. Er besaß ein Manuskript vom gleichen Format, in dem es auch gedruckt werden sollte. Er überließ es einem Buchbinder und gab ihm genaue Anweisung, auf den Rücken eines jeden Bandes, in seiner Länge, den Namen der Wissenschaft und die Nummer des Bandes zu drucken, vom ersten, der universalen Grammatik, bis zur Analyse, dem hundertsten Band. Der Buchbinder brachte das Werk nach drei Wochen zurück. Der Tisch, der es aufnehmen sollte, stand schon bereit. Hervás ordnete darauf die imposante Reihe und veranstaltete ein Freudenfeuer aus allen Entwürfen und überflüssigen Abschriften. Darauf verschloß er die Tür seines Zimmers, indem er den Schlüssel zweimal umdrehte und sein Siegel daraufdrückte, und reiste nach Asturien ab.

Der Anblick jener aus der Kindheit so vertrauten Stätten gewährte Hervás all die Wonnen, die er sich erhofft hatte. Tausend unschuldige, süße Erinnerungen entlockten ihm Freudentränen, deren Quellen in zwanzig Jahren nüchternster Überlegungen gleichsam vertrocknet waren. Unser Vielschreiber hätte gerne den Rest seines Lebens in dem Geburtsstädtchen verbracht, aber die hundert Bände riefen ihn zurück nach Madrid. Er machte sich wieder auf den Weg zur Hauptstadt, er kam nach Hause, fand das Siegel noch unverletzt an der Tür, öffnete und ... sah die hundert Bände zerfetzt, aus den Einbänden herausgerissen, alle Seiten verstreut und durcheinander auf dem Fußboden liegend! Dieser entsetzliche Anblick verwirrte seine Sinne; er sank inmitten der Reste seiner Bücher zu Boden und verlor sogar das Gefühl seines Daseins.

Weh und ach! Das Unglück hatte diese Ursache: Hervás nahm seine Mahlzeiten nie zu Hause ein. Die Ratten, die sich so zahlreich in allen Häusern Madrids finden, hüteten sich wohl, das seine aufzusuchen: sie hätten dort nur ein paar Federn zu benagen gefunden. Anders aber wurde es, als man hundert Bände, mit frischem Kleister gebunden, in das Zimmer gebracht hatte, das zudem noch am gleichen Tage von seinem Herrn verlassen wurde. Die Ratten, angelockt vom Duft des Kleisters, ermutigt durch die Einsamkeit des Ortes, versammelten sich in Scharen, zerrten, nagten, fraßen ... Als Hervás wieder zur Besinnung kam, erblickte er eines dieser Ungeheuer, wie es gerade die letzten Blätter seiner Analyse in ein Loch zog. Der Zorn hatte vielleicht noch niemals Zugang zu Hervás' Seele gefunden; nun brach er zum erstenmal in ihm hervor, er stürzte sich auf den Räuber seiner transzendenten Geometrie, stieß mit dem Kopf gegen die Wand und fiel abermals bewußtlos nieder.

Hervás kam von neuem zu sich, sammelte die Fetzen, die den Fußboden seines Zimmers bedeckten, und stopfte sie in eine Truhe. Dann setzte er sich darauf und gab sich den traurigsten Gedanken hin. Bald danach überlief ihn ein Frösteln, das am nächsten Tage in ein bösartiges Fieber mit Gelbsucht und Bewußtseinsstörung überging. Man übergab ihn den Händen der Ärzte.

Als der Zigeuner in der Geschichte Hervás' hier angelangt war, rief man ihn zu seiner Truppe. So verschob er denn die Fortsetzung auf den nächsten Tag.

Fünfzigster Tag

Am nächsten Morgen versammelten sich alle, und der Zigeuner fuhr fort, indem er also sprach:

Fortsetzung der Geschichte des Diego Hervás, erzählt von seinem Sohn, dem verdammten Pilger

Hervás, von den Ratten seines Ruhmes beraubt, von den Ärzten aufgegeben, sah sich dennoch nicht verlassen von seiner Pflegerin. Sie sorgte sich weiter um ihn, und bald rettete ihm eine glücklich überstandene Krisis das Leben. Diese Pflegerin war ein Mädchen von dreißig Jahren und hieß Marica; sie hatte ihn aus Freundschaft gepflegt, weil er abends zuweilen mit ihrem Vater, einem Schuhmacher aus der Nachbarschaft, geplaudert hatte. Als Hervás genesen war, fühlte er wohl, wieviel er diesem guten Mädchen dankte.

»Marica«, sagte er, »Sie haben mich vor dem Tode gerettet und versüßen mir die Rückkehr ins Leben. Was kann ich für Sie tun?«

»Mein Herr«, erwiderte das Mädchen, »Sie könnten mich glücklich machen, aber ich wage nicht zu sagen, wie.«

»Sagen Sie es, sagen Sie es, und seien Sie überzeugt: wenn es in meiner Macht steht, werde ich es tun.«

»Wenn ich Sie nun bäte, mich zu heiraten?«

»Ich will es tun, und von ganzem Herzen. Sie werden mir die Mahlzeiten bereiten, wenn ich mich wohl fühle, Sie werden mich pflegen, wenn ich krank bin, und Sie werden mich vor den Ratten schützen, wenn ich verreise. Ja, Marica, ich werde Sie heiraten, sobald Sie es wünschen, und je eher, desto besser.«

Hervás öffnete, noch nicht völlig genesen, die Truhe, in die er die Überreste seiner Polymathesis gesteckt hatte. Er versuchte, die Blätter zusammenzufügen, und erlitt einen Rückfall, der ihn sehr schwächte. Als er sich stark genug fühlte, das Haus zu verlassen, begab er sich zum Finanzminister und erklärte, er habe fünfzehn Jahre gearbeitet und Schüler herangebildet, die ihn ersetzen könnten; seine Gesundheit sei zerrüttet, und er bitte um seine Entlassung mit einer Pension, die der Hälfte seines Gehalts entsprach. In Spanien ist es nicht allzu schwer, diese Art Gunstbeweis zu erhalten; Hervás bekam, was er erbeten hatte, und er vermählte sich mit Marica.

Darauf änderte unser Gelehrter seine Lebensweise. Er mietete eine Wohnung in einem abgelegenen Stadtviertel und nahm sich vor, das Haus nicht zu verlassen, solange nicht das Manuskript seiner hundert Bände ergänzt war. Die Ratten hatten das ganze Papier dort abgenagt, wo es an den Buchrücken grenzte, und nur die andere Hälfte eines jeden Blattes übriggelassen, und außerdem waren diese Hälften zerrissen. Dennoch dienten sie Hervás dazu, ihm den Text wieder in Erinnerung zu rufen. Auf diese Weise ging er daran, das ganze Werk wiederherzustellen. In der gleichen Zeit tat er eines von gänzlich anderer Art: Marica brachte mich zur Welt, mich, den Sünder, den Verdammten. Ach, ohne Zweifel war der Tag meiner Geburt ein Festtag für die Hölle; das ewige Feuer dieses entsetzlichen Ortes loderte besonders hell auf, und die bösen Geister erhöhten die Qualen der Verdammten, um sich besser an ihrem Geheul zu weiden.

Als der Pilger diese Worte gesprochen hatte, schien ihn Verzweiflung zu packen. Er vergoß heiße Tränen, dann wandte er sich an Cornádez und sagte: »Ich fühle mich heute nicht imstande, weiterzuerzählen. Kommen Sie morgen zur gleichen Stunde hierher, und geben Sie wohl acht, sie nicht zu verfehlen – es geht um Ihr Seelenheil.«

Cornádez kehrte nach Hause zurück, die Seele voll neuer Angst. In der Nacht wurde er vom verstorbenen Peña Flor geweckt, der dicht an seinen Ohren die hundert Dublonen zählte, ohne auch nur eine einzige zu vergessen. Tags darauf begab er sich wieder in den Garten der Cölestiner. Er traf dort den Pilger, der seine Geschichte weitererzählte, indem er also sprach:

Ich kam zur Welt, und meine Mutter überlebte den Augenblick meiner Geburt nur um wenige Stunden. Hervás hatte die Liebe und die Freundschaft nur insofern gekannt, als er diese beiden Gefühle im siebenundsechzigsten Band seines Werkes definiert hatte. Der Verlust seiner Gattin bewies ihm, daß er geschaffen war, Freundschaft und Liebe selber zu fühlen. Der Tod Maricas traf ihn tiefer als damals der Verlust seiner hundert Oktavbände, welche die Ratten gefressen hatten. Hervás' Haus war klein, und es hallte in ihm von jedem Schrei, den ich tat; so war es unmöglich, mich dort zu belassen. Ich fand Aufnahme bei meinem Großvater, dem Schuhmacher Marañon, der sich sehr geschmeichelt fühlte, einen Enkel im Hause zu haben, der Sohn eines Edelmanns und Contadors war.

Mein Großvater genoß im Rahmen seines bescheidenen Standes eine recht merkliche Wohlhabenheit. Er schickte mich auf die Schulen, sobald ich alt genug war. Als ich das sechzehnte Lebensjahr erreicht hatte, gab er mir vornehme Kleider und Geld, damit ich müßig durch Madrid schlendern konnte. Er glaubte sich für seinen Aufwand hinreichend belohnt, wenn er sagen konnte: »*Mio nieto el hijo del contador*.« Doch kommen wir auf meinen Vater und sein trauriges Schicksal zurück, das nur zu bekannt ist – möge es den Gottlosen zur Lehre und als Schreckbild dienen!

Diego Hervás verwendete acht Jahre darauf, den Schaden auszubessern, den die Ratten angerichtet hatten. Sein Werk war fast wiederhergestellt, da entnahm er ausländischen Zeitungen, die ihm in die Hände fielen, daß die Wissenschaften – ohne daß ihm etwas davon bekannt geworden war – bedeutende Fortschritte gemacht hatten. Hervás seufzte über die zusätzlichen Mühen, die ihm bevorstanden; da er indessen sein Werk nicht unvollständig lassen wollte, fügte er jeder Wissenschaft die Entdeckungen hinzu, die man auf ihrem Gebiete seither gemacht hatte. Das kostete ihn abermals vier Jahre. So hatte er denn zwölf Jahre verbracht, ohne das Haus zu verlassen und fast unablässig über seinem Werke hokkend. Dieses Leben ohne körperliche Bewegung zerrüttete seine Gesundheit vollends. Er hatte ständig Hüftschmerzen, Kreuzschmerzen, Blasensteine, und alle Anzeichen deuteten auf entstehende Gicht. Doch schließlich war die Polymathesis in hundert Bänden abgeschlossen. Hervás ließ den Buchhändler Moreno zu sich kommen, den Sohn jenes Moreno, der seine unglückselige *Analyse* zum Verkauf angeboten hatte.

»Mein Herr«, sagte er, »hier sehen Sie hundert Bände, die alles enthalten, was die Menschen heute wissen. Diese Polymathesis wird Ihrem Unternehmen und – wenn ich so sagen darf – ganz Spanien Ehre einbringen. Ich verlange nichts für mich. Haben Sie nur die Güte, meine Bücher zu drucken, damit meine denkwürdige Mühe nicht völlig umsonst gewesen sei.«

Moreno schlug alle Bände auf, prüfte sie sorgfältig und sagte: »Mein Herr, ich übernehme das Werk, aber Sie müssen sich bereit finden, es auf fünfundzwanzig Bände zu kürzen.«

»Lassen Sie mich«, antwortete Hervás, aufs höchste entrüstet, »lassen Sie mich! Gehen Sie zurück in Ihren Laden und drucken Sie den romantischen oder pedantischen Plunder, der unserem Spanien zur Schande gereicht. Lassen Sie mich, mein Herr, mit meinen Gallensteinen und meinem Genie, das, wäre es bekannter, mir allgemeine Achtung eingebracht hätte. Aber ich habe nichts mehr von den Menschen zu erwarten und noch weniger von den Buchhändlern. Lassen Sie mich!«

Moreno ging, und Hervás verfiel in finsterste Schwermut. Unaufhörlich standen ihm seine hundert Bände vor Augen, die Kinder seines Genies, empfangen mit Wonne, zur Welt gebracht mit Schmerzen, die gleichfalls etwas von Entzücken hatten, nun aber in Vergessenheit untertauchend. Er sah sein Leben vertan, seine Existenz in der Gegenwart wie in der Zukunft vernichtet. Und da geschah es, daß sein Geist, geübt, in die Naturgeheimnisse einzudringen, sich unglücklicherweise dem Abgrund des menschlichen Elends zuwandte. So wie er seine Tiefe ermaß, erkannte er überall das Böse, sah er nur noch das Böse und sprach in seinem Herzen: Schöpfer des Bösen, wer bist du?

Ihn selber erschreckte dieser Gedanke, und er wollte ergründen, ob es notwendigerweise einer Schöpfung des Bösen bedurfte, damit es sei. Dann erwog er dieselbe Frage unter einem umfassenderen Gesichtspunkt. Er hielt sich an die Kräfte der Natur, schrieb der Materie eine Energie zu, von der er meinte, daß sie alles zu erklären vermöge, ohne daß man eine Schöpfung anzunehmen brauche.

Was Menschen und Tiere anbelangt, so verdanken sie nach seiner Auffassung ihr Dasein einer Grundsäure, welche die Materie gären läßt und ihr dadurch beständige Formen gibt, etwa so, wie die Säuren die Basen der Alkalimetalle und der Erden zu stets ähnlichen Polyedern kristallisieren lassen. Er betrachtete die Schwammsubstanzen, die vom feuchten Holz hervorgebracht werden, als das Kettenglied, das die Kristallisation der Fossilien mit der Reproduktion der Pflanzen und Tiere verbindet und wenn schon nicht auf ihre Übereinstimmung, so doch wenigstens auf ihre Analogie hinweist.

Gelehrt, wie er war, hatte Hervás keine Mühe, sein falsches System mit sophistischen Beweisen zu stützen, die geeignet waren, die Geister irrezuführen. Er fand zum Beispiel, daß die Maulesel, die aus zwei Arten hervorgehen, mit den Salzen aus gemischten Basen verglichen werden könnten, deren Kristallisation ungeordnet ist. Das Aufschäumen mancher Erden beim Übergießen mit Säuren schien ihm der Gärung der Schleimpflanzen nahezustehen, und von dieser wiederum meinte er, sie sei ein Beginn des Lebens, das sich mangels günstiger Umstände noch nicht entwickeln konnte.

Hervás hatte beobachtet, daß die Kristalle bei ihrer Bildung sich in den hellsten Teilen des Gefäßes sammeln und daß sie sich in der Dunkelheit schwerer bilden. Und da das Licht der Vegetation gleichermaßen günstig ist, betrachtete er den Lichtstrom als eines der Elemente, aus denen sich die Universalsäure zusammensetzt, die ihrerseits die Natur belebt. Außerdem hatte er gesehen, daß blaugefärbtes Papier nach längerer Zeit vom Licht gerötet wird, und das war ein Grund mehr, es als eine Säure zu betrachten.

Hervás wußte, daß in hohen Breiten, in der Nähe des Pols, das Blut mangels genügender Wärme einer Alkalisierung ausgesetzt war, die nur durch die Wirkung von Säuren im Körper aufgehalten werden konnte. Er schloß daraus: wenn die Wärme bei bestimmten Gelegenheiten durch eine Säure ersetzt werden konnte, so mußte sie selbst eine Art Säure sein oder doch wenigstens eines der Elemente der Universalsäure.

Hervás wußte, daß man beobachtet hatte, wie das Gewitter die Weine säuerte und gären ließ. Er hatte im *Sanchuniathon* gelesen, daß zum Weltenbeginn die Wesen, denen es bestimmt war, zu leben, durch heftige Donnerschläge gleichsam zum Leben erweckt worden waren, und unser unglückseliger Gelehrter scheute sich nicht, sich auf diese heidnische Kosmogonie zu stützen und zu behaupten, daß die Materie des Blitzes der Grundsäure einen ersten Anstoß habe geben können zu einer unendlich mannigfaltigen Entwicklung, die aber beständig sei in der Reproduktion der gleichen Formen.

Hervás hätte, da er so in die Geheimnisse der Schöpfung einzudringen suchte, den Ruhm für dieses Werk dem Schöpfer zuerkennen sollen. Oh, hätte er es doch getan! Doch sein guter Engel hatte ihn verlassen, und sein Geist, irregeführt vom Wissensdünkel, gab ihn ohne Widerstand dem Blendwerk der Hochmütigen preis, deren Fall den der Welt nach sich zog. Ach! Während Hervás seine sündigen Gedanken über die Sphären des menschlichen Begriffsvermögens hinaus erhob, war seine sterbliche Hülle von der nahen Auflösung bedroht. Um ihn zu bezwingen, hatten sich mehrere akute Leiden zu seinen chronischen Krankheiten gesellt. Seine Hüftschmerzen waren sehr heftig geworden und lähmten sein rechtes Bein; die Blasensteine wurden größer und zerschnitten ihm die Organe; die Gicht hatte die Finger seiner linken Hand gekrümmt und bedrohte die Gelenke der rechten; dazu kam schließlich die düsterste Schwermut – sie zerstörte die Kräfte seiner Seele zugleich mit denen des Körpers. Er fürchtete sich davor, Zeugen seines Verfalls zu haben, und schließlich wies er sogar meine Pflege zurück und wollte mich nicht mehr sehen.

Ein alter Invalide war sein einziger Diener und wandte die letzten ihm noch verbliebenen Kräfte auf, um meinem Vater zu dienen. Doch auch er wurde krank, und so sah sich mein Vater gezwungen, mich in seiner Nähe zu dulden. Bald darauf wurde mein Großvater Marañon vom hitzigen Fieber gepackt. Er war nur fünf Tage krank. Als er sein Ende nahen fühlte, rief er mich zu sich und sagte: »Blas, mein lieber Blas, empfange meinen letzten Segen. Du hast einen gelehrten Vater – oh, wäre er es doch weniger! Zu deinem Glück ist dein Großvater in seinem Glauben und seinen Taten ein einfacher Mann, und er hat dich in derselben Einfachheit erzogen. Laß dich nicht von deinem Vater mitreißen. Seit einigen Jahren hat er sich wenig um die Religion gekümmert, und seine Ansichten sind so, daß selbst Ketzer sich ihrer schämen würden. Blas, mißtraue der menschlichen Weisheit. In einigen Augenblicken werde ich mehr wissen als alle Philosophen. Blas, Blas, ich segne dich, ich sterbe.«

Er starb in der Tat. Ich erwies ihm den letzten Dienst und kehrte zu meinem Vater zurück, den ich während der letzten vier Tage nicht aufgesucht hatte. In dieser Zeit war der alte Invalide ebenfalls gestorben, und die Barmherzigen Brüder hatten sich seiner Beerdigung angenommen. Ich wußte, daß mein Vater allein war, und wollte mich ganz seinen Diensten widmen, doch als ich bei ihm eintrat, bot sich meinen Blicken ein ungewöhnliches Schauspiel, und ich blieb, von Schrecken gepackt, im Vorzimmer stehen.

Mein Vater hatte seine Kleider abgelegt und ein Bettlaken gleich einem Leichentuch um sich genommen. Er saß in einem Lehnstuhl und blickte auf die untergehende Sonne. Nach ziemlich langer Betrachtung erhob er die Stimme und sprach: »Du Gestirn, dessen letzte Strahlen meine Augen zum letzten Male berührt haben, warum hast du den Tag meiner Geburt beschienen? Hatte ich verlangt, geboren zu werden? Und warum bin ich geboren? Die Menschen sagten mir, ich hätte eine Seele, und ich habe mich mit ihr beschäftigt, selbst auf Kosten meines Leibes. Ich habe meinen Geist gebildet, aber die Ratten haben ihn gefressen, und die Buchhändler haben ihn verschmäht. Nichts wird von mir bleiben – ich sterbe ganz, und es wird ebenso dunkel sein, als wäre ich nie geboren worden. Nichts, empfange deine Beute!«

Hervás gab sich ein paar Augenblicke unbeweglich seinen düsteren Überlegungen hin; dann ergriff er einen Becher, der aussah, als wäre er mit altem Wein gefüllt. Er hob die Augen zum Himmel und sagte: »O mein Gott, wenn es einen gibt, erbarme dich meiner Seele, wenn ich eine habe!«

Dann leerte er den Becher und setzte ihn auf den Tisch. Er legte die Hand auf sein Herz, als fühle er Beklemmung. Hervás hatte noch einen anderen Tisch vorbereitet; er hatte dort Kissen zurechtgelegt. Auf ihm streckte er sich aus, kreuzte die Hände auf der Brust und sprach kein Wort mehr.

Sie werden sich darüber wundern, daß ich, da doch all diese Vorbereitungen zum Selbstmord in meiner Gegenwart geschahen, mich nicht auf den Becher gestürzt oder um Hilfe gerufen habe. Ich wundere mich selbst darüber, oder richtiger: ich glaube ganz bestimmt, daß eine übernatürliche Macht mich an meinen Platz fesselte und mich hinderte, auch nur die geringste Bewegung zu machen. Die Haare sträubten sich auf meinem Kopfe.

Die Barmherzigen Brüder, die unseren Invaliden beerdigt hatten, fanden mich in dieser Lage. Sie sahen meinen Vater auf dem Tische ausgestreckt, in ein Leichentuch gehüllt, und fragten mich, ob er gestorben sei. Ich erwiderte, ich wisse nichts. Sie fragten mich, wer ihn in das Leichentuch gehüllt habe. Ich antwortete, er selber habe es getan. Sie untersuchten ihn und fanden ihn ohne Leben. Sie erblickten das Glas mit einem Rest Flüssigkeit und nahmen es mit, um es zu prüfen. Dann gingen sie mit den Zeichen der Mißbilligung davon und ließen mich in äußerster Niedergeschlagenheit zurück. Später kamen Leute aus dem Kirchspiel. Sie stellten mir die gleichen Fragen, und als sie gingen, sagten sie: »Er ist gestorben, wie er gelebt hat. Nicht uns kommt es zu, ihn zu beerdigen.«

Ich blieb mit dem Toten allein. Meine Verzagtheit ging so weit, daß ich mich völlig gelähmt fühlte und nicht einmal zu denken vermochte. Ich warf mich in den Lehnstuhl, in dem vorher mein Vater gesessen hatte, und verfiel wieder in meine Starre.

Die Nacht brach herein, der Himmel umwölkte sich, ein Windstoß riß mein Fenster auf, ein bläulicher Blitz schien durch das Zimmer zu huschen und ließ es dann dunkler zurück, als es vorher gewesen war. Inmitten dieser Dunkelheit glaubte ich irgendwelche phantastischen Formen wahrzunehmen. Mir schien, als hätte mein Vater lange und qualvoll gestöhnt und als würde dieser Klagelaut von einem fernen Echo durch die weite Nacht getragen. Ich wollte mich erheben, doch ich blieb an meinen Platz gefesselt und unfähig, die geringste Bewegung zu machen. Eisige Kälte durchdrang meine Glieder, ein Fieberschauer überlief mich, meine Visionen wurden zu Träumen, und der Schlaf bemächtigte sich meiner Sinne.

Plötzlich fuhr ich auf: ich erblickte sechs große gelbe Kerzen, die rings um den Leichnam meines Vaters brannten, und einen Mann, der mir gegenübersaß und auf den Augenblick meines Erwachens zu warten schien. Er war von stattlicher, achtunggebietender Erscheinung und groß von Wuchs; sein schwarzes, ein wenig krauses Haar fiel ihm in die Stirn; sein Blick war lebhaft und durchdringend, aber zugleich sanft und verführerisch. Im übrigen trug er eine Halskrause und einen grauen Mantel, ungefähr so, wie die Edelleute vom Lande sich kleiden.

Als der Unbekannte sah, daß ich erwacht war, lächelte er mir freundlich zu und sprach: »Mein Sohn – ich nenne dich mit diesem Namen, weil ich dich so betrachte, als gehörtest du mir schon –, du bist von Gott und den Menschen verlassen, und die Erde hat sich vor den Resten dieses Weisen, der dir das Leben gab, verschlossen. Wir aber werden dich nicht verlassen.«

»Mein Herr«, erwiderte ich, »Sie sagten, wenn ich nicht irre, daß ich von Gott und den Menschen verlassen sei. Was die Menschen betrifft, so ist das wahr, aber ich glaube nicht, daß Gott jemals eines seiner Geschöpfe verlassen könnte.«

»Deine Bemerkung«, sagte der Unbekannte, »ist in gewisser Hinsicht richtig – doch das werde ich dir später erklären. Um dich indessen davon zu überzeugen, welchen Anteil wir an dir nehmen, biete ich dir diesen Beutel. Du findest darin tausend Pistolen – ein junger Mann muß Leidenschaften haben und die Mittel, sie zu befriedigen. Sei mit diesem Geld nicht sparsam und rechne immer auf uns.«

Dann klatschte der Unbekannte in die Hände. Sechs maskierte Männer erschienen und trugen den Leichnam Hervás' davon. Die Kerzen erloschen, und es herrschte wieder völlige Dunkelheit. Ich blieb nicht lange dort. Ich tastete mich nach der Tür, gelangte auf die Straße, und als ich den gestirnten Himmel über mir erblickte, kam es mir vor, als atmete ich freier. Die tausend Pistolen, die ich in der Tasche fühlte, trugen gleichfalls dazu bei, meinen Mut zu heben. Ich lief durch Madrid und kam zum Ende des Prado, zu jener Stelle, wo man später die riesige Statue der Kybele aufstellte. Dort legte ich mich auf eine Bank und schlief sogleich ein.

Als der Zigeunerhauptmann hier angelangt war, bat er uns um die Erlaubnis, die Fortsetzung der Geschichte auf den nächsten Tag zu verschieben, und wir bekamen ihn nicht mehr zu Gesicht.

Einundfünfzigster Tag

Man versammelte sich zur gewohnten Stunde. Rebekka wandte sich an den alten Hauptmann und sagte, die Geschichte des Diego Hervás habe sie, obgleich sie ihr zum Teil schon bekannt gewesen sei, stark gefesselt.

»Ich glaube aber«, fuhr sie fort, »daß man zuviel Aufwand trieb, um den armen Gatten zu betrügen; man hätte ihn ja viel leichter irreführen können. Freilich, man hat wohl die Geschichte des Atheisten erzählt, um der ohnehin schon ängstlichen Seele Cornádez' um so mehr Furcht einzujagen.«

»Erlauben Sie«, erwiderte der Hauptmann, »daß ich Ihnen dies zu bedenken gebe: Sie urteilen allzu rasch über die Begebenheiten, die ich Ihnen zu erzählen die Ehre hatte. Der Herzog von Arcos war ein großer und angesehener Herr, und so durfte man schon, wenn man ihm einen Dienst erweisen wollte, mancherlei Personen erfinden und vortäuschen. Andererseits hat man keinen Anhaltspunkt dafür, daß man Cornádez die Geschichte des Sohnes, von der Sie bisher nie gehört haben, zu dem gleichen Zwecke erzählte.«

Rebekka versicherte dem Hauptmann, daß auch diese Geschichte sie lebhaft interessiere. Darauf fuhr der Alte fort, indem er also sprach:

Die Geschichte
des Blas Hervás,
des verdammten Pilgers

Ich sagte Ihnen also, daß ich mich im Prado, am Ende der Hauptallee, auf eine Bank legte und einschlummerte. Die Sonne stand schon ziemlich hoch, als ich erwachte, und aufgeweckt wurde ich, wie ich glaube, durch die leichte Berührung eines Taschentuches im Gesicht. Denn da ich vorsichtig die Augen öffnete, erblickte ich ein junges Mädchen, das ihr Taschentuch schwenkte, um die Fliegen zu vertreiben, die meinen Schlummer hätten stören können. Am meisten aber wunderte ich mich darüber, daß mein Kopf sehr weich auf den Knien eines anderen jungen Mädchens ruhte, dessen sanften Atem ich in meinen Haaren spürte. Ich hatte mich beim Erwachen fast nicht gerührt; so stand es mir frei, diesen Zustand zu verlängern, indem ich mich schlafend stellte. Ich schloß von neuem die Augen, und bald darauf vernahm ich eine etwas tadelnde, doch keineswegs schroffe Stimme, die sich an meine Hüterinnen wandte und sagte: »Celia, Zorilla, was tut ihr da? Ich dachte, ihr wäret in der Kirche, und da finde ich euch bei einer schönen Andacht.«

»Aber Mama«, erwiderte das junge Mädchen, das mir als Kissen diente, »sagten Sie mir nicht, daß die Werke ebenso verdienstlich seien wie das Gebet? Und ist es nicht ein Werk der Barmherzigkeit, den Schlummer dieses armen Jünglings zu verlängern, der gewiß eine sehr schlechte Nacht verbracht hat?«

»Gewiß«, antwortete die Stimme, mehr lachend als tadelnd, »gewiß, das ist sehr verdienstlich, und es ist ein Einfall, der wenn schon nicht eure Frömmigkeit, so doch wenigstens eure Unschuld beweist. Jetzt aber, meine barmherzige Zorilla, leg den Kopf dieses Jünglings recht sanft auf die Bank und laß uns gehen.«

»Ach, meine liebe Mama«, sagte das junge Mädchen, »sehen Sie nur, wie süß er schläft. Statt ihn zu wecken, Mama, sollten Sie lieber die Halskrause öffnen, die ihn beengt.«

»Ja freilich«, entgegnete die Mutter, »ihr gebt mir da einen schönen Auftrag; doch wollen wir einmal sehen – wahrhaftig, er ist recht hübsch.«

Zugleich berührte die Hand der Mama sanft mein Kinn und öffnete die Krause.

»So steht es ihm noch besser«, bemerkte Celia, die bis dahin nicht gesprochen hatte, »und er atmet freier. Ich sehe, daß es süß ist, gute Werke zu verrichten.«

»Diese Überlegung«, sagte die Mutter, »beweist viel Verstand, aber man darf die Barmherzigkeit nicht zu weit treiben. Nun, Zorilla, leg dieses junge Haupt sanft auf die Bank, und dann gehen wir.«

Zorilla schob vorsichtig beide Hände unter meinen Kopf und zog ihre Knie zurück. Ich glaubte, daß es nun nutzlos sei, länger den Schlafenden zu spielen. So richtete ich mich auf und öffnete die Augen. Die Mutter stieß einen Schrei aus, die Töchter wollten fliehen, doch ich hielt sie zurück.

»Celia! Zorilla!« rief ich. »Sie sind ebenso schön wie unschuldig. Und Sie, die Sie nur deshalb ihre Mutter zu sein scheinen, weil Ihre Reize vollendeter sind, erlauben Sie, daß ich, bevor ich mich von Ihnen trenne, ein paar Augenblicke der Bewunderung widme, die Sie alle drei in mir geweckt haben.«

Alles, was ich ihnen sagte, entsprach der Wahrheit: Celia und Zorilla hätten als vollkommene Schönheiten gelten können, wenn nicht ihre zarte Jugend die Reize noch unentwickelt gelassen hätte, und ihre Mutter, die wohl noch keine dreißig Jahre zählte, sah aus wie eine Fünfundzwanzigjährige.

»Señor Caballero«, sagte die Mutter, »wenn Sie sich nur

schlafend stellten, so mußten Sie sich von der Unschuld meiner Töchter überzeugen und eine gute Meinung von ihrer Mutter gewinnen. So fürchte ich denn nicht, Ihre Achtung zu verlieren, wenn ich Sie bitte, uns nach Hause zu begleiten. Eine Bekanntschaft, die auf so eigenartige Weise begann, scheint es zu verlangen, daß man sie vertieft.«

Ich begleitete sie. Wir kamen zu ihrem Haus, das am Prado lag. Die Töchter bereiteten Schokolade. Die Mutter hieß mich neben ihr Platz nehmen und sprach: »Sie sehen hier ein Haus, das für unsere gegenwärtige Lage ein wenig zu reich ausgestattet ist. Ich habe es in glücklicheren Zeiten bezogen. Heute würde ich gern die Beletage weitervermieten, aber ich wage nicht, es zu tun, weil die Umstände, in denen ich mich befinde, strenge Abgeschiedenheit verlangen.«

»Señora«, erwiderte ich, »auch ich habe Gründe, sehr zurückgezogen zu leben, und wenn Sie nichts dagegen haben, würde ich mich gern im *cuarto principal* einrichten.«

Während ich noch diese Worte sprach, zog ich meinen Beutel, und der Anblick des Goldes beseitigte alle Einwände, die mir die Dame hätte machen können. Ich bezahlte Kost und Wohnung für drei Monate im voraus. Es wurde vereinbart, daß man mir das Mittagessen in mein Zimmer bringen und mir einen vertrauten Diener überlassen würde, der auch meine Gänge in der Stadt besorgen sollte. Als Zorilla und Celia mit der Schokolade zurückkamen, wurden sie von unseren Abmachungen unterrichtet, und ihre Blicke schienen von mir Besitz zu ergreifen, während die Augen der Mutter ihnen offenbar den Besitz streitig machen wollten. Diesen kleinen Kampf der Koketterie bemerkte ich sehr wohl; ich gab den Ausgang der Zukunft anheim und ging daran, mich in meiner neuen Wohnung einzurichten. Es dauerte nicht lange, so war sie mit allem ausgestattet, was dazu beitragen konnte, sie mir angenehm zu machen. Bald brachte mir Zorilla Schreibzeug, bald erschien Celia, um meinen Tisch mit einer Lampe oder einigen Büchern zu schmücken. Nichts wurde vergessen. Die beiden Schönen kamen jede für sich, und wenn sie sich bei mir trafen, gab es ein Lachen, das nicht enden wollte. Auch die Mutter hatte daran teil. Sie beschäftigte sich vor allem mit meinem Bett, ließ ein Laken aus holländischem Leinen darauf ausbreiten, eine schöne seidene Bettdecke darüberlegen und einen ganzen Berg Kissen aufschichten. Mit dieser Beschäftigung verging der Morgen. Es wurde Mittag. Man deckte den Tisch in meinem Zimmer, und ich war entzückt: ich sah mit Freuden, wie drei bezaubernde Geschöpfe meine Wünsche zu erfüllen suchten und um meine Dankbarkeit wetteiferten. Doch alles zu seiner Zeit – mit Vergnügen begann ich, meinen Appetit zu stillen, ohne mich verwirren oder ablenken zu lassen.

Ich speiste also zu Mittag. Dann nahm ich Hut und Degen und ging in der Stadt spazieren. Niemals zuvor hatte ich ein solches Vergnügen empfunden: ich war unabhängig, hatte die Taschen voller Geld, fühlte mich völlig gesund und stark und gewann, dank der Fürsorge der drei Damen, eine hohe Meinung von mir selber, denn gewöhnlich ist es so, daß die jungen Männer sich selber um so höher einschätzen, je mehr sie die Aufmerksamkeit des schönen Geschlechtes erregen.

Ich trat in den Laden eines Juweliers und kaufte einige Schmucksachen. Dann begab ich mich ins Theater, und schließlich kehrte ich nach Hause zurück. Die drei Damen saßen vor der Tür, Zorilla sang und begleitete sich auf der Gitarre, die beiden anderen beschäftigten sich mit einer Handarbeit.

»Señor Caballero«, sagte die Mutter, »Sie haben sich bei uns eingemietet und bezeigen uns damit ein großes Vertrauen, ohne auch nur zu wissen, wer wir sind. Indessen ist es wohl angebracht, Sie darüber zu unterrichten. So erfahren Sie denn, Señor Caballero, daß ich Inés Santárez heiße und Witwe des Don Juan Santárez bin, des Corregidors von La Habana. Er hatte mich ohne Vermögen geheiratet und ließ mich auch ohne Vermögen zurück, zusammen mit den beiden Töchtern, die Sie hier sehen. Ich befand mich wegen meiner Witwenschaft und meiner Armut in einer sehr schwierigen Lage, doch da erhielt ich ganz unverhofft einen Brief von meinem Vater. Sie werden mir erlauben, seinen Namen zu verschweigen. Ach! Auch er hatte sein Leben lang gegen das Unglück kämpfen müssen; schließlich aber nahm er, wie aus dem Brief hervorging, einen glänzenden Posten ein, indem er Kriegsschatzmeister wurde. Sein Brief enthielt einen Wechsel über zweitausend Pistolen und die Anweisung, nach Madrid zu kommen. Ich reiste in der Tat hierher, doch nur, um zu erfahren, daß mein Vater, der Veruntreuung öffentlicher Gelder, ja sogar des Hochverrats angeklagt, im Turm von Segovia gefangengehalten wurde. Indessen hatte man dieses Haus für uns gemietet. So bezog ich es denn, und ich lebe hier sehr zurückgezogen, empfange überhaupt keine Besuche außer dem eines jungen Mannes, der im Kriegsministerium beschäftigt ist. Er kommt, um mir all das zu berichten, was er über das Verfahren gegen meinen Vater erfahren konnte. Außer ihm weiß niemand von unseren Beziehungen zu dem unglücklichen Gefangenen.«

Während Frau Santárez diese Worte sprach, vergoß sie ein paar Tränen.

»Weine nicht, Mama«, sagte Celia, »alles nimmt ein Ende, und zweifellos müssen auch die Qualen eines haben. Da ist schon ein junger Caballero, der so freundlich aussieht; die Begegnung mit ihm scheint mir Gutes zu verheißen.«

»Freilich«, meinte Zorilla, »seit er im Hause ist, kommt es mir vor, als hätte unsere Einsamkeit nichts Trauriges mehr.«

Frau Santárez warf mir einen Blick zu, in dem ich stille Trauer und zugleich Zärtlichkeit las. Die Töchter betrachteten mich gleichfalls, dann schlugen sie die Augen nieder, erröteten, verwirrten sich und wurden nachdenklich: so sah ich mich denn von drei reizenden Wesen geliebt, und dieser Zustand schien mir köstlich.

Unterdessen trat ein großer und wohlgestalter junger Mann auf uns zu. Er nahm Frau Santárez an die Hand, führte sie ein paar Schritte zur Seite und hatte mit ihr ein langes Gespräch. Dann führte sie ihn zu mir und sagte: »Señor Caballero, dies ist Don Cristof Sparadoz, den ich Ihnen gegenüber schon erwähnt habe als den einzigen Menschen, der uns in Madrid besucht. Ich möchte auch ihm den Vorzug verschaffen, Sie kennenzulernen; doch obgleich wir dasselbe Haus bewohnen, weiß ich nicht, mit wem ich zu sprechen die Ehre habe.«

»Señora«, sagte ich, »ich bin ein Edelmann aus Asturien und heiße Legánez.«

Ich glaubte den Namen Hervás verschweigen zu müssen, da er bekannt sein konnte.

Der junge Sparadoz maß mich mit überheblichen Blicken und schien mir sogar den Gruß versagen zu wollen. Wir traten ins Haus, und Frau Santárez ließ einen leichten Imbiß aus Früchten und Gebäck auftragen. Ich stand für die drei Schönen noch immer im Mittelpunkt ihrer Aufmerksamkeiten, doch ich bemerkte auch manches Lächeln und viele Blicke, die dem neuen Gast galten. Das verletzte mich, und da ich alles auf mich bezogen wissen wollte, gab ich mich so liebenswürdig und geistvoll wie möglich.

Mitten in meinem Triumph legte Don Cristof seinen rechten Fuß auf das linke Knie, musterte die Schuhsohle und sagte: »Wahrhaftig, seitdem der Schuhmacher Marañon gestorben ist, bekommt man in Madrid keine gut gearbeiteten Schuhe mehr.«

Dann warf er mir einen spöttischen und verächtlichen Blick zu.

Der Schuhmacher Marañon, das war mein Großvater gewesen, der Vater meiner Mutter, der mich erzogen hatte und für den ich die größte Dankbarkeit hegte; aber er verunstaltete sehr meinen Stammbaum – wenigstens schien es mir so. Ich glaubte, ich würde in den Augen der drei Damen viel verlieren, wenn sie erführen, daß ich einen Schuhmacher zum Großvater hatte. Meine ganze Heiterkeit verflog; ich warf Don Cristof bald zornige, bald stolze und verächtliche Blicke zu. Ich nahm mir vor, ihm den Zutritt in unser Haus zu verwehren. Er ging. Ich folgte ihm mit der Absicht, ihm meine Meinung kundzutun. Am Ende der Straße holte ich ihn ein und warf ihm die Beleidigung an den Kopf, die ich mir schon zurechtgelegt hatte. Ich glaubte, er würde in Zorn geraten. Doch er tat im Gegenteil sehr liebenswürdig, faßte mich unterm Kinn, als wollte er mich streicheln, aber plötzlich riß er mich so hoch, daß meine Füße den Halt verloren, versetzte mir einen Stoß und stellte mir zugleich ein Bein, so daß ich mit der Nase in den Rinnstein fiel. Betäubt vom Sturz und ganz mit Kot bespritzt, stand ich auf, und mit Zorn im Herzen kehrte ich in meine Wohnung zurück. Die Damen waren schlafen gegangen. Ich legte mich gleichfalls nieder, konnte aber keine Ruhe finden: zwei Leidenschaften, Liebe und Haß, hielten mich wach. Der Haß richtete sich ganz auf Don Cristof. Anders verhielt es sich mit der Liebe; sie erfüllte zwar mein Herz, aber sie richtete sich nicht auf ein einziges Wesen. Celia, Zorilla und ihre Mutter beschäftigten mich der Reihe nach, ihre schmeichelnden Bilder flossen ineinander und beunruhigten mich die ganze Nacht.

Ich erwachte sehr spät. Als ich die Augen aufschlug, sah ich Frau Santárez am Fußende meines Bettes sitzen. Sie schien geweint zu haben.

»Mein junger Caballero«, sagte sie, »ich habe mich zu Ihnen geflüchtet; denn oben bei mir sitzen Leute, die Geld verlangen, und ich habe keines, das ich ihnen geben könnte. Ich schulde es ihnen – leider! –, aber mußte ich nicht auch die armen Kinder kleiden und ernähren? Sie müssen ohnehin genug entbehren.«

Hier begann Frau Santárez zu schluchzen, und ihre tränenerfüllten Augen wandten sich unwillkürlich meinem Beutel zu, der neben mir auf dem Nachttisch lag. Ich verstand diese stumme Sprache. Ich schüttete das Gold auf den Tisch, teilte es nach Augenmaß in zwei gleiche Teile und bot den einen Frau Santárez. Sie hatte diese Großzügigkeit nicht erwartet. Zuerst war sie starr vor Überraschung, dann ergriff sie meine Hände, küßte sie voller Entzücken und preßte sie an ihr Herz; schließlich nahm sie das Geld und rief aus: »O meine Kinder, meine lieben Kinder!«

Darauf eilten die Töchter herbei, und auch sie küßten mir die Hände. All diese Bekundungen der Dankbarkeit brachten mein Blut, das durch die nächtlichen Träume schon erhitzt war, vollends in Wallung.

Ich zog mich rasch an und wollte auf einer Terrasse des Hauses frische Luft schöpfen. Als ich an dem Zimmer der jungen Mädchen vorbeikam, hörte ich, wie sie schluchzten und sich unter Tränen umarmten. Ich lauschte einen Augenblick, und dann trat ich ein. Celia wandte sich an mich mit den Worten: »Hören Sie, unser so gütiger und liebenswerter Gast! Sie finden uns hier in äußerster Erregung: seit wir auf der Welt sind, hat keine Wolke das Gefühl getrübt, das wir füreinander hegen, und wir fühlten uns durch Liebe noch mehr als durch Blutsbande verbunden. Seit Sie bei uns weilen, hat sich das geändert, die Eifersucht hat sich in unsere Seelen geschlichen, und vielleicht wäre es so weit gekommen, daß wir uns haßten, doch der sanfte Charakter Zorillas hat diesem entsetzlichen Unglück vorgebeugt. Sie warf sich in meine Arme, wir haben zusammen geweint, und unsere Herzen sind sich nähergekommen. Und jetzt, unser lieber Gast, ist es an Ihnen, uns vollkommen zu versöhnen: versprechen Sie uns, nicht die eine mehr als die andere zu lieben, und wenn Sie uns mit Liebkosungen bedenken wollen, so lassen Sie uns auch diese im gleichen Maße zuteil werden.«

Was sollte ich auf diese lebhafte und dringende Einladung erwidern? Ich drückte sie nacheinander beide an mein Herz; ich trocknete ihre Tränen, und ihre Bekümmernis wich zärtlichen Tollheiten.

Wir traten zusammen auf die Terrasse, und Frau Santárez gesellte sich dort zu uns. Das Gefühl, ihrer Schulden ledig zu sein, berauschte sie fast vor Glück und Freude. Sie bat mich zum Mittagessen und äußerte den Wunsch, daß ich den ganzen Tag bei ihr bleiben möge. Während unserer Mahlzeit herrschte ein Ton der Vertraulichkeit und der Zuneigung.

Die Dienstboten wurden weggeschickt, und die beiden Töchter bedienten abwechselnd. Frau Santárez, erschöpft von den Aufregungen, die hinter ihr lagen, trank zwei Glas eines edlen Weines aus Rota. Ihre ein wenig verschleierten Augen wurden dadurch noch glänzender. Sie zeigte sich sehr heiter, und ihre Töchter hätten wohl Anlaß gehabt, abermals eifersüchtig zu werden; doch sie empfanden zuviel Achtung für ihre Mutter, als daß ihnen dieser Gedanke hätte kommen können. Frau Santárez ließ sich zwar von ihrem Blute verleiten, das der Wein erhitzt hatte, doch sie überschritt deshalb keineswegs die Grenzen der Sittlichkeit.

Was mich betrifft, so dachte ich nicht an Pläne der Verführung: die Jugend und das Geschlecht waren Verführer genug. Die süßen Triebe der Natur verliehen unserem Umgang einen unaussprechlichen Reiz; es fiel uns schwer, auseinanderzugehen. Der Sonnenuntergang hätte uns schließlich dennoch getrennt, aber ich hatte bei einem Limonadenverkäufer in der Nachbarschaft Erfrischungen bestellt, die nun kamen und freudig begrüßt wurden, waren sie doch ein Vorwand, noch länger beisammen zu bleiben. Bis hierher verlief alles gut. Doch kaum saßen wir zu Tisch, so erschien Don Cristof Sparadoz. Das Eindringen eines abendländischen Edelmanns in den Harem eines Sultans hätte keinen unangenehmeren Eindruck machen können als jenen, den ich beim Anblick Don Cristofs empfand. Freilich waren Frau Santárez und ihre Töchter nicht meine Gattinnen und bildeten auch nicht meinen Harem, aber mein Herz hatte gewissermaßen von diesen Damen Besitz ergriffen, und die Verletzung meiner Rechte schmerzte mich zutiefst.

Don Cristof achtete weder auf diese Empfindungen noch auf meine Person. Er grüßte die Damen, geleitete Frau Santárez zum Ende der Terrasse, führte mit ihr ein langes Gespräch und setzte sich dann mit zu Tisch, ohne daß ihn jemand eingeladen hätte. Er aß, trank und sagte kein Wort; als sich aber das Gespräch den Stierkämpfen zuwandte, schob er seinen Teller zurück, stieß mit der Faust auf den Tisch und rief: »Ha, bei Sankt Christophorus, meinem Patron, warum muß ich in der Kanzlei des Ministers hocken? Lieber wäre ich der letzte Torero von Madrid als Vorsitzender aller Cortes von Kastilien!«

Zugleich streckte er den Arm aus, als wollte er einen Stier durchbohren, und ließ uns seine mächtigen Muskeln bewundern. Dann setzte er, um seine Kraft zu zeigen, die drei Damen in einen Lehnstuhl, hob ihn auf und trug ihn durchs ganze Zimmer. Don Cristof fand so viel Vergnügen an diesem Spiel, daß er es so lange wie möglich fortsetzte. Danach nahm er Hut und Degen, um zu gehen. Bis dahin hatte er mir nicht die geringste Aufmerksamkeit geschenkt. Nun aber richtete er das Wort an mich und sagte. »Mein Freund Edelmann, wer macht seit dem Tode des Schuhmachers Marañon die besten Schuhe?«

Diese Worte faßten die Damen nur als eine der Narrheiten auf, wie sie oft aus Don Cristofs Munde kamen. Ich hingegen war darüber äußerst gereizt; ich holte Hut und Degen und lief Don Cristof nach. Am Ende einer Querstraße erreichte ich ihn, ich stellte mich vor ihm auf, zog meinen Degen und rief: »Unverschämter, du wirst mir für soviel niederträchtige Kränkungen bezahlen!«

Don Cristof faßte nach seinem Degen, aber da er auf der Erde einen Knüppel entdeckte, hob er diesen auf und schlug damit kurz und hart auf meine Waffe, so daß sie meiner Hand entfiel. Dann trat er auf mich zu, packte mich im Nacken, trug mich zum Rinnstein und warf mich, ebenso wie am Vortage, hinein, doch diesmal so heftig, daß ich länger betäubt blieb.

Jemand reichte mir die Hand, um mir aufzuhelfen; ich erkannte den Edelmann, der mit seinen Helfern den Leichnam meines Vaters entführt und mir tausend Pistolen gegeben hatte. Ich warf mich ihm zu Füßen, er hob mich gütig auf und hieß mich ihm folgen. Wir schritten schweigend durch die Straßen und gelangten zur Manzanaresbrücke, wo zwei Rappen unser harrten; auf ihnen galoppierten wir eine halbe

Stunde am Fluß entlang. Dann kamen wir zu einem einsamen Haus, dessen Türen sich von selbst öffneten. Das Zimmer, das wir betraten, war mit brauner Serge ausgeschlagen, es wurde von silbernen Leuchtern erhellt, und in der Mitte stand ein gleichfalls silbernes Kohlenbecken. Wir setzten uns an das Becken, in zwei Lehnstühle, und der Unbekannte sprach zu mir: »Señor Hervás, so geht es eben in der Welt zu, deren vielbewunderte Ordnung sich nicht gerade dadurch auszeichnet, daß sie etwa die Gaben gerecht verteilte: die einen haben von der Natur eine Kraft von achthundert Pfund erhalten, die anderen nur eine Kraft von achtzig. Freilich, man hat den Betrug erfunden, um das Gleichgewicht ein wenig wiederherzustellen.«

Zugleich öffnete der Unbekannte ein Schubfach, nahm einen Dolch heraus und sagte: »Betrachten Sie dieses Instrument; seine olivenförmig gekrümmte Schneide endet in einer Spitze, die dünner ist als ein Haar – stecken Sie ihn in den Gürtel. Leben Sie wohl, mein Caballero, erinnern Sie sich stets an Ihren guten Freund, Don Belial de Gehenna. Wenn Sie mich brauchen, kommen Sie nach Mitternacht zur Manzanaresbrücke, klatschen Sie dreimal in die Hände, und Sie werden die Rappen vor sich erblicken. Übrigens hätte ich die Hauptsache fast vergessen: hier ist noch ein Beutel – geben Sie es aus und versagen Sie sich nichts.«

Ich dankte dem großzügigen Don Belial, stieg auf meinen Rappen, ein Neger stieg auf den anderen, wir gelangten zur Brücke, wo ich absitzen mußte, und ich kehrte in meine Wohnung zurück.

Dort legte ich mich nieder und schlief ein, aber ich hatte qualvolle Träume. Ich hatte den Dolch unter mein Kissen gelegt, und nun schien es mir, als sei er darunter hervorgekrochen und in mein Herz gedrungen. Ich sah auch, wie Don Cristof mir die drei Damen des Hauses entführte.

Am Morgen befand ich mich in düsterer Stimmung; selbst die Gegenwart der jungen Mädchen änderte nichts daran. Sie gaben sich Mühe, mich zu erheitern, aber sie erreichten damit das Gegenteil, und meine Liebkosungen waren nun nicht mehr so unschuldig wie vordem. Als ich mich allein sah, hielt ich den Dolch in der Hand und bedrohte damit Don Cristof, den ich vor mir zu erblicken glaubte.

Dieser verhaßte Mensch erschien wiederum am Abend und schenkte mir überhaupt keine Beachtung; um so mehr umwarb er jedoch die Frauen. Er neckte sie der Reihe nach, ärgerte sie ein bißchen und brachte sie dann zum Lachen. Seine groben Scherze fanden schließlich mehr Gefallen als meine Höflichkeit.

Zum Abend ließ ich ein Essen bringen, das eher erlesen als reichlich war. Don Cristof aß es fast allein auf. Dann nahm er seinen Hut, um zu gehen. Bevor er das Zimmer verließ, wandte er sich unvermittelt zu mir um und sagte: »Mein Edelmann, was soll der Dolch, den ich in Ihrem Gürtel erblicke? Sie täten besser daran, eine Schusterahle hineinzustecken.«

Darauf brach er in ein großes Gelächter aus und verließ uns. Ich folgte ihm, erreichte ihn an einer Biegung der Straße, ging von links an ihn heran und stieß, den Dolch in der Hand, mit aller Kraft meines Armes auf ihn ein. Doch ich fühlte mich mit der gleichen Kraft zurückgestoßen. Don Cristof sah mich ganz kaltblütig an und sprach: »Dummer Bengel, weißt du nicht, daß ich ein Panzerhemd trage?«

Dann packte er mich im Nacken und stieß mich in den Rinnstein. Diesmal jedoch freute es mich, daß ich dort landete und daß man es mir erspart hatte, zum Mörder zu werden. Ich raffte mich mit einer gewissen Befriedigung auf. Sie begleitete mich bis in mein Bett, und ich schlief in dieser Nacht besser als in der vorangegangenen.

Am Morgen fanden mich die Damen ruhiger als am Vortage, und sie beglückwünschten mich dazu. Aber ich wagte es nicht, am Abend bei ihnen zu bleiben: ich fürchtete den Menschen, den ich hatte ermorden wollen, und ich glaubte, ich würde ihm nicht in die Augen blicken können. So verbrachte ich den Abend damit, daß ich auf den Straßen umherspazierte, das Herz voller Zorn, wenn ich an den Wolf dachte, der in meine Herde eingefallen war.

Um Mitternacht ging ich zur Brücke. Ich klatschte in die Hände, die Rappen erschienen, ich stieg auf den, der für mich bestimmt war, und folgte meinem Führer zum Hause Don Belials. Die Türen öffneten sich von selbst, mein Gönner kam mir entgegen und führte mich zu dem Kohlenbecken, neben dem wir auch in der vorletzten Nacht gesessen hatten.

»Nun«, sagte er ein wenig spöttisch, »nun, mein Caballero, der Mord ist nicht gelungen – macht nichts, man wird Ihnen schon die Absicht hoch anrechnen. Überdies haben wir dafür gesorgt, daß wir Sie von einem so lästigen Nebenbuhler befreien. Man hat die Behörden wissen lassen, daß er wichtige Geheimnisse verraten habe, und jetzt befindet er sich im gleichen Gefängnis wie der Vater von Frau Santárez. So wird es denn nur an Ihnen liegen, Ihre Gunst bei den Frauen ein wenig besser zu nutzen, als Sie es bisher getan haben. Erlauben Sie, daß ich Ihnen diese Bonbonniere schenke. Sie enthält Pralinen von vorzüglicher Zusammensetzung; bieten Sie den Damen davon an, und essen Sie selbst ein paar.«

Ich nahm die Bonbonniere, die einen angenehmen Duft verbreitete, und sagte dann zu Don Belial: »Ich weiß nicht recht, was Sie damit meinen: meine Gunst bei den Frauen besser nutzen. Ich wäre ein Ungeheuer, wenn ich es fertigbrächte, das Vertrauen einer Mutter und die Unschuld ihrer Töchter zu mißbrauchen. Ich bin durchaus nicht so verdorben, wie Sie es anzunehmen scheinen.«

»Ich nehme an«, sagte Don Belial, »daß Sie nicht besser und nicht schlechter sind als alle Kinder Adams. Sie haben Skrupel, bevor sie ein Verbrechen begehen, und Gewissensbisse hinterher; deshalb bilden sie sich ein, noch ein wenig tugendhaft zu sein. Aber sie könnten sich diese unangenehmen Empfindungen ersparen, wenn sie prüfen wollten, was die Tugend eigentlich ist – jene vorgestellte Eigenschaft, deren Vorhandensein sie ohne näheres Zusehen hinnehmen. Und gerade das reiht sie unter die Vorurteile, das heißt unter die Meinungen, die ohne vorheriges Urteil übernommen werden.«

»Señor Don Belial«, entgegnete ich meinem Gönner, »mein Vater hatte mich seinen siebenundsechzigsten Band lesen lassen, der von der Moral handelte. Nach ihm ist ein Vorurteil nicht eine Meinung, die ohne vorheriges Urteil übernommen wurde, sondern eine Meinung, über die bereits geurteilt wurde, bevor wir zur Welt kamen und die wir gleichsam als Erbe empfangen. Die Gewohnheiten der Kinderjahre werfen den ersten Samen in unsere Seele, das Beispiel läßt ihn aufgehen, die Kenntnis der Gesetze gibt ihm Festigkeit. Wenn wir uns daran halten, sind wir anständige Menschen; tun wir mehr, als die Gesetze fordern, so sind wir tugendhaft.«

»Diese Definition«, sagte Don Belial, »ist nicht schlecht und macht Ihrem Vater alle Ehre. Er schrieb gut und dachte noch besser – vielleicht tun Sie es ihm nach. Doch zurück zu unserer Definition. Ich stimme mit Ihnen darin überein, daß die Vorurteile Meinungen sind, über die bereits geurteilt wurde; doch das sollte uns nicht hindern, von neuem über sie zu urteilen, wenn unsere Urteilskraft entwickelt ist. Ein Geist, der danach strebt, die Dinge zu ergründen, wird die Vorurteile einer Prüfung unterwerfen, und er wird sogar prüfen, ob die Gesetze für jedermann gleichermaßen verbindlich sind. Sie werden in der Tat beobachten, daß die gesetzliche Ordnung anscheinend einzig zum Vorurteil jener kalten und trägen Charaktere erdacht wurde, die ihre Freuden von der Ehe und ihren Wohlstand von Sparsamkeit und Arbeit erhoffen. Aber die Genies, die leidenschaftlichen Charaktere, die gierig sind nach Gold und Genüssen und die ihre Jahre im Taumel verzehren möchten – was tut die gesellschaftliche Ordnung für sie? Sie würden ihr Leben in Kerkern verbringen und unter den Händen der Folterknechte enden. Doch glücklicherweise sind die menschlichen Institutionen in Wirklichkeit nicht das, was sie zu sein scheinen. Die Gesetze sind Hindernisse, sie reichen aus, um den Passanten den Weg zu versperren; wer aber darauf brennt, sie zu überwinden, der wird sich über ihnen oder unter ihnen vorbeifinden. – Das Thema würde mich zu weit führen, und es ist schon spät. Leben Sie wohl, mein Caballero, machen Sie Gebrauch von meiner Bonbonniere, und rechnen Sie immer auf meinen Schutz.«

Ich verabschiedete mich von Señor Don Belial und kehrte nach Hause zurück. Man öffnete mir die Tür, ich warf mich auf mein Bett und versuchte einzuschlafen. Die Bonbonniere stand auf meinem Nachttisch; sie verbreitete einen köstlichen Duft. Ich konnte der Versuchung nicht widerstehen: ich aß zwei Pralinen, schlief ein und hatte eine sehr unruhige Nacht.

Meine jungen Freundinnen kamen zur gewohnten Stunde. Sie fanden meinen Blick sonderbar verändert, und wahrhaftig: ich betrachtete sie mit anderen Augen. All ihre Bewegungen schienen mir von dem Wunsch bestimmt, mich zu verlocken und mein Gefallen zu erregen, und in ihrem Geplauder über die belanglosesten Dinge glaubte ich dieselbe Absicht wahrzunehmen. Alles an ihnen fesselte meine Aufmerksamkeit und gab mir Gedanken ein, die mir bisher noch nie gekommen waren.

Zorilla entdeckte meine Bonbonniere; sie nahm zwei Pralinen und reichte die Schachtel ihrer Schwester. Bald wurde das, was ich erst nur zu sehen geglaubt hatte, in gewissem Maße Wirklichkeit: eine unbekannte Empfindung ergriff die beiden Schwestern, und sie gaben sich ihr hin, ohne sie zu kennen. Sie erschraken selbst davor und verließen mich mit einem Rest von Schüchternheit, der zugleich etwas Wildes hatte.

Die Mutter trat ein. Seit ich sie von ihren Gläubigern errettet hatte, war ihr Verhältnis zu mir voller Herzlichkeit. Ihre liebevollen Worte beruhigten mich für ein paar Augenblicke. Doch bald betrachtete ich sie mit den gleichen Augen, mit denen ich auch ihre Töchter angeschaut hatte. Sie merkte, was in mir vorging, und wurde verlegen. Ihre Blicke mieden die meinen und fielen dabei auf die unglückselige Bonbonniere. Sie nahm einige Pralinen und ging. Bald kam sie zurück, bedachte mich abermals mit liebkosenden Worten, nannte mich ihren Sohn und umfing mich mit ihren Armen. Sie verließ mich, wie es schien, mit einem Gefühl qualvoller Selbstüberwindung. Die Verwirrung meiner Sinne ging so weit, daß ich die Herrschaft über mich verlor. Ich fühlte Feuer durch meine Adern rinnen, konnte kaum noch die Gegenstände um mich herum erkennen, und ein Schleier breitete sich vor meinen Augen aus.

Ich wollte auf die Terrasse gehen. Die Tür zum Zimmer der jungen Mädchen stand halb offen. Ich konnte dem Wunsch nicht widerstehen und trat ein. Sie waren ihrer Sinne noch weniger Herr als ich; ihr Zustand erschreckte mich. Ich wollte mich ihren Armen entwinden, doch ich hatte nicht die Kraft dazu. Ihre Mutter trat ein; die Vorwürfe erstarben auf ihren Lippen, und bald verlor sie das Recht, uns Vorhaltungen zu machen.

»Verzeihen Sie, Señor Cornádez«, unterbrach sich hier der Pilger, »verzeihen Sie, wenn ich von Dingen spreche, deren bloße Wiedergabe schon eine Todsünde ist; aber ich muß sie erzählen, weil das für Ihr Seelenheil notwendig ist. Ich habe es auf mich genommen, Sie dem Verderben zu entreißen, und ich hoffe, daß es mir gelingen wird. Versäumen Sie nicht, sich morgen zur gleichen Stunde hier einzufinden.«

Cornádez kehrte nach Hause zurück, und in der Nacht wurde er abermals vom Schatten des Grafen Peña Flor verfolgt.

Als der Zigeuner hier angelangt war, mußte er uns verlassen und die Fortsetzung auf den nächsten Tag verschieben.

Zweiundfünfzigster Tag

Wir versammelten uns zur gewohnten Stunde. Der alte Zigeuner gab der Ungeduld seiner Zuhörer nach und fuhr in seiner oder, genauer gesagt: in Busqueros' Geschichte fort, so wie dieser sie dem Ritter Toledo erzählte:

Fortsetzung der Geschichte des Zigeunerhauptmanns

Als Cornádez an dem bezeichneten Ort erschienen war, fuhr der Pilger in seiner Erzählung fort, indem er also sprach:

Fortsetzung der Geschichte des verdammten Pilgers

Meine Bonbonniere war leer, die Pralinen aufgegessen, aber unsere Blicke und unsere Seufzer schienen die erloschene Glut von neuem entfachen zu wollen. Unsere Gedanken nährten sich von ruchlosen Erinnerungen, und unsere Mattigkeit hatte ihre sündhaften Reize.

Es ist der Freveltat eigen, daß sie die Gefühle der Natur erstickt. Während Frau Santárez ihrem zügellosen Verlangen nachgab, vergaß sie völlig, daß ihr Vater im Kerker schmachtete und daß vielleicht schon das Todesurteil gegen ihn verhängt war. Wenn sie schon nicht daran dachte – meine Gedanken beschäftigten sich noch weniger damit.

Eines Abends jedoch trat ein Mann bei mir ein, der sich sorgsam in seinen Mantel gehüllt hatte – was mir einen gewissen Schrecken einjagte, und ich wurde noch mehr beunruhigt, als ich sah, daß er, um sich besser zu verbergen, sogar eine Maske trug. Der rätselhafte Mensch gab mir ein Zeichen, daß ich mich setzen solle, ließ sich selber nieder und sagte: »Señor Hervás, Sie scheinen mit Frau Santárez befreundet zu sein; ich will Ihnen etwas anvertrauen, was sie betrifft. Die Sache ist sehr ernst, und es wäre mir unangenehm, mit einer Frau darüber sprechen zu müssen. Frau Santárez hatte ihr Vertrauen einem Windbeutel namens Cristof Sparadoz geschenkt. Er befindet sich heute im gleichen Gefängnis wie Herr Goránez, der Vater der besagten Dame. Jener Wahnsinnige glaubte, das Geheimnis gewisser einflußreicher Männer zu kennen; aber ich bin es, der es kennt, und es handelt sich, kurz gesagt, um dies: Heute in einer Woche, eine halbe Stunde nach Sonnenuntergang, werde ich an dieser Tür vorbeikommen und dreimal den Namen des Gefangenen rufen: Goránez, Goránez, Goránez! Beim drittenmal werden Sie mir einen Beutel mit dreitausend Pistolen aushändigen. Herr Goránez befindet sich nicht mehr in Segovia, sondern in einem Madrider Gefängnis. Sein Schicksal wird an jenem Abend, noch vor Mitternacht, entschieden sein. Dies war es, was ich Ihnen zu sagen hatte. Mein Auftrag ist erfüllt.«

Darauf erhob sich der Maskierte und ging.

Ich wußte oder glaubte zu wissen, daß Frau Santárez keinerlei Geldmittel besaß. So nahm ich mir denn vor, abermals meine Zuflucht zu Don Belial zu nehmen. Ich beschränkte mich darauf, meiner reizenden Wirtin zu sagen, daß Don Cristof nicht mehr zu ihr komme, weil er seinen Vorgesetzten verdächtig geworden sei; ich hingegen stünde in geheimer Verbindung mit den Kanzleien und hätte allen Anlaß, an einen vollkommenen Erfolg zu glauben. Die Hoffnung, ihren Vater zu retten, erfüllte Frau Santárez mit der lebhaftesten Freude. Zu allen Gefühlen, die ich in ihr geweckt hatte, kam nun noch die Dankbarkeit. Die Hingabe ihrer Person schien ihr nun weniger sündhaft. Eine so große Wohltat, so meinte sie wohl, müsse sie freisprechen. Neue Wonnen erfüllten alle unsere Stunden. Für eine Nacht riß ich mich los, um Don Belial aufzusuchen.

»Ich habe Sie bereits erwartet«, sagte er. »Ich wußte wohl, daß Ihre Skrupel nur kurze Zeit dauern und daß Ihre Gewissensbisse noch rascher verfliegen würden. Alle Söhne Adams sind aus dem gleichen Teig geknetet. Aber ich hatte nicht gedacht, daß Sie all der Wonnen, wie selbst die Könige dieser kleinen Erde sie nicht gekostet haben, weil sie nicht meine Bonbonniere besaßen – daß Sie, sage ich, dieser Wonnen so bald überdrüssig würden.«

»Señor Don Belial«, erwiderte ich, »manches von dem, was Sie da sagen, ist leider nur zu wahr. Aber es trifft durchaus nicht zu, daß ich meines jetzigen Zustands überdrüssig wäre: im Gegenteil, ich fürchte, daß, wenn er endete, das Leben allen Reiz für mich verlöre.«

»Dennoch sind Sie gekommen, mich um dreitausend Pistolen zu bitten, mit denen Sie den Herrn Goránez retten wollen, und sobald dieser von aller Schuld freigesprochen ist, wird er seine Tochter und seine Enkelinnen zu sich nehmen: er hat bereits ihre Hand zwei Beamten seiner Kanzlei versprochen. Sie werden in den Armen dieser glücklichen Ehemänner die beiden reizenden Geschöpfe sehen, die Ihnen ihre Unschuld opferten und als Lohn dafür an den

Freuden, in deren Mittelpunkt Sie sich befanden, bloß teilzuhaben verlangten. Eher von Wetteifer als von Eifersucht beseelt, war jede von ihnen zufrieden mit dem Glück, das sie Ihnen schenkte, und sie freute sich neidlos an jenem, das Sie der anderen verdankten. Ihre Mutter – reifer, aber nicht weniger leidenschaftlich als sie – konnte dank meiner Bonbonniere ohne Groll das Glück ihrer Töchter sehen. Was wollen Sie nach solchen Augenblicken mit dem Rest Ihres Lebens beginnen? Werden Sie die rechtmäßigen Freuden der Ehe suchen oder seufzend die Zuneigung einer Koketten erflehen, die Ihnen nicht einmal den Schatten jener Lust verheißen kann, wie sie noch kein Sterblicher vor Ihnen kennengelernt hat?«

Darauf änderte Don Belial den Ton und sagte. »Aber nein, ich habe unrecht; der Vater von Frau Santárez ist wirklich schuldlos, und es steht in Ihrer Macht, ihn zu retten. Die Freude, eine gute Tat zu vollbringen, muß über allen anderen stehen.«

»Señor Don Belial«, sagte ich, »Sie sprachen sehr kalt von den guten Taten und sehr warm von den Freuden, die letzten Endes die Freuden der Sünde sind. Man könnte meinen, Sie wollten mein ewiges Verderben. Ich möchte fast annehmen, Sie seien ...«

Don Belial ließ mich nicht weitersprechen.

»Ich bin eines der wichtigsten Mitglieder eines mächtigen Bundes, dessen Ziel es ist, die Menschen glücklich zu machen, indem er sie von jenen falschen Vorurteilen heilt, die sie mit der Muttermilch einsaugen und die dann all ihrem Verlangen im Wege stehen. Wir haben vorzügliche Bücher veröffentlicht, wir beweisen in bewundernswerter Weise, daß allen menschlichen Handlungen der Egoismus zugrunde liegt und daß mildes Erbarmen, die Verehrung der Kinder für ihre Eltern, die glühende und die zärtliche Liebe, die Güte der Könige – daß all dies nur raffinierte Verkleidungen des Egoismus sind. Wenn nun die Selbstsucht all unsere Handlungen bestimmt, so muß die Erfüllung unserer eigenen Wünsche das natürliche Ziel dieser Handlungen sein. Die Gesetzgeber haben das wohl gefühlt. Sie haben die Gesetze so geschaffen, daß sie umgangen werden können, und wer es wirklich will, dem wird es kaum mißlingen.«

»Wie das, Señor Don Belial!« rief ich. »Betrachten Sie nicht Gerechtigkeit und Ungerechtigkeit als wirkliche Qualitäten?«

»Es sind relative Qualitäten. Ich werde es Ihnen mit Hilfe eines Gleichnisses verständlich machen.

Ein paar sehr kleine Insekten krochen auf die Spitzen hoher Gräser. Eines von ihnen sagte zu den anderen: ›Seht ihr den Tiger, der da neben uns liegt? Er ist das sanfteste aller Tiere – niemals tut er uns etwas zuleide. Dagegen ist das Schaf ein wildes Tier: wenn eines käme, würde es uns mitsamt dem Grashalm, der uns als Unterschlupf dient, auffressen. Doch der Tiger ist gerecht, er würde uns rächen.‹

Sie können daraus schließen, Señor Hervás, daß alle Vorstellungen vom Gerechten und Ungerechten, vom Guten und Bösen relativ sind, mitnichten aber absolut, mitnichten allgemeingültig. Ich stimme mit Ihnen darin überein, daß es eine Art alberner Genugtuung gibt, die auf das folgt, was man gute Taten nennt. Sie werden sie zweifellos empfinden, wenn Sie den guten Herrn Goránez retten, der zu Unrecht beschuldigt wird. Sie dürfen nicht zögern, es zu tun, wenn Sie es überdrüssig sind, mit seiner Tochter und seinen Enkelinnen zu leben. Denken Sie darüber nach – Sie haben noch Zeit dazu. Das Geld muß am Sonnabend ausgehändigt werden, eine halbe Stunde nach Sonnenuntergang. Finden Sie sich in der Nacht vom Freitag zum Sonnabend hier ein; die dreitausend Pistolen werden Ihnen genau um Mitternacht zur Verfügung stehen. Leben Sie wohl, und nehmen Sie noch diese Bonbonniere.«

Ich kehrte nach Hause zurück, und unterwegs aß ich ein paar Pralinen. Frau Santárez und ihre Töchter hatten sich noch nicht schlafen gelegt; sie warteten auf mich. Ich wollte von dem Gefangenen sprechen – man ließ mir keine Zeit dazu ... Doch warum offenbare ich so viele schändliche Freveltaten? Es wird Ihnen genügen zu erfahren, daß wir, unserem zügellosen Verlangen hingegeben, die Zeit und die Tage nicht mehr zu zählen vermochten. Der Gefangene wurde völlig vergessen.

Der Sonnabend neigte sich dem Ende zu. Es kam mir vor, als tauchte die untergehende Sonne, hinter Wolken versteckt, den Himmel in blutigen Schein. Plötzlich flammten Blitze auf, die mich erschauern ließen: ich versuchte, mich an mein letztes Gespräch mit Don Belial zu erinnern. Mit einemmal vernahm ich eine hohle Grabesstimme, die dreimal nacheinander rief: »Goránez, Goránez, Goránez!«

»Gerechter Himmel!« schrie Frau Santárez auf. »Ist es ein Geist des Himmels oder der Hölle? Er sagt mir, daß mein Vater nicht mehr lebt.«

Ich verlor die Besinnung. Als ich wieder zu mir gekommen war, eilte ich zur Manzanaresbrücke, um ein letztes Mal Don Belial anzuflehen. *Alguaciles* verhafteten mich unterwegs und führten mich in ein Stadtviertel, das ich überhaupt nicht kannte, und in ein Haus, das mir noch weniger vertraut war, aber ich merkte bald, daß es sich um ein Gefängnis handelte. Man legte mir Ketten an und warf mich in ein dunkles Loch.

Ich hörte, wie neben mir Ketten klirrten.

»Bist du der junge Hervás?« fragte mein Leidensgefährte.

»Ja«, erwiderte ich, »ich bin Hervás, und an der Stimme erkenne ich, daß du Cristof Sparadoz bist. Hast du etwas von Goránez erfahren? War er unschuldig?«

»Er war unschuldig«, antwortete Don Cristof, »aber sein Ankläger hatte sein Gewebe so fein gesponnen, daß es ihm völlig freistand, Goránez zu verderben oder zu erretten. Er verlangte von ihm dreitausend Pistolen; Goránez konnte sie nicht beschaffen und hat sich eben im Gefängnis erdrosselt. Auch mir stellte man frei, mich zu erdrosseln oder den Rest meines Lebens auf der Festung Larache in Afrika zu verbringen. Ich habe das letztere gewählt und mir vorgenommen, bei erster Gelegenheit zu fliehen und zum Islam überzutreten. Was dich betrifft, mein Freund, so wird man dich ungewöhnlichen Foltern aussetzen, damit du Dinge gestehst, von denen du keine Ahnung hast. Aber deine Verbindung mit Frau Santárez legt den Verdacht nahe, daß du ein Mitwisser und Mittäter ihres Vaters bist.«

Man stelle sich einen Menschen vor, dessen Körper und Seele gleichermaßen in der Wollust verweichlicht waren, und diesem Menschen drohten nun die Schrecken einer grausam langen Marter. Ich glaubte schon die Schmerzen der Tortur zu fühlen, die Haare sträubten sich auf meinem Kopf, der Schauer des Schreckens lief durch meine Glieder; sie gehorchten nicht mehr meinem Willen, sondern zuckten nur noch in Krämpfen.

Ein Wärter trat in das Verlies und holte Sparadoz. Dieser warf mir im Weggehen einen Dolch zu. Ich hatte nicht die Kraft, ihn aufzuheben, und noch weniger hätte ich es fertiggebracht, mich zu durchstoßen. Meine Verzweiflung war von solcher Art, daß selbst der Tod für mich keine Rettung bedeutet hätte.

»O Belial«, rief ich, »Belial, ich weiß wohl, wer du bist, und dennoch rufe ich dich!«

»Da bin ich«, sprach der unreine Geist. »Nimm diesen Dolch, ritze deine Haut und unterschreibe mit deinem Blut das Papier, das ich vor dich lege.«

»O mein guter Engel«, rief ich darauf, »hast du mich denn ganz verlassen?«

»Du rufst ihn zu spät«, schrie Satan, mit den Zähnen knirschend und Feuer speiend.

Zugleich drückte er mir seine Kralle in die Stirn. Ich verspürte einen brennenden Schmerz und wurde ohnmächtig, oder vielmehr: ich fiel in Ekstase. Ein Licht flammte plötzlich auf und erhellte mein Gefängnis; ein Cherub mit glitzernden Flügeln hielt mir einen Spiegel vors Gesicht und sprach: »Du siehst auf deiner Stirn das umgekehrte Thau; es ist das Zeichen der Verfluchten. Du wirst es auf der Stirn anderer Sünder erkennen. Führe ihrer zwölf auf den Weg des

Heils, und du wirst ihn selber wieder betreten. Nimm dieses Pilgerkleid und folge mir!«

Ich erwachte, oder ich glaubte zu erwachen, und ich befand mich wirklich nicht mehr im Gefängnis, sondern auf der Landstraße, die nach Galicien führt. Ich trug das Gewand eines Pilgers.

Wenig später zog eine Gruppe von Wallfahrern vorbei. Sie begaben sich zum heiligen Jakob von Compostela. Ich schloß mich ihnen an und pilgerte der Reihe nach zu allen heiligen Stätten Spaniens. Ich wollte nach Italien hinüber und Loreto aufsuchen. Damals befand ich mich in Asturien, und ich wählte den Weg über Madrid. Als ich in dieser Stadt angekommen war, begab ich mich in den Prado und suchte das Haus der Frau Santárez. Ich konnte es nicht finden, obwohl ich alle Gebäude der Nachbarschaft wiedererkannte. Diese Verzauberung bewies mir, daß ich noch in der Macht Satans stand. Ich wagte nicht weiterzuforschen.

Ich besuchte einige Kirchen, dann ging ich in den Park von Buen Retiro. Er lag ganz verlassen da. Ich erblickte nur einen einzigen Menschen, der auf einer Bank saß. An dem großen Malteserkreuz, das auf seinen Mantel gestickt war, erkannte ich, daß er zu den Oberen des Ordens gehörte. Er schien nachdenklich, ja gleichsam im Grübeln erstarrt.

Als ich näher trat, kam es mir vor, als sähe ich zu seinen Füßen eine Kluft, in der sich seine Gestalt umgekehrt – wie im Wasser – spiegelte, nur daß hier die Kluft von Feuer erfüllt schien.

Ich ging noch weiter auf ihn zu, und da verschwand diese Täuschung. Wie ich jedoch den Mann genauer betrachtete, sah ich, daß er auf der Stirn das umgekehrte Thau trug, jenes Zeichen der Verdammnis, das mir der Engel im Spiegel auf meiner eigenen Stirn gezeigt hatte.

Als der Zigeuner hier angelangt war, erschien ein Mann aus seiner Truppe, um über den Tagesablauf Bericht zu erstatten; so mußte er sich denn von uns trennen.

Dreiundfünfzigster Tag

Am nächsten Tage erzählte der alte Hauptmann mit den Worten Busqueros' seine Geschichte weiter, indem er also sprach:

Fortsetzung der Geschichte des verdammten Pilgers

Es war nicht schwer zu begreifen, daß ich einen der zwölf Sünder vor mir sah, die von mir auf den Weg des Heils zurückgeführt werden sollten. Ich bemühte mich, sein Vertrauen zu gewinnen, und er gewährte es mir, nachdem er sich davon überzeugt hatte, daß ich nicht von eitler Neugier getrieben wurde. Es war notwendig, daß er mir seine Geschichte erzählte. Ich bat ihn darum, und er kam meiner Bitte nach, indem er also sprach:

Die Geschichte des Komturs von Toralva

Ich trat in den Malteserorden ein, noch bevor ich der Kindheit entwachsen war – man nahm mich, wie man sagte, für den »Pagendienst«. Die Beschützer, die ich bei Hofe hatte, erwirkten für mich, daß ich bereits mit fünfundzwanzig Jahren die Führung einer Galeere erhielt, und als der Großmeister im nächsten Jahr zur Verteilung der Ämter schritt, vertraute er mir die beste Komturei der aragonischen »Zunge« an. So konnte ich denn – und ich kann es noch heute – nach den höchsten Würden des Ordens trachten. Doch da man erst in fortgeschrittenerem Alter dahin gelangt und da ich in der Zwischenzeit überhaupt nichts zu tun hatte, tat ich es unseren oberen Baillis nach, die mir vielleicht ein besseres Beispiel hätten geben sollen. Mit einem Wort: ich vertrieb mir die Zeit mit Liebschaften, was ich für eine der läßlichsten Sünden hielt, und wollte Gott, daß ich nie eine schlimmere begangen hätte! Die Sünde, die ich mir vorzuwerfen habe, ist ein verbrecherisches Ungestüm; es hatte zur Folge, daß ich das Heiligste, was unserer Religion eigen ist, verletzte. Nur mit Entsetzen denke ich daran – doch eilen wir nicht den Ereignissen voraus.

Sie müssen wissen, daß wir auf Malta einige alteingesessene adlige Familien haben, von denen niemand dem Orden beitritt und die keinerlei Beziehungen zu den Rittern unterhalten, welchen Ranges er auch sei. Lediglich den Großmeister erkennen sie über sich als ihren Herrn und das Kapitel als dessen Rat.

Nach dieser Klasse kommt eine Mittelschicht, welche die

zivilen Ämter ausübt und unter den Rittern ihre Gönner sucht. Die Damen dieser Schicht geben sich selber den Titel *onorate* und werden auch von den anderen so genannt; *onorate* ist ein italienisches Wort und bedeutet »die Ehrbaren«. Zweifellos verdienen sie diese Bezeichnung wegen des Anstands, den sie in ihrem Verhalten zeigen, und – um die ganze Wahrheit zu sagen – wegen der Fähigkeit, ihre Liebschaften geheimzuhalten.

Aus langer Erfahrung haben diese Damen, die *onorate,* gelernt, daß Verschwiegenheit mit dem Charakter der französischen Ritter unvereinbar ist oder daß man doch wenigstens selten einen findet, bei dem zu all den schönen Eigenschaften, die sie auszeichnen, auch die Diskretion tritt. Das führte dazu, daß die jungen Männer dieser Nation, in allen Ländern an glänzende Erfolge beim weiblichen Geschlecht gewöhnt, in Malta mit Dirnen vorliebnehmen müssen.

Die deutschen Ritter, übrigens gering an Zahl, gefallen den *onorate* am besten – ich glaube, wegen ihrer hellen, rosigen Hautfarbe. Nach ihnen kommen die Spanier, und wir verdanken das, wie ich annehme, unserem Charakter, der mit Recht als ehrenhaft und zuverlässig gilt.

Die französischen Ritter, und besonders die Karawanisten, rächen sich an den *onorate,* indem sie sich auf jede Weise über sie lustig machen und vor allem auch ihre geheimen Liebesgeschichten aufdecken. Da sie indessen abgesondert leben und es nicht für nötig halten, das Italienische zu erlernen, das die Landessprache ist, erregt all das, was sie sagen, kein großes Aufsehen.

So lebten wir denn mitsamt unseren *onorate* in Frieden. Doch da brachte uns ein Schiff aus Frankreich den Komtur von Foulequère, aus dem alten Haus der Seneschalle von Poitou, Nachkömmling der Grafen von Angoulême. Er war schon früher auf Malta gewesen, und immer hatte er dort Ehrenhändel herbeigeführt. Jetzt kam er, weil er sich um die oberste Führung der Galeeren bewerben wollte. Er war über fünfunddreißig Jahre alt, und darum erwartete man, daß er ruhiger und gesetzter geworden sei. In der Tat, der Komtur war nicht mehr der lärmende und rauflustige Mensch von einst, doch er zeigte sich hochmütig, herrschsüchtig und sogar aufsässig, indem er mehr Achtung verlangte als der Großmeister selbst.

Der Komtur öffnete sein Haus den Besuchern; die französischen Ritter zogen in Scharen zu ihm. Wir besuchten ihn selten und schließlich überhaupt nicht mehr, weil man sich dort über Themen unterhielt, die uns unangenehm waren, so etwa über die *onorate,* die wir liebten und schätzten.

Wenn der Komtur ausging, sah man ihn umgeben von jungen Karawanisten. Oft führte er sie in das »Enge Gäßchen«, zeigte ihnen die Stellen, wo er sich geschlagen hatte, und erzählte ihnen die näheren Umstände seiner Duelle.

Ich muß hier erwähnen, daß nach unseren Regeln das Duell auf Malta verboten ist. Ausgenommen von dem Verbot bleibt das »Enge Gäßchen«. Es ist eine Gasse, auf die kein einziges Fenster führt, und sie hat gerade die Breite, die zwei Männer brauchen, wenn sie sich gegenübertreten und die Klinge kreuzen wollen. Sie können nicht zurückweichen. Die Gegner stellen sich quer zur Gasse auf, ihre Freunde halten die Passanten zurück und achten darauf, daß niemand den Zweikampf stört. Dieser Brauch wurde einst eingeführt, um Morde zu verhindern; denn ein Mensch, der einen Feind zu haben glaubt, geht nicht durch das »Enge Gäßchen«, und wenn der Mord an anderer Stelle begangen wird, kann man ihn nicht als einen Zweikampf ausgeben. Überdies droht demjenigen, der mit einem Dolch in das »Enge Gäßchen« kommt, die Todesstrafe. Das Duell wird also auf Malta nicht nur geduldet, sondern es ist regelrecht erlaubt, wenngleich diese Erlaubnis sozusagen stillschweigend gegeben wurde, und man mißbraucht sie keineswegs, sondern man spricht von den Duellen sogar mit einer gewissen Beschämung, weil man in ihnen einen Verstoß gegen die christliche Barmherzigkeit sieht und sie an dem Hauptort eines Mönchsordens für unziemlich hält.

Die Spaziergänge des Komturs in das »Enge Gäßchen« waren höchst unangebracht. Sie hatten die üble Wirkung, daß sie die Karawanisten sehr rauflustig machten, wozu sie von sich aus schon die Neigung hatten.

Sie trieben es immer schlimmer. Die spanischen Ritter wurden im gleichen Maße zurückhaltender; schließlich kamen sie bei mir zusammen und fragten mich, was man tun könne, um einem Treiben Einhalt zu gebieten, das gar unerträglich werde. Ich dankte meinen Landsleuten für die Ehre, die sie mir erwiesen, indem sie mir ihr Vertrauen schenkten, und versprach ihnen, mit dem Komtur zu sprechen und ihm das Verhalten der jungen Franzosen als einen Frevel darzustellen, dessen weitere Ausbreitung nur er verhindern könne – dank der großen Achtung und Ehrerbietung, die er in allen drei »Zungen« seines Volkes genieße. Ich nahm mir vor, diese Erklärung so rücksichtsvoll und schonend wie nur irgend möglich vorzutragen; dennoch glaubte ich nicht, daß es ohne ein Duell abgehen werde. Da mir freilich der Anlaß dieses ungewöhnlichen Kampfes Ehre machte, verdroß es mich nicht sehr, ihn zu haben. Schließlich gab ich wohl auch ein wenig der Abneigung nach, die ich gegen den Komtur empfand.

Wir hatten damals gerade die Karwoche, und es wurde vereinbart, daß mein Gespräch mit dem Komtur erst zwei Wochen später stattfinden sollte. Ich glaubte, er erfuhr von der Zusammenkunft bei mir und wollte mir zuvorkommen, indem er mich in Händel verwickelte.

Der Karfreitag kam heran. Sie wissen, daß man nach spanischem Brauch an diesem Tage der Frau, die man umwirbt, von einer Kirche in die andere folgt, um ihr das Weihwasser zu reichen. Man tut das ein wenig aus Eifersucht: man fürchtet, ein anderer könnte es ihr reichen und die Gelegenheit benutzen, um eine Bekanntschaft anzuknüpfen. Dieser spanische Brauch hat sich auch in Malta eingebürgert. So folgte ich denn einer jungen *onorata*, die ich seit mehreren Jahren verehrte; aber schon in der ersten Kirche, die sie betrat, kam mir der Komtur zuvor. Er stellte sich zwischen uns, wandte mir den Rücken zu und machte zuweilen ein paar Schritte rückwärts, um mir auf die Füße zu treten, was auch von anderen bemerkt wurde.

Beim Verlassen der Kirche ging ich mit argloser Miene auf ihn zu, so als wollte ich mich mit ihm über Neuigkeiten unterhalten. Dann fragte ich ihn, welche Kirche er nun aufzusuchen gedenke. Er nannte sie mir. Ich erbot mich, ihm den kürzesten Weg dorthin zu zeigen. Ich führte ihn, ohne daß er dessen gewahr wurde, in das »Enge Gäßchen«. Dort angelangt, zog ich den Degen – ich wußte übrigens genau, daß wir an einem Tag wie diesem, da jedermann sich in der Kirche befand, ungestört bleiben würden.

Der Komtur zog gleichfalls die Waffe, senkte aber die Klinge und sagte: »Wie das? Am Karfreitag!«

Ich wollte nicht darauf eingehen.

»Hören Sie«, sagte er, »seit sechs Jahren bin ich nicht zur Beichte gewesen. Der Zustand meines Gewissens beunruhigt mich. In drei Tagen ...«

Ich bin sonst von friedlicher Veranlagung, und Sie wissen, daß Menschen von solchem Charakter keine Vernunft mehr kennen, wenn sie einmal gereizt sind. Ich zwang den Komtur, den Kampf anzunehmen, aber in seinen Zügen spiegelte sich tödlicher Schrecken. Er preßte sich gegen die Wand, als sähe er voraus, daß er zu Fall kommen werde, und als suchte er bereits einen Halt. Und in der Tat: schon mit dem ersten Stoß bohrte ich ihm den Degen durch den Leib. Er senkte die Klinge, lehnte sich an die Wand und sagte mit verlöschender Stimme: »Ich verzeihe Ihnen; möge auch der Himmel Ihnen vergeben! Bringen Sie meinen Degen nach Tête-Foulque, und lassen Sie in der Schloßkapelle hundert Messen lesen!«

Er starb. Ich achtete in diesem Augenblick nicht sehr auf seine letzten Worte, und wenn ich sie im Gedächtnis behalten habe, so deswegen, weil sie seither vor meinen Ohren zuweilen wiederholt wurden. Ich gab in der üblichen Form meine Erklärung ab. In der Meinung der Menschen hat mir, so darf ich sagen, das Duell gar keinen Schaden verursacht: Foulequère wurde verabscheut, und man fand, daß er sein Schicksal verdient habe. Aber ich glaubte, daß mich meine Handlung vor Gott sehr schuldig gemacht habe, weil ich meinen Gegner am Empfang der Sakramente gehindert hatte, und mein Gewissen quälte mich darum grausam. Das dauerte eine Woche.

In der Nacht vom Freitag zum Sonnabend riß mich etwas jäh aus dem Schlaf, und als ich mich umblickte, kam es mir vor, als befände ich mich nicht in meinem Zimmer, sondern mitten im »Engen Gäßchen« und hingestreckt aufs Pflaster. Ich fragte mich erstaunt, wie ich dorthin gelangt sei, doch da sah ich ganz deutlich den Komtur an der Mauer lehnen. Das Gespenst schien sprechen zu wollen und brachte schließlich mühsam hervor: »Bringen Sie meinen Degen nach Tête-Foulque, und lassen Sie in der Schloßkapelle hundert Messen lesen.«

Kaum hatte ich diese Worte vernommen, so fiel ich in einen lethargischen Schlaf. Am nächsten Morgen erwachte ich in meinem Zimmer, auf meinem Bett, aber ich hatte die Erinnerung an meine Vision vollständig behalten.

In der nächsten Nacht ließ ich einen Diener in meinem Zimmer schlafen, und ich sah nichts. Auch in den folgenden Nächten blieb mein Schlaf ungestört. Aber in der Nacht vom Freitag zum Sonnabend hatte ich wieder die gleiche Vision, mit dem Unterschied freilich, daß ich meinen Diener ein paar Schritte von mir entfernt auf dem Pflaster liegen sah. Das Gespenst des Komturs erschien und sprach dieselben Worte. Die Vision wiederholte sich in der Folgezeit an jedem Freitag. Mein Diener träumte dann, er liege im »Engen Gäßchen«, den Komtur jedoch sah und hörte er nicht.

Ich wußte anfangs nicht, was jenes »Tête-Foulque«, wohin ich auf Geheiß des Komturs seinen Degen bringen sollte, bedeutete. Von Rittern aus Poitou erfuhr ich, es handle sich um ein Schloß, das, drei Meilen von Poitiers entfernt, mitten in einem Wald liege; man erzähle sich im Lande von jenem Ort gar außerordentliche Dinge, und man sehe dort auch höchst bemerkenswerte Gegenstände, so etwa die Rüstung von Foulque-Taillefer und die Waffen der Ritter, die er getötet habe; ferner herrsche im Schloß der Foulequère der Brauch, daß dort auch die Waffen aufbewahrt würden, die sie benutzt hatten, sei es im Kriege oder sei es in Zweikämpfen. All das interessierte mich, aber ich mußte an mein Gewissen denken.

Ich begab mich nach Rom und beichtete dem Großpönitentiar. Ich verschwieg ihm auch nicht die Vision, von der ich verfolgt wurde. Er gewährte mir die Absolution, doch nur bedingt: sie sollte erst nach vollbrachter Buße wirksam werden. Die hundert Messen im Schloß Tête-Foulque gehörten dazu. Der Himmel nahm meine Reue an, und mit dem Augenblick meiner Beichte hörte das Gespenst des Komturs auf, mich zu verfolgen. Ich hatte von Malta seinen Degen mitgebracht und machte mich, sobald ich konnte, auf den Weg nach Frankreich.

Als ich in Poitiers ankam, merkte ich, daß man bereits vom Tode des Komturs wußte und daß man hier keineswegs mehr um ihn trauerte als auf Malta. Ich ließ meine Sachen in der Stadt, legte ein Pilgergewand an und nahm einen Führer. Ich hielt es für angebracht, zu Fuß nach Tête-Foulque zu wandern, und überdies war der Weg für Wagen nicht befahrbar.

Wir fanden das Haupttor verschlossen. Lange zogen wir die Glocke, bis schließlich der Kastellan erschien. Das Schloß wurde einzig von ihm und einem Einsiedler bewohnt, der in der Kapelle den Kirchendienst versah und den wir über dem Gebet betrafen. Als er geendet hatte, sagte ich ihm, ich sei gekommen, um hundert Messen lesen zu lassen. Und zugleich legte ich meine Opfergabe auf den Altar. Ich wollte auch den Degen des Komturs dort lassen, doch der Kastellan sagte mir, ich müsse ihn in den Waffensaal bringen, wo alle Degen der im Duell getöteten Foulequère sowie jener, die von den Foulequère getötet worden waren, aufbewahrt würden – dies sei ein geheiligter Brauch. Ich folgte dem Kastellan in die Waffenkammer und fand dort in der Tat Degen jeder Größe und außerdem Bilder, angefangen mit dem Porträt des Grafen von Angoulême, Foulque-Taillefer, der das Schloß Tête-Foulque für einen natürlichen Sohn bauen ließ, den späteren Seneschall von Poitou und Ahnherrn der Foulequère von Tête-Foulque.

Die Porträts des Seneschalls und seiner Frau hingen zu beiden Seiten eines großen Kamins, der in einem Winkel der Waffenkammer stand. Sie waren äußerst lebensecht dargestellt. Die anderen Porträts waren gleichfalls gut gemalt, wenn auch im Stil der Zeit. Aber keines fiel so ins Auge wie das Foulque-Taillefers. Man hatte ihn im Wams aus Büffelleder dargestellt, den Degen in der Hand und den Schild nehmend, den ihm sein Knappe reicht. Die meisten Degen hingen unter diesem Bild, wo sie eine Art Bündel bildeten.

Ich bat den Kastellan, in diesem Saal Feuer zu machen und mein Abendessen hierherzubringen.

»Das Abendessen«, erwiderte er, »will ich Ihnen gerne bringen, für die Nacht aber, mein lieber Pilger, rate ich Ihnen, in meinem Zimmer zu bleiben.«

Ich fragte ihn, warum ich es tun solle.

»Es hat wohl seinen Grund«, erwiderte er. »Ich werde Ihnen jedenfalls ein Lager neben dem meinen bereiten.«

Ich nahm seinen Vorschlag um so bereitwilliger an, als dies gerade ein Freitag war und ich eine Wiederkehr meiner Vision befürchtete.

Der Kastellan verließ mich, um sich mit meinem Abendessen zu beschäftigen, ich hingegen begann die Waffen und die Bilder zu betrachten. Die Porträts waren, wie ich schon bemerkte, sehr lebensecht gemalt. Je mehr der Tag sich neigte, desto mehr verschmolzen im Schatten die mit düsterer Farbe gemalten Gewänder mit dem dunklen Hintergrund des Bildes, und im Schein des Kaminfeuers konnte ich nun nur noch die Gesichter wahrnehmen, was etwas Erschreckendes hatte – vielleicht kam es mir auch bloß so vor, weil das Gewissen mich in ständiger Angst hielt.

Der Kastellan brachte das Abendessen; es bestand aus einer Schüssel Forellen, die in einem benachbarten Bach gefangen worden waren. Auch eine Flasche recht guten Weines bekam ich vorgesetzt. Ich wollte, daß der Einsiedler mein Mahl teile, doch er lebte nur von Kräutern, die er in Wasser kochte.

Ich hielt mich immer streng daran, mein Brevier zu lesen; die Profeßritter sind, wenigstens in Spanien, dazu verpflichtet. So zog ich es denn aus der Tasche, desgleichen meinen Rosenkranz, und ich sagte dem Kastellan, ich sei noch nicht müde und wolle im Gebet wachen, bis die Nacht weiter fortgeschritten sei; er brauche mir nur sein Zimmer zu zeigen.

»Recht gern«, erwiderte er. »Um Mitternacht wird der Einsiedler nebenan in der Kapelle sein Gebet verrichten; dann steigen Sie diese schmale Treppe hinunter, und Sie werden mein Zimmer nicht verfehlen können. Zudem lasse ich die Tür offen. Bleiben Sie hier nicht länger als bis Mitternacht.«

Der Kastellan ging. Ich begann zu beten, und von Zeit zu Zeit legte ich ein Scheit ins Feuer. Aber ich wagte es nicht, mich in dem Saal genauer umzusehen, denn die Bilder schienen sich zu beleben. Wenn mein Auge über eines von ihnen hinwegglitt, kam es mir vor, als zwinkerte es mir zu und als verzöge es den Mund; das galt besonders für den Seneschall und seine Frau, die zu beiden Seiten des Kamins hingen. Ich glaubte zu bemerken, daß sie mir zornige Blicke zuwarfen und daß sie dann einander ansahen. Ein Windstoß erhöhte noch meinen Schrecken, denn er rüttelte nicht nur an den Fenstern, sondern er bewegte auch die Waffenbündel, und ihr Klirren ließ mich erbeben. Indessen betete ich mit Inbrunst.

Schließlich hörte ich den Einsiedler psalmodieren, und als er geendet hatte, stieg ich die Treppe hinab, um das Zimmer des Kastellans zu erreichen. Ich hielt einen Kerzenstumpf in der Hand, der Wind blies ihn aus, und ich stieg wieder hinauf, um ihn von neuem anzuzünden. Doch wie groß war mein Erstaunen, als ich sah, daß der Seneschall und die Seneschallin sich aus ihren Rahmen gelöst hatten und in der Ecke am Feuer saßen. Sie plauderten unbefangen, und man konnte ihre Worte verstehen.

»Meine Liebe«, sagte der Seneschall, »was deucht euch mit diesem Kastilianer, so den Komtur getötet, ohn ihm der Beichte zu bewilligen?«

»Mir deucht«, erwiderte das weibliche Gespenst, »mir deucht, liebwerter Junker, allhier geschahen aus der Maßen frevelhafte und schlechte Dinge. Doch vermein ich, der edle Taillefer wird nicht willens sein, den Kastilianer aus dem Schloß ziehenzulassen, ohn ihm den Handschuh hinzuwerfen.«

Von Entsetzen gepackt, rannte ich die Treppe hinunter. Ich suchte die Tür zum Zimmer des Kastellans, konnte sie aber, mich vorwärts tastend, nicht finden. Noch immer hielt ich meinen erloschenen Kerzenstumpf in der Hand. Ich dachte daran, ihn wieder anzuzünden, und beruhigte mich ein wenig. Ich versuchte, mir einzureden, daß die beiden Gestalten, die ich am Kamin erblickt hatte, nur in meiner Einbildung existierten. So stieg ich abermals die Treppe hinauf, blieb an der Tür des Waffensaales stehen und bemerkte in der Tat, daß die beiden Gestalten nicht am Feuer saßen, wo ich sie zu sehen geglaubt hatte. So trat ich denn mutig ein, doch kaum hatte ich ein paar Schritte getan, so erblickte ich mitten im Saal den Messire Taillefer mit gezückter Waffe und in Kampfstellung. Ich wollte zur Treppe zurückweichen, doch die Tür wurde von einer Knappengestalt versperrt, die mir einen Panzerhandschuh vor die Füße warf. Da ich nicht mehr wußte, was ich tun sollte, zog ich aus einem der Waffenbündel einen Degen heraus und griff das feindliche Phantom an. Mir war, als hätte ich es in zwei Hälften zerhauen, doch im gleichen Augenblick erhielt ich unter dem Herzen einen Stoß, der mich verbrannte, als wäre er mit rotglühendem Eisen geführt worden. Mein Blut strömte über den Fußboden, und ich fiel bewußtlos nieder.

Am Morgen erwachte ich im Zimmer des Kastellans. Er hatte in der Nacht lange vergeblich auf mich gewartet; dann hatte er sich mit Weihwasser versehen und war in den Saal gegangen, um mich zu holen. Er fand mich auf dem Boden ausgestreckt, ohne Bewußtsein, aber auch ohne jede Wunde. Der Stoß, den ich erhalten zu haben glaubte, war nur Blendwerk gewesen. Der Kastellan fragte mich nicht weiter aus; er gab mir nur den Rat, das Schloß zu verlassen.

Ich reiste ab und schlug den Weg nach Spanien ein. Ich brauchte eine Woche bis Bayonne. An einem Freitag kam ich dort an und begab mich in eine Herberge. Mitten in der Nacht fuhr ich aus dem Schlafe auf und sah vor meinem Bett den Messire Taillefer stehen, der mich mit seinem Degen bedrohte. Ich bekreuzigte mich, und das Gespenst schien sich in Rauch aufzulösen. Aber ich spürte denselben Degenstoß, den ich im Schloß Tête-Foulque empfangen zu haben glaubte. Wieder hatte ich das Gefühl, als verströmte mein Blut. Ich wollte rufen und aus dem Bett springen: das eine wie das andere war mir nicht möglich. Diese unaussprechliche Qual dauerte bis zum ersten Hahnenschrei. Dann schlief ich ein; doch als ich erwachte, war ich krank und in einem mitleiderregenden Zustand. Die gleiche Vision hatte ich nun an jedem Freitag. Alle frommen Handlungen konnten mich nicht davon befreien. Die Schwermut wird mich noch ins Grab bringen, und ich werde sterben, bevor ich mich der Macht des Satans entwinden konnte. Eine schwache Hoffnung auf die göttliche Barmherzigkeit hält mich noch aufrecht und läßt mich meine Leiden ertragen.

Damit schloß der Komtur von Toralva seine Geschichte, oder vielmehr war es der verdammte Pilger, der sie dem Cornádez erzählt hatte. Der verdammte Pilger fuhr nun in seiner eigenen Erzählung fort, indem er also sprach:

Der Komtur von Toralva war ein frommer Mann. Zwar hatte er die Gebote der Religion verletzt, indem er sich duellierte, ohne daß er seinem Gegner erlaubte, sein Gewissen zu erleichtern; dennoch konnte ich ihm leicht begreiflich machen, daß er, sofern er sich ernstlich aus der Macht des Satans lösen wolle, die heiligen Stätten besuchen müsse, an denen dem Sünder die Tröstungen der Gnade nie versagt bleiben.

Toralva ließ sich rasch überzeugen. Wir besuchten zusammen die heiligen Stätten Spaniens. Dann reisten wir nach Italien hinüber; wir pilgerten nach Loreto und Rom. Der Großpönitentiar gewährte ihm nicht mehr bloß die bedingte, sondern die allgemeine Absolution, zusammen mit dem päpstlichen Ablaß. Toralva ging, seiner Sünden ledig, nach Malta, ich hingegen begab mich nach Madrid und von dort hierher nach Salamanca. Als ich Sie sah, erkannte ich sogleich auf Ihrer Stirn das Zeichen der Verdammnis, und Ihre ganze Geschichte wurde mir offenbart. Der Graf von Peña Flor hatte es tatsächlich darauf abgesehen, alle Frauen zu verführen und zu besitzen, doch er hatte keine einzige verführt noch besessen. Da er also immer nur in Gedanken gesündigt hatte, war seine Seele durchaus nicht in Gefahr. Indessen hatte er seit zwei Jahren die Pflichten der Religion vernachlässigt, und er wollte dies gerade nachholen, als Sie ihn ermorden ließen oder doch wenigstens zu seiner Ermordung beitrugen. Darum werden Sie von dem Gespenst gequält und verfolgt. Es gibt nur ein Mittel, Sie davon zu befreien: Sie müssen dem Beispiel des Komturs folgen. Ich werde Ihnen als Führer dienen; Sie wissen, daß ich es auch um meines eigenen Heils willen tue.

Cornádez ließ sich überzeugen. Er besuchte die heiligen Stätten Spaniens, dann die Italiens. Zwei Jahre verbrachte er auf der Pilgerfahrt. Frau Cornádez weilte diese Zeit in Madrid, wo sich ihre Mutter und ihre Schwester niedergelassen hatten.

Cornádez kehrte nach Salamanca zurück. Er fand sein Haus in bester Ordnung und seine Gattin liebenswert, sanftmütig und viel schöner als zuvor. Zwei Monate darauf reiste sie abermals nach Madrid, um ihre Mutter und ihre Schwester zu besuchen, dann kehrte sie nach Salamanca zurück, und sie blieb endgültig dort, als der Herzog von Arcos zum Botschafter in London ernannt worden war.

Hier ergriff der Ritter von Toledo das Wort und sagte: »Mein lieber Busqueros, ich gebe mich damit noch nicht zufrieden; ich möchte das Ende der Geschichte erfahren und wissen, was aus Frau Cornádez geworden ist.«

»Sie wurde Witwe«, sprach Busqueros weiter, »dann hat sie abermals geheiratet, und ihr Betragen ist musterhaft. Doch halt, da ist sie ja selbst! Ich glaube, sie kommt gerade auf Ihr Haus zu.«

»Was sagen Sie?« rief Toledo. »Die Sie da sehen, das ist ja Frau Uscariz. Ah, diese Hexe! Sie hatte mir eingeredet, ich sei ihr erster Liebhaber. Das wird sie mir teuer bezahlen.«

Der Ritter wollte mit seiner Geliebten allein sein und schickte uns rasch fort.

Vierundfünfzigster Tag

Am nächsten Tag versammelten wir uns zur gewohnten Stunde und baten den Zigeuner, in seiner Erzählung fortzufahren, was er auch tat, indem er also sprach:

Fortsetzung der Geschichte des Zigeunerhauptmanns

Toledo, der nun die wahre Geschichte der Frau Uscariz kannte, machte sich eine Zeitlang einen Spaß daraus, ihr von Frasqueta Cornádez zu erzählen: sie sei eine bezaubernde Frau, er würde sie gar zu gern kennenlernen, nur sie könne ihn beglücken und für immer an sich fesseln. Schließlich war er aller Liebschaften, Frau Uscariz nicht ausgenommen, überdrüssig.

Seine Familie, die bei Hof außerordentlich in Gunst stand, erwirkte für ihn das kastilische Priorat, das damals gerade vakant geworden war; folglich mußte der Ritter sogleich nach Malta eilen. Ich verlor damit für längere Zeit einen Beschützer, der imstande gewesen wäre, Busqueros' Pläne gegen meinen Vater, Don Felipe del Tintero Largo, zunichte zu machen. So war ich Zuschauer dieser Intrige, ohne sie verhindern zu können. Die Sache aber verlief so:

Ich sagte bereits zu Anfang meiner Geschichte, daß mein Vater jeden Morgen auf den Balkon trat, der auf die Toledoer Straße führte, um dort frische Luft zu schöpfen, daß er nachher auf einen anderen Balkon ging, der nach dem Gäßchen zu lag, und daß er, wenn er die gegenüber wohnenden Leute erblickte, sie grüßte, indem er ihnen *agur* sagte: er ging gar nicht gern ins Zimmer zurück, wenn er nicht seinen Gruß angebracht hatte. Die Nachbarn wollten ihn nicht zu lange aufhalten und beeilten sich daher, seine Freundlichkeit entgegenzunehmen. Im übrigen unterhielt er zu ihnen keinerlei Beziehungen. Diese guten Nachbarn zogen aus und wurden durch die Damen Cimiento ersetzt, die entfernte Verwandte Don Roque Busqueros' waren. Frau Cimiento, die Tante, mochte vierzig Jahre zählen; sie sah frisch, sanftmütig und gesetzt aus. Fräulein Cimiento, ihre Nichte, war groß und von angenehmer Gestalt, sie hatte ziemlich schöne Augen und sehr schöne Arme.

Die Damen bezogen die Wohnung, sobald sie frei geworden war, und als mein Vater am nächsten Morgen den auf das Gäßchen führenden Balkon betrat, freute er sich sehr, sie auf dem Balkon gegenüber zu erblicken. Sie nahmen seinen Gruß entgegen und erwiderten ihn auf das anmutigste. Eine solche Überraschung empfand er als etwas Angenehmes. Dennoch kehrte er in seine Gemächer zurück, und auch die Damen verschwanden vom Balkon.

Bei diesem Austausch von Höflichkeiten blieb es eine Woche lang. Dann entdeckte mein Vater in Fräulein Cimientos Zimmer einen Gegenstand, der seine Neugier erregte. Es war ein kleiner Glasschrank mit kristallenen Kolben und Flaschen; die einen schienen Färbemittel in den leuchtendsten Tönen zu enthalten, andere goldenes, silbernes oder blaues Pulver, wieder andere vergoldeten Lack. Der Schrank befand sich dicht am Fenster. Fräulein Cimiento, mit einem leichten Mieder bekleidet, holte bald die eine, bald die andere Flasche; doch was sie damit tat, konnte mein Vater nicht herausbekommen, und er hatte nicht die Gewohnheit, sich nach etwas zu erkundigen. Lieber verzichtete er darauf, es zu wissen.

Eines Tages saß Fräulein Cimiento ganz nahe am Fenster und schrieb etwas. Ihre Tinte war zu dick, sie goß Wasser hinein und machte sie damit so dünn, daß sie nicht mehr zu gebrauchen war. Mein Vater füllte, seinem Sinn für Höflichkeit folgend, eine Flasche mit Tinte und schickte sie hinüber. Die Hausmagd kam zurück, übermittelte den herzlichen Dank der Damen und brachte zugleich eine Schachtel, die zwölf Siegellackstäbchen enthielt, jedes in einer anderen Farbe und höchst kunstvoll mit Ornamenten und Inschriften verziert.

Nun wußte mein Vater also, womit sich Fräulein Cimiento beschäftigte, und ihre Arbeit glich nicht nur der seinen, sondern ergänzte sie gleichsam. In der Herstellung des Siegellacks war man nach Ansicht der wahren Kenner weiter fortgeschritten als in der Tintenherstellung. Von Bewunderung erfüllt, faltete mein Vater einen Umschlag, schrieb mit seiner schönen Tinte eine Anschrift darauf und versiegelte ihn mit seinem neuen Lack; das Siegel prägte sich vorzüglich ab. Er legte den Umschlag auf den Tisch und wurde nicht müde, ihn zu betrachten.

Am Abend ging er zu Moreno. Ein Mann, den er nicht kannte, zeigte dort ein Schächtelchen, ähnlich dem seinen; es enthielt die gleiche Zahl von Stäbchen, man probierte sie, und sie fanden allgemeine Bewunderung. Mein Vater dachte den ganzen Abend darüber nach, und in der Nacht träumte er von Siegellack.

Am Morgen entbot er seinen gewohnten Gruß; er öffnete sogar schon den Mund, um noch etwas zu sagen, doch er schwieg und trat in sein Zimmer zurück. Indessen setzte er sich so hin, daß er sehen konnte, was bei Fräulein Cimiento geschah. Die Schöne untersuchte mit Hilfe einer Lupe die Möbel, die von der Hausmagd gesäubert wurden, und wenn sie ein Staubkörnchen entdeckte, mußte das Mädchen von neuem beginnen. Mein Vater achtete immer peinlich auf die Sauberkeit seines Zimmers; da er nun sah, daß seine liebenswerte Nachbarin darin die gleiche Sorgfalt zeigte, empfand er für sie die größte Achtung.

Ich erwähnte schon, daß die Hauptbeschäftigung meines Vaters darin bestand, Zigarren zu rauchen und die Passanten auf der Straße oder die Dachziegel auf dem Schloß des Herzogs von Alba zu zählen; jetzt aber widmete er dieser Tätigkeit nicht mehr Stunden, sondern kaum noch Minuten. Ein mächtiger Bann zog ihn unaufhörlich nach dem Balkon, der auf das Gäßchen führte.

Busqueros bemerkte diesen Wandel als erster, und er verbürgte sich in meiner Gegenwart gar manches Mal dafür, daß Don Felipe Avadoro seinen richtigen Namen bald wiederbekommen und sich seines Beinamens, del Tintero Largo, entledigen würde. Wenngleich ich nur wenig von rechtlichen Dingen verstand, vermutete ich doch, daß eine zweite Ehe meines Vaters für mich keinesfalls günstig sein werde. So lief ich denn abermals zu meiner Tante Dalanosa und beschwor sie, sie möge doch etwas tun, um dem Übel vorzubeugen. Die Tante war über die Neuigkeit, die ich brachte, aufrichtig betrübt und begab sich wiederum zum Onkel Sántez. Der Theatiner entgegnete jedoch, die Ehe sei ein göttliches Sakrament, in das er nicht eingreifen dürfe; er werde aber darüber wachen, daß mir in keiner Beziehung ein Nachteil erwachse.

Der Ritter von Toledo weilte schon seit längerer Zeit auf Malta, und so mußte ich dem Gang der Dinge ohnmächtig zusehen und ihn manchmal sogar fördern, indem mich Busqueros mit Briefen zu seinen Verwandten schickte, die er selber niemals aufsuchte.

Frau Cimiento empfing niemals Besuche und ging auch nicht aus; mein Vater wiederum verließ das Haus nun seltener als früher. Er hatte nicht etwa leichthin seine Tageseinteilung geändert und auf seine Theaterbesuche verzichtet; aber die leichteste Erkältung diente ihm jetzt als Vorwand, zu Hause zu bleiben. An diesen Tagen saß er fast ununterbrochen an dem Fenster, das auf das Gäßchen führte, und beobachtete Fräulein Cimiento, wie sie ihre Fläschchen und selbst die Siegellackstäbchen ordnete. Ihre schönen Arme, die er stets vor Augen hatte, beherrschten seine Phantasie, und er konnte an nichts anderes mehr denken.

Ein neuer Gegenstand erregte seine Neugier: es war ein Tongefäß, ähnlich jenem, in dem er seine Tinte aufbewahrte, nur viel kleiner, und es stand auf einem eisernen Dreifuß; darunter brannten Lampen, die eine mäßige Wärme aufrechterhielten. Wenig später stellte man neben diesem Gefäß zwei weitere, ähnliche auf. Als mein Vater am nächsten Morgen auf den Balkon trat, öffnete er nach seinem *agur* den Mund, um zu fragen, was man mit jenen tönernen Gefäßen mache, aber da er des Sprechens entwöhnt war, schwieg er und zog sich ins Zimmer zurück.

Von Neugier gequält, beschloß er, abermals eine Flasche Tinte an Fräulein Cimiento zu schicken, und er erhielt dafür drei Kristallfläschchen, gefüllt mit roter, grüner und blauer Tinte.

Am Abend ging mein Vater zum Buchhändler Moreno. Dort erschien auch ein Mann, der in der Kanzlei des Finanzministeriums beschäftigt war. Er trug unterm Arm einen Kassenbericht in Form einer Tafel: einige Zahlenreihen waren mit roter Tinte geschrieben, die Titel blau, und die Linien hatte man mit grüner Tinte gezogen. Der Finanzbeamte sagte, er allein kenne das Geheimnis der Herstellung solcher Tinten und wolle wetten, daß niemand ihm etwas gleiches zeigen könne.

Ein Mann, den mein Vater nicht kannte, trat auf ihn zu und sagte, »Señor Avadoro, Sie bereiten so vorzügliche schwarze Tinte; könnten Sie nicht auch solche farbige machen?«

Mein Vater hatte es nicht gern, wenn man ihn anredete, und er wurde rasch verlegen. Dennoch öffnete er den Mund, um auf die Frage zu antworten, aber er sagte nichts und zog es vor, nach Hause zu gehen und die drei Fläschchen zu holen. Ihr Inhalt wurde außerordentlich bewundert, und der Finanzbeamte bat darum, daß er Proben mitnehmen dürfe. Mein Vater, mit Lob überhäuft, gab im stillen den ganzen Ruhm an die schöne Cimiento weiter, deren Namen er damals noch nicht kannte. Nach Hause zurückgekehrt, nahm er sein Rezeptbuch zur Hand und fand darin drei Rezepte für grüne, sieben für rote und zwei für blaue Tinte. All das geriet in seinem Kopf durcheinander. Aber die schönen Arme des Fräuleins Cimiento sah er in seiner Phantasie ganz deutlich vor sich; seine eingeschlummerten Sinne erwachten wieder und bewiesen ihm ihre Macht.

Am nächsten Morgen hatte mein Vater, während er die Schönen grüßte, das entschiedene Verlangen, ihren Namen zu erfahren, und er öffnete schon den Mund, um danach zu fragen; dennoch sagte er nichts und zog sich in sein Zimmer zurück.

Dann trat er auf den Balkon, der nach der Toledoer Straße führte, und erblickte einen recht anständig gekleideten Mann, der eine schwarze Flasche in der Hand hielt. Er dachte sich, daß man wohl komme, ihn um Tinte zu bitten, und rührte den Inhalt seines Trogs gut um, damit er dem Fremden Tinte von bester Qualität geben könne. Der Hahn des Trogs befand sich in Höhe seines unteren Drittels, so daß man niemals Gefahr lief, den dicken Bodensatz mit abzulassen. Der Unbekannte trat ein, und mein Vater füllte ihm die Flasche. Aber statt daß jener Mann ging, stellte er die Flasche auf einen Tisch, setzte sich und bat darum, eine Zigarre rauchen zu dürfen. Mein Vater wollte antworten, doch er sagte nichts. Der Unbekannte nahm eine Zigarre aus seinem Etui und entzündete sie an der Lampe, die auf dem Tisch stand.

Der Fremde war niemand anders als der unbarmherzige Busqueros.

»Señor Avadoro«, sagte er zu meinem Vater, »Sie bereiten hier eine Flüssigkeit, die gar viel Unheil über die Welt gebracht hat: wieviel Verschwörungen, wieviel Verrätereien, wieviel Tücke, wieviel schlechte Bücher! All das ist mit Tinte zustande gekommen. Ich spreche schon gar nicht von den Liebesbriefchen und von all den kleinen Anschlägen auf das Glück und die Ehre der Ehemänner. Was sagen Sie dazu, Señor Avadoro? Sie sagen nichts dazu, denn gewöhnlich sprechen Sie überhaupt nicht. Das macht nichts, ich werde für zwei sprechen – ich bin ziemlich daran gewöhnt. Nun denn, Señor Avadoro, setzen Sie sich auf diesen Stuhl, und ich werde Ihnen meine Gedanken erläutern. Ich behaupte also, daß aus dieser Flasche Tinte ...«

Während Busqueros diese Worte sprach, stieß er an die Flasche, und die Tinte lief meinem Vater über die Knie. Er stand auf, um sich zu säubern und die Kleider zu wechseln. Als er zurückkam, stand Busqueros wartend da, den Hut in der Hand und zum Gehen bereit. Mein Vater – voller Freude, den Fremden loszuwerden – öffnete ihm die Tür. Busqueros ging tatsächlich, aber er kehrte gleich wieder um.

»Ach, Señor Avadoro«, sagte er, »wir haben vergessen, daß meine Flasche leer ist; aber bemühen Sie sich nicht erst, ich werde das Abfüllen selbst besorgen.«

Busqueros nahm einen Trichter, steckte ihn in den Hals der Flasche und öffnete den Hahn. Als die Flasche voll war, ging mein Vater wieder zur Tür, um sie zu öffnen, und Busqueros schlüpfte eilig hinaus. Doch plötzlich bemerkte mein Vater, daß der Hahn noch offen war und daß die Tinte ins Zimmer floß. Er rannte zum Trog und schloß den Hahn. Darauf trat Busqueros abermals ins Zimmer; er tat so, als bemerkte er nichts von der Unordnung, die er angerichtet hatte, stellte die Tintenflasche wieder auf den Tisch, ließ sich auf dem gleichen Stuhl nieder, auf dem er schon gesessen hatte, zog eine Zigarre aus dem Etui und entzündete sie an der Lampe.

»Was ich noch sagen wollte, Señor Avadoro«, schwatzte er weiter, »ich habe gehört, daß Sie einen Sohn hatten, der in diesem Trog ertrunken ist. Meiner Treu, wenn er hätte schwimmen können, wäre er lebend davongekommen. – Aber woher haben Sie den Trog? Ich glaube, er stammt aus Toboso; es ist ein vorzüglicher Ton – man verwendet ihn auch für die Salpeterbereitung. Er ist hart wie Stein. Erlauben Sie, daß ich es mit diesem Stößel probiere.«

Mein Vater wollte den Versuch verhindern, doch Busqueros schlug an den Trog, der Trog zersprang, die Tinte schoß daraus hervor und überflutete meinen Vater samt allem, was sich im Zimmer befand, Busqueros nicht ausgenommen, der tüchtig bespritzt wurde.

Mein Vater öffnete selten den Mund; diesmal aber begann er mit aller Kraft zu schreien. Die Nachbarinnen zeigten sich auf ihrem Balkon.

»Ach, meine Damen«, rief Busqueros, »ein entsetzliches Unglück ist geschehen: der große Trog ist zersprungen, das Zimmer von Tinte überflutet und Señor Tintero ganz verzweifelt. Vollbringen Sie eine Tat christlicher Nächstenliebe und nehmen Sie uns bei sich auf.«

Die Damen schienen herzlich gern darauf einzugehen, und mein Vater empfand trotz seiner Verwirrung eine gewisse Freude bei dem Gedanken, daß man ihn zu der schönen Dame bringen werde, die ihm aus der Ferne ihre schönen Arme entgegenzustrecken schien und ihm ihr anmutigstes Lächeln schenkte.

Busqueros legte meinem Vater einen Mantel um die Schultern und führte ihn hinüber in das Haus der Damen Cimiento. Kaum war er dort angelangt, so erhielt er eine höchst unangenehme Nachricht: ein Stoffhändler, der seinen Laden unter der Wohnung meines Vaters hatte, ließ ihn wissen, daß die Tinte in seinen Laden gedrungen sei und daß er nach einem Gerichtsbeamten geschickt habe, damit dieser den Schaden feststelle. Zugleich ließ ihm der Hauswirt bestellen, daß er ihn nicht länger in seinem Hause dulde.

Mein Vater, aus seiner Wohnung verstoßen und mit Tinte übergossen, machte das traurigste Gesicht von der Welt.

»Grämen Sie sich nicht, Señor Avadoro«, sagte Busqueros

zu ihm, »diese Damen haben nach dem Hofe zu noch eine vollständige Wohnung, die sie nicht benutzen. Ich werde Ihre Sachen dorthin bringen lassen, und Sie werden gut untergebracht sein. Es gibt hier rote, grüne und blaue Tinte, die Ihre schwarze Tinte wohl aufwiegt. Aber ich rate Ihnen, eine Zeitlang nicht auszugehen; denn wenn Sie zum Buchhändler Moreno kommen, wird jeder die Geschichte von dem zersprungenen Trog hören wollen, und Sie sprechen ja so ungern. Und da, sehen Sie! Alle Gaffer des Stadtviertels haben sich schon in Ihrer Wohnung versammelt, um die Tintensintflut zu besichtigen. Morgen wird ganz Madrid von nichts anderem sprechen.«

Mein Vater war bestürzt, aber ein freundlicher Blick des Fräuleins Cimiento machte ihm wieder Mut, und er nahm seine neue Wohnung in Besitz. Er blieb nicht lange dort; Frau Cimiento suchte ihn auf und ließ ihn wissen, daß sie sich mit ihrer Nichte beraten habe und daß sie ihm die nach der Straße gelegene Wohnung überlassen wolle. Mein Vater stimmte diesem Wechsel gerne zu. Man bat ihn um die Erlaubnis, die Behälter mit farbiger Tinte dort zu belassen, wo sie sich befanden, und er drückte seine Zustimmung durch ein Kopfnicken aus.

Die Gefäße befanden sich im mittleren Zimmer. Fräulein Cimiento ging ein und aus, holte Farben – alles ohne ein Wort zu sprechen. Im Hause herrschte die vollkommenste Stille. Niemals war mein Vater glücklicher gewesen. Acht Tage vergingen so, am neunten stattete ihm Busqueros einen Besuch ab, wobei er sagte: »Señor, ich komme, Ihnen das Glück zu verkünden, das Sie insgeheim erstrebten, wenngleich Sie es nicht wagten, sich deutlich zu erklären. Sie haben das Herz Fräulein Cimientos gerührt; sie ist bereit, die Ihre zu werden, und ich habe Ihnen ein Papier mitgebracht, das Sie unterschreiben müssen, wenn Sie wollen, daß das Aufgebot am Sonntag verkündet wird.«

Mein Vater, aufs höchste überrascht, wollte etwas erwidern, doch Busqueros ließ ihm nicht die Zeit dazu.

»Señor Avadoro«, sagte er, »Ihre bevorstehende Eheschließung ist kein Geheimnis mehr; Madrid weiß darüber Bescheid. Wenn Sie also die Absicht haben, sie zu verzögern, werden sich Fräulein Cimientos Verwandte bei mir versammeln, und Sie müßten dort erscheinen und die Gründe für die Verzögerung erläutern. Das ist eine Anstandspflicht, der Sie sich nicht entziehen können.«

Der Gedanke, einer ganzen Familienversammlung Rede und Antwort zu stehen, machte meinen Vater höchst bestürzt; er wollte etwas sagen, aber Busqueros ließ ihm nicht die Zeit dazu.

»Ich weiß. Ich verstehe Sie vollkommen: Sie möchten Ihr Glück aus dem Munde Fräulein Cimientos hören. Ich sehe sie gerade kommen und werde Sie mit ihr allein lassen.«

Fräulein Cimiento trat mit ein wenig verlegener Miene ein; sie wagte nicht, die Augen zu meinem Vater aufzuschlagen. Sie entnahm ihrem Schrank irgendwelche Farben und mischte sie schweigend. Ihre Schüchternheit hob den Mut Don Felipes. Er heftete den Blick auf sie und konnte ihn nicht mehr abwenden: er sah sie mit anderen Augen.

Busqueros hatte das Papier über die Bekanntgabe des Aufgebots auf dem Tische liegenlassen; Fräulein Cimiento trat zitternd näher und las es, dann bedeckte sie ihre Augen mit der Hand und vergoß ein paar Tränen. Mein Vater hatte seit dem Tode seiner Frau nicht mehr geweint und noch viel weniger jemanden zum Weinen gebracht. Diese Tränen, die ihm galten, rührten ihn um so mehr, als er ihren Grund nur verschwommen ahnte. Weinte Fräulein Cimiento über den Inhalt des Papiers oder darüber, daß seine Unterschrift noch fehlte? Wollte sie ihn heiraten oder nicht? Indessen hörte sie nicht auf zu weinen. Sie weinen zu lassen erschien ihm gar zu grausam; sie nach dem Grunde zu fragen hätte ein Gespräch nach sich gezogen. So griff mein Vater nach der Feder und unterschrieb. Fräulein Cimiento küßte ihm die Hand, nahm das Papier und ging. Sie kehrte zur gewohnten Stunde in das Zimmer zurück, küßte meinem Vater wortlos die

Hand und begann Siegellack zu bereiten. Mein Vater rauchte Zigarren und zählte die Dachziegel auf dem Palast des Herzogs von Alba. Mein Großonkel, Fra Gerónimo Sántez, kam um Mittag und brachte einen Ehekontrakt, in dem meine Interessen keineswegs vernachlässigt waren. Mein Vater unterschrieb ihn, Fräulein Cimiento unterschrieb ihn, küßte meinem Vater die Hand und beschäftigte sich weiter mit der Herstellung von Siegellack.

Nach der Zerstörung des großen Tintenfasses hatte mein Vater nicht mehr gewagt, sich im Theater zu zeigen oder gar zum Buchhändler Moreno zu gehen. Das Gefühl, so eingesperrt zu sein, quälte ihn. Seit der Unterzeichnung des Kontrakts waren drei Tage vergangen; da kam Busqueros, um meinem Vater eine Spazierfahrt vorzuschlagen. Mein Vater nahm an. Sie fuhren zum anderen Ufer des Manzanares hinüber, und als sie vor der kleinen Franziskanerkirche angelangt waren, hieß Busqueros meinen Vater aussteigen. Sie betraten die Kirche und trafen dort auf Fräulein Cimiento, das an der Tür auf sie wartete. Mein Vater öffnete schon den Mund, um zu sagen, er habe geglaubt, bloß spazierenzufahren, doch er sagte nichts, nahm Fräulein Cimiento an die Hand und führte sie zum Altar.

Nach der Feierlichkeit bestiegen die Neuvermählten eine schöne Karosse, fuhren nach Madrid zurück und traten in ein hübsches Haus, wo ein Ball gegeben wurde. Frau Avadoro eröffnete ihn mit einem sehr gut aussehenden jungen Mann; sie tanzten einen Fandango und ernteten damit großen Beifall. Mein Vater suchte in seiner Frau vergebens das sanfte und stille Wesen, das ihm so demütig die Hand geküßt hatte. Statt ihrer erblickte er ein lebhaftes, lärmendes, leichtsinniges Frauenzimmer. Im übrigen sagte er niemandem ein Wort und wurde von niemandem angesprochen, und das mißfiel ihm durchaus nicht.

Man reichte kaltes Fleisch und Erfrischungen. Darauf fragte mein Vater, der vor Müdigkeit fast umfiel, ob es nicht Zeit sei, nach Hause zu gehen. Man erklärte ihm, daß er zu

Hause sei und daß dieses Haus ihm gehöre. Mein Vater vermutete, daß seine Frau es als Mitgift eingebracht habe; er ließ sich das Schlafzimmer zeigen und legte sich ins Bett.

Am nächsten Morgen wurden Herr und Frau Avadoro von Busqueros geweckt.

»Mein Herr und lieber Vetter«, sagte er zu meinem Vater, »ich nenne Sie so, weil Ihre Frau Gemahlin die nächste Verwandte ist, die ich auf der Welt besitze: ihre Mutter war eine Busqueros von León, das heißt, sie gehörte zu einem anderen Zweig meiner Familie. Ich wollte bisher nicht von Ihren geschäftlichen Angelegenheiten sprechen, aber ich gedenke mich ihrer jetzt mehr als meiner eigenen anzunehmen, was mir um so leichter fallen wird, als ich, strenggenommen, überhaupt keine Angelegenheiten habe, die mir eigen wären. Was Sie betrifft, Herr Avadoro, so habe ich dafür Sorge getragen, genaue Auskünfte über Ihr Einkommen zu erhalten sowie darüber, wie Sie es seit nunmehr sechzehn Jahren verwenden. Hier sind alle diesbezüglichen Unterlagen. Sie hatten zum Zeitpunkt Ihrer ersten Eheschließung ein jährliches Einkommen von viertausend Pistolen, und Sie haben – nebenbei bemerkt – es nicht verstanden, sie auszugeben: Sie nahmen nur sechshundert Pistolen für sich und zweihundert für die Erziehung Ihres Sohnes; so blieben denn dreitausendzweihundert Pistolen übrig, die Sie in der Handelsbank anlegten. Die Zinsen ließen Sie dem Theatiner Gerónimo zukommen, damit er sie für wohltätige Zwecke verwende. Ich tadle Sie darum keineswegs, aber, meiner Treu, mir tun die Armen leid, weil sie nun nicht mehr mit diesen Einkünften rechnen können. Zunächst werden wir Ihre jährlichen viertausend Pistolen wohl auszugeben wissen, und was die einundfünfzigtausendzweihundert betrifft, die auf der Handelsbank liegen, so werden wir folgendermaßen über sie verfügen: Achtzehntausend Pistolen für dieses Haus – ich gebe zu, das ist viel, aber der Verkäufer ist ein Verwandter von mir, und meine Verwandten sind die Ihren, Señor Avadoro. Das Kollier und die Ohrringe, die Frau Avadoro gestern getragen hat, sind achttausend Pistolen wert; setzen wir unter Brüdern zehntausend ein – ich werde Ihnen später den Grund dafür nennen. Bleiben uns dreiundzwanzigtausend Pistolen. Ihr verteufelter Theatiner hat fünfzehntausend davon für Ihren nichtsnutzigen Sohn in Anspruch genommen, für den Fall, daß er wieder auftaucht. Fünftausend brauchen wir zur Einrichtung Ihres Hauses – das ist nicht zuviel, denn unter uns gesagt: die Aussteuer Ihrer Frau besteht aus sechs Hemden und sechs Paar Strümpfen. Sie werden mir sagen, daß Ihnen auf diese Weise noch dreitausendzweihundert Pistolen verbleiben, mit denen Sie überhaupt nichts anzufangen wissen. Nun, um Ihnen aus der Verlegenheit zu helfen, bin ich bereit, sie von Ihnen zu leihen, und zwar zu einem Zinssatz, über den wir uns noch einigen werden. Hier, Señor Avadoro, ist eine Vollmacht, die Sie bitte unterschreiben wollen!«

Mein Vater konnte sich von dem Staunen, in das ihn Busqueros' Worte versetzt hatten, nicht erholen; er öffnete schon den Mund, um zu antworten, da er aber nicht wußte, wo er beginnen sollte, wandte er sich in seinem Bette um und zog die Nachtmütze über die Augen.

»Schon recht«, sagte Busqueros, »Sie sind nicht der erste, der glaubte, er könne mich loswerden, wenn er die Nachtmütze aufsetzt und so tut, als ob er schlafen wolle. Ich habe mich auf solche Manieren eingerichtet und trage immer eine Nachtmütze in meiner Tasche. Ich werde mich also auf dieses Sofa legen, und wenn wir ein bißchen geschlummert haben, werden wir noch einmal auf die Vollmacht zurückkommen, oder wir können auch, wenn Ihnen das lieber ist, Ihre Verwandten und die meinen zusammenrufen, und dann werden wir sehen, was zu tun ist.«

Mein Vater stellte, das Haupt in die Kissen vergraben, ernsthafte Betrachtungen über seine Lage an und überlegte sich, was er tun müsse, um seine Ruhe wiederzuerlangen. Wenn er seiner Frau alle Freiheit ließe – so vermutete er –, würde man es ihm vielleicht erlauben, in bisheriger Art weiterzuleben, ins Theater zu gehen, den Buchhändler Moreno aufzusuchen und wohl sogar Tinte zu bereiten. Ein wenig getröstet, öffnete er die Augen und gab durch ein Zeichen zu verstehen, daß er die Vollmacht unterschreiben werde.

Er unterschrieb sie in der Tat und machte Anstalten, sich aus dem Bette zu erheben.

»Warten Sie, Señor Avadoro«, rief Busqueros. »Bevor Sie sich erheben, ist es wohl angebracht, daß ich Ihnen den Plan für Ihren Tagesablauf mitteile. Ich denke, er wird Ihnen nicht mißfallen, zumal da dieser Tag ebenso wie die folgenden eine einzige Kette ebenso lebhafter wie abwechslungsreicher Unterhaltungen sein wird. Zuerst bringe ich Ihnen ein schönes Paar bestickter Gamaschen und einen vollständigen Reitanzug; ein recht hübsches Pferdchen erwartet Sie an Ihrer Tür, und wir werden ein bißchen im Prado spazierenreiten. Frau Avadoro wird uns im Wagen folgen, und Sie werden sehen, daß sie in der großen Welt angesehene Freunde hat, die auch die Ihren sein werden, Señor Avadoro. Freilich waren sie in der letzten Zeit ein wenig kühler geworden, aber wenn sie sehen, daß sie mit einem so verdienstvollen Mann wie Ihnen verheiratet ist, werden sie ihre Voreingenommenheit bald fallenlassen. Ich sage Ihnen: die höchsten Herren des Hofes werden Ihre Bekanntschaft suchen, Ihnen Höflichkeiten erweisen, Sie umarmen; was sag ich, sie werden Sie in ihren Umarmungen erdrücken.«

Hier wurde mein Vater ohnmächtig, oder wenigstens fiel er in einen Zustand der Betäubung, der einer Ohnmacht nahekam. Busqueros bemerkte es nicht und sprach weiter: »Einige dieser Herren werden Ihnen die Ehre erweisen, sich selbst zu Ihren Mahlzeiten einzuladen. Ja, Señor Avadoro, sie werden Ihnen diese Ehre erweisen, und ich verlasse mich dabei ganz auf Sie; Sie werden sehen, wie Ihre Gattin die Honneurs macht. Ha, meiner Treu, Sie werden die Siegellackbereiterin nicht wiedererkennen. Sie sagen nichts, Señor Avadoro – freilich, Sie tun gut daran, mich sprechen zu lassen. Nun, Sie lieben zum Beispiel die spanische Komödie, aber Sie sind vielleicht niemals in der italienischen Oper gewesen, die den Hof entzückt. So werden Sie denn heute abend hingehen, und ob Sie wohl erraten, in welche Loge? In die des Oberstallmeisters, Don Fernando de Thaz; jawohl, mit Geringerem befassen wir uns nicht. Von da begeben wir uns zur Tertulia Seiner Exzellenz. Sie werden dort den ganzen Hof finden, jedermann wird mit Ihnen sprechen wollen. Bereiten Sie sich darauf vor, ihnen zu antworten.«

Mein Vater war wieder zur Besinnung gekommen; aber kalter Schweiß brach ihm aus allen Poren, die Arme wurden ihm steif, der Nacken zog sich zusammen, der Kopf sank kraftlos herab, die Pupillen öffneten sich über alles Maß, seiner bedrängten Brust entrangen sich unterdrückte Seufzer, und es setzten Krämpfe ein. Busqueros bemerkte endlich seinen Zustand, er holte Hilfe herbei und eilte dann in den Prado, wohin ihm meine Stiefmutter folgte.

Mein Vater war in eine Art Lethargie verfallen. Als er aus ihr erwachte, erkannte er niemanden mehr außer seiner Frau und Busqueros. Wenn er sie erblickte, spiegelte sich Zorn in seinen Zügen. Sonst war er ruhig, er sprach nicht und weigerte sich, das Bett zu verlassen. Sah er sich dennoch unabweislich dazu gezwungen, so schien er bis ins Innerste zu frieren, und die Zähne schlugen ihm dann noch eine halbe Stunde lang aufeinander. Bald wurden die Krankheitsanzeichen noch betrüblicher. Der Kranke konnte Nahrung nur in ganz kleinen Mengen zu sich nehmen. Ein Krampf würgte ihn in der Kehle, seine Zunge wurde steif und schwoll an, seine Augen verloren den Glanz und blickten verstört, seine Haut färbte sich bräunlich gelb und war übersät mit weißen Knötchen.

Ich hatte mir, als Diener verkleidet, Zugang zum Hause verschafft und verfolgte traurig das Fortschreiten der Krankheit. Meine Tante Dalanosa, die ich ins Vertrauen gezogen hatte, saß manche Nacht wachend an seinem Bett. Der Kranke schien sie nicht zu erkennen. Was hingegen meine Stiefmutter betraf, so war es offensichtlich, daß ihre Gegenwart dem Kranken sehr schadete. Pater Gerónimo überredete sie, in die Provinz zu reisen, und Busqueros folgte ihr.

Ich dachte mir ein letztes Mittel aus, von dem ich annahm, daß es den Unglücklichen seiner Schwermut entreißen könne, und das dann in der Tat für kurze Zeit Erfolg brachte. Eines Tages erblickte mein Vater durch die halbgeöffnete Tür im Nebenzimmer einen Trog, ganz ähnlich jenem, in dem er früher seine Tinte bereitet hatte. Neben dem Trog standen auf einem Tisch verschiedene Zutaten sowie eine dazu passende Waage. Eine stille Heiterkeit breitete sich über die Züge meines Vaters; er stand auf, trat an den Tisch und verlangte einen Lehnstuhl. Da er sehr geschwächt war, bereitete man die Tinte vor seinen Augen, und er schaute aufmerksam zu. Am nächsten Tag konnte er selbst mit Hand anlegen, und abermals einen Tag später sah es noch günstiger aus. Doch kurze Zeit darauf packte ihn ein Fieber, das mit seiner bisherigen Krankheit offenbar gar nichts zu tun hatte. Die Anzeichen deuteten an sich auf nichts Schlimmes, doch der Kranke war schon so geschwächt, daß er keinen Widerstand mehr bieten konnte. Er erlosch, ohne mich erkannt zu haben, wie sehr man sich auch bemüht hatte, ihn an mich zu erinnern. So endete ein Mensch, dem von der Natur jenes Maß körperlicher und seelischer Kräfte versagt worden war, das ihm eine wenigstens durchschnittliche Energie hätte verleihen können. Eine Art Instinkt hatte ihn veranlaßt, eine Lebensweise zu wählen, die seinen Mitteln angemessen war. Man weihte ihn dem Untergang, als man ihn ins tätige Leben schleudern wollte.

Es ist wohl an der Zeit, daß ich auf mein eigenes Schicksal zurückkomme. Die beiden Jahre meiner Buße neigten sich dem Ende zu. Auf Fürsprache des Paters Gerónimo erlaubte mir das Heilige Offizium, mich wieder meines richtigen Namens zu bedienen, allerdings unter der Bedingung, daß ich an einer Expedition auf den Malteser Galeeren teilnähme. Ich ging mit großer Freude darauf ein, hoffte ich doch, dem

Komtur von Toledo zu begegnen, aber nun nicht mehr als Diener, sondern fast schon als Gleichgestellter.

Ich war es wahrhaftig müde, die Lumpen zu tragen. So stattete ich mich nun elegant aus, wobei ich alle neuen Gewänder bei meiner Tante Dalanosa anprobierte, die darüber vor Entzücken beinahe starb. In frühester Morgenstunde brach ich auf, um meine Verwandlung vor den Augen der Neugierigen zu verbergen. In Barcelona bestieg ich ein Schiff, und nach kurzer Seefahrt kam ich auf Malta an. Die Begegnung mit dem Ritter bereitete mir noch größere Freude, als ich es erwartet hatte. Toledo versicherte mir, er habe sich niemals durch meine Verkleidung täuschen lassen, und immer schon sei es seine Absicht gewesen, mich als Freund zu gewinnen, sobald ich meine eigentliche Gestalt angenommen hätte. Er führte die Hauptgaleere. Er nahm mich auf sein Schiff, und wir befuhren vier Monate lang das Meer, ohne den Berbern großen Schaden zuzufügen, da sie uns auf ihren leichten Fahrzeugen mühelos entwischten.

Hier endet die Geschichte meiner Kindheit. Ich habe sie Ihnen in allen Einzelheiten erzählt, denn sie leben bis zur Stunde deutlich in meiner Erinnerung. Mir ist, als ob ich die Zelle des Theatinerlehrers von Burgos und die strenge Gestalt des Paters Sanudo vor mir sähe, als ob ich vor dem Portal von St. Rochus Kastanien äße und vor dem edlen Toledo die Hand ausstreckte. Die Erlebnisse meiner Jugend werde ich Ihnen nicht mit gleicher Ausführlichkeit erzählen. Sooft ich mich von der Phantasie in jene glänzendste Zeit meines Lebens versetzt fühle, nehme ich nur ein Durcheinander verschiedenster Leidenschaften und ein wirres Tosen wahr. In tiefem Vergessen liegen die Empfindungen, die meine Seele damals erfüllten und sie in kurzem Glück erhoben. Zwar sehe ich auch die Strahlen erwiderter Liebe durch den Nebel der Vergangenheit zu mir dringen, diejenigen jedoch, denen die Liebe galt, verschmelzen miteinander, und ich erblicke nur die verschwommenen Bilder schöner, zärtlicher Frauen, heiterer Mädchen, die ihre schneeweißen Arme um meinen Nacken schlingen, und ich sehe sogar, wie mürrische Dueñas, die einem so ergreifenden Anblick nicht zu widerstehen vermögen, Liebende vereinen, die sie für immer hätten trennen sollen. Ich sehe die ersehnte Lampe, die mir durchs Fenster ein Zeichen gibt, geheime Treppen, die mich zu versteckten Türen leiten. Diese Augenblicke sind allerhöchste Wonne. Die vierte Stunde schlägt, es beginnt zu tagen, die Liebenden müssen sich trennen. Ach, und auch der Abschied hat seine Süße. Ich glaube, die Geschichte junger Verliebtheit ist überall, von einem Ende der Welt zum anderen, die gleiche. Meine Liebesabenteuer dürften Sie kaum fesseln; ich glaube aber, daß Sie der Geschichte meiner ersten wahren Empfindung gern lauschen werden. Ihre Einzelheiten sind erstaunlich, fast möchte ich sie wunderbar nennen. Doch heute ist es schon spät; ich muß noch über die Angelegenheiten meiner Truppe nachdenken. Erlauben Sie daher, daß ich die Fortsetzung auf morgen verschiebe.

Fünfundfünfzigster Tag

Wir versammelten uns zur gewohnten Stunde, und da der Zigeuner nun Zeit hatte, erzählte er seine Geschichte weiter, indem er also sprach:

Fortsetzung der Geschichte des Zigeunerhauptmanns

Im nächsten Jahr übernahm der Ritter von Toledo das Oberkommando über die Galeeren, und sein Bruder schickte ihm zur Bestreitung seiner Ausgaben sechshunderttausend Piaster. Der Orden besaß damals sechs Galeeren, zu denen Toledo auf eigene Kosten zwei weitere ausrüstete. Sechshundert Ritter hatten sich versammelt. Es war die vornehmste Jugend Europas. Zu jener Zeit führte man in Frankreich bei der Armee Uniformen ein, was bis dahin noch nicht üblich gewesen war. Toledo gab uns eine halb französische, halb spanische Tracht als Uniform. Wir trugen scharlachrote Röcke, schwarze Panzer mit dem Malteserkreuz auf der Brust, eine Halskrause und einen spanischen Hut. Die Kleidung stand uns vorzüglich. Wo immer wir anlegten, wichen die Frauen nicht von den Fenstern; die Dueñas kamen mit Liebesbriefchen gelaufen, die sie oft versehentlich dem Falschen aushändigten, und derartige Verwechslungen führten zu den lustigsten Vorfällen. Wir landeten in allen Häfen des Mittelmeers, und überall erwarteten uns Festlichkeiten. Während wir uns diesen Freuden hingaben, vollendete ich mein zwanzigstes Lebensjahr. Toledo war zehn Jahre älter. Da er Bailli und Unterprior von Kastilien geworden war, verließ er Malta, um seine neuen Ämter anzutreten, und schlug mir vor, mit ihm durch ganz Italien nach Spanien zu reisen. Ich willigte freudig ein. Wir bestiegen ein Schiff nach Neapel, wo wir ohne Zwischenfall anlangten. Wir wären nicht so rasch wieder fortgekommen, wenn die schönen Damen den liebenswerten Toledo ebenso leicht hätten zurückhalten können, wie er sich in ihren Netzen fangen ließ. Aber er beherrschte in hohem Maße die Kunst, die Schönen zu verlassen, ohne daß sie auch nur den Mut hatten, ihm darob zu zürnen. So gab er denn die neapolitanischen Liebschaften auf, um neue Fesseln zu suchen, und zwar nacheinander in Florenz, Mailand, Venedig und Genua. Erst im nächsten Jahr kamen wir in Madrid an.

Toledo begab sich noch am Tage seiner Ankunft zum König. Dann nahm er das schönste Pferd aus dem Stall des Herzogs von Lerma, seines Bruders, und man gab mir eines, das kaum weniger stattlich war. So mischten wir uns unter die zahlreichen Reiter, die ihre Pferde neben den Kutschen der Damen im Prado tänzeln ließen.

Ein prächtiges Gefährt zog unsere Blicke an; es war eine offene Karosse, in der zwei Damen in Halbtrauer saßen. Toledo erkannte die stolze Herzogin von Avila und beeilte sich, ihr seine Aufwartung zu machen. Die andere Dame wandte ihm ihr Gesicht zu; er kannte sie nicht und schien von ihrer Schönheit betroffen.

Diese Unbekannte war niemand anders als die schöne Herzogin von Sidonia, die eben ihr zurückgezogenes Leben aufgegeben hatte und in die große Welt zurückgekehrt war. Sie erkannte ihren einstigen Gefangenen und legte einen

Finger auf die Lippen, um mir Schweigen zu gebieten. Dann richtete sie ihre schönen Augen auf Toledo, der in den seinen eine geradezu schüchterne Nachdenklichkeit verriet, wie ich sie an ihm noch niemals in Gegenwart einer Frau beobachtet hatte. Die Herzogin von Sidonia hatte erklärt, daß sie keine zweite Ehe eingehen werde, und die Herzogin von Avila hatte kundgetan, daß sie überhaupt nicht heiraten wolle: ein Ritter des Malteserordens war also genau das, was sie zu ihrer Gesellschaft brauchten. Sie kamen Toledo sehr freundlich entgegen, und er nutzte dies mit vollendeter Grazie. Die Herzogin von Sidonia, die durch nichts verriet, daß sie mich kannte, verstand es, mich bei ihrer Freundin in Gunst zu setzen, und so bildeten wir eine Art Quadrille, die sich stets im Trubel der Festlichkeiten wiederfand. Toledo, der zum hundertsten Male im Leben geliebt wurde, liebte selbst zum erstenmal. Ich versuchte, der Herzogin von Avila eine ehrerbietige Huldigung darzubringen. Doch bevor ich Ihnen von meinen Beziehungen zu dieser Dame berichte, muß ich Ihnen ein paar Worte über die Lage sagen, in der sie sich damals befand.

Der Herzog von Avila, ihr Vater, war während unseres Aufenthaltes auf Malta gestorben. Das Ende eines Ehrgeizigen macht auf die Menschen immer großen Eindruck: der Fall eines Großen erregt sie und verwundert sie. In Madrid erinnerte man sich an die Infantin Beatrice und ihre geheime Verbindung mit dem Herzog. Man sprach wieder von einem Sohn, auf dem das Schicksal dieses Hauses ruhen sollte, und hoffte, das Testament des Verstorbenen werde Aufklärung bringen. Doch diese Erwartung wurde enttäuscht: das Testament klärte überhaupt nichts auf. Am Hofe sprach man nicht mehr davon; aber die stolze Herzogin kehrte in die große Welt zurück, blickte noch hochmütiger und verächtlicher auf ihre Bewerber herab und war weiter von einer Ehe entfernt als je zuvor.

Ich stamme aus einer Familie von gutem Adel; aber nach spanischen Begriffen konnte keinerlei Gleichheit zwischen der Herzogin und mir bestehen, und wenn sie gestattete, daß ich mich ihr näherte, so durfte ich dies nur als Schützling tun, dem sie zu Ansehen verhelfen wollte. Toledo war der Ritter der schönen Sidonia; ich war gleichsam der Knappe ihrer Freundin.

Dieser dienende Grad mißfiel mir keineswegs: ich konnte, ohne meine Leidenschaft zu verraten, allen Wünschen Manuelas zuvorkommen, ihre Befehle ausführen, kurz: ganz ihrem Willen leben. Während ich so meiner Herrin diente, hütete ich mich wohl, auch nur mit einem Wort, einem Blick, einem Seufzer die Gefühle meines Herzens zu verraten. Die Furcht, sie zu kränken oder gar aus ihrer Nähe verbannt zu werden, gab mir die Kraft, meine Leidenschaft zu beherrschen. In dieser Zeit meines süßen Liebesdienstes versäumte die Herzogin von Sidonia keine Gelegenheit, mich bei ihrer Freundin herauszustreichen; aber die Gunstbeweise, die sie für mich erwirkte, gingen höchstens bis zu einem freundlichen Lächeln, das nichts als Gönnerschaft ausdrückte.

All das dauerte länger als ein Jahr. Ich sah die Herzogin in der Kirche, im Prado, ich nahm ihre Befehle für den Tagesablauf entgegen, aber ich betrat nicht ihr Haus. Eines Tages rief sie mich zu sich; sie war von ihren Frauen umgeben und mit einer Handarbeit beschäftigt. Sie hieß mich Platz nehmen und sprach mit sehr stolzer Miene: »Señor Avadoro, ich würde dem Geschlecht, dem ich entstamme, wenig Ehre machen, wenn ich nicht das Ansehen meiner Familie dazu benutzte, Ihnen die Dienste zu vergelten, die Sie mir Tag für Tag erweisen. Mein Onkel Sorriente hat mich selbst darauf aufmerksam gemacht und bietet Ihnen das Patent eines Obersten in dem Regiment, das seinen Namen trägt. Werden Sie ihm die Ehre erweisen anzunehmen? Denken Sie darüber nach.«

»Señora«, erwiderte ich, »ich habe mein Geschick mit dem des liebenswürdigen Toledo verbunden, und ich strebe nach keinen Ämtern außer denen, die er für mich erwirkt. Was nun die Dienste betrifft, die ich das Glück habe Ihnen täglich zu erweisen, so wäre es für mich der süßeste Lohn, wenn ich sie fortsetzen dürfte.«

Die Herzogin antwortete nichts und gab mir durch ein leichtes Kopfnicken zu verstehen, daß ich gehen könne.

Eine Woche später wurde ich abermals zu der stolzen Herzogin gerufen; sie empfing mich ebenso wie beim erstenmal und sprach: »Señor Avadoro, ich kann nicht dulden, daß Sie die Avila, Sorriente und all die Granden, deren Blut in meinen Adern fließt, an Großzügigkeit übertreffen wollen. Ich habe Ihnen neue Vorschläge zu machen, die für Ihr weiteres Schicksal vorteilhaft sind: Ein Edelmann, dessen Familie mit uns verbunden ist, hat in Mexiko ein großes Vermögen erworben; er hat eine einzige Tochter, deren Mitgift eine Million beträgt ...«

Ich ließ die Herzogin ihren Satz nicht vollenden, erhob mich mit einer gewissen Entrüstung und sagte: »Señora, obgleich das Blut der Avila und Sorriente nicht in meinen Adern fließt, so nähren sie doch ein Herz, das zu hoch schlägt, als daß eine Million es erreichen könnte.«

Ich wollte mich zurückziehen, doch die Herzogin bat mich, wieder Platz zu nehmen. Sie befahl ihren Frauen, in das Nachbarzimmer zu gehen und die Tür offenzulassen, und sagte dann zu mir: »Señor Avadoro, ein einziger Lohn bleibt noch, den ich Ihnen bieten kann, und Ihr Eifer in der Erfüllung meiner Wünsche läßt mich hoffen, daß Sie ihn nicht ausschlagen: es geht darum, mir einen wichtigen Dienst zu erweisen.«

»In der Tat«, erwiderte ich, »das Glück, Ihnen zu dienen, ist der einzige Lohn, den ich für meine Dienste begehre.«

»Treten Sie näher«, sagte die Herzogin, »man könnte uns im anderen Zimmer hören. Avadoro, Sie wissen zweifellos, daß mein Vater insgeheim der Gatte der Infantin Beatrice gewesen ist, und vielleicht hat man Ihnen auch unter dem Siegel größter Verschwiegenheit anvertraut, daß sie ihm einen Sohn geboren hat. Mein Vater ließ in der Tat ein solches Gerücht verbreiten, aber nur, um die Höflinge auf eine falsche Spur zu setzen. In Wahrheit ist es eine Tochter, und sie lebt noch; man hat sie in einem Kloster in der Nähe von Madrid erzogen. Mein Vater hat mir auf dem Sterbebett das Geheimnis ihrer Geburt enthüllt, das sie selber nicht kennt. Er erklärte mir auch, was er mit ihr vorhatte; aber sein Tod macht alle Pläne zunichte. Es wäre heute unmöglich, den Faden der ehrgeizigen Intrigen, den er zu diesem Zwecke schon geknüpft hatte, weiter zu verfolgen; die vollständige Legitimierung meiner Schwester ist, wie ich glaube, nicht zu erreichen, und der erste Schritt, den wir unternähmen, würde vielleicht die ewige Verbannung des unglücklichen Wesens nach sich ziehen. Ich habe sie besucht: Eleonora ist ein gutes Mädchen, einfach, heiter, und ich habe sie wahrhaft liebgewonnen; aber die Äbtissin sprach so viel von unserer Ähnlichkeit, daß ich nicht wagte, mich ein zweites Mal dorthin zu begeben. Indessen habe ich mich zu ihrer Beschützerin erklärt und durchblicken lassen, daß sie eine Frucht jener zahllosen Liebesabenteuer sei, die mein Vater in seiner Jugend hatte. Seit kurzem läßt der Hof im Kloster Erkundigungen einholen, die mich beunruhigen, und ich bin entschlossen, sie nach Madrid kommen zu lassen.

Ich besitze in der Retrada-Straße ein unscheinbares Haus, und ich habe das gegenüberliegende Haus dazu gemietet. Ich bitte Sie, sich in jenem zweiten Hause einzurichten und über den Schatz zu wachen, den ich Ihnen anvertraue. Hier ist die Adresse Ihrer neuen Wohnung, und hier ist ein Brief, den Sie der Äbtissin des Ursulinerinnenklosters vom Peñon aushändigen werden. Nehmen Sie vier Mann zu Pferd und einen Wagen mit zwei Maultieren. Eine Dueña wird meine Schwester begleiten und dann bei ihr bleiben, und einzig mit der Dueña werden Sie zu tun haben; denn der Zutritt zum Hause meiner Schwester muß Ihnen verwehrt bleiben: die Tochter meines Vaters und einer Infantin soll wenigstens einen tadellosen Ruf aufweisen.«

Nach diesen Worten neigte die Herzogin wieder leicht

das Haupt, was bei ihr bedeutete, daß man entlassen war. So verließ ich sie denn und ging zuerst meine neue Wohnung besichtigen. Sie war gut eingerichtet und sagte mir zu. Ich ließ zwei zuverlässige Diener dort und behielt auch die Zimmer, die ich bei Toledo bewohnte. Das Haus, das ich von meinem Vater geerbt hatte, vermietete ich für vierhundert Piaster.

Auch das Haus Eleonoras nahm ich in Augenschein. Ich fand dort zwei Frauen zu ihrer Bedienung und einen alten Lakaien aus dem Hause der Avila, der keine Livree trug. Die Wohnung war mit allem, was in einem bürgerlichen Haushalt gebraucht wurde, reichlich und vornehm versehen.

Am Tage darauf nahm ich vier Mann zu Pferd sowie eine Kutsche und begab mich zum Kloster vom Peñon. Man führte mich ins Parlatorium der Äbtissin. Sie las meinen Brief, lächelte und seufzte.

»Liebster Jesus!« rief sie. »Gar viele Sünden werden auf der Welt begangen; ich bin glücklich, ihr entsagt zu haben. Das Fräulein zum Beispiel, das Sie, mein Ritter, abholen, ist der Herzogin von Avila sehr ähnlich; sehr ähnlich ist sie ihr – zwei Bilder des liebsten Jesus können sich nicht ähnlicher sein. Und wer sind die Eltern des Fräuleins? Man weiß nichts davon. Der selige Herzog von Avila (Gott sei seiner Seele gnädig) ...«

Wahrscheinlich hätte die Äbtissin nicht so bald aufgehört zu schwatzen, doch ich gab ihr zu verstehen, daß ich meinen Auftrag sehr rasch ausführen müsse. Die Äbtissin schüttelte den Kopf, ließ noch manches »Ach!« und »Liebster Jesus!« vernehmen und sagte mir dann, ich solle mit der Beschließerin sprechen.

Ich ging hin, das Tor des Klosters öffnete sich, und ich sah zwei sehr sorgfältig verschleierte Damen heraustreten. Sie setzten sich schweigend in den Wagen, ich schwang mich aufs Pferd und folgte ihnen, ohne ein Wort zu sprechen. Als wir Madrid fast erreicht hatten, überholte ich den Wagen und empfing die Damen an der Tür ihres Hauses. Ich trat nicht mit ihnen ein, sondern begab mich in meine gegenüberliegende Wohnung, von wo ich beobachten konnte, wie sie von der ihren Besitz ergriffen.

Ich fand die große Ähnlichkeit zwischen Eleonora und der Herzogin in der Tat bestätigt, nur daß Eleonora einen helleren Teint und ganz blondes Haar hatte und etwas fülliger zu sein schien. So sah ich es jedenfalls von meinem Fenster aus, doch Eleonora verhielt sich zu unruhig, als daß ich ihre Züge hätte erkennen können. Glücklich, dem Kloster entronnen zu sein, gab sie sich ganz einer ungehemmten Freude hin. Sie lief überall im Hause umher, vom Dachboden bis in den Keller, jubelnd über alle Gegenstände, die zum Haushalt gehörten, entzückt von einem schönen Tiegel oder einem Kochkessel. Sie bestürmte die Dueña, die ihr gar nicht folgen konnte, mit tausend Fragen. Schließlich wurden die Jalousien herabgelassen und fest geschlossen, so daß ich nichts mehr zu sehen bekam.

Am Nachmittag ging ich zur Herzogin und erstattete ihr Bericht. Sie empfing mich mit dem ihr eigenen kühlen Ernst.

»Señor Avadoro«, sagte sie, »Eleonora ist für die Ehe bestimmt. Nach unseren Sitten dürfen Sie ihr Haus nicht betreten; aber ich werde der Dueña sagen, sie solle nach der Seite, wo sich Ihre Fenster befinden, eine Jalousie offenlassen. Ich muß jedoch darauf bestehen, daß Ihre Jalousien geschlossen bleiben. Sie sollen mir über das, was Eleonora tut, Bericht erstatten. Es wäre für sie vielleicht gefährlich, mit Ihnen bekannt gemacht zu werden, besonders wenn Sie gegen die Ehe eine solche Abneigung empfinden, wie ich sie kürzlich an Ihnen bemerkte.«

»Señora«, erwiderte ich, »ich sagte lediglich, daß die Aussicht auf eine große Mitgift mich nicht veranlassen könne, eine Ehe einzugehen. Indessen haben Sie recht: ich gedenke nicht zu heiraten.«

Ich verließ die Herzogin. Ich suchte Toledo auf, dem ich nichts von unseren Geheimnissen verriet, dann begab ich mich zu meiner Wohnung in der Retrada-Straße. Die Jalousien und sogar die Fenster des Hauses gegenüber standen offen. Der alte Lakai Andrado spielte auf der Gitarre, und Eleonora tanzte dazu den Bolero mit einer Lebhaftigkeit und Anmut, wie ich sie bei einem Zögling der Karmeliterinnen nicht vermutet hätte – denn sie war von den Karmeliterinnen erzogen worden und erst nach dem Tode des Herzogs in das Kloster der Ursulinerinnen eingetreten. Eleonora beging tausenderlei Tollheiten und wollte sogar, daß ihre Dueña mit Andrado tanze. Ich konnte mich nicht genug darüber wundern, daß die ernsthafte Herzogin von Avila eine Schwester von so heiterem Gemüt hatte. Ansonsten fand ich die Ähnlichkeit verblüffend. Ich war im Grunde schrecklich verliebt in die Herzogin, ihr lebendiges Spiegelbild mußte mich daher außerordentlich fesseln. Ich überließ mich dem Vergnügen, sie zu betrachten, bis die Dueña die Jalousie schloß.

Am Tage darauf begab ich mich zur Herzogin. Ich erstattete ihr Bericht über das, was ich gesehen hatte. Ich verheimlichte auch nicht, daß mir der unschuldige Zeitvertreib ihrer Schwester die größte Freude bereitete. Ja, ich wagte sogar, mein grenzenloses Entzücken auf die geschwisterliche Ähnlichkeit zurückzuführen.

Da dies entfernt nach einer Liebeserklärung aussah, schien die Herzogin etwas unmutig zu werden: ihre Miene wurde noch strenger.

»Señor Avadoro«, sagte sie, »wie groß auch die Ähnlichkeit zwischen den beiden Schwestern sein mag, so bitte ich Sie doch, sie in Ihren Lobeserhebungen nicht zu verwechseln. Doch kommen Sie morgen wieder; ich muß eine Reise antreten und möchte Sie vorher noch sprechen.«

»Señora«, sagte ich, »mag Ihr Zorn mich vernichten: Ihre Züge haben sich meiner Seele eingeprägt wie das Bild einer Gottheit. Sie stehen zu hoch über mir, als daß ich es wagen dürfte, auch nur einen Gedanken an Liebe zu Ihnen zu erheben. Doch heute finde ich Ihre göttlichen Züge wieder in einem heiteren, freimütigen, schlichten, natürlichen Geschöpf – wer kann mir da verwehren, Sie in ihr zu lieben?«

Mit jedem meiner Worte wurden die Züge der Herzogin strenger. Ich machte mich darauf gefaßt, aus ihrer Nähe verbannt zu werden. Doch das geschah nicht; sie wiederholte nur, ich solle am nächsten Tag wiederkommen.

Ich aß bei Toledo zu Mittag, und gegen Abend bezog ich wieder meinen Posten. Die Fenster des Hauses gegenüber standen offen, und ich sah bis in die Tiefe der Wohnung. Eleonora bereitete selbst eine Olla podrida. Alle Augenblicke fragte sie die Dueña um Rat. Sie schnitt Fleisch und legte es auf eine Platte. Dabei lachte sie laut und herzlich. Dann breitete sie ein blendend weißes Tuch auf den Tisch und setzte zwei einfache Gedecke darauf, die gleichsam auf ein Ehepaar zu warten schienen. Eleonora trug nur ein schlichtes Mieder, und die Ärmel ihres Hemdes waren bis zu den Schultern hochgestreift.

Man schloß die Fenster und die Jalousien, aber das, was ich gesehen hatte, beeindruckte mich aufs stärkste. Und freilich, wo ist der junge Mann, der ohne Erregung in einen jungen Haushalt hineinzublicken vermöchte? Bilder dieser Art sind für die Menschen Anlaß, zu heiraten.

Ich weiß nicht mehr recht, was ich am nächsten Tag der Herzogin erzählte; sie schien zu fürchten, daß es auf eine neue Liebeserklärung hinauslaufe, beeilte sich daher, zu Wort zu kommen, und sagte: »Señor Avadoro, ich sagte Ihnen schon gestern, daß ich verreisen muß. Ich werde eine gewisse Zeit in meinem Herzogtum Avila verbringen. Meiner Schwester habe ich erlaubt, nach Sonnenuntergang spazierenzugehen, sich jedoch nicht zu weit vom Hause zu entfernen. Wenn Sie sich dann ihr nähern wollen, so wird die Dueña, die darüber unterrichtet ist, Sie mit Eleonora plaudern lassen, solange es Ihnen gefällt. Versuchen Sie, den Geist und den Charakter des jungen Geschöpfes zu erforschen; Sie werden mir nach meiner Rückkehr darüber berichten.«

Dann gab mir ein Kopfnicken zu verstehen, daß ich gehen könne. Es fiel mir schwer, die Herzogin zu verlassen: ich war wirklich in sie verliebt. Ihr ungewöhnlicher Stolz entmutigte mich nicht, im Gegenteil: ich überlegte mir, daß, wenn sie sich entschließen sollte, einen Liebhaber zu nehmen, sie sicherlich einen wählen würde, der im gesellschaftlichen Rang unter ihr steht, was in Spanien durchaus nicht selten vorkommt. Außerdem sagte mir eine geheime Ahnung, daß die Herzogin mich eines Tages lieben könne, doch ich weiß wahrhaftig nicht, woher mir diese Ahnung kam – ihr Verhalten mir gegenüber konnte jedenfalls keinen Anlaß dazu geben. An jenem Tage dachte ich unaufhörlich an die Herzogin; doch gegen Abend begann ich auch wieder, an ihre Schwester zu denken. Ich ging in die Retrada-Straße. Der Mond schien hell, und ich erkannte Eleonora, die mit der Dueña auf einer Bank nahe ihrer Tür saß. Die Dueña erkannte mich gleichfalls; sie trat auf mich zu und lud mich ein, neben ihrem Schützling Platz zu nehmen. Sie selber entfernte sich.

Nach einem Augenblick des Schweigens sagte Eleonora: »Sie sind also der junge Mann, den zu sehen mir gestattet ist? Werden Sie mir Ihre Freundschaft schenken?«

Ich erwiderte, sie besitze sie bereits in hohem Maße.

»Nun, dann seien Sie so freundlich, mir zu sagen, wie ich heiße.«

»Sie heißen Eleonora.«

»Nicht danach frage ich; ich muß noch einen anderen Namen haben. Ich bin nicht mehr so naiv, wie ich es bei den Karmeliterinnen war. Damals glaubte ich, daß die Welt nur von Nonnen und Beichtvätern bevölkert werde. Jetzt aber weiß ich, daß es Ehemänner und Ehefrauen gibt, die Tag und Nacht beisammen bleiben, und daß die Kinder den Namen ihres Vaters tragen: darum möchte ich meinen Namen wissen.«

Da die Karmeliterinnen, besonders in manchen Klöstern, nach äußerst strengen Regeln leben, wunderte ich mich nicht darüber, daß Eleonora bis zum zwanzigsten Lebensjahr so unwissend geblieben war. Ich antwortete, daß ich sie nur unter dem Namen Eleonora kenne. Dann sagte ich, daß ich sie in ihrem Zimmer hätte tanzen sehen und daß sie das sicherlich nicht bei den Karmeliterinnen gelernt habe.

»Nein«, erwiderte sie, »der Herzog von Avila hatte mich zwar bei den Karmeliterinnen untergebracht, aber nach seinem Tode bin ich in das Ursulinerinnenkloster eingetreten, und dort lernte ich von dem einen Zögling tanzen, von einem anderen singen; auch über die Art, wie die Ehemänner mit ihren Frauen leben, klärten mich die Zöglinge auf – es ist für sie kein Geheimnis. Ich aber möchte gern einen Namen haben, und darum wird man mich verheiraten müssen.«

Darauf sprach Eleonora von der Komödie, von Promenaden, von Stierkämpfen, und sie bekundete das lebhafte Verlangen, alle diese Dinge zu sehen. Ich unterhielt mich noch ein paarmal mit ihr, immer am Abend. Nach einer Woche erhielt ich von der Herzogin einen Brief, der also lautete:

Als ich Sie mit Eleonora Bekanntschaft schließen ließ, hoffte ich, daß sie eine gewisse Neigung für Sie fassen werde. Die Dueña versichert mir, daß meine Wünsche in Erfüllung gegangen seien. Wenn die Ergebenheit, die Sie mir entgegenbringen, echt ist, werden Sie Eleonora heiraten. Denken Sie daran, daß Ihre Ablehnung mich beleidigen würde.

Ich antwortete mit diesen Worten:

Señora,

Eurer Hoheit ergeben zu sein ist die einzige Empfindung, die meine Seele zu erfüllen vermag. Jene Gefühle, die man einer Gattin schuldet, würden darin vielleicht keinen Platz finden. Eleonora verdient einen Gatten, dessen Herz ihr allein gehört.

Ich erhielt die folgende Antwort:

Es ist nutzlos, es länger vor Ihnen zu verbergen: Sie sind gefährlich für mich, und daß Sie die Hand Eleonoras ausschlugen, bereitete mir die größte Freude, die ich je im Leben empfunden habe. Aber ich bin entschlossen, mich zu überwinden. So lasse ich Ihnen denn die Wahl, Eleonora zu heiraten oder für immer aus meiner Nähe, vielleicht sogar aus Spanien verbannt zu werden. Mein Einfluß bei Hofe wird dafür wohl ausreichen. Schreiben Sie mir nicht mehr. Die Dueña hat alle Anweisungen von mir erhalten.

Wie verliebt ich auch in die Herzogin sein mochte: soviel Hochmut mußte mir denn doch mißfallen. Einen Augenblick war ich versucht, Toledo alles zu gestehen und mich unter seinen Schutz zu stellen. Doch Toledo, immer noch in die Herzogin von Sidonia verliebt, war auch ihrer Freundin sehr zugetan und hätte nicht zu meinen Gunsten gegen sie gehandelt. So beschloß ich denn zu schweigen, und am Abend setzte ich mich ans Fenster, um meine künftige Gattin zu sehen.

Die Fenster standen offen, ich blickte bis in den Hintergrund des Zimmers. Eleonora war von vier Frauen umgeben, die sie ankleideten. Sie trug ein Gewand aus weißem, silberbesticktem Atlas, einen Kranz aus Blumen und ein Diamantkollier. Über all das legte man einen weißen Schleier, der sie vom Kopf bis zu den Füßen verhüllte.

Diese Vorbereitungen wunderten mich ein bißchen. Bald staunte ich noch mehr: man trug einen Tisch in den Hintergrund des Zimmers und richtete ihn wie einen Altar her. Man setzte Kerzen darauf, ein Priester zeigte sich, begleitet von zwei Edelleuten, die nur als Zeugen aufzutreten schienen – einzig der Bräutigam fehlte noch. Ich hörte jemand an meine Tür klopfen. Die Dueña trat ein.

»Man erwartet Sie«, sagte sie. »Oder wollen Sie sich dem Willen der Herzogin widersetzen?«

Ich folgte der Dueña. Die Braut nahm ihren Schleier nicht ab. Man legte ihre Hand in die meine, mit einem Wort: man vermählte uns.

Die Zeugen gratulierten mir, ebenso meiner Gattin, deren Gesicht sie nicht zu sehen bekommen hatten, und zogen sich zurück. Die Dueña führte uns in ein Zimmer, das vom Mondlicht schwach erhellt wurde, und schloß hinter uns die Tür.

Als der Zigeuner in seiner Geschichte hier angelangt war, erschien ein Mann aus seiner Truppe und verlangte ihn zu sprechen. Er ging, und wir bekamen ihn an diesem Abend nicht mehr zu Gesicht.

Sechsundfünfzigster Tag

Wir versammelten uns zur gewohnten Stunde, und da der Zigeuner nun Zeit hatte, erzählte er seine Geschichte weiter, indem er also sprach:

Fortsetzung der Geschichte des Zigeunerhauptmanns

Ich erzählte Ihnen, auf welch seltsame Weise meine Ehe geschlossen wurde. Die Art, wie ich mit meiner Frau zusammenlebte, war nicht minder ungewöhnlich. Wenn die Sonne unterging, öffnete sich ihre Jalousie, und ich konnte das ganze Innere ihrer Wohnung überblicken. Abends ging sie nicht mehr spazieren, und so hatte ich auch keine Gelegenheit, mich wieder mit ihr auf einer Bank zu unterhalten. Gegen Mitternacht holte mich die Dueña, und noch vor Morgengrauen führte sie mich zurück.

Nach einer Woche traf die Herzogin wieder in Madrid ein. Nicht ohne Verwirrung begab ich mich zu ihr: ich hatte ihren Kult entweiht und machte mir deswegen Vorwürfe. Sie hingegen behandelte mich mit außerordentlicher Freundlichkeit. Ihr Stolz verschwand im Tête-à-tête: ich war ihr Bruder und ihr Freund.

Als ich einmal am Abend nach Hause kam und gerade die Tür schließen wollte, fühlte ich, wie mich jemand am Rockzipfel zog. Ich wandte mich um und erkannte Busqueros.

»Aha, hier erwische ich Sie also«, sagte er. »Monseñor Toledo sagte mir, daß er Sie nicht mehr zu sehen bekomme und daß Sie sich mit Dingen beschäftigten, von denen er nicht unterrichtet sei. Ich erwiderte ihm, er solle mir vierundzwanzig Stunden Zeit lassen, und ich würde alles entdecken. Da, es ist mir gelungen. Übrigens, mein Junge, du schuldest mir Respekt, denn ich habe deine Stiefmutter geheiratet.«

Diese wenigen Worte brachten mir wieder zu Bewußtsein, wie sehr Busqueros am Tode meines Vaters schuld war. Ich konnte mich nicht enthalten, ihn meine ganze Verachtung fühlen zu lassen, und wurde ihn los.

Am Tage darauf begab ich mich zur Herzogin und berichtete ihr von dieser ärgerlichen Begegnung. Sie schien darüber sehr betroffen.

»Busqueros ist ein Spürhund, dem nichts entgeht«, sagte sie. »Man muß Eleonora vor seiner Neugier verstecken. Noch heute lasse ich sie nach Avila reisen. Seien Sie mir darob nicht böse, Avadoro, es geschieht um Ihres Glückes willen.«

»Señora«, erwiderte ich, »das Glück setzt, wie ich meine, die Erfüllung von Wünschen voraus, und ich habe nie gewünscht, der Gatte Eleonoras zu werden. Indessen ist es wahr, daß ich sie liebgewonnen habe und mich mit jedem Tage mehr zu ihr hingezogen fühle, sofern ich diesen Ausdruck überhaupt gebrauchen darf, denn ich bekomme sie ja am Tage gar nicht zu sehen.«

Am Abend ging ich in die Retrada-Straße, doch ich traf dort niemanden an: die Tür und die Fenster blieben geschlossen.

Einige Tage darauf ließ mich Toledo zu sich rufen und teilte mir dies mit: »Avadoro, ich habe vor dem König von

Ihnen gesprochen. Seine Majestät gibt Ihnen den Auftrag, nach Neapel zu reisen. Peterborough, dieser liebenswürdige Engländer, ließ mir gewisse Vorschläge unterbreiten; er möchte mich in Neapel sprechen, und wenn ich nicht selber dorthin reisen kann, so wünscht er, daß Sie es tun. Der König hält es nicht für angebracht, daß ich nach Neapel fahre, und er möchte Sie schicken. Aber«, fügte Toledo hinzu, »Sie scheinen von diesem Plan nicht gerade begeistert zu sein.«

»Ich fühle mich von der Güte Seiner Majestät höchst geschmeichelt, aber ich habe eine Gönnerin und möchte nichts ohne ihre Billigung unternehmen.«

Toledo lächelte und sagte: »Ich habe mit der Herzogin gesprochen. Gehen Sie noch heute vormittag zu ihr.«

Ich tat es. Die Herzogin sprach: »Mein lieber Avadoro, Sie kennen die gegenwärtige Lage der spanischen Monarchie: der König ist dem Grabe nahe, und mit ihm erlischt die österreichische Linie. Unter so kritischen Umständen muß jeder gute Spanier seine eigenen Interessen hintanstellen, und wenn er seinem Lande dienen kann, darf er die Gelegenheit dazu nicht verfehlen. Ihre Frau weilt an einem sicheren Ort. Sie wird Ihnen nicht schreiben – die Karmeliterinnen haben sie diese Kunst nicht gelehrt. Ich werde für sie die Feder führen. Wenn ich der Dueña glauben darf, werde ich Ihnen bald Dinge mitteilen können, die Sie noch fester an Eleonora binden werden.«

Bei diesen Worten schlug die Herzogin die Augen nieder und errötete; dann gab sie mir ein Zeichen, daß ich gehen möge.

Ich erhielt vom Minister meine Instruktionen. Sie betrafen die Außenpolitik und gleichermaßen die Verwaltung des Königreichs Neapel, das man nun wieder mit allen Mitteln an Spanien binden wollte. Schon am nächsten Tage fuhr ich ab, und ich reiste so schnell wie nur irgend möglich.

Meines Auftrags entledigte ich mich mit all dem Eifer, den man gewöhnlich bei einer ersten Aufgabe an den Tag legt. In den Stunden aber, da ich nichts zu tun hatte, gewannen die

Erinnerungen an Madrid wieder große Gewalt über meine Seele. Wie es auch sein mochte: die Herzogin liebte mich, sie hatte es mir gestanden. Da sie meine Schwägerin geworden war, hatte sie ihr Gefühl von allem befreit, was zu einer Leidenschaft hätte aufflammen können, aber sie hatte mir ihre Zuneigung bewahrt und bewies es mir tausendfach. Eleonora, die geheimnisvolle Göttin meiner Nächte, hatte mir durch die Hand Hymenäos' den Kelch der Wonnen gereicht; ihr Andenken herrschte über meine Sinne ebenso wie über mein Herz. Meine Sehnsucht nach ihr wandelte sich fast in Verzweiflung. Diese beiden Frauen ausgenommen, blieb mir das ganze weibliche Geschlecht gleichgültig.

Die Herzogin schickte ihre Briefe in dem Umschlag des Ministers. Sie trugen keinen Namen, und die Schrift war verstellt. Auf diese Weise erfuhr ich, Eleonoras Schwangerschaft gehe dem Ende entgegen, sie sei jedoch krank und vor allem völlig entkräftet. Dann erhielt ich die Nachricht, daß ich Vater geworden sei und daß Eleonora sehr gelitten habe. Die Mitteilungen über ihren Gesundheitszustand schienen so abgefaßt zu sein, daß sie mich auf eine noch traurigere Kunde vorbereiten sollten.

Schließlich kam Toledo – in einem Augenblick, da ich es am wenigsten erwartete. Er warf sich in meine Arme.

»Ich komme in Angelegenheiten des Königs, doch geschickt haben mich die Herzoginnen.«

Zugleich händigte er mir einen Brief aus. Zitternd öffnete ich ihn – ich ahnte den Inhalt. Die Herzogin teilte mir mit, daß Eleonora gestorben sei, und bot mir allen Trost der innigsten Freundschaft.

Toledo, der seit langem großen Einfluß auf mich hatte, nutzte ihn diesmal, um meiner Seele den Frieden wiederzugeben. Ich hatte Eleonora sozusagen nicht gekannt; doch sie war meine Frau gewesen, und der Gedanke an sie verband sich mit der Erinnerung an die Wonnen unserer kurzen Ehe. Von meinem Schmerz blieben tiefe Schwermut und Niedergeschlagenheit zurück.

Toledo nahm es auf sich, die Angelegenheiten zu erledigen, derentwegen ich hierhergekommen war, und als er sie abgeschlossen hatte, kehrten wir nach Madrid zurück. Dicht vor den Toren der Hauptstadt hieß er mich absitzen und führte mich auf verschlungenen Pfaden zum Friedhof der Karmeliterinnen. Dort zeigte er mir eine Urne aus schwarzem Marmor, und auf dem Sockel stand geschrieben: Eleonora Avadoro. Ich netzte das Grabmal reichlich mit Tränen und kehrte noch mehrmals zu ihm zurück, bevor ich die Herzogin aufsuchte. Sie war mir deswegen durchaus nicht böse, im Gegenteil: als ich dann das erste Mal zu ihr ging, bekundete sie mir eine Zuneigung, die an Zärtlichkeit grenzte. Schließlich führte sie mich in eines ihrer inneren Gemächer und ließ mich ein Kind in der Wiege sehen. Ich war aufs tiefste bewegt. Ich kniete nieder. Die Herzogin reichte mir ihre Hand und hieß mich aufstehen. Ich küßte die Hand; sie gab mir ein Zeichen, daß ich gehen möge.

Am nächsten Tag begab ich mich zum Minister und mit ihm zum König. Toledo hatte, als er mich nach Neapel schickte, vor allem einen Anlaß schaffen wollen, mir einen Beweis der königlichen Huld zu erwirken. Der König machte mich zum Ritter des Calatravaordens. Diese Auszeichnung setzte mich zwar dem höchsten Adel nicht gleich, aber sie näherte mich ihm beträchtlich. Mein Verhältnis zu Toledo und den beiden Herzoginnen hatte nichts mehr von Untergebenheit an sich; zudem war ich ihr Werk, und es schien ihnen zu gefallen, mich zu höherem Ansehen zu bringen.

Bald darauf gab mir die Herzogin von Avila den Auftrag, für sie eine Angelegenheit im Rat von Kastilien zu verfolgen. Ich nahm sie mit allem Eifer wahr, den man sich nur vorstellen kann, und die Klugheit, die ich dabei bewies, erhöhte noch die Achtung, die meine Gönnerin bereits für mich empfand. Ihr Verhalten zu mir wurde von Tag zu Tag herzlicher. Und hier beginnt das Wunderbare meiner Geschichte.

Seit meiner Rückkehr aus Italien wohnte ich wieder bei

Toledo; doch die frühere Wohnung in der Retrada-Straße war in meiner Obhut geblieben. Ich ließ dort einen Diener namens Ambrosio schlafen. Das Haus gegenüber, also jenes, in dem meine Ehe geschlossen worden war, gehörte der Herzogin. Es war verschlossen und unbewohnt. Eines Morgens kam Ambrosio zu mir und bat mich, ich möge einen anderen in der Retrada-Straße wohnen lassen, einen, der besonders tapfer sei; nach Mitternacht gehe es dort nämlich nicht mit rechten Dingen zu, und auch im Hause gegenüber spuke es.

Ich wollte mir erklären lassen, welcherart die Erscheinungen gewesen seien; Ambrosio gestand mir jedoch, daß er aus Furcht nicht hingesehen habe. Überhaupt sei er entschlossen, nicht mehr in der Retrada-Straße zu schlafen, weder allein noch in Gesellschaft. Diese Worte erregten meine Neugier. Ich entschied mich, es selber zu wagen, und zwar schon in der kommenden Nacht. In dem Hause waren noch ein paar Möbel stehengeblieben. Nach dem Abendessen ging ich hin. Ich ließ einen Diener im Flur schlafen und setzte mich selber in das Zimmer, das nach der Straße zu lag, gerade gegenüber dem früheren Haus Eleonoras. Ich trank ein paar Tassen Kaffee, um nicht einzuschlafen, und hörte eine Glocke Mitternacht schlagen. Ambrosio hatte mir gesagt, daß um diese Zeit der Spuk beginne. Damit die Erscheinung nicht erschreckt werde, löschte ich meine Kerze. Bald sah ich im Hause Eleonoras Licht. Es wanderte von einem Zimmer ins andere und von einer Etage in die andere; wegen der Jalousien konnte ich nicht erkennen, woher das Licht kam. Am nächsten Tag ließ ich von der Herzogin den Schlüssel jenes Hauses holen und betrat es. Ich fand es völlig leer und gewann die Überzeugung, daß es von niemandem bewohnt wurde. Ich zog in jeder Etage eine Jalousie auf und ging fort, um mich anderen Dingen zu widmen.

In der folgenden Nacht bezog ich wieder meinen Posten, und als es Mitternacht schlug, zeigte sich abermals das Licht. Aber mit einemmal erkannte ich, woher es kam. Eine Frau, ganz in Weiß gekleidet und eine Lampe haltend, schritt langsam durch alle Zimmer der ersten Etage, stieg zur zweiten hinauf und verschwand. Sie wurde von der Lampe zu wenig beschienen, als daß ich ihre Züge hätte unterscheiden können, aber an dem blonden Haar erkannte ich Eleonora.

Am nächsten Morgen eilte ich in aller Frühe zur Herzogin. Sie war nicht da. Ich ging zu meinem Kind und bemerkte unter den Frauen, die es umgaben, Aufregung und Unruhe. Zuerst wollte man sich nicht erklären. Schließlich sagte mir die Amme, daß eine Frau, ganz in Weiß gekleidet und eine Lampe haltend, in der Nacht hereingekommen sei; sie habe lange das Kind betrachtet, es gesegnet und sei dann wieder verschwunden.

Inzwischen war auch die Herzogin erschienen. Sie ließ mich rufen und sagte: »Aus mancherlei Gründen möchte ich, daß Ihr Kind nicht länger hierbleibt. Ich habe Anweisung gegeben, daß man das Haus in der Retrada-Straße herrichte: das Kind wird mit seiner Amme und der Frau, die als seine Mutter gilt, dort wohnen. Ich würde Ihnen vorschlagen, sich ebenfalls dort niederzulassen, doch das könnte Unannehmlichkeiten nach sich ziehen.«

Ich erwiderte, daß ich die gegenüberliegende Wohnung behalten und zuweilen dort schlafen wolle.

Man verfuhr nach dem Willen der Herzogin. Ich sorgte dafür, daß für mein Kind das Bett in dem Zimmer bereitet wurde, das auf der Straßenseite lag, und daß man die Jalousien nicht schloß.

Es schlug Mitternacht. Ich setzte mich ans Fenster. In dem Zimmer jenseits der Straße sah ich das schlafende Kind und die Amme, die gleichfalls schlief. Die Frau in Weiß erschien, wiederum eine Lampe haltend. Sie trat an die Wiege, betrachtete lange das Kind und segnete es. Dann kam sie ans Fenster und schaute lange zu meiner Wohnung herüber. Darauf verließ sie das Zimmer, und ich sah Licht in der oberen Etage. Schließlich zeigte sich die Frau auf dem Dach, lief leichtfüßig den First entlang, sprang auf das Dach des Nachbarhauses und entschwand meinen Augen.

Ich gestehe, daß ich verwirrt war. Ich schlief nur wenig, und am nächsten Abend wartete ich mit Ungeduld auf die zwölfte Stunde. Sobald sie schlug, setzte ich mich ans Fenster. Kurz darauf sah ich nicht die Frau in Weiß eintreten, sondern ein zwergähnliches Wesen mit bläulichem Gesicht, einem Holzbein und einer Laterne in der Hand. Der Zwerg trat auf das Kind zu, betrachtete es aufmerksam, ging ans Fenster, setzte sich mit untergeschlagenen Beinen hin und sah lange zu mir herüber. Dann sprang er vom Fenster auf die Straße, oder es sah vielmehr aus, als gleite er sanft hinab, und einen Augenblick später klopfte er an meine Tür. Vom Fenster aus fragte ich ihn, wer er sei. Statt zu antworten, sagte er: »Juan Avadoro, nimm Hut und Degen und folge mir.«

Ich tat, was er verlangte, trat auf die Straße und sah den Zwerg immer ungefähr zwanzig Schritt vor mir her gehen; er hinkte auf seinem Holzbein und zeigte mir den Weg mit der Laterne. Nachdem wir etwa hundert Schritt zurückgelegt hatten, bog er nach links ab und führte mich in jenes öde Viertel, das sich zwischen der Retrada-Straße und dem Manzanares erstreckt. Wir gingen unter einem Torbogen hindurch und traten in einen mit Bäumen bestandenen *patio*. Am Ende des *patio* befand sich eine kleine altertümliche Fassade, die das Portal einer Kapelle zu sein schien. Aus ihm trat die Frau in Weiß hervor. Der Zwerg erhellte mein Gesicht mit seiner Laterne.

»Er ist es«, rief sie, »er, mein Gatte, mein lieber Gatte!«

»Señora«, sagte ich, »ich glaubte, Sie seien gestorben.«

»Ich lebe!«

Und wirklich, sie war es. Ich erkannte sie am Klang ihrer Stimme und mehr noch an der Glut ihrer von Hymenäos geheiligten Leidenschaft. Sie war so lebhaft, daß ich keine Gelegenheit fand, sie über das Merkwürdige unserer Lage zu befragen, und dann hatte ich auch keine Zeit mehr, denn Eleonora entglitt meinen Armen und verlor sich im Dunkel. Der hinkende Zwerg bot mir die Hilfe seiner kleinen Laterne. Ich folgte ihm durch Trümmer und völlig verödete Stadtviertel. Plötzlich erlosch die Laterne. Ich rief nach dem Zwerg, doch er antwortete nicht. Die Nacht war stockdunkel. Ich beschloß, mich auf der Erde auszustrecken und so das Licht des Tages zu erwarten. Ich schlief ein. Als ich erwachte, stand die Sonne schon hoch am Himmel. Ich befand mich nahe einer Urne aus schwarzem Marmor. Auf dem Sockel stand in goldenen Lettern geschrieben: Eleonora Avadoro. Kurz, ich lag neben dem Grab meiner Frau. Nun rief ich mir alle Ereignisse der vergangenen Nacht ins Gedächtnis, und diese Erinnerung machte mich unruhig. Ich hatte mich lange nicht dem Tribunal der Buße genähert. So ging ich denn jetzt zu den Theatinern und verlangte meinen Großonkel, den Pater Gerónimo, zu sprechen. Er war krank. Statt seiner kam ein anderer Beichtvater. Ich fragte ihn, ob es möglich sei, daß Dämonen menschliche Gestalt annehmen.

»Zweifellos«, erwiderte er. »Die Nachtgespenster sind ausdrücklich in der ›*Summa*‹ des heiligen Thomas erwähnt, und das ist ein Fall, in dem nicht jeder Beichtvater Absolution erteilen darf. Wenn ein Mensch lange nicht der Sakramente teilhaftig wurde, gewinnen die Dämonen in gewissem Maße über ihn Gewalt. Sie zeigen sich in Gestalt von Frauen und führen in Versuchung. Wenn du glaubst, mein Sohn, daß du mit Nachtgespenstern zu tun hattest, so wende dich an den Großpönitentiar. Beeile dich, verliere keine Zeit!«

Ich entgegnete, ich hätte etwas höchst Seltsames erlebt, vielleicht aber sei ich auch das Opfer einer Sinnestäuschung geworden. Ich bat darum, meine Beichte unterbrechen zu dürfen.

Von da ging ich zu Toledo. Er sagte mir, er wolle mich zum Mittagessen zur Herzogin von Avila mitnehmen; die Herzogin von Sidonia werde gleichfalls dort sein. Er fand, ich sähe geistesabwesend aus, und fragte mich nach dem Grund. Ich war tatsächlich in Betrachtungen versunken und konnte keinen vernünftigen Gedanken fassen. Auch beim Mahle mit den Herzoginnen war ich traurig; doch sie verbreiteten eine solche Heiterkeit und Toledo erwiderte sie so gut, daß auch ich sie schließlich teilte.

Während wir noch zu Tisch saßen, beobachtete ich, wie sich die anderen mit Zeichen und Lächeln insgeheim verständigten, und ich dachte mir, daß sich das wohl auf mich beziehe. Man erhob sich, und unser Doppelpaar ging diesmal nicht in den Salon, sondern in die inneren Gemächer. Als wir dort angelangt waren, verschloß Toledo die Tür und sagte:

»Edler Ritter des Calatravaordens, knien Sie nieder vor der Herzogin. Sie ist seit mehr als einem Jahr Ihre Frau. Sagen Sie nicht, Sie hätten es geahnt. Die Leute, denen Sie einst Ihre Geschichte erzählen werden, erraten es vielleicht. Aber die große Kunst besteht darin, daß man dem Verdacht gar nicht erst die Möglichkeit gibt, sich zu entwickeln, und gerade das haben wir getan. Freilich, die Geheimnisse des ehrgeizigen Herzogs von Avila haben uns dabei gute Dienste geleistet. Er hatte tatsächlich einen Sohn, den er legitimieren wollte. Dieser Sohn starb, und darauf verlangte er von seiner Tochter, daß sie sich nicht vermähle, damit die Güter der Familie an die Sorriente fielen, die ein Zweig der Avila sind. Der Stolz unserer Herzogin ließ sie gleichfalls wünschen, nie einen Herrn über sich zu haben. Doch nach unserer Rückkehr aus Malta wußte dieser Stolz nicht mehr recht, woran er war, und er lief Gefahr, gänzlich Schiffbruch zu erleiden. Zu ihrem Glück hat die Herzogin von Avila eine Freundin, die auch die Ihre ist, mein lieber Avadoro. Die beiden Damen sprachen sich vertraulich aus, und wir taten uns um so teurer Belange willen zusammen. Wir erfanden eine Eleonora, Tochter des Herzogs und der Infantin, doch diese Eleonora war niemand als die Herzogin selbst, bloß mit einer blonden Perücke und ein wenig gepudert und geschminkt. Aber Sie kamen nicht darauf, Ihre stolze Herrin in dem naiven Zögling der Karmeliterinnen wiederzuerkennen. Ich habe einigen Proben dieser Rolle beigewohnt, und ich kann Ihnen versichern, daß ich mich an Ihrer Stelle ebenso hätte täuschen lassen.

Da die Herzogin sah, daß Sie die glänzendsten Partien ausschlugen, einzig um ihr weiter zu dienen, beschloß sie, Ihre Frau zu werden. Sie sind vor Gott und der Kirche verheiratet, aber Sie sind es keineswegs vor den Menschen – wenigstens würden Sie vergebens nach Beweisen Ihrer Ehe suchen. So wird die Herzogin dem Gelübde, das sie getan hat, nicht untreu.

Sie schlossen also den Bund der Ehe, und die Folge davon war, daß die Herzogin ein paar Monate auf ihren Gütern verbringen mußte, um sich den Blicken der Neugierigen zu entziehen. Busqueros war eben in Madrid eingetroffen. Ich setzte ihn auf Ihre Fährte, und unter dem Vorwand, daß wir den Schnüffler irreführen müßten, ließen wir Eleonora aufs Land reisen. Später hielten wir es für angebracht, Sie nach Neapel zu schicken, denn wir wußten nicht mehr, was wir Ihnen über Eleonora sagen sollten, und die Herzogin wollte sich Ihnen erst zu erkennen geben, wenn ein lebendes Pfand Ihrer Liebe Ihnen neue Rechte verleihen würde.

Hier, mein lieber Avadoro, flehe ich um Vergebung: ich stieß Ihnen den Dolch ins Herz, als ich Ihnen den Tod einer Person mitteilte, die nie gelebt hat. Doch Ihr Schmerz war nicht vergebens: es rührte die Herzogin, als sie sah, daß sie in zwei so verschiedenen Gestalten so vollkommen geliebt wird. Seit einer Woche brennt sie darauf, sich zu erklären. Und hier bin ich wieder der Schuldige: ich bestand darauf, Eleonora zuerst aus jener Welt zurückkehren zu lassen. Die Herzogin war so freundlich, die Frau in Weiß zu spielen, doch nicht sie lief so leichtfüßig über den Dachfirst: diese Eleonora war nur ein kleiner Savoyarde, ein Schornsteinfeger.

Derselbe Schlingel kam in der folgenden Nacht, als hinkender Teufel verkleidet. Er setzte sich auf das Fensterbrett und ließ sich an einer Leine, die man vorher befestigt hatte, auf die Straße gleiten. Ich weiß nicht, was im *patio* des früheren Karmeliterklosters geschah; doch heute morgen ließ ich Sie beobachten, und man berichtete mir, Sie hätten lange im Beichtstuhl gekniet. Ich habe gar nicht gern mit der Kirche zu tun, und ich fürchtete die Folgen eines Scherzes, den man zu weit treiben würde. So widersetzte ich mich denn nicht länger dem Wunsche der Herzogin, und wir beschlossen, daß Sie die Erklärung heute vernehmen sollten.«

So etwa sprach der liebenswürdige Toledo. Doch ich hörte kaum zu: ich lag zu Füßen Manuelas. Eine reizende Verlegenheit malte sich in ihren Zügen. Ich las daraus, daß sie sich ganz besiegt gab. Mein Sieg hatte stets nur zwei Zeugen – er war mir darum nicht weniger teuer.

So wurde mir der größte Erfolg in der Liebe, in der Freundschaft, ja selbst in der Eigenliebe zuteil. Welch ein Augenblick für einen jungen Menschen!

Als der Zigeuner in seiner Geschichte hier angelangt war, meldete man ihm, daß die Angelegenheiten der Truppe seine Gegenwart erforderten, und er verließ uns. Ich wandte mich zu Rebekka und bemerkte, wir hätten eine Erzählung von außergewöhnlichen Erlebnissen vernommen, die dennoch alle auf natürliche Weise erklärt worden seien.

»Sie haben recht«, erwiderte sie, »vielleicht lassen sich die Ihren ebenso erklären.«

Siebenundfünfzigster Tag

Wir erwarteten irgendwelche bedeutsamen Ereignisse. Der Zigeuner hatte in verschiedenen Richtungen Boten ausgesandt und harrte ungeduldig ihrer Rückkehr. Wenn wir ihn fragten, wann wir denn aufbrechen würden, zuckte er mit den Schultern und entgegnete, daß er den Augenblick nicht genau bestimmen könne. Der Aufenthalt in den Bergen begann mich bereits zu langweilen; ich wäre froh gewesen, recht bald zu meinem Regiment zu stoßen, aber ich mußte, sehr entgegen meinen Wünschen, noch einige Zeit bleiben. Die Tage vergingen uns zwar ziemlich eintönig, die Abende hingegen verliefen dank der Gegenwart des Hauptmanns, an dem ich immer wieder neue Vorzüge entdeckte, recht angenehm. Ich war neugierig auf seine weiteren Erlebnisse und bat ihn diesmal selber, er möge unsere Neugier befriedigen, was er auch tat, indem er also sprach:

Fortsetzung der Geschichte des Zigeunerhauptmanns

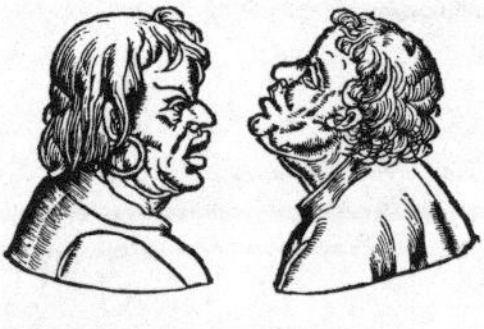

Sie erinnern sich an das Mahl mit der Herzogin von Avila, der Herzogin von Sidonia und meinem Freund Toledo. Ich hatte, wie gesagt, erst damals erfahren, daß die stolze Manuela meine Gattin war. Die Wagen warteten auf uns, wir fuhren zum Schloß Sorriente. Dort harrte meiner eine neue Überraschung: dieselbe Dueña, die mit der falschen Eleonora in der Retrada-Straße gewohnt hatte, präsentierte mir die kleine Manuela. Die Dueña hieß Rosalba und galt als Mutter des Kindes.

Sorriente liegt an den Ufern des Tajo, in einer der bezauberndsten Gegenden der Welt. Doch die Reize der Natur beeindruckten mich nur kurze Zeit. Väterliche Gefühle, Liebe, Freundschaft, zartes Vertrauen, ein aufmerksames, entgegenkommendes Verhalten der Menschen zueinander – das machte jeden Tag von neuem angenehm. Was wir in diesem kurzen Leben das Glück nennen, es erfüllte alle meine Stunden. Soweit ich mich entsinnen kann, dauerte dieser Zustand sechs Wochen. Dann mußten wir zurück nach Madrid. Am späten Abend kamen wir in der Hauptstadt an. Ich begleitete die Herzogin in ihren Palast und führte sie die Treppe hinauf. Sie war sehr bewegt.

»Don Juan«, wandte sie sich an mich, »in Sorriente waren Sie der Gemahl Manuelas, in Madrid aber sind Sie noch der Witwer Eleonoras.«

Kaum hatte sie diese Worte gesprochen, so erspähte ich einen Schatten, der hinter dem Treppengeländer vorüberhuschte. Ich packte den Menschen am Kragen und führte ihn ins Licht. Dort erkannte ich Busqueros. Ich wollte ihm schon den Lohn für sein Spionieren verabreichen, als ein einziger Blick der Herzogin mich innehalten hieß. Dieser Blick war Busqueros nicht entgangen. Er nahm die übliche freche Haltung an und sagte: »Doña, ich konnte der Verlockung nicht widerstehen, den Zauber Ihrer Person wenigstens einen Augenblick zu bewundern, und gewiß hätte mich niemand in meinem Schlupfwinkel entdeckt, wenn nicht der Glanz Ihrer sonnengleichen Schönheit diese Treppe erhellt hätte.«

Nach dieser Artigkeit verneigte sich Busqueros tief und ging.

»Ich fürchte«, sprach die Herzogin, »meine Worte könnten zu den neugierigen Ohren dieses Nichtswürdigen gedrungen sein. Gehen Sie, Don Juan, sprechen Sie mit ihm und versuchen Sie, ihm abwegige Vermutungen aus dem Sinn zu schlagen.«

Der Fall schien die Herzogin stark zu beunruhigen. Ich verließ sie und traf Busqueros auf der Straße.

»Verehrtester Stiefsohn«, wandte er sich an mich, »du hättest mich ja vorhin beinahe verprügelt, was zweifellos sehr zu deinem Nachteil ausgegangen wäre. Erstens hättest du mir die Achtung versagt, die du mir als dem Gemahl deiner einstigen Stiefmutter schuldest; zweitens sollst du wissen, daß ich nicht mehr der Laufjunge bin, als den du mich früher gekannt hast. Seit jener Zeit bin ich höher gerückt, und im Ministerium, ja selbst bei Hofe hat man meine Fähigkeiten erkannt. Der Herzog von Arcos ist von seinem Botschafterposten zurückgekehrt und steht in Gunst. Frau Uscariz, seine frühere Geliebte, ist verwitwet und lebt in enger Freundschaft mit meiner Gemahlin. So tragen wir denn die Nasen hoch und fürchten niemanden. Aber sag einmal, mein lieber Stiefsohn, worüber hat denn die Herzogin mit dir gesprochen? Daß ich euch belauschte, hat euch ja einen tüchtigen Schrecken eingejagt. Ich will dir sagen, daß wir weder die Avilas noch die Sidonias oder gar deinen verhätschelten Toledo sehr leiden mögen. Frau Uscariz kann ihm nicht verzeihen, daß er sie verlassen hat. Ich verstehe nicht, weshalb ihr alle nach Sorriente gefahren seid. Man hat sich während eurer Abwesenheit eifrig mit euch beschäftigt, aber ihr wißt nichts davon, ihr seid unschuldig wie die neugeborenen Kinder. Der Marqués von Medina, der seine Herkunft von den Sidonias ableitet, verlangt für seinen Sohn den Herzogstitel und die Hand der jungen Herzogin. Die Kleine zählt zwar noch nicht einmal elf Jahre, doch das schadet nichts. Der Marqués ist seit langem mit dem Herzog von Arcos befreundet, der seinerseits beim Kardinal Portocarrero in Gunst steht. Dieser aber ist bei Hofe allmächtig, und es wird sich schon irgendwie machen lassen. Das kannst du der Herzogin versichern. Warte noch, verehrtester Stiefsohn! Glaube nicht, daß ich in dir den kleinen Bettler vom Portal der St.-Rochus-Kirche nicht erkannt habe. Damals hattest du Scherereien mit der Heiligen Inquisition; ich aber bin nicht neugierig auf Dinge, die mit diesem Tribunal zusammenhängen. Ich empfehle mich – auf Wiedersehen!«

Busqueros ging, und ich wußte nun, daß er immer noch derselbe aufdringliche Naseweis war, mit dem Unterschied freilich, daß er jetzt seine Fähigkeiten in den höheren Kreisen verwertete.

Am nächsten Tage aß ich zu Mittag mit der Herzogin von Avila, der Herzogin von Sidonia und Toledo. Ich berichtete ihnen von meinem Gespräch mit Busqueros. Die Sache beeindruckte meine Zuhörer mehr, als ich es vermutet hatte. Toledo, der nicht mehr so schön war und auch nicht mehr mit der früheren Begeisterung den Damen den Hof machte, hätte gern etwas zur Befriedigung seines Ehrgeizes getan, doch zum Unglück hatte der Graf Oropesa, der Minister, auf den er rechnete, den Dienst verlassen. Deshalb grübelte er nach, welcher andere Weg einzuschlagen sei. Er war über die Rückkehr des Herzogs von Arcos und die Gunst, die dieser beim Kardinal genoß, keineswegs erfreut.

Die Herzogin von Sidonia schien mit Schaudern den Augenblick zu erwarten, da sie Empfängerin der Leibrente würde. Die Herzogin von Avila hingegen nahm, sooft vom Hof oder von dessen Gunst die Rede war, eine noch stolzere Haltung an als gewöhnlich. Bei ähnlichen Gelegenheiten erkannte ich deutlich, daß die Standesungleichheit selbst unter so vertrauten Freunden spürbar bleibt.

Als wir wenige Tage später bei der Herzogin von Sidonia speisten, meldete uns ein Kavalier aus dem Gefolge des Herzogs von Velásquez den Besuch seines Herrn. Don Carlos Velásquez stand damals in der Blüte seiner Jahre. Er war ein schöner Mann, stets in französischer Kleidung, die er nicht zugunsten der spanischen ablegen mochte, weil er durch sie vorteilhaft von der Menge abstach. Seine Redseligkeit unterschied ihn ebenfalls von den Spaniern, die wenig sprechen und sicherlich deshalb ihre Zuflucht zur Zigarre und zur Gitarre nehmen. Velásquez konnte im Gegensatz zu ihnen frei von einem Thema zum anderen wechseln und fand stets Gelegenheit, unseren Damen ein Kompliment zu machen.

Ohne Zweifel besaß Toledo mehr Verstand, doch der Verstand offenbart sich nur hin und wieder, die Redseligkeit dagegen ist unerschöpflich. Velásquez' Geplauder fand Anklang, er selber merkte, daß er die Zuhörer für sich einnahm. Er wandte sich nun mit ausgelassener Heiterkeit an die Herzogin von Sidonia und sagte: »In der Tat, ich muß gestehen, daß es nichts Eigenartigeres und Entzückenderes gäbe!«

»Als was?« fragte die Herzogin.

»So ist es, Señora«, erwiderte Velásquez, »Schönheit und Jugend besitzen Sie mit vielen anderen Frauen gemeinsam, doch Sie werden ohne Zweifel die jüngste und schönste aller Schwiegermütter sein.«

Die Herzogin hatte bis dahin noch nie darüber nachgedacht. Sie war achtundzwanzig Jahre alt; wer als sehr junge Frau gelten wollte, mußte jünger sein als sie; doch hier bot sich ein Mittel, sich jünger zu machen.

»Glauben Sie mir, Señora«, fuhr Velásquez fort, »ich spreche die lauterste Wahrheit. Der König hat mir aufgetragen, Sie für den jungen Marqués von Medina um die Hand Ihrer Tochter zu bitten. Seine Majestät wünscht sehr, daß Ihr vornehmes Geschlecht nicht erlischt. Alle Granden teilen diese Besorgnis. Und was Sie betrifft, Señora – was könnte bezaubernder sein, als Sie Ihre Tochter zum Altar geleiten sehen. Die allgemeine Aufmerksamkeit wird sich teilen müssen. An Ihrer Stelle würde ich in einem Kleid erscheinen, das dem Ihrer Tochter vollkommen ähnlich wäre, und zwar in weißem, silberbesticktem Atlas. Den Stoff würde ich, wenn ich raten darf, aus Paris kommen lassen; dazu werde ich Ihnen die vornehmsten Modehäuser empfehlen. Ich habe auch schon zugesagt, den kleinen Bräutigam einzukleiden, und zwar nach französischer Mode, mit hellblonder Perücke. Leben Sie wohl, meine Damen, Portocarrero will mich mit Botschaften betrauen; ich wünschte, es wären immer so angenehme.«

Während Velásquez dies sagte, warf er beiden Damen Blicke zu, mit denen er jeder zu verstehen geben wollte, daß sie auf ihn einen größeren Eindruck als die Nachbarin gemacht habe; er verneigte sich etliche Male, führte eine elegante Wendung aus und ging. Damals nannte man dies in Frankreich das weltmännische Benehmen.

Als der Herzog von Velásquez gegangen war, blieb es lange still. Die Frauen dachten über silberbestickte Kleider nach, Toledo hingegen wandte seine Aufmerksamkeit den gegenwärtigen Angelegenheiten des Landes zu und rief: »Ist es denn möglich! Will er nicht andere Männer verwenden als solche Arcos und Velásquez, die leichtsinnigsten Menschen in ganz Spanien? Wenn die französische Partei die Dinge so betrachtet, wird man sich an Österreich wenden müssen.«

In der Tat begab sich Toledo sogleich zum Grafen Harrach, der damals kaiserlicher Botschafter in Madrid war. Die Damen fuhren in den Prado, und ich ritt ihnen nach.

Bald begegneten wir einer prächtigen Kutsche, in der sich die Damen Uscariz und Busqueros breitmachten. Der Herzog von Arcos ritt nebenher. Busqueros, der dem Herzog nacheilte, hatte am gleichen Tage den Calatravaorden erhalten und trug ihn auf der Brust. Bei diesem Anblick erstarrte ich; ich besaß den gleichen Orden und glaubte, ihn als Lohn für meine Verdienste erhalten zu haben, vor allem aber für mein rechtschaffenes Handeln, durch das ich vornehme und einflußreiche Freunde gewonnen hatte. Ich muß gestehen, daß es mich völlig verwirrte, als ich nun dieses Kreuz auf der Brust des Menschen sah, den ich am meisten verachtete. Ich blieb an der Stelle, wo ich der Kutsche der Frau Uscariz begegnet war, wie angewurzelt stehen. Als Busqueros den Prado umritten hatte und mich noch am gleichen Platz sah, näherte er sich mir und sagte in vertraulichem Ton: »Da siehst du, mein Freund, daß verschiedene Wege zum gleichen Ziel führen. Ich bin wie du Ritter des Calatravaordens.«

Ich war im höchsten Grade empört.

»Zugegeben«, antwortete ich, »doch ob Sie nun Ritter sind oder nicht, verehrtester Busqueros: ich warne Sie. Wenn ich Sie in einem der Häuser, in denen ich verkehre, herumspionieren sehe, werde ich Sie wie den gemeinsten Schuft traktieren.«

Busqueros nahm die sanfteste Miene an, über die er verfügte, und sagte: »Lieber Stiefsohn, deine Worte verlangen gewisse Erklärungen, aber ich kann dir beim besten Willen nicht böse sein – ich bin und bleibe stets dein Freund. Um es dir zu beweisen, möchte ich mit dir einige höchst wichtige Dinge besprechen, die dich und vor allem die Herzogin von Avila angehen. Wenn du neugierig bist und mich anhören willst, so übergib dein Pferd dem Stallmeister und komm mit in die Konditorei.«

Da ich neugierig war und um den Frieden eines meinem Herzen teuren Menschen bangte, ließ ich mich überreden. Busqueros bestellte einige Erfrischungen und begann über Dinge zu sprechen, die miteinander nicht den geringsten Zusammenhang hatten. Wir waren allein, bald aber traten einige Offiziere der Wallonischen Garde in die Konditorei. Sie setzten sich und ließen sich Schokolade bringen.

Busqueros beugte sich zu mir und sagte leise: »Lieber Freund, du warst ein bißchen ärgerlich, weil ich mich, wie du meintest, bei der Herzogin von Avila eingeschlichen hatte. Aber ich schnappte dort ein paar Worte auf, die mir nicht aus dem Kopf gehen.«

An dieser Stelle begann Busqueros schallend zu lachen und blickte zu den wallonischen Offizieren hinüber, dann fuhr er fort: »Lieber Stiefsohn, die Herzogin sagte zu dir: ›Dort Gemahl Manuelas, hier Witwer Eleonoras.‹«

Bei diesen Worten brach Busqueros wiederum in ein dröhnendes Gelächter aus, wobei er unablässig zu den wallonischen Offizieren hinübersah. Das gleiche Spiel wiederholte er etliche Male. Die Wallonen erhoben sich, traten in einen Winkel und sprachen etwas über uns. Mit einemmal sprang Busqueros auf und lief ohne ein weiteres Wort hinaus. Die Wallonen kamen an meinen Tisch, einer von ihnen wandte sich mit großer Höflichkeit an mich und sagte: »Meine Gefährten und ich würden uns freuen, zu erfahren, was Ihr Begleiter an uns so außerordentlich Lächerliches wahrgenommen hat.«

»Señor Caballero«, entgegnete ich, »diese Frage ist sehr berechtigt. Mein Begleiter hat in der Tat laut gelacht, doch ich weiß selbst nicht, aus welchem Grunde. Ich kann Ihnen freilich versichern, daß unser Gespräch sich absolut nicht auf Sie und Ihre Gefährten bezog, sondern daß es sich um Familiendinge handelte, an denen übrigens ganz und gar nichts Lächerliches zu finden war.«

»Señor Caballero«, erwiderte der wallonische Offizier, »ich gestehe, daß mich Ihre Antwort nicht ganz befriedigt, obwohl sie mir zweifellos Ehre widerfahren läßt. Ich werde sie meinen Gefährten mitteilen.«

Die Wallonen schienen sich untereinander zu beraten und die Meinung des Offiziers, der mit mir gesprochen hatte, nicht zu teilen. Nach einer Weile trat er wieder zu mir und sagte: »Señor Caballero, meine Gefährten und ich, wir konnten uns über die Schlüsse, die wir aus der von Ihnen gütigst gegebenen Erklärung ziehen sollen, nicht einigen. Meine Gefährten halten dafür, wir sollten uns mit ihr zufriedengeben. Leider bin ich entgegengesetzter Meinung, und das betrübt mich so sehr, daß ich, um den Ausbruch eines Streites zu verhindern, jedem einzelnen von ihnen Genugtuung angeboten habe. Was nun Sie betrifft, Señor Caballero, so gebe ich zu, daß ich mich eigentlich an Señor Busqueros wenden müßte, doch ich darf sagen, daß der Ruf, den dieser genießt, mir im Zweikampf keine Ehre verspricht. Andrerseits, Señor, befanden Sie sich mit Don Busqueros zusammen, und Sie haben sogar, als dieser lachte, uns fixiert. Daher glaube ich, daß es richtig sein wird, wenn wir, ohne dieser Angelegenheit große Bedeutung beizumessen, unsere Erklärungen mit dem Degen abschließen, den jeder von uns an seiner Seite trägt.«

Die Gefährten des Hauptmanns wollten ihn noch überzeugen, daß es keinen Grund gebe, sich zu schlagen – weder mit ihnen noch mit mir. Doch sie wußten, mit wem sie es zu tun hatten; sie gaben ihre Bemühungen auf, und einer von ihnen erbot sich, mein Sekundant zu sein.

Wir begaben uns alle auf den Kampfplatz. Ich verwundete den Hauptmann leicht, empfing aber im gleichen Augenblick einen Stoß in die rechte Brust; es war wie ein Nadelstich. Bald befiel mich ein tödlicher Schauer, und ich sank besinnungslos zu Boden.

Als der Zigeuner in seiner Geschichte hier angelangt war, wurde er unterbrochen und mußte gehen, um sich mit den Angelegenheiten seiner Truppe zu befassen.

Der Kabbalist wandte sich an mich und sagte: »Wenn ich recht vermute, war der Offizier, der den Señor Avadoro verwundet hat, Ihr Vater.«

»Sie irren sich keineswegs«, entgegnete ich. »Die Chronik der Zweikämpfe, die mein Vater verfaßte, erwähnt auch diesen, und mein Vater bemerkt dazu, er habe sich, weil er einen unnötigen Streit mit den Offizieren scheute, die seine Meinung nicht teilten, am selben Tage mit dreien geschlagen und sie verwundet.«

»Señor Hauptmann«, meinte Rebekka, »Ihr Vater lieferte den Beweis einer außerordentlichen Umsicht. Die Scheu vor einem unnötigen Streit veranlaßte ihn, sich an einem Tage viermal zu duellieren.«

Der Scherz, den sich Rebekka in bezug auf meinen Vater erlaubte, mißfiel mir sehr, und ich wollte ihr schon entgegnen, doch da zerstreute sich die Gesellschaft, und sie kam erst am nächsten Tage wieder zusammen.

Achtundfünfzigster Tag

Am nächsten Abend fuhr der Zigeuner fort, indem er also sprach:

Fortsetzung der Geschichte des Zigeunerhauptmanns

Ich kam wieder zur Besinnung und bemerkte, daß ich an beiden Armen zur Ader gelassen wurde. Wie durch einen Nebel erkannte ich die Herzogin von Avila, die Herzogin von Sidonia und Toledo; alle drei hatten Tränen in den Augen. Von neuem verlor ich das Bewußtsein. Sechs Wochen lang befand ich mich in einem Zustand, ähnlich einem ununterbrochenen Schlafe, ja sogar dem Tode. Da man um mein Augenlicht bangte, blieben die Fensterläden ständig geschlossen, und wenn meine Wunde behandelt wurde, verband man mir vorher die Augen. Endlich durfte ich sehen und sprechen. Mein Arzt brachte mir zwei Briefe. Den ersten schickte mir Toledo; er teilte mir mit, daß er nach Wien gereist sei – ich erfuhr freilich nicht, mit was für Aufträgen. Der zweite kam von der Herzogin von Avila, war jedoch nicht von ihrer Hand geschrieben. Sie ließ mich wissen, daß man in der Retrada-Straße herumspioniere und daß man sogar angefangen habe, sie in ihrem eigenen Hause zu bespitzeln. Verärgert war sie schließlich auf ihre Güter oder, wie man in Spanien sagt, in ihre Länder gereist. Als ich beide Briefe gelesen hatte, befahl der Arzt, die Fensterläden wieder zu schließen, und überließ mich meinen Gedanken. Diesmal fing ich tatsächlich an, mir alles recht gründlich zu überlegen. Bisher war mir das Leben als ein blumenbestreuter Pfad erschienen; erst jetzt bekam ich die Dornen zu spüren.

Nach weiteren vierzehn Tagen wurde mir gestattet, in den Prado zu fahren. Ich stieg aus und wollte ein wenig spazieren, aber ich fühlte mich zu schwach und mußte mich auf eine Bank setzen. Wenig später trat der wallonische Offizier, der mir als Sekundant gedient hatte, auf mich zu. Er berichtete mir, mein Gegner sei während der ganzen Zeit, da ich in Gefahr schwebte, furchtbar verzweifelt gewesen und er flehe um die Erlaubnis, mich zu umarmen. Ich war einverstanden, mein Gegner fiel vor mir nieder, drückte mich an sein Herz, und bevor er ging, sagte er mit tränenerstickter Stimme: »Señor Avadoro, geben Sie mir Gelegenheit, mich für Sie zu duellieren. Das wird der schönste Tag meines Lebens sein.«

Bald danach erblickte ich Busqueros, der sich mir mit seiner gewohnten Frechheit näherte. Er sagte: »Lieber Stiefsohn, du hast eine etwas allzu strenge Lehre erhalten. Zwar hätte ich sie dir erteilen sollen, aber mir wäre es sicher nicht so gut gelungen.«

»Teurer Stiefvater«, antwortete ich, »ich beklage mich durchaus nicht über die Wunde, die mir der tapfere Offizier zugefügt hat. Ich trage gleichfalls einen Degen, und zwar deshalb, weil ich weiß, daß mir solches widerfahren kann. Was jedoch Ihren Beitrag anbelangt, so meine ich, daß man ihn mit einer tüchtigen Tracht Prügel quittieren müßte.«

»Langsam, lieber Stiefsohn«, unterbrach Busqueros, »aus einem Angebot von Prügeln braucht man an sich keine Konsequenzen zu ziehen; im gegenwärtigen Augenblick überschreitet es freilich die Grenzen der Höflichkeit. Seit wir uns trennten, bin ich ein wichtiger Mann geworden, sozusagen Vizeminister zweiter Ordnung. Ich muß es dir mit gewissen Einzelheiten erzählen.

Seine Eminenz der Kardinal Portocarrero geruhte, da er mich etliche Male im Gefolge des Herzogs von Arcos sah, mir mit besonderer Huld zuzulächeln. Dies erkühnte mich, ihm an den Audienztagen meine Aufwartung zu machen. Eines Tages trat Seine Eminenz zu mir und sagte leise: ›Ich weiß, lieber Busqueros, Sie gehören zu jenen Leuten, die am besten wissen, was in der Stadt geschieht.‹

Daraufhin antwortete ich mit erstaunlicher Geistesgegenwart: ›Eure Eminenz, die Venezianer, denen man nachsagt, daß sie ihr Land nicht schlecht verwalten, bringen jedem Manne, der sich mit Staatsangelegenheiten beschäftigen will, neben allen anderen unerläßlichen Kenntnissen auch diese bei.‹

›Und sie tun recht daran‹, fuhr der Kardinal fort; dann sprach er noch mit einigen Personen und ging. Eine Viertelstunde später kam der Hofmarschall und sagte zu mir: ›Señor Busqueros, Seine Eminenz trug mir auf, Sie zum Mittagessen zu bitten, und wie mir scheint, will er auch danach mit Ihnen sprechen. Sie müssen jedoch wissen, Señor, daß Sie in diesem Falle die Unterhaltung nicht allzusehr ausdehnen dürfen; Seine Eminenz ißt viel und kann sich danach des Schlafes nicht erwehren.‹

Ich dankte dem Marschall für seinen freundlichen Rat und blieb zusammen mit mehr als einem Dutzend Tafelgenossen zum Essen.

Der Kardinal aß allein fast einen ganzen Hecht. Nach dem Mahle ließ er mich in sein Kabinett rufen.

›Nun, wie ist es, Señor Don Busqueros‹, sprach er, ›haben Sie in diesen Tagen nicht etwas Interessantes erfahren?‹

Die Frage des Kardinals machte mich sehr verlegen, denn ich hatte weder an diesem Tage noch an den vorhergehenden irgend etwas Interessantes entdeckt. Nachdem ich aber einen Augenblick nachgedacht hatte, antwortete ich: ›Eure Eminenz, in diesen Tagen erfuhr ich von der Existenz eines Kindes österreichischen Bluts.‹

Der Kardinal war außerordentlich verwundert.

›So ist es‹, fuhr ich fort, ›Eure Eminenz erinnern sich, daß der Herzog von Avila mit der Infantin Beatrice ein Verhältnis hatte. Aus dieser Verbindung ist eine Tochter namens Eleonora hervorgegangen, die geheiratet und ein Kind zur Welt gebracht hat. Eleonora starb, sie wurde im Kloster der Ursulinerinnen beigesetzt. Ich habe ihr Grabmal gesehen, das später spurlos verschwunden ist.‹

›Das dürfte den Avila und Sorriente sehr schaden‹, sprach der Kardinal.

Seine Eminenz hätte vielleicht noch mehr gesagt, doch der Hecht beschleunigte das Bedürfnis nach der Mittagsruhe, und so hielt ich es für schicklich, mich zu entfernen. Das geschah vor drei Wochen. In der Tat, lieber Stiefsohn, dort, wo ich es ursprünglich gesehen hatte, ist kein Grabmal mehr. Dabei hatte ich doch deutlich gelesen: ›Hier liegt Eleonora Avadoro.‹ Ich habe darauf verzichtet, dich vor Seiner Eminenz zu erwähnen, nicht etwa, weil ich dein Geheimnis bewahren wollte – nein, ich verschob die Mitteilung nur auf später.«

Der Arzt, der mich auf meinem Spaziergang begleitete, stand ein paar Schritte abseits. Plötzlich sah er, daß ich blaß wurde und nahe daran war, das Bewußtsein zu verlieren. Er sagte zu Busqueros, daß ihn seine Pflicht zwinge, die Unterhaltung abzubrechen und mich nach Hause zu geleiten. So verließ ich den Prado. Der Arzt verschrieb mir kühlende Getränke und ließ die Fensterläden schließen. Ich dachte über alles nach; manche Betrachtungen demütigten mich im höchsten Grade.

So ist es nun einmal, sagte ich mir, so geht es jenen, die mit Höherstehenden Umgang suchen. Die Herzogin schließt mit mir eine Ehe, die nichts Reales an sich hat, und wegen einer erdachten Eleonora gerate ich bei der Regierung in

Verdacht und muß mir den Klatsch eines Menschen anhören, den ich verachte. Andrerseits kann ich mich nicht rechtfertigen, ohne die Herzogin zu verraten, die allzu stolz ist, als daß sie sich jemals zu mir bekennen würde.

Dann träumte ich von der kleinen zweijährigen Manuela, die ich in Sorriente an meine Brust gedrückt hatte und die ich nicht einmal meine Tochter nennen durfte. »Mein geliebtes Kind«, rief ich, »welch eine Zukunft steht dir bevor? Vielleicht das Kloster? Aber nein, ich bin dein Vater, und wenn es um dein Schicksal geht, bin ich imstande, mich über alle menschlichen Rücksichten hinwegzusetzen. Ich will dein Beschützer sein, und müßte ich es mit dem eigenen Leben bezahlen.«

Der Gedanke an mein Kind rührte mich, ich vergoß Tränen und gleich danach Blut: meine Wunde hatte sich geöffnet. Ich rief nach dem Chirurgen, wurde neu verbunden, schrieb dann einen Brief an die Herzogin und gab ihn einem ihrer Dienstboten, die sie bei mir gelassen hatte, zur Bestellung.

Zwei Tage später fuhr ich wiederum in den Prado. Rings um mich bemerkte ich einen ungewöhnlichen Aufruhr. Man sagte mir, der König liege im Sterben. Daraus schloß ich, daß man vielleicht meine Angelegenheit vergessen werde, und ich täuschte mich nicht. Am nächsten Tage starb der König. Sogleich schickte ich einen zweiten Boten aus, um die Herzogin davon zu benachrichtigen.

Nach zwei Tagen wurde das königliche Testament öffentlich verlesen; es stellte sich heraus, daß Don Philipp von Anjou als Thronfolger bestimmt war. Man hatte es verstanden, das Geheimnis streng zu wahren, und so setzte diese Nachricht, die sich in Windeseile verbreitete, alle in Erstaunen. Ich schickte einen dritten Boten zur Herzogin. Sie antwortete mir gleichzeitig auf alle drei Briefe und bat mich, zu einer Begegnung mit ihr nach Sorriente zu reisen. Sobald ich mich ein wenig bei Kräften fühlte, eilte ich dorthin; die Herzogin traf zwei Tage später ein.

»Wir sind glücklich noch einmal davongekommen«, sagte

sie. »Dieser Halunke Busqueros war schon auf dem richtigen Wege, und er hätte unsere Ehe früher oder später unweigerlich entdeckt. Ich wäre vor Kummer gestorben. Ich fühle wohl, daß ich unrecht habe, doch wenn ich die Ehe verachte, so ist mir, als wäre ich über unser Geschlecht und sogar über das eure erhaben. Ein unseliger Stolz hat von meiner Seele Besitz ergriffen, und ich schwöre, daß ich nicht nachgebe, selbst wenn mich die Überwindung alle meine Kräfte kosten sollte.«

»Und deine Tochter?« unterbrach ich sie. »Was soll aus ihr werden? Soll ich sie denn niemals wiedersehen?«

»Du wirst sie sehen«, sprach die Herzogin, »jetzt aber erwähne sie nicht. Glaube mir, die Notwendigkeit, sie vor der Welt zu verbergen, bereitet mir größeren Schmerz, als du dir vorstellen kannst.«

Die Herzogin empfand wirklich Schmerz; zu dem, was ich litt, fügte sie freilich noch die Demütigung hinzu. Auch meine Liebe verband sich mit Hochmut, und für diese Sünde empfing ich nun den verdienten Lohn.

Die österreichische Partei hatte Sorriente zum Ort einer allgemeinen Zusammenkunft gewählt. Ich sah der Reihe nach die Ankunft des Grafen Oropesa, des Herzogs von Infantado, des Grafen Melzar und vieler anderen hervorragenden Persönlichkeiten, so daß ich jene gar nicht erst zu nennen brauche, die mir nicht nur weniger vornehm, sondern sogar verdächtig erschienen. Unter den letzteren bemerkte ich einen gewissen Uceda, der als Astrologe auftrat und sich eifrig um meine Freundschaft bemühte.

Schließlich kam noch ein Österreicher namens Berlepsch, Günstling der Königinwitwe und Vertreter des Botschafters seit der Abreise des Grafen Harrach.

An mehreren Tagen fanden Beratungen statt, und zum Schluß hielt man eine feierliche Sitzung an einem großen, mit grünem Tuch bespannten Tisch. Man ließ die Herzogin teilnehmen, und ich konnte mich überzeugen, daß der Stolz oder, besser gesagt, das Verlangen, sich in die Staatsangelegenheiten einzumischen, von ihren Sinnen ganz und gar Besitz ergriffen hatte.

Der Graf Oropesa wandte sich an Berlepsch und sagte: »Señor, Sie sehen hier die Personen versammelt, mit denen der letzte österreichische Botschafter über die spanischen Angelegenheiten beraten hat. Wir sind weder Franzosen noch Österreicher, sondern Spanier. Wenn der französische König das Testament annimmt, wird sein Enkel ohne Zweifel unser König werden. Wir können nicht voraussehen, welche Ereignisse sich aus diesen Umständen entwickeln werden, doch ich kann Ihnen versichern, daß niemand von uns einen Bürgerkrieg vom Zaune brechen wird.«

Berlepsch versicherte, ganz Europa werde sich rüsten, und es werde niemals dulden, daß das Geschlecht der Bourbonen die Herrschaft über so ausgedehnte Länder übernimmt. Dann verlangte er von den zur österreichischen Partei gehörenden Herren, daß sie ihren Bevollmächtigten nach Wien entsenden. Der Graf Oropesa richtete seine Blicke auf mich, ich dachte schon, er würde mich vorschlagen, doch dann wurde er nachdenklich und erwiderte, die Zeit für einen so entscheidenden Schritt sei noch nicht gekommen.

Berlepsch erklärte, er werde jemanden im Lande belassen; er hatte mit Leichtigkeit gemerkt, daß die Herren, die hier zusammengekommen waren, nur auf den günstigen Augenblick zu einem offenen Vorgehen warteten.

Nach der Sitzung ging ich in den Park, um mich mit der Herzogin zu treffen, und erzählte ihr, wie Graf Oropesa mich angeblickt hatte, als es darum ging, einen Bevollmächtigten nach Österreich zu entsenden.

»Señor Don Juan«, sagte sie, »ich gestehe, daß ich mit ihm schon über Sie gesprochen und daß ich Sie selber vorgeschlagen habe. Sie möchten mir sicherlich meine Handlungsweise zum Vorwurf machen. Freilich, ich bin schuldig, aber ehe Sie urteilen, will ich Ihnen meine Situation erläutern. Ich war nicht zur Liebe geschaffen; Ihr Gefühl aber vermochte mein Herz zu rühren. Bevor ich den Wonnen der Liebe für immer entsagte, wollte ich sie überhaupt einmal kennenlernen. Was werden Sie nun denken? Ich lernte sie kennen, und sie änderten meine Einstellung in nichts. Der Anspruch, den ich Ihnen auf mein Herz und meine Person zugestanden hatte, darf, so gering er auch sei, nicht mehr bestehen. Selbst seine winzigsten Spuren habe ich verwischt. Ich beabsichtige, ein paar Jahre in der großen Welt zu verbringen und, wenn möglich, auf die Geschicke Spaniens Einfluß zu nehmen. Danach will ich einen Orden für adlige Damen stiften, dessen Äbtissin ich selber sein werde. Was Sie betrifft, Señor Don Juan, so werden Sie zum Prior Toledo reisen, der Wien bereits verlassen und sich nach Malta begeben hat. Da nun die Partei, zu der Sie jetzt gehören, Sie gefährden könnte, kaufe ich Ihre sämtlichen Güter auf und stelle ihren Wert auf meinen Besitzungen in Portugal, im Königreich Algarve, sicher. Das ist nicht die einzige Vorsichtsmaßnahme, Señor Don Juan, die Sie ergreifen sollten. Es gibt in Spanien Orte, die der Regierung nicht bekannt sind und wo man ungefährdet sein ganzes Leben verbringen kann. Ich will Sie jemandem empfehlen, der Ihnen Genaueres mitteilen wird. Meine Worte scheinen Sie zu verwundern, Señor Don Juan. Früher brachte ich Ihnen mehr Zärtlichkeit entgegen, aber die Spitzeleien Busqueros' haben mich ängstlich gemacht; mein Plan ist unwiderruflich.«

Nachdem die Herzogin also gesprochen hatte, überließ sie mich meinen eigenen Betrachtungen, in denen die großen Herren nicht sehr gut bedacht wurden.

»Soll doch die Hölle die Halbgötter dieser Erde verschlingen, für die alle übrigen Sterblichen gar nichts bedeuten«, rief ich. »Zum Spielball einer Frau bin ich geworden, die an mir ausprobieren wollte, ob ihr Herz für die Liebe geschaffen sei, und die mich schließlich in die Verbannung schickt und noch glaubt, ich müsse mich überglücklich schätzen, weil ich mich für ihre und ihrer Freunde Sache einsetzen darf! Doch daraus wird nichts. Gerade weil ich so unbedeutend bin, werde ich noch in Frieden leben können.«

Die letzten Worte hatte ich recht laut gesprochen, und plötzlich antwortete mir eine Stimme: »Nein, Señor Avadoro, Sie können nicht in Frieden leben.«

Ich wandte mich um und erblickte unter den Bäumen den Astrologen Uceda, den ich bereits erwähnt habe.

»Señor Don Juan«, sagte er, »ich habe einen Teil Ihres Monologs gehört, und ich kann Ihnen versichern, daß es in stürmischen Zeiten für niemanden Frieden gibt. Ein mächtiger Schutz umgibt Sie – Sie sollten ihn nicht verscherzen. Fahren Sie nach Madrid, regeln Sie den Verkauf, den Ihnen die Herzogin angeboten hat, und kommen Sie dann in mein Schloß.«

»Erwähnen Sie mir nicht die Herzogin«, unterbrach ich ihn empört.

»Nun wohl«, meinte der Astrologe, »so lassen Sie uns von Ihrer Tochter sprechen, die sich in diesem Augenblick in meinem Schloß befindet.«

Das Verlangen, mein Kind zu umarmen, besänftigte meinen Zorn; zudem war es wirklich nicht angebracht, mit meinen Gönnern einfach zu brechen. Ich fuhr nach Madrid und gab vor, nach Amerika reisen zu wollen. Mein Haus und alles, was ich besaß, übergab ich dem Advokaten der Herzogin, und dann machte ich mich mit einem Diener, den mir Uceda vermittelt hatte, auf den Weg. Auf mancherlei Irrpfaden führte man mich zu dem Schloß, in dem Sie gewesen sind und seinen Sohn kennengelernt haben, den hier anwesenden geschätzten Kabbalisten. Der Astrologe empfing mich am Tor und sagte. »Señor Don Juan, an diesem Ort bin ich nicht mehr Uceda, sondern Mamun Ben Gersom, Jude von Religion und Herkunft.«

Dann führte er mich durch sein Observatorium, sein Kabinett und alle Winkel seiner geheimnisvollen Behausung.

»Erklären Sie mir doch«, wandte ich mich an ihn, »ob sich Ihre Kunst auf eine reale Grundlage stützt. Man hat mir nämlich erzählt, Sie seien ein Astrologe, ja sogar ein Zauberer.«

»Möchten Sie eine Probe sehen?« unterbrach mich Mamun. »Blicken Sie in diesen venezianischen Spiegel, ich will inzwischen die Fensterläden schließen.«

Zuerst sah ich gar nichts, nach einer Weile jedoch schien die Spiegelfläche allmählich heller zu werden, und ich erblickte die Herzogin Manuela mit dem Kind auf dem Arm. Als der Zigeuner diese Worte sprach und wir alle, neugierig, was weiter geschehen werde, die Ohren spitzten, erschien ein Mann von seiner Truppe, um über den Tagesablauf Bericht zu erstatten.

Der Hauptmann entfernte sich, und wir bekamen ihn an diesem Abend nicht mehr zu Gesicht.

Neunundfünfzigster Tag

Mit Ungeduld sahen wir dem nächsten Abend entgegen. Als der Zigeuner erschien, waren wir seit langem versammelt. Er freute sich über das Interesse, das wir ihm bekundeten, ließ sich nicht lange bitten und fuhr in seiner Geschichte fort, indem er also sprach:

Fortsetzung der Geschichte des Zigeunerhauptmanns

Ich erzählte Ihnen, daß ich den Blick starr auf den venezianischen Spiegel richtete und in ihm die Herzogin mit dem Kinde auf dem Arm erkannte. Nach einer Weile verschwand die Vision, und Mamun öffnete die Fensterläden. Ich sagte: »Verehrter Zauberer, ich glaube, Sie haben zur Blendung meiner Augen mitnichten die Hilfe böser Geister gebraucht. Ich kenne die Herzogin, sie hat mich auf eine noch verblüffendere Art schon einmal getäuscht. Mit einem Wort, wenn ich ihr Bild in dem Spiegel gesehen habe, so zweifle ich nicht, daß sie sich selbst ebenfalls in diesem Schloß befindet.«

»Erraten«, erwiderte Mamun, »und wir werden gleich mit ihr frühstücken.«

Er öffnete ein geheimes Türchen, und ich fiel meiner Frau zu Füßen. Sie konnte ihre Rührung nicht verbergen; endlich gewann sie Fassung und sprach: »Don Juan, was ich Ihnen in Sorriente erklärte, mußte einmal gesagt werden, denn es entsprach der Wahrheit. Meine Pläne sind unwiderruflich. Gleichwohl habe ich mir nach Ihrer Abreise meine Gefühllosigkeit vorgeworfen. Der meinem Geschlecht angeborene Instinkt schreckt vor jeder Handlung zurück, der man Mangel an Herz vorwerfen könnte. Von diesem Instinkt geleitet, beschloß ich, hier auf Sie zu warten, um ein letztes Mal von Ihnen Abschied zu nehmen.«

»Señora«, erwiderte ich, »Sie waren der einzige Traum meines Lebens, und Sie werden mir jede Wirklichkeit ersetzen. Auf den künftigen Bahnen Ihres Schicksals mögen Sie Don Juan für immer vergessen. Ich bin damit einverstanden, aber denken Sie daran, daß ich mein Kind bei Ihnen lasse.«

»Sie werden es bald zu sehen bekommen«, sagte die Herzogin, »und wir werden es gemeinsam jenen anvertrauen, die sich mit seiner Erziehung befassen sollen.«

Was soll ich Ihnen noch sagen? Damals schien mir und heute scheint mir noch immer, daß die Herzogin im Recht war. In der Tat, konnte ich denn mit ihr leben? Ich war ihr Mann und war es doch nicht. Wenn dieses Verhältnis auch dem scharfen Blick der Öffentlichkeit entgangen wäre, nicht entgangen wäre es den Augen unserer Dienerschaft, und dann hätte es bald aufgehört, ein Geheimnis zu sein. Zweifellos hätte dann auch das Leben der Herzogin einen ganz anderen Verlauf genommen; deshalb meinte ich, daß das Recht auf ihrer Seite war, und unterwarf mich. Bald sollte ich meine kleine Undine zu sehen bekommen. So hatte man sie nämlich genannt, weil sie nur mit Wasser getauft und nicht mit heiligem Öl gesalbt war.

Beim Essen trafen wir wieder zusammen. Mamun wandte sich an die Herzogin: »Señora, ich glaube, es ist notwendig, dem Señor Don Juan gewisse Dinge mitzuteilen, die er erfahren muß. Wenn Sie einverstanden sind, werde ich es jetzt tun.«

Die Herzogin war einverstanden. Mamun wandte sich zu mir und sagte: »Señor Don Juan, Sie schreiten hier über ein Land, das sich dem gewöhnlichen Sterblichen nicht enträtselt, ein Land, in dem jeder ein Geheimnis zu hüten hat. In diesem Berggürtel befinden sich ausgedehnte unterirdische Gänge und geräumige Grotten. Dort leben Mauren, die seit ihrer Verbannung aus Spanien nie aus ihnen herausgekommen sind. In jenem Tal dort, das sich vor Ihren Blicken ausbreitet, werden Sie vermeintliche Zigeuner sehen, von denen die einen den mohammedanischen, andere den christlichen und wieder andere gar keinen Glauben bekennen. Auf dem Gipfel des Felsens erblicken Sie einen Glockenturm mit einem Kreuz auf der Spitze. Es ist ein Kloster der Dominikaner. Die Heilige Inquisition hat Gründe, derentwegen sie angesichts der hiesigen Vorgänge ein Auge zudrückt, und die Dominikaner sind verpflichtet, nichts zu sehen. Das Haus, in dem Sie sich befinden, bewohnen Israeliten. Alle sieben Jahre versammeln sich hier die spanischen und portugiesischen Juden, um das Sabbatjahr zu feiern; es ist jetzt das vierhundertachtunddreißigste Mal seit dem Halljahr des Josua. Ich sagte Ihnen schon, Señor Avadoro, daß von den Zigeunern im Tal die einen den mohammedanischen, andere den christlichen und wieder andere gar keinen Glauben bekennen. Die letzteren sind tatsächlich Heiden und stammen von den Karthagern ab. Unter der Herrschaft Don Philipps II. sind ein paar hundert solcher Familien verbrannt worden, nur einigen ist es gelungen, sich in der Nähe des kleinen Sees, der, wie man sagt, durch den Ausbruch eines Vulkans gebildet wurde, zu verstecken. Die Dominikaner des Klosters haben dort ihre Kapelle.

Doch hören Sie nun, Señor Avadoro, was wir uns über das Schicksal der kleinen Undine, die niemals von ihrer Herkunft erfahren wird, ausgedacht haben. Die Dueña, eine der

Herzogin vollkommen ergebene Frau, gilt als ihre Mutter. Für sie ist ein hübsches Häuschen an den Ufern des Sees erbaut worden. Die Dominikaner aus dem Kloster bringen ihr die Grundbegriffe der Religion bei. Das übrige überlassen wir dem Walten der Vorsehung. Die Ufer des Sees La Frita wird kein Neugieriger aufsuchen.«

Während dieser Rede weinte die Herzogin ein wenig, und auch ich konnte mich der Tränen nicht erwehren. Am nächsten Tage begaben wir uns an denselben See, in dessen Nähe wir uns jetzt befinden, und brachten dort die kleine Undine unter. Abermals einen Tag später gewann die Herzogin ihren alten Stolz und Hochmut zurück, und ich muß sagen, daß wir nicht gerade herzlich voneinander Abschied nahmen. Ich hielt mich nicht länger im Schlosse auf, sondern bestieg ein Schiff, landete in Sizilien und einigte mich mit dem Padrone Speronara darauf, daß er mich nach Malta bringe. Ich begab mich zum Prior Toledo. Mein edler Freund umarmte mich herzlich, führte mich in einen gesonderten Raum und verschloß die Tür. Eine halbe Stunde später brachte mir der Marschall des Priors ein reichliches Mahl, gegen Abend kam Toledo selbst, unterm Arm trug er ein großes Bündel Schreiben oder – wie man es in der Politik nennt – Depeschen. Am nächsten Tage reiste ich bereits mit einer Botschaft zum Erzherzog Don Carlos. Ich traf Seine Kaiserliche Hoheit in Wien. Als ich die Depeschen übergeben hatte, wurde ich, ebenso wie auf Malta, sogleich in einem separaten Raum eingeschlossen. Nach einer Stunde kam der Erzherzog selbst zu mir, geleitete mich zum Kaiser und sprach: »Ich habe die Ehre, Eurer Kaiserlich-Apostolischen Majestät den Marchese Castelli, einen sardinischen Edelmann, vorzustellen und zugleich für ihn um den Kammerherrnschlüssel zu bitten.«

Der Kaiser Leopold gab seiner Unterlippe den sanftesten Ausdruck und fragte mich auf italienisch, wann ich Sardinien verlassen hätte.

Ich war nicht daran gewöhnt, mit Monarchen zu sprechen, noch weniger aber, zu lügen; so bestand denn meine ganze Antwort aus einer tiefen Verneigung.

»Es ist gut«, sprach der Kaiser, »ich teile Sie dem Gefolge meines Sohnes zu.«

So wurde ich, ob ich wollte oder nicht, zum Marchese Castelli, einem sardinischen Edelmann.

Am selben Abend bekam ich heftige Kopfschmerzen, am nächsten Tage Fieber, zwei Tage später hatte ich die Blattern. Ich mußte mich in einer Herberge von Kärnten angesteckt haben. Meine Krankheit war schwer und äußerst gefährlich. Ich genas jedoch, und es kam noch ein Nutzen dabei heraus: Castelli ähnelte in nichts mehr dem Don Juan Avadoro; während ich also den Namen änderte, änderte ich zugleich mein Äußeres.

Jetzt hätte kein Mensch mehr in mir jene Elvira erkannt, die einstmals Vizekönigin von Mexiko werden sollte.

Sobald ich wieder genesen war, wurde mir die Korrespondenz mit Spanien anvertraut.

Inzwischen herrschte Don Philipp, Herzog von Anjou, über Spanien und Indien, ja, er regierte sogar über die Herzen seiner Untertanen. Doch ich kann nicht begreifen, welcher Satan sich gerade in solchen Augenblicken in die Angelegenheiten der Fürsten einmischt. Der König Don Philipp und die Königin, seine Gemahlin, wurden gleichsam die ersten Untertanen der Fürstin Orsini. Zudem wurde der französische Gesandte, Kardinal d'Estrées, in den Staatsrat aufgenommen, was die Spanier im höchsten Grade empörte. Schließlich legte der französische König Ludwig XIV., wohl in dem Glauben, daß ihm alles erlaubt sei, eine französische Garnison nach Mantua. Nun schöpfte der Erzherzog Don Carlos wieder Hoffnung auf den Thron.

Eines Abends, ganz zu Anfang des Jahres 1703, ließ mich der Erzherzog rufen; er kam mir ein paar Schritte entgegen, geruhte mich zu umarmen, ja sogar zärtlich an die Brust zu drücken. Dieser Empfang verhieß etwas Außergewöhnlichcs.

»Castelli«, sagte der Erzherzog, »haben Sie Nachrichten vom Prior Toledo erhalten?«

Ich verneinte.

»Er war ein vortrefflicher Mann«, fuhr der Erzherzog nach einer Weile fort.

»Wieso – war?« fragte ich rasch.

»So ist es«, erwiderte der Erzherzog, »er war: der Prior Toledo ist auf Malta am Faulfieber gestorben. Aber Sie werden in mir einen zweiten Toledo finden. Beweinen Sie Ihren Freund und seien Sie mir treu.«

Ich beweinte den Verlust des Freundes mit bitteren Tränen und begriff, daß ich nun bei Castelli bleiben mußte. So wurde ich zwangsläufig zum willenlosen Instrument des Erzherzogs.

Im nächsten Jahr begaben wir uns nach London. Von dort wählte der Erzherzog den Weg nach Lissabon, während ich mich dem Heer des Lords Peterborough anschloß, den ich, wie schon erwähnt, in Neapel kennenzulernen die Ehre hatte. Ich war mit ihm zusammen, als er Barcelona zur Unterwerfung zwang und dabei seinen Charakter durch eine edle, damals allgemein gerühmte Tat offenbarte. Während der Kapitulationsverhandlungen waren einige Truppenteile des Heeres der Verbündeten in die Stadt eingedrungen und plünderten sie. Der Herzog von Popoli, der damals im Namen des Königs Don Philipp den Befehl führte, beklagte sich vor dem Lord darüber.

»Gestatten Sie mir, mit meinen Engländern für kurze Zeit in die Stadt einzuziehen«, sprach Peterborough, »und ich verbürge mich dafür, daß alles in Ordnung gebracht wird.«

So geschah es denn auch; er verließ die Stadt wieder und bot eine ehrenvolle Kapitulation an.

Wenig später kam der Erzherzog, der fast ganz Spanien erobert hatte, nach Barcelona. Ich kehrte auf meinen Posten an seine Seite zurück, immer noch unter dem Namen des Marchese Castelli.

Eines Abends, als ich im Gefolge des Erzherzogs über den Hauptplatz wandelte, erblickte ich einen Mann, dessen bald schleichender, bald wieder hurtiger Gang mich an Busqueros erinnerte. Ich ließ ihn beobachten. Es wurde mir mitgeteilt, daß der Mann sich als Doktor Robusti ausgebe und eine falsche Nase trage. Ich zweifelte nicht einen Augenblick, daß es mein Halunke war und daß er sich in die Stadt geschlichen hatte, um uns nachzuspionieren.

Ich erzählte es dem Erzherzog, der mich ermächtigte, mit ihm nach eigenem Gutdünken zu verfahren. Zunächst befahl ich, den Halunken auf die Hauptwache zu bringen. Dann stellte ich beim Wachaufzug von der Hauptwache bis zum Hafen zwei Reihen Grenadiere auf, von denen jeder eine kräftige Birkenrute in der Hand hielt. Die Männer standen so weit voneinander entfernt, daß sie den rechten Arm frei bewegen konnten. Als Busqueros aus der Hauptwache heraustrat, erkannte er sofort, daß die Vorbereitungen ihn betrafen und daß er, wie man so sagt, König dieses Festes war. So rannte er aus Leibeskräften und entging auf diese Weise der Hälfte der Schläge, aber mindestens zweihundert hat er trotzdem bezogen. Im Hafen stürzte er in eine Schaluppe, die ihn an Deck einer Fregatte brachte, wo ihm erlaubt wurde, sich der Heilung seines Buckels anzunehmen.

Der Zigeuner mußte sich nun mit den Angelegenheiten seiner Truppe befassen; er trennte sich von uns und verschob die Fortsetzung der Geschichte auf den nächsten Tag.

Sechzigster Tag

Der Zigeuner sprach am nächsten Abend also weiter:

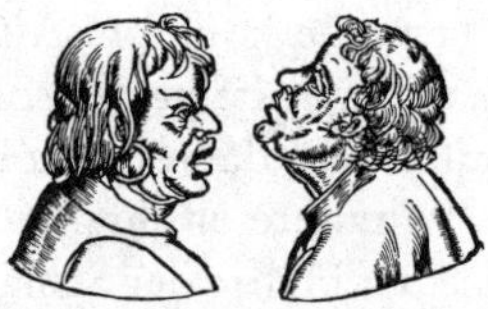

Fortsetzung der Geschichte des Zigeunerhauptmanns

Zehn Jahre blieb ich ständig an der Seite des Erzherzogs. Traurig verflossen die schönsten Jahre meines Lebens, wenngleich es zutrifft, daß sie für die übrigen Spanier auch nicht gerade heiter gewesen sind. Jeden Tag glaubte man, die Unruhen nähmen ein Ende, aber das Ende kam nicht. Die Anhänger Don Philipps waren verzweifelt über seine Schwäche für die Prinzessin Orsini, doch auch die Partei Don Carlos' hatte keinen Grund, sich zu freuen.

Beide Seiten begingen viele Fehler; das Gefühl der Müdigkeit und der Unlust war allgemein.

Die Herzogin von Avila, die lange Zeit hindurch die Seele der österreichischen Partei war, wäre vielleicht auf die Seite Don Philipps übergegangen, aber es störte sie der unbändige Stolz der Fürstin Orsini. Schließlich mußte diese für einige Zeit den Schauplatz ihrer Tätigkeit verlassen und nach Rom gehen; sie kam aber bald zurück, triumphierender denn je. Darauf reiste die Herzogin von Avila nach Algarve und beschäftigte sich mit der Gründung ihres Klosters. Die Herzogin von Sidonia verlor nacheinander die Tochter und den Schwiegersohn. Das Geschlecht der Sidonia erlosch endgültig, die Güter fielen der Familie Medina Celi zu, und die Herzogin reiste nach Andalusien.

Im Jahre 1711 bestieg der Erzherzog nach seinem Bruder Joseph den Thron und wurde unter dem Namen Karl VI. Kaiser. Der Neid Europas richtete sich nun nicht mehr gegen Frankreich, sondern ganz und gar gegen den Erzherzog. Man wollte nicht, daß von Spanien bis Ungarn ein einziges Zepter herrsche. Die Österreicher zogen aus Barcelona ab und ließen den Marchese Castelli dort, dem die Einwohner grenzenloses Vertrauen entgegenbrachten. Ich sparte keine Mühen, sie zur Vernunft zu bringen, aber es war zwecklos. Ich begreife nicht, welche Tollheit von den Geistern Kataloniens Besitz ergriff: sie glaubten, sie könnten ganz Europa die Stirn bieten.

Mitten über diesen Ereignissen erhielt ich von der Herzogin von Avila einen Brief. Sie unterschrieb bereits als Äbtissin von Val Santa. Ihre Nachricht bestand nur aus wenigen Worten:

Reisen Sie, sobald Sie können, zu Uceda und versuchen Sie, Undine zu sehen. Zuvor jedoch versäumen Sie nicht, mit dem Dominikanerprior zu sprechen.

Der Herzog von Popoli, der Oberbefehlshaber der Heere des Königs Don Philipp, belagerte Barcelona. Zuallererst ließ er einen fünfundzwanzig Fuß hohen Galgen errichten, der für den Marchese Castelli bestimmt war.

Ich versammelte die angesehenen Einwohner Barcelonas um mich und sagte zu ihnen: »Meine Herren, ich weiß die Ehre zu schätzen, die Sie mir durch Ihr Vertrauen erweisen; aber ich bin kein Soldat und somit zu Ihrem Befehlshaber nicht geeignet. Zudem wird man Ihnen, falls man Sie zur Kapitulation zwingen sollte, als erste Bedingung auferlegen, mich auszuliefern, was für Sie zweifellos eine äußerst heikle Sache wäre. In Anbetracht dessen ist es besser, wenn ich Abschied von Ihnen nehme und Sie für immer verlasse.«

Wenn das Volk einmal auf die Bahn der Unvernunft geraten ist, dann reißt es gern möglichst viele Menschen mit in den Strudel, und es meint, es könne noch dabei gewinnen, wenn es einen nicht ziehenläßt. Man hatte mir nicht erlaubt abzureisen, doch mein Plan stand schon seit langem fest. Das bestellte Boot erwartete mich am Strand; ich stieg gegen Mitternacht ein und landete am nächsten Abend in Flariano, einem Fischerdörfchen in Andalusien.

Ich belohnte die Matrosen reichlich, schickte sie fort und stieg ins Gebirge hinauf.

Lange konnte ich den Weg nicht finden, endlich stieß ich auf das Schloß Ucedas und fand auch den Eigentümer selbst, der sich trotz seiner Astrologie nur schwer auf mich zu besinnen vermochte.

»Señor Don Juan«, sagte er, »oder eigentlich Señor Castelli, Ihre Tochter ist gesund und unsagbar schön. Was das übrige betrifft, so können Sie sich darüber mit dem Prior der Dominikaner unterhalten.«

Zwei Tage später kam ein greiser Mönch an, der zu mir sagte: »Señor Castelli, die Heilige Inquisition, deren Mitglied ich bin, glaubt, daß es bei vielen Dingen in diesen Bergen geboten ist, ein Auge zuzudrücken. Sie tut es in der Hoffnung, die verirrten Schäfchen zu bekehren, die sich in bedeutender Zahl hier befinden. Indessen hat ihr Beispiel auf die junge Undine einen verderblichen Einfluß ausgeübt. Es ist überhaupt ein Mädchen von seltsamem Charakter. Wenn wir sie die Grundregeln unseres heiligen Glaubens lehren, hört sie aufmerksam zu und scheint keinerlei Zweifel zu empfinden; im nächsten Augenblick aber nimmt sie an den mohammedanischen Gebeten teil, ja sogar an den Feierlichkeiten der Heiden. Señor Caballero, gehen Sie zum See

La Frita, und da Sie ein Recht auf sie besitzen, versuchen Sie, ihr Herz zu erforschen.«

Ich dankte dem ehrwürdigen Dominikaner und begab mich an das Ufer des Sees. Mein Weg führte über das nördlich gelegene Vorgebirge. Von dort erblickte ich ein blitzschnell über das Wasser gleitendes Segel. Ich bewunderte den Bau des Schiffes. Es war ein schmales und langes Boot, wie ein Schlittschuh geformt, mit zwei Stangen als Auslegern, die es vor dem Kentern bewahrten. Ein starker Mast hielt das dreieckige Segel, und das junge Mädchen, das auf dem Fahrzeug stand und das Ruder führte, schien über die Oberfläche des Wassers nur hinwegzugleiten. Das eigenartige Schiff landete an der Stelle, wo ich mich befand. Das junge Mädchen stieg aus, ihre Arme und Beine waren bloß, ein grünseidenes Kleid schmiegte sich an ihren Körper, das Haar ringelte sich üppig auf dem schneeweißen Nacken; zuweilen schüttelte sie es wie eine Mähne. Dieser Anblick erinnerte mich an die Eingeborenen Amerikas.

»Ach, Manuela«, rief ich. »Manuela, so wäre das unsere Tochter?!«

Sie war es in der Tat. Ich begab mich in ihre Wohnung. Die Dueña Undines war schon vor etlichen Jahren gestorben; damals war die Herzogin selbst gekommen und hatte ihre Tochter einer wallonischen Familie anvertraut. Undine aber wollte keinerlei Herrschaft über sich anerkennen. Überhaupt sprach sie wenig, kletterte auf Bäume, klomm Felsen empor und sprang in den See. Bei alldem fehlte es ihr nicht an Auffassungsgabe. So hatte sie zum Beispiel dieses zierliche Schiffchen, das ich eben beschrieb, selbst erdacht. Ein einziges Wort gab es, das sie zum Gehorsam zwang. Es war die Erwähnung ihres Vaters, und wollte man sie zu etwas bewegen, so befahl man es ihr im Namen des Vaters. Als ich das Haus betreten hatte, beschloß man sogleich, sie zu rufen. Sie kam, am ganzen Körper bebend, und kniete vor mir nieder. Ich drückte sie an mein Herz, überschüttete sie mit Liebkosungen, aber ich brachte kein Sterbenswörtchen aus ihr heraus.

Nach dem Mittag ging Undine wieder zu ihrem Boot, ich bestieg es mit ihr. Sie ergriff die Ruder und fuhr in die Mitte des Sees hinaus. Ich versuchte, mit ihr ein Gespräch anzuknüpfen. Sie ließ die Ruder los und schien mir aufmerksam zu lauschen. Wir befanden uns auf dem östlichen Teil des Sees, ganz in der Nähe der ihn umgebenden steilen Felsen.

»Liebe Undine«, sagte ich, »du hast eifrig auf die frommen Lehren der Klosterväter geachtet. Undine, du bist doch ein vernünftiges Wesen, du hast eine Seele und solltest dich von der Religion auf deinem Lebenswege leiten lassen.«

Als ich so im besten Zuge war, ihr väterliche Ermahnungen zu erteilen, sprang Undine plötzlich ins Wasser und entschwand meinen Blicken. Mich erfaßte Furcht, ich kehrte schleunigst nach dem Hause zurück und rief um Hilfe. Doch man entgegnete mir, ich könne unbesorgt sein; in den Uferfelsen befänden sich Grotten, die miteinander verbunden seien, Undine kenne diese Durchgänge, sie tauche, verschwinde und kehre nach einigen Stunden zurück. Sie war tatsächlich bald wieder da, doch nun gab ich meine Ermahnungen auf. Undine mangelte es, wie gesagt, nicht an Auffassungsgabe, aber da sie in der Einsamkeit erzogen und völlig sich selbst überlassen war, hatte sie keinerlei Vorstellung vom gesellschaftlichen Umgang. Nach einigen Tagen kam ein Klosterbruder zu mir, den die Herzogin oder richtiger: die Äbtissin Manuela geschickt hatte. Er sollte mir eine Kutte geben, ähnlich der seinen, und mich zu ihr geleiten. Wir wanderten am Meeresstrand bis zur Mündung der Guadiana, betraten dann Algarve und gelangten schließlich nach Val Santa. Das Kloster war schon beinahe fertiggestellt. Die Äbtissin empfing mich in der Klausur mit ihrer gewohnten Würde; als sie jedoch die Zeugen fortgeschickt hatte, konnte sie ihre Rührung nicht verbergen. Ihre stolzen Träume waren verflogen, geblieben war nur das sehnsüchtige Bedauern über die unwiederbringlich verlorene Liebe. Ich wollte ihr von Undine erzählen; die Äbtissin bat mich seufzend, dieses Thema auf den nächsten Tag zu verschieben.

»Sprechen wir von Ihnen«, sagte sie. »Ihre Freunde haben Sie nicht vergessen. In ihren Händen hat sich Ihr Vermögen verdoppelt; aber es handelt sich jetzt darum, unter welchem Namen Sie es übernehmen werden. Als Marchese Castelli können Sie sich unmöglich weiterhin ausgeben. Der König kennt für diejenigen, die am Aufstand in Katalonien teilnahmen, keine Gnade.«

Lange sprachen wir über diesen Gegenstand, ohne eine Entscheidung zu treffen. Einige Tage später übergab mir Manuela insgeheim einen vom österreichischen Gesandten empfangenen Brief. Darin wurde ich in schmeichelnden Worten nach Wien eingeladen. Ich gebe zu, daß nur wenig Dinge im Leben mich so beglückt haben. Eifrig hatte ich dem Kaiser gedient, und seine Dankbarkeit schien mir der süßeste Lohn.

Aber ich gab mich keinen trügerischen Hoffnungen hin: zu gut kannte ich die höfischen Sitten. Man hatte geduldet, daß ich beim Erzherzog in Gunst stand, als dieser sich vergeblich nach dem Thron drängte, doch ich durfte nicht erwarten, daß man mich an der Seite des ersten Monarchen der Christenheit leiden würde. Ich fürchtete vor allem einen österreichischen Herrn, der stets bestrebt war, mir zu schaden. Es war Graf Altheim, der später ein solches Übergewicht gewann. Trotzdem begab ich mich nach Wien und umfaßte die Knie Seiner Apostolischen Majestät. Der Kaiser geruhte mit mir zu erwägen, ob ich nicht besser bei dem früheren Namen Castelli bleiben solle, statt den eigenen wieder anzunehmen, und bot mir einen bedeutenden Posten in seinem Reiche an. Seine Güte rührte mich, doch ein geheimes Gefühl sagte mir warnend voraus, daß ich ihre Früchte nicht mehr ernten würde. In jener Zeit hatten etliche spanische Herren ihr Vaterland für immer verlassen und sich in Österreich angesiedelt. Unter ihnen befanden sich die Grafen Lorios, Oias, Vásquez, Taruca. Ich kannte sie gut, sie alle redeten mir zu, ihrem Beispiel zu folgen. Ich wollte es auch tun, doch der verborgene Feind, den ich erwähnte, war inzwischen nicht müßig gewesen. Er hatte von allem, was während meiner Audienz gesprochen wurde, Kenntnis erhalten und sofort den spanischen Gesandten davon benachrichtigt. Dieser glaubte, daß es zu seiner diplomatischen Pflicht gehöre, mich zu verfolgen. Zu jener Zeit führte man gerade wichtige Verhandlungen. Der Gesandte erfand Hindernisse und verknüpfte die bestehenden Schwierigkeiten mit Betrachtungen über meine Person und die Rolle, die ich gespielt hatte. Dieser Weg führte ihn zum erwünschten Ziele. Bald merkte ich, daß sich meine Situation gänzlich verändert hatte. Meine Gegenwart schien die wohlerzogenen Höflinge verlegen zu machen. Ich hatte diesen Wandel schon vor meiner Ankunft in Wien vorausgesehen und machte mir darob keine großen Sorgen. Ich bat um eine Abschiedsaudienz, sie wurde mir gewährt, man erwähnte die Dinge mit keinem Wort, und ich reiste nach London ab. Erst ein paar Jahre später kehrte ich nach Spanien zurück.

Ich fand die Äbtissin blaß und von einer zehrenden Krankheit befallen.

»Don Juan«, sagte sie, »Sie sehen, wie die Jahre mich verändert haben. Ich fühle wirklich, daß mein Leben, das für mich keinen Reiz mehr hat, bald zu Ende geht. Großer Gott, wie viele Vorwürfe müßten Sie mir machen! Hören Sie, Don Juan, meine Tochter ist als Heidin gestorben, meine Enkelin ist Mohammedanerin. Dieser Gedanke bringt mich um. Da, lesen Sie.«

Sie reichte mir einen Brief Ucedas, der also lautete:

Señora, hochwürdige Frau Äbtissin!

Als ich die Mauren in ihren Grotten besuchen ging, sagte man mir, daß eine Frau mich zu sprechen wünsche. Sie führte mich in ihre Wohnung und sagte dort: »Señor Astrologe, du, der du von allem weißt, erkläre mir ein Erlebnis, das mein Sohn hatte. Er wanderte einen ganzen Tag inmitten von Schluchten und Abgründen unserer Berge umher und gelangte dann an eine prächtige Quelle. Aus ihr trat ein wunderschönes Mädchen hervor, in das sich mein Sohn verliebte, obgleich er sie für eine Fee hielt. Mein Sohn ist auf eine weite Reise gegangen, zuvor aber bat er mich, ich solle mit allen Mitteln versuchen, dieses Geheimnis zu ergründen.«

So sprach die Maurin zu mir, und ich wußte sofort, daß die Fee unsere Undine war, die tatsächlich die Gewohnheit hatte, in einer Grotte unterzutauchen und auf der anderen Seite, wo das Wasser gleich einer mächtigen Quelle ans Licht tritt, wieder aufzutauchen. Ich antwortete der Maurin mit einigen belanglosen Worten, nur um sie zu beruhigen, und begab mich an den See. Nun versuchte ich, Undine auszuforschen, doch vergeblich. Sie wissen, Señora, wie ungern sie sich in Gespräche einläßt. Bald aber brauchte ich nicht mehr zu fragen: ihre Gestalt verriet das Geheimnis. Ich führte sie in mein Schloß, wo sie glücklich eine Tochter gebar. Von dem brennenden Verlangen beseelt, zu ihrem See zurückzukehren, floh sie bald aus dem Schloß, nahm ihr früheres ungestümes Leben wieder auf, aber nach wenigen Tagen fiel sie einer Krankheit zum Opfer. Schließlich, um alles zu bekennen: ich kann mich nicht erinnern, daß sie sich jemals über ihre Zugehörigkeit zu dieser oder jener Religion geäußert hätte. Undines Tochter freilich muß, da sie von einem Vater reinsten maurischen Blutes abstammt, unweigerlich Mohammedanerin werden. Im andern Fall könnten wir die Rache aller Grottenbewohner heraufbeschwören.

»Sie können sich vorstellen, Don Juan«, fuhr die Herzogin in größter Verzweiflung fort, »wie grenzenlos unglücklich ich bin. Meine Tochter starb als Heidin, meine Enkelin muß Mohammedanerin werden! ... Großer Gott – wie streng strafst du mich doch!«

Als der Zigeuner diese Worte gesprochen, merkte er, daß es schon spät war, und ging zu seinen Leuten; wir hingegen begaben uns zur Ruhe.

Einundsechzigster Tag

Wir ahnten, daß die Erzählung des Zigeuners zu Ende ging. Mit um so größerer Ungeduld erwarteten wir den Abend und lauschten dann noch aufmerksamer, als der Zigeuner fortfuhr:

Fortsetzung der Geschichte des Zigeunerhauptmanns

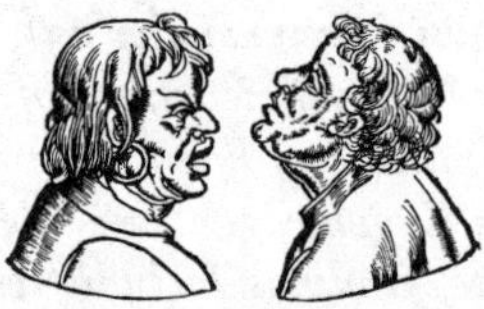

Die hochwürdige Frau Äbtissin von Val Santa wäre vielleicht unter der Last des Kummers nicht zusammengebrochen, aber sie hatte sich eine strenge Buße auferlegt, die ihr erschöpfter Organismus nicht mehr zu ertragen vermochte. Ich sah, wie sie allmählich erlosch, und ich konnte nicht daran denken, sie zu verlassen. Mein Mönchsgewand erlaubte mir, allezeit das Kloster zu betreten, und eines Tages gab die unglückliche Manuela in meinen Armen ihren Geist auf. Der Herzog von Sorriente, der Erbe der Herzogin, hielt sich in Val Santa auf. Er sprach mit mir sehr offen. Er sagte: »Ich kenne Ihr Verhältnis zur österreichischen Partei, der auch ich angehörte. Wenn Sie einmal Hilfe brauchen – mit der meinen dürfen Sie immer rechnen. Ich werde es als eine Gunst betrachten. Was eine offene Verbindung betrifft, Sie werden verstehen, daß ich sie nicht eingehen darf, ohne uns beide unnötigerweise einer Gefahr auszusetzen.«

Der Herzog von Sorriente hatte recht. Ich war ein verlorener Vorposten der Partei. Man hatte mich vorgeschoben, um mich später nach Belieben aufgeben zu können. Mir blieb noch ein bedeutendes Vermögen, das leicht flüssig zu machen war, denn es befand sich in den Händen der Gebrüder Moro. Ich wollte nach Rom oder nach England reisen, doch als ich einen endgültigen Plan hätte fassen müssen, konnte ich mich zu nichts entschließen. Ich schüttelte mich bei dem bloßen Gedanken, in die Welt zurückzukehren. Die Abneigung gegen die gesellschaftlichen Bindungen machte meinen Geist geradezu krank.

Da Uceda bemerkte, daß ich schwankte und nicht wußte, was ich anfangen sollte, riet er mir, in den Dienst des Scheichs der Gomélez zu treten.

»Was ist denn das für ein Dienst«, fragte ich, »bedroht er nicht den Frieden meines Vaterlandes?«

»Keineswegs«, erwiderte er. »Die Mauren, die sich in diesen Bergen versteckt halten, bereiten im Islam eine Umwälzung vor; politische Interessen und Fanatismus sind ihre Triebfedern. Sie besitzen unermeßliche Mittel, mit deren Hilfe sie ihr Ziel zu erreichen hoffen. Einige der angesehensten spanischen Familien sind des Gewinns wegen mit ihnen in Verbindung getreten. Die Inquisition zieht aus ihnen beträchtliche Summen und gestattet in der Tiefe der Erde, was sie an der Oberfläche nicht dulden würde. Kurzum: Vertrauen Sie mir, Don Juan, und versuchen Sie hier in unseren Tälern zu leben.«

Der Welt müde, beschloß ich, dem Rat Ucedas zu folgen. Die mohammedanischen und heidnischen Zigeuner empfingen mich als den Mann, der zu ihrem Anführer bestimmt war, und schworen mir unverbrüchlichen Gehorsam. Aber es sollte den Zigeunerinnen vorbehalten sein, mich in meinem Entschluß ganz zu festigen. Zwei von ihnen gefielen mir besonders gut; die eine hieß Quitta, die andere Zitta. Beide waren bezaubernd, und ich wußte nicht, welche ich wählen sollte. Sie bemerkten mein Schwanken und befreiten mich aus der Verlegenheit, indem sie mir gestanden, daß bei ihnen ein Mann mehrere Frauen haben dürfe und daß zur Eheschließung keinerlei religiöse Zeremonie erforderlich sei.

Schamvoll muß ich bekennen, daß ich mich zu dieser lasterhaften Ausschweifung verführen ließ. Es gibt nur ein Mittel, auf dem Wege der Tugend zu bleiben: man muß alle Handlungen meiden, die von ihr nicht vollkommen erhellt werden. Wenn ein Mann seinen Namen, seine Taten oder Pläne verbirgt, so wird er bald sein ganzes Leben verheimlichen müssen. Mein Bund mit der Herzogin war nur insofern zu tadeln, als ich ihn verheimlichen mußte, doch das hatte notwendigerweise alle Geheimnisse meines Lebens zur Folge.

In diesen Tälern freilich hielt mich ein weit unschuldigerer Zauber: der Zauber des Lebens, das man hier führt. Des Himmels Gewölbe über unseren Häuptern, die Kühle der Grotten und Wälder, der Duft des Windhauchs, die kristallene Klarheit der Gewässer, die Blumen, die fast allerorten blühen, mit einem Wort: die Natur in ihrer ganzen Pracht wirkte lindernd auf meine Seele, die von der Welt und ihrem lärmenden Tosen krank geworden war.

Meine Gattinnen schenkten mir zwei Töchter. Damals begann ich aufmerksam der Stimme meines Gewissens zu lauschen. Ich hatte den Kummer Manuelas erlebt, jenen Kummer, der sie ins Grab brachte, und ich beschloß, daß meine Töchter weder Mohammedanerinnen noch Heidinnen werden sollten. Dann aber durfte ich sie nicht verlassen. Ich hatte keine Wahl: ich blieb im Dienste der Gomélez. Man vertraute mir höchst bedeutsame Angelegenheiten und unermeßliche Geldsummen an. Ich war reich, verlangte nichts für mich, widmete mich jedoch mit Erlaubnis des Scheichs, soweit ich konnte, der Wohltätigkeit. Oft gelang es mir, Menschen aus größtem Unglück zu befreien.

Überhaupt führte ich in der Tiefe der Erde ein Leben, wie ich es auf ihrer Oberfläche begonnen hatte. Von neuem wurde ich zum diplomatischen Mittler. Ich reiste mehrere Male nach Madrid und unternahm einige Reisen ins Ausland. Durch diese tätige Lebensweise gewann ich die verlorene Energie zurück. Mein Wirken bereitete mir immer mehr Genugtuung.

Mittlerweile wuchsen meine Töchter heran. Als ich vor einiger Zeit nach Madrid reiste, nahm ich sie mit. Zwei edelgeborene Jünglinge verstanden es, ihre Herzen zu gewinnen. Die Familien dieser Herren stehen mit den Bewohnern unserer Höhlen in Verbindung; so brauchen wir denn nicht zu fürchten, daß sie ausschwatzen, was ihnen meine Töchter von unseren Tälern erzählen könnten. Sobald ich beide verheiratet habe, will ich einen frommen Zufluchtsort aufsuchen, um dort mein Leben friedlich zu beschließen, ein Leben, das man, obgleich es nicht ganz frei von Fehlern war, dennoch nicht lasterhaft nennen kann.

Sie wollten, daß ich Ihnen meine Geschichte erzähle – ich hoffe, Sie haben Ihre Wißbegier nicht bedauert.

»Gern hätte ich noch erfahren«, meinte Rebekka, »was aus Busqueros geworden ist.«

»Das sollen Sie gleich wissen«, erwiderte der Zigeuner. »Die Prügel in Barcelona schreckten ihn vom Spionieren ab, doch da er sie als Robusti erhalten hatte, glaubte er, daß sie dem Rufe Busqueros' nicht im geringsten schaden könnten. So bot er denn dreist dem Kardinal Alberoni seine Dienste an und wurde in dessen Ministerium ein ebenso unbedeutender Intrigant, wie sein Herr ein vortrefflicher Intrigant war.

Später übte in Spanien ein anderer Abenteurer, mit Namen Riperda, seine Macht aus. Unter dessen Herrschaft erlebte Busqueros noch ein paar gute Tage; doch das Alter, das der glänzendsten Karriere ein Ende setzt, beraubte Busqueros der Fähigkeit, die eigenen Füße zu gebrauchen. Von einer Lähmung befallen, ließ er sich auf die Plaza del Sol tragen und entwickelte noch dort seine sonderbare Tätigkeit, indem er die Passanten anhielt und sich, wenn irgend möglich, in deren Angelegenheiten einmischte. Das letzte Mal sah ich ihn in Madrid neben der amüsantesten Gestalt der Welt, in der ich den Poeten Agúdez erkannte. Das Alter hatte ihn des Augenlichts beraubt, und der Arme tröstete sich mit dem Gedanken, daß Homer ebenfalls blind gewesen war. Busqueros berichtete ihm den Stadtklatsch, Agúdez formte ihn zu Versen, und bisweilen hörten ihm die Leute mit Vergnügen zu, obgleich ihm nur ein Schatten seines früheren Talentes geblieben war.«

Danach fragte ich: »Señor Avadoro, was ist aus der Tochter Undines geworden?«

»Das werden Sie später erfahren, jetzt aber machen Sie sich fertig zum Aufbruch.«

Wir setzten uns in Marsch und gelangten nach einer langen Reise in ein tief gehöhltes und von allen Seiten mit Felsen umstandenes Tal. Als die Zelte aufgeschlagen waren, trat der Zigeunerhauptmann zu mir und sprach: »Señor Alfons, nehmen Sie Hut und Degen und folgen Sie mir.«

Wir gingen etwa hundert Schritt und gelangten an einen Felsspalt, durch den man einen langen dunklen Gang sah.

»Señor Alfons«, wandte sich der Häuptling an mich, »wir kennen Ihren Mut – überdies legen Sie den Weg ja nicht zum erstenmal zurück. Folgen Sie diesem Gang und dringen Sie wie beim vorigen Mal in die unterirdischen Gefilde ein. Ich verlasse Sie – hier müssen wir uns trennen.«

Ich erinnerte mich an meinen ersten Besuch in den Grotten und schritt etliche Stunden ruhig in der Dunkelheit aus. Schließlich bemerkte ich ein Licht und kam zu dem Grabmal, wo ich wieder den betenden Derwisch erblickte. Beim Geräusch meiner Schritte wandte sich der Derwisch um und sprach: »Sei mir gegrüßt, Jüngling! Mit Freude sehe ich dich wiederkehren. Du hast es vermocht, in bezug auf einen Teil unseres Geheimnisses dein Wort zu halten; jetzt wollen wir dir das ganze entdecken, und wir brauchen dir nicht mehr Schweigepflicht aufzuerlegen. Ruhe dich inzwischen aus und stärke dich ein wenig.«

Ich setzte mich auf einen Stein, und der Derwisch brachte mir einen Korb mit Fleisch, Brot und Wein. Ich aß. Dann stieß der Derwisch eine Wand des Grabmals an, sie drehte sich in den Angeln und gab meinen Blicken eine Wendeltreppe frei.

»Steige hier hinab«, sagte er, »du wirst sehen, was du zu tun hast.«

Ich zählte in der Dunkelheit noch nahezu tausend Stufen, gelangte in eine von Lampen erhellte Höhle und erblickte eine Steinbank, auf der stählerne Meißel und Hämmer geordnet nebeneinander lagen. Neben der Bank glänzte eine mannsdicke Goldader. Das Metall war dunkelgelb und schien ganz rein. Ich begriff, was man von mir verlangte. Ich sollte so viel Gold brechen, wie ich nur vermochte.

Ich packte den Meißel mit der linken, den Hammer mit der rechten Hand und verwandelte mich rasch in einen recht geschickten Bergmann; doch die Meißel wurden stumpf, und ich mußte sie öfter auswechseln. Nach drei Stunden hatte ich mehr Gold gebrochen, als ein Mann tragen konnte.

Nun merkte ich, daß sich die Grotte mit Wasser füllte. Ich trat auf die Stufen, doch das Wasser stieg ständig weiter, und ich mußte die Grotte verlassen. Ich traf wieder auf den Derwisch, er segnete mich und wies mir eine andere Wendeltreppe, die nach oben führte. Ich stieg hinauf, und als ich wieder ungefähr tausend Stufen erklommen hatte, befand ich mich in einem runden Saal. Zahllose Lampen erhellten ihn, und ihr Schein spiegelte sich in den Glimmer- und Opaltafeln, mit denen die Wände geschmückt waren.

Im Hintergrund des Saales erhob sich ein goldener Thron, auf dem ein würdiger Mann im schneeweißen Turban saß. In ihm erkannte ich den Einsiedler aus dem Tal.

Meine Cousinen standen, reich gekleidet, dicht bei ihm, und Derwische in weißen Gewändern umgaben ihn zu beiden Seiten.

»Junger Nazarener«, sprach der Scheich, »du erkennst in mir den Einsiedler, der dich im Tale des Guadalquivir aufgenommen hat, und du errätst, daß ich der Großscheich der Gomélez bin. Du wirst dich gewiß deiner beiden Gemahlinnen erinnern. Der Prophet segnete ihre fromme Zärtlichkeit – beide werden Mutter sein und jenes Geschlecht festigen, das ausersehen ist, der Sippe Alis das Kalifat zurückzugeben. Du hast die Hoffnungen, die wir in dich setzten, nicht enttäuscht: du kehrtest in das Lager zurück und verrietest mit keinem Wort, was du in unseren Grotten erlebt hattest. Möge Allah dein Haupt mit dem Tau des Glückes netzen!«

Darauf stieg der Scheich vom Thron herab und umarmte mich; die Cousinen taten desgleichen. Nun wurden die Derwische fortgeschickt, wir gingen in einen zweiten Saal, wo im Hintergrund ein Abendessen angerichtet stand. Dort gab es keine feierlichen Ansprachen mehr, kein Überreden zum mohammedanischen Glauben. In heiterer Stimmung verbrachten wir gemeinsam einen großen Teil der Nacht.

Zweiundsechzigster Tag

Am nächsten Tage wurde ich des Morgens wiederum in die Grube geschickt, wo ich die gleiche Menge Goldes wie am Vortage brach. Am Abend begab ich mich zum Scheich und fand meine beiden Gemahlinnen bei ihm. Ich äußerte den Wunsch, über mancherlei Dinge, die mich beschäftigten, Genaueres zu erfahren, besonders jedoch über seine eigenen Erlebnisse. Der Scheich entgegnete, es sei in der Tat die Zeit gekommen, da mir das ganze Geheimnis entdeckt werden solle, und er begann seine Geschichte, indem er also sprach:

Die Geschichte
des Großscheichs der Gomélez

Du siehst in mir den zweiundfünfzigsten Nachfolger Mas'ûd Ben-Tâhers, des ersten Scheichs der Gomélez, der Kasr erbaut hat, am letzten Freitag eines jeden Monats verschwand und erst am nächsten Freitag wiederkehrte.

Deine Cousinen haben dir schon manches berichtet, doch ich will ihre Erzählung ergänzen und all unsere Geheimnisse enthüllen. Die Mauren waren schon einige Jahre in

Spanien, bevor sie in die Täler der Alpujarras einzudringen begannen. Diese Täler bewohnte damals ein Volk, Turduler oder Turdetaner genannt. Die Einheimischen nannten sich selber Tarschisch und behaupteten, einst in der Gegend von Cádiz gewohnt zu haben. Sie benutzten noch viele Wörter aus ihrer altertümlichen Sprache, in der sie sogar schrieben. Ihre Buchstaben waren dieselben, die man in Spanien als *descunoseidas* bezeichnete. Unter der Herrschaft der Römer und später der Westgoten zahlten die Turdetaner hohen Tribut; sie bewahrten dadurch völlige Unabhängigkeit und ihren alten Glauben. Sie beteten Gott unter dem Namen Jahh an und brachten ihm auf dem Gomélez Jahh, was in ihrer Sprache »Berg Jahhs« hieß, Opfer dar. Die arabischen Eroberer, Gegner der Christen, haßten die Heiden oder diejenigen, die als solche galten, noch mehr.

Eines Tages fand Mas'ûd in den unterirdischen Gewölben des Schlosses einen mit altertümlichen Lettern bedeckten Stein. Er hob ihn auf und erblickte eine Wendeltreppe, die in das Innere des Berges führte. Mas'ûd ließ sich Fackeln bringen und stieg allein hinunter. Er fand Säle, Gänge, Korridore, doch da er sich zu verirren fürchtete, kehrte er um. Am nächsten Tage begab er sich abermals in die unterirdischen Gewölbe und entdeckte unter seinen Füßen feine glänzende Splitter. Er sammelte sie, trug sie heim und überzeugte sich, daß es pures Gold war. Zum drittenmal machte er sich auf; er ging den Goldspuren nach und gelangte zu derselben Goldader, an der du gearbeitet hast. Angesichts so riesigen Reichtums stand er starr. Er kehrte rasch zurück und unterließ keine Vorsichtsmaßregel, die er nur zu erdenken vermochte, um seinen Schatz vor der Welt zu verheimlichen. Am Eingang in die unterirdischen Gewölbe ließ er eine kleine Moschee errichten und täuschte vor, daß er in ihr bei Gebet und Betrachtung das Leben eines Einsiedlers führe. Indessen arbeitete er unausgesetzt an der Goldader und brach von dem edlen Metall, soviel in seinen Kräften stand. Die Arbeit ging unendlich langsam voran, da er es nicht nur nicht wagen durfte, einen Gehilfen zu nehmen, sondern sich auch das stählerne Werkzeug, das er für die Bergwerksarbeit brauchte, ganz im geheimen verschaffen mußte.

Damals erkannte Mas'ûd, daß Reichtum keineswegs eine Macht darstellt: Er hatte mehr Gold vor sich, als alle Herren der Welt zusammengenommen. Die Förderung jedoch fiel ihm außerordentlich schwer, und er wußte auch nicht, was er mit dem Gold beginnen und wo er es verstecken sollte.

Mas'ûd war ein eifriger Bekenner des Propheten und ein glühender Anhänger Alis. Er glaubte, der Prophet selber habe ihm das Gold entdeckt und geschenkt, damit er, Mas'ûd, dazu beitrage, daß die Familie des Propheten, das heißt die Nachkommen Alis, das Kalifat wiedererlangt und die Welt zum Islam bekehrt. Dieser Gedanke nahm sein ganzes Sinnen gefangen. Er gab sich ihm um so begeisterter hin, als das Geschlecht der Omaijaden in Damaskus nur noch auf schwachen Füßen stand und man Hoffnung schöpfte, daß die Aliden wieder auf den Thron kämen. In der Tat rotteten die Abbasiden die Omaijaden fast aus, aber davon hatte das Geschlecht Alis keinerlei Nutzen, im Gegenteil, es kam sogar einer der Omaijaden nach Spanien und wurde Kalif von Córdoba.

Mas'ûd sah, daß er mehr denn je von Feinden umringt war, doch er verstand es, sich sorgfältig zu verbergen. Er verzichtete sogar darauf, seine Pläne sogleich zu verwirklichen, doch er gab ihnen eine Gestalt, die sie sozusagen für die Zukunft bewahrte. Er wählte sechs Familienhäupter seines Stammes aus, ließ sie mit einem heiligen Schwur Verschwiegenheit geloben, enthüllte ihnen das Geheimnis der Goldader und sagte dann: »Seit zehn Jahren besitze ich schon diesen Schatz und konnte daraus keinerlei Nutzen ziehen. Wäre ich jünger, so hätte ich Kämpfer zusammenrufen und durch Gold und Schwert herrschen können. Aber ich habe meinen Schatz zu spät entdeckt. Man kannte mich als einen Anhänger Alis und hätte nicht verfehlt, mich zu ermorden, noch bevor es mir möglich gewesen wäre, eine Partei zu sammeln. Ich hege die Hoffnung, daß unser Prophet dereinst seiner Familie das Kalifat wiedergeben und daß dann die ganze Welt zu seinem Glauben übertreten wird. Die Zeit ist noch nicht gekommen, doch man muß sie vorbereiten. Ich unterhalte Beziehungen zu Afrika, wo ich die Aliden insgeheim unterstütze; in Spanien ist gleichfalls die Macht unseres Geschlechts zu festigen. Aber vor allem müssen wir unsere Mittel geheimhalten. Wir dürfen nicht alle denselben Namen tragen. So wirst denn du, mein Vetter Zegrîs, dich mit deiner ganzen Familie in Granada niederlassen. Die Meinen bleiben in den Bergen und behalten den Namen Gomélez. Andere begeben sich nach Afrika und werden dort die Töchter der Fatimiden heiraten. Besondere Mühe sollten wir auf die Jugend verwenden; wir sollten ihren Geist bilden und sie mancherlei Proben unterwerfen. Wenn sich irgendwann unter ihnen einer findet, der mit außerordentlichen Fähigkeiten begabt und ungewöhnlich tapfer ist, so wird er sich das Ziel setzen müssen, die Abbasiden zu stürzen, die Omaijaden mit Stumpf und Stiel auszurotten und den Nachkommen Alis das Kalifat wiederzugeben. Meiner Ansicht nach sollte der künftige Herrscher den Titel eines Mahdî, das heißt des Zwölften Imâms, annehmen und die Prophezeiung des Propheten auf sich beziehen, der da sagt, daß die Sonne im Westen aufgehen wird.«

Das waren die Pläne Mas'ûds. Er legte sie in einer Schrift nieder, und von Stund an unternahm er nichts mehr ohne den Rat der sechs Familienoberhäupter. Schließlich gab er sein Amt auf und vertraute einem von ihnen die Würde des Großscheichs und das Schloß Kasr-Gomélez an. Acht Scheiche folgten aufeinander. Die Zegrîs und die Gomélez erwarben die schönsten Besitztümer in Spanien, andere Familien gingen nach Afrika, nahmen wichtige Stellungen ein und verschwägerten sich mit den einflußreichsten Familien.

Schon war das zweite Jahrhundert der Hedschra vergangen, als einer der Zegrîs es wagte, sich zum Mahdî, das heißt zum rechtmäßigen Oberhaupt, auszurufen. Er machte

Kairuan, eine Tagesreise von Tunis entfernt, zu seiner Hauptstadt, eroberte ganz Afrika und wurde zum Haupt des Kalifengeschlechts der Fatimiden. Der Scheich von Kasr-Gomélez schickte ihm eine große Menge Goldes, aber er mußte mehr denn je darauf bedacht sein, das Geheimnis zu hüten, da die Christen allmählich die Oberhand gewannen und man fürchtete, Kasr könne in ihre Hände fallen. Bald bedrückten den Scheich noch andere Sorgen. Es war der plötzliche Aufstieg der Abencerragen, eines Geschlechts, das uns feindlich gesinnt und dessen Denkweise der unsrigen entgegengesetzt war. Die Zegrîs und Gomélez waren wild, ungesellig, doch eifrig um die Verbreitung des Glaubens bemüht. Im Gegensatz zu ihnen betrugen sich die Abencerragen gesittet und sanftmütig, höfisch gegenüber den Frauen, und sie verhielten sich freundschaftlich zu den Christen. Sie durchschauten bis zu einem gewissen Grade unsere Geheimnisse und belauerten uns von allen Seiten.

Die Nachfolger des Mahdî eroberten Ägypten und wurden in Syrien wie auch in Persien anerkannt. Die Macht der Abbasiden brach vollkommen zusammen. Die turkmenischen Fürsten nahmen Bagdad ein, trotzdem verbreitete sich der Glaube Alis nur wenig, und die Sunniten behielten ständig das Übergewicht.

In Spanien bewirkte das Beispiel der Abencerragen einen immer stärkeren Verfall der Sitten. Die Frauen zeigten sich ohne Schleier, die Männer seufzten zu ihren Füßen. Die Scheiche von Kasr verließen nicht ihr Schloß und rührten das Gold nicht an. Dieser Zustand dauerte lange; in dem Verlangen, den Glauben und das Reich zu retten, verschworen sich schließlich die Zegrîs und Gomélez gegen die Abencerragen und töteten sie im Löwenhof, mitten in ihrem eigenen Palast, den sie Alhambra nannten.

Dieses unselige Ereignis beraubte Granada eines beträchtlichen Teiles seiner Verteidiger und beschleunigte seinen Untergang. Die Täler der Alpujarras ergaben sich, dem Beispiel des übrigen Landes folgend, den Siegern. Der Scheich von Kasr-Gomélez zerstörte sein Schloß und verbarg sich in jenen unterirdischen Räumen, wo du Zoto und seine Brüder gesehen hast. Sechs Familien versteckten sich gemeinsam mit ihm unter der Erde, die übrigen flüchteten in die benachbarten Grotten, deren Öffnungen in andere Täler hinausführten.

Einige der Zegrîs und Gomélez nahmen den christlichen Glauben an, oder sie spielten wenigstens die Bekehrten. Unter ihnen befand sich die Familie der Moro, die zuvor in Granada ein Handelshaus unterhalten hatten und in der Folge zu Hofbankiers wurden. Sie brauchten nicht zu fürchten, daß es ihnen an Mitteln fehlen könne, denn alle Schätze der Höhlen standen zu ihrer Verfügung. Die Beziehungen zu Afrika blieben bestehen, besonders zu Tunis. So ging alles recht leidlich bis zur Zeit Karls, des Kaisers und spanischen Königs. Der Glaube des Propheten, der in Asien nicht mehr so prächtig strahlte wie zur Zeit der Kalifen, verbreitete sich dagegen, durch die Eroberungen der Osmanen gestützt, in Europa.

In jener Epoche drang die Zwietracht, die alles auf Erden zu zerstören vermag, auch unter die Erde, das heißt in unsere Höhlen. Die Enge des Raumes schürte die gegenseitigen Zwistigkeiten noch mehr. Sefî und Billâh stritten sich um die Würde des Scheichs, nach der zu trachten sich in der Tat lohnte, denn sie gewährte zugleich das Recht, über die unerschöpfliche Goldgrube zu verfügen. Sefî sah, daß er der Schwächere war, und wollte auf die Seite der Christen übergehen. Billâh stieß ihm den Dolch in die Brust; dann begann er über die gemeinsame Sicherheit der Höhlenbewohner nachzudenken. Das Geheimnis der Grotten wurde auf Pergament geschrieben und dieses senkrecht zur Schrift in sechs Streifen zerschnitten. So konnte man das Blatt nur lesen, wenn man die Streifen zusammenfügte. Jedes der sechs Familienoberhäupter erhielt einen Streifen; zugleich wurde ihm unter Androhung der Todesstrafe verboten, ihn einem anderen auszuhändigen. Der Eingeweihte trug den Streifen über der rechten Schulter. Billâh behielt für alle Bewohner der Grotten und der Umgebung das Recht über Leben und Tod. Der Dolch, den er in Sefîs Brust gestoßen hatte, wurde zum Symbol seiner Macht und ging auf seine Nachfolger über. Nachdem Billâh auf diese Weise in den Grotten eine strenge Herrschaft eingeführt hatte, nahm er sich mit unermüdlicher Energie der Angelegenheiten Afrikas an. Die Gomélez besaßen dort mehrere Throne. Sie herrschten in Tarudant und Tlemcen; doch die Afrikaner sind leichtfertige Menschen, die vor allem der Stimme der Leidenschaft gehorchen, und die Unternehmungen in diesem Erdteil hatten nicht den Erfolg, den man hätte erwarten können.

Etwa zu jener Zeit begann man die Mauren zu verfolgen, die in Spanien verblieben waren. Billâh nutzte die Umstände geschickt aus: Mit unerhörter Gewandtheit richtete er zwischen den Grotten und den hohen Beamten des Staates ein System gegenseitiger Hilfe ein. Jene glaubten, sie beschützten ein paar maurische Familien, die in Ruhe leben wollten, in Wirklichkeit jedoch förderten sie die Pläne des Scheichs, der ihnen zum Lohn dafür seine Börse öffnete. Unseren Chroniken entnehme ich ferner, daß Billâh jene Proben eingeführt oder vielmehr erneuert hat, welche die Jugend bestehen mußte, um die Tapferkeit ihres Charakters zu beweisen. Vor Billâh waren diese Proben in Vergessenheit geraten. Bald danach kam es zur Austreibung der Mauren. Der damalige Scheich der Grotten hieß Kâder. Er war ein weiser Mann, der kein Mittel unversucht ließ, das nur irgendwie Sicherheit für die Höhlenbewohner versprach. Die Bankiers Moro begründeten eine Vereinigung bedeutender Persönlichkeiten, die den Mauren gegenüber Mitleid vortäuschten; unter diesem Vorwand erwiesen sie ihnen tausend Dienste und ließen sich reichlich bezahlen.

Die nach Afrika vertriebenen Mauren waren erfüllt vom Geiste der Rache, der sie immer aufs neue anspornte. Man hätte meinen können, daß dieser ganze Erdteil sich erheben und Spanien überfluten werde, doch die afrikanischen Staaten wandten sich gegen die Interessen der vertriebenen Mauren. Umsonst floß in Bürgerkriegen das Blut in Strömen, umsonst warfen die Scheiche der Grotten gewaltige Mengen Gold aus: der unerbittliche Mulai Ismâ'îl nützte den hundertjährigen Zwist und begründete jenen Staat, der bis heute existiert.

Nun komme ich zu meiner Geburt, und so werde ich denn von mir selbst berichten.

Als der Scheich diese Worte gesprochen hatte, wurde mitgeteilt, daß man das Abendessen serviert habe. Der Abend verlief ähnlich wie der vorangegangene.

Dreiundsechzigster Tag

Des Morgens schickte man mich wiederum in die Grube. Ich förderte Gold, soviel ich nur vermochte. An diese Arbeit war ich nun schon gewöhnt, denn ich hatte ganze Tage dabei zugebracht. Am Abend ging ich zum Scheich, wo ich auch meine Cousinen traf, und ich bat ihn, er möge in seiner Erzählung fortfahren, was er auch tat, indem er also sprach:

Fortsetzung der Geschichte des Scheichs der Gomélez

Ich habe dich mit der Geschichte unserer Grotten vertraut gemacht, soweit ich sie kannte. Nun will ich dir meine eigenen Erlebnisse berichten. Ich wurde in der geräumigen Grotte geboren, die an unseren Raum hier anschließt. Das Licht fiel schräg herein, der Himmel war gar nicht zu sehen. Aber wir gingen in die Felsspalten hinaus, um frische Luft zu schöpfen, und dort zeigte sich auch ein schmaler Ausschnitt des Himmelsgewölbes, ja oft sogar die Sonne. An der Oberfläche besaßen wir eine kleine Fläche, auf der wir Blumen pflanzten. Mein Vater war eines der sechs Familienoberhäupter. Daher wohnte er mit seiner ganzen Familie in der Grotte. Seine Verwandten lebten in den Tälern und galten als Christen. Einige hatten sich in Albaycín, einem Stadtteil von Granada, niedergelassen. Du weißt, daß es dort überhaupt keine Häuser gibt und daß die Einwohner in Felsenhöhlen an den Bergabhängen hausen. Einige dieser sonderbaren Wohnungen standen mit bestimmten Höhlen in Verbindung, die bis in unsere Grotten reichten. Diejenigen, die in der Nähe wohnten, kamen jeden Freitag zum gemeinsamen Gebet zu uns; wer einen weiteren Weg hatte, erschien nur an den großen Festtagen. Meine Mutter sprach mit mir spanisch, der Vater arabisch.

So begann ich beide Sprachen zu beherrschen, besser jedoch das Arabische. Ich lernte den Koran auswendig und vertiefte mich oft in seine Kommentare. Von frühester Kindheit an war ich ein eifriger Mohammedaner und dem Glauben Alis sehr zugetan. Gegen die Christen hatte man mir glühenden Haß eingeimpft. All diese Empfindungen waren mir sozusagen angeboren und wuchsen in der Finsternis der Grotten mit mir.

Ich erreichte das achtzehnte Lebensjahr. Seit einigen Jahren schon war mir, als lasteten die unterirdischen Gewölbe auf mir und als müßten sie mich erdrücken. Ich sehnte mich nach freier Luft. Dieses Gefühl machte mich krank, meine Kräfte schwanden, und ich nahm zusehends ab. Meine Mutter bemerkte als erste, was mit mir vorging. Sie begann mich auszuforschen, und ich gestand ihr alles, was ich empfand. Ich beschrieb ihr die fortwährende Beklemmung, die mich peinigte, die seltsame Herzensunruhe, die ich nicht auszudrücken vermochte. Ich setzte hinzu, ich wolle unbedingt andere Luft atmen, den Himmel, Wälder, Berge, das Meer und Menschen sehen; ich würde sterben, wenn man mir dies nicht gewähre. Die Mutter vergoß Tränen und sagte: »Teurer Mas'ûd, deine Krankheit ist unter uns nichts Außergewöhnliches. Ich selbst hatte sie und durfte damals ein paar Ausflüge unternehmen. Ich kam bis Granada und noch weiter.

Aber bei dir verhält es sich anders. Man hat mit dir große Dinge vor: bald wirst du in die Welt geschleudert werden und viel weiter herumkommen, als ich es wünschte. Gleichwohl: komm morgen beim ersten Frühlicht zu mir, ich will dafür sorgen, daß du frische Luft atmen kannst.«

Am nächsten Tage fand ich mich zur bezeichneten Stunde bei der Mutter ein.

»Lieber Mas'ûd«, sagte sie, »du willst eine frischere Luft genießen als die, die du in unseren Grotten atmest. So wappne dich mit Geduld. Wenn du einige Zeit unter diesem Felsen kriechst, gelangst du in eine sehr tiefe und enge Schlucht. Doch die Luft dort ist freier als bei uns. An einigen Stellen kannst du sogar auf die Felsen klettern und einen unermeßlichen Horizont zu deinen Füßen erblicken. Dieser eingeschnittene Weg war anfangs nur eine Felsenkluft, die dann in mehreren Richtungen aufgerissen ist. Du wirst ein Labyrinth sich kreuzender Pfade vor dir sehen. Deshalb nimm ein paar Kohlestücke, und wenn du zu einer Kreuzung der Pfade kommst, so markiere den Weg, den du zurückgelegt hast. Nur auf solche Weise wirst du verhindern, daß du dich verirrst. Nimm diesen Beutel mit Vorräten; Wasser findest du zur Genüge. Ich hoffe, daß du niemandem begegnest, vorsichtshalber aber stecke den Jatagan in den Gürtel. Indem ich deinem Wunsche folge, setze ich mich großer Gefahr aus; darum verweile nicht zu lang.«

Ich dankte meiner guten Mutter, begann zu kriechen und kam in einen engen, ausgehöhlten Felsspalt, den gleichwohl Grün bedeckte. Später bemerkte ich einen kleinen See mit klarem Wasser und mehrere Hohlwege, die sich kreuzten. Ich wanderte einige Stunden. Das Rauschen eines Wasserfalls erweckte meine Aufmerksamkeit; ich folgte dem Lauf des Sturzbaches und kam an den See, in den er mündete. Der Ort war zauberhaft. Eine Weile stand ich hingerissen vor Bewunderung. Dann begann mich der Hunger zu quälen; ich holte die Vorräte aus dem Sack, befolgte die nach dem Gesetz des Propheten vorgeschriebenen Waschungen und machte mich über die Vorräte her. Als ich mein Mahl beendet hatte, wiederholte ich die Waschungen, dachte an die Rückkehr in die Grotten und folgte demselben Weg, den ich gekommen war. Mit einem Male hörte ich ein seltsames Plätschern im Wasser, ich wandte mich um und sah eine Frau aus einer Quelle hervortreten. Das nasse Haar hüllte sie fast vollkommen ein, doch sie trug noch ein grünseidenes Kleid, das dicht an ihrem Körper haftete. Nachdem die Fee aus dem Wasser gestiegen war, verbarg sie sich im Gebüsch und kam dann in einem trockenen Kleid wieder heraus, das Haar mit einem Kamm festgesteckt.

Sie kletterte auf den Felsen, wohl um sich an der Aussicht zu erfreuen, und darauf kehrte sie an die Quelle zurück, der sie entstiegen war. Einer unwillkürlichen Regung folgend, vertrat ich ihr den Weg. Zuerst erschrak sie, doch ich fiel auf die Knie, und diese demütige Haltung beruhigte sie ein wenig. Sie trat zu mir, faßte mich am Kinn, hob meinen Kopf und küßte meine Stirn. Dann stürzte sie sich überraschend und mit Blitzesschnelle in den See und entschwand meinem Blick. Ich war überzeugt, daß es sich um eine Fee handelte oder – wie man sie in unseren arabischen Erzählungen nennt – eine Perî. Trotzdem ging ich zu dem Strauch, in dem sie sich verborgen hatte, und fand auf ihm das zum Trocknen aufgehängte Gewand.

Ich hatte keinen Grund, länger zu verweilen, und so kehrte ich denn in die Grotte zurück. Ich umarmte meine Mutter, aber ich erzählte ihr nichts von dem, was mir begegnet war, denn ich hatte in unseren Ghaselen gelesen, daß die Feen es lieben, wenn man ihr Geheimnis bewahrt. Da meine Mutter mich ungewöhnlich aufgemuntert sah, freute sie sich, daß die Freiheit, die sie mir verschafft hatte, mir offenbar so gut bekam.

Am nächsten Tage kehrte ich zu der Quelle zurück, und da ich den Weg mit Kohle gezeichnet hatte, fand ich ihn jetzt ganz mühelos. Als ich am Ziel stand, rief ich mit aller Kraft die Fee an und entschuldigte mich, daß ich es gewagt hatte, meine Waschungen in ihrer Quelle zu verrichten. Doch ich tat es auch diesmal wieder. Dann breitete ich meine Vorräte aus. Von einer geheimen Ahnung geleitet, hatte ich für zwei mitgebracht. Ich hatte noch nicht angefangen zu essen, da vernahm ich in der Quelle ein Plätschern, die Fee trat hervor und bespritzte mich lachend mit Wasser.

Sie eilte in das Gebüsch, zog das trockene Kleid an und ließ sich neben mir nieder. Dann aß sie wie eine gewöhnliche Sterbliche, sprach aber kein Wort. Ich glaubte, es sei bei den Feen so Brauch, und fand daran nichts Merkwürdiges.

Don Juan Avadoro hat dir seine Geschichte bereits erzählt; du wirst also erraten haben, daß meine Fee seine Tochter Undine war, die an einer Aushöhlung des Felsens untertauchte und aus ihrem See in den meinen schwamm.

Undine war unschuldig, oder, besser gesagt: sie kannte weder Sünde noch Sündlosigkeit. Ihre Gestalt war so bezaubernd, ihr Benehmen so schlicht und reizend, daß ich sie leidenschaftlich liebgewann. Freilich blieb ich in dem Glauben, ich sei der Gemahl einer Fee geworden. Das dauerte wohl einen Monat. Eines Tages ließ mich der Scheich rufen. Ich fand die sechs Familienoberhäupter bei ihm versammelt, meinen Vater unter ihnen.

»Mein Sohn«, wandte er sich an mich, »du wirst unsere Grotten verlassen und dich in jene glücklichen Lande begeben, wo man den Glauben des Propheten bekennt.«

Diese Worte ließen mein Blut in den Adern erstarren. Sterben oder mich von der Fee trennen bedeutete für mich das gleiche.

»Teurer Vater«, rief ich, »gestatte mir, diese Höhlen niemals zu verlassen.«

Ich hatte diese Worte kaum ausgesprochen, da sah ich alle Dolche gegen mich gezückt.

Der Vater schien der erste zu sein, der bereit war, mein Herz zu durchbohren.

»Ich will gern sterben«, sagte ich, »doch erlaube mir, vorher mit der Mutter zu sprechen.«

Diese Gnade wurde mir gewährt. Ich warf mich in ihre

Arme und erzählte ihr mein Erlebnis mit der Fee. Meine Mutter wunderte sich sehr und sagte: »Lieber Mas'ûd, ich glaubte, auf Erden gebe es keine Feen. Übrigens verstehe ich nichts davon. Doch nicht weit von hier wohnt ein sehr weiser Jude, den ich befragen will. Wenn diejenige, die du liebst, eine Fee ist, wird sie dich überall zu finden wissen. Schließlich mußt du auch bedenken, daß bei uns der geringste Ungehorsam mit dem Tode bestraft wird. Unsere Ältesten haben mit dir Großes vor. Füge dich rasch ihrem Willen und trachte danach, ihre Gunst zu verdienen.«

Die Worte meiner Mutter machten auf mich einen starken Eindruck. Ich stellte mir vor, daß eine Fee in der Tat allmächtig sein müsse und daß die meine mich finden werde, und sei es auch am Ende der Welt. Ich ging zu meinem Vater und schwor, allen Befehlen blind zu gehorchen.

Am nächsten Tage reiste ich mit einem Mann aus Tunis namens Sid-Ahmed ab. Er geleitete mich zunächst in seine Heimatstadt, eine der entzückendsten Städte der Welt. Von Tunis begaben wir uns nach Saghuan, einem kleinen Städtchen, das durch die Anfertigung der roten Kappen, der bekannten Fes, berühmt war. Man erzählte mir, daß sich unweit der Stadt ein eigenartiges Gebäude befinde; es bestehe aus einem Tempel und einer Galerie, die einen kleinen See im Halbkreis umfasse. Aus dem Tempel schieße wie bei einem Springbrunnen das Wasser hervor und fließe in den See. In früheren Zeiten sei das Wasser des Sees in einem Aquädukt nach Karthago geleitet worden. Man erzählte gleichfalls, der Tempel sei einer Quellengottheit geweiht. Ich Wahnsinniger, ich bildete mir ein, daß diese Gottheit meine Fee wäre. Ich eilte zur Quelle und begann ganz laut nach ihr zu rufen. Aber nur das Echo antwortete. Später berichtete man mir, wiederum in Saghuan, von einem Palast der Dschinnen, dessen Trümmer einige Meilen nach der Wüste zu lägen. Ich ging hin und erblickte ein rundes, in einem eigenartigen, doch schönen Geschmack errichtetes Gebäude. Auf den Trümmern saß ein Mensch, der zeichnete. Ich fragte ihn auf spanisch, ob es denn wahr sei, daß der Palast einst von Dschinnen erbaut wurde. Er lächelte und entgegnete, es sei ein Theater, in dem die alten Römer Raubtierschauspiele veranstaltet hätten; der Ort, den man heute el-Dschem nenne, sei das einst so berühmte Zama. Die Erklärung des Reisenden interessierte mich überhaupt nicht. Lieber wäre ich jenen Dschinnen begegnet, die mir vielleicht über meine Fee etwas mitgeteilt hätten.

Von Saghuan begaben wir uns nach Kairuan, dem alten Hauptort der Mahdîs. Ich sah eine riesige Stadt mit hunderttausend Einwohnern, die – heftig und leidenschaftlich – jeden Augenblick zum Aufstand bereit waren. Dort verbrachten wir ein ganzes Jahr. Von Kairuan gingen wir nach Ghadames, einem kleinen, unabhängigen Ländchen, das einen Teil von Beled el-Gerîd, dem Lande der Datteln, bildet. So wird die Gegend genannt, die sich zwischen dem Atlasgürtel und der Sandwüste Sahara erstreckt. Die Dattelbäume tragen in diesem Lande so üppig, daß ein Baum imstande ist, einen der enthaltsamen Menschen, aus denen das dortige Volk besteht, ein ganzes Jahr lang zu ernähren. Gleichwohl fehlt es nicht an anderen Nahrungsmitteln; so gibt es eine Hirseart, Durra genannt, und hochbeinige Hammel ohne Wolle, deren Fleisch ganz vortrefflich ist.

In Ghadames trafen wir auf viele Mauren, die aus Spanien stammten. Unter ihnen gab es weder Zegrîs noch Gomélez, aber viele uns herzlich zugetane Familien. Es war ein Land der Flüchtlinge. Ich hatte an diesem Ort noch kein Jahr geweilt, da erhielt ich von meinem Vater einen Brief, der mit den Worten schloß: »Die Mutter läßt Dir sagen, daß Feen gewöhnliche Frauen sind und daß sie sogar Kinder bekommen.« Ich verstand, daß meine Fee ebenso sterblich war wie ich, und dieser Gedanke beruhigte meine Phantasie ein wenig.

Als der Scheich diese Worte gesprochen hatte, kam einer der Derwische und meldete, daß das Abendessen für uns bereitet sei. So gingen wir denn heiter zu Tisch.

Vierundsechzigster Tag

Am nächsten Tage stieg ich wieder in die Grube hinab, wo ich viele Stunden eifrig das Handwerk eines Bergmanns ausübte. Am Abend begab ich mich zu dem Scheich und bat ihn, er möge in seiner Geschichte fortfahren, was er auch tat, indem er also sprach:

Fortsetzung der Geschichte des Scheichs der Gomélez

Wie ich dir erzählte, erhielt ich von meinem Vater einen Brief, aus dem ich erfuhr, daß meine Fee eine Frau war. Ich befand mich damals in Ghadames. Sid-Ahmed ließ mich nunmehr nach Fezzan reisen, einem Lande, größer als Ghadames, doch weniger fruchtbar. Die Einwohner sind dort alle ganz schwarz. Wir zogen weiter in die Amons-Oase, wo wir auf Nachrichten aus Ägypten warteten. Die von uns entsandten Boten kehrten nach fünfzehn Tagen mit acht Dromedaren zurück. Die Gangart dieser Tiere war nicht auszuhalten, doch wir mußten es acht Stunden lang ohne Pause ertragen. Dann hielten wir; jedes Dromedar bekam einen Kloß aus Reis, Gummiarabikum und Kaffee; wir rasteten vier Stunden und machten uns wieder auf den Weg.

Am dritten Tag hielten wir bei Bahr-belâ-mâ, dem See ohne Wasser. Das ist ein breites, sandiges, mit Muscheln bedecktes Tal. Wir sahen keine Spur von Pflanzen oder Tieren. Gegen Abend gelangten wir zum Ufer eines Sees, der reich an Natron war, was eine Art Salz ist. Dort verließen wir unsere Begleiter und die Dromedare, und ich verbrachte die Nacht allein mit Sid-Ahmed. Im Morgengrauen kamen acht kräftige Männer, die uns in Sänften über den See zu tragen begannen. Wo die Furt ziemlich schmal zu sein schien, gingen sie hintereinander. Das Natron splitterte unter ihren Füßen, die sie zum Schutz mit Fellen umwickelt hatten. So wurden wir mehr als zwei Stunden getragen. Der See führte in ein Tal, dessen Eingang von zwei weißen Granitfelsen flankiert wurde, und verschwand unter einem großen Gewölbe, das von der Natur gebildet, doch von Menschenhand vollendet worden war.

An dieser Stelle entfachten die Wegführer ein Feuer und trugen uns noch etwa hundert Schritte bis an eine Art Anlegestelle, wo ein Nachen auf uns wartete. Unsere Begleiter boten uns leichte Speisen an, sie selber jedoch stärkten sich, indem sie tranken und Haschisch rauchten, eine berauschende Essenz aus Hanf. Darauf entzündeten sie eine Harzfackel, die weithin leuchtete, und befestigten sie am Steuer des Bootes. Wir stiegen ein, unsere Wegführer verwandelten sich in Ruderer und ruderten uns den ganzen Rest des Tages unter der Erde. Gegen Abend gelangten wir zu einem Becken, wo sich der Kanal in mehrere Arme teilte. Sid-Ahmed sagte, hier beginne das im Altertum berühmte Labyrinth des Osymandias. Heute ist nur noch der unterirdische Teil erhalten, der mit den Grotten von Luxor und überhaupt allen unterirdischen Gewölben von Theben in Verbindung steht.

Am Eingang zu einer der bewohnten Grotten legte das Boot an, der Steuermann holte für uns Nahrung, dann wickelten wir uns in unsere Haiks und schliefen im Boote ein.

Am nächsten Tage ruderten wir weiter. Unser Boot nahm seinen Weg durch geräumige Gänge, die von glatt behauenen, ungewöhnlich großen Felsplatten begrenzt wurden. Einige von ihnen waren über und über mit Hieroglyphen bedeckt. Endlich gelangten wir in einen Hafen und begaben uns zu der Soldatenabteilung, die hier ihren Standort hatte. Der Befehlshabende geleitete uns zu seinem Kommandanten, der uns wiederum dem Scheich der Drusen vorstellte.

Der Scheich reichte mir freundlich die Hand und sagte: »Junger Andalusier, unsere Brüder von Kasr-Gomélez schrieben mir Rühmendes über dich. Möge der Segen des Propheten auf dir ruhen.«

Der Scheich schien Sid-Ahmed seit langem zu kennen. Das Abendessen wurde aufgetragen, dann aber kamen merkwürdig gekleidete Leute hereingestürmt und sprachen mit dem Scheich in einer mir unverständlichen Sprache. Sie redeten hitzig auf ihn ein und wiesen auf mich, als ob sie mich eines Verbrechens anklagten. Ich wollte einen fragenden Blick auf meinen Reisegefährten werfen, doch dieser war verschwunden. Der Scheich geriet über mich in unbändigen Zorn. Man packte mich, legte mir Arme und Beine in Ketten und warf mich in ein Verlies.

Es war eine in den Felsen gehauene Höhle, von der aus verschiedene Gänge in andere Höhlen führten. Den Eingang zu meinem Gefängnis erhellte eine Lampe; ich erblickte zwei grausige Augen und dicht darunter einen furchtbaren, mit ungeheuerlichen Zähnen bewehrten Rachen. Ein Krokodil schob den halben Leib in meine Höhle und drohte mich zu verschlingen. Ich war gefesselt und konnte mich nicht rühren, so sprach ich ein Gebet und erwartete den Tod.

Das Krokodil war jedoch an eine Kette geschmiedet. Es handelte sich nur um eine Mutprobe. Die Drusen bildeten damals eine große Sekte im Orient. Ihr Ursprung wird auf einen Eiferer namens Darazî zurückgeführt, der in Wirklichkeit nur ein Werkzeug El-Hâkim Biamrillâhs, des dritten Kalifen der Fatimiden in Ägypten, war. Dieser durch seine Gottlosigkeit bekannte Herrscher versuchte mit allen Mitteln, den alten Isis-Aberglauben wieder einzuführen. Er befahl, daß man ihn als Verkörperung der Gottheit betrachte, und gab sich abscheulicher Unzucht hin, die er auch seinen Anhängern erlaubte. In jener Epoche waren die alten Mysterien noch nicht ganz abgeschafft; man pflegte sie in den unterirdischen Gewölben des Labyrinths. Der Kalif hatte sich einweihen lassen, aber er war bei seinem vermessenen Vorhaben zu Fall gekommen. Seine Anhänger wurden verfolgt und suchten Zuflucht im Labyrinth.

Heute bekennen sie den reinsten mohammedanischen Glauben, aber so, wie er in der Sekte Alis gepflegt wird und wie ihn einst die Familien übernommen hatten. Sie legten sich den Namen Drusen bei, um nicht die allgemein gehaßte Bezeichnung Hakimiten zu tragen. Die Drusen hatten von ihren früheren Mysterien nur noch den Brauch der Mutprobe beibehalten. Ich war bei einigen dieser Proben anwesend und bekam physikalische Instrumente zu sehen, die den besten europäischen Gelehrten zweifellos zu denken geben würden. Zudem scheint mir, daß die Drusen verschiedene Stufen der Einweihung haben und daß es dabei gar nicht um den mohammedanischen Glauben geht, sondern um Dinge, von denen ich nicht die geringste Ahnung habe. Übrigens war ich damals zu jung, um sie zu erforschen. Ich verbrachte ein ganzes Jahr in den Grotten des Labyrinths und reiste oft nach Kairo, wo ich mich bei Leuten aufhielt, die durch geheime Bande mit uns verbunden waren.

Eigentlich reisten wir einzig und allein, um die versteckten Feinde des sunnitischen Glaubens, der damals herrschte, kennenzulernen. Wir machten uns auf den Weg nach Maskat, wo sich der Imâm eindeutig gegen die Sunniten erklärte. Dieser bedeutende Geistliche empfing uns mit erlesener Höflichkeit, zeigte uns das Verzeichnis der arabischen Stämme, die an ihn glaubten, und bewies, daß er die Sunniten mit Leichtigkeit aus Arabien vertreiben könne. Allerdings war seine Lehre dem Bekenntnis Alis entgegengesetzt, und so hatten wir mit ihm nichts zu schaffen.

Von Maskat segelten wir nach Basra, und über Schiras kamen wir in das Reich der Safawiden. Hier herrschte, wie wir sehen konnten, überall das Bekenntnis Alis; doch die Perser frönten der Sinneslust, verzehrten sich im inneren Zwist und kümmerten sich nur wenig um die Verbreitung des Islams außerhalb ihres Landes. Man empfahl uns, jene Jesiden zu besuchen, die auf den Hügeln des Libanon wohnen. Den Namen Jesiden verlieh man verschiedenen Arten von Sektierern; die vom Libanon sind eigentlich unter der Bezeichnung Mutavâlî bekannt. Von Bagdad schlugen wir also den Weg durch die Wüste ein und kamen nach Tedmur, das ihr Palmyra nennt; von dort schrieben wir an den Scheich der Jesiden. Er schickte uns Pferde, Kamele und ein bewaffnetes Gefolge.

Das ganze Volk hatte sich in einem Tal unfern von Baalbek versammelt. Dort empfanden wir wirkliche Genugtuung. Hunderttausende von Eiferern heulten Flüche gegen Omar und priesen Ali. Man beging eine Totenfeier zu Ehren Hussains, der Alis Sohn gewesen war. Die Jesiden zerschnitten sich mit Messern die Arme, manche öffneten sich sogar, von Fanatismus gepackt, die Adern und starben, sich im eigenen Blute wälzend.

Wir blieben bei den Jesiden länger, als wir vorgesehen hatten. Endlich erhielten wir Nachricht aus Spanien. Meine Eltern lebten nicht mehr, und der Scheich hatte vor, mich zu adoptieren.

Nach vierjähriger Reise kam ich am Ende glücklich nach Spanien. Der Scheich adoptierte mich mit allen üblichen Feierlichkeiten. Bald wurden mir Dinge mitgeteilt, die nicht einmal den sechs Familienoberhäuptern bekannt waren. Man wollte mich zum Mahdî machen. Zunächst sollte ich mich im Libanongebiet anerkennen lassen. Die ägyptischen Drusen sprachen sich für mich aus, Kairuan ging ebenfalls auf meine Seite über – diesen Ort sollte ich in jedem Falle zu meiner Hauptstadt wählen. Wenn ich erst einmal den Reichtum des Kasr-Gomélez dorthin brächte, wäre ich bald der mächtigste Herrscher auf Erden.

Das hatte man alles gar nicht schlecht ausgedacht, doch zum ersten war ich noch viel zu jung, und zweitens verstand ich nicht das mindeste vom Kriegshandwerk. So wurde denn beschlossen, daß ich mich unverzüglich zum osmanischen Heer begäbe, das damals Krieg gegen die Deutschen führte. Da ich von Natur aus sanftmütig war, wollte ich mich diesen Plänen widersetzen, aber ich mußte gehorchen. Ich wurde ausgerüstet, wie es sich für einen vornehmen Krieger geziemte, reiste nach Stambul und schloß mich dem Gefolge des Wesirs an. Ein deutscher Heerführer namens Eugen schlug uns und zwang den Wesir, sich über die Tûna, das heißt die Donau, zurückzuziehen. Dann wollten wir wiederum einen Krieg beginnen und nach Siebenbürgen einbrechen. Wir marschierten am Pruth entlang, doch da fielen uns die Ungarn in den Rücken, schnitten uns von der türkischen Grenze ab und rieben uns restlos auf. Ich bekam zwei Schüsse in die Brust, und man ließ mich als Gefallenen auf dem Schlachtfeld liegen.

Nomadisierende Tataren hoben mich auf, verbanden meine Wunden und ernährten mich einzig mit leicht gesäuerter Stutenmilch. Dieses Getränk, das darf ich wohl sagen, hat mir das Leben gerettet. Dennoch blieb ich ein Jahr lang so geschwächt, daß ich kein Pferd besteigen konnte, und wenn die Nomaden ihren Lagerplatz wechselten, so legte man mich zusammen mit ein paar alten Frauen, die mich pflegten, auf einen Wagen.

Meine geistigen Kräfte waren ebenso angegriffen wie die körperlichen: ich konnte nicht ein Wort Tatarisch lernen. Nach zwei Jahren begegnete ich einem Mulla, der die arabische Sprache kannte; ich sagte ihm, ich sei ein Maure aus Andalusien und flehe darum, daß man mich in die Heimat zurückkehren lasse. Der Mulla setzte sich beim Khan für mich ein, und dieser gab mir das Geld für die Reise.

Endlich war ich in unseren Grotten angelangt, wo man mich seit langem aufgegeben hatte. Meine Ankunft wurde von allen freudig begrüßt. Nur der Scheich zeigte sich traurig, da er sah, wie geschwächt und angegriffen ich war. Jetzt taugte ich weniger denn je zum Mahdî. Gleichwohl sandte man einen Boten nach Kairuan, um die Einstellung zu erkunden. Man wollte nämlich so rasch wie möglich zur Tat schreiten.

Nach sechs Wochen kehrte der Bote zurück. Voller Neugier umringten ihn alle. Aber mitten im Bericht sank der Mann wie bewußtlos zu Boden. Man bemühte sich um ihn, er kam wieder zur Besinnung, wollte reden, aber er konnte keinen klaren Gedanken mehr fassen. Nur so viel begriff man, daß in Kairuan die Pest herrschte. Man wollte ihn wegbringen, doch es war schon zu spät: man hatte den Ankömmling berührt, sein Gepäck getragen, und so fielen sämtliche Grottenbewohner der schrecklichen Seuche zum Opfer.

Das geschah an einem Sonnabend. Als am nächsten Freitag die Mauren aus den Tälern zum Gebet herbeikamen und für uns Lebensmittel brachten, fanden sie nur Leichen, in deren Mitte ich mit einer großen Beule auf der linken Brust umherkroch. Aber ich entging dem Tode.

Da ich die Pest nicht mehr fürchtete, machte ich mich daran, die Verstorbenen zu bestatten. Während ich die sechs Familienoberhäupter entkleidete, fand ich die sechs Pergamentstreifen. Ich setzte sie zusammen und entdeckte so das Geheimnis der unerschöpflichen Goldgrube. Der Scheich hatte vor seinem Tode die Wasserleitung geöffnet. Ich ließ das Wasser wieder abfließen und erfreute mich einige Zeit am Anblick meines Reichtums, ohne daß ich ihn anzutasten wagte. Mein Leben war grauenvoll stürmisch gewesen, ich bedurfte der Ruhe, und die Würde eines Mahdî hatte für mich nicht mehr den geringsten Reiz.

Ich kannte auch nicht die geheimen Mittel und Wege der Verbindung mit Afrika. Die im Tal wohnenden Mohammedaner beschlossen von Stund an, daheim zu beten. So blieb ich denn allein in den unterirdischen Räumen. Ich setzte die Goldgrube von neuem unter Wasser, sammelte die in den Grotten gefundenen Kleinodien, wusch sie sorgfältig in Essig und begab mich nach Madrid als ein maurischer Kleinodienhändler aus Tunis.

Zum erstenmal im Leben bekam ich eine christliche Stadt zu sehen. Die Freiheit der Frauen wunderte mich, und ich war entrüstet über den Leichtsinn der Männer. Mit Sehnsucht dachte ich daran, in eine mohammedanische Stadt überzusiedeln. Ich wollte nach Stambul gehen, dort im üppigen Vergessen leben und hin und wieder in die Grotten zurückkehren, um meine Mittel aufzufüllen.

Das waren meine Pläne. Ich dachte, niemand kenne mich, aber ich irrte. Um als richtiger Kaufmann zu gelten, begab ich mich in die belebten Alleen und breitete dort meine Juwelen aus. Ich hatte für sie feste Preise angesetzt und ließ mich niemals aufs Feilschen ein. Dieses Vorgehen verschaffte mir allgemeine Beliebtheit und sicherte mir einen Nutzen, an dem mir gar nicht gelegen war. Indessen wurde ich verfolgt. Überall, wohin auch immer ich meine Schritte lenkte, zum Prado, nach Buen Retiro oder an irgendeinen anderen öffentlichen Ort – überall folgte mir ein Mann, dessen strenge und durchdringende Augen in meiner Seele zu lesen schienen.

Die stets forschenden Blicke dieses Menschen versetzten mich in größte Unruhe.

Der Scheich versank ins Grübeln, als sinne er jenen Erlebnissen nach. Doch da gab man das Zeichen, daß das Abendessen bereitet sei, und so verschob er denn die Fortsetzung seiner Geschichte auf den folgenden Tag.

Fünfundsechzigster Tag

Ich ging in die Grube und machte mich wieder an die Arbeit. Nun hatte ich schon eine beträchtliche Menge herrlichsten Goldes gebrochen. Zum Lohn für meinen Fleiß erzählte der Scheich mir am Abend seine Geschichte weiter, indem er also sprach:

Fortsetzung der Geschichte des Scheichs der Gomélez

Ich habe dir erzählt, daß mich in Madrid ein Unbekannter stets mit seinen Blicken verfolgte, wo immer ich mich auch hinwandte, und daß mich sein ständiges Beobachten sehr unruhig machte. Endlich, eines Abends, beschloß ich, ihn anzusprechen.

»Was willst du von mir?« fragte ich ihn. »Willst du mich mit deinen Blicken auffressen? Was hast du mit mir zu tun?«

»Nichts«, antwortete der Unbekannte, »ich will dich nur umbringen, wenn du das Geheimnis der Gomélez verrätst.«

Diese wenigen Worte klärten mich über meine Lage auf. Ich sah, daß ich auf die Ruhe zu verzichten hatte, und düstere Sorge, die unvermeidliche Gefährtin aller Schätze, bemächtigte sich meiner.

Es war schon spät. Der Unbekannte lud mich zu sich ein, ließ ein Abendessen bereiten, verschloß sorgfältig die Tür, dann fiel er vor mir auf die Knie und sagte: »Beherrscher der Grotten, nimm meine Huldigung entgegen. Doch wenn du in deinen Pflichten fehlen solltest, werde ich dich töten, wie Billâh Gomélez einst Sefî getötet hat.«

Ich bat meinen ungewöhnlichen Vasallen, aufzustehen, sich zu setzen und zu erzählen, wer er sei. Der Unbekannte willfahrte meinem Wunsche, indem er also sprach:

Die Geschichte des Geschlechts der Uceda

Unser Geschlecht ist eines der ältesten der Welt, doch da wir nicht gern mit unserer Herkunft prahlen, begnügen wir uns damit, unseren Ursprung von Abisua herzuleiten, dem Sohn des Pinehas, Enkel Eleasars und Urenkel Aarons, der wiederum ein Bruder Mosis und Hoherpriester Israels war. Abisua war der Vater Bukkis, Großvater Usis, Urgroßvater Serahias, Ururgroßvater Merajoths, welcher der Vater Amarjas, Großvater des Ahimaaz, Urgroßvater Asarjas und Ururgroßvater Asarjas des Zweiten war.

Asarja übte das Amt des Hohenpriesters in dem berühmten Tempel Salomos und hinterließ Chroniken, die einige von seinen Nachfahren weiterführten. Salomo, der Adonai zu Ehren soviel getan hatte, schändete schließlich sein eigenes Alter, indem er seinen Gemahlinnen erlaubte, öffentlich den Götzen zu dienen. Asarja wollte sich in gerechtem Zorn gegen diese verruchte Gottlosigkeit wenden, aber er dachte nach und begriff schließlich, daß alternde Monarchen ihre Gemahlinnen mit Nachsicht behandeln müssen. So sah denn auch Asarja einem bösen Treiben zu, dem er nicht vorzubeugen vermocht hatte, und starb als Hoherpriester.

Asarja war der Vater Amarjas des Zweiten, Großvater Zadoks, Urgroßvater Ahitobs, Ururgroßvater Sallums, welcher der Vater Hilkias war, der Großvater Asarjas des Dritten, Urgroßvater Serajas und Ururgroßvater Jozadaks, der in die Babylonische Gefangenschaft geführt wurde.

Jozadak hatte einen jüngeren Bruder namens Obadia, und eben von diesem stammen wir ab. Er zählte noch nicht fünfzehn Jahre, da reihte man ihn unter die Diener des Königs und änderte seinen Namen in Sabdek. Es gab dort auch noch andere junge Israeliten, deren Namen gleichfalls geändert wurden. Vier von ihnen wollten nicht aus der königlichen Küche essen, des unreinen Fleisches wegen, das dort gekocht wurde. So lebten sie von Wurzeln und Wasser und waren dennoch wohlgenährt. Sabdek aß allein die für sie bestimmten Speisen und wurde dabei immer magerer.

Nebukadnezar war ein großer Monarch, obwohl er vielleicht allzusehr seinem Ehrgeiz nachgab. Er hatte in Ägypten Kolosse von sechzig Fuß Höhe gesehen. Deshalb ordnete er an, daß sein Standbild in demselben Ausmaße errichtet werde, daß man es vergolde und daß jedermann davor auf die Knie sinken und sich verneigen solle. Die jungen Israeliten, die kein unreines Fleisch essen wollten, weigerten sich auch, vor dem Standbild das Knie zu beugen. Sabdek indessen tat es mit großem Eifer; zudem gebot er in eigenhändig geschriebenen Chroniken seinen Nachfahren, sich vor Königen, ihren Standbildern, Günstlingen, Geliebten, ja selbst vor deren kleinen Hündchen immer tief zu verbeugen. Obadja oder Sabdek war der Vater Salatjels; der lebte zu Zeiten des Xerxes, den ihr eigentlich Hschajarscha nennen solltet und den wir Juden Ahaschwerosch heißen. Am Hofe dieses Perserkönigs gab es einen Günstling namens Haman, einen ungewöhnlich ehrgeizigen und hochmütigen Menschen.

Haman ließ verkünden, daß jeder aufgehängt werde, der nicht vor ihm das Knie beuge. Salatjel fiel als erster vor ihm aufs Angesicht nieder. Als indessen Haman selbst gehenkt wurde, neigte wiederum Salatjel als erster sein Haupt vor Mardochai. Salatjel war der Vater Malachjels und Großvater Safeds, welcher gerade zu der Zeit in Jerusalem wohnte, da Nehemia dort als Statthalter gebot. Die jüdischen Frauen und Mädchen waren nicht sehr reizvoll, man zog ihnen die Moabiterinnen und Asdoditerinnen vor. Safed vermählte sich mit zwei Asdoditerinnen. Nehemia schalt ihn und fluchte ihm; er schlug ihn mit den Fäusten und raufte ihm, wie dieser fromme Mann selbst in seiner Geschichte berichtet, Barthaare aus. Dennoch empfiehlt Safed in seinen Denkschriften den Nachfahren, gar nicht auf die Meinung der Juden zu achten, wenn ihnen andere Frauen gefallen sollten.

Safed war der Vater Naassons, Großvater Elfads, Urgroßvater Sorobits, der wiederum der Vater Eluhans und Großvater Usabits war. Dieser aber lebte zu der Zeit, da sich die Juden gegen die Makkabäer empörten. Usabit, von Natur aus ein Gegner des Krieges, sammelte seine Habe und suchte Zuflucht in Kaziath, einer später spanischen, damals von den Karthagern bewohnten Stadt.

Usabit war der Vater Jonathans und Großvater Kalamils, der nach Jerusalem zurückkehrte, als er erfuhr, daß im Lande wieder Ruhe herrschte. Gleichwohl behielt er in Kaziath sein Haus und die anderen Güter, die er in der Umgebung erworben hatte. Du wirst dich erinnern, daß zu Zeiten der Babylonischen Gefangenschaft unser Geschlecht in zwei Linien zerfiel. Jozadak, das Haupt der älteren, war ein aufrechter und frommer Israelit, und alle seine Nachfahren sind in seinen Spuren gewandelt. Ich begreife nicht, warum nun zwischen den beiden Linien ein so verbissener Haß aufkam, daß die ältere nach Ägypten auswandern mußte und dort in dem von Onias begründeten Tempel dem Gotte Israels diente. Diese Linie erlosch, oder, besser gesagt, sie blieb in der Person Ahasvers erhalten, der unter dem Namen des Ewigen Juden bekannt ist.

Kalamil war der Vater Eliphas', Großvater Eljasibs und Urgroßvater Ephraims. Zu dessen Zeiten begab es sich, daß der Kaiser Caligula sein Standbild im Jerusalemer Tempel aufstellen lassen wollte. Der ganze Sanhedrin trat zusammen; Ephraim, der ebenfalls dazugehörte, meinte, daß in dem Tempel nicht nur die Statue des Kaisers, sondern auch die seines Pferdes, das bereits Konsul war, aufgestellt werden müsse. Jerusalem empörte sich jedoch gegen den Prokonsul Petronius, und der Kaiser gab sein Vorhaben auf.

Ephraim war der Vater Nebajoths, zu dessen Zeit Jerusalem sich gegen Vespasian erhob. Nebajoth wartete die Ereignisse nicht ab, sondern zog nach Spanien, wo unser Geschlecht, wie ich schon erwähnte, ein bedeutendes Vermögen besaß. Nebajoth war der Vater Jusubs, Großvater Simrans und Urgroßvater Refajahs, welcher hinwiederum der Vater Jehemias war. Jehemia wurde Hofastrologe Gunderichs, des Königs der Wandalen.

Jehemia war der Vater Esbans, Großvater Usis und Urgroßvater Jerimoths, welcher der Vater Amathots und Großvater Almeths war. Zu Zeiten Almeths drang Jûsuf Ben-Tâher in Spanien ein, um das Land zu erobern und zu bekehren. Almeth trat vor den maurischen Heerführer und äußerte den Wunsch, zum Islam überzutreten. »Du weißt gewiß, mein Freund«, entgegnete der Heerführer, »daß am Tage des Jüngsten Gerichts alle Juden in Esel verwandelt werden, die die Gläubigen in das Paradies tragen müssen. Wenn du also unseren Glauben annimmst, könnte es uns einst an Tragtieren fehlen.« Diese Antwort war nicht sehr höflich, aber Almeth tröstete sich mit dem Empfang, der ihm bei Jûsufs Bruder Mas'ûd zuteil wurde. Dieser behielt ihn bei sich und schickte ihn mit mancherlei Aufträgen nach Afrika und Ägypten. Almeth war der Vater Sufis, Großvater Gunis und Urgroßvater Jessers, der hinwiederum der Vater Sallums, des obersten Sarráfs oder Schatzmeisters am Hofe des Mahdî, war.

Sallum ließ sich in Kairuan nieder und hatte zwei Söhne, Machir und Mahath. Der erste blieb in Kairuan, der andere kam nach Spanien, trat in den Dienst der Gomélez und hielt die Verbindung zwischen Kasr-Gomélez einerseits und Ägypten und Afrika andererseits aufrecht.

Mahath war der Vater Jofeleuts, Großvater Malchiels, Urgroßvater Behres' und Ururgroßvater Dehods, welcher hinwiederum der Vater Sachamers, Großvater Suahs, Urgroßvater Ahis und Ururgroßvater Beris war, der einen Sohn Abdon hatte.

Als Abdon sah, daß die Mauren aus ganz Spanien vertrieben wurden, trat er zwei Jahre vor der Eroberung Granadas zum christlichen Glauben über. König Ferdinand war sein Taufpate. Trotzdem blieb Abdon im Dienste der Gomélez, verleugnete im Alter den nazarenischen Propheten und kehrte zum Glauben seiner Vorfahren zurück.

Abden war der Vater Mehritals und Großvater Asaels, zu dessen Zeit Billâh, der letzte Gesetzgeber der Grottenbewohner, den Sefî tötete.

Eines Tages wurde Asael zum Scheich Billâh gerufen, und dieser sprach zu ihm: »Du weißt, daß ich Sefî getötet habe. Der Tod war ihm vom Propheten bestimmt – er will, daß Alis Sippe von neuem das Kalifat erhält. So habe ich denn einen Bund gebildet, der aus vier Familien besteht: den Jesiden im Libanon, den Banû Chalîl in Ägypten und den Banû Asar in Afrika. Die Oberhäupter dieser drei Familien verpflichten sich in ihrem Namen und im Namen der Nachfahren, daß sie abwechselnd alle drei Jahre einen mutigen, klugen, welterfahrenen, umsichtigen, ja sogar listigen Mann in unsere Grotten schicken werden. Seine Aufgabe wird es sein, zu prüfen, ob in den Grotten alles nach Ordnung und Gesetz geschehe. Und in dem Falle, daß die Gesetze übertreten werden, hat er das Recht, den Scheich, die sechs Oberhäupter der in den Grotten lebenden Familien, kurz, alle, die sich schuldig gemacht haben, zu töten. Als Lohn für seinen Dienst erhält er siebzigtausend Stück reinen Goldes oder, nach eurem Gelde gerechnet, hunderttausend Zechinen.«

»Mächtiger Scheich«, antwortete Asael, »du hast nur drei Familien genannt – welche wird die vierte sein?«

»Die deine«, sprach Billâh, »und du wirst dafür alljährlich dreißigtausend Goldstücke erhalten; doch du mußt es übernehmen, die Verbindung aufrechtzuerhalten, Briefe zu schreiben, ja, du wirst sogar zu den Oberhäuptern der Grotten gehören. Solltest du aber in irgend etwas fehlen, so hat eine der drei Familien den Auftrag, dich sogleich zu töten.«

Asael wollte das Angebot überdenken; doch sein Verlangen nach Gold siegte, und so übernahm er denn für sich und seine Nachfahren jenes Amt. Asael war der Vater Gersoms. Die drei eingeweihten Familien empfingen alle drei Jahre siebzigtausend Goldstücke. Gersom war der Vater Mamuns, das heißt der meine. Getreu den Verpflichtungen meines Großvaters diente ich eifrig den Herrschern der Grotten. Ich habe sogar seit der Pest den Banû Asar die ihnen zustehenden siebzigtausend Goldstücke aus meinen eigenen Mitteln gezahlt. Jetzt kam ich, dir zu huldigen und dich meiner unwandelbaren Treue zu versichern.

»Ehrenwerter Mamun«, sprach ich, »hab Mitleid mit mir. Ich trage schon zwei Kugeln in der Brust und eigne mich weder zum Scheich noch zum Mahdî.«

»Was den Mahdî anbelangt«, antwortete Mamun, »so kannst du beruhigt sein – daran denkt niemand mehr. Würde und Pflichten des Scheichs darfst du jedoch nicht ausschlagen, wenn du nicht willst, daß innerhalb von drei Wochen die Banû Chalîl dich und sogar deine Tochter töten.«

»Meine Tochter?« rief ich verwundert.

»So ist es«, sagte Mamun, »die Tochter, die dir die Fee geboren hat.«

Man meldete mir, daß das Abendessen bereitet sei, und der Scheich unterbrach seine Erzählung.

Sechsundsechzigster Tag

Abermals verbrachte ich einen Tag in der Goldgrube. Am Abend setzte der Scheich auf meine Bitte seine Geschichte fort, indem er also sprach:

Fortsetzung der Geschichte des Scheichs der Gomélez

Es gab keinen anderen Ausweg: ich nahm mit Mamun die frühere Tätigkeit in Kasr-Gomélez wieder auf, nämlich die Verbindung mit Afrika und den angesehenen spanischen Familien. Sechs maurische Familien hatten sich in den Grotten neu angesiedelt. Aber den afrikanischen Gomélez ging es nicht gut: die Kinder männlichen Geschlechts starben oder wurden geistesschwach geboren. Ich selbst hatte von meinen zwölf Frauen nur zwei Söhne, die beide starben. Mamun redete mir zu, unter den christlichen Gomélez eine Wahl zu treffen, sogar unter denen, die mütterlicherseits unserem Blute entstammten und zum Glauben des Propheten übertreten könnten.

So besaß Velásquez ein Anrecht darauf, in unsere Familie

aufgenommen zu werden. Ich bestimmte ihm meine Tochter zur Frau; es ist Rebekka, die du schon kennengelernt hast. Sie ist bei Mamun erzogen worden, der sie mancherlei Wissenschaften und kabbalistische Ausdrücke gelehrt hat.

Nach dem Tode Mamuns war sein Sohn Herr des Schlosses Uceda geworden; mit ihm habe ich alle Einzelheiten für deinen Empfang verabredet. Wir hofften, daß du zum mohammedanischen Glauben übertreten oder wenigstens Vater würdest. Was das letztere betrifft, so gingen unsere Wünsche in Erfüllung. Die Kinder, die deine Cousinen im Schoße tragen, werden als Sprößlinge aus dem reinsten Blut der Gomélez gelten können. Du solltest nach Spanien kommen. Don Enrique de Sa, der Statthalter von Cádiz, ist einer der Eingeweihten. Er hatte dir auch López und Mosquito empfohlen, die dich an der Quelle von Los Alcornoques verließen. Trotzdem zogst du mutig weiter bis zur Venta Quemada, wo du deine Cousinen fandest. Mit Hilfe eines Schlaftrunks wurde erreicht, daß du am nächsten Tage unterm Galgen der Brüder Zotos erwachtest. Von dort gelangtest du in meine Einsiedelei, wo du auf den schrecklichen Besessenen Pacheco stießest, der in Wirklichkeit nur ein vizcayischer Seiltänzer ist. Der Unglückliche hatte ein Auge verloren, als er einen gefährlichen Sprung ausführte. Nun suchte er als Krüppel Zuflucht bei unserer Barmherzigkeit. Ich glaubte, seine traurige Geschichte würde auf dich Eindruck machen und du würdest das deinen Cousinen geschworene Geheimnis verraten. Doch du hieltest getreulich dein Ehrenwort. Am nächsten Tage setzten wir dich einer weit grausigeren Prüfung aus: der falschen Inquisition, die dir mit Torturen drohte, doch deinen Mut nicht erschüttern konnte.

Nun wünschten wir, dich näher kennenzulernen, und führten dich in das Schloß Uceda. Dort schien es dir, als hättest du von den Gartenterrassen aus deine beiden Cousinen erspäht. Sie waren es in der Tat. Als du jedoch in das Zelt des Zigeuners tratst, sahst du nur dessen Töchter, mit denen du – davon sei überzeugt – nichts zu tun hattest.

Wir mußten dich recht lange unter uns behalten und fürchteten, du könntest dich langweilen. Darum erfanden wir mancherlei Unterhaltungen für dich: so hatte Uceda einem meiner Leute, einem Greis, die Geschichte Ahasvers, des Ewigen Juden, beigebracht, die er den Chroniken der Familie entnahm. Diese Geschichten hat dir der Mann wiedererzählt. Dabei verband sich das Angenehme mit dem Nützlichen.

Nun kennst du das ganze Geheimnis unseres unterirdischen Lebens, das gewiß nicht mehr lange währt. Bald wirst du erfahren, daß ein Erdbeben diese Berge zerstört habe. Zu diesem Zweck haben wir unermeßliche Mengen von Sprengstoff herbeigeholt. Und das wird unsere allerletzte Zuflucht sein.

So geh jetzt, Alfons, wohin die Welt dich ruft. Du hast von uns einen Blankowechsel erhalten; die Summe, die du einsetzt, soll auf jeden Fall hoch genug sein, dich für das zu belohnen, was wir von dir verlangten. Denk daran, daß die Grotten sicher bald nicht mehr sein werden; vergiß also nicht, dir eine unabhängige Zukunft zu sichern. Die Gebrüder Moro werden dir dabei helfen. Noch einmal nehme ich Abschied von dir. Umarme deine Gemahlinnen. Diese zweitausend Stufen führen dich in die Ruinen von Kasr-Gomélez, wo du Wegegeleiter nach Madrid finden wirst. Lebe wohl, lebe wohl.

Ich stieg die Wendeltreppe hinauf. Kaum hatte ich das Sonnenlicht erblickt, da sah ich auch schon meine beiden Diener López und Mosquito, die mich hinter der Quelle von Los Alcornoques verlassen hatten. Beide küßten mir freudig die Hände und führten mich in den alten Turm. Dort erwarteten mich ein Abendessen und ein bequemes Lager.

Am nächsten Tage ritten wir flott weiter und erreichten gegen Abend die Venta de Cardenas, wo ich Velásquez traf. Ich fand ihn in eine Aufgabe vertieft, die nach der Quadratur des Kreises aussah. Der vortreffliche Mathematiker vermochte mich zunächst nicht zu erkennen, und ich mußte ihm erst alles, was sich während seines Aufenthaltes in den Alpujarras ereignet hatte, nach und nach wieder ins Gedächtnis rufen. Dann aber umarmte er mich und bekundete die Freude, die ihm das Wiedersehen mit mir bereitete; zugleich gestand er mir, wie schmerzlich es für ihn gewesen sei, daß er sich von Laura Uceda – so nannte er nämlich Rebekka – habe trennen müssen.

Epilog

Am 20. Juni 1739 erreichte ich Madrid. Am Tage nach meiner Ankunft erhielt ich von den Gebrüdern Moro ein Schreiben mit einem schwarzen Siegel, das mich ein unglückliches Ereignis ahnen ließ. In der Tat erfuhr ich, daß mein Vater an einem plötzlichen Blutsturz gestorben war. Meine Mutter hatte unseren Besitz Worden verpachtet und sich in ein Brüsseler Kloster begeben, wo sie mit ihrer Leibrente das Leben friedlich beschließen wollte.

Einen Tag später kam Moro selbst zu mir und bat mich, über das, was er mir mitteilen werde, strengstes Stillschweigen zu wahren.

»Bis zur Stunde, Señor«, sagte er, »gibt es hinsichtlich unseres Geheimnisses noch immer Dinge, die Sie nicht kennen; bald aber werden Sie alles erfahren. Gegenwärtig beschäftigen sich alle, die in das Geheimnis der Grotten eingeweiht sind, damit, ihre Mittel in verschiedenen Ländern anzulegen. Wenn einer von ihnen sie durch einen unglücklichen Zufall verlieren sollte, würden wir ihm alle zu Hilfe kommen. Sie, Señor, hatten einen Oheim in Indien: er ist gestorben und hat Ihnen kaum etwas hinterlassen. Damit sich niemand über Ihren plötzlichen Reichtum wundert, habe ich das Gerücht verbreitet, Sie hätten eine große Erbschaft angetreten. Es ist notwendig, in Brabant, in Spanien, ja sogar in Amerika Güter zu kaufen. Erlauben Sie, daß ich mich der Sache annehme. Nun zu Ihnen, Señor: ich kenne Ihren Mut und zweifle nicht, daß Sie die ›San Zacarias‹ besteigen werden, die mit Nachschub und Verstärkung nach dem von Admiral Vernon bedrohten Cartagena ausläuft. Das englische Ministerium ist gegen den Krieg, aber die öffentliche Meinung zwingt es dazu. Der Frieden steht jedoch nahe bevor, und wenn Sie diese Gelegenheit, sich den Krieg anzusehen, versäumen, werden Sie gewiß nicht so leicht eine zweite finden.«

Der von Moro vorgetragene Plan war schon seit langem von meinen Gönnern gefaßt. Ich bestieg das Schiff mit meiner Abteilung; sie gehörte zu einem Bataillon, das man aus Soldaten verschiedener Regimenter zusammengestellt hatte. Die Überfahrt verlief gut, wir kamen zur rechten Zeit an und schlossen uns mit dem tapferen Eslava in der Festung ein. Die Engländer gaben die Belagerung auf, und im März 1740 kehrte ich nach Madrid zurück.

Als ich einmal bei Hofe Dienst tat, sah ich im Gefolge der Königin eine junge Frau, in der ich sogleich Rebekka wiedererkannte. Man sagte mir, es sei eine Prinzessin aus Tunis, die aus ihrem Lande geflohen sei, um zu unserem Glauben überzutreten. Der König sei ihr Taufpate gewesen und habe ihr den Titel einer Prinzessin von Alpujarras verliehen; dann habe der Herzog von Velásquez um ihre Hand angehalten. Rebekka bemerkte, daß man mit mir über sie sprach, und warf mir einen flehenden Blick zu. Er schien mir zu sagen, daß ich ihr Geheimnis nicht preisgeben solle.

Später siedelte der Hof nach San Ildefonso über, während ich mit meinen Leuten in Toledo Quartier nahm.

Unfern vom Marktplatz mietete ich in einem schmalen Gäßchen ein Haus. Mir gegenüber wohnten zwei Frauen, von denen jede ein Kind hatte. Es hieß, ihre Männer seien Marineoffiziere und befänden sich auf See. Diese Frauen lebten in völliger Abgeschiedenheit und schienen sich ausschließlich ihren Kindern zu widmen, die wirklich schön waren wie kleine Engel. Sie wiegten, nährten, badeten und kleideten sie den ganzen Tag. Dieses rührende Bild mütterlicher Liebe beschäftigte mich allmählich so sehr, daß ich nicht vom

Fenster wich. Allerdings ließ ich mich auch von der Neugier leiten – ich hätte nämlich gar zu gern die Gesichter meiner Nachbarinnen gesehen, die sie stets sorgsam verhüllten. So vergingen zwei Wochen. Das Zimmer, das auf der Straßenseite lag, gehörte den Kindern und wurde von den Frauen nicht zu den Mahlzeiten benutzt. Eines Abends aber sah ich, daß in dem Zimmer ein Tisch gedeckt wurde, als ob man eine Feier vorbereite.

Am Tischende bezeichnete ein mit Blumen umwundener Lehnstuhl den Platz des Festkönigs. An beide Seiten rückte man hohe Stühlchen, auf die man die Kinder setzte. Dann traten meine Nachbarinnen ans Fenster und winkten mir zu, ich solle hinüberkommen. Ich schwankte noch, wußte nicht, was ich tun sollte, doch da hoben sie ihre Schleier, und ich erkannte Emina und Zibelda. Sechs Monate blieb ich bei ihnen.

Inzwischen entfesselten die Pragmatische Sanktion und die Zwistigkeiten um die Erbfolge Karls VI. in Europa einen Krieg, an dem bald auch Spanien tätigen Anteil nahm. Ich verließ meine Cousinen und ging als Adjutant zum Infanten Don Philipp. Während des ganzen Krieges blieb ich an der Seite des Prinzen; nach dem Friedensschluß wurde ich zum Obersten ernannt.

Wir weilten in Italien. Ein Beauftragter des Hauses Moro kam nach Parma, um Gelder einzuziehen und die finanziellen Angelegenheiten des Herzogtums zu ordnen. Eines Nachts besuchte mich dieser Mann und erklärte mir geheimnisvoll, daß man mich im Schlosse Uceda mit Ungeduld erwarte und daß ich sogleich aufbrechen solle. Er nannte mir einen Eingeweihten, den ich in Málaga treffen würde.

Ich nahm Abschied von dem Infanten, bestieg in Livorno ein Schiff und kam nach zehn Tagen Seefahrt in Málaga an. Der erwähnte Mann, von meiner Ankunft benachrichtigt, erwartete mich an der Landungsbrücke. Wir reisten sofort weiter und erreichten schon am nächsten Tag das Schloß Uceda.

Dort hatte sich eine ansehnliche Gesellschaft zusammengefunden: der Scheich, dessen Tochter Rebekka, Velásquez, der Kabbalist, der Zigeuner mit seinen beiden Töchtern und Schwiegersöhnen, Zoto mit seinen beiden Brüdern, der vermeintliche Besessene, schließlich ein Dutzend Mohammedaner aus den drei eingeweihten Familien. Der Scheich verkündete, wir würden uns, da wir alle versammelt seien, sogleich in die Grotten begeben.

Wir machten uns auf den Weg, sobald die Nacht hereinbrach, und kamen bei Morgengrauen an. Wir stiegen hinab und ruhten uns eine Weile aus.

Dann rief uns der Scheich zusammen und sprach die folgenden Worte, die er zum Verständnis der Mohammedaner auf arabisch wiederholte: »Die Goldgrube, die seit nahezu tausend Jahren gleichsam das Vermögen unserer Familie bildete, schien unerschöpflich. In dieser Annahme beschlossen unsere Ahnen, das geförderte Gold zur Verbreitung des Islams und insbesondere zur Unterstützung der Aliden anzuwenden. Sie waren die einzigen Hüter dieses Schatzes, dessen Bewachung ihnen so viele Schwierigkeiten und Mühen bereitete. Ich selbst habe in meinem Leben tausendfach quälende Sorgen kennengelernt. Um mich von der Last, die mir mit jedem Tag unerträglicher wurde, endgültig zu befreien, wollte ich mich überzeugen, ob die Goldgrube tatsächlich unerschöpflich sei. Ich habe den Fels an mehreren Stellen durchbohrt und festgestellt, daß die Goldader überall zu Ende geht. Señor Moro hat es freundlicherweise übernommen, die uns verbliebenen Reichtümer und den Anteil eines jeden von uns zu berechnen. Die Berechnung ergab, daß jeder der Haupterben eine Million Zechinen erhält und die übrigen Beteiligten je fünfzigtausend. Das ganze Gold ist bereits gefördert und wird in einer von hier weit entfernten Grotte verwahrt. Ich will Sie zuerst in die Grube begleiten, wo Sie sich von der Wahrheit meiner Worte überzeugen werden; danach erhält jeder seinen Anteil.«

Wir stiegen die Wendeltreppe hinab, gelangten zu dem

Grabmal und von dort in die Grube, die in der Tat völlig ausgebeutet war. Der Scheich drängte uns zur raschen Umkehr. Als wir auf dem Berg standen, hörten wir eine furchtbare Explosion. Der Scheich erklärte uns, daß jener Teil der Grotten, den wir eben verlassen hatten, in die Luft gesprengt worden sei.

Danach begaben wir uns in die Höhle, in der das restliche Gold lag. Die Afrikaner nahmen das, was ihnen zukam, selbst entgegen; meinen Anteil und die Anteile aller Europäer empfing Moro zur Verwahrung.

Ich kehrte nach Madrid zurück und präsentierte mich dem König, der mich außerordentlich gnädig empfing. Ich kaufte größere Besitzungen in Kastilien, man ernannte mich zum Grafen von Peña Florida, ich saß unter den ersten kastilischen *titulados*.

Angesichts meines Reichtums stiegen meine Verdienste ebenfalls: mit sechsunddreißig Jahren wurde ich General.

1760 vertraute man mir das Oberkommando über ein Geschwader an. Ich erhielt den Auftrag, mit den Berberstaaten Frieden zu schließen. Zunächst segelte ich nach Tunis; ich hoffte, daß ich dort den geringsten Schwierigkeiten begegnen würde und daß das Beispiel dieses Staates die anderen beeinflussen könne. Auf der Reede ging mein Schiff vor Anker, ich schickte einen Offizier an Land, der meine Ankunft meldete. Man wußte in der Stadt schon davon, und die Bucht von Goletta war übersät mit geschmückten Booten, die mich samt meinem Gefolge nach Tunis bringen sollten.

Am nächsten Tage wurde ich dem Dey vorgestellt. Er war ein zwanzigjähriger Jüngling von bezaubernder Gestalt. Man nahm mich mit allen erdenklichen Ehren auf, und für den Abend erhielt ich eine Einladung in das Schloß Manuba. Man geleitete mich in einen abgelegenen Kiosk im Park und verschloß hinter mir die Tür. Ein geheimes Pförtchen öffnete sich. Der Dey trat ein, ließ sich auf ein Knie nieder und küßte mir die Hand.

Dann knarrte ein zweites Pförtchen, und ich sah drei verschleierte Frauen eintreten. Sie lüfteten die Schleier; ich erkannte Emina und Zibelda. Zibelda führte ein junges Mädchen an der Hand: meine Tochter. Emina war die Mutter des jungen Deys. Ich werde nicht beschreiben, wie stark die Gefühle väterlicher Liebe in mir erwachten. Nur der Gedanke, daß meine Kinder einen Glauben bekannten, der sich zu dem meinen feindlich verhielt, trübte meine Freude. Ich brachte dieses schmerzliche Gefühl zum Ausdruck.

Der Dey gestand mir, daß er seiner Religion sehr verbunden sei, daß jedoch seine Schwester Fatima, die von einer spanischen Sklavin erzogen worden war, sich im tiefsten Herzen als Christin fühle.

Wir beschlossen, daß meine Tochter nach Spanien übersiedeln, dort die Taufe empfangen und meine Erbin werden solle.

All dies geschah im Verlauf eines Jahres.

Der König geruhte, Fatimas Taufpate zu sein, und verlieh ihr den Titel einer Prinzessin von Oran. Im nächsten Jahr heiratete sie den ältesten Sohn von Velásquez und Rebekka, der zwei Jahre jünger war als sie.

Ich sicherte ihr mein ganzes Vermögen, da ich beweisen konnte, daß ich keine nahen Verwandten väterlicherseits habe und daß die junge Maurin, durch die Gomélez mit mir verwandt, meine einzige Erbin sei. Wenn ich auch noch im besten Mannesalter stand, so dachte ich dennoch an ein Amt, das es mir erlauben würde, die Süße der Erholung zu genießen. Die Statthalterschaft von Saragossa war frei, ich erbat sie, und sie wurde mir gewährt.

Nachdem ich Seiner Königlichen Majestät gedankt und mich von ihm verabschiedet hatte, begab ich mich zu den Gebrüdern Moro und bat sie, mir die versiegelte Rolle wiederzugeben, die ich fünfundzwanzig Jahre vorher bei ihnen hinterlegt hatte. Es war das Tagebuch meiner ersten sechsundsechzig Tage in Spanien.

Ich schrieb es eigenhändig ab und legte es in eine eiserne Schatulle, wo es dereinst meine Erben finden werden.

Anhang

Nachwort

Das Leben des Autors der »Abenteuer in der Sierra Morena« hat anscheinend einen nur geringen Zusammenhang mit seinem Roman. Dieser entstand neben vielen anderen Arbeiten, die Potocki für wichtig hielt und mit denen er sich vorwiegend beschäftigte. Um aber den ideellen Gehalt seines Romans richtig aufzufassen, muß man auch das Leben des Dichters kennen.

Jan Potocki wurde am 8. März 1761 in Pikow bei Winniza in Podolien geboren; er entstammte einer namhaften adligen Familie. Die Kinder- und Studienjahre verbrachte er in der Schweiz und in Frankreich. Das bestimmte sein ganzes Leben: er fühlte sich mit der französischen Kultur stets aufs engste verbunden, und das Französische wurde für ihn zur Sprache des täglichen Gebrauchs und aller seiner Werke. Wie es sich für einen adligen Jüngling geziemte, leistete er nach Abschluß des Studiums eine Zeitlang Militärdienst und ging auf Reisen. 1778 beteiligte er sich am Bayerischen Erbfolgekrieg als Kavallerieleutnant des kaiserlichen Heeres. Ein Jahr später ging er über Italien und Sizilien nach Malta; von dort aus nahm er auf Schiffen des Malteserordens an Expeditionen gegen die Korsaren teil, wobei er die Küsten Spaniens und Nordafrikas kennenlernte. In die Heimat zurückgekehrt, heiratete er 1783 Julia Lubomirska, eine der schönsten Frauen der damaligen polnischen Gesellschaft, Tochter eines der höchsten Würdenträger im Königreich Polen.

Potocki hätte sich nunmehr um eine politische Karriere bemühen können, wozu seine Familie – der kurz vorher vom Kaiser der Grafentitel verliehen worden war – ihn auch zu bewegen suchte. Er verzichtete aber auf die sich bietende glänzende Laufbahn: seine Interessen lagen anderswo.

Seit seinen frühesten Jugendjahren begeisterte sich Potocki für die Wissenschaft. Anfangs wandten sich seine wissenschaftlichen Interessen verschiedenen Gebieten zu, dann konzentrierten sie sich immer mehr auf die Geschichte, und endlich beschloß er, die Vor- und Frühgeschichte der Polen und, im Zusammenhang damit, die Vor- und Frühgeschichte der slawischen Stämme überhaupt zu erforschen. An der Verwirklichung dieser Idee arbeitete er zwanzig Jahre lang. Sie wurde für ihn zur wichtigsten Aufgabe seines Lebens und zugleich zu einer patriotischen Pflicht.

Um die antiken Autoren zu studieren und in ihren Werken nach Berichten über die alten Slawen zu forschen, beschloß Potocki, nach Paris zu fahren, wo es bedeutend bessere Bibliotheken gab als in Polen. Er reiste jedoch nicht auf dem kürzesten Wege nach Frankreich. Seine Vorliebe für die Exotik des Orients, die schon während des Aufenthalts auf Malta erwacht war, bewog ihn, den Umweg über den Nahen Osten zu wählen. Im Frühjahr 1784 segelte er über das Schwarze Meer nach Stambul und von dort weiter nach Ägypten. Erst am Ende dieses Jahres traf er in Paris ein.

In Paris vergrub er sich in die Geschichte des Slawentums, aber es war nicht die Zeit, in der man den Tagesereignissen gegenüber hätte gleichgültig bleiben können. »Es war eine Epoche, in der alles, was das Recht der Nationen betraf, die Gefühle der Menschen lebhaft erregte«, äußerte sich Potocki viele Jahre später über jene Jahre, »die Pariser Salons hallten wider von Lobreden auf Washington und die amerikanische Verfassung; der allgemeine Zustand Europas ließ stürmische Tage erwarten.« Potocki war darum bemüht, das politische und kulturelle Leben des damaligen Frankreich von Grund auf zu erfassen. Er studierte die Philosophen der französischen Aufklärung, bewegte sich in der Gesellschaft ihrer Anhänger und bekannte sich leidenschaftlich zu ihren Ideen. Er beobachtete den sozialen Gärungsprozeß der Zeit und wurde zu einem begeisterten Verfechter der politischen und gesellschaftlichen Bestrebungen, die sich gegen den Feudalismus richteten und deren Ziel es war, die aufklärerischen Freiheitsideale zu verwirklichen.

1787 wurden die Niederlande zum Brennpunkt der europäischen Politik. Die Partei der Patrioten beseitigte den preußophilen Statthalter. Potocki wollte den Schauplatz der historischen Ereignisse aus der Nähe kennenlernen und eilte nach Holland. Er wurde aber nur noch Zeuge des hoffnungslosen Kampfes der Patrioten gegen die bewaffnete preußische Intervention.

Nachdem Potocki Anfang 1788 nach Polen zurückgekehrt war, wollte er, voller Energie und guten Willens, durch seine Tätigkeit dazu beitragen, daß die Dinge hier einen anderen Verlauf nähmen als in den Niederlanden. Denn auch seinem Vaterland drohte, wenn in ihm die freiheitlichen Tendenzen die Oberhand gewannen, eine Intervention seiner mächtigen Nachbarn. Seit einem Jahrhundert erlebte Polen einen tiefen Niedergang auf allen Gebieten. Staatsbürgerliche Rechte genoß ausschließlich der Adel, und dieser kümmerte sich nicht um das Gemeinwohl. Der kulturelle Verfall des Landes war auffällig. Militärische Ohnmacht ließ Polen zum politischen Spielball der benachbarten Großmächte werden. Immer stärker regte sich das Streben nach einer Änderung dieses Zustands; die Gärung hatte im Laufe der letzten Jahre alle Gebiete des gesellschaftlichen Lebens erfaßt und näherte sich dem Höhepunkt. Die Ideen, für deren Sieg die besten und klügsten Menschen dieser Zeit kämpften, fanden von Tag zu Tag mehr Anhänger. Die Wahlen zum Sejm standen bevor; man erwartete von ihm, daß er viele ersehnte Reformen verwirkliche, die Unabhängigkeit und Macht des Landes festige, den Bürgerstand mit Rechten ausstatte und die Lage der Bauern bessere. Potocki schloß sich sogleich den

Reformern an. Er wurde zum Sejm-Abgeordneten gewählt, aber das genügte ihm nicht. Aus eigenen Mitteln gründete er eine Druckerei in Warschau und stellte sie Publizisten zur Verfügung, die für die Verwirklichung der Reformen kämpften. Er gründete einen Debattierklub nach französischem Muster, wo man lebhaft über aktuelle politische Fragen diskutierte. In Denkschriften, die dem König vorgelegt wurden, wies er auf die Notwendigkeit hin, das Heer zu verstärken, und erinnerte in diesem Zusammenhang an das Schicksal der holländischen Patrioten. Um anderen ein Vorbild zu geben, erlegte er sich selber eine Steuer auf, indem er ein Fünftel seiner jährlichen Einkünfte für die Verstärkung des Heeres zur Verfügung stellte.

Über alldem vergaß Potocki jedoch nicht die wissenschaftlichen Arbeiten: In seiner Druckerei veröffentlichte er in vier Bänden die ersten Ergebnisse seiner Untersuchungen über die Geschichte der Slawen. Auch den Verlauf der Ereignisse in Frankreich verfolgte er ständig. Um mit eigenen Augen das von der Revolution erfaßte Paris zu sehen, reiste er im Frühjahr 1791 nach Frankreich. Von dort begab er sich im Sommer, eine zufällige Gelegenheit wahrnehmend, über Spanien nach Marokko. In der Gesellschaft des schwedischen Botschafters, des Barons von Rosenstein, reiste er die Westküste des Landes entlang von Tanger (wo er sich befand, als die Stadt gerade von den Spaniern belagert wurde) bis nach Rabat.

Potockis politisches Wirken in Warschau war darauf gerichtet, eine Intervention der mächtigen Nachbarn abzuwenden. Doch als er 1792 nach Polen zurückgekehrt war, geschah gerade das, was er befürchtet hatte: die Durchsetzung fortschrittlicher Reformen im Sejm veranlaßte die Nachbarn Polens zum bewaffneten Eingreifen. Potocki beteiligte sich aktiv am Kampf gegen das einrückende zaristische Heer. Nach der Niederlage zog er sich aus dem öffentlichen Leben zurück und beschloß, sich allein der Wissenschaft zu widmen.

Er wollte seine Literaturstudien über die Geschichte der Slawen nunmehr durch Forschungen an Ort und Stelle erweitern. Besonders interessierte er sich für die Westslawen, für ihre einstigen Wohnsitze und die Spuren ihres damaligen Lebens. 1794 begab er sich nach Deutschland. Nach einem kurzen Aufenthalt in Rheinsberg gelangte er nach Prillwitz in Mecklenburg, wohin ihn das Gerücht von angeblichen altslawischen Funden zog. Von Prillwitz reiste er weiter durch Mecklenburg, wo er Rostock, Schwerin und Wismar einen Besuch abstattete, und durch die Lüneburger Heide nach Hamburg. Hier veröffentlichte er 1795 eine Schilderung seiner Reise durch Norddeutschland. Obwohl es sich im Grunde um einen wissenschaftlichen Bericht über seine Suche nach Zeugnissen des altslawischen Lebens handelt, sind einige Teile von literarischem Wert: die vor allem, in denen Potocki die oft melancholische Schönheit des seenreichen Niederdeutschlands malt.

Nach dem Besuch der westlichen Siedlungsgebiete der Slawen beabsichtigte er nun, im Osten seine Forschungen fortzuführen. Im Frühjahr 1797 reiste er über die Astrachansteppen zum Kaukasus, wo er ein ganzes Jahr Leben und Sitten der dortigen Völker untersuchte. Die wissenschaftlichen Ergebnisse der Reise wertete er in den folgenden Jahren aus. Nachdem er zum zweitenmal geheiratet hatte (seine erste Frau war 1794 gestorben), lebte er in Tulczyn in der Ukraine.

1802 erschien in Petersburg das letzte der Werke, die Potocki der Erforschung der slawischen Geschichte widmete: »Histoire primitive des peuples de la Russie« (Urgeschichte der Völker Rußlands). Potocki faßt hier die Ergebnisse seiner zwanzigjährigen Studien zusammen. Nach der überkommenen Meinung, die sich auf die Bibel stützte, waren die Slawen, die in den Gebieten zwischen Elbe und Dnjepr saßen, aus dem Süden zugewandert. Potocki legte dagegen die Urheimat der Slawen auf ein Gebiet fest, das zwischen der Weichselmündung und dem Finnischen Meerbusen landeinwärts reichte. Die neuesten Ergebnisse der Wissenschaft, die sich zum Teil auf ein für Potocki unzugängliches archäologisches Material stützen, bestätigen nach hundertfünfzigjähriger Polemik die Richtigkeit seiner Grundsätze.

Die »Histoire primitive« war dem Zaren Alexander I. gewidmet. Mit der Thronbesteigung Alexanders verbanden sich große Hoffnungen: seine ersten Maßnahmen als Herrscher schienen darauf hinzudeuten, daß er liberalen Reformen zuneige. Adam Czartoryski, der Jugendfreund des Zaren, wurde zum Vertrauten seiner reformatorischen Absichten. Vermutlich auf Fürsprache Czartoryskis – der ein Verwandter Potockis war – geschah es dann auch, daß Alexander sich für die Widmung dankbar erwies und Potocki mit dem Orden des Heiligen Wladimir und mit der hohen, aber nur nominellen Würde eines Geheimen Rates auszeichnete.

Wichtiger als die Gewogenheit des Zaren war für Potocki die Meinung der wissenschaftlichen Welt. Diese fiel im ersten Augenblick nicht günstig für ihn aus: der deutsche Geschichtsforscher Schlözer veröffentlichte in den »Göttingischen gelehrten Anzeigen« 1803 eine einseitig negative Kritik. Potocki soll daraufhin den Rest der Auflage seines Buches in einen Teich geworfen und beschlossen haben, sich von Stund an nicht mehr mit slawischen Studien zu befassen. Im Frühjahr des Jahres 1803 verließ er Petersburg und begab sich nach Italien.

Während er in Rom, Venedig und Florenz weilte, konnte er trotz allem nicht ganz auf die wissenschaftliche Arbeit verzichten. Er suchte sich ein neues Forschungsgebiet: Chronologie (also zeitliche Bestimmung der Ereignisse) der allgemeinen Urgeschichte. In diesen Studien trug er den Angaben der Bibel, die bis dahin auch in Fragen der Chronologie als unerschütterliche Autorität galt, in keiner Weise Rechnung und kam zu Schlußfolgerungen, die mit der Bibel nicht übereinstimmten. Er wurde deshalb scharf angegriffen. Allerdings verloren die Datierungen, zu denen er auf Grund der damals zugänglichen Quellen gelangte und die er in einem guten Dutzend Broschüren veröffentlichte, ihre Bedeutung, als man wenig später die Keilschriften und die ägyptischen Hieroglyphen entzifferte.

Die Reisen und die kostspieligen verlegerischen Unternehmungen – alle seine Werke gab Potocki mit eigenen Mitteln heraus – hatten das Vermögen des Historikers stark angegriffen, und so mußte er sich nach seiner Rückkehr aus Italien im Frühjahr 1804 nach einer besoldeten Stellung umsehen. Dabei kam ihm Czartoryski zu Hilfe, der damals Leiter des russischen Außenministeriums war: Potocki wurde der Gesandtschaft, welche die russische Regierung nach China entsenden wollte, zugeordnet und zum Chef ihrer wissenschaftlichen Abteilung ernannt. Es war ein wichtiges Unternehmen, denn der Kampf Rußlands und Englands um die chinesischen Märkte nahm immer konkretere Formen an. Nach längeren Vorbereitungen brach die Expedition, an ihrer Spitze Graf Golowkin, im Frühjahr 1805 nach Osten auf. Potocki sollte die Arbeiten der Geographen, Geologen und Botaniker, die der wissenschaftlichen Abteilung der Gesandtschaft angehörten, aufeinander abstimmen. Auf dem Wege über Sibirien gelangte man Ende des Jahres nach Urga (heute Ulan-Bator), der Hauptstadt der Mongolei. Da aber Golowkin sich nicht den Zeremonien der chinesischen Etikette unterwerfen wollte, erhielt die Expedition nicht die Genehmigung, nach China einzureisen, und trat den Rückweg an. Potocki beschäftigte sich nun damit, eine detaillierte Denkschrift auszuarbeiten, in der er die politischen und ökonomischen Verhältnisse und Aussichten der asiatischen Gebiete Rußlands darlegte. Die Denkschrift sollte ihm den Weg zu einer Karriere in der Asienabteilung des russischen Außenministeriums eröffnen. Aber die Tatsache, daß Czartoryski seinen Posten verließ, durchkreuzte diese Pläne. Potocki blieb nur der ihm im Januar 1806 verliehene Titel eines Ehrenmitgliedes der Kaiserlichen Akademie der Wissenschaften zu Petersburg.

Die letzten Lebensjahre verbrachte Potocki auf dem kleinen Gut Uladowka bei Berditschew in Podolien. Er lebte vereinsamt, getrennt von seiner Frau, als Freigeist von den Nachbarn, ja selbst von der eigenen Familie gemieden. Die Wirtschaft führte ihm der Türke Ibrahim, den er von einer seiner Reisen mitgebracht hatte. Potocki arbeitete an einer Chronologie der Vor- und Frühgeschichte, nur selten unternahm er eine Reise nach Petersburg oder zu einer der benachbarten Bibliotheken, um nach einem Buch zu suchen, das er gerade benötigte. Anfälle unerträglicher Neuralgien, die er sich auf seinen Reisen geholt hatte, versetzten ihn in schwere nervliche Depressionen. Während einer solchen Verstimmung setzte er, aus Furcht, wahnsinnig zu werden, seinem Leben am 2. Dezember (20. November alten Stils) 1815 in Uladowka durch einen Kopfschuß ein Ende.

Die Umstände, unter denen die »Abenteuer in der Sierra Morena« geschrieben wurden, werden von einer literarischen Legende festgehalten, die möglicherweise von Potocki selber stammt. Als man ihm die Frage stellte, wie es komme, daß ein Historiker darangehe, einen Roman zu schreiben, erzählte er eine Anekdote, die uns ein zeitgenössischer russischer Literat, Pjotr Wjasemski, überliefert hat: »Wie es heißt, hat er diesen Roman seiner Frau zuliebe geschrieben, und zwar unter folgenden Umständen: Während einer langwierigen Krankheit seiner Frau las er ihr die arabischen Märchen aus ›Tausendundeiner Nacht‹ vor. Als er am Ende dieses Buches angelangt war, sehnte sich seine Frau nach mehr solcher Lektüre. Um sie zu zerstreuen und ihrem Wunsch zu entsprechen, schrieb Potocki jeden Tag ein Kapitel seines Romans und las es abends seiner Frau vor.«

Ob diese Anekdote auf Wahrheit beruht oder nicht, mag dahingestellt bleiben; wichtiger für die Entstehung des Werkes sind jedenfalls andere Momente. Die entscheidenden Anregungen dazu empfing Potocki wohl während seines Aufenthalts in Italien (1803). In den gebildeten Kreisen der römischen Gesellschaft, in denen er verkehrte, weckte damals besonders eine Persönlichkeit das allgemeine Interesse: der Sekretär der französischen Botschaft, der Verfasser des »Génie du christianisme« (Der Geist des Christentums, 1802) – Vicomte de Chateaubriand. In dem Werk Chateaubriands wurden Ideen und Ideale verkündet, die zu der auf dem Boden des Rationalismus entstandenen Literatur der zweiten Hälfte des 18. Jahrhunderts in krassem Gegensatz standen. »Le Génie du christianisme« verherrlichte das Christentum, betrachtete es als die einzige Quelle der Schönheit und Wahrheit und begründete einen Kult der kirchlichen Triumphepoche, des Mittelalters, in dessen Kultur und Kunst Chateaubriand alle ethischen und ästhetischen Ideale in höchster Form verwirklicht sah. Mit diesem Werk wurde der reaktionären Romantik der Weg gebahnt.

Für Potocki, einen Verfechter der Ideen der französischen Aufklärer, bedeutete »Le Génie du christianisme« eine Verleugnung der Gedankenwelt, der er sich verbunden fühlte. Er folgte nicht denen, die auf das Buch mit polemischen Broschüren antworteten, sondern suchte eine wirkungsvollere Methode. Er entschloß sich, ein literarisches Werk zu schreiben, das mit seinem ideellen Gehalt und seiner künstlerischen Form für die kulturelle Beständigkeit jener Epoche Zeugnis ablegen sollte, der Chateaubriands »Génie du christianisme« anscheinend ein Ende gesetzt hatte. So ergab sich die Konzeption der »Abenteuer in der Sierra Morena«.

Der Zweck von Potockis Roman lag somit vor allem darin, jene Tendenzen darzulegen und zu verteidigen, die für die Aufklärung – also für die Geistesströmung, in deren Namen Potocki auftrat – besonders kennzeichnend waren. »Was ist Aufklärung?« fragt Kant und antwortet: »Befreiung vom Aberglauben.« Potocki setzt den Kampf um diese Befreiung, den die französische Philosophie und Literatur geführt hat, fort.

Wenn wir den ideellen Gehalt aus dem bunten Handlungsgewebe herauslösen, so erkennen wir diese Bestrebungen Potockis in mehreren Entwicklungslinien, in mehreren Teilfabeln des Romans. Zunächst in der Geschichte des Ewigen Juden: Hier legt der Priester Chäremon die Grundsätze der alten ägyptischen Religion dar. Aber weder den Gomélez, in deren Auftrag der Ewige Jude seine Geschichte erzählt, noch dem Autor geht es in erster Linie darum, den jungen Alfons oder den Leser sachlich über die altägyptische Religion zu informieren; vielmehr soll anschaulich dargestellt und bewiesen werden, daß die religiösen Systeme und Gesetze nicht Ergebnis göttlicher Eingebung oder Offenbarung sind, sondern verschiedene ältere Traditionen aufnehmen, nachahmen, miteinander verbinden und entsprechend den neuen historischen Gegebenheiten abwandeln. So findet man im Mosaismus – also den auf Moses zurückgeführten Gesetzen des jüdischen Glaubens – vieles, was schon in der ägyptischen Religion vorhanden war; manche Dogmen (von der Dreieinigkeit, von der Auferstehung) und manche gottesdienstliche Handlungen (Taufe, Buße, Abendmahl) sind sowohl in der ägyptischen Religion und im hellenistischen Mosaismus wie auch im Christentum nachweisbar.

Daß Elemente der Lehre des Christentums in verschiedenen vorchristlichen Religionen wahrnehmbar sind, weist Potocki an Hand von historischen Quellen nach (Poimander, Jamblichos und Philo werden an einigen Stellen des Romans wörtlich zitiert). Der Dichter führt hier Gedanken weiter, die sich schon in den Schriften John Lockes, des ersten großen Vertreters der Aufklärung in der Philosophie, finden. Locke war der Meinung gewesen, daß im Christentum nur das wahr sei, was mit dem Verstand übereinstimme und was dem innersten Wesen nach auch in anderen Religionen enthalten sei; alles übrige sei Zutat der Geistlichkeit. Diese Ansicht wurde von den englischen Deisten im 17. und 18. Jahrhundert, vor allem von Toland und Blount, aufgegriffen, aber ihre Kritik am Christentum blieb ahistorisch, das heißt, sie betrachteten die Religionen nicht in ihrem geschichtlichen Zusammenhang, in ihrer geschichtlichen Entstehung und Notwendigkeit. Potocki war der erste, der zu zeigen versuchte, daß die Lehren des Christentums sich aus den mannigfaltigen Veränderungen ergeben hätten, denen die früheren Glaubensvorstellungen ausgesetzt gewesen seien, daß es sich also hier um einen Prozeß gehandelt habe, der alles Übernatürlichen entbehrte. Ein ungewöhnlich sicherer Instinkt im Finden und Zusammenstellen der Analogien machte Potocki zum Vorläufer einer Betrachtungsweise, die sich eigentlich erst in den dreißiger Jahren des 19. Jahrhunderts zu entwickeln begann (D.F. Strauß und andere).

Mit den Lehren und Deutungen Chäremons wird der Weg gebahnt für jene Romangestalt, die am deutlichsten die Ansichten des Autors wiedergibt: für den Mathematiker Velásquez. Velásquez knüpft in seinen Betrachtungen an die Geschichte des Ewigen Juden an. Er geht von der Frage der Eucharistie – des Abendmahls – aus (also eines jener christlichen Mysterien, die bereits in der ägyptischen Religion nachweisbar sind) und überlegt: Wenn man die Möglichkeit einer Vereinigung des Menschen mit Gott annimmt, muß man voraussetzen, daß der Mensch sich seinem Wesen nach von allen anderen Geschöpfen auf der Welt unterscheidet. Velásquez betrachtet darauf den Unterschied zwischen dem Menschen und dem Tierreich; er kommt zu dem Schluß, daß der Mensch größere Erkenntnismöglichkeiten hat als alle anderen Geschöpfe und daß ihm ein Gewissen eigen ist. Aber die ethischen Begriffe des Menschen sind relativ, sein Gewissen hängt von der Fähigkeit zu abstrahieren ab. Die größeren Erkenntnismöglichkeiten bleiben somit im Grunde das einzige, was den Menschen über die Tierwelt erhebt. Daraus ist zu folgern, daß die Überlegenheit des Menschen über andere Lebewesen nur gradueller Natur sein kann. – Hier wandelt Potocki in den Spuren Voltaires, der die Konzeption einer übernatürlichen menschlichen Seele ablehnte.

Der Dichter sieht das erörterte Problem noch in größerem Zusammenhang: es geht ihm um die Frage der geoffenbarten Religion als Gegensatz zum Deismus – einer Weltanschauung, die unter den Philosophen der Aufklärung weit verbreitet war; die Deisten ließen den Glauben an die Existenz Gottes als der primären Ursache der Welt gelten, verwarfen aber den Glauben an Wunder, an das Eingreifen Gottes in die bestehende Welt, und sie verwarfen die Dogmen der Kirche. Velásquez setzt sich im Roman mit den Wundern auseinander; seine Überlegungen ergeben, daß nicht einmal der Begriff des Wunders bestimmt werden kann: da man zugeben muß, daß nicht alle Gesetze der Natur bekannt sind, ist es auch unmöglich festzustellen, ob ein anscheinend wunderbares Phänomen einem jener unumstößlichen Naturgesetze widerspricht. Zur Frage der Dogmen hat schon Chäremon einiges gesagt. Velásquez resümiert nun: Wenn Dogmen und Mysterien zu den vorchristlichen Religionen auf anderem Wege als dem der Offenbarung gelangen konnten, darf man schließen, daß die Übernahme der gleichen Dogmen durch das Christentum auch nicht unbedingt auf dem Wege der Offenbarung zustande kommen mußte. Und schließlich schildert Velásquez, wie er sich die Entstehung des Christentums vorstellt.

Die Ausführungen Velásquez' sind von Anfang bis Ende eine Blasphemie der offiziellen Kirchenlehre: die Schlußfolgerung, die besagt, daß es im Grunde keinen Unterschied zwischen der angeblich geoffenbarten Religion und dem rationalistisch aufgefaßten Deismus (der »natürlichen Religion«) gibt, entzieht der geoffenbarten Religion alles Übernatürliche und macht sie – wie so vieles andere auf dieser Welt – zum Werk des Menschen. So versteht man, welche Ironie darin liegt, wenn Potocki den Mathematiker Velásquez zum Schluß seiner Darlegungen eine Treueerklärung gegenüber der Kirche abgeben läßt. Velásquez beruft sich dabei auf das Beispiel Newtons und Leibniz', und auch das ist ironisch aufzufassen, denn gerade wegen ihrer theologischen Schriften wurden diese beiden Gelehrten von der Kirche aufs schärfste angegriffen.

Der Dichter sah sich freilich zu diesem ironischen Verstecken seiner Ansichten nicht bloß aus Gründen der schriftstellerischen Technik veranlaßt; vielmehr war die Äußerung solcher extrem freisinnigen Meinungen, solcher Blasphemien, wie sie Velásquez vorträgt, zu der Zeit, als der Roman entstand, keineswegs ungefährlich und zumindest nicht opportun. Potocki brauchte jedoch nicht zu befürchten, daß sein Werk wegen der durch die Umstände gebotenen Tarnung mißverstanden würde; er konnte darauf bauen, daß die angeführten Tatsachen und die freisinnigen Argumente, auch wenn sie später teilweise zurückgenommen wurden, für sich sprächen.

Nach der Kritik an der geoffenbarten Religion trägt Velásquez seine eigenen Anschauungen vor. Er geht in seinem »System« von der These Lockes aus, daß es keine dem Menschen »angeborenen« Ideen gebe. Velásquez bedient sich der Beweise des französischen Sensualisten Condillac, nach dem alle Erfahrung sinnlich ist, und gelangt schließlich annähernd zu dem gleichen Standpunkt, den auch der französische Philosoph Lamettrie in seiner »Naturgeschichte der Seele« vertrat, nämlich zu der materialistischen These, daß die Seele eine Funktion des Körpers sei.

Das »System« Velásquez', das die Grundsätze der radikalen aufklärerischen Erkenntnistheorie wiedergibt, wird von einer anderen Romangestalt auf das Gebiet der Ontologie ausgedehnt: von dem gelehrten Vielschreiber Hervás, dem Verfasser einer riesigen Enzyklopädie (welche an die von Diderot und d'Alembert herausgegebene »Encyclopedie« – die »Bibel der Aufklärung« – erinnert). Hervás steht, nachdem er das ganze Gebiet des menschlichen Wissens bewältigt hat, vor der Frage nach der Herkunft der Materie und des Lebens. Während Velásquez dieses Problem im Geiste des Deismus löst, geht Hervás einen Schritt weiter und gelangt zu einer materialistischen Naturphilosophie: er sieht die Quelle des Lebens in den schöpferischen Eigenschaften einer »Universalsäure«, also eines Faktors, der jedes übernatürlichen Charakters entbehrt. Diese Ansichten lehnen sich an das »System der Natur«, das Werk des französischen Materialisten d'Holbach, an.

Die philosophische Problematik des Romans findet ihr kompositorisches Gegenstück in einem Komplex von Fragen anderer Art. Diese gehen von der Kritik am feudalen Ehrbegriff aus als einer ethischen Regel, die das Verhalten des einzelnen im gesellschaftlichen Leben bestimmt. Zur Zeit der Aufklärung polemisierte man verschiedentlich dagegen, daß der Ehrbegriff immer und absolut gültig sei; man erkannte, daß er in der Atmosphäre des feudalen Rittertums entstanden war und sich im Laufe der Zeit überlebt hatte. In mehreren Bildern seines Romans zeigt Potocki die absurden oder tragischen Folgen einer übertrieben strengen Auffassung von Ehrempfindlichkeit.

Die tragischen Folgen, veranschaulicht durch die analog verlaufenden Geschichten des Grafen Rovellas und des Herzogs von Medina Sidonia, werden noch überboten durch die absurden Folgen, die Potocki in einer ganzen Galerie urkomischer Gestalten versinnbildlicht. Vom wechselhaften Liebes- und Ehegeschick des Grafen Peña Veléz bis zu dem ungewöhnlichen Prozeß des Gaspar Suárez gegen das Haus der Gebrüder Moro verdanken die meisten Szenen der »Abenteuer« ihre wirkungsvolle Situationskomik dem Konflikt zwischen einem übertriebenen Ehrgefühl und den Anforderungen des realen Lebens oder ganz einfach der Vernunft. Besonders gilt das natürlich für die Erzählungen, in denen der Dichter über den Rahmen jener Klasse, deren Sittenwelt den ritterlichen Ehrbegriff prägte, hinausgeht, also zu Gestalten am Rande der Gesellschaft, zu Räubern wie Zoto oder zu den Menschen, welche die Grundlagen des bürgerlichen Gesellschafts- und Sittenlebens schaffen wie der Bankier Suárez.

Dem feudalen Ehrbegriff wird gleichsam das andere Extrem entgegengesetzt, ausgedrückt etwa durch Don Belial de Gehenna (also den Satan), der zu dem jungen Hervás sagt: »Ich bin eines der wichtigsten Mitglieder eines mächtigen Bundes, dessen Ziel es ist, die Menschen glücklich zu machen, indem er sie von jenen falschen Vorurteilen heilt, die sie mit der Muttermilch einsaugen und die dann all ihrem Verlangen im Wege stehen. Wir haben vorzügliche Bücher veröffentlicht, wir beweisen in bewundernswerter Weise, daß allen menschlichen Handlungen der Egoismus zugrunde liegt ...« Es ist die gleiche Anschauung, welche die Philosophen der französischen Aufklärung, die sich mit Fragen der Ethik beschäftigten, vor allem Lamettrie und Helvétius, auf dem Wege über Locke von dem englischen Philosophen Hobbes übernahmen. Dieser suchte in seinem »Leviathan« nachzuweisen, daß der Mensch seiner Natur nach ein Egoist und sein einziges Ziel das eigene Wohl sei; Gut und Böse würden daran gemessen, ob sie den Zielen des Individuums förderlich seien, folglich gebe es keine allgemeine Moral, und der Unterschied zwischen Tugend und Verbrechen sei stets relativ. Man muß diese extremen Ansichten in ihrer Funktion in der damaligen Zeit begreifen: sie bahnten für die Philosophen der Aufklärung den Weg zur Befreiung von den sakrosankten Fesseln des veralteten Gesellschaftssystems, von den Vorurteilen, die den Blick des Menschen von Geburt an einengen und ihn daran hindern, das nur noch traditionell begründete Falsche und Überlebte zu bekämpfen.

Im Gegensatz zu dem Wert, den diese Ansichten für die Ablehnung, für die Kritik des Veralteten hatten, war ihr positiver Wert, ihr Inhalt als Perspektive einer neuen Moral, anfechtbar, und man darf wohl bezweifeln, daß Potocki in ihnen eine solche Perspektive erblickte. Wie er sich das moralische Antlitz des idealen, aufgeklärten Menschen vorstellte, wird aus seinem Roman nicht sichtbar. Aber es ist durchaus möglich, daß Potocki ursprünglich sein Werk nicht nur als philosophischen Roman, sondern auch als Bildungsroman betrachtet wissen wollte, in dessen Verlauf der Held,

Alfons van Worden, zu ebenjenem Idealtyp erzogen werden sollte. Das bezeugen zwei bedeutungsvolle Bemerkungen, die Alfons am Anfang des zweiten Tages äußert: »Man wird vielleicht erstaunt sein, mich so sehr mit meinem Ruhm ... beschäftigt zu sehen; doch diese Denkweise war *noch* ein Ergebnis meiner Erziehung.« – »Ich trat in die Kapelle und betete tatsächlich, denn ich war kein Freigeist ...; all das war *noch* ein Ergebnis meiner Erziehung.« Die Form dieser beiden Bemerkungen beweist, daß Alfons' Denkweise später anders werden sollte, daß also der Dichter anfangs seine Schicksale anders zu gestalten beabsichtigte. Vielleicht wollte Potocki aus Alfons einen Kämpfer gegen die alte Feudalwelt machen? Vielleicht hätte er nach der Lehre, die er aus seinen andalusischen Wanderungen ziehen konnte, den Weg Olavídez' beschritten, der zu Beginn des Romans erwähnt ist und der entgegen dem Willen des Feudalherrschers und der Kirche das Land Andalusien, wo er in der zweiten Hälfte des 18. Jahrhunderts Statthalter war, der Macht des Obskurantismus entreißen wollte. Vielleicht wäre er wie Olavídez den Verfolgungen einer – diesmal wahren – Inquisition erlegen, angeklagt, den religiösen Fanatismus bekämpft und Beziehungen zu den französischen Enzyklopädisten unterhalten zu haben. Doch das bleibt nur Vermutung: wider Erwarten blieb Alfons van Worden dem Throne und dem Altar treu. Seine wahre Geschichte hat Potocki nicht geschrieben.

Die diskursiven Elemente, an denen die »Abenteuer«, wie wir gesehen haben, nicht arm sind, stellen in Potockis Roman keinen langweiligen, schulmeisterlichen Vortrag dar. Der Dichter hat es verstanden, sie in ein äußerst kunstvolles Gewand zu kleiden, das den Roman zu einem in seiner Art einzigartigen Werk macht, obwohl es aus ästhetischen Vorstellungen erwächst, die für die Literatur der französischen Aufklärung kennzeichnend sind. Die literarischen Salons verlangten vom Schriftsteller, daß er selbst den ernstesten gedanklichen Inhalt in eine wirkungsvolle, leichte und anziehende Form kleide. Damit rechnete auch Potocki, der seinem Roman über die literarischen Salons den Weg zu den Lesern bahnen wollte. »Meine ›Spanientage‹«, so lautet sein dichterisches Bekenntnis, das er, als sein Roman 1815 vollendet war, in einem Brief äußerte, »sind dazu bestimmt, die Damen zu amüsieren, die mich durch ein freundliches Lächeln belohnen werden.«

Die literarische Besonderheit der »Abenteuer« beruht vor allem darauf, daß sie das klassische Beispiel eines »Schachtelromans« sind; das Werk ist in seinem Aufbau den Märchen aus »Tausendundeiner Nacht« nachgebildet und umfaßt ein gutes Dutzend Novellen und Erzählungen, die durch eine Rahmengeschichte verbunden sind. Ein weiteres Element literarischer Ornamentik im Roman besteht darin, daß seine Handlung unter ungewöhnlichen Umständen spielt, mit anscheinend undurchschaubaren Rätseln verknüpft ist und daß die Gestalten des Romans zu einer Art von Menschen gehören, die unter den Bewohnern dieser Welt nur selten anzutreffen ist.

Das Phantastische in Potockis Roman hängt mit der damaligen literarischen Mode zusammen; sie bevorzugte den Schauerroman, dessen bekannteste Vertreterin, Anne Radcliffe, ihre meistgelesenen Werke am Ausgang des 18. Jahrhunderts veröffentlichte. Gleichwohl besteht zwischen dem phantastischen Charakter des Schauerromans und dem der »Abenteuer« ein wesentlicher Unterschied: In Potockis Roman gibt es keine schrecklichen, unmenschlichen Verbrechen, auf den Helden lastet kein Fluch des Schicksals, und die ganze Maschinerie der übernatürlichen Erscheinungen, die im Schauerroman ernst genommen wird und ausschließlich aus Gründen der Komposition eine natürliche oder verhältnismäßig natürliche Lösung findet, wird hier zum Gegenstand eines ausgeklügelten Spiels. Das ist durch die Art und Weise möglich, in der im Roman der Ablauf ungewöhnlicher Ereignisse und das Auftreten von Gestalten aus einer unwirklichen Welt motiviert werden. Im Schauerroman ist diese Motivierung irrational, in Potockis Roman hingegen haben wir es mit einem Vorgang besonderer Art zu tun: die phantastischen Gestalten erscheinen nicht aus dem Nichts, sondern sie kommen in den Roman aus den Seiten bestimmter Bücher, können also auf ein schon zuvor erworbenes literarisches Bürgerrecht verweisen. Das hat wichtige Konsequenzen: der Dichter braucht das Nichtvorhandensein seiner phantastischen Helden keineswegs zu beweisen, denn nicht er hat sie ins Leben gerufen. Die Erklärung der Rätsel am Schluß, die im Schauerroman die übernatürliche Welt mit der Wirklichkeit aussöhnen muß, söhnt hier die Wirklichkeit mit der Literatur aus, denn schließlich sind die Geschichten von dem Ewigen Juden oder dem Kabbalisten literarische Legenden, und die Verkleidung ist die Methode der Inszenierung dieser Legenden im Roman.

An Motiven literarischen Ursprungs sind die »Abenteuer« nicht arm. Sie kommen vor allem aus der französischen Literatur, von Le Sage (aus dessen Roman »Gil Blas« Potocki das Motiv der von einer organisierten Gruppe bewohnten Höhlen, das Motiv der falschen Inquisition, einige Gestalten sowie gewisse strukturelle Elemente übernahm) bis zu Diderot (aus dem »Fatalisten« stammt das Motiv des Galgens; in demselben Roman finden wir den literarischen Ahnherrn des Duellanten aus Gewohnheit, Juan van Wordens). Wir haben es aber keineswegs nur mit einer Nachahmung zu tun, denn Potocki besitzt ein ungewöhnliches Geschick, den entliehenen Motiven neues, eigenes Leben einzuhauchen.

Die Fülle der entliehenen Motive, die mit dem Erfindungsreichtum des Dichters wetteifert, macht Potockis Roman zu einem Teppich kunstvoll verflochtener Fäden, zu einem farbigen, blendenden Mosaik von faszinierendem Reiz. Es ist das Hervorstechende, das Geheimnis von Potockis Talent, daß keine der mannigfaltigen Komponenten der »Abenteuer« im Laufe der Zeit verblaßt ist, daß die philosophischen Erwägungen und die Wechselfälle der Leidenschaft, die politischen Intrigen und die phantastischen

Abenteuer selbst den heutigen Leser in Spannung halten und seine Aufmerksamkeit fesseln. Das ist vor allem in den Vorzügen von Potockis Prosa begründet: ihr mitreißender Schwung, der in kaleidoskopartigem Wechsel Bild um Bild vor die Augen des Lesers treten läßt, gibt der Handlung eine ungewöhnliche Dynamik. Zu diesem Geheimnis gehört auch die Komik, die bis in die entferntesten Winkel des Romans dringt, eine ungewöhnlich feinfühlige Komik, die eher mit Ironie als mit Satire, eher mit Parodie als mit Sarkasmus arbeitet. Die Handlung verrät von der ersten bis zur letzten Seite einen delikaten, nicht abgegriffenen Witz; Potockis Scherz schafft einen Ausgleich für die Unwahrscheinlichkeit der Ereignisse, sein Spott verleiht den Situationen Schärfe und Ausdruckskraft. Ein ganzer Reigen überaus possierlicher Gestalten zieht sich durch den Roman: der Dichter, ein Meister der Karikatur, versteht mit wenigen Strichen ein Bild entzückenden Spotts zu zeichnen, wobei er durch die Schärfe der Konturen eventuelle Mängel in der psychologischen Charakterisierung ausgleicht.

Das stilistische Gewand, stets im Ton einer untadeligen, vornehmen Eleganz gehalten und fähig, selbst die grellsten Szenen in die Anmut eines gehobenen Ausdrucks zu kleiden, gibt dem Roman den Reiz des Diskreten. Zugleich jedoch versucht Potocki, das Lokalkolorit der einzelnen Szenen zu wahren, und ist um Präzision und Wahrhaftigkeit des Details bemüht. Bei dieser Sorge kommt ihm sein immenses, vielfältiges Wissen zustatten. Von der Philosophie und Literatur war schon die Rede. Ebenso sicher bewegt sich der Dichter auf dem Gebiet der Geschichte, der Mathematik, ja sogar der Kabbalistik, und, was das wichtigste ist: seine scheinbar flüchtig hingeworfenen Bemerkungen stützen sich fast immer auf eine große Sachkenntnis.

Die historischen Episoden der »Abenteuer in der Sierra Morena«, besonders die, deren Handlung in einer fernen Vergangenheit spielt, bestechen durch die Exaktheit, mit welcher der Dichter den gesellschaftlichen Hintergrund der

Ereignisse und die Sittenverhältnisse der Epoche wiedergibt. Potocki beschritt dabei einen Weg, den bereits Barthélemy in »Die Reise des jungen Anacharsis nach Griechenland« (1788) gebahnt hatte; hier hatte der Autor – ein Berufshistoriker, den Potocki von seinem Pariser Aufenthalt persönlich kannte – den Versuch unternommen, die altgriechische Welt des 5. Jahrhunderts v. u. Z. in ihrem authentischen Sittengewand zu rekonstruieren, und dieses Werk mit der Akribie eines Altertumsforschers vollendet. Am interessantesten in jener Hinsicht ist in den »Abenteuern« wohl die Geschichte des Ewigen Juden, die uns, gestützt auf gewissenhafte Quellenstudien, die Welt der östlichen römischen Provinzen zu Beginn unserer Zeitrechnung vor Augen führt und pietätvolle Achtung vor der Geschichte mit einer frappierenden Romanhandlung verknüpft, die vor dem Hintergrund der damaligen Sitten und Gebräuche mit erstaunlichem Einfühlungsvermögen dargestellt wird, in Bildern, deren Schirmherr Sueton selber zu sein scheint.

Als Potocki die Handlung der »Abenteuer« an den Küsten des Mittelmeeres lokalisierte, brachte er seine Helden nicht in Gebiete, die ihm nur vom Atlas her bekannt waren, er kehrte in seinem Roman an Orte zurück, die er einst als interessierter und keineswegs oberflächlicher Reisender aufgesucht hatte. Auf seinen zahlreichen Reisen studierte er eifrig nicht nur politische und soziale Zustände, sondern auch das Sitten- und Kulturleben der besuchten Länder, er sammelte geschichtliche Zeugnisse und schrieb sich Sagen und Legenden auf, die er später verschiedentlich für seinen Roman verwertete. (Gerade dieses echte Lokalkolorit trug dazu bei, das Interesse der Leser zu wecken. Der bereits zitierte russische Literat Pjotr Wjasemski schreibt, daß auch Puschkin Potockis Werk sehr schätzte, da es »in leuchtenden und wahrhaftigen Farben die eigenartige Phantastik der arabischen Dichtung und die nicht minder eigenartigen Sitten und Gebräuche Spaniens wiedergebe«. – Puschkin hat übrigens den Inhalt der »Abenteuer in der Sierra Morena« in russischen Versen zu paraphrasieren begonnen.) Potockis Reisetagebuch über Spanien, das gewiß sehr viel interessantes Material geliefert hätte, ging leider verloren. Die veröffentlichten Reisebeschreibungen über die Türkei, Ägypten, Holland und Marokko, reich an detaillierten Beobachtungen und Schilderungen, sind literarische Dokumente von hohem Rang. Sie bleiben auch heute noch eine interessante Lektüre wegen der vielen geistreichen Bemerkungen des scharfsinnigen Reisenden, der sich umzuschauen versteht und nie in die Banalität stereotyper Beobachtungen verfällt. Seine Reiseberichte verflocht Potocki mit originellen literarischen Versuchen: zum Beispiel enthält das Reisetagebuch über Marokko »Die Reise des Hâfis« – ein Gleichnis, das nach dem Vorbild der persischen Parabeln Sa'dîs geschaffen wurde.

In der ausgesuchten Metaphorik, welche die Kunst des Orients aufweist, sah Potocki eine Methode, kühne Gedanken zu verbergen, die mit der offiziellen Ideologie nicht übereinstimmten. »Die Allegorie, die man in den Staaten des Orients erfunden hat, um mit ihr Gedanken vor dem Wahnsinn des Despotismus zu verbergen«, so bemerkte er, »entsteht in ihnen immer wieder neu mit der Üppigkeit eines Strauches, den man in die entsprechende Erde gepflanzt hat.«

Zweifellos hatte Potocki, als er seinen Roman in formaler Hinsicht der Literatur des Orients nachgestaltete, gerade diesen charakteristischen Zug im Auge. Der Ideengehalt der »Abenteuer«, eines Werkes, das zu einer Zeit abgeschlossen wurde, als nach der Niederlage Napoleons die Heilige Allianz ihren Schatten über Europa ausbreitete, ist in das gleißende Gewand der Phantastik gekleidet. Nicht dieses Gewand jedoch war das Ziel von Potockis eifrigstem Bemühen. Im Zusammenhang mit der »Reise des Hâfis« äußerte er Worte, die in gleichem Maße auf die »Abenteuer in der Sierra Morena« zutreffen und die enge Verbindung zwischen Potockis dichterischem Schaffen und der aktiven, zielbewußten Literatur der Aufklärung beweisen: »Der Anlaß zu diesem Werk, einem Produkt der reinen Phantasie, war nicht nur der, Vergnügen zu bereiten. Ich habe mich bemüht, in ihm eine für unser neues, schwieriges Zeitalter passende Moral zu präsentieren, und zwar in der Hoffnung, daß fähige Geister es häufig zu einem Gegenstand ihrer Überlegungen machen werden. Ein Werk, wie immer es beschaffen sein mag, ist nur ein Tropfen Wasser in dem Strom von Anschauungen, der die Taten des einzelnen und der Völker mit sich fortreißt, doch wenn die Schriftsteller ihre Anstrengungen vereinen, werden sie unweigerlich seinen Lauf bestimmen.«

Die erste Ausgabe des Romans von Potocki erschien 1805 in Petersburg als anonymer Privatdruck in einer Auflage von hundert Exemplaren unter dem Titel »Manuscrit trouvé à Saragosse« (Ein in Saragossa gefundenes Manuskript). Der erste Band umfaßte die Tage 1 bis 10, vom zweiten Band wurden aber nur einige Anfangsbogen gedruckt, deren Text sich vom 11. bis fast zum Ende des 13. Tages erstreckte. Der Druck der Fortsetzung wurde wegen Potockis Chinareise abgebrochen. Nach seiner Rückkehr führte der Autor den Druck nicht fort.

Erst nach acht Jahren erschien ein weiterer Teil des Romans, diesmal unter dem Titel »Avadoro, histoire espagnole« (Avadoro, eine spanische Geschichte). Er enthielt die aus der Rahmenhandlung der Tage 12 bis 56 herausgenommene und zu einem geschlossenen Ganzen vereinigte Geschichte Pandesownas. Dem »Avadoro« folgten ein Jahr darauf »Dix journées de la vie d'Alphonse van Worden« (Zehn Tage aus dem Leben Alfons van Wordens), worin der Romantext des ersten Bandes der Petersburger Ausgabe (dem der Text des Tages 14 einverleibt wurde) ebenfalls eine abgeschlossene Form erhielt. »Avadoro« (1813) und »Dix journées« (1814) erschienen in Paris und waren keine autorisierten Ausgaben. Auf den Titelseiten wurde der Name des Autors nur durch die Anfangsbuchstaben angedeutet. Wer den Text bearbeitet hat, ist nicht bekannt.

Das französische Original ist heute nur noch durch diese gedruckten Teilausgaben und durch einige Handschriften belegt. Bis in unsere Zeit haben sich ein Fragment von Potockis eigenhändiger Konzeptfassung, das den Text umfaßt, der später in die letzte Version der Tage 19, 22 bis 25, 29, 33 und 38 bis 45 einging, sowie ein Fragment einer Reinschrift von fremder Hand erhalten, das den Text der Tage 31 bis 40 wiedergibt.

Potockis Roman als Ganzes ist einzig aus der polnischen Übersetzung bekannt, die Edmund Chojecki auf Grund eines Manuskripts anfertigte und die 1847 in Leipzig unter dem Titel »Rekopis znaleziony w Saragossie« (Ein in Saragossa gefundenes Manuskript) erschien. Chojecki (1822 bis 1899) war ein namhafter polnischer Schriftsteller. Seit 1844 lebte er in Frankreich und schrieb auch französische Romane unter dem Pseudonym Charles Edmond.

Zu Lebzeiten des Autors erschien ferner eine deutsche Teilübersetzung unter dem Titel »Abenteuer in der Sierra Morena; aus den Papieren des Grafen von***« (Leipzig 1809). Sie stützte sich auf die Petersburger Ausgabe und stammte von Friedrich von Adelung, dem Direktor des deutschen Theaters in Petersburg und Instruktor der Zarensöhne; Potocki kannte ihn persönlich als einen Altertumsforscher.

Während die polnische Übersetzung Chojeckis von 1847 bis in die Gegenwart wiederholt veröffentlicht wurde, blieb der Roman für andere Sprachbereiche gleichsam vergessen. Da man bis vor wenigen Jahren vom französischen Original nur die gedruckten Teilausgaben von 1805, 1813 und 1814 kannte, durch die etwas mehr als ein Drittel des ganzen Werkes belegt wird, und von der Existenz der Handschriften noch nichts wußte (sie wurden erst kürzlich im staatlichen Archiv der Wojewodschaft Krakau aufgefunden), mußte freilich auch jede Übertragung in eine andere Sprache höchst fragwürdig scheinen, hätte man doch fast zwei Drittel aus dem Polnischen, also nicht aus dem Original, übersetzen müssen. Heute dagegen haben es die Handschriftenfunde ermöglicht, durch umfangreiche textkritische Arbeit das Original weitgehend wiederherzustellen. Nach Abschluß dieser Arbeit kann es nun als zu etwa vier Fünfteln zuverlässig rekonstruiert gelten.

Der vollständige, durch die neuen Funde belegte und rekonstruierte französische Text wurde bisher nicht veröffentlicht. Dennoch ist in den letzten Jahren auch außerhalb Polens ein wachsendes Interesse an Potockis Werk zu beobachten. So erschienen 1958 in Paris Fragmente des Romans, herausgegeben von Roger Caillois. Sie stützen sich auf die alten gedruckten Ausgaben und bringen etwa ein Drittel des gesamten Textes. Mitte 1961 veröffentlichte der Insel-Verlag, Frankfurt am Main, den vollständigen Roman in deutscher Übersetzung. Offensichtlich hat man jedoch in der Insel-Ausgabe die überlieferten Handschriften des Originals nicht berücksichtigt und die französischen Teilausgaben von 1805, 1813 und 1814 nicht textkritisch verarbeitet. Große Partien des Romans, die heute französisch belegt sind, wurden aus der polnischen Fassung Chojeckis übersetzt, die, wie man heute weiß, kein getreues Bild von Potockis Werk vermittelt. Dieses Vorgehen ist um so schwerer zu begreifen, als der Herausgeber, wiederum Roger Caillois, in seinem Nachwort ausdrücklich bestätigt, daß er über den neuesten Stand der Textforschung gut unterrichtet sei.

Mit dem vorliegenden Buch bieten wir dem Leser eine neue deutsche Übersetzung, die als bisher einzige Ausgabe die Ergebnisse der Textforschung voll berücksichtigt. Der Titel wurde aus der erwähnten Textfassung von Adelung übernommen. Unsere Ausgabe stützt sich, soweit wie irgend möglich, auf das französische Original (zu etwa achtzig Prozent) und nur dort, wo dieses Original nicht erhalten ist, auf die polnische Übersetzung Chojeckis. Demnach sind die Tage 1 bis 13 aus der Petersburger Ausgabe und die Tage 31 bis 40 aus der Reinschrift übersetzt. Ebenfalls auf die französische Fassung stützen sich Teile der Tage 19, 22 bis 25, 29, 41 bis 45, die (wie man sich durch Vergleich mit Chojeckis Übersetzung überzeugen kann) aus der erhaltenen Konzeptfassung unverändert in die Endfassung übernommen wurden, ferner Teile der Tage 14 bis 18, 20, 26 bis 29, 47 bis 56, die in den in Paris herausgegebenen Bänden nicht verändert wurden – was sich auch an Hand der Übersetzung Chojeckis erkennen läßt.

1962 *Leszek Kukulski*

Textvariante zum 47. Tag

Vom 47. Tag sind zwei Fassungen überliefert, die stark voneinander abweichen. Die eine blieb nur in der polnischen Übersetzung von Chojecki erhalten, die andere kennen wir aus der französischen Ausgabe von 1813 (»Avadoro, histoire espagnole«). Da jedoch die (verlorengegangene) Originalvorlage für den Text Chojeckis die jüngere von beiden Fassungen darzustellen scheint, wurde in der vorliegenden Gesamtübersetzung des Romans der 47. Tag in der gleichen Weise wiedergegeben wie bei Chojecki. Dennoch hat auch der Text in der französischen Ausgabe von 1813 einen gewissen Anspruch auf Gültigkeit; er soll deshalb zur Ergänzung im folgenden mitgeteilt werden. Diese Variante umfaßt die ganze in den 47. Tag eingeschobene »Fortsetzung der Geschichte des Zigeunerhauptmanns«, nicht jedoch die beiden Absätze der Rahmenhandlung zu Beginn und am Ende des »Tages«.

*Fortsetzung
der Geschichte
des Zigeunerhauptmanns*

Der Ritter von Toledo, hinsichtlich seines Gespenstes nun völlig beruhigt, dachte nur noch daran, Frau Uscariz wiederzusehen. So begaben wir uns eilends auf den Weg nach Madrid. Der kleine Bettler, dessen Platz ich bei Suárez eingenommen hatte, kam mit uns; ich schickte ihn sogleich zu dem kranken jungen Mann. Dann führte ich den Ritter zu seinem Haus, übergab ihn der Obhut seiner Leute, die voller Freude waren, ihn wiederzusehen, und eilte selber zum Portal von St. Rochus, wo ich meine kleine Truppe um mich sammelte. Eine Abordnung verfügte sich zu der Händlerin, die uns gewöhnlich versorgte, und holte Würstchen und Maronen; wir verzehrten diese Dinge fröhlich, erfüllt von dem Glück, einander wiedergefunden zu haben. Gerade hatten wir dieses leichte Mahl beendet, als ein Mann vor uns stehenblieb; er schien uns aufmerksam zu mustern und gegeneinander abzuschätzen. Diese Gestalt war mir keineswegs unbekannt; ich hatte sie schon häufiger – beinahe alle Tage – mit geschäftiger Miene in beiden Richtungen vorübergehen sehen. Ich dachte mir, das könne wohl Busqueros sein. Darum trat ich auf ihn zu und fragte ihn, ob er nicht jener kluge und umsichtige Freund sei, aus dessen Ratschlägen López Suárez so großen Nutzen gezogen habe.

»Jawohl, das bin ich«, erwiderte der wunderliche Mensch, »und ich hätte seine Heirat auch zuwege gebracht, wären nicht die Nacht und die Blitze gewesen, derentwegen ich das Haus des Ritters von Toledo für das des Bankiers Moro hielt. Doch Geduld, noch ist der Herzog von Santa Maura nicht

Gemahl der schönen Inés, und er wird es niemals sein, oder ich will nicht länger Don Roque heißen … Nun, mein Kleiner, ich war vor diesem Portal stehengeblieben, um mir unter euch da einen flinken Jungen auszusuchen, der meine Aufträge erledigen würde, und da du in dieser Angelegenheit auf dem laufenden bist, werde ich dich in meinen Dienst nehmen. Danke dem Himmel dafür, daß ich dir auf solche Weise den Weg des Glücks erschließe. Am Anfang wird dir der Weg, den du gehen wirst, nicht eben glänzend scheinen, denn ich werde dir keinen Lohn zahlen, dir keine Kleider kaufen, und was die Nahrung betrifft, so meine ich, es wäre, wenn ich mich auch nur im mindesten darum kümmerte, ein Schimpf wider die Vorsehung, die den Jungen des Raben ebenso Futter schenkt wie den stolzen jungen Adlern.«

»In diesem Falle, Señor Busqueros«, wandte ich ein, »vermag ich nicht recht zu begreifen, welche Vorteile es mir brächte, wenn ich in Ihrem Dienst stünde und Ihre Aufträge besorgte.«

»Die Vorteile«, erwiderte hierauf der wunderliche Mensch, »bestehen gerade in der erstaunlichen Vielzahl von Aufträgen, mit denen ich dich alle Tage betrauen werde: sie werden dich in die Vorzimmer bedeutender Persönlichkeiten einführen, die dereinst deine Gönner sein können. Im übrigen verwehre ich es dir nicht, in den Pausen zwischen den Aufträgen weiter zu betteln. Darum sag dem Himmel Dank für dein glückliches Geschick und folge mir zu dem Barbierladen, wo ich mich einen Augenblick ausruhen und mit dir plaudern werde.«

Bei dem Barbier angelangt, begann Busqueros, mich in die lange Reihe seiner künftigen Aufträge einzuweihen, indem er also sprach:

»Mein Freund, ich habe gesehen, daß du, als du die Spielkarten herausholtest, ein paar Halbreales in die Tasche stecktest. Nimm zwei von diesen Geldstücken und kaufe eine Flasche, die für eine Pinte Inhalt reicht. Mit ihr gehst du zu Don Felipe Tintero in der Toledoer Straße. Du sagst ihm, daß Don Busqueros ihn um etwas Tinte für einen Dichter bittet, mit dem er befreundet ist. Hat er die Flasche dann gefüllt, so begibst du dich zur Plaza de la Cebada, zu dem Spezereihändler an der Ecke. Du steigst auf den Boden seines Hauses und wirst dort Ranuca Agúdez finden; du kannst ihn leicht erkennen, denn er wird einen schwarzen und einen weißen Strumpf tragen, einen roten und einen grünen Pantoffel und vielleicht sogar die Hose auf dem Kopf, an Stelle der Mütze. Du gibst ihm die Tintenflasche und bestellst ihm von mir, daß ich ihn um die Satire auf die Vornehmen bäte, die sich unter ihrem Stand verheiraten. Sie soll in spanischer und italienischer Sprache verfaßt werden. Von dort kehrst du in die Toledoer Straße zurück und betrittst das Haus, das gleich neben dem Tinteros steht und nur durch die schmale Gasse von ihm getrennt ist. Du siehst dort nach, ob die Bewohner sich noch immer darin aufhalten und noch keine Anstalten treffen, auszuziehen; ich habe nämlich das Haus gepachtet und bringe dort eine Verwandte unter, die vielleicht Don Tintero von seinem ewigen Tintenfaß wegbringen wird. Darauf läufst du rasch zum Bankier Moro. Du begibst dich in den ersten Stock, ins *cuarto principal*, und verlangst dort den Kammerdiener des Herzogs von Santa Maura. Ihm händigst du dieses Briefchen ein, das ein Schleifchen aus buntem Band enthält. Darauf gehst du zum ›Malteserkreuz‹ und siehst nach, ob man dort schon Zimmer für Gaspar Suárez bereithält, den Kaufmann aus Cádiz. Von dort begibst du dich auf schnellstem Wege zu ...«

»Erbarmen!« rief ich aus. »Señor Busqueros, bedenken Sie doch, daß Sie mir schon Aufträge für eine ganze Woche gegeben haben; stellen Sie nicht gleich meinen Eifer und meine Beine auf so harte Proben.«

»Nun wohl«, meinte Busqueros, »ich hatte dir zwar noch einige Aufträge zu erteilen, aber sie sollen für morgen sein. Übrigens, wenn man dich beim Herzog von Santa Maura fragt, wer du seist, so antworte, daß du die Botengänge für das Haus Avila besorgst.«

»Aber, Señor Busqueros«, wandte ich ein, »könnte es nicht Unannehmlichkeiten geben, wenn man sich so berühmte Namen zunutze macht, ohne dazu befugt zu sein?«

»Zweifellos«, erwiderte mein neuer Herr, »zweifellos läufst du Gefahr, verprügelt zu werden; doch es gibt keine Wohltat ohne Lasten, und die Vorteile, die ich dir biete, können wohl einige Unannehmlichkeiten aufwiegen. – Geh jetzt, geh, mein Freund, vergeude nicht die Zeit mit unnützen Überlegungen, sondern mach dich auf den Weg.«

Vielleicht hätte ich die Ehre, Don Busqueros zu dienen, zurückgewiesen, wäre meine Neugier nicht so außerordentlich erregt worden durch das, was er über meinen Vater und die Verwandte sagte, die ihn von seinem Tintenfaß wegbringen sollte. Ich wünschte auch zu erfahren, wie er es anstellen würde, den Herzog von Santa Maura an der Eheschließung mit der schönen Inés zu hindern. So ging ich denn, kaufte eine Flasche und lenkte meine Schritte zur Toledoer Straße. Als ich vor dem Haus meines Vaters stand, überfiel mich ein heftiges Zittern in allen Gliedern, so daß ich nicht weiterzugehen vermochte. Mein Vater erschien auf dem Balkon, und da er bemerkte, daß ich eine Flasche in der Hand trug, bedeutete er mir, daß ich eintreten möge. So trat ich ins Haus, aber mit jeder Stufe, die ich höherstieg, klopfte mein Herz stürmischer. Schließlich öffnete ich die Tür und stand meinem Vater gegenüber. Ich war nahe daran, mich ihm zu Füßen zu werfen. Ohne Zweifel hinderte mich mein guter Engel, es wirklich zu tun; denn schon rief meine bewegte Miene sein Mißtrauen hervor und schien ihn zu beunruhigen. Er nahm die Flasche, füllte sie mit Tinte, ohne auch nur zu fragen, für wen sie bestimmt sei, und öffnete mir die Tür mit einem Gesichtsausdruck, der mir sagte, daß es gut sei, mich nicht länger aufzuhalten. Ich warf noch einen Blick auf den Schrank, von dem aus ich damals in die Tinte gestürzt war. Ich sah den Stampfer, dessen sich meine Tante bedient hatte, um den Trog zu zerschlagen und mir das Leben zu retten. Meine Erregung steigerte sich bis zum höchsten Grade; ich ergriff die Hand meines Vaters und küßte sie. Er erschrak darüber sehr, schob mich durch die Tür und schloß sie hinter mir.

Busqueros hatte mich geheißen, die Flasche zu dem Poeten Agúdez zu tragen, und dann sollte ich in die Toledoer Straße zurückkehren, um nachzusehen, was die Nachbarn meines Vaters täten. Ich glaubte, es sei mir erlaubt, die Reihenfolge der Aufträge umzukehren. Ich ging zuerst zu den Nachbarn; ich sah, daß sie auszogen, und nahm mir fest vor, das Verhalten der künftigen Bewohner genau zu beobachten. Darauf lief ich zur Plaza de la Cebada, wo ich auch bald das Haus des Spezereihändlers fand; doch es fiel mir gar nicht so leicht, zu dem Poeten vorzudringen. Ich verirrte mich inmitten der Dachziegel, der Schiefer und der Regenrinnen. Endlich fand ich mich einem Dachfenster gegenüber und erblickte hinter ihm eine Gestalt, die noch grotesker war, als sie mir Busqueros beschrieben hatte. Agúdez schien von irgendeiner göttlichen Eingebung erfüllt; kaum daß er mich bemerkte, richtete er an mich diese Verse:

»O Sterblicher, des Fuß auf luft'gem Pfade schreitet,
Vom Ziegelrot des Dachs, vom Schieferblau geleitet,
Auf spitzem Firste, nah dem saphirsatten Himmel -
Hob dich ein Zephir auf aus dieser Stadt Gewimmel?
Sprich, was begehrest du?«

Ich erwiderte ihm:

»Ich bin ein arm Geselle
Und bringe Ihnen hier ein Tintenfaß zur Stelle.«

Worauf der Dichter fortfuhr:

»Oh, reich mir diesen Saft,
Der Eichengalle mischt mit Hippokrenes Kraft,
Daß er, vom Stahl geschwärzt, vom Dichtersinn geführt,
In Bächen sich ergieß, wie's edler Kunst gebührt!«

»Señor Agúdez«, meinte ich hierauf, »Sie haben da eine Beschreibung der Tinte gegeben, die dem Señor Tintero – dem Hersteller jener, die ich Ihnen bringe – großes Vergnügen bereiten würde. Doch sagen Sie mir bitte, ob es Ihnen nicht möglich wäre, in Prosa zu sprechen – in der Redeweise, an die ich mich gewöhnt habe.«

»Und ich, mein Freund«, sagte der Dichter, »werde mich niemals daran gewöhnen. Ich meide selbst den Umgang mit menschlichen Wesen wegen ihrer platten und niederen Rede. Wenn ich gute Verse schreiben will, muß ich lange vorher meine Seele einzig mit poetischen Gedanken nähren und an mich selber nur wohltönende Worte richten. Wenn sie es noch nicht im genügenden Maße durch sich selber sind, so werden sie wohltönend durch die Art und Weise, mit der ich sie verbinde, um aus ihnen gleichsam die Musik des Geistes zu machen. Eben durch diese Kunstfertigkeit bin ich dazu gelangt, ein völlig neues poetisches Genre zu schaffen. Bisher war die Sprache der Poesie auf eine gewisse Zahl von Ausdrücken beschränkt, die man poetisch nannte. Ich aber nehme in die Poesie alle Wörter der Sprache auf. In den Versen, die ich eben gedichtet habe, kamen Ziegel, Schiefer und Eichengalle vor.«

»Es leuchtet mir ein, daß Sie alle Worte aufnehmen, die Sie wollen, ohne daß jemand Sie daran hindern kann; ich hätte nur gern gewußt, ob Ihre Gedichte dadurch besser werden.«

»Meine Gedichte sind so gut, wie Gedichte überhaupt sein können, und sie haben noch den Vorteil, allgemeiner anwendbar zu sein. Ich habe aus der Dichtkunst gleichsam ein allumfassendes Instrument gemacht, besonders aus der beschreibenden Poesie, die mir sozusagen ihre Entstehung verdankt und die dazu dient, Dinge zu beschreiben, die im übrigen diese Mühe kaum verdienen.«

»Beschreiben Sie, Herr Agúdez, beschreiben Sie, soviel Sie wollen; doch sagen Sie mir bitte, ob Sie eine gewisse Satire vollendet haben, die Don Busqueros versprochen ist.«

»Ich mache niemals Satiren bei schönem Wetter. Achte

darauf: wenn du ein paar Tage Gewitter, Regen, schwermütig stimmenden, bedeckten Himmel gesehen hast, dann komm wieder und frag nach der Satire.

Die Trauer der Natur will alle Freud vernichten,
Betrübet mir den Sinn, mein Fühlen und mein Dichten.
Ich hasse selber mich und sehe meinesgleichen
Als hassenswerte Brut, als Narren mich umschleichen.
Dann will die Feder nur noch böse Worte kennen
Und alle Laster gleich beim rechten Namen nennen.
Doch lächelt Phöbos mir herab vom Himmelsbogen
Und füllt den Äther er mit goldnen Lichtes Wogen,
So fliegt mein Denken mit auf seiner stolzen Bahn,
Strebt von der Erde auf und schwingt sich himmelan.

Der letzte Reim«, fügte der Dichter hinzu, »ist nicht besonders gut, aber er darf in einem Stegreifwerke wohl passieren.«

»Ich versichere Ihnen, daß ich an ihm nichts Unpassendes finde. Im übrigen bin ich jetzt unterrichtet; ich werde Don Busqueros sagen, daß Sie Satiren nur bei Regenwetter schreiben. Doch wenn ich dann wiederkomme, Ihr Werk abzuholen, wie soll ich da zu Ihnen gelangen? Es war doch wohl die einzige Treppe im Haus, die ich heute heraufkam?«

»Mein Freund, in einem Winkel auf dem Hof steht eine Leiter, die dazu dient, auf einen Boden zu steigen, wo ein Maultiertreiber aus der Nachbarschaft seine Vorräte an Stroh und Gerste aufbewahrt. Von ebendiesem Boden aus gelangt man zu mir, vorausgesetzt freilich, daß er nicht zu voll ist; an solchen Tagen betritt man mein Zimmer überhaupt nicht, sondern man reicht mir mein Mittagessen zu der Dachluke herein, hinter der du mich jetzt siehst.«

»Sie fühlen sich gewiß sehr unglücklich in einer solchen Behausung?«

»Ich – unglücklich? Wie könnte ich unglücklich sein, da doch meine Gedichte das Entzücken des Hofes und der Stadt ausmachen und man von nichts anderem spricht?«

»Mir scheint freilich, daß jeder auch von seinen eigenen Angelegenheiten redet.«

»Das versteht sich von selbst, doch abgesehen davon, daß meine Gedichte den Hintergrund aller Gespräche bilden, kommt man auch ständig auf sie zurück, wobei man einige meiner Verse zitiert, die auf dem besten Wege sind, zu Sprichwörtern zu werden. Du siehst von hier aus den Laden des Buchhändlers Moreno: die Leute, die dort hineingehen, tun es, um meine Werke zu kaufen.«

»Das ist alles schön und gut, ich meine nur, daß die Tage, an denen Sie Satiren schreiben, für Sie reichlich feucht sein werden!«

»Wenn es von der einen Seite regnet, wechsle ich auf die andere hinüber, und oft bemerke ich es gar nicht. Doch laß mich jetzt, die Prosa macht mir Pein.«

Ich verließ den Dichter und begab mich zum Haus des Bankiers Moro. Ich stieg zum ersten Stock hinauf und fragte nach dem Kammerdiener des Herzogs von Santa Maura. Zuerst konnte ich nur mit einem Jungen meiner Art sprechen – er bediente die Diener der Diener. Er wies mich weiter an einen Hilfslakaien, der mich an einen Lakaien wies, der mich an den Kammerdiener wies, und gleich darauf wurde ich zu meinem großen Erstaunen zum Herzog hineingeführt, der gerade Toilette machte. Ich erblickte ihn durch eine Wolke von Puder; er betrachtete sich im Spiegel und hatte Bändchen und Schleifchen in verschiedenen Farben vor sich liegen.

In ziemlich schroffem Ton wandte er sich an mich: »Kleiner Junge, ich werde dich auspeitschen lassen, wenn du mir nicht sagst, woher du kommst und wer dir das Briefchen gab, das du gebracht hast.«

Ich ließ mich ein bißchen nötigen. Schließlich gestand ich, daß ich zuweilen Botengänge für das Haus der Avilas übernähme und dort mit den Küchenjungen äße. Der Herzog warf seinem Kammerdiener einen bedeutsamen Blick zu, gab mir ein paar Münzen und schickte mich weg.

Nun hatte ich nur noch das »Malteserkreuz« aufzusuchen. Suárez, der Vater, war angekommen und erkundigte sich nach seinem Sohn. Man sagte ihm, er habe sich mit einem Edelmann duelliert, mit dem er vorher alle Tage zu Mittag gespeist habe; der Edelmann sei dann zu ihm gezogen, habe ihm die Bekanntschaft zweifelhafter Weibspersonen vermittelt und eine von diesen habe ihn aus den Fenstern ihres Hauses werfen lassen. Jede dieser teils wahren, teils erfundenen Mitteilungen war ein Dolchstoß für Suárez. Er zog sich in seine Zimmer zurück und gab Anweisung, niemanden hereinzulassen, wer immer es auch sein mochte. Die Häupter der Geschäftshäuser, mit denen er in Verbindung stand, fanden sich ein, um ihre Dienste anzubieten, doch sie wurden nicht empfangen.

Ich verfügte mich wieder zu Busqueros, der mich in eine kleine Schenke, gegenüber dem Barbierladen, bestellt hatte, und erstattete ihm Bericht über meine Aufträge. Er fragte mich, wie es komme, daß ich über die Erlebnisse des jungen Suárez Bescheid wisse. Ich sagte ihm, er selber habe sie mir erzählt, und unterrichtete nun Busqueros von allem, was die Familie Suárez und ihre Feindschaft mit dem Hause Moro betraf. Busqueros hatte von alldem nur vage Vorstellungen; er hörte mir aufmerksam zu und sprach dann: »Man muß einen neuen Plan aufstellen, der sich auf zwei deutlich voneinander geschiedene Ziele richtet. Zuerst gilt es, den Herzog von Santa Maura mit den Moro zu verfeinden, und dann, die Suárez mit den Moro zu versöhnen.

Was den ersten Teil meines Planes betrifft, so ist die Ausführung schon weit fortgeschritten. Doch bevor ich ihn erläutere, muß ich dich über bestimmte Vorgänge im Hause Avila unterrichten.

Der Herzog, das gegenwärtige Haupt der Familie, war in seiner Jugend eine der glänzendsten Erscheinungen am Hof, geehrt von der Gunst, ja sogar vom Vertrauen seines Herrn. Es geschieht selten, daß ein junger Mensch nicht hochmütig wird angesichts der Vorteile, die sich ihm bieten, und der Herzog bildete keineswegs eine Ausnahme von dieser allgemeinen Regel. Er schien sich den Granden – seinesgleichen – weit überlegen zu fühlen und faßte den Plan, sich mit dem Haus seines Herrn zu verbinden.«

Hier unterbrach Busqueros sich selber und sagte mir: »Du erbärmlicher kleiner Bursche, wie kommt es bloß, daß ich mich herablasse, zu dir von Dingen zu sprechen, die der niederen Klasse, in der du geboren bist, ewig unbekannt bleiben sollen und um welche bis zum heutigen Tage nur eine äußerst kleine Zahl von Edelleuten weiß.«

»Mein teurer Meister«, erwiderte ich, »mir war nicht bekannt, daß man, um der Ehre Ihres Vertrauens teilhaft zu werden, urkundlich seinen Adel nachweisen müsse; doch auch ohne auf meine genealogische Tafel näher einzugehen, werde ich Ihnen leicht nachweisen können, daß ich eine Erziehung genossen habe, wie man sie jungen Menschen der höchsten Stände gibt. Sie können daraus schließen, daß man eher dem Schicksal als meiner Geburt die Schuld geben muß, wenn ich zu betteln gezwungen bin.«

»Nun wohl«, sagte Busqueros, »auch deine Redeweise ist ja nicht die des Volkes. Aber sage mir doch, wer du bist – rasch, sag es mir gleich.«

Ich setzte eine ernste, beinahe leidende Miene auf und entgegnete: »Sie sind mein Herr, und Sie können mich, wenn Sie es wollen, zum Reden zwingen; doch es gibt ein Tribunal, das ebenso streng wie heilig und unantastbar ist...«

»Ich will nichts weiter wissen«, rief Busqueros, »will auch nichts mit dem Tribunal zu tun haben, von dem du sprichst. Wohlan denn, ich werde dir alles anvertrauen, was ich über das Haus Avila weiß. Da du eigene Geheimnisse zu hüten hast, wirst du auch die meinen zu hüten wissen.

Der glückliche Avila, stolz auf sein Vermögen und seine Gunst, trachtete also danach, sich dem Hause seines Herrn zu verbinden. Die Infantin Beatrice zeichnete sich damals unter ihren Schwestern durch ihr freundliches, umgängliches Wesen und ihren weichen Blick aus, der deutlich die Neigung zur Zärtlichkeit verriet. Avila hatte Einfluß genug, bei ihr eine Verwandte unterzubringen, die ihm völlig ergeben war. Das vermessene Trachten des jungen Höflings ging sicherlich dahin, eine heimliche Ehe zu schließen und einen Augenblick hoher Gunst abzuwarten, um das Geheimnis zu enthüllen. Man weiß nicht, bis zu welchem Punkte der Herzog Erfolg hatte. Zwei Jahre lang blieb sein Geheimnis vollkommen gewahrt; er verwandte diese Zeit darauf, den Sturz des Ministers Olivárez zu betreiben. Es gelang ihm nicht; im Gegenteil, der Minister seinerseits durchschaute, wenigstens zum Teil, das Spiel des Herzogs. Avila wurde festgenommen, im Schloß von Segovia gefangengehalten und, wenig später, ausgewiesen. Man stellte ihm die Gnade des Herrschers in Aussicht für den Fall, daß er irgendeine Ehe einginge. Das lehnte er ab, und man schloß daraus, daß er mit der Infantin verheiratet war. Man erwog, die Oberdueña – Avilas Verwandte – ins Gefängnis zu werfen, doch das konnte einen Skandal heraufbeschwören, der einen gewissen Schatten auf die Ehre des königlichen Hauses geworfen hätte.

Die Infantin starb an einer zehrenden Krankheit. Man machte dem Herzog neue Vorschläge, und er entschloß sich, um sein Exil zu beenden, die junge de Scar, die Nichte des Herzogs von Olivárez, zu heiraten. Sie gebar ihm eine Tochter, die er Beatrice zu nennen wagte, was wohl allzu deutlich an sein Abenteuer mit der Infantin erinnerte; doch diese Kühnheit schmeichelte seinem Ehrgeiz. Zuweilen schien es sogar, als sorge er sich darum, daß jenes Abenteuer nicht in Vergessenheit gerate. Don Luis de Haro, der Nachfolger des Herzogs von Olivárez, neigte deshalb zu der Annahme, daß es nicht nur eine heimliche Ehe, sondern auch Früchte dieses Bundes gegeben habe. Aber alle Bemühungen, sie zu entdecken, blieben vergebens.

Die Herzogin von Avila starb; der Herzog brachte seine Tochter in einem Kloster von Brüssel unter, wo sie sich in der Obhut ihrer Tante, der Herzogin von Beaufort, befand. Sie erhielt eine sehr sorgfältige Erziehung, doch eher eine solche für unser Geschlecht als für das ihre.

Beatrice weilt nun seit sechs Monaten wieder in Madrid. Sie ist von vollkommener Schönheit, aber stolz; der Gedanke an eine Ehe scheint ihr gänzlich fernzuliegen. Sie meint wohl, daß eine Erbin nicht verpflichtet sei, einen Herrn und Meister über sich zu setzen, und daß sie das Recht habe, unabhängig zu leben. Ihr Vater bestärkt sie in dieser Meinung. Die alten Höflinge, die sich an die damaligen Geschichten erinnern, neigen zu der Annahme, daß der Herzog mit der Infantin verheiratet war, daß er von ihr einen Sohn hat und daß er hofft, ihn zu legitimieren. Indessen wahrt jedermann über diese Dinge kluges Schweigen; wenn ich davon unterrichtet bin, so verdanke ich das gewissen Beziehungen zu dem engsten Kreis dieser Familie.

Die Herzogin Beatrice von Avila wird sich gewiß nicht verheiraten. Im übrigen ist sie von einem beispiellosen Stolz, und ich glaube, niemand in Spanien würde es wagen, nach ihrer Hand zu trachten. Indessen zähle ich auf die maßlose Eitelkeit Santa Mauras, und ich hoffe, ihn davon zu überzeugen, daß die junge von Avila sich in ihn verliebt habe.

Daraus ergab sich nun mein erstes Manöver. Du weißt, daß die herrschende Mode den Frauen große Schleifen aus farbigem Band empfiehlt, die auf dem Kopf, an den Armen und als Rockbesatz getragen werden. Unsere großen Damen lassen sie unmittelbar aus Paris, aus Neapel oder Florenz kommen und sind eifersüchtig darauf bedacht, an keiner anderen Frau Bänder vom gleichen Muster zu erblicken.

Der Herzog von Santa Maura sollte am vergangenen Sonntag bei Hofe eingeführt werden, und so geschah es denn auch. Am Abend wurde ein Hofball veranstaltet. Der Herzog sieht vorteilhaft aus, er tanzt mit Anmut, er ist Ausländer – besonders aus dem letzten Grunde zog er die Aufmerksamkeit der schönsten Damen auf sich. Jede schien eine Huldigung von ihm zu erwarten. Der Herzog brachte sie zuerst der hochmütigen Beatrice dar, die sie nur mit kältester Geringschätzung beantwortete. Der Herzog beklagte sich darüber im Gespräch mit einigen Herren vom Hofe und erlaubte sich, über den Stolz der spanischen Damen zu scherzen.

Im Laufe des Abends steckte ihm ein Page, der so tat, als ob er ihm Limonade anböte, ein Billett zu, das nur die Worte enthielt: ›Verlieren Sie nicht den Mut!‹ Das Billett trug keine Unterschrift, doch ihm lag ein Stück von ebensolchem lilagrünem Bande bei, wie es an diesem Abend Beatrice für ihre Schleifen gewählt hatte. Unterdessen ließ man die Dame auch wissen, daß sich der neapolitanische Herr über ihr hochmütiges Verhalten beklagt habe. Sie fürchtete, die Grenzen des Höflichen überschritten zu haben, und zeigte sich ihm gegenüber etwas huldvoller. Von da an zweifelte Santa Maura nicht mehr, daß jenes Stück Band auf den Absender des Billetts hindeuten sollte. Er verließ den Ball, höchst zufrieden mit seiner Person, und im gleichen Maße verlor die Person seiner Zukünftigen an Wert, obwohl sie ihm am Tage seiner Ankunft sehr schön erschienen war.

Als Santa Maura am nächsten Morgen mit seinem künftigen Schwiegervater frühstückte, befragte er ihn über die Herzogin von Avila. Moro sagte, daß diese Dame, da sie in Flandern erzogen worden sei, sich ihrer Heimat und den Spaniern ein wenig entfremdet habe. So wenigstens erkläre er sich ihren beispiellosen Stolz und den Entschluß, den sie geäußert habe: sich niemals zu verheiraten. Er glaube, so meinte Moro, daß die Herzogin Beatrice wohl ihren Entschluß zugunsten irgendeines ausländischen Edelmannes ändern werde. Der arglose Bankier trug mit diesen Äußerungen ungewollt dazu bei, einen Heiratsplan zu durchkreuzen, an dem ihm doch so sehr gelegen war. In der Tat glaubte Santa Maura ausreichende Gründe für die Annahme zu haben, daß Beatrice die Ausländer den Spaniern vorzog.

Am gleichen Morgen erhielt Santa Maura ein Briefchen, das nichts weiter enthielt als ein kleines Stück orange-violettes Band. Er begab sich in die Oper und sah dort die Herzogin mit Bändern geziert, die genau jenem Muster entsprachen.

Ich vermute, mein Herr Gassenjunge«, fügte Don Busqueros hinzu, »Sie sind scharfsinnig genug, die Intrige bereits zu durchschauen. Sie haben gewiß schon erraten, daß die Erste Kammerfrau der Herzogin mir ergeben ist und daß sie mir jeden Morgen ein Muster des Bandes schickt, das ihre Herrin den Tag über tragen wird. Das Billett, das Sie heute überbracht haben, enthielt ein Stück Band und die Ankündigung, daß man sich bei der Tertulia des französischen Botschafters sehen werde. Man wird dort dem Herzog einige Aufmerksamkeit zuwenden, denn von ihm ist ausführlich die Rede in einem Brief, den Beatrice heute morgen von der Herzogin von Osuna, der Tochter des Vizekönigs von Neapel, erhalten hat. Es ist ausgeschlossen, daß zwischen ihnen nicht eine gewisse Konversation zustande kommt, und ihre Worte werden mir keineswegs unbekannt bleiben: der französische Botschafter hat mir das Recht gegeben, zu seinen Gesellschaften zu erscheinen.

Ich werde dort zwar nicht zu den Hauptpersonen zählen; doch mein Ohr ist – Dank sei dem Himmel! – so gebildet, daß ich selbst das vernehme, was man am anderen Ende des Zimmers spricht. Aber nun genug für heute; du mußt wohl Appetit bekommen haben; ich hindere dich nicht daran, dir ein Mittagessen zu suchen.«

Ich ging in der Tat zum Ritter von Toledo; er beabsichtigte gerade, mit seiner lieben Uscariz zu dinieren – er schickte seine Leute weg, und ich bediente ihn. Als die Damen gegangen waren, erzählte ich ihm, welche Intrige Busqueros angesponnen hatte, um Santa Maura mit den Moro zu verfeinden. Der Ritter hörte mir mit großem Vergnügen zu und versprach, uns zu helfen; ein solcher Verbündeter sicherte uns den Erfolg.

Der Ritter von Toledo erschien als einer der ersten beim französischen Botschafter und knüpfte ein Gespräch mit der stolzen Beatrice an. Zuerst behandelte sie ihn mit ihrem gewohnten Hochmut; doch der Ritter war von einer Liebenswürdigkeit, der niemand widerstehen konnte: man mußte wohl oder übel mit ihm lachen. Dann erwähnte er den Herzog von Santa Maura. Beatrice wollte den Mann, dessen Charakterbild die Freundin in ihrem Brief gegeben hatte, näher kennenlernen; sie wurde ein bißchen lebhafter als gewöhnlich – zu lebhaft, als daß man es nicht bemerkt hätte. Zwei Herren, die das große Wort führten, machten Santa Maura ihre Komplimente zu einer so schwierigen Eroberung. Das war der letzte Schlag – er verlor völlig den Kopf, er sah sich schon als Gatten Beatrices. Auf dem Heimweg kalkulierte er, um wieviel das Gesamterbe der Avilas größer sei als die Mitgift von Inés Moro, und von da an behandelte er die ganze Familie Moro mit fühlbarer Geringschätzung.

Am nächsten Tag ließ der Ritter von Toledo Busqueros zu sich kommen, der es sich als hohe Ehre anrechnete, dem Ritter vorgestellt zu werden. Man beschloß, im Namen Beatrices einen Brief zu schreiben, und da er einzig durch ein Stück Band signiert sein sollte, wurde das Gewissen durch diese Art Fälschung in keiner Weise beschwert. Der Brief hatte einen sehr rätselhaften Wortlaut; man erklärte sich nur zur Hälfte, man ließ durchblicken, daß es Schwierigkeiten gebe, und verhieß eine Begegnung bei der Tertulia des Herzogs von Icaz. Die Antwort Santa Mauras ermangelte nicht eines gewissen Scharfsinns, und er fand sich, wie man glauben kann, pünktlich zu der Begegnung ein. Diesmal bekundete Beatrice wieder ihren ganzen Hochmut und hätte leicht unsere Pläne durchkreuzen können; doch der Ritter zog Santa Maura beiseite und vertraute ihm an, daß Beatrice mit ihrem Vater eine heftige Auseinandersetzung gehabt hätte, weil dieser sie zwingen wolle, auf jeden Fall einen Spanier zu heiraten. Von diesem Augenblick an glaubte sich Santa Maura vergöttert, und man sah ihm an, daß er in einem Meer von Wonne schwamm, die durch nichts beeinträchtigt werden konnte.

Wir setzten unseren Briefwechsel mit dem vertrauensseligen Neapolitaner fort; die vermeintlich von Beatrice stammenden Briefe wurden alle Tage inhaltsreicher, und bald ließen sie durchblicken, daß die Entscheidung nahe bevorstehe. Man wunderte sich nur darüber, daß Santa Maura noch immer im Hause der Moro wohnte; er selber wünschte den Bruch herbei und wußte nicht, wie er es beginnen sollte.

Eines Tages erhielt Santa Maura statt des gewohnten Briefes eine lange Versdichtung, die sich »Satire gegen die Vornehmen, die sich unter dem Stande verheiraten« nannte. Sie begann so:

Insekten ihr, vom Schlamm des Paktalos genähret,
Glaubt ihr, wenn euer Schwarm in Äols Reich auffähret,
Ihr könntet in den Höh'n der Götter Eingang finden
Und euer schmutzig Blut dem ihren je verbinden?
Vergeßt ihr, welches Los Salmoneus zugefallen,
Der, um ein Gott zu sein, ließ falschen Donner hallen
Und Blitze, gleich dem Zeus, zu schleudern sich vermaß?
Zerschmettert wurde er, verfolgt vom Götterhaß!

Wie man sieht, wandte sich die Satire weniger an die Vornehmen, die sich unter dem Stande verheiraten, als vielmehr an die Reichen, die durch solche Heiraten aufsteigen wollen. Dieses Erzeugnis war weder gut noch schlecht, sondern so wie alle, die von Agúdez stammten. Hier jedenfalls hatte es die erhoffte Wirkung.

Santa Maura fand es spaßig, die Satire bei den Moro zum Nachtisch vorzulesen. Die ganze Gesellschaft erhob sich von der Tafel und ging in ein anderes Zimmer hinüber, während der Herzog, ohne die Zeit mit Erklärungen zu verschwenden, seine Pferde anspannen ließ und davonfuhr, um noch am gleichen Tage in einem Gasthaus Wohnung zu nehmen. Die vermeintliche Beatrice schrieb einen Brief, der viel zärtlicher klang als alle vorangegangenen, und ermächtigte Santa Maura, in aller Form um ihre Hand zu bitten. Er tat es und wurde vom Vater abgewiesen, ohne daß dieser mit seiner Tochter auch nur davon sprach. So brauchte der Neapolitaner keinen Spott zu fürchten, und er war nicht allzu erbost darüber, auf Inés verzichtet zu haben.

Es blieb also nur noch die Aufgabe, die Suárez mit den Moro zu versöhnen, und das geschah auf die folgende Weise:

Gaspar Suárez hatte sich, aufgebracht über seinen Sohn, lange in der Herberge eingeschlossen; endlich raffte er sich auf und begann auszugehen. Um Zerstreuung zu finden, suchte er gelegentlich eine kleine Schenke nahe dem Sonnentor auf. Wenn er an einem Tisch ein paar Leute erblickte, die sich unterhielten, setzte er sich in ihre Nähe und vergnügte sich damit, ihnen zuzuhören, ohne daß er sich in ihr Gespräch einmischte, was ja auch nicht angebracht gewesen wäre, da er sich in Madrid noch ganz fremd fühlte. Eines Tages saß Suárez neben zwei Männern, von denen der eine zum anderen sagte:

»Und ich bleibe dabei, mein Herr, daß kein Handelshaus in Spanien mit dem der Moro verglichen werden kann. Ich kenne mich in dieser Sache aus, denn ich hatte Einblick in ihre Geschäftsbücher, die seit dem Jahre 1580 geführt werden und wo sich die Abrechnungen über alle Geschäfte finden, die sie im Laufe der letzten hundert Jahre unternommen haben.«

»Mein Herr«, erwiderte sein Gesprächspartner, »Sie werden wohl zugeben müssen, daß Cádiz ein wichtigerer Platz ist als Madrid und daß dem Handel zwischen der Alten und der Neuen Welt eine weit höhere Bedeutung zukommt als irgendwelchen Geldtransaktionen, die in der Hauptstadt vorgenommen werden. Daraus folgt, daß das Haus Suárez, das erste in Cádiz, achtenswerter ist als das Haus Moro, das erste in Madrid.«

Da dies mit lauter Stimme gesagt worden war, traten mehrere Müßiggänger an den Tisch der beiden Schwätzer und ließen sich dort nieder. Suárez, der mit Freuden zur Kenntnis genommen hatte, was über ihn gesagt worden war, drückte sich an die Wand, um besser zu hören und um weniger gesehen zu werden.

Darauf sprach wieder der erste, und er hob noch die Stimme: »Mein Herr, ich hatte die Ehre, Ihnen zu sagen, daß ich in die Geschäftsbücher der Moro aus den letzten hundert Jahren Einblick nehmen durfte, und ich kenne auch die Geschichte der Suárez. Iñigo, der in seiner Jugend die Meere überquert und dann ein Handelshaus in Cádiz gegründet hatte, war dreist genug, den Moro einen Wechsel präsentieren zu lassen, für den er keinen Gegenwert geleistet hatte. Eine solche Unregelmäßigkeit hätte das eben erst begründete Haus ruinieren können, doch die Moro gingen großzügig über die ganze Sache hinweg.«

Hier war Suárez nahe daran, seiner Empörung freien Lauf zu lassen, doch der Mann sprach also weiter:

»Um 1612 und auch in den folgenden Jahren brachten die Suárez Silberbarren in Umlauf, deren Wert sehr unterschiedlich war, obwohl sie für gleichwertig angesehen wurden. Die Moro ließen sie öffentlich nachprüfen, und so hätten sie abermals Gelegenheit gehabt, das Haus Suárez zu ruinieren, doch sie gingen großzügig auch über diese Sache hinweg.«

Suárez konnte sich nur mit Mühe beherrschen; indessen redete der Mann also weiter:

»Schließlich fand Gaspar Suárez, der ohne ausreichendes Kapital den Handel mit den Philippinen wahrnahm, Mittel und Wege, einen Onkel der Moro dafür zu interessieren; er beteiligte sich mit einer Million. Um diese unglückselige Million wiederzuerlangen, mußten die Moro einen Prozeß anstrengen, der vielleicht noch heute andauert.«

Gaspar Suárez wurde vollends vom Zorn übermannt; er wäre zweifellos im nächsten Augenblick aufgesprungen, hätte sich nicht ein Mann, den er keineswegs kannte, dem Verteidiger der Moro genähert und also zu ihm gesprochen:

»Mein Herr, ich erkläre, daß an allem, was Sie soeben gesagt haben, kein wahres Wort ist. Iñigo Suárez hatte, als er den Wechsel auf die Gebrüder Moro zog, tatsächlich den Gegenwert in Anvers geleistet. Die Moro hatten keineswegs das Recht, das Akzept zu verweigern, und ihr Entschuldigungsbrief ist in den Akten der Suárez noch vorhanden. Dort findet sich noch ein zweiter Entschuldigungsbrief, der sich auf die Angelegenheit mit den Silberbarren bezieht. Der Prozeß schließlich, den Sie erwähnten, ohne auch nur im mindesten darüber unterrichtet zu sein, hatte keinen anderen Grund als den, die Moro zu zwingen, daß sie das Geld zurücknähmen, und zwar nicht die von dem Onkel angelegte Million, sondern zwei Millionen Reingewinn aus dem letzten Philippinen-Unternehmen. Der Herr hier hatte also recht, als er Ihnen sagte, daß die Suárez die besten Kaufleute Spaniens seien, und es ist gleichermaßen unbestreitbar, daß Sie, mein Herr, zu jenen Prahlern zu zählen sind, die reden, ohne zu wissen, was sie sagen.«

Der Parteigänger der Moro verließ die Schenke mit allen Anzeichen der Verwirrung und der Feigheit. Gaspar Suárez hielt es für ein Gebot des Anstands, dem Mann, der ihn verteidigt hatte, seine Dankbarkeit zu bekunden; er sprach ihn auf die freundlichste Weise an und schlug ihm einen Spaziergang im Prado vor; der andere ging darauf ein; sie ließen sich auf einer Bank nieder, und Suárez sagte zu seinem neuen Freund: »Mein Herr, Sie haben mich mit den Worten, die Sie vorhin sprachen, zu großem Dank verpflichtet; davon werden Sie sich leicht überzeugen, wenn Sie nun erfahren, daß ich Gaspar Suárez bin, alleiniges Haupt des Geschäftshauses, das Sie so großzügig gegen einen feigen Verleumder in Schutz genommen haben. Ich konnte bemerken, daß Sie ein vorzüglicher Kenner des Handels von Cádiz sind, und besonders des meinen. Sie sind, wie ich sehe, ein vollkommener Kaufmann – würden Sie die Güte haben, mir Ihren Namen zu nennen?«

Der Mann, mit dem Suárez sprach, war kein anderer als Busqueros; er hielt es für geboten, seinen Namen zu verschweigen, und sagte, er heiße Roque Moraredo.

»Herr Moraredo«, fuhr Suárez fort, »Ihr Name kommt mir, wenn ich so sagen darf, im Handel nicht eben bekannt vor; wahrscheinlich haben Sie noch keine Gelegenheit gehabt, sich an Spekulationen zu versuchen, die Ihren Talenten und Ihren Verdiensten entsprechen. Ich mache Ihnen den Vorschlag, sich an einigen meiner Spekulationen zu beteiligen, und um Sie von der Ernsthaftigkeit meines Angebots und meiner Empfindungen zu überzeugen, werde ich Sie über meinen gegenwärtigen Seelenzustand ebenso ins Vertrauen ziehen wie über meine Pläne. Ich habe einen einzigen Sohn, auf den ich alle meine Hoffnungen setzte. Ich schickte ihn nach Madrid und legte ihm dabei drei Dinge ans Herz: sich nicht ›Don Suárez‹ zu nennen, sondern schlicht ›Suárez‹, sich nicht mit Adligen einzulassen und niemals den Degen zu ziehen. Nun, was meinen Sie: In der Herberge wird mein Sohn nur ›Don López Suárez‹ genannt. Der einzige Mensch, mit dem er in Madrid verkehrt, ist ein Edelmann namens Busqueros. Mit diesem Busqueros hat er sich duelliert, und schließlich das Schlimmste: er ist zum Fenster hinausgeworfen worden – eine Sache, die noch niemals einem Suárez widerfahren ist. Um diesen undankbaren und ungehorsamen Sohn zu bestrafen, werde ich mich wieder verheiraten; das ist eine beschlossene Sache, und ich würde es lieber heute als morgen tun. Ich bin erst knapp über vierzig, man kann mich also nicht tadeln, wenn ich an eine Ehe denke. Alles, was ich von meiner zukünftigen Frau verlange, ist, daß sie die Tochter eines ehrenwerten und makellosen Kaufmanns sein soll. Sie kennen Madrid – darf ich hoffen, daß Sie mich bei der Suche führen werden?«

»Mein Herr«, erwiderte Busqueros, »ich kenne die Tochter eines höchst ehrenwerten Kaufmanns; sie hat eben die Hand eines Grandseigneurs ausgeschlagen, weil sie entschlossen ist, in ihrem Stand zu bleiben. Ihr Vater ist sehr erzürnt über sie; er will, daß sie innerhalb einer Woche einen Gatten wähle und dann unverzüglich sein Haus verlasse. Sie sagen, daß Sie vierzig Jahre alt sind, doch Sie sehen kaum wie dreißig aus. Gehen Sie ins Teatro de la Cruz und sehen Sie sich die ersten beiden Akte des ›Sitio de Granada‹ an; im dritten Akt werde ich kommen und Sie holen.«

Gaspar Suárez ging also ins Theater, wo man »Sitio de Granada« spielte, und der zweite Akt war noch nicht zu Ende, als sein neuer Freund auftauchte. Dieser holte ihn aus dem Theater und geleitete ihn durch verschiedene Straßen und Gassen, als ob er ihn irreführen wollte. Suárez fragte ihn nach dem Namen der jungen Dame, doch sein Führer gab ihm zu verstehen, daß diese Frage indiskret sei; die junge Dame habe – für den Fall, daß die Heirat nicht zustande kommen könnte – größtes Interesse daran, daß die ganze Angelegenheit unbekannt bleibe. Suárez sah das ein. Sie näherten sich von hinten einem sehr großen Hause, durchquerten einen Stall, stiegen eine finstere Treppe hinauf und traten in ein Zimmer, das durch einige Leuchter erhellt wurde, aber keine Möbel enthielt. Bald darauf traten zwei verschleierte Damen ein.

Die eine von ihnen sprach: »Señor Suárez, schreiben Sie meinen Schritt bitte nicht einer Verwegenheit zu, die durchaus nicht in meinem Charakter liegt; ich bin hier, weil mich der eitle Ehrgeiz meines Vaters dazu zwingt. Er will mich mit einem Grandseigneur verheiraten. Die großen Damen erhalten gewiß eine Erziehung, die zu der Welt paßt, in der sie leben werden; doch ich – was sollte ich dort tun? Ihr Glanz würde wahrscheinlich den schwachen Schimmer meines Geistes überstrahlen; ich könnte in dieser Welt das Glück nicht finden und würde mein Heil in jener gefährden. Ich will einen Kaufmann heiraten; ich nenne mit Achtung den Namen Suárez, und es war mein Wunsch, daß Sie mich kennenlernten.«

Während die Dame diese Worte sprach, hob sie den Schleier; Suárez, geblendet von ihrer Schönheit, ließ sich auf ein Knie nieder, zog von seinem Finger einen Ring von hohem Wert und reichte ihn ihr, ohne ein Wort hervorzubringen.

Im gleichen Augenblick wurde mit Getöse eine Seitentür aufgestoßen. Ein junger Mann stürzte herein, den Degen in der Hand, gefolgt von Dienern, die Fackeln trugen.

»Herr Suárez«, sagte er, »verhält man sich so, wenn man eine Tochter des Hauses Moro ehelichen will?!«

»Moro!« rief Suárez aus. »Aber ich will keineswegs eine Moro ehelichen.«

»Führt meine Schwester hinaus!« sprach darauf der junge Mann. »Und Sie, Herr Suárez, der Sie sich an die Töchter des Hauses Moro wenden, ohne sie heiraten zu wollen – ich könnte Sie mit Fug und Recht zum Fenster hinauswerfen lassen; doch ich respektiere mein eigenes Haus. Ich werde meine Leute wegschicken und Ihnen dann meine Denkweise darlegen.«

Die Leute des jungen Moro verließen den Raum, und er sagte weiter zu Suárez.

»Mein Herr, jetzt sind wir noch drei, und da Herr Busqueros mit Ihnen gekommen ist, können Sie ihn nicht als Zeugen zurückweisen.«

»Wen nennen Sie Busqueros?« fragte Suárez. »Der Herr heißt Moraredo.«

»Gleichviel«, meinte der junge Moro. »Ziehen Sie Ihren Degen; Sie sind zwar bejahrter als ich, doch da Sie jung genug sind, um vor meiner Schwester niederzuknien, müssen Sie auch jung genug sein, sich zu duellieren. Ziehen Sie den Degen oder springen Sie aus dem Fenster!«

Wie man sich denken kann, entschied sich Suárez fürs Blankziehen. Doch da er sich aufs Fechten ebensowenig verstand wie sein Sohn, hatte er bald einen durchbohrten Arm. Sobald der junge Moro das Blut fließen sah, zog er sich zurück, und Busqueros verband den Arm des Verletzten mit einem Taschentuch. Darauf verließ er mit Herrn Suárez das Haus, ging zu einem Chirurgen, ließ die Wunde behandeln und führte den Kaufmann in seine Herberge zurück.

Suárez fand dort seinen Sohn, den man auf einer Tragbahre herbeigebracht hatte. Dieser Anblick rührte ihn bis auf den Grund der Seele. Da er fürchtete, sich zu verraten, beschloß er, dem Sohne Vorwürfe zu machen.

»López«, sagte er, »ich hatte dir den Umgang mit Edelleuten verboten.«

»Ach, mein Vater«, antwortete der Sohn, »ich hatte nur mit einem einzigen zu tun, und das ist derselbe, den ich neben Ihnen sehe; zudem kann ich Ihnen versichern, daß mein Umgang mit ihm erzwungen war.«

»Wenigstens hättest du dich nicht mit ihm schlagen sollen«, sagte der Vater Suárez, »ich hatte dir verboten, den Degen zu ziehen.«

»Mein Herr«, warf Busqueros ein, »denken Sie daran, daß Ihr Arm durchbohrt ist.«

»Ich hätte dir alles verziehen«, sprach der Vater Suárez weiter, »aber wie konntest du dich in die Lage setzen, aus dem Fenster geworfen zu werden?«

»Mein Herr«, bemerkte Busqueros, »die gleiche Mißlichkeit hätte Ihnen vor einer Viertelstunde widerfahren können.«

Der Vater war aufs höchste verwirrt. In diesem Augenblick übergab man ihm einen Brief, der also lautete:

Señor Gaspar Suárez,

ich wende mich mit Gegenwärtigem an Sie, um Ihnen von meinem Sohn Esteban Moro die ergebene Bitte um Verzeihung zu übermitteln; da er Sie mit seiner Schwester Inés im Gemach unserer Stallknechte fand, hatte er geglaubt, Ihnen seine Mißbilligung fühlbar kundtun zu müssen.

Schon Ihr Sohn, López Suárez, hatte versucht, bei ihr durchs Fenster einzudringen; er irrte sich im Haus, fiel von den obersten Sprossen der Leiter und brach sich die Beine.

Dergleichen Versuche könnten den Eindruck erwecken, als ob es die Absicht Ihres Hauses wäre, das unsere zu entehren; es stünde mir deshalb frei, Sie gerichtlich verfolgen zu lassen. Doch ich möchte Ihnen lieber den folgenden Vergleich vorschlagen:

Wir liegen im Prozeß um zwei Millionen Piaster, die Sie mich anzunehmen zwingen wollen. Ich nehme sie in der Tat an, unter der Bedingung freilich, daß ich von mir aus noch zwei Millionen hinzufüge und die ganze Summe mit der Hand meiner Tochter Inés Ihrem Sohne biete.

Ihr Sohn hat mir einen unschätzbaren Dienst erwiesen, indem er meine Tochter davon abbrachte, einen Grandseigneur zu heiraten, dem ich sie um sträflicher Eitelkeit willen hatte opfern wollen.

Señor Gaspar Suárez, wir werden immer auf die gleiche Weise bestraft, wie wir uns versündigt haben; Ihr Sohn konnte uns mit seinem Antrag nur außerordentlich ehren, und wenn er bei meiner Tochter durchs Fenster einzudringen gedachte, so war sein Vorgehen zweifellos die Folge jenes Hasses, den Sie seit einem halben Jahrhundert uns gegenüber bekunden; dabei beruht dieser Haß einzig auf Irrtümern von Handlungsgehilfen, und dabei taten wir alles, was in unseren Kräften stand, um die Folgen wiedergutzumachen.

Verzichten Sie, Señor Gaspar, auf Empfindungen, die der christlichen Barmherzigkeit widersprechen – sie können in dieser wie in jener Welt nur schaden.

Nehmen Sie gütigst zum Schwiegervater Ihres Sohnes den an, der die Ehre hat, zu unterzeichnen als Ihr ergebener Diener, *Moro*

Suárez, der den Brief laut vorgelesen hatte, ließ sich in einen Sessel sinken und gab sich den gegensätzlichen Empfindungen hin, die offenbar in seinem Herzen miteinander stritten.

Der Sohn, der seinen Seelenzustand wohl ahnte, warf sich mit schmerzhafter Anstrengung von seiner Tragbahre herunter, dem Vater zu Füßen, und umklammerte seine Knie.

»López«, rief der Vater aus, »mußt du eine Moro lieben!«

»Denken Sie daran«, bemerkte Busqueros, »daß Sie vor ihr gekniet haben.«

»Ich verzeihe dir«, sagte Gaspar.

Der Rest der Geschichte ist unschwer zu erraten. López

Suárez wurde noch am gleichen Abend zu seinem künftigen Schwiegervater gebracht, und die liebevolle Pflege durch Inés trug nicht wenig zu seiner Genesung bei. Gaspar Suárez konnte sich nicht ganz von seinen Vorurteilen gegen die Moro befreien und reiste gleich nach der Hochzeit seines Sohnes nach Cádiz zurück.

López Suárez war seit zwei Wochen der glückliche Gatte der reizenden Moro, als er Vorbereitungen traf, sie nach Cádiz zu führen, wo Gaspar Suárez das junge Paar ungeduldig erwartete.

Nachdem Busqueros dieses große Unternehmen abgeschlossen hatte, beschäftigte er sich schon mit einem anderen, das ihm viel mehr am Herzen lag. Es bestand darin, seine Verwandte Gita Sález mit meinem Vater zu verheiraten; die Schöne wohnte bereits in dem Nachbarhaus jenseits der Gasse. Ich nahm mir meinerseits vor, diese Ehe zu hintertreiben.

Zuerst sprach ich darüber mit meinem Onkel, dem geachteten Theatiner Fra Geronimo Sántez; doch dieser Geistliche lehnte es ganz entschieden ab, sich in Dinge einzumischen, die allzusehr weltlichen Intrigen glichen; er sagte, er befasse sich nur dann mit Familienangelegenheiten, wenn es sich darum handle, Entzweite zu versöhnen oder einem Skandal vorzubeugen; in jedem anderen Falle vertrügen sich Interessen dieser Art nicht mit seinem Amte.

Da ich denn auf mich allein gestellt war, hätte ich gern den freundlichen Toledo für meine Sache gewonnen; doch ich hätte ihm sagen müssen, wer ich sei, und das war mir keineswegs erlaubt. So begnügte ich mich denn für den Augenblick damit, Busqueros mehr an den Ritter zu binden, wobei ich diesem empfahl, vor der Aufdringlichkeit des Intriganten auf der Hut zu sein.

Anmerkungen

Die Anmerkungen stützen sich teilweise auf das Material, das der Herausgeber in seiner polnischen Ausgabe des Werkes bringt (Jan Potocki, »Rekopis znaleziony w Saragossie«, Warszawa 1956).

VORREDE

Belagerung Saragossas – Im Jahre 1809 wurde Saragossa nach zweimonatiger Belagerung von den Heeren Napoleons eingenommen.

1. TAG

Graf von Olavídez – Als Statthalter von Andalusien kolonisierte er in den Jahren 1767 bis 1776 das bis dahin unbesiedelte Gebiet der Sierra Morena; er beschlagnahmte kirchliche Ländereien und teilte sie unter den Bauern auf. Später wurde er wegen Freigeisterei von der Inquisition gefangengesetzt, konnte aber 1790 nach Paris fliehen, wo man ihn als Opfer des Inquisitionsterrors begeistert aufnahm.
»Las gitanas de Sierra Morena quieren carne de hombres.« Der spanische Satz ist zweideutig gemeint: »Die Zigeunerinnen der Sierra Morena lieben Menschenfleisch« oder auch »Männerfleisch«.
Jakob von Compostela – Der Legende nach hat der Apostel Jakobus der Ältere in Spanien gepredigt; sein Leichnam soll in Compostela beigesetzt sein. Die über dem vermeintlichen Grab errichtete Kirche wurde zu einem vielbesuchten Wallfahrtsort.
Heilige Hermandad – Eine im 15. Jahrhundert entstandene Vereinigung (span. hermandad ~ Bruderschaft) zum Schutze der Pilgerfahrten nach Santiago de Compostela; sie war eine politisch-militärische Organisation, später eine Art Polizei, die allerdings von der Inquisition gelenkt wurde.
Philipp V. – König von Spanien von 1700 bis 1746.

Wallonische Garde – Südbelgien, die Heimat der Wallonen, stand damals unter spanischer Herrschaft.
altes maurisches Schloß – Während der maurischen Herrschaft auf der Iberischen Halbinsel (8.–15. Jahrhundert) kam es zu einer Blüte der Künste, besonders der Architektur.
Madonna von Atocha – Der Legende zufolge hat der Evangelist Lukas die Madonna mit dem Kinde nach dem Leben gemalt. Mehrere Gemälde in Italien und Spanien werden als »Lukasbild« bezeichnet; in Wirklichkeit handelt es sich um Werke der byzantinischen Kunst. Den Namen Atocha trägt eine Wallfahrtskirche in Madrid.
Los Hermanos – (span.) Die Brüder.
Berge der Alpujarras – Man versteht unter »Alpujarras« nicht, wie Potocki angibt, die östliche Fortsetzung der Sierra Morena, sondern ein Bergland südlich der Sierra Nevada.
Meknesgaze – Nach der marokkanischen Stadt Meknes benannt.
kastilischer Dialekt – Das Kastilische ist die Grundlage der spanischen Nationalsprache.
Olla podrida – Spanisches Nationalgericht aus verschiedenen Fleischsorten, Gemüsen und Gewürzen.
aus allen Fleischarten, eine einzige ausgenommen – Das heißt ausgenommen Schweinefleisch, dessen Genuß den Gläubigen verboten ist.
im geheimen den Glauben ihrer Väter bekennen – Die in Spanien verbliebenen Mauren wurden im 15. und 16. Jahrhundert zur Annahme des christlichen Glaubens gezwungen. Mohammedaner durften nicht mehr auf spanischem Boden leben.
los dulces – (span.) Süßigkeiten.
Fofa – Portugiesischer Volkstanz.
Abencerragen – Vornehmes maurisches Geschlecht in Granada (15. Jahrhundert), dessen Schicksal Chateaubriands Novelle »Die Abenteuer des letzten Abencerragen« behandelt.
Dey – Militärbefehlshaber, im 17. Jahrhundert auch zivile Herrscher in einigen Ländern Nordafrikas.
Ben Omar – Omar ibn al Fâridh (1181–1235); arabischer Dichter.
Averroes – Eigentlich Ibn Roschd (1126–1198); arabischer Philosoph aus der Blütezeit der maurischen Kultur in Spanien.
das Gesetz des Propheten – Das heißt die Lehre Mohammeds (570–632).
Koreischiten – Arabischer Volksstamm, der in der Nähe von Mekka wohnte; aus ihm ging auch Mohammed hervor.
wie im Hause der Propheten – Da das einzige Kind Mohammeds, das ihn überlebte, die Tochter Fatima war, erkannten einige mohammedanische Sekten deren Nachkommen als einzig rechtmäßige Nachfolger Mohammeds im Sinne eines geistlichen Oberhaupts der Mohammedaner an.
Kasr – (arab.) Schloß.
in Spanien eindrang – Im Jahre 711 schlugen die Araber das Heer der Westgoten bei Jérez de la Frontera; damit begründeten sie ihre Herrschaft auf der Iberischen Halbinsel.

Kalif von Bagdad – Die Nachfolger Mohammeds als weltliche Herrscher nannten sich Kalifen. Die ersten Kalifen stammten aus der Familie des Propheten; ihre Hauptstadt war Medina. Sie wurden vom Geschlecht der Omaijaden abgelöst, das 661 bis 749 in Damaskus herrschte. Darauf rissen die Abbasiden die Herrschaft an sich und verlegten die Hauptstadt nach Bagdad.
Königreich Granada – Die Bezeichnung »Königreiche« für die heutigen spanischen Provinzen hat sich auch nach Herstellung der nationalen Einheit im Sprachgebrauch noch lange erhalten.
Westgoten – Sie beherrschten seit Beginn des 5. Jahrhunderts die Iberische Halbinsel.
Turduler – Dieser iberische Stamm wohnte in der Nähe des heutigen Córdoba; er hatte eine ziemlich hoch entwickelte Kultur.
dem Zwölften Imâm – Nach dem Tode Mohammeds bildete sich die Sekte der Schiiten, die – im Gegensatz zu den Sunniten – nur Ali (den Schwiegersohn Mohammeds) und seine Nachkommen, die Aliden, als rechtmäßige Oberhäupter des Islam gelten ließen. Eine Gruppe der Schiiten, die Imamiten, erkannten als Imâme, das heißt als Oberhäupter der islamischen Gesamtgemeinde, nicht die seit 661 herrschenden omaijadischen und (später) abbasidischen Kalifen an, sondern nur Ali, dessen Söhne Hassan und Hussain und neun Abkömmlinge Hussains. Der zwölfte in dieser Reihe, Mohammed Abul Kâsim, geboren 872, verschwand 880 auf rätselhafte Weise. Wahrscheinlich floh er aus Angst vor der Verfolgung durch das herrschende Kalifengeschlecht, die Abbasiden. Nach dem Glauben der schiitischen Imamiten wird er als Mahdî (Rechtgeleiteter) am Weltenende wiederkehren, um das Werk Mohammeds zu vollenden und die Ungläubigen zu bekehren.
Antichrist – Nach mohammedanischer Vorstellung wird am Ende der Welt ein einäugiges Ungeheuer erscheinen, das dem »Antichrist« der Bibel entspricht. Es wird vierzig Tage lang die Erde beherrschen und dann vom Mahdî überwältigt werden.
Sieben Schlafende Brüder – Nach der christlichen Legende verbargen sich im Jahre 251 sieben Jünglinge in einer Höhle bei Ephesos, um den Christenverfolgungen durch den Kaiser Decius zu entgehen. Sie schliefen ein und erwachten erst fast zweihundert Jahre später, zur Zeit des christlichen Kaisers Theodosios II. Diese »Legende von den Siebenschläfern« fand Eingang in den Islam. Der Koran (Sure 18, 8–25, »Die Höhle«) läßt die Zahl offen (drei bis sieben) und berichtet, sie hätten sich von den götzendienerischen Mitmenschen getrennt, als sie gezwungen werden sollten, dem reinen Bekenntnis Allahs zu entsagen. Sie hätten 300 Jahre in einer Höhle zugebracht. In ihrer Begleitung wird ein Hund erwähnt (arab. *kalb* = Hund).
Córdoba seine eigenen Kalifen – Im Jahre 749 gelang es den Abbasiden, den Nachkommen eines Onkels Mohammeds, die Kalifendynastie der Omaijaden in Damaskus zu stützen. Von diesen konnten sich einige nach Spanien retten, unter ihnen Abder-Rahmân, der die Würde eines Emirs von Córdoba annahm und sich als von Bagdad – dem neuen Sitz der Kalifen – unabhängig

erklärte. Seine Nachfolger bezeichneten sich von 929 an als Kalifen. Vom 9. bis 11. Jahrhundert war Córdoba eine der reichsten Städte Europas und ein bedeutendes Zentrum der mohammedanischen Kultur. Im Jahre 1031 erlosch das Kalifat wegen der Zersplitterung in kleinere, unabhängige Staaten. Die kulturelle Vorherrschaft übernahm nun Granada, das eine Zeit höchster Blüte erlebte.
Gonzalo de Córdoba – (1453–1515), spanischer Heerführer, eroberte 1492 Granada, den letzten Pfeiler der maurischen Macht auf der Iberischen Halbinsel.
Karl den Thron bestieg – Karl I. herrschte von 1516 bis 1555; als Karl V. war er von 1519 an zugleich deutscher Kaiser.
Philipp – Philipp II. herrschte in Spanien von 1556 bis 1598–1566 erließ er ein Gesetz, das den Morisken (Mauren, die unter Druck getauft worden waren) befahl, auf die arabische Sprache und ihre nationalen Trachten zu verzichten. Das hatte einen Aufstand der Morisken von Granada zur Folge, der blutig unterdrückt wurde. Später vertrieb man die Mauren nach Nordafrika.
Derwischorden des heiligen Dominikus – Gemeint ist der Dominikanerorden; die Derwische spielen im Islam etwa die gleiche Rolle wie die Mönche im Christentum. 1232 übertrug der Papst den Dominikanern die Inquisition. Die Inquisitoren stützten sich auf bloße Denunziation, erpreßten durch die Folter Geständnisse, beraubten die Beschuldigten ihres Eigentums und verurteilten sie zum Tode auf dem Scheiterhaufen.

2. TAG

Esponjado – Eine Art Zuckergebäck.
Corregidor – Der Corregidor verband die Funktion des Bürgermeisters mit der des Richters.

3. TAG

Erbfolgekrieg – Der Spanische Erbfolgektieg (1701–1714) brach aus, als der kinderlose König Karl II. gestorben war. Anspruch auf den spanischen Thron erhoben der von Karl II. als Erbe eingesetzte Bourbone Philipp von Anjou, der von seinem Großvater, Ludwig XIV. von Frankreich, begünstigt wurde, und Karl, der zweite Sohn des deutschen Kaisers Leopold I. aus dem Hause Habsburg, ferner der Kurprinz Joseph Ferdinand von Bayern. Philipp von Anjou zog als König Philipp V. 1701 in Madrid ein; wenig später begann der Krieg. Nach wechselvollen Kämpfen konnte sich Philipp schließlich behaupten.
Auditor – Hier Bezeichnung für einen Militärrichter.
Garcias Hierro – Der Name ist abgeleitet vom spanischen Wort *hierro* = Eisen, Waffe.

Plaza de la Cebada – Platz in Madrid.
Almosenier – Ursprünglich ein Geistlicher, der an einem Fürstenhofe mit der Verwaltung und Verteilung der Almosengelder betraut war; hier eine Art Hausgeistlicher.
Doyen der Marschälle – Das Tribunal der Marschälle entschied zu jener Zeit die Ehrenangelegenheiten des französischen hohen Adels. Der Vorsitzende (Doyen) war also gewissermaßen auch oberster Richter in allen Duellfragen.
gallikanische Kirche – Die französische katholische Kirche hatte zeitweise als »gallikanische Kirche« eine gewisse Unabhängigkeit vom Papst.
Belagerung von Lérida – Hauptstadt der südlich der Pyrenäen gelegenen gleichnamigen Provinz Lerida; im Spanischen Erbfolgekrieg belagerte der Herzog von Orleans die Stadt vom 25. September bis 11. November 1707.
Connétablie – Gerichtsbehörde, welche die Strafsachen von Angehörigen der Armee behandelte. Da es seit 1627 in Frankreich keinen Konnetabel mehr gab, unterstand diese Militärgerichtsbarkeit dem Tribunal der Marschälle, das außerdem als Ehrengericht fungierte.
Gottesgerichte – Verfahren, mit deren Hilfe man im Mittelalter versuchte, Schuld oder Unschuld eines Angeklagten aufzudecken, wenn es an überzeugenden Beweisen fehlte. Am weitesten verbreitet war der Zweikampf: den Besiegten erklärte man für schuldig.
la gravedad – (span.) Würde, Ernst.

4. TAG

la Nuestra Veguilla – (span.) unsere kleine Aue.
quintas – (span.) Landhäuser, kleine Güter.
über einen Mantel oder mit dem Taschentuch im Mund schlagen – Besondere Formen des Zweikampfs unter mörderischen Bedingungen.

5. TAG

Korkkloster – Gemeint ist das 1560 gegründete Kloster Santa Cruz.
Bätica – Im Altertum die römische Provinz Hispania Baetica, das heutige Andalusien.
neapolitanische Goldunzen – Goldmünzen von 26,5 g Gewicht.
Bravo – (ital.) der Tapfere; hier ein Mensch, der sich zum Mord und zu anderen gefährlichen Unternehmungen dingen läßt.
»Mira Lunardu che fa lu criadu de sua maguiera.« – (ital. Dialekt) »Sieh doch den Lunardo an: er spielt den Lakaien seiner Frau.«
jener Braven – Doppeldeutige Bezeichnung, gemünzt auf die Bravi.
Tari – Italienische Münzen; 1 Taro = 1/70 Goldunze.
Zechinen – Italienische Münzen; 1 Zechine entspricht ungefähr 2/3 einer Goldunze.
Psyche – Der Roman »Metamorphosen« des römischen Schriftstellers Apu-

lejus (2. Jahrhundert) enthält das Märchen »Amor und Psyche«; es handelt von der Liebe des Gottes Amor zu der Erdentochter Psyche. Amor und Psyche wurden oft in der bildenden Kunst gestaltet.
Gatten dieser Göttin – Nach der römischen Mythologie ist die Liebesgöttin Venus, die der griechischen Aphrodite entspricht, mit dem Schmiedegott Vulcanus verheiratet.

6. TAG

Vizekönig von Sizilien – Sizilien wurde von 1504 bis 1707 von spanischen Vizekönigen regiert.
presepio – (ital.) Krippe, im Sinne der mitteleuropäischen Weihnachtskrippe.
Kastanien im Mittelmeergebiet wachsende eßbare Edelkastanien.
bracciero – (ital.) Kavalier, der eine (verheiratete) Dame verehrt.
Principino – Der kleine Fürst; abgeleitet von »principe« (ital.) Fürst.
»Managia la tua facia de banditu.« (ital. Dialekt) »Deine verdammte Räubervisage.«
»Ciucio maledetto, io no zuno lu diavolu, io zuno lu piciolu banditu delli Augustini.« – (ital. Dialekt) »Verfluchter Esel, ich bin nicht der Teufel, ich bin der kleine Räuber vom Augustinerkloster.«
»Zoto, Zoto, gia vegio che tu sarai banditu!« – (ital. Dialekt) »Zoto, Zoto, ich sehe schon, daß aus dir ein Räuber wird!«
»Padron Lettereo, prendete lo chiutosto vui.« – (ital. Dialekt) »Padron Lettereo, nehmt lieber Ihr ihn.«
Blut des heiligen Januarius – Januarius, Bischof von Benevento, soll im Jahre 305 den Märtyrertod gestorben sein. Sein Blut wird in zwei Fläschchen in der Kathedrale von Neapel aufbewahrt. Es ist geronnen, wird aber angeblich dreimal im Jahre flüssig (das Wunder des heiligen Januarius).
Madonna della Lettera – (ital.) Madonna mit dem Brief.
lateinische Segel – Eine bestimmte Art dreieckiger Segel.
»Anime managie, quista criadura e lu filiu de Zotu, se uno de vui a outri li mette la mano sopra, io li mangio l'anima.« – (ital. Dialekt) »Verdammte Kerle, dieser hier ist der Sohn Zotos; wenn einer von euch ihn anrührt, breche ich ihm das Genick.«
Polacker – im Mittelmeergebiet ein bestimmter Typ von Dreimastern.
»A larga ladron, a larga!« – (ital. Dialekt) »Verschwindet, Seeräuber, Seeräuber, verschwindet!«
San Marco – Der Evangelist Markus gilt als Schutzheiliger Venedigs.
Scudi – Italienische Münzen, die etwa dem Taler entsprechen.
Galioten – Wendige einmastige Rudersegelschiffe.
scampavie – (ital.) sehr schmales, leichtes Beiboot, das auch zum Entern benutzt wurde.
»Maina ladro! Maina can senza fede.« – (ital. Dialekt) »Streich die Segel, du Spitzbube! Streich die Segel, du gottloser Hund!«

»Anime managie, io in galera non ci vado. Pregate per me la santissima Madonna della Lettera.« – (ital. Dialekt) »Verdammte Kerle, ich gehe nicht auf die Galceere. Betet für mich zur heiligen Madonna della Lettera.«
»Ecco lu piciolu banditu delli Augustini.« – (ital. Dialekt) »Da ist der kleine Räuber vom Augustinerkloster!«

7. TAG

Königreich beider Sizilien – Unteritalien (auch »Sizilien diesseits der Meerenge« genannt) und die Insel Sizilien bildeten – mit einigen Unterbrechungen – vom Mittelalter bis 1860 gemeinsam einen Staat, das »Königreich beider Sizilien«.
Miqueletes – Ursprünglich spanische Räuber in den Pyrenäen, später eine Art Provinzialmiliz.
Signor Tenente – (ital.) Herr Leutnant.
Philosophenturm – Ein heute verfallenes Schutzhaus wenig unterhalb des Ätnagipfels, bringt die Überlieferung mit dem Philosophen Empedokles (etwa 490–430 v. u. Z.) in Zusammenhang, der sich in den Krater gestürzt haben soll. In Wirklichkeit stammt er aus der Zeit des römischen Kaisers Hadrian (76–138).
»Adonde estan las fajes?« – (span.) »Wo sind die Gürtel?«
Audiencia – (span.) Höherer Gerichtshof.
Schnau – (niederdt.) Ein am Bug oder Heck spitz zulaufendes kleines Segelschiff

8. TAG

Kabbala – Ursprünglich die mündliche religiöse Überlieferung der Juden, wie sie neben den heiligen Schriften bestand. Im Mittelalter entwickelte sie sich zu einer mystischen Religionsphilosophie. Die Kabbalisten des Mittelalters schrieben den Buchstaben und den Ziffern einen geheimen Sinn zu, und manche von ihnen glaubten, durch bestimmte Kombinationen von Buchstaben oder Zahlen, durch Berücksichtigung des Stands der Gestirne sowie durch Befolgung weiterer Regeln Wunder tun und Macht über die Geister erlangen zu können.

9. TAG

Einsiedler von Theben – Im 3., 4. Jahrhundert ließen sich in Oberägypten, in der Nähe der Stadt Theben, die ersten christlichen Einsiedler nieder.
Ewiger Jude – Schon seit dem 7. Jahrhundert gibt es unter den Christen die Legende von einem Juden, der nicht sterben könne, weil er Christus auf seinem Weg nach Golgatha mißhandelt habe. Die Legende bezieht sich bald auf

Kartaphilos, einen Türhüter des Pontius Pilatus, bald auf den Schuhmacher Ahasverus aus Jerusalem. Der englische Chronist Roger von Wendower (gest. 1237) berichtet, nach dem Zeugnis eines armenischen Bischofs lebe Kartaphilos in Armenien; er sei getauft und hoffe auf Vergebung für den Schlag, den er in seiner Unwissenheit Christus versetzt habe, damit er schneller gehe. Kartaphilos besinne sich genau auf die Begebenheiten, die mehr als tausend Jahre zurück lagen. Damals habe Christus zu ihm gesagt: »Ich gehe – du aber wirst meine Wiederkunft erwarten.« – 1602 wurde in Leyden die »Kurze Beschreibung und Erzählung von einem Juden mit Namen Ahasverus« veröffentlicht, 1634 die »Gründliche und wahrhaftige Relation ... von einem Juden namens Ahasverus von Jerusalem«, als deren Verfasser sich Chrysostomus Duduläus Westphalus nennt. Hier erscheint der Ewige Jude, diesmal mit Ahasverus gleichgesetzt, wiederum als Mann mit klarer Erinnerung an die damaligen Begebenheiten. Er berichtet, er habe, als Christus mit dcm Kreuz an seinem Haus vorbeigekommen sei, ihm die Rast verweigert und ihn sogar geschlagen. Christus habe ihm gesagt: »Hier will ich ausruhen, du aber sollst gehen, bis ich wiederkehre.« Im gleichen Augenblick habe er, Ahasverus, sich aufgemacht, Christus zu folgen, und seitdem irre er unstet umher. Die Legende vom Ewigen Juden war im Mittelalter und der angehenden Neuzeit bei vielen christlichen Völkern in mancherlei Gestalt lebendig. Schließlich wurde der Ewige Jude zum (oft dichterisch gestalteten) Symbol des in der Welt umhergetriebenen jüdischen Volkes.

Zeichen des Thau – Hebräischer Buchstabe. Nach dem Alten Testament (Hesekiel 9, 1–6*)* sollten der Ausrottung der Sünder in Jerusalem nur jene seufzenden und klagenden Menschen entgehen, denen auf Befehl eines Cherubs ein Mann »mit Schreibzeug an der Seite« das Thau auf die Stirn gezeichnet hat.

Eingeständnis ... ist ... gefährlich – Im Jahre 1492 erwirkte der Großinquisitor Torquemada ein königliches Dekret, das den Juden, die an ihrem Glauben festhielten, den weiteren Aufenthalt in Spanien verbot. Mehr als dreihunderttausend Juden mußten auswandern und ihren Besitz zurücklassen. Die Rechtgläubigkeit jener, die zum katholischen Glauben übergetreten waren, wurde ständig von der Inquisition überprüft.

Sonne ins Zeichen der Jungfrau – Man teilt die Ekliptik, das heißt die scheinbare Sonnenbahn am Himmel im Laufe eines Jahres, in zwölf gleiche Teile, sie werden nach den Sternbildern bezeichnet, welche die Ekliptik scheidet. In das Zeichen der Jungfrau tritt die Sonne um den 23. August.

Zeichen der Zwillinge – In diesen Abschnitt der Ekliptik tritt die Sonne am 21. Mai.

das Hebräische, Chaldäische ... beherrschten – Es handelt sich um jene Sprachen, in denen die heiligen Bücher der Juden sowie die kommentierenden Schriften verfaßt oder überliefert sind.

Sefiroth – Hebräische Bezeichnung für die zehn Eigenschaften Gottes.

Sanhedrin – *(hebräisiert* vom griechischen »Synedrion«) bezeichnet

1. im alten Jerusalem einen »hohen Rat«, das heißt eine Art Gerichtsbehörde, wobei man einen »großen« und einen »kleinen« Sanhedrin unterschied (jener entschied in weltlichen, dieser in geistlichen Angelegenheiten);

2. bestimmte Kommentare zu den heiligen Schriften, die sich auf Rechtsfragen beziehen.

Simon Ben Jochai, Verfasser der... Werke – Die wichtigsten Quellen der Kabbala sind die Bücher Jezira und Sohar; letzteres, das aus drei Teilen besteht, wurde, wohl in Anlehnung an alte Überlieferungen, wahrscheinlich von dem spanischen Juden Mose Ben Schemtob de León im 13. Jahrhundert verfaßt. Mose de León mystifizierte jedoch die Urheberschaft, indem er das Werk dem Rabbi Simon Ben Jochai zuschrieb, der im 2. Jahrhundert u. Z. lebte.

Elias – Der alttestamentarische Prophet Elias (9. Jahrhundert v. u. Z.) spielt in der jüdischen religiösen Überlieferung eine besonders große Rolle; er gilt als Vorläufer des Messias.

lateinische Übersetzung – Gemeint ist wohl die »Cabbala denudata« (Enthüllte Kabbala) des Christian Knorr von Rosenroth (1631–1689); das Buch wurde für die europäischen Gelehrten zur wichtigsten Quelle über die Kabbala.

Adonai – Eine der hebräischen Bezeichnungen für Gott.

Königin von Saba – Nach dem Alten Testament (1. Buch von den Königen, 11, 3) hatte Salomo 700 Frauen und 300 Kebsweiber; unter ihnen befand sich jedoch nicht die Königin von Saba, die ihm lediglich (wie es heißt, als abessinische Monarchin) einen Höflichkeitsbesuch abstattete. Die geschichtliche Authentizität der Königin von Saba ist zweifelhaft; von ihrer Ehe mit Salomo erzählt die arabische Literatur.

Großer Orient – Jener Teil im Tempel Salomos, der das Allerheiligste enthielt, so wie man überhaupt dem Osten, jener Richtung, die das Licht bringt, eine besondere religiöse Bedeutung zuschrieb. Später wurde das Wort von den Freimaurern verwendet: der Orient einer Loge ist ihr vornehmster Platz, und zuweilen nennt man auch die Loge selbst »Orient«.

Elohim – (ursprünglich eine Mehrzahlform: die Götter), eine der hebräischen Bezeichnungen für Gott.

Lied der Lieder – Gemeint ist das Hohelied Salomos.

Epithalamium – Ein Hochzeitslied bei den alten Griechen und Römern.

Thoamim – (hebr.) Zwillinge.

Kabiren – Phönizische Götter, deren Kult auch nach Griechenland überging. Sie wurden schließlich den Dioskuren, also Kastor und Pollux, den Zwillingssöhnen des Zeus und der Leda, als Beschützer der Seefahrt gleichgesetzt.

Patriarch Henoch – Biblische Gestalt, von der es im 1. Buch Mose (5, 23 und 24) heißt, daß »sein ganzes Alter ward dreihundertfünfundsechzig Jahre. Und dieweil er ein göttliches Leben führte, nahm ihn Gott hinweg, und er ward nicht mehr gesehen.« Nach der jüdischen Legende, in der Henoch einen bedeutenden Platz einnimmt, kennt er alle Geheimnisse der sichtbaren und der unsichtbaren Welt. Die Überlieferung bezieht sich vor allem auf ein apokryphes »Buch Henoch«, das man bis in die jüngste Vergangenheit nur in griechischer und äthiopischer Übersetzung kannte. Unter den sogenannten »Schriftrollen vom Toten Meer«, die man von 1947 an entdeckte,

befinden sich jedoch auch mehrere Abschriften des »Buches Henoch« in aramäischer Sprache, in der es wohl auch ursprünglich abgefaßt war.
sein Wagen – Im Alten Testament (2. Buch von den Königen, 2, 11) heißt es: »Und da sie miteinander gingen und redeten, siehe, da kam ein feuriger Wagen mit feurigen Rossen ...; und Elias fuhr also im Wetter gen Himmel.«
Egregoren – Nach dem Buch Henoch heißen so die Engel, die mit den Töchtern des Adamssohnes Seth die Riesen, die Nefilim, zeugten.
Verbindung der Söhne Elohims mit den Töchtern der Menschen – Im Alten Testament (1. Buch Mose, 6, 2) heißt es darüber: »Da sahen die Kinder Gottes nach den Töchtern der Menschen, wie sie schön waren, und nahmen zu Weibern, welche sie wollten.«
Nefilim – Nach jüdischer Überlieferung gingen die Nefilim aus der Ehe zwischen den Söhnen Elohims und den Töchtern der Menschen hervor; sie treten als Tyrannen oder böse Riesen auf.
dritter Himmel – Das Buch Henoch beschreibt sieben Himmelssphären. In der zweiten Sphäre weilen die gefallenen Engel, in der dritten befindet sich das Paradies, die siebente ist die Wohnstatt Gottes.
Väter in der Wüste – Frühchristliche Einsiedler.
Baalim – (hebräische Mehrzahlform von Baal), Naturgötter im Vorderen Orient.

10. TAG

a la gitana maja – (span.) nach Art der hübschen Zigeunerin.
Polo – Andalusischer Tanz mit Gesang.

Quando me Paco me azze
Las palmas para vaylar
Me se puene el corpecito
Como hecho de mazzapan ...

(span.) Wenn Paco mich an den Händen zum Tanze führt, wird mein kleiner Körper weich wie Marzipan ...
Geschichten des Happelius – Gemeint sind die »Größten Denkwürdigkeiten der Welt oder so genannten Relationes curiosae ...« des Eberhard Werner Happel (1647–1690). Von ihnen erschienen zunächst fünf Bände und später eine neue Folge von drei Bänden. Im dritten Band der ersten Folge (Hamburg 1687) steht unter der Überschrift »Die stinckende Buhlschafft« eine Geschichte etwa des gleichen Inhalts wie die von Potocki erzählte, nur daß sie bei Happel viel kürzer gefaßt ist. Möglicherweise hat Potocki dieselbe Quelle benutzt wie Happel, vielleicht hat er aber auch den Happelschen Text mit Rücksicht auf die Funktion der Geschichte innerhalb des Romans willentlich verändert. Hier wird deshalb nicht der Happelsche Text wiedergegeben, sondern die vollständige Übersetzung aus dem französischen Original Potockis.
Messire – Alter französischer Ehrentitel für hochgestellte Personen.
König Franz I. – Er herrschte in Frankreich von 1515 bis 1547.

arme Dariolette – Anspielung auf ein Mädchen dieses Namens in einem mittelalterlichen Ritterroman.
vizcayische Mundart – Das Vizcayische ist ein Dialekt der baskischen Sprache, die nicht zur indoeuropäischen Sprachengruppe gehört und daher auch nicht mit dem Spanischen verwandt ist.
Dueña – (span.) Erzieherin, Anstandsdame.

11. TAG

Empusen – In der griechischen Mythologie nachts oder mittags erscheinende weibliche Schreckgespenster.
Larven – Bei den alten Römern Spukgestalten, die Tote und Lebende quälen.
Lamien – In der griechischen Mythologie vampirähnliche Gespenster, oft schöne Frauen, die Jünglingen das Blut aussaugen.
hermetische Wissenschaften – Der altägyptische Mondgott Thot trug bei den Griechen den Namen Hermes Trismegistos (»der dreimal Größte«); er galt unter anderem auch als Schöpfer der Alchimie und der Magie, die man darum »hermetische Künste« oder »hermetische Wissenschaften« nannte.
Simon dem Magier – Samaritanischer Zauberer, der sich taufen ließ und den Aposteln Petrus und Johannes die Gabe des Heiligen Geistes für Geld abkaufen wollte (Apostelgeschichte 8, 9–24). Er gilt als Begründer der Gnosis, einer religionsphilosophischen Lehre, die später von den christlichen Autoritäten als ketzerisch verworfen wurde.
Apollonius von Tyana – Griechischer Philosoph, der im ersten Jahrhundert lebte. Er galt als Magier.
Philostratus – Ausgabe der Werke des antiken Philosophen Flavius Philostratus (170–245); er verfaßte eine romanhafte Lebensbeschreibung des Apollonius von Tyana.
Geschichte des Menippos aus Lycien – Quelle: Flavius Philostratus, der Ältere, Das Leben des Appolonius von Tyana, Viertes Buch, fünfundzwanzigstes Kapitel. Für den vorliegenden Text wurde die deutsche Übersetzung von David Christoph Seybold (Lemgo 1776) benutzt.
Lycien – So nannte man eine Landschaft im Südwesten Kleinasiens.
Gärten des Tantalus – Im Altertum soviel wie nirgends.
Briefe des Plinius – Der römische Gelehrte Plinius (der jüngere) lebte 62 bis 113; bekannt ist er durch seine formvollendeten Briefe.
Geschichte des Philosophen Athenodorus – Quelle: Cajus Plinius Cäsilius Secundus, der jüngere, Briefe, Siebentes Buch, siebenundzwanzigster Brief. Der vorliegende Text folgt der deutschen Übersetzung von C. F. A. Schott (Stuttgart 1827).
Hexe von Endor – Eine im Alten Testament (1. Buch Samuel, 28, 7–19) erwähnte Wahrsagerin, die für den König Saul den Geist des Propheten Samuel beschwört.

12. TAG

Teatro de la Cruz – (span.) Theater vom Kreuz.
Teatro del Principe – (span.) Fürstentheater.
Buen Retiro – (span.) Schöne Zuflucht, Name eines Lustschlosses in der Nähe von Madrid; die dazu gehörenden Gärten bilden heute den zentralen Park von Madrid.
Toboso – Stadt in der Provinz Toledo.
Majo-Anzug – *majo:* (span.) geputzt, reich ausgestattet.
Prado – Parkähnliche Promenade in Madrid.
zagal – (span.) Bursche, Reitknecht.
über das Barometer – 1643 hatte der italienische Physiker Evangelista Torricelli (1608–1647) das Barometer erfunden und Versuche über die Veränderungen des Luftdrucks angestellt.
in punischer Sprache – Dialekt der phönizischen Sprache, die mit dem Hebräischen nahe verwandt ist.

13. TAG

lo monte ... lo castello – (ital. Dialekt) der Berg ... das Schloß.
»Schule von Athen« – Dieses Werk Raffaels wurde als Freske ausgeführt (im Vatikan, Camera della Segnatura).
Herakles zu Füßen der Omphale – Nach der Sage mußte Herakles zur Sühne für eine Unrechtstat drei Jahre lang der lydischen Königin Omphale als Sklave dienen; die bildende Kunst stellte ihn häufig dar, wie er zu Füßen der Omphale sitzt und Wolle spinnt.
den Pinsel Guidos – Das heißt des italienischen Malers Guido Reni (1575–1642).
Eros des Phidias – Die berühmte Eros-Statue, die von Phryne für den Erostempel zu Thespiä bestimmt wurde, ist ein Werk des Praxiteles; das Original ist verschollen. – Der griechische Bildhauer Phidias lebte im 5. Jahrhundert v. u. Z.
Phryne – Griechische Hetäre, lebte im 4. Jahrhundert v. u. Z.
Satyr des gleichen Künstlers – Eine Kopie des Satyrs, der gleichfalls von Praxiteles geschaffen wurde, befindet sich im Kapitolinischen Museum in Rom; man hält einen im Pariser Louvre aufbewahrten Torso für das Original.
echte Aphrodite des Praxiteles – Praxiteles lebte im 4. Jahrhundert v. u. Z. Von seiner Aphrodite (der sogenannten Knidischen Aphrodite oder Venus), zu der, wie es heißt, Phryne Modell gestanden hat, ist nur eine Kopie im Museum des Vatikans erhalten. Die Mediceische Venus hat wohl nichts unmittelbar mit Praxiteles zu tun; sie wurde von einem unbekannten Künstler geschaffen.
Antinoos – Ein wegen seiner Schönheit berühmter Jüngling aus Bithynien (Kleinasien), Liebling des römischen Kaisers Hadrian (76–138).
Arachne – Nach der griechischen Mythologie die Tochter eines lydischen

Purpurfärbers; sie forderte Athene zu einem Wettkampf im Weben heraus, übertraf sie und wurde deshalb von der eifersüchtigen Göttin in eine Spinne verwandelt.
Erblande – Im Deutschen Reich (bis 1806) die Länder des Kaisers, die er als Reichsfürst erblich besaß, im Gegensatz zum Reichsterritorium, über das er als gewählter Kaiser herrschte.
Herrschaft Friedrichs – Friedrich (Federigo) war König von Neapel in den Jahren von 1496 bis 1501; er starb 1504.
Pius III. – Er war Papst vom 22. September bis 18. Oktober 1503.
Knecht der Knechte Gottes – Altertümliche Selbstbezeichnung des Papstes.

14. TAG

deren Name ich trage – Gemeint ist Rebekka, nach dem Alten Testament die Frau Isaaks und Schwiegertochter Abrahams. Sie war die Mutter Jakobs und Großmutter Levis, der seinerseits der Urgroßvater Aarons war; auf Aaron wiederum führt im Roman der Kabbalist Uceda sein Geschlecht zurück.
zweiundsiebzig Namen – Die Astrologen des alten Orients teilten die Ekliptik in zwölf Zeichen, sechsunddreißig Dekaden und zweiundsiebzig Unterdekaden, wobei jede der unteren Einheiten einen besonderen Namen erhielt.
von der Arche – Es ist wohl nicht die Arche Noah gemeint, sondern die Bundeslade (lat. *acra* = Kasten), in der die Gesetzestafeln aufbewahrt wurden; nach dem Alten Testament konnte sie die Unberufenen, die sie berührten, töten.
an den kleinen Flammen – Nach der griechischen Sage von den Argonauten, die zu Schiff nach Kolchis fahren, um das Goldene Vlies zu holen, zeigten sich während eines Sturmes zu Häupten der mitfahrenden Dioskuren goldene Flammenzungen.
Edris – Im Koran wird ein Prophet Edris erwähnt; die mohammedanischen Theologen identifizieren ihn mit dem biblischen Henoch; ob freilich Potocki an diese Identität gedacht hat, erscheint fraglich, da er ja Henoch an anderer Stelle mehrmals mit seinem biblischen Namen bezeichnet. Die Gleichsetzung mit Atlas könnte daher rühren, daß er »Edris« von »Addiris« ableitet, dem Namen, den die Einheimischen dem Atlasgebirge in Nordafrika gegeben haben.
Fuß des Fuhrmanns – Das Sternbild des Fuhrmanns grenzt unmittelbar an das der Zwillinge.
Tybi – Eigentlich ein ägyptischer Monatsname.
Pyramide des Suphis – Suphis ist eine andere Bezeichnung für Cheops, einen altägyptischen König um 2800 v. u. Z.; es handelt sich hier also um die Cheops-Pyramide in Gizeh.
Feuersäule – Im Alten Testament (2. Buch Mose, 13, 21) heißt es: »Und der Herr zog vor ihnen her, des Tages in einer Wolkensäule, daß er sie den rechten Weg führte, und des Nachts in einer Feuersäule, daß er ihnen leuchtete zu reisen Tag und Nacht.«

Theorbe – Lautenähnliches Instrument mit 14 bis 16 Saiten, im 17. und 18. Jahrhundert verbreitet.
Seguidilla – Spanischer Tanz mit Kastagnettenbegleitung.

15. TAG

Dos Leones – (span.) Zwei Löwen.
Hof-Alguacil – Alguacil: (span.) Gerichtsdiener, Polizist.
titulados de Castilla – Kastilische Adlige, die allerdings hinsichtlich der Privilegien nicht auf der gleichen Stufe standen wie die Granden.
Lonzeto – Koseform von Alonzo.
toros francos – (span.) offenherzige Stiere.
toro marrajo – (span.) tückischer Stier.

16. TAG

labrador – (span.) Landmann, Bauer.
Pistole – Wahrscheinlich spanische Goldmünze zur Zeit Philipp V.
Alkalde – In Spanien Ortsvorsteher, Bürgermeister.
Vizekönig von Mexiko – Mexiko, von den Spaniern in den Jahren 1519 bis 1526 erobert, wurde als »Neuspanien« von einem Vizekönig regiert.
Asiento-Bank – Eine Art Depositenbank.
Wissenschaft, die Ovid lehrte – Der römische Dichter Ovidius Naso (43 v. u. Z.–18. u. Z.) verfaßte neben anderen Werken die »Ars amatoria« (Liebeskunst) und die »Remedia amoris« (Heilmittel gegen die Liebe).

17. TAG

Don Carlos II. – Er regierte in Spanien von 1665 bis 1700.
Majordomus – Hier oberster Beamter.

18. TAG

embebecido – (span.) verzückt, berauscht; hier Verehrer, Galan. Man vergleiche dazu die »Erinnerungen« der Frau von Aulnoy – Die französische Gräfin Marie Cathérine d'Aulnoy (1650–1705) trat als Schriftstellerin hervor mit Feenmärchen und ihren Memoiren; unter diesen befindet sich das Werk »Der Hof und die Stadt Madrid gegen Ende des 17. Jahrhunderts«.
cortejo – (span.) Liebhaber.
galanes – (span.) Verehrer.
Reales – Alte spanische Silbermünzen.
tirana – Altes spanisches Volkslied.

Assiniboins ... Appalachen ... Chiriguanos – Indianerstämme.
Neumexiko – Südstaat der USA; Gebiet, das sich nördlich an Mexiko anschließt.
erzielten wir einen Gewinn ... – Die hier folgenden Ausführungen des Zigeunerhauptmanns beziehungsweise des Vizekönigs über die Entstehung seines Vermögens sind in französischer Sprache (also in der vom Autor geschaffenen Fassung) nicht belegt. Der Text wurde lediglich nach der aus dem vorigen Jahrhundert stammenden polnischen Übersetzung von Edmund Chojecki rekonstruiert. In dieser polnischen Fassung und folglich auch in unserer Übersetzung fehlen jedoch Angaben über die Höhe und die Dauer der Verzinsung – Angaben, die der Mathematiker braucht, wenn er, wie es im Roman geschieht, das Rechenexempel prüfen und korrigieren will.

19. TAG

Philipp IV. – Er herrschte von 1621 bis 1665.
Don Vaubans – Der französische Militäringenieur Sébastien de Vauban (1633–1707) galt in seiner Zeit als der bedeutendste Theoretiker und Praktiker des Festungsbaus. 1703 wurde er Marschall von Frankreich.
Don Coehoorns – Menno van Coehoorn (1641–1704), niederländischer Militäringenieur, schuf ein System des Festungsbaus, das auf den geographischen Bedingungen seiner Heimat beruhte und für andere Länder nur bedingt gelten konnte.
Ludwig XIV. – Ludwig XIV., der »Sonnenkönig«, herrschte in Frankreich von 1643 bis 1715.
Scaramouche – (französische Form des italienischen Namens Scaramuccia), Charakterfigur der italienischen Stegreifkomödie; er trat in spanischer schwarzer Hofkleidung als Abenteurer und Prahlhans auf.
Gramont – Gemeint ist wohl Graf Philibert de Gramont (1621 bis 1707), der vom König wegen seiner Liebesaffäre des Landes verwiesen wurde, in England Aufnahme fand, später zurückkehren durfte und interessante Memoiren über das leichtfertige Leben am englischen und am französischen Hof im 17. Jahrhundert verfaßte.
Roquelaure – Gaston de Roquelaure (1614 oder 1617–1683) galt als der häßlichste und zugleich geistvollste Mann Frankreichs.
Lully – Jean-Baptiste Lully (1632–1687), Hofkomponist Ludwigs XIV. und Schöpfer der französischen Oper.
Könige aus dem Hause Habsburg – Sie herrschten in Spanien von 1516 bis 1700.
Brüder Bernoulli – Jakob Bernoulli (1654–1705) war Professor der Mathematik in Basel, Johann Bernoulli (1667–1748) Professor der Mathematik in Groningen, nach 1705 in Basel.
Eteokles und Polyneikes – Nach der griechischen Sage zwei feindliche Brüder, Söhne des Ödipus, Brüder der Antigone. Ihr Schicksal behandeln Aischylos in dem Drama »Die Sieben gegen Theben« und Sophokles in der »Antigone«.

Nikolaus Bernoulli – Gleichfalls Mathematiker; 1774 gab er die bereits 1713 erschienene »Ars conjectandi« von Jakob Bernoulli mit Anmerkungen neu heraus.
Marquis de L'Hospital – Der französische Mathematiker Guillaume-François de L'Hospital (1661–1704) hatte das erste und für langc Zeit einzige Lehrbuch der Differentialrechnung verfaßt.
Ars conjectandi – (lat.) Die Kunst des Vermutens. Es handelt sich um das erste zusammenfassende Werk über die Wahrscheinlichkeitsrechnung, verfaßt von Jakob Bernoulli. Den Anlaß zu der im 17. Jahrhundert einsetzenden Beschäftigung mit der Wahrscheinlichkeitsrechnung als einem besonderen Gebiet der Mathematik gaben wohl die Glücksspiele, vor allem die Würfelspiele.

20. TAG

Besitz des Philippinischen Archipels – Spanien mußte den Besitz der Philippinen, die 1521 von Magalhäes entdeckt worden waren und ihren Namen nach dem spanischen Thronfolger und späteren König Philipp erhalten hatten, häufig gegen die Eingeborenen wie auch gegen die Niederländer verteidigen.
König von ... Indien – Gemeint ist Westindien. Diese von Columbus eingeführte Bezeichnung für die Inseln im Karibischen Meer wurde später auf alte spanischen Besitzungen in Amerika ausgedehnt.
Las Rosas – (span.) Die Rosen.

21. TAG

Onias – Onias IV., Hoherpriester des Jerusalemer Tempels, siedelte um 154 v. u. Z. zusammen mit einer Gruppe von Gläubigen nach Ägypten über und gründete in Leontopolis, in der Nähe von Heliopolis (Unterägypten), ein Kultzentrum.
Ptolemäos Philometor – Er gehörte zur mazedonischen Dynastie der Ptolemäer, die seit 323 v.u.Z. in Ägypten herrschte. Ptolemäos Philometor war König in den Jahren 181 bis 146 v. u. Z.
Herrschaft des Augustus – Augustus, eigentlich Gajus Octavianus, war Alleinherrscher des Römischen Reiches in den Jahren von 27 v. u. Z. bis 14. u. Z.
Flavius – Gemeint ist Josephus Flavius (37 bis etwa 100), ein jüdischer Historiker, der vorwiegend griechisch schrieb. In seiner »Jüdischen Archäologie« erwähnt er einen Dellius, den Antonius zu Herodes schickte und der Verhandlungen über den Hohenpriester Aristobulos führte.
Plutarch – Griechischer Schriftsteller (etwa 50–125), schrieb unter anderem vergleichende Lebensbeschreibungen, wobei immer ein Grieche und ein Römer nebeneinandergestellt werden, ferner vier Einzelbiographien. In seiner Antonius-Biographie wird Dellius erwähnt. Nach Plutarch hatte Dellius

eine scharfe Zunge, weshalb Kleopatra ihn haßte. Jedoch nennt keine der bekannten Quellen Dellius als Musiker.
Cäsarion – Der Sohn Cäsars und Kleopatras, geboren 47 v. u. Z., wurde im Jahre 31 v. u. Z. auf Anweisung Octavians (des späteren Augustus) getötet.
samaritanischer Tempel – Die Samaritaner wichen in ihren religiösen Auffassungen etwas vom jüdischen Glauben ab, obgleich sie die fünf Bücher Mosis anerkannten. Sie lebten jahrhundertelang im Streit mit den Juden.
Belos – Sagenhafter Begründer des babylonischen Reiches.
Sesostris – Legendärer ägyptischer Herrscher, dem die Überlieferung die Taten anderer ägyptischer Könige zuschrieb; sein Reich soll sich von Libyen bis nach Indien erstreckt haben.
Cyrus – Gründer des persischen Weltreiches, der von 559 bis 529 v. u. Z. herrschte.
Alexander – Das Reich Alexanders des Großen, Königs von Mazedonien, erstreckte sich von Griechenland und Ägypten bis nach Indien.
Antonius – Marcus Antonius (83–30 v. u. Z.).
Atticus – Titus Pomponius (109–32 v. u. Z.), vornehmer Römer, wegen seines langen Aufenthaltes in Athen mit dem Beinamen Atticus bedacht.
Isis – Eine der wichtigsten Gottheiten im alten Ägypten, wird gewöhnlich mit Kuhhörnern auf dem Haupt dargestellt.
Serendiber Kaufleute – »Serendib« ist eine im Altertum verbreitete, eigentlich persisch-arabische Bezeichnung für das heutige Sri Lanka.
Lepidus – Marcus Amilius Lepidus (etwa 90–13 v. u. Z.).
Mareotissee – Strandhaff bei Alexandria.

22. TAG

Artemisia – Schwester und Gattin des Mausolos, des Königs von Karien (einer Landschaft im Südwesten Kleinasiens), sie gilt als Muster der Gattenliebe.
Parther – Iranisches Volk, das vom 3. Jahrhundert v. u. Z. bis ins 3. Jahrhundert u. Z. ein eigenes Reich bildete, oft in die Gebiete seiner Nachbarn einfiel und fast ständig die römischen Besitzungen in Vorderasien bedrohte.
Herodes – Gemeint ist Herodes der Große (73–4 v. u. Z.). Er kam als Tetrarch (Teilfürst) von Judäa im Jahre 40 v. u. Z., als die Parther Jerusalem erobert hatten, nach Rom. Er gewann dann Judäa zurück und erhielt als Schützling des Antonius im Jahre 37 v. u. Z. die Würde eines Königs von Judäa.
Dareiken – Alte persische Goldmünzen im Gewicht von 8,4 g.
Hasmonäer – (Auch Makkabäer), jüdisches Fürstengeschlecht, das im 2. Jahrhundert v. u. Z. den Unabhängigkeitskampf gegen Syrien führte. Als die syrische Herrschaft gebrochen und das jüdische Reich selbständig geworden war, fiel den Makkabäern die erbliche Königswürde zu. Der letzte Herrscher aus dieser Dynastie, Antigonos, den die Parther (siehe oben) im Jahre 40 v. u. Z. auf den jüdischen Thron gesetzt hatten, wurde von Herodes (siehe

oben) mit römischer Hilfe gestürzt. Herodes, der darauf den Thron bestieg, heiratete Mariamne, die diesem Geschlecht entstammte, und beseitigte dann alle Hasmonäer, die als Mitbewerber um den Thron hätten auftreten können; später auch seine Schwiegermutter Alexandra, seinen Schwager Aristobulos, seine Frau Mariamne und deren drei Söhne.
Aaron – Gilt als erster Hoherpriester der Juden.
Aristobulos – Aristobulos III. *(52–35 v.u.Z.)* wurde als siebzehnjähriger Jüngling zum Hohenpriester geweiht, da Antonius und Kleopatra dies verlangten.
das peträische Arabien – Alte Bezeichnung für den nordwestlichen Teil Arabiens mit der Halbinsel Sinai.
Pharisäer – Religiös-politische Partei im jüdischen Volk; ihre Anhänger gebärdeten sich fromm bis zum Fanatismus und wurden später zum Sinnbild (religiöser) Heuchelei.
Sadduzäer – Die religiös-politische Partei der Sadduzäer ließ im Gegensatz zu den Pharisäern nur das alte Schriftwort gelten und verwarf alle späteren Zutaten und Spekulationen, so auch den pharisäischen Auferstehungsglauben. Diese Partei vertrat hauptsächlich die Schicht der Wohlhabenden, die Aristokratie; zu ihr gehörte auch die vornehme Geistlichkeit.
Tarudant – Stadt im heutigen Marokko.

23. TAG

Schebecke – Im Mittelalter gebräuchliches Schiffchen mit zwei oder drei Masten.
Konchyliologie – Lehre von den schalentragenden Weichtieren.

24. TAG

Cassini – Jacques Cassini *(1677–1756),* bedeutender französischer Astronom und Physiker.
Huygens – Gemeint ist wohl der niederländische Physiker Christian Huygens, der allerdings von 1629 bis 1695 lebte, während aus den verschiedenen im Roman genannten Jahreszahlen geschlossen werden kann, daß die hier geschilderte Episode um 1720 anzusetzen wäre.
Baron Napier – Der schottische Mathematiker John Napier *(1550–1617)* führte den Begriff des Logarithmus ein und schuf die erste Logarithmentafel.
Axiome des Euklid – Die Axiome des griechischen Mathematikers Euklid (um 300 v. u. Z.) bilden die Grundlagen der Geometrie.
Kronwerk – So bezeichnete man früher ein Außenwerk einer Festung.
Spuren Lockes – Der englische Philosoph John Locke *(1632–1704)* begründete die sensualistische Erkenntnistheorie, nach der alle Erkenntnis letztlich auf Sinneseindrücke zurückzuführen ist.

25. TAG

Dinostrates – Griechischer Mathematiker, der im 4. Jahrhundert v. u. Z. lebte.
Oskulationskurven – Oskulation nennt man in der Geometrie eine besonders enge Berührung. *Osculum* (lat.) = Kuß.

26. TAG

agraviados – (span.) die Beleidigten.
catafalcos – (span.) Katafalke.
Angina polyposa – Der Ausdruck soll eine von einer Geschwulst (Polyp) hervorgerufene Verengung der Kehle bezeichnen.
Heiliges Offizium – Bezeichnung für die Inquisition.

27. TAG

Hermosito – Diminutivform von (span.) *hermoso* = schön.

28. TAG

Dom Pedro de Braganca – Er wurde 1667 zum Regenten ausgerufen und nahm 1683 den Königstitel an. Er starb 1706.
Visitandinnen – Katholischer Frauenorden; seine Angehörigen nennen sich auch Salesianerinnen.
Parlatorien – Sprechzimmer in Klöstern.
Zeitalter Saturns und Rheas – Nach der römischen Mythologie hatte die Herrschaft des Gottes Saturn einst den Menschen das Goldene Zeitalter gebracht. Rhea war die Gattin des griechischen Gottes Kronos, den man mit dem römischen Saturn gleichsetzte.
Livre – Alte französische Währungseinheit; 1 Livre hatte ungefähr ein Zehntel des Wertes einer Pistole.
Generalauditor – Entspricht etwa dem Amt eines obersten Militärrichters.
Großmarschall von Aragonien – Gemeint ist der Vorsitzende einer Art Gerichtsbehörde, die in Aragonien zur Zeit der Unabhängigkeit bestand. Diese Behörde, die vom Herrscher berufen wurde, fungierte als Schiedsrichter zwischen dem Monarchen und dem Volk.
ricos hombres – (span.) reiche Leute – ein Titel verschiedener aragonischer Adliger. Er ging später in der (ursprünglich kastilischen, dann gesamtspanischen) Grandenwürde auf.

29. TAG

hidalgos – Angehörige des niederen spanischen Erbadels.
Saragossa – Hauptstadt Aragoniens.
vor dem Helden, dessen Namen – Gemeint ist der Feldherr Fernando Alvarez de Toledo, Herzog von Alba (1507–1582), der besonders durch die grausame, aber letztlich erfolglose Unterdrückung des Aufstands in den Niederlanden in die Geschichte einging.
edel wie der König – Die Reste des westgotischen Heeres, das nach der arabischen Invasion im 8. Jahrhundert geschlagen worden war, zogen sich in die Berge Asturiens zurück, wohin die Mauren nicht gelangten. Die asturischen Adligen nannten sich dann noch zu Beginn der Neuzeit »edle Goten« und wiesen sich durch ein Geschlechtsregister aus, das bis zu den westgotischen Heerführern zurückreichte und damit bedeutend länger war als das der damals in Spanien herrschenden Habsburger. Asturien gehörte von 1037 an zu Kastilien, und von 1388 an trug der jeweilige Erbe des spanischen Thrones den Titel eines Prinzen von Asturien.
In Vizcaya brachen Unruhen aus – Vizcaya, das von den Basken bewohnt wird, gehörte von 1379 an zu Kastilien, behielt jedoch eine gewisse Sonderstellung; Versuche der Zentralgewalt, diese Sonderstellung aufzuheben, führten wiederholt zu Unruhen.
Tarock – Kartenspiel.
Hymenäos – Bei den alten Griechen der Hochzeitsgott.
Bardo und Manuba – Paläste in der Nähe der Stadt Tunis.

31. TAG

Jakob nach seiner berühmten Vision – Nach dem Alten Testament hatte der Erzvater Jakob einen Traum: »Eine Leiter stand auf der Erde, die rührte mit der Spitze an den Himmel, und siehe, die Engel Gottes stiegen daran auf und nieder; und der Herr stand oben darauf und sprach: Ich bin der Herr, Abrahams, deines Vaters, Gott und Isaaks Gott; das Land, darauf du liegst, will ich dir und deinem Samen geben.« (II. Buch Mose, 28, 12 und 13.)
Sanchuniathon – Name eines legendären phönizischen Weisen aus der Zeit vor dem Trojanischen Krieg. Das ihm zugeschriebene Werk, eine Sage von der Erschaffung der Welt und eine Geschichte Phöniziens, soll Herennios Philon (64–140) ins Griechische übersetzt haben. Die Übersetzung ist verlorengegangen; bekannt sind lediglich Zitate, die in den Werken des Kirchenschriftstellers Eusebios von Cäsarea (etwa 260-340) vorkommen.
Bätylien – *(griech.)* »heilige« Steine. Sie kommen in der griechischen Mythologie wie auch in verschiedenen Glaubensrichtungen des Orients vor. Gewöhnlich handelt es sich um Meteorsteine.
Reich der Juden, geteilt und ... heimgesucht – Nach der Herrschaft Davids (um 1000 v. u. Z.) und Salomos (um 950 v. u. Z.) zerfiel das jüdische Reich in

zwei Staaten: Israel und Juda. Israel wurde 722 von den Assyrern, Juda 586 von den Babyloniern erobert. Man datiert die Babylonische Gefangenschaft der Juden von 586 bis 536 v. u. Z.

Herrschaft der Mazedonier – Im Jahre 332 v. u. Z. kam Palästina unter die Herrschaft Alexanders des Großen von Mazedonien. Nach seinem Tode wurde das Land anfangs von den Ägyptern, später von den Syrern beherrscht. im zweiten Jahrhundert v. u. Z. erkämpfte dann das jüdische Volk unter Führung der Makkabäer seine Unabhängigkeit.
Schriften des Duduläus – In der »Gründlichen und wahrhaftigen Relation von einem Juden namens Ahasverus« des Chrysostomus Duduläus Westphalus wird, zumindest in den Auflagen, die dem Übersetzer zugänglich waren, ein Anton Colterus nicht erwähnt. (Im Originalmanuskript läßt sich der Name auch als »Cotterus« lesen.) Duduläus schildert ausführlich die Begegnung des Ewigen Juden mit Paul von Eitzen, dem Bischof von Schleswig, und zwar im Jahre 1547.
Tenzelius – Es handelt sich möglicherweise um den als Polyhistor zu jener Zeit sehr bekannten Wilhelm Ernst Tentzel (1659–1707). Gegen diese Annahme spricht freilich die Jahreszahl 1710. Es kann ein Irrtum Potockis vorliegen. Vielleicht denkt der Autor auch an den Juristen Tentzel (1658–1735).
Theatrum Europaeum – Eine in den Jahren 1627 bis 1738 erschienene Chronik der Ereignisse jener Zeit, eine Art Vorläufer der heutigen Zeitung; wurde in Frankfurt am Main von Johann Philipp Abelin begründet und von der Kupferstecherfamilie Merian fortgeführt.
Großprior, dem Großbailli, dem Noviziatsmeister – Ränge im Malteserorden.

32. TAG

Chevalier von Saint-Germain – Gemeint ist ein Abenteurer, dessen wirklicher Name unbekannt blieb. Er nannte sich Graf von Saint-Germain, Marquis von Bellamare, Surmont und anders. Geboren wurde er um 1710; er starb 1784. Er verstand es, eine Sphäre des Geheimnisvollen um sich zu verbreiten. So behauptete er, daß er dank einem von ihm erfundenen »Tee des langen Lebens« schon zweitausend Jahre lebe, daß er in seiner Jugend häufig bei Pontius Pilatus zu Gast gewesen sei und daß ihn mit Christus eine vertraute Bekanntschaft verbunden habe.
Pelusion – Stadt in Unterägypten.
Kamaldulenserkloster – Die Kamaldulenser bilden einen Orden mit besonders strengen Regeln.

Stunde des Refektoriums – Stunde des gemeinsamen Mahles.
Minen von Potosí – In der Umgebung der heute zu Bolivien gehörenden Stadt Potosí gab es Silberbergbau.

33. TAG

Poimander... dem dreifach großen Thot zuschreiben – Thot, der altägyptische Mondgott und Gott des Maßes, der Zahl, der Schrift und der Gelehrsamkeit, erhielt bei den Griechen den Namen »Hermes Trismegistos«, das heißt »der dreimal größte Hermes«. In der griechisch-ägyptischen religiösen Spekulation verlor er seinen göttlichen Charakter und fungierte als menschlicher Weiser, dem dann zweiundvierzig religiöse Traktate zugeschrieben wurden; sie sollen in zwanzigtausend oder – nach anderen Quellen – in mehr als sechsunddreißigtausend Schriftrollen enthalten gewesen sein, deren erster Teil unter dem Titel »Poimandres« zusammengestellt wurde.
Chaldäer – Eigentlich Angehörige eines vorderasiatischen Volksstammes. Da sie eine Zeitlang die Herrscher des babylonischen Reiches stellten, nannte man etwa vom 6. Jahrhundert v.u.Z. an die Babylonier ebenfalls »Chaldäer«. Als etwa vom 3. Jahrhundert v.u.Z. an die babylonischen Sterndeuter ins Abendland kamen, bezeichnete das Wort »Chaldäer« ganz allgemein die Sterndeuter oder auch die Vertreter der alten assyrisch-babylonischen Gedankenwelt.
Osymandias – Seit dem Altertum eingebürgerte Namensform für den ägyptischen König Ramses II. (etwa 1292–1225 v.u.Z.). Sein Grabmal, das sogenannte Ramesseum, das sich in der Nähe von Medínet Habu, auf dem Gebiet der einstigen Stadt Theben befindet, enthält Reliefs, auf denen die Kriegszüge des Königs dargestellt sind.
werde ich dir die Lehren meiner Meister vermitteln – Was der Ewige Jude hier wiedergibt, sind in der Tat nicht die Grundzüge der alten ägyptischen Religion, sondern es ist ein Gemisch aus Elementen des ägyptischen sowie überhaupt des orientalischen Götterglaubens und stark von der griechischen Gedankenwelt beeinflußten philosophischen Spekulationen. Der Autor legt dem Priester Chäremon (diese erdachte Gestalt wäre dem Zusammenhang nach in den allerersten Jahren u.Z. anzusetzen) Äußerungen in den Mund, die recht genau den Vorstellungen der Neuplatoniker entsprechen. Das hat die Funktion, dem Katholiken Alfons die historische Relativität der Entstehung des Christentums zu demonstrieren. Die Ausführungen Chäremons an diesem und am nächsten Tag folgen im allgemeinen einer vermutlich am Anfang des 4. Jahrhunderts entstandenen Schrift unter dem Titel »Abammons des Lehrers Antwort auf den Brief des Porphyrios an Anebo und Widerlegung der darin enthaltenen Bedenken«. Von diesem Brief sind nur Zitate bei anderen Autoren erhalten. Dagegen ist der Antwortbrief, der einen ganzen, in modernem Druck fast 200 Seiten umfassenden Traktat darstellt, vollständig belegt. Der Verfasser, der sich Abammon nennt und der Lehrer des Briefempfängers Anebo zu sein vorgibt, ist wahrscheinlich eine Mystifi-

kation. Seitdem Marsilio Ficino im Jahre 1497 das Werk in lateinischer Übersetzung herausgegeben hat, ist es üblich geworden, es mit dem Titel »De mysteriis Aegyptiorum« (»Über die Mysterien der Ägypter«) zu versehen.
euer Gesetzgeber – Moses.

34. TAG

Dieser einzige Gott verharrt unbewegt – Für die Übersetzung wurde hier benutzt: Quellenschriften der griechischen Mystik, Band 1: Jamblichus, Über die Geheimlehren. Aus dem Griechischen übersetzt ... von Theodor Hopfner. Leipzig 1922. Seite 170.
theurgische Zeremonien – Theurgie ist eine Art Magie, nämlich die vermeintliche Kunst, überirdische Wesen zu beschwören und sie zu bestimmten Handlungen zu veranlassen.
Prophet Bitys – Ein Weiser, der in der vermutlich von Jamblichos stammenden Schrift zweimal erwähnt wird, über den man aber sonst fast nichts weiß.
erster Merkur – Der römische Gott Merkur entspricht dem griechischen Gott Hermes; der »erste Merkur« soll also unterschieden werden von Hermes Trismegistos = Thot.
Schrein des Osiris – Nach der ägyptischen Mythologie ist Osiris – der Gemahl seiner Schwester Isis – der Sonnengott, später der Herrscher des Totenreiches. Sein Bruder Seth, der ihm feindlich gesonnen ist, sperrt ihn in einen Schrein, übergießt diesen mit flüssigem Blei und wirft ihn in den Nil.
Erfindung des Porphyrios – Wohl ein Schreibfehler Potockis; sinnvoller wäre: des Jamblichos. Desgleichen sollte es im nächsten Satz wohl heißen: Mir schien im Gegenteil, daß Jamblichos nichts weiter getan hat ... und so weiter. Die Urheberschaft des Porphyrios wurde von niemandem je vermutet, da ja der Brief des Abammon-Jamblichos sich gerade gegen gewisse Thesen des Porphyrios wendet. Dagegen wurde und wird die Urheberschaft des Jamblichos zuweilen angezweifelt.

35. TAG

Baubo – Nach der griechischen Mythologie kehrte Demeter, die Göttin des Ackerbaus (bei den Römern der Ceres gleichgesetzt), auf der Suche nach ihrer vom Gott der Unterwelt entführten Tochter Persephone in Eleusis ein, und dort wurde die Trauernde von einer Frau namens Baubo durch eine unanständige Geschichte aufgeheitert.
berühmter Konsular, Cicero – »Vir consularis« nannte sich im alten Rom ein Mann, der Konsul gewesen war. Der römische Redner und Schriftsteller Cicero (106–43 v.u.Z.) bekleidete dieses Amt – das höchste, das es zur Zeit der Republik in Rom gab – im Jahre 63 v. u. Z.
Buch über die Natur der Götter – Gemeint ist das im Jahre 45 oder 44 v. u. Z. entstandene Werk »De natura deorum«.

Auguren – Die Auguren sagten angeblich aus dem Vogelflug die Zukunft voraus. Cicero wurde im Jahre 53 v. u. Z. zum Augur ernannt.
toskanische Religion – das heutige Toskana entspricht ungefähr dem alten Etrurien, dessen Religion als wesentlicher Bestandteil in den Kult der Römer einging.
Mnevis – Von den Ägyptern in Heliopolis verehrter schwarzer Stier, der als Verkörperung des Sonnengottes Rê galt.
Justin der Märtyrer – Er lebte etwa in den Jahren 100 bis 165. Als Schriftsteller verteidigte er das Christentum. In einer Schrift, die man als »Zweite Apologie« (= Verteidigung) bezeichnet, vergleicht er die christliche Lehre mit den heidnischen, wobei er diese als Werk der Dämonen bezeichnet, die sich der christlichen Gebräuche bedienten und in boshafter Absicht die Prophetien des Alten Testaments verwirklichten.
Therapeuten – Jüdische asketische Sekte, von der man nur durch eine Schrift Philens von Alexandria Kenntnis hat. Sie sollen sich im ersten Jahrhundert am Mareotissee in Unterägypten niedergelassen haben.
Dublonen – (span.) Doppelstücke, ältere Goldmünzen.
alguaciles – Gerichtsdiener oder Polizisten in Spanien.

36. TAG

Bücher Mosis – Der sogenannte Pentateuch, die ersten fünf Bücher des Alten Testaments.
Philon – Gemeint ist Philon von Alexandria (20 v. u. Z.–50 u.Z.), ein jüdisch-griechischer Philosoph, der die Lehre Platons auf den Boden des Judentums verpflanzte. Im Auftrage der alexandrinischen Juden führte er eine Gesandtschaft zum römischen Kaiser Caligula, um sich über die Bedrükkung zu beklagen, der die Juden in religiöser Hinsicht ausgesetzt waren.
»Es ist aber…« – Zitiert nach: Schriften der jüdisch-hellenistischen Literatur in deutscher Übersetzung. Übersetzt und herausgegeben von Leopold Cohn. Band 1: Die Werke Philos von Alexandria. Breslau 1909. Seite 121 f.
zum Kaiser Claudius – In Wirklichkeit zum Kaiser Caligula.
Essäer – Nach dem Zeugnis von Autoren des Altertums handelte es sich um eine Art jüdischen Mönchsorden mit strengen Regeln: Askese, Gütergemeinschaft, bedingungsloser Gehorsam gegenüber der Obrigkeit. Von 1947 an entdeckte man am Nordwestufer des Toten Meeres – östlich von Jerusalem – in mehreren Höhlen Handschriften aus dem ersten Jahrhundert v. u. Z. und dem ersten Jahrhundert u. Z., und als man in der Nähe dieser Höhlen die Trümmer alter Gebäude untersuchte, fand man heraus, daß es sich um Wohn- und Kultstätten etwa nach Art eines Klosters handelte. Aus den Handschriften geht hervor, daß das »Kloster« von einer jüdischen Sekte bewohnt wurde, der die Forscher nach dem Fundort den Namen »Sekte von Qumrân« gaben. Das gefundene Material legt die Vermutung nahe, daß ein Zusammenhang zwischen den Essäern und der Sekte von Qumrân besteht, wenn beide nicht gar identisch sind. Gegen die Annahme der Identität spricht frei-

lich unter anderem der Umstand, daß die Angehörigen der Sekte von Qumrân wenigstens zum Teil mit Frauen und Kindern zusammen wohnten, während von den Essäern berichtet wird, sie hätten in strenger Askese gelebt.
Sabäismus – Verehrung der Himmelskörper.

37. TAG

»Ich weiß, worauf Sie hinauswollen ...« – Die hier beginnenden philosophischen Darlegungen Velásquez' werden im Nachwort interpretiert und erläutert.
Plinius Cajus – Plinius Secundus, der Ältere, lebte in den Jahren 23 oder 24 bis 79. Er verfaßte die »Naturalis historia«, ein Sammelwerk naturwissenschaftlichen, medizinischen, geographischen und kunstgeschichtlichen Inhalts, in dem sich eine Bemerkung über Elefanten befindet. Velásquez bzw. Potocki dürfte sich jedoch eher auf Plutarch (50–125) stützen, der die gleiche Erscheinung ausführlicher beschreibt.
Vereinigung der Kirchen – Leibniz verfolgte die Absicht, die evangelische und die katholische Kirche wieder zusammenzuführen.

38. TAG

Hymnus an Apollon – Eine der vierunddreißig sogenannten Homerischen Hymnen, die aus verschiedenen Zeiten (nicht vom Dichter der »Ilias« und der«Odyssee«) stammen.
Leto – Nach der griechischen Mythologie eine Göttin, Geliebte des Zeus; sie wurde von Hera, der obersten Göttin und Gemahlin des Zeus, verfolgt, fand auf der Insel Delos Zuflucht und gebar dort Apollon und Artemis.

39. TAG

Einer der tiefgründigsten Philosophen der Antike – Gemeint ist der Grieche Aristoteles (384–322 v. u. Z.).
verbanden Kopf und Brust eines Mannes mit dem Leib eines Pferdes – Das ergab in der griechischen Mythologie den Zentaur.
Briareos – Nach der griechischen Mythologie einer der drei Hekatoncheiren, die jeder hundert Arme und fünfzig Köpfe haben.

40. TAG

Calatravakreuz – Nach dem Schloß Calatrava in Spanien nannte sich ein Ritterorden, der 1158 zum Kampf gegen die Mauren gestiftet worden war. Das Ordensabzeichen, ein rotes Lilienkreuz, wurde später zu einer der höchsten spanischen Auszeichnungen.
chinesischer Palankin – Eine Art Tragsessel, Sänfte.
Cuzco – *Stadt* und Provinz in Peru.
Quito – Die heutige Hauptstadt von Ekuador.
Pizarro – Francisco Pizarro (1475–1541) eroberte Peru für Spanien.
Almagro – Diego de Almagro (etwa 1464–1538) eroberte zusammen mit Pizarro Peru, geriet aber mit ihm in Streit, wurde besiegt und hingerichtet. Sein Sohn rächte ihn, indem er Francisco Pizarro ermordete.

41. TAG

Parlatorium – Sprechzimmer im Kloster.
Auditor – Hier etwa im Sinne von »Richter«.
des Heiligen Kollegiums – Bezeichnung für den aus den Kardinälen bestehenden obersten Rat, der den Papst wählt und ihm zur Seite steht.
Barberini – Im 17. Jahrhundert ein mächtiges italienisches Adelsgeschlecht; der Palast der Barberini gilt als einer der schönsten Barockbauten in Rom.
»Lei a girato questa mattina?« – (ital.) »Sind Sie heute morgen spazierengegangen?«
»Signor forestiero! – (ital.) Herr Fremder.

42. TAG

cavaliere servente – Ein Kavalier, der eine (verheiratete) Dame verehrt.

43. TAG

chinampas – Balkenflöße, die mit Erde bedeckt sind; die Azteken bauten auf ihnen Gartenfrüchte an.
Montezuma – Ein Montezuma war 1502 bis 1520 Herrscher im Mexikanischen Reich. Sein ältester Sohn erhielt vom spanischen König den Titel eines Grafen von Montezuma. Der Letzte dieses Geschlechts, Marsilio de Terual, Graf von Montezuma, starb, aus Mexiko ausgewiesen, 1836 in New Orleans.
Atalante – Der griechischen Sage gemäß eine berühmte Jägerin, die als Kind ausgesetzt und von einer Bärin genährt worden ist.

44. TAG

Marina – Verschiedene Biographen des Fernando Cortez erwähnen eine Marina, Tochter des Kaziken von Pianalla. Sie soll 1519 den Spaniern als Geisel übergeben worden sein, schnell Spanisch gelernt und bei Cortez die Funktion einer Dolmetscherin ausgeübt haben. Vertraut mit den Sitten ihrer Landsleute und dem Eroberer zugeneigt, trug sie in nicht geringem Maße zu dessen militärischen Erfolgen in Mexiko bei.
Cortez – Fernando Cortez (1485–1547) eroberte 1519 bis 1526 Mexiko für Spanien.
»Los toco por parte de el rey.« – (span.) »Ich berühre sie im Namen des Königs.«
Knidos – Von den Phöniziern gegründete, später griechische Stadt in Kleinasien, Hauptsitz des Kultes der Liebesgöttin Aphrodite.
Paphos – Stadt auf Zypern, wo besonders die Liebesgöttin Aphrodite verehrt wurde, die hier dem Meere entstiegen sein soll.

45. TAG

die der Kettenlinie gleicht – Als Kettenlinie bezeichnet man in der Mathematik die Kurve, die ein schwerer, biegsamer, aber nicht dehnbarer Faden bildet, wenn man seine beiden Enden lose aufhängt.

48. TAG

redendes Wappen – »Cornádez« bedeutet etwa »der Gehörnte«.
Cölestinerpatres – Die Cölestiner bildeten vom 13. bis zum 18. Jahrhundert einen Mönchsorden.
Geometrie Descartes' – Mit seinem Werk »La géometrie«, zum erstenmal 1637 erschienen, begründete der französische Philosoph René Descartes (1596–1650) die analytische Geometrie.
Analyse Harriots – Der englische Mathematiker Thomas Harriot (1560–1621) schrieb »Artis analytica praxis ad aequationes algebraicas resolvendas« (»Der Gebrauch der analytischen Kunst zur Lösung algebraischer Gleichungen«).
Werke Fermats – Der französische Mathematiker Pierre de Fermat (1601–1665) trug zur Entwicklung der analytischen Geometrie bei und machte bedeutende Entdeckungen auf den Gebieten der Wahrscheinlichkeitsrechnung und der Zahlentheorie.
Roberval – Gilles Personne de Roberval (1602–1675), französischer Mathematiker, wurde vor allem dadurch bekannt, daß er eine neue Art Waage konstruierte.
Geheimnisse der Analyse – Die Bedeutung des Wortes »Analyse« (im mathematischen Sinne) schwankt. Man versteht darunter einmal die zergliedernde, rechnerische Lösung mathematischer Probleme überhaupt, zum anderen die Integral- und Differentialrechnung sowie die mathematischen Teilgebiete,

die sich aus ihnen entwickelt haben. – Häufiger ist die Wortform »Analysis«, die hier aber nicht verwendet werden konnte, weil das Wort später im Roman als Anagramm von »Alanyes« gedeutet wird.
Epikur – Der griechische Philosoph Epikur (etwa 341–270 v. u. Z.) betrachtete – wie sein Vorgänger Demokrit (etwa 460–371 v. u. Z.) – die materielle Welt als aus Atomen bestehend.
Pico della Mirandola – Giovanni Pico della Mirandola *(*1463–1494*)*, italienischer Gelehrter, trachtete danach, Religion, Philosophie und Elemente der Kabbalistik zu einem Ganzen zu verschmelzen.
de omni scibili – (lat.) von allem, was man wissen kann.
alles ... was die Menschen seiner Zeit wußten – Dieser Gedanke, der Gedanke der Enzyklopädie, wurde vom Ende des 17. Jahrhunderts an mehrfach verwirklicht, so etwa 1697 von dem Franzosen Pierre Bayle mit seinem »Dictionnaire historique et critique« (»Historisches und kritisches Wörterbuch«).
Contador – *(span.)* Rechner.

49. TAG

Jesuit Granada – Jakob von Granada *(*1572–1632*)*, ein spanischer Theologe, schrieb unter anderem einen achtbändigen Kommentar zur »Summa« des Thomas von Aquino.
hermetische Philosophie – Die Lehren, die man dem altägyptischen Mondgott Thot zuschrieb, der von den Griechen »Hermes Trismegistos« genannt wurde und auch als Schöpfer der Alchimie und der Magie galt.
Traum von den fetten und den mageren Kühen – Nach dem Alten Testament (1. Buch Mose, Kap. 41 und Kap. 47, 13–26) deutete Joseph, Jakobs Sohn, dem Pharao dessen Traum von sieben fetten und sieben mageren Jahren. Durch die Maßnahmen, die Joseph nunmehr im Einvernehmen mit dem Pharao traf, wurden die Ägypter gezwungen, als Gegenwert für das Getreide, das sie aus den staatlichen Speichern empfingen, ihren ganzen Landbesitz dem Pharao zu übertragen. Sie wurden zu Pächtern, die in der Folgezeit ein Fünftel der Ernte an den Herrscher abgeben mußten.
wie Agamemnon ... seine Träume erzählt – Nach Homers »Ilias« geschieht das während des Trojanischen Krieges. Die Traumgestalt fordert Agamemnon auf, die Schlacht zu beginnen.
Delphische Orakel – Die berühmteste Orakelstätte der alten Griechen: über einem Erdschlund, aus dem kalte, sinnverwirrende Dünste aufstiegen, saß eine Priesterin, die Pythia, und erteilte Weissagungen.
Haruspices – Bei den Etruskern (in der heutigen Toskana) und später in Rom beschauten die Haruspices die Eingeweide der Opfertiere, um aus ihnen wahrzusagen.
Seneca – Lucius Annäus Seneca, der Jüngere, (etwa 4 v. u. Z.–65 u. Z.), römischer Philosoph.
Ostanes – Legendärer Magier, dessen Name im Zusammenhang mit vielen Zauberbüchern des Altertums genannt wird. Er soll vor der Zeit Zarathu-

stras aus Ägypten nach Persien gekommen sein; zuweilen gilt er auch als Anhänger und Verbreiter der Lehre Zarathustras.
Hydromantie – Wahrsagung aus Erscheinungen in und über dem Wasser.
Geomantie – Wahrsagung aus Punkten und Strichen, die absichtslos in den Sand gezeichnet sind.
pelota – Ballspiel.
spanischer Exjesuit namens Hervás – Es handelt sich um Lorenzo Hervás y Pandura (1735–1809). Er trat im Jahre 1745 dem Jesuitenorden bei; als man 1767 die Jesuiten aus Spanien vertrieb, ließ sich Hervás in Forli in Italien nieder, wo er sich der Arbeit an einer Art Enzyklopädie widmete, die er in Cesana bei Forli in den Jahren 1778 bis 1792 erscheinen ließ. Im ganzen umfaßt die Enzyklopädie Hervás' zweiundzwanzig Bände. Die ersten sechzehn waren gewidmet: den einzelnen Epochen des Menschenlebens (Kindheit, Jugend, reife Jahre, Greisenalter), der Anatomie des menschlichen Körpers, der Beschreibung der Sternenwelt (Astronomie), der Geschichte der Erde. Diese Bände bleiben hinsichtlich ihres Wertes hinter den philologischen Abhandlungen zurück, die in den Bänden 17 bis 21 enthalten sind und große Bedeutung in der Geschichte der Sprachwissenschaft haben. 1800 bis 1805 veröffentlichte Hervás den sechsbändigen »Catalogo de las lenguas de las naciones conocidas« (»Zusammenstellung der Sprachen der bekannten Nationen«), in dem er linguistisches Material aus 300 Sprachen zusammenstellte.

50. TAG

Polymathesis – Werk über viele Wissensgebiete.
»Mio nieto el hijo del contador.« – »Mein Enkel, der Sohn des Contadors.« (Das heißt: Des Rechenmeisters.)
schrieb der Materie eine Energie zu – Auf den Zusammenhang zwischen der hier dargelegten Theorie des Hervás und den Auffassungen der französischen Materialisten des 18. Jahrhunderts (besonders des Barons von Holbach) wird im Nachwort hingewiesen.
Hervás starb um 1660; seine naturwissenschaftlichen Kenntnisse mußten zwangsläufig sehr beschränkt sein; man erkennt hier die Hauptsäure des Paracelsus wieder.

51. TAG

cuarto principal – Großes Zimmer im ersten Stock.
Rota – Hafenstadt in der Provinz Cádiz.
Don Belial de Gehenna – Der hispanisierte hebräische Name bedeutet »Teufel aus der Hölle«.
Pralinen von vorzüglicher Zusammensetzung – Gemeint sind offenbar die »diavolini« (ital.), die »Teufelspralinen«, ein den Geschlechtstrieb erregendes Reizmittel.

52. TAG

das umgekehrte Thau – Hebräischer Buchstabe. Mit dem aufrecht stehenden Thau waren dagegen nach der Bibel (Hesekiel 9, 1–6) diejenigen gezeichnet, welche der Ausrottung der Sünder in Jerusalem entgehen sollten.

53. TAG

beste Komturei der aragonischen »Zunge« – Der Malteserorden gliederte sich zu jener Zeit folgendermaßen: An der Spitze stand der Großmeister. Entsprechend der nationalen Herkunft der Ritter wurden sie zu acht Gruppen oder »Zungen« zusammengefaßt: zur provenzalischen, auvergnatischen, französischen, italienischen, aragonischen, kastilischen, deutschen und englischen. Die »Zungen« teilte man in Großpriorate ein (jeweils unter einem Großprior). Die Rangfolge der Würdenträger setzte sich nach unten fort mit dem Prior, dem Bailli und dem Komtur.
Karawanisten – Ritter, die zur See fuhren. Der Name stammt aus der Zeit, als sie die Pilgerkarawanen beschützten, die über das Mittelmeer nach Jerusalem zogen.
Großpönitentiar – (Pönitentiar = Beichtvater); hat in besonders schwierigen Fällen über Gewährung oder Nichtgewährung der Absolution zu entscheiden.
Messire – Alter französischer Ehrentitel für hochgestellte Personen.

54. TAG

Tertulia – (span.) Abendgesellschaft mit Spiel und Tanz.

55. TAG

Olla podrida – Spanisches Nationalgericht aus verschiedenen Fleischsorten und Gemüsen.

56. TAG

Monseñor – In Spanien Anrede für geistliche Würdenträger.
Peterborough – Gemeint ist Charles Mordaunt, Earl of Peterborough and Monmouth (1658–1735), ein englischer Staatsmann und Militär.
der König ist dem Grabe nahe – Der schwächliche Karl II., geb. 1661, König seit 1665, war, wie man seit 1696 wußte, unheilbar krank; er starb am 1. November 1700, ohne Erben zu hinterlassen.
patio – Eine Art Hof.
Summa« des heiligen Thomas – Es handelt sich um die »Summa theologiae«,

das Hauptwerk des Thomas von Aquino (1225 oder 1226–1274). Die Lehre des Thomas von Aquino wurde die Grundlage der katholischen Philosophie und wirkt als Thomismus und Neothomismus bis in die Gegenwart fort.

57. TAG

Kardinal Portocarrero – Luis Manuel Fernández de Portocarrero (1635–1709) war Erzbischof von Toledo und Kardinal, von etwa 1699 an einer der einflußreichsten Männer am spanischen Hofe.
Graf Oropesa – Er war 1685–1691 und 1698/99 Erster Minister und damit der politisch führende Mann in Spanien.
Graf Harrach – Ferdinand Bonaventura, Graf von Harrach (1637–1706), wurde vom Kaiser Leopold 1697/98 nach Madrid geschickt, damit er in den Auseinandersetzungen über die spanische Thronfolge zugunsten des Hauses Habsburg wirke.

58. TAG

das königliche Testament verlesen – Schon vor dem Tode Karls II. bildeten sich in Spanien im Hinblick auf die Erbfolge zwei Parteien: die eine, geführt vom Grafen von Oropesa, sah in Karl, dem zweiten Sohn des Kaisers Leopold I., den künftigen Herrscher, die andere Partei, geführt vom Kardinal Portocarrero, unterstützte die Ansprüche Philipps von Anjou, des Enkels Ludwigs XIV. von Frankreich. Es gelang dem Kardinal Portocarrero, Karl II. soweit zu beeinflussen, daß er Philipp von Anjou zum Nachfolger bestimmte. Die Streitigkeiten um den Thron führten zum Spanischen Erbfolgekrieg, der von 1701 bis 1714 dauerte und in dem sich schließlich nach wechselvollen Kämpfen Philipp behaupten konnte.
Königinwitwe – Maria Anna von Neuburg (1667–1740), die zweite Frau Karls II., war die Tochter des pfälzischen Kurfürsten und als Schwester der Frau Kaiser Leopolds I. eng mit dem Hause Habsburg verbunden.
Königreich Algarve – Algarve, eine Landschaft im Süden Portugals, bildete bis ins dreizehnte Jahrhundert ein selbständiges maurisches Reich. Die Bezeichnung »Königreich« blieb auch nach Verlust der Selbständigkeit noch lange bestehen.

59. TAG

nur mit Wasser getauft – Der Name »Undine«, mit dem im Märchen weibliche Geister des Wassers bezeichnet werden, kommt vom lateinischen »unda« = »Welle«.
Sabbatjahr – Nach dem Alten Testament (3. Buch Mose, 25, 2–7) befahl Moses seinem Volk, sechs Jahre das Feld zu besäen, den Weinberg zu beschnei-

den und die Früchte einzusammeln, im siebenten aber solle »das Land seinen großen Sabbat dem Herrn feiern, darin du dein Feld nicht besäen noch deinen Weinberg beschneiden sollst«.
Halljahr des Josua – Über das Halljahr heißt es im 3. Buch Mose, 25, 8–14, das Volk solle sieben solcher Sabbatjahre (siehe oben) zählen, also neunundvierzig Jahre, und das fünfzigste solle als Halljahr geheiligt werden. Ein jeder solle zu seiner Habe und seinem Geschlecht kommen, und es solle nicht gesät und nicht geerntet werden. – Im 6. Kapitel des Buches Josua (im Alten Testament) wird berichtet, wie das Volk Israel, das nach dem Tode Mosis von Josua geführt wird, durch sein Feldgeschrei und durch den Klang der Halljahrsposaunen die Mauern der Stadt Jericho zum Einsturz bringt.
Erzherzog Don Carlos – Habsburgischer Anwärter auf den spanischen Thron; er lebte 1685 bis 1740. 1703 wurde er als Karl (Carlos) III. zum König von Spanien erklärt, konnte sich als solcher jedoch nicht behaupten. 1711 wurde er als Karl VI. Herrscher der österreichischen Länder und deutscher Kaiser.
Kammerherrnschlüssel – Die Kammerherrn trugen als Zeichen ihres höfischen Ranges an ihrer Uniform einen vergoldeten Schlüssel.
Kaiser Leopold – Leopold I. lebte 1640–1705. Deutscher Kaiser war er von 1658 an.
Fürstin Orsini – Anna Maria, Fürstin Orsini (1643–1722), hatte als Oberhofmeisterin der ersten Frau Philipps V. wegen der Schwäche des Königs großen politischen Einfluß. Nach dem Tode der Königin (1714) wurde sie des Landes verwiesen.
Kardinal d'Estrées – Kardinal César d'Estrées (1628–1714) wurde vom französischen König Ludwig XIV. zu diplomatischen Missionen verwendet. 1700 bis 1704 weilte er am Hofe Philipps V. in Madrid.
begaben wir uns nach London – England, Holland und Portugal standen im Spanischen Erbfolgekrieg auf der Seite Österreichs. 1703 reiste Erzherzog Karl nach London, und von dort begab er sich 1704 an der Spitze eines englischen Heeres nach Portugal.
Barcelona zur Unterwerfung zwang – Peterborough eroberte Barcelona im Jahre 1705.
Heer der Verbündeten – Der Gegner Frankreichs im Erbfolgekrieg.

60. TAG

Schauplatz ihrer Tätigkeit verlassen – Der Kardinal d'Estrées intrigierte gegen die Fürstin Orsini und erreichte, daß sie für kurze Zeit den spanischen Hof verlassen mußte. 1704 gelang es ihr, dorthin zurückzukehren, und zugleich erwirkte sie beim französischen König die Abberufung des Kardinals aus Madrid.
bestieg der Erzherzog… den Thron – Von 1705 bis 1711 war Joseph I. (1678–1711), der erste Sohn Leopolds I., deutscher Kaiser gewesen.
Tollheit von den Geistern Kataloniens Besitz ergriff – Katalonien mit seiner Hauptstadt Barcelona hatte sich in den Auseinandersetzungen um die

spanische Erbfolge auf die Seite Österreichs gestellt, weil man sich von dem österreichischen Thronprätendenten größeres Entgegenkommen hinsichtlich der katalonischen Autonomiebestrebungen erhoffte. (Die spanischen Könige hatten die katalonische Autonomie immer mehr beschnitten.) 1714 wurde Barcelona von einem französisch-spanischen Heer erobert, und 1716 wurde die Autonomie Kataloniens völlig aufgehoben.

61. TAG

Kardinal Alberoni – Giulio Alberoni *(1664–1752)* betrieb als Geschäftsträger des Herzogs von Parma in Madrid die Heirat des Königs, dessen erste Frau gestorben war, mit Elisabeth Farnese, der Nichte des Herzogs von Parma. Die Ehe wurde 1714 geschlossen. Als Ratgeber der Königin regierte er in Spanien für mehrere Jahre fast unumschränkt.
Riperda – Eigentlich: Johann Wilhelm, Baron von Ripperda (1680-1737). Er kam als holländischer Oberst 1715 nach Madrid, trat zum katholischen Glauben über, gewann die Gunst des Königs und entscheidenden politischen Einfluß. 1728 flüchtete er, da man ihn gestürzt hatte, nach Marokko und wurde Mohammedaner.

62. TAG

Turduler oder Turdetaner – Man sieht heute in ihnen zwei verschiedene, wenn auch nahe verwandte Völkerschaften.
Tarschisch – Diese Bezeichnung für die Turdetaner kommt in der Bibel vor.
descunoseidas – Eigentlich: *desconocido* (span.) unbekannt.
Fatimiden – Vom 10. bis zum 12. Jahrhundert eine mohammedanische Dynastie in Nordafrika. Ihr Begründer führte seine Abstammung auf Fatima, die Tochter Mohammeds, zurück.
Die turkmenischen Fürsten nahmen Bagdad ein – Gemeint ist der türkische Stamm der Seldschuken, der um 1000 zum Islam bekehrt wurde und später Persien, Syrien und Kleinasien eroberte.
Mulai Ismâ'îl – Er herrschte in Marokko von 1672 bis 1727. Man sagt ihm Grausamkeit gegen seine Untertanen nach.

63. TAG

Albaycín – Ältester Stadtteil von Granada; dort wohnte einst der maurische Adel.
Jatagan – Kurzer Säbel mit doppelt geschwungener Klinge.
Perî – Schönes unsterbliches Wesen, das den Menschen freundlich gesonnen ist – stammt eigentlich aus der persischen Sagenwelt.
eigenartiges Gebäude – Es handelt sich um ein Nymphäum (so nannte man

im Altertum eine gefaßte, zuweilen mit einem Tempel überbaute Quelle, die unter den Schutz einer Nymphe gestellt war). Das Nymphäum bei Saghuan wurde von den Römern erbaut. Heute stehen davon nur noch einige Ruinen.
Palast der Dschinnen – In el-Dschem bei Saghuan befinden sich die Reste eines römischen Amphitheaters aus dem 3. Jahrhundert. – Die Dschinnen treten im arabischen Volksglauben als Geister auf, die den Menschen meistens feindlich gesonnen sind.
Zama – Karthagische Stadt, in der Hannibal von den Römern unter P. Cornelius Scipio geschlagen wurde, was den zweiten Punischen Krieg entschied.

64. TAG

reich an Natron – Im Natrontal (Wadi Natrûn) in der Libyschen Wüste, nordwestlich von Kairo, gibt es mehrere stark natronhaltige Seen, die im Sommer teilweise austrocknen und dicke kristallisierte Schichten eines Gemischs von Kochsalz, Glaubersalz und kohlensaurem Natron bilden.
Theben – Gemeint ist das ägyptische Theben, das von etwa 2200 bis ins erste Jahrtausend v. u. Z. ein höchst bedeutendes Kulturzentrum war. Aus der Blütezeit Thebens sind viele Baudenkmäler, besonders unterirdische, erhalten. Auf dem Gebiet der einstigen Stadt liegen heute die Ortschaften Luxor, Karnak, Kurna und Medinet Habu.
Haik – Ein in Nordafrika gebräuchlicher mantelartiger Überwurf.
Darazî – Mohammed ibn Ismâ'îled Darazi (gest. um 1020) verbreitete die Lehre, der Kalif El-Hâkim Biamrillâh (gest. um 1020) aus der Dynastie der Fatimiden sei eine Inkarnation Gottes. Er fand in Syrien viele Anhänger, die sich nach ihm »Drusen« nannten.
Reich der Safawiden – Die Dynastie der Safawiden herrschte in Persien von Beginn des 16. Jahrhunderts an.
Jesiden – Die Jesiden, deren Glauben neben mohammedanischen auch christliche und altpersische Elemente enthält, wohnen in mehreren Gruppen über den Vorderen Orient verstreut.
Flüche gegen Omar und priesen Ali – Mit »Omar« ist Amr ibn el As (gest. 664) gemeint, ein arabischer Feldherr, der gegen den Kalifen Ali, den Schwiegersohn Mohammeds, kämpfte und den Statthalter von Syrien, Moâwija (gest. 680), zum Kalifen erheben wollte, was ihm nach der Ermordung Alis auch gelang. Moâwija wurde zum Begründer der Dynastie der Omaijaden.
Totenfeier zu Ehren Hussains – Alis Sohn Hussain erhob sich gegen die Omaijadendynastie, unterlag jedoch 680 bei Kerbela und fand den Tod. Kerbela wurde daraufhin bei den Schiiten zum Wallfahrtsort, und der Jahrestag von Hussains Tod wird seitdem als Trauertag begangen, wobei es zu Selbstgeißelungen kommt, wie sie der Autor beschreibt.
Krieg gegen die Deutschen führte – Nämlich 1716 bis 1718 gegen Österreich.
Eugen – Prinz Eugen von Savoyen (1663–1736), der Marschall des österreichischen Heeres, schlug die Türken bei Peterwardein und bei Belgrad und

zwang sie zum Frieden von Passarowitz (= Požarevac), in dem die Türken große Teile ihres Territoriums an Österreich verloren.
Mulla – Mohammedanischer Geistlicher oder Gelehrter, auch Richter.

65. TAG

unseren Ursprung von Abisua herzuleiten – Die hier beginnende Aufzählung der Vorfahren Ucedas folgt bis zu Jozadak im wesentlichen dem Alten Testament (1. Buch der Chroniken, 5, 29–41). – In der Transkription hebräischer Eigennamen richtet sich die Übersetzung weitgehend nach der Schreibweise Martin Luthers.
berühmter Tempel Salomos – Der Tempel Salomos in Jerusalem wurde unter König Salomo (um 970–926 v. u. Z.) errichtet, 586 durch den babylonischen König Nebukadnezar zerstört, gegen Ende des 6. Jahrhunderts v. u. Z. wiederhergestellt, von Herodes (73–4. v. u. Z.) in griechischem Stil umgestaltet und im Jahre 70 u. Z. von den Römern unter dem damaligen Feldherrn und späteren Kaiser Titus (79–81) endgültig zerstört.
den Götzen zu dienen – Im Alten Testament (1. Buch der Könige, 11, 4) heißt es: »Und da er nun alt war, neigten seine Weiber sein Herz fremden Göttern nach ...«
Vier von ihnen ... – Darüber berichtet das Alte Testament in dem prophetischen Buch Daniel, 1, 3–17.
Nebukadnezar – Nebukadnezar II., babylonischer König von 605 bis 562 v. u. Z.; unterwarf 586 v. u. Z. das Reich Juda, zerstörte Jerusalem und führte die Juden in die babylonische Gefangenschaft.
sein Standbild – Nach dem Alten Testament (Daniel 3, 1–6) ließ der König Nebukadnezar »ein goldenes Bild machen, sechzig Ellen hoch und sechs Ellen breit«, und jedermann sollte niederfallen und das goldene Bild anbeten.
Haman – Nach dem Alten Testament (Buch Esther) wollte Haman den Juden Mardochai töten lassen, weil Mardochai vor ihm nicht das Knie beugte. Zuweilen erließ Haman den Befehl, an einem einzigen Tage alle Juden im Reiche des Xerxes umzubringen. Doch Esther, Xerxes' Gattin, zugleich Pflegetochter und Cousine Mardochais, erwirkte vom König die Zurücknahme des Mordbefehls. Haman fiel in Ungnade und wurde aufgehängt; an seine Stelle trat Mardochai.
Nehemia – Er wurde 445 v. u. Z. vom persischen König Artaxerxes I. zum Statthalter von Juda ernannt. Der Überlieferung nach verfaßte er das nach ihm benannte Buch des Alten Testaments.
Moabiterinnen und Asdoditerinnen – den Israeliten war es verboten, Frauen von den Stämmen der Moabiter und der Asdoditer zu nehmen, weil diese Stämme ihre eigenen Götter hatten und den jüdischen Gott nicht anerkannten.
in seiner Geschichte berichtet – Im Alten Testament (Buch Nehemia, 13, 25) heißt es: »Und ich schalt sie und fluchte ihnen und schlug etliche Männer und raufte sie ...«

Kaziath – Welche Stadt der Autor meint, konnte nicht genau ermittelt werden. Von der betreffenden Stelle fehlt das französische Original Potockis; sie ist nur durch die polnische Übersetzung von Edmund Chojecki überliefert.
Onias – Onias IV., Hoherpriester des Jerusalemer Tempels, siedelte um 154 v. u. Z. mit einer Gruppe von Gläubigen nach Ägypten über und gründete dort ein Kultzentrum.
Caligula – (12–41, römischer Kaiser 37–41) ließ sich vom Senat unter die Götter reihen. In allen Tempeln des Römischen Reiches, so auch im Jerusalemer Tempel, sollte sein Standbild aufgestellt werden. Die Juden empörten sich dagegen. Nach der Ermordung des Kaisers wurde der Plan aufgegeben.
König der Wandalen – Die Wandalen waren während der Völkerwanderung unter Gunderich im Jahre 409 über die Pyrenäen nach Spanien gezogen. Gunderich starb 427.
Eroberung Granadas – Das kastilische Heer eroberte die Stadt Granada im Jahre 1492.
Ferdinand – Ferdinand II. von Aragonien (1452–1516) war als Ferdinand V. spanischer König von 1479 bis 1516.

EPILOG

Vernon – Edward Vernon (1684–1757), englischer Admiral, wurde 1739 mit einer Flotte gegen die südamerikanischen Besitzungen Spaniens geschickt und belagerte erfolglos die Stadt Cartagena.
Eslava – Sebastián de Eslava (1714–1789) war spanischer General und Vizekönig von Neugranada.
San Ildefonso – Philipp V. ließ 1721 bis 1723 in der Stadt San Ildefonso in der Provinz Segovia einen Palast im Stile von Versailles errichten, den man La Granja nannte und der zur Sommerresidenz des Königs wurde.
Pragmatische Sanktion – Die von Kaiser Karl VI. im Jahre 1713 erlassene Pragmatische Sanktion legte die Unteilbarkeit der österreichischen Erblande und die weibliche Thronfolge fest. Als nach dem Tode Karls VI. seine älteste Tochter, Maria Theresia (1717–1780), den Thron bestieg, verweigerten ihr mehrere europäische Staaten, unter ihnen Spanien, die Anerkennung und begannen 1741 den Österreichischen Erbfolgekrieg, der bis 1748 dauerte.
Don Philipp – Philipp (1720–1765), der drittälteste Sohn des Königs Philipp V., nahm an den Feldzügen im Österreichischen Erbfolgekrieg teil; nach dem Friedensschluß wurde er Herzog von Parma.
präsentierte mich dem König – 1746, nach dem Tode Philipps V., hatte dessen Sohn als Ferdinand VI. den Thron bestiegen. Er herrschte bis zu seinem Tode im Jahre 1759.
titulados – Spanische Edelleute mit hohen Adelstiteln.
Dey – die Deys waren eigentlich Militärbefehlshaber, zeitweise aber auch zivile Herrscher in einigen Ländern Nordafrikas.

VARIANTE ZUM 47. TAG

Hippokrene – Nach der griechischen Sage eine Quelle, die durch den Hufschlag des Musenrosses Pegasos entstand und deren Wasser zum Dichten begeistert.
Beatrice – Die Tochter des Herzogs, hier Beatrice genannt, ist später identisch mit der Manuela de Avila in der Gesamtübersetzung des Romans.
In Spanien hat das Volk die Gewohnheit, die großen Damen einfach mit ihren Namen zu bezeichnen; man sagt: »die de Alba«, »die Santa Cruz«.
Paktalos – Kleinasiatischer Fluß, aus dessen Sand im Altertum Gold gewonnen wurde.
Salmoneus – Nach der griechischen Sage ein König, der, um die gleiche Verehrung wie Zeus zu erhalten, Blitz und Donner nachahmte und deshalb von Zeus getötet wurde.

Kleine Potocki-Chronik zu Zeit, Leben und Werk

1739
Philipp V. König von Spanien (1700–1746)
David Hume: »Traktat über die menschliche Natur«

1739
Am 10. April versucht Alfons van Worden die Sierra Morena Richtung Madrid zu durchqueren. Er wird 66 Tage aufgehalten. Am 20. Juni trifft er in Madrid ein und erfährt, daß sein Vater gestorben ist.
Teilnahme an der Schlacht um Cartagena

1740
Friedrich II. König von Preußen
Maria Theresia Königin von Ungarn und Böhmen, Erzherzogin von Österreich

1740
Rückkehr Alfons' nach Madrid

1746
Ferdinand VI. König von Spanien

1759
Karl III. König von Spanien

1760
James Macpherson: »Ossian«
*Johann Peter Hebel

1760
Nach mehreren Jahren als Adjutant beim Infanten Don Philipp während der Kriege um die Erbfolge Karls VI. von Österreich erhält Alfons van Worden das Oberkommando über ein Geschwader und

den Auftrag, mit den Berberstaaten Frieden zu schließen.
Abschrift der 25 Jahre vorher bei den Gebrüdern Moro deponierten Handschrift, Verwahrung in eiserner Schatulle für die Erben.
Alfons van Worden wird Statthalter von Saragossa

1760
Vater Józef Potocki heiratet Anna Teresa Ossolińska, Tochter des Wojowoden von Wolhynien (Ukraine).

1761
Familienpakt Spaniens mit Frankreich
J. J. Rousseau: »Die neue Heloise«

1761
Am 8. März wird Jan Potocki in Pików (Podolien/Ukraine) geboren.

1762
Englisch-spanischer Krieg
Zarin Katharina II. bestätigt den von Peter III. geschlossenen Frieden nach dem Siebenjährigen Krieg Preußens um Schlesien gegen Rußland, Österreich, Frankreich und Kursachsen
J. J. Rousseau: »Der Gesellschaftsvertrag«
Gluck: »Orpheus und Euridice«
*Johann Gottlieb Fichte

1762
Geburt des Bruders Seweryn Potocki

1763
Carlo Gozzi: »Turandot«
* Jean Paul (Richter)

1764
Stanislaus II. August wird der letzte König von Polen
Deutsche Wolgakolonie in Rußland
Horace Walpole: »Das Schloß von Otranto«
Voltaire: »Philosophisches Wörterbuch«
Winckelmann: »Geschichte der Kunst des Altertums«
† William Hogarth

1765
Die Kartoffel wird Grundnahrungsmittel in Europa

1766
Oliver Goldsmith: »Der Vikar von Wakefield«
Erste deutsche Prosaübersetzung der Theatralischen Werke Shakespeares von Christoph Martin Wieland

1767
Graf Olavídez beginnt mit der Besiedlung der Sierra Morena
Lessing: »Minna von Barnhelm«
Moses Mendelssohn: »Phaidon oder Über die Unsterblichkeit der Seele«
* August Wilhelm Schlegel
* Wilhelm von Humboldt

1768
Frankreich kauft Korsika von Genua
* René Chateaubriand
† Laurence Sterne
† Johann Joachim Winckelmann

1769
* Napoleon Bonaparte
* Alexander von Humboldt

1770
Cook nimmt Australien für England in Besitz
* William Wordsworth
* Friedrich Hölderlin
* Georg Wilhelm Friedrich Hegel
* Ludwig van Beethoven

1771
Die erste Encyclopaedia Britannica erscheint
Klopstock: »Oden«
* Walter Scott

1772
Erste Teilung Polens: Rußland erhält die Gebiete bis zur Düna und dem Dnjepr; Preußen erhält Westpreußen ohne Danzig und Thorn; Österreich erhält Galizien (und damit auch Łańdcut). Polen verliert ein Drittel seines Gebiets und die Hälfte der Bevölkerung
Herder: »Über den Ursprung der Sprache«
* Novalis
* Friedrich Schlegel

1773
Thorn und Posen an Preußen
Goethe: »Götz von Berlichingen«
* Clemens Fürst Metternich
* Ludwig Tieck

1774
Goethe: »Die Leiden des jungen Werthers«
Bürger: »Leonore«
Wieland: »Die Abderiten«

1774–78
Internatserziehung in Genf und Lausanne mit Bruder Seweryn

1775
Pius VI. wird Papst
Bauernaufstand an der Wolga unter Pugatschew
Beginn des Unabhängigkeitskrieges in Amerika
Beaumarchais: »Der Barbier von Sevilla«
* William Turner

1776
am 4. Juli Unabhängigkeitserklärung der USA: Erklärung der Menschenrechte, Trennung von Kirche und Staat
Jakob Michael Reinhold Lenz: »Die Soldaten«
Maximilian Klinger: »Sturm und Drang«
* E.T.A Hoffmann

1777
Der preußische Offizier von Steuben wird Generalinspekteur der amerikanischen Armee
Benjamin Franklin: Bündnis der USA mit Frankreich
* Alexander I. Zar von Rußland
* Heinrich von Kleist
* Friedrich de la Motte Fouqué

1778
Bayerischer Erbfolgekrieg Preußens und Rußlands gegen Österreich
† Rousseau
† Voltaire

1778
Teilnahme am bayerischen Erbfolgekrieg als Kavallerieleutnant des Österreichischen Kaiserlichen Heeres

1779
Hume: »Dialog über Religion«
Lessing: »Nathan der Weise«

1778/79
Reise nach Italien, Sizilien, Tunis und Malta

1780
Joseph II. Kaiser von Österreich
Friedrich II: »Über die deutsche Literatur«

1779/80
Als Ritter des Malteser-Ordens Teilnahme am Kampf gegen die Korsaren

1781
Einführung der Religionsfreiheit, Abschaffung der Leibeigenschaft und Folter in Österreich
Seekrieg Hollands gegen England
† Lessing
Schiller: »Die Räuber«
Kant: »Die Kritik der reinen Vernunft«
* Achim von Arnim

1782
Letzte Hexenhinrichtung in der Schweiz
Choderlos de Laclos: »Gefährliche Liebschaften«

ca. 1782
Rückkehr nach Polen und Beginn des privaten Studiums der Geschichte der Slawen

1783
Versailler Friede: England erkennt die Unabhängigkeit der Vereinigten Staaten von Amerika an

Potemkin erobert die Krim für Rußland
Schiller: »Die Verschwörung des Fiesco von Genua«

1784
* Ferdinand VII. König von Spanien
Beaumarchais: »Figaros Hochzeit«
Schiller: »Kabale und Liebe«
Kant: »Was ist Aufklärung?«
† Denis Diderot

1784
Erste Reise in den Orient über das Schwarze Meer nach Konstantinopel, im August/September Besuch Ägyptens. Die Briefe über diese Reise an seine Mutter sind Grundlage seines ersten Werkes »Voyage en Turquie et en Égypte«.
Überfahrt nach Venedig

1785
»The Times« erscheint zum ersten Mal in London
* Jacob Grimm
* Alessando Manzoni

1785
Im April Heirat mit Julia Lubomirska, der »schönsten Polin«, Erbin von Krzeszowice und Łańcut, bis 1944 Schloß und Sitz der Potockis – heute Museum

1786
† Friedrich II. d. Gr.
Friedrich Wilhelm II. König von Preußen
Bürger: »Die wunderbaren Reisen des Freiherrn von Münchhausen«
* Ludwig Börne

1785/86
Aufenthalt in Paris, wo er bei Verwandten in einem Flügel des Palais Royal wohnt, besucht dort die Witwe von Helvétius, schließt mit dem Schriftsteller Constantin François Volney Freundschaft. Er gilt schon früh als Gelehrter und hat Umgang mit bedeutenden Zeitgenossen. Er sympathisiert mit dem Gedankengut der französischen Revolution

1786
Am 4. März Geburt des Sohnes Alfred Józef in Paris

1787
Krieg Rußlands gegen die Türkei
Zürcher Kunstverein, der erste im deutschen Sprachraum
Wilhelm Heinse: »Ardinghello«
Schiller: »Don Carlos«

1787
Aufenthalt in Amsterdam. Zeuge des Bürgerkriegs, der preußischen Intervention beim Aufstand gegen den Stadhouder.
Geburt des zweiten Sohnes Artur

Tischbein: »Goethe auf Ruinen in der Campagna«
Mozart: »Don Giovanni«

1788
Karl IV. König von Spanien
Ernennung Goyas zum Hofmaler
Staatsbankrott in Frankreich: Einberufung der Stände
Die Verfassung der USA tritt in Kraft
Besiedlung Australiens mit englischen Sträflingen
Adolf von Knigge: »Über den Umgang mit Menschen«
Emanuel Joseph Sieyès: »Was ist der Dritte Stand?«
* Arthur Schopenhauer
* Joseph von Eichendorff
* Lord George Byron

1788
Rückkehr über Wien nach Polen. Er »zieht sich den polnischen Rock an« – d.h. er zeigt sich als »Pole«, beteiligt sich am politischen Leben. Er gibt sich antipreußisch, spendet am 13. Mai ein Fünftel seines Jahreseinkommens für die Wiederbewaffnung Polens.
Er wird zum Gesandten von Posen gewählt, ist Abgeordneter im letzten Sejm in Polen und engagiert sich für eine unabhängige, aufgeklärte Politik, beherrscht das Polnische aber so wenig, daß er keine Rede in dieser Sprache halten kann.
Im Oktober Gründung einer freien Druckerei (besteht bis Februar 1791); er verfaßt Denkschriften über Heeresverstärkung, plädiert für die Abschaffung der Leibeigenschaft und für die Beteiligung des Dritten Standes und gibt die Zeitschrift »Journal de la Diète de Varsovie« heraus.
»Voyage en Turquie et en Égypte« erscheint in Warschau

1789
Französische Revolution: Am 14. Juli Sturm auf die Bastille
George Washington erster Präsident der Vereinigten Staaten
Ulrich Bräker: »Lebensgeschichte des Armen Mannes im Toggenburg«

1789
Eröffnung eines politischen Diskussionsclubs, Begründung eines öffentlichen Lesesaals mit Zeitschriften in Warschau.
»Essay sur l'histoire universelle et recherches sur celle de la Sarmatie« erscheint in Warschau

1790
Flucht des Grafen Olavídez vor der Inquisition nach Paris
Kant: »Die Kritik der Urteilskraft«
Karl Philipp Moritz: »Anton Reiser«

1790
Am 14. Mai Ballonfahrt über Warschau mit dem französischen Luftschiffer Nicolas François Blanchard

1791

Gründung Washingtons als Hauptstadt der Vereinigten Staaten

James Boswell: »Das Leben Samuel Johnsons«

Herder: »Ideen zur Philosophie der Geschichte der Menschheit«

Maximilian Klinger: »Fausts Leben, Taten und Höllenfahrt«

Mozart: »Die Zauberflöte«

† Mozart

1791

Im Februar Reise nach Paris, Spanien und Marokko, dann weiter nach England. Umgang mit Concordet, La Fayette, Talma, Besuch des Club des Jacobins

1792

Frankreich wird Republik

Erster Koalitionskrieg: Österreich und Preußen gegen Frankreich

Am 20. September Kanonade von Valmy: Rückzug der preußischen Armee unter dem Herzog von Braunschweig

Franz II. deutscher Kaiser

Mary Wollstonecraft: »Die Verteidigung der Rechte der Frau«

Fichte: »Versuch einer Kritik aller Offenbarung«

* Gioacchino Rossini

1792

Zurück in Warschau. Beteiligung am Kampf gegen die russische Intervention. Beherbergung von französischen Emigranten in seinem Schloß. Am 10. April Austritt aus dem Heeresdienst.

»Parades« wird in Łańcut aufgeführt.

Die fünf Bände der »L'histoire universelle et recherches sur celle de la sarmatie«, mit bahnbrechenden Erkenntnissen der Sprachwissenschaft, vollständig 1789–92 in Warschau erschienen

1793

Hinrichtung Ludwigs XVI.

Ermordung des Jean Paul Marat

Robespierre verkündet den »Terror der Tugend«

Zweite Teilung Polens: Weißrussland, Podolien an Rußland; Danzig an Preußen

Frankreich erklärt Spanien den Krieg

Marquis de Sade: »Die Philosophie des Boudoir«

Kant: »Die Religion innerhalb der Grenzen der bloßen Vernunft«

Schiller: »Über die ästhetische Erziehung des Menschen«

1794
Hinrichtung Dantons
Hinrichtung Robespierres
Tadeusz Kościuszko unterliegt im Widerstand gegen die Teilung Polens
Haydn: »Militär-Symphonie«

1794
Reise nach Hamburg, regelmäßige Besuche bei Klopstock. Über Rheinsberg Reise durch Mecklenburg für Forschungen über die Westslawen. Am 26. August stirbt seine Frau Julia an Tuberkulose.

1795
Dritte Teilung Polens: Ende eines eigenständigen polnischen Staates. König Stanislaus II. August dankt ab
Direktorium in Frankreich
Basler Friede zwischen Spanien und Frankreich
Kant: »Zum ewigen Frieden«
* Thomas Carlyle

1795
»Voyage dans quelques parties de la Basse-Saxe pour la recherche des antiquités slaves ou vendes« erscheint in Hamburg.

1796
Spanien verbündet sich mit Frankreich
Bonapartes Feldzüge in Italien
Jean Paul: »Siebenkäs«
† Katharina II.

1796
»Mémoire sur un nouveau périple du Pont-Euxin, ainsi que sur la plus ancienne histoire des peuples du Taurus, du Caucase et de la Scythie« erscheint in Wien.

1797
Friede von Campo Formio zwischen Frankreich und Österreich. Frankreich erhält die Lombardei und Belgien, der Rhein wird Reichsgrenze
Erste Lithographie von Aloys Senefelder
Goethe: »Wilhelm Meisters Lehrjahre«
Tieck: »Der gestiefelte Kater«
Haydn: »Kaiser-Quartett«
* Heinrich Heine
* Annette von Droste-Hülshoff
* Jeremias Gotthelf
* Franz Schubert

1797–98
Reise durch die Astrachansteppen in den Kaukasus und die Ukraine. Beobachtung eines tscherkessischen Geheimkults

1798
Ägyptenfeldzug Bonapartes
Die Franzosen besetzen Rom

1798
Rückkehr nach Podolien

Napoleon formt die Schweiz zur Helvetischen Republik
Francisco Goya: »Caprichos«
Kant: »Die Religion innerhalb der Grenzen der bloßen Vernunft«
Schiller: »Über die ästhetische Erziehung des Menschen«
† Stanislaus II. August von Polen
† Giacomo Casanova

1799
Zweiter Koalitionskrieg England, Rußland, Österreich, Portugal, Neapel und die Türkei gegen Frankreich
Staatsstreich Bonapartes: Napoleon wird Erster Konsul
Kanalverbindung St. Petersburg zur Wolga
* Honoré de Balzac
* Alexander Puschkin
† George Washington
† Georg Christoph Lichtenberg

1799
Heirat mit Konstancja Potocka, deren Vater als Überläufer gilt, weil er sich auf die russische Seite geschlagen hat. Leben in St. Petersburg, Dienst im Außenministerium, das von Adam Czartoryski, einem Freund des Zaren, geleitet wird. Kauf einer Druckerei und Herausgabe eigener Werke

1800
Gründung der Bank von Frankreich
Sieg Napoleons über die Österreicher bei Marengo
Errichtung des Vereinigten Königreichs Großbritannien und Irland
Erfindung der Dampfmaschine
Schiller: »Maria Stuart«
Jean Paul: »Titan«
Novalis: »Hymnen an die Nacht«

1801
Alexander I. Zar von Rußland
Thomas Jefferson Präsident der USA
Goya: »Die nackte Maya«
Kotzebue: »Die deutschen Kleinstädter«
Heinrich Pestalozzi: »Wie Gertrud ihre Kinder lehrt«
* Johann Nestroy
* Albert Lortzing

1801
Geburt des Sohnes Bernard

1802

Napoleon Konsul auf Lebenszeit
Chateaubriand: »Der Geist des Christentums«
Novalis: »Heinrich von Ofterdingen«
* Victor Hugo
* Alexandre Dumas, père

1802

»Histoire primitive des peuples de la Russie« erscheint in St. Petersburg. Von Zar Alexander I. erhält er daraufhin den Titel eines Geheimrats und den Orden des Heiligen Wladimir. Von der Fachwelt wird das Buch nicht gewürdigt. August Ludwig Schlözer verreißt das Werk.

1803

Reichsdeputationshauptschluß: Ende der Freien Reichsstädte
Frankreich verkauft Louisiana an die USA
* Ralph Waldo Emerson

1803

Reise über Warschau nach Italien
Erstellen einer antiken Chronologie
Geburt der Tochter Irena

1804

Napoleon I. Kaiser der Franzosen
Einführung des »Code Napoléon«, Grundlage des Bürgerlichen Gesetzbuches, das persönliche Freiheit und Rechtsgleichheit begründet
Englisch-spanischer Krieg
Schiller: »Wilhelm Tell«
Jean Paul: »Flegeljahre«
* Nathaniel Hawthorne
* Ludwig Feuerbach
† Kant

1804/05

»Manuscrit trouvé à Saragosse«, Band 1–2, erscheint in St. Petersburg in 100 Exemplaren, anonym, ohne Titelblatt; Band 1 umfaßt 10 Tage, Band 2 bricht am Ende des 13. Tages mitten im Satz ab.

1805

Dritter Koalitionskrieg: England, Rußland, Österreich und Schweden gegen Frankreich
Sieg Napoleons in der »Drei-Kaiser-Schlacht« bei Austerlitz
Einzug in Wien. Frieden von Preßburg
Sieg und Tod Admiral Nelsons in der Seeschlacht bei Trafalgar
Vernichtung der französischen Flotte
Herder: »Der Cid«
† Schiller

1805

Geburt der Tochter Teresa.
»Chronologie des deux premiers livres de Manethon« erscheint in St. Petersburg.
Wissenschaftlicher Leiter der russischen Gesandtschaft von Golowkin nach China, die aber nur bis Ulan Bator in der Mongolei kommt, wohl auch, weil die Russen sich nicht der chinesischen Etikette unterwerfen wollten.
Denkschrift für die Asienabteilung der Regierung in St. Petersburg

1806
Nach Bildung des Rheinbundes unter Führung Frankreichs
Vierter Koalitionskrieg: Preußen, Sachsen und Rußland gegen Frankreich. Sieg Napoleons bei Jena und Auerstedt. Zusammenbruch Preußens. Kontinentalsperre gegen England
Ende des Heiligen Römischen Reiches Deutscher Nation
Franz II. legt die Kaiserkrone nieder
Maximilian I. König von Bayern
Arnim und Brentano: »Des Knaben Wunderhorn«
Kleist: »Der zerbrochene Krug«

1806
Ausarbeitung einer Projektstudie für das Ministerium, die u.a. die Bedeutung Afghanistans für die Expansion Rußlands betont.
Ehrenmitglied der Akademie der Wissenschaften in St. Petersburg und Mitglied der Wissenschaftlichen Gesellschaft in Moskau.
Austritt aus dem Staatsdienst

1807
Nach der Schlacht von Friedland Friede von Tilsit mit Rußland und Preußen
Preußische Reformen durch den Reichsfreiherrn von Stein: Ende der Erbuntertänigkeit
Königreich Westfalen unter Jérôme Napoleon
Frankreich besetzt Spanien
Verbot des Sklavenhandels in England
England belagert Kopenhagen und erbeutet die dänische Flotte
Thomas Paine: »Das Zeitalter der Vernunft«
Hegel: »Phänomenologie des Geistes«
Kleist: »Amphytrion«

1808
Fürstentag zu Erfurt: Bündnis Napoleons mit Zar Alexander I.
Goethe zur Audienz bei Napoleon
Aufhebung der Inquisition in Frankreich
Aufstand in Spanien gegen Frankreich
Karl V. von Spanien dankt ab

1808
Rückkehr nach Podolien – gichtkrank und hoch verschuldet.
Trennung von seiner Frau Konstancja; lebt weiter auf den Ländereien seiner Frau

Goethe: »Faust«
Friedrich Schlegel: »Sprache und Weisheit der Inder«
Kleist: »Penthesilea«
Beethoven: Fünfte Symphonie
Herder: »Stimmen der Völker in Liedern«

1809
Fünfter Koalitionskrieg: Erhebung der Österreicher gegen Frankreich: Sieg der Österreicher bei Aspern, Niederlage bei Wagram. Friede von Schönbrunn
Aufstand der Tiroler, Andreas Hofer hingerichtet
Metternich österreichischer Außenminister
Saragossa wird nach zweimonatiger Belagerung von der Armee Napoleons eingenommen
Erster Telegraph von Soemmering
Goethe: »Die Wahlverwandtschaften«
* Nikolai Gogol
* Edgar Allan Poe
* Charles Darwin
† Thomas Paine

1809
Friedrich Adelung veröffentlicht in Leipzig »Abentheuer in der Sierra Morena«, die erste deutsche Übersetzung des »Manuscrit trouvé à Saragosse«.
Am 1. November Scheidung von Konstancja, die Besitztümer fallen an seine Frau zurück. Potocki lebt an unterschiedlichen Orten in Podolien, u. a. in Krzemieniec, wo er enge Beziehungen zum dortigen Lyzeum pflegt, dem er zu Lebzeiten seine Privatbibliothek vermacht

1810
Napoleon heiratet Marie Luise, Tochter Franz' I. von Österreich
Germaine de Stael: »Über Deutschland«
Gründung der Universität Berlin
Goethe: »Zur Farbenlehre«
Kleist: »Michael Kohlhaas«
* Frédéric Chopin
* Robert Schumann

1810
Rückkehr nach St. Petersburg. Herausgabe von »Le Conservateur Impartial«.
»Principes de chronologie pour les temps antérieurs aux Olympiades« erscheint in St. Petersburg

1811
Gründung der Krupp-Werke in Essen
Goethe: »Dichtung und Wahrheit«
Hebel: »Das Schatzkästlein des rheinischen Hausfreunds«

Fouqué: »Undine«
* Théophile Gautier
† Kleist

1812
Napoleons Rußlandfeldzug: Siege bei Smolensk und Borodino.
Brand Moskaus. Rückzug der Großen Armee
Emanzipation der Juden in Preußen
Erfindung der Zylinder-Flachdruck-Schnelldruck-Presse
Arbeiteraufstand gegen Textilmaschinen in England
Brüder Grimm: »Kinder- und Hausmärchen«
* Iwan Gontscharow
* Charles Dickens

1812
Rückzug aus dem öffentlichen Leben auf das Gut Uładówka bei Berditschew in Podolien

1813
Völkerschlacht bei Leipzig. Niederlage Napoleons
Ende des Rheinbundes
Franzosen ziehen aus Spanien ab
Jane Austen: »Stolz und Vorurteil«
Arthur Schopenhauer. »Über die vierfache Wurzel des Satzes vom zureichenden Grunde«
* Søren Kirkegaard
* Richard Wagner
* Giuseppe Verdi
† Wieland

1813
»Avadoro, histoire espagnole« par M.L.C.J.P. (Monseigneur le Comte Jan Potocki), Band 1–4, erscheint in Paris. Edition ist ohne Wissen des Autors auf Grund einer Manuskript-Kopie erfolgt, umfaßt den 12.–56. Tag

1814
Napoleons Abdankung und Verbannung nach Elba
Erster Pariser Friede. Rückkehr der Bourbonen: Ludwig XVIII. König von Frankreich
Einzug Ferdinands VII. in Madrid
Wiener Kongreß: Europäische Restauration
Wiedereinsetzung der Inquisition in Spanien
Ende der Helvetischen Republik. Bundesvertrag der 22 Kantone. An-

1814
»Dix journées de la vie d'Alphonse van Worden« , Band 1–3, erscheint in Paris, ohne Verfasserangabe, enthält Text der Tage 1–10 und 14

erkennung der »Ewigen Neutralität der Schweiz«
Erste Lokomotive von George Stephenson
Adelbert von Chamisso: »Peter Schlemihls wundersame Reise«
Beethoven: »Fidelio«
Sir Walter Scott: »Waverley«
* Joseph Sheridan Le Fanu

1815
Napoleons 100 Tage und Niederlage bei Waterloo
Verbannung Napoleons nach St. Helena
Schlußakte des Wiener Kongresses
Gleichgewicht der fünf Großmächte England, Frankreich, Rußland, Österreich und Preußen
England erhält Helgoland, Malta, Mauritius, Ceylon und Südafrika
Rußland erhält das Rest-Herzogtum Warschau
Im Deutschen Bund sind 39 souveräne Staaten unter Vorsitz Österreichs im Deutschen Bundestag zu Frankfurt a. M. vertreten
Wiedereinsetzung der Jesuiten in Spanien
Eichendorff: »Ahnung und Gegenwart«
E.T.A Hoffmann: »Die Elixire des Teufels«
Goya: »Hexensabbat«

1815
Arbeit an »Considération sur la Russie asiatique«, das Manuskript ist verlorengegangen.
Selbstmord am 11. Dezember durch einen Kopfschuß auf Uładówka, Begräbnis am 20. Dezember in Pików laut Bericht des örtlichen Pfarrers.
»Man darf ihn an der Schwelle des Todes wohl so sehen, wie er selbst den Hervás (das Alter ego aus der ›Handschrift von Saragossa‹) an dessen letztem Tag sah. In der Hand ruht schon die geschliffene silberne Kugel, Teil der Familienandenken, Relikt der Vergangenheit, kleines und totes Symbol vergangenen Lebens, vom Priester geweiht wie das Viaticum auf den letzten Weg. Wer hätte je, das in ihr verborgene Geheimnis des Schicksals erratend, vermuten können, daß gerade in ihr der Tod entsprungen war und harrte?« So Gustaw Herling-Grudziński, Redakteur der polnischen Exilzeitschrift »Kultura« über Potockis Tod.
Über den Selbstmord gibt es zwei Gedichte: »Jan Potocki« von Jan Lechoń und »Gołab ostatni« (Die letzte Taube) von Antoni Słonimski: »Es ist schon Herbst, und Zeit für mich zu gehen, / Nichts erwarte ich mehr, erträume mehr. / Aus dem weitgespannten Netz der Spinnweben / schaut mir die stumpfe Sinnlosigkeit wie ein Alb entgegen ...«

EDITIONSGESCHICHTE (nach 1815)

1822
In Paris Veröffentlichung von Auszügen der Handschrift (10. Tag) in Charles Nodier: »Infernalia«

1834–35
Courchamps: »Souvenirs de la marquise de Crécy« (13. Tag)

1841
Courchamps: »Le val funeste. Histoire de Don Benito d'Almusenar« (1.–56. Tag)

1841/42
M. Cousen de Saint Molo druckt unter seinem Pseudonym Comte Courchamps Fragmente aus den Pariser Editionen ab in: »Souvenirs de la marquise de Crécy de 1710 à 1803«, 4 Bände, und in der Zeitschrift »La Presse« (1842)

1842
Plagiatsprozeß, in dessen Folge die Veröffentlichungen von Comte Courchamps abgebrochen werden.
Nachdruck der dreibändigen Pariser Ausgabe von 1814

1847
In Leipzig erscheint die polnische Übersetzung des kompletten Originaltextes »Rakopis znaleziony w Saragossie« von Edmund Chojecki in sechs Bänden (Chojecki war zu der Zeit ein bekannter Literat in Paris, der unter dem Namen Charles Edmond auch auf französisch publizierte)

1855
Washington Irving druckt einen Ausschnitt des Romans in seiner Erzählungssammlung »Wolfert's Roost and Other Stories« ab

1956
Kritische Ausgabe in der Edition von Leszek Kukulski auf der Grundlage der Edition Leipzig 1847 und der französischen Ausgabe erscheint in Warschau (2. Aufl. 1965)

1958
»Manuscrit trouvé à Saragosse«, herausgegeben und mit Nachwort von R. Caillois, nach den Ausgaben St. Petersburg 1804/05 sowie Paris 1813 und 1814, erscheint in Paris (2. Aufl. 1961, 3. Aufl. 1967)

1961
»Die Handschrift von Saragossa«, übersetzt von L. Eisler-Fischer und M. Reifenberg, erscheint in Frankfurt am Main im Insel Verlag

1962
»Die Abenteuer in der Sierra Morena oder Die Handschrift von Saragossa«, übersetzt aus dem Französischen von Werner Creutzinger, aus dem Polnischen von Kurt Harrer, herausgegeben von Leszek Kukulski, erscheint in Berlin im Aufbau Verlag

1984
Lizenzausgabe der Übersetzung von 1962 für die Bundesrepublik Deutschland, Österreich, Luxemburg und die Schweiz erscheint im Haffmans Verlag Zürich

1992
»Manuscrit trouvé à Saragosse«, nouvelle édition intégrale établie par René Radrizzani, Paris: Libraire José Corti

2000
»Die Handschrift von Saragossa«, eine Neuübersetzung von Manfred Zander, im Auftrag des Haffmans Verlags, erscheint in Zürich

Eine vollständige Abschrift des sechsbändigen Original-Manuskripts besaß vor 1944 die Bibliothek der Potockis im Schloß Łańcut. In dem Jahr floh der letzte Schloßherr, Alfred Antoni Potocki (1886–1958), vor der anrückenden Roten Armee mit Hilfe der Deutschen unter Mitnahme von 600 Kisten, in denen sich auch ein Teil der umfangreichen Bibliothek und des Archivs von Łańcut befand. Ein Fragment des Autographs von »Journée 41–50« befindet sich in der Polnischen Nationalbibliothek in Warschau. Das Original ist nie vollständig erschienen.

SEKUNDÄRLITERATUR

Jean Bellemin-Noël: »L'érotisme dans le fantastique de J. Potocki« in: »Revue des sciences humaines«, Paris, n.s.n. 131, S. 415–425 (1968)

Alexander Brückner: »Jana Potockiego prace i zasługi naukowe«, Warszawa 1911

Roger Caillois: »Destin d'un grand seigneur« in: »Les Lettres Françaises«, 23 mars (1961)
Ders.: »Images, images«, Paris 1966
Ders.: »Das Bild des Phantastischen« in: »Phaicon 1«, Frankfurt am Main 1974

Ulrich Döring: »Die Abgründe der Lust« in: »Reisen ans Ende der Kultur. Wahrnehmung und Sinnlichkeit in der phantastischen Literatur Frankreichs«, Frankfurt am Main: Peter Lang 1987

Jean Fabre: »Jan Potocki, Cazotte et le roman noir« in: »Idée sur le roman...«, Paris 1979

Jacques Finné: »Potocki et le gothic novel« in: »Revue des langues vivantes«, Bd. 36, S. 22–36 und S. 116–130 (1972)
Ders.: »Le fantastique chez Potocki« in: »Revue des langues vivantes«, Bd. 38, S. 22–36 (1972)
Ders.: »Du fantastique chez Potocki« in: »Ecritures à Maurice-Jean Lefebre«, avec des »Inédits« de l'auteur. Hommages édités par Albert Mingelgrün et Adolphe Nysenholc, Bruxelles, S. 83–104 (1983)

»Jean Potocki et Le manuscrit trouvé à Saragosse«, Actes du Colloque de l'Université de Varsovie 17. April–19. April 1972, Varsovie (= Les Cahiers de Varsovie, 3) 1981

Hubert Juin: »L'étrange comte Potocki« in: »Les Lettres Françaises«, 8 aout (1963)

Günter von Kirns: »Jan Potockis Die Abenteuer in der Sierra Morena«. Dissertation an der Universität Hannover 1983

Edouard Krakowski: »Le Comte Jean Potocki«, Paris 1963

Karel Krečia: »Jan Potocki, auteur du Manuscrit trouvé à Saragosse, et ses liens avec les intellectuels français des Lumières in: Approches des Lumières, Mélanges offerts à Jean Fabre, Paris (Bibliothèque française et romane, 48), S. 308–318 (1974)

Julian Krzyżanowski: Beitrag über Jan Potocki in: »Historia literatury polskiej«, Warszawa 1939

»Manuel d'histoire littéraire de la France«, par un collectif sous la direction de Pierre Abraham et Roland Desné, Tome IV, 1789–1848, deuxième partie, Paris 1973

Zygmunt Markiewicz: »L'Espagne dans le Manuscrit trouvé à Saragosse de Jean Potocki« in: »Actes du 4e Congrès National de la Société Française de littérature comparée«, Paris 1961
Ders.: »Jean Potocki, auteur du Manuscrit trouvé à Saragosse, et les liens avec les intellectuels français des Lumières« in: »Approches des Lumières«, Paris 1974
Ders.: »L'aspect préromantique du Manuscrit trouvé à Saragosse de Potocki. Sa réception par les Romantiques polonais« in: »Revue de littérature comparée«, Nr. 1–2, S. 69–76 (1976)

Will L. McLendon: »Compability of the fantastic and allegory. Potocki's Saragossa Manuscrit« in: »The Scope of the fantastic«, selected essays from the first international conference of the fantastic in literature and film. Ed. by Robert A. Collins and Howard D. Pearce, Westport, London (= »Contributions to the study of science fiction and fantasy«, 10), S. 143–150 (1985)

Karl Markus Michel: »Rund um den Galgen von Los Hermanos oder Die schlimmen Geschichten des Grafen Potocki« in »Frankfurter Hefte«, 17 (1962). Vom Autor überarbeitete Neufassung als Nachwort in: »Die Handschrift von Saragossa«, Zürich: Haffmans 2000

Volker Neuhaus: »Die Handschrift von Saragossa« in: »Typen multiperspektivischen Erzählens«, Köln, Wien: Böhlau 1971

Wanda Rapacka: »Le manuscrit trouvé à Saragosse de Potocki, avant la traduction et la réconstitution du texte«. Thèse de L'Université de Strasbourg 1984

Jean Roudaut: »Les demeures dans le roman noir« in: »Critique. Revue general des Publications françaises et étrangères«, Paris, Bd. 15, S. 713–736 (1959)

Marcel Schneider: »La littérature fantastique en France«, Paris 1964

Tadeusz Sinko: »Historia religii i filozofia w romansie Jana Potockiego«, Kraków 1920

Jerzy Skowronek: »Jean Potocki, homme politique conservateur ou libéral?« in: »Przegląd Humanistyczny«, Nr. 6/93, S. 35 (1972)

Nicole Taillade: »La construction de Manuscrit trouvé à Saragosse de Potocki et sa portée« in: »Littératures« 24, S. 7–37 (1977)

Tzvetan Todorov: »Introduction à la littérature fantastique«, Poitiers: Editions du Seuil 1970
Ders.: »Poetik der Prosa«, Frankfurt am Main: Athenäum 1972
Ders.: »Einführung in die fantastische Literatur«, München: Hanser 1972

Wolfgang Trautwein: »Erlesene Angst. Schauerliteratur im 18. und 19. Jahrhundert«, München: Hanser 1980

Maria Evelina Zoltowska: »Un précurseur de la littérature fantastique. Jan Potocki, sa vie et son Manuscrit trouvé à Saragosse«, Thèse Yale University 1973
Dies.: »La démocratisation de l'idée de l'honneur dans le Manuscrit trouvé à Saragosse« in: »Studies on Voltaire and the Eighteenth Century CCXVI, S. 224–226 (1983)

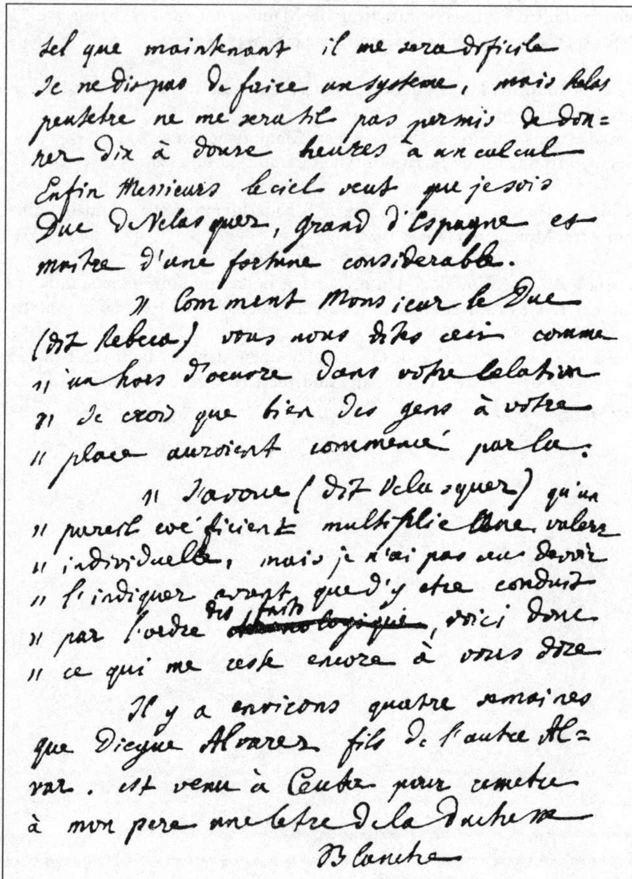

tel que maintenant il me sera difficile
Je ne dis pas de faire un systeme, mais helas
peutetre ne me sera t'il pas permis de don=
ner dix à douze heures à un calcul
Enfin Messieurs le ciel veut que je sois
Duc de Velasquez, grand d'Espagne et
maitre d'une fortune considerable.

» Comment Monsieur le Duc
(dit Rebecca) vous nous dites ceci comme
» un hors d'oeuvre dans votre relation
» je crois que bien des gens à votre
» place auroient commencé par la.

» J'avoue (dit Velasquez) qu'un
» pareil coeficient multiplie une valeur
» individuelle, mais je n'ai pas cru devoir
» l'indiquer avant que d'y etre conduit
» par l'ordre des faits ~~chronologique~~, voici donc
» ce qui me reste encore à vous dire

Il y a environ quatre semaines
que Diegue Alvarez fils de l'autre Al=
varez est venu à Ceuta pour remettre
à mon pere une lettre de la duchesse
Blanche

Faksimile von Potockis Manuskript
(vorliegende Ausgabe, Seite 364)

Jan Graf Potocki
Porträt von J. Ch. Lampi, um 1800
Museum Schloß Łańcut

MARE CANTABRICUM
VEL BISCAYUM
OCEANUS
ATLANTICUS
VEL
OCCIDENTALIS
OCCIDENS
GALLÆCIA
ASTURIA
LEGIONIS
CASTELLA VETUS
PORTUGALLIA
EXTREMADURA
CASTELLANOVA
ANDALUSIA
VANDALITIÆ REG
ALGARBIÆ REG
GRANATÆ REGNUM
LA MANCHA
Lisbona
Salamanca
Toledo
Badajoz
Sevilla
Cadix
Gibraltar
ESTRECHO DE GIBRALTAR
Cap. S. Vincent
Los Alpuxa
Melilla
Larache
Alcazar
REGNUM
SCALA.
Milliaria Germanica communia
Milliaria Hispanica communia
Milliaria Maritima Hispanica
Milliaria Catalonica
Milliaria communia Gallica